청구야담

靑邱野談（I）

이 저서는 2011년도 정부(교육과학기술부)의 재원으로 한국연구재단의 지원을
받아 수행된 연구임.(NRF-2011-413-A00004)
This work was supported by the Korea Research Foundation Grant funded
by the Korea Government.(NRF-2011-413-A00004)

【奎章閣 所藏本】

청구야담

靑邱野談 (I)

이재홍 · 이상덕 · 김규선 校註

中韓翻譯文獻硏究所
學古房

머리말

《靑邱野談》은 1843년경 금릉군수로 재직하고 있던 金敬鎭이 編한 것으로 알려져 있으나 일각에서는 이에 대해 여전히 의문을 품고 있다. 그러나 이 무렵 《청구야담》이라는 야담집이 등장하면서 세간에 널리 유통되었는데 급기야 19세기 중반 이후쯤에 閨內의 수요에 따라 한글본 《청구야담》이 등장하여 독자층을 확대하는데 일조하였다.

《靑邱野談》은 기존 한문 단편의 우수한 성과를 반영하고 있으며, 게다가 특이하게 각 편마다 제목이 붙어 있어 그 제목만 보아도 내용의 대강을 짐작할 수 있는 장점이 있다. 각각의 이야기는 당대의 현실이 제재로 사용되는가 하면 당시 역사의 현실이 반영되어 있기도 하여 조선후기 사회의 변화와 그에 따른 문제점들이 사실적으로 또는 풍자적으로 그려지고 있다.

현전하는 《靑邱野談》 한문본은 모두 필사본으로, 이 중에서 가장 많은 이야기를 담고 있는 것은 栖碧外史 海外蒐逸本(乙本)인데 총 290편의 이야기가 수록되어 있다. 규장각 소장 한글 필사본에는(19권19책) 이 가운데 262편이 번역되어 있다. 번역의 형태는 꼭 축자번역 방식은 아니고 중간중간에 번역하지 않고 생략한 곳도 있어 번역자의 주관이 개입되어 있다.

규장각 소장 한글필사본은 겉표지에 '共二十'이라고 되어 있어 전체 20책이었음을 알 수 있겠으나 제19책 말미에 '終 청구야담권지종'이라 적혀 있어 과연 원래 20책이었는지도 의문이 간다. 만약 20책이었다면 해외수일 을본에 수록된 290편이 거의 모두 번역되었을 것이라는 것쯤은 어렵지 않게 예상해볼 수 있다.

본 교주서는 규장각 소장 19권19책 한글필사본 《청구야담》을 입력, 교주한 것이다. 한글 필사본 원문을 그대로 입력하되 띄어쓰기만은 대략 현행 표기에 맞추었다. 분량이 방대하여 제1책에는 권1부터 권10까지 140편, 제2책에는 권11부터 권19까지 122편을 한문본[栖碧外史 海外蒐逸本(乙本)] 및 한글필사본 영인본과 함께 수록하여 상호 대조해볼 수 있게 하였다. 한문본은 그 순서가 한글필사본과 꼭 일치하지는 않기 때문에 한글필사본의 순서에 따라 재편집하여 수록하였다.

본 연구소는 조선시대 및 일제강점기에 생산된 다양한 한글본 자료를 조사, 발굴, 정리, 연

구합과 아울러 이들 자료에 나타나는 다양한 우리말 어휘를 채록하여 장차 우리말 고어대사전 편찬연구의 자료로 활용하고 있다. 이 작업도 이러한 연구 과정의 일환에서 이루어졌다.

　본 교주서가 나오기 전에 김동욱·정명기의(1996,敎文社)《靑邱野談》(上·下)과 최웅의 (1996,국학자료원)《주해 청구야담》(1-3)이 나왔는데, 모두 규장각본《청구야담》(19권19책) 을 현대어로 번역하여 펴낸 것이다. 전자는 한문도 병기하여 한글과 한문을 서로 대비해 볼 수 있다는 점에서 자료의 활용가치가 있고, 후자는 262개에 달하는 제목을 일일이 다 번역하 였다는 점에서 차별성을 두고 있다. 본 연구소에서 펴내는 이 교주서는 앞의 두 자료와는 달 리 한글필사본 원문을 모두 입력, 수록하였다는 점에서 차별성을 두고자 한다. 하지만 주해 과정에서 상기 두 자료의 도움을 받았음을 지면을 빌어 밝혀두는 바이다.

　끝으로 본 교주서가 나오는데 규장각 소장 한글필사본《청구야담》을 영인·출판하도록 허 락해주신 서울대학교 규장각 한국학연구원 김인걸 원장님과 이 과정에서 애써주신 주무관 윤 성호님께 감사의 말씀을 전한다.

2014. 5. 16

이재홍 · 이상덕 · 김규선

目 次

[청구야담 권지삼]

□ 附錄

[청구야담 권지일 靑邱野談 卷之一]

슈졍졀ᄎᆈ효부감호
守貞節崔孝婦感虎

【1】 홍쥬(洪州) ᄯᅡ의 한 ᄎᆈ시(崔氏) 녀ᄌᆡ 이시니 ᄌᆞ식(姿色)이 ᄲᅡ혀나고 셩되(性度ㅣ) 현슉ᄒᆞᄃᆡ 팔ᄌᆡ 긔박ᄒᆞ여 나히 십팔의 쇼텬(所天)을[1] 여희고 다만 싀귀(媤舅ㅣ)[2] 이시니 압흘 못보ᄂᆞᆫ지라 ᄎᆈ시 죽기로 ᄆᆡᆼ셰ᄒᆞ여 슈졀ᄒᆞ고 방아품과 믈깃기ᄅᆞᆯ 브즈런이 ᄒᆞ여 싀구 봉양을 극진이 ᄒᆞ고 혹 나가면 싀구의 먹을 거술 좌우의 버려두고 싀구ᄃᆞ려 닐오ᄃᆡ,

"내 나갈지라도 시장ᄒᆞ시거든 ᄌᆞ실 거시 여긔 이시니 부ᄃᆡ 더드머 ᄌᆞ시쇼셔."

ᄒᆞ고 다른 범졀도 이와 ᄀᆞᆺ치 ᄒᆞ니 그 효셩의 지극ᄒᆞ믈 닌리(隣里) 일캇지 아니리 업더라. 친정 부뫼 그 일즉 과거(寡居)ᄒᆞ믈[3] 아쳐ᄒᆞ야 가동(家僮)으로 ᄒᆞ여곰 블너 ᄀᆞᆯ오ᄃᆡ,

"어미 병이 극즁ᄒᆞ니 밧비 오라."

ᄒᆞ 【2】 엿거늘 ᄎᆈ시 긔별을 듯고 니웃 사ᄅᆞᆷ의게 자셩으로 부탁ᄒᆞᄃᆡ,

"친모 병이 즁ᄒᆞ기로 단녀올 거시니 그ᄉᆞ이 됴셕을 공궤(供饋)ᄒᆞ여달나."

ᄒᆞ고 밧비 가 본즉 모친이 무양(無恙)ᄒᆞ거늘 ᄎᆈ시 의아(疑訝)ᄒᆞ믈 마지 아니ᄒᆞ더니 부뫼 ᄀᆞᆯ오ᄃᆡ,

"네 년미이십(年未二十)에 청상(靑孀)이 가련ᄒᆞ고 다른 ᄌᆞ녜 업셔 청춘을 헛도이 보낼 일을 ᄉᆡᆼ각ᄒᆞ면 어미 간장이 녹ᄂᆞᆫ ᄃᆞᆺᄒᆞ니 내 너ᄅᆞᆯ 위ᄒᆞ야 어진 사회ᄅᆞᆯ ᄀᆞᆯᄒᆡ여 원앙의 ᄌᆞ미ᄅᆞᆯ 보려 ᄒᆞ니 네 ᄆᆞᄋᆞᆷ을 플쳐 ᄉᆡᆼ각ᄒᆞ야 어믜 원을 막지 말나."

ᄎᆈ시 거즛 ᄃᆡ답ᄒᆞᄃᆡ,

"명ᄃᆡ로 ᄒᆞ리이다."

ᄒᆞ거늘 부뫼 심히 깃거ᄒᆞ더니 그날 밤든 후의 ᄎᆈ시 몸을 ᄲᅢ쳐 싀가(媤家)로 향ᄒᆞᆯ시 수 리ᄅᆞᆯ 못 가셔 발이 부르터 촌보(寸步)ᄅᆞᆯ ᄒᆡᆼ치 못ᄒᆞ고 겨우 ᄒᆞᆫ 고개ᄅᆞᆯ 당ᄒᆞᆫ 즉 큰 범이 길을 당ᄒᆞ여 안잣거늘 ᄎᆈ시 싀가의 갈 ᄆᆞᄋᆞᆷ 【3】 이 밧바 조곰도 두려ᄒᆞ지 아니ᄒᆞ고 범ᄃᆞ려 닐너 ᄀᆞᆯ오ᄃᆡ,

"너ᄂᆞᆫ 본ᄃᆡ 녕믈(靈物)이니 내 말을 드를작시면 실상(實狀)을 다 닐을 거시오 내 ᄯᅩ 죽기ᄅᆞᆯ 두려 아니ᄒᆞ니 네 날을 해ᄒᆞ려 ᄒᆞ거든 밧비 물어 ᄒᆞᆫ ᄭᅵ 요기ᄅᆞᆯ ᄒᆞ라."

ᄒᆞ고 범의 압흐로 다라드니 범이 쥬츔거려[4] 믈너안기ᄅᆞᆯ 여러 번 ᄒᆞ다가 홀연 ᄯᅡ에 업듸거늘 ᄎᆈ시 ᄀᆞᆯ오ᄃᆡ,

"네 나의 약질(弱質) 녀ᄌᆞ로 심야의 독ᄒᆡᆼ(獨行)ᄒᆞ믈 블샹이 너겨ᄒᆞᄂᆞᆫ ᄃᆞᆺᄒᆞ니 내 네 등에 업피랴?"

그 범이 고ᄀᆡᄅᆞᆯ ᄭᅳ덕이며 ᄭᅩ리ᄅᆞᆯ 흔들거늘 ᄎᆈ시 그졔야 ᄆᆞᄋᆞᆷ을 노와 칩ᄯᅥ 타고 그 목을 안으니 범이 ᄒᆡᆼᄒᆞ기ᄅᆞᆯ 풍우ᄀᆞᆺ치 ᄒᆞ야 경각의 구가(舅家) 문밧긔 니ᄅᆞ럿ᄂᆞᆫ지라 ᄎᆈ시 나려 범ᄃᆞ려 닐너 ᄀᆞᆯ오ᄃᆡ,

"네 날을 업고 오노라 슈고ᄒᆞ여 긔갈이 심ᄒᆞᆯ

---

1) 【쇼텬】 [명] ((인류)) 소천(所天). 아내가 남편을 일컫는 말.¶ 夫 ‖ 홍쥬 ᄯᅡ의 한 ᄎᆈ시 녀ᄌᆡ 이시니 ᄌᆞ식이 ᄲᅡ혀나고 셩되 현슉ᄒᆞᄃᆡ 팔ᄌᆡ 긔박ᄒᆞ여 나히 십팔의 쇼텬을 여희고 다만 싀귀 이시니 압흘 못보ᄂᆞᆫ지라 (洪州地有崔氏女, 頗有姿色. 十八喪夫, 只有病盲之舅.) <靑邱野談 奎章 1:1>

2) 【싀구】 [명] ((인류)) 시구(媤舅). 시아버지.¶ 舅 ‖ 홍쥬 ᄯᅡ의 한 ᄎᆈ시 녀ᄌᆡ 이시니 ᄌᆞ식이 ᄲᅡ혀나고 셩되 현슉ᄒᆞᄃᆡ 팔ᄌᆡ 긔박ᄒᆞ여 나히 십팔의 쇼텬을 여희고 다만 싀귀 이시니 압흘 못보ᄂᆞᆫ지라 (洪州地有崔氏女, 頗有姿色. 十八喪夫, 只有病盲之舅.) <靑邱野談 奎章 1:1>

3) 【과거-ᄒᆞ-】 [동] 과거(寡居)ᄒᆞ다. 과부(寡婦)로 살다.¶ 寡 ‖ 친정 부뫼 그 일즉 과거ᄒᆞ믈 아쳐ᄒᆞ야 가동으로 ᄒᆞ여곰 블너 ᄀᆞᆯ오ᄃᆡ 어미 병이 극즁ᄒᆞ니 밧비 오라 ᄒᆞ엿거늘 (其父母憐其早寡無子, 欲奪情嫁他, 委伻邀之曰: "母病方重.") <靑邱野談 奎章 1:1>

4) 【쥬츔-거리-】 [동] 주춤거리다.¶ 범의 압흐로 다라드니 범이 쥬츔거려 믈너안기ᄅᆞᆯ 여러번 ᄒᆞ다가 홀연 ᄯᅡ에 업듸거늘 (遂直至虎前, 虎乃退却, 如是者屢, 忽跪伏于地.) <靑邱野談 奎章 1:3>

거시라."

ᄒᆞ고 급히 집의 【4】 드러가 살진 개를 모라니니 그 범이 개를 무러가더니 수일 후 니웃 사ᄅᆞᆷ이 젼ᄒᆞ되 난듸업ᄂᆞᆫ 큰 범이 함졍의 ᄣᅡ져 톱을⁵⁾ 헤우며⁶⁾ 입을 버리고 소리를 벽녁ᄀᆞᆺ치 ᄒᆞ니 사ᄅᆞᆷ이 다 놀나 감히 갓가이 가지 못ᄒᆞᄂᆞᆫ지라. 결노 쥬려죽기를 기ᄃᆞ린다 ᄒᆞ거늘 최시 ᄌᆞ긔 타고 온 범인가 의심ᄒᆞ야 가 본즉 모ᄉᆡᆨ(毛色)은 비록 방불ᄒᆞ나 밤의 본 바로 ᄌᆞ셰히 분변치 못ᄒᆞ여 범ᄃᆞ려 닐너 ᄀᆞᆯ오ᄃᆡ,

"네 젼일 밤의 날을 ᄐᆡ오고 온 범이냐?"

그 범이 머리를 조으며 눈믈을 흘녀 살기를 바라는 듯ᄒᆞᆫ지라 최시 니웃 사ᄅᆞᆷᄃᆞ려 본말을 ᄌᆞ셰히 닐너 ᄀᆞᆯ오ᄃᆡ,

"져 범이 비록 사오나온 즘승이나 내게는 어진 즘승이라 만일 날을 위ᄒᆞ야 져 범을 노ᄒᆞ면 내 비록 간난ᄒᆞ나 맛당히 갑슬 니듕(里中)의 드리【5】리이다."

ᄒᆞᆫ듸 모든 사ᄅᆞᆷ이 다 칭찬ᄒᆞ여 ᄀᆞᆯ오ᄃᆡ,

"아람답다 이 말이여. 효부의 쳥ᄒᆞᄂᆞᆫ 바를 엇지 시힝치 아니리오마는 만일 범을 노왓다가 사ᄅᆞᆷ을 상ᄒᆞ면 엇지ᄒᆞ리오?"

최시 ᄀᆞᆯ오ᄃᆡ,

"만일 날노 ᄒᆞ여금 함졍을 열게 ᄒᆞ고 졔위는 멀니 피ᄒᆞᆫ즉 내 스스로 가 노ᄒᆞ리라."

ᄒᆞᆫ듸 다 허락ᄒᆞ거늘 최시 함졍 압희 가 범을 경계ᄒᆞ고 내여 노ᄒᆞ니 그 범이 최시의 옷술 무러 당긔며 차마 놋치 못ᄒᆞᄂᆞᆫ 듯ᄒᆞ다가 노코 가니 최시의 츌텬지효(出天之孝)는 이믈(異物)이 감동ᄒᆞᄂᆞᆫ 배러라.

투검슐니비쟝참승
鬪劍術李裨將斬僧

대명(大明) 니졔독(李提督) 여미(如梅)의 후손 니비쟝(李裨將)이라 ᄒᆞᄂᆞᆫ 사ᄅᆞᆷ이 ᄂᆞᆫ시니 녀력(膂力)이 과인(過人)ᄒᆞ고 검슐을 능통ᄒᆞ더니 일즉 젼라감영(全羅監營) 막【6】듕(幕中)으로 갈ᄉᆡ 금강(錦江)의 드ᄂᆞ라 우연이 ᄒᆞᆫ 니힝(內行) ᄂᆞᆫ츠로 더브러 ᄒᆞᆷᄭᅴ 비예 들어 듕뉴(中流)의 ᄯᅴᆺ엿더니 ᄒᆞᆫ 큰 완승(頑僧)이 강변의 니르러 사공을 놉히 블너 비를 밧비 다이라 ᄒᆞ니 사공이 비록 두려ᄒᆞ려 ᄒᆞ거늘 니비쟝이 사공을 ᄭᅮ지져 물니친듸 그 즁이 공듕의 몸을 소ᄉᆞ와 비의 ᄯᅱ여들어 부인 교ᄌᆞ를 보고 발을 들쳐 익이 보와 ᄀᆞᆯ오ᄃᆡ,

"양ᄌᆞ(樣子)와 ᄐᆡ되(態度ㅣ) 극히 아름답다."

ᄒᆞ고 희롱의 말을 방ᄌᆞ이 ᄒᆞ거늘 니비쟝이 ᄒᆞᆫ 쥬먹위로⁷⁾ 타살코져 ᄒᆞ되 그 즁의 용역이 엇더ᄒᆞᆫ믈 아지 못ᄒᆞ여 아직 참으나 분ᄒᆞᆷᄋᆞᆯ 니긔지 못ᄒᆞ여ᄒᆞ더니 이윽고 비예 나려 ᄭᅮ지져 ᄀᆞᆯ오ᄃᆡ,

"네 아모리 완악ᄒᆞᆫ 놈이나 승속(僧俗)이 판이ᄒᆞ고 남녜 ᄌᆞ별(自別)ᄒᆞ거늘 네 엇지 감히 냥반의 니힝을 무수이 희롱ᄒᆞ고 【7】 방ᄌᆞ히 침욕(侵辱)ᄒᆞ니⁸⁾ 네 죄 맛당이 죽으리라."

ᄒᆞ고 가졋던 쳘편으로 평싱 힘을 다ᄒᆞ여 쳐 죽여 죽엄을 강듕의 더지고 감영의 니르러 슌상(巡相)을⁹⁾ 보고 금강의셔 지난 일을 ᄌᆞ셰이 고ᄒᆞ고 막부의 잇더니 거ᄒᆞᆫ지 수월의 포졍문(布政門) 밧긔 들네는 소리 심히 요란ᄒᆞ거늘 감시(監司ㅣ) 그 연고를 무른듸 문직흰 ᄉᆞ령(使令)이 드러와 알외되,

5) 【톱】 图 발톱.¶ 牙 ‖ 난듸업ᄂᆞᆫ 큰 범이 함졍의 ᄣᅡ져 톱을 헤우며 입을 버리고 소리를 벽녁ᄀᆞᆺ치 ᄒᆞ니 사ᄅᆞᆷ이 다 놀나 감히 갓가이 가지 못ᄒᆞᄂᆞᆫ지라 (有一大虎, 入於陷穽, 而磨牙鼓吻, 大肆咆哮, 人莫敢近.) <靑邱野談 奎章 1:4>

6) 【헤우-】 图 허비나.¶ 磨 ‖ 난듸업ᄂᆞᆫ 큰 범이 함졍의 ᄣᅡ져 톱을 헤우며 입을 버리고 소리를 벽녁ᄀᆞᆺ치 ᄒᆞ니 사ᄅᆞᆷ이 다 놀나 감히 갓가이 가지 못ᄒᆞᄂᆞᆫ지라 (有一大虎, 入於陷穽, 而磨牙鼓吻, 大肆咆哮, 人莫敢近.) <靑邱野談 奎章 1:4>

7) 【쥬먹위】 图 ((신체)) 주먹.¶ 拳 ‖ 니비쟝이 ᄒᆞᆫ 쥬먹위로 타살코져 ᄒᆞ되 그 즁의 용역이 엇더ᄒᆞᆫ믈 아지 못ᄒᆞ여 아직 참으나 분ᄒᆞᆷᄋᆞᆯ 니긔지 못ᄒᆞ여ᄒᆞ더니 (某欲一拳打殺, 而未知其勇力之如何, 姑忍之.) <靑邱野談 奎章 1:6>

8) 【침욕-ᄒᆞ-】 图 침욕(侵辱)하다. 능욕을 범하다.¶ 侵 ‖ 네 아모리 완악ᄒᆞᆫ 놈이나 승속이 판이ᄒᆞ고 남녜 ᄌᆞ별ᄒᆞ거늘 네 엇지 감히 냥반의 니힝을 무수이 희롱ᄒᆞ고 방ᄌᆞ히 침욕ᄒᆞ니 네 죄 맛당이 죽으리라 (汝雖頑僧, 僧俗各異, 男女自別, 焉敢侵戲內行.) <靑邱野談 奎章 1:7>

9) 【슌상】 图 ((관직)) 순상(巡相). 순찰사(巡察使).¶ 巡相 ‖ 가졋던 쳘편으로 평싱 힘을 다ᄒᆞ여 쳐 죽여 죽엄을 강듕의 더지고 감영의 니르러 슌상을 보고 금강의셔 지난 일을 ᄌᆞ셰이 고ᄒᆞ고 막부의 잇더니 (以所持鐵鞭, 盡力打之, 卽地致斃, 擧屍投江. 遂至全州, 謁見監司, 告錦江之事, 留於幕府矣.) <靑邱野談 奎章 1:7>

"어디로셔 온 완승이 亽도(使道)룰 뵈오련노라 학고 긔싁아 포려(暴戾)학고[10] 언시 퍼만(悖慢)학읍기로[11] 드러오지 못학게 학온즉 즈연 훤요(喧擾)학와이다."

말을 맛지 못학여 그 즁이 부지블각(不知不覺)의 드러와 바로 쳥상(廳上)의 올나 감亽긔 뵈거늘 감시 무러 굴오딕,

"네 어닉 곳 즁이며 무슴 일노 왓느뇨?"

그 즁이 언연(偃然)이 딕학야 굴오딕,

"쇼승은 강진(康津) 자의 잇습거니와 니비장이 막듕의 잇느니잇가?"

감시 굴오[8] 딕,

"니비장이 므즘[12] 샹경학엿느니라."

그 즁이 굴오딕,

"어닉 쩨예나 도라오라잇가?"

감시 굴오딕,

"일삭(一朔) 슈유(受由)룰 학고 올나가시니 닉월(來月) 슌간(旬間)의 나려오리라."

그 즁이 굴오딕,

"그러학오면 쇼승이 그쩨 다시 올 거시니 계 비록 승텬입디(昇天入地)학여도 면치 못학리니 삼가 피치 말나 학쇼셔."

학고 하직학고 가거늘 감시 니비장을 블너 즁의 학던 말을 니루고 쏘 굴오딕,

"그딕 능히 그 즁을 딕젹홀쇼냐?"

니비장이 딕왈,

"쇼인이 가빈(家貧)학와 육미(肉味)룰[13] 샹히

"먹지 못학엿습기로 긔력이 업亽오니 만일 날마다 큰 소 흔 필식 먹기룰 흔 둘을 학오면 엇지 뎌 즁을 두리오릿가?"

감시 굴오딕,

"이는 블과 쳔금 허비의 지나지 아닐 거시니 무어시 어려오리오?"

학고 즉시 육직(肉直)의게[14] 분부학여 흔 둘을 학학고 미일 큰 쇼 학나식 진 [9] 비(進排)학라 학다. 니비쟝이 쏘 쳥학딕,

"누른 비단 협슈(狹袖)와[15] 블근 비단 젼복(戰服)을 지어달나."

학거늘 감시 쏘 허학니라. 니비쟝이 쟝인(匠人)으로 학여곰 쌍검을 치더 일빅 번 블의 달와내니 그 칼날이 심히 니(利)로와[16] 돌을 버히고 쇠롤 끈는지라. 열흘에 소 열을 먹은즉 몸이 마이 살지고 스무날의 소 스물을 먹은즉 몸이 도로혀 슈쳑학고 삼십일의 소 셜흔을 먹은즉 몸이 살지도 아니코 슈쳑도 아니학야 평인과 굿혼지라. 바야흐로 날닉룰 싸코 용을 길녀 즁 오기룰 기드리더니 그 즁이 과연 긔약굿치 와 감亽룰 보고 굴오딕,

"니비쟝이 왓느니잇가?"

감시 굴오딕,

"일젼의 도라왓느니라."

니비쟝이 므춤 겻히 잇다가 너다라 크게 꾸지져 왈,

"내 이졔 여긔 잇거니 네 엇지 감히 당돌학믈 겨러튼시 학느뇨?"

그 [10] 즁이 굴오딕,

"길게 슈쟉홀 거시 아니라 오늘날 내 널노 더

---

10) 【포려-학-】圈 포려(暴戾)학다. 거칠고 통명스럽다.¶ 어디로셔 온 완승이 亽도룰 뵈오련노라 학고 긔싁이 포려학고 언시 퍼만학읍기로 드러오지 못학게 학온즉 즈연 훤요학와이다 (不知何許僧, 欲入謁使道, 故挽之不得已.) <靑邱野談 奎章 1:7>

11) 【퍼만-학-】圈 패만(悖慢)학다. 사람됨이 온화하지 못하고 거칠며 거만하다.¶ 어디로셔 온 완승이 亽도룰 뵈오련노라 학고 긔싁이 포려학고 언시 퍼만학읍기로 드러오지 못학게 학온즉 즈연 훤요학와이다 (不知何許僧, 欲入謁使道, 故挽之不得已.) <靑邱野談 奎章 1:7>

12) 【므즘】图 마침.¶ 適‖ 감시 굴오딕 니비장이 므즘 샹경학엿느니라 (李適上京矣.) <靑邱野談 奎章 1:8>

13) 【육미】圈 육미(肉味). 짐승의 고기로 만든 음식.¶ 肉‖ 쇼인이 가빈학와 육미롤 샹히 먹지 못학엿습기로 긔력이 업亽오니 만일 날마다 큰 소 흔 필룰 먹기룰 흔 둘을 학오면 엇지 뎌 즁을 두리오릿가 (小人家貧, 食肉常罕, 氣力未健. 若一日食一大牛, 限三十日, 食三

十大牛, 則何畏乎?) <靑邱野談 奎章 1:8>

14) 【육직】图 ((인류)) 육직(肉直). 육지기. 육고자(肉庫子). 육고에 속하여 관아에 육류를 바치던 관노(官奴).¶ 肉吏‖ 즉시 육직의게 분부학여 흔 둘을 학학고 미일 큰 쇼 학나식 진비학라 학다 (分付掌肉吏, 使日供一牛于李裨將.) <靑邱野談 奎章 1:8>

15) 【협슈】圈 ((복식)) 협수(夾袖). 동달이. 검은 두루마기에 붉은 안을 받치고 붉은 소매를 달며 뒷솔기를 길게 터서 지은 군복.¶ 狹袖‖ 누른 비단 협슈와 블근 비단 젼복을 지어달나 학거늘 감시 쏘 허학니라 (製黃錦狹袖, 紫錦戰袍, 監司許之.) <靑邱野談 奎章 1:9>

16) 【니로-오-】圈 이룹다. 날카롭다.¶ 利‖ 니비쟝이 쟝인으로 학여곰 쌍검을 치더 일빅 번 블의 달와내니 그 칼날이 심히 니로와 돌을 버히고 쇠롤 끈는지라 (某又使刃工造雙刃, 百鍊而成其利斷金.) <靑邱野談 奎章 1:9>

브러 亽성을 결ᄒ리라."

ᄒ고 드디여 ᄯ(뜰)에 ᄂ려 바랑[鉢囊]¹⁷⁾ ᄀ온ᄃ로조ᄎ 돌ᄂ만 칼을 ᄂ혀 펼치니 기리 삼 쳑이오 빗치 셔리 ᄀᄐ더라. 니비쟝이 ᄯᅩ흔 ᄯᅳᆯ에 ᄂ려 몸의 누른 협슈에 블근 젼복을 ᄶ 닙고 손의 일ᄡᅡᆼ(一雙) 빅년검(百鍊劍)을 쥐고 발의 흔 켤에 송곳 박은 훠(靴)롤 신고 검무로 셔로 디혀여 피ᄎ 나으락무르락 ᄒ다가 검광(劍光)이 셤섬(閃閃)ᄒᄂᆫ 곳의 일ᄡᅡᆼ 은독[銀甕]이 되여 두 사ᄅᆷ이 공듕의 올나 놉히 구름 속의 드러 형용을 보지 못ᄒ니 ᄯᅳᆯ에 ᄀ득히 구경ᄒ ᄂ 재 다 그 신묘ᄒᆷ을 닐ᄭᆺ지 아니리 업더라.

날이 기운 후의 블근 피 졈졈(點點)히 ᄯᅡ히 ᄯᅥ러지더니 이윽ᄒ여 그 즁의 몸은 션화당(宣化堂) 아리 ᄯᅥ러지고 머리ᄂ 포졍문 밧긔 ᄯᅥ러지니 여러 **[11]** 사ᄅᆷ이 니비쟝의 무스ᄒᆷ을 아나 날이 져무도록 긔쳑이 업거늘 모다 괴이히 너기더니 황혼시의 비로소 칼을 잡고 공듕으로셔 ᄂ려와 감스의게 무수이 사례ᄒ여 ᄀᆯ오디,

"쇼인이 샹공 대야(大爺)의 은덕을 닙亽와 소 삼십 필을 먹스와 긔운이 츙실ᄒ고 누르고 블근 복식으로 그 즁의 눈을 현황(眩恍)케 ᄒ야 그놈을 버혓거니와 만일 그러치 아니ᄒ던들 쇼인의 목숨을 보젼키 어려웟ᄂᆞ니다."

감시 ᄀᆯ오디,

"즁의 머리ᄂ ᄯᅥ러진지 오라거늘 그디 ᄂ려오ᄆᆫ 엇지 그리 더디뇨?"

니비쟝이 ᄀᆯ오디,

"이믜 검긔(劍氣)ᄅ 탓ᄂᆫ지라 고국 ᄉᆡᆼ각이 간졀ᄒ와 그 亽이 농셔(隴西)의 가 션영(先塋) 분묘ᄅ 뵈옵고 일쟝 통곡ᄒ고 왓ᄂᆞ이다."

ᄒ니 니비쟝의 신용검술(神勇劍術)은 고금의 드무더라.

니무변궁협격밍슈
李武弁窮峽格猛獸

[12] 인묘됴(仁廟朝) ᄶ의 셔울 흔 무변(武弁)이 ᄯᅩᄉ니 셩은 니(李)오 일홈은 슈긔(修己)라. 풍골(風骨)이 쥰슈ᄒ고 녀력이 과인ᄒ더니 일즉 관동(關東) ᄯᅡ의 볼일이 ᄯᅩᄉ셔 길이 양노(襄陽) 지나ᄂᆫ지라. 마참 날이 져물고 희미히 길을 일허 산곡 亽이로 년ᄒᆞ여 슈십 니롤 졈졈 드러가니 산뇌(山路ㅣ) 심히 긔구(崎嶇)ᄒ고 촌가(村家)롤 엇지 못ᄒ야 방황홀 지음의 홀연 블빗치 멀니 수풀 사이로 빗쵀거늘 말을 모라 급히 다다른즉 바외¹⁸⁾ 언덕 사이의 흔 집이 ᄯᅩᄉ시니 널노 빈지¹⁹⁾ᄒ고 남그로 기와ᄒᆞ엿ᄂᆫ디 흔 노귀(老嫗ㅣ) 문을 여러 맛거늘 물긔 ᄂ려 드러간즉 흔 쇼년 녀지 년광(年光)이 ᄯᅩᄉ십은 ᄒ고 ᄌᆞ식이 극히 아롬답고 소복이 ᄀᆞ장 담결(淡潔)ᄒ야 노구로 더브러 동거ᄒᆞ니 방새(房舍ㅣ) 다만 우아리 두 간 ᄲᅵᆫ이라 벽을 **[13]** 격ᄒ여 문이 ᄯᅩᄉ시니 딜을 아리간의 머무르고 셕반을 올닐시 산치(山菜) 졍결ᄒ고 향긔로온 슐노 반쥬ᄒᆞ여 디졉ᄒᆞᄂᆫ 뜻이 극히 은근ᄒ거늘 ᄉᆡᆼ이 깁히 탄상(歎賞)ᄒ고 무르디,

"그디 쟝뷔 어디 갓ᄂᆞ뇨?"

그 녀지 아미(娥眉)롤 숙이고 말슴을 나죽이 ᄒ여 ᄀᆯ오디,

"맛ᄎᆷ 나갓스니 오라지 아녀 도라오리이다."

ᄒ더니 밤이 깁흔 후의 흔 쟝뷔 드러오니 신댱이 팔 쳑이오 용뫼 헌앙(軒昻)ᄒ고 어음이 우레 ᄀᄐᆫ지라 쇼부(少婦)더러 무러 ᄀᆯ오디,

"산촌 깁흔 밤의 엇던 사ᄅᆷ이 남의 부녀 혼자 잇ᄂᆫ 방의 와 잇ᄂᆫ뇨? 극히 괴이ᄒ도다. 가히 그져 두지 못ᄒ리라."

ᄒ거늘 니셩이 크게 두려 나가 ᄀᆯ오디,

"원긱(遠客)이 심야의 길을 일코 쳔신만고(千辛萬苦)ᄒ야 귀샤(貴舍)의 니르럿거늘 쥬인은 가긍히 너기ᄂᆫ 뜻이 업고 도로혀 칙망ᄒᆞ미 잇ᄂᆞ냐?"

---

17) 【바랑】圖 즁이 둥에 지고 ᄃᆞ니ᄂᆫ 사무 모양의 큰 주머니.¶ 鉢囊 ‖ 드디여 ᄯᅳᆯ에 ᄂ려 바랑 ᄀ온디로조ᄎ 돌ᄂ만 칼을 ᄂ혀 펼치니 기리 삼 쳑이오 빗치 셔리 ᄀᄐ더라 (遂下庭, 拔出鉢囊中, 卷藏之劒, 以手伸之, 乃如霜長釼也.) <靑邱野談 奎章 1:10>

18) 【바외】圖 바위.¶ 嚴 ‖ 바외 언덕 사이의 흔 집이 ᄯᅩᄉ시니 널노 빈지 ᄒ고 남그로 기와ᄒᆞ엿ᄂᆫ디 흔 노귀 문을 여러 맛거늘 (只有一家, 處嚴嶺間, 板屋木瓦, 頗寬敞, 有老女子, 開門延之.) <靑邱野談 奎章 1:12>

19) 【빈지】圖 ((주거)) 널빈지. 흔 ᄶ씩 ᄭᅵ웟다 ᄯᅦ엿다 할 수 잇게 만든 문. 흔히 가게에서 문 대신 씀.¶ 屋 ‖ 바외 언덕 사이의 흔 집이 ᄯᅩᄉ시니 널노 빈지 ᄒ고 남 그로 기와ᄒᆞ엿ᄂᆫ디 흔 노귀 문을 여러 맛거늘 (只有一家, 處嚴嶺間, 板屋木瓦, 頗寬敞, 有老女子, 開門延之.) <靑邱野談 奎章 1:12>

샹뷔 우어 글오디,

"긔의 말이 올토 【14】 다. 내 특별이 희롱ᄒ미니 괴이 너기지 말나."

ᄒ고 뜰 ᄀ온디 블을 크게 볼키고 산영ᄒ여온 바 산즘성을 버러노ᄒ니 노로 사슴 톳기 산곳치 ᄲ힌지라. 니셩이 더옥 두려ᄒ더니 쥬인이 믄득 깃븐 빗치 움죽여 사슴을 가마의 살마 안쥬롤 장만ᄒ고 ᄯ 묘ᄒ 술을 사온 후 밤이 장ᄎ 반이 지ᄂᆞᆫ지라 축을 잡고 방의 드러가 셩을 쳥ᄒ여 ᄂᆞ려 안치고 큰 동희예20) 술을 부어 셩을 권ᄒ고 ᄯᅩ 쥬인이 술을 잡아 피ᄎᆞ 담쇠(談笑ㅣ) 난만ᄒ더니 쥬인이 믄득 셩의 손을 잡고 글오디,

"그디 긔골을 보건디 범상치 아니ᄒ니 필경 용녁이 타인과 다롤지라 내 지극ᄒ 셜음이 ᄆᆞ옴의 밋치여 반ᄃᆞ시 죽일 원쉬 이시니 만일 의긔와 용녁이 가히 스셩을 ᄒᆞᆫ가지로 홀 남지 아니면 죡히 더부러 일을 계교치 못홀지라. 그디 능히 긍측(矜惻)【15】히 너겨 허락ᄒ쇼냐?"

셩이 글오디,

"다만 그 실샹을 말ᄒ라."

쥬인이 눈물을 ᄲᅮ려 글오디,

"엇지 ᄎᆞ마 말ᄒ리오? 내 여러 디 이 동듕(洞中)의 이셔 부요(富饒)ᄒ믈 사롬이 일ᄏᆞᆺ더니 십년 젼의 ᄒ 큰 모진 범이 근쳐 깁흔 산의 와 웅거ᄒ니 내 집의셔 가기 십여 리라. 놀마다 촌민이 그 해롤 닙은 쟤 그 수롤 아지 못ᄒ니 이러모로 다 니산ᄒ여 ᄒ낫도 나믄 쟤 업고 내 조부모와 밋 부모 형뎨 다 그 범의 해ᄒ 배 되니 나도 즉시 ᄯᅥ나갈 거시되 창졸간 피홀 ᄯᅡ이 업셔 십일지니예 년ᄒ여 해를 닙고 나 ᄒᆞᆫ 몸만 나맛스니 홀노 산들 무어시 ᄡᅳ리오마ᄂᆞᆫ 내 여간 용녁이 ᄀᆞ시니 이 범을 반ᄃᆞ시 죽인 후의야 가히 거ᄒᆞᆯ지라. 이러모로 그 범으로 더브러 셔로 힘을 결운지 여러 해로디 나와 뎌 범이 힘이 샹젹ᄒ야 승부롤 지우금(至于今)【16】 결치 못ᄒ여시니 만일 ᄒᆞᆫ 장ᄉᆞ롤 어더 ᄒᆞᆫ 팔 힘을 도은즉 가히 죽일 거신고로 지우금 구ᄒ지 오릭디 ᄆᆞᆺ춤니 엇지 못ᄒᆞ야 셜움이 골슈의 박여 ᄂᆞ노 부르지져 울 ᄯᆞ롬이러니 이제 다ᄒᆡᆼ히 그디롤 만나니 결단코 범인이 아니라. 감히 입을 여러 실스(實事)롤 고ᄒ노니 그디 능히 뉴렴(留念)홀쇼냐?"

니셩이 듯고 크게 감동ᄒ야 쥬인의 손을 잡고 글오디,

"슬프다 효ᄌᆞ여. 내 엇지 ᄒᆞᆫ 번 손드ᄂᆞᆫ 슈고롤 앗겨 쥬인의 원억ᄒᆞᆫ믈 풀지 아니ᄒ리오? 그디롤 ᄯᅡ라 범 잇ᄂᆞᆫ 곳의 가기롤 원ᄒ노라."

쥬인이 다시 니러 졀ᄒ여 샤례ᄒ거늘 니셩이 글오디,

"그 범을 그디 엇지 칼과 춍으로뼈 죽이지 못ᄒᆞᄂᆞ뇨?"

쥬인이 글오디,

"이 즘성이 년구(年久)ᄒ 노물(老物)이라 나의 병장긔(兵仗器) 가진 줄 알면 ᄆᆡ양 피ᄒᆞ야 뵈지 아니ᄒ고 만일 가지ᄌᆞ【17】 아니ᄒᆞᆫ 줄 알면 나와 결우니 이러모로 죽이기 어렵고 나도 ᄯᅩ 여러 번 위틱ᄒᆞᆫ 지경을 당ᄒ여 감히 자조 범치 못ᄒ노라."

니셩이 글오디,

"내 그디의게 의긔롤 이믜 허ᄒ여시니 맛당히 긔운을 길너 수일을 지닌 후 가히 나아가 그 범과 결우리라."

ᄒ고 인ᄒ야 머무러 술과 고기로뼈 낭ᄌᆞ히 먹기롤 십여 일을 ᄒ더니 일ᄌᆞ은 하놀이 쳥명ᄒ고 일긔 화창ᄒ거늘 쥬인이 글오디,

"가히 ᄒᆡᆼ홀지어다."

ᄒ고 셩의게 ᄒ 니검(利劍)을 쥬고 ᄌᆞ긔ᄂᆞᆫ 긔계도 업시 집을 ᄯᅥ나 동으로 향ᄒ기롤 십여 리롤 ᄒ야 산곡으로 깁히 드러갈ᄉᆡ 두어 고기롤 너므니 쳥산은 쳡ᄌᆞ(疊疊)ᄒ고 녹슈(淥水)ᄂᆞᆫ 잔ᄌᆞ히여 슈목이 총잡(叢雜)ᄒᆞᆫ ᄀᆞ온디 홀연 바라본즉 골이 열녀 평젼(平田)ᄒᆞᆫ 밧치 잇고 믈근 시너와 흰모리 우희ᄒᆞᆫ 놉흔 바위 이시디 돌빗【18】치 검고 험ᄒ여 놉히 수십 장이라 쥬인이 셩ᄃᆞ려 깁흔 수풀 사이예 숨엇스라 ᄒ고 단신공권(單身空拳)으로 힝ᄒ여 시너ᄀᆞ의 니ᄅᆞ러 기리 프롬ᄒ니21) 그 소리 심히 믈근지라. 홀연 ᄲᅴ글과 모리 바위 우으로조ᄎᆞ ᄂᆞ러나 일동(一洞)의 ᄀᆞ둑ᄒ고 놀빗치 그믐밤 ᄀᆞᆺ더니 이윽ᄒ야

---

20) 【동희】圖 동이.¶ 盆 ‖ 쵹은 잡고 방의 드러가기 닝을 셩ᄒ여 ᄂᆞ려 안치고 큰 동희예 술을 부어 셩을 권ᄒ고 ᄯᅩ 쥬인이 술을 잡아 피ᄎᆞ 담쇠 난만ᄒ더니 (携燈入室, 請生起坐, 美酒盈盆, 大殽堆盤, 連擧大椀. ……已而酒酣氣逸, 彼此談說爛漫.) <靑邱野談 奎章 1:14>

21) 【프롬-ᄒ-】圖 휘파람하다. 휘파람 불다.¶ 嘯 ‖ 쥬인이 셩ᄃᆞ려 깁흔 수풀 사이예 숨엇ᄉᆞ라 ᄒ고 단신공권으로 힝ᄒ여 시너ᄀᆞ의 니ᄅᆞ러 기리 프롬ᄒ니 그 소리 심히 믈근지라 (主人請李生, 隱於深林間, 獨身空拳, 行至溪邊, 畏嘯久之, 其聲淸亮非常.) <靑邱野談 奎章 1:18>

바외 니마의 ᄒᆞᆫ ᄡᅡᆼ 홰ᄡᆡᆯ이[22] 블그락써지락 번득이고 빗나거ᄂᆞᆯ 니ᄉᆡᆼ이 수플 ᄉᆞ이로조ᄎᆞ 술펴본 즉 ᄒᆞᆫ 괴이ᄒᆞᆫ 거시 바외 사이예 걸녀시ᄃᆡ ᄒᆞᆫ 폭 검은 비단 ᄀᆞᆺ고 ᄒᆞᆫ 쵹블이 그 ᄉᆞ이예 잇ᄂᆞᆫ지라 쥬인이 보고 팔을 ᄲᅧᆸᄂᆡ며 크게 브ᄅᆞ니 그거시 ᄒᆞᆫ 번 ᄠᅱ여 나려오ᄆᆡ ᄲᆡ르기 졔비 ᄀᆞᆺᄒᆞᆫ지라. 쥬인으로 더브러 셔로 안앗거ᄂᆞᆯ ᄌᆞ세히 보니 ᄒᆞᆫ 큰 검은 범이라. 머리와 눈이 흉ᄒᆞ고 모지러 사ᄅᆞᆷ으로 ᄒᆞ여곰 ᄌᆞ연 놀나 바로 보지 못ᄒᆞᆯ너라.

【19】 그 범이 바야흐로 사ᄅᆞᆷ과 ᄀᆞᆺ치 셔거ᄂᆞᆯ 쥬인이 머리ᄅᆞᆯ 범의 흉당(胸膛) ᄉᆞ이로 드리미러 범의 허리ᄅᆞᆯ 긴히 안으니 범의 머리 곳아 능히 굴치 못ᄒᆞ고 압다리로ᄡᅧ 사ᄅᆞᆷ의 등을 허위ᄃᆡ 원ᄂᆡ 쥬인의 등ᄀᆞ족이 굿고 단〻ᄒᆞ미 쇠 ᄀᆞᆺᄐᆞ여 니(利)ᄒᆞᆫ 발톱이 베플 곳이 업ᄉᆞᆫ지라. 사ᄅᆞᆷ은 범을 너무치려[23] ᄒᆞ고 범은 사ᄅᆞᆷ을 넘으치려 ᄒᆞ여 ᄒᆞᆫ 번 밀고 ᄒᆞᆫ 번 믈너 나으락무르락ᄒᆞᄃᆡ 엇지ᄒᆞᆯ 길이 업ᄂᆞᆫ지라. 이ᄯᆡ 니ᄉᆡᆼ이 수플 ᄉᆞ이로조ᄎᆞ 칼을 ᄲᅡ야 들고 바로 범의 압흐로 다라드니 그 범이 보고 크게 ᄒᆞᆫ 소ᄅᆡᄅᆞᆯ 지르니 바외 터지고 산이 문허지ᄂᆞᆫ ᄃᆞᆺᄒᆞᆫ지라. 졔 아모리 ᄲᅡ혀나고져 사ᄅᆞᆷ이 긴〻히 안아시므로 ᄒᆞᆯ길이 업셔 황난ᄒᆞᆫ 거동이 급〻ᄒᆞ야 두 눈빗치 번ᄀᆡᄀᆞᆺ치 번득이거ᄂᆞᆯ ᄉᆡᆼ이 조금 【20】 도 ᄆᆞᄋᆞᆷ을 동치 아니ᄒᆞ고 바로 압흐로 나아가 칼노 범의 허리ᄅᆞᆯ 질너 수ᄎᆞ 츌납(出納)ᄒᆞ니 그 범이 벽녁 ᄀᆞᆺᄐᆞᆫ 소ᄅᆡᄅᆞᆯ 지르고 이윽ᄒᆞ여 뒤쳐져 피 흘너 사얌[24] 솟듯 ᄒᆞ거ᄂᆞᆯ 쥬인이 그졔야 칼을 취ᄒᆞ야 범의 ᄇᆡᄅᆞᆯ 갈으고 ᄲᅧᄅᆞᆯ ᄧᅵᆨ어 육장을 ᄆᆡᆫ들고 간을 ᄂᆡ여 너을며[25] 실셩통곡(失性痛哭)ᄒᆞ더니 이윽고 정신을 ᄎᆞ려 ᄉᆡᆼ을 잇글고 집의 도라와 머리ᄅᆞᆯ 조와 읍ᄇᆡ(揖拜)ᄒᆞ니 ᄉᆡᆼ이 ᄯᅩᄒᆞᆫ 감창(感愴)ᄒᆞ야 흐ᄅᆞᄂᆞᆫ 눈믈을 금치 못ᄒᆞᆯ너라.

잇튼날 쥬인이 큰 소 오쳑(五隻)과 쥰마 이필을(二四) 모라 드려 피믈(皮物)과 인삼 등믈을 ᄀᆞ득히 싯고 ᄯᅩ 칠ᄒᆞᆫ 궤 둘을 내여 노흐니 다 쳔 냥이라. 그 쇼녀ᄅᆞᆯ ᄀᆞ르쳐 ᄀᆞᆯ오ᄃᆡ,

"이 녀인은 후ᄒᆞᆫ 갑ᄉᆞ로 어든 거시오 ᄒᆞᆫ 번도 갓가이 ᄒᆞᆫ 배 업고 내 여러 해 이 ᄌᆡ믈을 모도믄 일야(一夜)의 원슈 갑ᄒᆞᆯ 쟈ᄅᆞᆯ 【21】 위ᄒᆞ여 은혜ᄅᆞᆯ 갑고져 ᄒᆞ미니 다힝히 ᄉᆞ양치 말고 거두어 가라."

ᄒᆞ고 ᄯᅩ 무수히 읍ᄇᆡᄒᆞ거ᄂᆞᆯ ᄉᆡᆼ이 〻ᄆᆡ 의긔로 셔로 ᄆᆞᄋᆞᆷ을 허ᄒᆞ여 건져시니 엇지 ᄌᆡ믈을 사랑ᄒᆞᄂᆞᆫ 뜻을 두리오? 구지 ᄉᆞ양ᄒᆞ야 ᄀᆞᆯ오ᄃᆡ,

"내 비록 무뷔나 엇지 일홈 업ᄉᆞᆫ ᄌᆡ믈을 탐혹ᄒᆞ여 바드리오? 다시 니르지 말나."

쥬인이 ᄀᆞᆯ오ᄃᆡ,

"내 여러 ᄒᆡᄅᆞᆯ 년ᄒᆞ야 ᄆᆞᄋᆞᆷ을 ᄡᅳᆫ 바ᄂᆞᆫ 다만 금일을 위ᄒᆞ미니 그ᄃᆡ 엇지 이런 말을 ᄒᆞ여 나의 지원(至願)을 막ᄂᆞ뇨?"

ᄯᅩ 다시 니러나 두 번 졀ᄒᆞ고 미녀ᄅᆞᆯ 도라 향ᄒᆞ야 ᄀᆞᆯ오ᄃᆡ,

"네 이 ᄌᆡ믈을 슈습ᄒᆞ여 은인을 잘 셤기라. 만일 타인을 셤기고 ᄌᆡ믈을 낭비ᄒᆞ면 내 비록 쳔리 밧긔 잇셔도 반다시 알 거시오 ᄯᅩ 네 명을 보젼치 못ᄒᆞ리라."

ᄒᆞ고 말을 ᄆᆞᄎᆞᄆᆡ 표연이 가거ᄂᆞᆯ ᄉᆡᆼ이 ᄒᆞᆯ일업셔 미녀와 ᄌᆡ믈을 거두어 가지고 집의 도 【22】 와 미녀ᄅᆞᆯ 위ᄒᆞ야 가랑(佳郞)을 구코져 ᄒᆞᄃᆡ 그 미네 죽기로 ᄆᆡᆼ셰ᄒᆞ고 원치 아니ᄒᆞ니 ᄆᆞᄎᆞᆷ내 ᄉᆡᆼ의 부실(副室)이 되니라.

완산기독슈포의쳡
完山妓獨受布衣帖

박샹셔(朴尙書) 신규(信圭ㅣ) 등과(登科) ᄀᆞᆺ ᄒᆞ여실 ᄯᆡ예 힝ᄒᆞ여 젼쥐(全州)ᄅᆞᆯ 지날ᄉᆡ 감ᄉᆡ(監司ㅣ) ᄆᆞᄎᆞᆷ 대연(大宴)을 비셜ᄒᆞ엿거ᄂᆞᆯ 박공(朴公)이

---

22) 【홰ᄡᆡᆯ】 명 횃불.¶ 炬 ‖ 이윽ᄒᆞ야 바외 니마의 ᄒᆞᆫ ᄡᅡᆼ 홰ᄡᆡᆯ이 블그락써지락 번득이고 빗나거ᄂᆞᆯ (俄見巖顚, 有光如雙炬, 明滅閃爍.) <靑邱野談 奎章 1:18>

23) 【너무치-】 동 넘어뜨리다.¶ 踣 ‖ 사ᄅᆞᆷ은 범을 너무치려 ᄒᆞ고 범은 사ᄅᆞᆷ을 넘으치려 ᄒᆞ여 ᄒᆞᆫ 번 밀고 ᄒᆞᆫ 번 믈너 나으락무르락ᄒᆞᄃᆡ 엇지ᄒᆞᆯ 길이 업ᄂᆞᆫ지라 (則以脚纏虎脚, 只要踣之, 虎則卓竪兩脚, 只要不蹶, 一推一却, 互相進退而蚌鷸之勢, 無可奈何.) <靑邱野談 奎章 1:19>

24) 【사얌】 명 샘.¶ 泉 ‖ 그 범이 벽녁 ᄀᆞᆺᄐᆞᆫ 소ᄅᆡᄅᆞᆯ 지르고 이윽ᄒᆞ여 뒤쳐져 피 흘너 사얌 솟듯 ᄒᆞ거ᄂᆞᆯ (虎始震吼, 俄而頹然委地, 流血泉湧.) <靑邱野談 奎章 1:20>

25) 【너을-】 동 씹다.¶ 咀嚼 ‖ 쥬인이 그졔야 칼을 취ᄒᆞ야 범의 ᄇᆡᄅᆞᆯ 갈으고 ᄲᅧᄅᆞᆯ ᄧᅵᆨ어 육장을 ᄆᆡᆫ들고 간을 ᄂᆡ여 너을며 실셩통곡ᄒᆞ더니 (主人取其劒, 剸腹斫骨, 泥成肉醬, 取心肝, 納口咀嚼旣盡, 失聲大慟.) <靑邱野談 奎章 1:20>

지나가는 유성으로 말셕의 우연이 참예호엿더니 도니(道內) 슈령(守令)이 다 모엿눈지라. 종일토록 기악(妓樂)으로 즐기다가 잔치롤 파호미 모든 창기(娼妓) 분々히 힝하긔(行下記)롤26) 좌상(座上) 졔긱(諸客)의게 드리니 웅쥬(雄州) 거목 슈령방빅(守令方伯)이 다토와 미젼목포(美氈木布)롤 겨겨쥬눈디 그 듕의 흔 졀묘(絶妙)흔 기녜 슈령의게 쳥치 아니호고 홀노 힝하긔롤 박공의 압히 드리거늘 박공이 우어 굴오디,

"내 포의한ᄉ(布衣寒士)로 므춤 지너다가 셩연(盛宴)의 춤녜호여시니【23】엇지 너 줄 믈건이 々시리오?"

기녜 굴오디,

"쇼녜 아지 못호미 아니로더 상공은 귀인이라 젼졍(前程)이 만리오 필경 영달호실 거시니 원컨더 미리 우수(優數)히27) 힝하롤 격여쥬시믈 ᄇ라ᄂᆞ다."

박공이 웃고 넉々히 격엿더니 그 후 젼쥬판관(全州判官)이 되미 그 기녜 힝하긔롤 드리거늘 공이 우어 굴오디,

"관황(官況)이28) 격기로 아직 그 반을 쥬노라."

호고 그 후 감시 되미 진수(盡數)히 다 준 후의 무러 굴오디,

"네 그 찌 엇지 나의 이리 될 줄 알앗ᄂᆞ뇨?"

기녜 굴오디,

"그 찌 모든 방빅슈령이 좌상 ᄀᆞ득호고 샹공이 홀노 말셕에 춤녜호여 계시나 풍신과 긔상이 좌듕의 ᄶᅡ혀나신지라 모든 창기 힝하긔롤 올니미 녈읍 슈령이 다토와 격이더 샹공은 홀노 타연이 본쳬 아니호시니 이러모로써 이예 니ᄅᆞ실 줄을 알미

로【24】쇼이다."

ᄒ더라.

박상셔착인젼호셩
朴尙書錯認傳呼聲

윤판셔(尹判書)의 일홈은 이졔(以濟)니 평성 희학(戲謔)과 츄피(麤悖)흔29) 말을 조히 너겨 입의 ᄭᆞ치지 아니호여 일노써 능ᄉᆞ롤 삼고 박샹셔(朴上書)의 일홈은 신규(信圭)니 윤공(尹公)으로 더부러 극친(極親)흔 벗이라. 미양 셔로 더ᄒᆞ면 믄득 취악(醜惡)흔30) 말노 셔로 슈쟉(酬酌)ᄒᆞ더니 뎡참판(鄭參判) 약(鑰)은 박공(朴公)의 부집(父執)이라 샹히 오면 박공이 미양 당의 ᄂᆞ려 맛더니 일일은 뎡공(鄭公)이 신벽의 박공의게 마츰31) 나아가니 그ᄯᅢ 뎡공은 병조참판(兵曹參判)이오 윤공은 형조참판(刑曹參判)이라. 뎡공의 하인이 박공의 슈쳥(守廳)을 블너 아모 뎡공 오신다 ᄒᆞ거늘 박공이 자다가 몽듕의 그릇 병조롤 형조로 듯고 짐짓 누어 이지 아니ᄒᆞ엿더니 뎡공이 창【25】 밧긔 발셔 니르러도 ᄯᅩ흔 격연(寂然)흔지라. 뎡공이 심히 괴이히 너기더니 박공이 누은 안으로조ᄎᆞ 크게 ᄭᅮ짓고 취담(醜談)으로 후욕(詬辱)ᄒᆞ거늘 뎡공이 놀나고 희연(駭然)ᄒᆞ야 드러가 보지 아니호고 호외(戶外)로조ᄎᆞ 도라오니라.

박공이 ᄯᅳᆺ에 헤오디 윤공이 오면 반드시 취언(醜言)으로써 슈쟉ᄒᆞ리라 ᄒᆞ엿더니 격연이 들니미

---

26) 【힝하긔】 圄 행하기(行下記). 놀음이나 놀이가 끝난 뒤에 기생이나 광대에게 주는 보수를 적은 장부.¶ 帖 ∥ 종일토록 기악으로 즐기다가 잔치롤 파흐미 모든 창기 분々히 힝하긔롤 좌상 졔직의게 드리니 (宴罷, 諸妓紛然, 受帖於衆宴諸客.) <靑邱野談 奎章 1:22>

27) 【우수-히】 圄 우수(優數)히. 수가 많게.¶ 優 ∥ 쇼녜 아 지 못ᄒᆞ미 아니로더 상공은 귀인이라 젼졍이 만리오 필경 영달ᄒᆞ실 거시니 원컨더 미리 우수히 힝하롤 격 여쥬시믈 ᄇ라ᄂᆞ다 (小的非不知也. 相公貴人, 前程萬 里亨通, 預許優給.) <靑邱野談 奎章 1:23>

28) 【관황】 圄 관황(官況). 지방관의 녹봉.¶ 官 ∥ 관황이 격기로 아직 그 반을 쥬노라 (小官不能盡給, 給其半.) <靑邱野談 奎章 1:23>

29) 【츄피-ᄒᆞ-】 圄 추패(麤悖)ᄒᆞ다. 거칠고 막되다.¶ □悖 ∥ 윤판셔의 일홈은 이졔니 평성 희학과 츄피흔 말을 조히 너겨 입의 ᄭᆞ치지 아니ᄒᆞ여 일노써 능ᄉᆞ롤 삼고 (尹判書以濟, 平生喜謔浪□悖之言, 不絶於口, 以此爲能 事.) <靑邱野談 奎章 1:24>

30) 【취악-ᄒᆞ-】 圄 추악(醜惡)ᄒᆞ다. 더럽고 흉악하다.¶ 醜 惡 ∥ 미양 셔로 더ᄒᆞ면 믄득 취악흔 말노 셔로 슈쟉 ᄒᆞ더니 뎡참판 약은 박공의 부집이라 (每相對, 輒以醜 惡之言, 相酬酌, 鄭叅判鑰, 朴之父執也.) <靑邱野 談 奎章 1:24>

31) 【마츰】 圄 마침.¶ 일일은 뎡공이 신벽의 박공의게 마 츰 나아가니 그ᄯᅢ 뎡공은 병조참판이오 윤공은 형조 참판이라 (一日淸晨詣朴, 鄭公時爲兵曹叅判.) <靑邱野 談 奎章 1:24>

업거늘 쏘 욕셜을 발ᄒᆞᄃᆡ 응ᄒᆞ미 업ᄂᆞᆫ지라. ᄆᆞ음의 의심ᄒᆞ더니 죵재 이믜 갓다 ᄒᆞ거늘 박공이 그계야 명공의 왓던 줄을 알고 크게 놀나 몸소 가 샤례ᄒᆞᆫ ᄃᆡ 명공이 졍식 왈,

"국개 그ᄃᆡ 무리의 불쵸ᄒᆞᆷ믈 아지 못ᄒᆞ시고 경ᄌᆡ(卿宰)의 반녈에 두어 취픠ᄒᆞᆫ 말노뼈 슈작ᄒᆞᄃᆡ 붓그러오믈 아지 못ᄒᆞ니 그 진신(縉紳)의 욕되미 엇더ᄒᆞ뇨? 내 그ᄃᆡ의 취언이 날노뼈 발ᄒᆞᆫ 배 아닌 줄 아지 못ᄒᆞ미 아니로ᄃᆡ 드르미 즌 [26] 연 희악(駭愕)ᄒᆞᆷ믈 니긔지 못ᄒᆞ여 셔로 볼 ᄯᅳᆺ이 삭연(索然)ᄒᆞ야32) 도라오미로라."

박공이 복복 샤죄(僕僕謝罪)ᄒᆞ고 ᄎᆞ후로 그 취픠ᄒᆞᆫ 언습(言習)을 져기 증계(懲戒)ᄒᆞ더라.

증강시니반슈형법
拯江屍李班受刑法

니샹공(李相公) 완(浣)이 형판(刑判)을 당ᄒᆞ여 실 졔 함경도(咸鏡道) 엄셩(嚴姓) 사롬이 쟝녕(掌令) 니증(李拯)으로 젼답ᄉᆞ(田畓事)를 숑ᄉᆞᄒᆞ니 엄은 곳고 니는 굽은지라. 공이 ᄌᆞᄆᆡ 쳐결ᄒᆞᆫ 후 엄기(嚴家])ㅣ 응당 결숑(決訟)ᄒᆞᆫ 문안을 바들 거시로ᄃᆡ 여러 눌 아득히 소식이 업거늘 공이 혜아리ᄃᆡ 하방(遐方) 쳔인(賤人)이 됴뎡 진신으로 더브러 디숑(對訟)ᄒᆞ미 외로온 죵젹이 의거ᄒᆞᆯ ᄃᆡ 업셔 니가의셔 반ᄃᆞ시 엄가를 ᄀᆞ만이 죽이고 엄젹(掩跡)홀33) 환이 잇슬 ᄃᆞᆺᄒᆞ야 이에 형니(刑吏) 듕의 녕니ᄒᆞᆫ ᄉᆞ령을 ᄲᆞᆯ 잘나 니증의 [27] 집을 염탐ᄒᆞᆯᄉᆡ 그 집 아희죵을 잡아다가 ᄌᆞ셰히 힐문ᄒᆞ니 그 ᄋᆞ희 실상을 고치 아니ᄒᆞ거늘

공이 드디여 형쟝(刑杖)을 더으니 그 ᄋᆞ희 비로쇼 바로 알외ᄃᆡ 샹젼(上典)이 쳐음의 엄가를 쥬육(酒肉)으로 달니고 니죵에 죽여 하인으로 ᄒᆞ여곰 그 시체롤 지고 남셩(南城)을 너머 한강믈에 너헛다 ᄒᆞ거늘 공이 분ᄒᆞᆷ믈 니긔지 못ᄒᆞ여 궐듕의 드러가 알외ᄃᆡ,

"나라히 뼈 나라 되ᄂᆞᆫ 밧쟈ᄂᆞᆫ 형졍(刑政)과 긔강(紀綱)이라 이졔 됴신 니증이 임의 숑민(訟民)을 박살ᄒᆞ엿ᄉᆞ오니 귀셰(貴勢)의 연고로뼈 법을 바르게 못ᄒᆞ온즉 나라히 엇지 위틱치 아니ᄒᆞ리잇가? 반ᄃᆞ시 엄가의 시체롤 어든 후의야 가히 그 죄롤 바르게 ᄒᆞ올지니 신이 ᄌᆞ졔 염탐ᄒᆞ와 만일 시체롤 어든즉 신이 반ᄃᆞ시 니증을 슈살(手殺)ᄒᆞ리이다."

ᄒᆞ니 공 [28] 이 기시(其時)예 훈쟝(訓將)을 겸대(兼帶)ᄒᆞ엿ᄂᆞᆫ지라 즉시 군졸과 밋 방민(坊民)을 발ᄒᆞ여 션쳑(船隻)을 모도고 쇠갈구리롤 만히 믄드러 거믜 그물 ᄀᆞᆺ치 강을 덥허 ᄎᆞᄌᆞ 시체롤 어드니 긔슈(旗手])ㅣ ᄲᆞᆯ니 돌녀오거늘 공이 셔안을 쳐 ᄀᆞᆯ오ᄃᆡ,

"즁이 ᄌᆞ졔 죽도다."

ᄒᆞ고 ᄌᆞ셰 안험(按驗)ᄒᆞ니 과연 엄가의 신체라. 공이 형니와 군졸을 만히 발ᄒᆞ야 즁의 집을 에우고 즁을 잡아내여 ᄆᆞᄎᆞᆷ내 옥듕의셔 죽이니 됴명이 진률(震慄)ᄒᆞ더라.

축토실포교획적한
築土室捕校獲賊漢

니샹공(李相公) 완(浣)이 포쟝(捕將)이 되야 실 졔 마즘 셩션 져즈 거리롤 지날ᄉᆡ 슈샹ᄒᆞᆫ 적한(賊漢)이 ᄌᆞ시믈 보고 녕니ᄒᆞᆫ 포교롤 굴희여 분부ᄒᆞᄃᆡ,

"이십일 너로 이 적한을 잡아오ᄃᆡ 만일 한(限)에 지난 즉 맛당이 죽으 [29] 리라."

쟝피 녕을 응ᄒᆞ고 나오나 망연이 바롬잡음 ᄀᆞᆺᄒᆞᆫ지라. 그 져즈 근쳐의 가 돈을 만히 뼈 날마다 쥬식을 쟝만ᄒᆞ여 친구롤 사괴고 져즈의 안자 박혁(博奕)으로 날을 보니ᄃᆡ 아뫼히 희산이 즐거음을 이긔 못ᄒᆞᆯ지라. 미양 박혁을 파ᄒᆞᆷ이 잇다감 기리 흔슘쉬여 ᄆᆞ음이 박혁의 잇지 아니ᄒᆞᆫᄃᆡ 쏘흔 말을 입 밧

---

32) 【삭연-ᄒᆞ-】 圈 삭연(索然)ᄒᆞ다. 흥미가 없다.¶ 索見 ‖ 내 그ᄃᆡ의 취언이 날노뼈 발ᄒᆞᆫ 배 아닌 줄 아지 못ᄒᆞ미 아니로ᄃᆡ 드르미 즌연 희악ᄒᆞᆷ믈 니긔지 못ᄒᆞ여 셔로 볼 ᄯᅳᆺ이 삭연ᄒᆞ야 도라오미로라 (我豈不知君之醜言, 非所以發我者而聞來, 不勝駭駭, 相見之意, 索見而歸耳.) <靑邱野談 奎章 1:26>

33) 【엄젹-ᄒᆞ-】 圈 엄젹(掩跡)ᄒᆞ다. 잘못뒤 형적을 가며 덮다.¶ 掩跡 ‖ 니가의셔 반ᄃᆞ시 엄가롤 ᄀᆞ만이 죽이고 엄젹홀 환이 잇슬 ᄃᆞᆺᄒᆞ야 이에 형니 듕의 녕니ᄒᆞᆫ ᄉᆞ령을 ᄲᆞᆯ 잘나 니증의 집을 염탐ᄒᆞᆯᄉᆡ (必有匿殺掩迹之憂, 乃募得機審者, 窺覘李曾家.) <靑邱野談 奎章 1:26>

긔 내지 아니ᄒᆞ야 십여 일이 지나더 형영(形影)이
돈연(頓然)히 업슨지라.

일ᄉᆞ은 박혁을 파ᄒᆞ고 문득 눈물을 드리오거
늘 겨ᄌᆞ 사ᄅᆞᆷ 듕 친ᄒᆞᆫ 재 무러 ᄀᆞᆯᄋᆞ디,

"그디 슐마시고 박혁ᄒᆞ여 호협(豪俠)을 ᄌᆞ임
(自任)ᄒᆞ나 근너 그디 모양을 보니 잇다감 허희(歔
欷)ᄒᆞ고 ᄆᆞ옴이 박혁의 잇지 아니ᄒᆞ믈 내 이믜 괴
이히 너겻더니 오날놀 그디 ᄯᅩ 눈물을 드리오니 반
드시 괴이ᄒᆞᆫ 일이 잇스미로다. 원컨디 그디 심듕의
잇ᄂᆞᆫ 【30】 소유(所由)를 듯고져 ᄒᆞ노라."

쟝괴 연고를 가초 고ᄒᆞ여 ᄀᆞᆯᄋᆞ디,

"니 이믜 쟝녕을 바다시미 젹한을 잡지 못ᄒᆞᆫ
즉 명을 밧칠 거시니 내 죽기는 앗기지 아니ᄒᆞ디
다만 노뫼 이시니 일노ᄡᅥ 셜워ᄒᆞ노라."

긔인이 ᄀᆞᆯᄋᆞ디,

"여긔 과연 형젹이 슈샹ᄒᆞᆫ 사ᄅᆞᆷ이ᄉᆞ셔 ᄯᆡᄉᆞ
로 쟝시간(場時間)에 왕닉ᄒᆞᆫ지 이믜 여러 해라 죵일
셩이ᄒᆞ고 일이 업스디 능히 호의호식(好衣好食)ᄒᆞ고
ᄃᆞᆫᄂᆞᆫ 그 사ᄅᆞᆷ이 샹해 슈진방(壽進坊) 골어귀로 왕
닉ᄒᆞᄂᆞᆫ지라 그디 그리로 가 자쵝를 살피라."

쟝괴 그 말과 ᄀᆞᆺ치 ᄒᆞ여 슈진방 골 가 쳥탐
(聽探)ᄒᆞ니 막다른 골 그윽ᄒᆞᆫ 곳의 토실(土室)을 지
엇ᄂᆞᆫ지라 ᄌᆞ셰히 알고 밤의 가 그 사ᄅᆞᆷ을 기드려
잡으니 집안에 다른 물건은 업고 다만 됴보(朝報)[됴
보노 죽금 긔별이라] 두어 졈이ᄉᆞ실 ᄯᆞᄅᆞᆷ이라. 쟝괴 젹
한을 결박ᄒᆞ야 【31】 디령ᄒᆞ디 그 사ᄅᆞᆷ이 입을 막아
말을 아니ᄒᆞ고 다만 죽기를 쳥ᄒᆞ거늘 니공이 삭기
로[34] 젹한의 일신을 동히고 진흙으로 발나 죽이니
대져 외국 사ᄅᆞᆷ으로 아국의 와 탐지ᄒᆞᆷ이러라.

궤반탁견곤귀미
饋飯卓見困鬼魅

남믄(南門) 밧긔 ᄒᆞᆫ 심셩(沈姓) 냥반이ᄉᆞ시니

집이 심히 간난ᄒᆞ여 일푼젼과 일승곡이 업스디 니
병ᄉᆞ(李兵使) 셕구(石求)로 더브러 인아(姻婭)[35] 되
여 일노 힘닙어 죽반간(粥飯間) 년명ᄒᆞ더라.

어느 해 결[겨]울에 빅듀(白晝)의 한가히 안갓
더니 홀연 드ᄅᆞ니 대텽 반ᄌᆞ(板子)[36] 우희 쥐 ᄃᆞᆫ니
ᄂᆞᆫ 쇼리 잇거늘 심성(沈生)이 쥐엿든 담빗디로[37] 우
러ᄉᆞ 치니 반ᄌᆞ ᄀᆞ온디로셔 쇼리 잇셔 ᄀᆞᆯᄋᆞ디,

"나는 쥐 아니라 사ᄅᆞᆷ이니 그디 ᄒᆞᆫ번 보기를
위ᄒᆞ야 쳔 리를 발셥(跋涉)ᄒᆞ야 이예 왓시니 일 【3
2】 노뼈 셔로 박히 말나."

셩이 경아(驚訝)ᄒᆞ여 ᄯᅳ싀 혜오디 '귀미(鬼魅)
라 ᄒᆞ여도 빅듀에 동ᄒᆞᆯ 니 업고 사ᄅᆞᆷ이라 ᄒᆞ여도
반ᄌᆞ ᄀᆞ온디 이슬 니 업스니 심히 괴이ᄒᆞ도다.'
ᄒᆞ야 의아ᄒᆞᆯ ᄌᆞ음의 ᄯᅩ 반ᄌᆞ 우의셔 쇼리ᄒᆞ여 ᄀᆞᆯᄋᆞ
디,

"내 멀니 와 긔갈이 ᄌᆞ심(滋甚)ᄒᆞ니[38] 다힝이
ᄒᆞᆫ 그룻 밥을 먹어라."

셩이 응치 아니ᄒᆞ고 바로 안으로 드러가 부인
ᄃᆞ려 그 연유를 말ᄒᆞ니 부인도 밋지 아니ᄒᆞ더라.

말을 ᄆᆞᄎᆞ미 공듕으로셔 쇼리ᄒᆞ여 ᄀᆞᆯᄋᆞ디,

"그디 무리 셔로 모도여 나의 댱단(長短)을 니
ᄅᆞ지 말나."

부인이 심히 놀나 다라난디 그 귀미 부인을
ᄯᆞ라 년ᄒᆞ여 블너 ᄀᆞᆯᄋᆞ디,

---

34) 【삭기】 圈 새끼 ¶ 羅索 ∥ 니공이 삭기로 젹만의 일신
을 봉히고 진흙으로 발나 죽이니 대져 외국 사ᄅᆞᆷ으로
아국의 와 탐지ᄒᆞᆷ이러라 (李公使以羅索縛一身, 以泥土
塗以殺之. 盖外國人來探國事者也.) <靑邱野談 奎章
1:31>

35) 【인아】 圈 ((인류)) 인아(姻婭). 사위 쪽의 사돈과 동서
쪽의 사돈을 아울러 이르는 말¶ 姻婭 ∥ 니병ᄉᆞ 셕구
로 더브러 인아 되여 일노 힘닙어 죽반간 년명ᄒᆞ더라
(與李兵使石求爲姻婭, 或賴是而作饘粥矣.) <靑邱野談
奎章 1:31>

36) 【반ᄌᆞ】 圈 ((건축)) 반자(板子). 지붕 밑이나 위층 바닥
밑을 편평하게 하여 치장한 각 방의 천장.¶ 板 ∥ 어느
해 결[겨]울에 빅듀의 한가히 안갓더니 홀연 드ᄅᆞ니
대텽 반ᄌᆞ 우희 쥐 ᄃᆞᆫ니ᄂᆞᆫ 쇼리 잇거늘 심성이 쥐엿
든 담빗디로 우러ᄉᆞ 치니 (昨年冬, 白日閒居, 卽堂宁
丙子也, 忽聞外堂板上, 有鼠行之聲, 沈生以煙竹仰擊.)
<靑邱野談 奎章 1:31>

37) 【담비 -디】 圈 ((기물)) 담뱃대.¶ 烟竹 ∥ 어느 해 결[겨]
울에 빅듀의 한가히 안갓더니 홀연 드ᄅᆞ니 대텽 반ᄌᆞ
우희 쥐 ᄃᆞᆫ니ᄂᆞᆫ 쇼리 잇거늘 심성이 쥐엿든 담빗디로
우러ᄉᆞ 치니 (昨年冬, 白日閒居, 卽堂宁丙子也, 忽聞外
堂板上, 有鼠行之聲, 沈生以煙竹仰擊.) <靑邱野談 奎章
1:31>

38) 【ᄌᆞ심-ᄒᆞ-】 圈 자심(滋甚)ᄒᆞ다. 더욱 심하다.¶ 甚 ∥ 내
멀니 와 긔갈이 ᄌᆞ심ᄒᆞ니 다힝이 ᄒᆞᆫ 그룻 밥을 먹어
라 (我遠來飢甚, 幸以一飯見饋.) <靑邱野談 奎章 1:32>

"구틱여 놀나지 말나. 내 장춧 귀샤(貴舍)의 오릭 머물녀 ᄒᆞ니 변동(便同) 집안 사롭이라 엇지 ᄡᅧ 쇼(疎)히 ᄒᆞ고 멀니ᄒᆞ미 이시리오?"

부인이 더옥 놀나 동으로 【33】 닷고 셔으로 숨으디 가는 곳마다 ᄯᅡ라 머리 우흐로 돌며 년ᄒᆞ여 밥을 찻거늘 부인이 홀 일 업셔 일탁반(一卓飯)을 청결히 ᄒᆞ야 듕당의 두니 밥을 씹고 믈을 마시는 소리 잇더니 경긔의 다 업셔지니 다른 귀신의 흠향만 ᄒᆞ고 굿칠 ᄲᅮᆫ 아니라. 셩이 크게 놀나 무러 굴오디,

"네 엇더ᄒᆞᆫ 귀신이며 무어슬 인연ᄒᆞ여 내집의 왓ᄂᆞ뇨?"

귀미 굴오디,

"나는 문경관(文慶寬)이라 두루 ᄒᆡᆼᄒᆞ다가 우연이 귀샤의 니르러 이제 ᄒᆞᆫ번 비브르믈 어드니 일노 조ᄎᆞ 가리라."

ᄒᆞ고 인ᄒᆞ여 니별ᄒᆞ고 가더니 잇튼날 귀미 ᄯᅩ 와 토식(討食)ᄒᆞ기롤[39] 어제ᄀᆞᆺ치 ᄒᆞ야 먹기롤 다ᄒᆞ미 믄득 가고 이후 축일(逐日) 닉왕ᄒᆞ야 혹 ᄒᆞ로밤 식 머므러 언쇼(言笑ㅣ) 즈약ᄒᆞ니 일가 닉외 의심ᄒᆞ고 두려ᄒᆞ미 졈〻 업더라.

일〻은 쥬 【34】 인이 쥬ᄉᆞ(朱沙)로 부작을 ᄡᅧ 벽샹의 부치고 그 남은 벽ᄉᆞ(辟邪)ᄒᆞᄂᆞᆫ[40] 방법을 압히 베프럿더니 귀미 ᄯᅩ 와 닐오디,

"내 요ᄉᆞ(妖邪ㅣ) 아니〻 엇지 좀방술을[41] 두리리오? 급히 쩌여 오는 쟈롤 막지 마는 뜻을 뵈라."

쥬인이 홀일 업셔 부작과 방법을 걷고 인ᄒᆞ여

<hr/>

39) 【토식-ᄒᆞ-】 國 토식(討食)하다. 음식을 억지로 달라고 하여 먹다.¶ 索飯物 ∥ 잇튼날 귀미 ᄯᅩ 와 토식ᄒᆞ기롤 어제ᄀᆞᆺ치 ᄒᆞ야 먹기롤 다ᄒᆞ미 믄득 가고 이후 축일 닉왕ᄒᆞ야 혹 ᄒᆞ로밤식 머므러 언쇼 즈약ᄒᆞ니 일가 닉외 의심ᄒᆞ고 두려ᄒᆞ미 졈〻 업더라. (翌日鬼又來, 如昨日索飯物, 食訖便去. 從此日日來往, 或留一夜閑談, 一家內外, 習熟已久, 亦不懍怖也.) <靑邱野談 奎章 1:33>

40) 【벽ᄉᆞ-ᄒᆞ-】 國 벽사(辟邪)하다. 요사스러운 귀신을 물리치다.¶ 辟邪 ∥ 일〻은 쥬인이 쥬ᄉᆞ로 부작을 ᄡᅧ 벽샹의 부치고 그 남은 벽ᄉᆞᄒᆞᄂᆞᆫ 방법을 압히 베프럿더니 (一日主人, 書赤符于壁上, 其他辟邪之物, 盡設於前.) <靑邱野談 奎章 1:34>

41) 【좀-방술】 國 좀방술(-方術). 보잘것없는 술법.¶ 方術 ∥ 내 요ᄉᆞ 아니〻 엇지 좀방술을 두리리오 급히 쩌여 오는 쟈롤 막지 마는 뜻을 뵈라 (我非妖邪, 豈怕方術耶? 急抔去, 以示不拒來者之意也.) <靑邱野談 奎章 1:34>

무러 굴오디,

"네 능히 니두화복(來頭禍福)을 아는다?"

귀미 굴오디,

"아노라."

셩이 굴오디,

"내 집 젼졍 길흉이 엇더ᄒᆞ뇨?"

귀미 굴오디,

"그디 슈한은 뉵십 구셰라 죵신 감가(坎坷)홀 거시오[42] 그디 ᄌᆞ데는 슈한이 언마오? 손ᄌᆞ는 비로소 과영(科榮)이 〻시나 현달치 못ᄒᆞ리라."

셩이 드르미 악연ᄒᆞ여 ᄯᅩ 무르디,

"가듕 아모 부인의 년셰 언마며 셩남은 몃치나 ᄒᆞ고?"

귀미 일〻히 다 니르고 인ᄒᆞ여 굴오디,

"내 긴히 쁠 곳이 〻시니 이빅쳥동(二百靑銅)을 줄쇼냐?"

셩이 굴오 【35】 디,

"네 너 집을 빈(貧)타 ᄒᆞᄂᆞ냐 부(富)타 ᄒᆞᄂᆞ냐?"

귀미 굴오디,

"그디 극히 빈한ᄒᆞ니라."

셩이 굴오디,

"그런즉 젼냥을 엇지ᄒᆞ야 판득(辦得)ᄒᆞ리오?"

귀미 굴오디,

"그디 집 아모 궤 ᄀᆞ온디 앗가 돈 두 냥을 빗 니여 두엇거늘 엇지 업다 ᄒᆞ고 쥬지 아니ᄒᆞᄂᆞ뇨?"

셩이 굴오디,

"내 여러 번 슬픈 ᄉᆞ졍을 남의게 간신이 말ᄒᆞ여 두 냥을 쑤어시니 만일 너롤 쥬면 계녁밥을 지을 슈가 업ᄉᆞ니 엇지ᄒᆞ리오?"

귀미 굴오디,

"그디 집의 냥식이 계녁홀 거슨 넉〻ᄒᆞ니 엇지 밋지 아닐 말노 미봉(彌縫)ᄒᆞᄂᆞ뇨? 내 돈을 가져 갈 거시니 삼가 노ᄒᆞ지 말나."

ᄒᆞ고 표연이 가거늘 셩이 어히업셔 궤롤 본즉 봉ᄒᆞᆫ 잠을쇠 여견ᄒᆞ고 여러본즉 돈이 업손지라 셩이 민망ᄒᆞ미 심ᄒᆞ여 ᄆᆞ음이 타는 듯ᄒᆞ고 가삼이 터

<hr/>

42) 【감가-ᄒᆞ-】 國 감가(坎坷)하다. 앞길이 뜻대로 펴이지 않아 괴롭다.¶ 坎坷 ∥ 그디 슈한은 뉵십 구셰라 죵신 감가홀 거시오 그디 ᄌᆞ데는 슈한이 언마오? 손ᄌᆞ는 비로소 과영이 〻시나 현달치 못ᄒᆞ리라 (君能壽六十九歲, 坎坷終身. 君之子亦壽幾何? 君之孫, 始有科榮而亦不能顯.) <靑邱野談 奎章 1:34>

10

지는 둣ᄒᆞ여 드디여 부인 [36] 을 친가의 보니고 ᄌᆞ긔는 친구의 집에 가 머무더니 귀미 ᄯᅩ 조차와 노ᄒᆞ여 ᄀᆞᆯ오디,

"무슴 일노 날을 피ᄒᆞ여 이예 왓느뇨? 그디 비록 쳔 리를 갈지라도 내 엇지 ᄭᅥ리ᄅᆞ오?"

ᄒᆞ고 인ᄒᆞ여 그집 쥬인을 향ᄒᆞ여 밥을 구ᄒᆞ디 쥬인이 쥬지 아니ᄒᆞ니 귀미 무수이 후욕(詬辱)ᄒᆞ고 긔명(器皿)을 다 파쇄ᄒᆞ여 밤이 맛도록 쇼요(騷擾)ᄒᆞ니 쥬인이 셩을 원망ᄒᆞ고 ᄯᅩ 그릇 씻친 갑슬 물나 ᄒᆞ거늘 셩이 즉시 집으로 도라오니 귀미 ᄯᅩ 부인의 친졍의 가셔 훤요(喧擾)ᄒᆞ미 일반이라. 부인이 마지 못ᄒᆞ여 ᄯᅩ 집의 도라오니 귀미 인ᄒᆞ야 너왕ᄒᆞᄆᆞᆯ 여젼이 ᄒᆞ더니 일ᄌᆞ은 귀미 ᄀᆞᆯ오디,

"내 일노조차 기리 원별(遠別)을 당ᄒᆞ니 그디는 진중(鎭重)ᄒᆞ라."

셩이 ᄀᆞᆯ오디,

"네 엇니 곳으로 향ᄒᆞᆫ다? 바라건디 ᄲᆞᆯ니 ᄯᅥ나 나의 일 [37] 가로 편안케 ᄒᆞ라."

귀미 ᄀᆞᆯ오디,

"내 집은 녕남(嶺南) 문경현(聞慶縣)의 이셔 영ᄌᆞ 고향의 도라가려 ᄒᆞ나 다만 노비(路費) 업시니 다힝이 십냥젼으로 노비를 당ᄒᆞ라."

셩이 ᄀᆞᆯ오디,

"내 빈곤ᄒᆞ여 스스로 먹지 못ᄒᆞᆷ은 네 익이 아는 배라 과연 ᄒᆞᆫ 돈을 어디 가 어드리오?"

귀미 ᄀᆞᆯ오디,

"만일 이 ᄯᅳᆺ으로뼈 졀도ᄉᆞ집[인아 니셕구의 집을 닐으미라의 가 이걸ᄒᆞ면 쉬오미 여반쟝(如反掌)이여늘 엇지 이롤 판비치 아니ᄒᆞ고 날을 막고져 ᄒᆞ느뇨?"

셩이 ᄀᆞᆯ오디,

"내 집의 ᄒᆞᆫ 그릇 밥과 ᄒᆞᆫ 가지 옷시 다 졀도ᄉᆞ의 쥬급ᄒᆞᄆᆞᆯ 닙어 은혜 골육 ᄀᆞᆺ거늘 만분일이라도 갑지 못ᄒᆞᆷ으로 눗치 난연(赧然)ᄒᆞ고 ᄆᆞ음이 블안ᄒᆞ거늘 이졔 ᄯᅩ 무슴 눗츠로 다시 가 구ᄒᆞ리오?"

귀미 ᄀᆞᆯ오디,

"그 집의 가셔도 나의 작난ᄒᆞᄆᆞᆯ 이믜 아느니 그디 만일 실졍으로 고ᄒᆞ고 이걸ᄒᆞ디 [38] 이롤 판급(辦給)ᄒᆞ면 귀미 가리라 ᄒᆞ더라 ᄒᆞ면 엇지 허락지 아니ᄒᆞ리오?"

셩니 남이 박히고 ᄯᅳᆺ이 어ᄒᆞᆫ여 가히 쇼기시 못ᄒᆞᆯ 줄을 알고 즉시 졀도ᄉᆞ 집의 가 그 연유롤 ᄌᆞ셰 고ᄒᆞ니 졀도시 개연이 허락ᄒᆞ거늘 셩이 돈을 허

리의 ᄎᆞ고 집의 도라와 궤듕의 집히 너코 한가히 안잣더니 오리지 아녀 귀미 어디로조ᄎᆞ 오며 깃거 우어 ᄀᆞᆯ오디,

"그디의 후ᄒᆞ고 지극ᄒᆞᆫ ᄯᅳᆺ으로 내 노슈(路需)롤[43] 판출(辦出)ᄒᆞ니 일노조ᄎᆞ 댱졍ᄒᆡᆼ역(長征行役)이 가히 무스ᄒᆞ리로다."

셩이 속여 ᄀᆞᆯ오디,

"내 누롤 조ᄎᆞ 관돈[貫錢]을 판득ᄒᆞ여 너의 반 젼(盤錢)을 쥬랴?"

귀미 우어 ᄀᆞᆯ오디,

"내 일즉 션슁을 근실타 닐넛더니 이졔 엇지 희학ᄒᆞᄆᆞᆯ 이ᄀᆞᆺ치 ᄒᆞ느뇨? 내 이믜 그디 궤듕 견물을 취ᄒᆞ고 두 냥 오푼을 머믈너 두어 뼈 나 [39] 의 져근 졍셩을 표ᄒᆞ노니 그디는 술이나 사 ᄒᆞᆫ번 취ᄒᆞ라."

인ᄒᆞ야 하직ᄒᆞ고 가거늘 셩의 일가 노쇼 뛰놀고 츔츄어 셔로 치하ᄒᆞ더니 거ᄒᆞᆫ 지 일삭 후의 홀연 공듕의셔 ᄯᅩ 귀미 인ᄉᆞᄒᆞ거늘 셩이 크게 노ᄒᆞ여 ᄀᆞᆯ오디,

"내 쳔만 이걸ᄒᆞ여 십관을 어더 너롤 보니여시니 네 맛당히 감격ᄒᆞᄆᆞᆯ 알 거시어늘 언약을 비반ᄒᆞ고 은혜롤 져ᄇᆞ려 ᄯᅩ 와셔 번요(煩擾)ᄒᆞᄆᆞᆯ 지으니 내 맛당히 관왕묘(關王廟)의 가 숑원(訟寃)ᄒᆞ여 널노 ᄒᆞ여금 신령의 버히시믈 닙게 ᄒᆞ리라."

귀미 ᄀᆞᆯ오디,

"내 문경관이 아니어니 엇지 빈은타 니ᄅᆞ느뇨?"

셩이 ᄀᆞᆯ오디,

"그러면 네 뉘뇨?"

귀미 ᄀᆞᆯ오디,

"나는 경관의 쳬러니 그디 집의셔 귀신을 잘 디졉ᄒᆞᄆᆞᆯ 드른 고로 쳔 리롤 멀니 아니 너겨 ᄎᆞᄌᆞ 왓시나 그디 맛당 [40] 이 혼연히 마즐 거시어늘 도로혀 쇼디(疏待)ᄒᆞᆷ은 엇진 도리며 ᄯᅩ 남녜 셔로 공경ᄒᆞᆷ은 ᄉᆞ쟈(士子)의 ᄒᆡᆼ실이어늘 그디 만권셔(萬卷書)롤 넑어시나 빈은 배 무엇신고?"

셩이 긔운이 막히여 강잉ᄒᆞ여 우으니 일노조ᄎᆞ 귀미 놀마다 니르더라.

---

43) 【노슈】 剛 노수(路需). 노기(路資). 민 길을 녀나 오가는 데 드는 비용.¶ 資斧 ∥ 그디의 후ᄒᆞ고 지극ᄒᆞᆫ ᄯᅳᆺ으로 내 노슈롤 판출ᄒᆞ니 일노조ᄎᆞ 댱졍ᄒᆡᆼ역이 가히 무스ᄒᆞ리로다 (多謝厚欵得惠資斧, 從此長征, 可以無憂.) <靑邱野談 奎章 1:38>

이썬 일을 됴와ᄒᆞᄂᆞᆫ 쟤 다토와 심성의 집에 니ᄅᆞ러 귀미로 더브러 문답ᄒᆞ니 심성의 문외예 거매 헌요(喧擾)ᄒᆞ고 니혹ᄉᆞ(李學士) 희됴(羲肇)ᄂᆞᆫ ᄒᆞ로밤 자고 귀미로 더브러 대화ᄒᆞ니 심히 괴이ᄒᆞᆫ 일이로다.

셩훈업블망조강
成勳業不忘糟糠

광희됴(光海朝) 찍예 대븍(大北) 듕의 ᄒᆞᆫ 지샹이ᄂᆞᆫ시니 영귀(榮貴)ᄒᆞ미 비ᄒᆞ리 업고 그 ᄌᆞ졔 일즉 등과ᄒᆞ여 벼술이 승션(承宣)의 니ᄅᆞ니 졔퇵(第宅)이 쟝녀ᄒᆞ고 젼곡(錢穀)이 구산(丘山)ᄀᆞᆺ치 ᄊᆞ이고 금은보화ᄂᆞᆫ 이로 혜지 못ᄒᆞᆯ너라. [41] 그 ᄉᆞ위 김성(金生)이 신셰 심히 고단ᄒᆞ고 긔구ᄒᆞ여 쳐가의 븟쳐 잇스니 그 집 너외 비복 등이 다 슬히 녀기고 박ᄃᆡᄒᆞ며 문리과 ᄉᆞ역ᄒᆞᄂᆞᆫ 쇼동이라도 다 김성이라 부르고 존ᄃᆡᄒᆞᄂᆞᆫ 쟤 업스되 오직 그 안해 년휼(憐恤)ᄒᆞᄂᆞᆫ44) ᄆᆞ옴과 견권(繾綣)ᄒᆞᄂᆞᆫ 졍이 듕ᄒᆞ여 셩이 날마다 시베 나가 아참의 도라오고 아참의 나가 계녁의 드러온즉 지샹과 밋 부인과 승션 압히 자최ᄅᆞᆯ 발뵈지45) 못ᄒᆞ고 믄득 협문으로 드러와 즈례 안해 방으로 오면 그 쳬 문을 의지ᄒᆞ고 기ᄃᆞ리다가 당의 ᄂᆞ려 븟드러 올녀 의ᄃᆡ(衣帶)ᄅᆞᆯ 친히 그ᄅᆞ고 손소

반탁(飯卓)을46) 나아올 졔 니마의 거즈런ᄒᆞ여47) 극히 공슌ᄒᆞ미 녯날 ᄆᆡᆼ광(孟光)을 본밧더라.

그 집 하쳔(下賤) 노복이라도 다 고량(膏粱)을 슬혀ᄒᆞ되48) 김성을 공궤ᄒᆞᄂᆞᆫ 바는 다만 ᄡᆞᆫ 나믈 두어 그릇 ᄲᅮᆫ이라. 긔 [42] 쳬 찍ᄌᆞ로 분한(憤恨)ᄒᆞᆷ믈 니긔지 못ᄒᆞ여 셩을 디ᄒᆞ야 눈믈믈 드리오ᄃᆡ 셩이 우어 ᄀᆞᆯ오ᄃᆡ,

"타인의게 긔식(寄食)ᄒᆞᆷ도49) 분뇌(分內)의 죡ᄒᆞ거든 엇지 이러ᄒᆞᆫ 일을 ᄀᆡ회ᄒᆞ리오?"50)

ᄒᆞ더라.

셩이 일ᄌᆞᆨ은 늣게 도라와 방의 든즉 그 안해 업ᄂᆞᆫ지라 홀노 안자 기ᄃᆞ리더니 이윽ᄒᆞ야 그 안해 담 뒤흐로조ᄎᆞ ᄀᆞ만이 드러오거늘 셩이 그 연고ᄅᆞᆯ 무른ᄃᆡ 긔쳬(其妻ㅣ) 울며 ᄀᆞᆯ오ᄃᆡ,

"아춤의 ᄌᆞ피(慈母ㅣ) 쳡을 셩히 ᄭᅮ지져 ᄀᆞᆯ으샤ᄃᆡ '네 의식을 다 부모의게 ᄌᆞ뢰(資賴)ᄒᆞ고 영숑(迎送)은 김성의게 골돌ᄒᆞ여 은근ᄒᆞᆫ 졍회 날노 흡독(洽篤)ᄒᆞ니51) 엇진 일이뇨? 김성이 나히 ᄉᆞ순(四旬)

---

44) 【년휼-ᄒᆞ-】 圖 연휼(憐恤)하다. 불쌍히 여겨 물품을 주며 도와주다.¶恤‖오직 그 안해 년휼ᄒᆞᄂᆞᆫ ᄆᆞ옴과 견권ᄒᆞᄂᆞᆫ 졍이 듕ᄒᆞ여 셩이 날마다 시베 나가 아참의 도라오고 아참의 나가 계녁의 드러온즉 지샹과 밋 부인과 승션 압히 자최ᄅᆞᆯ 발뵈지 못ᄒᆞ고 믄득 협문으로 드러와 (然其婦獨恤繾綣, 生日晨出而朝入, 則朝出而暮入, 入則未敢投蹤於宰相及夫人承之傳, 輒由小門.) <靑邱野談 奎章 1:41>

45) 【발-뵈-】 圖 남에게 자랑하기 위하여 자기가 가진 재주를 일부러 드러내 보이다.¶投‖오직 그 안해 년휼ᄒᆞᄂᆞᆫ ᄆᆞ옴과 견권ᄒᆞᄂᆞᆫ 졍이 듕ᄒᆞ여 셩이 날마다 시베 나가 아참의 도라오고 아참의 나가 계녁의 드러온즉 지샹과 밋 부인과 승션 압히 자최ᄅᆞᆯ 발뵈지 못ᄒᆞ고 믄득 협문으로 드러와 (然其婦獨恤繾綣, 生日晨出而朝入, 則朝出而暮入, 入則未敢投蹤於宰相及夫人承之傳, 輒由小門.) <靑邱野談 奎章 1:41>

---

46) 【반탁】 圖 반탁(飯卓). 밥상.¶飯卓‖그 쳬 문을 의지ᄒᆞ고 기ᄃᆞ리다가 당의 ᄂᆞ려 븟드러 올녀 의ᄃᆡ롤 친히 그ᄅᆞ고 손소 반탁을 나아올 졔 니마의 거즈런ᄒᆞ여 극히 공슌ᄒᆞ미 녯날 ᄆᆡᆼ광을 본밧더라 (婦每倚戶佇待, 下堂扶上, 親解衣袍, 躬進飯卓.) <靑邱野談 奎章 1:41>

47) 【거즈런-ᄒᆞ-】 圖 가지런하다.¶그 쳬 문을 의지ᄒᆞ고 기ᄃᆞ리다가 당의 ᄂᆞ려 븟드러 올녀 의ᄃᆡ롤 친히 그ᄅᆞ고 손소 반탁을 나아올 졔 니마의 거즈런ᄒᆞ여 극히 공슌ᄒᆞ미 녯날 ᄆᆡᆼ광을 본밧더라 (婦每倚戶佇待, 下堂扶上, 親解衣袍, 躬進飯卓.) <靑邱野談 奎章 1:41>

48) 【슬혀-ᄒᆞ-】 圖 싫어하다.¶飫‖그 집 하쳔 노복이라도 다 고량을 슬혀ᄒᆞ되 김성을 공궤ᄒᆞᄂᆞᆫ 바는 다만 ᄡᆞᆫ 나믈 두어 그릇 ᄲᅮᆫ이라 (宰相之傔隷奴僕, 皆飫珍肉, 而所饋金生者, 只苦菜數器.) <靑邱野談 奎章 1:41>

49) 【긔식-ᄒᆞ-】 圖 기식(寄食)하다. 남의 집에 붙어서 밥을 얻어먹고 지내다.¶寄食‖타인의게 긔식ᄒᆞᆷ도 분뇌의 죡ᄒᆞ거든 엇지 이러ᄒᆞᆫ 일을 ᄀᆡ회ᄒᆞ리오 ᄒᆞ더라 (寄食於他人, 此猶逾分, 奈何玆懷?) <靑邱野談 奎章 1:42>

50) 【ᄀᆡ회-ᄒᆞ-】 圖 개회하다. 서운하고 슬피 여기다.¶玆懷‖타인의게 긔식ᄒᆞᆷ도 분뇌의 죡ᄒᆞ거든 엇지 이러ᄒᆞᆫ 일을 ᄀᆡ회ᄒᆞ리오 ᄒᆞ더라 (寄食於他人, 此猶逾分, 奈何玆懷?) <靑邱野談 奎章 1:42>

51) 【흡독-ᄒᆞ-】 圖 흡독(洽篤)하다. 흡족하고 돈독하다.¶恰篤‖네 의식을 다 부모의게 ᄌᆞ뢰ᄒᆞ고 영숑은 기성의게 골돌ᄒᆞ여 은근ᄒᆞᆫ 졍회 날노 흡독ᄒᆞ니 엇진 일이뇨 (汝衣食皆仰於父母, 迎送只在於金生, 朝暮懸懸, 情好恰篤.) <靑邱野談 奎章 1:42>

의 지나디 혼갓 내집 곡식만 허비ᄒ니 결단코 네 평싱을 헛도이 보닐지라. ᄯ 겨의 취악(醜惡)이 심ᄒ니 내 미양 이롤 싱각ᄒ면 모골이 송연ᄒ고 니ᄉ되 너ᄂ 도로혀 【43】 이놈을 극진히 셤기믈 부모의셔 십비나 ᄒ니 네 만일 견쳐로 ᄒ려거든 즉금으로 이놈을 ᄯ라 나가 잘 먹고 잘 닙으라' ᄒ시니 쳡이 일노조차 감히 문으로 드러와 다시 ᄌ모의 ᄶ종을 당치 아니려 ᄒ더니 이졔 날이 ᄭᄆ히 느졋고 ᄀ마니 도망ᄒ여 왓ᄉ오니 바라건더 녁ᄌ히 용셔ᄒ쇼셔."

싱이 ᄀᆯ오디,

"빙모(聘母)의 말ᄉᆷ이 ᄉ ᄯ혼즉 경경(卿卿)[52] 엇지ᄒ여 왓ᄂ뇨? 만ᄉᆯ불가(萬萬不可)ᄒ도다."

이윽고 쇼비(小婢) 셕반을 올니거늘 기쳬 간ᄉ히 쇼비의게 부탁ᄒ여 ᄀᆯ오디,

"부디 내 여긔 잇다 니ᄅ지 말나."

쇼비 응낙ᄒ니라.

싱이 먹으려 ᄒᆯ 졔 반 우희 혼 닭의 다리 잇거늘 기쳬 ᄀᆯ오디,

"이ᄂ 자시지 마르쇼셔."

싱이 ᄀᆯ오디,

"엇지 일음고?"

디왈,

"앗가 일슈 계룔 【44】 살맛더니 고양의게 일 흔 배 되여 살은 다 먹고 다리 ᄒ나히 뒤짠의 쩌러졋거늘 쇼비비(小婢輩) 셔로 그 일을 말ᄒ디 ᄌ뫼 ᄀᆯ오디 이ᄂ 졍히 김싱의 육찬이니 반탁의 노화 겨 놈으로 ᄒ여곰 일시 열구(悅口)케 ᄒ라 ᄒ신 고로 노혀시니 ᄯᆼ에 ᄲᅡ진 거슬 아모리 ᄲᅥ셔 노ᄒ나 극히 더러오니 입의 갓가이 마르쇼셔."

싱이 ᄀᆯ오디,

"빙모의 이 고기룔 먹이시미 특별흔 은의어늘 엇지 맛보지 아니리오?"

말을 ᄆᆾ미 타연이 다 먹으니라. 상을 거드미 싱이 몸을 일고져 ᄒ거늘 기쳬 ᄀᆯ오디,

"날이 어두어 인정(人定)이[53] ᄯ가오니 그더

어디로 가려 ᄒ시ᄂ니잇고?"

싱이 ᄀᆯ오디,

"오늘밤 삼경의 경경이 뒤동산의 올나 대궐문 밧글 바라본즉 반ᄃ시 ᄲᅩ오고 짓거리ᄂ 쇼리 이실 거시니 만일 셕살ᄒ기 【45】 롤 오려 ᄒ거든 반ᄃ시 ᄌ결ᄒ고 잠시 진경ᄒ거든 진듕히 몸을 보젼ᄒ라."

기쳬 응낙ᄒ거늘 싱이 밧비 나가니라.

기쳬 그밤의 자지 아니코 삼경 북이 느리거늘 인젹이 고요흔 ᄯᅢ룔 타 ᄀ만이 동산 언덕의 올나 대궐을 바라보니 격연히 사ᄅᆷ의 소리 업거늘 듯의 김싱의 허탄ᄒ믈 나려고 장ᄎᆺ 느려오고져 ᄒᆯ 즈음의 홀연 본궁 홰ᄲᅮᆯ이 츔텬ᄒ고 사ᄅᆷ이 짓거리며 몰이 울어 궐문에 니ᄅ미 셰(勢) 풍우(風雨) ᄀᆺᄐ여 수각(數刻)을 훤요(喧擾)ᄒ다가 일졔히 드러가니 다만 궁셩 안과 풍님(楓林) 밧긔 간ᄌ이 블빗치 이시디 심히 훤요치 아니ᄒ더라.

그 ᄯᅢ예 그 집 ᄌᄉᆼ의 부지 다 궐닉에 입직(入直)ᄒ고 집안의 일개 남지 업셔 그 ᄉ유룔 알아 파혹(破惑)ᄒᆯ 길이 업ᄂ지라 방의 도라와 심 【46】 히 의아ᄒ더니 평명(平明)의 상뇌(床奴ㅣ)[54] ᄌᄉᆼ의 일은 묘반을 가지고 대궐을 향흔즉 어구(御溝) 우희 쳔긔(千騎) 찰쥬(札駐)ᄒ여 쳣직으로 후리고 몽동이로 ᄯ려 사ᄅᆷ을 ᄉ방으로 쳑우니 상뇌 샹견의 형셰룔 밋고 진상(陣上)으로 ᄶᅳ러 지닉고져 ᄒ더 피쟝(牌將)이 휘츄리로[55] 치니 상뇌 크게 ᄭᅮ지져 ᄀᆯ오디,

"나ᄂ 아모 골목 아모 대감딕 상뇌라 요마(幺麽) 쇼괴(小校ㅣ) 엇지 날을 박축(迫逐)ᄒᄂ뇨?"[56]

듕졸(衆卒)이 우어 ᄀᆯ오디,

鳴, 尊章何去?) <靑邱野談 奎章 1:44>

54) 【상노】圖 ((인류)) 상노(床奴). 밥상 나르는 일과 잔심부름을 하는 아이.¶ 赤脚 ‖ 평명의 상뇌 ᄌᄉᆼ의 일은 묘반을 가지고 대궐을 향흔즉 어구 우희 쳔긔 찰쥬ᄒ여 쳣직으로 후리고 몽동이로 ᄯ려 사ᄅᆷ을 ᄉ방으로 쳑우니 (翌曉赤脚, 帶了宰相朝饍, 向闕而入, 則御衢之上, 千騎駐札, 鞭打棒擊, 四下群人.) <靑邱野談 奎章 1:46>

55) 【휘츄리】圖 회초리.¶ 箠 ‖ 상뇌 샹견의 형셰룔 밋고 진상으로 ᄶᅳ러 지닉고져 ᄒ더 피쟝이 휘츄리로 치니 상뇌 크게 ᄭᅮ지져 ᄀᆯ오디 (赤脚自恃主勢, 欲衝過陣內, 陴官箠之, 赤脚大罵之.) <靑邱野談 奎章 1:46>

56) 【박축-ᄒ-】圖 박축(迫逐)하다. 위협하여 ᄶᅩᆽ아내다.¶ 迫 ‖ 나ᄂ 아모 골목 아모 대감딕 상뇌라 요마 쇼괴 엇지 날을 박축ᄒᄂ뇨 (我是某洞某大監宅家人, 幺麽小校安得相迫?.) <靑邱野談 奎章 1:46>

---

52) 【경경】圖 ((인류)) 경경(卿卿). 자네. 여인을 이르는 호칭. 남편이 아내를 가리킬 때 씀.¶ 卿卿 ‖ 빙모의 말ᄉᆷ이 ᄉ ᄯ혼즉 경경이 엇지ᄒ여 왓ᄂ뇨 만ᄉᆯ불가ᄒ도다 (聘母所敎旣如是, 則卿卿何爲乎來?) <靑邱野談 奎章 1:43>

53) 【인졍】圖 인정(人定). 조선시대에, 밤에 통행을 금지하기 위하여 종을 치던 일.¶ 鍾鳴 ‖ 날이 어두어 인정이 ᄯ가오니 그더 어디로 가려 ᄒ시ᄂ니잇고 (日暮鍾

13

"녀의 샹견이란 거슨 곳 흉역(凶逆)의 괴쉬(魁首)니 네 엇지 감히 형셰롤 팔니오?"

흐고 어즈러이 발노 추 니치니 샹녀 겨우 위티흐믈 버셔나시나 만신의 피빗치라. 급히 도라와 그 가인의게 고흐디 가인이 크게 놀나 반신반의흐더니 부인이 굴오디,

"우리집이 샹총(上寵)을 후히 닙고 또 가만흔 죄 업스니 엇지 일됴의 깅참(坑塹)에 써러지미 이시리오? 【47】 반드시 무뢰(無賴)흔 김성이 모역(謀逆)흐다가 일이 발각흐야 그 국문을 당흐미 형장을 니긔지 못흐여 너집을 짐짓 부러 뼈 그 한을 플여흐미라."

흐고 쌀을 도라보와 굴오디,

"녀의 셔방 아롬답다 녀의 셔방 긔특흐다."

성의 부인이 또흔 현란흐고 의아흐야 머리롤 숙이고 디답이 업더니 거무하(居無何)의57) 두어 낭관(郎官)이 둘녀와 혹 문셔롤 슈탐흐고 혹 고간(庫間)을 겸고흐니 혼실(渾室)이 크게 울며 낭관을 향흐야 그 연유롤 무른즉 낭관이 응치 아니흐거늘 즉시 노창두(老蒼頭)로 흐여곰 쇼식을 주셰 탐지흐라 흐엿더니 이윽고 창두 도라와 고흐여 굴오디,

"어졔 밤의 신왕(新王)이 즉위흐시고 구쥬(舊主)롤 폐흐야 니치시니 만됴 공경 대비롤 폐흐야 가도모로뻐 역눌(逆律)을 논핵(論劾)흔즉 대감이 화 【48】 롤 면치 못흘 듯흔 고로 급히 대리쳥(大理廳)의 가 넘탐흔즉 대감과 쇼녕공(小令公)이 발셔 혹형(酷刑)을 가쵸 바다 경골(脛骨)이 드러나고 일간의 지히(肢解)흐는 눌을 쓴다 흐오니 부인과 쇼계 다 관가 격몰에 둘 거시오 쇼인도 어니 곳에 뉴락홀지 모로겟느이다."

부인이 흔 쇼리롤 크게 지르고 짜히 혼도(昏倒)흐니 일가 노쇠 다 모도여 울더라.

창두 홀연 눈믈을 거두고 일어 부인울 년흐여 블너 굴오디,

"앗가 황겁흐믈 인흐여 마춤 흔 말숨을 니졋느이다."

부인이 굴오디,

"밧비 니르라."

창두 굴오디,

"쇼인이 앗가 금부 문틈으로 여어보온즉 호두각(虎頭閣) 우희 일위 쇼년이 분홍 관대롤 닙고 도리옥 관즈롤 붓쳐시니 김성과 흡스흐지라 혹쟈 김성이 괴회롤 인연 【49】 흐야 이롤 어든가 흐느이다."

부인이 굴오디,

"얼골이 셔로 ᄀᆞᆺ튼 재 ᄌᆞ러 만흐니 이놈이 엇지 이 고관대쟉을 어드리오?"

성의 쳬 굴오디,

"쳔하만亽롤 미리 혜아리지 못흘 거시니 시험흐여 다시 가 보라."

부인이 굴오디,

"네 흔갈ᄀᆞᆺ치 이놈을 미더 이런 망상흔 말을 니니 나의 심쟝이 더옥 번뢰흐도다."

노창두 굴오디,

"쇼인이 원컨디 다시 가 올 거시니 잠간 기드리쇼셔."

흐고 인흐야 담을 넘어 나는듯시 금오문(金吾門) 밧긔 간즉 질둑이58) 조예(刁隷) 왕의(王衣)롤 닙고 ᄯᅡ으로셔 대도샹(大道上)의 벽계(辟除)흐고 니어 열 ᄯᅡᆼ 긔슈(旗手ㅣ) 두 줄노 느려셔 알도(喝道)흐고59) 일좌 놉흔 쵸헌(軺軒)60) 우희 일위 쇼년 지샹

---

57) 【거무하】圖 거무하(居無何). 시간상으로 있은 지 얼마 안 됨.¶ 居無何‖ 셩의 부인이 ᄯᅩ흔 현란ᄒᆞ고 의아ᄒᆞ야 머리롤 숙이고 디답이 업더니 거무하의 두어 낭관이 둘녀와 혹 문셔롤 슈탐ᄒᆞ고 혹 고간을 겸고ᄒᆞ니 (婦亦甚疑眩, 俛首無答. 居無何數箇郎官, 馳到門屏, 或檢括文簿, 或搜點庫藏.) <青邱野談 奎章 1:47>

58) 【질둑이】圖 ((복식)) 깔때기. 두꺼운 종이로 판을 세워 붙이고, 전체에 검은 칠을 한 건(巾). 금부(禁府)의 나장(羅將), 형조(刑曹)의 패두(牌頭) 또는 의식을 차릴 때의 뇌자(牢子) 들이 머리에 썼음.¶ 인ᄒᆞ야 담을 넘어 나는듯시 금오문 밧긔 간즉 질둑이 조예 왕의롤 닙고 ᄯᅡ으로셔 대도샹의 벽계ᄒᆞ고 니어 열 ᄯᅡᆼ 긔슈 두 줄노 느려셔 알도ᄒᆞ고 일좌 놉흔 쵸헌 우희 일위 쇼년 지샹이 안자시니 (因踰墻而去, 飛到金吾門屏, 則有兩箇皂隷, 雙穿王衣, 辟除大道, 繼之以十箇旗手, 兩行喝道, 一座高軒坐着, 一位妙年宰相.) <青邱野談 奎章 1:49>

59) 【알도-ᄒᆞ-】图 갈도(喝道)하다. 조선시대에, 높은 벼슬아치가 다닐 때 길을 인도하는 하인이 앞에서 소리를 질러 행인들을 비키게 하던 일.¶ 喝道‖ 인ᄒᆞ야 담을 넘어 나는듯시 금오문 밧긔 간즉 질둑이 조예 왕의롤 닙고 ᄯᅡ으로셔 대도샹의 벽계ᄒᆞ고 니어 열 ᄯᅡᆼ 긔슈 두 줄노 느려셔 알도ᄒᆞ고 일좌 놉흔 쵸헌 우희 일위 쇼년 지샹이 안사시니 (因踰墻而去, 飛到金吾門屏, 則有兩箇皂隷, 雙穿王衣, 辟除大道, 繼之以十箇旗手, 兩行喝道, 一座高軒坐着, 一位妙年宰相.) <青邱野談 奎章 1:49>

이 안자시니 의푀(儀表ㅣ) 심히 빗나고 츄죵(趨從)이 구름 ᄀᆞᆺ거ᄂᆞᆯ 창뒤 눈을 ᄡᅩ와 보니 졍녕(叮嚀)ᄒᆞᆫ[61] 김ᄉᆡᆼ 【50】 이라. 이예 뒤ᄒᆞᆯ 발마 가니 젼되(前導ㅣ) 곳 궐닉로 드러가더니 이윽고 나와 ᄒᆞᆫ 직방(直房)으로[62] 드러가거ᄂᆞᆯ 창뒤 하인ᄃᆞ려 무러 ᄀᆞᆯ오ᄃᆡ,

"샹위(相位) 대감은 뉘시뇨?"

ᄀᆞᆯ오ᄃᆡ,

"김판셔(金判書) 대감이시니라."

"관향은 어ᄃᆡ시뇨?"

ᄀᆞᆯ오ᄃᆡ,

"아모 향이시니라."

"시방 무ᄉᆞᆷ 직픔이시뇨?"

ᄀᆞᆯ오ᄃᆡ,

"니조판셔디의금(吏曹判書知義禁) 겸 어영대쟝(御營大將) 동춘츄동셩균ᄉᆞ복장악ᄉᆞ역닉의(同春秋同成均司僕掌樂司譯內醫) 네 졔됴(提調)ᄅᆞᆯ 겸ᄒᆞ여 계시니라."

창뒤 크게 깃거 도라와 ᄌᆞ시 고ᄒᆞ고 ᄯᅩ ᄉᆡᆼ의 명ᄌᆞ와 관향과 년긔ᄅᆞᆯ ᄉᆡᆼ의 부인ᄃᆞ려 무른즉 하인의 ᄃᆡ답과 여합부졀(如合符節)이라. 부인이 그졔야 화ᄒᆞᆫ 안식으로 ᄯᆞᆯ을 도라보와 ᄀᆞᆯ오ᄃᆡ,

"내 귀인을 아지 못ᄒᆞ고 일향 닝ᄃᆡᄒᆞ여시니 일ᄶᅣᆼ 육안(肉眼)을 ᄲᅢ혀 이 죄ᄅᆞᆯ 샤례코져 ᄒᆞ나 즉금 화익이 눈셥의 블 븟ᄂᆞᆫᄃᆡ 【51】 잇ᄉᆞᄃᆡ 능히 구ᄒᆞᆯ 쟤 업ᄉᆞ니 너의 부형이 함긔 칼놀을 바들 일이 가련이 너기고 ᄯᅩᄒᆞᆫ ᄉᆡᆼ육지은(生育之恩)을[63] ᄉᆡᆼ각ᄒᆞ야 아직 닝ᄃᆡᄒᆞᆫ 허믈을 용셔ᄒᆞ면 마른 ᄲᅧ에 가히 두 번 살이 올으고 죽은 남기 가히 다시 봄을 맛나미니 네 그 ᄉᆡᆼ각ᄒᆞ라."

ᄉᆡᆼ의 부인이 ᄭᅮ러 ᄀᆞᆯ오ᄃᆡ,

"분명 김ᄉᆡᆼ이 귀현(貴顯)ᄒᆞᆫ 줄 알고 능히 부형의 박두ᄒᆞᆫ 화ᄅᆞᆯ 구치 아니ᄒᆞ온즉 ᄌᆞ모 압희셔 칼에 업듸여 죽을 거시니 근심치 마ᄅᆞ쇼셔."

ᄒᆞ고 인ᄒᆞ여 일필을 드러 단찰(短札)의 ᄀᆞ득이 ᄡᅳ니 ᄀᆞᆯ와시ᄃᆡ,

쳡이 이ᄯᅢ것 죽기ᄅᆞᆯ 구차히 남과 면식을 ᄀᆞᆺ치ᄒᆞ믄 진실노 ᄉᆡᆼ각건ᄃᆡ 쳡의 ᄒᆞᆫ 목숨이 죽은 후면 군ᄌᆞ의 신셰 더옥 가련ᄒᆞ여 심회ᄅᆞᆯ 위로ᄒᆞᆯ 길이 업ᄉᆞ므로 쳔 번 ᄉᆡᆼ각ᄒᆞ여 이의 니ᄅᆞ러습더니 이졔 듯ᄌᆞ오니 텬되(天道ㅣ) 【52】 쇼ᄉᆞ(昭昭)ᄒᆞ여[64] 착ᄒᆞᆫ 사ᄅᆞᆷ의게 복을 ᄂᆞ리와 관위(官位) 놉흐시고 일신이 영귀ᄒᆞ시니 옛젹 쳐량ᄒᆞ미 지금 늉혁(隆赫)ᄒᆞ온지라.[65] 쳡이 일노조ᄎᆞ 군ᄌᆞ의게 허믈을 면ᄒᆞ올지니 쳡은 명되 긔구ᄒᆞ와 가홰(家禍ㅣ) 참혹ᄒᆞ오니 ᄒᆞᆫ번 죽지 아니ᄒᆞ온즉 이 회포ᄅᆞᆯ 플지 못ᄒᆞ올지라. 장찻 부형의 실날 ᄀᆞᆺ튼 명으로 ᄃᆡ부러 죵시ᄅᆞᆯ ᄒᆞᆫ가지로 ᄒᆞ자 ᄆᆡᆼ셰ᄒᆞ엿시니 연분이 ᄌᆞ의 일우미 ᄯᅳᆫ구름과 가ᄂᆞᆫ 믈이라 텬디일월이 알으시미 이실진ᄃᆡ 혹쟈 니셰의 쳡의 원을 맛칠가 ᄒᆞ오니 쳔만 진즁ᄒᆞ오시고 광하셰젼(廣廈細氈)으로 필문봉호(蓽門蓬戶)ᄅᆞᆯ[66] 잇지 마ᄅᆞ시고 쥬륜고아(朱輪高牙)로 곤보(困

---

60) 【쵸헌】 명 ((교통)) 초헌(軺軒). 조선시대에, 종이품 이상의 벼슬아치가 타던 수레. 긴 줏대에 외바퀴가 밑으로 달리고, 앉는 데는 의자 비슷하게 되어 있으며, 두 개의 긴 채가 달려 있음.¶ 軒 ‖ 인ᄒᆞ야 담을 넘어 나ᄂᆞᆫᄃᆞ시 금오문 밧긔 간즉 ᄌᆞᆯ독이 조예 왕의ᄅᆞᆯ 닙고 ᄶᅣᆼ으로셔 대도샹의 벽졔ᄒᆞ고 니어 열 ᄶᅣᆼ 긔슈 두 줄노 느러셔 알도ᄒᆞ고 일좌 놉흔 쵸헌 우희 일위 쇼년 직상이 안자시니 (因踰墻而去, 飛到金吾門屛, 則有兩箇皀隸, 雙穿王衣, 辟除大道, 繼之以十箇旗手, 兩行喝道, 一座高軒坐着, 一位妙年宰相.) <靑邱野談 奎章 1:49> ⇒ 초헌

61) 【졍녕-ᄒᆞ-】 형 정녕(叮嚀)ᄒᆞ다. 틀림없다.¶ 宛 ‖ 의푀 심히 빗나고 츄죵이 구름 ᄀᆞᆺ거ᄂᆞᆯ 창뒤 눈을 ᄡᅩ와 보니 졍녕ᄒᆞᆫ 김ᄉᆡᆼ이라 (衣袍甚華, 趨從如雲, 蒼頭定睛看了, 宛是金生也.) <靑邱野談 奎章 1:49>

62) 【직방】 명 ((주거)) 직방(直房). 조정의 신하들이 조회 시간을 기다리며 쉬던 방. 조방(朝房).¶ 直房 ‖ 이예 뒤욕 발마 가니 젼되 곳 궐닉로 드러가더니 이윽고 나와 ᄒᆞᆫ 직방으로 드러가거ᄂᆞᆯ (乃躡後而去. 前導直入闕內, 那宰相亦隨而入, 稍久而出, 轉入一直房.) <靑邱野談 奎章 1:50>

63) 【ᄉᆡᆼ육지은】 명 생육지은(生育之恩). 낳아 길러준 은혜.¶ 生育之恩 ‖ ᄯᅩᄒᆞᆫ ᄉᆡᆼ육지은을 ᄉᆡᆼ각ᄒᆞ야 아직 닝ᄃᆡᄒᆞᆫ 허믈을 용셔ᄒᆞ면 마른 ᄲᅧ에 가히 두 번 살이 올으고 죽은 남기 가히 다시 봄을 맛나미니 네 그 ᄉᆡᆼ각ᄒᆞ라 (汝倘念生育之恩, 姑恕冷落之咎, 則枯骨可以再肉, 寒荄可以復春, 汝其念哉.) <靑邱野談 奎章 1:51>

64) 【쇼쇼-ᄒᆞ-】 형 소소(昭昭)ᄒᆞ다. 밝고 뚜렷하다.¶ 이졔 듯ᄌᆞ오니 텬되 쇼ᄉᆞᄒᆞ여 착ᄒᆞᆫ 사ᄅᆞᆷ의게 복을 ᄂᆞ리와 관위 놉흐시고 일신이 영귀ᄒᆞ시니 옛젹 쳐량ᄒᆞ미 지금 늉혁ᄒᆞ온지라 (至今聞, 天道福善, 顯秩榮身, 昔之淒斷, 今焉熱赫.) <靑邱野談 奎章 1:52>

65) 【늉혁-ᄒᆞ-】 형 융혁(隆赫)ᄒᆞ다. 성하고 빛나다.¶ 熱赫 ‖ 듯ᄌᆞ오니 텬되 쇼ᄉᆞᄒᆞ여 착ᄒᆞᆫ 사ᄅᆞᆷ의게 복을 ᄂᆞ리와 관위 놉흐시고 일신이 영귀ᄒᆞ시니 옛젹 쳐량ᄒᆞ미 지금 늉혁ᄒᆞ온지라 (至今聞, 天道福善, 顯秩榮身, 昔之淒斷, 今焉熱赫.) <靑邱野談 奎章 1:52>

66) 【필문-봉호】 명 ((주거)) 필문봉호(蓽門蓬戶). 싸리나 대로 엮은 사립문과 쑥으로 짜서 만든 문이라는 뜻으

步)ᄒᆞᆯ 젹을 닛지 마ᄅᆞ시고 금의슈삼(錦衣繡衫)으로 폐의온포(弊衣縕袍)ᄅᆞᆯ 잇지 마ᄅᆞ시고 팔진셩찬(八珍盛饌)으로 악식소깅(惡食素羹)을[67] 잇지 마ᄅᆞ시면 거의 쳔ᄃᆡ(泉臺)[68] 아ᄅᆡ 쳡의 여혼의 바라ᄂᆞᆫ ᄯᅳᆺ을 져ᄇᆞ리【53】지 아닐가 ᄒᆞᄂᆞ이다.

ᄡᅳ기ᄅᆞᆯ 다ᄒᆞᄆᆡ 창두로 ᄒᆞ여금 나ᄂᆞᆫᄃᆞ시 김ᄉᆡᆼ의게 젼ᄒᆞ니라. 이ᄯᅢ 김ᄉᆡᆼ이 경히 부듕(府中)에 안자 일을 ᄉᆞᆯ피더니 홀연 부인의 셔간을 보고 늣기ᄂᆞᆫ 눈물이 옷깃술 젹시ᄂᆞᆫ지라 익일의 됴회ᄅᆞᆯ 파ᄒᆞᆫ 후의 ᄉᆡᆼ이 관을 벗고 단계(丹階)에 업듸여 알외ᄃᆡ,

“원컨ᄃᆡ 신의 벼술을 드려 조강(糟糠)을 보젼코져 ᄒᆞᄂᆞ이다.”

샹이 그 연유ᄅᆞᆯ 무ᄅᆞ신ᄃᆡ ᄉᆡᆼ이 일〻히 ᄃᆡᄒᆞ니 샹이 위ᄒᆞ야 동용(動容)ᄒᆞ시고[69] ᄉᆡᆼ의 부옹의 죄ᄅᆞᆯ 엷게 ᄒᆞ여 조흔 ᄯᅡ희 찬비(竄配)ᄒᆞ시니 ᄉᆡᆼ이 즉시 거마ᄅᆞᆯ 셩히 ᄒᆞ야 부인을 마자 흠ᄉᆞ(欽賜)ᄒᆞ신 갑졔(甲第)의 ᄒᆞᆷ긔 니ᄅᆞ러 금슬지락(琴瑟之樂)으로 해로ᄒᆞ고 ᄉᆡᆼ의 빙모도 ᄯᅩᄒᆞᆫ ᄉᆡᆼ의 집에 의지ᄒᆞ야 여년을 맛치더라.

걸부명듕비완삼졀
乞父命童婢完三節

【54】 경듕(京中)의 ᄒᆞᆫ 심셩(沈姓) ᄉᆞ인(士人)이 〻시니 일즉 노비 도망ᄒᆞ여 션산(善山) ᄯᅡ의 잇단 말을 듯고 힝쟝을 ᄎᆞ려 나려가 츄힉(推覈)ᄒᆞ니[70] 그ᄉᆞ이 ᄌᆞ네 번셩ᄒᆞ여 스ᄉᆞ로 일촌(一村)을 지엇더라. 그 듕 ᄒᆞᆫ 죵이 심히 요부(饒富)ᄒᆞ고 ᄒᆞᆫ ᄯᆞᆯ이 〻시니 일홈은 향단(香丹)이라. 년광이 십구 셰오 ᄌᆞ식이 ᄲᅡ혀나거늘 ᄉᆞ인이 쳡을 삼아 심히 ᄉᆞ랑ᄒᆞ더니 그 도라갈 ᄯᅢᄅᆞᆯ 밋쳐 여러 죵들이 ᄉᆞ인을 해ᄒᆞ려 ᄭᅬᄒᆞᆯᄉᆡ 이믜 긔약을 졍ᄒᆞ엿ᄂᆞᆫ지라. 향단이 알고 그밤의 니ᄅᆞ러ᄂᆞᆫ ᄉᆞ인으로 더브러 친압ᄒᆞ고 ᄉᆞ랑ᄒᆞᄆᆞᆯ 젼의셔[71] 비나 ᄒᆞ고 희학ᄒᆞᄆᆞᆯ 니르지 아닐 배 업셔 ᄉᆞ인의 옷술 벗겨 졔 스ᄉᆞ로 닙고 졔 의상을 버셔 ᄉᆞ인을 닙혀 조롱ᄒᆞ고 ᄯᅩ 회히(詼諧)ᄒᆞᄆᆞᆯ 오ᄅᆡᄒᆞ다가 홀연 아미ᄅᆞᆯ 숙이고 눈믈이 비오ᄃᆞᆺ ᄒᆞ거ᄂᆞᆯ ᄉᆞ인이 괴이히 너겨 연고【55】ᄅᆞᆯ 무ᄅᆞᆫᄃᆡ 기녜(其女ㅣ) 슬픔을 강잉(强仍)ᄒᆞ고 소ᄅᆡᄅᆞᆯ ᄂᆞ작이 ᄒᆞ야 ᄀᆞᆯ오ᄃᆡ,

“셔방쥬 대홰(大禍ㅣ) 금야의 당두ᄒᆞ엿ᄉᆞ오니 이 믄 밧근 곳 텬라디망(天羅地網)이라. 놀게 잇셔도 피치 못ᄒᆞ리이다.”

ᄉᆞ인이 크게 놀나 엇지ᄒᆞᆯ 바ᄅᆞᆯ 아지 못ᄒᆞ거ᄂᆞᆯ 기녜 ᄀᆞᆯ오ᄃᆡ,

로 가난한 사람의 집을 가리킴.¶ 蓽蓬 ‖ 광하셰젼으로 필문봉호ᄅᆞᆯ 잇지 마ᄅᆞ시고 쥬륜고아로 곤보ᄒᆞᆯ 젹을 닛지 마ᄅᆞ시고 금의슈삼으로 폐의온포ᄅᆞᆯ 잇지 마ᄅᆞ시고 팔진셩찬으로 악식소깅을 잇지 마ᄅᆞ시면 거의 쳔ᄃᆡ 아ᄅᆡ 쳡의 여혼의 바라ᄂᆞᆫ ᄯᅳᆺ을 져ᄇᆞ리지 아닐가 ᄒᆞᄂᆞ이다 (廣廈曲氈而毋忘蓽蓬, 朱輪高牙而無忘困步, 錦襖紈袴而毋忘縕袍, 駝峰熊掌而毋忘咬菜, 庶副泉臺之望.) <靑邱野談 奎章 1:52>

67) 【악식-소깅】 명 ((음식)) 악식소갱(惡食素羹). 형편없는 밥과 하찮은 국.¶ 咬菜 ‖ 광하셰젼으로 필문봉호ᄅᆞᆯ 잇지 마ᄅᆞ시고 쥬륜고아로 곤보ᄒᆞᆯ 젹을 닛지 마ᄅᆞ시고 금의슈삼으로 폐의온포ᄅᆞᆯ 잇지 마ᄅᆞ시고 팔진셩찬으로 악식소깅을 잇지 마ᄅᆞ시면 거의 쳔ᄃᆡ 아ᄅᆡ 쳡의 여혼의 바라ᄂᆞᆫ ᄯᅳᆺ을 져ᄇᆞ리지 아닐가 ᄒᆞᄂᆞ이다 (廣廈曲氈而毋忘蓽蓬, 朱輪高牙而無忘困步, 錦襖紈袴而毋忘縕袍, 駝峰熊掌而毋忘咬菜, 庶副泉臺之望.) <靑邱野談 奎章 1:52>

68) 【쳔ᄃᆡ】 명 천대(泉臺). 구천(九泉).¶ 泉臺 ‖ 광하셰젼으로 필문봉호ᄅᆞᆯ 잇지 마ᄅᆞ시고 쥬륜고아로 곤보ᄒᆞᆯ 젹을 닛지 마ᄅᆞ시고 금의슈삼으로 폐의온포ᄅᆞᆯ 잇지 마ᄅᆞ시고 팔진셩찬으로 악식소깅을 잇지 마ᄅᆞ시면 거의 쳔ᄃᆡ 아ᄅᆡ 쳡의 여혼의 바라ᄂᆞᆫ ᄯᅳᆺ을 져ᄇᆞ리지 아닐가 ᄒᆞᄂᆞ이다 (廣廈曲氈而毋忘蓽蓬, 朱輪高牙而無忘困步, 錦襖紈袴而毋忘縕袍, 駝峰熊掌而毋忘咬菜, 庶副泉臺之望.) <靑邱野談 奎章 1:52>

69) 【동용-ᄒᆞ-】 동 동용(動容)하다. 용모를 변동하다.¶ 動容 ‖ 샹이 그 연유ᄅᆞᆯ 무ᄅᆞ신ᄃᆡ ᄉᆡᆼ이 일〻히 ᄃᆡᄒᆞ니 샹이 위ᄒᆞ야 동용ᄒᆞ시고 ᄉᆡᆼ의 부옹의 죄ᄅᆞᆯ 엷게 ᄒᆞ여 조흔 ᄯᅡ희 찬비ᄒᆞ시니 (上宣問其由, 生一一陳對, 上爲之動容, 特貸生之婦翁, 薄竄善地.) <靑邱野談 奎章 1:53>

70) 【츄힉-ᄒᆞ-】 동 추핵(推覈)하다. 죄인을 추궁하여 죄상을 조사하다.¶ 推覈 ‖ 경듕의 ᄒᆞᆫ 심셩 ᄉᆞ인이 〻시니 일즉 노비 도망ᄒᆞ여 션산 ᄯᅡ의 잇단 말을 듯고 힝쟝을 ᄎᆞ려 나려가 츄힉ᄒᆞ니 그ᄉᆞ이 ᄌᆞ네 번셩ᄒᆞ여 스ᄉᆞ로 일촌을 지엇더라 (京中士人沈姓者, 有奴婢, 滿在善山, 得推覈, 盡出厥數甚夥.) <靑邱野談 奎章 1:54>

71) 【-의셔】 조 보다.¶ 향단이 알고 그밤의 니ᄅᆞ러ᄂᆞᆫ ᄉᆞ인으로 더브러 친압ᄒᆞ고 ᄉᆞ랑ᄒᆞᄆᆞᆯ 젼의셔 비나 ᄒᆞ고 희학ᄒᆞᄆᆞᆯ 니르지 아닐 배 업셔 (女知之, 至其夜, 與士人倍加昵愛, 嬉戲無所不至.) <靑邱野談 奎章 1:54>

"이는 다 쇼비 죡당(族黨)의 흐온 배라. 아비 능히 금치 못후고 참예후오나 슈창(首唱)은 아니오니 가히 용셔후실지라. 쇼녜 셔방쥬의 의복을 밧고 와 넙어 쟝촛 셔방쥬의 몸을 디신후오려 후오니 셔방쥬는 다만 잇다가 쇼녀롤 부르는 소리 나거든 쇼녀의 복식으로 머리롤 푸러 눗츨 가리오고 샐니 다라 나가시면 다힝이 버셔나물 어드실 거시니 이후 강상(綱常)의 죄롤 다스리실 쩌예 쇼녀의 아비롤 살녀쥬시면 쇼녜 디하의 가도 눈을 감으리니 쇼녀의 명은 금야 쑨이라 셔방쥬는 만슈 【56】 무강(萬壽無疆)후쇼셔."

스인이 크게 감창(感愴)후더라.

밤이 깁흔 후의 문 밧긔 홰쓸이 됴요(照耀)후며 흉되(凶徒ㅣ) 모도여 과연 녀인을 부르거늘 스인이 녀복으로 머리털을 헷쳐 눗출 덥고 뛰여나와 샐니 다라나니 이 마을의셔 관문 가기 블과 십여 리라. 스인이 즉시 다드라 관문을 두드린디 읍쉬(邑倅) 듯고 놀나 블너드리니 곳 피발(披髮)흔 녀지라. 즈시 무러 그 곡졀을 알고 즉시 읍졸을 발후여 급히 츄착(推捉)후니 흉되 오히려 흣지 아니후엿더라. 눗출 치 결박후고 드러가 그 녀인을 본즉 이믜 육쟝이 되야 피 흘너 방안의 フ득훈지라. 대개 흉되 이믜 녀인을 죽인 후 즈시 살핀 즉 기녜 스인의 복식을 입엇는지라 비로쇼 그릇훈 줄을 알고 쟝촛 흣터지고져 홀 즈음의 관치(官差ㅣ) 발셔 다르른지라. 일노뼈 후나토 버셔 【57】 난 재 업더라. 본쉬(本倅) 즉시 샹스예 보후야 다 죽이고 홀노 그녀의 부는 스인의 근쳥으로 면후니라.

슬프다. 이 녀인이 그 샹면을 위후야 그 튱셩을 다후고 그 아비롤 위후야 효도롤 다후고 그 지아비롤 위후여 녈졀(烈節)을 다후니 훈번 드러 삼강이 フ졋는지라. 본쉬 위후야 졍문후더라.

방구쥬명마쥬쳔리
訪舊主名馬走千里

녯 광희조(光海朝) 쩌의 흔 원(員)이 ㅅ셔 히도 도님훈 후 누년 원옥(冤獄)을 결단후니 그 노괴(老姑ㅣ) 은혜롤 갑고져 후여 치마의 새로 나은 미

야지롤 담고 와 관가의 드려 골오디,

"쳡의 아비 셩시예 물 스빅 필을 치되 미양 물 フ튼 거시 업다 한탄후더니 일ㅅ은 흔 암물을 フ르쳐 골오디 '이 물이 맛당히 농구(龍駒)롤 나흐리라' 후더니 이 미야지 【58】 는 그 물의 나흔 배니이다."

태쉬 깃거 바닷더니 과만(瓜滿) 후 샹경후기예 밋쳐 오히려 흔 져근 미야지라.

젼챵위(全昌尉) 뉴졍냥(柳廷亮)이란 사름은 이 쩌 빅낙(伯樂)이라 일컷는지라 빅금으로 이 미야지롤 삿더니 밋 자라미 과연 농귀(龍駒ㅣ)라. 일홈을 표듕(豹重)이라 후엿더니 광희 듯고 그 물을 탈취후니라. 그 후 젼챵위 그 조부 영경(永慶)의 옥亽에 좌죄(坐罪)후야 고부(古阜)로 찬비후고 쳔극(栫棘)을72) 더으니라.

일ㅅ은 광희 표듕을 타고 후원의 둘니더니 그 물이 홀연 몸을 흔드러 광희롤 쩌르치고 두어 길을 소쇼와 궁쟝(宮墻)을 뛰여너머 호로만의 고부롤 득달후니라. 이쩌 젼챵위 비쇼(配所)에 잇셔 심야 오경의 홀노 안잣더니 홀연 뒤동산의 물굽소리 나거늘 블을 드러 가 보니 곳 표듕이라. 방문으로 뛰여 드러 벽스이예 스스로 몸을 곰쵸 【59】 고 쑤러 업디여 니지 아니후거늘 젼챵위 크게 놀나고 괴이히 너겨 인후여 벽실 듕의 두고 먹여 기른 지 일년이라. 광희 노후야 갑슬 달아 팔도로 차즐시 고부 위리(圍籬)예 니르러 찻기롤 셰 번이나 후디 마춤니 찌둣지 못후니라.

일ㅅ은 물이 홀연 갈기롤 쩔치고 굽을 허위며 목을 드러 기리 우더니 이윽고 반졍(反正)흔 쇼식이 니른지라. 젼챵위 노ㅣ믈 넙어 힝후야 경긔읍(京畿邑)에 니를시 그 물이 믄득 산벽 쇼로ㅅ 드러가거늘 종복이 쓰어 대로ㅅ 향훈 즉 계어후믈 밧지 아니후고 구지 쇼로ㅅ 향후니 그 물이 즈릭 이샹후미 만흔지라. 그 간 바롤 쓰라 훈 수플 스이로 드러간 즉 흔 사름이 그 가온디 숨엇거늘 젼챵위 즈시 보니 이 곳 평싱 결원후여 원슈롤 갑고져 후던 사름이라. 샹히 잡고져 후더니 【60】 이 물노 후여 셔로

────────
72) 【쳔극】囿 쳔극(栫棘). 조션시대에, 듕죄인이 유배된 집 둘레에 가시 울타리롤 쳐셔 외출을 못하게 하년 셩벌. 쳔극죄(栫棘罪).¶ 栫棘 ∥ 그 후 젼챵위 그 조부 영경의 옥亽에 좌죄후야 고부로 찬비후고 쳔극을 더으니라 (後全昌坐其祖永慶獄, 謫古阜, 設栫棘.) <靑邱野談 奎章 1:58>

만는지라. 죵쟈로 ᄒᆞ여금 결박ᄒᆞ야 잡아와 ᄆᆞ춤ᄂᆡ
죄예 엎드리니 사ᄅᆞᆷ이 ᄀᆞ샹히 너기지 아니리 업더
라. 인ᄆᆗ(仁廟ㅣ) 드르시고 믈을 명ᄒᆞ여 가ᄌᆞ(加資)
룰 쥬어 겨시더니 그 후 젼챵위 죽어 반혼(返魂) 후
그 믈이 먹지 아니코 죽거늘 드디여 도셩 동문 밧
긔 무드니라.

션긔편활니농치슈
善欺騙猾吏弄痴倅

ᄒᆞᆫ ᄉᆞ인(士人)이 일즉 협듕(峽中) 원(員)이 되
미 졍치(政治) 쳥빅(淸白)ᄒᆞ여 일믈(一物)도 탐남(貪
婪)ᄒᆞ미 업고 셩픔이 본디 웅졸ᄒᆞ야 온갖 일이 미
양 허쇼(虛疎)ᄒᆞᆫ지라.[73] 과만(瓜滿)이 ᄌᆞ가와 장찻
올ᄂᆞ오려 ᄒᆞᆯ시 힝탁이 쇼연(蕭然)ᄒᆞ야 치장(治裝)ᄒᆞᆯ
길이 업셔 ᄆᆞ음의 경히 조민(躁悶)ᄒᆞ더니[74] 고을 아
젼 아모ᄂᆞᆫ 본디 신임ᄒᆞᄂᆞᆫ 바로 사ᄅᆞᆷ되미 빅녕빅니
(百怜百俐)ᄒᆞ고 ᄯᅩ 그 아젼이 여러 [61] 관속 듕의
더믈 신임ᄒᆞ믈 감격ᄒᆞ야 ᄒᆞᆫ번 특셩으로 갑고져 ᄒᆞ
더니 이ᄯᅥ 디현이 졍히 궁도(窮途)ᄅᆞᆯ 당ᄒᆞ야 진퇴냥
난(進退兩難)ᄒᆞ믈 ᄆᆞ음의 심히 긍련(矜憐)이 너겨
좌우ᄅᆞᆯ 물니치고 ᄀᆞ만이 엿ᄌᆞ와 ᄀᆞ오ᄃᆡ,

"샹공이 념결(廉潔)노[75] ᄌᆞ쳐ᄒᆞ시미 과만이
ᄌᆞ가오ᄃᆡ 치힝(治行)을 판비(辦備)키 어려온지라 쇼
인이 졍셩을 다ᄒᆞ야 샹공의 은덕 갑흐믈 도모코져

ᄒᆞ와 ᄒᆞᆫ 계교롤 ᄉᆡᆼ각ᄒᆞ오니 흔갓 치힝의 넘녀 업슬
ᄲᅮᆫ 아니라 장찻 집을 가음열게 ᄒᆞ시미 이시리이다."
디현이 ᄀᆞᆯ오ᄃᆡ,
"네 말이 만일 유리(有理)ᄒᆞᆯ진ᄃᆡ 엇지 쳥죵(聽
從)치[76] 아니리오?"
현리(縣吏) ᄀᆞᆯ오ᄃᆡ,
"아모 좌슈(座首)의 부명(富名)이 일현(一縣)의
읏듬은 샹공의 아르시ᄂᆞᆫ 배라 금야의 쇼인으로 더
브러 쟉반(作伴)ᄒᆞ여 ᄒᆞᆫ번 가신 즉 쳔금을 가히 일
위리이다."
디현이 크게 노ᄒᆞ야 ᄀᆞᆯ오ᄃᆡ,
"네 이런 법 아닌 일노 감히 날을 [62] 멸시
코져 ᄒᆞᄂᆞ냐? 엇지 원이 되야 도격의 일을 힝ᄒᆞ미
이시리오? 망녕된 말 말나. 그 죄 맛당히 틱(笞)ᄒᆞ
리로다."
현리 ᄀᆞᆯ오ᄃᆡ,
"샹공이 만일 이ᄀᆞᆺ치 고집ᄒᆞ시면 관가빗 수빅
금을 엇지 ᄲᅥ 갑흐며 치힝노비 오륙십 냥을 엇지
ᄲᅥ 판득ᄒᆞ오며 ᄯᅩ 환퇴(還宅)ᄒᆞ신 후 해가 풍년으로
더 신뤼(新來) 마누라님이 쥬리시고 울으시고 겨울
이 더워도 도령님이 치위롤 블너 집이 경쇠 둘닌
ᄃᆞᆺᄒᆞ고 손가온ᄃᆡ 몬져 나오면 그ᄯᅥ 쇼인의 말을 ᄉᆡᆼ
각ᄒᆞ시리이다. ᄯᅩ 혹야(黑夜) 힝ᄉᆞ(行事)ᄂᆞᆫ 귀신도
측냥치 못ᄒᆞ오리니 이 일온바 거슬녀 취ᄒᆞ고 슌히
바드미오니 원컨ᄃᆡ 익이 ᄉᆡᆼ각ᄒᆞ옵쇼셔."
디현이 잠ᄌᆞᆷᄒᆞ고 안쟈 이윽이 ᄉᆡᆼ각ᄒᆞ미 현리
의 말이 극히 긔미(幾微)예 합흔지라. 눈셥을 ᄯᅥᆼ긔
고 닐오ᄃᆡ,
"다만 시험ᄒᆞ리니 무ᄉᆞᆷ 모 [63] 양으로 나갈
고?"
현리 ᄀᆞᆯ오ᄃᆡ,
"다만 탕건(宕巾)과 발막과[77] 경복(輕服)으로
나가시미 조흐니이다."
디현이 마지 못ᄒᆞ야 그밤의 현리로 더브러 손

---

73) [허쇼-ᄒᆞ-] 圖 허소(虛疎)ᄒᆞ다. 얼마쯤 비어서 허술하
거나 허전하다.¶虛疎∥ᄒᆞᆫ ᄉᆞ인이 일즉 협듕 원이 되
미 졍치 쳥빅ᄒᆞ여 일믈도 탐남ᄒᆞ미 업고 셩픔이 본디
웅졸ᄒᆞ야 온갖 일이 미양 허쇼ᄒᆞᆫ지라 (某人嘗爲峽邑
知縣, 爲政淸介, 一物不妄取. 而性本迂拙, 作事虛疎.)
<靑邱野談 奎章 1:60>

74) [조민-ᄒᆞ-] 圖 조민(躁悶)ᄒᆞ다. 마음이 조급하여 가슴
이 답답하다.¶緊急∥과만이 ᄌᆞ가와 장찻 올ᄂᆞ오려
ᄒᆞᆯ시 힝탁이 쇼연ᄒᆞ야 치장ᄒᆞᆯ 길이 업셔 ᄆᆞ음의 졍히
조민ᄒᆞ더니 (任滿將歸, 行橐蕭然, 無由治裝, 心政緊急.)
<靑邱野談 奎章 1:60>

75) [념결] 圖 염결(廉潔). 청렴결백함.¶廉潔∥샹공이 념
결노 ᄌᆞ쳐ᄒᆞ시미 과만이 ᄌᆞ가오ᄃᆡ 치힝을 판비키 어
려온지라 (相公以廉潔自處, 永藥自持, 瓜期漸近, 行李
難辦.) <靑邱野談 奎章 1:61>

76) [쳥죵-ᄒᆞ-] 圖 청종(聽從)하다. 말하는 대로 잘 듣고
따르다.¶聽從∥네 말이 만일 유리ᄒᆞᆯ진ᄃᆡ 엇지 쳥죵
치 아니리오 (言若有理, 曷不聽從?) <靑邱野談 奎章
1:61>

77) [발막] 圖 ((복식)) 발막(發莫). 마른 신의 한 가지. 뒤
축과 코에 꿰맨 솔기가 없고, 코끝이 뾰족하지 아니하
고 넓적하며, 가죽 조각을 내고 겉면을 칠한 마른신으
로 흔히 잘 사는 집의 노인들이 신었음.¶發莫∥나민
탕건과 발막과 경복으로 나가시미 조흐니이다 (只此
宕巾發莫輕服足矣.) <靑邱野談 奎章 1:63>

을 잇끌고 혼가지로 나가니 그ᄶᅵ 밤이 장ᄎᆞᆺ 삼경이 지나미 사ᄅᆞᆷ의 소ᄅᆡ 겸〻 드믈며 둘은 ᄯᅥ러지고 안개는 자욱ᄒᆞ여 야ᄉᆡᆨ(夜色)이 칠 ᄀᆞᇀ튼지라. 좌슈의 집에 드러가 ᄀᆞ만이 담을 너머 혼 고간문의 니ᄅᆞ러 구무ᄅᆞᆯ ᄯᅮᆯ고 괴여 드러가더니 이윽고 현리 나와 놀나 ᄀᆞᆯ오ᄃᆡ,

"그릇 술고의[78] 왓ᄂᆞᆫ이다. 그러나 쇼인의 쥬량은 본ᄃᆡ 너른지라 이런 조혼 술을 만나오미 입에 춤이 흘너 그져 갈 수 업ᄉᆞ오니 필니부(畢吏部)[옛 술도젹ᄒᆞ여 먹든 진젹 사ᄅᆞᆷ이라]의 옛일을 시험ᄒᆞ와 힝ᄒᆞ려 ᄒᆞ노이다."

ᄒᆞ고 인ᄒᆞ야 디현의 발막 혼 ᄶᅡᆨ을 벗겨 술을 ᄀᆞ득이 부어 ᄶᅡᆼ슈로 드리니 디현이 도ᄎᆞ지두(到此地頭)ᄒᆞ야 감히 거스 【64】 지 못ᄒᆞᆯ지라. 강잉ᄒᆞ야 바다 마시거늘 현리 ᄯᅩ혼 ᄉᆞ오 발막을 년ᄒᆞ여 거우르고 거즛 대취혼 체ᄒᆞ여 쇼ᄅᆡᄅᆞᆯ 놉히 ᄒᆞ야 ᄀᆞᆯ오ᄃᆡ,

"쇼인이 평싱의 취혼 후 귀 더욱 격이면 댱가(長歌) 일곡(一曲)을 부르미 ᄌᆞ리 기양(伎倆)이오니 금야의 몰근 흥이 도〻ᄒᆞ와 금치 못ᄒᆞ올지라. 원컨ᄃᆡ 샹공은 당단을 치시고 혼번 드르쇼셔."

지현이 크게 놀나 손을 둘너 급히 굿치라 ᄒᆞᄃᆡ 현리 듯지 아니ᄒᆞ고 크게 혼 곡조ᄅᆞᆯ 노ᄒᆞ니 개는 문의셔 짓고 사ᄅᆞᆷ은 집의셔 놀나 수삼 대한(大漢)이 ᄭᅮᆷ결의 놀나 ᄭᅢ다라 도적 드럿다 크게 부르고 나오니 현리는 승시(乘時)ᄒᆞ여 몸을 ᄲᅢ쳐 나오고 돌노 굼굴 막으니 지현이 나오고져 ᄒᆞ나 계교 업셔 술독 ᄉᆞ이예 숨엇더니 블그림ᄌᆞ 빗최는 곳의 다 닐오ᄃᆡ,

"도적이 술고의 잇다!"

ᄒᆞ고 잠울쇠 【65】 ᄅᆞᆯ ᄶᅵ치고 문을 열어 ᄭᅳ어 너여 긴히 결박ᄒᆞ야 독속의 든 자라 잡ᄃᆞᆺ 손이 니ᄅᆞ미 홈쳐너여 가죽부ᄃᆡ의[79] 너허 문 우희 버들가

지예 놉히 달아 발근 후 관가의 고ᄒᆞ야 증치(懲治)ᄒᆞ려 ᄒᆞ더라.

현리 ᄀᆞ만이 그 집 ᄉᆞ당의 드러가 혼 ᄭᅩ럼지[80] 블을 노코 크게 블너 ᄀᆞᆯ오ᄃᆡ,

"블이 낫다!"

ᄒᆞ니 일가 노쇼 창황이 다ᄃᆞ라 블을 구ᄒᆞᄃᆡ 다만 좌슈의 아븨 나히 구십구셰라 반은 귀신이오 반은 사ᄅᆞᆷ이라. 후당의 어린ᄃᆞ시 안잣거늘 현리 ᄀᆞ만이 드러가 ᄭᅳ어내여 버드나모 아릭 니ᄅᆞ러 가죽부ᄃᆡᄅᆞᆯ 나려 노인을 ᄃᆡ신으로 너코 지현을 붓드러 니르켜 급히 버셔나 도망ᄒᆞᆯᄉᆡ 지현이 간신이 관당(官堂)의 니ᄅᆞ니 긔운이 천쵹(喘促)ᄒᆞ고 쇼ᄅᆡ 쇠진(澌盡)ᄒᆞ야 심두(心頭)의 분긔츙텬(憤氣衝天)혼지라 【66】 졍신을 진졍ᄒᆞ야 눈을 부릅ᄯᅳ고 쇼ᄅᆡᄅᆞᆯ 미이 ᄒᆞ여 ᄀᆞᆯ오ᄃᆡ,

"네 날을 속이고 날을 죽이도다. 셰상의 엇지 원이 되고 도젹의 일을 ᄒᆞ며 도젹이 되고 그 집의셔 술마시고 노릭ᄒᆞᄂᆞᆫ 재 이시리오?"

현리 우어 ᄀᆞᆯ오ᄃᆡ,

"쇼인의 묘계 이졔야 일우리로쇼이다. 샹공이 이믜 난을 버셔나신 후 좌슈의 구십 노부로ᄡᅥ 가죽부ᄃᆡ의 너어시던 사ᄅᆞᆷ이 알 니 업ᄉᆞ니 ᄎᆡᄉᆞ(差使)로 ᄒᆞ여곰 즉시 잡아와 옥듕의 가도와 두고 ᄂᆡ일 조ᄉᆞ(朝仕) ᄭᅩᆺ히 좌슈ᄅᆞᆯ 블너드려 압히 안치고 가죽부ᄃᆡ의 너흔 격한을 ᄂᆡ여노코 블효로 논죄ᄒᆞ야 착가엄슈(着枷嚴囚)혼[81] 후 여ᄎᆞ여ᄎᆞᄒᆞᆫ 즉 쳔금을 가히 안자 어드리이다."

지현이 그 말과 ᄀᆞᆺ치 ᄒᆞ여 시베 좌슈ᄅᆞᆯ 블너드려 쳥상(廳上)의 자리ᄅᆞᆯ 쥬고 무 【67】 러 ᄀᆞᆯ오ᄃᆡ,

"그ᄃᆡ 집이 간밤의 도젹을 잡앗다 ᄒᆞ기 관가

納諸皮帒, 掛於門首柳枝上, 明日將告官懲治矣.) <靑邱野談 奎章 1:65>

78) 【술-고】 園 ((주거)) 술고(-庫). 술을 보관한 창고.¶ 酒庫 ‖ 그릇 술고의 왓ᄂᆞᆫ이다 그러나 쇼인의 쥬량은 본ᄃᆡ 너른지라 이런 조혼 술을 만나오미 입에 춤이 흘너 그져 갈 수 업ᄉᆞ오니 필니부[옛 술도젹ᄒᆞ여 먹든 진젹 사ᄅᆞᆷ이라]의 옛일을 시험ᄒᆞ와 힝ᄒᆞ려 ᄒᆞ노이다 (誤入廚庫矣. 然小的酒戶素寬, 對此佳釀, 口角延流, 試行畢吏部故事.) <靑邱野談 奎章 1:63>

79) 【가죽-부대】 園 가죽부대.¶ 皮帒 ‖ 잠울쇠ᄅᆞᆯ ᄶᅵ치고 ᄆᆞᆫ을 열어 ᄭᅳ어너여 시히 결박ᄒᆞ아 독속의 든 지라 잡ᄃᆞᆺ 손이 니ᄅᆞ미 홈쳐너여 가죽부ᄃᆡ의 너허 문 우희 버들가지예 놉히 달아 발근 후 관가의 고ᄒᆞ야 증치ᄒᆞ려 ᄒᆞ더라 (打鎖開門, 拽住緊縛, 如甕中捉鼈, 手到拈來,

80) 【ᄭᅩ럼지】 園 꾸럼지. 꾸러미.¶ 把 ‖ 현리 ᄀᆞ만이 그 집 ᄉᆞ당의 드러가 혼 ᄭᅩ럼지 블을 노코 크게 블너 ᄀᆞᆯ오ᄃᆡ 블이 낫다 ᄒᆞ니 일가 노쇼 창황이 다ᄃᆞ라 블을 구ᄒᆞᄃᆡ (吏潛入其家祠堂, 放起一把火, 因呼一聲曰火起. 家人都奔救火.) <靑邱野談 奎章 1:65>

81) 【착가엄슈-ᄒᆞ-】 園 착가엄수(着枷嚴囚)하다. 죄인에게 칼을 씌워 단단히 가두다.¶ 着枷嚴囚 ‖ ᄂᆡ일 조ᄉᆞ ᄭᅩᆺ히 좌슈ᄅᆞᆯ 블너드려 압히 안치고 ᄀᆞ죽부ᄃᆡ의 너흔 셕한을 ᄂᆡ여노코 블효로 논죄ᄒᆞ야 착가엄슈혼 후 여ᄎᆞ여ᄎᆞᄒᆞᆫ 즉 쳔금을 가히 안자 어드리이다 (早衙招座首入來, 當前發解, 以不孝論罪, 着枷嚴囚, 後如此如此, 則數千金可坐而得也.) <靑邱野談 奎章 1:66>

로 착닉(捉來)ᄒᆞ여시니 이졔 그디를 더ᄒᆞ여 엄치(嚴治)ᄒᆞ리라."

ᄒᆞ고 하예(下隷)로 ᄒᆞ여금 부대를 내여 프러 노은 즉 흔 노한(老漢)이라. 가족부디 속으로조차 ᄒᆞ외욤ᄒᆞ며82) 기지기혀고83) 나오거늘 좌슈 보니 이 곳 졔 아비라. 경황ᄒᆞ고 참괴(慙愧)ᄒᆞ여 뜰의 나려 죄예 업디여 ᄀᆞᆯ오디,

"이는 민의 노뷔라 가인이 그릇 잡앗스오니 죄당만ᄉᆞ(罪當萬死)로쇼이다."

지현이 최상을 치며 크게 노ᄒᆞ야 ᄀᆞᆯ오디,

"니 일즉 드ᄅᆞ니 너의 블회 일현(一縣)의 낫타난지라 이졔 무고히 이 강상을 범ᄒᆞ니 가히 용셔치 못ᄒᆞ리로다."

ᄒᆞ고 하예로 ᄒᆞ여금 좌슈를 ᄭᅳ어ᄂᆞ려 자의 업지르고 이십 장을 밍타(猛打)ᄒᆞ니 피육(皮肉)이 미란(靡爛)ᄒᆞᆫ지라. 이십 근 큰 칼을 ᄲᅴ워 옥의 ᄂᆞ리니 좌슈 빅 번 성각ᄒᆞ여도 실노 명교(明敎)의 범흔 [68] 큰 죄인이라. 살기를 도모ᄒᆞ나 엇지 길이 ᄌᆞ시리오? 현리 아모는 지현의게 ᄀᆞ장 긴ᄒᆞ믈 듯고 이예 ᄀᆞ만이 블너 슬피 고ᄒᆞ야 ᄀᆞᆯ오디,

"그디 만일 이 즁죄를 쥬션ᄒᆞ여 벗겨노혼 즉 은혜를 갑흐미 수쳔 금이 오히려 가븨여우리라 몬져 빅금 빅 냥으로써 나의 져근 졍셩을 표ᄒᆞ노니 그디는 쳔만 성각ᄒᆞ라."

현리 지삼 지란(至難)ᄒᆞᆫ 쳬ᄒᆞ다가 개연이 응낙ᄒᆞ니 좌슈 이쳔 금을 현리의 집으로 슈송ᄒᆞ거늘 현리 드러와 지현의게 고ᄒᆞ고 송ᄉᆞ를 밋글더려84) 좌슈를 방송(放送)ᄒᆞ니 현리 일문을 머무르지 아니ᄒᆞ고 다 지현의게 보내니라.

거무하(居無下)의 신관이 ᄂᆞ려와 교디흘 졔

지현이 스스로 성각ᄒᆞ디 '만일 현리를 살녀둔 즉 그 일이 누셜흘 거시라' ᄒᆞ고 신관의게 은근이 [69] 부탁ᄒᆞ여 ᄀᆞᆯ오디,

"현리 아모는 심히 간활(奸猾)ᄒᆞ야 읍권(邑權)을 쳔단(擅斷)ᄒᆞ니 가히 용납지 못흘지라. 나 올나간 후 그디 반ᄃᆞ시 죽인 즉 일읍이 편안ᄒᆞ리라."

ᄒᆞ고 신신부탁ᄒᆞ거늘 신관이 ᄯᅳᆺ의 닐오디 구관(舊官)의 부탁이 반ᄃᆞ시 쇼견이 잇고 ᄯᅩ 그 쳥을 어기미 어려워 도임 후 조ᄉᆞ 문곡직ᄒᆞ고 잡아드려 바로 타살ᄒᆞ려 ᄒᆞ거늘 현리 쳔만의외예 변을 당ᄒᆞ야 성각ᄒᆞ디,

'내 신관의게 득죄ᄒᆞ미 업거늘 반ᄃᆞ시 구관이 그 일이 발각흘가 겨허 신관의 손을 비러 날을 죽여 멸구(滅口)코져85) ᄒᆞ미라.'

ᄒᆞ여 스스로 보젼흘 계교를 성각ᄒᆞ고 잠간 신관을 우러ᄂᆞ 본즉 원편 눈이 머럿ᄂᆞᆫ지라 이예 소리를 크게 ᄒᆞ여 알외되,

"쇼인이 신구관 교체시예 일호 죄패 업거늘 다만 구관 안젼쥬(案前主)의 안폐(眼廢)ᄒᆞ신86) 눈 [70] 을 곳친 연고로 살신ᄒᆞ는 앙화를 닙ᄉᆞ오니 엇지 원통치 아니리잇고?"

신관이 놀나 무ᄅᆞ디,

"네 무슴 신술(神術)이 ᄌᆞ셔 능히 안폐흔 눈을 곳치ᄂᆞ뇨? 시험ᄒᆞ여 말ᄒᆞ면 맛당이 너를 노흐리라."

현리 ᄀᆞᆯ오디,

"쇼인이 쇼시예 강호상의 표탕(飄蕩)ᄒᆞ올 졔 이인(異人)을 만나 쳥낭(靑囊)의87) 비밀ᄒᆞᆷ을 견슈ᄒᆞ

---

82) 【ᄒᆞ외욤-ᄒᆞ-】 圖 하품하다.¶ 欠 ∥ 가족부디 속으로조 츠 ᄒᆞ외욤ᄒᆞ며 기지기 혀고 나오거늘 좌슈 보니 이 곳 졔 아비라 (自床俗中, 欠伸而出, 座首見是其父.) <靑邱野談 奎章 1:67>

83) 【기지기-혀-】 圖 기지개켜다.¶ 伸 ∥ 가족부디 속으로 조츠 ᄒᆞ외욤ᄒᆞ며 기지기 혀고 나오거늘 좌슈 보니 이 곳 졔 아비라 (自床俗中, 欠伸而出, 座首見是其父.) <靑邱野談 奎章 1:67>

84) 【밋글더려-】 圖 미끌더리다. 마무리짓다.¶ 좌슈 이쳔 금을 현리의 집으로 슈송ᄒᆞ거늘 현리 드러와 지현의 게 고ᄒᆞ고 송ᄉᆞ를 밋글더려 좌슈를 방송ᄒᆞ니 현리 일 문을 머무르지 아니ᄒᆞ고 다 지현의게 보내니라 (二千金乘夜輸家, 後入告知縣, 官怒放出, 分文不留, 盡送知縣家矣.) <靑邱野談 奎章 1:68>

85) 【멸구-ᄒᆞ-】 圖 멸구(滅口)하다. 입을 없애어 말이 나 지 않게 한다는 뜻으로, 비밀히 한 일이 드러나지 않 게 하기 위하여 그 비밀을 아는 사람을 가두거나 ᄧᆡ 돌리거나 죽이다.¶ 滅口 ∥ 내 신관의게 득죄ᄒᆞ미 업거 늘 반ᄃᆞ시 구관이 그 일이 발각흘가 겨허 신관의 손 을 비러 날을 죽여 멸구코져 ᄒᆞ미라 (吾無得罪於新官 者, 此必是舊官恐事之發, 欲殺我而滅口者也.) <靑邱野 談 奎章 1:69>

86) 【안폐-ᄒᆞ-】 圖 안폐(眼廢)하다. 눈이 멀어 볼 수 없게 되다.¶ 쇼인이 신구관 교체시예 일호 죄패 업거늘 다 만 구관 안젼쥬의 안폐ᄒᆞ신 눈을 곳친 연고로 살신ᄒᆞ 는 앙화를 닙ᄉᆞ오니 엇지 원통치 아니리잇고 (小的於 新官交遞之際, 無甚罪過, 但以舊官案前目之故, 致此 殺身之殃, 豈不哀哉?) <靑邱野談 奎章 1:69>

87) 【쳥ᄂᆞ】 圖 쳥낭(靑囊). ᄒᆞᆫ나라 말기의 명의(名醫)인 화타(華陀)가 지은 의셔(醫書). 쳥낭비결(靑囊秘訣).¶ 靑囊 ∥ 쇼인이 쇼시예 강호상의 표탕ᄒᆞ올 졔 이인을 만나 쳥낭의 비밀ᄒᆞᆷ을 견슈ᄒᆞ옵기로 그 슐업을 능통

옵기로 그 슐업을 능통ᄒᆞ와 눈 먼 재 잇ᄉᆞ오면 쇼인의 손이 니ᄅᆞ는 곳의 즉시 하리ᄂᆞ이다."

신관이 듯고 심히 깃거 결박ᄒᆞᆫ 거술 플고 좌ᄅᆞᆯ 쥬어 ᄀᆞᆯ오ᄃᆡ,

"구관이 인졍이 아니로다. 이런 큰 은혜 갑기ᄅᆞᆯ 싱각지 아니ᄒᆞ고 도로혀 죽이고져 ᄒᆞᄂᆞᆫ도다. 내 ᄯᅩᄒᆞᆫ 원편눈을 보지 못ᄒᆞ니 네 능히 곳칠쇼냐?"

현리 이옥이 보다가 ᄀᆞᆯ오ᄃᆡ,

"이 증셰ᄂᆞᆫ ᄀᆞ장 곳치기 쉬오니 샹공이 밤을 타 쇼인의 집으로 잠간 ᄒᆡᆼᄎᆞᄒᆞ옵쇼셔. 【71】 맛당이 신방(神方)을 시험ᄒᆞ리이다."

신관이 깃브믈 니긔지 못ᄒᆞ여 놀이 더듸 가믈 한ᄒᆞᆫ더니 이믜 져믈ᄆᆡ 편복으로 홀노 나간 즉 현리 발셔 문외예 디후(待候)ᄒᆞ엿다가 후당의 뫼시니 쥬ᄇᆡ(酒杯) 교착(交錯)ᄒᆞ고 술이 반ᄎᆔ(半醉)ᄒᆞᆫ지라. 신관이 ᄀᆞᆯ오ᄃᆡ,

"밤이 깁허시니 신약을 가히 시험ᄒᆞᆯ지어다."

현리 유유(唯唯) ᄒᆞ고 나가더니 이윽고 누른 쇠야지ᄅᆞᆯ 결박ᄒᆞ여 셕샹의 노커늘 신관이 놀나 ᄀᆞᆯ오ᄃᆡ,

"이거시 엇지 니른고?"

현리 디ᄒᆞ야 ᄀᆞᆯ오ᄃᆡ,

"이 신방이오니 샹공이 만일 일장 운우(雲雨)ᄅᆞᆯ ᄒᆡᆼᄒᆞ시면 눈이 졀노 낫사오리이다."

신관이 밋지 아니코 몸을 일고져 ᄒᆞ거늘 현리 크게 우어 ᄀᆞᆯ오ᄃᆡ,

"구관 안젼이 쇼인을 죽이고져 ᄒᆞ시미 졍히 일노ᄤᅦ니이다."

신관이 반신반의ᄒᆞ야 결단치 못ᄒᆞ거늘 현리 지삼 독쵹ᄒᆞ되 신관이 눈 낫기에 ᄆᆞ옴이 【72】 급ᄒᆞ고 ᄯᅩ 술이 ᄎᆔᄒᆞ엿ᄂᆞᆫ지라 현리의 말과 ᄀᆞᆺ치 일장 가쇼ᄉᆞ(可笑事)ᄅᆞᆯ ᄒᆡᆼᄒᆞᆫ 후의 현리 문외예 젼숑ᄒᆞ여 ᄀᆞᆯ오ᄃᆡ,

"명됴의 일즉 나아가 뵈읍고 하례ᄒᆞ오리니 삼비 박쥬(薄酒)로 셔로 더곃지 마르쇼셔."

신관이 도라와 현당의 안고 밤이 시도록 쵹을 잡아 눈이 식기ᄅᆞᆯ 기드려 거울을 빗쵠즉 일야ᄅᆞᆯ 자지 못ᄒᆞ엿고 ᄯᅩ ᄆᆞ옴이 조급ᄒᆞᄆᆡ 즈연 번뇌ᄒᆞ야 올은눈이 마ᄌᆞ 멀고져 ᄒᆞᄂᆞᆫ지라 일변 붓그리고 일변

ᄒᆞᆸ와 눈 년 재 읫ᄉᆞ오면 쇼인의 손이 니ᄅᆞᄂᆞᆫ 곳의 즉시 하리ᄂᆞ이다 (小的少日, 飄藻江湖上遇一異人, 得受靑囊不傳之秘術, 若有目眇者, 則手到病袪.) <靑邱野談 奎章 1:70>

노ᄒᆞ여 발 진 관예(官隷)로 셩화ᄀᆞᆺ치 현리ᄅᆞᆯ 착니ᄒᆞᆫ 즉 현니 쳐식 노ᄒᆞ로 쇠코ᄅᆞᆯ 믜고 불근 치마ᄅᆞᆯ 쇠 몸의 닙혀 쳔쳔히 가며 크게 불너 ᄀᆞᆯ오ᄃᆡ,

"삼문(三門)을 ᄲᆞᆯ니 열나. 안젼 신리(新來) 마ᄂᆞ님이 드러가신다."

ᄒᆞ니 일부듕이 희연(駭然)히 너겨 웃고 ᄎᆔ셩(醜聲)이 낭ᄌᆞ니 신관이 붓그려 ᄂᆡ헌(內軒)의 드러 감히 츌두치 못ᄒᆞ고 밤으로 샹경ᄒᆞ니라.

가봉영산신호길디
假封瑩山神護吉地

【73】 녯젼의 니시(李氏) 조션(祖先)이 그 친상(親喪)을 만나 길디(吉地)ᄅᆞᆯ ᄀᆞ회ᄒᆞ여 쟝ᄉᆞ코져 ᄒᆞ여 션산 겻ᄒᆡ 일좌 산이 ᄌᆞ시니 산셰 극히 슈려ᄒᆞᆫ지라. 쟝ᄎᆞᆺ 영장(永葬)ᄒᆞ려 ᄒᆞ더니 디관이 ᄀᆞᆯ오ᄃᆡ,

"이 혈이 오히려 이쩌것 쥬인이 업스믄 그 파토(破土)ᄒᆞᆯ 즈음의 문득 뇌젼풍우(雷電風雨)의 변이 잇ᄂᆞᆫ 연괴어늘 니 샹인(喪人)이 허욕(虛慾)으로 영폄(永窆)ᄒᆞ려 ᄒᆞᄂᆞᆫ도다."

그날 샹예 산샹의 니르ᄆᆡ ᄒᆞᆫ 분피 몬져 당쳐(當處)의 졈ᄒᆞ엿거늘 긱이 ᄀᆞᆯ오ᄃᆡ,

"엇더ᄒᆞᆫ 흉한(兇漢)이 밤ᄉᆞ이 사ᄅᆞᆷ의 쟝디(葬地)ᄅᆞᆯ 투장(偸葬)ᄒᆞ엿시니 엇지홀고?"

니 샹인이 침음냥구(沈吟良久)의 ᄀᆞᆯ오ᄃᆡ,

"이ᄂᆞᆫ 사ᄅᆞᆷ의 뫼 아니라 맛당이 그 봉분을 파보리라."

ᄒᆞ거늘 여러 사ᄅᆞᆷ이 다 말니디 쥬인이 고집ᄒᆞ야 듯지 아니ᄒᆞ고 급히 봉분을 헷친 즉 ᄒᆞᆫ 관곽이 ᄌᆞ시니 식로 ᄒᆞᆫ 칠광(漆光)이 찬란ᄒᆞ고 불 【74】 근 명경(銘旌)의 ᄡᅥ시ᄃᆡ '평산신시지귀(平山申氏之柩])'라 ᄒᆞ엿거늘 니 샹인이 ᄀᆞᆯ오ᄃᆡ,

"내 혜아림의 나지 아니타."

ᄒᆞ고 이예 관을 밧긔 ᄂᆡ여노코 독긔로ᄡᅥ ᄶᆡ친 즉 관 안의 사긔(砂器)ᄅᆞᆯ ᄀᆞ득이 너은지라. 눌빗ᄎᆞᆯ 보미 졍긔이 소ᄞᅵ거기늘 녀러 사ᄅᆞᆷ이 다 희롓ᄒᆞ고 ᄯᅩ 식견의 붉으믈 칭찬ᄒᆞ고 그 곡졀을 무른디 니 샹인이 ᄀᆞᆯ오ᄃᆡ,

"내 드르니 산신이 편벽도이 대디ᄅᆞᆯ 호위ᄒᆞ야

사롬의 탈춰ᄒᆞᄆᆞᆯ 닙고져 아니ᄒᆞ야 짐짓 져희(沮戲)
ᄒᆞ미니[88] 내 엇지 속으믈 보리오?"

인ᄒᆞ야 완장(完葬)ᄒᆞ니 이졔 니ᄅᆞ히 젼의니시
(全義李氏) 문무 고관이 대ᄃᆡ 년면(連綿)ᄒᆞ니라.

셕일션조ᄃᆡ닌벽
昔日扇措大吝癖

하향(遐鄉)의 ᄒᆞᆫ 궁조ᄃᆡ(窮措大)[89] 이시니 거
가(居家)의 닌ᄉᆡᆨ(吝嗇)ᄒᆞᄆᆞ로 유명ᄒᆞ지라. 일즉 념셕
어(鹽石魚)[90] 일미(一尾)ᄅᆞᆯ 사다가 들보 우희 ᄃᆞᆯ고
미양 밥먹을 졔[75] 가인으로 ᄒᆞ여금 다만 ᄒᆞᆫ 번
식 우러ᄅᆞ볼 만ᄒᆞ고 입을 다시며 ᄀᆞᆯ오ᄃᆡ,

"아ᄅᆞᆷ답다 셕어의 맛시여!"

ᄒᆞ니 오히려 먹는 데셔[91] 나흔지라. 그 얼인
으히 아븨 ᄯᅳᆺ을 아지 못ᄒᆞ고 ᄒᆞᆫ 번 밥먹을 졔 두
번 식 우러ᄅᆞ보니 그 븨 ᄭᅮ지져 ᄀᆞᆯ오ᄃᆡ,

"입의 너모 ᄶᅡ지 아니냐? 엇지 ᄲᅧ 두 번 식
ᄒᆞᄂᆢ?"

가ᄃᆕ이 감히 우러ᄅᆞ보지 못ᄒᆞ더라.

ᄯᅩ 여름붓치 ᄒᆞᆫ 병(柄)을 쥬는 재 잇거늘 조
ᄃᆡ(措大)[92] 졔ᄌᆞ(諸子)ᄅᆞᆯ 블너 뵈야 ᄀᆞᆯ오ᄃᆡ,

"이 진실노 극품이라 몃 해나 가지랴?"

그 듕의 맛아들은 대강 아븨 셩품과 ᄀᆞᆺ고 그
나믄 ᄌᆞ식들은 아비와 ᄀᆞᆺ튼 재 업는지라 그 듕지
(仲子ㅣ) 몬져 ᄃᆡᄒᆞ여 ᄀᆞᆯ오ᄃᆡ,

"ᄒᆞᆫ 부쳐 일년이 죡ᄒᆞ니이다."

그 버금ᄃᆞ려 무른ᄃᆡ ᄯᅩ한 듕ᄌᆞ의 말과 ᄀᆞᆺ혼지
라. 조ᄃᆡ 믄득 깃거 아니ᄒᆞ야 ᄀᆞᆯ오ᄃᆡ,

"내 집 펴홀 쟈는 반ᄃᆞ시 너의 무리로다."

ᄒᆞ고 그 댱ᄌᆞ(長子)[76]ᄅᆞᆯ 도라보와 ᄀᆞᆯ오ᄃᆡ,

"네 다만 말ᄒᆞ라."

댱지 나아와 ᄀᆞᆯ오ᄃᆡ,

"아오는 다 나히 어려 졀용(節用)ᄒᆞ는 도ᄅᆞᆯ 아
지 못ᄒᆞᄂᆞ이다. 일년을 가히 이십 년을 가지리이
다."

조ᄃᆡ 칭찬ᄒᆞ야 ᄀᆞᆯ오ᄃᆡ,

"엇지ᄒᆞ면 그리 오러 가질고?"

댱지 ᄀᆞᆯ오ᄃᆡ,

"ᄒᆞᆫ 번 펴락 ᄒᆞᆫ 번 졉으락홀 사이의 손 샹홀
거시니 그 붓치를 다 펴져 자루를 흔드지 말고 머
리만 ᄭᅳ덕이면 흔갓 이십 년 ᄲᅮᆫ이리잇가?"

만좌(滿座ㅣ) 다 웃더라. 슬프다. 대겨 부가
ᄌᆞ졔 샤치(奢侈)를 슝샹ᄒᆞ야 쥬식에 ᄲᅡ져 션조의 긔
업을 업치는 재 엇지 뎌 조ᄃᆡ의셔 나으리오? 그러
나 샤치와 다못 닌ᄉᆡᆨ(吝嗇)이 그 허믈은 흔가지니
듕도를 힝ᄒᆞ미 가ᄒᆞ니라.

---

88) 【져희-ᄒᆞ-】圖 져희(沮戲)하다. 귀찮게 굴어서 방해하
다.¶ 沮戲 ‖ 내 드ᄅᆞ니 산신이 편벽도이 대디를 호위
ᄒᆞ야 사롬의 탈춰ᄒᆞᄆᆞᆯ 닙고져 아니ᄒᆞ야 짐짓 져희ᄒᆞ
미니 내 엇지 속으믈 보리오 (吾聞山神偏護大地, 不欲
被擾, 故至有沮戲, 吾豈見瞞也?) <靑邱野談 奎章 1:74>

89) 【궁-조ᄃᆡ】圖 ((인류)) 궁조대(窮措大). 곤궁하고 청빈
한 선비.¶ 窮措大 ‖ 하향의 ᄒᆞᆫ 궁조ᄃᆡ 이시니 거가의
닌ᄉᆡᆨᄒᆞᄆᆞ로 유명ᄒᆞ지라 (遐鄉窮措大, 居家以吝嗇) <靑
邱野談 奎章 1:74>

90) 【염셕어】圖 ((어패)) 엽셕어(鹽石魚). 조기.¶ 鹽石魚 ‖
일즉 념셕어 일미를 사다가 들보 우희 ᄃᆞᆯ고 미양 밥
먹을 졔 가인으로 ᄒᆞ여금 다만 ᄒᆞᆫ 번 식 우러ᄅᆞ볼 만
ᄒᆞ고 입을 다시며 ᄀᆞᆯ오ᄃᆡ 아ᄅᆞᆷ답다 셕어의 맛시여!"ᄒᆞ
니 오히려 먹는 데셔 나흔지라 (嘗於夏初, 貿得鹽石魚
一尾, 懸之樑上, 每飯, 令家人, 只一次仰見而食曰: "佳
哉! 魚之尾也." 是猶愈於徒食也.) <靑邱野談 奎章
1:74>

91) 【-데셔】圖 -(것)보다.¶ 於 ‖ 일즉 념셕어 일미를 사
다가 들보 우희 ᄃᆞᆯ고 미양 밥먹을 졔 가인으로 ᄒᆞ여금
다빈 ᄒᆞ 연 시 우러ᄅᆞ볼 마ᄒᆞ고 입을 다시며 ᄀᆞᆯ오ᄃᆡ
아ᄅᆞᆷ답다 셕어의 맛시여!"ᄒᆞ니 오히려 먹는 데셔 나흔
지라 (嘗於夏初, 貿得鹽石魚一尾, 懸之樑上, 每飯, 令
家人, 只一次仰見而食曰: "佳哉! 魚之尾也." 是猶愈於
徒食也.) <靑邱野談 奎章 1:74>

92) 【조ᄃᆡ】圖 ((인류)) 조대(措大). 청렴결백한 선비.¶ 措
大 ‖ ᄯᅩ 여름붓치 ᄒᆞᆫ 병을 쥬ᄂᆞᆫ 개 잇거늘 조ᄃᆡ 졔ᄌᆞ
를 블너 뵈야 ᄀᆞᆯ오ᄃᆡ 이 진실노 극품이라 몃 해나 가
지랴 (又有人, 嘗遺扇一柄, 措大呼諸子而示之曰: "此誠
佳品, 可得嘗幾年乎?") <靑邱野談 奎章 1:75>

겸명혈동비혜식
占名穴童婢慧識

【1】관동(關東) 짜의 혼 곽셩(郭姓) 스인(士人)이 ‹시니 문벌이 놉고 가셰 요족(饒足)ᄒᆞ야 노년에 혼 즁을 사괴여 날노 바독쟝긔로 쇼일홀시 셔로 너나드리ᄒᆞ고1) 희학(戲謔)이 무샹(無狀)ᄒᆞ야 평교(平交)와 ᄀᆞ치 ᄒᆞᄂᆞᆫ지라. 그 ᄌᆞ뎨 ᄌᆞᄌᆞ 간ᄒᆞᆫ디 스인이 듯지 아니ᄒᆞ니 가인이 다 산승(山僧)을 통증(痛憎)이 너기더라.

밋 스인이 죽으ᄆᆡ 쵸죵(初終)을 겨우 마쵼 후 산승이 비로소 와 됴문ᄒᆞᆫ디 샹인(喪人)이 됴문 밧기ᄅᆞᆯ 마츤ᄆᆡ 인ᄒᆞ여 최망ᄒᆞ니 그 즁이 최ᄒᆞᄂᆞᆫ 말을 발명치 아니코 다만 ᄀᆞᆯ오디,

"쇼승이 션노야(先老爺)의 은덕을 넙ᄉᆞ와 쳔품(賤品) 디졉ᄒᆞᄆᆞᆯ 평교ᄀᆞ치 ᄒᆞ오시니 결쵸운슈(結草隕首)ᄒᆞ올지라. 음용(音容)이 격막ᄒᆞ와 이졔 졍을 베플 배 업ᄉᆞ오니 원컨디 혼 길 【2】 디(吉地)ᄅᆞᆯ 드려 쟝ᄉᆞᄒᆞᆯ 곳을 어든 즉 가히 만일지보(萬一之報)ᄅᆞᆯ

본밧고져 ᄒᆞᄂᆞ이다."

곽샹(郭喪)이 밋지 못ᄒᆞ고 ᄌᆞ긔 ᄯᅩ 풍슈ᄅᆞᆯ 아ᄂᆞᆫ지라 바야흐로 산디(山地)ᄅᆞᆯ 편답(遍踏)ᄒᆞ디 명혈(名穴)이 업슬 ᄃᆞᆺᄒᆞ니 아직 산승의 말을 조차 시험ᄒᆞ리라 ᄒᆞ고 이예 승으로 더브러 혼 산의 울나 뇽(龍)을 조차 혈을 ᄎᆞ즐시 승이 혼 곳을 ᄀᆞᄅᆞ쳐 ᄀᆞᆯ오디,

"이 혈이 인쟝묘발지디(寅葬卯發之地)오 부귀영화(富貴榮華 1) 디블핍졀(代不乏絕)ᄒᆞ오리니 다시 더 볼 디 업ᄂᆞ이다."

샹인이 산셰와 안향(按向)을2) 슬펴보고 ᄀᆞᆯ오디,

"이 혈 ᄂᆡ룡(來龍)이3) 비록 놉고 ᄲᅢ여난 ᄃᆞᆺᄒᆞ나 겁살(劫煞)을4) 만히 ᄯᅴ고 안산이 비록 돌올(突兀)혼 ᄃᆞᆺᄒᆞ나 도로혀 허여지고 득슈득피(得水得破 1)5) 다 격의 합지 아니ᄒᆞ니 다른 곳을 졈ᄒᆞ라."

---

1) 【너나드리 -ᄒᆞ-】 圖 너나들이하다. 서로 너니 나니 하고 부르며 허물없이 말을 건네다.¶ 爲爾汝 ∥ 관동 짜의 혼 곽셩 스인이 ‹시니 문벌이 놉고 가셰 요죡ᄒᆞ야 노년에 혼 즁을 사괴여 날노 바독쟝긔로 쇼일홀시 셔ᄅᆞ 너나드리ᄒᆞ고 희학이 무샹ᄒᆞ야 평교와 ᄀᆞ치 ᄒᆞᄂᆞ지라 (關東有郭生者, 閥閱高華, 而年老家饒, 日與一僧博, 相爲爾汝, 戲謔讒弄, 如平交樣子.) <靑邱野談 奎章 2:1>

2) 【안향】 圖 안향(按向). 방향.¶ 按向 ∥ 샹인이 산셰와 안향을 슬펴보고 ᄀᆞᆯ오디 이 혈 ᄂᆡ룡이 비록 놉고 ᄲᅢ여난 ᄃᆞᆺᄒᆞ나 겁살을 만히 ᄯᅴ고 안산이 비록 돌올혼 ᄃᆞᆺᄒᆞ나 도로혀 허여지고 득슈득피 다 격의 합지 아니ᄒᆞ니 다른 곳을 졈ᄒᆞ라 (郭按向諦視曰: "……此穴來龍, 雖似峻萃而渾帶劫煞, 重案似突兀而反覺曠濶, 得水得破皆不合格, 願更觀他處.) <靑邱野談 奎章 2:2>

3) 【ᄂᆡ룡】 圖 ((민속)) ᄂᆡ룡(來龍). 풍슈지리에 쓰는 말로, 죵산에서 내려온 산줄기.¶ 來龍 ∥ 샹인이 산셰와 안향을 슬펴보고 ᄀᆞᆯ오디 이 혈 ᄂᆡ룡이 비록 놉고 ᄲᅢ여난 ᄃᆞᆺᄒᆞ나 겁살을 만히 ᄯᅴ고 안산이 비록 돌올혼 ᄃᆞᆺᄒᆞ나 도로혀 허여지고 득슈득피 다 격의 합지 아니ᄒᆞ니 다른 곳을 졈ᄒᆞ라 (郭按向諦視曰: "……此穴來龍, 雖似峻萃而渾帶劫煞, 重案雖似突兀而反覺曠濶, 得水得破皆不合格, 願更觀他處.) <靑邱野談 奎章 2:2>

4) 【겁살】 圖 ((민속)) 겁살(劫煞). 삼살방(三煞方)의 하나. 이 살이 있는 방위를 범하면 살해(殺害)가 있다고 함.¶ 劫煞 ∥ 샹인이 산셰와 안향을 슬펴보고 ᄀᆞᆯ오디 이 혈 ᄂᆡ룡이 비록 놉고 ᄲᅢ여난 ᄃᆞᆺᄒᆞ나 겁살을 만히 ᄯᅴ고 안산이 비록 돌올혼 ᄃᆞᆺᄒᆞ나 도로혀 허여지고 득슈득피 다 격의 합지 아니ᄒᆞ니 다른 곳을 졈ᄒᆞ라 (郭按向諦視曰: "……此穴來龍, 雖似峻萃而渾帶劫殺, 重案雖似突兀而反覺曠濶, 得水得破皆不合格, 願更觀他處.) <靑邱野談 奎章 2:2>

5) 【득슈 -득피】 圖 ((민속)) 득수득파(得水得破). 풍수설에서, 산 속에서 흘러나와 산 속으로 흘러가는 물을 일긷는 말.¶ 得水得破 ∥ 샹인이 산셰와 안향을 슬펴보고 ᄀᆞᆯ오디 이 혈 ᄂᆡ룡이 비록 놉고 ᄲᅢ여난 ᄃᆞᆺᄒᆞ나 겁살을 만히 ᄯᅴ고 안산이 비록 돌올혼 ᄃᆞᆺᄒᆞ나 도로혀 허여지고 득슈득피 다 격의 합지 아니ᄒᆞ니 다른 곳을

그 숭이 흔 뫼흘 フ르쳐 골오디,

"이는 엇더흐니잇고?"

곽샹이 나아가 보고 크게 깃거 골오디,

"내 산을 보미 만흐디 이곳티 진션진미(盡善盡美)ᄒᆞᆫ【3】 보지 못ᄒᆞ엿다."

ᄒᆞ고 인ᄒᆞ여 복:청샤(僕僕稱謝)ᄒᆞ거늘 그 숭이 골오디,

"이 ᄯᅡᆫ은 블과 쇼읍(小邑) 원신(員臣) ᄒᆞ나만 날 곳이니 샹공이 큰 거슬 노코 져근 거슬 취ᄒᆞᆷ은 엇지뇨?"

곽샹이 골오디,

"나의 산안(山眼)이6) 션ᄉᆞ의 ᄂᆞ리지 아니ᄒᆞ고 위친(爲親)ᄒᆞ는 ᄆᆞ음이 타인의셔 비ᄒᆞᆫ즉 그디 여러 말 말나."

ᄒᆞ고 도라와 길일을 골회여 군슈(郡守) 날 ᄯᅡ의 완장ᄒᆞ니라.

처음 산숭의 농혈을 의논ᄒᆞᆯ 졔 ᄋᆞ희종으로 ᄒᆞ여곰 밥을 니어 ᄯᅳᆯ오게 ᄒᆞ엿더니 그 ᄋᆞ희 텬셩이 총혜(聰慧)ᄒᆞ야 산리(山理) 평논ᄒᆞᆷ믈 드러ᄂᆞᆫ지라 ᄀᆞ만이 쥬인의 복디(福地) ᄇᆞ리믈 한탄ᄒᆞ고 도라와 그 어미ᄃᆞ려 일너 골오디,

"아모 곳 혈이 장ᄎᆞᆺ 타인의 졈거ᄒᆞᆷ이 될 거시니 망부의 희골을 이 ᄯᅡᆫ의 옴겨 혹쟈 타일의 면쳔(免賤)ᄒᆞᆷ믈 바람만 ᄀᆞᆺ디 못ᄒᆞ다."

ᄒᆞ니 그 어미 그러이 너겨 밤을 타 구총(舊冢)을 파 시쳬롤 메고 냥개【4】 녀ᄌᆞ 간신이 광듕(壙中)을 짓고 쵸:(草草)이7) 무드니 분상(墳狀)을 일우지 못ᄒᆞ니라. 기녜 어미ᄃᆞ려 닐오디,

"우리 여긔 이시면 앙역(殃役)을8) 면치 못ᄒᆞ

리니 모녜 셔로 잇글고 멀니 도망ᄒᆞ야 ᄌᆞ최롤 감촘만 ᄀᆞᆺ디 못ᄒᆞ니이다."

어미 본디 이 ᄯᅩᆯ을 사랑ᄒᆞᆫᄂᆞᆫ지라 그 말을 조ᄎᆞ 모야(暮夜)의 모녜 도망ᄒᆞ야 셔울 가 집세롤 어더 드러 길삼ᄒᆞ고 침션(針線)ᄒᆞ야 살님을 부즈런이 ᄒᆞ고 ᄯᅩ 텬우신조(天佑神助)ᄒᆞ야 범ᄉᆞ의 경영ᄒᆞ는 배 순셩(順成)치 아니미 업ᄂᆞᆫ지라. 이예 가사(家舍)롤 널니며 젼답을 장만ᄒᆞ야 엄연이 부가옹(富家翁)이라. 닌리(隣里) 그 쇼녀의 지조와 ᄌᆞ식을 닐캇지 아니리 업스며 부가 즈졔 닷토와 맛고져 ᄒᆞ더 기녜 일병(一竝) 믈니쳐 골오디,

"져 무리는 비록 부요ᄒᆞ나 다 미쳔ᄒᆞ니 나의 원이 아니라."

ᄒᆞ더라.

동니(洞里)의 흔 김셩인(金姓人)이 ::시니 잠영후예(簪纓後裔)로 조상부모(早喪父母)ᄒᆞ고 지빈무【5】의(至貧無依)ᄒᆞ야 사롬의 고공(雇工)이 되야 년과삼십(年過三十)의 취실(娶室)치 못ᄒᆞ엿시나 사롬되오미 순직우졸(順直愚拙)ᄒᆞ니 일향의 웃ᄂᆞᆫ 재만흔지라. 기녜 골오디,

"만일 이 사롬곳 아니면 내 죵신토록 늙으리라."

ᄒᆞ디 기뫼 ᄯᅩ 그 ᄯᅳᆺ을 거스지 못ᄒᆞ야 마춤내 화촉을 일우니 기녜 김셩으로 ᄒᆞ여곰 농업을 단졀ᄒᆞ고 글을 힘쁘게 ᄒᆞ니 김셩의 지죄 용둔(庸鈍)ᄒᆞ야9) 여러 히 공부롤 착실히 ᄒᆞ더 문리롤 엇지 못ᄒᆞᆫ지라 다만 셩품이 직실(直實)ᄒᆞ야10) 그 쳐의 フ르치ᄂᆞᆫ 바롤 일호 어긔미 업더라. 기녜 집을 경듕(京中)의 올므니 마즘 이쳠(爾瞻)이란 사롬의 집과 흔 니

겸ᄒᆞ라 (郭按向諦覘曰: "……此穴來龍, 雖似峻萃而渾帶劫殺, 重案雖似突兀而反覺曉澂, 得水得破皆不合格, 願更觀他處.) <靑邱野談 奎章 2:2>

6) 【산안】 圐 ((민속)) 산안(山眼). 풍수지리에서, 묏자리의 좋고 나쁨을 분간하는 능력.¶ 道眼‖ 나의 산안이 션ᄉᆞ의 ᄂᆞ리지 아니ᄒᆞ고 위친ᄒᆞᆫᄂᆞᆫ ᄆᆞ음이 타인의셔 비ᄒᆞᆫ즉 그디 여러 말 말나 ᄒᆞ고 도라와 길일을 골회여 군슈 날 ᄯᅡ의 완장ᄒᆞ니라 (吾之道眼不讓老師, 葬親之計, 又倍他人, 則君無多言. 仍相携而歸, 涓吉克葬于郡守之地.) <靑邱野談 奎章 2:3>

7) 【쵸쵸-이】 图 초초(草草)히. 매우 간략하게.¶ 草草‖ 그 어미 ᄀᆞ러이 너겨 밤을 타 구총을 파 시쳬롤 메고 냥개 녀ᄌᆞ 간신이 광듕을 짓고 쵸:이 무드니 분상을 일우지 못ᄒᆞ니라 (母然之, 乘夜潛掘舊塚, 兩箇女子破土而窆之, 不成墳形.) <靑邱野談 奎章 2:4>

8) 【앙역】 圐 앙역(殃役). 노비신세.¶ 婢籍‖ 우리 여긔 이

시면 앙역을 면치 못ᄒᆞ리니 모녜 셔로 잇글고 멀니 도망ᄒᆞ야 ᄌᆞ최롤 감촘만 ᄀᆞᆺ디 못ᄒᆞ니이다 (吾輩在此, 終難免婢籍, 何不相携遠去, 藏踪秘跡乎?) <靑邱野談 奎章 2:4>

9) 【용둔-ᄒᆞ-】 톙 용둔(庸鈍)ᄒᆞ다. 어리석고 미련하다.¶ 庸鈍‖ 김셩의 지죄 용둔ᄒᆞ야 여러 히 공부롤 착실히 ᄒᆞ더 문리롤 엇지 못ᄒᆞᆫ지라 다만 셩품이 직실ᄒᆞ야 그 쳐의 フ르치ᄂᆞᆫ 바롤 일호 어긔미 업더라 (夫本庸鈍, 逐年攻苦, 不識一字, 但性直, 隨女所敎, 一邊無違.) <靑邱野談 奎章 2:5>

10) 【직실-ᄒᆞ-】 톙 직실(直實)ᄒᆞ다. 정직하고 착실하다.¶ 直‖ 김셩의 지죄 용둔ᄒᆞ야 여러 히 공부롤 착실히 ᄒᆞ더 문리롤 잇지 못ᄒᆞ지라 다만 셩품이 직실ᄒᆞ야 그 쳐의 フ르치ᄂᆞᆫ 바롤 일호 어긔미 업ᄂᆞ라 (夫本庸鈍, 逐年攻苦, 不識一字, 但性直, 隨女所敎, 一邊無違.) <靑邱野談 奎章 2:5>

옷이라 기녜 김성을 ᄀᆞ로쳐 의관을 경졔ᄒᆞ고 죵일 궤좌(跪坐)ᄒᆞ야 칙상을 디ᄒᆞ야 칙을 펴노코 언어롤 망녕도이 못ᄒᆞ게 ᄒᆞ니 김성이 일죵기언(一從其言)ᄒᆞ매 일동(一洞)이 훤ᄌᆞ(喧藉)ᄒᆞ야 도ᄒᆞᆨ군ᄌᆞ(道學君子)로 지목ᄒᆞ니 이쳠이 미양 출입 【6】 ᄒᆞᄂᆞᆫ 길의 놉흔 초헌(軺軒)을[11] 타고 김성의 셔당을 구버본 즉 긔샹이 늠연(凜然)ᄒᆞ지라. 여러 ᄒᆡ롤 지나디 게으르지 아니ᄒᆞ니 이쳠의 문긱과 노복이 ᄯᅩ 쇼문쇼견(所聞所見)으로ᄡᅥ 이쳠의 압ᄒᆡ셔 일가[카]ᄅᆞ니 이쳠이 ᄌᆞ믜 긔탄(忌憚)ᄒᆞᄂᆞᆫ 바의 즁인(衆人)의 공논을 드론 즉 더옥 김성의 포부ᄒᆞᆫ 바롤 알녀.

기녜 ᄯᅩ 일쳑 황우(黃牛)롤 가듕의셔 치되 꿀을 먹이지 아니ᄒᆞ고 참ᄢᅢ죽을[12] 샹히 먹이니 그 쇠 심히 살지고 윤퇵ᄒᆞ지라. 이쳠이 마ᄎᆞᆷ 등병을 어더 비위(脾胃) 픽(敗)ᄒᆞ고 구미 약ᄒᆞ야 산진희착(山珍海錯)을[13] 일병 ᄒᆞ져(下箸)치 아니ᄒᆞ니 일개(一家ㅣ) 초민(焦悶)ᄒᆞ거늘[14] 기녜 그 일을 ᄌᆞ셰 알고 소롤 잡아 포롤 민드라 이쳠의 안으로 보ᄂᆡ니 이쳠이 ᄒᆞᆫ 번 맛보미 비위 열녀 다 먹고 ᄯᅩ 구ᄒᆞ거늘 년ᄒᆞ여 ᄂᆡ니 이ᄀᆞᆺ치 ᄒᆞ지 수월의 일쳑 우육(牛肉)을 다 먹으매 신병이 쾌히 나흔지라. 이쳠이 크게 깃거 장ᄎᆞᆺ 틈을 타 ᄒᆞᆫ번 가 【7】 그 혹문을 평논ᄒᆞ려 ᄒᆞ거늘 비복비(婢僕輩) 그 소문을 듯고 안의 드러가 고

흐디 기녜 김성ᄃᆞ려 닐오디,

"ᄂᆡ샹셔의 오기롤 기ᄃᆞ려 맛당이 겸양읍손(謙讓揖遜)ᄒᆞ야 삼가 아ᄂᆞᆫ 쳬 말고 본식을 탈노치 말나."

ᄒᆞ니라. 수일 후 이쳠이 과연 츄죵을 간략히 ᄒᆞ고 왓거늘 김성이 마자 한훤졉디(寒暄接待)ᄒᆞᆫ 후 안샹(案上)의 쥬역(周易)이 노혓거늘 이쳠이 그 깁흔 ᄯᅳᆺ을 무른디 김성이 ᄉᆞ양ᄒᆞ야 ᄀᆞᆯ오디,

"날 ᄀᆞᆺᄒᆞᆫ 노무(魯莽)ᄒᆞ미[15] 엇지 역리(易理)롤 알니오?"

ᄒᆞ니 이쳠이 누차 고문(叩問)ᄒᆞ디 ᄆᆞᄎᆞᆷᄂᆡ 응치 아니ᄒᆞ고 긔식이 슉연ᄒᆞ니 이쳠이 물너와 더옥 그 지조롤 탄복ᄒᆞ더라. 자조 젼[쳔]관(薦官)의게 부탁ᄒᆞ야 나라에 쳔거ᄒᆞ여 초ᄉᆞ(初仕)롤 졔슈ᄒᆞ신 긔별이 여러번 니르되 구지 ᄉᆞ양ᄒᆞ고 츌ᄉᆞ치 아니ᄒᆞ더라.

기녜 ᄯᅩ 삼ᄌᆞ(三子)롤 년ᄒᆞ야 나으니 개ᄌᆞ히 옥슈방난(玉樹芳蘭)이라[16] 다 고문대가(高門大家)의 취쳐(娶妻)ᄒᆞ니라.

일ᄌᆞ은 기녜 그 삼ᄌᆞ로 ᄒᆞ여금 이쳠의 죄롤 얼거 【8】 일쟝 샹소롤 지으라 흐디 그 삼지 ᄀᆞᆯ오디,

"모친이 엇지 우리집 망홀 말ᄉᆞᆷ을 ᄒᆞ시ᄂᆞ니잇고? 이 지샹(宰相)은 당셰의 권셰 읏듬이오니 만일 쵹범(觸犯)ᄒᆞ미 잇스면 목젼의 화익(禍厄)이 당홀 거시오 ᄯᅩ 가군(家君)을 쳔거ᄒᆞᆫ 은덕이 잇ᄉᆞ오니 이졔 비반ᄒᆞ미 샹셔롭지 아니ᄒᆞᆫ니다."

기뫼 크게 ᄭᅮ지져 ᄀᆞᆯ오디,

"너의 무리 무슴 소견이 ᄌᆞᄌᆞ시리오? 만일 ᄂᆡ말을 듯지 아니ᄒᆞ면 밍셰코 너의 등을 평성 디면치 아니ᄒᆞ리라. ᄯᅩ 이쳠이 위셰 비록 늉즁(隆重)ᄒᆞ나 대의롤 모로는 대역(大逆)이라 망ᄒᆞ미 묘셕에 이시리니 네 엇지 알니오?"

기지(其子ㅣ) 마지 못ᄒᆞ야 일소(一疏)롤 지어 밧치니 과연 죄벌을 닙으니라.

텬되 순환ᄒᆞ야 셩쥐(聖主ㅣ) 반졍(反正)ᄒᆞ시니

---

11) 【초헌】圖 ((교통)) 초헌(軺軒). 조선시대에, 종이품 이상의 벼슬아치가 타던 수레. 긴 줏대에 외바퀴가 밑으로 달리고, 앉는 데는 의자 비슷하게 되어 있으며, 두 개의 긴 채가 달려 있음.¶ 軒‖ 이쳠이 미양 출입ᄒᆞᄂᆞᆫ 길의 놉흔 초헌을 타고 김성의 셔당을 구버본 즉 긔샹이 늠연ᄒᆞ지라 (爾瞻每於出入之路, 乘高軒, 俯瞰其所處之望, 凜然有不可犯之氣.) <靑邱野談 奎章 2:6> ⇒ 쵸헌

12) 【참ᄢᅢ-죽】圖 ((음식)) 참깨죽.¶ 荏菽‖ 기녜 ᄯᅩ 일쳑 황우롤 가듕의셔 치되 꿀을 먹이지 아니ᄒᆞ고 참ᄢᅢ죽을 샹히 먹이니 그 쇠 심히 살지고 윤퇵ᄒᆞ지라 (女又沽買一犢, 牧牛家中, 不餇芻草, 代以荏菽, 牛甚肥澤.) <靑邱野談 奎章 2:6>

13) 【산진-희착】圖 ((음식)) 산진해착(山珍海錯). 산해진미(山海珍味).¶ 山珍海錯‖ 이쳠이 마ᄎᆞᆷ 등병을 어더 비위 픽ᄒᆞ고 구미 약ᄒᆞ야 산진희착을 일병 ᄒᆞ져치 아니ᄒᆞ니 일개 초민ᄒᆞ거늘 (爾瞻適得重痟, 脾敗口辛, 山珍海錯幷不下箸, 家內焦遑.) <靑邱野談 奎章 2:6>

14) 【초민-ᄒᆞ-】圖 초민(焦悶)하다. 속이 타도록 몹시 고민허다.¶ 焦遑‖ 이쳠이 마ᄎᆞᆷ 등병은 어더 비위 픽ᄒᆞ고 구미 약ᄒᆞ야 산진희착을 일병 ᄒᆞ져치 아니ᄒᆞ니 일개 초민ᄒᆞ거늘 (爾瞻適得重痟, 脾敗口辛, 山珍海錯幷不下箸, 家內焦遑.) <靑邱野談 奎章 2:6>

15) 【노무-ᄒᆞ-】圖 노무(魯莽)ᄒᆞ다. 성질이나 재질이 무디고 거칠다.¶ 魯莽‖ 날 ᄀᆞᆺᄒᆞᆫ 노무ᄒᆞ미 엇지 역리롤 알니오 (如我魯莽, 豈識易理?) <靑邱野談 奎章 2:7>

16) 【옥슈-방난】圖 옥수방란(玉樹芳蘭). 몸가짐의 우아하고 아름다운 모양을 아름다운 나무와 향기로운 난초에 비유한 말.¶ 玉樹芳蘭‖ 기녜 ᄯᅩ 삼ᄌᆞ롤 년ᄒᆞ야 나으니 개ᄌᆞ히 옥슈방난이라 다 고문대가의 취쳐ᄒᆞ니라 (女又移居郊埛, 而已生三子, 玉樹芳蘭, 才識出衆, 聘得高門, 文辭大進.) <靑邱野談 奎章 2:7>

격신(賊臣) 이쳠의 무리 ᄒᆞ나토 보젼ᄒᆞᆫ 재 업스디 김셩이 향쟈(向者) 일소로 셰샹의 츄앙(推仰)ᄒᆞ미 되니라. 고관대쟉으로 련년(天年)을 맛고 그 삼지 ᄎᆞ례로 등과ᄒᆞ야 각ᄎᆞ [9] 쳥요(淸要)에[17] 거ᄒᆞ야 다 쳥빅졍직(淸白正直)ᄒᆞ니라.

일ᄎᆞᆫ 삼지 ᄒᆞᆫ 권지(權宰)ᄅᆞᆯ 논획(論劾)ᄒᆞ려 ᄒᆞ여 셔로 의논ᄒᆞ거늘 기픠 알고 밤을 타 좌우ᄅᆞᆯ 믈니치고 삼ᄌᆞᄅᆞᆯ 블너 안치고 죵용이 일너 ᄀᆞᆯ오디,

"녀의 무리 근원을 아지 못ᄒᆞ고 방ᄌᆞᄒᆞᆫ 긔운을 내여 사ᄅᆞᆷ의 집을 망코져 ᄒᆞ니 내 ᄌᆞ손이 ᄋᆞᄅᆞᆫ 힝실 잇스믈 듯고져 아니ᄒᆞ노라."

삼지 듯고 놀나 근원의 말을 뭇ᄌᆞ온디 기픠 돌탄(咄嘆)ᄒᆞ기를 오리 ᄒᆞ다가 ᄀᆞᆯ오디,

"나는 남의 죵이라 곽모(郭某)의 집에 복역ᄒᆞ더니 여ᄎᆞᄎᆞᄎᆞᄒᆞ여 이예 니르러시니 네 맛당히 겸억(謙抑)ᄒᆞ믈 결울치 못ᄒᆞᆯ 거시어늘 도로혀 양ᄎᆞᄌᆞ득(揚揚自得)ᄒᆞ야 범인으로 비견코져 ᄒᆞᄂᆞ냐?"

삼지 붓그려 믈너가니라.

그ᄯᅢ 마즘 냥샹군지(梁上君子ㅣ) 잇다가 이 셜화ᄅᆞᆯ 낫ᄎᆞ치 듯고 지물을 도모코져 ᄒᆞ야 나ᄂᆞᆫ 드시 곽가의게 가 고ᄒᆞ니 곽개 바야흐로 궁곤ᄒᆞ야 의지ᄒᆞᆯ 더 업다가 그 소문을 듯고 즉시 김 [10] 가의 가 계집죵으로 ᄒᆞ여곰 안의 통ᄒᆞᆫ디 기녜 크게 깃거 ᄀᆞᆯ오디,

"나의 오라비 왓도다."

하고 마쟈 드려 관곡히 디졉ᄒᆞ고 사ᄅᆞᆷ이 업슬 졔면 노쥬(奴主)의 분을 찰혀 심히 공슌ᄒᆞ니 곽셩이 고마이 너겨 인ᄒᆞ여 인쳑으로 김가의 츌입ᄒᆞ야 고흘(顧恤)ᄒᆞ믈 후히 밧고 ᄯᅩ 김가 삼ᄌᆞ의 쥬장ᄒᆞ믈 닙어 음녹(蔭祿)을 녀러 군슈의 니르니라.

빙최몽고총득젼
憑崔夢古塚得全

최봉됴하(崔奉朝賀) 규셰(奎瑞ㅣ) 졈어실 ᄯᅢ예 농인(龍仁) 민가의 이셔 동졉(同接)으로[18] 더부러 ᄒᆞᆫ가지로 과업을 닉이더니 일ᄎᆞᆫ 공이 홀노 안잣다가 홀연 보니 ᄒᆞᆫ 사ᄅᆞᆷ이 용뫼 슈려ᄒᆞ고 의복이 탈속(脫俗)ᄒᆞ야 죵쟈(從者) 수인으로 드러와 언연(偃然)이 자리예 나아오거늘 공이 그 관복을 ᄌᆞ셔 보니 금셰예 샹녜 계되 아니라 삼[심]히 괴이히 너겨 그 조ᄎᆞ온 바ᄅᆞᆯ 무른디 기인이 ᄀᆞᆯ오디,

[11] "나는 양계(陽界)의 사ᄅᆞᆷ이 아니오 젼됴(前朝) 명ᄉᆞ(名士ㅣ)라. 니집이ᄂᆞᆫ 민가 셔옥(西屋) 아래 잇더니 이 집 사ᄅᆞᆷ이 됴셕으로 내집의 블을 살으니 실노 견디기 어렵고 내 손지 겻히 이셔 비육(脾肉)이 거의 다 ᄐᆞᆺᄂᆞᆫ지라. 그디 엇지 민가ᄅᆞᆯ 옴겨 내집을 보젼케 아니ᄒᆞᄂᆞ뇨? 유명(幽明)이 비록 다ᄅᆞ나 감격ᄒᆞᆫ 맛당이 결쵸(結草)ᄒᆞ리라."

공이 ᄀᆞᆯ오디,

"그디 엇지 조좌(稠座)[19] 듕의 이 말을 니지 아니코 나 홀노 잇ᄂᆞᆫ ᄯᅢᄅᆞᆯ 기드려 와 말ᄒᆞᄂᆞ뇨?"

기인이 ᄀᆞᆯ오디,

"여러 사ᄅᆞᆷ은 졍신이 약ᄒᆞ니 놀날가 ᄒᆞ미로다."

공이 ᄀᆞᆯ오디,

"시험ᄒᆞ야 도모ᄒᆞ리라."

관인이 무수히 샤례ᄒᆞ고 가니라.

익일에 공이 쥬인을 블너 무로디,

"네 이 집 지을 ᄯᅢ예 무슴 본 배 잇ᄂᆞ냐?"

쥬인이 ᄀᆞᆯ오디,

"셔옥 하의 그 고총(古塚)이 잇ᄂᆞᆫ가 의심ᄒᆞ오나 속어의 일오디 집을 고총 샹의 지으면 심신이 진 [12] 경ᄒᆞ고 평안타 ᄒᆞᄂᆞᆫ 고로 다시 살피지 아니ᄒᆞ고 집을 지엇ᄂᆞ이다."

공이 ᄀᆞᆯ오디,

"내 쟉야의 이샹ᄒᆞᆫ 몽ᄉᆞ(夢事ㅣ) 잇스니 네 만일 집을 샐니 옴기지 아니ᄒᆞ면 반ᄃᆞ시 대홰(大禍ㅣ)

17) 【쳥요】 图 쳥요(淸要). 쳥환(淸宦)과 요직(要職)¶淸要 ∥ 고관대쟉으로 련년을 맛고 그 삼지 ᄎᆞ례로 등과ᄒᆞ 야 각ᄎᆞ 쳥요에 거ᄒᆞ야 다 쳥빅졍직ᄒᆞ니라 (高官大爵, 以終天年. 其子三人, 次第登科, 各占淸要, 皆淸白正直.) <靑邱野談 奎章 2:9>

18) 【동졉】 图 동졉(同接). 같은 곳에서 함께 공부함. 또는 그런 사람이나 관계.¶ 諸友 ∥ 최봉됴하 규셰 졈어실 ᄯᅢ예 농인 민가의 이셔 동졉으로 더부러 ᄒᆞᆫ가지로 과업을 닉이더니 (崔奉朝賀奎瑞, 少時在龍仁一民家, 與諸友共肄科業.) <靑邱野談 奎章 2:10>

19) 【조좌】 图 조좌(稠座). 여러 사람이 빽빽하게 많이 모인 가리.¶ 稠友座 ∥ 그디 엇시 조좌 듕의 이 말을 니지 아니코 나 홀노 잇ᄂᆞᆫ ᄯᅢᄅᆞᆯ 기드려 와 말ᄒᆞᄂᆞ뇨 (子何不語儔友座中出言, 必俟吾獨居而來耶?) <靑邱野談 奎章 2:11>

이시리라."

쥬인이 지력이 업스므로 고흔디 공이 십오민(十五緡)을 쥬어 즉시 집을 다른 곳의 옴기니라. 그 후에 관인이 밤을 타 공의 집에 와 감샤흐고 깃부미 근졀흐야 굴오디,

"공이 반드시 대귀(大貴)흐고 오복이 겸전흐디 다만 벼술의 니르거든 반드시 믈너가야 완복(完福)이 되리니 만일 그러치 아니면 일신 화익이 가히 념녀로오니라."

공이 샹히 긔록흔 고로 ᄆᆞᆷ내 그 말을 조ᄎᆞ나히 쇠치 아니흐야 믈너와 농인에 거흐니라.

축사귀부인획싱
逐邪鬼婦人獲生

니샹국(李相國) 위(濡ㅣ) 옥당(玉堂)의[20] 이실 ᄯᅢ예 일ᄌᆞᆨ은 순라ᄉᆞᆯ[巡邏谷]을 지날ᄉᆡ 그ᄯᅢ 미위(微雨ㅣ) 몽 【13】 몽(濛濛)흔 가온디 홀연 보니 흔 사ᄅᆞᆷ이 농닙사의(農笠簑衣)로[21] 두 눈이 홰쁠 ᄀᆞᆺ고 외다리로 쮜여오니 공과 밋 종재 보매 희괴흔지라..그 사ᄅᆞᆷ이 믄득 흐리(下吏)ᄃᆞ려 무러 굴오디,

"압히 흔 교ᄌᆞ(轎子)를 보왓ᄂᆞ냐?"

하리 굴오디,

"보지 못흐엿노라."

그 사ᄅᆞᆷ이 ᄃᆞ라나기를 풍우ᄀᆞᆺ치 흐더라. 공이

울 ᄯᅵ예 흔 교ᄌᆞ를 계동(桂洞) 어귀예셔 만난지라 즉시 믈을 도로혀 그 사ᄅᆞᆷ의 뒤를 ᄯᆞᆯᄋᆞ며 계동 흔 집의 니르니 이 집은 곳 공의 이셩삼죵(異姓三從)이가 피졉(避接)흔[22] 집이라. 대져 그 ᄌᆞ뷔(子婦ㅣ) 괴질(怪疾)을 어더 여러 둘이로디 차되(差度ㅣ) 업셔 소경의 잇더니 그날 마춤 계동 일가 집으로 피졉낫눈지라 공이 ᄆᆞᆯ을 ᄂᆞ려 드러가 쥬인을 보고 가쵸 본 바로뼈 고흐고 흔가지로 안의 드러가 병셰 보믈 쳥흐고 드러간 즉 그것시 과연 부인 침변(枕邊)의 죽구리고[23] 안잣거늘 공이 아모말도 아니코 바로 다흐여 보니 궐믈(厥物)이 슬히 너겨 문을 【14】 열고 나가 ᄯᅳᆯ 가온디 셧거늘 공이 ᄯᅡ라 나가 ᄯᅩ 즉시 흐니 궐믈이 ᄯᅩ 집 마루 우흐로 쮜여오르거늘 공이 ᄯᅩ 치미러 본디 궐믈이 ᄯᅩ 공듕으로 올나가니 부인의 졍신이 상연(爽然)흐여 병드지 아닌 ᄯᅥ ᄀᆞᆺ더니 공이 가미 부인이 ᄯᅩ 젼ᄀᆞᆺ치 알커늘 공이 듯고 조회 빅여 편을 올여 공의 슈결(手決)을 두어 만실(滿室)의 부치니 그 요귀 드디여 졀젹(絶迹)흐고 부인의 병이 쾌ᄎᆞ흐니라.

냥역리각진셰벌
兩驛吏各陳世閥

송나역(松蘿驛)의 윤리(尹吏)ᄂᆞᆫ 곳 연산됴(燕山朝) 히빅(海伯) 샹문(尙文)의 후예라. 샹문이 본역의 찬비(竄配)흐므로부터 ᄌᆞ손이 인흐야 본역 역리 되얏더니 도빅(道伯) 순력시(巡歷時)예 역리 믈을

---

20) 【옥당】圓 옥당(玉堂). 홍문관(弘文館)의 별칭.¶ 玉堂 ‖ 니샹국 위 옥당의 이실 ᄯᅢ예 일ᄌᆞᆨ은 순라믈을 지날ᄉᆡ 그ᄯᅢ 미위 몽몽흔 가온디 홀연 보니 흔 사ᄅᆞᆷ이 농닙사의로 두 눈이 홰쁠 ᄀᆞᆺ고 외다리로 쮜여오니 공과 밋 종재 보매 희괴흔지라 (李相國濡在玉堂時, 一日過宗廟墻外巡邏谷, 時微雨, 忽見一人農笠簑衣, 兩目如炬, 燭脚踔而來, 公及從吏見皆怪駭.) <靑邱野談 奎章 2:12>

21) 【농닙-사의】圓 ((복식)) 농닙사의(農笠簑衣). 삿갓과 도롱이.¶ 農笠簑衣 ‖ 니샹국 위 옥당의 이실 ᄯᅢ예 일ᄌᆞᆨ은 순라믈을 지날ᄉᆡ 그ᄯᅢ 미위 몽몽흔 가온디 홀연 보니 흔 사ᄅᆞᆷ이 농닙사의로 두 눈이 홰쁠 ᄀᆞᆺ고 외다리로 쮜여오니 공과 밋 죵재 보매 희괴흔기라 (李相國濡在玉堂時, 一日過宗廟墻外巡邏谷, 時微雨, 忽見一人農笠簑衣, 兩目如炬, 燭脚踔而來, 公及從吏見皆皆怪駭.) <靑邱野談 奎章 2:13>

22) 【피졉-ᄒᆞ-】圖 피졉(避接)하다. 앓는 사람이 다른 곳으로 자리를 옮겨서 요양하다. 병을 가져오는 액운을 피한다는 뜻임. *비졉하다.¶ 避接 ‖ 즉시 믈을 도로혀 그 사ᄅᆞᆷ의 뒤를 ᄯᆞᆯᄋᆞ며 계동 흔 집의 니르니 이 집은 곳 공의 이셩삼죵이가 피졉흔 집이라 (公卽回馬, 尾此人之後, 直到諸生洞一家, 乃公之異姓三從家避接所也.) <靑邱野談 奎章 2:13>

23) 【죽구리-】圖 쭈그리다.¶ 蹲 ‖ 공이 믈을 ᄂᆞ려 드러가 쥬인을 보고 가쵸 본 비로뼈 고흐고 흔가지로 안이 ᄂᆞᆯ 아가 병셰 보믈 쳥흐고 드러간 즉 그것시 과연 부인 침변의 죽구리고 안잣거늘 (公下馬入見主人, 具告以所見, 請同入見, 旣入, 厥物果蹲坐於婦人枕邊.) <靑邱野談 奎章 2:13>

맛탄는지라 분쥬히 다니다가 잇다감 마부의 쌤을
마자 곤욕이 비경(非輕)ㅎ니 윤리 분한ㅎ믈 니긔지
못ㅎ야 그 일가 아젼드【15】려 슬피 고ㅎ야 골오
딕,

"우리 다 감스공(監司公) ᄌ손으로 흔번 그릇
되야 역리 되미 츈츄(春秋) 슌력의 미양 대욕(大辱)
을 바드니 혹쟈 우리 션죄 슌력ᄒᆯ 계 역리ᄅᆞᆯ 너모
가찰(苛察)ㅎ므로24) ᄌ손이 앙보(殃報)ᄅᆞᆯ 밧느냐?"

인ㅎ야 눈물을 금치 못ᄒᆞ더니 그쩌 댱슈역(長
水驛) 하리 맛춤 겻히 잇다가 우어 골오딕,

"그딕 션조는 곳 황희감시(黃海監司)라. 그
딕 히셔(海西)의 가 이런 원민(寃悶)ㅎ믈 말ㅎ미 가
커니와 나의 원민흔믄 그딕의셔 빈나 ㅎ니 나의 션
조는 곳 본도빅(本道伯) 하경지(河敬齋) 샹공이라
그 죵손(從孫) 년경(蓮亭) 진스공(進士公)이 본역의
찬비ㅎ므로부터 우리 이 익경(厄境)을 만나니 그딕
만일 눈물을 내면 우리는 맛당이 통곡ᄒᆞ리로다. ᄯᅩ
그딕 션조 희빅공의 졍치는 이졔 ᄌ셰치 못ᄒᆞ거니
와 우리 션조 경지공의 후덕 인경은 묘얘 다 그 은
덕을 닙엇고 년경공이 졈필지(佔畢齋) 김공(金公)
문인으로 년좌(連坐)ㅎ야 죄젹(罪籍)의 드러시니 만
일 텬은을 닙고【16】면 우리 맛당히 셰샹의 크게
울닐 거시어늘 이예 구ᄌᆞ히여 곤욕을 가쵸 격그니
텬야(天耶)아! 명야(命耶)아!"

인ㅎ야 크게 우으니 윤리 드듸여 손을 잡고
사례ᄒᆞ니라.

삼지인경과거향
三知印競誇渠鄉

영묘(英廟) 긔유년(己酉年)에 녕빅(嶺伯)이 슌
력ᄒᆞᆯ시 슌흥부(順興府)의 니르러 부셕스(浮石寺)ᄅᆞᆯ

구경ᄒᆞ더니 본읍과 밋 안동(安東) 녜쳔(醴泉) 지인
(知印)이25) 각ᄌ 그 관원을 모시고 뫼엿더니 안동
지인이 그 아비 비힝(陪行) 영리(營吏) 다담(茶啖)
퇴믈(退物)을26) 밧고 슌흥 지인의게 ᄌ랑ᄒᆞ여 골오
딕,

"그딕 고을의 이 차담(茶啖) 업순지 오란지라
그딕 조곰 맛보랴?"

슌흥 지인이 골오딕,

"우리 고을의 영니 업스므로 이ᄀᆞᆺ치 멸시ᄒᆞ나
그딕 션셰(先世) 우리 고을 향리 ᄌ손의게 발 뛱기
ᄅᆞᆯ 면치 못ᄒᆞ엿느니라."

안동 지인이 불연변쉭(勃然變色) 왈,

"이 엇진【17】말고? 엇지 이럴 니 이시리
오?"

슌흥 지인이 골오딕,

"그딕 듯지 못ᄒᆞ엿느냐? 젼됴 안문셩공(安文
成公)이 별셩(別星) 힝ᄎᆞ로 그딕 관부를 지날시 지
인으로 ᄒᆞ여곰 밧 뗏기단 말이 녀ᄉᆞ(麗史)의 올나시
니 그딕 아자비게 무른즉 가히 알니라."

이ᄀᆞᆺ치 ᄒᆞᆯ 즈음의 녜쳔 지인이 ᄆᆞᆷ 겻히 잇
다가 슌흥 지인드려 닐너 골오딕,

"우리 고을인즉 젼됴 지인의 훈업(勳業)은 님
대광(林大匡)이 잇고 본조 지인은 윤별동(尹別洞)
션셩이 잇셔 벼슬이 대스셩(大司成) 예문졔흑(藝文
提學)을 지나고 박ᄉᆞ(博士)로뼈 원손(元孫)의 녜ᄅᆞᆯ
밧고 ᄯᅩ 무관은 황공(黃公)이 최훈(策勳)ᄒᆞ여27) 두

---

24) 【가찰-ᄒᆞ-】圖 가찰(苛察)하다. 까다롭게 따져가며 살
피다.¶ 苛督 ‖ 우리 다 감ᄉᆞ공 ᄌ손으로 흔번 그릇되
야 여리 딕미 츈츄 슌력의 미양 대욕을 바드니 혹쟈
우리 션젹 슌력ᄒᆞᆯ 계 역리ᄅᆞᆯ 너모 가찰ᄒᆞᄆᆞ로 ᄌᆞ손이
앙보ᄅᆞᆯ 밧느냐 (吾輩以監司之孫, 一變爲郵吏, 每於春
秋受此大辱. 或者先祖當年巡行時, 苛督郵吏子孫, 受此
殃報耶?) <靑邱野談 奎章 2:15>

25) 【지인】圖 ((관직)) 지인(知印). 조선 때, 지방관의 관
인을 보관하고 날인의 일을 맡던 토관직.¶ 知印 ‖ 영
묘 긔유년에 녕빅이 슌력ᄒᆞᆯ시 슌흥부의 니르러 부셕
스ᄅᆞᆯ 구경ᄒᆞ더니 본읍과 밋 안동 녜쳔 지인이 각ᄌ
그 관원을 모시고 뫼엿더니 (英廟己酉, 嶺伯巡到順興,
玩浮石寺, 時本邑及安東醴泉知印, 陪其官齊會.) <靑邱
野談 奎章 2:16>

26) 【퇴믈】圖 퇴믈(退物). 윗사람이 쓰다가 물려준 물건.¶
餘物 ‖ 안동 지인이 그 아비 비힝 영리 다담 퇴믈을
밧고 슌흥 지인의게 ᄌ랑ᄒᆞ여 골오딕 그딕 고을의 이
차담 업순지 오란지라 그딕 조곰 맛보랴 (有安東知印,
受其叔陪行, 營吏茶啖餘物, 誇耀順興知印曰: "爾邑無此
饌久矣, 汝可少嘗味也?") <靑邱野談 奎章 2:16>

27) 【최훈-ᄒᆞ-】圖 책훈(策勳)하다. 국가나 군주 등을 위
하여 공훈을 세운 사람의 이름과 공훈을 문서에 기록
하다.¶ 策勳 ‖ 또 무관은 황공이 최훈ᄒᆞ여 두 번 창원
대도호부ᄅᆞᆯ 졔슈ᄒᆞ엿스니 인즉 안동 슌흥의 다 밋
지 못ᄒᆞᆯ 빈니라 (又有黃公登武科, 策勳振武, 再除昌原
大都護府使, 此則安東順興之所不及也.) <靑邱野談 奎

번 창원(昌原) 대도호부ㅅ(大都護府使)롤 졔슈ㅎ엿
스니 인즉 안동 슌흥의 다 밋지 못홀 비니라."

안동 지인이 굴오디,

"우리 고을은 본조의 비록 문과는 업스나 싱
진(生進)과28) 무과는 이로 혜지 못ㅎ고 쟉년의 칙훈
ㅎ 화원군(花原君)은29) 곳 우리 마을 지인이라. 날
노 더브러 죡당이 되니 뉘 감히 우리 【18】 관부롤
당ㅎ리오?"

감ㅅ의 막비(幕裨)가30) 무춤 그 말을 듯고 슌
샹(巡相)의게 고ㅎ더 슌샹은 곳 녕셩군(靈城君) 박
문쉬(朴文秀ㅣ)라. 삼읍 지인을 위졀(委折)을 즈셰이
뭇고 삼읍 원의게 말을 보녀 굴오디,

"삼읍 대숑(大訟)이 잇스니 모도 뫼여 쳐결ㅎ
쟈."

ㅎ고 무춤내 녜쳔을 우등ㅎ니 냥읍 지인이 셔
로 칭원(稱寃)ㅎ더라.

샹산리누셰튱졀
商山吏慶世忠節

샹쥐(尙州) 아젼 니경남(李景南)이 임진난(壬
辰亂)을 당ㅎ야 의병을 창긔(倡起)ㅎ야31) 감ㅅ디(敢

死隊)[죽기롤 결단ㅎ는 졔란 말이라]라 일ᄏ고 권후(權侯)
길(吉)의게 부치니 권휘 심히 기리더라.

계ㅅ(癸巳) 츄(秋)의 텬쟝(天將)32) 오유츙(吳惟
忠)이 군ㅅ롤 본쥐예 머무르니 경남이 ᄀ ᄶ머 ·문셔롤
맛타 민쳡ㅎ고 쏘 군ㅅ 일을 의논ㅎ미 튱분(忠憤)
이33) 격발ㅎ니 텬쟝이 심히 ᄉ랑ㅎ여 비단과 그믈
노 포샹ㅎ고 즉시 별부ㅅ마(別部司馬)롤 ㅎ이엿더니
후에 군공으로 동츄(同樞)롤34) 졔슈ㅎ니라.

광희됴(光海朝) 뎡ㅅ년(丁巳年)의 폐모(廢母)
의논이 분 【19】 운(紛紜)ㅎ거늘 일소(一疏)롤 지어
가지고 샹경ㅎ여 복합(伏閤)ㅎ지35) 칠일이로디 밧치
지 못ㅎ니라.

인조됴(仁祖朝) 병ㅈ년(丙子年)의 호인(胡人)이
창궐ㅎ여 거개(車駕ㅣ) 남한으로 파쳔(播遷)ㅎ시니
그 아들 지원(枝元)이 도빅을 조촛 갈시 도빅이 슈
셔(手書)로36) 지원을 쥬어 굴오디,

章 2:17>

28) 【싱진】圖 생진(生進). 생원(生員)과 진사(進士).¶ 生進
∥ 우리 고을은 본조의 비록 문과는 업스나 싱진과 무
과는 이로 혜지 못ㅎ고 쟉년의 칙훈ㅎ 화원군은 곳
우리 마을 지인이라 (吾鄕則本朝雖無文科, 生進與武
科, 磊落相望, 昨年策勳花原君, 即吾府之知印.) <靑邱
野談 奎章 2:17>

29) 【화원군】圖 ((인명)) 화원군(花原君). 권희학(權喜學
1672~1742). 자는 문중(文仲). 이인좌(李麟佐)의 난을 평
정, 가의대부(嘉義大夫)에 올라 화원군에 봉해짐.¶ 花
原君 ∥ 우리 고을은 본조의 비록 문과는 업스나 싱진
과 무과는 이로 혜지 못ㅎ고 쟉년의 칙훈ㅎ 화원군은
곳 우리 마을 지인이라 (吾鄕則本朝雖無文科, 生進與
武科, 磊落相望, 昨年策勳花原君, 即吾府之知印.) <靑
邱野談 奎章 2:17>

30) 【막비】圖 ((인류)) 막비(幕裨). 비장(裨將).¶ 幕裨 ∥ 감
ㅅ의 막비가 무춤 그 말을 듯고 슌샹의게 고ㅎ더 슌
샹은 곳 녕셩군 박문쉬라 (有幕裨聞其言, 言于巡相,
巡相即朴靈城文秀也.) <靑邱野談 奎章 2:18>

31) 【챵긔-ㅎ-】圖 챵기(倡起)하다. 불러모아 일으키다.¶
倡 ∥ 샹쥐 아젼 니경남이 임진난을 당ㅎ야 의병을 챵
긔ㅎ야 감ㅅ디[죽기롤 결단ㅎ는 졔란 말이라]라 일ᄏ고 권후
길의게 부치니 권휘 심히 기리더라 (尙州吏李景南, 當
壬辰亂, 倡義作敢死隊, 附權侯吉, 甚見獎詡.) <靑邱野
談 奎章 2:18>

32) 【텬쟝】圖 ((인류)) 천장(天將). 명나라 장수.¶ 天將 ∥
계ㅅ 츄의 텬쟝 오유츙이 군ㅅ롤 본쥐예 머무르니 경
남이 ᄀ ᄶ머 문셔롤 맛타 민쳡ㅎ고 쏘 군ㅅ 일을 의논
ㅎ미 튱분이 격발ㅎ니 (癸巳秋, 天將吳惟忠, 駐軍本州,
時掌簿書, 敏給如流, 且論兵事, 忠憤感激.) <靑邱野談
奎章 2:18>

33) 【튱분】圖 충분(忠憤). 충의로 인하여 일어나는 분한
마음.¶ 忠憤 ∥ 계ㅅ 츄의 텬쟝 오유츙이 군ㅅ롤 본쥐
예 머무르니 경남이 ᄀ ᄶ머 문셔롤 맛타 민쳡ㅎ고 쏘
군ㅅ 일을 의논ㅎ미 튱분이 격발ㅎ니 (癸巳秋, 天將吳
惟忠, 駐軍本州, 時掌簿書, 敏給如流, 且論兵事, 忠憤感
激.) <靑邱野談 奎章 2:18>

34) 【동츄】圖 ((관직)) 동추(同樞). 동지중추부사(同知中樞
府事). 조선시대에, 중추부에 속한 종이품 벼슬.¶ 同樞
∥ 텬쟝이 심히 ᄉ랑ㅎ여 비단과 그믈노 포샹ㅎ고 즉
시 별부ㅅ마롤 ㅎ이엿더니 후에 군공으로 동츄롤 졔
슈ㅎ니라 (天將甚愛之, 以錦綺器物奬賞之, 即付別部把
摠, 後以軍功, 陞同樞.) <靑邱野談 奎章 2:18>

35) 【복합-ㅎ-】圖 복합(伏閤)하다. 조신(朝臣)이나 유생이
대궐 문 앞에 엎드려 상소하다.¶ 伏閤 ∥ 광해됴 뎡ㅅ
년이 폐고 의논이 ᄲ뉴ㅎ거늘 일소롤 지이가시고 샹
경ㅎ여 복합ㅎ지 칠일이로디 밧치지 못ㅎ니라 (光海
丁巳, 廢母議起, 裁跣跋涉上京, 伏閤七日不得呈.) <靑
邱野談 奎章 2:19>

36) 【슈셔】圖 수서(手書). 손수 쓴 글이나 편지.¶ 手書 ∥

"네 셔ᄉ(徐庶)의 효즈롤 짓지 말나. 내 왕능(王陵)의 현모롤 본밧고져 ᄒᄂᆫ 십ᄉᆞᆽ(十四字)로뼈 힘쓰게 ᄒᆞ엿더니 뎡튝(丁丑) 하셩(下城)을 당ᄒᆞ미 경남이 몸에 쥬의(周衣)롤[37] 닙고 머리예 평양ᄌᆞ(平涼子)롤 쓰고 동ᄒᆡᄉᆞ(東海寺)의 은거ᄒᆞ여 도ᄒᆡ팔영(蹈海八詠)을 지으니 노듕년(魯仲連)의 지조롤 븨미러라. 샹희 뎐쟝의 쥰 바 쥬비(酒杯)예 술을 부어 굴오ᄃᆡ,

"셰샹 갑ᄌᆞ롤 닛고져 홀진ᄃᆡ 비리건곤(杯裡乾坤)을 기리 취ᄒᆞ리라."

ᄒᆞ니 대개 그 쥬비 밋ᄒᆡ 텬됴 년호(年號ㅣ) 잇ᄂᆞᆫ 연괴러라. 님죵에 졍신이 뇨연(了然)ᄒᆞ야[38] 뉵검남(陸劍南)의 왕ᄉᆞ븍졍듕원일(王師北定中原日)이라 ᄒᆞᄂᆫ 글귀롤 외와 지원을 도라보와 굴오ᄃᆡ,

"내 긔일에 닛지 말고 네 아븨게 고ᄒᆞ라."

ᄒᆞ니 셰샹이 대명쳐ᄉᆞ(大明處士)[20]로 일ᄏᆞᆺ더라.

경남이 일즉 고을 셔편 묵셔산(墨西山)의 복거(卜居)ᄒᆞ지라.[39] 인ᄒᆞ야 옷과 신을 여긔 감초라 명ᄒᆞ고 스스로 광듕명(壙中銘)을 지어 굴왓시ᄃᆡ '황됴(皇朝)의 일통(一統)이 빅년이 되미여! 내 가경년간의 낫도다. 이졔 셰샹을 도라보니 용신(容身)홀 배 업스미여! 이아로지[40] 묵ᄐᆡ셔산(墨胎西山)의 감

츄리로다.' ᄒᆞ니 아ᄂᆞᆫ 재 ᄒᆞᄃᆡ '살아셔 노련(魯連)의 바다롤 넓고 죽으미 이졔(夷齊)의 뫼예 뭇쳣다' 니르니라. 그 아돌 지원이 인묘조(仁廟朝) 병ᄌᆞ호란(丙子胡亂)을 당ᄒᆞ야 시임(時任) 호쟝(戶長)으로 도빅 심공(沈公) 연(演)을 조ᄎᆞ 근왕(勤王)ᄒᆞᆯ ᄉᆡ ᄌᆞ원ᄒᆞ야 달쳔(鐽川)의 니르러 하셩 소식을 듯고 북향통곡(北向痛哭)ᄒᆞ고 남으로 도라가 영회시(詠懷詩)롤 지으니라.

갑ᄌᆞ(甲子) ᄉᆞ월의 슝졍황뎨(崇禎皇帝) 흉문(凶聞)이 니르거늘 동ᄒᆡᄉᆞ 일월암(日月岩)의 올나 단을 무어 비곡(拜哭)ᄒᆞ고 미양 명태조(明太祖) 신종(神宗) 의종(毅宗) 삼황뎨(三皇帝) 휘신(諱辰)을 당ᄒᆞ면 명슈일비(明水一杯)로 분향ᄒᆞ고 이 단의셔 비헌(拜獻)ᄒᆞ니 일홈을 대명단(大明壇)이라 ᄒᆞ다.

쳐ᄉᆞ 채【21】 득긔(蔡得沂)[41] 일즉 셩셔(城西) 쵸려(草廬)의 가 차ᄌᆞ보고 더브러 홈ᄭᅴ 동강별셔(東江別墅)의 은거ᄒᆞᆷ을 쳥ᄒᆞ니 지원이 희롱ᄒᆞ야 굴오ᄃᆡ,

"동ᄒᆡ예 눕흔 자최와 셔산에 숨은 뜻이 그 지취(志趣) ᄒᆞᆫ 가지니 엇지 니웃을 미즌 후에 가ᄒᆞ랴?"

채셩이 탄식ᄒᆞ야 굴오ᄃᆡ,

"셔산의 숨은 뜻은 그ᄃᆡ 가히 스스로 당ᄒᆞ고 동ᄒᆡ예 눕흔 자최ᄂᆞᆫ 내 실노 도피ᄒᆞ리라."

ᄒᆞ고 인ᄒᆞ야 셔산졍샤(西山精舍) ᄉᆞᄌᆞ(四字)롤 뼈셔 현판ᄒᆞ니 가히 그 긔ᄃᆡ(期待)ᄒᆞᆷ을 볼너라. 후에 군ᄌᆞ판ᄉᆞ(軍資判事)롤 증직ᄒᆞ니라.

지원의 아돌 근ᄉᆡᆼ(根生)의 년이 십구에 호쟝(戶長) 되니 대개 셰ᄉᆞ 튱효로 관댱(官長)의 근실(勤實)이 ᄎᆞ쳡(差帖)[42]ᄒᆞᄂᆫ 배러라.

인조됴의 호인이 창궐ᄒᆞ여 거긔 남한으로 파쳔ᄒᆞ시니 그 아돌 지원이 도빅을 조ᄎᆞ 갈ᄉᆡ 도빅이 슈셔로 지원을 쥬어 굴오ᄃᆡ (仁廟朝丙子, 淸虜猖獗, 行朝在南漢山城圍中, 其子枝元, 從道伯勤王手書.) <靑邱野談 奎章 2:19>

37) 【쥬의】圖 ((복식)) 주의(周衣). 두루마기.¶ 周衣 ∥ 경남이 몸에 쥬의롤 닙고 머리예 평양ᄌᆞ롤 쓰고 동ᄒᆡᄉᆞ의 은거ᄒᆞ여 도ᄒᆡ팔영을 지으니 노듕년의 지조롤 븨미러라 (着周衣, 戴蔽陽子, 走隴於東之東海寺, 有蹈海八詠, 以見其志.) <靑邱野談 奎章 2:19>

38) 【뇨연-ᄒᆞ-】圖 요연(了然)ᄒᆞ다. 분명하다.¶ 了然 ∥ 님죵에 졍신이 뇨연ᄒᆞ야 뉵검남의 왕ᄉᆞ븍졍듕원일이라 ᄒᆞᄂᆫ 글귀롤 외와 지원을 도라보 굴오ᄃᆡ 내 긔일에 닛지 말고 네 아븨게 고ᄒᆞ라 ᄒᆞ니 셰샹이 대명쳐ᄉᆞ로 일ᄏᆞᆺ더라 (臨命精神了然, 誦陸劍南王師北定中原日, 家祭無忌告, 乃翁之詩岦然而逝世, 以大明處士稱之.) <靑邱野談 奎章 2:19>

39) 【복거-ᄒᆞ-】圖 복거(卜居)ᄒᆞ다. 살 만한 곳을 가려서 성하다.¶ ㅣ ∥ 경ᄂᆡ이 일즉 교을 셔편 묵셔산의 복거ᄒᆞ지라 (嘗卜州西之墨西山.) <靑邱野談 奎章 2:20>

40) 【이아로지】囝 애오라지. 마음에 부족하나 겨우.¶ 聊 ∥ 황됴의 일통이 빅년이 되미여 내 가경년간의 낫도다. 이졔 셰샹을 도라보니 용신홀 배 업스미여 이아로

지 묵ᄐᆡ셔산의 감츄리로다 ᄒᆞ니 (皇朝之一統, 允洽百年兮, 昔余降于嘉缟之間. 緬今世而無所容兮, 聊以藏乎墨胎之西山.) <靑邱野談 奎章 2:20>

41) 【채득긔】圖 ((인명)) 채득기(蔡得沂 1605~1646). 조선 인조·효종 때의 학자. 자는 영이(詠而). 호는 우담(雩潭)·학정(鶴丁). 경사백가(經史百家)와 역학에 밝았으며, 천문·지리·의약·복서(卜筮)·음률·병진(兵陣) 따위에도 능하였다.¶ 蔡得沂 ∥ 쳐ᄉᆞ 채득긔 일즉 셩셔 쵸려의 가 차ᄌᆞ보고 더브러 홈ᄭᅴ 동강별셔의 은거ᄒᆞᆯ 쳥ᄒᆞ니 (鄕之處士蔡得沂, 嘗訪於城西草廬, 要與偕隱于東江別墅.) <靑邱野談 奎章 2:20-21>

42) 【ᄎᆞ쳡】圖 치쳡(差帖), 합 아젼유 임명ᄒᆡ던 사령쟝.¶ 差 ∥ 지원의 아돌 근ᄉᆡᆼ의 년이 십구에 호댱 되니 내개 셰ᄉᆞ 튱효로 관댱의 근실이 ᄎᆞ쳡ᄒᆞᄂᆫ 배러라 (枝元之子根生, 年十九爲戶長, 蓋以家世忠孝, 特爲官長之

관문(官門)과 밋 젼문(殿門)을 지닐시 반두시 공슈츄창(拱手趨蹌)ᄒ고43) 관가의 갈도(喝道) 소리 롤 드르면 반두시 당의 ᄂ려 공경ᄒ니 사름 다 어렵다 ᄒ더라.

신병이 잇셔 조리ᄒ므로 동헌스의 잇더니 회 갑늘을 당ᄒ야 졔즈의게 글을 쥬어 굴오디,

"내 슝졍 삼년의 나셔 팔【22】셰예 뎡튝년 (丁丑年) 변(變)을 당ᄒ고 십오셰예 의죵황뎨 사직 의 순졀ᄒ시믈 드럿더니 광음이 훌훌[倏忽]ᄒ여 ᄉ 십팔 년이 된지라. 이 몸이 텬됴의 늙지 못ᄒ고 갑 일(甲日)을 당ᄒ니 내 ᄆ음이 슬픈지라. 엇지 ᄎ마 술을 두어 부앙(俯仰)ᄒ는44) 심회(心懷)롤 더으리 오? 시예 닐오디 '의ᄉ홉다 부모여 날 나으시믈 구 로(劬勞)히45) ᄒ샷다' ᄒ고 졍지(程子ㅣ) 굴오샤디 '사름이 부뫼 업스면 셩일에 맛당히 비통ᄒ믈 비나 ᄒ올 거시라.' ᄒ시니 다른 희 셩일에도 오히려 이 ᄀᆺ 거든 허믈며 갑년이ᄯᆞ녀! 너의 무리 내 ᄯᅳᆺ을 바다 ᄒ여곰 빈긱을 쳥치 말나.'

ᄒ더라. 후에 참의(參議) 증직ᄒ니라.

근셩의 아둘 시발(時發)이 슉묘조(肅廟朝) 경 오년(甲午年)의 뎡됴(正朝) 호댱(戶長)으로 궐문의셔 슉비(肅拜)ᄒ올시46) 이쩍 인현왕비(仁顯王妃) 사뎨(私

第)의 손위(遜位)ᄒ야47) 계신지라 비궐(拜闕)ᄒ는48) 녜롤 맛고 모돈 호댱드려 굴오디,

"우리 셩뫼 별궁에 계시니 신ᄌ 된 재 일【2 3】쳬 슉알(肅謁)ᄒ미49) 가ᄒ니라."

즁인이 좃지 아니ᄒ거늘 시발이 돌탄ᄒ여 굴 오디,

"녯 사름이 홀노 셔궁(西宮)에 비ᄒ흔 재 잇다."

ᄒ고 인ᄒ야 쳠망ᄉ비(瞻望四拜)ᄒ고 가니라.

ᄯᅩ 뎡튝 하셩(下城) 회갑을 당ᄒᄆᆡ 츄렴(追念) ᄒ는50) 심회롤 금치 못ᄒ야 일오디,

"텬하 흥망이 바독 둠 ᄀᆺ다."

ᄒ야 박희젼(博戱傳)을 지으니 튱분의 발ᄒᆞᆫ 배러라.

시발의 아둘 삼억(三億)이 경묘됴(景廟朝) 신 축년(辛丑年)의 오지(寤齋)[별호] 됴공(趙公) 경만(正 萬)이 본쥬에 님ᄒ여 남셩누(南城樓)롤 듕슈(重修)ᄒᆞᆯ 시 삼억이 동역(董役)ᄒ야51) 일을 맛치ᄆᆡ 삼억이 편

所勤差也.) <靑邱野談 奎章 2:21>

43) 【공슈츄창-ᄒ-】 圖 공슈추창(拱手趨蹌)하다. 오른손을 밑에 왼손을 위로 하여 두 손을 맞잡고 예도에 맞도 록 허리를 굽히고 빨리 걸어가다.¶ 拱手趨行 ∥ 관문과 밋 젼문을지닐시 반두시 공슈츄창ᄒ고 관가의 갈도 소리롤 드르면 반두시 당의 ᄂ려 공경ᄒ니 사름 다 어렵다 ᄒ더라 (過官門及殿門, 必拱手趨行, 退居于家, 聞官喝導聲, 必下堂肅之, 世皆多之.) <靑邱野談 奎章 2:21>

44) 【부앙-ᄒ-】 圖 부앙(俯仰)하다. 아래를 굽어보고 위를 우러러보다.¶ 俛仰 ∥ 이 몸이 텬됴의 늙지 못ᄒ고 갑 일을 당ᄒ니 내 ᄆ음이 슬픈지라 엇지 ᄎ마 술을 두 어 부앙ᄒ는 심회롤 더으리오 (而不得老, 天朝甲子生, 朝奄屆回, 瞻寰宇, 足可飲泣, 安可置酒, 以忝俛仰之懷 哉?) <靑邱野談 奎章 2:22>

45) 【구로-히】 閉 구로(劬勞)히. (자식을 낳아서 기르느라 고) 힘들이고 애써서.¶ 劬勞 ∥ 시예 닐오디 의ᄉ홉다 부모여 날 나으시믈 구로히 ᄒ샷다 ᄒ고 졍지 굴오샤 디 사름이 부뫼 업스면 셩일에 맛당히 비통ᄒ믈 비나 ᄒ올 거시라 ᄒ시니 다른 희 셩일에도 오히려 이 ᄀᆺ거 든 허믈거 갑년이ᄯᆞ녀 (詩云: "哀哀父母, 生我劬勞." 且程子曰: "人無父母, 生日當倍悲痛." 常年此日, 猶尙 如此, 況甲年耶?") <靑邱野談 奎章 2:22>

46) 【슉비-ᄒ-】 圖 슉배(肅拜)하다. 삼가 공손히 절하다.¶

肅謁 ∥ 근셩의 아둘 시발이 슉묘조 경오년의 뎡됴 호 댱으로 궐문의셔 슉비ᄒ올시 이쩍 인현왕비 사졔의 손 위ᄒ야 계신지라 (根生之子時發, 肅廟庚午, 以正朝戶 長, 肅仁顯王私第.) <靑邱野談 奎章 2:22>

47) 【손위-ᄒ-】 圖 손위(遜位)하다. 왕의 자리를 내놓다.¶ 근셩의 아둘 시발이 슉묘조 경오년의 뎡됴 호댱으로 궐문의셔 슉비ᄒ올시 이쩍 인현왕비 사졔의 손위ᄒ야 계신지라 (根生之子時發, 肅廟庚午, 以正朝戶長, 肅仁 顯王私第.) <靑邱野談 奎章 2:22>

48) 【비궐-ᄒ-】 圖 배궐(拜闕)하다.¶ 拜闕 ∥ 비궐ᄒ는 녜 롤 맛고 모돈 호댱드려 굴오디 우리 셩뫼 별궁에 계 시니 신ᄌ 된 재 일쳬 슉알ᄒ미 가ᄒ니라 (拜闕禮訖, 謂諸戶長曰: "今我聖母, 遷居別宮, 爲臣子者, 當一體肅 謁可也.") <靑邱野談 奎章 2:22>

49) 【슉알-ᄒ-】 圖 슉알(肅謁)하다. 왕을 뵙고 삼가 아뢰 다.¶ 肅謁 ∥ 비궐ᄒ는 녜롤 맛고 모돈 호댱드려 굴오 디 우리 셩뫼 별궁에 계시니 신ᄌ 된 재 일쳬 슉알ᄒ 미 가ᄒ니라 (拜闕禮訖, 謂諸戶長曰: "今我聖母, 遷居 別宮, 爲臣子者, 當一體肅謁可也.") <靑邱野談 奎章 2:23>

50) 【츄렴-ᄒ-】 圖 추념(追念)하다. 지나간 일을 돌이켜 생각하다.¶ 追念 ∥ ᄯᅩ 뎡튝 하셩 회갑을 당ᄒᄆᆡ 츄렴 ᄒ는 심회롤 금치 못ᄒ야 일오디 텬하 흥망이 바독 둠 ᄀᆺ다 ᄒ야 박희젼을 지으니 튱분의 발ᄒᆞᆫ 배러라 (又常丁丑下城, 回甲追念, 興感以爲大ㅏㆍ罘쌔广有類, 博 戱爲作博戱傳, 其忠憤所寄.) <靑邱野談 奎章 2:23>

51) 【동역-ᄒ-】 圖 동역(董役)하다. 역사(役事)를 감독하 다.¶ 董役 ∥ 시발의 아둘 삼억이 경묘됴 신축년의 오 지[별호] 됴공 경만이 본쥬에 님ᄒ여 남셩누롤 듕슈ᄒᆞᆯ

익을 쳥ᄒᆞ야 홍치구뤼(弘治舊樓1)라 ᄒᆞ고 인ᄒᆞ여 즁슈긔ᄅᆞᆯ 지어 ᄀᆞᆯ오ᄃᆡ,

> 셩샹 원년 신튝 츄에 감히 후(侯)의 명을 밧ᄌᆞ와 남누(南樓)ᄅᆞᆯ 슈기(修改)ᄒᆞᆯ시 양월(陽月) 망일의 흘역(訖役)ᄒᆞᆷᄅᆞᆯ 고ᄒᆞ고 쟝ᄎᆞᆺ 편익ᄒᆞ려 ᄒᆞᆯ시 쥬쟉문(朱雀門)과 진남문(鎭南門)과 무남누(撫南樓)ᄅᆞᆯ 녈셔(列書)ᄒᆞ야 그 ᄒᆞ나흘 경고고져 ᄒᆞ거늘 [24] 그윽이 싱각건ᄃᆡ 이뉘 비로소 황됴 효묘 쩍예 일웟더니 그 후 이ᄇᆡᆨ여 년의 다시 금일의 즁슈ᄒᆞ니 함외(檻外) 건곤이 다 뉵침(陸沉52)되여시ᄃᆡ 오직 화외의 유쵹(遺躅53)완연ᄒᆞ여 어졔 ᄀᆞᆺᄒᆞ니 녜ᄅᆞᆯ 츄모ᄒᆞ고 이졔ᄅᆞᆯ 슬허ᄒᆞᄆᆡ 가히 음읍(飮泣)ᄒᆞᆯ지라.54) 만일 쥬션싱(朱先生)으로 보시면 반ᄃᆞ시 영ᄇᆡᆨ(詠栢)ᄒᆞᄂᆞᆫ 싱각을 일으혈 거시오 ᄯᅩ 이 누의 올으면 반ᄃᆞ시 문산(文山의55) 누에 ᄂᆞ리지 아닛

시 삼억이 동역ᄒᆞ야 일을 맛치ᄆᆡ (時發之子三億, 景廟辛丑, 竄廗趙公正萬茈本州, 重修南城樓, 使三億董役畢.) <靑邱野談 奎章 2:23>

52) 【뉵침】圖 육침(陸沉). 나라가 젹에게 멸망되ᄂᆞᆫ 일.¶ 陸沉 ∥ 그 후 이ᄇᆡᆨ여 년의 다시 금일의 즁슈ᄒᆞ니 함외 건곤이 다 뉵침이 되여시ᄃᆡ 오직 화외의 유쵹이 완연ᄒᆞ여 어졔 ᄀᆞᆺᄒᆞ니 녜ᄅᆞᆯ 츄모ᄒᆞ고 이졔ᄅᆞᆯ 슬허ᄒᆞᄆᆡ 가히 음읍ᄒᆞᆯ지라 (其後二百有餘年, 更脩於今日, 而檻外乾坤, 盡爲陸沉, 惟茲樸題, 遺躅宛然如昨, 追古興懷, 足可飮泣.) <靑邱野談 奎章 2:24>

53) 【유쵹】圖 유쵹(遺躅). 옛자취.¶ 遺躅 ∥ 그 후 이ᄇᆡᆨ여 년의 다시 금일의 즁슈ᄒᆞ니 함외 건곤이 다 뉵침이 되여시ᄃᆡ 오직 화외의 유쵹이 완연ᄒᆞ여 어졔 ᄀᆞᆺᄒᆞ니 녜ᄅᆞᆯ 츄모ᄒᆞ고 이졔ᄅᆞᆯ 슬허ᄒᆞᄆᆡ 가히 음읍ᄒᆞᆯ지라 (其後二百有餘年, 更脩於今日, 而檻外乾坤, 盡爲陸沉, 惟茲樸題, 遺躅宛然如昨, 追古興懷, 足可飮泣) <靑邱野談 奎章 2:24>

54) 【음읍-ᄒ-】圖 음읍(飮泣)ᄒᆞ다. 흐느껴 울다.¶ 飮泣 ∥ 그 후 이ᄇᆡᆨ여 년의 다시 금일의 즁슈ᄒᆞ니 함외 건곤이 다 뉵침이 되여시ᄃᆡ 오직 화외의 유쵹이 완연ᄒᆞ여 어졔 ᄀᆞᆺᄒᆞ니 녜ᄅᆞᆯ 츄모ᄒᆞ고 이졔ᄅᆞᆯ 슬허ᄒᆞᄆᆡ 가히 음읍ᄒᆞᆯ지라 (其後二百有餘年, 更脩於今日, 而檻外乾坤, 盡爲陸沉, 惟茲樸題, 遺躅宛然如昨, 追古興懷, 足可飮泣.) <靑邱野談 奎章 2:24>

55) 【문산】圖 ((인명)) 문산(文山). 문천샹(文天祥 1236~1282). 중국 남송의 충신. 자ᄂᆞᆫ 송서(宋瑞)·이션(履善). 호ᄂᆞᆫ 문산(文山). 옥즁에서 졀개를 읊은 노래인 <졍기가(正氣歌)>가 유명함.¶ 文山 ∥ 만일 쥬션싱으로 보시면 반ᄃᆞ시 영ᄇᆡᆨᄒᆞᄂᆞᆫ 싱각을 일으혈 거시오 ᄯᅩ 이 누의 올으면 반ᄃᆞ시 문산의 누에 ᄂᆞ리시 아닛ᄂᆞᆫ ᄆᆞᄋᆞᆷ을 본바들 거시라 (若使朱先生見之, 必興詠栢之思, 而抑有登此樓而起文山不下之心者哉.) <靑邱野談 奎章 2:24>

ᄂᆞᆫ ᄆᆞᄋᆞᆷ을 본바들 거시라.

ᄒᆞ고 후(侯)의게 살와 ᄀᆞᆯ오ᄃᆡ,

"가히 홍치구루로 현판ᄒᆞᄆᆡ 올타."

ᄒᆞ야 ᄆᆞᄎᆞᆷᄂᆡ 시ᄒᆡᆼᄒᆞ니라.

영묘됴(英廟朝) 무신년(戊申年) 난을 당ᄒᆞᄆᆡ 튱분이 강기ᄒᆞ야 손까락을 ᄶᅵ무러 피로 긔예 뼈 ᄀᆞᆯ오ᄃᆡ '만강단츙(滿腔丹忠)이 셤젹ᄂᆡ이(殲賊乃巳)라(챵ᄌᆞ의 ᄀᆞ득ᄒᆞᆫ 츙셩이 도젹을 죽인 후의야 이에 말리라)' ᄒᆞ야 연리(掾吏)ᄅᆞᆯ 조속(操束)ᄒᆞ고56) ᄇᆡᆨ셩을 진무ᄒᆞ니 사ᄅᆞᆷ이 죽기로뼈 ᄆᆞᄋᆞᆷ을 다ᄒᆞ더라. 도젹의 보ᄂᆞᆫ바 조셩인(曹姓人)이란 ᄌᆡ 피란ᄒᆞᄆᆞᆯ 닐캇고 아젼의 쳥에 니르러 [25] 젹셰(賊勢)ᄅᆞᆯ 셩히 일ᄏᆞᆯ라 인심을 소동케 ᄒᆞ거늘 삼억이 즉시 결박ᄒᆞ야 진영으로 보ᄂᆞ니 젹쳡(賊牒)이 감히 다시 본쥬에 드지 못ᄒᆞ니라.

삼억의 아ᄃᆞᆯ 경번(慶蕃)이 영묘조(英廟朝) 긔ᄉᆞ년(己巳年)의 명도호당으로 샹경ᄒᆞ야 궐문의 나와 슉알ᄒᆞ더니 샹이 명ᄒᆞ샤 각읍 호당을 입시ᄒᆞ라 ᄒᆞ시니 경번이 ᄯᅩᄒᆞᆫ 참예ᄒᆞᆫ지라 사알(司謁)을57) ᄯᆞ라 여러 문을 지나 옥계하의 니르러 부복(俯伏)ᄒᆞ거늘 샹이 무르샤ᄃᆡ,

"샹쥐호당(尙州戶長)이 어ᄃᆡ 잇ᄂᆞ뇨?"

경번이 츄진(稍進)ᄒᆞ야 복디ᄒᆞ거늘 샹이 명ᄒᆞ샤 낭픔(郎品)58) 계계(階梯)ᄅᆞᆯ 비ᄒᆞ시고 인ᄒᆞ야 무르샤ᄃᆡ,

"고을 ᄇᆡᆨ셩이 질괴(疾苦1) 업ᄂᆞ냐?"

---

56) 【조속-ᄒ-】圖 조속(操束)ᄒᆞ다. 단단이 단속하다.¶ 嚴束 ∥ 영묘됴 무신년 난을 당ᄒᆞᄆᆡ 튱분이 강기ᄒᆞ야 손까락을 ᄶᅵ무러 피로 긔예 뼈 ᄀᆞᆯ오ᄃᆡ 만강단츙이 셤젹ᄂᆡ이라(챵ᄌᆞ의 ᄀᆞ득ᄒᆞᆫ 츙셩이 도젹을 죽인 후의야 이에 말리라) ᄒᆞ야 연리ᄅᆞᆯ 조속ᄒᆞ고 ᄇᆡᆨ셩을 진무ᄒᆞ니 사ᄅᆞᆷ이 죽기로뼈 ᄆᆞᄋᆞᆷ을 다ᄒᆞ더라 (英廟戊申之亂, 爲首吏, 忠憤感慨, 而指書于旗曰滿腔丹忱, 殲賊乃巳. 嚴束掾吏, 撫安府民, 人無不以死爲心.) <靑邱野談 奎章 2:24>

57) 【사알】圖 ((관직)) 사알(司謁). 조선시대에 액정서(掖庭署)에 속하여 임금의 명령을 전달하는 일을 맡아보던 졔6품 잡직.¶ 司謁 ∥ 사알을 ᄯᆞ라 여러 문을 지나 옥계하의 니르러 부복ᄒᆞ거늘 샹이 무르샤ᄃᆡ 샹쥐호당이 어ᄃᆡ 잇ᄂᆞ뇨 (隨司謁, 閱重門, 到墀下俯伏, 上問尙州戶長安在?) <靑邱野談 奎章 2:24>

58) 【낭픔】圖 ((관직)) 낭픔(郎品). 졍5품 벼슬자리.¶ 郎品 ∥ 경번이 츄진ᄒᆞ야 복디ᄒᆞ거늘 샹이 명ᄒᆞ샤 낭픔 계계ᄅᆞᆯ 비ᄒᆞ시고 인ᄒᆞ야 무르샤ᄃᆡ 고을 ᄇᆡᆨ셩이 실ᄂᆡ 입ᄂᆞ냐 (慶蕃稍進而伏, 上命使引拜於郎品之墀, 因問曰: "州民皆無疾苦耶?") <靑邱野談 奎章 2:25>

긔복ᄒᆞ야 알외되,

"셩화롤 너비 닙스와 비옥(比屋)이[59] 다 평안ᄒᆞ니이다."

ᄯᅩ 무르샤되,

"고을 아젼이 빅셩을 침어(侵漁)ᄒᆞᆫ다[60] ᄒᆞ니 그러ᄒᆞ냐?"

긔복ᄒᆞ야 알외되,

"신이 소회 잇스와 슈등의 너허 왓스오니 텬위 지쳑의 입으로 알외기 어려오니 쳥컨【26】 뎌 지필노 알외오리이다."

샹이 지필을 쥬시니 경번이 계하의 믈러 가히 경히 뻐 나오니 샹이 하람(下覽)ᄒᆞ신 후 좌우ᄃᆞ려 닐너 ᄀᆞᆯ오샤되,

"하향(遐鄉) 호당으로 박식(博識)이 여츠ᄒᆞ믈 ᄯᅳᆺᄒᆞ지 못ᄒᆞ엿다."

ᄒᆞ시고 명ᄒᆞ야 압희 갓가이 ᄒᆞ야 낫츨 들나 ᄒᆞ시고 ᄯᅩ 무르샤되,

"일즉 유리(由吏)롤[61] 지녀엿ᄂᆞ냐?"

알외되,

"못ᄒᆞ얏ᄂᆞ이다."

샹이 ᄀᆞᆯ오샤되,

"일즉 어스의 별단을 보니 관경의 득실과 민셩의 안위 다 유리의게 잇다 ᄒᆞ더니 너ᄀᆞᆺ치 헛도이 지나믄 다 슈령의 허믈이라."

ᄒᆞ시고 ᄯᅩ 무르샤되,

"네 호당이 ᄂᆞ계 무슴 계졔뇨?"

알외되,

"명묘 호당 차졉을 바닷ᄂᆞ이다."

샹이 ᄀᆞᆯ오샤되,

"인지 이 ᄀᆞᆺ트니 엇지 월츌롤 혐의ᄒᆞ리오?"

ᄒᆞ시고 특별이 통덕낭(通德郎)을[62] 승셔(陞敍)

ᄒᆞ시고 인ᄒᆞ야 ᄌᆞ외(自外)로 션온(宣醞)ᄒᆞ라 명ᄒᆞ시고 믈녀가라 ᄒᆞ신디 경번이 모든 호당으로 더부러 국비(拜)ᄒᆞᄂᆞᆫ 녜롤 ᄒᆡᆼᄒᆞ고 츄츌ᄒᆞ야 문외의 니르니 【27】 스알(司謁)이 자리롤 베플고 쥬반을 가초와 샹쥐 호당을 블너 어명으로써 젼ᄒᆞᆫ디 경번이 나아가 부복ᄒᆞ야 다 마시고 스비ᄒᆞ니 모든 호당이 관망ᄒᆞᄂᆞᆫ 재 다 탄식ᄒᆞ고 칭션ᄒᆞ더라.

문쇼인삼ᄃᆡ효ᄒᆡᆼ
聞詔人三代孝行

오평숑(吳平松)은 의셩(義城) 사롬이니 어버이 셤기믈 지효(至孝)로 ᄒᆞ야 비록 가셰 빈곤ᄒᆞ나 사롬의 고공(雇工)이 되야 젼곡(錢穀)을 어더 극진이 공양ᄒᆞ며 어버이 ᄯᅳᆺ을 승슌(承順)ᄒᆞ야 조곰도 어긔미 업더니 그 친상을 당ᄒᆞᆷ 죠죵의 여감(餘憾)이[63] 업고 쟝ᄉᆞ ᄯᅢ 몸소 흙을 져 분묘롤 일우고 그 겻희 막 미야 삼년을 맛치니 향인이 시묘터라 일ᄏᆞᆺ더라.

그 손ᄌᆞ 쳘죠(哲祖1) 난지 돌이 못ᄒᆞ야 그 아비롤 여희엿더니 밋 ᄌᆞ라미 매양 아븨 거상을 닙지 못ᄒᆞ므로 죵신지통(終身至慟)이 되야 사롬으로 더부러 언쇼(言笑)롤 드믈게 ᄒᆞ고 샹【28】히 죄인으로 ᄌᆞ쳐ᄒᆞ더라. 그 모친이 형의 집에 잇스니 초간(稍間)ᄒᆞᆫ지라.[64] 비록 공역의 분주ᄒᆞ나 혼뎡신셩(昏定晨省)을[65] 일즉 폐치 아니ᄒᆞ고 풍우한셔(風雨寒

59) 【비옥】 圖 비옥(比屋). 나란히 있는 집.¶ 比屋 ‖ 셩화롤 너비 닙스와 비옥이 다 평안ᄒᆞ니이다 (弘霑聖化, 比屋皆安矣.) <靑邱野談 奎章 2:25>

60) 【침어-ᄒᆞ-】 圖 침어(侵漁)하다. 침탈하다. 수탈하다.¶ 侵漁 ‖ 고을 아젼이 빅셩을 침어ᄒᆞᆫ다 ᄒᆞ니 그러ᄒᆞ냐 (鄉邑小吏, 侵漁小民云, 然否?) <靑邱野談 奎章 2:24>

61) 【유리】 圖 ((관직)) 유리(由吏). 지방 관아에 속하던 이방.¶ 由吏 ‖ ᄯᅩ 무르샤되 일즉 유리롤 지녀엿ᄂᆞ냐 알외되 못ᄒᆞ얏ᄂᆞ이다 (又問: "曾經由吏乎?" 對曰: "未也.") <靑邱野談 奎章 2:26>

62) 【통덕낭】 圖 ((관직)) 통덕낭(通德郎). 조선시대 때 졍5품의 품계.¶ 通德郎 ‖ 특별이 통덕낭을 승셔ᄒᆞ시고 인ᄒᆞ야 ᄌᆞ외로 션온ᄒᆞ라 명ᄒᆞ시고 믈녀가라 ᄒᆞ신디 (特陞通德郎可也. 因命自外宣醞, 因命退出.) <靑邱野談 奎章

奎章 2:26>

63) 【여감】 圖 여감(餘憾). 섭섭한 마음.¶ 그 친상을 당ᄒᆞᆷ 죠죵의 여감이 업고 쟝ᄉᆞ ᄯᅢ 몸소 흙을 져 분묘롤 일우고 그 겻희 막 미야 삼년을 맛치니 향인이 시묘터라 일ᄏᆞᆺ더라 (及親喪, 身自負土, 以完築事, 遂盧於墓下, 以終三年, 鄉人稱侍墓.) <靑邱野談 奎章 2:27>

64) 【초간-ᄒᆞ-】 圖 초간(稍間)하다. 조금 멀다.¶ 稍遠 ‖ 그 모친이 형의 집에 잇스니 초간ᄒᆞᆫ지라 (母在兄家, 稍遠.) <靑邱野談 奎章 2:28>

65) 【혼뎡신셩】 圖 혼뎡신셩(昏定晨省). 밤에는 부모의 잠자리를 보아 드리고 이른 아침에는 부모의 밤새 안부를 묻는다는 뜻으로, 부모를 잘 섬기고 효성을 다함을 이르는 말.¶ 晨昏定省 ‖ 비록 공역의 분주ᄒᆞ나 혼뎡신

暑)의 조곰도 게으르지 아니ᄒᆞ며 검지의 공양을 ᄀᆞ초지 아니미 업셔 동ᄌᆞ촉ᄌᆞ촉ᄌᆞ(洞洞燭燭)ᄒᆞ눈66) 무음이 죵시 쇠치 아니ᄒᆞ더니 밋 모샹(母喪)을 당ᄒᆞ미 이훼(哀毀)ᄒᆞ미 녜예 지나고 쟝졔(葬祭)의 졍셩을 다ᄒᆞ야 일호 미진ᄒᆞ미 업더라. 그 부샹 회갑의 밋쳐눈 벽용녜졀(擗踊禮節)을67) 쵸샹과 ᄀᆞᆺ치 ᄒᆞ야 최복(縗服)을 닙고 묘하(墓下)의 거려(居廬)ᄒᆞ야 조혼 술과 고기눈 본디 즐기눈 배로디 믄어 입에 갓가이 아니코 나믈과 죽으로 삼상을 맛치니 훼쳑골닙(毀瘠骨立)ᄒᆞ고68) 혈뉘(血淚ㅣ) 일시 긋지 아니ᄒᆞ더라. 향인이 그 효힝을 관가의 울닌디 읍쉬(邑倅) 감동ᄒᆞ여 됴가(朝家)의 쳥ᄒᆞ야 졍문(旌門)ᄒᆞ라 ᄒᆞ니 쳘조 울며 구지 말니ᄂᆞᆫ 대개 특힝(特行)이 텬셩으로 【29】 말미암아 셰샹의 일홈내믈 원치 아니ᄒᆞ미러라.

쳘조의 아들이 그 아비 허로증(虛勞症)으로69)

신고ᄒᆞ더니 의원이 닐오디,

　　"강삼(江蔘)을 뼈야 가히 효험을 어드리라."

ᄒᆞ니 ᄯᅢ 무춤 혹한이라 몸소 지리산(智異山) 녕원스의 올나가 두루 산삼을 구ᄒᆞ더니 홀연 빅발 노승이 ᄒᆞᆫ 마른 줄기를 가른치거늘 급히 캐니 동ᄌᆞ삼 엿ᄉᆞᆺ 뿔이 심히 큰지라 샤례코져 ᄒᆞ여 도라본즉 노승이 간곳이 업더라. 가지고 도라올 졔 스듬 무뢰비 오륙인이 겁탈코져 ᄒᆞ더니 난디업눈 큰 범이 겻히 안자 포갈(咆喝)ᄒᆞ니 젹되 놀나 일시예 흣터진지라. 집의 도라와 삼을 달여 나오니 아븨 병이 과연 쾌츠ᄒᆞ니라. 어믜 병을 당ᄒᆞ미 두 번 단지(斷指)ᄒᆞ여 명이 수월(數月)을 느린지라. 향등 유성이 슈의ᄒᆞ야 오셩의 효힝을 됴졍의 올녀 삼디를 효ᄌᆞ졍문(孝子旌門)ᄒᆞ니라.

---

66) 【동동쵹쵹 -ᄒᆞ-】 圖 동동쵹쵹(洞洞燭燭)하다. 공경하고 삼가며 매우 조심스럽다.¶ 비록 공역의 분주하나 혼졍 신셩을 일즉 폐치 아니ᄒᆞ고 풍우한셔의 조곰도 게으르지 아니ᄒᆞ며 검지의 공양을 ᄀᆞ초지 아니미 업셔 동ᄌᆞ촉ᄌᆞ촉ᄌᆞ눈 무음이 죵시 쇠치 아니ᄒᆞ더니 (而雖奔走公役, 晨昏定省, 未嘗或廢, 不以風雨寒暑而廢, 甘旨供養, 終始不衰.) <靑邱野談 奎章 2:28>

67) 【벽용】 圖 벽용(擗踊). 어버이의 상사(喪事)에 상제가 슬피 울며 가슴을 두드리고 몸부림을 침.¶ 擗踊∥그 부샹 회갑의 밋쳐눈 벽용녜졀을 쵸샹과 ᄀᆞᆺ치 ᄒᆞ야 최복을 닙고 묘하의 거려ᄒᆞ야 조혼 술과 고기눈 본디 즐기눈 배로디 믄어 입에 갓가이 아니코 나믈과 죽으로 삼상을 맛치니 훼쳑골닙ᄒᆞ고 혈뉘 일시 긋지 아니ᄒᆞ더라 (及其父沒回甲, 設祭擗踊, 一如初喪, 仍服縗, 廬墓麵藥, 南草素所嗜好而絕不近口, 咬菜啜粥, 以終三年.) <靑邱野談 奎章 2:28>

68) 【훼쳑골닙 -ᄒᆞ-】 圖 훼쳑골립(毀瘠骨立)하다. 너무 슬퍼하여 몸이 바짝 마르고 뼈가 앙상하게 드러나다.¶ 그 부샹 회갑의 밋쳐눈 벽용녜졀을 쵸샹과 ᄀᆞᆺ치 ᄒᆞ야 최복을 닙고 묘하의 거려ᄒᆞ야 조혼 술과 고기눈 본디 즐기눈 배로디 믄어 입에 갓가이 아니코 나믈과 죽으로 삼상을 맛치니 훼쳑골닙ᄒᆞ고 혈뉘 일시 긋지 아니ᄒᆞ더라 (及其父沒回甲, 設祭擗踊, 一如初喪, 仍服縗, 廬墓麵藥, 南草素所嗜好而絕不近口, 咬菜啜粥, 以終三年.) <靑邱野談 奎章 2:28>

69) 【허로-증】 圖 ((질병)) 허로증(虛勞症). 몸이 점점 수척

림위경익지현몽
臨危境益齋現夢

【30】 빅사(白沙)70) 니상공(李相公)이 난 지 돌이 못ᄒᆞ야 유뫼 안고 우물 근쳐의 ᄃᆞᆫ니다가 나려 노코 안자 조으더니 샹공이 긔여 장ᄎᆞᆺ 우믈노 드러가려ᄒᆞᆯ 즈음의 유뫼 꿈의 보니 ᄒᆞᆫ 빅슈(白首) 노인이 막디로 그 유모의 졍강이를 후리쳐 굴오디,

　　"엇지 아ᄒᆡ룰 보지 아니코 조으ᄂᆞ뇨?"

유뫼 알프믈 견디지 못ᄒᆞ여 놀나 ᄭᆡ여 급히 ᄃᆞ라 샹공을 구ᄒᆞ고 여러 날이 되디 졍강이 오히려

하고 쇠약해지는 증상. 폐결핵 따위에서 볼 수 있음.¶ 癆症∥쳘조의 아들이 그 아비 허로증으로 신고ᄒᆞ더니 의원이 닐오디 강삼을 뼈야 가히 효험을 어드리라 ᄒᆞ니 (其子某, 父患癆症, 醫言蔘可以得效.) <靑邱野談 奎章 2:29>

70) 【빅사】 圖 ((인명)) 조선 선조 때의 문신 이항복(李恒福 1556~1618)의 호. 자는 자상(子常). 호는 동강(東岡)·백사(白沙)·필운(弼雲). 임진왜란 때 병조판서로 활약했으며, 뒤에 벼슬이 영의정에 이르렀다. 광해군 때에 인목대비 폐모론에 반대하다 북청(北靑)으로 유배되어 죽었다. 白沙∥빅사 니상공이 난 지 돌이 못ᄒᆞ야 유뫼 안고 우물 근쳐의 ᄃᆞᆫ니다가 나려 노코 안자 조으더니 (李白沙相公, 生未周歲, 乳母抱持近井, 放諸地坐睡.) <靑邱野談 奎章 2:30>

알푸거늘 크게 괴이히 너기더니 그 후 샹공의 션조 계스를 지날시 그 방조(傍祖) 익지공(益齋公)의 화샹을 방듕의 거럿거늘 유피 보고 크게 놀나 굴오더,

"향쟈 나의 경강이를 치니는 곳 이 화샹 모양이라."

ᄒ니 익지는 젼됴 어진 졍승이라. 신령이 삼스빅 년 후에도 민멸(泯滅)치 아니ᄒ야 능히 방손(傍孫)의 위터ᄒᆞᆷ믈 구ᄒ니 흔ᄌ 신령이 명빅홀 【31】 ᄯ분 아니라 ᄯᅩ흔 샹공이 범아(凡兒)의셔 다른 고로 신명의 도으믈 일위니라.

션희학빅ᄉ우풍
善諧謔白沙寓諷

션묘됴(宣廟朝) 경ᄌ년(庚子年)에 빅ᄉ(白沙) 니샹공(李相公)이 호남을 톄찰(體察)홀시[71] 샹이 역졀(逆節)을[72] 넘탐ᄒ라 ᄒ시니 공이 쟝계ᄒ야 굴오더 '역적이라 ᄒᆞᆸ는 거슨 됴슈와 어별이 곳ᄀᆞ이 셩산ᄒᆞᆷ과 달나 긔찰(譏察)ᄒ기[73] 어렵다' ᄒ니 사름이 긔담(奇談)이라 칭ᄒ더라. 나라법에 삭직(削職)ᄒᆞᆫ 쟈는 비록 대신이라도 급계로 일ᄏ르니 빅시 좌샹(左相)으로 시론을 닙은지라 굴오더,

"나의 동졉(同接)이 이믜 급계ᄒ여시니 나는 어늬 ᄯᅥ 급계ᄒ리오?"

ᄒ더라. 동벽(東壁)의 한가이 거홀 졔 흔 빅셩이 뵈와 굴오더,

---

71) 【톄찰-ᄒ-】 圖 체찰(體察)하다. (지방에 군란이 있을 때 그 지방에 나가)군무를 총괄하다.¶ 體察 션묘됴 경ᄌ년에 빅ᄉ 니샹공이 호남을 톄찰홀시 샹이 역졀을 넘탐ᄒ라 ᄒ시니 (宣廟庚子, 白沙體察湖南, 上使譏察逆節.) <靑邱野談 奎章 2:31>

72) 【역졀】 圖 역절(逆節). 역적의 기미.¶ 逆節 션묘됴 경ᄌ년에 빅ᄉ 니샹공이 호남을 톄찰홀시 샹이 역졀을 넘탐ᄒ라 ᄒ시니 (宣廟庚子, 白沙體察湖南, 上使譏察逆節.) <靑邱野談 奎章 2:31>

73) 【긔찰-ᄒ-】 圖 기찰(譏察)하다. 엄중히 살피다.¶ 譏察 ‖ 역적이라 ᄒᆞᆸ는 거슨 됴슈와 어별이 곳ᄀᆞ이 셩신ᄒᆞᆷ과 달나 긔찰ᄒ기 어렵다 ᄒ니 사름이 긔담이라 칭ᄒ더라. (逆賊非如鳥獸魚鼈, 處處生産之物, 難以譏察. 人皆謂之奇談.) <靑邱野談 奎章 2:31>

"소인이 호역(戶役)으로 살 수 업ᄂᆞ이다."

공이 굴오더,

"나도 호역으로 살 수 업다."

ᄒ니 그ᄯᅥ 공이 호역으로 힉논(劾論)을[74] 닙은지라 역적을 호위ᄒᆞᆫ 호역(護役)과 가호(家戶) 구실ᄒᆞᆫ 호역(戶役)이 ᄌ음(字音)이 ᄀᆞᆺ흔 고로 이르【32】미러라.

이ᄯᅥ 국가의 일이 만흔지라 각스(各司) 마을이 미스를 대신의게 의논ᄒ야 입계ᄒᆞᆫ 고로 그 번요ᄒᆞᆷ믈 니긔지 못ᄒ더니 일ᄂᆞᆫ 녜조낭쳥(禮曹郎廳)이 슈의스(收議事)로[75] 죄좌(在座)ᄒ니 공이 바야흐로 더답홀 일을 싱각ᄒ더니 마춤 소비 안흐로 나와 고ᄒᆞᆫ더,

"물먹이는 ᄭᅳᆯ이 다ᄒᆞ엿스오니 엇지ᄒ리잇가?"

공이 ᄭᅮ지져 굴오더,

"물먹이 업스믈 ᄯᅩ흔 대신의게 슈의ᄒᆞᄂᆞ냐?"

ᄒ니 듯는 쟤 졀도ᄒ더라.

계튝년(癸丑年) 옥스의 ᄌ산(慈山) 사름 니츈복(李春福)과 니원복(李元福)이 역당으로 금오낭관(金吾郎官)이 됴졍의 들녀 국쳥의셔 나문(拿問)홀시 공이 위관(委官)으로 자리예 잇다가 모든 의논이 이믜 졍ᄒᆞᆷ믈 보니 가히 원억ᄒᆞᆷ믈 벗게 홀 길이 업는지라 말을 아니ᄒ고져 흔즉 무고히 죄예 걸니믈 측은이 녀겨 이예 굴오더,

"내 일홈이 뎌와 셔로 ᄀᆞᆺ흐니 모로미 글을 올녀 스스로 변빅(辨白)흔 후에 가히 면ᄒ리라."

ᄒ니 샹공 명쩌(名字 ㅣ) ᄒᆞᆼ복(恒福)이니 츈복과 원【33】복이 흔 ᄒᆞᆼ녈(行列) ᄀᆞᆺ흐믈 닐오미라. 좌위 셔로 우으니 일이 침식ᄒ니라.

이ᄯᅥ 역옥(逆獄)이[76] 크게 니러나미 슈스(收

---

74) 【힉논】 圖 핵론(劾論). 허물을 들어 논박함.¶ 劾 ‖ 그 ᄯᅥ 공이 호역으로 힉논을 닙은지라 역적을 호위ᄒᆞᆫ 호역과 가호 구실ᄒᆞᆫ 호역이 ᄌ음이 ᄀᆞᆺ흔 고로 이르미러라 (時公被護逆之劾, 與戶役同音故云云.) <靑邱野談 奎章 2:31>

75) 【슈의스】 圖 수의사(收議事). 안건을 의론하여 마무리 짓는 일.¶ 收議事 ‖ 각스 마을이 미스를 대신의게 의논ᄒ야 입계ᄒᆞᆫ 고로 그 번요ᄒᆞᆷ믈 니긔지 못ᄒ더니 일ᄂᆞᆫ 녜조낭쳥이 슈의스로 죄좌ᄒ니 공이 바야흐로 더답홀 일을 싱각ᄒ더니 (每事該司, 輒以議大臣入啓, 故不勝其煩撓, 一日禮部侍郎以收議事在庳, ᄉ方構思以對.) <靑邱野談 奎章 2:32>

76) 【역옥】 圖 역옥(逆獄). 역적 사건이나 반역 사건에 대한 옥사.¶ 逆獄 ‖ 이ᄯᅥ 역옥이 크게 니러나미 슈스ᄒ는 눌이 심히 엄ᄒ거늘 공이 셩식을 부동ᄒ고 능히

司)ᄒᆞᄂᆞᆫ[77] 뉼이 심히 엄ᄒᆞ거늘 공이 셩식(聲色)을 부동ᄒᆞ고 능히 ᄒᆞᆫ 말노뼈 프러내니 사ᄅᆞᆷ이 넉ᄌᆞ히 아니 너기ᄂᆞᆫ 재 업더라.

일ᄌᆞ은 사ᄅᆞᆷ의 졍젹(情迹)이[78] 붉지 못ᄒᆞ디 원억히 죄예 든 쟈롤 보고 탄식ᄒᆞ야 ᄀᆞᆯ오디,

"송피(松皮)룰 짓쩌어 쩍을 민들믈 일즉 드럿더니 사ᄅᆞᆷ을 짓지어 역적 민들믈 보리로다."

그 긔샹이 뇌락ᄒᆞ고 회희로뼈 셧그니 옥사(獄事ㅣ) 힘닙어 평번(平反)ᄒᆞ미[79] 만터라.

활인병됴의ᄒᆡᆼ침
活人病趙醫行針

호우(湖右)[80] 됴싱(趙生)의 일홈은 광일(光一)이니 일즉 홍쥬(洪州) ᄯᅡ에 우거(寓居)ᄒᆞ야 발이 쥬

ᄒᆞᆫ 말노뼈 프러내니 사ᄅᆞᆷ이 넉ᄌᆞ히 아니 너기ᄂᆞᆫ 재 업더라 (時逆獄大起, 收司之律甚嚴, 公不動而能以一語而解之, 人莫不偉之) <靑邱野談 奎章 2:33>

77) 【슈ᄉᆞ-ᄒᆞ-】 圖 수사(收司)하다. 고발하다.¶ 收司 ‖ 이 ᄢᅵ 역옥이 크게 니러나미 슈ᄉᆞᄒᆞᄂᆞᆫ 뉼이 심히 엄ᄒᆞ거늘 공이 셩식을 부동ᄒᆞ고 능히 ᄒᆞᆫ 말노뼈 프러내니 사ᄅᆞᆷ이 넉ᄌᆞ히 아니 너기ᄂᆞᆫ 재 업더라 (時逆獄大起, 收司之律甚嚴, 公不動而能以一語而解之, 人莫不偉之.) <靑邱野談 奎章 2:33>

78) 【졍젹】 圖 정적(情迹). 감정으로 느낄 수 있는 흔적 또는 사정의 흔적.¶ 情迹 ‖ 일ᄌᆞ은 사ᄅᆞᆷ의 졍젹이 붉지 못ᄒᆞ디 원억히 죄예 든 쟈롤 보고 탄식ᄒᆞ야 ᄀᆞᆯ오디 송피롤 짓쩌어 쩍을 민들믈 일즉 드럿더니 사ᄅᆞᆷ을 짓지어 역적 민들믈 보리로다 (一日見人情迹不明, 而誣服者, 公歎曰: "吾嘗聞搗松皮而成餠矣. 今見搗人而成逆賊矣.") <靑邱野談 奎章 2:33>

79) 【평번-ᄒᆞ-】 圖 평번(平反)하다. 억울한 죄를 다시 조사하여서 무죄로 하거나 감형하다.¶ 平反 ‖ 그 긔샹이 뇌락ᄒᆞ고 회희로뼈 셧그니 옥사 힘닙어 평번ᄒᆞ미 만터라 (其氣像恢廓, 雜以詼諧, 獄事賴以平反者甚多.) <靑邱野談 奎章 2:33>

80) 【호우】 圍 ((지리)) 호우(湖右). 호서(湖西). 충청도.¶ 湖右 ‖ 호우 됴싱의 일홈은 광일이니 일즉 홍쥬 ᄯᅡ에 우거ᄒᆞ야 발이 쥬문에 니르시 아니ᄒᆞ고 문외에 ᄯᅩᄒᆞᆫ 현달ᄒᆞᆫ 쟈의 쟈쳐 업더라 (湖右趙生名光一, 嘗寓居洪州合湖之面. 足未嘗跡朱門, 門亦無顯者迹.) <靑邱野談 奎章 2:33>

문(朱門)에 니르지 아니ᄒᆞ고 문외예 ᄯᅩᄒᆞᆫ 현달ᄒᆞᆫ 쟈의 쟈쳐 업더라. 셩픔이 소탄(踈坦)ᄒᆞ고[81] 질직(質直)ᄒᆞ야[82] 사ᄅᆞᆷ으로 더브러 다토미 업고 오직 의슐을 조히 너기더니 【34】 그 슐법이 녯 방문을 다ᄉᆞ려 탕약을 쓰지 아니ᄒᆞ고 샹히 ᄒᆞᆫ 조고만 혁낭(革囊) ᄀᆞ온디 동쳘침(銅鐵針) 수십이 ᄌᆞ시니 길고 쟈르고 둥글고 모지미 졔양(制樣)이 각각 달나 일노뼈 빅병을 다ᄉᆞ리미 즉시 효험 보지 아닌ᄂᆞᆫ니 업스니 스스로 일홈을 침의(鍼醫)라 ᄒᆞ니라.

일즉 쳥신(淸晨)의 일어 안쟛더니 ᄒᆞᆫ 노괴(老姑ㅣ) 의샹이 남누ᄒᆞ고 포복ᄒᆞ여 문을 두드려 ᄀᆞᆯ오디,

"노고는 아모촌 빅셩 아모의 어미라 ᄌᆞ식이 아모 병증으로 거의 죽게 되야스니 빌건디 잠간 굴ᄒᆞ샤 병셰롤 보시고 살와쥬쇼셔."

셩이 즉시 응ᄒᆞ야 ᄀᆞᆯ오디,

"노고는 몬져 가라. 내 조초 가리라."

ᄒᆞ고 즉시 일어 그 뒤흘 건무디[83] 거러가되 어려온 빗치 업스니 이 ᄀᆞᆺᄒᆞᆫ 재 ᄒᆞᆫ 번 날이 업더라.

일ᄌᆞ은 비 크게 오고 길이 심히 즐거늘 셩이 사립 쓰고 나모신 신고 망ᄌᆞ히 ᄒᆡᆼᄒᆞ거늘 혹이 무러 ᄀᆞᆯ오디,

"어듸 가ᄂᆞ뇨?"

셩이 ᄀᆞᆯ오디,

"모향 아모 빅셩의 병이 즁ᄒᆞ거늘 졋쩌 ᄒᆞᆫ 【35】 침을 나리되 낫지 못ᄒᆞ니 오늘날 긔약ᄒᆞ엿기로 장ᄎᆞᆺ ᄯᅩ 가 침을 시험ᄒᆞ려 ᄒᆞ노라."

그 사ᄅᆞᆷ이 ᄀᆞᆯ오디,

"무어시 그더의게 니롭관디 노고ᄒᆞ믈 져러ᄐᆞ시 ᄒᆞᄂᆞ뇨?"

셩이 우어 응치 아니코 가니 그 사ᄅᆞᆷ 되미 대겨 이 ᄀᆞᆺ더라. 혹이 무러 ᄀᆞᆯ오디,

---

81) 【소탄-ᄒᆞ-】 圖 소탄(踈坦)하다. 도량이 넓고 원만하다.¶ 踈坦 ‖ 셩픔이 소탄ᄒᆞ고 질직ᄒᆞ야 사ᄅᆞᆷ으로 더브러 다토미 업고 오직 의슐을 조히 너기더니 (其人踈坦易直, 與物無忤, 惟自喜爲醫.) <靑邱野談 奎章 2:33>

82) 【질직-ᄒᆞ-】 圖 질직(質直)하다. 소박하고 순직(順直)하다.¶ 易直 ‖ 셩픔이 소탄ᄒᆞ고 질직ᄒᆞ야 사ᄅᆞᆷ으로 더브러 다토미 업고 오직 의슐을 조히 너기더니 (其人踈坦易直, 與物無忤, 惟自喜爲醫.) <靑邱野談 奎章 2:33>

83) 【건눕-】 圈 따르다.¶ 踵 ‖ 즉시 일어 그 뒤흘 건무디 거러가되 어려온 빗치 업스니 이 ᄀᆞᆺᄒᆞᆫ 재 ᄒᆞᆫ 번 닐이 업더라 (立起踵其後, 徒行無難色, 如是者, 盖無虛日矣.) <靑邱野談 奎章 2:34>

"의술은 쳔훈 지죄오 녀항은 빈쳔훈 빅셩이라 그덕 능호므로뻐 귀훈 사룸을 사괴여 공명을 취치 아니호고 이예 녀항(閭巷) 쇼민을 조차 오유(遨遊)호니 엇지 주듕치 아닌느뇨?"

성이 우어 굴오디,

"대장뷔 지샹이 되지 못홀진디 찰아리 의원이 될지니 지샹은 도(道)로뻐 빅셩을 건지고 의가(醫家)는 슐업(術業)으로뻐 사룸을 살니느니 궁달(窮達)은 다르나 공은 훈가지라. 그러나 지샹은 그 씨를 어더 그 도를 힝호미 다힝홈과 다힝치 못호미 잇는지라 샹히 척망이 몸의 잇스디 의가는 그러치 아니호야 슐업으로뻐 뜻을 힝호미 엇지 못호미 업고 다스리지 못홀 거시면 노코 가니 엇【36】지 날을 원망호리오? 내 이런 고로 이 슐업을 즐겨 호미오 그니를 취호미 아니라. 내 뜻을 힝홀 쓰룸인 고로 귀쳔을 굴희지 아니호노라. 내 셰샹 의원이 그 슐업을 주셰호야 사룸의게 교만(驕慢)호니 문밧긔 거매 셔로 년속(連續)호고 집의 쥬육을 베퍼 기다리니 대강 삼스촌 쳥훈 후의 비로소 가고 쏘 가는바 집이 귀셰(貴勢)훈 집이 아니면 곳 부쟈의 집이라. 만일 간난호고 셰 업스면 혹 신병을 쳥탁호고 혹 집의 잇셔도 업다 호야 빅 번 근쳥호미 훈 번 강잉호야 가니 엇지 인인의 홀 배리오? 내 민간의 오유호는 귀셰쟈의게 간셥지 아닛는 바는 이 무리를 즁계호미니 뎌 귀셰훈 재 엇지 날을 겨계 너기리오? 구장 인련훈 바는 홀노 녀리궁민(閭里窮民)이라. 내 침으로 사룸을 시험훈 지 십여 년에 혹 날노 두어 사룸의 병을 낫게 호고 둘노 셰수인을 살녀 십년 니예 활인(活人)훈 배 【37】수쳔의 나리지 아니호고 내 나히 스십이라 다시 수십 년이면 가히 만인을 살닐 거시니 사룸 살님이 만에 니르면 내의 일이 맛츨지라."

호니 슬프다 됴셩이여! 의슐이 놉흐디 일홈을 구치 아니호고 베픔이 너브디 갑기를 바라지 아니호니 그 타인의셔 어질미 머도다.

구부명홍동당고
救父命洪童撞鼓

츙쥬(忠州) 짜의 훈 홍가(洪哥) 아희 이시니 일홈은 차긔(次奇)라. 바야흐로 복듕에 이실 졔 그 아비 살인의 좌죄(坐罪)호야 옥의 매이엿더니 밋 난지 수월의 그 어미 최시(崔氏) 지아비롤 송원(訟寃)코져 샹경호고 차긔는 삼촌의게 길녀 삼촌을 아비라 부루고 그 아비의 일홈은 인보(寅輔1)로디 뉘 아둘인 줄을 아지 못호더라. 겨오 수 셰예 여러 아희로 더부러 희롱홀 졔 미양 놀나 울고 먹지 아니커늘 숙뫼 그 연고로 무른디 웅치 아니호고 울기를 오리 호다가 그 【38】 치니 이굿치 호기를 둘노 셰 번 식 호는지라. 가인이 괴이히 너기더니 그 후의 읍듕으로좃차 온 사룸이 그날을 즁험호니 이 곳 관가의셔 죄슈를 신문호는 날이라. 듯는 쟤 긔이히 너기지 아니리 업셔 텬셩 효자라 호더라. 가인이 그 무음을 샹홀가 져허 그 아븨 일을 휘호더니 십 셰예 니르러는 인보의 나히 늙어 옥문 밧긔 날 긔약이 업손지라 일됴의 명이 진호면 주식을 샹면치 못홀가 슬허호야 가인으로 호여곰 실샹을 고호고 잇그러 옥문 밧긔 니르니 차긔 비로소 아븨 면목을 보고 셔로 안아 크게 울고 그날붓터 읍듕의 거호야 셥홀 겨 빨을 밧고아 그 아비를 공양호니 거훈 지 수 셰예 최시 여러번 샹언(上言)호되 일우지 못호고 경듕의셔 긱수(客死)호니라.

이믜 반장(返葬)호미 차긔 울며 아비게 호직호고 굴오디,

"모친이 대인의 원억호믈 신셜(伸雪)치 못호고 한을 품어 디하의 도라가 【39】 시고 쏘훈 장셩홀 주식이 업는지라 쇼지 비록 나히 어리나 쇼지 곳 아니면 뉘 대인의 원통호믈 변빅호리잇고?"

인뵈 그 약호믈 잔잉이 녀겨 허치 아니호디 차긔 몸을 도망호야 삼빅 니롤 거러 셔울노 드러와 신문고롤 치니 일을 안스(按使)의게84) 누리되 쏘훈 결치 못호니라. 차긔 경듕의 머믈고 도라가지 아니호엿더니 이듬히 여름이 무즘 크게 가물거늘 샹이 듕외예 신칙(申飭)호샤 둔흔 죄슈를 사회호실시 차긔 궐하의 업디여 입궐호는 공경을 만나면 아븨 원억을 하소호지 므릇 십여 일이로디 궐문 밧긔 쩌나

---

84) 【안스】圈 ((인류)) 안사(按使). 조사관.¶ 按使 ∥ 인뵈 그 약호믄 잔잉이 너겨 허시 아니호디 차긔 몸을 도 망호야 삼빅 니롤 거러 셔울노 드러와 신문고롤 치니 일을 안스의게 누리되 쏘훈 결치 못호니라 (父憐其弱 不許, 次奇脫身潛行, 徒步入京, 撞申聞鼓, 事下按使, 又 不報.) <靑邱野談 奎章 2:39>

지 아니ᄒ니 보ᄂ 쟤 감동치 아니리 업셔 혹 밥도 먹이며 혹 머리도 빗기더라.

츄판(秋判)이[85] 죄슈 의논ᄒᄆᆯ 인ᄒ야 차긔의 형샹을 알원ᄃᆡ 샹이 드르시고 측은이 너기샤 즉시 안사의게 신칙ᄒ샤 ᄲᆯ니 ᄉ획ᄒ야 올니라 ᄒ시니 안ᄉᆡ 옥이 오리고 일이 현란ᄒᄆᆯ로 알원ᄃᆡ 샹이 특별이 인보의 일누ᄅᆯ【40】관뎌ᄒ샤 녕남으로 찬비(竄配)ᄒ시니라.

쳐음 안사의게 명ᄒ실 졔 차긔 더위ᄅᆯ 무릅쓰고 삼ᄇᆡᆨ 니 힝역의 듀야ᄅᆯ 혜지 아니ᄒ고 영문의 다ᄃᆞ라 아븨 명을 익걸ᄒ더니 밋 쥬ᄉ(奏辭)ᄅᆯ 올니ᄆᆡ 차긔 ᄯᅩ ᄲᆯ니 힝ᄒ야 셔울노 올ᄉᆡ 경셩 빅 니ᄅᆯ 격ᄒ야 병이 나거늘 죵재 조곰 머믈기ᄅᆯ 권ᄒ던ᄃᆡ 차긔 듯지 아니ᄒ고 담예ᄒ야 셩듕의 드러와 병을 강좌ᄒ고 복합ᄒ니 두챵(痘瘡)이 대발ᄒ야 ᄉ일이 된지라. 졍신을 모로고 ᄯᆡ로 셥어(譫語)ᄒ야[86] 굴오ᄃᆡ,

"내 아비 살앗ᄂ냐?"

ᄒ더니 밋 ᄉᆞᄅᆯ 느리ᄆᆡ 겻희 사ᄅᆞᆷ이 블너 고ᄒᆞᆫᄃᆡ 차긔 놀나 ᄭᆡᄃᆞ라 굴오ᄃᆡ,

"참말이냐? 엇지 날을 속이ᄆᆡ 아니냐?"

방인이 ᄎᆞᄎᆡ 판하(判下)ᄒ신 ᄉᆞ연을 닑혀 들니ᄆᆡ 차긔 눈을 ᄯᅥ 보고 손을 들어 하늘ᄭᅴ 빌기ᄅᆯ 셰 번 ᄒ고 궐연이 니러나 크게 블너 굴오ᄃᆡ,

"아비 살앗도다. 아비 살앗도다."

ᄒ고 드듸여 너머져 능히 다시 말을 못ᄒ더니 이밤의 차긔 맛ᄎᆞᆷᄂᆡ 죽으니 시년(時年)이 십ᄉᆡ라. 아비【41】옥의 드러가든 ᄒᆡ예 나셔 아비 옥의 나오든 날의 죽으니 원근의 듯ᄂ 재 눈믈 아니 흘니리 업더라.

쟝의ᄉ위국연셩

85) 【츄판】圖 ((관직)) 추판(秋判). 형조판셔(刑曹判書)의 별칭.¶ 刑判 ‖ 츄판이 죄슈 의논ᄒᄆᆯ 인ᄒ야 차긔의 형샹을 알원ᄃᆡ 샹이 드르시고 측은이 너기샤 즉시 안사의게 신칙ᄒ샤 ᄲᆯ니 ᄉ획ᄒ야 올니라 ᄒ시니 (刑判因議囚入侍, 白其狀, 上爲之惻然, 勅按臣, 詳聞奏稟.) <靑邱野談 奎章 2:39>

86) 【셥어 ᄒᆞ】圖 셥어(譫語)하다. 헛소리하다.¶ 夢語 ‖ 졍신을 모로고 ᄯᆡ로 셥어ᄒ야 굴오ᄃᆡ 내 아비 살앗ᄂ냐 ᄒ더니 밋 ᄉᆞᄅᆯ 느리ᄆᆡ 겻희 사ᄅᆞᆷ이 블너 고ᄒᆞᆫᄃᆡ (已不省, 時爲夢語曰: "吾父活耶?" 及赦人, 旁人呼告之.) <靑邱野談 奎章 2:40>

張義士爲國捐生

쟝의ᄉ(張義士)의 일홈은 후건(厚健)이니 농만(龍灣)[87] 사ᄅᆞᆷ이라. 형뎨 오인이 다 담긔(膽氣)와 용녁이 잇더니 뎡묘년 란을 당ᄒ야 형 후슌(厚巡)이 셰 아오로 더브러 홈ᄭᅴ 노진(虜陣)의 ᄃᆞ라 젼망(全亡)ᄒ고 후건은 시년이 팔셰라 노모로 더브러 ᄲᅡ아 죽엄 ᄀᆞ온ᄃᆡ 업듸려 면ᄒᄆᆯ 넙으니라.

밋 댱셩ᄒᄆᆡ 눈믈을 ᄲᅮ려 밍셰ᄒ여 굴오ᄃᆡ,

"남이 사라셔 뎡묘년 원슈ᄅᆯ 갑지 못ᄒ면 죽어도 눈을 감지 못ᄒ리라."

ᄒ고 드듸여 믈둘니며 활쏘기ᄅᆯ 닉히고 병셔ᄅᆯ 고[공]부ᄒ더니 병ᄌ년(丙子年)의 님쟝군(林將軍) 경업(慶業)을 조차 몬져 도라오ᄂᆫ 격쟝을 마자 쳐 아국의 사로잡힌 남녀ᄅᆯ 탈취ᄒ니라.

외삼촌 최효일(崔孝一)은[88] ᄯᅩ혼 강개ᄒᆞᆫ 쟝뷔【42】라 지긔샹득(志氣相得)ᄒ더니 더브러 꾀ᄒ여 굴오ᄃᆡ,

87) 【농만】圖 ((지리)) 용만(龍灣). 평안북도 신의주(新義州).¶ 龍灣 ‖ 쟝의ᄉ의 일홈은 후건이니 농만 사ᄅᆞᆷ이라 (張義士名厚健, 龍灣人也.) <靑邱野談 奎章 2:41>

88) 【최효일】圖 ((인명)) 최효일(崔孝一 ?~1644). 자는 원양(元讓), 시호는 충장(忠壯). 의주(義州) 출생. 무과 출신으로 광해군 때에 훈련판관(訓練判官)에 이르렀으며 지혜가 있고 용맹이 뛰어나 김응하(金應河)와 같이 이름이 알려졌다. 1636년 병자호란이 일어나자 의주부윤 임경업(林慶業)의 휘하에 들어가, 철수하는 후금군을 압록강까지 추격하여 많은 군용품을 노획하였다. 그 후 조선이 후금에 굴복하자, 그 원수를 갚고 명나라의 위기를 구할 계획으로 역사(力士) 차예량(車禮亮), 의주부윤 황일호(黃一皓), 절도사 임경업 등과 후금의 태종을 암살할 것을 모의하고 등주(登州)로 건너가 명나라 사람들과 함께 심양(瀋陽)을 공격하려 하였으나 사전에 누설되어 실패하였다. 다시 영원(寧遠)으로 가서 명장(明將) 오삼계(吳三桂)와 함께 금주(錦州)에서 후금군과 싸워 여러 번 공을 세웠다. 숙종 때 특히 종이품의 직을 주었으며 의주 현충사(顯忠祠)에 모셨고 순조 때 최중식(崔重湜)이 관서도과(關西道科)에 합격하자 충의사의 후손이라 하여 특히 병조좌랑(兵曹佐郞)에 임명하였다. 崔孝一 ‖ 외삼촌 최효일은 ᄯᅩ혼 강개ᄒᆞᆫ 쟝뷔라 지긔샹득ᄒ더니 더브러 꾀ᄒ여 굴오니 (舅崔孝一亦慷慨士也. 志相得, 與之謀曰.) <靑邱野談 奎章 2:41>

"구슉(舅叔)의 지용으로뼈 만일 등국의 드러가면 반드시 대장을 삼을 거시니 텬병을 쪄 곳 심양(瀋陽)을 발분즉 데 반드시 구완을 아국의 쳥홀 거시오 아국이 돕지 아니치 못ᄒᆞ야 반드시 쳥북(淸北)군ᄉᆞᄅᆞᆯ 발ᄒᆞ리니 내 ᄯᅳᆺ과 ᄀᆞ톤 장ᄉᆞ로 더부러 ᄀᆞ온 더로조추 니러나면 졔 복비(腹背)로 군ᄉᆞᄅᆞᆯ 바들 거시니 이ᄀᆞᆺ치 ᄒᆞ면 우리 일이 일우리이다."

효일이 허락ᄒᆞ고 계교ᄅᆞᆯ 졍ᄒᆞ미 가만이 호걸을 사괴니 응ᄒᆞᆫ 쟤 수빅인이라. 다토와 군냥을 슈운ᄒᆞ더라. 부윤 황일회89) 듯고 효일의 무리ᄅᆞᆯ 블너 사ᄅᆞᆷ을 믈니치고 더브러 말ᄒᆞ미 크게 긔이히 녀겨 닐너 ᄀᆞᆯ오ᄃᆡ,

"효일은 둥됴로 드러가고 차례량은90) 심양으로 드러가고 후건은 여긔 이셔 셔로 응ᄒᆞ면 내 맛당이 협녁ᄒᆞ리라."

ᄒᆞ고 가만이 당포 오십 필과 빅금 빅냥을 쥬나라. 효일이 장ᄎᆞᆺ 비ᄅᆞᆯ 타고 셔으로 향홀 【43】 시 동모ᄒᆞᆫ 재 강두의 젼송ᄒᆞ거늘 효일이 강개히 시ᄅᆞᆯ 지으니 ᄀᆞᆯ오ᄃᆡ,

만고위댱야(萬古爲長夜)
하시일월명(何時日月明)
남아일국누(男兒一掬淚)
부독위금힝(不獨爲今行)
만고의 긴밤이 되엿스니
어늬 쩨예 일월이 붉을고
남아의 한 줌 눈믈은
홀노 이제 힝ᄒᆞᆷ믈 위ᄒᆞ미 아니로다

후건이 화답ᄒᆞ여 ᄀᆞᆯ오ᄃᆡ,

장지치사막(壯志置沙漠)
단침향일명(丹忱向日明)
예쥬쳔지후(豫州千載後)
격즙유군힝(擊揖有君行)
장ᄒᆞᆫ 뜻은 사막에 돌녓고
불근 경셩은 날을 향ᄒᆞ여 붉앗도다
예쥬 일쳔 히 후에 [예쥬ᄂᆞᆫ 젼됴 격이라]
돗대ᄅᆞᆯ 쳐 그ᄃᆡ 힝ᄒᆞ미 잇도다

차례량이 화답ᄒᆞ니 ᄒᆞ엿시되,

【44】북막운유흑(北漠雲猶黑)
남텬일샹명(南天日尚明)
신쥬대ᄉᆞ업(神州大事業)
도부일쥬힝(都附一舟行)
북막의 구름이 오히려 검엇고
남텬의 날이 오히려 붉앗도다
신쥬의 큰 스업을 [신쥬ᄂᆞᆫ 듕원이라]
도모지 ᄒᆞᆫ 비 힝ᄒᆞᄂᆞᆫ데 붓쳣도다

최인일이 화답ᄒᆞ니 ᄒᆞ여시ᄃᆡ,

누쇄견양치(淚灑犬羊恥)
심현일월명(心懸日月明)
남아무한계(男兒無限計)
만지ᄎᆞ쥬힝(滿載此舟行)
눈믈은 견양 븟그러오믈 쑤렷고
ᄆᆞ음은 일월 붉은ᄃᆡ 달엿도다
남아의 한업는 계교ᄂᆞᆫ
ᄀᆞ득이 이 비 힝ᄒᆞᄂᆞᆫ데 시럿도다

이예 효일이 비ᄅᆞᆯ ᄯᅦ여 비다ᄅᆞᆯ 건너 바로 오삼계(吳三桂) 영듕의 다ᄃᆞ르니 삼계 크게 깃거 파총(把摠)을 삼앗더니 금인이 듯고 아국을 의심ᄒᆞ야 【45】 한인 항복ᄒᆞᆫ 쟈ᄅᆞᆯ 자모ᄒᆞ야 간쳡을 보ᄂᆞ니

<hr>

89) 【황일호】 團 ((인명)) 황일호(黃一皓 1588~1641). 자는 익취(翼就), 호는 지소(芝所). 조수륜(趙守倫)의 문하(門下)에서 수학하였고, 음서(蔭敍)로 운봉현감(雲峰縣監)·전주판관(全州判官)·임천군수(林川郡守) 등을 지냈다. 1635년 증광문과에 병과로 급제하여 세자시강원문학(世子侍講院文學)에 임명되었다. 1636년 사헌부장령이 되었을 때 병자호란이 일어나자 인조를 호종(扈從)하여 남한산성에 들어갔고, 독전어사(督戰御史)로 화전(火箭)을 이용하여 적군을 물리쳐 전공을 세웠으며, 척화(斥和)를 적극 주장하였다.¶ 黃一皓 ∥ 부윤 황일회 듯고 효일의 무리ᄅᆞᆯ 블너 사ᄅᆞᆷ을 믈니치고 더브러 말ᄒᆞ미 크게 긔이히 녀겨 닐너 ᄀᆞᆯ오ᄃᆡ (府尹黃一皓微聞之, 召孝一等, 與語大奇之謂曰.) <靑邱野談 奎章 2:42>

90) 【차례량】 團 ((인명)) 차예량(車禮亮 ?~?). 자는 여명(汝明). 호는 풍천(風泉)·풍천자(風泉子). 시호는 충장(忠莊). 평북 선천(宣川) 출생. 1637년(인조 15) 병자호란이 끝나자 형 충량(忠亮), 의주(義州)의 최효일(崔孝一) 등과 함께 청나라 태종을 죽이기로 밀의하고 면밀하게 계획을 추진했으나 사전에 누설되어, 함께 밀의에 가담했던 명나라의 장수 관귀(管貴)와 함께 처형당했다. 숙종 때 호조참의에 추증되었다가 후에 병조참판에 가증(加贈)되었다.¶ 車禮亮 ∥ 효일은 듀됴로 드러가고 차례량을 심양으로 드리가고 후션은 여긔 이셔 셔로 응ᄒᆞ면 내 맛당이 협녁ᄒᆞ리라 (崔孝一入中朝, 車禮亮入瀋陽, 厚建則在此應之, 我當協助.) <靑邱野談 奎章 2:42>

39

그 사룸이 의쥬(義州)에 니르러 후건을 추자보고 스스로 최효일의 외지라 닐캇고 고호여 골오디,

"최공(崔公)이 방금 오장군(吳將軍) 휘하의 이셔 쟝모로 더브러 쥬사룰 거느리고 남으로 느려온다."

호니 후건이 그 말을 밋고 언셔 여덟 폭을 지어 옷깃 속의 금초와 보니니 대강 골오디,

묘명이 구슉의 셔로 드러가믈 듯고 본국의 근심이 될가 져허 가쇽을 가둔다.

호고 쏘 골오디

왕년의 농골대(龍骨大)[91] 아국 삼공뉵경(三公六卿)을 잡고 인호여 김쳥음(金淸陰)[92] 졔공(諸公)을 거두어 가니 일국이 소요(騷擾)호여 금병이 다시 동으로 향홀가 져허호니 원컨대 구슉은 텬쟝으로 더브러 군수룰 거느려 급히 오쇼셔. 차례량이 심양의 드러간 지 오히되 오히려 동경이 업다 호고 쏘 골오디 만일 황부윤을 인호여 듕묘룰 통호면 지긔상합(志氣相合)호 쟝수 드리 조혼 긔회룰 엇고 [46] 환희치 아니리 업다.

호엿더라. 간첩이 ᄂᆞ 언셔룰 가지고 심양의 드러가니 금쥐 아국의 사로잡인 사룸을 블너 언셔룰 풀녀 닑히고 크게 노호여 급히 스신을 보내야 일홈이 후건의 언셔 듕의 잇는 쟈 열 흔 사룸과 다

못 만윤(灣尹) 황일호룰 잡아 함긔 죽엄을 닙으니 찌 신스 십일월 초구일이라. 후건이 잡혀갈 졔 가인이 영결호고 통곡호더 후건이 턱연히 골오디,

"사룸마다 흔번 죽으미 이시되 그곳을 어드미 어려온지라 내 국가룰 위호여 원슈룰 갑고져 호다가 스긔(事機) 누셜호야 공을 일우지 못호니 죽어도 붓그러오미 업도다."

호니 듯는 재 눈물을 흘니더라.

니쳥화슈졀돈셰
李淸華守節遯世

니양소(李陽昭)의[93] ᄌᆞ는 여건(汝建)이니 녀말(麗末) 사룸이라. 태종으로 동년싱(同年生)이오 【47】 홍무(洪武) 임슐(壬戌)의 쏘 동방진스(同榜進士)호니라. 쇼시로부터 교분이 깁더니 밋 명을 혁호미 년쳔(漣川) ᄯᅡ 도당곡(陶唐谷)의 은거호엿더니 태종이 믈쇡(物色)으로 차즈시고 인호야 그 집의 거동호샤 술을 두어 고구의 졍을 펴고 셔로 시귀룰 화답홀시 샹이 몬져 연귀룰 지으시니 골와시더,

추우반쳥인반취(秋雨半晴人半醉)
가을비 반만 개이미 사룸이 반만 취호미라

양쇠 즉시 더호야 골오디,

91) 【농골대】 國 ((인명)) 용골대(龍骨大). 중국 청나라의 장군. 본명은 영고이대(英固爾岱). 인조 4년(1636)에 사신으로 와서, 청나라 황제의 존호를 쓰고 군신의 의를 맺을 것을 요구하였으나 거절당하자, 그해 12월 10만 대군을 거느리고 쳐들어와 병자호란을 일으켰다.▣ 龍骨大 ∥ 왕년의 농골대 아국 삼공뉵경을 잡고 인호여 김쳥음 졔공을 거두어 가니 일국이 소요호여 금병이 다시 동으로 향홀가 져허호니 (往年龍骨大之來執三公六卿, 因索金尙憲諸公而去, 擧國驛騷, 又恐有東捲之擧.) <靑邱野談 奎章 2:45>

92) 【김쳥음】 國 ((인명)) 김상헌(金尙憲 1570~1652). 조선시대의 문신. 자는 숙도(叔度), 호는 청음(淸陰)·석실산인(石室山人). 대제학·이조판서·예조판서·공조판서·병조판서 등을 역임함. 병자호란 때 척화(斥和)를 주장하여 3년 동안 심양(瀋陽)에 갇혔음.▣ 龍骨大 ∥ 왕년의 농골대 아국 삼공뉵경을 잡고 인호여 김쳥음 졔공을 거두어 가니 일국이 소요호여 금병이 다시 농으로 향홀가 져허호니 (往年龍骨大之來執三公六卿, 因索金尙憲諸公而去, 擧國驛騷, 又恐有東捲之擧.) <靑邱野談 奎章 2:45>

93) 【니양소】 國 ((인명)) 이양소(李陽昭 ?~?). 조선 태종 때의 은사(隱士). 자는 여건(汝建), 호는 금은(琴隱), 시호는 청화(淸華). 순천(順天) 사람. 고려 때 진사에 합격하였으며, 일찍이 태종 이방원(李芳遠)과 더불어 곡산(谷山)의 청룡사(靑龍寺)에서 공부하여 친교가 있었다. 태조가 죽위하자 연천(漣川)의 도당곡(陶唐谷)에 은거하며 여러 번 불러도 나오지 않았고 뒤에 태종이 찾아가 함께 가기를 권하였으나 사양하였다. 그 뜻을 가상히 여긴 태종은 그가 사는 뒷산을 청화산(淸華山)이라 하고 저택까지 하사하였다.▣ 李陽昭 ∥ 니양소의 ᄌᆞ는 여건이니 녀말 사룸이며, 태죵으로 몽녀싱이오 홍무 임술의 쏘 동방진스호니라 (李陽昭, 字汝建, 麗末人, 與我太宗同年生. 洪武壬戌又同中進士.) <靑邱野談 奎章 2:46>

모운쵸권월쵸싱(暮雲初捲月初生)

져믄 구름이 쳐음 거드믜 돌이 쳐음 나미라

이라 ᄒᆞ니 대개 월쵸싱(月初生)은 샹의 쇼시
젹 사랑ᄒᆞ시든 계집의 일홈이라. 샹이 샹의 느리샤
손을 잡으시고 굴오샤ᄃᆡ,

"그ᄃᆡᄂᆞᆫ 참 나의 고인이로다."

ᄒᆞ시고 명ᄒᆞ야 후거의 시르라 ᄒᆞᄃᆡ 양쇠 구지
사양ᄒᆞ고 나지 아니ᄒᆞ니 토인이 그 거ᄒᆞᆫ 바를 일홈
ᄒᆞᄃᆡ 왕님니(王臨里)라 ᄒᆞ고 어슈졍(御水井)이라 일
캇더라.

【48】 양쇠 쳐음의 샹으로 더브러 곡산(谷山)
쳥농ᄉᆞ(青龍寺)의셔 공부ᄒᆞᆯ시 그 산슈를 ᄉᆞ랑ᄒᆞ야
타일의 이 고을 태슈 되믈 원ᄒᆞ노라 ᄒᆞ더니 이예
니르러 샹이 그 말을 긔록ᄒᆞ샤 특별이 곡산군슈(谷
山郡守)를 ᄀᆡ슈ᄒᆞ시니 양쇠 ᄯᅩ 명을 응치 아니ᄒᆞ거
늘 샹이 그 ᄠᅳᆺ을 아름다이 너기샤 그 거ᄒᆞᆫ 바 산을
일홈ᄒᆞ야 쳥화산(清華山)이라 ᄒᆞ니 대개 빅이의 쳥
풍(清風)과 희이(希夷)의 화산(華山)을 ᄎᆔᄒᆞᆷ이라.

그 후 여러 번 부르되 일지 아니ᄒᆞ거늘 그 ᄯᅡ
에 집을 짓고 니화졍(李華亭)이라 현판ᄒᆞ니 양쇠 ᄯᅩ
흔 즐겨 아냐 심협의 올마 쵸옥을 얽어 안분당(安
分堂)이라 ᄒᆞ고 ᄯᅳᆯ에 문ᄒᆡᆼ 수쥬(數株)를 시므고 거
믄고를 희롱ᄒᆞ며 고셔를 닑어 여년을 맛고 니종의
손조 명졍을 쓰되 고려 진ᄉᆞ 니뫼라 ᄒᆞ니 샹이 드
르시고 차탄ᄒᆞ샤 굴오샤ᄃᆡ,

"살아셔 능히 그 ᄠᅳᆺ을 굴치 못ᄒᆞ고 죽으믜 가
히 관쟉으로 더러이지 못ᄒᆞ리라."

ᄒᆞ시고 특별이 시호를 쳥화공(清華公)이라 나
리시고 국ᄉᆞ 무ᄒᆞᆨ(無學)【49】을 보니여 쟝디(葬地)
를 겸ᄒᆞᆯ시 쳘원(鐵原) ᄯᅡ의 길디를 어든ᄃᆡ 양쇠의
아들이 고ᄒᆞᄃᆡ,

"션인 유명이 쟝디를 년쳔 ᄯᅡ의 ᄯᅥ나지 말나
ᄒᆞ엿ᄉᆞ오니 명을 봉승치 못ᄒᆞ리로소이다."

슈신이 이 사연을 알왼ᄃᆡ 샹이 쳘원 ᄯᅡ 십니
를 버혀 년쳔의 붓치라 명ᄒᆞ시고 그 ᄯᅡᄒᆞᆯ 둘너 봉
ᄒᆞ야 슈튱(守冢) 이가를 두어 젼토와 님학(林嶽)을
다 쥬시고 아들을 블너 쵸ᄉᆞ(初仕)를 ᄒᆞ이시니라.
그ᄯᅢ ᄯᅩ 원쳔셕(元天錫)과[94] 남을진(南乙珍)과[95] 셔

---

[94] 【원천셕】圖 ((인명)) 원전셕(元天錫 1330~?). 고려 말
에셔 조선 초의 은사(隱士). 자는 자졍(子正). 호는 운
곡(耘穀). 세상의 어지러움을 보고, 치악산에 은거하면
서 당시 사적을 바로 적은 야사(野史) 6권을 저술하엿

견(徐甄)이[96] 양소로 더브러 셰샹을 도망ᄒᆞ니 시인
(時人)이 고려 ᄉᆞ쳐ᄉᆞ(四處士 l)라 ᄒᆞ더라.

진신방피의쳔명
進神方皮醫擅名

피ᄌᆡ길(皮載吉)이라 ᄒᆞᄂᆞᆫ 사ᄅᆞᆷ은 슐업(術業)이
죵긔를 다ᄉᆞ리믜 합약(合藥)을 잘ᄒᆞ더니 그 아비 죽
으믜 ᄌᆡ길의 나히 오히려 어려 밋쳐 아비 슐업을
다 견치 못ᄒᆞ엿더니 그 어미 문견(聞見)으로ᄡᅥ 모든
방슐을 ᄀᆞᄅᆞ치니 ᄌᆡ길이 일즉 의셔(醫書)를 닑지 못
ᄒᆞ고 다만 약지를 모도와 달여 ᄡᅥ 고를 민들 줄만

으나 지금은 전하지 않는다.¶ 元天錫 ‖ 그ᄯᅢ ᄯᅩ 원천
셕과 남을진과 셔견이 양소로 더브러 셰샹을 도망ᄒᆞ
니 시인이 고려 ᄉᆞ쳐ᄉᆞ라 ᄒᆞ더라 (其時又有元天錫南
乙珍徐甄, 與陽昭, 俱逝世不屈, 時人謂之高麗四處士.)
<青邱野談 奎章 2:49>

[95] 【남을진】圖 ((인명)) 남을진(南乙珍 ?~?). 고려 말의
충신. 본관은 의령(宜寧). 공양왕 때 참지문하부사(參
知門下府事)가 되었다. 성질이 강직하고 학문을 좋아
하여 정몽주(鄭夢周) · 길재(吉再) 등과 사귀었다. 고려
말 정치가 문란하여 사천(沙川)에 은거, 1392년 조선
의 개국 후 태조에 의해 사천백(沙川伯)으로 봉해지자
더 깊숙이 감악산(紺嶽山)에 들어가 사람을 만나지 않
았다. 사후 그가 거처한 자리를 남선굴(南仙窟)이라
했다.¶ 南乙珍 ‖ 그ᄯᅢ ᄯᅩ 원천셕과 남을진과 셔견이
양소로 더브러 셰샹을 도망ᄒᆞ니 시인이 고려 ᄉᆞ쳐ᄉᆞ
라 ᄒᆞ더라 (其時又有元天錫南乙珍徐甄, 與陽昭, 俱逝
世不屈, 時人謂之高麗四處士.) <青邱野談 奎章 2:49>

[96] 【셔견】圖 ((인명)) 서견(徐甄 ?~?). 고려 후기의 문신.
초명은 반(頒), 본관은 이천(利川), 호는 여와(麗窩) 또
는 죽송오(竹松塢). 일찍이 안향(安珦)의 문하에서 수
업하고 1369년(공민왕18) 문과에 급제하여 여러 관직
을 역임하고 1391년 사헌장령(司憲掌令)에 이르렀다.
조선이 건국함에 따라 금천(衿川)으로 은둔하였으며,
한 때는 이색(李穡) · 원천셕(元天錫) · 길재(吉再) 등
고려의 절신(節臣)들과 함께 정선(旌善)에 모여 시와
술로 서로를 위로하며 고려를 ᄉᆞ모ᄒᆞ였다.¶ 徐甄 ‖ 그
ᄯᅢ ᄯᅩ 원쳔셕과 남을진과 셔견이 양소로 더브러 셰샹
을 도망ᄒᆞ니 시인이 고려 ᄉᆞ쳐ᄉᆞ라 ᄒᆞ더라 (其時又有
元天錫南乙珍徐甄, 與陽昭, 俱逝世不屈, 時人謂之高麗
四處士.) <青邱野談 奎章 2:49>

알아 창죵(瘡腫)의 팔아 의식을 자뢰(資賴) 【50】 ᄒᆞ되 녀ᄒᆞᆼ간(閭巷間)의 ᄒᆡᆼ슐(行術)ᄒᆞ고 의원 항녈의 드지 못ᄒᆞ엿더니 계튝(癸丑) 하에 뎡묘조(正廟朝)의셔 두죵(頭腫)으로 근심ᄒᆞ샤 침약(鍼藥)을 가초 시험ᄒᆞ되 신효(神效)ᄅᆞᆯ 보지 못ᄒᆞ샤 졈〻 면함 졔부에 번지고 ᄯᅩ 셩열(盛熱)을 당ᄒᆞ야 침슈와 슈라ᄅᆞᆯ 편히 못ᄒᆞ시니 모든 ᄂᆡ의 다 황숑ᄒᆞ고 됴졍 신뇌(臣僚ㅣ) 날노 반녈을 일워 시〻로 문안ᄒᆞᆯ 졔 피직길 셩명을 알외ᄂᆞᆫ 재 잇거ᄂᆞᆯ 샹이 블너드려 증셰ᄅᆞᆯ 므ᄅᆞ시니 직길은 쳔인이라 일신을 ᄯᅥᆯ고 ᄯᆞᆷ이 흘너 능히 알외지 못ᄒᆞ니 모든 의원이 그윽이 웃더라. 샹이 명ᄒᆞ야 압헤 갓가이 안자 죵쳐(腫處)ᄅᆞᆯ 보라 ᄒᆞ시고 ᄀᆞᆯ아샤ᄃᆡ,

"두려 말고 네 ᄌᆡ조ᄅᆞᆯ 다ᄒᆞ라."

ᄒᆞ시니 직길이 그졔야 알외되,

"쇼신이 ᄒᆞᆫ 방문이 〻시니 가히 시험ᄒᆞ리이다."

샹이 명ᄒᆞ샤 믈너가 지어드리라 ᄒᆞ신ᄃᆡ 직길이 〻예 웅담으로 모든 약뇨(藥料)ᄅᆞᆯ 화ᄒᆞ야 고(膏)ᄅᆞᆯ ᄆᆡᆫᄃᆞ라 죵쳐에 부치시게 ᄒᆞ니 샹이 ᄀᆞᆯ오샤ᄃᆡ,

"몃 날이면 가히 나ᄒᆞᆯ고?"

ᄃᆡᄒᆞ야 ᄀᆞᆯ오ᄃᆡ,

【51】 "일〻이면 통증이 그치고 삼일이면 합창(合瘡)ᄒᆞ리이다."[97]

과연 그 말과 ᄀᆞᆺᄒᆞᆫ지라 샹이 약원(藥院)에 ᄒᆞ교ᄒᆞ샤ᄃᆡ

"약을 부친지 삼일에 탈연(脫然)이[98] 젼일 통쳐(痛處)ᄅᆞᆯ 모ᄅᆞ니 금셰예 이런 숨은 ᄌᆡ조 이시믈 ᄯᅳᆺᄒᆞ지 아니ᄒᆞ여시니 가히 명의라 일을 거시오 약은 가히 신약이라 일을 거시니 그 공노ᄅᆞᆯ 의논ᄒᆞ라."

원신(院臣)이 계쳥(啓請)ᄒᆞ되

"몬져 ᄂᆡ침의(內鍼醫)ᄅᆞᆯ[99] 졔슈ᄒᆞ시고 관복을 ᄀᆞ초와 뉵픔직(六品職)을 주어지이다."

샹이

"가타."

ᄒᆞ시고 즉시 나쥬(羅州) 감목관(監牧官)을 특졔(特除)ᄒᆞ시니 일원 ᄂᆡ의 다 놀나고 손을 거두어 그 능ᄒᆞ믈 양두(讓頭)ᄒᆞ니 직길의 일홈이 일국의 쟈〻ᄒᆞ고 웅담괴(熊膽膏ㅣ) 드ᄃᆡ여 쳔금방(千金方)이 되야 드ᄃᆡ여 셰샹에 젼ᄒᆞ니라.

강방셩문변슌국
降房星文弁殉國

댱흥(長興) 사ᄅᆞᆷ 문긔방(文紀房)은 강셩군(江成君) 익졈(益漸)의[100] 휘(後ㅣ)라. 그 아비 형의 ᄭᅮᆷ에 옥샹의 큰 별이 ᄂᆞ려와 광치 ᄯᅡ에 빗최니 겻ᄒᆡ 사ᄅᆞᆷ이 니로ᄃᆡ 방셩(房星)이라 ᄒᆞ거ᄂᆞᆯ 【52】 놀나 ᄭᆡ니 ᄯᆞᆷ이 등의 져젓ᄂᆞᆫ지라. 이밤의 ᄆᆞ춤 일개 긔남(奇男)을 나으니 일홈을 긔방이라 ᄒᆞ다.

이 아ᄒᆡ 어려셔 노롬노리예 쥭마(竹馬)ᄅᆞᆯ 타고 조희ᄅᆞᆯ 오려 긔ᄅᆞᆯ ᄆᆡᆫᄃᆞ라 스ᄉᆞ로 장군이라 일카ᄅᆞ니 모든 아ᄒᆡ 녕을 좃지 아니리 업더라. 나히 십오 셰예 ᄉᆞ긔ᄅᆞᆯ 닑다가 쟝슌(張巡) 허원(許遠)에 니르러ᄂᆞᆫ 강개(慷慨)히 ᄎᆡᆨ을 덥고 눈믈을 흘니더라.

밋 자라ᄆᆡ 녀력(膂力)이 과인ᄒᆞ고 ᄆᆞᆯ타기와 활ᄡᅩ기ᄅᆞᆯ 잘ᄒᆞ더니 ᄌᆡ죵뎨(再從弟) 명회(明會)로 더브러 ᄒᆞᆫ가지로 신묘 무과의 올나 슈문장(守門將) 쵸ᄉᆞ(初仕)ᄒᆞ니라.

임진년의 왜젹이 팔도의 창양(搶攘)ᄒᆞ거ᄂᆞᆯ[101]

---

97) 【합창-ᄒᆞ-】 동 합창(合瘡)하다. 상처에 새살이 나서 아물다.¶ 收 ‖ 일〻이면 통증이 그치고 삼일이면 합창ᄒᆞ리이다 과연 그 말과 ᄀᆞᆺᄒᆞᆫ지라 (一日痛止, 三日收矣而已. 一如其言.) <青邱野談 奎章 2:51>

98) 【탈연-이】 부 탈연(脫然)이. 씻은 듯이.¶ 脫然 ‖ 샹이 약원에 ᄒᆞ교ᄒᆞ샤ᄃᆡ 약을 부친지 삼일에 탈연이 젼일 통쳐ᄅᆞᆯ 모ᄅᆞ니 금셰예 이런 숨은 ᄌᆡ조 이시믈 ᄯᅳᆺᄒᆞ지 아니ᄒᆞ여시니 가히 명의라 일을 거시오 (上書諭藥院曰傳藥, 少頃脫然, 忘前日之痛. 不意今世有此隱技秘笈, 醫可謂名醫.) <青邱野談 奎章 2:51>

99) 【ᄂᆡ침의】 명 ((관직)) 내침의(內鍼醫). 내의원의원(內醫院醫員).¶ 內鍼醫 ‖ 몬져 ᄂᆡ침의ᄅᆞᆯ 졔슈ᄒᆞ시고 관복을 ᄀᆞ초와 뉵픔직을 주어지이다 (先差內鍼醫, 賜下品服, 授正職.) <青邱野談 奎章 2:51>

100) 【익졈】 명 ((인명)) 문익점(文益漸 1329~1398). 고려 말기의 문신. 초명은 익첨(益瞻). 자는 일신(日新). 호는 삼우당(三憂堂). 사신으로 중국 원나라에 들어가 덕흥군(德興君)을 왕으로 내세우는 일에 가담하였으나 실패하고, 돌아올 때 목화씨를 붓자루 속에 넣어 가지고 와서 심어 우리나라에 처음으로 목화를 번식시켰다.¶ 益漸 ‖ 댱흥 사ᄅᆞᆷ 문긔방은 강셩군 익졈의 휘라 (長興人文紀房, 江成君益漸後也.) <青邱野談 奎章 2:51>

101) 【창양-ᄒᆞ-】 형 창양(搶攘)하다. 극히 혼란하고 수선

긔방이 명회로 더브러 의롤 창긔ᄒ야 향병(鄕兵)을 발ᄒ야 전라병ᄉ(全羅兵使) 니복남(李福男)을[102] 좃ᄎ니라.

뎡유 팔월의 왜젹이 슉셩녕(宿星嶺)을 넘으니 병시 순텬(順天)으로부터 굴너 남원(南原)에 니르러 눈 ᄉ졸이 다 흣고 다만 편비(偏裨) 오십인이 남은지라. 젹병이 셩하의 다드르니 긔방이 명회로 더브러 눈을 부릅쓰고 손의 침밧타【53】굴오ᄃ,

"오날늘 맛당히 죽기롤 결단ᄒ여 ᄡ 국은을 갑흐리라."

ᄒ고 남문을 나가 젹진 듕의 돌입ᄒ야 활울 달여 어즈러이 ᄡ와 젹병을 무수이 죽이더니 올흔 손가락이 다 ᄶ러지ᄆ 다시 왼손으로 젹병을 ᄡ오다가 손가락이 ᄯ 탈낙(脫落)흔지라. 긔방이 입으로 흔 글귀롤 블너 굴오ᄃ,

평셩슌국지(平生殉國志)
요하옥뇽지(腰下玉龍知)
평셩 나라의 슌졀ᄒᄂ 뜻은
허리 아러 옥뇽검이 알앗도다

명회 니어 굴오ᄃ,

녁진고셩니(力盡鼓聲裏)
슈부ᄉ직위(誰扶社稷危)
힘이 북소리 속의 다ᄒ니
뉘 ᄉ직의 위퇴ᄒ믈 붓들고

시롤 맛치ᄆ 격삼의 혈셔(血書)ᄒ고 병ᄉ로 더브러 힘뼈 ᄡ오다가 죽으니 노ᄌ 감쇠(甘金) 혈셔

롤 가지고 죽엄 가온ᄃ 업ᄃ려 몸을 버려나 집의【54】도라와 슌졀ᄒ던 형샹을 가초 고ᄒ고 인ᄒ야 혈삼(血衫)으로[103] 고산의 영장ᄒ니 일홈이 션무원죵(宣武原從) 이등공신(二等功臣)에 오르니라.

진츙언입샤곡ᄉ
進忠言入祠哭辭

우뉵블(禹六不)은 됴샹공(趙相公) 현명(顯命)의 겸죵이라.[104] 셩품이 질직(質直)ᄒ더 기쥬탐ᄉ(嗜酒貪色)ᄒ더니 묘가 쇼비 막대(莫大)ᄂ 샹공의 조모 교젼비(轎前婢)라 ᄌ못 ᄌ식이 잇더니 뉵블이 작쳡(作妾)ᄒ고 대혹(大惑)ᄒ야 ᄆ양 낭하의 츌입ᄒ더니 일일은 시로 흔 통졔시(統制使ㅣ) 하직ᄎ로 왓거늘 뉵블이 고픙(古風)을[105] 올닌즉 두 냥을 격이ᄂ지라. 뉵블이 바다 도로 통ᄉ의 압희 더져 굴오ᄃ,

"도라가 대부인 의ᄌ(衣資)에[106] 보퇴쇼셔."

스럽다.¶ 임진년의 왜젹이 팔도의 창양ᄒ거늘 긔방이 명회로 더브러 의롤 창긔ᄒ야 향병을 발ᄒ야 전라병ᄉ 니복남을 좃ᄎ니라 (壬辰島夷大擧入寇, 紀房與明會, 倡義起鄕兵, 從全羅兵使李福男.) <靑邱野談 奎章 2:52>

102) 【니복남】囹 ((인명)) 이복남(李福男 ?~1597). 본관은 우계(羽溪). 일쯕이 무과에 급졔한 뒤 1592년(선조 25) 나주판관이 되고, 이듬해 전라방어사·충청조방장(忠淸助防將), 1594년 남원부사·전라도병마절도사, 1595년 나주목사 등을 역임하였다. 시호는 충장(忠壯).¶ 李福男 ∥ 임진년의 왜젹이 팔도의 창양ᄒ거늘 긔방이 명회로 더브러 의롤 창긔ᄒ야 향병을 발ᄒ야 전라병ᄉ 니복남을 좃ᄎ니라 (壬辰島夷大擧入寇, 紀房與明會, 倡義起鄕兵, 從全羅兵使李福男.) <靑邱野談 奎章 2:52>

103) 【혈삼】囹 ((복식)) 혈삼(血衫). 피문은 젹삼.¶ 血衫 ∥ 노ᄌ 감쇠 혈셔롤 가지고 죽엄 가온ᄃ 업ᄃ려 몸을 버려나 집의 도라와 슌졀ᄒ던 형샹을 가초 고ᄒ고 인ᄒ야 혈삼으로 고산의 영장ᄒ니 일홈이 션무원죵 이등공신에 오르니라 (奴子甘金持血衫, 伏僵屍中, 脫身還家, 備盡殉節狀, 以血衫葬於高山, 並錄宣武原從二等.) <靑邱野談 奎章 2:54>

104) 【겸죵】囹 ((인류)) 겸죵(傔從). 청지기.¶ 傔從 ∥ 우뉵블은 됴샹공 현명의 겸죵이라 (禹六不者, 趙相顯命傔從也.) <靑邱野談 奎章 2:54>

105) 【고픙】囹 고픙(古風). 새로 부임하여 온 벼슬아치가 그 관청의 사내종들에게 돈을 주면 일.¶ 古風 ∥ 일일은 시로 흔 통졔시 하직ᄎ로 왓거늘 뉵블이 고픙을 올닌즉 두 냥을 격이ᄂ지라 뉵블이 바다 도로 통ᄉ의 압희 더져 굴오ᄃ 도라가 대부인 의ᄌ에 보퇴쇼셔 (一日在趙相家, 新統制使下直來, 請古風, 則給二兩, 六不受而還擲于前曰: "歸作大夫人主衣資.") <靑邱野談 奎章 2:54>

106) 【의ᄌ】囹 의ᄌ(衣資). 옷값.¶ 衣資 ∥ 일일은 시로 흔 통졔시 하직ᄎ로 왓거늘 뉵블이 고픙을 올닌즉 두 냥을 격이ᄂ지라 뉵블이 바다 도로 통ᄉ의 압희 더져 굴오ᄃ 도라가 대부인 의ᄌ에 보퇴쇼셔 (一日在趙相家, 新統制使下直來, 請古風, 則給二兩, 六不受而還擲于前曰: "歸作大夫人主衣資.") <靑邱野談 奎章 2:54>

통시 이윽이 보와 노흐믈 띄고 도라왓더니 그
후 포장(捕將)이 되야 올나올 졔 젼령ᄒ더,

"포교 듕의 만일 우녹블을 잡아드리는 쟤 이
시면 샹을 쥬리라."

거흔 지 수일의 과연 잡아왓거늘 【55】 바로
난쟝(亂杖)을107) 베폴고져 홀 즈음의 사롬이 급히
됴샹공의게 보ᄒ더 됴공이 그쩌 어쟝(御將)을108) 겸
더ᄒ엿논지라 쵸헌(軺軒)을 타고 포쳥문(捕廳門)을
지날시 쵸헌을 머믈고 젼갈ᄒ여 ᄀᆞᆯ오ᄃᆡ,

"녹블은 나의 겸인(傔人)이라 졔 비록 죽을 죄
이시나 ᄒᆞᆫ번 면결(面決)코져109) ᄒ니 잠간 너여보ᄂᆡ
쇼셔."

ᄒᆞ더 포장이 마지 못ᄒ여 너여보닐시 홍사(紅
絲)로 결박ᄒ고 교졸(校卒) 십여 인이 ᄯᆞ라오거늘
녹블이 됴샹을 보고 울며 엿ᄌᆞ오ᄃᆡ,

"대감은 쇼인을 살니쇼셔."

됴샹이 ᄀᆞᆯ오ᄃᆡ,

"네 ᄉᆞ죄(死罪)를 범ᄒᆞ엿거니 내 엇지 살니리
오? 그러나 네 이졔 죽을지라 내 손을 잡아 영결코
져 ᄒ니 결박을 잠간 플나."

포교 대쟝의 녕으로뻐 어려이 너기거늘 됴샹
이 ᄭᅮ지져 ᄀᆞᆯ오ᄃᆡ,

"샐니 플나."

포교 어긔지 못ᄒᆞ야 ᄒᆡ박(解縛)ᄒ거늘 됴샹이
손을 잡고 인ᄒᆞ야 쵸헌 답판(踏板) 우희 올니고 쵸
헌을 도로혀 샐니 도라와 집의 두고 문밧긔·너지
아니ᄒ니라.

됴샹이 【56】 죽은 후 녹블이 ᄯᅩ 그 아들 샹공
지호(載浩)롤 셤길시 일즉 올치 아닌 일을 보고 간

흔즉 됴샹이 ᄀᆞᆯ오ᄃᆡ,

"네 무어슬 알관ᄃᆡ 감히 이러틋ᄒᄂ뇨?"

녹블이 사당 압히 나아가 션대감을 불너 통곡
ᄒᆞ여 ᄀᆞᆯ오ᄃᆡ,

"대감딕이 오라지 아니ᄒᆞ야 망ᄒ오리니 쇼인
은 일노조ᄎᆞ 하직ᄒᄂ이다."

ᄒᆞ고 다시 가지 아니ᄒ니라.

임오년의 니르러 쥬금(酒禁)이110) 지엄ᄒᆞᆫ지라
녹블이 샹히 술노뻐 냥식을 ᄒᆞ더니 오리 술을 끈으
미 ᄌ연 병이 되야 됴셕을 보젼키 어려온지라 막ᄃᆡ
가만이 조고만 항아리예111) 술을 비져 밤이 깁흔
후 술을 권ᄒᆞ거늘 녹블이 놀나 ᄀᆞᆯ오ᄃᆡ,

"어ᄃᆡ셔 어더왓ᄂ뇨?"

막ᄃᆡ ᄀᆞᆯ오ᄃᆡ,

"그ᄃᆡ 병을 위ᄒᆞ야 조곰 비졋노라."

녹블이 막ᄃᆡ롤 밧긔 니치고 손으로 졔 샹토롤
잡아 나입ᄒᆞ야 ᄀᆞᆯ오ᄃᆡ,

"우녹블을 잡아드렷ᄂ이다."

ᄒᆞ고 졔 스스로 분부ᄒᆞ되,

"네 엇지ᄒᆞ야 금녕을 범ᄒᆞᆫ다?"

졔 ᄯᅩ 디ᄒᆞ여 ᄀᆞᆯ오ᄃᆡ,

"쇼인이 엇지 감히 【57】 ᄒᆞ리잇가? 무식ᄒ온
쳬 쇼인의 병을 위ᄒᆞ야 빗졋ᄂ이다."

졔 ᄯᅩ 분부ᄒᆞ야 ᄀᆞᆯ오ᄃᆡ,

"가히 버히리로다."

졔 ᄯᅩ 머리 버히는 모양을 ᄒᆞ야 ᄀᆞᆯ오ᄃᆡ,

"이ᄀᆞᆺ치 흔즉 엇더ᄒ뇨? 내 쇼민으로 국법을
범ᄒ니 크게 가치 아니타."

ᄒᆞ야 쥬항(酒缸)을112) ᄭᅵ치고 ᄒᆞᆫ 잔도 마시지

---

107) 【난쟝】圖 난장(亂杖). 신체의 부위를 가리지 아니하
고 마구 매로 치던 고문.¶ 亂杖 ‖ 거흔 지 수일의 과
연 잡아왓거늘 바로 난쟝을 베폴고져 홀 즈음의 사롬
이 급히 됴샹공의게 보ᄒ더 (過數日果見捉, 直欲施亂
杖之刑, 人急告于趙相.) <靑邱野談 奎章 2:55>

108) 【어쟝】圖 ((관직)) 어장(御將). 어영대장(御營大將).
종이품 벼슬.¶ 御將 ‖ 됴공이 그쩌 어쟝을 겸더ᄒ엿논
지라 쵸헌을 타고 포쳥문을 지날시 쵸헌을 머믈고 젼
갈ᄒ여 ᄀᆞᆯ오ᄃᆡ (趙相時帶御營, 乘軒過捕廳門外, 住軒
而傳喝曰.) <靑邱野談 奎章 2:55>

109) 【면결-ᄒᆞ-】圖 면결(面決)하다. 만나보다.¶ 面訣 ‖ 녹
블은 나의 겸인이라 졔 비록 죽을 죄 이시나 ᄒᆞᆫ번 면
결코져 ᄒ니 잠간 너여보ᄂᆡ쇼셔 ᄒᆞ더 포장이 마지 못
ᄒᆞ여 너여보닐시 (此是吾之傔人也. 渠雖有死罪, 欲一
面而訣. 須覽出送. 捕將不得以出送.) <靑邱野談 奎章
2:55>

110) 【쥬금】圖 주금(酒禁). 술을 빚거나 팔지 못하게 법
으로 금지함.¶ 酒禁 ‖ 임오년의 니르러 쥬금이 지엄ᄒᆞᆫ
지라 녹블이 샹히 술노뻐 냥식을 ᄒᆞ더니 오리 술을
끈으미 ᄌ연 병이 되야 됴셕을 보젼키 어려온지라 막
ᄃᆡ 가만이 조고만 항아리예 술을 비져 밤이 깁흔 후
술을 권ᄒᆞ거늘 (到壬午年, 酒禁之令至嚴, 六不以酒爲
糧, 斷飮已久, 仍以成病, 有朝夕難保之慮, 莫大酒釀一
小缸, 夜深後勸之.) <靑邱野談 奎章 2:56>

111) 【항아리】圖 ((기물)) 항아리.¶ 缸 ‖ 임오년의 니르러
쥬금이 지엄ᄒᆞᆫ지라 녹블이 샹히 술노뻐 냥식을 ᄒᆞ더
니 오리 술을 끈으미 ᄌ연 병이 되야 됴셕을 보젼키
어려온지라 막ᄃᆡ 가만이 조고만 항아리예 술을 비져
밤이 깁흔 후 술을 권ᄒᆞ거늘 (到壬午年, 酒禁之令至
嚴, 六不以酒爲糧, 斷飮已久, 仍以成病, 有朝夕難保之
慮, 莫大酒釀一小缸, 夜深後勸之.) <靑邱野談 奎章
2:56>

아니ᄒᆞ니 병이 더욱 듕ᄒᆞ야 일지 못ᄒᆞ니라.

양승션북관봉긔우
楊承宣北關逢奇耦

양승지(楊承旨) 아모는 셩벽(性癖)이113) 산슈 유람ᄒᆞ믈 조히 녀겨 ᄒᆞᆫ 말과 ᄒᆞᆫ 아히로 더브러 멀니 북관(北關)의 노라 빅두산(白頭山)의 올나 산셰ᄅᆞᆯ 두루 구경ᄒᆞ고 도라오ᄂᆞᆫ 길에 안변(安邊)을 지날ᄉᆡ 낫참의114) 물을 먹이고져 ᄒᆞ더니 쥬막의 드ᄂᆞ른 집마다 문을 다 잠은지라 방황ᄒᆞ야 도라보니 길가 수십 보 허의 시너와 바회 둘넛ᄂᆞᆫᄃᆡ 수삼 촌장(村庄)이 ᄋᆞ셔 계견(鷄犬)의 쇼러 들니ᄂᆞᆫ지라 물을 모라 문압히 니르니 ᄒᆞᆫ 낭지 년광은 이팔이오 양지 고은지라 문을 지혁 무르ᄃᆡ,

"귀ᄀᆡᆨ【58】이 어ᄃᆡ로조ᄎᆞ 오시ᄂᆞ잇고?"

양공이 답ᄒᆞᄃᆡ,

"원ᄀᆡᆨ이 겸문(店門)이 닷친 고로 물을 먹이고져 ᄒᆞ여 귀촌을 차ᄌᆞ왓스니 네집 쥬인이 어ᄃᆡ 갓ᄂᆞ뇨?"

낭지 공슌이 ᄃᆡ답ᄒᆞᄃᆡ,

"겸인(店人)으로 더브러 뒤마을의 계회(契會)ᄒᆞ라 갓ᄂᆞ이다."

---

112) 【쥬ᄒᆡᆼ】圖 ((기물)) 주항(酒缸). 술을 담는 항아리.¶ 瓮‖쥬ᄒᆡᆼ을 ᄭᆡ치고 ᄒᆞᆫ 잔도 마시지 아니ᄒᆞ니 병이 더욱 듕ᄒᆞ야 일지 못ᄒᆞ니라 (仍破瓮而不飮, 因其病不起云.) <靑邱野談 奎章 2:57>

113) 【셩벽】圖 성벽(性癖). 심신에 밴 습관.¶ 癖‖양승지 아모는 셩벽이 산슈 유람ᄒᆞ믈 조히 녀겨 ᄒᆞᆫ 말과 ᄒᆞᆫ 아히로 더브러 멀니 북관의 노라 빅두산의 올나 산셰ᄅᆞᆯ 두루 구경ᄒᆞ고 도라오ᄂᆞᆫ 길에 안변을 지날ᄉᆡ 낫참의 물을 먹이고져 ᄒᆞ더니 (楊承旨某有遊覽之癖. 一馬一僮, 遠遊北關, 登白頭山, 回路歷安邊, 向午, 將欲秣馬於店舍.) <靑邱野談 奎章 2:57>

114) 【낫참】圖 낮참. 일을 하다가 점심 전후에 쉬는 동안.¶ 向午‖양승지 아모는 셩벽이 산슈 유람ᄒᆞ믈 조히 녀겨 ᄒᆞᆫ 말과 ᄒᆞᆫ 아히로 더브러 멀니 북관의 노라 빅두산의 올나 산셰ᄅᆞᆯ 누루 구경ᄒᆞ고 도라오ᄂᆞᆫ 길에 안변을 지날ᄉᆡ 낫참의 물을 먹이고져 ᄒᆞ더니 (楊承旨某有遊覽之癖. 一馬一僮, 遠遊北關, 登白頭山, 回路歷安邊, 向午, 將欲秣馬於店舍.) <靑邱野談 奎章 2:57>

ᄒᆞ고 부억의 드러가 물죽 ᄒᆞᆫ 통을 너여 먹이더라. 양공이 텬긔 심히 더오믈 인ᄒᆞ야 의ᄃᆡ(衣帶)ᄅᆞᆯ 그르고 슈음(樹陰)의 안잣거늘 낭지 돗자리ᄅᆞᆯ 슈하(樹下)의 펴고 도로 드러가 겸심을 ᄀᆞᆺ초와 나아오니 산ᄎᆡ야쇽(山菜野蔬)이 극히 졍결ᄒᆞᆫ지라 양공이 그 웅ᄃᆡ 민쳡ᄒᆞ고 거지 온슌ᄒᆞ믈 보ᄆᆡ ᄆᆞᄋᆞᆷ의 심히 긔이히 녀겨 낭ᄌᆞᄃᆞ려 무러 ᄀᆞᆯ오ᄃᆡ,

"너 다만 물을 먹이고져 ᄒᆞ미어늘 사ᄅᆞᆷ 아오라115) 먹이믄 엇지뇨?"

낭지 ᄀᆞᆯ오ᄃᆡ,

"물이 곤비(困憊)ᄒᆞ미 사ᄅᆞᆷ이 ᄯᅩ 시장ᄒᆞᆯ 거시니 엇지 사ᄅᆞᆷ을 쳔히 너기고 즘셩을 귀히 너기리잇가?"

양공이 그 나흘 무른즉 십뉵 셰오 그 부모ᄅᆞᆯ 무른즉 촌밍(村氓)이라 ᄯᅥ나기ᄅᆞᆯ 님ᄒᆞ믹 년가(烟價)ᄅᆞᆯ116) 혬ᄒᆞ여 준즉【59】구지 ᄉᆞ양ᄒᆞ야 ᄀᆞᆯ오ᄃᆡ,

"겹빈ᄀᆡᆨ(接賓客)은 인가의 응당 ᄒᆞᆯ 배어늘 만일 년가ᄅᆞᆯ 밧ᄉᆞ오면 ᄒᆞᆫ갓 풍쇽의 블미ᄒᆞᆯ 쑨 아니라 부모의 엄칙(嚴責)을 면치 못ᄒᆞ오리니 감히 밧잡지 못ᄒᆞ리로소이다."

양공이 마지 못ᄒᆞ야 붓쳐의 둘앗든 향을 글너 준ᄃᆡ 낭지 ᄭᅮ러 ᄲᅡᆼ슈로 바다 ᄀᆞᆯ오ᄃᆡ,

"이ᄂᆞᆫ 쟝쟈의 쥬신 배니 엇지 감히 ᄉᆞ양ᄒᆞ리잇고?"

양공이 더옥 차탄ᄒᆞ여 ᄀᆞᆯ오ᄃᆡ,

"하향(遐鄕) 촌가의 엇던 노괴(老姑|) 이런 향긔로온 녀ᄋᆞ를 나앗ᄂᆞᆫ뇨?"

인ᄒᆞ야 쟉별ᄒᆞ고 집의 도라왓더니 수 년 후 ᄒᆞᆫ 사ᄅᆞᆷ이 차자와 계하의 졀ᄒᆞ고 ᄀᆞᆯ오ᄃᆡ,

"쇼인은 안변 아모촌 빅셩이라 모년 모월의 샹공이 우연이 쇼인의 집에 힝ᄎᆞᄒᆞ와 녀식의게 향을 쥬신 일이 계시니잇가?"

양공이 오러 성각다가 ᄀᆞᆯ오ᄃᆡ,

"과연 이 일이 잇노라."

긔인이 ᄀᆞᆯ오ᄃᆡ,

---

115) 【아오라】圖 아울러.¶ 並‖너 다만 물을 먹이고져 ᄒᆞ미어늘 사ᄅᆞᆷ 아오라 먹이믄 엇지뇨 (吾但請喂馬, 而並與人饋之, 何也?) <靑邱野談 奎章 2:58>

116) 【년가】圖 연가(煙價). 주막 또는 여관의 밥값.¶ 烟價‖양공이 그 나흘 무른즉 십뉵 셰오 그 부모로 무른즉 촌밍이라 ᄯᅥ나기ᄅᆞᆯ 님ᄒᆞ믹 년가ᄅᆞᆯ 혬ᄒᆞ여 준즉 구지 ᄉᆞ양ᄒᆞ야 ᄀᆞᆯ오ᄃᆡ (仍問其年, 則十六. 問其父母, 則村人也. 臨發計給烟價則固辭不受曰.) <靑邱野談 奎章 2:58>

45

"녀식이 힝츠 쩌나신 후로 타인의게 가고져 아니ᄒ고 샹공덕을 츳쟈 긔체(箕箒)롤[117] 밧들고져 원ᄒ옵고 ᄯ 녜 닐오디 녀ᄌ의 힝 【60】 실이 사름의 신물을 밧고 엇지 가히 다른데 가리오 ᄒ야 집심(執心)이 ᄌ러ᄒ고로 천 리롤 멀니 아니 너기고 왓느이다."

양공이 우어 굴오디,

"내 이믜 빅발이라 엇지 쇼랑(小娘)의게 유의ᄒ미 이시리오? 특별이 그 쌔혀나고 민첩ᄒ믈 ᄉ랑ᄒ고로 마츰 션향을 쥰 거시니 가령 졔 닉집의 올지라도 내 묘모(朝暮)의 ᄉ셩을 모로니 쇼랑의 방년이 앗갑지 아니ᄒ냐? 네 도라가 내 말을 젼ᄒ고 가셔(佳壻)롤 굴희여 보니고 다시 망녕된 싱각을 내지 말나 ᄒ라."

긔인이 하직ᄒ고 도라갓더니 오라지 아냐 ᄯ 와 굴오디,

"빅단으로 프러 닐오디 죽기로뼈 밍셰ᄒ온고로 졔 뜻을 어긔지 못ᄒ와 달이고 왓느이다."

양공이 구지 ᄉ양ᄒ디 엇지 못ᄒ야 웃고 바드니라. 양공은 졍대ᄒ 군ᄌ라 환거(鰥居)ᄒ 지 수십 년의 녀식을 갓가이 아니ᄒ고 금셔(琴書)와 산슈의 ᄆᄋ믈 붓쳣더니 낭ᄌ 온 후로 ᄒ번 멀니 온 뜻을 위로ᄒ고 조곰도 견권(繾綣)ᄒ는 빗치 업더라.

일ᄌ은 가묘(家廟)의 신알(晨謁)ᄒ실시[118] 안의 【61】 들어가니 호졍(戶庭)을 졍결이 쇄쇼ᄒ엿고 음식과 긔명이 졍졔ᄒ야 조리잇거늘 ᄌ부ᄃ려 무러 굴오디,

"내집이 본디 묘셕이 간디 업고 범졀이 구간(苟艱)ᄒ기로[119] 뵈는 배 다 황잡ᄒ더니 근일은 범

빅이 돈연(頓然)이 젼과 다르고 ᄯ 나의 공양에 자못 감지(甘旨)롤[120] 끈치 아니ᄒ니 엇지 뼈 이러ᄒ뇨?"

ᄌ뷔 엿ᄌ오디,

"안변 쇼실이 드러온 후로 침션방젹(針線紡績)은 오히려 여ᄉ이오 치가범졀(治家凡節)이 범인과 달나 계쵸명(鷄初鳴)에 니러나 날이 맛도록 미스의 부즈런ᄒ오니 가양(家樣)이[121] 겸겸 넉넉ᄒ믄 다 낭ᄌ의 덕이옵고 ᄯ 셩힝이 순근(醇謹)ᄒ와 녀ᄌ의 풍되 잇습고 일실의 간언이 업스와 ᄌ뷔 비홀 일이 만스오니 가둥의 이런 복이 업느이다."

ᄒ거늘 양공이 그 말을 감동ᄒ야 그날 져녁의 쇼실을 블너 슈작ᄒ즉 유ᄒ졍졍(有閑貞靜)ᄒ고[122] 현슉명민(賢淑明敏)ᄒ[123] 지식이 고인에 붓그럽지 아닌지라 일노붓터 깁히 ᄉ랑ᄒ야 두 아들을 년ᄒ야 나으니 용뫼 단졍ᄒ고 흑문이 슉셩ᄒ더라.

이ᄌ의 나히 팔구 셰예 니르러는 쇼실 【62】

---

117) 【긔체】 圖 ((기물))((인류)) 기추(箕箒). 쓰레받기와 비. 물을 뿌리고 비로 쓰는 일을 맡은 아내라는 뜻으로, 제 스스로의 별칭.¶ 箕箒 ∥ 녀식이 힝츠 쩌나신 후로 타인의게 가고져 아니ᄒ고 샹공덕을 츳쟈 긔체롤 밧들고져 원ᄒ옵고 (小息一自其後, 不欲適他, 願訪令監宅, 終老於箕箒之役.) <靑邱野談 奎章 2:59>

118) 【신알-ᄒ-】 圖 신알(晨謁)하다. 아침 일찍 집 안에 모신 사당에 문안하다.¶ 晨謁 ∥ 일ᄌ은 가묘의 신알ᄒ실 안의 들어가니 호졍을 졍결이 쇄쇼ᄒ엿고 음식과 긔명이 졍졔ᄒ야 조리잇거늘 (一日晨謁家廟, 入內室, 見戶庭, 房闥灑掃, 精潔飲食, 器皿井井.) <靑邱野談 奎章 2:60>

119) 【구간-ᄒ-】 圖 구간(苟艱)하다. 가난하고 구차하다.¶ 내집이 본디 묘셕이 간디 업고 범졀이 구간ᄒ기로 뵈는 배 다 황잡ᄒ더니 근일은 범빅이 돈연이 젼과 다르고 ᄯ 나의 공양에 자못 감지롤 끈치 아니ᄒ니 엇

지 뼈 이러ᄒ뇨 (吾家朝夕屢空, 凡百皆蕪穢不治, 近日則凡百頓改前觀, 且吾甘旨之供, 頗不乏焉, 何以致此?) <靑邱野談 奎章 2:61>

120) 【감지】 圖 감지(甘旨). 맛이 좋은 음식.¶ 甘旨 ∥ 내집이 본디 묘셕이 간디 업고 범졀이 구간ᄒ기로 뵈는 배 다 황잡ᄒ더니 근일은 범빅이 돈연이 젼과 다르고 ᄯ 나의 공양에 자못 감지롤 끈치 아니ᄒ니 엇지 뼈 이러ᄒ뇨 (吾家朝夕屢空, 凡百皆蕪穢不治, 近日則凡百頓改前觀, 且吾甘旨之供, 頗不乏焉, 何以致此?) <靑邱野談 奎章 2:61>

121) 【가양】 圖 가양(家樣). 집안 살림의 돌아가는 형편.¶ 家樣 ∥ 가양이 겸겸 넉넉ᄒ믄 다 낭ᄌ의 덕이옵고 ᄯ 셩힝이 순근ᄒ와 녀ᄌ의 풍되 잇습고 일실의 간언이 업스와 ᄌ뷔 비홀 일이 만스오니 가둥의 이런 복이 업느이다 (近日家樣之稍饒, 良以此也. 且其性行淳謹, 有女士之風, 讒不容口.) <靑邱野談 奎章 2:61>

122) 【유한졍졍-ᄒ-】 圖 유한졍졍(有閑貞靜)하다. (부녀가 인품이 높아) 얌전하고 점잖다.¶ 有閑貞靜 ∥ 양공이 그 말을 감동ᄒ야 그날 져녁의 쇼실을 블너 슈작ᄒ즉 유한졍졍ᄒ고 현슉명민ᄒ 지식이 고인에 붓그럽지 아닌지라 (楊公感其言, 當夕, 招小室酬酌, 則非但有閑貞靜之態, 迥出常品, 賢淑明敏之識, 無愧古人.) <靑邱野談 奎章 2:61>

123) 【현슉명민-ᄒ-】 圖 현슉명민(賢淑明敏)하다. 총명하고 민첩하다¶ 賢淑明敏 ∥ 양공이 그 말을 감동ᄒ야 그날 져녁의 쇼실을 블너 슈작ᄒ즉 유한졍졍ᄒ고 현슉명민ᄒ 지식이 고인에 붓그럽지 아닌지라 (楊公感其言, 當夕, 招小室酬酌, 則非但有閑貞靜之態, 迥出常品, 賢淑明敏之識, 無愧古人.) <靑邱野談 奎章 2:61>

이 홀연 각거(各居)호믈 쳥호고 쏘 즈하동(紫霞洞) 길 졋히 집을 지으되 문을 놉고 크게 호엿더니 셩묘됴(成廟朝)의 즈하동의 거동호샤 화류룰 완상호고 도라오시는 길의 풍우룰 만나시니 비줄기 삼디 곳혼지라 비룰 피코져 호샤 길가의 문 큰 집으로 드러가시니 졍위 소쇄호고 화훼(花卉) 형향(馨香)호거늘 샹이 무르샤디,

"뉘집인고?"

좌위 실샹을 알외니 이윽고 일빵 쇼이 의복이 션명호고 안뫼 쳥슈호야 탑하의 츄진스비(趨進四拜)호거늘 샹이 무르신즉 양모(楊某) 쇼실의 아들이라. 샹이 보시미 션풍도골(仙風道骨)이오 혹업을 고문(叩問)호시고 운을 부르시미 응구쳡디(應口捷對)호고 필한(筆翰)이 여류(如流)호야 다 격죄(格調 l) 이시니 진짓 긔동이라. 샹이 크게 깃거호시더라.

이윽고 죵관(從官)이 쳠하의 비룰 피호다가 셔로 도라보고 알외고져 호다가 머뭇거리거늘 샹이 무르시디,

"무삼 일이뇨?"

디호여 골오디,

"쥬가(主家)의 슈라룰 드리고져 호디 감히 못 호느이다."

샹이 명호야 드리라 호시니 진슈묘찬(珍羞妙饌)이 극히 경비호 [63] 고 쏘 죵관을 졉디호미 풍비호니 샹이 그 졸판호믈 의아(疑訝)호시고 샹스룰 만히 호시고 두 아희룰 거느려 환궁호샤 동궁드려 골오샤디,

"금힝에 네 보필(輔弼)을 어덧다."

호시고 춘방(春坊) 가함(假銜)을 계슈호샤 샹히 궐듕의 잇게 호시니 동궁으로 더브러 년셰 셔로 곳고 혹업을 연마호야 춍힝(寵幸)이 비홀 디 업더라. 그 후의 쇼실이 도로 큰집의 드러와 늙기룰 맛치니 그 맛아히눈 양스언(楊士彦)이니[124] 별호눈 봉니(蓬萊)오 벼술은 안변부스(安邊府使)의 니르고 버

금은 양스쥰(楊士俊)[125]이러라.

니샹셔원쇼결방연
李尚書元宵結芳緣

니샹공(李相公)의 일홈은 안눌(安訥)이오[126] 별호눈 동악(東岳)이니 시로 장가든 후 샹원야(上元夜)의 죵노(鐘路)의셔 쳥죵(聽鐘)호고 취호야 닙동(笠洞)을 지날시 길가의 누엇더니 이윽고 비복비(婢僕輩) 모여 짓거리되 '우리딕 신낭이 취도(醉倒)호엿다' 호고 인호야 그 집 신방의 붓드러 드리되 니공은 돈연이 아지 못호눈지라 신부로 더브러 동침호고 시벽의 찐즉 【64】 별인의 집이오 쳐가는 아니라 공이 신부드려 무르디,

"이 뉘집이며 내 엇지 여긔 오뇨?"

신뷔 의심호야 도로혀 힐문혼 후 셔로 놀나고 붓그려 믁믁샹디(默默相對)호니 대개 그 집 혼인혼 지 삼일이라 그 신낭이 쳥죵혼 후 다른 집의 가 놀고 오지 아니혼지라. 니공이 마춤 이 집 문압히 취도호엿더니 그 집 비복이 졔의딕 신낭인 줄 알고 붓드러 드리미라. 공이 신부드려 무르디,

124) 【양스언】 圖 ((인명)) 양사언(楊士彦 1517~1584). 조선시대의 문신·서예가. 자는 응빙(應聘). 호는 봉래(蓬萊)·해객(海客). 안평대군, 김구(金絿), 한호 등과 함께 조선전기의 사대 서예가로 꼽히며 시에도 능하였다.¶ 楊士彦 ‖ 그 후의 쇼실이 도로 큰집의 드러와 늙기룰 맛치니 그 맛아히눈 양스언이니 별호눈 봉니오 벼술은 안변부스의 니르고 버금은 양스쥰(楊士俊)이러라 (其後小室, 撤家還入大家, 以終老焉. 其長兒楊士彦, 號蓬萊, 官至安邊府使, 其次兒楊士俊也.) <靑邱野談 奎章 2:63>

125) 【양스쥰】 圖 ((인명)) 양사준(楊士俊 ?~?). 조선중기의 문인. 본관은 청주(淸州). 자는 응거(應擧). 호는 풍고(楓皐). 양사언(楊士彦)의 아우. 1547년 증광문과(增廣文科)에 급제, 첨정(僉正)을 지냈다. 1555년 을묘왜변(乙卯倭變)이 일어났을 때 종군하여 칠언율시 <을묘막중작 乙卯幕中作>과 가사 <남정가>를 남겼다.¶ 楊士彦 ‖ 그 후의 쇼실이 도로 큰집의 드러와 늙기룰 맛치니 그 맛아히눈 양스언이니 별호눈 봉니오 벼술은 안변부스의 니르고 버금은 양스쥰(楊士俊)이러라 (其後小室, 撤家還入大家, 以終老焉. 其長兒楊士彦, 號蓬萊, 官至安邊府使, 其次兒楊士俊也.) <靑邱野談 奎章 2:63>

126) 【안눌】 圖 ((인명)) 이안눌(李安訥 1571~1637). 조선 인조 때의 문신·시인. 자는 자민(子敏). 호는 동악(東岳). 예조참판을 지냈으며 시문에 능하고 글씨도 잘썼다. 저서에 《동악집(東岳集)》이 있다.¶ 安訥 ‖ 니샹공의 일홈은 안눌이오 별호눈 동악이니 시로 장가든 후 샹원야의 죵노의셔 쳥죵호고 취호야 닙동을 지날시 (東岳李公安訥, 新娶後, 上元夜聽鐘於雲從街, 醉過笠洞前路.) <靑邱野談 奎章 2:63>

"이 일을 엇지ᄒᆞ료?"

신뷔 소리를 ᄂᆞ작이 ᄒᆞ야 더ᄒᆞ되,

"일이 ᄎᆞ믜 이에 니르러시니 이 ᄯᅩᄒᆞᆫ 연분이라 녀ᄌᆞ의 도리로 말ᄒᆞ면 내 ᄒᆞᆫ번 죽으미 가ᄒᆞ나 여러 디 역관의 집으로 무남독녜라 내 죽으면 년노ᄒᆞ신 부뫼 의탁ᄒᆞ실 곳이 업스니 마지 못ᄒᆞ야 권도를 좃ᄂᆞ니만 ᄀᆞᆺ지 못ᄒᆞ지라. 그디를 셤겨 쇼실이 되고 ᄯᅩ 노친을 봉양ᄒᆞ야 텬년을 맛치미 엇더ᄒᆞ뇨?"

공이 ᄀᆞᆯ오디,

"내 고범(故犯)ᄒᆞ미 아니오 그디 난분(亂奔)ᄒᆞ미[127] 아니라 ᄎᆞ역텬셩연분(此亦天生緣分)이니 종권(從權)ᄒᆞ미 무방ᄒᆞ나 다만 당상 엄친【65】이 계시니 ᄌᆞ단(自斷)키 어렵고 내 나히 약관의 밋지 못ᄒᆞ엿고 ᄯᅩ 등과젼(登科前) 셔ᄉᆡᆼ으로 쇼실 두미 엇지 픽ᄌᆞ(悖子)의 일이 아니리오?"

신뷔 ᄀᆞᆯ오디,

"그러면 그디 이고(姨姑)의 집에 날을 둘 곳이 잇ᄂᆞ냐?"

ᄀᆞᆯ오디,

"잇노라."

ᄀᆞᆯ오디,

"그러면 이제 급히 쳡으로 더부러 ᄒᆞᆫ가지로 가 쳡을 그 집의 두어 두 집으로 ᄒᆞ여곰 아지 못ᄒᆞ게 ᄒᆞ라. 그디 블구의 등과ᄒᆞᆯ 거시니 등과젼은 셔로 보지 말고 과거ᄒᆞᆫ 후 두 집 노친으로 알으시게 ᄒᆞ미 엇더ᄒᆞ뇨?"

공이 그 말을 조ᄎᆞ 미명의 셔로 손을 잇그러 가만이 도망ᄒᆞ야 과거(寡居)ᄒᆞᄂᆞᆫ 이모의 집에 구쳐(區處)ᄒᆞ니 그 녀ᄌᆞ 침션의 능ᄒᆞ야 의식이 녁ᄒᆞ고 셔로 의지ᄒᆞ미 모녀 ᄀᆞᆺ더라. 신부의 집의셔 아츰의 니러나 보니 신낭과 신뷔 부지거쳐(不知去處)라. 가인이 크게 경괴(驚怪)ᄒᆞ여 신낭의 집의 가 탐문ᄒᆞ야 비로쇼 녀ᄋᆡ 신낭으로 더브러 밤의 도망ᄒᆞᆫ 줄을 알고 그 일을 숨겨 신뷔 폭질(暴疾)노 널지 못ᄒᆞ다 일ᄏᆞᆺ고 허장(虛葬)ᄒᆞ니라.

니【66】공이 쇼실을 구쳐ᄒᆞᆫ 후로 다시 졉면(接面)치 아니ᄒᆞ고 듀야 공부를 부즈런이 ᄒᆞ니 문장이 대진(大進)ᄒᆞ지라. 몃 ᄒᆡ 못 되야 과연 등과ᄒᆞ미

비로쇼 친당(親堂)의 고ᄒᆞ고 쇼실을 드려온 후 ᄯᅩ 그 친가의 통코져 ᄒᆞᆫ즉 쇼실이 ᄀᆞᆯ오디,

"무단히 가면 반ᄃᆞ시 밋지 아닐지라."

신혼 젹 홍대단 니블것슬 내여 ᄀᆞᆯ오디

"일노 신(信)을 삼으라. 이 비단은 쳡의 션죄 연경(燕京) 드러갓슬 ᄯᅢ예 황뎨 쥬신 배니 텬하의 드믄 비단이라. 신혼이 예 니블 깃슬 ᄒᆞ여시니 이를 본즉 미드리라."

ᄒᆞ고 쇼비로 ᄒᆞ여곰 그 집으로 차자가 기간 곡졀을 ᄌᆞ셰 니르고 비단을 젼ᄒᆞ니 그 집 노부쳬 녀ᄋᆞ를 일코 쥬야 슬허ᄒᆞ다가 이 말을 듯고 꿈인 듯 상신 듯 황ᄌᆞᆼ이 와셔 녀ᄋᆞ를 보고 비희교집(悲喜交集)ᄒᆞ고 ᄯᅩ 니공을 보니 지샹의 그르시라 그 시종(始終)을 일ᄌᆞ히 듯고 차탄ᄒᆞ디,

"이는 하놀이로다. 내 년노ᄒᆞ고 다만 녀ᄋᆞ 쑨이라 후스를 부탁ᄒᆞ노라."

ᄒᆞ고 그 즙물과 젼답과 노비롤 다 맛지니 댱안 갑【67】뷔라. 그 쇼실이 어질고 지혜로와 산업을 다스리고 건즐을 밧드러 규범이 잇스니 니공의 집이 ᄌᆞ계 니르히 부지라 일ᄏᆞᆺ고 쇼실의 ᄌᆞ손이 ᄯᅩᄒᆞᆫ 번셩ᄒᆞ니라.

가야산고운빙손부
伽倻山孤雲聘孫婦

고령(高靈)[128] ᄯᅡ의 김ᄉᆡᆼ(金生)이 ᄉᆞ시니 평ᄉᆡᆼ에 산업을 다스리지 아니ᄒᆞ며 일즉 사름으로 더브러 교유치 아니ᄒᆞ고 출입ᄒᆞ기를 조히 너겨 ᄉᆞ방의 두루 놀고 집의 도라온즉 가인과 ᄌᆞ뎨로 더브러 말ᄒᆞ디,

"어졔ᄂᆞᆫ 남튜노인(南趣老人)으로 더부러 지리산(智異山)의[129] 셔로 모되고 오날은 고운션셩(孤雲

---

127) 【나분ᄒᆞ-】 图 난분(亂奔)하다, 나ᄌᆞ하다.¶ 내 고범ᄒᆞ미 아니오 그디 난분ᄒᆞ미 아니라 ᄎᆞ역텬셩연분이니 종권ᄒᆞ미 무방ᄒᆞ나 다만 당상 엄친이 계시니 ᄌᆞ단키 어렵고 (吾非故犯也, 君非亂奔也. 從權無妨, 而但家有老親, 庭訓甚嚴.) <靑邱野談 奎章 2:64>

128) 【고령】 图 ((지리)) 고령(高靈). 경상북도 고령군.¶ 高靈 ‖ 고령 ᄯᅡ의 김ᄉᆡᆼ이 ᄉᆞ시니 평ᄉᆡᆼ에 산업을 다스리지 아니ᄒᆞ며 일즉 사름으로 더부러 교유치 아니ᄒᆞ고 출입ᄒᆞ기를 조히 너겨 (高靈有金生者, 平生不治家産業, 居鄕未嘗與人交遊, 好出入.) <靑邱野談 奎章 2:67>

129) 【지리산】 图 ((지리)) 지리산(智異山). 경상남도와 전라남도·전라북도에 걸쳐 있는 산. 소백산맥 남쪽에

先生)130)으로 더브러 가야산(伽倻山)의셔131)　　노랏
다."

호니 비록 주뎨비(子弟輩)라도 허황이 너겨
밋지 아니호더니 일ㅇ은 홀연 굴오디,

"지명일은 고운이 손부(孫婦)롤 취호는 날이라
날을 쳥호야 연셕의 참예호라 호니 아니 가지 못호
리라."

기지 굴오디,

"고운이 ㅇ계 셰샹의 이시며 ㅆ 무슨 손지 잇
셔 뉘집의 취부(娶婦)호느니잇고?"

김성이 굴오디,

.'그 신부는 경쥬(慶州) 니진스(李進士)【68】
의 손녜니 나히 십뉵이라."

기지 더욱 의심호더라. 소위 니진스는 지식과
혹힝이 도닉예 유명호고 ㅆ호 계 친슉호지라 당황
호믈 느긔지 못호야 그 진가(眞假)롤 증험코져 호여
익일의 볼일이 잇다 호고 니진스 집의 가 뉴슉호고
그 죠례 여부롤 보고져 호더니 그날을 당호믹 동경
이 격연호고 셕젼의 쥬직이 한가히 슈작호더니 홀
연 쇼비 급히 나와 니진스 부ㅈ의게 통호여 굴오디,

"섈니 드러오쇼셔."

니진시 굴오디,

"무슴 연괴뇨?"

솟아 있는 4대 명산의 하나. 천왕봉이 최고봉임. 높이
1,915m.¶ 智異山 ‖ 어졔는 남쥬노인으로 더브러 지리
산의 셔로 모되고 오날은 고운션셩으로 더브러 가야
산의셔　노랏다 (昨日與南趆老人, 相會於智異山, 今日
與孤雲先生, 穢紋于伽倻山.) <靑邱野談 奎章 2:67>

130)【고운션셩】圖 ((인명)) 고운선생(孤雲先生). 최치원
(崔致遠 857~). 통일 신라 말기의 학자·문장가. 자는
고운(孤雲)·해운(海雲). 12세에 중국 당나라에 유학하
여 과거에 급제하고 황소의 난이 일어나자 격문(檄文)
을 써서 이름을 높였다. 저서에 《계원필경집(桂苑筆耕
集)》, 《사륙집(四六集)》 등이 있다.¶ 孤雲先生 ‖ 어졔
는 남쥬노인으로 더브러 지리산의 셔로 모되고 오날
은 고운션셩으로 더브러 가야산의셔 노랏다 (昨日與
南趆老人, 相會於智異山, 今日與孤雲先生, 穢紋于伽倻
山.) <靑邱野談 奎章 2:67>

131)【가야산】圖 ((지리)) 가야산(伽倻山). 경상북도 성주
군과 경상남도 합천군 사이에 있는 산. 국립공원의 하
나로, 해인사·황제폭포 따위의 명승지가 있다. 높이
는 1,430미디.¶ 伽倻山 ‖ 어졔는 남쥬노인으로 더브러
지리산의 셔로 모되고 오날은 고운션셩으로 더브러
가야산의셔　노랏다 (昨日與南趆老人, 相會於智異山,
今日與孤雲先生, 穢紋于伽倻山.) <靑邱野談 奎章 2:67>

비 굴오디,

"져근 아기씨 앗가 안자 방젹(紡績)호더니 홀
지의 혼도호야 인스롤 모로느이다."

그 부지 크게 놀나 급히 니러 안으로 드러가
거늘 김이 밧긔셔 탐문흔즉 나간 동경이 황ㅇ호여
뵈더라. 잠간 스이의 니진시 나와 굴오디,

"김쳠스는 혹 괴식(氣塞)호는 중셰롤 아느냐?"

김이 굴오디,

"년쇼호와 경녁이 업스오니 감히 아지 못호오
나 급히 쳥심환을 쓰면 조홀 듯호【69】여이다."

진시 밧비 드러갓다가 도로 나와 굴오디,

"그딕 드러가 괴식흔 모양을 보면 가히 회셩
홀 방문이 ㅇ시랴? 이졔 스경(死境)을 당호여시니
남녀의 분을 엇지 혐의호리오?"

김이 니진스와 흔가지 병셰롤 본즉 이믜 일지
못홀지라 그 용모의 엇더호믈 보고 즉시 나와 집의
도라왓더니 날이 져믈믹 기뷔 과연 도라오거늘 기
지 무러 굴오디,

"금일 연회예 평안이 힝츳호시니잇가?"

굴오디,

"셕말(席末)의 참예호여 포식호고 오노라."

기지 굴오디,

"신뷔 엇더타 호더니잇고?"

굴오디,

"고운의 희싴이 만면호고 ㅆ 신뷔 바독을 잘
두니 가히 소견홀 벗을 어덧다."

호더라. 기지 굴오디,

"그 신부의 면모롤 보시니잇가?"

굴오디,

"교ㅈ 발이 바람의 거둣쳐 잠간 본즉 면부의
헌데 흔젹이 잇고 미간의 사마괴 잇더라."

기지 드른즉 니진스의 손녀와 흡스호니 더욱
괴이히 너기더라.

밋 김셩이 죽으믹 의례입관(依例入棺)호고 장
스지날시【70】관을 운동흔즉 가븨야오미 쇼아의
관 ㅈ호니 가인이 의려(疑慮)호랴 관을 여러 본즉
다만 의금을 넘습홀 쑨이오 시체는 간 곳을 못호는
지라 드듸여 상시 웃스로 곳쳐 넘습호고 허장호니
라.

대인도상킥도잔명
大人島商客逃殘命

청쥬(淸州) 짜 장ᄉᆞᄒᆞᄂᆞᆫ 사ᄅᆞᆷ이 감곽(甘藿)132) 무역ᄎᆞ로 졔쥬의 드러갓더니 ᄒᆞᆫ 사ᄅᆞᆷ이 짜의 업ᄃᆡ여 둥굴녀와 비젼을 잡고 뛰여드니 ᄇᆡᆨ발노인이오 두 다리 업ᄂᆞᆫ 남ᄌᆞ라. 쥬듕(舟中) 사ᄅᆞᆷ이 무러 ᄀᆞᆯ오ᄃᆡ,

"노인이 엇지ᄒᆞ야 두 다리 업ᄂᆞ뇨?"

ᄀᆞᆯ오ᄃᆡ,

"내 쇼시에 표풍(漂風)ᄒᆞ여 악어의 먹은 배 되엿노라."

ᄀᆞᆯ오ᄃᆡ,

"쳥컨ᄃᆡ 그 자셔ᄒᆞ믈 듯고져 ᄒᆞ노라."

ᄀᆞᆯ오ᄃᆡ,

"표박ᄒᆞ야 ᄒᆞᆫ 셤의 다ᄃᆞ른즉 언덕 우희 놉흔 집이 잇거ᄂᆞᆯ 쥬듕 이십여 인이 날포 표류ᄒᆞ야 긔갈을 니긔지 못ᄒᆞᆫ지라. 일제히 ᄇᆡ에 ᄂᆞ려 그 집의 드러간즉 가듕의 ᄒᆞᆫ 사ᄅᆞᆷ이 ː시니 【71】 몸 기리 스무 길이오 허리 크기 열 아름이오 낫츤 슈먹133) ᄀᆞᄅᆞ 부은 ᄃᆞᆺᄒᆞ야 길기 삼 쳑이오 눈은 등잔 ᄀᆞᆺᄒᆞᄃᆡ 깁기 ᄒᆞᆫ 자이오 머리털과 슈염은 쥬ᄉᆞ(紬絲) ᄀᆞᆺ고 어음은 나귀 소ᄅᆡ ᄀᆞᆺᄒᆞ야 ᄒᆞᆫ 말도 알지 못ᄒᆞᆯ지라. 우리 입을 ᄀᆞᄅᆞ쳐 마시기를 쳥ᄒᆞᆯ시 궐물(厥物)이 모로ᄂᆞᆫ 체ᄒᆞ고 바로 대문을 구지 닷고 후졍의 드러가 나모 ᄒᆞᆫ 짐을 가져다가 마당 ᄀᆞ온ᄃᆡ ᄡᅡ아 블을 지르고 궐물이 우리 총듕의 돌입ᄒᆞ야 기듕 킈 큰 총각 ᄒᆞ나흘 잡아다가 블의 더져 구어먹기를 외 버혀 먹듯 ᄒᆞ니 우리 궐물의 거동을 보ᄆᆡ 혼비ᄇᆡᆨ산ᄒᆞ고 모골이 송연ᄒᆞ여 셔로 도라보고 죽기를 기ᄃᆞ릴 ᄯᆞᄅᆞᆷ이라. 궐한(厥漢)이 다 먹은 후의 마루 우희 올나가 독을 열고 ː러 마시ᄃᆞᆺ ᄒᆞ니 반ᄃᆞ시 술이라 마신 후 잡되고 어즈러온 소ᄅᆡ를 ᄒᆞ더니 이윽고 거믄 낫치 블거지고 쳥샹의 누어 코 고으ᄂᆞᆫ 소ᄅᆡ 【72】 우레 ᄀᆞᆺᄒᆞᆫ지라 우리 도망ᄒᆞᆯ 계교를 ᄉᆡᆼ각ᄒᆞ여 대문을 열고져 ᄒᆞᆫ즉 문 ᄒᆞᆫ ᄶᅡᆨ 크기 거의 삼간이오 놉고 두터워 여러이 힘을 다ᄒᆞ여도 움작이지 못ᄒᆞ고 장원(墻垣)이 놉기 삼십 장이라 ᄯᅩᄒᆞᆫ 뛰여넘기 어려오니 이ᄯᅢ 우리 신셰 부듕어궤샹육(釜中魚机上肉)이라 셔로 통곡ᄒᆞ더니 ᄒᆞᆫ 사ᄅᆞᆷ이 계교를 ᄂᆡ여 ᄀᆞᆯ오ᄃᆡ,

'우리 궐한의 취ᄒᆞ믈 승시ᄒᆞ야 칼노 두 눈을 지르고 뒤흐로 목을 지르미 엇더ᄒᆞ뇨?'

일졔이 ᄀᆞᆯ오ᄃᆡ,

'이 계괴 묘ᄒᆞ다. 죽기ᄂᆞᆫ 일반이라.'

ᄒᆞ고 일졔 쳥샹의 올나 몬져 그 두 눈을 지르니 궐한이 ᄒᆞᆫ 소ᄅᆡ를 벽녁ᄀᆞᆺ치 지르고 닐더나 손으로 더드머 우리를 잡고져 ᄒᆞᄃᆡ 졔 이믜 보지 못ᄒᆞᄂᆞᆫ지라. 우리 다 동셔로 홋터 뒤ᄯᅳᆯ의 드러간즉 ᄒᆞᆫ 위리 이시니 양과 돗치 오륙십 쉬라. 모라내여 가듕의 편산(遍散)ᄒᆞ니 궐한이 ᄯᅳᆯ의 ᄂᆞ려 손을 둘너 잡으려 ᄒᆞᆫ즉 돗치 아니면 양이라. 궐한이 대문을 향ᄒᆞ야 더드머 문을 【73】 열고 양돈(羊豚)을 내여보니거ᄂᆞᆯ 우리 각ː 양돈을 등에 지고 나간즉 궐한이 어루만져 양돈으로 알고 잡지 아니ᄒᆞ니 우리 다 나오믈 어더 급ː히 ᄇᆡ에 올낫더니 이윽고 궐한이 조차와 언덕의 셔ː 홀연 소ᄅᆡ를 크게 지르니 조곰 사이에 삼대 대한이 ᄒᆞᆫ 모롱이로조차 오니 ᄒᆞᆫ번 발을 들ᄆᆡ 거의 오륙 간을 드듸ᄂᆞᆫ지라 슌식간 ᄇᆡ머리에 다ᄃᆞ라 비젼을 당긔여 들고져 ᄒᆞ거ᄂᆞᆯ 우리 도치로 그 손가락을 ᄶᅵᆨ고 황ː이 ᄇᆡ를 져어 듕뉴의 ᄯᅴ엿더니 ᄯᅩ 악풍(惡風)을 만나 텬디 아득ᄒᆞ고 지쳑을 분변치 못ᄒᆞᆯ너니 ᄒᆞᆫ 바회에 ᄇᆡ 다닷치ᄆᆡ 편ː파쇄ᄒᆞ야 쥬듕 사ᄅᆞᆷ이 다 히듕의 ᄲᅡ져죽고 오직 나 혼자 ᄇᆡ조각을 타고 무변대히(無邊大海)에 쳔신만고ᄒᆞ야 일신이 여러 번 위틔ᄒᆞ다가 필경 악어를 만나 두 다리를 일코 목숨만 살앗더니 맛춤 본쥬 ᄇᆡ를 만나 아ᄂᆞᆫ 사ᄅᆞᆷ이 측은이 너겨 ᄇᆡ에 올녀 집의 도라와 지금가지 년명ᄒᆞ엿시나 그ᄯᅢ 광경을 ᄉᆡᆼ각ᄒᆞ면 ᄂᆡ가 ᄉᆡᆨ고 ᄲᅧ 【74】 가 ᄯᅥᆯ니ᄂᆞᆫ지라. 대인국(大人國)의셔 겁운(刦運)을 지나고 만경창히(萬頃蒼海)에 악어를 만나 완인이 못되니 이런 팔ᄌᆞᄂᆞᆫ 나 ᄒᆞᆫ시라."

ᄒᆞ고 장우단탄ᄒᆞ더라.

---

132) 【감곽】 명 ((식물)) 감곽(甘藿). 미역.¶ 藿 ‖ 청쥬 짜 장ᄉᆞᄒᆞᄂᆞᆫ 사ᄅᆞᆷ이 감곽 무역ᄎᆞ로 졔쥬의 드러갓더니 ᄒᆞᆫ 사ᄅᆞᆷ이 짜의 업ᄃᆡ여 둥굴녀와 비젼을 잡고 뛰여드니 ᄇᆡᆨ발노인이오 두 다리 업ᄂᆞᆫ 남ᄌᆞ라 (淸州商人, 以貿藿事, 入於濟州, 有一人着地, 盤旋而來, 當船則以手躍把船閾而跳入, 白髮韶顔, 無脚男子也.) <靑邱野談 奎章 2:70>

133) 【슈먹】 명 수묵(水墨). 빛이 엷은 먹물.¶ 黛墨 ‖ 가듕의 ᄒᆞᆫ 사ᄅᆞᆷ이 ː시니 몸 기리 스무 길이오 허리 크기 열 아름이오 낫츤 슈먹 ᄀᆞᄅᆞ 부은 ᄃᆞᆺᄒᆞ야 길기 삼 쳑이오 (家中有一人, 長過數十丈, 腰大十餘圍, 黛墨其面.) <靑邱野談 奎章 2:71>

명븍창망긔소지익
鄭北窓望氣消災厄

명븍창(鄭北窓)의[134] 일홈은 렴(磏)이오 그 아
오 고옥(古玉)의 일홈은 쟉(碏)이라. 일즉 혼가지로
흔 곳을 지날시 흔 집의 니르러 긔운을 바라보고
ᄀᆞᆯ오디,
    "앗갑다. 뎌 집이여."
고옥이 ᄀᆞᆯ오디,
    "형쥬(兄主1) 엇지 솔이(率爾)히 말솜ᄒᆞ시ᄂᆞ
니잇가? 잠ᄭᅡᆫ코 지나가미 가ᄒᆞ거늘 이믜 발셜혼즉
엇지 참아 그져 지나가리잇가?"
븍창이 ᄀᆞᆯ오디,
    "그디 말이 올타."
ᄒᆞ고 형뎨 그 집의 드러가 밤을 지난 후 븍창
이 쥬인드려 닐너 ᄀᆞᆯ오디,
    "우리 드러온 바ᄂᆞᆫ 쥬인의 익을 덜고져 ᄒᆞ미
니 능히 내 말을 조차랴?"
쥬인이 ᄀᆞᆯ오디,
    "그리ᄒᆞ리라."
븍창이 ᄀᆞᆯ오디,
    "빅탄(白炭) 오십 셕을 금일 너로 판득(辦得)
ᄒᆞ랴?"
쥬인이 즉시 쥰비ᄒᆞ거늘 븍창이 ᄒᆞ여곰 쓸에
ᄲᅡ아 블을 피우고 그 가온디 큰 나모 [75] ᄒᆞ나흘
노ᄒᆞ니 그쩨 집안사롬과 마을사롬이 다 모되고 쥬
인의 아들이 나히 십여 셰라 쏘흔 여러 사롬 가온
디 셔ᄉᆞ 구경ᄒᆞ더니 븍창이 그 아히롤 잡아 궤듕의
넛코 쑤에롤 다드니 잇쩌 쥬인의 혼실(渾室)이 다
경황ᄒᆞ고 호통ᄒᆞ여 ᄀᆞᆯ오디,
    "엇더흔 광긱(狂客)이 남의 귀동(貴童)을 죽이

려ᄒᆞ니 엇진 곡졀이뇨?"
    궤롤 ᄶᅵ치고 븍창을 ᄶᅩ츠려 ᄒᆞ니 븍창이 조곰
도 안쇡을 동치 아니ᄒᆞ고 ᄀᆞᆯ오디,
    "만일 살인ᄒᆞ면 우리 형뎨 다 죽을 거시니 나
죵을 보라."
    ᄒᆞ고 노ᄌᆞ롤 ᄭᅮ지져 굽ᄭᅵ히 살으니 쥬인이 망
지소조(芒知所措)ᄒᆞ디 이믜 밋지 못홀지라. 차악홀
ᄲᅮᆫ이러니 다 살은 후의 븍창이 궤를 여러 뵈니 흔
대망(大蟒)이 쇼존셩(燒存性)[135] 된지라. 븍창이
친히 비얌을 헤치고 낫ᄭᅩᆺ쇠 수촌을 어더 쥬인을 뵈
여 ᄀᆞᆯ오디,
    "능히 이 쇠롤 아ᄂᆞᆫ냐?"
    쥬인이 ᄀᆞᆯ오디,
    "아노라. 내 십 년 젼의 연못슬 파고 양어(養
魚)ᄒᆞ더니 어휵(魚畜)이[136] 졈ᄌᆞ 업거늘 괴히 너겨
직혀본즉 대망(大蟒)이 다 잡아먹ᄂᆞᆫ지라. 분ᄒᆞ믈 니
긔지 [76] 못ᄒᆞ여 큰낫스로 그 비얌을 쩍을 졔 낫
ᄭᅩᆺ치 부러지고 비얌이 쏘 죽은지라. 이 쇠가 그 쇠
아니냐?"
    ᄒᆞ고 노ᄌᆞ롤 블너 고듕의 두엇든 부러진 낫슬
가져다가 마초와 본즉 차착(差錯)이 업ᄂᆞᆫ지라. 븍창
이 ᄀᆞᆯ오디,
    "쥬인의 아들은 그 바얌의 졍녕이라 그디 아
들이 되여 나 원슈롤 갑고져 ᄒᆞ미니 만일 수월을
지난즉 쥬인이 망측흔 변을 만나리니 그러모로 우
리 망긔ᄒᆞ고 참아 그져 가지 못ᄒᆞ야 이 거죄(擧措
1) 잇스니 이후ᄂᆞᆫ 다른 넘녜 업스리라."
    ᄒᆞ고 인ᄒᆞ야 쟉별ᄒᆞ니라.

김공싱취ᄌ슈공업
金貢生聚子授工業

134) 【뎡븍창】 圖 ((인명)) 뎡렴(鄭磏 1506~1549). 자는 사결
    (士潔), 호는 북창(北窓). 조선전기의 학자. 유불션(儒
    佛仙)에 능통했고, 천문·지리·의학·복서뿐 아니라
    어학·그림·음악 등 모든 방면에 두루 뛰어났다. 매
    일강 김시슙, 도징 니시함과 너불어 소션의 3대 긔인
    으로 꼽힌다.¶ 鄭北窓 ‖ 뎡븍창의 일홈은 념이오 그
    아오 고옥의 일홈은 쟉이라 (鄭北窓磏與其弟古玉碏.)
    <靑邱野談 奎章 2:74>

135) 【쇼존셩】 圖 소존성(燒存性). 불탄 물건의 형체가 재
    속에 남아있는 성질.¶ 燒存性 ‖ 다 살은 후의 븍창이
    궤를 여러 뵈니 흔 대망이 쇼존셩이 된지라 (盡燒後,
    北窓使開橫視之, 乃一大蟒燒存性也.) <靑邱野談 奎章
    2:74>

136) 【어휵】 圖 ((어패)) 어휵(魚畜). 물고기.¶ 魚畜 ‖ 내
    십 년 젼의 연못슬 파고 양어ᄒᆞ더니 어휵이 졈ᄌᆞ 업
    거늘 괴히 너겨 직혀본즉 대망이 다 잡아먹ᄂᆞᆫ지라
    (吾十年前, 鑿池養魚, 魚畜漸消, 故怪而視之, 則有一大
    蟒呑嘶.) <靑邱野談 奎章 2:75>

님피(臨陂)[137] 짜의 김모(金某)는 본읍 공성이라. 일즉 아젼(衙前)을 즈퇴하고 샹괴(商賈 l) 되야 근읍(近邑) 쟝시(場市)예 두루 노라 넌기 묘쇼(妙少)한 풍뉴남즈로 니르는 곳마다 쉭을 범하니 범한즉 틱긔 잇고 나흔즉 반드시 아들이라. 비록 일시 쇼범(所犯)한 계집이라도 반드시 관가의 님지(立旨)룰 니여주니 젼후 나흔 바 아들을 헨즉 팔십삼인 【77】이라. 이십 년 후 혹 셩댱한 재 잇스며 그 셩댱한 재 아비의게 자뢰하미 업고 퇴반 어믜의게 셩취하고 혹 졔가 쥰비하야 취쳐(娶妻)하엿더니 갑을(甲乙) 냥년(兩年)을 당하미 김뫼 나히 쇠로하고 파락회(破落戶 l) 된지라.

일즈은 그 나흔 바 즈식을 다 브르니 혹 오는 즈식도 이시며 혹 오지 아니하는 즈식도 이셔 모든 밧재 칠십여 인이라. 진슈히 거느리고 김졔(金堤) 만경(萬頃) 두 고을 사이로 가 너룬 들에 댱헝낭(長行廊) 빅여 간을 짓고 간마다 사이룰 막아 칠십여 즈룰 구쳐하고 각각 댱기(長技)로 싱업을 하되 혹 기즘(機織)도[138] 미며 혹 집신도 삼으며 농스도 하며 쟝사도 하며 질그릇 플무질 지위[139] 미쟝이 등 모든 셩이 갓쵸지 아니미 업스니 궐부즈쳐는 편안이 안자 의식이 유여한지라. 그 들은 어영쳥(御營廳) 둔젼(屯田)으로 여러 히 진폐(陳廢)하엿더니 개츈(開春)을 당하야 모든 즈식을 거느리고 부즈런이 밧츨 일워 보리룰 시머 듕하(仲夏)의 뉵칠빅 셕을 거두고 이듬 【78】히예 모믹(牟麥)과 두태(豆太)룰 시머 쳔여 셕을 거두고 이듬히예 쟉답(作畓)하야 벼룰 시머 수쳔 셕을 츄슈하니 이갓치 한 지 삼 년의 가산이 부요하더라.

김뫼 어영쳥의 올나가 진젼(陳田) 긔경(起耕)한 일을 대쟝의게 알외고 도지룰 헐하게 경하야 영즈 마름이 되는 님지룰 니여 이졔 니르히 경식(耕食)하고 후 십여 년에 칠십여지 셩즈셩녀하야 인귀(人口 l) 졈즈 느러 일쳥이 김쳔(金村)이 되니 수빅여 호 대쵼이오 니두(來頭)의 번셩함믈 이로 측냥치 못할너라.

137) 【님피】 圖 ((지리)) 임피(臨陂). 현 전라북도 옥구군 임피면.¶ 臨陂 ∥ 님피 짜의 김모는 본읍 공성이라 (臨陂金某, 卽本邑貢生也.) <靑邱野談 奎章 2:76>

138) 【기즘】 圖 기직(機織). 기계나 베틀로 베를 짬.¶ 機織 ∥ 혹 기즘도 미며 혹 집신도 삼으며 농스도 하며 쟝사도 하며 질그릇 플무질 지위 미쟝이 등 모든 셩이 갓쵸지 아니미 업스니 (有織席者, 有捆履者, 以至陶冶工匠, 無不必具.) <靑邱野談 奎章 2:77>

139) 【지위】 圖 ((인류)) 목수(木手)의 높임말.¶ 혹 기즘도 미며 혹 집신도 삼으며 농스도 하며 쟝사도 하며 질그릇 플무질 지위 미쟝이 등 모든 셩이 갓쵸지 아니미 업스니 (有織席者, 有捆履者, 以至陶冶工匠, 無不必具.) <靑邱野談 奎章 2:77>

과동교빅납인부
過東郊白衲認父

【1】 낙하(洛下)의 흔 셔성이 평싱 신슈롤 술가(術家)의1) 가 츄졈(推占)흔즉2) 즈궁(子宮)에3) 니르러는 굴오디,

"일모동문(日暮東門)에 산승(山僧)이 슈휘(隨後 │)라."

흔니〔날이 동문에 져믈믜 승이 뒤흘 쌀오미라〕 셩이 그 뜻을 무른더 술시 굴오디,

"졈시(占辭│)4) 여츳흐니 그 뜻은 아지 못흐

1) 【술가】 圀 ((인류)) 술가(術家). 음양·복서·졈술에 능한 사람.¶ 術家 ‖ 낙하의 흔 셔성이 평싱 신슈롤 술가의 가 츄졈흔즉 즈궁에 니르러는 굴오디 일모동문에 산승이 슈휘라 흐니 (洛下有一書生, 推命于術家, 至於子宮, 題之曰: "日暮東門, 山僧隨後."云云.) <靑邱野談 奎章 3:1>
2) 【츄졈-흐-】 圀 추졈(推占)흐다. 앞으로 올 일을 미루어서 졈을 치다.¶ 推命 ‖ 낙하의 흔 셔성이 평싱 신슈롤 술가의 가 츄졈흔즉 즈궁에 니르러는 굴오디 일모동문에 산승이 슈휘라 흐니 (洛下有一書生, 推命于術家, 至於子宮, 題之曰: "日暮東門, 山僧隨後."云云.) <靑邱野談 奎章 3:1>
3) 【즈궁】 圀 자궁(子宮). 자손에 관한 운수.¶ 子宮 ‖ 낙하의 흔 셔성이 평싱 신슈롤 술기의 기 츄졈흔즉 즈궁에 니르러는 굴오디 일모동문에 산승이 슈휘라 흐니 (洛下有一書生, 推命于術家, 至於子宮, 題之曰: "日暮東門, 山僧隨後."云云.) <靑邱野談 奎章 3:1>
4) 【졈시】 圀 졈사(占辭). 졈괘에 나타난 말.¶ 訣 ‖ 졈시

그 후의 셩이 마즘 흥인지문(興仁之門)을 못 밋쳐 큰 비 붓드시 오거늘 길가 흔 집의 드러가 문을 의지흐여 비롤 그으되 비 일양(一樣) 굿치지 아니흐고 쏘 날이 져믈거늘 망조(罔措)히5) 방황흐더니 홀연 안으로셔 말을 견흐디,

"어듸로셔 오신 힝춋완더 오릭 문외예 머므시고 우셰(雨勢) 여츳흐오니 비록 남졍(男丁)이 업스나 흐로밤 쉬여가시믜 무방흐오니 드러오쇼셔."

셩이 스셰 곤박(困迫)흔지라 블고념치(不顧廉恥)흐고6) 안으로 드러가니 흔 져믄 겨집이 느려 맛거늘 셩이 인흐야 흔가지로 【2】 밤을 지니고 무른즉 도감(都監) 포슈(砲手)의 쳬니 그 지아비 번든 써라. 셩이 아춤의 니러나 소셰흐고 손톱을 갈기다가7) 칼의 상흐야 피 뼈슬 걸네롤 구흐더 기체 써러진 버션 흔 쫙을 쥬거늘 셩이 피롤 삐셔 쳠하 스이의 꼿고 창연이 쟉별흐고 도라왓더니 그 후 십오년 만의 벗 수삼인으로 더브러 동교에 화류(花柳) 구경흐고 도라오는 길의 젼에 비 피흐던 집을 マ른쳐 셩이 년젼 지난 일을 즈셰 니르고 셔로 훤쇼(喧笑)흐고 오더니 등 뒤예 흔 화상이 용뫼 쳥슈흐고 힝지 한아흐야 쏠아오다가 일쟝 셜화롤 듯고 압히 나아와 졀흐여 굴오디,

"힝춋는 잠간 머므쇼셔."

흐고 스미롤 닛그러 그 집으로 인도흐니 간즉 흔 녀인이 당의 느려 마즈니 셕일 흐로밤 유경(有

여츳흐니 그 뜻은 아지 못흐노라 (於訣若此, 吾亦不解其意也.) <靑邱野談 奎章 3:1>
5) 【망조-히】 圀 망조(罔措)히. 창황하여 어찌할 바롤 모르고.¶ 罔措 ‖ 길가 흔 집의 드러가 문을 의지흐여 비롤 그으되 비 일양 굿치지 아니흐고 쏘 날이 져믈거늘 망조히 방황흐더니 (仍避入路傍間舍, 獨立門側. 雨下不止, 日又暮, 彷徨罔措.) <靑邱野談 奎章 3:1>
6) 【블고념치-흐-】 圀 블고염치(不顧廉恥)흐다. 염치롤 돌아보지 아니하다.¶ 셩이 스셰 곤박흔지라 블고념치흐고 안으로 드러가니 흔 져믄 겨집이 느려 맛거늘 (生勢旣困迫, 遂入其內, 只有一年少女人.) <靑邱野談 奎章 3:1>
7) 【갈기-】 圀 날카로운 연장으로 결가지나 줄기 따위롤 후려쳐서 베다.¶ 割 ‖ 셩이 아춤의 니러나 소셰흐고 손톱을 깔기다가 칼의 상흐야 피 뼈슬 걸네롤 구흐더 기체 써러진 버션 흔 쫙을 쥬거늘 셩이 피롤 삐셔 쳠하 스이의 꼿고 창연이 쟉별흐고 도라왓더니 (朝起剪爪, 爲刀所割, 求其洗血之資, 厥女以一弊襪子給之. 生拭血後, 揷其襪于簷間而歸矣.) <靑邱野談 奎章 3:2>

53

情)한 사롬이라. 십오 년을 셔로 보지 못하얏다가 뎐형으로 만나민 깃부물 니긔지 못하야 [3] 셩을 마자 당의 올니고 숭드려 닐너 굴오디,

"이 냥반을 만나민 엇지 하눌이 아니리오? 셩의(誠意) 감동한 바의 뎐뉸(天倫)을 니엇도다."

셩이 괴이 너겨 무러 굴오디,

"쥬인의 말이 엇지 니른 말고?"

굴오디,

"셔방님계오셔 향니 일야 뉴슉하시고 가신 후 퇴긔 엇사와 져 승을 나흐니 모음의 깁히 셔방쥬(書房主) 혈육인 줄 아오나 져는 포슈의 아들노 아는지라 십 셰의 니르러 계 머리롤 벗기다가 이마롤 어루만져 굴오디 '냥반의 틀이 샹인(常人)으로 다르도다.' 아히 머리롤 도로혀 무러 굴오디 '내 니 아븨 아들이 아니오 냥반의 삐니잇가? 원컨디 날 나으신 아비롤 고르쳐쥬옵셔.' 내 실업슨 말이라 한즉 아히 굴오디 '모친이 뎐륜을 소겨 본손롤 니르지 아니하시니 쇼지 죽고져 하느이다.' 하고 쥬야 울며 먹지 아니커눌 내 마지 못하야 지난 일을 주시 니른니 계 드른 후는 삭발위승(削髮爲僧)하여 뎐륜을 차즈려 오륙 년 간의 낙듕(洛中)[8] 냥반을 만나면 혹 이런 [4] 경녁스(經歷事)롤 무르디 엇지 못하야 일야(日夜) 츅텬(祝天)하더니 이계 우연이 만나물 어드니 눈긔(倫紀)롤 도망키 어렵고 계 경셩이 지극하미라. 또 향니 셔방님이 손톱 버히시던 일을 긔록하시리잇가?"

셩이 답하디,

"엇지 니즈리오? 그씨 날근 버션뚝의 피롤 삐셔 쳠하의 쏘잣더니 오히려 잇눈가?"

하고 니러나 차즈니 더욱 의심이 업손지라. 드디여 승아(僧兒)로 한가지 집의 도라와 머리롤 길녀 쇽인이 되니 일노 본즉 슐가의 졈셰 헛되지 아니하도다.

8) 【낙듕】 圏 ((지리)) 낙중(洛中). 셔울 안.¶ 계 드른 후는 삭발위승하여 뎐륜을 차즈려 오륙 년 간의 낙듕 냥반 을 마니며 죠 이런 경녁스롤 무르디 엇지 못하야 일 야 축텬하더니 이계 우연이 만나물 어드니 눈긔롤 도 망키 어렵고 계 경셩이 지극하미라. (渠自聞其語, 落髮 爲僧, 出訪生父云. 今焉得遇, 豈非天倫之莫逃, 而誠 意之所感哉.) <靑邱野談 奎章 3:3>

쳥취우약상득주
聽驟雨藥商得子

장동(壯洞)의 한 약 쥬름이[9] 〃시니 쇠경(衰境)의[10] 환거(鰥居)하야[11] 주식도 업고 집도 업셔 약계(藥契)로[12] 도라다녀 슉식하더니 마춤 영묘됴(英廟朝)의셔 뉵상궁(毓祥宮)[13] 거동하시니 씨 스월이라. 급한 비 붓드시 느려 긔쳔이 창일(漲溢)하니 관광하는 계인이 약계집으로 몰녀 드러가 비롤 피할시 방안과 쳠하의 미만(彌滿)하더니 약쥬 [5] 름이 마춤 방듕의 잇다가 믄득 굴오디,

"오날 비는 내 쇼시젹 됴령(鳥嶺)을 넘든 씨 비와 굿도다."

겻히 한 사룸이 굴오디,

"비도 고금이 잇느냐?"

굴오디,

"그씨 우움즉한 일이 잇는 고로 이졔 오히려

9) 【쥬름】 圏 ((인류)) 매매를 거간하는 사람. 중개인. 주 름.¶ 僧 ǁ 장동의 한 약 쥬름이 〃시니 쇠경의 환거하 야 주식도 업고 집도 업셔 약계로 도라다녀 슉식하더 니 (壯洞藥儈, 老而鰥居, 無子無家, 輪廻藥肆而宿食.) <靑邱野談 奎章 3:4>

10) 【쇠경】 圏 쇠경(衰境). 노경(老境).¶ 老 ǁ 장동의 한 약 쥬름이 〃시니 쇠경의 환거하야 주식도 업고 집도 업 셔 약계로 도라다녀 슉식하더니 (壯洞藥儈, 老而鰥居, 無子無家, 輪廻藥肆而宿食.) <靑邱野談 奎章 3:4>

11) 【환거-하-】 圏 환거(鰥居)하다. 홀아비로 살다.¶ 鰥居 ǁ 장동의 한 약 쥬름이 〃시니 쇠경의 환거하야 주식 도 업고 집도 업셔 약계로 도라다녀 슉식하더니 (壯 洞藥儈, 老而鰥居, 無子無家, 輪廻藥肆而宿食.) <靑邱 野談 奎章 3:4>

12) 【약계】 圏 ((주거)) 약계(藥契). 약국(藥局).¶ 藥肆 ǁ 장 동의 한 약 쥬름이 〃시니 쇠경의 환거하야 주식도 업고 집도 업셔 약계로 도라다녀 슉식하더니 마춤 영 묘됴의셔 뉵상궁 거동하시니 씨 스월이라 (壯洞藥儈, 老而鰥居, 無子無家, 輪廻藥肆而宿食. 時英廟方幸毓祥 宮, 時當四月.) <靑邱野談 奎章 3:4>

13) 【뉵상-궁】 圏 ((주거)) 육상궁(毓祥宮). 영조가 생모인 숙빈(淑嬪) 최씨를 위해 세웠던 사묘(祠廟).¶ 毓祥宮 ǁ 장동의 한 약 쥬름이 〃시니 쇠경의 환거하야 주식도 업고 집도 업셔 약계로 도라다녀 슉식하니 마춤 영 묘됴의셔 뉵상궁 거동하시니 씨 스월이라 (壯洞藥儈, 老而鰥居, 無子無家, 輪廻藥肆而宿食. 時英廟方幸毓祥 宮, 時當四月.) <靑邱野談 奎章 3:4>

넛지 못ᄒ노라."

방인(傍人)이 ᄀᆞᆯ오ᄃᆡ,

"가히 들으랴?"

ᄀᆞᆯ오ᄃᆡ,

"그ᄒᆡ 여름의 왜황년(倭黃連)이14) 절종(絶種)ᄒ야 내 급ᄒ 거름으로 ᄂᆞ 무역ᄎᆞ로 동ᄂᆡ(東萊)예 갈ᄉᆡ 낫참의 됴령(鳥嶺)을15) 넘어 겨오 진겸(鎭店)을 지나 무인지경(無人之境)을 당ᄒᆞᄆᆡ 취위(驟雨)ᆝ)16) 급히 ᄂ려 지척을 분변치 못ᄒ고 방황ᄒᆞᆯ 즈음의 산 언덕에 ᄒ 달닌 쵸막이 잇거늘 곳 향ᄒ야 드러가니 노쳐녜(老處女ᆝ) 홀노 이셔 별노 피치 아니ᄒ거늘 위션 옷슬 버셔 ᄶᅧ ᄯᅥ고 봉당(封堂)의17) 기여드니 쳐녜 우음을 먹음고 거동만 보거늘 홀연 ᄆᆞ음이 동ᄒ여 인ᄒ야 친압ᄒ려 ᄒ니 쳐녜 ᄯᅩᄒ 순종ᄒᄂ지라 조곰 사이의 비 긋치거늘 그 쳐녀의게 근본을 뭇지 아니ᄒ고 갓더니 오날 비 정히 그ᄯᅢ

14) 【왜-황년】圏 ((식물)) 왜황련(倭黃連). 일본에서 나는 황련. 황련은 깽깽이풀의 뿌리로, 눈병, 설사 등을 다스리는 약재로 쓴다.¶ 倭黃連 ∥ 그ᄒᆡ 여름의 왜황년이 절종ᄒ야 내 급ᄒ 거름으로 ᄂᆞ 무역ᄎᆞ로 동ᄂᆡ예 갈ᄉᆡ 낫참의 됴령을 넘어 겨오 진겸을 지나 무인지경을 당ᄒᆞᄆᆡ (某年夏, 倭黃連乏絶, 吾以急步, 將貿於萊府, 日午越鳥嶺, 纔過鎭店, 無人之境.) <靑邱野談 奎章 3:5>

15) 【됴령】圏 ((지리)) 조령(鳥嶺). 새재. 경상북도 문경시와 충청북도 괴산군 사이에 있는 고개. 높이는 1,017미터.¶ 鳥嶺 ∥ 그ᄒᆡ 여름의 왜황년이 절종ᄒ야 내 급ᄒ 거름으로 ᄂᆞ 무역ᄎᆞ로 동ᄂᆡ예 갈ᄉᆡ 낫참의 됴령을 넘어 겨오 진겸을 지나 무인지경을 당ᄒᆞᄆᆡ (某年夏, 倭黃連乏絶, 吾以急步, 將貿於萊府, 日午越鳥嶺, 纔過鎭店, 無人之境.) <靑邱野談 奎章 3:5>

16) 【취우】圏 ((천문)) 취우(驟雨). 소나기.¶ 驟雨 ∥ 그ᄒᆡ 여름의 왜황년이 절종ᄒ야 내 급ᄒ 거름으로 ᄂᆞ 무역ᄎᆞ로 동ᄂᆡ예 갈ᄉᆡ 낫참의 됴령을 넘어 겨오 진겸을 지나 무인지경을 당ᄒᆞᄆᆡ 취위 급히 ᄂ려 지척을 분변치 못ᄒ고 방황ᄒᆞᆯ 즈음의 (某年夏, 倭黃連乏絶, 吾以急步, 將貿於萊府, 日午越鳥嶺, 纔過鎭店, 無人之境. 驟雨急注, 咫尺難分, 彷徨圖避之際.) <靑邱野談 奎章 3:5>

17) 【봉당】圏 ((주거)) 봉당(封堂). 안방과 건넌방 사이의 마루를 놓을 자리에 마루를 놓지 아니하고 흙바닥 그대로 둔 곳.¶ 노쳐녜 홀노 이셔 별노 피치 아니ᄒ거늘 위션 옷슬 버셔 ᄶᅧ ᄯᅥ고 봉당의 기여드니 쳐녜 우음을 먹음고 거동만 보거늘 홀연 ᄆᆞ음이 동ᄒ여 인ᄒ야 친압ᄒ려 ᄒ니 쳐녜 ᄯᅩᄒ 순종ᄒᄂ지라 (有老處女在焉, 爲先脫衣澣之, 而處女在傍不避, 忽焉心動, 仍與狎焉, 處女亦無難意.) <靑邱野談 奎章 3:5>

비와 ᄀᆞᆺᄒ 고로 우연이 싱각ᄒᆞ미로라."

말을 맛치ᄆᆡ 믄득 ᄒ 【6】 총각이 쳠외(檐外)로좃차 평상의 올나와 무르ᄃᆡ,

"아니 됴령 비 말ᄉᆞᆷᄒ시니 뉘시니잇고?"

방인이 ᄀᆞᆯ치ᄃᆡᆫ 궐동(厥童)이 졀ᄒ여 ᄀᆞᆯ오ᄃᆡ,

"이졔 비로쇼 부친을 만나오니 텬힝이로쇼이다."

방관이 괴이 너기고 약쾌(藥儈)18) ᄯᅩᄒ 의심ᄒ여 ᄀᆞᆯ오ᄃᆡ,

"이 엇진 말고?"

궐동이 ᄀᆞᆯ오ᄃᆡ,

"부친 신샹의 표졈이 잇ᄉᆞ물 드럿ᄉᆞ오니 옷슬 버스쇼셔."

약쾌 허리ᄯᅴᄅᆞᆯ 그ᄅᆞ고 왼편 볼기ᄅᆞᆯ 뵈니 궐동이 닐오ᄃᆡ,

"더옥 의심이 업ᄉᆞ오니 참쇼ᄌᆡ 부친이로쇼이다."

좌듕이 그 ᄉᆞ연을 무르니 궐동이 ᄀᆞᆯ오ᄃᆡ,

"나의 모친이 쳐녀 ᄶᆡ예 쵸막을 직ᄒᆡᆺ다가 우듕 ᄒᆡᆼ인을 ᄒᆞᆫ번 만난 후 ᄐᆡ긔 잇ᄉᆞ와 쇼동을 나앗더니 쇼동이 졈ᄌᆞ 자라 말을 비홀 ᄶᆡ예 나웃 아희ᄂᆞᆫ 아비ᄅᆞᆯ 부르ᄃᆡ 쇼동은 부를 아비 업ᄂᆞᆫ 고로 모친긔 뭇ᄌᆞ온즉 모친 말ᄉᆞᆷ이 앗가 부친 말ᄉᆞᆷ과 ᄀᆞᆺ고 ᄯᅩ 모친긔 듯ᄌᆞ오니 그ᄯᅢ 부친과 인연을 ᄆᆡᆽ줄 ᄶᆡ예 잠간 보니 왼편 볼기예 큰 사마괴 잇스니 혹쟈 텬힝으로 만나면 글노 증험【7】ᄒ라 녀ᄌᆞ의 좀 슈습으로 네 부친의 거쥬와 셩명을 뭇지 못ᄒ고 ᄯᅩ네 부친이 총망ᄒᆡ ᄶᅥ나가니 부평 죵격을 어듸 가 차ᄌᆞ리오? 히각텬익(海角天涯)에 슈심이 쳡ᄎᆞᄒ야 쇼ᄌᆞᄅᆞᆯ 어루만져 늣기고 잇쩌것 슈졀ᄒ시오니 쇼ᄌᆡ 모친 말ᄉᆞᆷ을 드른지라. 십이 셰부터 집을 ᄯᅥ나 부친을 차ᄌᆞ려고 두 번 팔도ᄅᆞᆯ 쥬회ᄒ고 셰 번 경셩의 드러와 쳔신만고ᄒᆞᆫ지 이졔 뉵 년이라. 오날이 무슨 날이관ᄃᆡ 부친을 만낫ᄂᆞᆫ고? 시방 죽어도 한이 업도다."

방관이 드르ᄆᆡ 눈물을 흘니지 아니리 업더라.

궐동이 ᄀᆞᆯ오ᄃᆡ,

"부쥬(父主ᆝ) 오ᄅᆡ 경셩의 머므지 마ᄅᆞ시고 원컨ᄃᆡ 쇼ᄌᆞ로 더브러 본향의 ᄒᆡᆼ ᄎᆞᄒᆞ샤 모친의 젹

18) 【약쾌】圏 ((인류)) 약쾌(藥儈). 약재의 거간꾼.¶ 藥儈 ∥ 방관이 괴이 너기고 약쾌 ᄯᅩᄒ 의심ᄒ여 ᄀᆞᆯ오ᄃᆡ 이 엇진 말고 (許多傍觀, 無不疑怪, 藥儈亦異之曰: "是何說也?") <靑邱野談 奎章 3:6>

년(積年) 비회(悲懷)ᄅᆞᆯ 위로ᄒᆞ쇼셔. 쇼ᄌᆞᄂᆞᆫ 농업을 힘ᄡᅧ 봉양ᄒᆞᆯ 거시오 ᄯᅩ 모친은 방젹(紡績)을 잘ᄒᆞ시니 됴셕은 근심이 업ᄂᆞ이다."

방관이 ᄎᆡᆨ〻(嘖嘖)ᄒᆞ야 긔이히 너기고 쥬인이 ᄀᆞᆯ오ᄃᆡ,

"셰샹의 이런 희귀ᄒᆞᆫ 일이 어ᄃᆡ 이시리오? 친구간 ᄆᆞᄋᆞᆷ도 오히려 깃부거든 당자의 ᄆᆞᄋᆞᆷ이아 엇더ᄒᆞ리오?"

ᄒᆞ고 아ᄃᆞᆯ과 ᄒᆞᆫ가지 가믈 권ᄒᆞ니 약쾌 경셩의 싱댱ᄒᆞ【8】야 약사의 죵젹으로 졸지에 ᄯᅥ나미 창연ᄒᆞ고 ᄯᅩ 반젼을 근심ᄒᆞ거ᄂᆞᆯ 즁인이 다 ᄯᅡ라가믈 권ᄒᆞ고 낭듕의 잇ᄂᆞᆫ 바ᄅᆞᆯ 거두어 쥬니 오륙 냥이오 쥬인이 ᄯᅩ 십여 냥을 쥬거ᄂᆞᆯ 비 쾌쳥ᄒᆞᆫ 후 쥬인을 작별ᄒᆞ고 궐동을 ᄯᅡ라 본향의 니ᄅᆞ니 가실과 쳐ᄌᆞ와 의식이 유여ᄒᆞ야 만ᄅᆡ(晩來) 팔ᄌᆡ(八字ㅣ) 거록ᄒᆞ더라.

쳥가어뉴의득명
聽街語柳醫得名

뉴지ᄉᆞ(柳知事) 상(相)이 쇼시로부터 의슐이 셰샹의 유명ᄒᆞᆫ지라 마춤 녕ᄇᆡᆨ(嶺伯)을[19] ᄯᅡ라 ᄎᆡᆨ실(冊室)노[20] ᄂᆞ려가 여러 ᄃᆞᆯ 뉴련(留連)ᄒᆞᄃᆡ ᄒᆞᆯ 일이 업셔 심히 무료ᄒᆞᆫ지라 슌샹(巡相)의게[21] 올나가믈 쳥ᄒᆞᆫᄃᆡ 슌상이 허ᄒᆞ고 즉시 노ᄉᆡ와 견부(牽夫)ᄅᆞᆯ 쥬거ᄂᆞᆯ 뉴샹(柳相)이 금호(琴湖)ᄅᆞᆯ 건너 우암창(牛岩倉)을 밋지 못ᄒᆞ야 견뷔 대변이 급ᄒᆞ기로 곳비ᄅᆞᆯ 뉴상의게 쥬고 당부ᄒᆞ야 ᄀᆞᆯ오ᄃᆡ,

"이 노ᄉᆡ 심히 경망ᄒᆞ니 부ᄃᆡ ᄆᆞᄋᆞᆷ을 놋치 말고 단〻히 안잣스라."

ᄒᆞᆫᄃᆡ 뉴샹이 우연이 ᄎᆡᄅᆞᆯ ᄒᆞᆫ번 치니 그 노ᄉᆡ 과연 크게 놀나 ᄯᅱ여【9】산을 올으며 시ᄂᆡᄅᆞᆯ 넘어가히 졔어치 못ᄒᆞᆯ지라. 뉴ᄉᆡᆼ이 경신을 일치 아니ᄒᆞ고 ᄆᆡ양 이ᄅᆞᆯ 단〻이 잡아 다ᄒᆡᆼ이 ᄯᅥ러지〻 아니ᄒᆞ니 그 노ᄉᆡ 조곰도 머무지 아니ᄒᆞ고 죵일 달녀 향ᄒᆞᄂᆞᆫ 배 산곡(山谷) 긔구(崎嶇)ᄒᆞᆫ 길이라. 날이 져믈ᄆᆡ 믄득 고ᄀᆡᄅᆞᆯ 너머 ᄒᆞᆫ 집 문 압희 셔니 가듕 노인이 ᄌᆞ뎨ᄅᆞᆯ 블너 닐오ᄃᆡ,

"문밧긔 노ᄉᆡ 타고 온 ᄀᆡᆨ이 〻시니 인도ᄒᆞ여 드리라."

뉴ᄉᆡᆼ이 날이 맛도록 구치(驅馳)ᄒᆞ야 졍혼(精魂)을 슈습지 못ᄒᆞᆯ 즈음의 노ᄉᆡ의 머믈너 셔믈 다ᄒᆡᆼ이 너겨 〻오 노ᄉᆡ에 나려 당의 올나 쥬옹으로 더브러 한훤(寒暄)을 펴고 인ᄒᆞ여 노ᄉᆡ 분치(奔馳)ᄒᆞᆫ 형상을 말ᄒᆞ더니 조곰 사이의 셕반을 올니거ᄂᆞᆯ 뇨긔ᄒᆞᆫ 후 ᄌᆞ연 곤비ᄒᆞ여 조으니 뉴상은 역외(閾外)예[22] 안고 쥬인은 역ᄂᆡ(閾內)예[23] 안자 일등(一燈)이 경〻(耿耿)ᄒᆞ여[24] 쥬ᄀᆡᆨ이 믁연이 셔로 ᄃᆡᄒᆞ얏더니 밤든 후 창밧긔 인젹이 잇거ᄂᆞᆯ 쥬인이 창을 열고 ᄀᆞᆯ오ᄃᆡ,

---

19) 【녕ᄇᆡᆨ】 명 ((관직)) 영백(嶺伯). 조선조 때 경상도관찰사(慶尙道觀察使).¶ 嶺南伯 ‖ 마춤 녕ᄇᆡᆨ을 ᄯᅡ라 ᄎᆡᆨ실노 ᄂᆞ려가 여러 ᄃᆞᆯ 뉴련ᄒᆞᄃᆡ ᄒᆞᆯ 일이 업셔 심히 무료ᄒᆞᆫ지라 (適隨嶺南伯, 以冊室下去, 屢朔留連, 無所事爲, 甚無聊.) <靑邱野談 奎章 3:8>

20) 【ᄎᆡᆨ실】 명 ((인류)) 책실(冊室). 책방(冊房). 고을 원의 비서 일을 맡아보던 사람. 관제(官製)에는 없는데 사사로이 임용하였다.¶ 冊室 ‖ 마춤 녕ᄇᆡᆨ을 ᄯᅡ라 ᄎᆡᆨ실노 ᄂᆞ려가 여러 ᄃᆞᆯ 뉴련ᄒᆞᄃᆡ ᄒᆞᆯ 일이 업셔 심히 무료ᄒᆞᆫ지라 슌샹(巡相)의게 올나가믈 쳥ᄒᆞᆫᄃᆡ (適隨嶺南伯, 以冊室下去, 屢朔留連, 無所事爲, 甚無聊, 請於巡相而告歸.) <靑邱野談 奎章 3:8>

21) 【슌샹】 명 ((관직)) 순상(巡相). 순찰사(巡察使).¶ 巡相 ‖ 마춤 녕ᄇᆡᆨ을 ᄯᅡ라 ᄎᆡᆨ실노 ᄂᆞ려가 여러 ᄃᆞᆯ 뉴련ᄒᆞᄃᆡ ᄒᆞᆯ 일이 업셔 심히 무료ᄒᆞᆫ지라 슌샹의게 올나가믈 쳥ᄒᆞᆫᄃᆡ (適隨嶺南伯, 以冊室下去, 屢朔留連, 無所事爲, 甚無聊, 請於巡相而告歸.) <靑邱野談 奎章 3:8>

22) 【역외】 명 역외(閾外). 문지방 밖.¶ 閾外 ‖ 조곰 사이의 셕반을 올니거ᄂᆞᆯ 뇨긔ᄒᆞᆫ 후 ᄌᆞ연 곤비ᄒᆞ여 조으니 뉴상은 역외예 안고 쥬인은 역ᄂᆡ예 안자 일등이 경〻ᄒᆞ여 쥬ᄀᆡᆨ이 믁연이 셔로 ᄃᆡᄒᆞ얏더니 (少頃飯出, 療飢後, 仍困憊臥眠. 主人坐於域內, 柳則坐於閾外. 一燈耿耿, 主客相對嘿然.) <靑邱野談 奎章 3:9>

23) 【역ᄂᆡ】 명 역내(閾內). 문지방 안.¶ 閾內 ‖ 조곰 사이의 셕반을 올니거ᄂᆞᆯ 뇨긔ᄒᆞᆫ 후 ᄌᆞ연 곤비ᄒᆞ여 조으니 뉴상은 역외예 안고 쥬인은 역ᄂᆡ예 안자 일등이 경〻ᄒᆞ여 쥬ᄀᆡᆨ이 믁연이 셔로 ᄃᆡᄒᆞ얏더니 (少頃飯出, 療飢後, 仍困憊臥眠. 主人坐於域內, 柳則坐於閾外. 一燈耿耿, 主客相對嘿然.) <靑邱野談 奎章 3:9>

24) 【경경-ᄒᆞ-】 동 경경(耿耿)ᄒᆞ다. 불빛이 깜박거리다.¶ 耿耿 ‖ 조곰 사이의 셕반을 올니거ᄂᆞᆯ 뇨긔ᄒᆞᆫ 후 ᄌᆞ연 곤비ᄒᆞ여 조으니 뉴상은 역외예 안고 쥬인은 역ᄂᆡ예 안자 일등이 경〻ᄒᆞ여 쥬ᄀᆡᆨ이 믁연이 셔로 ᄃᆡᄒᆞ얏더니 (少頃飯出, 療飢後, 仍困憊臥眠. 主人坐於域內, 柳則坐於閾外. 一燈耿耿, 主客相對嘿然.) <靑邱野談 奎章 3:9>

"오는다?"

굴오디,

"왓노라."

쥬인이 벽샹 장검(長劍)을 나려 가지고 뉴샹
드려 닐오디,

"쥬인이 업다 말고 【10】 댱쟈(長者)의 셔칙을
보지 말나."

ᄒ고 표연이 나가거늘 뉴샹이 의괴(疑怪)ᄒ고
다시 살펴보니 아랫방 셔벽(西壁)의 드리운 쟝이 바
람의 거드치니 은ᄂ히 가히 보암즉ᄒ지라. 쥬옹의
부탁이 비록 엄ᄒ나 흔번 셥녑홀 ᄆ음이 긴급ᄒ야
니러나 쟝을 헷치고 본즉 시렁의 가득ᄒᆫ 거시 다
의셰(醫書ㅣ)라. 어지러이 ᄶᅢ야 대강 겸검홀 졔 문
밧긔 발지취25) 잇거늘 도로 칙을 꼿고 믈너 안잣더
니 이윽고 쥬인이 드러와 굴오디,

"쇼년이 너모 무례히 댱쟈의 셔칙을 보왓도
다."

뉴샹이 굴오디,

"지죄지죄(知罪知罪)라."

ᄒ고 인ᄒ야 칼 들고 나간 곡졀을 무른디 쥬
인이 굴오디,

"마춤 강능의 흔 벗이 ᄂ셔 날을 쳥ᄒ야 원슈
롤 갑고져 흔 고로 잠간 ᄃᆞᆫ녀오노라."

인ᄒ야 각ᄂ 취침ᄒ엿더니 닭이 쳐음 울민 쥬
옹이 죠뎨롤 ᄶᅵ와 닐오디,

"노시롤 먹엿ᄂ냐?"

뉴샹이 ᄯᅩ흔 니러 안즈니 잠간 사이 밥이 나
오거늘 먹기롤 맛치민 쥬옹이 굴오디,

"ᄲᆞᆯ니 ᄯᅥ나고 두류(逗留)치 말나."

뉴샹이 몸을 니러 하직ᄒ고 【11】 노시롤 탄디
쥬인의 아들이 ᄯᅩ 흔번 쳐로 치니 노시 ᄯᅩ ᄯᅱ여 낫
참의 광쥬(廣州) 널다리예 니른지라. 익예(掖隸)26)
십여인이 노샹(路上)의 년락ᄒ야 놉히 블너 굴오디,

"뉴셔방쥬(柳書房主ㅣ) 오시ᄂ냐?"

뉴샹이 잇씨 년일 횡치(橫馳)ᄒ고 졉목(接目)

지 못ᄒ여 졍신이 혼미흔 가온디 홍의 닙은 흔 사
룸이 노시 압희 당ᄒ여 굴오디,

"그디 뉴샹이 아니냐?"

굴오디,

"엇지 뭇ᄂ뇨?"

답ᄒ디,

"샹휘(上候ㅣ)27) 극즁(極重)ᄒ샤 즉금 뉴셔방
쥬롤 차자드려 증셰롤 살피려 ᄒ야 우리 등으로 ᄒ
여곰 강을 건너 기ᄃ리라 ᄒ엿스오니 ᄲᆞᆯ니 드러가
사이다."

대개 샹후 등의 흔 인민이 현몽(現夢)ᄒ여 닐
오디 뉴의(柳醫)의 일홈은 샹이오 의슐은 텬하 졔일
이라 녕남으로부터 노시롤 타고 오니 급히 사룸을
강변의 보니여 블너온즉 셩휘 태평ᄒ시리라 흔 연
괴러라.

뉴샹이 굴오디,

"내 과연 긔로다."

홍의비(紅衣輩) 크게 깃거 셔로 부쵹ᄒ니 뉴
샹이 가만이 무르디,

"옥휘(玉候ㅣ) 무슨 증셰뇨?"

답ᄒ디,

"대뎐(大殿)계오셔 두환(痘患)이28) ᄂ계 혹함
(黑陷)29) 되엿다 ᄒ【12】더이다."

뉴샹이 집의 도라와 관복ᄒ고 바로 대궐노 드
러갈시 동현(銅峴)을 지나더니 흔 노괴 역질 새로흔
아희롤 업고 길가의 셧거늘 겻희 사룸이 보고 굴오
디,

"드르니 이 아히 두증(痘症)이 극즁ᄒ다 ᄒ더
니 엇지 무소ᄒ뇨?"

노귀 굴오디,

---

25) 【발·지취】 圖 발자취.¶ 跡礙 ‖ 어지러이 ᄶᅢ야 대강 겸
검홀 졔 문밧긔 발지취 잇거늘 도로 칙을 꼿고 믈너
안잣더니 (柳亂抽之, 繡閣之際, 自外有人跡礙, 卽還挿
卷而退坐.) <靑邱野談 奎章 3:10>

26) 【익예】 圖 ((인류)) 액예(掖隸). 조선시대 내 액셔셔(掖
庭署)에 딸린 이원(吏員) 또는 하예(下隸).¶ 掖隸 ‖ 익
예 십여인이 노샹의 년락ᄒ야 놉히 블너 굴오디 뉴셔
방쥬 오시ᄂ냐 (掖隸十餘, 連絡路次呼聲曰: "柳書房來
乎?") <靑邱野談 奎章 3:11>

27) 【샹후】 圖 상후(上候). 셩후(聖候). 임금의 평안한 소
식. 또는 임금 신체의 안위.¶ 上候 ‖ 샹휘 극즁ᄒ샤
즉금 뉴셔방쥬롤 차자드려 증셰롤 살피려 ᄒ여 우리
등으로 ᄒ여곰 강을 건너 기ᄃ리라 ᄒ엿스오니 ᄲᆞᆯ니
드러가사이다 (上候極重, 方招柳書房主入診, 卽令小人
等渡江而俟之矣.) <靑邱野談 奎章 3:11>

28) 【두환】 圖 ((질병)) 두환(痘患). 마마(種痘). 천연두(天
然痘).¶ 痘患 ‖ 대뎐계오셔 두환이 ᄂ계 혹함이 되엿
다 ᄒ더이다 (大殿以痘患, 方在黑陷云云.) <靑邱野談
奎章 3:11>

29) 【혹함】 圖 ((질병)) 흑함(黑陷). 천연두에 길러 생긴 빌
진이 곰을 때에 고름집 속에서 피가 나고 빛깔이 검
어지는 증상.¶ 黑陷 ‖ 대뎐계오셔 두환이 ᄂ계 혹함이
되엿다 ᄒ더이다 (大殿以痘患, 方在黑陷云云.) <靑邱野
談 奎章 3:11>

"이 아히 과연 혹홈이 되여 칠귀(七竅ㅣ) 밀친 드시 흔 겹질이 되여 호흡을 통치 못ᄒᆞᄂᆞᆫ지라 속슈(束手)ᄒᆞ고 명진(命盡)ᄒᆞᄆᆞᆯ 기드리더니 형이 지나가ᄂᆞᆫ 산승을 만나 시쳬탕(柹蔕湯)30)[감꼭지]을31) 쓴 후의 칠귀 ᄌᆞ연 통ᄒᆞᆫ지라 그러모로 쾌히 소복(蘇復)ᄒᆞ야 어졔 비송ᄒᆞ엿노라."

뉴상이 잠간 드ᄅᆞ니 닐온바 시쳬탕은 어졔밤 본 바 의셔 등의 쏘흔 잇ᄂᆞᆫ지라 이에 입시ᄒᆞ야 긔후ᄅᆞᆯ 살핀즉 앗가 노고(老姑)의 업은 아히 혹홈된 찌와 흔 증이라 즉시 ᄎ챠쳬탕을 니니 씨 스월이라 시쳬ᄅᆞᆯ 어들 길이 업더니 남촌의 흔 조대(措大) 이시니 방 흔 간을 짓고 일홈을 무기당(無棄堂)이라 ᄒᆞ야 비록 바릴 거시라도 궁극히 모왓더니 감꼭지 흔 말을 무기당의 어더 일쳡을 달여 나오니 셩휘 즉시 평복ᄒᆞ시니 [13] 뉴상이 드듸여 신의로 쳔명ᄒᆞ니라. 일노 보건듸 흔 노인과 흔 노괴 다 이인이오 노싀의 치돌(馳突)홈과 신인의 현몽ᄒᆞᆷ이 다 하늘이 브리시미니 이상ᄒᆞ도다.

권두신니ᄉᆡᆼ죵덕
勸痘神李生種德

튱쳥도(忠淸道) 셔산(瑞山) 동암(銅岩) 니시(李氏)ᄂᆞᆫ 무변(武弁) 대개(大家ㅣ)라. 가을날의 평상에 안자 타작을 간검(看儉)ᄒᆞ더니 홀연 일산이 븟치며 위의 거록흔 관원이 드러오거늘 ᄌᆞ셰 본즉 졍든 벗

작고흔 재라. 당의 올나 한훤 후 니ᄉᆡᆼ이 ᄀᆞᆯ오듸,

"형이 아모년 분의 황쳔ᄒᆞᆨ이 되엿거늘 오날날 셩흔 관위로 욕님(辱臨)ᄒᆞ니 형이 오히려 인간의 잇ᄂᆞᆫ냐?"

긔인이 ᄀᆞᆯ오듸,

"내 셰샹을 하직ᄒᆞ고 명부의 입ᄉᆞᄒᆞ야 이졔 셔신차ᄉᆞ(庶神差使)로32) 쟝찻 호남(湖南)을 향ᄒᆞᆯᄉᆡ 마ᄎᆞᆷ 길이 형의 집을 지나ᄂᆞᆫ지라 평일 졍의ᄅᆞᆯ ᄉᆡᆼ각ᄒᆞᄆᆡ 그져 지나지 못ᄒᆞ야 잠간 보고 가려 왓노라."

니ᄉᆡᆼ이 ᄀᆞᆯ오듸,

"그듸 이믜 두역관쟝(痘疫官長)이33) 되여시니 평시 관후흔 셩픔으로 악착(齷齪)흔34) 일을 하지 아니려니와 므릇 인간의 [14] 귀동ᄌᆞ(貴童子)와 과부의 ᄌᆞ식이 댱원(長遠)ᄒᆞᆯ 아희 잇거든 비록 노키 어려울 ᄉᆞ단이 잇슬지라도 곡진히 용셔ᄒᆞ여 부듸 살녀너여 덕을 시므미 가ᄒᆞ니라."

말을 맛치ᄆᆡ 믄득 니러나 니ᄉᆡᆼ드려 닐너 ᄀᆞᆯ오듸,

"오ᄂᆞᆫ 길에 쏘 차ᄌᆞ리라."

---

30) 【시쳬-탕】 圖 ((의약)) 시쳬탕(柹蔕湯). 감꼭지를 약재로 쓰기 위해 끓인 탕.¶ 柹蔕湯 ‖ 속슈ᄒᆞ고 명진ᄒᆞᄆᆞᆯ 기드리더니 형이 지나가는 산승을 만나 시쳬탕[감꼭지]을 쓴 후의 칠귀 ᄌᆞ연 통ᄒᆞᆫ지라 그러모로 쾌히 소복ᄒᆞ야 어졔 비송ᄒᆞ엿노라 (束手而待盡, 幸逢過去僧 用柹蔕湯後, 七竅盡通, 今至 蘇, 昨日送神矣.) <靑邱野談 奎章 3:12>

31) 【감-꼭지】 圖 ((의약)) 감꼭지. 감의 열매꼭지를 말린 약재. 설사나 딸꾹질을 멈추게 하는데 쓴다.¶ 柹蔕湯 ‖ 속슈ᄒᆞ고 명진ᄒᆞᄆᆞᆯ 기드리더니 형이 지나가ᄂᆞᆫ 산승을 만나 시쳬탕[감꼭지]을 쓴 후의 칠귀 ᄌᆞ연 통ᄒᆞᆫ지라 그러모로 쾌히 소복ᄒᆞ야 어졔 비송ᄒᆞ엿노라 (束手而待盡, 幸逢過去僧 用柹蔕湯後, 七竅盡通, 今至 蘇, 昨日送神矣.) <靑邱野談 奎章 3:12>

32) 【셔신-차ᄉᆞ】 圖 ((관직)) 서신차사(庶神差使). 여러 신의 차사.¶ 西神差使 ‖ 내 셰샹을 하직ᄒᆞ고 명부의 입ᄉᆞᄒᆞ야 이졔 셔신차ᄉᆞ로 쟝찻 호남을 향ᄒᆞᆯᄉᆡ 마ᄎᆞᆷ 길이 형의 집을 지나ᄂᆞᆫ지라 평일 졍의ᄅᆞᆯ ᄉᆡᆼ각ᄒᆞᄆᆡ 그져 지나지 못ᄒᆞ야 잠간 보고 가려 왓노라 (吾已謝人間久矣. 死後入仕於冥府, 今以西神差使, 將向湖南, 路適出於內浦憂過, 兄弟念平日情誼, 不可慮度, 故暫歷入矣.) <靑邱野談 奎章 3:13>

33) 【두역-관쟝】 圖 ((인류)) 두역관장(痘疫官長). 역신(疫神)을 맡아서 주관하는 사람.¶ 痘疫官 ‖ 그듸 이믜 두역관쟝이 되여시니 평시 관후흔 셩픔으로 악착흔 일을 하지 아니려니와 므릇 인간의 귀동ᄌᆞ와 과부의 ᄌᆞ식이 댱원홀 아희 잇거든 비록 노키 어려울 ᄉᆞ단이 잇슬지라도 곡진히 용셔ᄒᆞ여 부듸 살녀너여 덕을 시므미 가ᄒᆞ니라 (君旣爲痘疫之官, 以君平時寬厚之性, 似不爲齷齪之事, 而凡於人家貴童子孤寡子穎悟于有長遠之兒, 雖有難赦之端, 曲恕圖生, 以爲種德之地, 至可至可.) <靑邱野談 奎章 3:13>

34) 【악착-ᄒᆞ-】 圖 악착(齷齪)ᄒᆞ다. 도량이 썩 좁다.¶ 齷齪 ‖ 그듸 이믜 두역관쟝이 되여시니 평시 관후흔 셩픔으로 악착흔 일을 하지 아니려니와 므릇 인간의 귀동ᄌᆞ와 과부의 ᄌᆞ식이 댱원홀 아희 잇거든 비록 노키 어려울 ᄉᆞ단이 잇슬지라도 곡진히 용셔ᄒᆞ여 부듸 살녀너여 덕을 시므미 가ᄒᆞ니라 (君旣爲痘疫之官, 以君平時寬厚之性, 似不爲齷齪之事, 而凡於人家貴童子孤寡子穎悟于有長遠之兒, 雖有難赦之端, 曲恕圖生, 以爲種德之地, 至可至可.) <靑邱野談 奎章 3:13>

타작ᄒᆞᄂᆞᆫ 계인이 다 보지 못ᄒᆞᄃᆡ 홀노 니셩이 본지라 밋 듕동(仲冬)을 당ᄒᆞᄆᆡ 두신(痘神)이 과연 드러오니 짐시른 거시 만코 슈죵(隨從)ᄒᆞᄂᆞᆫ 아ᄒᆡ 그 수를 아지 못ᄒᆞᆯ너라. 니셩이 기간 별회를 미ᄌᆞ(娓娓)히 말ᄒᆞᆯᄉᆡ 기듕 ᄒᆞᆫ 아ᄒᆡ 년긔 십여 셰예 골격과 용뫼 귀가 즈뎨 모양이오 ᄯᅩ 당원ᄒᆞᆫ 긔샹이 ᄌᆞᆺ시ᄃᆡ 등의 즁ᄒᆞᆫ 짐을 지고 고쵸(苦楚)ᄒᆞᄂᆞᆫ 빗치 잇거늘 니셩이 ᄀᆞᆯ오ᄃᆡ,

"뎌 아ᄒᆡᄂᆞᆫ 뉘집 ᄌᆞ식이완ᄃᆡ 뎌러툿시 신고(辛苦)ᄒᆞᄂᆞᆫ뇨?"

두신이 ᄀᆞᆯ오ᄃᆡ,

"피동(彼童)은 호남 모읍 김셩가(金姓家) 아ᄒᆡ니 졍셩이 심히 블샹ᄒᆞ나 ᄉᆞ셰 실노 어려온지라 마지 못ᄒᆞ야 잡아오노라."

니셩이 ᄀᆞᆯ오ᄃᆡ,

"그 ᄉᆈ유를 듯고져 ᄒᆞ노라."

두신이 ᄀᆞᆯ오ᄃᆡ,

"뎌 아ᄒᆡ 다른 형뎨 업고 ᄯᅩ 삼ᄃᆡ 과부의 독지라 그 집이 [15] 간난치 아니ᄒᆞ니 내 측은이 너겨 슌ᄒᆞᆫ 증(症)으로 쥬어 시통(始痛)[35]으로부터 낙가(落痂)[36]거지 별노 잡탈 업시 츌쟝ᄒᆞ엿더니 밋 그 송신ᄒᆞᆯ 졔 뇌물이 풍셩ᄒᆞ니 디부의 젼례 가히 진슈이 슈운치 아니치 못ᄒᆞᆯ지라. 헝듕에 복매(卜馬ㅣ) 업고 ᄯᅩ 가히 짐즉ᄒᆞᆫ 쟤 업ᄂᆞᆫ 고로 뎌 아ᄒᆡ를 부복군(負卜軍)으로 졍ᄒᆞ야 잡아가노라."

니셩이 ᄀᆞᆯ오ᄃᆡ,

"슬프다 형이 엇지 블인(不仁)ᄒᆞ미 이 ᄀᆞᆺᄒᆞ뇨? 졔 삼ᄃᆡ 과부의 ᄌᆞ식으로 무ᄉᆞ이 츌댱ᄒᆞ미 신인의

보우ᄒᆞᆫ 덕을 갑고져 ᄒᆞ여 그 뇌물을 풍비히 ᄒᆞ엿거늘 이믜 그 뇌물을 밧고 ᄯᅩ 져 아ᄒᆡ를 잡아가니 엇지 이런 일을 ᄎᆞᆷ아 ᄒᆞᄂᆞ뇨? 내 집의 ᄆᆞᆯ ᄒᆞᆫ 필이 ᄀᆞᆺ시니 가히 복터(卜駄)를 ᄃᆡ신ᄒᆞ고 져 아ᄒᆡ를 본가로 도로 보ᄂᆡ미 엇더ᄒᆞ뇨?"

두신이 ᄀᆞᆯ오ᄃᆡ,

"낙(諾)다."

니셩이 ᄌᆞ예 마구(馬廐)의 ᄆᆞᆯ을 잇그러 ᄂᆡ니 조곰 ᄉᆞ이의 ᄆᆞᆯ이 죽거늘 두신이 아ᄒᆡ 진 거술 ᄆᆞᆯ긔 싯고 아ᄒᆡᄂᆞᆫ 계집의 돌녀보ᄂᆡ고 인ᄒᆞ야 쟉별ᄒᆞ고 당의 ᄂᆞ리니 홀연 보지 못ᄒᆞᆯ너라.

수삭이 지난 후 니셩이 마춤 한가히 안잣더니 믄득 ᄒᆞᆫ ᄂᆡ힝(內行)이 드러오거늘 [16] 니셩이 괴이 너겨 무르니 답ᄒᆞᄃᆡ,

"젼라도 모읍 김셩가 ᄂᆡ힝이라."

ᄒᆞ거늘 그 온 연고를 무른ᄃᆡ ᄀᆞᆯ오ᄃᆡ,

"ᄌᆞ식이 쥬인의 덕퇵으로 다힝이 회셩ᄒᆞ니 원컨ᄃᆡ 딕의 몸을 의탁고져 ᄒᆞ여 아ᄒᆡ를 ᄃᆞ리고 왓ᄂᆞ이다."

니공이 ᄀᆞᆯ오ᄃᆡ,

"엇지 분명이 아ᄂᆞ뇨?"

ᄀᆞᆯ오ᄃᆡ,

"아ᄒᆡ 두역을 무ᄉᆞ이 ᄒᆞ고 비송ᄒᆞᆫ 후 홀연 긔식ᄒᆞ야 죽거늘 김가 일뎍이 아조 망ᄒᆞᆫ지라. 셰 과뷔 다 쏠아 죽기로 ᄌᆞ쳐ᄒᆞ고 아ᄒᆡ를 쵸빈(草殯)ᄒᆞ엿더니[37] 수일 후 쵸빈의셔[38] 긔운이 ᄂᆞ러나 연긔 ᄀᆞᆺ거늘 급히 헤치고 본즉 믁믄 ᄆᆡ 졀노 플니고 아ᄒᆡ 믄득 ᄂᆡ러 안자 닐오ᄃᆡ 두신이 셔산 동암 니공의 집에 드러가 슈쟉ᄒᆞ던 말과 구마로뻐 졔 짐을 ᄃᆡ신ᄒᆞ

---

35) 【시통】圖 ((질병)) 시통(始痛). 쳔연두를 앓을 때, 발진이 돋기 젼에 나타나는 통증. 열이 오르거나 두통 따위의 증세가 있다.¶ 始痛 ∥ 뎌 아ᄒᆡ 다른 형뎨 업고 ᄯᅩ 삼ᄃᆡ 과부의 독지라 그 집이 간난치 아니ᄒᆞ니 내 측은이 너겨 슌ᄒᆞᆫ 증으로 쥬어 시통으로부터 낙가거지 별노 잡탈 업시 츌쟝ᄒᆞ엿더니 (彼兒無他兄弟, 只一箇身, 又是三世寡婦之子, 其家不貧, 吾亦矜之, 施以順類, 自始痛至落痂, 別無雜頉而善得出場矣.) <靑邱野談 奎章 3:15>

36) 【낙가】圖 ((질병)) 낙가(落痂). 쳔연두 샹쳐가 헐거나 마른 데가 다 나아서 딱지가 떨어짐. 또는 그 딱지.¶ 落痂 ∥ 뎌 아ᄒᆡ 다른 형뎨 업고 ᄯᅩ 삼ᄃᆡ 과부의 독지라 그 집이 간난치 아니ᄒᆞ니 내 측은이 너겨 슌ᄒᆞᆫ 증으로 쥬어 시통으로부터 낙가거지 별노 잡탈 업시 츌쟝ᄒᆞ엿더니 (彼兒無他兄弟, 只一箇身, 又是三世寡婦之子, 其家不貧, 吾亦矜之, 施以順類, 自始痛至落痂, 別無雜頉而善得出場矣.) <靑邱野談 奎章 3:15>

37) 【쵸빈-ᄒᆞ】圖 쵸빈(草殯)ᄒᆞ다. ᄉᆞ졍상 쟝ᄉᆞ를 쇽히 치르지 못ᄒᆞ고 송쟝을 방안에 둘 수 없을 때에, 한데나 의지간에 관을 놓고 이엉 따위로 그 위를 이어 눈비를 가릴 수 있도록 덮어두다.¶ 草殯 ∥ 셰 과뷔 다 쏠아 죽기로 ᄌᆞ쳐ᄒᆞ고 아ᄒᆡ를 쵸빈ᄒᆞ엿더니 수일 후 쵸빈의셔 긔운이 ᄂᆞ러나 연긔 ᄀᆞᆺ거늘 (草殯矣, 過數日後, 自草殯有氣如烟.) <靑邱野談 奎章 3:16>

38) 【쵸빈】圖 쵸빈(草殯). ᄉᆞ졍상 쟝ᄉᆞ를 쇽히 치르지 못ᄒᆞ고 송쟝을 방안에 둘 수 없을 때에, 한데나 의지간에 관을 놓고 이엉 따위로 그 위를 이어 눈비를 가릴 수 있도록 덮어두는 일. 또는 그렇게 넉어 두는 것.¶ 草殯 ∥ 셰 과뷔 다 쏠아 죽기로 ᄌᆞ쳐ᄒᆞ고 아ᄒᆡ를 쵸빈ᄒᆞ엿더니 수일 후 쵸빈의셔 긔운이 ᄂᆞ러나 연긔 ᄀᆞᆺ거늘 (草殯矣, 過數日後, 自草殯有氣如烟.) <靑邱野談 奎章 3:16>

던 일을 넉〻히 니ᄅᆞ니 셰 미망인이 공의 덕을 ᄲᅧ에 삭여 젼가(全家)ᄅᆞᆯ 반이(搬移)ᄒᆞ야 ᄃᆡᆨ에 의탁ᄒᆞ고 몸이 맛도록 ᄉᆞ역의 츙수(充數)코져 왓ᄂᆞ이다."

니공이 쥬관ᄒᆞ야 내 건너 ᄒᆞᆫ 집을 어더 안졉(安接)ᄒᆞ게 ᄒᆞ고 그 ᄋᆞ희ᄂᆞᆫ 니ᄶᆞ(李字)로 셩을 ᄒᆞ니 그 ᄌᆞ손이 번셩ᄒᆞ야 지금 대족이 되니 일노 동암니시 쳔좌(川左) 쳔우(川右) 이족이 잇다 ᄒᆞ더라.

포광젹구명창권슐
捕獷賊具名唱權術

【17】 구남양(具南陽) 담(紞)이 쇼시로 효용(驍勇)이 졀인(絶人)ᄒᆞ고 담냑(膽略)이 〻시며 노ᄅᆡᄅᆞᆯ 잘 부ᄅᆞ고 술을 조히 너겨 픙골이 쥰슈ᄒᆞᆫ 쇼년이라. 일즉 무과ᄒᆞ야 샹의쥬부(尙衣主簿)ᄅᆞᆯ39) ᄒᆞ엿더니 시ᄌᆡ(時宰)의게40) 무이여41) 낙ᄉᆞ(落仕)ᄒᆞᆫ지 십여 년이라. 울젹히 ᄯᅳᆺ을 엇지 못ᄒᆞ더니 뎡묘됴(正廟朝)의 양〻(襄陽) ᄶᅡ 니경ᄂᆡ(李景來)란 도적이 녀력(膂力)이 ᄲᅱ여나 셩군작당(成群作黨)ᄒᆞᄃᆡ42) 관군이 능히 잡지 못ᄒᆞᄂᆞᆫ지라. ᄌᆞ상(自上)으로 구담(具紞)의 용녁을 드르시고 션젼관(宣傳官)을 계슈ᄒᆞ샤 밀지ᄅᆞᆯ 쥬샤 니적(李賊)을 잡으라 ᄒᆞ시고 님ᄒᆡᆼ의 경계ᄒᆞ야 ᄀᆞᆯ오샤ᄃᆡ,

"너ᄅᆞᆯ 금오랑(金吾郞)과43) 암ᄒᆡᆼ슈의(暗行繡衣)44)ᄅᆞᆯ 겸ᄃᆡ(兼帶)ᄒᆞ노니 편의로 죵ᄉᆞᄒᆞ라. 치ᄒᆡᆼ반젼(治行盤錢)은 군문(軍門)으로 넉〻히 쥴 거시니 만일 실포(失捕)ᄒᆞ면 군률(軍律) 시ᄒᆡᆼᄒᆞ리라."

담이 봉명ᄒᆞ고 집의 물너와 팔십 노모ᄅᆞᆯ 뵈오ᄆᆡ 경식 망연ᄒᆞᆫ지라. 이윽고 탄식ᄒᆞ야 ᄀᆞᆯ오ᄃᆡ,

"남ᄋᆡ 셰샹의 나셔 엇지 길이 뉴락(遺落)ᄒᆞ리오?45) 금년의 도적을 엇고 말 만ᄒᆞᆫ 【18】 금닌(金印)을 ᄎᆔᄒᆞ리라."

ᄒᆞ고 포교 변시진(卞時鎭)으로 슈죵을 졍ᄒᆞ니 시진은 긔포(譏捕)ᄅᆞᆯ46) 잘ᄒᆞ고 ᄯᅩ 남[님]완셕(林完石)을 브ᄅᆞ니 완셕은 ᄒᆞ로 삼ᄇᆡᆨ 니ᄅᆞᆯ ᄒᆡᆼᄒᆞ니 별호ᄅᆞᆯ 신ᄒᆡᆼ태뵈(神行太步ㅣ)라 ᄒᆞ다. 가만이 치ᄒᆡᆼᄒᆞᆯ시 광대의 모양으로 ᄭᅮ며 빗난 옷과 보ᄇᆡᄅᆞᆯ 만히 낭탁의 너허 완셕으로 지이고 거러 ᄒᆡᆼᄒᆞ야 양〻 지경의 다ᄃᆞ르니 그ᄯᅢ 담의 숙부 셰적(世蹟)이 양〻쉬(襄陽倅) 되여 츄후 ᄂᆞ려오니 특지(特旨)로 ᄒᆞ엿더라.

담이 숙부로 더브러 가만이 의논ᄒᆞ야 죵적을 감초와 ᄎᆡᆨ실(冊室)이라 일ᄏᆞᆺ고 산졍(山亭)의 쳐ᄒᆞ야 날마다 니향ᄇᆡ(吏鄕輩)로 더브러 활ᄡᅩ며 쥬육이 님니ᄒᆞ고 돈 ᄡᅳ기ᄅᆞᆯ 믈ᄀᆞᆺ치 ᄒᆞ야 니향 관쇽의 ᄆᆞ옴을 어든지라. 동졍을 살피더니 기듕 별감 일인이 픙치 쥰슈ᄒᆞ고 담논이 유여ᄒᆞ야 향듕에 권셰 잇ᄂᆞᆫ지라.

---

39) 【샹의쥬부】 명 ((관직)) 상의주부(尙衣主簿). 상의원(尙衣院: 조선시대에, 임금의 의복과 궁내의 일용품, 보물 따위의 관리를 맡아보던 관아)에서 일을 보던 종6품의 벼슬.¶ 尙衣主簿 ‖ 일즉 무과ᄒᆞ야 샹의쥬부ᄅᆞᆯ ᄒᆞ엿더니 시ᄌᆡ의게 무이여 낙ᄉᆞᄒᆞᆫ지 십여 년이라 (登武科, 爲尙衣主簿, 忤時宰, 落仕潦倒十餘年.) <靑邱野談 奎章 3:17>

40) 【시ᄌᆡ】 명 ((인류)) 시재(時宰). 그 당시의 재상.¶ 時宰 ‖ 일즉 무과ᄒᆞ야 샹의쥬부ᄅᆞᆯ ᄒᆞ엿더니 시ᄌᆡ의게 무이여 낙ᄉᆞᄒᆞᆫ지 십여 년이라 (登武科, 爲尙衣主簿, 忤時宰, 落仕潦倒十餘年.) <靑邱野談 奎章 3:17>

41) 【무이-】 동 흔들리다. 움직이다.¶ 忤 ‖ 일즉 무과ᄒᆞ야 샹의쥬부ᄅᆞᆯ ᄒᆞ엿더니 시ᄌᆡ의게 무이여 낙ᄉᆞᄒᆞᆫ지 십여 년이라 (登武科, 爲尙衣主簿, 忤時宰, 落仕潦倒十餘年.) <靑邱野談 奎章 3:17>

42) 【셩군작당-ᄒᆞ-】 동 셩군작당(成群作黨)ᄒᆞ다. 여러 사람이 모여 떼를 짓다.¶ 嘯聚徒黨 ‖ 뎡묘됴의 양〻ᄶᅡ 니경ᄂᆡ란 도적이 녀력이 ᄲᅱ여나 셩군작당ᄒᆞᄃᆡ 관군이 능히 잡지 못ᄒᆞᄂᆞᆫ지라 (正廟朝襄陽獷賊李景來, 大有膂力, 亦有膽智, 嘯聚徒黨, 東西閃忽, 官軍不能捕.) <靑邱野談 奎章 3:17>

43) 【금오-랑】 명 ((관직)) 금오랑(金吾郞). 조선시대에, 의금부에 속한 도사(都事)를 이르던 말.¶ 金吾郞 ‖ 너ᄅᆞᆯ 금오랑과 암ᄒᆡᆼ슈의ᄅᆞᆯ 겸ᄃᆡᄒᆞ노니 편의로 죵ᄉᆞᄒᆞ라 (以汝兼帶金吾郞暗行繡衣, 捕賊之際, 便宜從事.) <靑邱野談 奎章 3:17>

44) 【암ᄒᆡᆼ-슈의】 명 ((관직)) 암행수의(暗行繡衣). 암행어사(暗行御史).¶ 暗行繡衣 ‖ 너ᄅᆞᆯ 금오랑과 암ᄒᆡᆼ슈의ᄅᆞᆯ 겸ᄃᆡᄒᆞ노니 편의로 죵ᄉᆞᄒᆞ라 (以汝兼帶金吾郞暗行繡衣, 捕賊之際, 便宜從事.) <靑邱野談 奎章 3:17>

45) 【뉴락-ᄒᆞ-】 동 유락(遺落)ᄒᆞ다. 버려지다.¶ 淪落 ‖ 남ᄋᆡ 셰샹의 나셔 엇지 길이 뉴락ᄒᆞ리오 금년의 도적을 엇고 말 만ᄒᆞᆫ 금닌을 ᄎᆔᄒᆞ리라 (男兒生世, 豈能長事淪落哉? 今年得此賊, 取金印如斗大.) <靑邱野談 奎章 3:17>

46) 【긔포】 명 기포(譏捕). 조선시대에 강도나 절도를 탐색하여 체포하던 일.¶ 譏捕 ‖ 시진은 긔포ᄅᆞᆯ 잘ᄒᆞ고 ᄯᅩ 남[님]완셕을 브ᄅᆞ니 완셕은 ᄒᆞ로 삼ᄇᆡᆨ 니ᄅᆞᆯ ᄒᆡᆼᄒᆞ니 별호ᄅᆞᆯ 신ᄒᆡᆼ태뵈라 ᄒᆞ다 (卞是善譏捕者也, 又得京中破落戶總角林完石, 此則日行三四百里, 號稱神行太步者也.) <靑邱野談 奎章 3:18>

이 사롬으로 심복의 벗을 삼고 일:은 술을 두어
밤이 깁도록 잔을 기우려 대취ᄒᆞ믹 담이 믄득 좌슈
로 그 소믹롤 잡고 우슈로 칼을 빠혀 그 가삼을 지
르려 ᄒᆞ니 【19】 별감이 경황망조ᄒᆞ야 골오ᄃᆡ,

"이 엇진 일이뇨?"

담이 골오ᄃᆡ,

"내 다르미 아니라 종젹을 비밀히 ᄒᆞ야 니경
너롤 잡으려 ᄒᆞ더니 비로소 네 경닌 줄 알아시니
여러 말 말고 내 칼을 바드라."

별감이 골오ᄃᆡ,

"쇼인은 경닌 아니오 참 경닌는 근쳐의 이스
니 원컨ᄃᆡ 무죄ᄒᆞᆫ 목숨을 엇엿비 너기쇼셔."

담이 골오ᄃᆡ,

"그러면 니젹이 어ᄃᆡ 잇ᄂᆞ뇨?"

답ᄒᆞᄃᆡ,

"일젼의 읍ᄂᆡ예 머므더니 관개 새로 나려오시
믈 듯고 긔미롤 알고 도망ᄒᆞ야 금강산(金剛山)의 은
신ᄒᆞ엿스오니 그리로 가쇼셔."

담이 골오ᄃᆡ,

"네 엇지 젹실이 아ᄂᆞ뇨? 필경 네 동모ᄒᆞ미로
다."

답ᄒᆞᄃᆡ,

"동모ᄂᆞᆫ 진실노 지원(至冤)ᄒᆞ옵고 다만 친숙ᄒᆞ
온 고로 ᄌᆞ연 아ᄂᆞ이다."

담이 골오ᄃᆡ,

"네 만일 니젹을 조차면 일문(一門)이 쥬륙을
면치 못홀 거시니 엇지 날을 조차 니젹을 잡아 큰
공을 셰움만 ᄀᆞᆺᄒᆞ리오?"

별감이 유:(唯唯) ᄒᆞ거늘 ᄯᅩ 골오ᄃᆡ,

"내 이졔 너롤 노와보ᄂᆞ니 네 만일 긔미롤 누
셜ᄒᆞᆫ즉 맛당이 너롤 몬져 잡으리라."

별감이 ᄯᅩ 유:【20】ᄒᆞ거늘 이예 놋코 잇튼
날 변교(卞校)와 님동(林童)으로 더브러 종젹을 감
초와 금강산의 드러가 광대 구명창(具名唱)이라 일
카라 변교로 북을 치고 도쳐의 녕산(靈山)을 부르
니 진짓 절창이라. 의복을 빗나게 ᄒᆞ고 진보(珍寶)
롤 흣터 각사(各寺) 즁과 밋 유산(遊山)ᄒᆞᄂᆞ 사롬의
게 널니 베프니 이러모로 일홈이 산등의 가득ᄒᆞ지
라. 구명창의 조(調)롤 듯고져 사롬이 구름 뭇둣 ᄒᆞ
거늘 담이 두루 살피되 경닌의 면목이 업ᄂᆞᆫ지라 젼
일 별감의게 니젹의 용모 파긔(疤記)롤[47] ᄌᆞ셔 드튼

고로 내외 산을 발바 여러 사롬 ᄀᆞ온ᄃᆡ 가만이 살
피되 맛참내 엇지 못ᄒᆞ고 비로봉(毘盧峰)의 울나 하
눌의 츅슈ᄒᆞ야 통곡ᄒᆞ고 나려와 장안사(長安寺)의[48]
뉴슉홀신 츄풍은 소슬ᄒᆞ고 월식은 쳐량ᄒᆞ디 경:
(耿耿)히 자지 못ᄒᆞ고 신션누(神仙樓)의 울나 야식
을 보더니 산 밋 쵸막(草幕)의 등블이 빗최거늘 ᄆᆞ
음의 홀연 동ᄒᆞ야 누의 ᄂᆞ려 쵸막을 차자 본즉
ᄒᆞᆫ 승이 담의 드러오믈 보고 급히 무어술 무릅 밋
히 너커늘 담이 승의 겻ᄒᆡ 갓가이 【21】 안자 슈작
ᄒᆞ니 승이 골오ᄃᆡ,

"명창이 엇지 그러ᄒᆞ뇨?"

담이 그 무릅 밋ᄒᆡ 감촌 거슬 보려 ᄒᆞ여 승을
밀쳐 골오ᄃᆡ,

"산승이 엇지 나의 졀창을 아ᄂᆞ뇨?"

승이 번ᄃᆞ쳐 누을 씌예 큰 집신 ᄒᆞᆫ 짝을 반만
삼은 거슬 보고 그 승을 결박ᄒᆞ여 골오ᄃᆡ,

"이는 반ᄃᆞ시 니경너의 신이로다. 네 경너의
잇는 곳을 알 거시니 바로 니르라."

젼의 별감을 인ᄒᆞ야 니젹의 발 큰 말을 드른
연괴러라. 승이 놀나 항복ᄒᆞ거늘 담이 골오ᄃᆡ,

"만일 날노 더브러 니젹을 잡은즉 샹이 젹지
아닐 거시오 조곰이나 은휘ᄒᆞ면 검두(劍頭)의 혼이
되리라."

승이 골오ᄃᆡ,

"녕ᄃᆡ로 조차리이다."

담이 골오ᄃᆡ,

"내 봉명ᄒᆞ고 왓스니 엇지ᄒᆞ면 이 도젹을 잡
을고?"

승이 골오ᄃᆡ,

---

47) 【파긔】 團 파긔(疤記). 어떤 인물의 생김새나 신체상
의 특징을 적은 기록.¶ 疤記 ‖ 젼일 별감의게 니젹의
용모 파긔롤 ᄌᆞ셔 드른 고로 내외 산을 발바 여러 사
롬 ᄀᆞ온ᄃᆡ 가만이 살피되 맛참내 엇지 못ᄒᆞ고 비로봉
의 울나 하눌끠 츅슈ᄒᆞ야 통곡ᄒᆞ고 나려와 장안사의
뉴슉홀신 (盖因別監詳探景來之容貌疤記, 故遍踏內外山
於衆中. 陰察之, 終不得焉. 登毘盧峰祝天, 仍痛哭而下,
宿長安寺.) <靑邱野談 奎章 3:20>

48) 【장안·사】 團 ((주거)) 장안사(長安寺). 강원도 금강산
에 있는 큰 절. 신라 법흥왕 원년(514)에 진표(眞表)가
창건하였으며 고려 성종 때 크게 확장되었다.¶ 長安寺
‖ 젼일 별감의게 니젹의 용모 파긔롤 ᄌᆞ셔 드른 고로
내외 산을 발바 여러 사롬 ᄀᆞ온ᄃᆡ 가만이 살피되 맛
잡니 녓시 못ᄒᆞ고 비로봉의 올나 하ᄂᆞᆫ끠 츅슈ᄒᆞ야 통
곡ᄒᆞ고 나려와 장안사의 뉴슉홀신 (盖因別監詳探景來
之容貌疤記, 故遍踏內外山於衆中. 陰察之, 終不得焉.
登毘盧峰祝天, 仍痛哭而下, 宿長安寺.) <靑邱野談 奎章
3:20>

"금야의 소승을 만나미 하늘이라 맛당히 도젹
잡을 묘칙을 고흐리니 경녀 일즉 명창을 듯고져 흐
여 지명일(再明日) 초막으로 언약흐야 오마 흐고 쏘
날드려 집신을 삼아 달나 흐기 마춤 삼다가 일우지
못흐엿스오니 경녀 만일 오거든 쇼승이 쳥흐여 타
령 [22] 흐게 흘 거시오 쏘 니젹이 평싱 술을 즐기
는지라 술을 년흐여 권흐고 그 취흐믈 기드려 잡은
즉 일을 일우리이다."

담이 드디여 승으로 심복을 삼고 대희흐야 그
밤의 님동을 양양의 보니여 명일너로 건쟝흔 교졸
오십 명을 발송흐게 흐고 각각 변복(變服)흐야 당안
사 각쳐 요히디(要害地)에 파슈(把守)흐고 쏘 독흔
쇼쥬를 구흐야 님동으로 흐여곰 쵸막의셔 팔게 흐
고 각각 약속을 일졍 어긔지 말나 분부흐엿더니 지
명일 경젹(景賊)이 과연 쵸막의 왓거늘 승이 담을
블너 타령흐라 흔디 담이 몬져 권쥬가(勸酒歌)와 쟝
진쥬(將進酒)를 슬어져가는 드시 브르니 경녀 칙칙
(嘖嘖)히 잘흔다 일곳고 무릅흘 치는지라. 담이 님
동의 쇼쥬를 만히 사 일변 부으며 일변 권흐니 경
젹이 그 쇼리예 혹흐야 술을 쥬는 디로 다암다암[49]
먹으미 취흐믈 찌듯지 못흐야 두 눈이 다 풀닌지라.
년흐야 권흐되 스양치 아니흐더니 이윽고 경젹이
취흐야 조을거늘 담이 쇼 [23] 매의 철퇴를 너헛다
가 별안간 티니 경젹이 본니 용녁이 졀뉸(絶倫)흔지
라 비록 취듕(醉中)이나 쵸막 밧긔 쮜여나 동분셔쥬
(東奔西走)흐더니 이씨 각쳐 파슈 호셩(呼聲)이 셔
로 응흐니 경젹이 졍신이 황홀흐야 향홀 바를 아지
못흐거늘 담이 급히 변복흐고 귀경흐는 사름 가온
디 셧겨 경젹의 뒤를 졋무더 평싱 힘을 다흐야 경
젹의 다리를 철퇴로 티니 다리 부러지거늘 파슈교
졸을 블너 일졔이 결박흐니 결박흔 줄이 썩은 삭기
굿치 끈허지거늘 철퇴로 쏘 그 팔을 썩근 후 비로
쇼 결박흐고 관군을 발흐야 함거(監車)의 너허 경셩
의 보니여 죽이고 쵸막 승과 별감을 후히 샹스(賞
賜)흐고 복명흐는 날 당샹 션젼관을 졔슈흐시니 젼
명(傳命)흐기를 잘흐는 고로 기리 승젼을 씌고 여러
번 쥬군(州郡)을 지니니라.

49) 【다암·다암】 田 차례차례.¶ 경젹이 그 쇼리예 혹흐야
술을 쥬는 디로 다암다암 먹으미 취흐믈 찌듯지 못흐
야 두 눈이 다 풀닌지라 (景來喜其聲, 一盃一盃復一盃
郞釂然, 而醉眼已朦朧.) <靑邱野談 奎章 3:22>

풍린긱오믈음션히
諷吝客吳物音善諧

경듕(京中)의 흔 오셩(吳姓) 사름이 나나히 고
담(古談) 잘흐기로 셰샹의 쳔명흐야 지샹가(宰相家)
의 [24] 두루 놀되 식셩(食性)이 외나물을[50] 즐기는
고로 사름이 오믈음(吳物音)이라 브르니 그쎄예 흔
죵실(宗室)이 년노(年老)흐고 네 아들이 나나히 지
믈을 모도와 거부를 일워시되 텬셩이 닌셕(吝嗇)흐
야 츄호도 남 쥬는 배 업고 쏘흔 모든 즈뎨의게 분
지(分財)를 아니흐니 친흔 벗이 권흔즉 답흐되,
"니 샹냥(商量)이 잇노라."
흐고 쳔연(遷延)이 셰월흐야 참아 능히 쥬지
못흐더라.

일일은 오믈음을 블너 고담을 시길시 믈음(物
音)이 므음의 일계를 싱각흐고 고담을 졔 스스로
지어 말흐되,
"당안 갑부 니동지(李同知)란 재 잇셔 슈부귀
다남즈(壽富貴多男子)를 겸흐여시니 사름이 호팔지
(好八字ㅣ)라 닐ㄹ드되 쇼시로 간난의 샹(傷)흐야
즈슈셩가(自手成家)흐여 부가옹(富家翁)이 되여시미
닌쇠흐고 괴벽(怪癖)흐야 비록 즈질형뎨(子姪兄弟)
라도 일개를 쥬지 아니흐더니 죽기를 님흐미 셰샹
만시 도모지 허신로되 오직 지믈지(財)ㄸ 흔 글ㄸ를
권년(眷戀)흐야 참아 놋치 못흐고 병이 스경의 니른
지라 이예 모든 아들을 블너 유언흐디 '내 평싱의
고로이 지믈을 모도와 비록 갑부의 니 [25] 르나
이졔 황쳔길을 당흔지라 빅계로 싱각흐되 흔낫 가
지고 갈 거시 업스니 젼일 지믈을 앗겨 쓰지 아닌
일을 뉘웃쳐도 밋지 못흘지라 명졍이 압흘 셔미 샹
개(喪歌ㅣ) 쳐량흐고 공산낙목(空山落木)의 새소리
쳐쳐흐고 야우한텬(夜雨寒天)의 귀곡(鬼哭)이 츄츄
(啾啾)흐니 비록 돈 흔 푼 쓰고져 흔들 엇지 어드리
오? 나 죽은 후 습념(襲殮)흐고 입관흘 졔 두 손의

50) 【외·나믈】 圈 ((음식)) 오이나믈.¶ 瓜熟菜 ‖ 경듕의 흔
ㅇ셩 사름이 나나히 고담 잘흐기로 셰샹의 쳔명흐야
지샹가의 두루 놀되 식셩이 외나믈을 즐기는 고로 사
름이 오믈음이라 브르니 (京中有吳姓人, 善古談名於
世. 遍謁卿相家, 性耆瓜熟菜, 故人以吳物音呼之.) <靑
邱野談 奎章 3:24>

악슈(握手)룰 쓰지 말고 관곽 두 겨히 굼글 뚤어 나의 좌우슈룰 구멍 밧긔 너여 노샹 힝인으로 ᄒᆞ여곰 나의 지물을 산ᄀᆞ치 이시더 변손으로 도라가믈 알게 ᄒᆞ라.' ᄒᆞ고 명이 진ᄒᆞ니 ᄌᆞ데 감히 유교(遺敎)룰 어긔지 못ᄒᆞ니 쇼인이 앗가 노샹의셔 힝샹을 만나 두 손이 관 밧긔 나오믈 보고 괴이 녀겨 무르니 이예 니동지 유언이라. 인지장ᄉᆞ(人之將死)의 기언이 시(其言而是)라 ᄒᆞ미 올토쇼이다."

종실이 그 말을 드ᄅᆞ미 온연이 ᄌᆞ가룰 조롱ᄒᆞᆫ 듯ᄒᆞ나 그 말인즉 올혼지라. 즉셕의 돈연히 ᄭᆡ드라 오믈음을 후샹(厚賞)ᄒᆞ고 이튿날 제ᄌᆞ(諸子)룰 분지ᄒᆞ고 종ᄌᆞᆨ [26]과 고구(故舊)의게 견곡(錢穀)을 훗터주고 산경의 쳐ᄒᆞ야 금쥬(琴酒)로 ᄌᆞ락(自樂)ᄒᆞ고 종신토록 지믈샹(財物上)의 말ᄒᆞ지 아니ᄒᆞ니 대져 종실이 일언에 돈연이 ᄭᆡᄃᆞ라믹 쉽지 아니ᄒᆞ고 오믈음은 진짓 사람을 잘 격동ᄒᆞᄂᆞᆫ 재로다.

년쵸동김싱쟉월노
憐樵童金生作月姥

안동(安東) 권뫼(權某ㅣ) 경혹(經學)과 힝의(行誼)로뼈 도쳔(道薦)의51) 올나 휘릉참봉(徽陵參奉)을 참망(參望)ᄒᆞ니 시년(時年)이 뉵십(六十)이라. 집이 부요ᄒᆞ디 시로 샹비(喪配)ᄒᆞ야 안으로 응문지동(應門之童)이 업고 밧그로 강근지친(强近之親)이52) 업셔 외로오믈 슬허ᄒᆞ더니 이ᄶᆡ 김공 우항(宇杭)이 본릉(本陵) 별검(別檢)이53) 되야 마참 릉역(陵役)이 ᄌᆞ

셔 합직(合直)ᄒᆞ엿더니 일ᆞ은 릉군(陵軍)이 범쵸인(犯樵人)을54) 잡아드리니 권공(權公)이 스리로 최ᄒᆞ고 장찻 틱벌(笞罰)ᄒᆞ려 ᄒᆞ더니 쵸인은 노총각이라 년ᆞ히 체읍(涕泣)ᄒᆞ야 가히 알욀 말이 업다 ᄒᆞ거늘 권공이 그 괴셕을 술피니 샹한(常漢)이 아니라. 무ᄅᆞ디,

"네 엇던 사ᄅᆞᆷ고?"

총각이 ᄀᆞᆯ오ᄃᆡ,

"말삼ᄒᆞ기 붓그러 [27]오니 쇼셩이 잠영(簪纓) 후예로 일즉 가엄(家嚴)을 여의고 편모(偏母)의 금년이 칠십일 세오 맛누의 나이 삼십오의 오히려 쳐녀로 잇고 쇼동의 나히 삼십이로디 실가(室家)룰 두지 못ᄒᆞ여 납미 나무ᄒᆞ고 믈 기러 노모룰 봉양ᄒᆞ더니 집이 화쇼(火巢)의55) 갓가온지라 극한(極寒)을 당ᄒᆞ와 멀니 나가 나무룰 못ᄒᆞ기예 ᄌᆞ연 범ᄒᆞ엿ᄉᆞ오니 죄룰 아노이다."

ᄒᆞ고 눈믈이 비오ᄃᆞᆺ ᄒᆞ니 권공이 그 언ᄉᆞ와 모양을 보믹 측은이 녀겨 김공을 도라보와 ᄀᆞᆯ오ᄃᆡ,

"졍샹이 가긍ᄒᆞᆫ지라 노와보닉미 엇더ᄒᆞ뇨?"

공이 ᄀᆞᆯ오ᄃᆡ,

"무방ᄒᆞ도다."

권공이 닐오ᄃᆡ,

"네 졍셰 심히 불샹ᄒᆞᆫ 고로 특방(特放)ᄒᆞᄂᆞ니 다시 죄예 범치 말나."

ᄒᆞ고 미일두(米一斗) 계일슈(鷄一首)룰 쥬어 ᄀᆞᆯ오ᄃᆡ,

"이거시 약쇼ᄒᆞ나 도라가 노모룰 공양ᄒᆞ라."

총각이 감슈이 녀겨 갓더니 수일 후 ᄯᅩ 범쵸(犯樵)의 현착(見捉)ᄒᆞᆫ지라 권공이 크게 ᄭᅮ지즌디

51) 【도쳔】团 도쳔(道薦). 감사가 자기 도내(道內)의 학식이 높고 유능한 사람을 임금에게 추천하던 일.¶ 道薦 ‖ 안동 권뫼 경혹과 힝의로뼈 도쳔의 올나 휘릉참봉을 참망ᄒᆞ니 시년이 뉵십이라 (安東權某, 以經學行誼, 登道薦筮仕陵郞, 時年六十.) <靑邱野談 奎章 3:26>

52) 【강근지친】团 ((인류)) 강근지친(强近之親). 아주 가까운 일가.¶ 强近之親 ‖ 집이 부요ᄒᆞ디 시로 샹비ᄒᆞ야 안으로 응문지동이 업고 밧그로 강근지친이 업셔 외고오믈 슬허ᄒᆞ더니 (家富鰥, 新喪配, 內無應門之童, 外無强近之親.) <靑邱野談 奎章 3:26>

53) 【별검】团 ((관직)) 별검(別檢). 조선시대에 전설사(典設司)·빙고(氷庫)·사포서(司圃署)에 딸린 정8품 또는 종8품의 벼슬.¶ 別檢 ‖ 이ᄶᆡ 김공 우항이 본릉 별검이

되야 마참 릉역이 ᄌᆞᄉᆞ여 합직ᄒᆞ엿더니 (時金相宇杭爲本陵別檢, 適有陵役, 與之合直齋所.) <靑邱野談 奎章 3:26>

54) 【범쵸인】团 ((인류)) 범쵸인(犯樵人). 나무를 함부로 잘라간 사람.¶ 犯樵人 ‖ 일ᆞ은 릉군이 범쵸인을 잡아드리니 권공이 스리로 최ᄒᆞ고 장찻 틱벌ᄒᆞ려 ᄒᆞ더니 쵸인은 노총각이라 년ᆞ히 체읍ᄒᆞ야 가히 알욀 말이 업다 ᄒᆞ거늘 (一日陵軍捉犯樵人以納, 權公鞫理責之, 將笞罰之. 樵人老總角也, 涕泣漣漣, 無辭可白.) <靑邱野談 奎章 3:26>

55) 【화쇼】团 화쇼(火巢). 산불을 막기 위하여 능원, 묘 바위의 울타리 밖에 있는 나무나 풀을 불살러 비킨 곳.¶ 火巢 ‖ 집이 화쇼의 갓가온지라 극한을 당ᄒᆞ와 멀니 나가 나무룰 못ᄒᆞ기예 ᄌᆞ연 범ᄒᆞ엿ᄉᆞ오니 죄룰 아노이다 (近火巢, 而今當極寒, 不能遠樵, 故有此犯樵, 知罪知罪.) <靑邱野談 奎章 3:27>

총각이 대성통곡ᄒᆞ고 ᄀᆞᆯ오ᄃᆡ,

"셩덕을 져바려 두 번 죄ᄅᆞᆯ 범ᄒᆞᆫ 줄 진실노 아오나 노모의 치워ᄒᆞ시믈 참아 보지 못ᄒᆞ와 격셜(積雪)이 【28】여산(如山)ᄒᆞ온ᄃᆡ 나무ᄒᆞᆯ 곳이 업ᄉᆞ와 죽기ᄅᆞᆯ 무릅쓰고 범쵸ᄒᆞ엿ᄉᆞ오니 얼골 들 ᄯᅡ이 업ᄂᆞ이다."

권공이 그 졍상을 측은이 녀겨 참아 다스리지 못ᄒᆞ더니 金(김)이 겨ᄒᆡ 잇다가 희미히 우어 ᄀᆞᆯ오ᄃᆡ,

"두미(斗米)와 쳑계(隻鷄) 능히 감화치 못ᄒᆞ나 다만 조혼 도리 이시니 과연 너 말을 드ᄅᆞ랴?"

권공이 ᄀᆞᆯ오ᄃᆡ,

"원컨ᄃᆡ 듯고져 ᄒᆞ노라."

김공이 ᄀᆞᆯ오ᄃᆡ,

"그ᄃᆡ 샹비ᄒᆞ고 신셰 고단ᄒᆞ니 총각의 미시(妹氏)의게 지취(再娶)ᄒᆞ미 엇더ᄒᆞ뇨?"

권공이 빅슈(白鬚)ᄅᆞᆯ 만져 ᄀᆞᆯ오ᄃᆡ,

"내 비록 늙어시나 근력이 가히 당ᄒᆞᆯ 즉ᄒᆞ도다."

김공이 그 ᄯᅳᆺ을 혜아리고 총각을 블녀 압히 갓가이 ᄒᆞ고 ᄀᆞᆯ오ᄃᆡ,

"져 권참봉(權參奉)은 통후(忠厚)ᄒᆞᆫ 군지라 가셰 요죡(饒足)ᄒᆞᄃᆡ 새로 샹쳐ᄒᆞ고 ᄯᅩ ᄉᆞ속(嗣續)이 업ᄂᆞᆫ지라 너의 미시 과년(過年)ᄒᆞ여시니 범졀이 엇더ᄒᆞᆫ지 아지 못ᄒᆞ나 더브러 셩친(成親)ᄒᆞᆫ즉 너의 집이 기리 의탁이 될 거시니 엇지 조치 아니랴?"

총각이 ᄀᆞᆯ오ᄃᆡ,

"노뫼 잇스오니 가히 ᄌᆞ젼(自專)치 못ᄒᆞᆯ지라 도라가 노모ᄭᅴ 샹의ᄒᆞ고 알외이다."

이윽고 총각이 김공 【29】의게 고ᄒᆞᄃᆡ

"쇼동이 ᄌᆞ당(慈堂)ᄭᅴ 엿ᄌᆞ온즉 말삼ᄒᆞ시ᄃᆡ 쉬 집이 ᄃᆡᄃᆡ 잠영으로 너의 부친이 조셰(早世)ᄒᆞ야 문운(門運)이 ᄎᆞᄎᆞ 극히 쇠쳬(衰替)ᄒᆞᆫ지라.56) 비록 젼셰예 힝치 아닌 일이나 폐륜(廢倫)의셔 낫지 아니ᄒᆞ냐? 눈물을 나리시고 허ᄒᆞ시더이다."

김공이 대희ᄒᆞ야 권공을 힘뼈 권ᄒᆞ야 길일을 ᄀᆞᆯᄒᆡ여 안팟 혼슈ᄅᆞᆯ 촬아 급히 셩녜(成禮)ᄒᆞ니 과시(果是) 명가후예(名家後裔)오 녀듕현뷔(女中賢婦ㅣ)러라.

일ᄌᆞ은 권공이 김공을 보고 ᄀᆞᆯ오ᄃᆡ,

"그ᄃᆡ 권ᄒᆞᄆᆞᆯ 힘닙어 현쳐ᄅᆞᆯ 어드니 복의 넘지고 쇠혼 나히 뉵십이라 무어슬 구ᄒᆞ리오 기리 고향의 도라가려 ᄒᆞᄂᆞᆫ 고로 니별을 고ᄒᆞ노라."

김공이 무르ᄃᆡ,

"현합(賢閤)을 이믜 솔거(率去)ᄒᆞᆫ즉 그 집 권쇽(眷屬)을 엇지 구쳐ᄒᆞ려 ᄒᆞᄂᆞ뇨?"

ᄀᆞᆯ오ᄃᆡ,

"다 솔거ᄒᆞ기로 졍ᄒᆞ엿노라."

김공이 ᄀᆞᆯ오ᄃᆡ,

"심히 조흔 일이로다."

ᄒᆞ고 인ᄒᆞ여 쟉별ᄒᆞ니라.

그 후 이십 오년의 김공이 비로소 당샹(堂上)ᄒᆞ야 안동부시(安東府使ㅣ) 되여 도임ᄒᆞᆫ 잇튼날 ᄒᆞᆫ 대민(大民)이 명함을 드리고 뵈기ᄅᆞᆯ 쳥ᄒᆞ니 이ᄂᆞᆫ 젼참봉 권뫼라. 김공이 비로소 【30】 휘롱에 쟉뇨(作僚)ᄒᆞ던 일을 긔록ᄒᆞ니 년긔 팔십 오 셰라. 급히 마ᄌᆞ니 동안빅발(童顔白髮)이 막ᄃᆡ도 집지 아니ᄒᆞ고 표연이 드러와 안거늘 바라보니 신션 ᄀᆞᆮᄒᆞᆫ지라. 손을 잡아 격년 회포ᄅᆞᆯ 펴고 쥬찬을 나아 관ᄃᆡᄒᆞ니 식뵈(食補ㅣ) 여젼ᄒᆞ더라. 권공이 ᄀᆞᆯ오ᄃᆡ,

"민이 오날 셩쥬ᄅᆞᆯ 뵈오니 하늘이라. 셩쥬의 덕을 만련(晚年)의 현쳐ᄅᆞᆯ 어더 이ᄌᆞ(二子)ᄅᆞᆯ 년ᄒᆞ여 나코 이졔 희로ᄒᆞ오며 냥이 자라믹 과공(科工)을 힘뼈 외람이 ᄉᆞ마(司馬)ᄅᆞᆯ 년벽(連璧)ᄒᆞ와 명일은 도문(到門)ᄒᆞᄂᆞᆫ 날이라 셩쥐 마즘 본부의 님ᄒᆞ시니 엇지 ᄒᆞᆫ 번 하림치 아니시리잇가? 민의 급ᄀᆞ히 뵈옵기ᄅᆞᆯ 쳥ᄒᆞᆫ 즉 이ᄅᆞᆯ 위ᄒᆞ미니이다."

김공이 하례ᄒᆞᆷ을 마지 아니ᄒᆞ고 쾌히 허락ᄒᆞ니 권공이 샤례ᄒᆞ고 가니라.

익일의 김공이 기악과 쥬찬을 가초와 권공의 집에 나아가니 산쉬 슈려ᄒᆞ고 화듁(花竹)이 총합ᄒᆞᆫ ᄃᆡ 누딕 은영(隱映)ᄒᆞ니 참 쳐ᄉᆞ(處士)의 집이러라. 쥬인이 문외예 나와 마즈니 문졍(門庭)이 빗치 나고 빈킥이 구름 ᄀᆞᆺ듯 ᄒᆞ엿더니 이윽고 신은(新恩) 일빵이 건넌산 【31】 모롱이로 도라오니 옥져(玉笛) 소ᄅᆡ 풍편(風便)의 뇨량(嘹喨)ᄒᆞ고 빅픽(白牌)ᄂᆞᆫ 젼후의 셔ᄂᆞ 호비(扈備)ᄒᆞᄂᆞᆫ 소ᄅᆡ 일촌이 진동ᄒᆞ더니 옥골쇼년이 압셔거니 뒤셔거니 복두원삼(幞頭圓衫)이 픙치 사롬의게 쏘이더라. 구경ᄒᆞᄂᆞᆫ 재 칙ᄀᆞᆯᄒᆞ여 ᄀᆞᆯ오ᄃᆡ,

"권공의 복녁(福力)이여 김공이 신릭(新來)ᄅᆞᆯ 년ᄒᆞ야 진퇴ᄒᆞ고 그 년긔ᄅᆞᆯ 무른즉 맛은 나히 이십

---

56) 【쇠체 -ᄒᆞ-】 圖 쇠체(衰替)ᄒᆞ다. 쇠하여 다른 것으로 바꿔다.¶ 衰替 ‖ 쉬집이 ᄃᆡᄃᆡ 잠영으로 너의 부친이 조셰ᄒᆞ야 문운이 ᄎᆞᄎᆞ 극히 쇠체혼지라 (吾家世世閥閱, 今至衰替之極.) <靑邱野談 奎章 3:29>

스 셰오 둘재논 이십삼 셰라 권공이 쇽현(續絃)ᄒ던 일이 년의 빵옥을 어드니 골격이 개개 쥰미ᄒ야 용모논 난봉(鸞鳳)이오 문장은 쥬옥이니 난형난뎨(難兄難弟)라 닐을지라."

김공이 흠션ᄒ믈 마지 아니ᄒ고 쥬인의 깃분 빗출 가히 웅쿌지라 권공이 좌상 일인을 가르쳐 글오디,

"셩쥐 이 사롬을 알으시ᄂᆞ니잇가? 셕일 휘릉 범쵸인이니 금년이 오십오 셰로쇼이다."

드디여 풍뉴롤 대작ᄒ야 종일 즐기니라. 쥬인이 김공의게 뉴슉ᄒ믈 쳥ᄒ여 글오디,

"금일 경소논 다 셩쥬의 쥬시미니 셩쥐 ᄯᅩ 봉필(蓬蓽)의 님ᄒ시미 하놀이니이다."

김공이 마지 못ᄒ야 머므러 자고 셜화【32】롤 미미(娓娓)히 ᄒ더니 아츰의 권공이 쥬찬을 나와 뫼셔 안자 무슨 말을 ᄒ고져 ᄒ디 머믓거려 감히 발치 못ᄒ거늘 김공이 긔슈(機數)롤 알고 무르되,

"닐을 말이 잇ᄂᆞ냐?"

권공이 글오디,

"노체(老妻ᅵ) 평일의 셩쥬롤 위ᄒ여 결쵸홀 ᄆᆞ음이 잇더니 다힝이 누디(陋地)의 욕님(辱臨)ᄒ시니 ᄒ번 존안을 뵈온즉 지한(至恨)을 플지라. 녜지 쳬면을 싱각지 아니ᄒ고 다만 ᄀᆞ골감은(刻骨感恩)ᄒ미 용혹무괴(容或無怪)ᄒ오니 원컨디 셩쥬논 잠간 안의 힝ᄎᆞᄒ샤 쳐의 졀을 바드시미 엇더ᄒ니잇고? ᄯᅩ 셩쥐 노쳐의게 덕이 텬디 ᄀᆞᆺ고 은혜 부모 ᄀᆞᆺ스오니 무슨 혐의 잇스리잇가?"

김공이 마지 못ᄒ야 쥬인으로 더브러 안의 드러가니 쳥상의 포진ᄒ고 마자 올녀 부인이 나와 졀ᄒ고 감격ᄒ미 극ᄒ미 도로혀 슬픈 눈믈이 냥협을 젹시고 ᄯᅩ 냥개 쇼뷔(少婦ᅵ) 응장셩복(凝粧盛服)으로 부인의 뒤롤 ᄯᅡ로 스비ᄒ니 그 ᄌᆞ뷔(子婦ᅵ)라. 삼부인이 다 ᄆᆞᆨ연이 뫼셔 안자 그 이디(愛待)ᄒ논 ᄯᅳᆺ이 안식의 낫타나고 만반진슈(滿盤珍羞)로 디졉ᄒ더라. 쥬인이 ᄯᅩ【33】김공을 협방으로 쳥ᄒ거늘 가 보니 나히 겨오 뉵칠 셰 치ᄋᆡ(稚兒ᅵ) 머리털이 나ᄑᆞᆯᄑᆞᆯᄒ고 두 손으로 문턱을 집고 셧스니 노란 눈으로 사롬을 말고롬이[57] 보고 졍신이 약존약무(若

存若無)ᄒ거늘 권공이 ᄀᆞ르쳐 글오디,

"셩쥐 이 사롬을 알으시ᄂᆞ니잇가? 이논 범쵸인(犯樵人)의 ᄌᆞ당(慈堂)이니 금년이 구십오 셰오 그 입속으로 ᄒ논 소리 이시니 셩쥐 시험ᄒ야 드러 보쇼셔."

김공이 귀롤 기우려 드론즉 다른 쇼리 아니라 다만 김우항(金宇杭) 비경승(拜政丞) 김우항 비경승이라. 그 부인이 김공의 덕을 닛지 못ᄒ야 이십오 년의 듀야(晝夜) 츅원(祝願)이 여일 져 모양으로 구블졀셩(口不絶聲)ᄒ니 지셩이 엇지 하놀을 감동치 아니ᄒ리오?

김공이 이연(怡然)이 웃고 계인을 하직ᄒ고 도라오니라. 그 후 김공이 슉묘의 비상(拜相)ᄒ고 약원도계조(藥院都提調)로 승명(承命)ᄒ야 연잉군(延祊君) 환후롤 살피더니[연잉은 영묘됴 잠져(潛邸) 봉회(封號ᅵ)래 김공이 자긔 평성 환격(宦蹟)을 말ᄒᆞᆯ시 권참봉의 일에 밋쳐논 본말을 ᄌᆞ셰이 ᄒ니 연잉이 드르시고 긔이히 너기시더니 밋 등극ᄒ신 후 스마방목(司馬榜目)【34】듕의 안동진ᄉ(安東進士) 권뫼 잇거늘 ᄌᆞ상(自上)으로 특과(特科)ᄒ샤 굴오샤디,

"고샹신(故相臣) 김우항이 권모의 일을 말ᄒ니 심히 희귀ᄒ지라 이제 권모의 손지 ᄯᅩ 스마의 고등(高登)ᄒ여시니 우연치 아닌 일이라. 특별이 지랑(齋郞)을[58] 졔슈ᄒ야 그 조부의 계젹(繼蹟)을 ᄒ게 ᄒ노라."

ᄒ시니 녕남 사롬이 다 영화로이 너겨 권김냥공의 심인후덕(深仁厚德)을 일ᄏᆞᆺ더라.

식보긔허싱취동노
識寶氣許生取銅爐

허싱(許生)은 방외(方外) 사롬이라. 집이 간난

---

57) 【말고롬이】圖 물끄러미,¶ 瞪瞪∥ 나쳐 거오 뉵칠 셰 치ᄋᆡ 머리털이 나ᄑᆞᆯ:ᄒ고 두 손으로 문턱을 집고 셧스니 노란 눈으로 사롬을 말고롬이 보고 졍신이 약존약무ᄒ거늘 (見年可六七歲稚兒, 髮漆黑鬆鬆, 手執窓闌而立, 方瞳瑩然, 瞪瞪視人, 精神若存若無.) <靑邱野

談 奎章 3:33>

58) 【지랑】圖 ((관직)) 재랑(齋郞). 조선시대 때 참봉(參奉)의 별칭¶ 齋郞∥ 이게 긔고의 ᄂᆞ진 ᄯᅩ 스마의 고등ᄒ여시니 우연치 아닌 일이라. 특별이 지랑을 계슈ᄒ야 그 조부의 계젹을 ᄒ게 ᄒ노라 (今其孫, 又擢司馬, 事不偶然, 特除齋郞, 使之繼武其祖.) <靑邱野談 奎章 3:34>

ᄒᆞ되 글 닑기를 조히 녀겨 가인산업(家人産業)을 일
삼지 아니ᄒᆞ고 상샹(床上)의 다만 쥬역(周易) ᄒᆞᆫ 길
이 ᄀᆞ셔 ᄒᆞᆫ 그릇 밥과 ᄒᆞᆫ 표즈 물이 여러 번 븨여
도 조곰도 근심치 아니ᄒᆞ거늘 기쳬 방젹(紡績)ᄒᆞ야
뼈 밧드더니 일ᄅᆞ은 셩이 안의 드러가니 안해 단발
(斷髮)ᄒᆞ고 머리를 ᄲᅡ고 안자 됴셕을 니밧거늘59) 셩
이 탄식ᄒᆞ여 ᄀᆞᆯ오디,

"내 십년 쥬역을 닑으미 장찻 흉음이 ᄀᆞᄉᆞ믈
위ᄒᆞ미러니 이제 참아 단발ᄒᆞᆫ 쳐를 보랴?"

드디여 기쳐로 더브러 언약ᄒᆞ야 ᄀᆞᆯ오디,

"내 밧긔 나가 일년이면 [35] 도라오리니 실
낫 목숨을 ᄂᆞ리고 머리털을 길으라."

ᄒᆞ고 폐의파립(弊衣破笠)으로 송경(松京) 갑부
빅상인(白商人)을 가 보고 쳔금을 츄이(推移)ᄒᆞ라
ᄒᆞ디 빅셩이 ᄒᆞᆫ번 보미 그 비상ᄒᆞᆫ 사ᄅᆞᆷ인 줄 알고
허락ᄒᆞ거늘 허셩이 쳔금을 가지고 셔으로 평양(平
壤)의 놀시 명기(名妓) 쵸운(楚雲)의 집을 차자 날노
쥬육을 판비(辦備)ᄒᆞ야 호긱쇼년(豪客少年)으로 더
브러 유탕(遊蕩)ᄒᆞ기를60) 젼쥬(專主)ᄒᆞ니61) 금이 다
ᄒᆞᆫ지라. 다시 빅셩을 가 보고 ᄀᆞᆯ오디,

"큰 장사 ᄒᆞᆯ 거시 잇스니 삼쳔금을 다시 ᄭᅮ이
랴?"

빅셩이 ᄯᅩ 허ᄒᆞ거늘 ᄯᅩ 운낭(雲娘)의게 가 집
을 지으되 녹창쥬호(綠窓朱戶)와62) 조란화각(彫欄華
閣)이63) 찬난ᄒᆞ고 날노 술울 두어 싱가(笙歌)로 ᄌᆞ
락ᄒᆞ니 금이 진ᄒᆞᆫ지라. ᄯᅩ 빅셩을 가 보고 ᄀᆞᆯ오디,

"다시 삼쳔금을 ᄭᅮ이랴?"

빅셩이 젼ᄀᆞ치 쥬거늘 ᄯᅩ 운낭의게 가 명쥬보
피와 각식 비단으로 ᄆᆞ음을 깃브게 ᄒᆞ니 금이 ᄯᅩ
진ᄒᆞᆫ지라. ᄯᅩ 빅셩을 가 보고 ᄀᆞᆯ오디,

"이졔 삼쳔금이 ᄀᆞ시면 일을 일울 거시로디
그디 밋지 아닐가 져허ᄒᆞ노라."

빅셩이 ᄀᆞᆯ오디,

"이 엇진 말고? 비록 다시 만금을 츄이ᄒᆞ랴
ᄒᆞ여도 [36] 앗기지 아니리라."

ᄒᆞ고 ᄯᅩ 허ᄒᆞ거늘 ᄯᅩ 운낭의게 가 일필 쥰마
를 미득(買得)ᄒᆞ야 마구(馬廐)에 미고 젼ᄃᆡ(纏帶)를
지어 벽샹의 걸고 드디여 모든 기ᄋ(妓兒)를 모도고
풍뉴로 대쟉ᄒᆞ야 금이 젼두(纏頭)[젼ᄂᆞᆫ 머리 언치단 말
이래ᄂᆞᆫ 허비예 홋터 뼈 운낭의 뜻을 맛치니 금이
진ᄒᆞᆫ지라. 셩이 격막ᄒᆞ고 쳐량ᄒᆞᆫ 뜻을 지어너여 짐
짓 운낭을 시험ᄒᆞ니 운낭은 믈셩품64)이오 구름졍이
라 발셔 넝낙ᄒᆞᆫ 의ᄉᆞ 이셔 날노 쇼년으로 더브러
허셩 보너믈 ᄭᅴᄒᆞ니 셩이 그 뜻을 알고 운낭ᄃᆞ려
ᄂᆡᆯ오디,

"내 여긔 온 바는 장사ᄒᆞ려 ᄒᆞ미러니 이제 만
금이 ᄀᆞ믜 진ᄒᆞ고 격슈공권(赤手空拳)이라 장찻 기
리 도라가고져 ᄒᆞ니 능히 권련ᄒᆞ미 업ᄂᆞ냐?"

운낭이 ᄀᆞᆯ오디,

"외 익으면 꼭지 ᄯᅥ러지고 곳치 쇠ᄒᆞ면 나븨
오지 아니ᄒᆞᄂᆞ니65) 무어시 셥ᄉᆞᄒᆞ미 이시리오?"

---

59) 【니밧-】 圖 이바지하다.¶ 供‖ 기쳬 방젹ᄒᆞ야 뼈 밧드
더니 일ᄅᆞ은 셩이 안의 드러가니 안해 단발ᄒᆞ고 머리
를 ᄲᅡ고 안자 됴셕을 니밧거늘 (其妻紡績織紝以奉之,
一日入內, 妻斷髮裹頭而坐, 以供朝夕之具.) <靑邱野談
奎章 3:34>

60) 【유탕-ᄒᆞ-】 圖 유탕(遊蕩)하다. 기분 내키는 대로 마
음껏 놀다.¶ 遊蕩‖ 명기 쵸운의 집을 차자 날노 쥬육
을 판비ᄒᆞ야 호긱쇼년으로 더브러 유탕ᄒᆞ기를 젼쥬ᄒᆞ
니 금이 다ᄒᆞᆫ지라 (訪名妓楚雲家, 日辦酒肉, 與豪客少
年專事遊蕩, 金盡.) <靑邱野談 奎章 3:29>

61) 【젼쥬-ᄒᆞ-】 圖 젼주(專主)하다. 혼자서 일을 주관하
다.¶ 專‖ 명기 쵸운의 집을 차자 날노 쥬육을 판비ᄒᆞ
야 호긱쇼년으로 더브러 유탕ᄒᆞ기를 젼쥬ᄒᆞ니 금이
다ᄒᆞᆫ지라 (訪名妓楚雲家, 日辦酒肉, 與豪客少年專事遊
蕩, 金盡.) <靑邱野談 奎章 3:29>

62) 【녹창-쥬호】 圖 ((건축)) 녹창주호(綠窓朱戶). 호화롭게
꾸민 좋은 집.¶ 綠窓朱樓‖ ᄯᅩ 운낭의게 가 집을 지으
되 녹창쥬호와 조란화각이 찬난ᄒᆞ고 날노 술을 두어
싱가로 ᄌᆞ락ᄒᆞ니 금이 진ᄒᆞᆫ지라 (又往雲娘家, 乃治第,
綠窓朱樓, 珠簾錦席, 日置酒, 笙歌自娛, 金盡.) <靑邱野
談 奎章 3:35>

63) 【조란-화각】 圖 ((건축)) 조란화각(彫欄華閣). 여러 가
지 그림을 새긴 훌륭한 전각(殿閣).¶ 珠簾錦席‖ ᄯᅩ 운
낭의게 가 집을 지으되 녹창쥬호와 조란화각이 찬난
ᄒᆞ고 날노 술을 두어 싱가로 ᄌᆞ락ᄒᆞ니 금이 진ᄒᆞᆫ지라
(又往雲娘家, 乃治第, 綠窓朱樓, 珠簾錦席, 日置酒, 笙
歌自娛, 金盡.) <靑邱野談 奎章 3:35>

64) 【믈-셩품】 圖 물성품. 물과 같이 한 번 가면 되돌아오
지 않는, 기생들의 자연스러운 성품.¶ 水性‖ 셩이 격
막ᄒᆞ고 쳐량ᄒᆞᆫ 뜻을 지어너여 짐짓 운낭을 시험ᄒᆞ니
운낭은 믈셩품이오 구름졍이라 발셔 넝낙ᄒᆞᆫ 의ᄉᆞ 이
셔 날노 쇼년으로 더브러 허셩 보너믈 ᄭᅴᄒᆞ니 (許生
又作寂寞凄凉之態, 以試娘. 娘水性也, 已生厭意, 日與
少年, 謀所以去許生者.) <靑邱野談 奎章 3:36>

65) 【외 익으면 꼭지 ᄯᅥ러지고 곳치 쇠ᄒᆞ면 나븨 오지 아
니ᄒᆞᆫ다】 관용 오이가 익으면 ᄭᅩᆨ지 ᄠᅥ러지고 ᄭᅩᆺ이 쇠
하면 나비가 오지 아니한다.¶ 瓜熟蒂落, 花謝蝶稀‖
외 익으면 꼭지 ᄯᅥ러지고 곳치 쇠ᄒᆞ면 나븨 오지 아
니ᄒᆞᄂᆞ니 무어시 셥ᄉᆞᄒᆞ미 이시리오 (瓜熟蒂落, 花謝

셩이 굴오디,

"내 지믈이 다 소금항(銷金巷)의[66] 든지라 이계 장찻 기리 니별을 당ᄒ니 나는 창연ᄒ지라 네 무어스로쎠 나의 쎠나는 졍을 표ᄒ려 ᄒᄂ뇨?"

운낭이 굴오디,

"그디 ᄒ고져 ᄒ는 바룰 시힝ᄒ리라."

[37] 셩이 좌상의 오동화로(烏銅火爐)룰 ᄀᄅ쳐 굴오디,

"이거시 나의 ᄒ고져 ᄒ는 배로다."

운낭이 우어 굴오디,

"무어시 어려오리오?"

셩이 즉시 셕샹의셔 편ᄼ 파쇄ᄒ야 젼디의 너코 준마룰 모라 ᄒ로날의 송경의 니ᄅ러 빅셩을 보고 굴오디,

"일이 일윗도다."

ᄒ고 젼디로조차 조각을 너여 뵈니 빅셩이 약간 박믈(博物)ᄒ여시나 그 지뵈(至寶ㅣ) 줄 오히려 모로더라. 셩이 젼디룰 준구(駿駒)의게[67] 싯고 횡치(橫馳)ᄒ야 회령(會寧) 자의 니ᄅ러 긔시ᄒ는 날 져ᄌ룰 버리고 안잣더니 맛춤 장ᄉᄒ는 호인(胡人)이 파쇄ᄒ 오동을 보고 칙ᄼᄒ여 굴오디,

"올타ᄼᄼ. 이는 갑 업슨 보비라. 십만금이 비록 약쇼ᄒ나 원컨디 교역을 쳥ᄒ노라."

허셩이 흴긔여[68] 보기룰 오리 ᄒ다가 강인ᄒ야 굴오디,

"그리ᄒ라."

드디여 교역ᄒ고 도라와 빅셩을 보고 십만금을 슈운ᄒ디 빅셩이 크게 놀나 그 보비 츌쳐와 격믈의 신긔ᄒᆯ믈 므룬디 셩이 굴오디,

"향쟈(向者) 파쇄ᄒ 거시 오동이 아니오 이예

蝶稀, 何戀之有?) <靑邱野談 奎章 3:36>

66) 【소금항】 圐 ((지리)) 소금항(銷金巷). 금을 녹이는 골목. 황금을 소비한다는 뜻으로 화류가(花柳街)를 말함.¶ 銷金巷 ‖ 내 지믈이 다 소금항의 든지라 이계 장찻 기리 니별을 당ᄒ니 나는 창연ᄒ지라 (吾之財, 盡入於銷金巷矣, 今將永別). <靑邱野談 奎章 3:36>

67) 【준구】 圐 ((동물)) 준구(駿駒). 날랜 말. 준마(駿馬).¶ 名駒 ‖ 셩이 젼디룰 준구의게 싯고 횡치ᄒ야 회령 자의 니ᄅ러 긔시ᄒ는 날 져ᄌ룰 버리고 안잣더니 (許生携纏帶, 騎名駒, 馳至會寧, 開市列肆而坐.) <靑邱野談 奎章 3:37>

68) 【흴긔-】 圐 흴긔디. 눈동자를 옆으로 굴리어 못마땅하게 노려보다.¶ 睨 ‖ 허셩이 흴긔여 보기룰 오리 ᄒ다가 강인ᄒ야 굴오디 그리ᄒ라 (許生睨視良久, 諾之.) <靑邱野談 奎章 3:37>

오금(烏金)이라. 녯적 진시황이 셔시(徐市)로 ᄒ여곰 동ᄒᆡ샹의 약을 구ᄒᆯ시 니탕(內帑) 오금을 너여 방ᄉ(方士)룰 신힝(贐行)ᄒ[38] 니 약을 이 화로의 달인즉 빅병이 신효룰 보는지라. 그 후 셔시 히듕의 니ᄅ미 왜인(倭人)이 어더 국보룰 삼앗더니 임진년(壬辰年) 난(亂)의 왜츄(倭酋) 평힝댱(平行長)이 힝듕의 가지고 와 평양을 웅거ᄒ엿더니 밤의 도망ᄒᆯ 졔 난듕의 일어 명기(名妓) 쵸운의 집의 굴너 잇는 고로 내 망긔(望氣)ᄒ고 차자 만금으로 밧고왓스니 회령 샹호(商胡)는 셔역 사롬이라 그 갑 업슨 보비룰 알미니라."

빅셩이 굴오디,

"ᄒ 화로 취ᄒ미 비록 만금이 아니라도 죠흔 용이ᄒ려든 엇지 그 근로ᄒᆷ를 여러 번 ᄒᆼ뇨?"

허셩이 굴오디,

"이는 텬하 긔뵈라 귀신이 도으미 잇스니 즁ᄒ 갑시 아닌즉 가히 취치 못ᄒᆯ 거시니라."

빅셩이 굴오디,

"그디는 신인이라."

ᄒ고 십만금을 구지 샤양ᄒ니 허셩이 크게 우어 굴오디,

"그디 엇지 날을 젹게 보ᄂ뇨? 내집이 경셕 둘닌 듯ᄒ나 글을 닑어 뜻을 즐기더니 이번 힝ᄒᄆᆫ ᄒᆫ번 조곰 시험ᄒᆞ미라."

ᄒ고 드디여 작별ᄒ거늘 빅셩이 놀나고 긔이히 너겨 그 자최룰 쑬오니 자각봉하(紫閣峯下)의 ᄒ 쵸옥이라. 옥듕(屋中)의 독셔[39] ᄒ는 소리 낭ᄼ ᄒ거늘 셩이 드러가 한훤(寒暄)을 펴고 믈너와 미월 쵸ᄒ로날 새벽의 ᄇᆞᆯ ᄒ 셤 돈 ᄒ 쾌룰 문안의 드려 겨오 ᄒ 둘 일용을 니우더라.

니샹공(李相公) 완(浣)이 원융(元戎)이 되여 국가의 즁ᄒ 부탁을 바다 북벌ᄒᆯ 계교룰 도모ᄒ야 인지룰 박문(博聞)ᄒᆯ시 허셩의 어질믈 듯고 ᄒ로 져녁의 미복으로 가 보고 텬하 일을 의논ᄒ려 ᄒ야 조흔 획칙 ᄀᄅ치믈 쳥ᄒ니 허셩 왈,

"공이 올 줄 내 알앗노라. 공이 대ᄉ룰 들[듯]고져 ᄒᆯ진디 나의 삼칙(三策)을 힝ᄒᆯ쇼냐?"

니공이 굴오디,

"듯고져 ᄒ노라."

허셩이 굴오디,

"이계 묘셩에 낭민(黨人)이 용ᄉ(用事)ᄒ미 만ᄉ 여의치 못ᄒ니 공이 능히 도라가 탑젼의 알외여 당논을 파ᄒ고 인지룰 쓰랴?"

니공이 글오디,

"능히 못ᄒ리로다."

셩이 ᄯ 글오디,

"군ᄉ룰 ᄲ고 호포(戶布)[69]룰 거두어 일국 셩민을 슈고(愁苦)케 ᄒ니 공이 능히 호포법(戶布法)을 힝ᄒ디 경지샹(卿宰相) ᄌ데라도 모피(謀避)티[70] 못ᄒ게 ᄒ랴?"

니공이 글오디,

"이 일이 ᄯ 어렵도다."

셩이 ᄯ 글 [40] 오디,

"아국이 동으로 바다의 가ᄒ야 비록 어염(魚鹽)의 니ᄒ미 이시나 축젹(蓄積)이 넉々지 못ᄒ야 곡식이 일년을 지팅키 어렵고 디방이 삼쳔 리의 지나디 못ᄒ디 녜법의 구이ᄒ야 외식(外飾)만 일삼으니 능히 일국 사름으로 ᄒ여곰 다 호복(胡服)을 ᄒ게 ᄒ랴?"

니공이 글오디,

"더옥 어려온뎌!"

셩이 소리룰 가다드마 글오디,

"네 시의 (時宜)룰 아지 못ᄒ고 망녕도이 일계룰 베프니 무슴 일을 가히 ᄒ리오? ᄲᆞ리 믈너갈지어다."

니공이 한츌쳠비(汗出沾倍)ᄒ야 다시 오믈 고ᄒ고 무류이 믈너와 잇튼날 차자가 보니 ᄒ 빈집ᄲ니러라.

김위쟝홀구쥬진셩
金衛將恤舊主盡誠

김위쟝(金衛將) 대갑(大甲)은 녀산(礪山) 사름이라. 나히 십 셰예 부뫼 구몰(俱沒)ᄒ고 집의 고변(蠱變)이[71] 々셔 일문(一門)이 망ᄒ거늘 대갑이 화룰 피ᄒ야 경셩에 올나오니 신셰 녕졍(零丁)ᄒ야[72] 의탁ᄒ 곳이 업ᄉ니라. 일계룰 싱각ᄒ야 글오디,

"ᄒ 대가의 드러가 탁신(託身) [41] 홀 곳을 삼으리라."

ᄒ고 민샹공(閔相公) 빅샹(百祥)을 안동방(安洞坊)골 뎍의 가 뵈와 져의 경셰 궁곤ᄒ믈 ᄌ셰 알외고 문하의 이시믈 익걸ᄒ니 민공(閔公)이 그 언시 샹민(詳敏)ᄒ믈[73] 보고 측은히 녀겨 허ᄒ디 대갑이 쳔역(賤役)을 피치 아니ᄒ고 쇄쇼(灑掃)ᄒ기룰 삼가ᄒ며 ᄯ로 민공의 ᄌ질(子姪)이 글 비호믈 조ᄎ 반드시 가마이 드르며 ᄒ번 보미 믄득 긔록ᄒ여 외오고 ᄯ 셔찰을 닉여 묘법(妙法)을 모방ᄒ니 민공이 긔이히 녀겨 가긱(家客)으로 ᄒ여곰 ᄀᄅ치니 영오 숙셩(穎悟夙成)ᄒ야 나히 겨오 셩동(成童)에 음영한묵(吟詠翰墨)으로부터 빅집ᄉ(百執事)의 니르히 맛당치 아니미 업더니 일々은 ᄒ 샹재(相者ㅣ)와 보고 챠악(嗟愕)히 녀겨 민공을 권ᄒ야 대갑을 내여보내라 ᄒ디 민공이 글오디,

"엇지 닐옴고?"

샹재 글오디,

"궐동(厥童)이 오라지 아니ᄒ야 쟝찻 불길ᄒ

69) 【호포】 圖 호포(戶布). 고려와 조션시대에, 집집마다 봄과 가을에 무명이나 모시 따위로 내던 세금.¶ 布 ‖ 군ᄉ룰 ᄲ고 호포룰 거두어 일국 셩민을 슈고케 ᄒ니 공이 능히 호포법을 힝ᄒ디 경지샹 ᄌ데라도 모피티 못ᄒ게 ᄒ랴 (簽軍收布爲一國生民之愁苦, 公能行戶布法, 雖卿相子弟, 不使謀避乎?) <靑邱野談 奎章 3:39>

70) 【모피-ᄒ-】 圖 모피(謀避)ᄒ다. 꾀를 부려 피하다.¶ 謀避 ‖ 군ᄉ룰 ᄲ기 호포굴 거두이 일국 셩민울 슈고케 ᄒ니 공이 능히 호포법을 힝ᄒ디 경지샹 ᄌ데라도 모피티 못ᄒ게 ᄒ랴 (簽軍收布爲一國生民之愁苦, 公能行戶布法, 雖卿相子弟, 不使謀避乎?) <靑邱野談 奎章 3:39>

71) 【고변】 圖 고변(蠱變). 약물로 인해 사람이 죽음을 당하는 일.¶ 蠱變 ‖ 나히 십 셰예 부뫼 구몰ᄒ고 집의 고변이 々셔 일문이 망ᄒ거늘 대갑이 화룰 피ᄒ야 경셩에 올나오니 신셰 녕졍ᄒ야 의탁홀 곳이 업ᄉ지라 (年十歲, 父母俱沒, 家有蠱變. 闔門淪歿, 大甲避禍, 走京城, 伶仃無依.) <靑邱野談 奎章 3:40>

72) 【녕졍-ᄒ-】 圖 영졍(零丁)ᄒ다. 세력이나 살림이 보잘것없이 되어서 의지할 곳이 없다.¶ 伶仃 ‖ 나히 십 셰예 부뫼 구몰ᄒ고 집의 고변이 々셔 일문이 망ᄒ거늘 대갑이 화룰 피ᄒ야 경셩에 올나오니 신셰 녕졍ᄒ야 의탁홀 곳이 업ᄉ지라 (年十歲, 父母俱沒, 家有蠱變. 闔門淪歿, 大甲避禍, 走京城, 伶仃無依.) <靑邱野談 奎章 3:40>

73) 【샹민-ᄒ-】 圖 샹민(詳敏)ᄒ다. 차근차근하고 민첩하다.¶ 詳愍 ‖ 민샹공 빅샹을 안동방골 뎍의 가 뵈와 져의 경셰 궁곤ᄒ믈 ᄌ셰 알외고 문하의 이시믈 익걸ᄒ니 민공이 그 언시 샹민ᄒ믈 보고 측은히 녀겨 허ᄒ디 (往見閔相公百祥於安洞洞第, 自言身世之窮獨, 願依托焉. 閔公見其形貌, 雖憔悴, 言語頗詳愍, 憐而許之.) <靑邱野談 奎章 3:41>

증죄 이실 거시오 그 해 쥬인의게 밋츠리이다."

민공이 굴오디,

"졔 궁ᄒ야 내게 의지ᄒ엿거늘 엇지 참아 좃차리오?"

수일 후 샹쟤 다시 와 힘뼈 권ᄒ디 공이 마참니 듯지 아 【42】 니ᄒ더니 샹쟤 굴오디,

"공의 후덕이 죡히 지악(災惡)을 소멸ᄒ고 사롬을 구ᄒ리로소니 다만 나의 술업을 힘ᄒ야 황촉(黃燭) 삼십 쌍과 빅지(白紙) 십권과 즈단향(紫檀香) 삼십 봉(封)과 빅미 십두롤 ᄀ초와 궐동으로 ᄒ여곰 집혼 산궁 벽ᄒ 졀의 드러가 향을 픠오고 불경을 외와 삼십일을 지셩으로 쇼지(消災)ᄒ기롤 빌면 가히 근심이 업스리이다."

공이 그 샹쟈의 말을 조차 법졀을 판비ᄒ여 쥬니 대갑이 산듕의 드러가 삼십야롤 쑤러안자 졉목을 아니ᄒ고 도라와 민공을 뵌디 공이 깃거 다시 샹쟈롤 블너 보라 ᄒ니 샹쟤 굴오디,

"기리 념녀 업ᄂ이다."

인ᄒ야 문하의 머무러 이십 년을 슈령(使令)ᄒ더니 민공이 평안감ᄉ ᄒᄆᆡ 막빈(幕賓)으로 다리고 갓다가 교쳬홀 ᄯᅦ예 월늠(月廩)을 영고(營庫)의 다 너코 나믄 거시 쏘 만여 금이 되거늘 대갑이 구쳐ᄒᆞᆷ을 품ᄒ디 공이 굴오디,

"네 맛당이 즈젼(自專)ᄒ라."

대갑이 구지 샤양ᄒ디 엇지 못ᄒ고 믈너와 싱각ᄒ디,

'나의 【43】 경죵모발이 다 공의 쥬시미어늘 쏘 큰 지믈을 쥬시니 내 장찻 일후계(日後計)롤 삼으리라'

ᄒ고 병을 일ᄏ라 강두의셔 하직ᄒ거늘 공이 셔로 ᄯᅥ나믈 창연ᄒ야 조리ᄒ고 올나오믈 당부ᄒ니라.

대갑이 븍경믈화(北京物貨)롤 무역ᄒ야 비예 ᄀ득 싯고 바다의 쪄 은진(恩津) 강경(江景) 져즈의 파라 삼만여 금을 엇고 드듸여 옛집을 차자가니 쑥밧치 되엿거늘 ᄆᆞ음의 창연ᄒ야 가샤롤 니르켜고 남글 심으며 못슬 파고 냥젼미답(良田美畓) 수쳔 경을 장만ᄒ야 일년 츄슈롤 쳔 셕의 니르니 사롬이 쳔셕옹(千石翁)이라 칭ᄒ더라. 홀연 탄식ᄒ야 굴오디,

"내 고위(孤危)을 ᄉᆞᆫ격으로 희망(禍網)을 면ᄒ야 거관(居冠)에 오위장(五衛將)이오 거가(居家)에 쳔셕옹이니 이거시 다 뉘 쥬시미뇨?"

셔으로 경셩에 니르니 민상공 집이 ᄌᆞ믜 녕톄(零替)ᄒ지라. 일장통곡ᄒ고 민공의 일문 혼샹(婚喪)과 쏘 십년 격쇼부비(謫所浮費)롤 대쇼 업시 다 이우고 나이 팔십오의 니르더 죵시롤 곳치지 아니 【44】 ᄒ니 대겨 민공의 식감(識鑑)과 김노(金老)의 지간이 고금의 드므니 가히 이 공(公)이 잇고 이 손[客]이 잇다 니르리로다.

박동지위통슈산지
朴同知爲統帥散財

박동지(朴同知) 민힝(敏行)이 일즉 쌍친(雙親)을 여의고 의탁홀 곳이 업셔 동현(銅峴) 약국(藥局)의 분쥬이 공역ᄒ니 시년이 십외(十五1)라.

일ᄌᆞ은 발 틈으로 여어본즉 ᄒᆞᆫ 쇼년이 나귀롤 타고 지나가거늘 박군의 시운(時運)이 도라올 쩌라 즈연 ᄆᆞ음이 깃거 ᄯᅡ라 그집의 니르니 이예 니샹공(李相公) 쟝외(章吾1)라. 문하의 잇기롤 쳥ᄒ디 니공이 ᄒᆞᆫ번 보고 허ᄒ야 그 니력을 뭇지 아니ᄒ고 미ᄉ롤 맛지며 쏘 부쟈집의 쟝가롤 드리니 기쳐는 부가에 츙이ᄒᆞᆫ 쏠이라. 쟝염(粧奩)과 가산이 너모 풍셩ᄒ고 샤치ᄒ더라. 박군이 줄뷔 되여시디 ᄆᆞ음의 차지 아니ᄒ여 보기롤 쵸개(草芥)ᄀᆞ치 ᄒ고 취실ᄒᆞᆫ 후로 날노 박혁(博奕)을 나기ᄒ고 호걸을 사괴며 산슈의 【45】 두루 노라 방탕ᄒ니 니공 가인이 훼방이 날노 들네되 공이 일병 뭇지 아니ᄒ고 대졉ᄒᆞᆷ을 쳐음ᄀᆞᆺ치 ᄒ니 가인이 괴이 녀기더라.

거무하(居無何)의 니공이 발쳔(發闡)으로 금군별쟝(禁軍別將)의[74] 니르니 이ᄯᆞᆫ는 영묘됴(英廟朝) 을ᄒᆡ년(乙亥年)이라. 통졔ᄉᆡ(統制使1) 국청(鞫廳) 쵸ᄉ(招辭)의 낫ᄂᆞᆫ지라 특별이 탑젼의셔 니공으로 통ᄉ롤 계슈ᄒ시고 당일 최촉(催促)ᄒ시고 젼(前) 통

---

74) 【금군별쟝】 囝 ((관직)) 금군별쟝(禁軍別將). 조선후기에, 금군쳥(禁軍廳)이나 용호영(龍虎營)에 속하여 왕의 친위병을 식졔로 통합하던 벼슬. 병조판셔가 겸임하던 대장의 다음 직위로, 품계는 죵이품. ¶禁軍別將 ‖ 거무하의 니공이 발쳔으로 금군별쟝의 니르니 이ᄯᆞᆫ는 영묘됴 을ᄒᆡ년이라 (居無何, 李公別薦驟至禁軍別將, 時英廟乙亥也.) <靑邱野談 奎章 3:45>

ᄉᆞ(統師)ᄅᆞᆯ 나ᄅᆡ(拿來)ᄒᆞ게 ᄒᆞ시니 니공이 즉일 셩 밧긔 나가 집의 긔별ᄒᆞ야 박민힝을 블너 힝장을 ᄊᆞᆯ니 찰아 짜로라 ᄒᆞ니 ᄯᆡ예 니공의 빈ᄀᆡᆨ이 구름ᄀᆞᆺ치 모도여 다 돌탄(咄嘆)ᄒᆞ여 ᄀᆞᆯ오ᄃᆡ,

“이졔 공이 위ᄐᆡᄒᆞᆫ ᄌᆞ음의 명을 바다 장찻 블측ᄒᆞᆫ ᄯᅡ의 닷거늘 ᄒᆞᆯ노 져 ᄀᆞᆺᄒᆞᆫ 사ᄅᆞᆷ으로 더브러 동힝ᄒᆞ니 엇지 그 오활ᄒᆞ뇨?”

니공이 일병 듯지 아니ᄒᆞ고 마ᄌᆞᆷᄂᆡ 다리고 가 통영(統營)의 부임ᄒᆞ야 구ᄉᆞ(舊使)ᄅᆞᆯ ᄆᆡ여 보ᄂᆡ니 이ᄯᆡ 영듕이 흉흉ᄒᆞ야 사ᄅᆞᆷ마다 ᄆᆞ음이 공구(恐懼)ᄒᆞ야 됴셕을 보젼치 못ᄒᆞᆯ ᄃᆞᆺᄒᆞ더라. 문셰(文書ㅣ) 산ᄀᆞᆺ치 ᄡᆞ이고 모든 【46】 일이 어ᄌᆞ럽거늘 박군이 들ᄆᆡ 비밀ᄒᆞᆫ 계교ᄅᆞᆯ ᄃᆞᆸ고 나오ᄆᆡ 뭇일을 다ᄉᆞ리며 ᄯᅩ 구ᄉᆞ의 문셔ᄅᆞᆯ 마감(磨勘)ᄒᆞᆯᄉᆡ ᄉᆞ오만금이 잉ᄧᅩ(剩條)로 남거ᄂᆞᆯ 드러와 쥬장의게 픔ᄒᆞ여 ᄀᆞᆯ오ᄃᆡ,

“이거ᄉᆞᆯ 엇지 구쳐ᄒᆞ리잇가?”

공이 ᄀᆞᆯ오ᄃᆡ,

“편의로 조차 ᄒᆞ라.”

박군이 유〻 ᄒᆞ고 믈너와 그밤의 대연을 셰병관(洗兵館)의[75] 비셜ᄒᆞ고 쥬육을 풍셩이 ᄒᆞ야 ᄉᆞ졸을 먹이고 ᄯᅩ 각쳐각니(各處各里)예 믁은 니포(吏逋)와[76] ᄡᆞ인 폐막(弊瘼)을[77] 다 니졍(釐正)ᄒᆞ야[78] 고치고 갑하 ᄀᆞᆯ오ᄃᆡ,

“이ᄂᆞᆫ ᄉᆞ도(使道)의 지괴(指敎ㅣ)라.”

ᄒᆞ고 금은을 ᄒᆞᆺ터 영졸(營卒)과 ᄎᆞᆫ민의 혼상(婚喪)을 조급(造給)ᄒᆞ니 니민이 셔로 깃거 즐기ᄂᆞᆫ 소ᄅᆡ 우뢰 ᄀᆞᆺᄒᆞ니 인심이 즉일 태평ᄒᆞᆫ지라. 박군이 드러와 고ᄒᆞ니 니공이 유〻 ᄒᆞᆯ ᄯᆞᄅᆞᆷ이라. 드ᄃᆡ여 위ᄐᆡᄒᆞᆷ을 도로혀 평안ᄒᆞᆷ을 삼아 은위(恩威) 삼도(三道)의 진동ᄒᆞ고 과만(瓜滿)ᄒᆞ야 쳬귀(遞歸)ᄒᆞᄆᆡ 박군이 명막(名幕)[79]으로 셰샹의 유명ᄒᆞ니 대개 니공의 지감(知鑑)과 박군의 온포(蘊抱)ᄂᆞᆫ[80] 지긔(志氣) 셔로 합ᄒᆞ다 닐오리로다.

니졀부죵용취의
李節婦從容取義

【47】 니졀부(李節婦)ᄂᆞᆫ 츙무공(忠武公) 후예라. 민병ᄉᆞ(閔兵使)의 손뷔(孫婦ㅣ) 되여 겨오 쵸례

75) 【셰병-관】 명 ((건축)) 세병관(洗兵館). 경상남도 통영시 문화동에 있는 목조 건물. 조선 선조 때 통제사 이경준(李慶濬)이 이순신 장군의 전공을 기념하기 위하여 세웠는데, 전면 9칸, 측면 5칸의 단층 팔각지붕으로 되어 있다.¶ 洗兵館 ‖ 박군이 유〻 ᄒᆞ고 믈너와 그밤의 대연을 셰병관의 비셜ᄒᆞ고 쥬육을 풍셩이 ᄒᆞ야 ᄉᆞ졸을 먹이고 ᄯᅩ 각쳐각니예 믁은 니포와 ᄡᆞ인 폐막을 다 니졍ᄒᆞ야 고치고 갑하 ᄀᆞᆯ오ᄃᆡ 이ᄂᆞᆫ ᄉᆞ도의 지괴라 ᄒᆞ고 금은을 ᄒᆞᆺ터 영졸과 ᄎᆞᆫ민의 혼상을 조급ᄒᆞ니 (朴軍唯唯而退, 卽夜設大宴於洗兵館, 搥牛饗士, 盡散其金. 且詢各廳各里宿逋舊瘼, 盡爲厘革償之曰: “此是使家指敎也.”) <靑邱野談 奎章 3:46>

76) 【니포】 명 이포(吏逋). 아전이 공금을 집어 쓴 빚.¶ 逋 ‖ 박군이 유〻 ᄒᆞ고 믈너와 그밤의 대연을 셰병관의 비셜ᄒᆞ고 쥬육을 풍셩이 ᄒᆞ야 ᄉᆞ졸을 먹이고 ᄯᅩ 각쳐각니예 믁은 니포와 ᄡᆞ인 폐막을 다 니졍ᄒᆞ야 고치고 갑하 ᄀᆞᆯ오ᄃᆡ 이ᄂᆞᆫ ᄉᆞ도의 지괴라 ᄒᆞ고 금은을 ᄒᆞᆺ터 영졸과 ᄎᆞᆫ민의 혼상을 조급ᄒᆞ니 (朴軍唯唯而退, 卽夜設大宴於洗兵館, 搥牛饗士, 盡散其金. 且詢各廳各里宿逋舊瘼, 盡爲厘革償之曰: “此是使家指敎也.”) <靑邱野談 奎章 3:46>

77) 【폐막】 명 폐막(弊瘼). 없애버리기 어려운 폐단.¶ 瘼 ‖ 박군이 유〻 ᄒᆞ고 믈너와 그밤의 대연을 셰병관의 비셜ᄒᆞ고 쥬육을 풍셩이 ᄒᆞ야 ᄉᆞ졸을 먹이고 ᄯᅩ 각쳐각니예 믁은 니포와 ᄡᆞ인 폐막을 다 니졍ᄒᆞ야 고치고 갑하 ᄀᆞᆯ오ᄃᆡ 이ᄂᆞᆫ ᄉᆞ도의 지괴라 ᄒᆞ고 금은을 ᄒᆞᆺ터 영졸과 ᄎᆞᆫ민의 혼상을 조급ᄒᆞ니 (朴軍唯唯而退, 卽夜設大宴於洗兵館, 搥牛饗士, 盡散其金. 且詢各廳各里宿逋舊瘼, 盡爲厘革償之曰: “此是使家指敎也.”) <靑邱野談 奎章 3:46>

78) 【니졍-ᄒᆞ-】 동 이정(釐正)하다. 정리하여 바로잡아 고치다.¶ 厘革 ‖ 박군이 유〻 ᄒᆞ고 믈너와 그밤의 대연을 셰병관의 비셜ᄒᆞ고 쥬육을 풍셩이 ᄒᆞ야 ᄉᆞ졸을 먹이고 ᄯᅩ 각쳐각니예 믁은 니포와 ᄡᆞ인 폐막을 다 니졍ᄒᆞ야 고치고 갑하 ᄀᆞᆯ오ᄃᆡ 이ᄂᆞᆫ ᄉᆞ도의 지괴라 ᄒᆞ고 금은을 ᄒᆞᆺ터 영졸과 ᄎᆞᆫ민의 혼상을 조급ᄒᆞ니 (朴軍唯唯而退, 卽夜設大宴於洗兵館, 搥牛饗士, 盡散其金. 且詢各廳各里宿逋舊瘼, 盡爲厘革償之曰: “此是使家指敎也.”) <靑邱野談 奎章 3:46>

79) 【명막】 명 ((인류)) 명막(名幕). 유능한 막료.¶ 名幕 ‖ 박군이 명막으로 셰샹의 유명ᄒᆞ니 대개 니공의 지감과 박군의 온포ᄂᆞᆫ 지긔 셔로 합ᄒᆞ다 닐오리로다 (朴君以名幕聞於世, 盖李公之知鑑, 朴君之蘊抱, 可謂兩美匹合矣.) <靑邱野談 奎章 3:46>

80) 【온포】 명 온포(蘊抱). 머리 속에 깊이 품은 재주.¶ 蘊抱 ‖ 박군이 명막으로 셰샹의 유명ᄒᆞ니 대개 니공의 지감과 박군의 온포ᄂᆞᆫ 지긔 셔로 합ᄒᆞ다 닐오리로다 (朴君以名幕聞於世, 盖李公之知鑑, 朴君之蘊抱, 可謂兩美匹合矣.) <靑邱野談 奎章 3:46>

(醮禮)롤81) 지나고 신낭이 도라와 병을 어더 널지 못ᄒᆞ니 졀뷔(節婦 1) 시년(時年)이 십뉴이라. 그 조모롤 의지ᄒᆞ야 온양(溫陽)의 잇고 싀가(媤家)눈82) 쳥쥬(淸州)의 잇더니 통뷔(通訃 1)83) 오미 실셩혼도(失性昏倒)ᄒᆞ야 슈쟝(水漿)을84) 입에 넛치 아니ᄒᆞ니 부뫼 불상이 녀겨 만단 위로ᄒᆞ고 좌위 방슈(防守)ᄒᆞ기를 엄히 ᄒᆞ더니 졀뷔 일ᄌᆞ은 쳥ᄒᆞ야 굴오디,

"내 사롬의 지어미 되야 붕셩지통(崩城之痛)을85) 만나니 사는 거시 죽눈이만 ᄀᆞᆺ지 못ᄒᆞ지라. 죽기롤 밍셰홀 거시로디 다시 셩각ᄒᆞ니 싀가에 조부모와 구괴(舅姑 1) 가쵸 계시되 봉양ᄒᆞᆯ리 업ᄉᆞᆫ지라. 내 신부례(新婦禮)롤 아니ᄒᆞ얏고 ᄯᅩ 쇼텬(所天)이 불ᄒᆡᇰ 조ᄉᆞ(早死)ᄒᆞ야 상장졔젼(喪葬祭奠)을 쥬관홀 길이 업스니 내 ᄒᆞᆫ갓 죽은즉 남의 지어미 된 도리 아니라 내 분곡(奔哭)ᄒᆞ고 치상(治喪)ᄒᆞᆫ 후의 명녕(螟蛉)을86) 동셩(同姓)에 어더 사속(嗣續)을 니은

즉 ᄎᆡᆨ망을 거의 면ᄒᆞ리니 원컨디 ᄲᆞᆯ니 치ᄒᆡᇰᄒᆞ야 주쇼셔."

[48] 부뫼 그 말을 드르미 나히 비록 어리나 언졍니슌(言正理順)ᄒᆞᆫ지라 장찻 좃고져 ᄒᆞ나 오히려 ᄌᆞ쳐(自處)홀가87) 넘녀ᄒᆞ야 오리 머뭇거리니 졀뷔 굴오디,

"원컨디 의심ᄒᆞ지 마르쇼셔. 내 ᄆᆞ음이 경ᄒᆞ얏노이다."

일변 울며 일변 근쳥ᄒᆞ거늘 부뫼 허ᄒᆞ야 치ᄒᆡᇰᄒᆞ야 쳥쥐로 보내니라. 졀뷔 년쇼ᄒᆞᆫ 부인으로 싀가의 가 구고 봉양ᄒᆞᆷ을 효로써 ᄒᆞ고 졔견 밧들기롤 졍셩으로써 ᄒᆞ며 비복을 은위(恩威)로뼈 어거(馭車)ᄒᆞ고 산업을 다ᄉᆞ리니 닌니(隣里) 친쳑이 다 현쳐라 일ᄏᆞᆺ고 그 쇼년 쳥상(靑孀)을 다 측은ᄒᆞ더라.

삼 년을 마춘 후 양ᄌᆞ롤 근죡(近族)에 구ᄒᆞᆯᄉᆡ 몸소 셕고이걸(席藁哀乞)ᄒᆞ니 비로소 허ᄒᆞᆷ을 어더 솔양(率養)ᄒᆞ야 엄ᄉᆞ(嚴師)롤 어더 부즈런이 ᄀᆞᄅᆞ치고 밋 장셩ᄒᆞᆷ이 장가드려 가도(家道)롤 엄졍이 ᄒᆞ더니 그 후 십이년에 조부모와 구괴 다 텬년으로 기셰(棄世)ᄒᆞ거늘 쵸죵(初終) 장ᄉᆞ(葬事)롤 다 녜로써 ᄒᆞ고 삼디 분산(墳山)을 가후에 다ᄉᆞ려 셕물(石物)을 가초니라.

일ᄌᆞ은 새옷슬 지어 입고 아들 니외로 더부러 분상의 올나 쇼졔ᄒᆞ고 가듕의 도라 [49] 와 가묘(家廟)의 비알ᄒᆞᆫ 후의 졍니(庭內)롤 쇄쇼ᄒᆞ고 방듕의 드러와 아들 니외롤 블너 가ᄉᆞ롤 구쳐ᄒᆞ고 셰간을 젼ᄒᆞ야 굴오디,

"너의 니외 이믜 장셩ᄒᆞ여시니 죡히 졔ᄉᆞ롤 밧들고 빈킥을 디졉홀 거시오 내 ᄯᅩ 쇠로(衰老)ᄒᆞ여시니 네 ᄉᆞ양치 말나. 부비롤 덜고 검소롤 슝샹ᄒᆞ여 가셩(家聲)을 츄락지 말 거시니 힘쁘고 힘쁠지어다."

밤이 깁흔 후 ᄌᆞ뷔 각ᄌᆞ 믈너가거늘 졀뷔 이예 분곡홀 ᄯᆡ 가지고 온 조고마ᄒᆞᆫ 병의 너흔 독약을 내여 두 그릇슬 마시미 잠간 ᄉᆞ이 긔졀ᄒᆞ니 쇼비 급히 쇼쥬인(小主人) 니외의게 고ᄒᆞᆫ디 창황이 드러가 본즉 겻히 흔 져근 병이 잇고 약즙이 흘넛ᄂᆞᆫ지라. 금뇨(衾褥)롤 펴고 의상을 졍히 ᄒᆞ고 누엇시

---

81) 【쵸례】圖 초례(醮禮). 혼인 지내는 예식.¶醮禮∥민병ᄉᆞ의 손부 되여 겨우 쵸례 지나고 신낭이 도라와 병을 어더 널지 못ᄒᆞ니 졀뷔 시년이 십뉴이라 (嫁爲閔兵使孫婦, 纔過醮禮, 新郎還家不淑, 時節婦年纔勝笄.) <靑邱野談 奎章 3:47>

82) 【싀가】圖 시가(媤家). 시댁.¶夫家∥그 조모롤 의지ᄒᆞ야 온양의 잇고 싀가눈 쳥쥬의 잇더니 통뷔 오미 실셩혼도ᄒᆞ야 슈쟝을 입에 넛치 아니ᄒᆞ니 (依其祖母在溫陽, 而夫家在淸州, 訃來哭之, 水漿不入口.) <靑邱野談 奎章 3:47>

83) 【통부】圖 통부(通訃). 사람의 죽음을 통지함.¶訃∥그 조모롤 의지ᄒᆞ야 온양의 잇고 싀가는 쳥쥬의 잇더니 통뷔 오미 실셩혼도ᄒᆞ야 슈쟝을 입에 넛치 아니ᄒᆞ니 (依其祖母在溫陽, 而夫家在淸州, 訃來哭之, 水漿不入口.) <靑邱野談 奎章 3:47>

84) 【슈쟝】圖 ((음식)) 수장(水漿). 음료 마실 것.¶水漿∥그 조모롤 의지ᄒᆞ야 온양의 잇고 싀가는 쳥쥬의 잇더니 통뷔 오미 실셩혼도ᄒᆞ야 슈쟝을 입에 넛치 아니ᄒᆞ니 (依其祖母在溫陽, 而夫家在淸州, 訃來哭之, 水漿不入口.) <靑邱野談 奎章 3:47>

85) 【붕셩지통】圖 붕셩지통(崩城之痛). 성이 무너질 만큼 큰 슬픔이라는 뜻으로, 남편이 죽은 슬픔을 이르는 말.¶崩城之痛∥내 사롬의 지어미 되야 붕셩지통을 만나니 사는 거시 죽눈이만 ᄀᆞᆺ지 못ᄒᆞ지라 (吾爲人婦而遭此崩城之痛, 生不如死.) <靑邱野談 奎章 3:47>

86) 【명녕】圖 ((인류)) 명령(螟蛉). 양아들.¶螟蛉∥내 분곡ᄒᆞ고 치상ᄒᆞᆫ 후의 명녕을 동셩에 어더 사속을 니음즉 ᄎᆡᆨ망을 기의 면ᄒᆞ리니 원컨디 ᄲᆞᆯ니 치ᄒᆡᇰᄒᆞ야 주쇼셔 (吾將奔哭, 治喪後, 乞螟蛉於族人家, 使媤家無絶嗣之歎, 吾之責, 顧不在此乎, 願速治行.) <靑邱野談 奎章 3:47>

87) 【ᄌᆞ쳐ᄒᆞ】圖 자져(自處)하나, 사ᄋᆞ하다∥自縊∥부뫼 그 말을 드르미 나히 비록 어리나 언졍니슌ᄒᆞᆫ지라 장찻 좃고져 ᄒᆞ나 오히려 ᄌᆞ쳐홀가 넘녀ᄒᆞ야 오리 머믓거리니 (父母聞其言, 年雖幼少, 辭正理順, 將從之, 猶慮其自經, 猶豫久之.) <靑邱野談 奎章 3:48>

니 이믜 밋지 못홀지라. 너외 발상ᄒᆞ고 벽용(擗踊)
홀 즈음의 흔 지튝(紙軸)이요 압히 잇거늘 펴 보니
곳 유언이라. 몬져 그 흉독(凶毒)흔 지통(至痛) 맛나
믈 말ᄒᆞ고 버거 가법과 고젹(古蹟)을 말ᄒᆞ고 버거
치가ᄒᆞ고 규모ᄅᆞᆯ 말ᄒᆞ고 버거 노복과 젼답문권(田
畓文劵)【50】을 긔록ᄒᆞ야 하나도 유루(遺漏)ᄒᆞ미
업고 뭇ᄒᆞ 엿시디 '내 문부(聞訃)ᄒᆞ던 날 죽지 아
니ᄒᆞᆷ은 민뻐의 졀ᄉᆞ(絶嗣)ᄅᆞᆯ 참아 못ᄒᆞ미오 ᄯᅩ 싀부
모 의지 업ᄉᆞᆯ 싱각ᄒᆞ미러니 이졔ᄂᆞᆫ 나의 최망이
다ᄒᆞᆫ지라. 부탁홀 사ᄅᆞᆷ이 ᄌᆞ시니 엇지 일긱인들 구
차히 완명(頑命)을 느리ᄌᆞ오? 장찻 쇼련을 디하의
만나보리라.' ᄒᆞ엿더라. 긔지 치상ᄒᆞ여 션군 분묘의
부장(附葬)ᄒᆞ고 유교(遺敎)ᄅᆞᆯ 조차 가도ᄅᆞᆯ 닷ᄀᆞ니
원근 스림이 통문(通文)ᄒᆞ고 샹언(上言)ᄒᆞ야 그집의
경문(旌門)ᄒᆞ니 오회라 녈녀의 졀ᄉᆞ(節事ㅣ) 녜로조
차 엇지 한ᄒᆞ리오마는 그 부도ᄅᆞᆯ 극진히 ᄒᆞ고 구고
의게 효도ᄒᆞ고 샤쇽을 니으매 규범을 엄히 ᄒᆞ여 이
ᄀᆞᆺ치 녈ᄂᆞᆷ이 잇지 아니ᄒᆞ고 ᄯᅩ 가ᄉᆞ를 구쳐ᄒᆞ야
죵용히 죽으미 나아가니 참졀ᄇᆞᆫ져 참졀ᄇᆞᆫ뎌!

박남ᄒᆡ강기슈공
朴南海慷慨樹功

박남ᄒᆡ(朴南海) 경틱(慶泰)ᄂᆞᆫ 의셩(義城) 사ᄅᆞᆷ
이라. 편발(編髮)[88]노부터 말ᄃᆞᆯ니며 활쏘기를 잘ᄒᆞ
고【51】녀력(膂力)이 사ᄅᆞᆷ의게 지나고 임협방탕(任
俠放蕩)ᄒᆞ야 쇼졀(小節)을[89] 거리끼지 아니ᄒᆞ고 사
ᄅᆞᆷ의 궁곤(窮困)ᄒᆞᆷ믈 보면 반ᄃᆞ시 쥬급(周急)ᄒᆞ고[90]

불의를 보면 구욕(毆辱)ᄒᆞ니[91] 향인이 곽히(郭解)로
ᄡᅥ 지목ᄒᆞ더라. 밋 자라미 샹뫼(狀貌ㅣ) 웅장ᄒᆞ고
술마시기를 조히 너기고 담논을 잘ᄒᆞ고 글을 닑그
미 대의ᄅᆞᆯ 통ᄒᆞ여 튱셩으로 ᄌᆞ부(自負)ᄒᆞ더라.

읍듕 포슈를 모도와 닐오디,
"너의 무리 하ᄂᆞᆯ을 아ᄂᆞᆫ냐?"
ᄀᆞᆯ오디,
"아노이다."
"하ᄂᆞᆯ이 아니면 엇지 ᄡᅥ 나리오?"
ᄀᆞᆯ오디,
"님군은 하ᄂᆞᆯ을 디신흔 하ᄂᆞᆯ이라 임군이 아니
면 엇지 ᄡᅥ 살니오? 사ᄅᆞᆷ이 금슈와 다른 바ᄂᆞᆫ 튱효
ᄅᆞᆯ 알미라. 사ᄅᆞᆷ이 알지 못ᄒᆞ면 엇지 사ᄅᆞᆷ이라 ᄒᆞ리
오? 이졔 북관(北關)이[92] 밧그로 병혁(兵革)의 괴로
오믈 닛고 안으로 부셰(賦稅)의 번거ᄒᆞ미 업셔 부ᄌᆞ
와 형뎨 ᄲᅡᆯ낫슬 먹고 믈을 마시미 다 임군의 쥬시
미라. 이졔 북회(北胡ㅣ) 일대슈(一帶水)ᄅᆞᆯ 격ᄒᆞ여시
니 ᄒᆞ로 아츰의 불우지변(不虞之變)이[93] ᄌᆞ시면 너
의 무리 능히 나라ᄒᆞᆯ 위ᄒᆞ여 튱셩을 본바다 죽으
랴?"

듕인 다 공의 ᄌᆞ논의 격동ᄒᆞ야 용약【52】ᄒᆞ
여 ᄀᆞᆯ오디,
"오직 녕을 조차리이다."

이예 ᄀᆞ만이 빅인(百人)을 일홈두어 불우(不
虞)ᄅᆞᆯ 님ᄒᆞ여 일변 당훌 계교ᄅᆞᆯ 삼으니 대개 현셩

---

88) 【편발】圖 편발(編髮). 관례를 하기 전에 머리를 길게
  땋아 늘이던 일.¶ 編髮 ∥ 편발노부터 말ᄃᆞᆯ니며 활쏘기
  를 잘ᄒᆞ고 녀력이 사ᄅᆞᆷ의게 지나고 임협방탕ᄒᆞ야 쇼
  졀을 거리끼지 아니ᄒᆞ고 (自在編髮, 善騎射, 膂力過人,
  喜任俠, 不拘小節.) <靑邱野談 奎章 3:50>

89) 【쇼졀】圖 소절(小節). 사소한 예절.¶ 小節 ∥ 편발노부
  터 말ᄃᆞᆯ니며 활쏘기를 잘ᄒᆞ고 녀력이 사ᄅᆞᆷ의게 지나
  고 임협방탕ᄒᆞ야 쇼졀을 거리끼지 아니ᄒᆞ고 (自在編
  髮, 善騎射, 膂力過人, 喜任俠, 不拘小節.) <靑邱野談
  奎章 3:51>

90) 【쥬급-ᄒᆞ-】圖 주급(周急)하다. 썩 급박하게 된 사람
  을 구제하여 주다.¶ 周 ∥ 사ᄅᆞᆷ의 궁곤ᄒᆞᆷ믈 보면 반ᄃᆞ

91) 【구욕-ᄒᆞ-】圖 구욕(毆辱)하다. 때리고 욕하다.¶ 毆辱
  ∥ 사ᄅᆞᆷ의 궁곤ᄒᆞᆷ믈 보면 반ᄃᆞ시 쥬급ᄒᆞ고 불의를 보
  면 구욕ᄒᆞ니 향인이 곽히로ᄡᅥ 지목ᄒᆞ더라 (見人窮困,
  必周之, 不義則必毆辱之, 鄕里以朱家郭解目之.) <靑邱
  野談 奎章 3:51>

92) 【북관】圖 ((지리)) 북관(北關). 함경도 지방의 별칭.¶
  北關 ∥ 이졔 북관이 밧그로 병혁의 괴로오믈 닛고 안
  으로 부셰의 번거ᄒᆞ미 업셔 부ᄌᆞ와 형뎨 ᄲᅡᆯ낫슬 먹고
  믈을 마시미 다 임군의 쥬시미라 (今北關外, 忘兵革之
  苦, 內無賦稅之繁, 父子兄弟粒食水飮, 皆君之賜也.)
  <靑邱野談 奎章 3:51>

93) 【불우지변】圖 불우지변(不虞之變). 미처 생각지 못한
  변란.¶ 不虞之變 ∥ 이졔 북회 일대슈를 격ᄒᆞ여시니 ᄒᆞ
  로 아츰의 불우지변이 ᄌᆞ시면 너의 무리 능히 나라ᄒᆞ
  위ᄒᆞ여 튱셩을 본바다 죽으랴 (今虜隔一帶水, 若有一
  朝不虞之變, 若等能爲國效忠而死乎?) <靑邱野談 奎章
  3:51>

이 그러하더라. 무과호야 아오디(阿吾地)94) 만회(萬戶ㅣ) 되여 장찻 발힝호니 사름이 다 금의환향(錦衣還鄉)을 일쿳더라.

이쩌 무신역변(戊申逆變)을95) 만나 쳥쥐젹(淸州賊) 반셰(叛勢) 니릭고 녕남(嶺南) 관셔(關西ㅣ) 또 긔병호다 도뢰(道路ㅣ) 훤즈(喧藉)호니 샹하노쇼(上下老少ㅣ) 분찬(奔竄)호고 진경(震驚)호여 향홀 바롤 아지 못호눈지라.

박공(朴公)이 힝호야 양쥬(楊州)에 니릭러 격변(賊變)을 듯고 즉시 경셩의 도라와 군문(軍門)의 현신호니 드리지 아닛눈지라. 맛참 순무ᄉ(巡撫使) 오명흥(吳命恒)이96) 출ᄉ(出師)호거늘 크게 흔 소리롤 부릭고 쮜여 마두(馬頭)의 드러가 쳥컨디 변쟝(邊將)을 갈고 션봉이 되야 일더(一隊)롤 당호여지라 눈믈이 말솜을 싸라 나리고 인호여 몸을 굽혀 쮜고 거러 쮜고 안자 쮜니 쟝졸이 돌나보는 재 놀나고 긔운을 격동호여 응치 아니리 업더라. 순무시 쟝히 너겨 션봉을 허호고 흔 쵸군ᄉ(哨軍士)롤 주어 호여곰 견군을 삼 [53] 아 발힝호여 안셩(安城)의 니릭러 격병을 디진(對陣)홀시 공이 물을 치쳐 격군의 경계치 아니홈을 알아보고 급히 츔돌호여 듕군의 니릭니 격병이 대패호여 쥭산(竹山)으로 닷거늘 공이 니긔믈 타 다라 치니 젼후의 격군 버힌 배 수빅인이라. 피 젼포(戰袍)의 ᄲ리고 물이 능히 나아가지 못호디 긔운이 더욱 쟝호더라.

넌좌(麟佐ㅣ)97) 셰궁(勢窮)호야 사름의 잡힌 배 되믹 쟝찻 경셩에 압송홀시 보닐 사름이 어려온지라 군듕이 다 굴오디 박공이 아니면 가치 아니호니 만부부당지용(萬夫不當之勇)이라 닐콧더라. 넌좌롤 압녕호여 경즁(京中)의 니릭니 샹이 인졍문(仁政門)의 인견(引見)호시고 하교호여 굴오사디,

"네 북비무변(北鄙武弁)으로 능히 향상호는 졍셩을 다호고 난을 당호야 피치 아니호니 튱셩이 가히 아름답도다."

호시고 귀인을 명호여 쥬찬을 먹이시니 다른 녜쉬(禮數ㅣ)러라. 평란(平亂) 후 원종일등공훈(原從一等功勳)을 참녹(叅錄)호고 갈파지(乫坡之)98) 동관(潼關)99) 쟝기(長鬐)100) 남히(南海)롤 차례로 지나니 치경(治政)이 쳥빅호야 빅셩을 사랑호고 션비롤 [54] 녜로 디졉호며 무비(武備)롤 슈완(修完)호고 문치(文治)롤 슝샹호며 츙셩을 포쟝(褒獎)호고 효힝을 경문호니 경니 슉연호더라.

과만 후 고향의 도라와 당호(堂號)롤 블고(不顧)[도라보지 아니란 말이래라 호야 그 뜻을 표호고 드디여 풍진의 자최롤 쓴코 강호의 성각이 잇더니 그

---

94) 【아오디】 圖 ((지리)) 아오지(阿吾地). 지금의 함경북도 경흥군 북부에 있는 두만강 연변의 한 읍(邑).¶ 阿吾地 ∥ 무과호야 아오디 만회 되여 쟝찻 발힝호니 사름이 다 금의환향을 일쿳더라 (登武科爲阿吾地萬戶, 將行, 人皆稱錦衣還鄕) <靑邱野談 奎章 3:52>

95) 【무신역변】 圖 무신역변(戊申逆變). 영조 4년(1728)에 이인좌(李麟佐)가 정희량(鄭希亮)과 공모하여 일으킨 난.¶ 戊申逆變 ∥ 이쩌 무신역변을 만나 쳥쥐젹 반셰 니릭고 녕남 관셔 또 긔병호다 도뢰 훤즈호니 (時値戊申逆變, 淸州賊報至, 嶺南關西又起兵.) <靑邱野談 奎章 3:52>

96) 【오명흥】 圖 ((인명)) 오명항(吳命恒 1673~1728). 조선후기의 문신. 자는 사상(士常), 호는 모암(慕菴)·영모암(永慕菴). 1728년 이인좌(李麟佐)의 난 때 공을 세워 해은부원군(海恩府院君)에 봉해졌으며, 우의정이 되었나.¶ 吳命恒 ∥ 맛참 순무ᄉ 오명흥이 출ᄉ호거늘 크게 흔 소리롤 부릭고 쮜여 마두의 드러가 쳥컨디 변쟝을 갈고 션봉이 되야 일더롤 당호여지라 (適巡撫使吳命恒出師, 卽大呼躍入, 馬前請解邊將, 願居先鋒, 得當一隊.) <靑邱野談 奎章 3:52>

97) 【넌좌】 圖 ((인명)) 이인좌(李麟佐 ?~1728). 조선 영조 때의 난신(亂臣). 본명은 현좌(玄佐). 신임사화로 득세하였으나, 영조의 즉위로 몰락한 소론파를 규합하여 1728년 정희량(鄭希亮)과 함께 군사를 일으켜 청주를 함락하고 안성에 이르렀으나 도원수 오명항(吳命恒)에게 패하여 처형되었다.¶ 麟佐 ∥ 넌좌 셰궁호야 사름의 잡힌 배 되믹 쟝찻 경셩에 압송홀시 보닐 사름이 어려온지라 군듕이 다 굴오디 박공이 아니면 가치 아니호니 만부부당지용이라 닐콧더라 (麟佐勢窮爲人所搞, 方押赴京城, 而難其人, 軍中僉曰: "非公莫可, 萬夫不當之勇.") <靑邱野談 奎章 3:53>

98) 【갈파지】 圖 ((지리)) 갈파지(乫坡之). 지금의 함경남도 삼수군(三水郡)에서 서북쪽에 있는 지명.¶ 乫坡之 ∥ 평란 후 원종일등공훈을 참녹호고 갈파지 동관 쟝기 남히롤 차례로 지나니 (亂定叅原從一等勳, 歷官乫坡潼關長鬐南海.) <靑邱野談 奎章 3:53>

99) 【동관】 圖 ((지리)) 동관(潼關). 지금의 함경북도 종성군 복쪽에 있는 지명.¶ 潼關 ∥ 평란 후 원종일등공훈을 참녹호고 갈파지 동관 쟝기 남히롤 차례로 지나니 (亂定叅原從一等勳, 歷官乫坡潼關長鬐南海.) <靑邱野談 奎章 3:53>

100) 【쟝기】 圖 ((지디)) 졍기(長鬐). 쟝ㅅ깁(長鬐岬). 지금의 경상북도 동해안 끝에 있는 갑(岬).¶ 長鬐 ∥ 평란 후 원종일등공훈을 참녹호고 갈파지 동관 쟝기 남히롤 차례로 지나니 (亂定叅原從一等勳, 歷官乫坡潼關長鬐南海.) <靑邱野談 奎章 3:53>

후 슈의포계(繡衣褒啓)ᄒ미 가션(嘉善)을 특명ᄒ샤 삼디 츄영(追榮)ᄒ고[101] 나히 팔십일에 졸ᄒ니 ᄌ손이 그 업을 니어 셰〻예 관북대족(關北大族)이 되니라.

탄금디츙복슈시
彈琴臺忠僕收屍

김공(金公) 여믈(汝㟭)은[102] 김샹공(金相公) 뉴(瑬)의 대인이라. 집의 ᄒ 노지 잇스디 식냥이 ᄌ못 너른지라 다른 노비는 다 칠홉 뇨(料)룰 쥬되 이 노ᄌ는 특별이 ᄒ 되 뇨룰 주니 졔복(諸僕)이 다 원언(怨言)을 두더라. 김공이 의쥬(義州) 임쇼로부터 금부의 나쳐(拿處)ᄒ엿더니[103] 임진왜란(壬辰倭亂)을 당ᄒ미 특별이 빅의죵ᄉ(白衣從事)룰[104] 명ᄒ여 공을 일워 죄룰 쇽ᄒ게 ᄒ니 슌변ᄉ(巡邊使) 신립(申

砬)의[105] 죵ᄉ관(從事官)이 되야 힝장을 찰혀 쟝찻 발힝홀시 [55] 졔복을 블너 ᄯᅳᆯ에 셰우고 무로디,
"뉘 날을 조차 출젼홀고?"

일승복(一升僕)이 ᄌᆺ기룰 ᄌ원ᄒ여 ᄀᆯ오디,
"쇼인이 평거(平居)에 ᄒ 되 뇨룰 먹엇스오니 난시(亂時)룰 님ᄒ야 엇지 사름의 뒤예 잇스오릿가?"

졔복은 다 진ᄉ쥬(進士主)룰 조차 피란ᄒ기룰 원ᄒ디 일승복은 물을 쳐처 즐거온 ᄯᅡ의 다름 ᄀᆺ더라. 밋 탄금대(彈琴臺)[106] 아리 비슈진(背水陣)을 치미 왜병이 만산편야(滿山遍野)ᄒ야 다 쟈른 막디룰 가졋시니 프른 연긔 잠간 니는 곳의 사름이 즉시 죽지 아닌는 재 업순지라. 아군이 비로소 그 됴춍(鳥銃)인 줄 알더라.

슌변시 젼일 북관의 잇슬 ᄯᅢ 니탕개(尼蕩介)룰[107] 쳘긔(鐵騎)로 ᄌᆺ바르미[108] 마른나모 ᄭᆨ듯 ᄒ고 셕은 플 ᄇᆞᆷ ᄀᆺ치 ᄒ더니 홀연 됴춍을 만나미 영웅이 용무(用武)홀 ᄯᅡ히 업순지라 이러모로 퇴ᄒ니라.

---

101) 【츄영-ᄒ-】 图 추영(追榮)하다. 추증(追贈)하다.¶ 追榮 ‖ 그 후 슈의포계ᄒ미 가션을 특명ᄒ샤 삼디 츄영ᄒ고 나히 팔십일에 졸ᄒ니 ᄌ손이 그 업을 니어 셰〻예 관북대죡이 되니라 (若將終身後, 繡衣褒啓, 命加嘉善, 追榮三代, 年八十一而逝, 子孫皆能其業兟兟焉, 爲關北大族焉.) <靑邱野談 奎章 3:54>

102) 【여믈】 图 ((인명)) 김여믈(金汝㟭 1548~1592). 조선 중기의 무신. 조선 중기 문신 김류(金瑬)의 부친. 자는 사수(士秀). 호는 피구자(披裘子)·외암(畏菴). 병조낭관(兵曹郎官)·충주도사 등을 지냈으며, 임진왜란 때에 신립(申砬)과 함께 충주 방어에 나섰으나 적군을 막지 못하고 탄금대(彈琴臺)에서 전사하였다.¶ 汝㟭 ‖ 김공 여믈은 김샹공 뉴의 대인이라 (金公汝㟭, 昇平金相瑬之大人也.) <靑邱野談 奎章 3:54>

103) 【나쳐-ᄒ-】 图 나처(拿處)하다. 중죄인을 의금부로 잡아들여 조처하다.¶ 逮捸 ‖ 김공이 의쥬 임쇼로부터 금부의 나쳐ᄒ엿더니 임진왜란을 당ᄒ미 특별이 빅의죵ᄉ룰 명ᄒ여 공을 일워 죄룰 쇽ᄒ게 ᄒ니 (金公自義州任所, 逮捸金吾, 當壬辰倭亂, 特命白衣從事.) <靑邱野談 奎章 3:54>

104) 【빅의죵ᄉ】 图 백의종사(白衣從事). 평민으로 군대를 따라 친정에 나아감.¶ 白衣從事 ‖ 김공이 의쥬 임쇼로부터 금부의 나쳐ᄒ엿더니 임진왜란을 당ᄒ미 특별이 빅의죵ᄉ룰 명ᄒ여 공을 일워 죄룰 쇽ᄒ게 ᄒ니 (金公自義州任所, 逮捸金吾, 當壬辰倭亂, 特命白衣從事.) <靑邱野談 奎章 3:54>

105) 【신립】 图 ((인명)) 신립(申砬 1546~1592). 조선 선조 때의 무장. 자는 입지(立之). 한성부판윤을 지냈으며, 임진왜란 때 왜군을 막다가 전사하였다.¶ 申砬 ‖ 슌변ᄉ 신립의 죵ᄉ관이 되야 힝쟝을 찰혀 쟝찻 발힝홀시 졔복을 블너 ᄯᅳᆯ에 셰우고 무로디 뉘 날을 조차 출젼홀고 (以巡邊使申砬從事, 束裝將發, 招諸僕, 立庭下曰 誰從吾出戰.) <靑邱野談 奎章 3:54>

106) 【탄금-대】 图 ((지리)) 탄금대(彈琴臺). 충청북도 충주시 북서부 대문산(大門山)에 있는 명승지로, 임진왜란의 전적지(戰跡地)이며 신립(申砬)이 전사한 곳으로도 유명하다. 우륵이 제자들을 가르치며 가야금을 타던 곳이기도 하다.¶ 彈琴臺 ‖ 밋 탄금대 아리 비슈진을 치미 왜병이 만산편야ᄒ야 다 쟈른 막디룰 가졋시니 프른 연긔 잠간 니는 곳의 사름이 즉시 죽지 아닌는 재 업순지라 (及彈琴臺下背水陣, 倭兵如蟻屯如潮湧, 皆持一短杖, 靑烟乍起, 人無不立死者.) <靑邱野談 奎章 3:55>

107) 【니탕개】 图 ((인명)) 니탕개(尼蕩介). 선조(宣祖) 초에 조선에 귀화한 여진인(女眞人).¶ 尼蕩介 ‖ 슌변시 젼일 북관의 잇슬 ᄯᅢ 니탕개룰 쳘긔로 ᄌᆺ바르미 마른나모 ᄭᆨ듯 ᄒ고 셕은 플 ᄇᆞᆷ ᄀᆺ치 ᄒ더니 (巡邊使昔在北關, 討尼蕩介以鐵騎蹴踏之, 如摧枯拉朽.) <靑邱野談 奎章 3:55>

108) 【ᄌᆺ바르-】 图 짓밟다.¶ 蹴踏 ‖ 슌변시 젼일 북관의 잇슬 ᄯᅢ 니탕개룰 쳘긔로 ᄌᆺ바르미 마른나모 ᄭᆨ듯 ᄒ고 셕은 플 ᄇᆞᆷ ᄀᆺ치 ᄒ더니 (巡邊使昔在北關, 討尼蕩介以鐵騎蹴踏之, 如摧枯拉朽.) <靑邱野談 奎章 3:55>

김공이 허리예 쟝검을 찻스며 등의 우젼(羽箭)을 지고 원팔의 각궁(角弓)을 걸고 올혼손으로 쟝계 쁠시 붓곳치 삼ㅅ(颯颯)히 우러 사의(辭意)가 가쵸 아롬다온지라. 즉시 봉호야 발호고 쏘 댱즈 승평(昇平)의게 글을 붓쳐 골오디,

"삼도군스(三道軍士)롤 블으디 【56】 흔 사롬도 니른 재 업스니 우리 오직 죽을 뿐이라. 남이 국스의 죽으미 진실노 곳을 어더시나 국은을 갑지 못호고 쟝흔 무옴이 지 되엿스니 다만 하놀을 우러ㄹ 긔운을 볼 쁠롬이라. 가스는 오직 네 잇스니 내 다시 말이 업노라."

쁘기롤 맛치미 물을 둘니고 칼을 쎄야 난진(亂陣) 중의 다드라 죽으니 노지 공의 곳을 일코 단월강변(丹越江邊)의 믈녀와 머리롤 도로혀 탄금더롤 바라보니 죽엄이 뫼 ㅈ고 철환(鐵丸)이 비 ㅈ혼지라. 탄식호야 골오디,

"내 죽기롤 앗겨 공의 은혜롤 져바리미 쟝뷔 아니라."

호고 단창을 드러 진을 헷치고 쮜여 드러가니 왜병의 곳치인 배 되야 세 번 믈녀가고 세 번 나아가와 몸의 수십 창을 닙고 철환 삼스곳을 마즈되 마춤내 공의 시체롤 디하(臺下)의셔 어더 등의 업고 진을 뚤어 나와 산곡 흔 곳의 슈쟝(收葬)호엿다가 필경 션영의 반장(返葬)호니 슬프다 노쥬(奴主) 분의(分義) 녜로부터 엇지 한호리오마는 이 노지의 츙용 ㅈ혼 재 어디 이시리오? 션비 지긔쟈(知己者)롤 위호야 【57】 죽고 계집이 열긔쟈(悅己者)롤 위호야 얼골을 다스리느니 이 노즈의 죽음 보기롤 평디ㅊ치 호미 엇지 일승미롤 위호리오? 의긔예 격동호미라. 그 노복 어거호는 도는 의로뻐 밋고 은혜로뻐 감동케 호야 평일에 그 스력을 어든 후에 완급을 가히 미들 거시니 김공이 그 도롤 어든 재로다. 믈읫 됴뎡에 식녹(食祿)호는 사롬이 판탕(板蕩)흔109) 찌롤 당호야 분츙젹개(奮忠敵愾)호는 무옴이 업는 쟈는 능히 김공의 츙노(忠奴)에 붓그러오미 업스랴?

년광뎡금남응변
練光亭錦南應變

뎡금남(鄭錦南) 츙신(忠信)이 쳐음의 션스포(宣沙浦)110) 쳠스(僉使)롤 몽졈(蒙點)호야111) 됴뎡 지샹의게 하직홀시 흔 노지샹(老宰相)이 은근히 골오디,

"내 그디의 큰 그릇신 줄 아나 그 진취(進就)롤 가히 헤아리지 못홀지라 쏘 그디 가실(家室)이 업술 줄 아느니 내 측실(側室)에 일녜 이시니 그디 쇼실을 삼아 건즐(巾櫛)을 밧드미 엇더호뇨?"

금남이 그 뜻을 감격호야 【58】 허락흔디 노지(老宰) 골오디,

"반드시 사롬의 이목을 번거이 아닐 거시니 발힝호는 날 홍계원(弘濟院)112) 교두(橋頭)에 기드리라."

금남이 치힝호야 교두의 니른니 흔 교매(轎馬)] 힝쟝이 션명호야 교두의 다드라 션사포 힝츠롤 뭇거놀 금남이 드듸여 마자 셔로 디호니 그 녜지 몸이 심히 크고 언에 맛시 업는지라. 금남이 스스로 그 속은 줄을 탄식호나 그러나 비각(排却)호기 어려온지라 동힝호야 본진에 니르러 의복음식을 살피게 홀 쁠이오 돈연이 고렴(顧念)호는113) 뜻이 업더니

---

109) 【판탕-호-】圖 판탕(板蕩)하다. 나라의 형편이 정치를 잘못히여 어지러워지다.¶ 板蕩 ‖ 믈읫 됴뎡에 식녹호는 사롬이 판탕흔 찌롤 당호야 분츙젹개호는 무옴이 업는 쟈는 능히 김공의 츙노에 붓그러오미 업스랴 (夫朝廷養士百年, 當其板蕩之時, 無奮忠敵愾之心者, 能不有愧於金公之僕哉.) <靑邱野談 奎章 3:57>

110) 【션소포】圖 ((지리)) 션사포(宣沙浦). 지금의 평안북도 션쳔군(宣川郡)에 있는 지명.¶ 宣沙浦 ‖ 뎡금남 츙신이 쳐음의 션스포 쳠스롤 몽졈호야 됴뎡 지샹의게 하직홀시 (鄭錦南忠信, 初除宜沙浦僉使, 歷辭諸宰.) <靑邱野談 奎章 3:57>

111) 【몽졈-호-】圖 몽졈(蒙點)하다. 임금이 벼슬아치의 후보자로 천거된 세 사람 가운데 적격자라고 생각되는 인물의 이름 위에 점을 찍어 결정하다.¶ 除 ‖ 뎡금남 츙신이 쳐음의 션스포 쳠스롤 몽졈호야 됴뎡 지샹의게 하직홀시 (鄭錦南忠信, 初除宜沙浦僉使, 歷辭諸宰.) <靑邱野談 奎章 3:57>

112) 【홍졔-원】圖 ((주거)) 홍졔원(弘濟院). 조선시대에, 중국 사신들이 서울 성안에 들어오기 전에 임시로 묵던 공관. 현재의 서울특별시 서대문구 홍제동에 있었다.¶ 弘濟 ‖ 반드시 사롬이 이목을 번거이 아닌 거시니 발힝호는 날 홍졔원 교두에 기드리라 (然則不必煩人耳目, 發行之日, 待於弘濟橋頭.) <靑邱野談 奎章 3:58>

113) 【고렴-호-】圖 고념(顧念)하다. 돌보아주다.¶ 顧念 ‖

일ᄂ은 영문의셔 은근ᄒᆞᆫ 관지(關子ㅣ) 왓거늘 급히 ᄶᅵ여 본즉 굴와시디, 군무ᄉ(軍務事)의 ᄒᆞᆯ 의논이 니시니 셩화ᄀᆞᆺ치 돌녀오라 ᄒᆞ엿거늘 즉시 밥을 지촉ᄒᆞ야 먹고 안의 드러와 쇼식을 니벌ᄒᆞᆯ시 쇼실이 굴오디,

"녕감이 금ᄒᆡᆼ에 무슨 일이 잇ᄂᆞᆫ 줄 알으시ᄂᆞ니잇가?"

굴오디,

"아지 못ᄒᆞ노라."

쇼실이 굴오디,

"대장뷔 난시(亂時)를 당ᄒᆞ야 거춰(去就) 지음의 능히 ᄉᆞ기(事機)를 예탁(豫度)지 못ᄒᆞ면 엇지 일을 건지【59】리오?"

금남이 그 말을 긔이히 너겨 자셰 무르니 쇼실이 굴오디,

"반ᄃᆞ시 져러틋ᄒᆞᆯ 일이 이실 거시니 응변ᄒᆞᄂᆞᆫ 졀을 이리ᄂᆞᄂᆞ ᄒᆞ쇼셔."

ᄒᆞ고 인ᄒᆞ야 홍금대단텬릭(紅錦大緞天翼)을 내여 닙히니 품졔 격등ᄒᆞ거늘 금남이 긔이히 너기더라. 돌녀 영하(營下)의 니른디 순샹(巡相)이 죵용이 굴오디,

"이졔 텬시(天使ㅣ) 도라가는 길에 셩등에 두류ᄒᆞ고 빅은 만냥을 토식(討索)ᄒᆞ디[114] 만일 시ᄒᆡᆼ치 아니ᄒᆞᆫ즉 도빅(道伯)을 효슈ᄒᆞ렷노라 ᄒᆞ니 일이 극히 망조(罔措)ᄒᆞᆫ지라 빅번 싱각ᄒᆞ디 그디 아닌즉 변을 도모ᄒᆞ리 업손 고로 쳥ᄒᆞ엿노라."

금남이 이예 연광졍(練光亭)의 나가 안고 녕니ᄒᆞᆫ 쟝교를 블너 귀예 다히고 말ᄒᆞ기를 오러 ᄒᆞ다가 즉시 영기(營妓) 등 춍혜ᄒᆞ고 션연(嬋姸)ᄒᆞᆫ[115]

금남이 스스로 그 속은 줄을 탄식ᄒᆞ나 그러나 비각ᄒᆞ기 어려온지라 동ᄒᆡᆼᄒᆞ야 본진에 니르러 의복음식을 살피게 ᄒᆞᆯ ᄯᆞᄅᆞᆷ이오 돈연이 고렴ᄒᆞᄂᆞᆫ 뜻이 업더니 (錦南自歎其爲見欺, 然亦難排却, 黽勉同行到鎭, 主饋已而, 頓無顧念之意.) <靑邱野談 奎章 3:58>

114) 【토식-ᄒᆞ-】 图 토색(討索)하다. 돈이나 물건 따위를 억지로 달라고 하다.¶ 討 ‖ 이졔 텬시 도라가는 길에 셩등에 두류ᄒᆞ고 빅은 만냥을 토식ᄒᆞ디 만일 시ᄒᆡᆼ치 아니ᄒᆞᆫ즉 도빅을 효슈ᄒᆞ렷노라 ᄒᆞ니 (今天使回路, 逗遛此城, 討白銀萬兩. 若不聽施, 則梟首道伯云.) <靑邱野談 奎章 3:59>

115) 【션연-ᄒᆞ-】 图 선연(嬋姸)하다. 맵시가 날씬하고 아름답다.¶ 艶 ‖ 즉시 영기 등 춍혜ᄒᆞ고 션연ᄒᆞᆫ 기성 소오 명을 ᄶᅡ 슈쳥 드려 혹 노리도 부르며 혹 거믄고도 타니 비반이 낭ᄌᆞᄒᆞᆫ지라 (卽選營妓慧艶者四五人, 使之守廳, 或歌或琴, 盃盤狼藉.) <靑邱野談 奎章 3:59>

기성 소오 명을 ᄶᅡ 슈쳥 드려 혹 노리도 부르며 혹 거믄고도 타니 비반이 낭ᄌᆞᄒᆞᆫ지라. ᄯᅩ 영교(營校)를 블너 귀예 다히고 닐오디,

"이졔 은을 내지 아니면 순상이 버히믈 닙을 거시니 만셩 인민이 의예 엇지 살니오? 네 나가 셩ᄂᆡ예 집ᄂᆞ마다 화약을 ᄶᅩ잣다가 연광졍 포셩이 셰 번 나【60】거든 블을 지르라."

영교 쳥녕(聽令)ᄒᆞ고 믈너가더니 이윽고 드러와 고ᄒᆞ디,

"다 ᄶᅩ잣ᄂᆞ이다."

아이오 일셩방포ᄒᆞ니 모든 기성이 겻히 잇셔 그윽이 듯고 크게 두려 거줏 쇼리를 핑계ᄒᆞ고 겸ᄂ나가 각ᄀᆞ 집의 젼ᄒᆞ니 잠간 ᄉᆞ이의 만셩 인민이 다 알고 부모를 부르며 쳐ᄌᆞ를 잇글고 닷토와 셩 밧긔 나오니 들에ᄂᆞᆫ 소리 ᄯᅡ흘 움죽이거늘 텬시 쳐음 포셩을 듯고 심히 의아ᄒᆞ더니 밋 훤요ᄒᆞᄂᆞᆫ 소리를 듯고 놀나 니러나 탐문ᄒᆞᆫ디 영교 일ᄂᆞ히 다ᄒᆞ야 굴오디,

"션ᄉᆞ포 쳠시 약ᄎᆞ약ᄎᆞ(若此若此)ᄒᆞ오니 만일 ᄯᅩ 방포ᄒᆞᆫ즉 만셩이 쟝찻 지 되리이다."

텬시 심혼이 황겁ᄒᆞ야 밋쳐 신을 못 신고 젼도히 연광졍의 니르러 금남의 손을 잡고 잔명을 빌거늘 금남이 ᄉᆞ리로 최ᄒᆞ야 굴오디,

"샹국은 부모의 나라이라 ᄉᆞ신이 됴명을 밧들미 연노 빅셩이 졉디ᄒᆞ미 각근(恪勤)ᄒᆞ거늘 젼녜 업손 은을 최츌(責出)ᄒᆞ여 엇지 못ᄒᆞᆯ 졍ᄉᆞ(政事)를 ᄒᆡᆼᄒᆞ니 일셩 인민이 죽은즉 죽을지라 찰아리 회신(灰燼) 가온디【61】 죽으미 맛당ᄒᆞ니라."

텬시 굴오디,

"나의 ᄉᆞ싱이 대야(大爺)의 손에 둘녀시니 믈을 계하의 셰우고 믈긔 올나 즉금 ᄒᆡᆼᄒᆞ야 삼일 니로 압녹강(鴨綠江)을 건널 거시니 원컨디 일포(一炮)를 머므르라."

금남이 굴오디,

"텬시 녜 업시니 내 밋지 아넛노라."

ᄒᆞ고 년ᄒᆞ여 포슈믈 부르니 텬시 금남의 허리를 안고 쳔만 번 비러 호곡ᄒᆞ거늘 금남이 마지 못ᄒᆞ야 드디여 허락ᄒᆞ고 지촉ᄒᆞ야 급히 ᄶᅥ나게 ᄒᆞ니 텬ᄉᆞ 일ᄒᆡᆼ이 감ᄉᆞ이 너겨 일졔이 샹마ᄒᆞ야 풍우ᄀᆞᆺ치 모라 과연 삼일 니로 강을 건너니 슌시 깃거 대연을 비셜ᄒᆞ여 ᄉᆞ례ᄒᆞ니 일노부터 금남의 일홈이 일셰예 진동ᄒᆞ니라. 금남이 본진의 도라와 미ᄉᆞ를 쇼실의게 무러 신ᄉᆞ(神師)로 디졉ᄒᆞ더라.

피화란현부이식
避禍亂賢婦異識

녕남(嶺南) 훈 ᄉᆞ인(士人)이 나히 장찻 ᄉᆞ십에 독ᄌᆞ를 두엇더니 독참(毒慘)을[116] 만나미 심혼이 비월(飛越)ᄒᆞ야 밋친 ᄃᆞᆺ 어린 ᄃᆞᆺᄒᆞᆫ 상셩(喪性)ᄒᆞᆫ 사롬이라.

일ᄉᆞᆫ은 당샹의 안잣더니 과 【62】 긱이 드러와 한훤을 펼ᄉᆡ 긱이 쥬인의 긔식이 참연(慘然)ᄒᆞ고 거지 슈샹ᄒᆞᆷ을 보고 연고를 무른대 쥬인이 ᄀᆞᆯ오ᄃᆡ,

"월젼의 가아(家兒)의 독참을 만나 참졀ᄒᆞ미 잇ᄯᅥᆺᄀᆞᆺ ᄆᆞ옴을 졍치 못ᄒᆞ노라."

긱이 ᄀᆞᆯ오ᄃᆡ,

"그ᄃᆡ 션산(先山)이 어ᄃᆡ 잇ᄂᆞ뇨?"

ᄀᆞᆯ오ᄃᆡ,

"가후(家後)에 잇노라."

긱이 ᄀᆞᆯ오ᄃᆡ,

"내 대강 산리를 아ᄂᆞ니 훈번 보기를 원ᄒᆞ노라."

쥬인이 더부러 션영(先塋)을 뵌대 긱이 ᄀᆞᆯ오ᄃᆡ,

"이 산의 해(害)ㅣ니라."

쥬인이 ᄀᆞᆯ오ᄃᆡ,

"길디(吉地)를 어ᄃᆡ 가 어드며 비록 어들지라도 소 일코 외양 고침 ᄀᆞᆺᄒᆞ니 무어시 유익ᄒᆞ리오?"

긱이 ᄀᆞᆯ오ᄃᆡ,

"동구(洞口)의 드러올 썩 훈 곳을 보니 ᄯᅳᆺ의 가ᄒᆞᆫ지라 급ᄉᆞ히 면례(緬禮)ᄒᆞᆫ즉[117] 아들을 나으리

라."

쥬인이 ᄀᆞᆯ오ᄃᆡ,

"우리 부체 다 년근오십(年近五十)의 단산(斷産)ᄒᆞᆫ지 오러니 이졔 비록 이장ᄒᆞ나 ᄉᆞ쇽(嗣續)을 엇지 바라리오?"

긱이 지삼 권ᄒᆞ거늘 쥬인이 긱의 말에 동ᄒᆞ야 드듸여 면녜ᄒᆞ엿더니 지닌지 수월의 쥬인이 홀연 상쳐(喪妻)ᄒᆞ니라. 아참(兒慘)을 보고 긱의 권ᄒᆞᆷ을 인ᄒᆞ야 면례훈 【63】 후의 ᄯᅩ 상비ᄒᆞ미 비도(悲悼)ᄒᆞ미 견의셔 더ᄒᆞ니 환거(鰥居) 범빅이 극히 어려온지라. 쳐장(妻葬)을 지난 후 즉시 계취(繼娶)ᄒᆞ엿더니 과긱이 ᄯᅩ 와 무러 ᄀᆞᆯ오ᄃᆡ,

"그 사이 상쳐ᄒᆞ고 지취(再娶)ᄒᆞ엿ᄂᆞ냐?"

쥬인이 ᄀᆞᆯ오ᄃᆡ,

"그ᄃᆡ 말을 드러 경솔이 대ᄉᆞ를 힝ᄒᆞ고 ᄯᅩ 상비ᄒᆞ니 낭패비경(狼狽非輕)ᄒᆞᆫ지라. 무슨 면목으로 ᄯᅩ 왓ᄂᆞ뇨?"

긱이 우어 ᄀᆞᆯ오ᄃᆡ,

"향쟈 면례를 권ᄒᆞᆷ은 젼혀 셩ᄌᆞ(生子)ᄒᆞᆷ을 위ᄒᆞ미니 만일 고분[고분은 상쳐ᄒᆞ단 말이라]지통(叩盆之痛)이[118] 업ᄉᆞ면 엇지 농장(弄璋)[농장은 아들 낫단 말이라]의 경시 잇ᄉᆞ리오?"

인ᄒᆞ여 수일을 머믈고 쥬인ᄃᆞ려 닐오ᄃᆡ,

"아모날 밤의 ᄂᆡ침(內寢)ᄒᆞ면 반ᄃᆞ시 귀ᄌᆞ(貴子)를 나으리라."

님발(臨發)의 긔약을 두어 ᄀᆞᆯ오ᄃᆡ,

"아모 ᄃᆞᆯ의 아들을 나을 거시니 이쩍 내 다시 오리라."

쥬인이 그 말을 조차 과연 성남(生男)ᄒᆞ엿더니 긱이 긔약ᄀᆞᆺ치 ᄯᅩ 와 ᄀᆞᆯ오ᄃᆡ,

"쥬인이 셩남ᄒᆞ얏ᄂᆞ냐?"

ᄀᆞᆯ오ᄃᆡ,

"그러ᄒᆞ다."

좌졍의 몬져 신아(新兒)의 ᄉᆞ쥬(四柱)를 보고 ᄀᆞᆯ오ᄃᆡ,

"이 아히 반ᄃᆞ시 댱슈(長壽)ᄒᆞ리니 쟝셩훈 후

---

116) 【독참】 圖 독참(毒慘). 혹독한 참화. 자식이 죽음을 말함.¶ 慽∥ 녕남 훈 ᄉᆞ인이 나히 장찻 ᄉᆞ십에 독ᄌᆞ를 두엇더니 독참을 만나미 심혼이 비월ᄒᆞ야 밋친 ᄃᆞᆺ 어린 ᄃᆞᆺᄒᆞᆫ 상셩훈 사롬이라 (嶺南某郡, 有一士人, 年至四十餘, 有獨子遭慽, 心魂遁喪如癡如狂, 便一喪性人也.) <靑邱野談 奎章 3:61>

117) 【면례-ᄒᆞ-】 圖 면례(緬禮)ᄒᆞ다. 무덤을 옮겨서 다시 장사를 지내다.¶ 緬禮∥ 동구의 드러올 썩 훈 곳을 보니 ᄯᅳᆺ의 가ᄒᆞᆫ지라 급ᄉᆞ히 면례훈즉 아들을 나으리라 (入洞口時見有一處可意者, 須急急行緬禮, 則可以生子矣.) <靑邱野談 奎章 3:62>

---

118) 【고분지통】 圖 고분지통(叩盆之痛). 아내의 죽음을 슬퍼함을 비유적으로 이르는 말.¶ 叩盆之哀∥ 향쟈 면례를 권ᄒᆞᆷ은 젼혀 셩ᄌᆞ를 위ᄒᆞ미니 만일 고분[고분은 상쳐ᄒᆞ단 말이라]지통이 업ᄉᆞ면 엇지 농장[농장은 아들 낫단 말이라]의 경시 잇ᄉᆞ리오 (向之緬禮, 專爲生子, 不有向日叩盆之哀, 豈有他時弄璋之慶乎?) <靑邱野談 奎章 3:63>

의 혼쳐룰 내 쏘 거미(居媒)ᄒ리라."119)

쥬인이 위즈(慰藉)ᄒᄂ120) 말노 알고 밋지 아니ᄒ더니 그 아히 졈〻 자라 【64】 십오 셰예 니른지라 ᄀ이 격년 졀젹(絶迹)ᄒ다가 홀연 니르러 ᄀ로ᄃᆡ,

"즈뎨룰 잘 길녓ᄂ냐?"

쥬인이 블너네여 뵈니 긔골이 풍영(豊盈)ᄒᆫ지라 ᄀ이 ᄀ로ᄃᆡ,

"혼쳐룰 졍ᄒ얏ᄂ냐?"

ᄀ로ᄃᆡ,

"아직 합당ᄒ 곳이 업노라."

님힝의 쥬단(柱單)을 쳥ᄒ야 ᄀ로ᄃᆡ,

"년젼의 거미ᄒ마 ᄒ 말을 능히 긔록ᄒᄂ냐?"

쥬인이 ᄀ의 말이 마ᄋᆷ을 본지라 쥬단을 뼈쥬엇더니 오라지 아냐 ᄀ이 쏘 와 연단(涓單)을121) 젼ᄒ거늘 쥬인이 ᄀ의 시종이 셩실ᄒᆷ을 미든지라. 조곰도 의려(疑慮)ᄒᆷ이 업셔 문벌의 고하와 규슈의 현부(賢否)룰 뭇지 아니ᄒ고 즉시 혼구(婚具)룰 찰여 ᄀ으로 더브러 동힝ᄒ야 힝ᄒ지 일〻에 졈〻 깁흔 산곡으로 드러가거늘 쥬인이 ᄀ을 도라보와 ᄀ로ᄃᆡ,

"그ᄃᆡ 엇지 소기미 심ᄒ뇨?"

ᄀ이 ᄀ로ᄃᆡ,

"그ᄃᆡ로 더부러 무삼 혐의 잇관ᄃᆡ 소긴다 ᄒᄂ뇨?"

ᄒ 곳의 니른즉 산회노젼(山回路轉)ᄒ고 놉흔 봉두리122) 우희 수간(數間) 쵸옥이 〻시니 긔일은

곳 셩혼ᄒᄂ 날이라 마당 가온ᄃᆡ 쵸셕을 포진ᄒ고 일위 노인이 나 【65】 와 졉ᄃᆡᄒ니 이ᄂ 곳 사돈이라. 쥬인이 심히 블쾌ᄒ여 그 온거슬 뉘우차되 ᄀ은 슈쟉을 죠약히 ᄒ고 조곰도 뉘웃고 겸혼 빗치 업거늘 쥬인이 마지 못ᄒ야 납폐(納幣)ᄒ고 쵸례(醮禮)ᄒ 후의 신부의 모양을 보니 용모ᄂ 슈려ᄒ 듯ᄒ나 범빅이 고루ᄒ고 샹(常)되야 만블셩양(萬不成樣)이러라.123) 이윽고 노인과 밋 ᄀ이 신낭 부친긔 말ᄒ야 ᄀ로ᄃᆡ,

"대소룰 다힝이 슌셩(順成)ᄒ고 녀식이 〻의 집이 〻신즉 친경에 두미 블가ᄒ고 쏘 가셰 지빈(至貧)ᄒ야 원노 치힝이 실노 어려오니 사돈은 모로미 오날 솔거(率去)ᄒ라."

신낭의 부친이 방츠(防遮)ᄒ 계괴 업셔 ᄀ의 긔마(騎馬)로뼈 신부룰 시러 집의 도라오니 혼실(渾室) 샹해(上下ㅣ) 신부의 모양을 보고 희괴이 녀기지 아니리 업셔 멸시ᄒ고 박ᄃᆡᄒ되 신뷔 조곰도 안ᄉᆡᆨ을 변치 아니ᄒ고 다만 협방의 이셔 가ᄉᆞ룰 감히 간예치 못ᄒ나 그 친가 소식을 안자셔 아니 구피(舅姑ㅣ) 일노뼈 이상히 녀기더라.

일 【66】 일은 구괴 셔로 의논ᄒ여 ᄀ로ᄃᆡ,

"우리 이제 늘근지라 미곡의 츌입과 젼답의 경직(耕織)을 아즈(兒子) 너외의게 부치고 우리 부쳐ᄂ 안자 누려 뼈 여년을 맛치미 쏘ᄒ 가치 아니ᄒ랴?"

이예 치가 범졀을 아들 너외의게 맛기니 신뷔 조곰도 사양치 아니ᄒ고 당의 나리지 아니ᄒ되 노비룰 지휘ᄒ여 경직을 힘쁘게 ᄒ야 뎡〻(井井)히124) 규괴 잇고 음쳥픙우(陰晴風雨)룰 미리 알고 승미쳑포(升米尺布)룰 감히 긔망치 아니ᄒ야 수삼 년의 가산이 졈〻 요족(饒足)ᄒ니 이예 일문과 닌리 놀나고 긔이 녀기지 아니리 업셔 다 현뷔라 일ᄏ고 구괴

---

119) 【거미-ᄒ-】 圖 거매(居媒)하다. 중매(仲媒)하다.¶ 居媒 ‖ 이 아히 반ᄃ시 댱슈ᄒ리니 쟝셩ᄒ 후의 혼쳐룰 내 쏘 거미ᄒ리라 (此兒必長壽無恙矣, 其婚處亦吾自居媒矣.) <靑邱野談 奎章 3:63>

120) 【위즈-ᄒ-】 圖 위자(慰藉)하다. 위로하고 도와주다.¶ 慰藉 ‖ 쥬인이 위즈ᄒᄂ 말노 알고 밋지 아니ᄒ더니 그 아히 졈〻 자라 십오 셰예 니른지라 (主人認以慰藉之言, 不之信也. 其兒稍長, 至十四五歲.) <靑邱野談 奎章 3:63>

121) 【연단】 圖 연단(涓單). 혼인날을 택일한 단자.¶ 涓單 ‖ 쥬인이 ᄀ의 말이 마ᄋᆷ을 본지라 쥬단을 뼈쥬엇더니 오라지 아냐 ᄀ이 쏘 와 연단을 젼ᄒ거늘 (主人以客言多有所中, 遂書給柱單. 不久客又傳涓單.) <靑邱野談 奎章 3:64>

122) 【봉두리】 圖 ((지리)) 봉우리의 방언.¶ 峰 ‖ ᄒ 곳의 니른즉 산회노젼ᄒ고 놉흔 봉우리 우희 수간 쵸옥이 〻시니 긔일은 곳 셩혼ᄒᄂ 날이라 (竟至一家, 則山回路轉, 高峰上數間茅屋而已. 其日卽成婚日.) <靑邱野談 奎章 3:64>

---

123) 【만블셩양】 圖 만불성양(萬不成樣). 도무지 꼴이 갖추어지지 못함.¶ 萬不成樣 ‖ 쥬인이 마지 못ᄒ야 납폐ᄒ고 쵸례ᄒ 후의 신부의 모양을 보니 용모ᄂ 슈려ᄒ 듯ᄒ나 범빅이 고루ᄒ고 샹되야 만블셩양이러라 (主人不得已納幣醮禮後, 見新婦之樣, 容貌凡百, 孤陋鄕閭, 萬不成樣.) <靑邱野談 奎章 3:65>

124) 【뎡뎡-히】 圖 정정(井井)히. 질서가 바르게.¶ 井井 ‖ 노비를 지휘ᄒ여 경직을 힘쁘게 ᄒ야 뎡〻히 규괴 잇고 음쳥픙우를 미리 알고 승미쳑포룰 감히 긔망치 아니ᄒ야 수삼 년의 가산이 졈〻 요족ᄒ니 (指揮使役, 井井有規, 陰晴風雨, 無不預知. 升米尺布, 不敢欺隱, 數三年間, 家産漸興.) <靑邱野談 奎章 3:66>

또 이즁(愛重)ᄒ야 그 과긱이 범인이 아니믈 알더라.

일ᄅ은 신뷔 싀구ᄃ려 닐오ᄃᆡ,
"죤구의 츈취 이졔 칠슌이라 무료히 날을 보ᄂᆡ미 심히 격막ᄒ오니 날마다 동ᄂᆡ 친지로 더부러 연락ᄒᆞ신즉 미일 비반의 이바지ᄂᆞᆫ ᄌᄂᆡ 맛당히 판비ᄒ리이다."

귀 ᄀᆞᆯ오ᄃᆡ,
"나의 원이 오라더니 이졔 네 닐 【67】 으니 엇지 조치 아니ᄒ랴?"

일노부터 닌리졔우(隣里諸友)로 날노 모드니 장귀(杖鼓ㅣ) 년편(聯翩)ᄒ고 희쇠(喜笑ㅣ) 단란ᄒ며 비반이 낭ᄌᄒ고 음식이 약뉴(若流)ᄒ야 놀기를 거의 ᄉ년을 ᄒᄆᆡ ᄌ연 촌퇴(村土ㅣ) 업ᄂᆞᆫ지라. 신뷔 싀구ᄃ려 닐오ᄃᆡ,
"가산이 탕패(蕩敗)ᄒ야 여디 업ᄉ오니 이곳은 가히 오릭 거(居)치 못홀지라 바라건ᄃᆡ 친가 동닉로 반이(搬移)ᄒ온즉 산엽이 ᄌ연 요죡홀 ᄃᆺᄒ오이다."

기귀 신부를 견혀 미더 일이 대쇼 업시 일졀 어긔미 업ᄂᆞᆫ지라 답ᄒ되,
"내 이졔 팔질(八耋)이라 가ᄉ를 너의게 일쳥(一聽)ᄒ니 만일 조흔 도리 이신즉 녀 ᄒᆞᄂᆞᆫ 디로 맛기리라."

신뷔 이예 가간 즙믈과 연의 박장(薄庄)을[125] 다 파라 혼권(渾眷) 노쇼를 거ᄂᆞ리고 친가 동닉로 이졉(移接)ᄒᆞᆫ즉 향일 거믜긱(居媒客)이 오기를 기드렷더라. 신뷔 이예 온 후로 가산을 경긔(經紀)ᄒ니 ᄌ용(財用)이 졈ᄌ 넉ᄌᄒ되 구괴 산듕에 오릭 이시미 울젹ᄒ믈 ᄂᆡ긔지 못ᄒ야 고토(故土)를 ᄉᆡᆼ각ᄒᆞᄂᆞᆫ지라.

일ᄌ 신뷔 싀구를 뫼셔 산의 오르니 산밧긔 들네ᄂᆞᆫ 소ᄅᆡ 은ᄌ히 잇거늘 구 【68】 괴 놀나 무러 ᄀᆞᆯ오ᄃᆡ,
"이 무삼 쇼릭뇨?"

신뷔 ᄀᆞᆯ오ᄃᆡ,
"셰상의 간괘(干戈ㅣ) 이러나 왜젹이 팔노의 미만ᄒ야 이졔 모옵의셔 젼벌(戰伐)ᄒᄂᆞᆫ 고로 이 쇼

리 잇ᄂᆞ이다."

구괴 ᄀᆞᆯ오ᄃᆡ,
"우리 젼 동ᄂᆡᄂᆞᆫ 엇더ᄒᄂᆈ?"

ᄀᆞᆯ오ᄃᆡ,
"우리 옛 집은 병화(兵火)의 진 되고 일동 사롬은 혹 도망ᄒ며 혹 죽고 근경(近境)은 어육이 되엿ᄂᆞ이다."

구괴 ᄀᆞᆯ오ᄃᆡ,
"엇지 믄져 난니 긔미를 알고 이리 왓ᄂᆈ?"

신뷔 ᄀᆞᆯ오ᄃᆡ,
"비록 미믈이라도 텬긔를 알아 풍우를 피ᄒ거든 가히 사롬이 아지 못ᄒ리잇가?"

구괴 ᄀᆞᆯ오ᄃᆡ,
"이상ᄒ다 신부여 긔특ᄒ다 신부여!"

이후ᄂᆞᆫ 다시 도라갈 ᄉᆡᆼ각이 업더라. 산의 드러간 지 팔구 년 후의 가권을 다리고 셰상의 나와 신뷔 셰간을 다시 일워 가계 요죡(饒足)ᄒ고 유ᄌᄉᆡᆼ녀(有子生女)ᄒ야 이졔 니르히 녕남의 대죡(大族) 되ᄂᆞ라.

책훈명냥쳐명감
策勳名良妻明鑑

【69】 광희(光海) 말년의 평양 흔 긔녜(妓女ㅣ) 이시니 년광(年光)이 ᄌᄉ팔(二八)의 몸 가지기를 경결히 ᄒ야 스스로 뼈 ᄒᆞᄃᆡ
"긔성이 비록 쳔믈이나 맛당이 흔 지아비를 직희여 뼈 죵신ᄒ리라."

ᄒ니 영본부(營本府) 비장(裨將)과 최긱(冊客)이[126] 그 ᄌᆡ식을 탐ᄒ야 미양 갓가이 ᄒ고져 ᄒ되 죽기로뼈 거졀ᄒ야 형장(刑杖)을 베플고 그 부모를

---

125) 【박장】囹 박장(薄庄). 보잘것없는 집.¶ 薄庄 ‖ 신뷔 이예 가간 즙믈괴 연의 박장을 다 파라 혼권 노쇼를 거ᄂᆞ리고 친가 동닉로 이졉ᄒ흔즉 향일 거믜긱이 오기를 기드렷더라 (新婦於是盡賣家産, 與如干薄庄渾眷奴屬, 移接於其親家洞里, 則向日居媒之客, 已待來矣.) <靑邱野談 奎章 3:67>

126) 【최긱】囹 ((인류)) 책객(冊客). 책실(冊室). 고을 원의 비서 일을 맡아보던 사람. 관제(官製)에는 없는데 사사로이 일봉하였다.¶ 冊客 ‖ 녕본부 비상과 최긱이 그 ᄌ식을 탐ᄒ야 미양 갓가이 ᄒ고져 ᄒ되 죽기로뼈 거졀ᄒ야 형장을 베플고 (營本府裨將冊客, 悅其姿色, 每欲近之, 而萬不聽從, 以至刑之杖之.) <靑邱野談 奎章 3:69>

가슈(枷囚)ᄒᆞ되 맛춤내 변치 아니ᄒᆞ니 영읍 샹해 다 피믈이라 일컷더라. 조부뫼 쟉빅[비](作配)홀 쟈롤 박문ᄒᆞ여 구ᄒᆞ니 궐녜 굴오디,

"지아비ᄂᆞᆫ 빅년손이라 내 스스로 갈ᄒᆡ렷노라."

이 말이 ᄒᆞᆫ번 나믹 원근이 문풍(聞風)ᄒᆞ고 오ᄂᆞᆫ 쟤 미남ᄌᆞ 호풍신(好風身)이 아니ᄂᆞᆫ 업고 부가ᄌᆞ뎨 호협ᄒᆞᆨ(豪俠客)이 일셕(日夕)에 문의 ᄀᆞ득ᄒᆞ되 궐녜 일병 허치 아니ᄒᆞ더라. 일ᄌᆞ은 궐녜 대동문누(大同門樓) 안잣더니 문 밧긔 나모 지고 가는 노총각을 보고 아비롤 블녀 굴오디,

"뎌 총각을 내집으로 마즈쇼셔."

기뷔 한심히 너겨 ᄭᅮ지져 굴오디,

"녀의 실셩이 괴이ᄒᆞ다 네 ᄌᆞ식을 긋거 아닛ᄂᆞ니 업셔 우흐로 가히 ᄉᆞ도(使道)와 본관의 쇼실이 될 【70】 거시오 가온디로 가히 호비쟝(戶裨將)의 슈쳥이 될 거시오 아리로 가히 모가랑(某家郞) 모가랑을 일치 아닐 거시로디 일병(一竝) 원치 아니ᄒᆞ고 텬하의 흉악한 걸인을 엇고져 ᄒᆞ니 이 무삼 심쟝인고?"

그러나 녀식의 셩경을 아ᄂᆞᆫ지라 비록 아븨 위엄이라도 쏘ᄒᆞᆫ 무가내하(無可奈何)라. 이예 궐동(厥童)으로 쟉부(作夫)ᄒᆞ니라.

일ᄌᆞ은 궐녜 지아비ᄃᆞ려 닐너 굴오디,

"우리 오리 여긔 잇지 못홀 거시니 원컨디 그디로 더브러 셔울노 올나가 산업을 ᄒᆞ리라."

ᄒᆞ고 부쳬 샹경ᄒᆞ야 술겨ᄌᆞ롤 셔쇼문(西小門) 밧긔 버리니 식쥬가(色酒家) 일홈이 졔일이라. 셩내 셩외예 협뉴탕ᄌᆞ(俠流蕩子)와 호족귀긱(豪族貴客)이 날노 복쥬(輻輳)ᄒᆞ니 그ᄯᅢ 쥬도(酒徒) 오륙인이 그 즁 ᄭᅴ여나고 자조 왕니ᄒᆞ야 술 먹거늘 궐녜 갑지유무ᄂᆞᆫ 뭇지 아니ᄒᆞ고 오직 술을 진빅(進排)홀 만ᄒᆞ니 쥬채(酒債)[127] 과연(夥然)ᄒᆞ되[128] ᄒᆞᆫ번도 괴식이 업ᄂᆞᆫ지라. 쥬되 무렴(無廉)ᄒᆞᆯ믈[129] 말ᄒᆞᆫ즉 궐녜 굴오

디,

"후일의 만히 갑흐면 조흘 거시어늘 엇지 져러툿 불안ᄒᆞᆫ 말솜을 ᄒᆞ【71】시ᄂᆞᆫ니잇가?"

그 쥬도ᄂᆞᆫ 믁동(墨洞) 김졍언(金正言)과 니좌랑(李佐郞)이러라. 궐녜 죵용이 김졍언ᄃᆞ려 닐너 굴오디,

"이 동니ᄂᆞᆫ 싱소ᄒᆞᆫ 쟤 만혼지라 쟝찻 남촌으로 올무려 ᄒᆞ오니 바라건디 나리계오셔 쥬인이 되쇼셔."

김이 굴오디,

"조혼 말이로다 우리 멀니 와 술 먹기 괴로오니 쥬픽(酒婆)[130] 만일 갓가이 온즉 우리 쥬인 노르슨 잘ᄒᆞ리라."

궐녜 인ᄒᆞ여 믁동으로 반이ᄒᆞ니라.

일ᄌᆞ은 김졍언을 보고 굴오디,

"쇼녀의 지아비 일ᄌᆞ무식이오 쏘 언문(諺文)도 못ᄒᆞ와 쥬채 치부도 홀 길이 업ᄉᆞ오니 바라건디 나리계오셔 몽ᄒᆞᆨ(蒙學)으로 알고 가르쳐 쥬신즉 맛당히 션성 디졉을 챡실이 ᄒᆞ와 미일 ᄌᆞ호쥬롤 진비ᄒᆞ리이다."

김이 굴오디,

"무방ᄒᆞ니 명일노부터 칙 ᄭᅵ여 보니여라."

궐녜 기부(其夫)로 ᄒᆞ여곰 통감(通鑑) 넷짓 권을 사 그 듕간을 졉어 표ᄒᆞ여 굴오디,

"그디 이 칙을 ᄭᅵ고 김졍언딕의 가 ᄀᆞ르치믈 쳥홀 ᄯᅢ예 션성이 반드시 첫쟝부터 비호라 홀 거시니 그디ᄂᆞᆫ 반드시 표혼 쟝을 비호라."

기뷔 그 말을 조차 잇튼날 아춤의 칙을 ᄭᅵ고 가 비호려 ᄒᆞ니 김공이 굴오디,

"쳔ᄌᆞ(千字)냐 뉴합(類合)이냐?"

디ᄒᆞ야 굴오디,

"통감 넷짓 권이로쇼이다."

김졍언이 굴오디,

"이는 네게 당치 아니ᄒᆞ니 모로미 쳔ᄌᆞ롤 가져오라."

---

127) 【쥬채】囤 주채(酒債). 술빗.¶ 酒債 ∥ 궐녜 갑지유무ᄂᆞᆫ 뭇지 아니ᄒᆞ고 오직 술을 진비홀 만ᄒᆞ니 쥬채 과연ᄒᆞ디 ᄒᆞᆫ번도 괴식이 업ᄂᆞᆫ지라 (厥女不計價之有無, 必如令進排, 酒價夥然, 一未備償.) <靑邱野談 奎章 3:70>

128) 【과연-ᄒᆞ-】圈 과연(夥然)하다. 매우 많다.¶ 夥然 ∥ 궐녜 갑지유부ᄂᆞᆫ 뭇지 아니ᄒᆞ고 오직 술을 기비홀 만ᄒᆞ니 쥬채 과연ᄒᆞ디 ᄒᆞᆫ번도 괴식이 업ᄂᆞᆫ지라 (厥女不計價之有無, 必如令進排, 酒價夥然, 一未備償.) <靑邱野談 奎章 3:70>

129) 【무렴-ᄒᆞ-】圈 무렴(無廉)하다. 염치가 없다.¶ 無廉 ∥

쥬되 무렴ᄒᆞᆯ믈 말ᄒᆞᆫ즉 궐녜 굴오디 후일의 만히 갑흐면 조흘 거시어늘 엇지 져러툿 불안ᄒᆞᆫ 말솜을 ᄒᆞ시ᄂᆞᆫ니잇가 (其酒徒或言以無廉, 則女曰: "後日多償則好矣, 何必乃爾?") <靑邱野談 奎章 3:70>

130) 【쥬ᄑᆡ】圈 ((인ᄅ)) 주패(酒婆). 술ᄂᆞᆫ ᄑᆞ는 ᄂᆞᆫ은 네ᄌᆞ.¶ 酒婆 ∥ 조혼 말이로다 우리 멀니 와 술 먹기 괴로오니 쥬픽 만일 갓가이 온즉 우리 쥬인 노르슨 잘ᄒᆞ리라 (好矣. 吾輩之遠來, 飮酒亦爲良苦. 爾若近來, 則吾輩必作主人也.) <靑邱野談 奎章 3:71>

더ᄒᆞ여 골오ᄃᆡ,

"이믜 가지고 왓ᄉᆞ오니 비와지이다."

김공이 골오ᄃᆡ,

"이 ᄯᅩᄒᆞᆫ 글이라 무어시 방해로오리오?"

첫 장을 ᄀᆞᄅᆞ치려 ᄒᆞᆫ즉 궐쟤(厥者ㅣ) 졉어 표ᄒᆞᆫ 장을 ᄶᅥ 골오ᄃᆡ,

"이ᄅᆞᆯ 비와지이다."

김명언이 골오ᄃᆡ,

"첫 장부터 비호ᄂᆞᆫ 법이니라."

궐쟤 듯지 아니ᄒᆞ고 고집ᄒᆞ거ᄂᆞᆯ 김이 칰을 더ᄃᆞ 쓸여 골오ᄃᆡ,

"텬하의 못 싱긴 놈이로다 도모지 졔 쳐의 말만 듯고녀!"[131]

궐쟤 크게 원망ᄒᆞ고 도라와 기쳐ᄃᆞ려 닐너 골오ᄃᆡ,

"김명언의게 술을 쥬지 마라 동냥도 아니 쥬고 죡박조차 ᄭᅢ치미로다."

기쳬 우어 골오ᄃᆡ,

"그ᄃᆡ 인물이 만일 잘낫스면 엇지 이 욕을 보리오?"

조곰 사이 김명언이 와 궐녀의 손을 잡고 왈,

"네 사롬이냐 귀신이냐?"

궐녜 골오ᄃᆡ,

"날 ᄀᆞᆺᄒᆞᆫ 뉴도【73】 쳡룰 어ᄃᆡ 냥반 되미 ᄯᅩᄒᆞᆫ 가치 아니ᄒᆞ니잇가?"

김이 골오ᄃᆡ,

"아직 기ᄃᆞ리라."

인ᄒᆞ야 술을 부으라 ᄒᆞ다. 대져 졉어 표ᄒᆞᆫ 장은 이예 한나라 곽광(霍光)이 창읍왕(昌邑王) 보니던 일이오 닐은바 김명언은 승평부원군(昇平府院君) 김뉴(金瑬)오 니좌랑은 연양부원군(延陽府院君) 니귀(李貴)라. 궐녜 그 반뎡(反正)ᄒᆞᆯ 의논이 장찻 일일 쥴 예탁ᄒᆞ고 짐짓 통감 졔 ᄉᆞ권 창읍왕ᄉᆞ로 ᄆᆞᆫ져 그 ᄯᅳᆺ을 시험ᄒᆞ미 승평이 ᄯᅩᄒᆞᆫ 궐녜 ᄌᆞᆨ긔 모ᄉᆞ(謀事) 혜아리믈 신긔히 너기더라.

수일 후 승평이 과연 반졍공신(反正功臣)이 되야 그 공을 의논ᄒᆞᆯ ᄯᅥ예 ᄆᆞᆫ져 평양기(平壤妓) 쥬채(酒債)룰 말ᄒᆞᆫᄃᆡ 졔공의 ᄂᆞᆫ논이 쳠동(僉同)ᄒᆞ야[132]

궐녀의 지아비 일홈을 무르니 아ᄂᆞᆫ니 업ᄂᆞᆫ지라. 승평이 골오ᄃᆡ,

"궐ᄌᆞᄂᆞᆫ 긔튝싱(己丑生)이오 셩은 박이라 ᄒᆞ니 뉵갑으로 일홈지으미 너모 아답치 아니ᄒᆞ니 닐 긔(起)ᄶᅡ와 ᄡᅡ홀 튝(築)ᄶᅡ로 일홈지어 셩명 합ᄒᆞ야 박긔튝(朴起築)이라 ᄒᆞ미 엇더ᄒᆞ뇨?"

모다 골오ᄃᆡ,

"낙다."

삼등훈공(三等功勳)의 참녹(叅祿)ᄒᆞ야 즉일 한셩【74】좌윤(漢城左尹)을 계슈ᄒᆞ고 마참내 병조참판이 되니라. 차회라 궐녜 근본 쳔기로 텬뎡비필(天定配四)을 구ᄒᆞ야 몸이 맛도록 일부룰 셤기고 쟝ᄂᆡ 일을 미리 알아 ᄉᆞᄉᆞ의 긔이ᄒᆞ미 귀신 ᄀᆞᆺᄒᆞ야 필경 몸이 극귀(極貴)ᄒᆞ고 지아비룰 현달케 ᄒᆞ니 궐녀ᄂᆞᆫ 고금의 드믄 사롬이로다

---

131) 【고녀】[삽화] (어진이나 녀ᄂᆡ 뮈에 붙여) ᅳ구나. ∥ 世. ∥ 텬하의 못 싱긴 놈이로다 도모지 졔 쳐의 말만 듯고녀 (天下不出漢也. 都聽其妻之言也.) <靑邱野談 奎章 3:72>

132) 【쳠동-ᄒᆞ-】[삽화] 쳠동(僉同)하다. 다 한가지가 되다.¶

僉同 ∥ 졔공의 ᄂᆞᆫ논이 쳠동ᄒᆞ야 궐녀의 지아비 일홈을 무르니 아ᄂᆞᆫ니 업ᄂᆞᆫ지라 (諸議莫不僉同, 詢其夫之名, 無有知之者.) <靑邱野談 奎章 3:73>

[청구야담 권지亽 靑邱野談 卷之四]

전통졔亽미시식지샹
田統制使微時識宰相

【1】전통졔亽(田統制使) 동흘(東屹)은 젼쥬(全州) 읍닉 사룸이니 풍골이 쥰슈ᄒᆞ고 지략이 과인ᄒᆞ고 ᄯᅩᄒᆞᆫ 식감(識鑑)이 잇더니 그ᄤᅥ 니샹국(李相國) 샹진(尙眞)이 ᄆᆞᄎᆞᆷ 동닉예 거ᄒᆞ되 편모롤 뫼시고 홀노 지나되 집이 경쇠롤 단 덧ᄒᆞ고 가을을 당ᄒᆞ여도 담셕이1) 업셔 숙슈지공(菽水之供)을1) 일우지 못ᄒᆞ나 언변이 유여ᄒᆞ고 글 닑기롤 듀야 부즈런이 ᄒᆞᄂᆞᆫ지라.

전동흘(田東屹)이 나히 비록 졈으나 샹해 니공(李公)의 위인을 긔특이 너겨 몸을 기우려 사괴여 문경지교(刎頸之交ㅣ)1) 되야 ᄒᆞᆼ샹 뎌의 지물을 기

1) 【담셕】圖 담셕(儋石). 얼마 되지 않는 곡식.¶ 儋石 ‖ 집이 경쇠롤 단 덧ᄒᆞ고 가을을 당ᄒᆞ여도 담셕이 업셔 숙슈지공을 일우지 못ᄒᆞ나 언변이 유여ᄒᆞ고 글 닑기롤 듀야 부즈런이 ᄒᆞᄂᆞᆫ지라 (室如懸磬, 秋無儋石, 窮貧之極, 菽水難繼, 而言論風儀, 綽有可觀, 又勤勤做工窓, 晝夜矻矻不輟.) <靑邱野談 奎章 4:1>
1) 【숙슈지공】圖 숙수지공(菽水之供). 콩과 물로 드리는 공이라는 뜻으로, 가난한 중에도 검소한 음식으로 정성을 다하여 부모를 봉양하는 일을 이르는 말.¶ 菽水 ‖ 집이 경쇠롤 단 덧ᄒᆞ고 가을을 당ᄒᆞ여도 담셕이 업셔 숙슈지공을 일우지 못ᄒᆞ나 언변이 유여ᄒᆞ고 글 닑기롤 듀야 부즈런이 ᄒᆞᄂᆞᆫ지라 (室如懸磬, 秋無儋石, 窮貧之極, 菽水難繼, 而言論風儀, 綽有可觀, 又勤勤做工窓, 晝夜矻矻不輟.) <靑邱野談 奎章 4:1>

우려 구급(救急)ᄒᆞ니 공이 ᄯᅩᄒᆞᆫ 깁히 감동ᄒᆞ여 지나더니 홀연 【2】어느 ᄒᆡ 시월을 당ᄒᆞ엿ᄂᆞᆫ지라. 동흘이 니공의게 고ᄒᆞ여 ᄀᆞᆯ오되,

"공의 용뫼 맛당이 후일의 부귀ᄒᆞᆯ지라 다만 시운이 당치 못ᄒᆞ여 빈곤ᄒᆞ미 이 ᄀᆞᆺᄐᆞ니 샹봉하솔(上奉下率)의2) ᄌᆞ성(資生)ᄒᆞᆯ 길이 업ᄂᆞᆫ지라. 내 ᄒᆞᆫ 계교 잇ᄉᆞ니 공이 만일 드ᄅᆞ면 ᄌᆞ연 됴ᄒᆞᆯ 일이 잇ᄉᆞ리라."

ᄒᆞ고 드ᄃᆡ여 빅미 닷말과 국ᄌᆞ(麴子)3) 두어 장을 ᄀᆞ져다가 니공을 쥬어 ᄀᆞᆯ오되,

"이 ᄡᆞᆯ과 국ᄌᆞ로ᄡᅥ 술을 비져 그 술이 익거든 즉시 내게 통ᄒᆞ라."

니공이 그 말과 ᄀᆞᆺ티 술을 비져 이믜 익으미 동흘드려 고ᄒᆞᆫ되 동흘이 ᄎᆞᆺ에 두루 니웃 사룸을 블너 닐너 ᄀᆞᆯ오되,

"니셔방이 지금은 비록 빈한ᄒᆞ나 후일의 반ᄃᆡ시 지샹이 될지라 집의 편모롤 뫼시고 됴셕을 니우기 어려오니 지 【3】금부터 농亽ᄒᆞ여 싱니롤 경영ᄒᆞ되 위션(爲先) 긴급ᄒᆞᆫ 믈건이 버들과 박달말쑥 두 가지니 녀의들이 ᄎᆞᆺ 술 ᄒᆞᆫ 잔식 먹고 미(每) 일명(一名)의 버드나모와 박달나모 말쑥 길이 ᄒᆞᆫ 발식 되게 오십 개식 가져다가 부조ᄒᆞ라."

모든 사룸이 그 ᄯᅳᆺ을 아지 못ᄒᆞ나 원닉 동흘을 밋브게 알고 ᄯᅩ 니공을 위ᄒᆞ여 일졔히 다 응낙ᄒᆞ거늘 동흘이 ᄎᆞᆺ에 술을 너여 이븨여 인을 먹여 보닉엿더니 수일 후 두 가지 말쑥을 일졔히 가져오

1) 【문경지교】圖 문경지교(刎頸之交). 목을 쳐도 후회하지 않을 정도의 사이라는 뜻으로, 생사를 같이할 수 있는 아주 가까운 사이, 또는 그런 친구를 이르는 말.¶ 刎頸之友 ‖ 젼동흘이 나히 비록 졈으나 샹해 니공의 위인을 긔특이 너겨 몸을 기우려 사괴여 문경지교 되야 ᄒᆞᆼ샹 뎌의 지물을 기우려 구급ᄒᆞ니 (東屹年雖少, 常奇李公之爲人, 傾身納交, 定爲刎頸之友, 常分其財穀, 以周其急.) <靑邱野談 奎章 4:1>
2) 【샹봉하솔】圖 상봉하솔(上奉下率). 윗사람을 봉양하고 아랫사람을 거느림.¶ 上奉下率 ‖ 공의 용뫼 맛당이 후일의 부귀ᄒᆞᆯ지라 다만 시운이 당치 못ᄒᆞ여 빈곤ᄒᆞ미 이 ᄀᆞᆺᄐᆞ니 샹봉하솔의 ᄌᆞ성ᄒᆞᆯ 길이 업ᄂᆞᆫ지라 (公之形貌, 終當富貴, 而時運未到, 貧困如此, 上奉下率, 無以濟拔.) <靑邱野談 奎章 4:2>
3) 【국ᄌᆞ】圖 국자(麴子). 누룩.¶ 麴了 ‖ 드ᄃᆡ여 빅미 닷말과 국ᄌᆞ 두어 장을 ᄀᆞ져다가 니공을 쥬어 ᄀᆞᆯ오되 이 ᄡᆞᆯ과 국ᄌᆞ로ᄡᅥ 술을 비져 그 술이 익거든 즉시 내게 통ᄒᆞ라 (遂歸取五斗米麴子數圓, 授李公曰: "以此釀酒, 酒熟則卽通于我.") <靑邱野談 奎章 4:2>

니 그 쉬 수만 여 기라. 동홀이 우마룰 내여 몰수(沒數)이 시러 노코 니공으로 더브러 건지산(乾芝山) 아러 쇠장쳐(柴場處)로 가니 이는 본디 동홀의 쇠장쳐라. 동홀이 니공과 밋 노복을 다리고 쇠쵸룰 븨여 내고 두루 말쑉을 쑈자두고 니공드려 닐너 글 [4] 오디,

"너연 봄이 되거든 됴룰 시므라."

호엿더니 과연 그 이듬히 봄을 당호여 히동(解凍) 후에 동홀이 일은 됴 종종 두어 말을 어디 가지고 니공으로 더브러 건지산 아러 가 그 쑈잣던 말쑉을 싸히고 그 굼게 됴뼈 칠팔 긔식 시므고 쏘 새흙을 가져다가 약간 무덧더니 여름이 되미 그 됴뼈ㄱ이 심히 크고 무성호거늘 다만 셰네 줄기식 두고 그 ᄀᆞ놀고 약혼 줄기는 다 솁앗더니 결실홀 쎼의 밋쳐 그 이삭이 기ᄌᆞ히 춤실호여 크기 방망이 ᄀᆞᆺ더라. 타작호여 오십 여셕을 츄슈호미 니공이 졸연 부가옹(富家翁)이 되여시니 대개 버드나모와 박달남무 말쑉을 싸에 오리 쑈ᄌᆞ두어시미 그 흐르는 진이 짜의 드러가 토긔 ᄌᆞ연 온젼호고 쏘 삼동(三冬) 눈과 빗물이 홀 [5] 너드러가 용합호여 흥상 윤긔룰 씌엿는지라 토력(土力)이 견실혼 고로 곡식 되미 이 ᄀᆞᆺᄐᆞᆫ 당연혼 니치라. 동홀은 가히 농니(農理)예 통달호다 홀너라.

니공이 가셰 졈졈 요죡호여 양친(養親)호기예 근심이 업더니 일ᄌᆞ은 우연이 실화(失火)호여 집과 짜혼 곡식이 다 회신(灰燼) 등의 들고 혼가지 나믄 거시 업는지라. 니공이 스스로 명되(命途ㅣ) 궁박호믈 탄식호고 모지(母子ㅣ) 셔로 붓들고 통곡홀 ᄯᆞ름이라.

동홀이 글오디,

"텬되 묘망호여 진실노 혜아리기 어렵도다. 니셔방의 상모와 긔위 결단코 궁박지 아닐 줄노 아랏더니 이계 하날 지앙이 ᄀᆞᄌᆞᆺ치 혹독호여 혼 닙 뽈도 남어지 업스니 이 무슴 연괸지 내 눈이 잇셔도 망울이 업스미냐?"

호여 극히 이달아호더니 [6] ᄆᆞ춤 경과(慶科) 졍시(庭試) 잇거늘 동홀이 니공드려 닐너 글오디,

"그디 아모커나 셔울 올나가 관광호려 호면 내 마필과 지량(資糧)을4) 담당호여 줄 거시니 다른 넘녀 말고 관광호게 호라."

녑녀 말고 관광호게 호라."

호거늘 니공이 과연 그 지량을 가지고 셔울 올나오니 그찌 니공의 친쳑 되는 사름이 ᄌᆞ셔 벼술이 쏘혼 놉흔는지라 니공이 가 샹면호미 그 친쳑이 디졉호기룰 심히 후히 호고 그 문필이 유여호믈 깃거호여 글오디,

"문장 쳬격이 뎌러툿 아람답고 지우금일(至于今日) 초시(初試) 부득호미 극히 이달도다. 금번 과거는 부디 극녁호여 보라."

호고 인호여 지필과 과구(科具)룰 조급(助給)호거늘 드듸여 장듕의 드러가 ᄌᆞ작ᄌᆞ필(自作自筆)호여 밧쳣더니 과연 갑과(甲科)의 싸이여 쟝원급졔룰 호엿 [7] 는지라. 그 친쳑이 챵방졔구(唱榜諸具)룰 출혀주거늘 인호여 챵방혼 후 즉시 한림과 옥당(玉堂)을 다 지나미 명망이 놉핫는지라. 인호여 노모룰 뫼셔 셔울 집을 ᄉᆞ 당ᄒᆞᆫ 명신 되엿고 이쩌 견동홀이 쏘혼 무과룰 호엿거늘 니공이 쳥호여 집의 두어 혼 가지로 거쳐호며 동홀드려 닐너 글오디,

"그디와 나는 지극혼 벗이라 문지(門地)와 반벌(班閥)을 찰지 아니코 지니여시니 이졔 와 문무 간 쳬통을 엇지 찰힐 니 잇스리오?"

호여 비록 됴좌듕(稠座中)이라도 셔로 공디호미 업셔 평교ᄀᆞᆺ치 지나더니 일ᄌᆞ은 옥당호는 동관 수삼 인이 와 셔로 볼시 동홀이 피코져 호거늘 니공이 ᄉᆞ미룰 붓드러 만류호고 모든 동관드려 닐너 글오디,

"이 사름이 본디 날과 디긔지 [8] 우(知己之友)요 용녁과 지뫼 다른 사름의 ᄲᅢ혀나 시속 인물의 비홀 배 아니오 일후 국가의 크게 쓰일 사름이 될 거시니 모든 동관은 심상혼 무변으로 보지 말나."

호니 모다 셔로 보고 칭찬호믈 마지 아니호여 이후로 미일 심방(尋訪)호며 셔로 쳔거호여 셔반(西班) 경직(正職)에 통쳔(通薦)호여 션젼관(宣傳官)으로 여러 번 외임을 지나매 치민호는 법이 근간(勤幹)혼지라. 셩명이 날노 늉흡(隆治)호여 병슈ᄉᆞ(兵水使) 지나 통졔ᄉᆞ까지 호고 나히 팔십을 살고 ᄌᆞ손이 쏘혼 즁다(衆多)호여 다 호방(虎榜)의 올나 드듸여 무반의 번녈혼 집이 되니라.

---

4) [신뎡] 圖 재량(資糧). 가지고 다니는 양식.¶ 資粮 ∥ 그 디 아모커나 셔울 올나가 관광호려 호면 내 마필과 지량을 담당호여 줄 거시니 다른 넘녀 말고 관광호게 호라 호거늘 (公試入京觀光, 僕馬資粮, 吾當辦備, 須勿

爲慮焉.) <靑邱野談 奎章 4:6>

니졀도궁도우가인
李節度窮途遇佳人

인묘됴(仁廟朝)의 황희도(黃海道) 봉산(鳳山) 싸에 한 무변(武弁)이 잇스니 셩은 니(李)라. 【9】 지산이 넉ᄂᆞ하고 셩품이 활달하여 은혜 베플기를 깃거하고 사름으로 더브러 의심치 아니하고 급한믈 고하는 재 잇스면 앗기는 배 업시 ᄌᆞᆼ힝하니 일노뻐 가계 졈ᄌᆞ 피하여 가히 견듸지 못하나 그러나 풍신(風身)이 거룩하기로 보는 재 다 공명을 긔필(期必)하리라 하더라.

초입ᄉᆞ(初入仕)로 션젼관을 하엿더니 무슴 일노 파직하고 여러 히 거향(居鄉)하더 경관(政官)이1) 오러 의망(擬望)치2) 아니하는지라. 무변이 그 안해ᄃᆞ려 닐너 ᄀᆞ로되,

"내 시골의 잇스니 벼슬이 스스로 오지 아닐 거시오 집이 ᄌᆞ긋티 빈한하니 실노 일됴의 젼우구학(顛于溝壑)홀3) 념녜 잇는지라 엇지 가탄치 아니리오? 나믄 젼장(田莊)을 모도 팔면 가히 ᄉᆞ빅 여냥이 될 거시니 이거슬 가지고 셔울 올나가 구ᄉᆞ(求仕)하여 어드면 살고 못하면 【10】 굴머죽을 거시니 내 임의 결단하엿노라."

하고 드듸여 젼토를 진미(盡賣)하니 과연 ᄉᆞ빅금이라. 빅금은 안해를 주어 셩계를 하라 하고 삼빅금을 가지고 셔울노 올나올시 건장한 창두(蒼頭)와 준춍(駿驄)의 물이 사름의 안목을 용동(聳動)하

---

1) 【경관】國 졍관(政官). 젼조(銓曹). 조선 ᄠᅢ, 문관을 젼형하던 이조와 무관을 젼형하던 병조를 두루 일컫던 말.¶ 銓曹 ‖ 초입ᄉᆞ로 션젼관을 하엿더니 무슴 일노 파직하고 여러 히 거향하더 경관이 오러 의망치 아니하는지라 (仕至宣傳官, 坐事失職, 鄉閭累年, 銓曹久不檢擬) <靑邱野談 奎章 4:9>

2) 【의망-하-】國 의망(擬望)하다. 삼망(三望)의 후보자로 추천하다.¶ 檢擬 ‖ 초입ᄉᆞ로 션젼관을 하엿더니 무슴 일노 파직하고 여러 히 거향하더 경관이 오러 의망치 아니하는지라 (仕至宣傳官, 坐事失職, 鄉閭累年, 銓曹久不檢擬) <靑邱野談 奎章 4:9>

3) 【젼우구학-하-】國 젼우구학(顛于溝壑)하다. 구렁에 ᄠᅥᆯ어지다.¶ 顛壑 ‖ 내 시골의 잇스니 벼슬이 스스로 오지 아닐 거시오 집이 ᄌᆞ긋티 빈한하니 실노 일됴의 젼우구학홀 념녜 잇는지라 엇지 가탄치 아니리오 (武弁鄉居, 官不自來, 而家貧如此, 實恐一朝塡壑, 寧不可歎?) <靑邱野談 奎章 4:9>

더라. 벽졔 쥬졈의 니르러 누어 잘시 죵이 바야흐로 물을 먹이더니 홀연 한 놈이 머리의 젼립을 쓰고 몸에 의복이 션명한지라 처음은 여어보더니 이윽고 죵으로 더브러 말할시 ᄠᅳᆺ이 ᄌᆞ못 관곡하거늘 죵이 죵이 깃거 그 소죵ᄂᆡ(所從來)를 무른디 궐한(厥漢)이 ᄀᆞ로되,

"나는 병조판셔딕(兵曹判書宅) ᄉᆞ환이로라."

무변이 잠간 그 말을 듯고 블너 무르니 ᄃᆡ답이 여젼한지라 무변이 ᄃᆡ희하여 ᄀᆞ로되,

"내 방장 구ᄉᆞ하여 셔울노 가 【11】 는 길의 소망재(所望者 |) 병판딕(兵判宅)일너니 네 과연 병판딕 신임하는 노복인즉 능히 날을 위하야 거간하랴? ᄯᅩ 네 여긔 오기는 무삼 일이뇨?"

궐한이 ᄀᆞ로되,

"소인이 병판딕 웃듬죵이 되여 샹젼딕 죵이 만히 셔관의 살기로 금방 명을 바다 공을 거두려 하여 오늘날 발힝하ᄂᆞ이다."

무변이 탄식하여 ᄀᆞ로되,

"너를 만나기 ᄯᅩ한 쉽지 아니한디 일이 공교하여 샹위(相違)하게 되니 엇지 쥬션(周旋)홀 모칙이 잇스랴?"

ᄀᆞ로되,

"그러하면 지이한 일이 잇스니 쳥컨디 한가지로 셩듕의 드러가사이다. 소인이 샹젼의 명을 밧고 하직한지 이믜 여러 날이로더 길일을 ᄀᆞ희여 발힝하는 고로 이졔 비로소 나왓스니 샹젼이 반드시 아지 못하실 거시오 이졔 다시 나 【12】 리로를 위하여 쥬션한 후 발힝하미 늣지 아니한지라 다만 아지 못게라 힝듕의 가진 거시 언마나 하니잇고?"

ᄀᆞ로되,

"삼빅금이로라."

ᄀᆞ로되,

"겨유 가히 쓰리라."

하고 드듸여 ᄡᅥᆫ라 도라와 니반(李班)을 위하여 관ᄉᆞ를 경하더 병판딕 근쳐의 ᄒᆞ고 쥬인의게 부탁하여 잘 디졉하라 하니 무변이 쇼견의 쥬인이 본디 이놈을 안다 하고 더욱 밋더라.

궐한이 집으로 도라간 지 수일이 되도록 도라오지 아니하거늘 무변이 혜오디,

'속앗다.'

하고 ᄃᆞ게 식겨하더니 이윽고 와 보거늘 무변이 ᄃᆡ희하여 한왕(漢王)이 도망하엿던 쇼승샹(蕭丞相)을 어든 듯하여 무러 ᄀᆞ로되,

"네 수일은 엇지 오지 아니ᄒᆞ얏ᄂᆞ냐?"

답왈,

"나리를 위ᄒᆞ여 벼【13】술을 도모ᄒᆞ노라니 엇지 가히 창졸간의 어드리잇가? 일쳐(一處)의 길이 잇스되 심히 긴졀ᄒᆞ니 맛당이 ᄇᆡᆨ금이라야 될너이다."

무변이 급히 무른ᄃᆡ 궐한이 ᄀᆞᆯ오ᄃᆡ,

"대감의 맛누의님이 과거(寡居)ᄒᆞ여 아모 동니에 잇스니 대감이 극히 ᄉᆡᆼ각ᄒᆞ여 쇼원을 다 드르시ᄂᆞᆫ지라 쇼인이 나리 일노ᄡᅧ 그ᄃᆡᆨ의 가 고ᄒᆞᆫ즉 ᄒᆞ시기를 ᄇᆡᆨ금을 주면 조ᄒᆞᆫ 벼술을 즉시 도모ᄒᆞ여 주마 ᄒᆞ니 나리 능히 앗기지 아니ᄒᆞ시리잇가?"

무변이 ᄀᆞᆯ오ᄃᆡ,

"이 돈은 젼혀 이 일을 위ᄒᆞᆫ 거시니 무어시 앗가오리오?"

ᄒᆞ고 즉시 돈을 내여 준ᄃᆡ 죵들이 의심ᄒᆞ여 ᄀᆞᆯ오ᄃᆡ,

"나리님이 친히 가시지 아니시고 이놈을 내여 주시니 엇지 간ᄉᆞᄒᆞ미 아닌 줄 아르시ᄂᆞ니잇가?"

무변이 ᄀᆞᆯ오ᄃᆡ,

"병【14】판ᄃᆡᆨ 죵일시 분명ᄒᆞ니 엇지 가히 밋지 아니리오?"

잇튼날 궐한이 ᄯᅩ 와 ᄀᆞᆯ오ᄃᆡ,

"그ᄃᆡᆨ의셔 ᄇᆡᆨ금을 엇고 심히 깃거 즉시 대감긔 말ᄉᆞᆷ을 보ᄂᆡ여 ᄀᆞᆫ쳥ᄒᆞ니 대감 말ᄉᆞᆷ이 산졍(散政)의[4] 상당과(上當窠)[5] 잇거든 반ᄃᆞ시 슈망(首望)의 너허쥬리라 ᄒᆞ시나 그러나 반ᄃᆞ시 겻희셔 돕ᄂᆞ니 이셔야 일이 더옥 견고ᄒᆞᆯ 거시니 아모 고을 아모 냥반이 본ᄃᆡ 대감ᄭᅴ 친졀ᄒᆞ여 말ᄒᆞᄂᆞᆫ 바를 다 조ᄎᆞ시니 오십금을 ᄯᅩ 쥬시면 반ᄃᆞ시 깃거 크게 힘을 ᄡᅳ리이다."

무변이 깁히 그러이 너겨 주어 보ᄂᆡᆺ더니 궐한이 ᄯᅩ 와 희ᄉᆡᆨ이 만면ᄒᆞ여 ᄀᆞᆯ오ᄃᆡ,

"대감ᄭᅴ ᄒᆞᆫ 별실이 ᄌᆞ셔 극히 총의ᄒᆞᄂᆞᆫ 듕 ᄯᅩ ᄋᆞ돌을 나흐니 심히 슉셩ᄒᆞ고 긔이ᄒᆞᆫ지라 첫 돌시머지 아녓스나 ᄉᆞᄉᆞ 져축ᄒᆞᆫ 거【15】시 업셔 심히 구간(苟艱)히 지나ᄂᆞᆫ지라 이ᄯᅢ를 당ᄒᆞ여 만일 ᄒᆞᆫ 오십금을 쥬면 일이 가히 십분 완젼ᄒᆞ리이다."

무변이 ᄯᅩ 오십금을 쥰ᄃᆡ 궐한이 ᄀᆞ지고 가더니 즉시 도라와 ᄀᆞᆯ오ᄃᆡ,

"별실이 과연 대희ᄒᆞ여 맛당히 극녁 쥬션ᄒᆞ리라 ᄒᆞ니 나리 조ᄒᆞᆫ 벼술 ᄒᆞ시기ᄂᆞᆫ 비됴즉셕(非朝則夕)이라. 맛당이 안져 기ᄃᆞ리쇼셔. 그러ᄒᆞ오나 관복을 예비 아니치 못ᄒᆞᆯ 거시니 ᄯᅩ 오십금을 쥬어 장만ᄒᆞ미 가ᄒᆞ니이다."

무변이 ᄀᆞᆯ오ᄃᆡ,

"이ᄂᆞᆫ 단블가이(斷不可已)라."

ᄒᆞ고 즉시 오십금으로ᄡᅧ 궐한의게 부탁ᄒᆞ여 장만ᄒᆞ라 ᄒᆞ엿더니 오라지 아냐 모립(毛笠)과 쳔릭(天翼)[6] 졔구를 쥰비ᄒᆞ여 왓스ᄃᆡ 극히 빗나고 ᄯᅩ 고은지라 무변이 대희ᄒᆞ여 스ᄉᆞ로 ᄡᅧᄒᆞᄃᆡ 뉴현덕(劉玄德)이[7] 졔갈공명(諸葛孔明)을[8] 어든【16】ᄃᆞᆺ

4) 【산졍】 명 산정(散政). 정기적인 인사 조치 이외에 임시로 벼슬을 임명하거나 바꾸던 일.¶ 散政 ‖ 그ᄃᆡᆨ의셔 ᄇᆡᆨ금을 엇고 심히 깃거 즉시 대감긔 말ᄉᆞᆷ을 보ᄂᆡ여 ᄀᆞᆫ쳥ᄒᆞ니 대감 말ᄉᆞᆷ이 산졍의 상당과 잇거든 반ᄃᆞ시 슈망의 너허쥬리라 ᄒᆞ시나 (內主得金甚喜, 卽送言于大監, 懇以散政有當窠, 必首擬毋泛.) <靑邱野談 奎章 4:14>

5) 【상당과】 명 상당과(上當窠). 빈 자리.¶ 當窠 ‖ 그ᄃᆡᆨ의셔 ᄇᆡᆨ금을 엇고 심히 깃거 즉시 대감긔 말ᄉᆞᆷ을 보ᄂᆡ여 ᄀᆞᆫ쳥ᄒᆞ니 대감 말ᄉᆞᆷ이 산졍의 상당과 잇거든 반ᄃᆞ시 슈망의 너허쥬리라 ᄒᆞ시나 (內主得金甚喜, 卽送言于大監, 懇以散政有當窠, 必首擬毋泛.) <靑邱野談 奎章 4:14>

6) 【쳔릭】 명 ((복식)) 철릭(天翼). 무관의 공복의 하나.¶ 帖裡 ‖ 즉시 오십금으로ᄡᅧ 궐한의게 부탁ᄒᆞ여 장만ᄒᆞ라 ᄒᆞ엿더니 오라지 아냐 모립과 쳔릭 졔구를 쥰비ᄒᆞ여 왓스ᄃᆡ 극히 빗나고 ᄯᅩ 고은지라 (仍李金托厥漢貿易辦備, 匪久毛笠帖裡廣帶烏靴, 黃金帶鉤, 一時致之, 而皆極光麗.) <靑邱野談 奎章 4:15>

7) 【뉴현덕】 명 ((인명)) 유현덕(劉玄德). 즉 유비(劉備 161~223). 중국 삼국시대 촉한의 제1대 황제. 자는 현덕(玄德). 시호는 소열제(昭烈帝). 후한의 영제(靈帝) 때에, 황건적을 쳐서 공을 세우고, 후에 제갈량의 도움을 받아 오나라의 손권(孫權)과 함께 조조(曹操)의 대군을 적벽(赤壁)에서 격파하였다. 후한이 망하자 스스로 제위에 오르고 성도(成都)를 도읍으로 삼았다. 재위 기간은 221~223년.¶ 뉴현덕이 졔갈공명을 어든 ᄃᆞᆺ 쳐음 의심 ᄂᆡ던 죵들이 다 크게 미더 흔흔ᄒᆞ여 조ᄒᆞᆫ 벼술이 오ᄂᆞᆫ ᄃᆞᆺᄒᆞ더라 (李大喜自以爲得一諸葛亮, 雖僕隷之始疑者, 皆大信之, 欣欣然顒望膴仕之必至.) <靑邱野談 奎章 4:15>

8) 【졔갈공명】 명 ((인명)) 제갈공명(諸葛孔明). 즉 제갈량(諸葛亮 181~234). 중국 삼국시대 촉한(蜀漢)의 정치가. 자(字)는 공명(孔明). 시호는 충무(忠武). 뛰어난 군사 전략가로, 유비를 도와 오(吳)나라와 연합하여 조조(曹操)의 위(魏)나라 군사를 대파하고 파촉(巴蜀)을 얻어 촉한을 세웠다. 유비가 죽은 후에 무향후(武鄕侯)로서 남방의 만족(蠻族)을 정벌하고, 위나라 사마의(司馬懿)

처음 의심 니던 죵들이 다 크게 미더 혼;ᄒᆞ여 죠
흔 벼슬이 오ᄂᆞᆫ 둣ᄒᆞ더라. 무변이 ;의 복쇡을 ᄀᆞ초
고 즉시 명함을 가지고 병판듸의 나아가 지닌 니력
과 계계(階梯)롤9) ᄀᆞ쵸 고ᄒᆞ고 이걸ᄒᆞ더 병판이 다
만 드롤 ᄯᆞ롬이오 죵시 흔 말도 아니ᄒᆞ고 불샹히
너기ᄂᆞᆫ 빗치 업거눌 무변이 혜오ᄃᆡ,

'듕흔 톄통이 그윽흔 일을 조좌 듕의 스쇠ᄒᆞ
리오?'

ᄒᆞ여 왓다가 그 후 다시 가매 모든 무변으로
더브러 문안홀 ᄯᆞ롬이오 조곰도 관졉(款接)ᄒᆞᄂᆞᆫ 듯
이 업더라. 미양 졍스방목(政事榜目)이10) 낫다 ᄒᆞ면
차자보와도 뎌의 일홈과 글ᄯᆞ도 ᄌᆞᆺ흔 재 업ᄂᆞᆫ지라.
ᄆᆞ음이 심히 조민(躁悶)ᄒᆞ디 힘뻐 거간ᄒᆞᄂᆞᆫ 놈의 ᄆᆞ
음을 깃브게 ᄒᆞ여 오ᄂᆞᆫ 터에 쥬머니예 돈을 [17]
내여 슐진 고기와 됴흔 슐을 사 취ᄒᆞ고 비부르도록
먹이니 나믄 돈 오십금이 거의 다 쇼츙(消充)ᄒᆞ엿ᄂᆞᆫ
지라. 무변이 즈못 민망ᄒᆞ여 궐한ᄃᆞ려 무러 굴오ᄃᆡ,

"네 날이 오리 되도록 일졈 효험이 업스니 그
어인 일이냐?"

궐한이 굴오ᄃᆡ,

"병판 대감계셔 어ᄂᆞᄂᆞᆯ 나리롤 니즈시리잇고
마ᄂᆞᆫ 나리예셔도 더 긴흔 사롬이 잇고 ᄯᅩ흔 션후
ᄎᆞ례 잇스오니 엇지 몬져 참예ᄒᆞ리잇가? 그러나 위
션 긴흔 사롬이 다 벼슬ᄒᆞ엿스니 후일 산졍의ᄂᆞᆫ 대
감이 나리롤 아모 벼슬의나 의망ᄒᆞ신다 ᄒᆞ오니 시
험ᄒᆞ여 기ᄃᆞ리쇼셔."

ᄒᆞ더니 졍스롤 당ᄒᆞ여ᄂᆞᆫ ᄯᅩ 쇼식이 업셔 민망
ᄒᆞ여 ᄒᆞᄂᆞᆫ 츠의 궐한이 와 보고 굴오ᄃᆡ,

"아모 냥반이 벼슬을 힘뻐 쳥ᄒᆞ여 [18] 금번

은 의망ᄒᆞ려 ᄒᆞ엿더니 블의에 아모 대신계셔 아모
롤 쳥탁ᄒᆞ시기로 블가불 시힝흔지라 셰력쟈(勢力者)
의 쇼탈(所奪)이니 엇지ᄒᆞ리잇고? 그러ᄒᆞ나 ᄯᅩ 뉴월
(六月) 도졍(都政)이11) 머지 아니ᄒᆞ여시니 아모 마
을 관원이 관황(官況)이12) 심히 풍죡ᄒᆞ다 ᄒᆞ니 쇼인
이 임의 병판 대감 믜쩌듸과 아모 냥반과 ᄯᅩ 별실
의게 엿ᄌᆞ와 여러히 합녁ᄒᆞ여 대감긔 쳥ᄒᆞ여 이믜
쾌흔 허락을 바다시니 이번은 결단코 어긔지 아닐
지라. ᄯᅩ 기ᄃᆞ려보쇼셔."

무변이 반신반의ᄒᆞ여 기ᄃᆞ릴 ᄆᆞ음도 업고 지
력도 이믜 경갈(罄竭)흔지라13) 과연 도졍ᄂᆞᆯ을 당ᄒᆞ
여 그 무변이 일즉이 니러나 노복으로 더브러 묘흔
쇼식 잇슬가 ᄇᆞ르ᄂᆞᆫ 눈이 ᄲᅮ러질 둣ᄒᆞ여 아ᄎᆞᆷ브터
오시 [19] 지나고 신유시(辛酉時)예 니르러ᄂᆞᆫ 니병
비(吏兵批)14) 경시 이믜 필도(畢到)ᄒᆞ도록 뎌의 셩

와 대젼(大戰) 중에 병사하였다.¶ 諸葛亮 ‖ 뉴현덕이
계갈공명을 어든 둣 처음 의심 니던 죵들이 다 크게
미더 혼;ᄒᆞ여 죠흔 벼슬이 오ᄂᆞᆫ 둣ᄒᆞ더라 (李大喜自
以爲得一諸葛亮, 雖僕豎之始疑者, 皆大信之, 欣欣然顒
望膴仕之必至.) <靑邱野談 奎章 4:15>

9) 【계계】圈 계계(階梯). 어떤 일이 차차 진행되는 차례
나 어떤 일을 할 수 있게 된 형편이나 기회.¶ 情勢 ‖
무변이 ;의 복쇡을 ᄀᆞ쵸고 즉시 명함을 가지고 병판
듸의 나아가 지닌 니력과 계계롤 ᄀᆞ쵸 고ᄒᆞ고 이걸ᄒᆞ
더 (李旣具服着, 卽懷剌, 詣兵判家登謁, 備具履歷情勢,
告訴哀乞.) <靑邱野談 奎章 4:16>

10) 【졍ᄉ방목】圈 졍사방복(政事榜目). 소서시내에, 벼슬
아치의 임명과 해임을 적어 놓은 문서.¶ 政目 ‖ 미양
졍ᄉ방목이 낫다 ᄒᆞ면 차자보와도 뎌의 일명과 글ᄯᆞ
도 ᄌᆞᆺ흔 재 업ᄂᆞᆫ지라 (聞有政目, 則必跟辛覓見, 而渠
之名字, 少無疑似者.) <靑邱野談 奎章 4:16>

11) 【도졍】圈 도졍(都政). 도목졍사(都目政事). 고려·조
선시대에, 이조·병조에서 매년 6월과 12월에 벼슬아
치의 성적을 평가하여 면직·승진시키던 일.¶ 都政 ‖
그러ᄒᆞ나 ᄯᅩ 뉴월 도졍이 머지 아니ᄒᆞ여시니 아모 마
을 관원이 관황이 심히 풍죡ᄒᆞ다 ᄒᆞ니 쇼인이 임의
병판 대감 믜쩌듸과 아모 냥반과 ᄯᅩ 별실의게 엿ᄌᆞ와
여러히 합녁ᄒᆞ여 대감긔 쳥ᄒᆞ여 이믜 쾌흔 허락을 바
다시니 이번은 결단코 어긔지 아닐지라 (然六月都政
不遠, 某司之職, 財用甚饒, 小人已白於內主某官及小室,
合請於大監, 已得快諾. 此則決不失矣.) <靑邱野談 奎章
4:18>

12) 【관황】圈 관황(官況). 지방관의 녹봉.¶ 財用 ‖ 그러ᄒᆞ
나 ᄯᅩ 뉴월 도졍이 머지 아니ᄒᆞ여시니 아모 마을 관
원이 관황이 심히 풍죡ᄒᆞ다 ᄒᆞ니 쇼인이 임의 병판
대감 믜쩌듸과 아모 냥반과 ᄯᅩ 별실의게 엿ᄌᆞ와 여러
히 합녁ᄒᆞ여 대감긔 쳥ᄒᆞ여 이믜 쾌흔 허락을 바다시
니 이번은 결단코 어긔지 아닐지라 (然六月都政不遠,
某司之職, 財用甚饒, 小人已白於內主某官及小室, 合請
於大監, 已得快諾. 此則決不失矣.) <靑邱野談 奎章
4:18>

13) 【경갈-ᄒᆞ-】圈 경갈(罄竭)하다. 재정이 다 떨어지다.¶
罄盡 ‖ 무변이 반신반의ᄒᆞ여 기ᄃᆞ릴 ᄆᆞ음도 업고 지
력도 이믜 경갈ᄒᆞᆫ지라 (李半信半疑, 而不敢不重待, 財
力而罄盤矣.) <靑邱野談 奎章 4:18>

14) 【니병비】圈 이병비(吏兵批). 이비와 병비. 이비는 이
조(吏曹)에서 주청(奏請)과 윤허(允許)에 관한 일을 맡
아보던 벼슬. 또는 그 일. 병비는 병조에서 무관을 골
라시 뽑던 일.¶ 吏兵批 ‖ 아ᄎᆞᆷ브터 오시 지나고 신유
시예 니르러ᄂᆞᆫ 니병비 경시 이믜 필도ᄒᆞ도록 뎌의 셩
명은 젹연이 업고 궐한도 ᄯᅩ흔 현형ᄒᆞᄂᆞᆫ 배 업스니
(而日高至午過午至晡矣, 吏兵批已畢, 而李之姓名, 寂無
聞. 跌漢亦無蹤影.) <靑邱野談 奎章 4:19>

명은 격연(寂然)이 업고 궐한도 쏘흔 현형(現形)ᄒᆞ 나히 업ᄂᆞᆫ지라. 뎨 비록 남의 손에 마져죽고져 ᄒᆞ나
ᄂᆞᆫ 배 업ᄉᆞ니 그 무변이 크게 실심ᄒᆞ고 노복의 비 그도 쏘흔 엇지 못ᄒᆞ고 날이 ᄌᆞ로 겨므럿ᄂᆞᆫ지라. 홀
웃고 공논ᄒᆞᄂᆞᆫ 소ᄅᆡ 귀예 요란ᄒᆞ되 감히 흔 말도 일 [22] 업시 도라와 밤의 잠을 일우지 못ᄒᆞ고 다
디답지 못ᄒᆞ고 다만 궐한이 ᄎᆞ즈오기만 기드리더 만 죽을 ᄆᆞᄋᆞᆷ 뿐이오 다른 성각이 업ᄂᆞᆫ지라. 내죵에
삼ᄉᆞ일이 지나여도 죵시 현형ᄒᆞᄂᆞᆫ 일이 업ᄉᆞ니 그 쏘 궁극히 성각ᄒᆞ되,
무변이 완연이 의심을 크게 내여 그 쥬인을 블너 　'남의 너실의 드러가 남의 쳐쳡을 무단이 희
굴오되, 롱ᄒᆞ면 ᄌᆞ연 마자죽을 일이 ᄌᆞ시리라.'

"병판되 하인이 무슴 일노 오러 오지 아니ᄒᆞ ᄒᆞ고 이튼날 ᄋᆞ춤의 쏘 술을 대취ᄒᆞ고 나가
ᄂᆞ뇨? 네 이믜 졍친(情親)ᄒᆞ면 엇지 블너오지 아니 바로 뉘집의 드러가 듕문 안가지 드러가되 아모 사
ᄒᆞᄂᆞ뇨?" 롬도 막는 재 업ᄂᆞᆫ지라. 바로 내쳥의 ᄲᅱ여오르니 과

그 쥬인이 디답ᄒᆞ되, 연 흔 져믄 부녜 이시되 연광이 거의 이십이 너믄
"나는 본디 아지 못ᄒᆞᄂᆞᆫ 사롬이라 뎨 스스로 지라 조곰도 경동(驚動)ᄒᆞᄂᆞᆫ 의ᄉᆡ 업고 셔ᄂᆞ히 무러
말ᄒᆞ되 병판되 노ᄌᆞ라 ᄒᆞᄋᆞᆸ기예 다만 그리 아랏거 굴오되,
니와 실상은 ᄌᆞ셔이 모로ᄂᆞ이다." "엇더흔 사롬이완디 남의 너실에 돌입ᄒᆞᄂᆞ

무 [20] 변이 굴오되, 뇨?"
"과연 그러ᄒᆞ면 네 그 집을 아는다?" 그 무변이 디답지 아니ᄒᆞ고 바로 그 부녀의
디답ᄒᆞ되, 손을 잡으며 머리롤 어루만지되 조곰도 뇌거(牢拒)
"쏘흔 집도 모로ᄂᆞ이다." 흔 [23] ᄂᆞᆫ[16) 배 업거늘 무변이 도로혀 괴이히 너

무변이 쥬인의 말을 드른즉 더욱 ᄆᆞᄋᆞᆷ이 블붓 겨 무러 굴오되,
ᄂᆞᆫ 듯ᄒᆞ여 너심에 혜오되, "녀의 지아비 어디 잇ᄂᆞ뇨?"
'무단흔 도격놈의게 속은 배 되여 쳐ᄌᆞ롤 구 그 계집이 굴오되,
학의 넛케 되고 쏘흔 죵죡과 향당 사롬이 다 비웃 "남의 지아비 유무롤 알아 무엇ᄒᆞ며 셰샹의
고 ᄶᅮ지즐 듯ᄒᆞ여 평성 결호ᄒᆞ던 셩품에 엇지 견디 려ᄐᆞ시 법을 모로고 밋친 사롬이 어디 이시리오?
리오? 빅단으로 성각ᄒᆞ되 흔번 죽어 아조 다시 성 ᄲᆞᆯ니 나갈 만 ᄀᆞᆺ지 못ᄒᆞ다."
각도 말오미 ᄆᆞᄋᆞᆷ의 쾌ᄒᆞ다.' ᄒᆞ거늘 그 무변이 굴오되,

ᄒᆞ고 그 이튿날 일즉이 니러나 바로 한강의 "녀는 아모커나 네 지아비 유무만 일으라. 내
가 의관을 다 버셔노코 크게 흔 소ᄅᆡ예 물속으로 이 거조(擧措)ᄒᆞᄂᆞᆫ 거시 실노 취흔 것도 아니오 실
드러갓더니 우연이 ᄆᆞᄋᆞᆷ의 두려온 의ᄉᆡ 이셔 ᄌᆞ연 성흔 일도 아니오 남의 녀식을 취ᄒᆞ려 ᄒᆞ는 일도
퇴축(退縮)ᄒᆞ여 도로 나와 성각흔즉 '결노 죽기도 아니라. 내 지극 통분(痛忿)흔 졍ᄉᆡ 이셔 이 거죠롤
ᄀᆞ장 어렵도다.' 도로 그러와 잇튼 [21] 날 ᄋᆞ춤의 ᄒᆞ노라."
술을 취토록 크게 먹고 머리예 사모롤 쓰며 몸의 그 계집이 굴오되,
관디롤 넙고 바로 죵노(鐘路) 가상(街上)으로 나가 "그디의 니른바 통분흔 졍ᄉᆡ라 ᄒᆞ는 말은 무
니 사롬이 다 크게 놀나고 히참(駭慚)이 너기거늘 삼 일이뇨?"
그 무변이 다른 사롬의게 마자 죽을 ᄆᆞᄋᆞᆷ이 이셔 무변이 굴오되,
그 듕 용녁 잇고 건쟝흔 사롬의게 다라드러 발길을 "내 벼슬이 본디 션젼관(宣傳官)가지 지나고
날녀 흔번 박츠니 그 사롬이 흔 소ᄅᆡ 지르고 업더 낙ᄉᆞ(落仕)ᄒᆞ여 시골 가 사다가 [24] 쏘 구ᄉᆞ(求仕)
졋다가 이윽ᄒᆞ여 니러나 급히 다라나거늘 진짓 짜
라가다가 밋지 못ᄒᆞ고 크게 개탄ᄒᆞ고 쏘 둘녀보다
가 이사롬 뎌사롬의게 ᄉᆞ면(四面) 달아드러 밋치고
실셩흔 사롬ᄀᆞᆺ티 헤즈르니[15) 큰 길거리예 사롬 ᄒᆞ

─────────────

(追之不及, 李甚慨恨, 又環觀衆中, 有可勝己者, 將赴之
佇立睢肝狀, 若狂者目之, 所觸莫不潰然逬走.) <靑邱野
談 奎章 4:21>

16) 【뇌기 ᄒᆞ】 ⑧ 뇌거(牢拒)ᄒᆞ나, ᄯᅡ 살라 거쳑하다 ▌牢
拒 ∥ 그 무변이 디답지 아니ᄒᆞ고 바로 그 부녀의 손
을 잡으며 머리롤 어루만지되 조곰도 뇌거ᄒᆞᄂᆞᆫ 배 업
거늘 (李不答直上麗, 把女手擁頭接口, 女不甚牢拒.)
<靑邱野談 奎章 4:23>

─────────────

15) 【헤지르-】 ⑧ 날뛰다.▌觸 ∥ 진짓 짜라가다가 밋지 못
ᄒᆞ고 크게 개탄ᄒᆞ고 쏘 둘녀보다가 이사롬 뎌사롬의
게 ᄉᆞ면 달아드러 밋치고 실셩흔 사롬ᄀᆞᆺ티 헤즈르니

츠로 여간 젼토(田土)를 다 ᄑᆞ라가지고 올나왓더니 흉흔 도젹놈의게 속은 배 되여 허다 가산을 다 일허ᄇᆞ리고 결단코 죽어 모로고져 ᄒᆞ여도 스스로 죽을 길이 업고 남의게 마자죽고져 ᄒᆞ여 ᄎᆞ러 번 이런 형ᄉᆞ를 지으디 죵시 ᄆᆞ음디로 되xi 못ᄒᆞ여 오늘날 이 거죠를 ᄒᆞ엿더니 ᄯᅩ 네 가장이 업ᄉᆞ니 대져 사ᄅᆞᆷ의 죽기도 어렵도다."

ᄒᆞ고 탄식ᄒᆞ거늘 그 계집이 크게 우어 ᄀᆞᆯ오디,

"그디 일이 실노 미쳣도다. 셰샹의 엇지 죽기를 이러틋 구ᄒᆞᄂᆞᆫ 사ᄅᆞᆷ이 ᄎᆞᄎᆞ시리오? 그디 무변 등 쳥환(淸宦)을[17] 지니엿고 긔골이 ᄯᅩ 져러틋시 쥰슈ᄒᆞ니 엇지 헛되이 죽을 리 이시리오? 나도 ᄯᅩ흔 지극흔 졍ᄉᆞ(情事ㅣ) 잇셔 비록 다른 사ᄅᆞᆷ의게 가 [25] 의지ᄒᆞ고져 ᄒᆞ나 그도 용이티 못ᄒᆞ여 ᄒᆞ더니 ᄆᆞ츰 그디를 만나니 이ᄂᆞᆫ 하ᄂᆞᆯ이 주시미로다."

무변이 ᄀᆞᆯ오디,

"네 지극흔 졍ᄉᆞᄂᆞᆫ 무숨 말이뇨?"

그 계집이 ᄀᆞᆯ오디,

"나의 지아비ᄂᆞᆫ 본디 역관(譯官)이러니 그 본쳬(本妻ㅣ) 잇ᄂᆞᆫ디 ᄯᅩ 나의 미식을 탐ᄒᆞ여 날을 ᄎᆞ실(次室)노 졍흔 지 ᄉᆞ년이 되여시디 본쳐의 투긔 날노 심ᄒᆞ여 이곳의 집을 사주고 역관인즉 상희 권년(眷戀)ᄒᆞᄂᆞᆫ ᄆᆞ음이 ᄎᆞᄎᆞ시나 ᄌᆞ연 죵젹이 희활ᄒᆞ여[18] 과거(寡居)ᄒᆞᄂᆞᆫ 모양과 다르지 아녀 지나더니 젼년의 역관이 븍경의 드러가 무슴 일이 잇ᄂᆞᆫ지 ᄎᆞ우금(至于今) 도라오지 못ᄒᆞ엿고 내 홀노 공방(空房)을 직희여 셰샹 자미 돈연ᄒᆞ고 다만 늘근 비ᄌᆞ(婢子)로 더브러 지나니 나의 졍ᄉᆞ 실노 신산(辛酸)흔지라. 대져 사ᄅᆞᆷ이 셰샹의 이셔 이러틋시 [26] 지나ᄂᆞᆫ 졍ᄉᆞ와 그디 도젹놈의게 속아 스스로 죽고져 ᄒᆞᄂᆞᆫ 졍ᄉᆞ 무어시 다ᄅᆞ리오? 내 실노 다른 사

---

17) 【쳥환】圖 쳥환(淸宦). 조선시대에, 학식과 문벌이 높은 사람에게 시키던 규장각, 홍문관 따위의 벼슬. 지위와 봉록은 높지 않으나 뒷날에 높이 될 자리였다.¶ 淸宦 ‖ 그디 무변 등 쳥환을 지니엿고 긔골이 ᄯᅩ 져러틋시 쥰슈ᄒᆞ니 엇지 헛되이 죽을 리 이시리오 (公果武班淸宦, 則以此風骨, 豈虛死耶?) <靑邱野談 奎章 4:24>

18) 【희활-ᄒᆞ-】圖 희활(稀闊)하다. 소식이 드문드문하다.¶ 俙 ‖ 역관인즉 상희 권년ᄒᆞᄂᆞᆫ ᄆᆞ음이 ᄎᆞᄎᆞ시나 ᄌᆞ연 죵젹이 희활ᄒᆞ여 과거ᄒᆞᄂᆞᆫ 모양과 다르지 아녀 지나더니 (非無眷戀之意, 畏妻之妒, 數日後, 足跡甚俙, 只有數婢相守, 無異寡居.) <靑邱野談 奎章 4:25>

ᄅᆞᆷ의게 이런 고쵸를 격지 아니려 ᄒᆞ엿더니 우연이 신통흔 긔회를 만나니 이ᄂᆞᆫ 하ᄂᆞᆯ이 우리 두 사ᄅᆞᆷ의 졍ᄉᆞ를 어엿비 너기시미라 원컨디 그디ᄂᆞᆫ 과렴(掛念)티 말고 내 말을 드ᄅᆞ라."

무변이 오히려 죽고져 ᄒᆞ여 즐겨 허락지 아니ᄒᆞ거늘 그 계집이 ᄯᅩ ᄀᆞᆯ오디,

"대장뷔 엇지 이러흔 긔회를 일흐리오? 원컨디 스스로 몸을 사랑ᄒᆞ여 평성을 그르게 말나."

인ᄒᆞ여 잇글고 방등의 드러가 쥬효를 밧드러 친히 잔을 부어 권ᄒᆞ거늘 무변이 ᄎᆞ의 그 녀ᄉᆞᆨ을 깃거ᄒᆞᄂᆞᆫ 듯 ᄯᅩ 그 말을 감동흔지라 취토록 먹은 후의 인ᄒᆞ여 그집의 머무러 부ᄎᆞ지졍(夫婦之情)을 밋고 [27] 화려흔 의복과 아람다온 음식을 지나니 당쵸 죽고져 ᄒᆞ든 ᄆᆞ음은 졈ᄎᆞ 소삭(消索)ᄒᆞ고[19] 성셰지락(生世之樂)이 졈ᄎᆞ 소사나더라. 이윽고 역관의 오ᄂᆞᆫ 긔별이 왓거늘 그 계집이 무변ᄃᆞ려 피ᄒᆞ여 가라 ᄒᆞ디 그 무변이 진짓 피치 아녓더니 어언지간(於焉之間)의 역관이 ᄎᆞ의 고양참(高陽站)의 니르럿ᄂᆞᆫ지라 그 가속이 다 나가 볼식 역관이 젼쳐ᄃᆞ려 무로디,

"ᄎᆞ실은 엇지ᄒᆞ여 오지 아니ᄒᆞ엿ᄂᆞ뇨?"

그 안해 ᄀᆞᆯ오디,

"근리 다른 사ᄅᆞᆷ을 어더 지나니 지금은 그디와 상관이 업ᄂᆞ니라."

역관이 놀나 무러 ᄀᆞᆯ오디,

"이 무삼 말이뇨?"

그 안해 ᄌᆞ셰히 고흔디 역관이 노긔대발ᄒᆞ여 비반을 밀치고 즉시 힝장을 츠려 지츅ᄒᆞ여 찬 칼을 날니게 갈아 쥐고 ᄲᆞᆯ니 모라 셩의 드러와 바로 그 집의 가 대문을 박차고 [28] 드러가 크게 소리ᄒᆞ여 ᄀᆞᆯ오디,

"엇더흔 흉젹이 나의 집의 드러와 나의 가속을 탈취ᄒᆞᄂᆞ뇨? ᄲᆞᆯ니 나와 내 칼을 바드라."

ᄒᆞᄂᆞᆫ 소리로조ᄎᆞ 흔 사ᄅᆞᆷ이 영창을 밀치고 나오거늘 ᄌᆞ시 보니 찬란흔 의복과 쥰슈흔 면목이 실노 흔 쟝뷔라 가삼을 헤치고 흉복을 드러내여 대

---

19) 【소삭-ᄒᆞ-】圖 소삭(消索)하다. 사라져 없어지다.¶ 消 ‖ 취토록 먹은 후의 인ᄒᆞ여 그집의 머무러 부ᄎᆞ지졍을 밋고 화려흔 의복과 아람다온 음식을 지나니 당쵸 죽고져 ᄒᆞᆫ ᄆᆞ음은 졈ᄎᆞ 소삭ᄒᆞ고 싱셰지락이 졈ᄎᆞ 소사나더라 (隨勸飮醉, 酒興頗逸, ……自是以後, 因常留住, ……奄過一月, 死念漸消, 生樂轉甚.) <靑邱野談 奎章 4:27>

쇼ᄒᆞ며 ᄀᆞᆯ오ᄃᆡ,

"내 오날이야 죽을 곳을 어더시니 아모커나 내 가삼을 지르라."

ᄒᆞ고 조곰도 두리는 빗치 업ᄂᆞᆫ지라 역관이 ᄒᆞᆫ 번 눈을 드러 보ᄆᆡ ᄌᆞ연 공구(恐懼)ᄒᆞᆫ ᄆᆞ음이 옛젹 후경(侯景)이 냥무뎨(梁武帝)ᄅᆞᆯ 본 ᄃᆞᆺᄒᆞ여 담이 ᄯᅥᆯ 니고 긔운이 막히여 입으로 말을 못ᄒᆞ고 손의 드럿던 칼이 졀노 ᄯᅥ러지믈 ᄭᆡᄃᆞᆺ지 못ᄒᆞ여 정신을 일흔 ᄃᆞᆺ 셧다가 어히 업셔 ᄀᆞᆯ오ᄃᆡ,

"그ᄃᆡ 나의 안해와 나의 가산을 임의로 ᄒᆞ라 【29】 나ᄂᆞᆫ 셩심도 다시 아른 쳬 아니ᄒᆞ리라."

ᄒᆞ고 겸즉이20) 믈너가니 그 계집이 처음은 황 ᄌ, ᄒᆞ여 쟝 속의 숨엇다가 그졔야 도로 나와 무변ᄃᆞ려 니ᄅᆞᄃᆡ,

"뎌러툿 용녈ᄒᆞᆫ 사ᄅᆞᆷ이 다시 엇지ᄒᆞ리오마는 그러나 여긔셔 오리 살기 어려오니 ᄲᆞᆯ니 갈만 ᄀᆞᆺ지 못ᄒᆞ다."

ᄒᆞ고 바로 누샹의 올나가 큰 궤ᄅᆞᆯ 열어 텬은 삼ᄇᆡᆨ 냥을 너여 ᄀᆞᆯ오ᄃᆡ,

"이거시 본ᄃᆡ 나의 부친이 날을 위ᄒᆞ여 쥬신 ᄇᆡᄅᆞ니 다힝이 ᄌᆞ계ᄅᆞᆯ 당ᄒᆞ여 가져가리라."

ᄒᆞ고 ᄯᅩ 함농(函籠)을21) 열고 허다 픠믈과 금 슈의복을 다 내여 노복을 명ᄒᆞ여 마필의 싯고 무변을 다리고 황ᄒᆡ도(黃海道) 봉산(鳳山) ᄯᅡ으로 가니 곳 무변의 고향이라. 가져간 금은픠믈을 다 쳑ᄆᆡ(斥賣)ᄒᆞ여 젼쟝(田莊)과 가산을 장만ᄒᆞ여 쥴연이 거뷔 되여 지닉다가 그 후 다시 셔울을 나와 구슈 【30】 ᄒᆞ여 ᄎᆞ, 벼ᄉᆞᄒᆞ여 널읍 수령과 졀도ᄉᆞᄅᆞᆯ 다 지나고 그 계집으로 더브러 늙도록 복녹을 눌이더라.

뎡냥쳐혜리보녕명

ᄌᆡ샹가의 ᄒᆞᆫ 겸인(傔人)이 근고ᄒᆞᆫ 지 수십 년의 비로소 혜쳥셔리(惠廳胥吏)22) 차첩(差帖)을 어드니 후료포(厚料布)23) 아문(衙門)이라. 긔쳬(其妻ㅣ) 긔부(其夫)ᄃᆞ려 언약ᄒᆞᄃᆡ,

"젹년 긔한의 고셩이 졍히 금일을 위ᄒᆞ미니 만일 남용ᄒᆞ여 셰간을 탕피(蕩敗)ᄒᆞᆫ즉 다시 여망(餘望)이 업ᄉᆞ리니 의복음식과 일용범졀을 오직 검박(儉朴)을 숭샹ᄒᆞ미 가ᄒᆞ뎌!"

긔뷔 ᄀᆞᆯ오ᄃᆡ,

"낙다."

월봉(月俸)을 다 긔쳐의게 맛기고 이ᄌᆞᆺ치 ᄒᆞᆫ 칠팔 년을 악의악식(惡衣惡食)으로 지나되 살님이 넉ᄌ, 지 못ᄒᆞ니 긔뷔 다른 혜리(惠吏)ᄂᆞᆫ 의복음식을 샤려(奢麗)이 ᄒᆞ고 힝낙ᄒᆞᄃᆡ 가셰 날노 풍셩ᄒᆞᆷ들 보고 도 【31】 로혀 긔쳬 치가(治家)의 싱소ᄒᆞᆷ을 칙망ᄒᆞᄃᆡ 긔쳬 답지 아니ᄒᆞ고 가셰 픠ᄒᆞ미 갈ᄉᆞ록 심ᄒᆞ거늘 긔뷔 크게 근심ᄒᆞ여 일ᄌ,은 긔쳐ᄅᆞᆯ 쥰칙(峻責)ᄒᆞ여24) ᄀᆞᆯ오ᄃᆡ,

"나의 후료로 일셩 구간(苟艱)ᄒᆞ여 부쟈 되기ᄂᆞᆫ 시로이 도로혀 젹채(積債)예 곤욕이 심ᄒᆞ니 이 뉘 허믈이뇨?"

긔쳬 무러 ᄀᆞᆯ오ᄃᆡ,

"빗돈이 언마나 되ᄂᆞ뇨?"

---

20) 【겸즉-이】 閱 부끄러운 느낌이 있게.¶ 憫然 ∥ 그ᄃᆡ 나의 안해와 나의 가산을 임의로 ᄒᆞ라 나ᄂᆞᆫ 셩심도 다시 아른 쳬 아니ᄒᆞ리라 ᄒᆞ고 겸즉이 믈너가니 (家宅妻財, 任君自爲, 憫然出去.) <靑邱野談 奎章 4:29>

21) 【함농】 閱 ((기물)) 함농(函籠). 옷을 넣는, 큰 함처럼 생긴 농.¶ 籠 ∥ ᄯᅩ 함농을 열고 허다 픠믈과 금슈의복을 다 내여 노복을 명ᄒᆞ여 마필의 싯고 무변을 다리고 황ᄒᆡ도 봉산 ᄯᅥ으로 가니 곳 무변의 고향이라 (且擊出一籠, 開示其中, 金玉珠貝, 首飾雜佩, 及錦繡衣服, ……速命僕馬載之. 明曉李遂以兩奴兩馬載之滿馱, ……馳歸鳳山.) <靑邱野談 奎章 4:29>

22) 【혜쳥셔리】 閱 ((관직)) 혜쳥셔리(惠廳胥吏). 조선 시대에 대동미(大同米)·대동목(大同木) 등의 출납을 관장하던 관청에서 말단 행정 실무에 종사하던 구실아치.¶ 惠廳吏 ∥ ᄌᆡ샹가의 ᄒᆞᆫ 겸인이 근고ᄒᆞᆫ 지 수십 년의 비로소 혜쳥셔리 차쳡을 어드니 후료포 아문이라 (宰相家一傔人, 積勤數十年, 始得惠廳吏, 厚料布窠也.) <靑邱野談 奎章 4:30>

23) 【후료포】 閱 후료포(厚料布). 요포를 후하게 줌.¶ 厚料布 ∥ ᄌᆡ샹가의 ᄒᆞᆫ 겸인이 근고ᄒᆞᆫ 지 수십 년의 비로소 혜쳥셔리 차쳡을 어드니 후료포 아문이라 (宰相家一傔人, 積勤數十年, 始得惠廳吏, 厚料布窠也.) <靑邱野談 奎章 4:30>

24) 【쥰칙-ᄒᆞ-】 閱 쥰칙(峻責)하다. 준엄하게 꾸짖다.¶ 峻責 ∥ 일ᄌ,은 긔쳐ᄅᆞᆯ 쥰칙ᄒᆞ여 ᄀᆞᆯ오ᄃᆡ 나의 후료로 일셩 구간ᄒᆞ여 부쟈 되기ᄂᆞᆫ 시로이 도로혀 젹채예 곤욕이 심ᄒᆞ니 이 뉘 허믈이뇨 (一日大患之, 峻責其妻曰: "吾以厚窠之任, 長事苟艱, 不敢遊蕩, 致富尙矣. 反困於債, 是誰之咎也?") <靑邱野談 奎章 4:31>

굴오디,

"수쳔 금이로라."

기체 굴오디,

"넘녀 말나. 내 쟝촛 즙믈을 다 ᄑᆞ라 갑흘 거시니 오날노 혜리롤 즈퇴ᄒᆞ라."

기뷔 굴오디,

"즈퇴ᄒᆞ면 엇지 살녀 ᄒᆞᄂᆞ뇨?"

기체 굴오디,

"아모 근심 업스니 내 쟝촛 묘계 잇노라."

기뷔 그 말을 조촛 즈퇴ᄒᆞ니라.

일ㅇ은 기체 대쳥 압히 안자 그 지아비로 대쳥 밋홀 ᄀᆞᄅᆞ쳐 뵈니 엽ㅇ(葉葉)히 훗튼 돈이 수만 금이나 되이 이는 칠팔 년 모든 배라. 끈을 ᄭᅭ아 쾌롤 지어 동문 밧긔 농쟝을 사 [32]니 냥젼미답(良田美畓)이라. 빈산님슈(背山臨水)ᄒᆞ고 과원(果園)이 뒤에 잇고 쟝포(場圃ㅣ)25) 압히 이시니 완연이 듕쟝통(仲長統)의26) 낙지론(樂志論)27)을[듕댱통은 후한 사ᄅᆞᆷ이라 낙지논은 산림의 뜻을 즐기는 의논이라] 두어시니 다 기쳐의 지휘러라. 밧그로 가식(稼穡)을28) 다스리고 안

---

25) 【쟝포】圖 ((지리)) 쟝포(場圃). 집에서 가까운 곳에 있는 채소밭.¶ 場圃∥ 빈산님슈ᄒᆞ고 과원이 뒤에 잇고 쟝포 압히 이시니 완연이 듕쟝통의 낙지론을[듕댱통은 후한 사ᄅᆞᆷ이라 낙지논은 산림의 뜻을 즐기는 의논이라] 두어시니 다 기쳐의 지휘러라 (背山臨流, 果園樹後, 場圃築前, 宛一樂志論排置, 皆其妻之指使也.) <靑邱野談 奎章 4:32>

26) 【듕쟝통】圖 ((인명)) 중장통(仲長統 179~220). 중국 후한의 유학자. 자는 공리(公理). 전통적인 유학사상을 바탕으로 고금의 치란을 비판하고 시세(時世)의 퇴폐를 논하여 《창언(昌言)》을 저술하였다.¶ 빈산님슈ᄒᆞ고 과원이 뒤에 잇고 쟝포 압히 이시니 완연이 듕쟝통의 낙지론을[듕댱통은 후한 사ᄅᆞᆷ이라 낙지논은 산림의 뜻을 즐기는 의논이라] 두어시니 다 기쳐의 지휘러라 (背山臨流, 果園樹後, 場圃築前, 宛一樂志論排置, 皆其妻之指使也.) <靑邱野談 奎章 4:32>

27) 【낙지론】圖 낙지론(樂志論). 중국 후한의 유학자 중장(仲長統)통이 지은 이상적 전원생활을 설파한 글.¶ 樂志論∥ 빈산님슈ᄒᆞ고 과원이 뒤에 잇고 쟝포 압히 이시니 완연이 듕쟝통의 낙지론을[듕댱통은 후한 사ᄅᆞᆷ이라 낙지논은 산림의 뜻을 즐기는 의논이라] 두어시니 다 기쳐의 지휘러라 (背山臨流, 果園樹後, 場圃築前, 宛一樂志論排置, 皆其妻之指使也.) <靑邱野談 奎章 4:32>

28) 【가식】圖 가색(稼穡). 곡식농사.¶ 稼穡∥ 밧그로 가식을 다스리고 안으로 방젹을 일삼으니 즐거오미 극진ᄒᆞ더니 (夫治稼穡, 妻治紡績, 樂莫樂焉.) <靑邱野談 奎章 4:32>

으로 방젹(紡績)을 일삼으니 즐거오미 극진ᄒᆞ더니 일ㅇ은 경셩 소식을 드른즉 수년 전 혜리 십여 인이 관젼포흠(官錢逋欠)29)으로 당샹(堂上)이 연주(筵奏)ᄒᆞ여30) 일병 형뉵(刑戮)을 닙고 가산을 젹몰ᄒᆞ니 다 향일 힝낙ᄒᆞ던 재라. 슬프다. 혜리의 쳐는 훈 녀지로디 디혜로써 업을 일위고 검쇼로써 덕을 숭샹ᄒᆞ여 기부로 ᄒᆞ여곰 녕명(令名)을 보젼케 ᄒᆞ니 만일 혜리로 ᄒᆞ여곰 ᄉᆞ부 남지 되엿든들 급뉴용퇴(急流勇退)ᄒᆞ믈 죡히 ᄉᆞ양치 아닐 거시니 그 ᄉᆞ환ᄒᆞᄂᆞᆫ 사ᄅᆞᆷ을 보건디 졀용이민(節用愛民)ᄒᆞᄂᆞᆫ 도롤 아지 못ᄒᆞ고 젼혀 사치ᄒᆞᄂᆞᆫ 풍속을 숭 [33] 샹ᄒᆞ야 몸을 멸ᄒᆞ고 집을 망ᄒᆞ여도 긋칠 줄을 아지 못ᄒᆞ니 그 디혜와 어리믜 현격ᄒᆞ미 셔로 멀도다.

득현부빈ᄉᆞ셩가업
得賢婦貧士成家業

훈 ᄉᆞ인(士人)이 빈곤훈 듕ㅇ년의 샹쳐(喪妻)ᄒᆞ고 혹동(學童) 십여 인을 모도아 교훈ᄒᆞ니 셩계 극난ᄒᆞ더라. ᄉᆞ인이 그 후 하향(遐鄕)의 속현(續絃)ᄒᆞ니31) 신뷔 싀집의 드러온즉 셔발 막대 것칠 거시

---

29) 【관젼포흠】圖 관전포흠(官錢逋欠). 관고(官庫)의 돈을 사사로이 빼어 써서 축냄.¶ 逋欠公錢∥ 일ㅇ은 경셩 소식을 드른즉 수년 전 혜리 십여 인이 관젼포흠으로 당샹이 연주ᄒᆞ여 일병 형뉵을 닙고 가산을 젹몰ᄒᆞ니 다 향일 힝낙ᄒᆞ던 재라 (數年後, 惠吏十餘人, 以欠逋公錢, 堂上筵奏之, 幷施刑戮之典, 籍沒家産, 皆向日行樂於華屋者也.) <靑邱野談 奎章 4:32>

30) 【연주-ᄒᆞ-】圖 연주(筵奏)하다. 임금의 면전에서 아뢰다.¶ 筵奏∥ 일ㅇ은 경셩 소식을 드른즉 수년 전 혜리 십여 인이 관젼포흠으로 당샹이 연주ᄒᆞ여 일병 형뉵을 닙고 가산을 젹몰ᄒᆞ니 다 향일 힝낙ᄒᆞ던 재라 (數年後, 惠吏十餘人, 以欠逋公錢, 堂上筵奏之, 幷施刑戮之典, 籍沒家産, 皆向日行樂於華屋者也.) <靑邱野談 奎章 4:32>

31) 【속현-ᄒᆞ-】圖 속현(續絃)하다. 거문고와 비파의 끊어진 줄을 다시 잇는다는 뜻으로, 아내를 여읜 뒤에 다시 새 아내를 맞이함.¶ 續絃∥ ᄉᆞ인이 그 후 하향의 속현ᄒᆞ니 신뷔 싀집의 드러온즉 셔발 막대 것칠 거시 업고 훈 되 냥식의 져축이 업ᄂᆞᆫ지라 (日後乃續絃於遐鄕, 其婦人入其家, 則環堵蕭然, 無擔石之資.) <靑邱野

업고 혼 되 냥식의 겨츅이 업눈지라. 그쩌 스인의 당숙(堂叔)이 시임(時任) 무쟝(武將)으로 잇더니 신뷔 그 가쟝을 권ᄒᆞ야

"영문 돈 쳔금을 츄이ᄒᆞ여 치산을 경영ᄒᆞ라."

ᄒᆞᆫ디 가쟝이 우어 굴오디,

"엇지 즐겨 츄이ᄒᆞ여 주리오? ᄯᅩ 내 일즉 사롬을 향ᄒᆞ여 츠등ᄉᆞ(此等事)롤 셜도(說道)치 아니ᄒᆞ엿노라."

부인이 친히 쇠당숙(媤堂叔)의게 편지ᄒᆞ되

"원컨디 쳔금을 츄이ᄒᆞ [34] 시면 일년을 혼ᄒᆞ여 비보(裨補)ᄒᆞ리이다."

ᄒᆞ엿거늘 그 집 즈부와 밋 뎨질(諸姪) 등이 다 굴오디,

"신뷔 쇠집의 온 지 몃 눌이 못 되야 언연이 쳔금 지믈을 쑤이라 ᄒᆞ니 몰지각ᄒᆞ고 인ᄉᆞ 업눈 녀지로다."

ᄒᆞ고 즁췩이 분분ᄒᆞ거늘 당숙이 굴오디,

"그러치 아니ᄒᆞ다. 내 향쟈의 신부롤 본즉 녹녹혼 녀지 아니오 ᄯᅩ 쳣 편지예 쳔금을 용이히 발셜ᄒᆞ니 그 뜻이 가히 보암즉ᄒᆞ도다."

ᄒᆞ고 답셔의 쾌히 허락ᄒᆞ니 부인이 돈을 바다 벽장에 쟝치(藏置)ᄒᆞ거늘 가쟝이 보고 놀나 아직 맛겨 그 동졍을 보려 ᄒᆞ더라.

부인이 가듕 노비 듕 ᄒᆞᆫ낫도 가히 부렴즉혼 쟤 업스믈 보고 이예 혹동을 블너 각식 비단 셔녀 치식 되눈 즈토리롤 션젼(綟廛)의[32] 가 무역ᄒᆞ여 금낭(錦囊)을 민시 잇게 지어 모든 혹동을 일시예 츠이니 혹동들이 감복ᄒᆞ야 므 [35] 릇 ᄉᆞ환이ᄂᆞᆫᄂᆞ면 노복과 다롬이 업눈지라. 부인이ᄂᆞ예 젼냥을 혹동의게 분급ᄒᆞ여 셩닉셩외 약국과 모든 역관의 집을 도라돈녀 감초(甘草)롤 무역ᄒᆞ여 오라 ᄒᆞ니 이 ᄀᆞ치 ᄒᆞᆫ지 수삼 삭의 감최 거의 절죵(絶種)ᄒᆞ여 갑시 오비나 등용(騰踊)ᄒᆞᆫ지라. 즉시 홋터 쳑민(斥賣)ᄒᆞ니 오쳔 여금을 거둔지라. 가사롤 느리고 부졍(釜鼎)과 즙믈을 쟝만ᄒᆞ며 비복을 만히 사니 일됴의 거연히

부가 모양이라. 편지롤 쇠당숙긔 올녀 쳔금을 비보ᄒᆞ니 일년 혼이 반년이 못 된지라. 일개 크게 놀나 향쟤의 쑤짓고 긔롱ᄒᆞ던 사롬이 다 현뷔라 일ᄏᆞᆺ고 당숙이 ᄯᅩ 긔이히 녀겨 즉시 와 쇠집을 보고 쳔금을 도로 보니여 이 돈을 늘녀 치부ᄒᆞ라 ᄒᆞᆫ디 신뷔 샤양ᄒᆞ여 굴오디,

"사롬이 셰샹의 나믹 의식이 겨유 지낼만 ᄒᆞ고 친 [36] 쳑이 션인이라 일ᄏᆞ르미 죡혼지라 엇지 뼈 부롤 ᄒᆞ리오 ᄯᅩ 부쟈ᄂᆞᆫ 즁지원(衆至怨)이니 내 실노 원치 아니ᄒᆞ노이다."

ᄒᆞ고 구지 밧지 아니ᄒᆞ니라. 부인이 침션방젹의 민쳡ᄒᆞ고 치가범졀의 규뫼 이녀 즈즈손손이 음덕을 닙어 영귀ᄒᆞ고 가되 년ᄒᆞ여 훤혁(烜赫)ᄒᆞ더라.

님쟝군산듕우녹님
林將軍山中遇綠林

님쟝군 경업(慶業)이 쇼시예 달쳔(達川)의[33] 거ᄒᆞ여 물둘니고 산영ᄒᆞ기롤 일삼더니 일ᄌᆞᆫ은 월악산(月岳山)의[34] 사슴을 조ᄎᆞ 태빅산 듕의 니르너눈 날이 쟝ᄎᆞᆺ 져믈고 길이 ᄯᅩ혼 궁혼지라 슈목이 울밀ᄒᆞ고 암학(巖壑)이 유슈(幽邃)ᄒᆞ여 갈 곳이 업셔 경히 근심홀 지음의 믄득 혼 쵸부롤 만나 압길을 무른디 쵸뷔 건넌 뫼 아릭 인가롤 가르치거늘 님공이 그 말을 조차 고기롤 너머 바라본즉 혼 큰 와개(瓦家)[1] 잇고 겻희 다 [37] 른 촌락이 업눈지라. 님공이 대문을 드러간즉 날이 ᄂᆞᆷ의 져믈고 사롬의 소릭 젹연ᄒᆞ니 혼 뷘 집이라. 공이 죵일 산힝ᄒᆞ믹 즈연 곤븨ᄒᆞ야 다힝이 혼간 방을 어더 숙쇼롤 삼아 의대롤 그르고 홀노 누엇더니 홀연 창외예 블빗치 잇거

談 奎章 4:33>

32) 【션젼】 圖 ((주거)) 션젼(綟廛). 비단을 팔던 가게.¶ 立廛 ‖ 부인이 가듕 노비 듕 ᄒᆞᆫ낫도 가히 부렴즉혼 쟤 업스믈 보고 이예 혹동을 블너 각식 비단 셔녀 치식 되눈 즈토리롤 션젼의 가 무역ᄒᆞ여 금낭을 민시 잇게 지어 圓은 혹동을 일시예 ᄎᆞ이니 (大人見家無尺童尺婢可使者, 乃招致學童輩, 饋以餠餌之屬, 給錢使之, 貿錦緞於立廛, 縫出錦囊, 使學童各佩之.) <靑邱野談 奎章 4:34>

33) 【달쳔】 圖 ((지리)) 달쳔(㺚川). 지금의 충주시 서쪽에 있는 강.¶ 㺚川 ‖ 님쟝군 경업이 쇼시예 달쳔의 거ᄒᆞ여 물둘니고 산영ᄒᆞ기롤 일삼더니 (林將軍慶業, 少時居於㺚川, 以馳獵爲事.) <靑邱野談 奎章 4:36>

34) 【월악산】 圖 ((지리)) 월악산(月岳山). 충청북도 제천시 한수면과 더산면이 경계에 있는 산. 국립공원의 하나. 높이는 1,093m.¶ 月岳山 ‖ 일ᄌᆞᆫ은 월악산의 사슴을 조ᄎᆞ 태빅산 듕의 니르너눈 날이 쟝ᄎᆞᆺ 져믈고 길이 ᄯᅩ혼 궁혼지라 (一日逐鹿於月岳山側, 手持一釰行, 行至於太白山中. 日將夕而路且窮.) <靑邱野談 奎章 4:36>

늘 ᄆᆞ음의 심히 의괴ᄒᆞ여 망냥(魍魎)이 아니면 반ᄃᆞ시 요괴라 ᄒᆞ엿더니 아이오 사ᄅᆞᆷ이 문을 열고 들어 ᄀᆞᆯ오ᄃᆡ,

"그ᄃᆡ 뇨긔 ᄒᆞ엿ᄂᆞ냐?"

공이 블빗히 본즉 아쟈(俄者) 쵸뷔라. 답ᄒᆞᄃᆡ,

"뇨긔 못ᄒᆞ엿노라."

쵸뷔 방의 드러와 벽장을 열고 쥬육을 ᄂᆡ여 쥬어 ᄀᆞᆯ오ᄃᆡ,

"착실이 뇨긔ᄒᆞ라."

공이 심히 시장ᄒᆞ다가 다힝이 너겨 다 먹고 쵸부로 더브러 수어(數語)ᄅᆞᆯ 맛지 못ᄒᆞ여 쵸뷔 믄득 니러나 벽장을 다시 열고 칠쳑 댱검을 내거ᄂᆞᆯ 공이 ᄀᆞᆯ오ᄃᆡ,

"이 엇진 일고? 내게 시험코져 ᄒᆞᄂᆞ냐?"

쵸뷔 우어 ᄀᆞᆯ오ᄃᆡ,

"아니 【38】 라 금야의 가변(家變)이 〻시니 그ᄃᆡ 능히 두림이 업스랴?"

공이 ᄀᆞᆯ오ᄃᆡ,

"무ᄉᆞᆷ 두림이 〻시리오? 보기ᄅᆞᆯ 쳥ᄒᆞ노라."

밤이 깁흔 쵸뷔 댱검을 닛글고 공으로 더브러 ᄒᆞᆫ 곳을 향ᄒᆞ니 문회 듕〻(重重)ᄒᆞ고 누각이 침〻ᄒᆞᆫᄃᆡ 졈〻 나아가니 문창의 울연이 두 사ᄅᆞᆷ의 그림ᄌᆡ 빗최엿더라. 쵸뷔 년못ᄀᆞ의 ᄒᆞᆫ 졍〻(亭亭)ᄒᆞᆫ35) 나모ᄅᆞᆯ ᄀᆞᄅᆞ쳐 ᄀᆞᆯ오ᄃᆡ,

"그ᄃᆡ 이 남긔 올나 모로미 ᄯᅴ와 요대ᄅᆞᆯ 글너 나뭇가지예 몸을 ᄃᆞᆫ〻이 ᄆᆡ고 부ᄃᆡ 소ᄅᆡᄅᆞᆯ 내지 말나."

공이 쵸부의 말과 ᄀᆞᆺ치 ᄒᆞ니라. 쵸뷔 몸을 소소쳐 각듕의 ᄢᅧ여드러가 삼인이 ᄒᆞᆫ가지로 안자 술도 마시며 말도 ᄒᆞ더니 아이오 쵸뷔 엇던 사ᄅᆞᆷ을 블너 니로ᄃᆡ,

"금야의 언약이 〻신즉 자웅을 결ᄒᆞ미 엇더ᄒᆞ뇨?"

그 사ᄅᆞᆷ이 ᄀᆞᆯ오ᄃᆡ,

"낙(諾)다."

ᄒᆞᆫ가지로 니러나 문을 열고 나와 두 사ᄅᆞᆷ 【39】 이 공듕의 소사. 검광이 셤삭(閃爍)ᄒᆞ고 두 줄 ᄇᆡᆨ홍(白虹)이 되여 형영을 보지 못ᄒᆞ고 다만 도환(刀環) 소ᄅᆡ 은〻이 들니더라. 공이 나모 우희 이셔 다만 찬 긔운이 ᄲᅧ의 사모치고 머리털이 쥬볏ᄒᆞ여 능히 안쥬(安住)치 못ᄒᆞ더니 홀연 무어시 ᄯᅡ의 ᄯᅥ러지ᄂᆞᆫ 소ᄅᆡ 나며 쵸뷔 그 뒤흐로조ᄎᆞ 나려오니 그적의 공이 찬 소오롬이 조곰 플니고 졍신이 져기 나ᄂᆞᆫ지라 ᄆᆡᆫ 거ᄉᆞᆯ 플고 나려온ᄃᆡ 쵸뷔 공을 엽희 ᄭᅵ고 나라 각듕의 니ᄅᆞ니 션연(嬋娟)ᄒᆞᆫ 일 미인이 머리ᄅᆞᆯ 구름ᄀᆞᆺ치 언고 의상이 찬란ᄒᆞ고 안ᄉᆡᆨ이 화월ᄀᆞᆺ치 안잣스니 앗가 회쇄 이제 쳐량ᄒᆞ더라. 쵸뷔 ᄭᅮ지져 ᄀᆞᆯ오ᄃᆡ,

"요마(幺麽)ᄒᆞᆫ36) 일 녀ᄌᆞ로 말ᄆᆡ암아 셰샹의 대남ᄌᆞ(大男子)ᄅᆞᆯ 해ᄒᆞ엿스니 네 죄ᄅᆞᆯ 네 알니라."

님공을 도라보아 ᄀᆞᆯ오ᄃᆡ,

"그ᄃᆡ 약간 담용으로 셰샹의 나미 블가ᄒᆞ니 산듕 유벽ᄒᆞᆫ 【40】 곳의 이 사ᄅᆞᆷ과 이 화각(畵閣)을 두어 공명을 샤졀(謝節)ᄒᆞ고 여년을 보ᄂᆡ미 엇더ᄒᆞ뇨?"

공이 ᄀᆞᆯ오ᄃᆡ,

"금야ᄉᆞ(今夜事)ᄅᆞᆯ 도시 아지 못ᄒᆞ니 ᄌᆞ셰이 안 후 그ᄃᆡ 말을 조ᄎᆞ리라."

쵸뷔 ᄀᆞᆯ오ᄃᆡ,

"나ᄂᆞᆫ 샹인이 아니오 녹님호ᄀᆡᆨ(綠林豪客)이라. 누년 겁냑ᄒᆞ여 ᄌᆡ산을 어드ᄆᆡ 탐믁(貪墨)ᄒᆞᆫ 관댱(官長)과 블의ᄒᆞᆫ 부한(富漢)의 ᄌᆡ믈을 탈취ᄒᆞ여 고ᄃᆡ광실(高臺廣室)을 젼학(全壑)의 비치ᄒᆞ여 도쳐의 두고 집마다 알개 미녀ᄅᆞᆯ 두어 팔도의 두루 노라 니ᄅᆞᄂᆞᆫ 곳마다 횡낙ᄒᆞ더니 ᄯᅳᆺ밧긔 뎌 겨집이 틈을 타 앗가 죽인 남ᄌᆞ의게 아당ᄒᆞ여 도로혀 날을 해코져 ᄒᆞᆫ 재 ᄒᆞᆫ 두 번이 아니라 마지 못ᄒᆞ야 아쟈 거죄 이시미라. 비록 뎌 손을 죽여스나 엇지 ᄎᆞᆷ아 뎌 계집을 ᄯᅩ 죽이리오? 이 장학(庄壑)과 뎌 녀인으로 그ᄃᆡ의게 허ᄒᆞᄂᆞᆫ 바ᄂᆞᆫ 이 연괴니라."

공이 ᄀᆞᆯ오ᄃᆡ,

"뎌 남ᄌᆞ의 셩명 【41】 은 무어시며 거쥬ᄂᆞᆫ 어ᄃᆡ뇨?"

쵸뷔 ᄀᆞᆯ오ᄃᆡ,

"뎌 냥국 대댱(大將) ᄌᆡᆨ목으로 남대문 안 졀쵸

---

35) 【졍졍-ᄒᆞ-】 [형] 정정(亭亭)하다. 나무 따위가 우뚝하게 높이 솟다.¶ 亭亭 ‖ 쵸뷔 년못ᄀᆞ의 ᄒᆞᆫ 졍〻ᄒᆞᆫ 나모ᄅᆞᆯ ᄀᆞᄅᆞ쳐 ᄀᆞᆯ오ᄃᆡ 그ᄃᆡ 이 남긔 올나 모로미 ᄯᅴ와 요대ᄅᆞᆯ 글너 나뭇가지예 몸을 ᄃᆞᆫ〻이 ᄆᆡ고 부ᄃᆡ 소ᄅᆡᄅᆞᆯ 내지 말나 (樵夫指池邊亭亭之樹曰: "君必上坐於此樹, 須以帶及腰帶, 緊緊纏身於樹枝, 幸勿出聲也.") <靑邱野談 奎章 4:38>

36) 【요마-ᄒᆞ-】 [형] 요마(幺麽)하다. 변변치 못하다.¶ 幺麽 ‖ 요마ᄒᆞᆫ 일 녀ᄌᆞ로 말ᄆᆡ암아 셰샹의 대남ᄌᆞᄅᆞᆯ 해ᄒᆞ엿스니 네 죄ᄅᆞᆯ 네 알니라 (以汝幺麽之女, 害此世上大用之材, 汝罪汝亦知之乎?) <靑邱野談 奎章 4:38>

장(折草匠)이라37) 어두움을 타 와셔 시벽의 가니 내
긔슈(機數)롤 알안지 이믜 오라되 남즈의 꼿츨 탐홈
과 녀즈의 담을 너무미 예시라 엇지 다 칙망ᄒ리
오? 내 삼가 피ᄒ엿더니 피한(彼漢)이 요녀(妖女)의
달인 배 되여 반드시 날을 죽인 후 말지니 금야 츠
ᄉᄂᆫ 엇지 나의 본심이리오?"

ᄒ고 일장 통곡ᄒ 후 굴오디,

"앗갑다 텬하 댱ᄉ롤 내손으로 죽이도다."

님공ᄃ려 굴오디,

"그디 담냑과 지용이 ᄯᅩᄒᆫ 가용남지(可用男子)
라 일을 거시나 만일 셰로(世路)의 ᄒᆫ번 난즉 반상
반하(半上半下)ᄒᆫ 사ᄅᆷ이 될 거시니 텬운의 관계ᄒᆫ
배라 능히 여의치 못ᄒ면 ᄒᆞᆫ갓 슈고ᄒᆯ ᄯᆞ롬이니 원
컨더 내말더로 이 뎐학을 차지ᄒ여 평셩을 죠히 지
내라."

공이 일향 ᄆ 【42】 음이 업거늘 쵸비 허희(歔
欷)ᄒ여 굴오디,

"ᄒᆞᆯ일 업다 그디 만일 즐겨 아닐진더 이 요희
롤 어더 쓰리오?"

ᄒ고 댱검을 ᄒᆞᆫ번 드러 머리롤 두 조각의 내
여 년못 ᄀᆞ온디 더지고 누에 나려 쵸셕(草席)으로
남즈의 신톄롤 마라 ᄯᅩᄒᆫ 못 ᄀᆞ온디 너ᄒ니라.

잇튼날 님공ᄃ려 일너 굴오디,

"그디 이믜 공명의 유의ᄒ니 가히 만류치 못
ᄒ나 남지 셰샹의 나미 검슐을 아지 아니치 못ᄒ리
니 모로미 머믈너 조박(糟粕)을 알고 가라."

공이 드듸여 뉵일을 마무러 칼 쓰ᄂᆫ 법을 ᄀᆞ
쵸 비ᄒᆞ되 그 신묘ᄒᆫ 변화ᄂᆞᆫ 다 통투(通透)치38) 못
ᄒ니라.

니조대혹현방디ᄉ
李措大學峴訪地師

풍슈ᄀᆡᆨ(風水客) 니의신(李懿信)이39) 장촛 산ᄆᆡᆨ
을 ᄎᆞ즐시 북관 빅두산으로부터 뇽을 ᄎᆞ즈 양쥬 송
산의 니르러ᄂᆞᆫ 산ᄆᆡᆨ이 맛쳐 융결(融結)【43】ᄒ고40)
환포(環抱)ᄒ여41) 텬하 명혈(名穴)이 된지라. 니셩이
죵일 산힝ᄒᆞ미 긔갈이 ᄌᆞ심ᄒ더니 산하의 ᄒᆞᆫ 쵸옥
이 잇거늘 문을 두드려 쥬리를 구ᄒ라 ᄒᆞᆫ즉 쵸상
(初喪) 상인(喪人)이 나와 공손이 마져 한훤을 ᄆᆞ춘
후 즉시 흰죽 ᄒᆞᆫ 그릇슬 더졉ᄒ니 그 셩의롤 가히
감동ᄒᆞᆯ지라. 니셩이 굴오디,

"어늬 ᄯᅥ 상변(喪變)을 당ᄒ며 이믜 양녜(襄
禮)롤42) 지닛ᄂᆞ냐?"

---

37) 【졀쵸장】圖 ((인류)) 졀쵸장(折草匠). 땔나무 장ᄉᆞ.¶
折草匠‖ 데 냥국 대댱 지목으로 남대문 안 졀쵸장이
라 어두움을 타 와셔 시벽의 가니 내 긔슈롤 알안지
이믜 오라되 남즈의 꼿츨 탐홈과 녀즈의 담을 너무미
예시라 엇지 다 칙망ᄒ리오 (彼亦兩局大將材, 南大門
內折草匠也. 乘昏而來, 當曉而去, 吾知已久而男子之探
花, 女子之踰垣, 不必盡責, 吾謹避之.) <靑邱野談 奎章
4:41>

38) 【통투-ᄒᆞ-】圖 통투(通透)하다. 사리를 뚫어지게 깨달
이 ᄒᆞ다.¶ 盡透‖ 쳐 ᄃᆞ듸여 뉵일을 ᄆᆡ무리 칼 쓰
ᄂᆞᆫ 법을 ᄀᆞ쵸 비ᄒᆞ되 그 신묘ᄒᆫ 변화ᄂᆞᆫ 다 통투치 못
ᄒ니라 (公遂留六日, 粗得使刃之法, 而其神妙變化之術,
未得盡透云.) <靑邱野談 奎章 4:42>

39) 【니의신】圖 ((인명)) 이의신(李懿信 ?~?). 조선후기의
술사(術士). 1612년(광해군 4) 그는 임진년 병란과 역
적의 변이 잇달아 일어나고 조정이 당으로 갈리고 사
방의 산이 붉게 물든은 한양의 지기가 쇠해진 것이라
상소하고 도읍을 교하로 천도하기를 청하여 왕의 동
의를 얻었으나, 예조판서 이정귀(李廷龜)와 이항복(李
恒福) 등 제신의 강력한 반대로 뜻을 이루지 못하였
다. 1614년 합계(合啓)하여 탄핵을 받았으나 왕의 거
절로 무사하였다.¶ 李懿信‖ 풍슈ᄀᆡᆨ 니의신이 장촛 산
ᄆᆡᆨ을 ᄎᆞ즐시 북관 빅두산으로부터 뇽을 ᄎᆞ즈 양쥬 송
산의 니르러ᄂᆞᆫ 산ᄆᆡᆨ이 맛쳐 융결ᄒ고 환포ᄒ여 텬하
명혈이 된지라 (風水客李懿信, 將尋山脉, 自北關逐龍,
以至楊州松山, 山脉止於此而融結環抱, 爲名穴大地.)
<靑邱野談 奎章 4:42>

40) 【융결-ᄒᆞ-】圖 융결(融結)하다. 한 곳으로 모이.¶ 融結
‖ 풍슈ᄀᆡᆨ 니의신이 장촛 산ᄆᆡᆨ을 ᄎᆞ즐시 북관 빅두산
으로부터 뇽을 ᄎᆞ즈 양쥬 송산의 니르러ᄂᆞᆫ 산ᄆᆡᆨ이 맛
쳐 융결ᄒ고 환포ᄒ여 텬하 명혈이 된지라 (風水客李
懿信, 將尋山脉, 自北關逐龍, 以至楊州松山, 山脉止於
此而融結環抱, 爲名穴大地.) <靑邱野談 奎章 4:42-43>

41) 【환포-ᄒᆞ-】圖 환포(環抱)하다. 둘러 안다.¶ 環抱‖ 풍
슈ᄀᆡᆨ 니의신이 장촛 산ᄆᆡᆨ을 ᄎᆞ즐시 북관 빅두산으로
부터 뇽을 ᄎᆞ즈 양쥬 송산의 니르러ᄂᆞᆫ 산ᄆᆡᆨ이 맛쳐
융결ᄒ고 환포ᄒ여 텬하 명혈이 된지라 (風水客李懿
信, 將尋山脉, 自北關逐龍, 以至楊州松山, 山脉止於此
而融結環抱, 爲名穴大地.) <靑邱野談 奎章 4:43>

42) 【양녜】圖 양녜(襄禮). 장례.¶ 襄禮‖ 어늬 ᄯᅥ 상변을
당ᄒ며 이믜 양녜롤 지닛ᄂᆞ냐 (主人何時遭艱而已, 過
襄禮否?) <靑邱野談 奎章 4:41>

93

샹인이 굴오디,

"셩복(成服)을 겨우 지나고 양녜 경영은 밋쳐 못ᄒ엿노라."

ᄒ고 언신 쳐완(悽惋)ᄒ거늘 니셩이 측은이 녀겨 무르디,

"그러ᄒ즉 상쥐(喪主ㅣ) 반닷시 지빈(至貧)ᄒ여 구산(求山)을 여의치 못ᄒ미라 내 약간 산안(山眼)이 ᄌ시니 이졔 ᄒ 곳을 지시ᄒ랴?"

상쥐 굴오디,

"다ᄒᆡᆼᄒ미 이만 큰 이 업ᄂᆞᆫ지라 엇지 ᄀᆞᄅᆞ치시믈 좃지 아니리잇가?"

니셩이 ᄌᆞᆺ예 상쥬로 더브러 아쟈(俄者) 본 바 곳의 나아가 좌향(坐向)과 밋 졍【44】혈(正穴)을 뎡ᄒ여 굴오디,

"상쥐 이 산 쓴 후의 가둥 범빅이 졈ᄌ 요죡ᄒᆞᆯ 거시오 만일 십 년을 지난즉 반닷시 면례(緬禮)ᄒᆞᆯ 의논이 ᄌ연 날 거시니 이ᄯᅥ 모로미 날을 셩둥 셔ᄒᆞᆨ지[西學峴] 니셔방을 차즈면 곳 나의 집이니라."

그 후 샹인이 완폄(完窆)ᄒᆞᆫ 후의 니셩의 말과 ᄀᆞᆺ치 가셰 녁ᄌ ᄒᆞ여 와가를 크게 짓고 치산 셕물범졀(石物凡節)이 향반(鄕班) 모양이 아니러라. 십년을 지난 후 ᄒ 과긱이 드러와 좌졍ᄒ 후 믄져 무르되,

"건너 ᄉ시니 우희 일좌 산쇠 쥬인의 신산(新山)이냐?"

굴오디,

"연(然)ᄒ다."

긱이 굴오디,

"이 산이 과연 명혈이로디 이졔 산운이 진ᄒ 여시니 엇지 면례치 아니ᄒᄂᆈ? 만일 더듼즉 반닷시 가ᄒᆡ(家禍ㅣ) 잇스리라."

쥬인이 쳥파(聽罷)의 믄득 향쟈 니셩의 말을 성각ᄒᆞ야 긱을 가둥의 머무르고 잇튿날 경셩 셔ᄒᆞᆨ 지를 향ᄒ여 니디스(李地師)를 초즌즉 과연 잇ᄂᆞᆫ【45】지라 십 년 별회(別懷)를 말ᄒ고 그 ᄉ연을 고ᄒᆞᆫ디 니셩이 굴오디,

"내 이믜 알앗노라."

ᄒ고 인ᄒ여 ᄒᆞᆫ가지로 가 그 과긱으로 더브러 산의 올나 니셩이 믄져 무러 굴오디,

"무슴 연고로 면례ᄒ라 ᄒᆞᄂᆞ냐?"

긱이 딜오디,

"이 혈은 복치형(伏雉形)이라 ᄭᅵᆼ이 오리 업디지 못ᄒᆞᆯ 거시니 만일 십년을 지난즉 긔셰 쟝찻 나

라갈지라 연고(然故)로 말ᄒ미로다."

니셩이 우어 굴오디,

"그디 본 배 ᄯᅩᄒᆞᆫ 범연치 아니ᄒ도다. 그러나 ᄒ나흘 알고 둘을 아지 못ᄒᆞ미라."

ᄒ고 인ᄒ여 젼봉(前峰)을 ᄀᆞᄅᆞ쳐 굴오디,

"이ᄂᆞᆫ 응봉(鷹峰)이오."

젼쳔(前川)을 ᄀᆞᄅᆞ쳐 굴오디,

"이ᄂᆞᆫ 묘쳔이니 개와 매와 괴양의 형이 ᄒᆞᆺ 치 응ᄒ여시니 ᄭᅵᆼ이 비록 날고져 ᄒ나 가히 어드랴?"

긱이 ᄒᆞᆫ 말도 못ᄒ고 믈너가 굴오디,

"니ᄉ의 고안(高眼)은 과연 밋지 못ᄒᆞᆯ 배라."

ᄒ더라.

권스문피우봉긔연
權斯文避雨逢奇緣

【46】남문 밧 도뎌(桃渚)골 잇ᄂᆞᆫ 권스문(權斯文)이 승ᄒᆞᆨ(陞學)의[43] 츌입ᄒ더니 일ᄌ은 승보(陞補)를 보려 ᄒ고 효두(曉頭)의 반듕(泮中)으로 드러가다가 길의셔 큰비를 만나매 마른 신이오 갓모도 업ᄂᆞᆫ지라 길ᄀᆞ 쵸가 쳠하의셔 비를 그으더니 비 오리 그치지 아니ᄒ니 진퇴냥난이라. 혼ᄌ말노 굴오디,

"블이나 잇스면 담비나 썰니로다."

아이오 머리 우희 창을 여는 소리 잇거늘 우러ᄌ 본즉 년쇼 녀지 블을 니여 굴오디,

"엇디ᄒᆞᆫ 냥반인지 담비블을 근심ᄒ시ᄂᆞ뇨? 이졔 블을 니여보니오니 담비를 자시쇼셔."

권셩이 년망히 바다 남쵸(南草)를[44] 타이더니

---

43) 【승ᄒᆞᆨ】圖 ((관청)) 승학(陞學). 셩균관(成均館).¶ 升庠 ‖ 남문 밧 도뎌골 잇ᄂᆞᆫ 권스문이 승ᄒᆞᆨ의 츌입ᄒ더니 일ᄌ은 승보를 보려 ᄒ고 효두의 반듕으로 드러가다가 길의셔 큰비를 만나매 (南門外桃渚洞權斯文, 遊於升庠, 一日以陞補之行, 曉頭入泮中, 路遇驟雨.) <靑邱野談 奎章 4:46>

44) 【남쵸】圖 남초(南草). 담배.¶ 南草 ‖ 권셩이 년망히 ᄲᅡ다 ᄂᆞᆷ쵸를 타이더니 챵안의셔 녀쉬 말ᄒᆞ여 굴오디 우셰 약ᄎᆞᆺᄒᆞᆫ데 오리 누숨ᄒᆞᆫ 짜의 셔 계시느니 셔어이 말고 잠간 드러오쇼셔 (權生受而燃草, 少頃又腮內, 婦人曰: "雨勢若此不止, 不必久立於陰濕之地, 勿爲鉏鋙,

창안의셔 녀지 말하여 길오디,

"우셰 약츠흔데 오리 누습흔 짜의 셔 계시느니 셔어(鉏鋙)이 말고 잠간 드러오쇼셔."

권성이 바야흐로 므옴이 슈란(愁亂) 【47】 하여 하다가 쪼흔 방해롭지 아닌지라 문을 밀치고 드러가니 녀조의 년광이 이십 스오 셰나 되고 소복이 경결하며 용뫼 단정하고 언시 옹용(雍容)하여45) 쵸면으로 더하미 조곰도 슈습(羞澀)흔46) 빗치 업는지라. 이윽고 비 들거늘 권성이 몸을 니러 도라가믈 고흔디 녀지 길오디,

"이졔 장듕(場中)을 지나면 반드시 날이 져믈고 셩문이 닷치여 환퇴(還宅)이 어려오시리니 가시는 길의 차자 드러오시미 엇더하니잇고?"

권성이 허락하고 장듕을 지닌 후 궐녀의 집으로 드러간즉 과연 셕반을 ᄀᆞ쵸와 기드리거늘 착실이 뇨괴하고 머무러 쟈려 홀시 권성이 쇼년 예긔(銳氣)로 쏘 쇼년 녀즈룰 만낫고 쏘흔 방인(傍人)이 업는지라 탐화츈졍(探花春情)이47) 엇지 헛되이 지나리오? 일장 운우룰 맛치미 궐녜 별노 깃븐 빗치 업고 다만 허희(歔欷)홀 ᄯᆞ롬이어늘 성이 그 연고룰 무르디 맛춤 【48】 니 심회룰 토치 아니하더라.

이ᄀᆞᆺ치 너왕흔지 수월이러니 일ᄂᆞᆫ은 권성이 그 집을 드러간즉 흔 빅슈노인이 금관즈(金貫子) 쳥창의(靑氅衣)로48) 문젼에 거러안잣거늘 성이 의괴

에 입는 푸른 빗깔의 웃옷.¶ 氅衣 ‖ 일ᄂᆞᆫ은 권성이 그 집을 드러간즉 흔 빅슈노인이 금관즈 쳥창의로 문젼에 거러안잣거늘 성이 의괴하고 즈겨하여 감히 드러가지 못하니 (一日欲入其家, 則有一老人, 金圈氅衣, 踞坐門闑, 權意頗疑怪, 容且不敢入.) <靑邱野談 奎章 4:48>

(疑怪)하고 즈겨(趑趄)하여49) 감히 드러가지 못하니 그 노인이 니러나 몸을 굽혀 길오디,

"힝치 도져골 권셔방쥐(權書房主ㅣ) 아니시니잇가 엇지 방황하고 드지 아니시느뇨?"

하고 드듸여 안으로 인도하여 길오디,

"셔방쥐 내집의 왕니하시는 줄 내 이믜 알앗스디 내 젼인(廛人)50)으로 성이예 골몰하야 일시 집의 잇지 못하옵기로 이졔 비로소 문안하오니 쇼실(所失)이 만토쇼이다."

성이 길오디,

"그러면 쥬뷔(主婦ㅣ) 그디의게 엇지 되느뇨?"

노인이 길오디,

"나의 즈뷔(子婦ㅣ)라 즈식이 십오 셰의 이 며느리룰 췌하여 합녜(合禮)룰 밋쳐 못하고 요스(夭死)하오니 즈부의 금년이 이십스 셰라 비록 셩혼하엿스나 음양(陰陽)을 모로는지라 지졍간(至情間)51) 불상하미 므옴의 잇 【49】 지 못하는지라. 텬디간의 미물이라도 음양의 니룰 다 알거늘 몌 홀노 아지 못하는 고로 미양 기가(改嫁)하믈 권흔즉 몌 말이 만일 타문(他門)의 간즉 싀부의 신셰 의뢰홀 배 업스리니 참아 못홀 배라 하고 맛춤닌 죳지 아니하여 이졔 팔구 년이 되도록 일향 슈졀하더니 향일 셔방쥬의 왕니하신 일을 몌 이믜 언급하옵기 내 쏘흔

暫入坐也.") <靑邱野談 奎章 4:46>

45) 【옹용-하-】 圖 옹용(雍容)하다. 마음이나 태도 따위가 화락하고 조용하다.¶ 雍容 ‖ 문을 밀치고 드러가니 녀조의 년광이 이십 스오 셰나 되고 소복이 경결하며 용뫼 단정하고 언시 옹용하여 쵸면으로 더하미 조곰도 슈습흔 빗치 업는지라 (推門而入, 見其婦人, 年可二十四五歲, 素服精潔, 容貌端正, 言辭擧止, 雍容詳敏, 與之言, 少無羞澀之色.) <靑邱野談 奎章 4:47>

46) 【슈습-하-】 圖 수삽(羞澀)하다. 몸을 어찌하여야 좋을지 모를 정도로 수줍고 부끄럽다.¶ 羞澀 ‖ 문을 밀치고 드러가니 녀조의 년광이 이십 스오 셰나 되고 소복이 경결하며 용뫼 단정하고 언시 옹용하여 쵸면으로 더하미 조곰도 슈습흔 빗치 업는지라 (推門而入, 見其婦人, 年可二十四五歲, 素服精潔, 容貌端正, 言辭擧止, 雍容詳敏, 與之言, 少無羞澀之色.) <靑邱野談 奎章 4:47>

47) 【탐화츈졍】 圖 탐화춘정(探花春情). 남녀간의 욕정.¶ 風情 ‖ 권성이 슈녀 예긔로 쏘 쇼년 녀즈룰 만낫고 쏘은 방인이 업는지라 탐화춘정이 엇지 헛되이 지나리오 (權是少年, 夜逢年少美女, 且無傍人, 風情所動, 豈肯虛度?) <靑邱野談 奎章 4:47>

48) 【쳥창의】 圖 ((복식)) 청창의(靑氅衣). 벼슬아치가 평시

49) 【즈겨-하-】 圖 자저(趑趄)하다. 머뭇거리고 망설이다. 주저(躊躇)하다.¶ 容且 ‖ 일ᄂᆞᆫ은 권성이 그 집을 드러간즉 흔 빅슈노인이 금관즈 쳥창의로 문젼에 거러안잣거늘 성이 의괴하고 즈겨하여 감히 드러가지 못하니 (一日欲入其家, 則有一老人, 金圈氅衣, 踞坐門闑, 權意頗疑怪, 容且不敢入.) <靑邱野談 奎章 4:48>

50) 【젼인】 圖 ((인류)) 전인(廛人). 가게에서 물건을 파는 사람.¶ 廛人 ‖ 셔방쥐 내집의 왕니하시는 줄 내 이믜 알앗스디 내 젼인으로 성이예 골몰하야 일시 집의 잇지 못하옵기로 이졔 비로소 문안하오니 쇼실이 만토쇼이다 (吾知書房主之往來吾家, 而吾以廛人汩沒生涯, 不得在家, 今始問安, 所失多矣.) <靑邱野談 奎章 4:48>

51) 【지졍간】 圖 지정간(至情間). 아구 가까운 셩분.¶ 수부의 금년이 이십스 셰라 비록 셩혼하엿스나 음양을 모로는지라 지졍간 불상하미 므옴의 잇지 못하는지라 (此婦今年爲二十四, 雖得成婚, 尙未知陰陽之理, 曩常矜惻, 不忘于心.) <靑邱野談 奎章 4:48>

그 원 플물 심히 다힝ᄒᆞ여 ᄒᆞᆫ번 뵈옵기롤 원ᄒᆞ미 오란지라. 금일 뵈오미 늣도소이다."

ᄒᆞ고 ᄌᆞ부롤 당부ᄒᆞ여 셔방쥬롤 잘 뫼시라 ᄒᆞ고 나가니 이후로 권성이 왕ᄂᆡ예 거리ᄭᅵ미 업더라.

일ᄎᆞᆫ 권성이 상비(喪配)ᄒᆞ고 쵸죵 물건을 각젼(各廛)의 어더 쓰고 외상을 밋쳐 갑지 못ᄒᆞ엿더니 오ᄅᆡᆫ 후 돈을 판득(辦得)ᄒᆞ여 각젼의 혬ᄒᆞ여 쥬려 ᄒᆞᆫ즉 젼인들이 ᄀᆞᆯ오ᄃᆡ,

"젼일의 모동거(某洞居) 모동디(某同知)가 돈을 쎄고 와셔 딕 외상을 젼슈 【50】 히 다 갑고 갓다."

ᄒᆞ더라. 그 후 삼 년 만의 동지 노인이 병드러 죽거늘 습렴(襲殮) 등졀을 셩이 보솔펴 극진히 ᄒᆞ여 완폄(完窆)ᄒᆞ고 그 후 삼상(三喪)을 지나매 궐녜 셩드려 닐너 ᄀᆞᆯ오ᄃᆡ,

"내 셰샹의 나 팔지 긔박ᄒᆞ여 쳥년상부(靑年喪夫)ᄒᆞ고 음양을 모로더니 향일 셔방쥬롤 만나 이믜 인간지락(人間之樂)을 안즉 금일 죽어도 한이 업ᄉᆞ디 그윽이 싱각건디 싀뷔(媤父ㅣ) 다른 ᄌᆞ녜 업고 다만 날을 의지ᄒᆞ엿스니 내 ᄒᆞᆫ번 죽으면 싀부 신셰 극히 쳐량ᄒᆞᆯ지라 일노 인ᄒᆞ여 지금가지 살앗더니 이졔 싀뷔 텬년으로 기셰ᄒᆞ시고 ᄯᅩ 삼상을 ᄆᆞᆺ츠시니 내 무어슬 바라고 셰샹의 살아잇스리오? 일노조ᄎᆞ 셔방쥬롤 영결ᄒᆞ옵ᄂᆞ니 만슈무강(萬壽無疆)ᄒᆞ쇼셔. 쳡이 디하의 가 셔방쥬 은혜롤 갑흐리이다."

ᄒᆞ고 권성 업ᄂᆞᆫ 사이롤 타 ᄌᆞ경(自剄)ᄒᆞ니라.

니동고위겸틱가랑
李東皐爲傔擇佳郞

【51】 동고(東皐) 니상공(李相公)의 겸죵(傔從) 피셩인(皮姓人)이 ᄎᆞ시니 여러 ᄒᆡ 사역을 근신ᄒᆞ고 셩힝이 진실ᄒᆞ니 상공이 친인ᄒᆞ더라. 피겸(皮傔)이 다만 일긔 녀식을 두어시니 ᄆᆡ양 동고의게 술와 ᄀᆞᆯ오ᄃᆡ,

"쇼인의 혈쇽(血屬)이 녀식 쑨이라 장ᄎᆞᆺ 더릴 사회롤[52] 어더 의탁을 삼으려 ᄒᆞ옵ᄂᆞ니 신랑 ᄉᆡᄆᆞᆨ

---

52) 【더릴-사회】團 ((인류)) 데릴사위. 처가에서 데리고 사는 사위.¶ 贅婿 ‖ 쇼인의 혈쇽이 녀식 쑨이라 장ᄎᆞᆺ

을 젼혀 대감 분부만 ᄇᆞ라옵ᄂᆞ이다."

공이 겸두(點頭)ᄒᆞᆯ ᄯᅡ롬이오 일언이 업더니 일ᄎᆞᆫ 샹공이 대궐노조ᄎᆞ 도라와 피겸을 블너 ᄀᆞᆯ오ᄃᆡ,

"오눌이야 비로쇼 녀의 사회 지목을 어더시니 급히 다려오리라."

ᄒᆞ고 하인을 분부ᄒᆞ여 ᄀᆞᆯ오ᄃᆡ,

"네 이졔 한셩부 압희 가면 ᄒᆞᆫ 총각이 공셕(空石)을[53] 가지고 안자슬 거시니 블너오라."

하인이 즉시 가니 정승대감 분부롤 젼ᄒᆞ 【52】 디 궐동이 ᄀᆞᆯ오ᄃᆡ,

"대감이 날을 브르미 무슴 일이뇨?"

ᄒᆞ고 오지 아니ᄒᆞ거늘 하인이 위겁(威怯)ᄒᆞ고 공갈ᄒᆞᄃᆡ 조곰도 요동치 아니ᄒᆞ니 하인이 마지 못ᄒᆞ여 도라와 연유롤 알원디 샹공이 ᄀᆞᆯ오ᄃᆡ,

"내 반ᄃᆞ시 이 ᄭᅩᆺ롤 줄 알앗노라."

ᄯᅩ 긔슈(旗手) 수인을 보내여 부른즉 그졔야 강잉ᄒᆞ야 와 뵈거늘 샹공이 ᄀᆞᆯ오ᄃᆡ,

"네 취쳐(娶妻)코져 ᄒᆞᄂᆞ냐?"

궐동이 ᄀᆞᆯ오ᄃᆡ,

"쇼인이 장가의 ᄯᅳᆺ이 업ᄂᆞ이다."

샹공이 ᄌᆡ삼 권ᄒᆞ믈 은근이 ᄒᆞᄃᆡ 궐동이 비로쇼 응낙ᄒᆞ더라. 피겸이 겻혜 잇다가 보니 의복이 남누ᄒᆞ고 용뫼 츄루ᄒᆞᆫ 샹걸인(上乞人)이라. 힉연(駭然)ᄒᆞ믈 ᄂᆞ긔지 못ᄒᆞ거늘 샹공이 피겸을 블너 ᄯᅵ러가라 ᄒᆞᄃᆡ 피겸이 마지 못ᄒᆞ여 잇그러 낭져(廊底)의 마자 그 몸을 셰쳑ᄒᆞ고 새옷슬 닙히니 풍골이 쥰슈ᄒᆞ더라. 샹공이 ᄯᅩ 피겸을 【53】 분부ᄒᆞᄃᆡ,

"명일노 혼인을 지내라 만일 수일 지나면 반ᄃᆞ시 일흐리라."

피겸이 대감만 젼혀 밋ᄂᆞᆫ지라 그 지교(指敎)롤 조ᄎᆞ 잇튼날 쵸례롤 힝ᄒᆞ니 모다 입을 ᄀᆞ리고 우스며 침밧타 궐동을 여지업시 구박ᄒᆞ되 궐동은 조곰도 붓그려 아니ᄒᆞ고 장가든 후로 방문 밧긔 나지 아니ᄒᆞ고 듀야로 잠만 자ᄂᆞᆫ지라. 이ᄭᅩᆺ치 ᄒᆞᆫ 지

더릴사회롤 어더 의탁을 삼으려 ᄒᆞ옵ᄂᆞ니 신랑 ᄉᆡᄆᆞᆨ을 젼혀 대감 분부만 ᄇᆞ라ᄂᆞ이다 (小人只有一女, 將得贅婿, 以爲晩年依托之計, 郞材專望大監之分付矣.) <靑邱野談 奎章 4:51>

53) 【공셕】團 공셕(空石). 아무것도 담지 않은 빈 섬.¶ 空石 ‖ 네 이졔 한셩부 압희 가면 ᄒᆞᆫ 춍각이 ᄉᆞᆼ셕ᆯ 가지고 안자슬 거시니 블너오라 (汝今去六曹街京兆府前, 有一總角, 掩空石而坐者, 必須招來也.) <靑邱野談 奎章 4:51>

삼 년이러니 일ᄅ은 피셰(皮壻) 니러나 쇼셰(梳洗)
ᄒ고 의관을 졍졔히 ᄒ고 단졍이 ᄯ러안즈니 혼실
이 다 놀나고 이샹히 녀겨 골오ᄃᆡ,

"오날은 무삼 ᄆᆞᄋᆞᆷ으로 져리 ᄒᆞᄂᆞ뇨?"

피셰 골오ᄃᆡ,

"오날은 대감이 필연 힝ᄎᆞᄒᆞ여 날을 ᄎᆞᆺ즐 거
시니 문졍(門庭)을 쇄쇼ᄒᆞ라."

거개 우어 골오ᄃᆡ,

"대감이 오실 니 이시리오 밋친 말이라."

ᄒᆞ더니 이윽고 문밧긔 벽졔(辟除) 쇼리 나며
샹공이 과연 니르러 건넌방의 드러가 피셔의 손을
잡고 골오ᄃᆡ,

"장【54】 챳 이ᄅ를 엇지ᄒᆞ고 젼혀 너를 밋노
라."

피셰 골오ᄃᆡ,

"텬운(天運)이오니 엇지ᄒᆞ리잇고?"

샹공이 골오ᄃᆡ,

"그러면 반ᄃᆞ시 너의 쳐권(妻眷)을 구졔ᄒᆞ리니
이ᄶᅥ 나의 가권을 ᄯᅩ ᄒᆞᆫ가지로 구쳐ᄒᆞ라."

피셰 골오ᄃᆡ,

"니두ᄉᆞ(來頭事)를 보와 ᄒᆞ리이다."

샹공이 유ᄅ(唯唯) ᄒᆞ고 도라가니 이후로 일
실이 뼈 ᄒᆞᄃᆡ 대감이 ᄅᄀᆞᆺ치 대졉ᄒᆞ시니 반ᄃᆞ시 범
인이 아니라 ᄒᆞ고 졉ᄃᆡᄒᆞ미 젼의셔 다ᄅ더라.

ᄒᆞᄅ 져녁의 피셰[겸이] 대감ᄃᆡᆨ으로조ᄎᆞ 집의
올시 장챳 문을 드니 기셰(其壻ㅣ) 급히 블너 골오
ᄃᆡ,

"악댱(岳丈)은 옷 벗지 말고 ᄲᆞᆯ니 대감ᄃᆡᆨ으로
도로 가 대감 운명ᄒᆞ시믈 죵신ᄒᆞ쇼셔."

피겸이 골오ᄃᆡ,

"내 금방 대감ᄃᆡᆨ으로 오ᄆᆡ 모든 손으로 더브
러 말숨을 ᄌᆞ약히 ᄒᆞ시니 이 엇진 말고?"

기셰 골오ᄃᆡ,

"여러 말ᄅ고 급히 가쇼셔."

피겸이 의괴ᄒᆞ여 도로 가 대감 침실의 든즉
샹공이 겨오 쇼ᄅᆡ를 내여 골오ᄃᆡ,

"네 엇지 알고 【55】 갓다가 다시 오뇨?"

ᄃᆡᄒᆞ여 골오ᄃᆡ,

"쇼인의 사회 말노 왓ᄉᆞ오나 대감 환휘 앗가
사이로 엇지 이ᄀᆞᆺ치 극듕ᄒᆞ시니잇고?"

대감이 히희ᄒᆞ여 골오ᄃᆡ,

"네 셔랑은 이인(異人)이라 네게 과분ᄒᆞ니 범
ᄉᆞ범언(凡事凡言)의 어긔오지 말나."

ᄯᅩ ᄌᆞ질을 블너 니로ᄃᆡ,

"피셔를 부ᄃᆡ 녜로 ᄃᆡ졉ᄒᆞ고 그 말을 다 시힝
ᄒᆞ라."

ᄒᆞ고 인ᄒᆞ여 명이 진ᄒᆞ니라. 그 후 십여 년의
피셰 홀연 악쟝의게 쳥ᄒᆞ여 골오ᄃᆡ,

"내 존문(尊門)의 오므로부터 ᄒᆞᆫ 일도 ᄒᆞᆫ 거시
업ᄉᆞ니 바ᄅ건ᄃᆡ 수쳔금을 판비ᄒᆞ여 쥬신즉 쟝사ᄒᆞ
려 ᄒᆞᄂᆞ이다."

피겸이 그 말을 조ᄎᆞ 여슈(如數)이 쥬니 기셰
가지고 가더니 뉵칠삭 만의 변손으로 도라와 골오
ᄃᆡ,

"금힝에 일이 순셩치 못ᄒᆞ엿ᄉᆞ오니 오륙쳔금
을 ᄯᅩ 판급ᄒᆞ시면 맛당이 쟝ᄉᆞ를 잘ᄒᆞ리이다."

피겸이 여젼히 비급(備給)ᄒᆞ니 일년 만의 ᄯᅩ
공권(空拳)으로 와 골오ᄃᆡ,

"ᄯᅩ 낭픿ᄒᆞ엿ᄉᆞ오니 악쟝 뵈올 낫치 업ᄉᆞ나
ᄉᆞ이지ᄎᆞ(事已至此)ᄒᆞᆫ지라 악쟝의 가샤와 젼토를
【56】 다 파라 쥬신즉 이번은 크게 흥니(興利)ᄒᆞ여
젼실(前失)을 기우려 ᄒᆞᄂᆞ이다."

피겸이 비록 허랑이 녀기나 대감 님죵시 부탁
이 계신지라 조곰도 ᄭᅮ짓지 아니ᄒᆞ고 그 말을 조ᄎᆞ
가장즙물(家藏什物)을 다 파라 쥬고 남의 겻간사리
를 ᄒᆞ더니 일년 만의 ᄯᅩ 공슈로 와 골오ᄃᆡ,

"악쟝의 쥬신 바 만여 금이 다 그린 쩍이 되
여시니 바라건ᄃᆡ 날노 ᄒᆞ여곰 대감ᄃᆡᆨ 셔방쥬를 뵈
고 다시 돈을 어더 흥판코져 ᄒᆞᄂᆞ이다."

피겸이 ᄒᆞᆫ가지로 그 ᄃᆡᆨ의 가 셔방쥬를 보고
칠팔쳔금을 쳥ᄒᆞᆫᄃᆡ 동고의 졔 허락ᄒᆞ거늘 피셰
ᄯᅩ 쳥ᄒᆞ되,

"대감ᄃᆡᆨ 가샤와 젼답 긔물을 다 쳑미ᄒᆞ여 츄
이(推移)ᄒᆞ쇼셔."

니셩이 그 대인의 유탁(遺託)을 성각ᄒᆞ여 의
심업시 다 파라 쥬니라. 그 후 칠팔삭의 도라오니
쳐음붓터 두 집 진물 슈운ᄒᆞᆫ 거시 삼만 여금이오
ᄒᆡ쉬 오륙 년이러라.

일ᄅ은 악쟝과 셔방쥬를 모도와 골오ᄃᆡ,

"냥가 진산이 다 내손의 몰ᄒᆞ여시니 알욀 말
숨이 업ᄉᆞ오나 【57】 바라건ᄃᆡ 냥가 권속이 날노 더
부러 향듕(鄕中)의 가 산업을 도모ᄒᆞ미 엇더ᄒᆞ뇨?"

다 골오ᄃᆡ,

"낙(諾)다."

드듸여 복일(卜日)ᄒᆞ여 두 집 힝구(行具)를 쥰
비ᄒᆞ여 일졔이 발힝ᄒᆞ야 동문으로 나가 여러 날 힝

ᄒᆞ여 협듕(峽中)으로 드러가니 암셕이 긔구ᄒᆞ고 슈목이 울밀ᄒᆞᄃᆡ 산이 궁진ᄒᆞ여 놉흔 봉이 압홀 당ᄒᆞ여스ᄆᆡ 만인셕벽(萬仞石壁)이 씍씍 셰운 듯ᄒᆞ니 발 븟칠 곳이 업순지라. 일ᄒᆡᆼ이 ㅅㅅ에 니ᄅᆞ매 우마롤 돌녀보니고 두 집 권쇽은 산하의 ᄂᆞ려 안ᄌᆞ 셔로 도라보고 쳬읍(涕泣)ᄒᆞ더니 홀연 셕벽 우ᄒᆞ로조ᄎᆞᆺ 깁과 뵈 수빅 오리롤 드리우거눌 피셰 이예 낭가 권쇽으로 ᄒᆞ여곰 굿흘 잡고 반연(攀緣)ᄒᆞ여 산 이마의 오른즉 산 아리눈 평원광애(平原曠野ㅣ)라. 와가(瓦家)와 쵸옥이 즐비ᄒᆞ여 계견(鷄犬)의 소리 셔로 들니눈지라 두 가쇽을 각ㅅ 분쳐(分處)ᄒᆞᄃᆡ 미곡포빅과 긔용즙믈이 ᄀᆞ쵸지 아닌 배 업스니 비로소 향일 피셰의 운젼ᄒᆞᆫ 돈이 ㅅㅅ 장확(庄穫)을 비치ᄒᆞᆫ민 줄 알너라.

두 집이 [58] 봄의 밧갈고 가을의 거두며 사나희눈 기음믹고 계집은 길삼ᄒᆞ여 셰상 쇼식은 귀밧기오 산듕 ᄌᆞ미 극진ᄒᆞ나 동고 ᄌᆞ뎨눈 본ᄃᆡ 직상가 사ᄅᆞᆷ으로 오릭 궁협의 잇스ᄆᆡ 미양 경셩(京城)을 싱각ᄒᆞ는 ᄯᅳᆺ이 잇더니 일ㅅㅅ 피셰 니셩으로 더브러 ᄒᆞᆫ 놉흔 봉의 올나 일쳐롤 ᄀᆞᄅᆞ쳐 뵈여 굴오ᄃᆡ,

"셔방줘 뎌 가얌이 ᄀᆞᆺ튼 거술 알으시ᄂᆞ니잇가? 이는 다 왜줘(倭酋ㅣ)라. 금년 亽월에 왜병이 크게 아국의 드러와 경도(京都)의 범ᄒᆞ여 싱녕이 다 어육이 되고 셩샹(聖上)이 의쥬(義州)로 파쳔ᄒᆞ시니 이 ᄀᆞᆺ튼 ᄯᆡ의 셔방쥐되이 능히 경셩의 보젼ᄒᆞ시리잇가? 쇼인이 본ᄃᆡ 셰상의 나고져 아니ᄒᆞ엿더니 우연이 션대감(先大監) 지긔(知己)ᄒᆞ시믈 닙어 친히 누샤(陋舍)의 님ᄒᆞ샤 국운을 근심ᄒᆞ시고 가권을 부탁ᄒᆞ오시니 쇼인이 격년 경영ᄒᆞ여 일구도원(一區桃源)을 비치ᄒᆞᆫ미로쇼이다."

니셩이 듯고 비로쇼 황연(晃然)이 대인의 신안(神眼)을 [59] 탄복ᄒᆞ더라. 이션 지 팔 년이 되믹 피셰 니셩ᄃᆞ려 닐너 굴오ᄃᆡ,

"이졔 왜병이 물너 다 도망ᄒᆞ고 국내 평뎡ᄒᆞ엿소오니 셔방쥐눈 셰상의 나가 공명을 도모ᄒᆞ여 션대감 가셩(家聲)을 츄락지 마르쇼셔."

ᄒᆞ고 드ᄃᆡ여 악쟝으로 ᄒᆞ여 동고뎍 가쇽을 호송ᄒᆞ여 가라 ᄒᆞ고 피셰 ᄯᅩ 후ᄒᆡᆼᄒᆞ여 튱쥬(忠州) 읍니 남산 밋히 니르러 굴오ᄃᆡ,

"이곳 긔디 심히 됴흐니 후셰예 과환(科宦)이 년면(連綿)ᄒᆞ고 격쇽(積粟)이 유여ᄒᆞ오리니 기리 닌졉(連接)ᄒᆞ옵쇼셔."

인ᄒᆞ여 하직ᄒᆞ니 그 후 종젹을 아지 못ᄒᆞ니라.

시음덕남亽련명
施陰德南士延命

경쥬(慶州) 사ᄅᆞᆷ 남뫼(南某ㅣ) 어영군관(御營軍官)으로[54] 격년 근亽(勤仕)ᄒᆞ여 봉산둔감(鳳山屯監)이 된지라. 타작마당의 ᄒᆞᆫ 총각이 비록 농역(農役)을 잡으나 용모힝지(容貌行止)눈 반동(班童)이 분명ᄒᆞᆫ지라. ᄆᆞ음의 둘니 녀겨 그 니력을 무른즉 근본 평산신 [60] 시(平山申氏)로 반믹(班脈)이 연안(延安) ᄯᅡ의 잇더니 년젼의 겸황(歉荒)을 만나 혼실이 亽방의 뉴리(流離)ᄒᆞ고 뎌의 일신만 이 ᄯᅡ의 잇다 ᄒᆞ거눌 남뫼 듯고 가긍히 녀겨 삼 년을 년ᄒᆞ여 둔답(屯畓)을[55] 간검홀ᄉᆡ 신동을 별노 두호ᄒᆞ여 반죡(班族)의게 쟝가드리고 ᄯᅩ 샹답(上畓)을 굴히여 주어 작농(作農)ᄒᆞ게 ᄒᆞ니 작인(作人) 듕 근실ᄒᆞᆫ지라. 이 후로 신싱(申生)이 츄슈 후의눈 셰목(細木) 일필과 면亽(綿絲) 이근 식 션물ᄒᆞᆫ즉 남뫼 ᄯᅩ 후히 갑하 보니더라.

일ㅅㅅ은 남뫼 병이 드러 빅약이 무효ᄒᆞᆫ지라 졈졈 위듕ᄒᆞ여 시긱ᄃᆡ변(時刻待變)이라. 거개 경황ᄒᆞ여 명을 기ᄃᆞ리더니 혼졀ᄒᆞᆼ기롤 반향의 문득 몸을 돌치며 허희ᄒᆞ여 굴오ᄃᆡ,

"이샹ᄒᆞ다."

모도 신긔이 녀겨 무러 굴오ᄃᆡ,

"무어시 이샹타 ᄒᆞᄂᆞ뇨?"

---

54) 【어영군관】 團 ((관직)) 어영군관(御營軍官). 인조반졍 뒤에 조직한 군대에서 일을 맡아보던 관리.¶ 御營軍官 ‖ 경쥬 사롬 남뫼 어영군관으로 격년 근亽ᄒᆞ여 봉산둔감이 된지라 (南某之長子某, 爲御營軍官, 積年勤仕, 出監鳳山屯.) <靑邱野談 奎章 4:59>

55) 【둔답】 團 ((지리)) 둔답(屯畓). 과전법에 따라 각 지방 주둔병의 군량을 지급하기 위하여 반급(頒給)하던 논. 또는 각 궁과 관아의 경비를 충당하던 논.¶ 년젼의 겸황을 만나 혼실이 亽방의 뉴리ᄒᆞ고 뎌의 일신만 이 ᄯᅡ의 잇다 ᄒᆞ거눌 남뫼 듯고 가긍히 녀겨 삼 년을 년ᄒᆞ여 둔답을 간검홀ᄉᆡ (年前以歉荒, 渾家流離, 散之四方, 渠之一身, 今在此境云. 南生聞其言, 甚矜惻之, 三年往監.) <靑邱野談 奎章 4:60>

남퓌 미음을 추자 두어 먹음을 마신 후 니러 안자 굴오디,

"앗가 두 귀졸이 날을 모라 흔 관부의 니르러 날을 문밧긔 셰우 【61】고 드러가더니 이윽고 흔 관원이 안으로조차 나와 무르디 '그디 경셩 사는 남퓌 아니냐?' 굴오디 '그러흐다.' 그 관원이 굴오디 '나는 곳 봉산 모촌(某村) 신성의 죠뷔라 명ㆍ(冥冥)흔 구온대 손아(孫兒)의게 은혜롤 깃치니 감격흐미 지극흔지라 유명이 길이 달나 갑흘 길이 업더니 이졔 그디 년흔이 차매 명부의셔 추ㆍ롤 보니여 잡아오니 곳 나의 결쵸흘 ㅼㅐ라 앗가 내 부듕의셔 그디 슈한을 변통흐여시니 이졔 도로 나가라.' 흐고 즉시 귀졸을 분부흐여 호송흐라 흐니 기인은 명부 관원이라 나의 도로 회싱흐미 신모 조부의 덕이라."

흐고 이후 신성의게 더욱 후히 흐더라.

셩가업박노진튱
成家業朴奴盡忠

박쳠디(朴僉知) 언립(彦立)은 연양(延陽) 니샹공(李相公) 쳐가 노지(奴子ㅣ)라. 샹뫼 녕한(獰狠)흐고 녀력이 【62】졀인(絶人)흐여 흔 번의 두 되식 먹으디 샹히 냥이 차지 못흔지라 비로쇼 하향으로조ㅊ 와 비록 사역을 가쵸 흐나 미양 쥬리롤 견디지 못흐여 범ㄴ의 게으르고 만일 흔번 배블니 먹은즉 남글 흐되 대목을 ㅃ리치 ㅽㅕ여 태산곳치 지고 드러오니 쥬개(主家ㅣ) 본시 간난흐여 그 식냥을 치오지 못흐고 ㅼㅗ 그 흉영(凶獰)흔[56] 샹(狀)을 두려 이에 노흐려 흐더 언립이 즐겨 아냐 굴오디,

"샹젼디 스환이 부죡흐오니 엇지 나가리잇가?"

밧 샹젼이 오라지 아녀 운긔(運氣)로 흐여 죽

---

[56] 【흉영-흔-】 图 흉악(凶惡)하다. 셩질이 흉악하고 사납다.¶ 獰 ∥ 쥬개 본시 간난흐여 그 식냥을 치오지 못흐고 ㅼㅗ 그 흉영흔 샹을 두려 이에 노흐려 흐더 언립이 슬겨 아냐 굴오디 샹젼디 스환이 부죡흐오니 엇지 나가리잇가 (主家貧乏, 無以充其腸, 且畏其獰狀, 乃放之, 彦立不肯曰: "上典宅使喚不足, 何可去乎?") <靑邱野談 奎章 4:62>

으니 다만 샹부(孀婦)와 어린 ㅼㅏᆯ만 이셔 의곡흘 ㅼㆍ롬이라. 언닙이 일장 통곡 후 안 샹젼ᄃ려 굴오디,

"마누라님이 여ㅊ 망극흔 듕 쵸죵대ᄉ(初終大事ㅣ) 일시 급흐오니 엇지 곡읍만 흐시리잇가? 가간 즙물의 쳑미흐여즘흔 거슬 쇼인의게 맛기시면 치샹범졀의 ㅼㅐ롤 일치 아니리이다."

쥬뫼 이예 【63】 의복즙물을 다 내여 쥬니 언닙이 그 듕 젼냥 바닥흔흔 거슬 굴히여 져자의 가 돈을 장만흐여 판지(板材)와 습념 졔구롤 무득(貿得)흐여 모도 지고 관곽장이롤 가 브르니 쟝인이 그 큰 판지롤 모도 지믈 보고 크게 두려 즉시 ㅼㅏ라 와 치관(治棺)을 극진히 흐더라. ㅼㅗ 디ᄉ(地師)롤 쳥흐여 산디롤 굴히여 장샤흔 후 언닙이 일필 말을 ㄷ려령흐엿다가 쥬모의게 고흐여 굴오디,

"쥬개 빈궁흔 듕 샹고(喪故)롤 당흐와 삼 년 졔젼을 엇지 흐오며 살님이 ㅼㅗ 극히 어려오니 쳥컨디 향장(鄕庄)의 힝ᄎ흐와 농업을 힘뼈 조금 넉ㆍ흔 ㅼㅐ롤 기ᄃ려 다시 경셩으로 환ᄎ(還次)흐시미 가흘 ᄉㅼ 흐니이다."

쥬뫼 그 말을 조ㅊ 여간 셰간을 물게 싯고 향듕으로 반이흐니 닙이 농니(農理)의 통투(通透)흐고 텬셩이 근실흐여 ㅼㅏ홀 다로는 법이 샹농(常農)의 비흘 배 아니라. ㅼㅏ의 쇼츌이 타인의셔 【64】 십비나 흐니 오륙 년 간의 가산이 요죡흔지라 언닙이 고흐여 굴오디,

"샹젼 아기뼈 빈혁 죠즐 ㅼㅐ의 밋쳣스니 맛당히 혼ᄎ롤 구흘 거시로디 향듕의는 가합흔 곳이 업ᄉ오니 경화(京華) ᄉ족(士族)의게 구흘지라. 모동 모딕은 쥬가의 쳑슉(戚叔)이라 쇼인이 일즉 수ᄎ 현신흐왓ᄉ오니 마노라님이 아기시 구혼흐실 ᄯ으로 편지흐신즉 쇼인이 즉시 올나가 젼흐리이다."

쥬뫼 그 말을 조ㅊ 셔봉을 부치니 언닙이 경셩의 올나가 모딕의 올나온 연유롤 고흐고 낭ᄌ(郎子)롤 구흐니 그 집은 당됴(當朝)흔 명관이니 셔봉을 보매 엇지 가긍티 아니리오? ㅼㅗ 그 쳑분을 위흐여 극진이 구혼흐므로 허흐더 합당흔 곳이 업ᄂ지라 언닙이 져ᄌ의 가 감니(甘梨)[감ᄂ는 단비라] 흔 짐을 무역흐여 비 파는 쟝시 되야 셩ᄂ셩외 ᄉ대부가로 두루 ᄃ녀 은근이 낭ᄌ롤 살필시 일ㆍ은 【65】 셔쇼문 밧 흔 집의 니르러는 대문과 장원이 퇴비(頹圮)흐니 그 빈곤ᄒᆞᆷ을 가히 알너라. 흔 슈재 갈을 ㅼㅐ혀 빗셥질을[57] 벗겨 두어 개롤 먹고 ㅼㅗ 십여

---

[57] 【비-셥질】 图 ((식물)) 배 껍질.¶ 皮 ∥ 흔 슈재 갈을

기룰 사미의 너허 굴오디,

"비는 됴호나 이졔 갑이 업스니 후일 다시 오라."

언닙이 그 상을 역여보니 크게 비범혼지라 깃부믈 니긔지 못ᄒ여 슈지ᄃ려 무러 굴오디,

"이 뉘 덕이뇨?"

답왈,

"니평산덕(李平山宅)이오니 평산은 곳 나의 가친이시니라."

언립이 명관덕의 도라와 쥬군의게 고ᄒ여 굴오디,

"셔쇼문 외 니평산덕 도령이 극가(極可)ᄒ오니 쳥혼ᄒ시미 됴홀 닷ᄒᄂ이다."

명관이 굴오디,

"니평산은 나의 친귀라 그 ᄌ뎨 장셩ᄒ나 방탕호일(放蕩豪逸)ᄒ고 혹업을 일삼지 아니ᄒ니 사람이 다 바린 ᄌ식이라 ᄒᄂᆫ 고로 오히려 경혼치 못ᄒ여시니 엇지 여긔 구혼ᄒ려 ᄒᄂ뇨?"

언립이 구지 쳥ᄒ거ᄂᆯ 명관이 【66】 즉시 니평산ᄭᅴ 통긔ᄒ니 평산이 ᄌ혼(子婚)으로 근심ᄒ다가 이 말을 듯고 크게 깃거 연단(涓單)을 주니 언립이 가사를 경듕에 경ᄒ고 인ᄒ여 나려와 쥬모의게 경혼ᄒ고 연길(涓吉)ᄒᆫ 연유를 고ᄒᆫ 후 가권이 일졔이 샹경ᄒ믈 쳥ᄒ니 쥬ᄆᆡ 그 말을 좃차 경듕의 올나와 녀혼(女婚)을 지니니라.

거ᄒᆫ 지 수 년의 언립이 홀연 니공의게 고ᄒ여 굴오디,

"쇼인이 쳔ᄒᆫ 나히 쇠로ᄒ엿스오니 도라가믈 알외ᄂ이다. 의덕(矣宅)이 강근지친(强近之親)이 업스오니 샹공은 빙덕(聘宅) 보시믈 친변(親邊)ᄀᆺ치 ᄒ오시고 외손 봉ᄉᆞ녜(奉祠禮)로 향화를 끗지 아니시미 힝심이로쇼이다."

니공이 놀나 굴오디,

"네 이졔 어디로 가려 ᄒᄂ뇨?"

더ᄒ여 굴오디,

"쇼인이 비록 미쳔ᄒ오나 안신홀 곳이 잇스오니 가히 오릭 머무지 못ᄒ리로쇼이다. 그러ᄒ오나 쇼인이 일긔 혈속이 잇스오니 샹공은 잘 거두어 의

쌔허 ᄆᆡ십 껍을 빗겨 두이 개를 먹고 쏘 십여 기룰 사미의 너허 굴오디 비는 됴호나 이졔 갑이 업스니 후일 다시 오라 (有一總角秀才, 拔刀削皮, 連啖數顆, 又取十餘顆, 納之袖中曰: "梨則好矣, 吾今無價, 後日更來.") <靑邱野談 奎章 4:65>

덕 묘하의 기리 두시믈 바 【67】 라ᄂ이다."

ᄒ고 인ᄒ여 하직고 믈녀가니라.

츄기님노셜고ᄉᆞ
秋妓臨老說故事

츄월(秋月)은 공산(公山) 기성이라. 가무와 ᄌᆞ식이 졔일노 ᄶᅢ혀 상방(尙方)에[58] 드러오니 풍뉴쇼년들이 다토와 ᄉᆞ모ᄒ니 번화장듕(繁華場中)의 쳔명(擅名)ᄒᆫ 지 수십 년이라. 그 년노(年老)ᄒᄆᆡ 밋쳐ᄂᆫ 스스로 말ᄒ디,

"평성의 가쇼ᄉᆡ(可笑事ㅣ) 삼건(三件)이 ᄭ시니 ᄒᆞ나혼 니상셔덕의셔 피리와 노릭 훤ᄭᅱ(喧譁)홀 ᄯᅢ의 잠가를 부를 졔 쥴이 급히 구르미 소리 졍히 놉더니 마츰 ᄒᆞᆫ 지상이 드러오니 용뫼 단졍ᄒ여 눈으로 사시(邪視)치 아니ᄒ니 가히 그 경인군진 줄 알녀라. 쥬인 대감으로 더브러 한훤을 맛츠미 인ᄒ여 가무로 즐기믈 다ᄒ고 파ᄒ니 그ᄯ 금긱(琴客) 김쳘셕(金哲石)과 가긱(歌客) 니셰츈(李世春)과 명기 계셤(桂蟾)과 미월(梅月)의 무리 다 참예ᄒ지라 수일 후 ᄒᆞᆫ 하인이 와 말ᄒ디 아모 대감이 녀의들을 급히 부르신다 ᄒ거ᄂᆯ 【68】 드디여 가금졔기(歌琴諸妓)로 더브러 가니 향일 니상셔덕의 오신 대감이라. 대감이 단졍이 안잣거ᄂᆯ 문안ᄒᆞ미 ᄒ여곰 쳥샹의 오르라 ᄒ여 돈연이 사안(賜顏)ᄒᄂᆫ[59] 빗치 업고 다만 노릭부르라 ᄒ니 비록 흥치 업스나 강잉ᄒ여

---

58) 【상방】 ⑮ ((관청)) 상방(尙方). 상의원(尙衣院). 조선 시대에, 임금의 의복과 궁내의 일용품, 보물 따위의 관리를 맡아보던 관아.¶ 尙方 ‖ 가무와 ᄌᆞ식이 졔일노 ᄶᅢ혀 상방에 드러오니 풍뉴쇼년들이 다토와 ᄉᆞ모ᄒ니 번화장듕의 쳔명혼 지 수십 년이라 (以歌舞姿色, 選入尙方, 聲價最高, 風流鬚爭慕之, 擅名繁華之場, 數十年久矣.) <靑邱野談 奎章 4:67>

59) 【사안-ᄒ-】 ⑮ 사안(賜顏)ᄒ다. 아랫사람을 좋은 낯으로 대하다.¶ 賜顏 ‖ 대감이 단졍이 안잣거ᄂᆯ 문안ᄒᆞ미 ᄒ여곰 쳥샹이 오르라 ᄒ여 돈연이 사안ᄒᄂᆫ 빗치 업고 다만 노릭부르라 ᄒ니 비록 흥지 업스나 강잉ᄒ여 부를시 (大監設席端坐問安訖, 使之陞廳, 頓無賜顏之意, 直曰: "唱歌." 雖無興致, 第唱之.) <靑邱野談 奎章 4:68>

100

부를식 쵸쟝 이쟝을 ᄒ고 삼쟝을 맛지 못ᄒ여 대감
노긔대발ᄒ여 일병 ᄭ어ᄂ려 ᄀᆯ오ᄃᆡ, '녀의 등이 향
일 니샹셔되 연력의는 가뮈 가히 들엄즉 ᄒ더니 이
계 가곡이 가늘고 느즈려져 ᄒ나토 흥치 업스니 나
의 음뉼을 아지 못ᄒ모로ᄡᅥ 그러ᄒ냐? 내 이믜 그
뜻을 헤아린지라' 샤례ᄒ여 ᄀᆯ오ᄃᆡ '쵸쟝 소리 우연
이 셰미(細微)ᄒ엿ᄉ오니 지죄ᄌᆞᄌᆞ(知罪知罪)로쇼이
다. 만일 다시 ᄌᆞ험ᄒ시면 구름을 머무르고 들보의
둘니ᄂ 쇼리 경긱의 나리이다.' 대감이 특별이 관셔
(寬恕)ᄒ고 ᄒ여곰 다시 부르라 ᄒ니 긔긱(妓客)이
셔로 눈주어 자리예 올나 우죠(羽調)ᄅᆞᆯ 발ᄒ니 잡사
(雜詞)와 금[금]현(琴絃)이 어즈러이 부르고 잡되이
화답ᄒ야 견 【69】 혀 곡됴 업ᄂ지라. 대감이 대락ᄒ
여 븟치로ᄡᅥ 셔안을 쳐 ᄀᆯ오ᄃᆡ '잘ᄒ다 노릭ᄅᆞᆯ 맛
당히 이ᄀᆞᆺ치 못ᄒ랴?' 삼쟝을 맛치믹 그만 쉬라 ᄒ
고 쥬효ᄅᆞᆯ 너여 먹이니 박쥬(薄酒)와 간포(乾脯) ᄲᅮᆫ
이라. 겨오 요긔ᄒ믹 믈녀가라 ᄒ거늘 드듸여 하직
ᄒ고 도라온 일이오. ᄒ나혼 ᄒ 하인이 와 ᄀᆯ오ᄃᆡ
'우리딕 진ᄉ쥐 너희 등을 부른신다' ᄒ고 무수이
지촉ᄒ거늘 드듸여 가금긱으로 더부러 ᄯᅡ라간즉 동
문 밧 연미동(燕尾洞)의 ᄒ 쵸옥이라. 셕문의 든즉
단간방의 외헌(外軒)이 업고 다만 토계(土階) 잇ᄉ
니 토계 우희 쵸셕 일닙을 쌀고 쥬인은 폐의파립
(弊衣破笠)으로 탕건 쓴 쟤 향긱(鄕客) 수인으로 더
브러 방듕의 디ᄒ여 안자시니 ᄒ 무변(武弁) 츌신이
라. 인ᄒ여 쵸셕의 올녀 안치고 노릭ᄒ게 ᄒ니 두어
곡됴ᄅᆞᆯ ᄒ믹 쥬인이 손을 둘너 그치라 ᄒ고 ᄀᆯ오ᄃᆡ
'죡히 들엄즉지 아니타' ᄒ고 탁쥬 일비로 비송ᄒ거
늘 드듸여 하직고 도라왓ᄉ며, ᄒ나 【70】 ᄒ 여름에
창의문(彰義門) 밧 셰검졍(洗劍亭)의 가 연회ᄒ식
지ᄌ명식(才子名士ㅣ) 구름 못듯 ᄒ여 빅셕쳥뉴(白
石淸流) ᄉ이의 쥬비(酒杯)ᄅᆞᆯ 날니며 가무ᄒᄂ 자리
의 관광ᄒᄂ 쟤 중즁쳡ᄉ(重重疊疊)ᄒ더니 ᄒ 향긱
이 의복이 쵸ᄉ(草草)ᄒ고 형용이 초췌(憔悴)ᄒ야
걸인의 형식 ᄀᆞᆺᄒᆞᆫ지라. 멀니 연융딕(鍊戎臺)[60] 아릭
셔 눈을 ᄲᅩ와 보거늘 츄월이 괴이 너기더니 긔인이
손을 드러 브르거늘 마지 못ᄒ야 간즉 ᄀᆯ오ᄃᆡ '나
ᄂ 창원(昌原) 샹납(上納) 아젼이라 그딕 향명(香名)

을 익이 드럿더니 이계 다ᄒᆡᆼ이 만낫도다.' ᄒ고 허
리를 더드며 돈 ᄒ 냥을 내여쥬거늘 ᄆᆞ음의 우어
ᄀᆯ오ᄃᆡ '텬하의 어린 쟈ᄂ 네로다.' ᄒ고 ᄉ양ᄒ야
ᄀᆯ오ᄃᆡ '일음 업ᄂ 물(物)을 엇지 바드리오? 그딕
쥬ᄂ 뜻을 감샤ᄒ여 밧지 아니ᄒ나 바듬과 ᄀᆞᆺ다.'
ᄒ니 긔인이 구지 쥬되 밧지 아니ᄒ고 입을 가리고
도라오니 지상의 미몰ᄒ 풍치와 무변의 심ᄉᄒ 의
취와 향긱의 너모 어리믜 내 평성 잇지 못ᄒ노라."
ᄒ더라.

졀부당난변고의
節婦當難辨高義

【71】 졀부(節婦) 니시(李氏)ᄂ 이셩(夷城) 냥
가 녀지라. 나히 십뉵에 ᄒ 마을 황일쳥(黃一淸)의
게 셕집 갓더니 십칠의 샹부(喪夫)ᄒ니 구괴(舅姑
ㅣ) 그 년쇼무ᄌ(年少無子)ᄒ믈 불상이 녁여 개가코
져 ᄒ되 죽기로 밍셰ᄒ고 십 년을 슈졀ᄒ니 닌리
다 차탄ᄒ더라. 이셩 풍속이 부녜 명졀을 슝샹치 아
니ᄒ고 ᄯᅩ 걸힐(桀黠)ᄒᆫ[61] 쇼년이 만혼지라 일즉 과
거(寡居)ᄒᄂ 녀지 이시면 반다시 도당(徒黨)을 모
도와 탈취ᄒ되 홀노 니시ᄂ 졀의 놉흐므로 감히 성
의(生意)치 못ᄒ더니 동니의 환부(鰥夫) 필혹(必或)
이라 ᄒᄂ 쟤 이셔 본디 니시의 자식을 ᄉ모ᄒ야
샹히 문외예 엿보고 방황ᄒ기ᄅᆞᆯ 누ᄎ ᄒ더니 일ᄉ
은 필혹이 무뢰비 수십인으로 더브러 술마셔 ᄀᆯ오
ᄃᆡ,
　"금야의 황가부를 취ᄒ미 엇더ᄒ뇨?"
　즁이 다 손을 져으며 머리를 흔드러 ᄀᆯ오ᄃᆡ,
　"이ᄂ 졀뷔라 ᄒ갓 욕만 취ᄒ고 일우지 【72】
못ᄒ리라."
　필혹이 ᄀᆯ오ᄃᆡ,
　"그러치 아니ᄒ다. 금일에 황개 다 밧긔 나가
고 다만 노약만 이시니 겁박ᄒ미 어렵지 아니리라."
　모다 좃지 아니ᄒ거늘 필혹이 대로ᄒ야 ᄀᆯ오

---

60) 【연유-딕】 圈 ((지리)) 연융대(鍊戎臺). 자하문 밧게 있
년 활 쏘년 곳.‖ 鍊戎臺 ‖ 멀니 연융딕 아릭셔 눈을
ᄲᅩ와 보거늘 츄월이 괴이 너기더니 긔인이 손을 드러
브르거늘 (遙在鍊戎臺下, 注目視之, 秋月怪之, 其人又
以手招之) <靑邱野談 奎章 4:70>

61) 【걸힐-ᄒ-】 圈 걸힐(桀黠)하다. 사납고 교활하다.‖ 傑
黠‖ 이셩 풍속이 부녜 명졀을 슝샹치 아니ᄒ고 ᄯᅩ 걸
힐ᄒ 쇼년이 만혼지라 (夷城之風, 婦女不尙名節, 又多
傑黠惡少.) <靑邱野談 奎章 4:71>

디,

"내 녕을 어긔는 쟤 이시면 몬져 치리라."

중이 강잉ᄒᆞ여 좃거늘 밤이 김혼 후 그 집을
에우고 문을 ᄭᆡ쳐 드러가니 니시 침실의 잇ᄂᆞᆫ지라.
필혹이 꿈박고져 ᄒᆞ거늘 니시 면치 못홀 줄을 혜아
리고 이연이 우어 ᄀᆞᆯ오디,

"내 ᄯᅳᆺ이 ᄌᆞ긔 결혼지라 조혼 일을 가히 완셔
(緩徐)히 뼈 홀 거시니 엇지 이ᄀᆞᆺ치 박익(迫阨)히
ᄒᆞᄂᆞ뇨?"

필혹이 크게 깃거 나와 계인을 블너 ᄀᆞᆯ오디,
"일이 일워시니 훤요치 말나."

즉시 돌쳐 드러간즉 니시 소ᄅᆡ 업고 등불이
ᄯᅩ흔 ᄭᅥ진지라 불을 드러 빗쵠즉 슈건이 목의 ᄆᆡ인
지라 필혹이 황겁ᄒᆞ여 울을 너머 도망ᄒᆞ니라.

구괴 시벽의 도라온즉 니시 ᄌᆞ경ᄒᆞ엿거늘 크
게 경황ᄒᆞ여 반ᄃᆞ시 한필혹의 쇼위라 ᄒᆞ【73】야
관문을 두드려 통곡ᄒᆞ니 ᄐᆡ슈 ᄯᅩ흔 놀나고 불상이
너겨 환약을 쥬어 구ᄒᆞ라 ᄒᆞ디 이믜 밋지 못ᄒᆞᆫ지라.
즉시 필혹과 밋 동모흔 쟈롤 착슈(捉囚)ᄒᆞ야 한가
(韓哥)ᄂᆞᆫ 슌영(巡營)의 보ᄒᆞ여 죽이고 도당은 경즁
을 분간ᄒᆞ여 다ᄉᆞ리고 니시ᄂᆞᆫ 됴졍의 들니여 졍문
(旌門)ᄒᆞ니라.

득미쳐거ᄉᆞ졈혈
得美妻居士占穴

셩거ᄉᆞ(星居士)ᄂᆞᆫ 가산(嘉山) 사롬이라. 쇽셩
(俗姓)은 댱(張)이오 승명(僧名)은 ᄎᆔ셩(就星)이니 죠
샹부모(弔喪父母)ᄒᆞ고 십오의 출가ᄒᆞ야 강능(江陵)
오ᄃᆡ산(五臺山) 월졍ᄉᆞ(月靜寺)의 가 삭발ᄒᆞ고 법
승운대ᄉᆞ(僧雲大師)의 졔ᄌᆞ 되니 총명영오ᄒᆞ미 모든
즁의셔 특출ᄒᆞᆫ지라. 대ᄉᆞ 극히 ᄉᆞ랑ᄒᆞ여 삼년지간의
경문(經文)을 ᄀᆞᄅᆞ치지 아니흔 거시 업스디 오직 삼
권셔(三卷書)롤 샹쟈 속의 깁히 두고 샹히 보지 못
ᄒᆞ게 ᄒᆞ더니 일ᄌᆞ은 대ᄉᆞ 금강산 유졈ᄉᆞ(楡帖寺)의
갈ᄉᆡ ᄎᆔ셩ᄃᆞ려 일너 왈,

"내 일년 만의 【74】 도라올 거시니 그 사이
착실이 공부ᄒᆞ고 협듕의 잇ᄂᆞᆫ 삼권셔ᄂᆞᆫ 삼가 너여
보지 말나."

당부ᄒᆞ고 드듸여 뉵환장(六環杖)을[62] 집고 가
니 ᄎᆔ셩이 모든 뎨ᄌᆞ로 더브러 산문의 나가 비송ᄒᆞ
고 도라와 ᄆᆞ음의 심히 의아ᄒᆞ여 ᄀᆞᆯ오디,

"사부의 감촌 바 삼권셔ᄂᆞᆫ 이 무삼 긔이흔 글
이완디 뎨ᄌᆞ로 ᄒᆞ여곰 보지 못ᄒᆞ게 ᄒᆞ시ᄂᆞᆫ뇨?"

ᄒᆞ고 승간(乘間)ᄒᆞ여 내여 본즉 불경은 아니
오 디가셰(地家書ㅣ)라. 우흐로 하도낙셔(河圖洛書)
부터 아릭로 음양오힝의 수와 구궁팔괘(九宮八卦)의
법ᄭᅡ지 현묘무궁(玄妙無窮)ᄒᆞ니 진실노 쳔고의 견치
못홀 비결이라. ᄎᆔ셩이 보아 오믹 졈ᄉᆞ 침혹ᄒᆞ여 불
경을 젼폐ᄒᆞ고 이 글만 슉독ᄒᆞ니 불과 반년의 그
미묘ᄒᆞᆯ 졍통흔지라. 축일 산힝ᄒᆞ여 농뵉의 굴곡과
풍슈의 ᄎᆔ산(聚散)이 쟝듕의 녁ᄉᆞᄒᆞ고 목젼의 삼ᄉᆞ
ᄒᆞ니 ᄌᆞ이위(自以爲) 셰샹의 업 【75】 슐(業術)을 어
더시니 인간 부귀ᄂᆞᆫ 타슈가득(唾手可得)[63]이라. 드
듸여 퇴쇽(退俗)홀[64] ᄆᆞ음이 잇더니 일ᄉᆞ은 홀연 ᄭᅢ
ᄃᆞ라 ᄀᆞᆯ오디,

"셕가(釋迦) 공부ᄂᆞᆫ 졍심(正心)이 위샹(爲上)이
라 내 출가흔 지 십 년의 일즉 반졈 잡념이 업더니
이제 ᄉᆞ심이 졸발(猝發)ᄒᆞ여[65] 사부의 교훈을 듯지

---

[62] 【뉵환·장】 圖 ((기물)) 육환장(六環杖). 중이 짚는, 고
리가 여섯 개 달린 지팡이.¶ 당부ᄒᆞ고 드듸여 뉴환장
을 집고 가니 ᄎᆔ셩이 모든 뎨ᄌᆞ로 더브러 산문의 나
가 비송ᄒᆞ고 도라와 ᄆᆞ음의 심히 의아ᄒᆞ여 ᄀᆞᆯ오디
(遂飛錫而去, 就星與衆弟子, 拜送于山門而歸, 心甚疑訝
曰.) <靑邱野談 奎章 4:74>

[63] 【타슈가득】 圖 타수가득(唾手可得). 일이 어렵지 않게
잘될 것을 기약할 수 있음.¶ 唾手可得 ∥ 축일 산힝ᄒᆞ
여 농뵉의 굴곡과 풍슈의 ᄎᆔ산이 쟝듕의 녁ᄉᆞᄒᆞ고 목
젼의 삼ᄉᆞᄒᆞ니 ᄌᆞ이위 셰샹의 업슐을 어더시니 인간
부귀ᄂᆞᆫ 타슈가득이라 드듸여 퇴쇽홀 ᄆᆞ음이 잇더니
(鎭日山行, 龍脉之起伏, 風水之聚散, 曒如指掌, 森然在
目, 自以爲吾已得不世之神術, 人間富貴, 唾手可得, 遂
有退俗之心.) <靑邱野談 奎章 4:75>

[64] 【퇴쇽·ᄒᆞ-】 圖 퇴속(退俗)하다. 중이 다시 속인이 되
다.¶ 退俗 ∥ 축일 산힝ᄒᆞ여 농뵉의 굴곡과 풍슈의 ᄎᆔ
산이 쟝듕의 녁ᄉᆞᄒᆞ고 목젼의 삼ᄉᆞᄒᆞ니 ᄌᆞ이위 셰샹
의 업슐을 어더시니 인간 부귀ᄂᆞᆫ 타슈가득이라 드듸
여 퇴쇽홀 ᄆᆞ음이 잇더니 (鎭日山行, 龍脉之起伏, 風
水之聚散, 曒如指掌, 森然在目, 自以爲吾已得不世之神
術, 人間富貴, 唾手可得, 遂有退俗之心.) <靑邱野談 奎
章 4:75>

[65] 【졸발·ᄒᆞ-】 圖 솔발(猝綏)하나. 삽삭스레 일어나다.¶
猝發 ∥ 내 출가흔 지 십 년의 일즉 반졈 잡념이 업더
니 이제 ᄉᆞ심이 졸발ᄒᆞ여 사부의 교훈을 듯지 아니ᄒᆞ
고 디리의 방슐을 침혹ᄒᆞ니 엇지 힝실의 방ᄒᆡ롭지 아

아니ᄒᆞ고 디리의 방슐을 침혹(沈惑)ᄒᆞ니 엇지 힝실
의 방ᄒᆡ롭지 아니며 ᄯᅩ 사뷔 알으시면 듕죄(重罪)ᄅᆞᆯ
면치 못ᄒᆞ리라."

ᄒᆞ고 스스로 분향ᄒᆞ고 포단의 안겨 손으로 념
쥬ᄅᆞᆯ 구을으며 입으로 불경을 념ᄒᆞ더니 오러지 아
냐 대시 도라와 ᄎᆔ셩을 블너 왈,

"네 죄ᄅᆞᆯ 네 아ᄂᆞ냐?"

ᄎᆔ셩이 ᄯᅡᆯ의 ᄂᆞ려 ᄭᅮ러 ᄃᆡ왈,

"쇼지 사부ᄅᆞᆯ 셤견 지 이ᄆᆡ 십 년이로ᄃᆡ 터럭
ᄭᅳᆺ만도 블손ᄒᆞᆫ 일이 업스니 진실노 우미ᄒᆞ여 무삼
ᄌᆞ씐 줄 아지 못ᄒᆞᄂᆞ이다."

대시 ᄎᆡᆨ왈,

"힝실 닥ᄂᆞᆫ 공뷔 그 조목이 셰 가지니 몸과
ᄆᆞ음과 다 【76】 못 ᄯᅳᆺ이라. 네 잡된 방슐을 침혹ᄒᆞ
여 블가의 격멸ᄒᆞᆫ 거슬 슬희여ᄒᆞ고 시속의 부귀롤
ᄉᆞ모ᄒᆞ니 십 년 공뷔 일됴의 문허진지라. 그 죄 가
히 일시도 머믈너 두지 못ᄒᆞᆯ 거시니 ᄲᆞᆯ니 산의 ᄂᆞ
려가라."

ᄒᆞ고 즁장(重杖)ᄒᆞ여 ᄂᆡ여조ᄎᆞ니 ᄎᆔ셩이 사문
(沙門)의 용납지 못ᄒᆞᆯ 줄 알고 이예 고향으로 도라
올ᄉᆡ 강능으로부터 경셩의 니르도록 지나는 바의
명산대지의 농졀좌향(龍節坐向)을 셰ᄂᆞ히 긔록ᄒᆞ여
능듕(籠中)의 ᄀᆞᆷ초고 곳 도셩의 드러가 그 쇼졈쳐
(所占處)ᄅᆞᆯ 풀고져 ᄒᆞ여 셩듕으로 두루 ᄃᆞ니며 봉인
즉셜(逢人卽說)ᄒᆞ니 듯ᄂᆞᆫ 쟤 다 허황이 너겨 ᄒᆞ낫도
사기ᄅᆞᆯ 원ᄒᆞᄂᆞᆫ 쟤 업거늘 ᄎᆔ셩이 ᄀᆞ장 ᄆᆞ음의 한탄
ᄒᆞ고 드듸여 가산을 향ᄒᆞᆯᄉᆡ 힝ᄒᆞ여 평산의 니르니
신은 바 집신이 다 ᄒᆡ여졋ᄉᆞ더 원너 ᄎᆔ셩의 발이
크기 ᄒᆞᆫ 쟈이 남은지라 길가의 ᄑᆞ는 신이 【77】 다
발이 맛지 아니ᄒᆞ고 발은 이ᄆᆡ 브르튼지라. 촌ᄎ 젼
진ᄒᆞ여 겨우 수 리ᄅᆞᆯ 힝ᄒᆞ더니 ᄒᆞᆫ 마을의 니르니
ᄒᆞᆫ 상인(喪人)이 ᄂᆞ셔 그 신이 업셔 발이 상ᄒᆞᆷ믈 보
고 이예 ᄒᆞᆫ 큰 신을 쥬거늘 거시 ᄆᆞ음의 심히 감격
ᄒᆞ여 무러 ᄀᆞᆯ오ᄃᆡ,

"쥬인이 친상이신가 시브니 과연 영장을 ᄒᆞ엿
ᄂᆞ냐?"

답왈,

"산디ᄅᆞᆯ 졍치 못ᄒᆞ여 반년이 되되 완폄을 못
ᄒᆞ엿ᄂᆞ이다."

니며 ᄯᅩ 사뷔 알으시면 듕죄ᄅᆞᆯ 면치 못ᄒᆞ리라 (我出
家十年, 曾無半点雜念矣. 邪心卒發, 不遵師敎, 弁髡釋
家之法敎, 沈惑堪與之方術, 豈不有妨於修行乎. 且師父
知之, 難免重譴.) <靑邱野談 奎章 4:75>

거시 ᄀᆞᆯ오ᄃᆡ,

"내 풍슈ᄅᆞᆯ 낙간 아니 쥬인이 내 말을 미들진
더 맛당히 ᄒᆞᆫ 혈을 졍ᄒᆞ여 신 준 후의로ᄡᅥ 갑흐리라."

상인이 듯고 대희ᄒᆞ여 즉시 ᄆᆞ져 듕당의 드러
가 후히 ᄃᆡ졉ᄒᆞ거늘 거시 이예 상인으로 더부러 ᄒᆞᆫ
가지로 힝ᄒᆞ여 블과 십 니 허의 ᄒᆞᆫ 혈을 졍ᄒᆞ고 쥬
인ᄃᆞ려 일너 ᄀᆞᆯ오ᄃᆡ,

"이 혈이 빅ᄌᆞ쳔손지디(百子千孫之地)오 ᄯᅩ 발
복이 심히 쇽ᄒᆞ리니 쥬인이 비록 간난ᄒᆞ나 맛당이
거부 될 【78】 거시오 결복(関服) 후의 ᄯᅩ 과거ᄒᆞ리
라."

ᄒᆞ고 드듸여 셔로 니별ᄒᆞ고 가니 그 상인은
곳 평산니시(平山李氏)라. 장ᄉᆞ지닌 후의 응험(應驗)
이 ᄒᆞᆫ갈ᄀᆞᆺ치 거ᄉᆞ(居士)의 말과 ᄀᆞᆺ더라.

가산의 니르러 갈산(葛山) 아래 수간 초옥을
짓고 집 뒤 산벽의 ᄒᆞᆫ 져근 굼기 이스니 ᄆᆡ양 아ᄎᆞᆷ
의 진언을 념ᄒᆞ고 손으로 굼글 더드믄즉 두어 되
ᄡᆞᆯ이 졀노 나오니 일노ᄡᅥ 됴셕 밥을 ᄒᆞ더라.

슉쳔(肅川) 빅운산(白雲山)의 안가셩(安哥姓)의
사롬 형뎨 이시니 됴상부모ᄒᆞ고 나히 삼십이 넘도
록 실가(室家)ᄅᆞᆯ 두지 못ᄒᆞ고 ᄌᆞ셩(資生)이 간곤(艱
困)ᄒᆞ여 형뎨 다 남의 집 고공(雇工)이 되엿더니 거
시 빅운산하로 지나갈ᄉᆡ ᄶᆡ ᄆᆞ즘 뉴월이라 길의셔
급ᄒᆞᆫ 비ᄅᆞᆯ 만나 밧비 촌가로 드러가니 이 곳 안슈
ᄌᆡ(安秀才) 고공 스는 집이라. 거시 오리 문 밧긔셔
비 긔기ᄅᆞᆯ 기ᄃᆞ리니 날은 이ᄆᆡ 져믈고 우셰(雨勢)ᄂᆞᆫ
긋치지 아니ᄒᆞᄂᆞᆫ지라 거 【79】 시 쥬인의게 ᄒᆞ로밤
자기ᄅᆞᆯ 쳥ᄒᆞᆫ디 쥬인이 즐욕ᄒᆞ고 허락지 아니ᄒᆞ더라.
안슈지 ᄆᆞ춤 소ᄅᆞᆯ 몰고 나가다가 거ᄉᆞᄅᆞᆯ 보고 닐너
ᄀᆞᆯ오ᄃᆡ,

"이 집 뒤에 격은 집은 곳 우리집이니 만일
누츄ᄒᆞ믈 혐의치 아니ᄒᆞ거든 ᄒᆞᆫ가지로 가 쉬미 엇
더ᄒᆞ뇨?"

거시 ᄀᆞᆯ오ᄃᆡ,

"우듕(雨中) 심협(深峽)의 호표(虎豹)ᄂᆞᆫ 만혼디
만일 밤의 흐듸셔 자면 경녕 죽을 익을 당ᄒᆞᆯ너니
다ᄒᆡᆼ이 어진 슈지ᄅᆞᆯ 만나 ᄒᆞᆫ가지로 뉴ᄒᆞ기ᄅᆞᆯ 허ᄒᆞ
니 가위 셩인지블(生人之佛)이로다."

안슈지 인ᄒᆞ여 ᄃᆞ리고 그곳의 니르러 ᄌᆞ리ᄅᆞᆯ
졍히 ᄒᆞ고 그 아오롤 블너 ᄀᆞᆯ오ᄃᆡ,

"우리 형뎨 셕반을 이리로 가져오라."

아이 즉시 쥬인의 집의 가 밥 두 상을 가져와
ᄒᆞᆫ 상은 거ᄉᆞᄭᅴ 드리고 ᄒᆞᆫ 상은 형뎨 난와 먹더라.

103

이튼날 비 흔갈곳치 오니 거시 쪄나지 못호고 이곳티 호기롤 삼스일을 비가 죵시 긔지 아니호고 안 [80] 슈즈의 졉디는 젼일과 흔갈곳치 죠곰도 피로워호는 빗치 업더라.

계 오일의 비 즈로소 긔이니 거시 쟝촛 힝홀 시 무러 골오디,

"슈즈의 친산(親山)이 어디뇨 흔번 보기롤 원호노라."

슈지 깃거 즉시 거스로 더브러 션영을 가 볼 시 거시 몬져 쥬산의 올나 그 뇽셰(龍勢)와 슈구(水口)롤 보고 버거 혈쳐(穴處)의 가 그 입슈와 명당을 보고 이예 골오디,

"국셰 심히 아롭다오나 다만 졍혈(正血)을 닐어시니 엇지 빈쳔을 면호리오? 대져 이 혈이 심히 너르니 가히 당듕호여 쓰지 못홀지라. 믈읫 흙은 그 쌀을 쓰느니 쌀은 블을 닐오미라 블이 흙을 싱호느니라."

호고 이예 곳쳐 쌀난 머리롤 겸혈(占穴)호여 좌향을 졍호고 길일을 퇴호여 영장홀시 금졍(金井) 노홀 쩌예 거시 무러 골오디,

"슈즈의 쇼원이 무어시뇨?"

안슈지 골오디,

"내 인저 되여 쟝촛 폐륜(廢倫)홀 디경 [81]의 니르러시니 블회 큰지라 비필 어드미 フ쟝 급호다."

호거늘 거시 샹셩법으로쎠 지혈(裁穴)호고 안 쟝흔 후의 쥬인드려 닐너 골오디,

"팔월 모일의 맛당이 미인이 쳔금을 가지고 와 비필이 될 거시니 가히 발빈(拔貧)홀 거시오 십년이 못 되여 즈손이 만당호리라."

슈지 골오디,

"발응(發應)이 엇지 이리 쇽호랴?"

거시 골오디,

"안산이 갓가온 연괴라. 내 맛당히 십 년 후의 다시 올 거시니 그 스이 비록 쳔빅 슐시 이셔 훼방홀지라도 삼가 쳔동(擅動)치 말나."

호고 인호여 니별호고 가니라.

팔월 모일의 형뎨 홈긔 집의 잇더니 오시 낭의 흔 사롬이 등에 흔 보롤 지고 와 무러 골오디,

"이 안슈즈의 집이냐?"

답왈,

"그러호다."

그 사롬이 골오디,

"형뎨 흔 집의셔 산다 호니 형의 일홈은 무어시며 아오 일홈은 무어시며 그져 비필을 엇지 못호엿느냐?"

슈지 골오디,

[82] "그러호다 엇지 쪄 뭇느뇨?"

그 사롬이 바로 방듕의 드러와 쥬인을 향호야 골오디,

"나는 본읍 곽좌슈(郭座首)의 쏠이러니 년방(年方) 이십에 부뫼 동니 오셩인(吳姓人)의게 졍혼호고 명일은 쟝촛 쵸례롤 날이라 뉴월 아모날부터 몽듕에 신인이 와 닐너 골오디 '나는 빅운산 신령이라 네 연분이 빅운산 아린 안가의 집에 이시니 형뎨 금방(今方) 동거호디 비필이 업눈지라 네 만일 오가로 더부러 셩혼호면 평싱을 그롯치리라.' 호여 지우금 날마다 현몽호니 몸이 규듕 쳐지 되여 츈보롤 문밧긔 나지 아니호지라 몽스롤 부모끠도 고호기 어려워 지금가지 즈져호더니 명일은 셩혼홀 날인디 신몽이 즈러틋시 졍녕호즉 결단코 안자셔 날을 기드리지 못홀 [83] 지라 빅가지로 싱각다가 흔 계교롤 니여 남복(男服)을 어더 입고 시벽을 타 문을 나 열 거름의 아홉 번식 업더져 간신이 즈예 니르러시니 대져 삼성의 연분은 즁호고 일시 혐의는 경흔 고로 졍도롤 바리고 권도롤 조츠며 뉵녜롤 폐호고 슈치롤 무릅뼈 스스로 왓시니 쳡이 남지 아니오 이예 녀지라. 오직 군즈는 쳐분호쇼셔."

안슈지 듯고 모음의 즈탄호여 골오디,

"거스는 진짓 신인이로다."

호고 이예 곽쳐즈로 더브러 셩혼호려 홀시 형이 아오의게 스양호야 골오디,

"나는 이믜 나히 만하시니 네 모로미 작비(作配)호라."

아이 골오디,

"형의 년긔 스십에 차지 못호고 또 아오롤 몬져 호고 형을 후에 호미 대블가(大不可)호니이다."

형이 부득이호여 쳐롤 삼고 퇴일힝녜(擇日行禮) 후 삼일이 지나미 곽시 이예 가져온 경보(輕寶)롤 풀어니여 츠례로 푸니 수쳔 [84] 금이 죡흔지라 가셰 요죡호더라. 아오의 혼인은 구치 아니호여도 졀노 되니 형뎨 다 셩취호여 즈뎨 만당호더니 십년 후의 과연 셩거시 왓거늘 젼도호야 나가 마져 신명으로 뫼셥호니 거시 골오니,

"그디 형뎨 셩취호고 또 부쟈 되고 즈녜 슬하의 나렬호니 깃부거니와 사롬이 부후(富厚)호나 다

만 글이 업스면 쳔히 너기ᄂᆞ니 맛당히 곳쳐 타혈의 쳔장ᄒᆞ야 문장 지ᄉᆡ 나게 ᄒᆞ리라."

ᄒᆞ고 드듸여 젼광(前壙) 좌강[각](左角)의 ᄒᆞᆫ 혈을 졍ᄒᆞ여 면례ᄒᆞ게 ᄒᆞ고 거ᄉᆡᆯ ᄀᆞᆯ오ᄃᆡ,

"이 산의 ᄌᆞ손이 문필이 ᄃᆡ블핍졀(大不乏絶)ᄒᆞ여 본향의 갑죡이 될 거시오 과갑(科甲)이 ᄃᆡ: 로 년면ᄒᆞ여 날 거시오 관면이 셔로 니으리라."

ᄒᆞ더니 그 후 응험이 여합부졀(如合符節)ᄒᆞ다 ᄒᆞ더라.

[청구야담 권지오 靑邱野談 卷之五]

획듕보혜부틱부
獲重寶慧婦擇夫

[1] 오싱(吳生) 아모는 양산(梁山) 사룸이라. 위인이 용쥰(庸蠢)ᄒᆞ야1) 집신을 삼아 ᄑᆞ라 ᄌᆞ성ᄒᆞ더 신 모양이 극히 츄악ᄒᆞ니 낙양 쇼년이 마춤 지나다가 그 신 모양을 보고 히롱ᄒᆞ여 닐너 ᄀᆞᆯ오디,

"이 신이 셔울 이시면 갑시 빅금이나 되리라."

ᄒᆞ니 오뫼 그 말을 고지 듯고 일곱 죽을2) 삼아 가지고 셔울노 올나와 길가의 푸러노코 사룸이 혹 무른즉 ᄀᆞᆯ오디,

"ᄒᆞᆫ 켜리예3) 갑시 ᄒᆞᆫ 냥이라."

---

1) 【용쥰-ᄒᆞ-】囤 용쥰(庸蠢)하다. 어리석다.¶ 庸蠢 ∥ 위인 이 용쥰ᄒᆞ야 집신을 삼아 ᄑᆞ라 ᄌᆞ성ᄒᆞ더 신 모양이 극히 츄악ᄒᆞ니 낙양 쇼년이 마춤 지나가ᄂᆞᆫ 그 신 모 양을 보고 히롱ᄒᆞ여 닐너 ᄀᆞᆯ오디 이 신이 셔울 이시 면 갑시 빅금이나 되리라 ᄒᆞ니 (爲人庸蠢, 捆履資生, 而履樣甚麗, 洛下年少, 適見其履, 戱謂曰: "此履在京, 則價直百金.") <靑邱野談 奎章 5:1>
2) 【죽】囤回 죽. (수량을 나타내는 말 뒤에 쓰여) 옷, 그 릇 따위의 열 벌을 묶어 세는 단위.¶ 竹 ∥ 오뫼 그 말 을 고지 듯고 일곱 죽을 삼아 가지고 셔울노 올나와 길가의 푸러노코 사룸이 혹 무른즉 ᄀᆞᆯ오디 ᄒᆞᆫ 켜리예 갑시 ᄒᆞᆫ 냥이라 ᄒᆞ니 다 우고 가ᄂᆞᆫ지라 (吳認以爲眞, 捆出七竹, 負入京中, 解置路傍, 人或問之, 則曰: "價是 一兩." 皆笑而去.) <靑邱野談 奎章 5:1>
3) 【켜리】囤回 켤레. 신, 양말, 버선, 방망이 따위의 짝이 되는 두 개를 한 벌로 세는 단위.¶ 오뫼 그 말을 고지

ᄒᆞ니 다 웃고 가ᄂᆞᆫ지라. 수일을 져자의 안자스디 ᄒᆞᆫ 딱도 ᄑᆞ지 못ᄒᆞ더라. 그 ᄣᅢ예 ᄒᆞᆫ 지샹가 비지(婢子ㅣ) 잇스니 용뫼 션연(嬋姸)ᄒᆞ고 셩되 민쳡ᄒᆞ야 방년 이괄의 즐겨 허혼치 아니ᄒᆞ고 샹히 닐오디,

"가흔 사룸을 어더 딱을 짓는다."

ᄒᆞ더니 ᄒᆞᆯᄂᆞᆫ 우연이 오모의 신 버린 곳의 니르러 그 갑슬 과히 불너 사룸이 ᄒᆞ낫도 사지 [2] 아니ᄒᆞᆷ을 보고 ᄆᆞ음의 괴이 너겨 수삼 일을 년ᄒᆞ여 가 본즉 ᄒᆞᆫ갈ᄀᆞᆺ치 ᄒᆞᄂᆞᆫ지라. 이예 오모ᄃᆞ려 닐너 ᄀᆞᆯ 오디,

"내 맛당히 다 사 갈 거시니 갑시 얼마나 되ᄂᆞᆫ뇨?"

답왈,

"일곱 죽 갑시 칠십 냥이라."

ᄒᆞᆫ디 비지 ᄀᆞᆯ오디,

"날노 더브러 ᄒᆞᆷᄭᅴ 가 갑슬 가져가미 엇더ᄒᆞ뇨?"

오뫼 허락ᄒᆞ고 드듸여 신을 지고 ᄯᅡ라가 일쳐에 니르니 가틱이 굉녀(宏麗)ᄒᆞ고4) 문경(門庭)이5) 횬츨ᄒᆞᆫ지라. 비지 드리고 겨ᄒᆞ 잇는 힝낭으로 드러가 좌졍ᄒᆞᄆᆡ 오뫼 신갑슬 달나 ᄒᆞ거늘 비지 ᄀᆞᆯ오디,

"ᄂᆡ일 아춤의 맛당이 줄 거시니 아직 ᄒᆞ로밤 머물나."

ᄒᆞ고 인ᄒᆞ야 쥬효롤 찰여 ᄂᆡ이고 이윽ᄒᆞ여 쇼 셕반을 나오니 긔명이 경결ᄒᆞ고 찬픔이 극비(極備)ᄒᆞᆫ지라. 하향(遐鄉)의셔 나믈이나 먹던 창자의 평성 쵸견(初見)이라. 두어 술에 다 먹으니라. 비지 ᄀᆞᆯ오디,

"긱이 ᄃᆡ예 왓스니 오눌밤의 날과 더브러 금

둣고 일곱 죽을 삼아 가지고 셔울노 올나와 길가의 푸러노코 사룸이 혹 무른즉 ᄀᆞᆯ오디 ᄒᆞᆫ 켜리예 갑시 ᄒᆞᆫ 냥이라 ᄒᆞ니 다 웃고 가ᄂᆞᆫ지라 (吳認以爲眞, 捆出 七竹, 負入京中, 解置路傍, 人或問之, 則曰: "價是一 兩." 皆笑而去.) <靑邱野談 奎章 5:1>
4) 【굉녀-ᄒᆞ-】囤 굉려(宏麗)하다. 굉장하고 아름답다.¶ 宏 麗 ∥ 오뫼 허락ᄒᆞ고 드듸여 신을 지고 ᄯᅡ라가 일쳐에 니르니 가틱이 굉녀ᄒᆞ고 문경이 횬츨ᄒᆞᆫ지라 (吳諾之. 遂負屨而隨至一處, 第宅宏麗, 門閭高大.) <靑邱野談 奎 章 5:2>
5) 【문경】囤 ((주거)) 문졍(門庭). 대문이나 중문 안에 있 는 뜰.¶ 門庭 ∥ 오뫼 허락ᄒᆞ고 드늬여 신을 시고 ᄯᅡ라 가 일쳐에 니르니 가틱이 굉녀ᄒᆞ고 문경이 횬츨ᄒᆞ지 라 (吳諾之. 遂負屨而隨至一處, 第宅宏麗, 門閭高大.) <靑邱野談 奎章 5:2>

침을 혼가지로 호미 엇더호뇨?"

오뫼 황겁호야 골오디,

"말인즉 죠커니 【3】 와 엇지 감히 브라리오?"

비지 드디여 췌침호니 운우일장(雲雨一場)의 춘몽이 의〻(依依)호더라.

미명의 비지 니러나 농을 열고 새옷슬 내여 목욕감기고 닙피니 샹뫼 쏘호 당〻호더라. 비지 골오디,

"나는 이뒤 스환비(使喚婢)라⁶⁾ 그디 이믜 내 지아비 되여시니 맛당이 대감쥬희 현알홀지라 부디 나려가 졀호지 말나."

오뫼 골오디,

"그리호마."

비디 드러가 고호여 골오디,

"쇼비 지난 밤의 혼 치아비롤 어덧스니 맛당히 현신(現身)호려 호느이다."

지샹이 골오디,

"그리호엿느냐? 섈니 드러와 현신호라."

오뫼 즉시 드러가 대쳥의 올나가 졀호디 뫼신 재 쓰어느리거늘 오뫼 언연(偃然)이⁷⁾ 셔〻 요동치 아니호야 골오디,

"나는 이 향족(鄕族)이라 비록 비부(婢夫)는 되엿스나 결단코 하졍비(下庭拜)는 아니호리라."

지샹이 골오디,

"맛당히 모비(某婢)의 골휜 배 되엿즉호도다."

호고 드디여 너여보너야 낭져(廊底)의 머물게 호다.

일〻은 비지 골오디,

"그디 심히 녕니치 못호니 만일 돈을 쓰 【4】 면 안목이 스스로 놉고 흉금이 스스로 활달호리라."

호고 이예 혼 쾌⁸⁾ 돈을 주어 골오디,

"이거슬 가지고 나가 다 쓰고 도라오라."

져믈게야 오뫼 도라와 골오디,

"내가 술젹을 주리지 아니호니 구투여 사 먹을 거시 업눈지라 죵일 단니되 돈 쓸 곳이 업셔 혼 푼도 허비치 아니호고 왓노라."

비지 골오디,

"노상(路上)의 걸인이 만흐니 엇지 더려주지 아니호뇨?"

오뫼 골오디,

"이눈 밋쳐 성각지 못호엿노라."

호고 잇튼날 다시 혼 쾌롤 차고 나가 모든 걸인을 모호고 짜의 돈을 헷쳐 더지니 걸인들이 다 닷토와 쥬어 가니 그 형상이 쏘혼 가관이러라. 축일 그리호다가 이윽고 성각호니 허다혼 돈을 걸인 쥬눈 거시 의미업눈지라. 이예 활쏘는 사경(射亭)의⁹⁾ 가 활냥비롤¹⁰⁾ 스괴여 술과 고기롤 사 날마다 난화 먹으니 변시 막약지간(莫逆之間)이 되엿더라. 쏘 궁유한스(窮儒寒士)의¹¹⁾ 글 닑는 곳을 조초 왕니호야 셔로 사괴여 【5】 혹 됴셕의 공(供)도 도와쥬며 혹 필묵의 용도 자뢰(資賴)호니 사룸이 다 골오디,

"오모눈 진실노 금셰샹(今世上) 사룸이 아니라."

호더라. 비지 호여곰 스략(史略) 삼낙(三略)과 손무즈(孫武子) 등셔롤 비호라 호니 졍신이 조하 그

---

6) 【스환-비】圖 ((인류)) 사환비(使喚婢). 잔심부름하는 계집종.¶ 使喚婢 ∥ 나는 이뒤 스환비라 그디 이믜 내 지아비 되여시니 맛당이 대감쥬희 현알홀지라 부디 나려가 졀호지 말나 (吾旣是此家使喚婢也. 子旣爲吾夫, 當現謁于大監主. 愼勿拜下也.) <靑邱野談 奎章 5:3>

7) 【언연-이】圖 언연(偃然)이. 거만하게.¶ 植 ∥ 오뫼 즉시 드러가 대쳥의 올나가 졀호디 뫼신 재 쓰어느리거늘 오뫼 언연이 셔〻 요동치 아니호야 골오디 나는 이 향쥭이라 비록 비부는 되엿스나 결단코 하졍비는 아니호리라 (吳直入升廳而拜, 侍者將吳下. 吳植立不動曰: "吾是鄕族也. 雖作婢夫, 決不可下庭拜也.") <靑邱野談 奎章 5:3>

8) 【쾌】圖回 (수량을 나타내는 말 뒤에 쓰여) 예전에, 엽

전을 묶어 세던 단위. 한 쾌는 엽젼 열 냥을 이른다.¶ 緡 ∥ 이예 혼 쾌 돈을 주어 골오디 이거슬 가지고 나가 다 쓰고 도라오라 (乃給一緡曰: "持此而去, 用盡而歸.") <靑邱野談 奎章 5:4>

9) 【사경】圖 사정(射亭). 활터에 세운 정자.¶ 射場 ∥ 이예 활쏘는 사경의 가 활냥비롤 스괴여 술과 고기롤 사 날마다 난화 먹으니 변시 막약지간이 되엿더라 (乃往交射場閑良輩, 買酒買肉, 日日分饋, 便成莫逆.) <靑邱野談 奎章 5:4>

10) 【활냥-비】圖 ((인류)) 한량배(閑良輩). 일정한 직사(職事)가 없이 놀고 먹던 말단 양반 계층.¶ 閑良輩 ∥ 이예 활쏘는 사경의 가 활냥비롤 스괴여 술과 고기롤 사 날마다 난화 먹으니 변시 막약지간이 되엿더라 (乃往交射場閑良輩, 買酒買肉, 日日分饋, 便成莫逆.) <靑邱野談 奎章 5:4>

11) 【궁유-한스】圖 ((인류)) 궁유한사(窮儒寒士). 생활이 궁힌 유생과 가난한 신비.¶ 窮儒寒士 ∥ 쏘 궁유하소의 글 닑는 곳을 조초 왕니호야 셔로 사괴여 혹 됴셕의 공도 도와쥬며 혹 필묵의 용도 자뢰호니 (繼而與蓬蓽讀書之窮儒寒士, 往來結交, 或助朝夕之供, 或資筆墨之備.) <靑邱野談 奎章 5:4>

대지(大旨)는 다 알더라. 어언지간(於焉之間)의 수만 금을 허비ᄒᆞᆫ지라. 비지 ᄀᆞᆯ오더,

"이졔는 활쏘기를 비화 셩공ᄒᆞᆯ 도리를 ᄒᆞ라."

ᄒᆞ니 오모ᄂᆞᆫ 본더 건쟝ᄒᆞᆫ 재라 ᄯᅩ 모든 활냥과 조하ᄒᆞ니 다토와 사법(射法)을 ᄀᆞᄅᆞ쳐 졍냥(正兩)과12) 가ᄂᆞᆫ 대롤 다 능히 원사(遠射)ᄒᆞ고 무경칠셔(武經七書)를 ᄯᅩ흔 능통ᄒᆞᄂᆞᆫ지라. 과쟝(科場)의 드러가 급졔ᄒᆞ여 홍픽(紅牌)롤13) 타 가지고 왓거늘 비지 대희ᄒᆞ여 집안 사ᄅᆞᆷ 알지 못ᄒᆞ게 가만이 곰초고 오모ᄃᆞ려 닐너 ᄀᆞᆯ오더,

"나의 져축ᄒᆞᆫ 바 돈이 불과 십만의셔 그더 젼후 쇼용이 쟝근칠만(將近七萬)이라 이졔 삼만 여 량이 나맛스니 그더 모로미 장사롤 ᄒᆞ라."

오뫼 ᄀᆞᆯ오더,

"내 무슨 물건을 무역ᄒᆞ랴?"

비지 ᄀᆞᆯ오더,

"금년의 대쵸 흉년이 크게 드러시 [6] 더 오직 츙쳥도 아모 고을에 대조(大棗)가 결실을 잘ᄒᆞ엿다 ᄒᆞ니 그더 가셔 다 무역ᄒᆞ여 오라."

오뫼 그 말을 조차 그 고을에 ᄂᆞ려가니 시졀이 크게 흉년이 드러 빅셩이 아ᄉᆞ(餓死)ᄒᆞᄂᆞᆫ 재 만흔지라. 오셩(吳生)이 보고 불상이 너겨 가져간 돈을 다 헷쳐 쥬고 공슈(空手)로 도라오니 비지 ᄀᆞᆯ오더,

"젹션(積善)은 잘ᄒᆞ엿거니와 다만 내 돈이 쟝ᄎᆞᆺ 진ᄒᆞ여가니 엇지 살니오?"

ᄯᅩ 일만 냥을 쥬어 ᄀᆞᆯ오더,

"금년 목화가 팔도가 다 흉년이로더 오직 황히도 여간(如干) 고을이 잘되얏다 ᄒᆞ니 그곳의 가 면화롤 무역ᄒᆞ여 오라."

오셩이 ᄯᅩ 히셔(海西)의 니르니 호셔(湖西) 시졀과 ᄀᆞᆺ치 흉년이라 일만 냥을 다 쓰고 공슈로 도

라왓거늘 비지 ᄀᆞᆯ오더,

"니 돈이 다만 일만 냥이 남앗ᄂᆞᆫ지라 모도 다 줄 거시니 일노뻐 모도 녁마롤14) 무역ᄒᆞ여 가지고 북도로 드러가 셰포(細布)와 인삼과 피믈(皮物)을 환미(換買)ᄒᆞ여 가지고 나오더 젼과 ᄀᆞᆺ치 허랑히 쓰지 말나."

오셩이 져자의 가 헌옷을 무역ᄒᆞ [7] 야 수십 티롤 싯고 함경도(咸鏡道)롤 드러가니 북도ᄂᆞᆫ 본더 면화가 의토(宜土)15) 아니라 그 귀ᄒᆞ미 금 ᄀᆞᆺ흐니 사ᄅᆞᆷ이 시러곰 옷슬 ᄒᆞ여 입지 못ᄒᆞ야 겨울이 더워도 오히려 치위롤 부르ᄂᆞᆫ지라. 오셩이 본더 돈을 믈 ᄀᆞᆺ치 뼈 슈단이 심히 큰지라 안변(安邊)브터16) 뉵진(六鎭)ᄭᅡ지17) 가도록 옷 업ᄂᆞᆫ 사ᄅᆞᆷ을 다 쥬고 나믄 거시 겨오 치마와 바지 흔 벌이라. 이에 탄식ᄒᆞ여 ᄀᆞᆯ오더,

"니 남의 십만 젼지롤 다 쓰고 무슨 면목으로 집사ᄅᆞᆷ을 보리오? 차라리 호표 비 속의 영장ᄒᆞ리라."

ᄒᆞ고 야반의 홀노 산즁에 드러가 빙이(氷崖)

---

14) 【녁마】图 ((복식)) 녕마.¶ 弊衣 ‖ 니 돈이 다만 일만 냥이 남앗ᄂᆞᆫ지라 모도 다 줄 거시니 일노뻐 모도 녁마롤 무역ᄒᆞ여 가지고 북도로 드러가 셰포와 인삼과 피믈을 환미ᄒᆞ여 가지고 나오더 젼과 ᄀᆞᆺ치 허랑히 쓰지 말나 (吾錢只餘萬緡, 今當傾儲以給, 須以此盡貿弊衣等物, 入北道, 換布蔘皮物而來, 勿復如前浪費也.) <靑邱野談 奎章 5:6>

15) 【의토】图 의토(宜土). 어떤 식물을 재배하기에 적당한 땅.¶ 宜土 ‖ 북도ᄂᆞᆫ 본더 면화가 의토 아니라 그 귀ᄒᆞ미 금 ᄀᆞᆺ흐니 사ᄅᆞᆷ이 시러곰 옷슬 ᄒᆞ여 입지 못ᄒᆞ야 겨울이 더워도 오히려 치위롤 부르ᄂᆞᆫ지라 (北道木棉本不宜土, 其貴如金. 人不得授衣, 冬暖而猶呼寒) <靑邱野談 奎章 5:7>

16) 【안변】图 ((지리)) 안변(安邊). 함경남도 안변군에 있는 면.¶ 安邊 ‖ 오셩이 본더 돈을 믈ᄀᆞᆺ치 뼈 슈단이 심히 큰지라 안변브터 뉵진까지 가도록 옷 업ᄂᆞᆫ 사ᄅᆞᆷ을 다 쥬고 나믄 거시 겨오 치마와 바지 흔 벌이라 (吳曾用錢如水, 手段甚闊, 自安邊至六鎭, 盡給無衣之人, 所餘者只裳袴各一件.) <靑邱野談 章 5:7>

17) 【뉵진】图 ((지리)) 육진(六鎭). 조선 세종 때에 지금의 함경북도 북변(北邊)에 설치한 여섯 진(鎭). 곧, 경원(慶源)·경흥(慶興)·부령(富寧)·온성(穩城)·종성(鐘城)·회령(會寧).¶ 六鎭 ‖ 오셩이 본더 돈을 믈ᄀᆞᆺ치 뼈 슈단이 심히 큰지라 안변브터 뉵신ᄭᅵ 가모록 옷 입ᄂᆞᆫ 사ᄅᆞᆷ을 다 쥬고 나믄 거시 겨오 치마와 바지 흔 벌이라 (吳曾用錢如水, 手段甚闊, 自安邊至六鎭, 盡給無衣之人, 所餘者只裳袴各一件.) <靑邱野談 章 5:7>

---

12) 【졍냥】图 ((기물)) 정양(正兩). 큰 활.¶ 鐵箭 ‖ 오모ᄂᆞᆫ 본더 건쟝ᄒᆞᆫ 재라 ᄯᅩ 모든 활냥과 조하ᄒᆞ니 다토와 사법을 ᄀᆞᄅᆞ쳐 졍냥과 가ᄂᆞᆫ 대롤 다 능히 원사ᄒᆞ고 무경칠셔롤 ᄯᅩ흔 능통ᄒᆞᄂᆞᆫ지라 (吳本是健夫, 又與諸閑良, 善爭敎射法, 鐵箭細箭, 俱能遠射, 武經七書, 亦能通曉.) <靑邱野談 奎章 5:5>

13) 【홍픽】图 홍패(紅牌). 문과의 회시(會試)에 급제한 사람에게 수던 증서.¶ 紅牌 ‖ 과쟝의 드러가 급졔ᄒᆞ여 홍픽롤 타 가지고 왓거늘 비지 대희ᄒᆞ여 집안 사ᄅᆞᆷ 알지 못ᄒᆞ게 가만이 곰초고 오모ᄃᆞ려 닐너 ᄀᆞᆯ오더 (及赴試登第, 抱一紅牌, 婢潛藏紅牌, 不令家人知之, 因謂吳曰.) <靑邱野談 奎章 5:5>

롤 더위잡으며18) 바외롤 인연ᄒᆞ야 구을너 김혼 곳의 니르러 홀연이 흔 곳을 바라보니 등블이 경경(耿耿)ᄒᆞ거늘 문을 두드려 자기롤 쳥흔ᄃᆡ 흔 노괴 잇셔 문을 열고 나와 말ᄒᆞ여 ᄀᆞ오ᄃᆡ,

"여ᄎᆞ 심야의 심산졀협(深山絶峽)에 긱이 엇지 니르럿ᄂᆞ뇨?"

ᄒᆞ고 드듸여 마ᄌᆞ 드러가 은근이 졉ᄃᆡᄒᆞ고 밥을 나오거늘 셩이 가진 바 치마와 바지롤 준ᄃᆡ 노괴 대희ᄒᆞ야 뷔비 치【8】샤ᄒᆞ더라. 오셩이 반듕(盤中)의 버린 바 치소롤 보니 다 인삼이라 무러 ᄀᆞ오ᄃᆡ,

"이 나믈을 어듸셔 어더 왓ᄂᆞ뇨?"

노괴 ᄀᆞ오ᄃᆡ,

"이 근쳐의 길경(桔梗)밧치19) 잇기로 미양 ᄏᆡ여먹노라."

오셩이 ᄀᆞ오ᄃᆡ,

"ᄯᅩ ᄏᆡ여 둔 거시 잇ᄂᆞ냐?"

노괴 수십 단을 너여노으니 다 인삼이라. ᄀᆞ는 거슨 손가락 ᄀᆞᆺ고 큰 거슨 다리 ᄀᆞᆺ더라. 이윽고 문 밧긔 짐을 버셔놋는 소리 잇거늘 노괴 ᄀᆞ오ᄃᆡ,

"우리 ᄋᆞ희 왓도다. 아ᄒᆡ 쳐음 날 ᄯᆞ예 두 겨들앙이20) 아리 겨근 날개 잇셔 잇다감21) 날아 벽상의 븟거늘 그 아비 쇠롤 달와22) 지지되 날개 오히

려 다시 낫더니 자라미 밋쳐 용녁이 졀늄(絶倫)흔지라23) 평지예 잇스면 화(禍)에 밋기 쉬운 고로 ᄃᆞ리고 심협의 드러와 산ᄒᆡᆼ으로 쟈ᄉᆡᆼ(資生)ᄒᆞ더니24) 그 아비 이믜 죽고 내 홀노 잇노라."

ᄒᆞ고 인ᄒᆞ야 ᄀᆞ오ᄃᆡ,

"긔긱이 마춤 와 계시니 네 드러와 결ᄒᆞ라. 이 긱이 날을 의복을 쥬어 시러곰 몸을 가리오니 진실노 은인이라."

흔ᄃᆡ 그 사ᄅᆞᆷ이 드러와 졀ᄒᆞ더라. 잇튿날 아춤【9】오셩이 노고ᄃᆞ려 닐너 ᄀᆞ오ᄃᆡ,

"길경밧츨 가히 흔번 구경ᄒᆞ라."

할미 오셩으로 더브러 홈ᄭᅴ 가 흔 고기롤 너머 흔 곳의 니르러 ᄀᆞᄅᆞ쳐 뵈니 왼 산이 모도 인삼이라. 드듸여 죵일토록 ᄏᆡ니 대쇼ᄂᆞᆫ 비록 ᄀᆞᆺ지 아니ᄒᆞ나 기듕의 ᄯᅩᄒᆞᆫ 동ᄌᆞ삼(童子蔘)이 만흐니 합ᄒᆞ여 오륙 틱나 되ᄂᆞᆫ지라. 오셩이 ᄀᆞ오ᄃᆡ,

"산듕의 물이 업스니 엇지 뼈 시러가리오?"

노고의 아들이 ᄀᆞ오ᄃᆡ,

"내 지고 원산(圓山)ᄭᅡ지 갈 거시니 원산 이후ᄂᆞᆫ 그ᄃᆡ 시러가게 ᄒᆞ라."

흔ᄃᆡ 오셩이 그 말ᄀᆞᆺ치 ᄒᆞ야 물을 셰너여 싯고 집의 도라와 젼후 슈말을 그 쳐의게 가쵸 닐으니 그 쳬 깃거 ᄀᆞ오ᄃᆡ,

"그ᄃᆡ 격션을 만히 흔 고로 하늘이 ᄋᆞᆫᄋᆞᆫ 보믈을 쥬어계시니 오늘날 집의 도라오기도 ᄯᅩᄒᆞᆫ 우연치 아니ᄒᆞ도다."

ᄒᆞ더라.

"명일은 대감쥬 셩진(生辰) 회갑이라 만됴 공

---

18) 【더위-잡-】圖 높은 곳에 오르려고 무엇을 끌어 잡다.¶ 捫 ‖ 야반의 홀노 산중에 드러가 빙이롤 더위잡으며 바외롤 인연ᄒᆞ야 구을너 김혼 곳의 니르러 홀연이 흔 곳을 바라보니 등블이 경경ᄒᆞ거늘 (夜半獨入山中, 捫崖緣磴, 轉倒深處, 忽見萬樹叢中, 燈光耿耿.) <靑邱野談 奎章 5:7>

19) 【길경-밧치】圖 ((지리)) 길경밧(桔梗-). 도라지밧.¶ 吉更田 ‖ 이 근쳐의 길경밧치 잇기로 미양 ᄏᆡ여먹노라 (此近有吉更田, 故每採來作菜.) <靑邱野談 奎章 5:8>

20) 【겨들앙이】圖 ((신체)) 겨드랑이.¶ 腋 ‖ 아ᄒᆡ 쳐음 날 ᄯᆞ예 두 겨들앙이 아리 겨근 날개 잇셔 잇다감 날아 벽상의 븟거늘 그 아비 쇠롤 달와 지지되 날개 오히려 다시 낫더니 자라미 밋쳐 용녁이 졀늄흔지라 (兒生之初, 腋下兩傍, 俱有小翅, 往往飛付壁上. 其父煆鐵灸之, 翅猶復生. 及長勇力絶倫.) <靑邱野談 奎章 5:8>

21) 【잇다감】圖 이따금. 종종.¶ 往往 ‖ 아ᄒᆡ 쳐음 날 ᄯᆞ예 두 겨들앙이 아리 겨근 날개 잇셔 잇다감 날아 벽상의 븟거늘 그 아비 쇠롤 달와 지지되 날개 오히려 다시 낫더니 자라미 밋쳐 용녁이 졀늄흔지라 (兒生之初, 腋卜兩傍, 俱有小翅, 往往飛付壁上. 其父煆鐵灸之, 翅猶復生. 及長勇力絶倫.) <靑邱野談 奎章 5:8>

22) 【달오-】圖 달구다.¶ 煆 ‖ 아ᄒᆡ 쳐음 날 ᄯᆞ예 두 겨들앙이 아리 겨근 날개 잇셔 잇다감 날아 벽상의 븟거

늘 그 아비 쇠롤 달와 지지되 날개 오히려 다시 낫더니 자라미 밋쳐 용녁이 졀늄흔지라 (兒生之初, 腋下兩傍, 俱有小翅, 往往飛付壁上. 其父煆鐵灸之, 翅猶復生. 及長勇力絶倫.) <靑邱野談 奎章 5:8>

23) 【졀늄-ᄒᆞ-】圖 졀륜(絶倫)하다. 아주 두드러지게 뛰어나다.¶ 絶倫 ‖ 아ᄒᆡ 쳐음 날 ᄯᆞ예 두 겨들앙이 아리 겨근 날개 잇셔 잇다감 날아 벽상의 븟거늘 그 아비 쇠롤 달와 지지되 날개 오히려 다시 낫더니 자라미 밋쳐 용녁이 졀늄흔지라 (兒生之初, 腋下兩傍, 俱有小翅, 往往飛付壁上. 其父煆鐵灸之, 翅猶復生. 及長勇力絶倫.) <靑邱野談 奎章 5:8>

24) 【쟈ᄉᆡᆼ-ᄒᆞ-】圖 자생(資生)하다. 무엇을 생계로 하여 살아 나가다¶ 資活 ‖ 평지에 잇스면 화에 밋기 쉬운 고로 ᄃᆞ리고 심협의 드러와 산ᄒᆡᆼ으로 쟈ᄉᆡᆼᄒᆞ더니 그 아비 이믜 죽고 내 홀노 잇노라 (在平時則易及於禍, 故携入深峽, 行獵資活. 而其父已死, 吾獨在世矣.) <靑邱野談 奎章 5:8>

경이 다 모힐 거시니 그디 만일 모든 지샹픠 참예
ᄒᆞ여 뵌즉 인연ᄒᆞ여 벼ᄉᆞᆯ을 어더 ᄒᆞ미 무어시 어려
【10】우리오?"

잇튼날 아ᄎᆞᆷ의 기둥 최대쟈(最大者)로 인삼
다ᄉᆞᆺ 쑤리ᄅᆞᆯ 굴희여 대감픠 드려 굴오디,

"쇼비의 지아비 장ᄉᆞ를 낫[나]갓다가 이거슬
어더왓습기예 대감젼의 밧드러 드리ᄂᆞ이다."

대감이 대희ᄒᆞ여 오셩을 블너드려 볼ᄉᆡ 비지
이픠 사립(紗笠)과 철닉(天翼)을 ᄎᆞᆺ챠왓다가 닙혀
드려보니니 지샹이 굴오디,

"엇지ᄒᆞᆫ 의복이뇨?"

오셩이 굴오디,

"쇼인이 년젼의 무과를 ᄒᆞ엿ᄉᆞ오나 샹고(商賈)
로 ᄌᆞ셩ᄒᆞ옵ᄂᆞᆫ 고로 홍픽를 숨겨두고 밋쳐 대감픠
고치 못ᄒᆞ엿ᄂᆞ이다."

지샹이 굴오디,

"신슈도 ᄯᅩ흔 건쟝ᄒᆞ도다."

ᄒᆞ더라. 이윽고 모든 지샹이 ᄎᆞ례로 니르러
인삼을 보고 굴오디,

"이 ᄀᆞᆺ흔 귀흔 거슬 대감이 홀노 맛보지 못ᄒᆞᆯ
거시니 엇지 날을 흔 낫도 쥬시지 아니ᄒᆞ시ᄂᆞ니잇
가?"

대감이 굴오디,

"어든 거시 이 ᄲᅮᆫ이니 엇지 분파(分破)ᄒᆞ리
오?"

오셩이 겻히 잇다가 굴오디,

"쇼인의 젼디예 ᄯᅩ 남은 삼이 ᄀᆞᆺᄉᆞ니 맛당히
난화드려 【11】약간 져근 졍셩을 표ᄒᆞ리이다."

ᄒᆞ고 졔 방의 나가 인삼을 가져다가 여러 지
샹의게 각ᄀᆞ 셰 쓸식25) 드리니 졔공이 대희ᄒᆞ야 무
러 굴오디,

"져 엇더흔 사롬인고?"

지샹이 굴오디,

"이ᄂᆞᆫ 나의 사랑ᄒᆞᄂᆞᆫ 비ᄌᆞ의 지아비오 지쳰즉
항죡이라 ᄯᅩ 무과 출신을 ᄒᆞ엿다."

흔디 졔공이 다 굴오디,

"대감되 비부(婢夫)의 이 ᄀᆞᆺ튼 무변(武弁)이
ᄀᆞᆺ시더 오히려 쵸ᄉᆞ(初仕) 일과(一窠)를 엇지 못ᄒᆞ
니 엇지 대감의 칙망이 아니리잇가?"

지샹이 굴오디,

"그 사롬이 무과흔 줄을 나 ᄯᅩ흔 이졔야 알앗
노라."

날이 ᄌᆞᆷᄌᆞᆷ 셕양이 되미 졔공이 진취ᄒᆞ고 흣터
지다. 오셩이 그 삼을 방미(放賣)ᄒᆞ야 누십만을 어
드니라. 졔공이 셔로 쳔거ᄒᆞ여 미구(未久)의 무겸션
젼관(武兼宣傳官)을 어더 ᄒᆞ고 ᄎᆞᆺᄎᆞ 벼ᄉᆞᆯ을 올마 슈
ᄉᆞ(水使)ᄭᅥ지 니르니 쳐로 숙냥(贖良)ᄒᆞ야 빅년히로
(百年偕老)ᄒᆞ니라.

김승샹궁도우의기
金丞相窮途遇義妓

【12】숙묘됴(肅廟朝)의 김샹국(金相國) 우항
(宇杭)이26) 나히 삼십팔의 니르도록 오히려 션비로
잇셔 가되 황낙ᄒᆞ고 셩계 소조(蕭條)ᄒᆞ야 됴블녀셕
(朝不慮夕)ᄒᆞ고27) 의관이 분명치 못ᄒᆞ더라. ᄯᅡᆯ 다ᄉᆞᆺ
시 잇셔 나히 다 빈혀 곳기예 밋쳐시디 ᄒᆞ나토 셩
가(成嫁) 못ᄒᆞ엿더니 맛춤 흔 궁조대(窮措大)28) 잇

---

25) 【쓸】圖回 뿌리 ▮ 莖 ▮ 졔 방의 나가 인삼을 가져다가
여러 치샹의게 각ᄀᆞ 셰 쌀식 ᄂᆞ리니 셰공이 대희ᄒᆞ야
무러 굴오디 져 엇더흔 사롬인고 (出其家, 各以三莖,
拜獻于諸公. 諸公亦大喜問曰: "彼何人斯?") <靑邱野談
奎章 5:11>

26) 【우항】圖 ((인명)) 김우항(金宇杭 1649~1723). 조선중기
의 문신. 자는 제중(濟仲). 호는 갑봉(甲峯)·좌은(坐
隱). 형조판서·병조판서·좌참찬·우의정을 지냈으
며, 신임사화(辛壬士禍) 때에 화를 입었다.▮ 宇杭 ‖ 숙
묘됴의 김샹국 우항이 나히 삼십팔의 니르도록 오히
려 션비로 잇셔 가되 황낙ᄒᆞ고 셩계 소조ᄒᆞ야 됴
블녀셕ᄒᆞ고 의관이 분명치 못ᄒᆞ더라 (肅廟朝金相國宇杭,
年至四十八, 猶守布素, 家道旁落, 荒舍如蝸. 活計若蛛,
朝哺不繼, 衣褐不完.) <靑邱野談 奎章 5:12>

27) 【됴블녀셕 -ᄒᆞ-】圖 됴블려셕(朝不慮夕)ᄒᆞ다. 당장을
걱정할 뿐이고 앞일을 돌아볼 겨를이 없다.▮ 朝哺不繼
‖ 숙묘됴의 김샹국 우항이 나히 삼십팔의 니르도록
오히려 션비로 잇셔 가되 황낙ᄒᆞ고 셩계 소조ᄒᆞ야 됴
블녀셕ᄒᆞ고 의관이 분명치 못ᄒᆞ더라 (肅廟朝金相國宇
杭, 年至四十八, 猶守布素, 家道旁落, 荒舍如蝸. 活計若
蛛, 朝哺不繼, 衣褐不完.) <靑邱野談 奎章 5:12>

28) 【궁-조대】圖 ((인류)) 궁조대(窮措大). 곤궁하고 청빈
ᄒᆞᆫ 션비.▮ 措大 ‖ 맛ᄎᆞᆷ 흔 궁ᄌᆞ대 잇셔 ᄯᅡᆯ를 위
ᄒᆞ여 혼인을 구ᄒᆞ야 이믜 셩혼은 ᄒᆞ엿스나 공이 스스
로 싱각ᄒᆞ니 몸 밧긔ᄂᆞᆫ 아모것도 업고 ᄯᅩ 친척이 업
스니 무쳐공쇄라 (適有一措大, 爲其子與公女議婚, 已

셔 그 아들을 위호여 혼인을 구호야 이믜 셩혼은 호엿스나 공이 스스로 싱각호니 몸 밧긔는 아모것도 업고 쏘 친쳑이 업스니 무쳐공쇠(無處控訴ㅣ)라. 엇지 뼈 치힝을 흘고 미양 즁야(中夜)의 주탄호야 침식을 폐호지 여러 슌이러니 홀연 싱각호니 원족(遠族)의 혼 무관이 시임 단쳔원(端川員)이라 항널은 내게셔 져기 놉흐니 블원쳔리호고 나려가 젼지(錢財)를 조곰 어더오면 거의 셩스호리니 극히 참괴(慙愧)호나 쏘호 무가너해(無可奈何ㅣ)라. 두루 사름의게 근쳥호여 간신이 노즈를 엇고 쏘 관단마(款段馬)[몰 즁 하츙이래] 혼 필을 셰너여 창두로 호여곰 잇쯜고 간신이 【13】 쳔여 리를 힝호여 단쳔읍에 니르러 관문을 두드려 보기를 쳥혼즉 도로혀 혼리(閽吏)의 막힌 비 되여 감히 드러가지 못호는지라. 공이 누츠 쑤지즈더 관리 관녕(官令)이 엄호다 호고 죵시 드리지 아니호니 이굿치 호기를 오릭호다가 날이 주믜 어두온지라. 분개호믈 니긔지 못호야 그져 물나가고 시푸더 이믜 발혼 살이라 가히 듕지치 못호여 밤의는 긱졈(客店)의셔 자고 낫예는 관문의 나아가 드러가기를 구호더 일삭이 지나도록 오히려 틈을 엇지 못호고 반젼(盤纏)은 이믜 다 진혼지라 거졉(居接)호는 쥬인의게 만히 쑤어 쓰니 쥬인이 공의 탄 물노뼈 뎐당을 잡거놀 공이 우민호여 진퇴부득(進退不得)이라. 쥬인이 그 형상을 알고 글오더,

"명일 디뷔 맛당히 사창(社倉)의[29] 나와 격미(糴米)를 친검(親檢)홀 거시니 길이 졈(店) 압흐로 가는지라 엇지 길ᄀᆞ의 가 기드리다가 혼번 그 【14】 얼골을 보지 못호느니잇가?"

공이 그러이 너겨 이튼날 아츰의 시험호야 그 말과 굿치 호니 스군(使君)이 과연 남여(藍輿)를 타고 오는더 나줄들이 옹위호야 잡인을 급히 금ᄒ거늘 공이 샐니 블너 글오더,

"내 이예셔 기드린지 오릭다."

혼더 스군이 머리를 글젹여 글오더,

"무슨 연괴뇨?"

공이 그 연유를 주셰이 니른더 스군이 글오더,

"바야흐로 일이 ᄎᆞ시니 말홀 결을이 업는지라 아모커나 기드리라."

호고 하예(下隸)를 도라보와 닐너 글오더,

"네 가히 인호야 동각(東閣)으로 드려가 나의 오기를 기드리라."

공이 즉시 쑬아 공당의 니르러 안잣기를 날이 기울도록 호더 밥도 아니 공궤호는지라 긔갈을 견디기 어렵더니 겨녁의 스군이 도라와 좌졍호미 공이 고호여 글오더,

"내 죵일 먹지 못호야 졍신이 혼도호니 쥭반 간의 밧비 쥬어 쁜 창자 【15】 를 펴믈 원호노라."

스군이 글오더,

"몬져 쥬효로뻐 시험호라."

이윽고 술 맛튼 관비 부리 씌여딘 져근 병의 희곽(海藿)[30] 혼 조각을 안쥬가음으로 드리니 공이 당초 쇼견의는 죵일 쥬린 끗히 반드시 조혼 술과 살진 고기를 포식호리라 호엿더니 이 모양을 보고 노긔등등호여 급히 니러나 박차 짜의 업지르고 인호여 스군드려 닐너 글오더,

"사롭 디졉을 이굿치 아니호느니라."

스군이 쏘혼 노호여 글오더,

"내가 네게 놉흔 항널이어늘 너의 쥬는 거슬 이굿치 호느뇨?"

호고 즉시 관노로 호여곰 모라 문밧긔 닉치고 아젼을 블너 분부호더,

"네 일경(一境)에 신칙호여 만일 그 긔괴혼 쟈를 부쳐 재우는 재 이시면 즁죄를 당호리라 호라."

공이 분을 먹음고 도라와 쥬졈의 니른즉 쥬인이 문을 닷고 드리지 아니호고 물은 이믜 뎐당 【16】 의 앗긴 비 되니 공이 홀길 업셔 홀노 창두로 더부러 쏘 다른집을 차자가니 다 막고 드리지 아니

有成言, 而公自念身外, 實無長物, 且無親戚, 無處控訴.)
<靑邱野談 奎章 5:12>

29) 【사창】圖 ((주거)) 사창(社倉). 조선시대에, 각 고을의 환곡(還穀)을 저장하여 두던 곳집. 문종 원년(1451)에 설치하여 점차 확대하였으나, 환곡의 문란으로 순조 5년(1805)에 호남·호서 지방은 관찰사 재량으로 그 존폐를 결정하도록 하였다.¶ 社倉 ‖ 명일 디뷔 맛당히 사창의 나와 격미를 친검홀 거시니 길이 졈 압흐로 가는지라 엇지 길ᄀᆞ의 가 기드리다가 혼번 그 얼골을 보지 못호느니잇가 (明日知府, 當詣社倉, 親檢糴米, 路出店前, 何不候于路左, 一見其面乎.) <靑邱野談 奎章 5:13>

30) 【희곽】圖 ((음식)) 해곽(海藿). 바다미역.¶ 海藿 ‖ 이윽고 술 맛튼 관비 부리 씌여딘 져근 병의 희곽 혼 조각을 안쥬가음으로 드리니 공이 당쵸 쇼견의는 죵일 쥬린 끗히 반드시 조혼 술과 살진 고기를 포식호리라 호엿더니 (少焉掌酒官娥, 以缺口一小壺進, 復以海藿一片, 爲歴酒之需, 公竟日飢餓, 初謂必以美酒肥肉餉之.) <靑邱野談 奎章 5:15>

ㅎ는지라. 날은 이믜 겨믈고 비는 박 퍼붓듯 오는지라. 드디여 읍니(邑里) 쏫히 다 나가 수플 사이예셔 잠간 쉬더니 그 겻히 흔 움이 잇고 가온더 돗자리로 문을 ㅎ엿스니 이는 피혜장(皮鞋匠)이[31] 거ㅎ는 더라. 공이 장인드려 닐녀 골오더,

"날이 겨믈고 길이 머니 원컨더 ㅎ로밤 자기를 빌니라."

장인이 막지 아니ㅎ니 대개 토굴은 연의[32] 집과 다른 고로 태슈의 호령이 밋지 못ㅎ엿더라. 공이 ᄌ옥히 안잣스더 비 개이지 아니ㅎ더니 이경의 구름이 것고 둘이 붉으니 몱은 빗치 사룸을 뽀아 돗자리 틈으로 드러오니 터럭 끗흘 가히 볼너라. 공이 긔곤(飢困)이 심ㅎ여 심신이 산란 즁에 쏘 분ㅎ고 쏘 한ㅎ여 능히 눈을 부치지 못ㅎ더니 홀연이 드르니 발ᄌ최 소리 【17】 졈졈 갓가와 돗문[33] 밧긔 니르러 긋치거늘 공이 고개를 드러 보니 흔 녀지 안식이 출즁ㅎ고 의형미목(儀形美目)이 사룸을 동ㅎ는지라. 문을 두드려 말ㅎ여 골오더,

"이 움 속의 경셩 손님이 잇느냐?"

공이 태슈의 스환인가 의심ㅎ야 장인을 블너 ㅎ여곰 감쵸아 달나 흔더 겨집이 골오더,

"엇지 날을 속이느뇨?"

ㅎ고 곳 문을 헷치고 드러오니 공이 피홀더 업는지라. 겨집이 공을 ᄀ르쳐 골오더,

"두려워 마르쇼셔."

공이 그 연고를 무른더 기녜 골오더,

"쳡은 읍듕 술 맛튼 기성이라 원님이 미양 믹쥬(麥酒)와 희곽으로 손을 더졉ㅎ니 쳡이 샹해 그

---

31) 【피혜쟝】圈 ((인류)) 피혜장(皮鞋匠). 가죽으로 신을 만드는 장인.¶ 皮鞋匠∥ 드디여 읍니 쏫히 다 나가 수플 사이예셔 잠간 쉬더니 그 겻히 흔 움이 잇고 가온더 돗자리로 문을 ㅎ엿스니 이는 피혜장이 거ㅎ는 데 라 (逯到邑里將窮處, 要暫歇於林莽之間, 其旁有陶穴中有石門, 乃皮鞋匠所居也.) <靑邱野談 奎章 5:16>

32) 【연의】圈 여느. 그 밖의 예사로운. 또는 다른 보통 의.¶ 장인이 막지 아니ㅎ니 대개 토굴은 연의 집과 다른 고로 태슈의 호령이 밋지 못ㅎ엿더라 (匠亦不拒, 盖窖穴異於廬舍, 故號令不能及也.) <靑邱野談 奎章 5:16>

33) 【돗-문】圈 ((주거)) 거적문. 문짝 대신에 거적을 친 문.¶ 席門∥ 홀연이 드르니 발ᄌ최 소리 졈졈 갓기의 돗문 밧긔 니르러 긋치거늘 공이 고개를 드러 보니 흔 녀지 안식이 출즁ㅎ고 의형미목이 사룸을 동ㅎ는 지라 (忽聞跫音漸邇, 至席門外而止. 公引領而看, 則有一女子, 顔色殊衆, 明媚動目.) <靑邱野談 奎章 5:17>

지믈을 앗기고 사룸을 경히 알믈 무여ㅎ나[34] 그러나 이거슬 다 달게 바다먹는 재 잇스니 쳡이 다 쳔흔 쟝부로 응위흔 긔샹이 업스믈 한탄ㅎ더니 이계 샹공이 비록 긔갈곤고(飢渴困苦)흔 듕이 잇스나 능히 박차고 닐쩌나니 가히 그 비범흔 【18】 줄을 알지라. 이러툿흔 긔샹으로 엇지 부귀를 근심ㅎ리잇가?"

공이 지삼 청샤ㅎ더니 이윽고 흔 차환(叉鬟)이 칠합(漆盒)을 니고 와 곳 공의 압히 노으니 반긩(飯羹)과 찬믈(饌物)이 극히 졍비흔지라. 공이 하져(下箸)ㅎ야 경긱의 다 먹으니 무비가식지미(無非可食之味)라. 공이 극구 청송ㅎ고 감격ㅎ미 골슈의 박히더라. 계집이 골오더,

"이믜 뫼시고 말삼을 허ㅎ여계시니 쳥컨더 잠간 폐려(弊廬)의 가 편히 쉬게 ㅎ쇼셔."

공이 조차 그집의 니르니 녹창쥬호(綠窓朱戶)와 쵸벽분쟝(椒壁粉牆)의 당뉼(唐律)노 쥬련(柱聯)을 부치고 청동화로의 긔이흔 향을 픠우니 향긔 사룸을 엄습ㅎ며 등쵹이 휘황ㅎ고 문쉬 찬란ㅎ더라. 기녜 ㅎ여곰 담방셕의 안치고 경의 말을 토홀시 인ㅎ여 무러 골오더,

"쳔 리 짜의 오신 뜻은 무슨 일을 쥬ㅎ시미니잇가?"

공이 그 스연을 닐은더 기녜 아미를 쩡긔고 긍년(矜憐)ㅎ는[35] 빗치 잇더 【19】 라. 밤이 장츳 깁ㅎ미 공을 뫼셔 금침을 흔가지로 홀시 운우지락(雲雨之樂)이 비홀더 업더라.

미명(未明)의 기녜 몬져 니러나 비단상자 속으로 빗난 의복 일습(一襲)을 니여 공을 쥬니 공이 능히 믈니치지 못ㅎ야 이예 닙으니 당단이 다 몸의 맛더라. 공이 뉴년ㅎ야 능히 써나지 못ㅎ여 수삭(數朔)을 엄체(淹滯)ㅎ더니 기녜 골오더,

"샹공이 엇지 이예 오러 뉴ㅎ려 ㅎ시느니잇가?"

---

34) 【무여-ㅎ-】圈 미워하다.¶ 憎疾∥ 쳡이 샹해 그 지믈을 앗기고 사룸을 경히 알믈 무여ㅎ나 그러나 이거슬 다 달게 바다먹는 재 잇스니 쳡이 다 쳔흔 쟝부로 응위흔 긔샹이 업스믈 한탄ㅎ더니 (妾嘗憎疾其吝財而輕人, 然受此饋者, 皆甘受輕飮, 妾以爲此皆賤之爲丈夫也. 故無甚奇偉之氣也.) <靑邱野談 奎章 5:17>

35) 【긍년-ㅎ-】圈 긍련(矜憐)하다. 불쌍하고 가엾어하다.¶ 矜憐∥ 공이 그 스연을 닐은더 기녜 아미를 쩡긔고 긍년ㅎ는 빗치 잇더라 (公爲道其狀, 妓頻眉蹙額, 似有矜憐之色.) <靑邱野談 奎章 5:18>

공이 굴오디,

"쳐지 쥬리고 비복이 슈쳑ᄒᆞ야 날을 바라ᄂᆞᆫ 눈이 쏘러지고져 ᄒᆞᄂᆞᆫ 줄을 비부지(非不知)로디 내 쏘ᄒᆞᆫ 익이 ᄉᆡᆼ각ᄒᆞ니 공슈(空手)로 도라가면 가속을 볼 낫치 업ᄂᆞᆫ지라 이졔 힝탁(行橐)이 소연(蕭然)ᄒᆞ여 실노 노비(路費) 업스니 엇지 쳔 리 밧긔 ᄶᅥ나리오? ᄉᆞ셰 그러ᄒᆞ여 여러 둘 ᄌᆞ져(赵趄)ᄒᆞ노라."

기녜 굴오디,

"대장뷔 맛당이 공명의 힘ᄡᅥᆯ 거시니 엇지 가히 외도에 침닉ᄒᆞ야 광음을 보ᄂᆞ리잇가? 쳡이 비록 녀지나 엇지 지식이 【20】 업스리잇가? 소위 노ᄌᆞᄂᆞᆫ 이믜 찰앗ᄂᆞ이다."

공이 대희과망(大喜過望)ᄒᆞ더라.

명됴에 물 두 필이 밧긔셔 울거늘 공이 무른디 답왈,

"샹공을 위ᄒᆞ야 판비ᄒᆞ엿ᄂᆞ이다."

공이 블감ᄒᆞ므로 ᄉᆞ례ᄒᆞ거늘 기녜 굴오디,

"ᄒᆞ나흔 공이 타시고 ᄒᆞ나흔 쳡이 약간 의샹으로ᄡᅥ 신믈(贐物)ᄒᆞ니 가히 싯고 가쇼셔."

ᄒᆞ고 인ᄒᆞ여 두 짝 화롱(花籠)으로ᄡᅥ[36] 고흔 뵈와 피물과 달의(達衣)와 은화 등믈을 시러 공의 힝ᄒᆞᄆᆞᆯ 직쵹ᄒᆞᆫ디 공이 눈믈을 ᄲᅳ리고 니별ᄒᆞᆯᄉᆡ 그 의ᄅᆞᆯ 항복ᄒᆞ고 그 졍을 년ᄂᆞᆫᄒᆞ여 길의 잇ᄉᆞ미 북을 ᄇᆞ라보고 권년ᄒᆞ더라.

집의 도라와 가져온 물건으로 혼슈ᄅᆞᆯ 준비ᄒᆞ야 셩친ᄒᆞ니라.

그 ᄒᆡ 가을에 쟝원급뎨ᄒᆞ야 이윽고 옥당으로 입딕(入直)ᄒᆞ엿더니 샹이 좌직유신(坐直儒臣)을 지쵹ᄒᆞ야 부르시니 공이 승명ᄒᆞ여 입딕(入對)ᄒᆞᆫ디 샹이 굴ᄋᆞ샤디,

"이졔 북퇴(北土ㅣ) 년황(年荒)ᄒᆞ여 슈한이 상인(相仍)ᄒᆞ【21】고 겸ᄒᆞ야 디방이 졀원(絶遠)ᄒᆞ여 됴령(朝令)이 밋지 못ᄒᆞᆯᄉᆡ 슈지(守宰)들이 탐남(貪婪)ᄒᆞ야 셩민을 침학(侵虐)ᄒᆞ니 네 슈의(繡衣)ᄅᆞᆯ 입고 안념(按廉)ᄒᆞ여[37] 읍니예 암힝ᄒᆞ야 쟝부(臧否)ᄅᆞᆯ

노렬(臚列)ᄒᆞ야[38] 네 명을 어긔지 말나."

공이 승명ᄒᆞ고 황감ᄒᆞ야 즉시 현슌빅결(懸鶉百結)ᄒᆞᆫ 옷슬 닙고 미힝(微行)으로 북관을 드러가 쵼가의 걸식ᄒᆞ며 졍치ᄅᆞᆯ 술피거나 일ᄉ은 져물게야 단쳔의 니르러 기녜의 구일(舊日) 은의(恩誼)ᄅᆞᆯ ᄉᆡᆼ각ᄒᆞ야 몬져 찻고 쏘 속여 그 ᄠᅳᆺ을 보고져 ᄒᆞ야 이예 그 문의 가 블너 굴오디,

"쳥컨디 밥 ᄒᆞᆫ 술 다고 만일 밥이 업거든 돈으로 ᄒᆞᆫ 푼을 달나."

ᄒᆞ고 이ᄀᆞᆺ치 ᄒᆞ기ᄅᆞᆯ 두어 번 ᄒᆞ니 기녜 창을 격ᄒᆞ야 듯고 대경대희ᄒᆞ야 구롬 ᄀᆞᆺ흔 머리치ᄅᆞᆯ 경계치 못ᄒᆞ고 급ᄉ히 당의 나려와 밋쳐 신을 신지 못ᄒᆞ고 ᄭᅳᆯ고 드러가 굴오디,

"엇진 연고로 이리 되엿ᄂᆞ니잇가?"

공이 굴오디,

"말노 다 못ᄒᆞ리로라. 우리 둘이 실산(失散)【22】ᄒᆞᆫ 후로부터 즁노의셔 도적을 만나 노비와 물을 다 일코 쳐ᄌᆞ 보기 붓그려워 집의 도라가지 못ᄒᆞ고 도로의 표탕ᄒᆞ야 걸식으로 년명ᄒᆞ니 가히 의지ᄒᆞᆯ디 업ᄂᆞᆫ지라 이졔 바라ᄂᆞᆫ 쟤 너 ᄀᆞᆺ ᄐᆞ니 업기로 다시 오기ᄂᆞᆫ 왓스나 감히 믄득 드러가지 못ᄒᆞ여 밧긔셔 블넛노라."

기녜 굴오디,

"분쥬발셥ᄒᆞᄆᆡ 긔갈이 응당 심ᄒᆞᆯ 거시니 엇지ᄡᅥ 비ᄅᆞᆯ 블니리오? 셕반이나 ᄒᆞᆫ 술식 가히 난우리라."

ᄒᆞ고 인ᄒᆞ여 ᄒᆞᆫ 상에 셕반을 먹더라. 먹기ᄅᆞᆯ 마ᄎᆞ미 기녜 곳쳐 새 옷 일습을 닙혀 굴오디,

"너 공을 위ᄒᆞ여 이 옷슬 지어노코 신편(信便)을 어더 부치고져 ᄒᆞ디 음신(音信)이 돈졀(頓絕)ᄒᆞ여 방금 보니지 못ᄒᆞ엿더니 의외예 금일 샹봉ᄒᆞ니 겨긔 졍셩을 표ᄒᆞᄂᆞ이다."

공이 헌옷슬 버셔 묵꺼 궤 우희 두거늘 기녜 굴오디,

"파락(破落)ᄒᆞᆫ 옷슬 다시 닙지 못ᄒᆞᆯ 거시니 두어 무어셰 ᄡᅳ【23】리오?"

ᄒᆞ고 창을 밀치고 밧긔 너여ᄇᆞ리거늘 공이 급

---

36) 【화롱】圖 ((기물)) 화농(花籠). 장농.¶ 轝籠 ‖ 인ᄒᆞ여 두 짝 화롱으로ᄡᅥ 고흔 뵈와 피물과 달의와 은화 등믈을 시러 공의 힝ᄒᆞᄆᆞᆯ 직쵹ᄒᆞᆫ디 (仍以二隻轝籠, 實以嫩布貂皮鬄髢銀貨載之, 趣公行.) <靑邱野談 奎章 5:20>

37) 【안념-ᄒᆞ-】圖 안념(按廉)하다. 두루 살피다.¶ 按廉 ‖ 슈지들이 탐남ᄒᆞ야 셩민을 침학ᄒᆞ니 네 슈의ᄅᆞᆯ 입고 안념ᄒᆞ여 읍니예 암힝ᄒᆞ야 쟝부ᄅᆞᆯ 노렬ᄒᆞ야 네 명을 어긔지 말나 (守宰貪婪, 椎膚剝髓, 汝其乘馹按廉, 潛行邑里, 臚列藏否, 無墮予命.) <靑邱野談 奎章 5:21>

38) 【노렬-ᄒᆞ-】圖 노렬(臚列)하다. 글을 적어서 벌이다.¶ 臚列 ‖ 슈지든이 탐남ᄒᆞ야 셩민을 침학ᄒᆞ니 네 슈의ᄅᆞᆯ 입고 안념ᄒᆞ여 읍니예 암힝ᄒᆞ야 쟝부ᄅᆞᆯ 노렬ᄒᆞ야 네 명을 어긔지 말나 (守宰貪婪, 椎膚剝髓, 汝其乘馹按廉, 潛行邑里, 臚列藏否, 無墮予命.) <靑邱野談 奎章 5:21>

113

히 당의 느려 취ᄒᆞ여 유공불급(唯恐不及)ᄒᆞᄃᆡ 기녜
ᄯᅩ 집어더지거늘 공이 쏠아가며 즉시 거두니 이 ᄀᆞᆺ
혼 재 세 번이라 기녜 공을 이윽히 보다가 발연작
싴(勃然作色)ᄒᆞ여 ᄀᆞᆯ오ᄃᆡ,

"쳡은 오직 셩심으로뻐 군ᄌᆞ룰 졉ᄃᆡ하거늘 군
ᄌᆞᄂᆞ 거즛 ᄯᅳᆺ으로뻐 외식(外飾)ᄒᆞ니 엇진 일이니잇
고?"

공이 악연(愕然)ᄒᆞ여 ᄀᆞᆯ오ᄃᆡ,

"엇지 닐움고?"

기녜 ᄀᆞᆯ오ᄃᆡ,

"공이 ᄉᆞ믹 새옷슬 닙고 혈셩(血誠)으로 헌옷
슬 바리지 아니ᄒᆞᆷ은 쟝찻 쓸 곳이 잇스미니 엇지
슈의어ᄉᆞ(繡衣御史)] 아니리잇가?"

ᄒᆞ고 인ᄒᆞ여 ᄉᆞ믹룰 쓴코 니러나거늘 공이 우
어 ᄀᆞᆯ오ᄃᆡ,

"내 과연 급계ᄒᆞ여 이 벼술을 ᄒᆞ엿스니 이졔
너룰 만나미 엇지 가히 내 어싀로라 ᄌᆞ랑ᄒᆞ랴?"

기녜 즉시 ᄆᆞ음이 풀녀 ᄯᅩ 쳥ᄒᆞ여 ᄀᆞᆯ오ᄃᆡ,

"쟝찻 본읍 태슈룰 엇지ᄒᆞᆯ고?"

공이 ᄀᆞᆯ오ᄃᆡ,

"이ᄂᆞᆫ 너의 셩각에 어려온 배라 태슈 잔민(殘
民)을 탐학(貪虐)ᄒᆞ니 그 죄룰 다 이로 혜지 못ᄒᆞᆯ지
라 만일 그 허믈을 과 [24] 히 들어녀여 그 죄룰
봉고파츌지경(封庫罷黜之頃)의 니른즉 이ᄂᆞᆫ 돈목지
의(敦睦之誼) 업스미며 만일 엄치(掩置)ᄒᆞᆫ즉 이ᄂᆞᆫ
국ᄉᆞ룰 셩각지 아니ᄒᆞ미니 엇지ᄒᆞ면 가ᄒᆞᆯ고?"

기녜 ᄀᆞᆯ오ᄃᆡ,

"만일 슈계(首啓)예 쥬달ᄒᆞ면 필경 즁죄룰 당
ᄒᆞᆯ 거시니 사롬이 반드시 공이 분긔룰 온츅(蘊蓄)ᄒᆞ
엿다가39) 발ᄒᆞ미라 닐을 거시오 만일 그져 두고
논치 아니ᄒᆞ면 이ᄂᆞᆫ ᄉᆞ스로뻐 공스룰 멸ᄒᆞ미니 다
결단코 힝치 못ᄒᆞᆯ지라. 공이 만일 ᄀᆞ만이 드러가 태
슈룰 보고 죄룰 슈죄(數罪)ᄒᆞ여 ᄒᆞ여곰 졀노 올나가
게 ᄒᆞᆫ즉 가히 득듕(得中)이 될 ᄯᅳᆺᄒᆞ니 공의 쇼견
은 엇더ᄒᆞ니잇고?"

공이 ᄀᆞᆯ오ᄃᆡ,

"내 쇼견의셔 낫도다."

기녜 공을 권ᄒᆞ야 붓슬 드러 태슈 블법지ᄉᆞ

(不法之事)와 창곡을 건몰(乾沒)ᄒᆞ며 빅셩의 지물
침탈훈 죄샹을 낫ᄎ치 격어가지고 당야의 공을 인
도ᄒᆞ야 가만이 동헌의 드러가니 태슈 바야흐로 안
잣다가 공을 보고 대경ᄒᆞ니 대 [25] 개 공의 급계
훈 줄을 알미러라. 인ᄒᆞ야 니러나 ᄯᅥᆯ며 ᄀᆞᆯ오ᄃᆡ,

"귀훈 몸이 엇지 이예 니르럿ᄂᆞ뇨?"

공이 ᄀᆞᆯ오ᄃᆡ,

"닉 봉명ᄒᆞ여 이예 와 인ᄒᆞ여 귀부의 니르러
ᄀᆞ만이 뵈ᄂᆞ니 아지 못게라 별녀 무양ᄒᆞ시냐?"

태슈 황축(惶蹙)ᄒᆞ야 슈각(手脚)이 황난ᄒᆞ거늘
공이 ᄀᆞᆯ오ᄃᆡ,

"귀부의 니르므로부터 졍치룰 탐문ᄒᆞᆫ즉 원셩
이 ᄀᆞ득ᄒᆞ야 훈 귀로 듯기 어려온지라 무슨 피악훈
졍ᄉᆞ룰 힝ᄒᆞ야 이러톳ᄒᆞ뇨? 피ᄎᆞ 블힝이로다."

태슈 머뭇거려 ᄀᆞᆯ오ᄃᆡ,

"원컨ᄃᆡ 쇼관의 죄룰 드러지이다."

공이 격은 거슬 너여 뵌ᄃᆡ 태슈 ᄀᆞᆯ오ᄃᆡ,

"붉은 증험이 예 잇스니 변빅무로(辨白無路)ᄒᆞᆫ
지라 원컨ᄃᆡ ᄉᆞ셩(使星)은40) 특별이 동종(同宗)의
ᄌᆞ룰 셩각ᄒᆞ야 큰 죄룰 면케 ᄒᆞ미 엇더ᄒᆞ뇨?"

공이 ᄀᆞᆯ오ᄃᆡ,

"내 엇지 춤아 바른ᄃᆡ로 논힉ᄒᆞ여 공을 금고
죵신(禁錮終身)ᄒᆞᆯ41) 지경에 ᄲᅡ지게 ᄒᆞ리오? 이믜 안
념ᄒᆞᄂᆞᆫ 즁임을 맛ᄐᆞ시니 가히 일읍 빅셩으로 ᄒᆞ여
[26] 곰 너 ᄉᆞ의(私誼)룰 인연ᄒᆞ여 그 고쵸룰 바드
리오? 바라건ᄃᆡ 명일닉로 샤쟝(辭狀)ᄒᆞ고 속ᄉᆞ히 올
나가라 만일 그러치 아니ᄒᆞ면 봉고등문(封庫登聞)ᄒᆞ
리라."

태슈 샤례ᄒᆞ여 ᄀᆞᆯ오ᄃᆡ,

"공의 포용(包容)훈 덕냥(德量)은 ᄲᅧ은 ᄯᆞᆯ노
ᄒᆞ여곰 다시 봄을 만나고 말은뼈가 다시 고기 되미
라. 감히 명ᄃᆡ로 아니ᄒᆞ리잇가?"

공이 ᄉᆞ예 나갓더니 익일에 태슈 과연 칭병ᄒᆞ

---

39) 【온휵-ᄒᆞ】 圖 온휵(蘊蓄)하다. 미음 속에 깊이 쌓아
두다.¶ 蓄∥ 만일 슈계예 쥬달ᄒᆞ면 필경 즁죄룰 당훌
거시니 사롬이 반드시 공이 분긔룰 온휵ᄒᆞ엿다가 발
ᄒᆞ미라 닐을 거시오 (若以此奏撤, 終至抵法, 則人必謂
公含愼蓄怒而發也.) <靑邱野談 奎章 5:24>

40) 【ᄉᆞ셩】 圖 ((인류)) ᄉᆞ셩(使星). 임금의 명으로 지방에
출쟝 가던 벼슬아치.¶ 使星∥ 붉은 증험이 예 잇스니
변빅무로ᄒᆞᆫ지라 원컨ᄃᆡ ᄉᆞ셩은 특별이 동종의 ᄌᆞ룰
셩각ᄒᆞ야 큰 죄룰 면케 ᄒᆞ미 엇더ᄒᆞ뇨 (明證斯存, 辨
白不得. 願使星特念同根之義, 俾免大罪, 如何?) <靑邱
野談 奎章 5:25>

41) 【금고죵신-ᄒᆞ】 圖 금고죵신(禁錮終身)하다. 죄과 또
는 신문에 허물이 있어 한녕생 벼슬길에 오르지 못하
다.¶ 廢錮∥ 내 엇지 춤아 바른ᄃᆡ로 논힉ᄒᆞ여 공을 금
고죵신훌 지경에 ᄲᅡ지게 ᄒᆞ리오 (我豈刺口論列陷公於
廢錮之科哉?) <靑邱野談 奎章 5:25>

고 젼리(田里)로 도라가다.

공이 장찻 힝홀 졔 기녀드려 닐너 굴오디,

"니가 이번의 너롤 다려다가 삼싱(三生)의 연
분을 밋고 시부디 옥당이라 ᄒᆞᄂᆞᆫ 벼슬이 묽기 믈
ᄀᆞᆺ투여 됴셕을 잇기 어려오니 만일 널노 ᄒᆞ여곰 긔
한을 면치 못ᄒᆞᄂᆞᆫ 이는 나의 쳐망이라. 져기 벼슬이
놉고 녹봉이 후ᄒᆞᆫ 써롤 기ᄃᆞ려 다시 모힐 날이 잇
스리라."

기녜 굴오디,

"쳡이 엇지 감히 상공끠 격ᄣᅥᆼ을[42] 기치리잇
고? 쳐분디로 ᄒᆞ리이다."

ᄒᆞ더라. 공이 쥰ᄉᆞ(竣事)ᄒᆞ고 도 [27] 라와 복
명ᄒᆞ고 일ᄌᆞ은 옥당에 입직ᄒᆞ엿더니 슉뫼 츈취 놉
ᄒᆞ샤 안환(眼患)으로 미령(靡寧)ᄒᆞ샤 미양 밤의 입
직 계신을 다 명쵸(命招)ᄒᆞ샤 고금득실(古今得失)을
함논(咸論)ᄒᆞ시며 녀항 니어(俚語)[니어ᄂᆞᆫ 샹담 말이라]
롤 하문ᄒᆞ샤 쇼일ᄒᆞ실ᄉᆡ 계신이 각ᄌᆞ 쇼문쇼견(所
聞所見)으로 쥬달ᄒᆞ기롤 맛치미 ᄎᆞ례 공의게 밋찬
지라. 공이 앙달(仰達)ᄒᆞ올 거시 업스모로 알왼디
샹이 굴ᄋᆞ샤디,

"네 이믜 북관의 슌렴(巡廉)ᄒᆞ엿스니[43] 경녁
(經歷)ᄒᆞᆫ[44] 일을 엇지 말ᄒᆞ지 아니ᄒᆞᄂᆞᇀ?"

공이 부복 디왈,

"비쇄(鄙瑣)ᄒᆞᆫ 말숨을 엇지 감히 쥬달ᄒᆞ리잇
가?"

샹이 굴ᄋᆞ샤디,

"군신지간(君臣之間)은 가인과 부ᄌᆞ ᄀᆞᆺ투니 엇
지 못홀 말이 ᄌᆞ의 잇스리오?"

공이 즉시 단쳔 일노뼈 디답ᄒᆞ더니 토혈의셔
의기(義妓)롤 만나 밥 쥬던 말에 니르러ᄂᆞᆫ 샹이 인
ᄒᆞ여 대쌀히로 만든 격은 부치롤 들어 년ᄒᆞ야 어샹
(御床)을 치시다가 몰 두 필 어더 [28] 치힝ᄒᆞ던 일

관(一款)의 니르러ᄂᆞᆫ 격졀(擊節)ᄒᆞ시기롤[45] ᄌᆞ조 ᄒᆞ
시고 하여진 의복 거두는 거술 보고 그 어ᄉᆞ 된 줄
아ᄂᆞᆫ디 니르러ᄂᆞᆫ 부치 다 부셔겻더라. 최후의 밤을
타 태슈롤 보고 치힝ᄒᆞ여 도라가라 니르고 ᄯᅩ 기녀
롤 더ᄒᆞ야 후약을 경ᄒᆞᆫ 듸 니르러ᄂᆞᆫ 샹이 급히 승
지롤 부르샤 젼교롤 뼈 북빅(北伯)의게[46] 하유(下
諭)ᄒᆞ샤 단쳔부의 술 맛혼 의기(義妓) 아모롤 블일
치힝ᄒᆞ야 유신(儒臣) 김우항 집으로 올녀보니고 즉
시 계문(啓聞)ᄒᆞ라 ᄒᆞ시니 북빅이 과연 셩교와 ᄀᆞᆺ치
ᄒᆞ야 젼빅(錢帛)을 후이 쥬어 김공의 집으로 보니니
라.

기녜 공과 밋 부인 셤기믈 엄군(嚴君)ᄀᆞ치 ᄒᆞ
며 비복을 은의로 부리고 너치(內治)롤 도와 부죡ᄒᆞᆫ
거시 업고 공이 닙됴ᄒᆞ미 기녀의 도은 배 만타 닐
으리라.

됴풍원쇠문방고우
趙豊原柴門訪故友

[29] 풍원부원군(豊原府院君) 됴샹국(趙相國)
현명(顯命)이 총각 시졀의 창의동(彰義洞)에셔 사더
니 동니예 김시신(金時愼)이라 ᄒᆞᄂᆞᆫ 쟤 이시니 안동
(安東) 대셩이라. 공으로 더부러 년긔 셔로 ᄀᆞᆺ투여
됴셕으로 조차 놀고 ᄯᅩ ᄒᆞᆫ 져근 아희 잇셔 시신을
짜라 놀며 스스로 말ᄒᆞ디 시신의 권당이라 ᄒᆞ더라.
공이 세 번 이샤ᄒᆞ여 쟈각봉(紫閣峯)의셔도[47] 살며

42) 【격ᄣᅥᆼ】 图 격졍.¶ 累 ‖ 기녜 굴오디 쳡이 엇지 감
히 상공끠 격ᄣᅥᆼ을 기치리잇고 쳐분디로 ᄒᆞ리이다 ᄒᆞ
더라. (妓曰: "妾豈可仰累於相公也? 當一聽尊旨.") <靑
邱野談 奎章 5:26>

43) 【슌렴-ᄒᆞ-】 图 슌렴(巡廉)하다. 돌며 살피다.¶ 巡廉 ‖
네 이믜 북관의 슌렴ᄒᆞ엿스니 경녁ᄒᆞ 일을 엇지 말ᄒᆞ
지 아니ᄒᆞᄂᆞᇀ (汝旣巡廉北方, 必有所踐歷, 盍言之?)
<靑邱野談 奎章 5:27>

44) 【경녁-ᄒᆞ-】 图 경녁(經歷)하다. 이곳저곳을 널리 돌아
다니다.¶ 踐歷 ‖ 네 이믜 북관의 슌렴ᄒᆞ엿스니 경녁ᄒᆞ
일을 엇지 말ᄒᆞ지 아니ᄒᆞᄂᆞᇀ (汝旣巡廉北方, 必有所
踐歷, 盍言之?) <靑邱野談 奎章 5:27>

45) 【격졀-ᄒᆞ-】 图 격졀(擊節)하다. 두들겨 박자를 맞추
다.¶ 擊節 ‖ 몰 두 필 어더 치힝ᄒᆞ던 일관의 니르러ᄂᆞᆫ
격졀ᄒᆞ시기롤 ᄌᆞ조 ᄒᆞ시고 하여진 의복 거두는 거술
보고 그 어ᄉᆞ 된 줄 아ᄂᆞᆫ디 니르러ᄂᆞᆫ 부치 다 부셔겻
더라. (次至備馬送行一款, 擊節頻數, 復至因收弊衣, 知
其爲御史, 扇爲盡碎) <靑邱野談 奎章 5:28>

46) 【북빅】 图 ((관직)) 북백(北伯). 조선조 때 함경도 관찰
사를 달리 이르던 말.¶ 北伯 ‖ ᄯᅩ 기녀롤 더ᄒᆞ야 후약
을 경ᄒᆞᆫ 듸 니르러ᄂᆞᆫ 샹이 급히 승지롤 부르샤 젼교
롤 뼈 북빅의게 하유ᄒᆞ샤 단쳔부의 술 맛혼 의기 아
모롤 블일 치힝ᄒᆞ야 유신 김우항 집으로 올녀보니고
즉시 계문ᄒᆞ라 ᄒᆞ시니 (及對妓盟以後約, 上乃亟宣召承
旨書傳旨, 諭關北伯, 端川府掌酒妓某, 不日治送于儒臣
金宇杭家, 卽爲啓問云云.) <靑邱野談 奎章 5:28>

혹 남익북각(南崖北角)의셔[48] 셩식(聲息)이[49] 낙낙(落落)ᄒᆞ디[50] 신이 혹 와 ᄎᆞᆺ고 지어셩관(至於成冠)ᄒᆞ고 급뎨ᄒᆞ도록 고의(故誼)ᄅᆞᆯ 폐치 아니ᄒᆞ더니 밋 공이 ᄯᆞᆯ을 나으민 신이 아들과 허혼ᄒᆞ더 셩친은 못ᄒᆞ엿더니 신이 믄득 일 죽은지라 공이 삼 년 후 셩혼ᄒᆞ니라.

광음이 여류(如流)ᄒᆞ여 공의 빈발(鬢髮)이 셩셩ᄒᆞ고 벼슬이 상위(相位)예 올낫더니 일일은 옥윤(玉潤)[사회ᄅᆞᆯ 일은 말이래이 그 어룬을 쳔장(遷葬)ᄒᆞᆯ시 상예(喪輿ㅣ) 노량(鷺梁) 압흐로 지나ᄂᆞᆫ지라 공이 교외예 나가 뎐작(奠酌)ᄒᆞ고 졔문 지어 통곡ᄒᆞ고 인ᄒᆞ야 녯 노든 일을 ᄉᆡᆼ[30] 각ᄒᆞ니 오열쳐챵ᄒᆞ여 눈믈이 ᄌᆞ연 옷긋슬 젹시더라. 젼일을 ᄉᆡᆼ각ᄒᆞ고 비로쇼 신의 죡당이라 ᄒᆞ던 겨근 아희ᄅᆞᆯ ᄉᆡᆼ각ᄒᆞ고 옥윤ᄃᆞ려 ᄌᆞ셰히 무른디 침음냥구(沈吟良久)의 홀연 ᄭᆡᄃᆞ라 골오디,

"이 ᄉᆞ람의 일홈은 만힝(晩行)이라. 즉금의 지빈무의(至貧無依)ᄒᆞ여 빅악산하(白岳山下)의 집을 의지ᄒᆞ고 과실을 팔며 남믈을 파라 ᄌᆞ셩ᄒᆞᄂᆞ이다."

공이 대희ᄒᆞ여 즉시 젼도(前導)ᄅᆞᆯ 블너 옥윤으로 ᄒᆞ여곰 그 집을 쇼쇼히 ᄀᆞᄅᆞ치라 ᄒᆞ고 인ᄒᆞ여 몸을 굴ᄒᆞ여 차자가니 그ᄯᆡ예 만힝이 보야흐로 와 옥의 한좌ᄒᆞ엿더니 홀연 일썅 가라치 젼도ᄒᆞᄂᆞᆫ 소리ᄅᆞᆯ 듯고 급히 사립문으로 드러가 하예ᄃᆞ려 무러 골오디,

"엇더ᄒᆞ신 샹위(相位)시뇨?"

하예 골오디,

"됴판부(趙判府) 대감이니이다."

골오디,

"네 그릇 차자 이예 니ᄅᆞ럿도다."

하예 골오디,

"셩원님 셩은 김시오 명ᄌᆞᄂᆞᆫ 아모 아니시니잇가?"

골오디,

"올키ᄂᆞᆫ 올커니와 그러[31] 나 내 본디 너의 대감으로 쇼미평ᄉᆡᆼ(素昧平生)이오[51] ᄯᅩ 귀쳔이 현슈(懸殊)ᄒᆞ니[52] 엇지 차ᄌᆞ실니 잇스랴?"

말을 맛지 못ᄒᆞ야 견비 츄죵이 일졔히 혼 교ᄌᆞᄅᆞᆯ 옹위ᄒᆞ여 바로 문의 니르니 만힝이 디하의 ᄂᆞ려 맛거늘 공이 교ᄌᆞ의 ᄂᆞ려 그 손을 잡고 무러 골오디,

"네 능히 날을 긔록ᄒᆞᆯ쇼냐?"[53]

골오디,

"ᄉᆡᆼ각지 못ᄒᆞ리(로)쇼이다."

이예 잇글고 당의 올나가 ᄯᅩ 골오디,

"오십 년 젼의 내 널노 더브러 츙젹(蔥笛)을 블며 죽마ᄅᆞᆯ 타고 날마다 노던 일을 ᄉᆡᆼ각ᄒᆞᄂᆞ냐? 근리예 챵상(滄桑)이 여러 번 변ᄒᆞ고 붕비(朋輩)들은 다 황쳔의 도라가고 홀노 우리 두 노옹이 올연

---

47) 【ᄌᆞ각봉】 圉 ((지리)) 자각봉(紫閣峯). 북한산 중의 한 봉우리.¶ 紫閣峯 ‖ 공이 셰 번 이샤ᄒᆞ여 ᄌᆞ각봉의셔도 살며 혹 남익북각의셔 셩식이 낙낙ᄒᆞ디 신이 혹 와 ᄎᆞᆺ고 지어셩관ᄒᆞ고 급뎨ᄒᆞ도록 고의ᄅᆞᆯ 폐치 아니ᄒᆞ더니 (未幾公家三遷又紫閣峯, 南崖北角, 晨星落落, 而時愼則時或來造, 以至成冠, 登第不替舊好.) <靑邱野談 奎章 5:29>

48) 【남익북각】 圉 ((지리)) 남애북각(南崖北角). 남산 기슭과 북한산 근처.¶ 南崖北角 ‖ 공이 셰 번 이샤ᄒᆞ여 ᄌᆞ각봉의셔도 살며 혹 남익북각의셔 셩식이 낙낙ᄒᆞ디 신이 혹 와 ᄎᆞᆺ고 지어셩관ᄒᆞ고 급뎨ᄒᆞ도록 고의ᄅᆞᆯ 폐치 아니ᄒᆞ더니 (未幾公家三遷又紫閣峯, 南崖北角, 晨星落落, 而時愼則時或來造, 以至成冠, 登第不替舊好.) <靑邱野談 奎章 5:29>

49) 【셩식】 圉 셩식(聲息). 소문.¶ 晨星 ‖ 공이 셰 번 이샤ᄒᆞ여 ᄌᆞ각봉의셔도 살며 혹 남익북각의셔 셩식이 낙낙ᄒᆞ디 신이 혹 와 ᄎᆞᆺ고 지어셩관ᄒᆞ고 급뎨ᄒᆞ도록 고의ᄅᆞᆯ 폐치 아니ᄒᆞ더니 (未幾公家三遷又紫閣峯, 南崖北角, 晨星落落, 而時愼則時或來造, 以至成冠, 登第不替舊好.) <靑邱野談 奎章 5:29>

50) 【낙낙-ᄒᆞ-】 圉 낙낙(落落)ᄒᆞ다. 여기저기 ᄌᆞᄌᆞ하다.¶ 落落 ‖ 공이 셰 번 이샤ᄒᆞ여 ᄌᆞ각봉의셔도 살며 혹 님익북각의셔 셩식이 낙낙ᄒᆞ디 신이 혹 와 ᄎᆞᆺ고 지어셩관ᄒᆞ고 급뎨ᄒᆞ도록 고의ᄅᆞᆯ 폐치 아니ᄒᆞ더니 (未幾公家三遷又紫閣峯, 南崖北角, 晨星落落, 而時愼則時或來造, 以至成冠, 登第不替舊好.) <靑邱野談 奎章 5:29>

51) 【쇼미-평ᄉᆡᆼ】 圉 소매평생(素昧平生). 보고 들은 것이 없어 세상 형편에 깜깜한 채 지내는 한평생. 평생에 듣지도 보지도 못한 관계. 전혀 알지 못하는 사이.¶ 素昧 ‖ 올키ᄂᆞᆫ 올커니와 그러나 내 본디 너의 대감으로 쇼미평ᄉᆡᆼ이오 ᄯᅩ 귀쳔이 현슈ᄒᆞ니 엇지 차ᄌᆞ실니 잇스랴 (是則是矣. 然我本與汝大爺素昧, 且貴賤懸殊, 詎有委造也.) <靑邱野談 奎章 5:31>

52) 【현슈-ᄒᆞ-】 圉 현수(懸殊)하다. 현격하게 다르다.¶ 懸殊 ‖ 올키ᄂᆞᆫ 올커니와 그러나 내 본디 너의 대감으로 쇼미평ᄉᆡᆼ이오 ᄯᅩ 귀쳔이 현슈ᄒᆞ니 엇지 차ᄌᆞ실니 잇스랴 (是則是矣. 然我本與汝大爺素昧, 且貴賤懸殊, 詎有委造也.) <靑邱野談 奎章 5:31>

53) 【긔록-ᄒᆞ-】 圉 기억하다.¶ 記 ‖ 공이 교ᄌᆞ의 ᄂᆞ려 그 손을 잡고 무러 골오디 네 능히 날을 긔록ᄒᆞᆯ쇼냐 (公下車執手曰: "汝能記我否?") <靑邱野談 奎章 5:31>

(兀然) 샹덕ᄒ니 가히 쳔고 긔회라 닐으리로다."

만힝이 비로쇼 씨ᄃᆞ라 알고 셔로 평셩 지나든 일을 펼시 간담이 셔로 빗최고 교칠(膠漆)이 다시 합ᄒᆞᆫ지라. 공이 ᄀᆞᆯ오ᄃᆡ,

"좌셕의 가히 술이 업지 못ᄒᆞ리로다 ᄒᆞᆫ 병 술을 어더오라."

만힝이 계집죵으로 ᄒᆞ여곰 금돈을 ᄶᆞ어 술을 사왓거늘 인ᄒᆞ 【32】야 ᄒᆞᆫ 잔식 먹고 방문 우흘 보니 슈빅(垂白)이라 ᄒᆞᆫ 당회(堂號))잇고 덧돌 우희 황국(黃菊)이 졍히 고은지라 이예 붓슬 들어 벽상의 뼈 ᄀᆞᆯ오ᄃᆡ,

> 슈빅당젼황국개(垂白堂前黃菊開)
> 싀문젼도고인ᄅᆡ(柴門前導故人來)
> 강간곡송ᄉᆞ형구(江干哭送士衡柩)
> 금일봉군쥬일빅(今日逢君酒一杯)
> 슈빅당 압희 황국이 픠여시니
> 싀문의 고인을 젼도ᄒᆞ야 오ᄂᆞᆫ도다
> 강가의셔 ᄉᆞ형의 관을 곡ᄒᆞ여 보ᄂᆡ니[ᄉᆞ형은 김시신의 ᄌᆞ이라]
> 오ᄂᆞᆯ날 그ᄃᆡ롤 만나ᄆᆡ 술이 ᄒᆞᆫ 잔이로다

쓰기롤 다ᄒᆞᄆᆡ 조회롤 차자 빅미 십셕과 쳥동(靑銅)[돈이라] 빅금을 널셔ᄒᆞ여 쥬며 ᄀᆞᆯ오ᄃᆡ,

"그ᄃᆡ의 술갑슬 갑노라."

ᄒᆞ고 죵일 즐기고 도라와 즉시 니조셔리(吏曹胥吏)롤 블너 ᄀᆞᆯ오ᄃᆡ,

"내 고인 ᄒᆞ나이 나히 빅슈 되도록 아모 것도 못ᄒᆞ고 위인이 근실ᄒᆞ니 무슨 과궐(窠闕)이54) 잇기롤 기ᄃᆞ려 의망(擬望)ᄒᆞ라."

셔리 그 말ᄀᆞᆺ치 ᄒᆞ니라. 만힝이 일명(一命)으로셔 구을너 금오랑(金吾郞)을 ᄒᆞ니 지금가지 【33】 쟝동김시(壯洞金氏)들이 만이ᄂᆞᆫ 말을 ᄒᆞ야 공으로 뼈 품뉴지샹이라 니르더라.

송반궁도우구복
宋班窮途遇舊僕

넷 ᄉᆞ죽에 송시(宋氏) 냥반이 잇스니 오리 벼슬을 못ᄒᆞ야 일가 친쳑이 다 소원(疏遠)ᄒᆞ고 오직 과거(寡居)ᄒᆞᄂᆞᆫ 며느리와 어린 아희 잇셔 혈ᄉ(子子) 고독ᄒᆞ더라. ᄒᆞᆫ 겨근 ᄋᆞ희죵이 잇셔 집안일을 간검ᄒᆞ니 일홈은 막동(莫同)이라.

ᄒᆞᄂᆞᆫ 간데 업거늘 합문(闔門)이 이돌나 두루 차즈더 죵젹이 업더니 삼ᄉᆞ십 년 후의 어린 아희 쟝셩ᄒᆞᄆᆡ 빈궁이 더욱 심ᄒᆞ여 가용이 핍졀(乏絶)ᄒᆞ더니 친구의 사ᄅᆞᆷ이 관동원(關東員)을 ᄒᆞ엿ᄂᆞᆫ지라 가 두탁고져55) ᄒᆞᆯ시 길이 고셩(高城)으로 가ᄂᆞᆫ지라 날은 져믈고 참은 멀미 멀니 인가롤 차자 ᄒᆞᆫ 고개롤 너머가니 골 안의 쳔여 호 대촌이 잇스ᄃᆡ 기와집이 즐비ᄒᆞ고 산쳔이 슈려ᄒᆞ거늘 이예 나아가 무른 【34】 즉 답왈,

"동즁 호걸은 최숭션(崔承宜)[벼슬 일홈이라]이라."

ᄒᆞ거늘 문의 니르러 뵈기롤 쳥ᄒᆞᆫᄃᆡ ᄒᆞᆫ 쇼년 슈지 잇셔 셩을 읍ᄒᆞ여 ᄉᆞ랑의 드러가 좌롤 졍치 못ᄒᆞ여셔 ᄒᆞᆫ 비지 나와 숭션의 말을 젼ᄒᆞ여 ᄀᆞᆯ오ᄃᆡ,

"안ᄉᆞ랑이 죵용ᄒᆞ니 손님을 쳥ᄒᆞ여 드러오쇼셔."

ᄒᆞ거늘 셩이 ᄯᅡ라 드러가니 ᄒᆞᆫ 노인이 잇스ᄃᆡ 턱 밋치 풍후ᄒᆞ고 이마이 너르고 두 눈이 염념(炎炎)ᄒᆞ여56) 광치 사ᄅᆞᆷ의게 쏘이더라. 셩을 보고 네ᄒᆞ니 의용이 단졍ᄒᆞ고 말숨이 공근(恭謹)ᄒᆞ더라. 쵹(燭)을 켜고 담화ᄒᆞᆯ시 쟝찻 삼경이 되ᄆᆡ 숭션이 좌우롤 물니치고 문을 구지 닷고 인ᄒᆞ여 관을 벗고 셩의 압희 결ᄒᆞ고 업ᄃᆡ여 쳥죄ᄒᆞᆫᄃᆡ 셩이 막지기고(莫知其故)ᄒᆞ여 크게 놀나 ᄀᆞᆯ오ᄃᆡ,

"녕공이 무슨 일노 이런 희괴ᄒᆞᆫ 일을 ᄒᆞᄂᆞ뇨?"

---

54) 【과궐】 명 과궐(窠闕). 벼슬자리에 결원이 있음.¶ 缺 ‖ 내 고인 ᄒᆞ나이 나히 빅슈 되도록 아모 것도 못ᄒᆞ고 위인이 근실ᄒᆞ니 무슨 과궐이 잇기롤 기ᄃᆞ려 의망ᄒᆞ라 (我有一同窓故人, 白首無成, 飭躬砥行, 須待將作監有缺, 必注擬吏如其言.) <靑邱野談 奎章 5:32>

55) 【두탁-ᄒᆞ】 图 투탁(投託)하다. 남의 세력에 의지하다.¶ 投 ‖ 삼ᄉᆞ십 년 후의 어린 아희 쟝셩ᄒᆞᄆᆡ 빈궁이 더욱 심ᄒᆞ여 가용이 핍졀ᄒᆞ더니 친구의 사ᄅᆞᆷ이 관동원을 ᄒᆞ엿ᄂᆞᆫ지라 가 두탁고져 ᄒᆞᆯ시 (過三四十年後, 其孤兒長成, 貧窮轉甚, 不自能存, 欲往投于關東一邑倅親知者.) <靑邱野談 奎章 5:33>

56) 【염념-ᄒᆞ】 图 염염(炎炎)하다. 영롱하고 밝다.¶ 燁燁 ‖ ᄒᆞᆫ 노인이 잇스ᄃᆡ 턱 밋치 풍후ᄒᆞ고 이마이 너르고 두 눈이 염념ᄒᆞ여 광치 사ᄅᆞᆷ의게 쏘이더라 (有一老人, 豊頭廣頰, 兩眼燁燁有光.) <靑邱野談 奎章 5:34>

117

승션이 골오디,

"쇼인은 곳 딕 죵 막동이로소이다. 샹뎐의 은혜롤 후히 닙고 [35] 가만이 도망ᄒ니 죄 ᄒ나히오 낭ᄅ(娘娘) 과틱(寡宅)계읍셔 밋기롤 슈족ᄀᆞ치 ᄒ시ᄂᆞᆫ딕 뜻을 밧지 못ᄒ고 참아 영결ᄒ니 죄 둘이오 셩명을 변ᄒ고 셰샹을 소겨 외람이 관녹을 도모ᄒ니 죄 셰이오 몸이 ᄅᆞ의 영귀ᄒᆞ딕 음신을 끈으니 죄 네히오 샹공이 누디(陋地)예 님ᄒ시더 딕졉ᄒ기롤 힝긱ᄀᆞᆺ치 ᄒ니 죄 다삿시라. 이 다삿 죄롤 짓고 엇지 셰샹의 셔리오? 바라건디 샹공은 쟝지최지(杖之責之)ᄒᆞ샤 산 ᄀᆞᆺᄒᆞᆫ 죄롤 만분지일이나 증계ᄒ쇼셔."

셩이 구연(瞿然)ᄒ여 몸 둘 ᄯ이 업셔ᄒ거늘 승션이 골오디,

"노쥬지간(奴主之間)은 부ᄌ군신이나 다르미 업ᄂᆞᆫ지라 은졍이 막히고 분의 쇼여(掃如)ᄒ니 즉지에 죽어 이 한을 씃고져 ᄒ노이다."

셩이 골오디,

"가령 공의 말 ᄀᆞᆺᄒᆞᆯ진디 이졔 시졀이 변ᄒ고 왕시 구름 ᄀᆞᆺᄐᆞ니 엇지 일을 일우혀 빈쥬로 ᄒ여곰 다 곤케 ᄒ리오? 원컨디 편히 안자 한담이나 ᄒ자."

ᄒᆞᆫ디 승션이 [36] 즉시 송시딕 대쇼 문안을 뭇고 왕ᄉ(往事)롤 성각ᄒᆞᄆᆡ 비회(悲懷) 대발ᄒ여 셔로 차탄ᄒ더라. 셩이 골오디,

"녕공이 어려셔부터 지국(才局)이 잇ᄂᆞᆫ 줄을 알거니와 엇지 필부로 이러ᄐᆞ시 긔가(起家)ᄒᆞ엿ᄂᆞ뇨?"

승션이 골오디,

"쇼인이 아회 젹의 딕에셔 ᄉ역ᄒᆞᆯ 졔 ᄀᆞ만이 딕을 보오니 명운이 비식ᄒ고 홍복이 긔약이 업ᄂᆞᆫ지라 스스로 일성의 긔한(飢寒)을 면치 못ᄒᆞᆯ 줄 알고 창졸의 나온 뜻은 ᄆᆞᄋᆞᆷ이 크고 담이 웅쟝ᄒ여 하인의 쳔ᄒᆞᆫ 구실을 마자 ᄒ고 최시 등 가문이 훤혁(烜赫)ᄒ고 무후(無後)ᄒᆞᆫ 쟈롤 갈히여 셩을 어더 최시로 힝셰ᄒ고 처음의ᄂᆞᆫ 경셩의셔 사라 ᄀᆞ만이 지물을 버러 수년지간(數年之間)의 수천빅금을 어더 가지고 이예 믈너가 영평(永平)으로[58] 이샤ᄒᆞ야 문

닷고 글 닑어 힝신(行身)을[59] 근신이 ᄒ니 향듕이 다 ᄉ대부로 일ᄏᆞᆺᄂᆞᆫ지라. 인ᄒᆞ야 지물을 흣터 간난ᄒᆞᆫ 빅셩의 ᄆᆞᄋᆞᆷ을 사고 뇌물을 [37] 후히 ᄒᆞ야 부쟈의 입을 막고 ᄯᅩ 경셩 유협긱(遊俠客)으로 안마(鞍馬)롤 화려히 ᄒ고 거즛 훤혁ᄒᆞᆫ 쟈의 셩명을 비러 년낙ᄒᆞ야 ᄒ여곰 와 찻게 ᄒ니 향읍이 더옥 미더ᄒ더니 ᄯᅩ 소ᄋᆞ 년 후의 쳘원(鐵原)으로 이샤ᄒᆞ야 힝신ᄒ기롤 녜와 ᄀᆞᆺ치 ᄒ니 쳘원 사롬이 ᄯᅩ 일향의 ᄉ족으로 딕졉ᄒ거늘 이예 ᄒᆞᆫ 무변(武弁)의 ᄯᆞᆯ을 빙녜(聘禮)ᄒᆞ야 지취(再娶)ᄒᆞᆫ다 칭ᄒ고 유ᄌ성녀(有子生女)ᄒ니 혹 일이 발각ᄒᆞᆯ가 념녀ᄒ여 ᄯᅩ 회양(淮陽)으로[60] 이거(移去)ᄒᆞ엿다가 ᄯᅩ 이 고을노 이샤ᄒᆞ니 회양 사롬은 쳘원 사롬ᄃᆞ려 뭇고 쳘원 사롬은 회양 사롬ᄃᆞ려 무러 인구 젼파ᄒᆞ야 날을 갑쪽이라 닐으더니 쇼인이 강경(講經)으로 급졔ᄒ여 졍언(正言) 지평(持平)을 다 지나고 도라 안자 홍녜원(弘藝院)으로[61] 가쟈 ᄒᆞ야 병조참지(兵曹叅知) ᄒ고 동부승지(同副承旨)ᄭᅡ지 ᄒᆞ엿더니 홀연이 성각ᄒ니 측냥ᄒ기 어려온 거슨 사롬의 욕심이오니 [38] 즈러지기 쉬온 거슨 가득ᄒᆞᆫ 둘이라 만일 올나가기만 ᄒ고 긋칠 줄을 아지 못ᄒᆞᆫ즉 조믈이 싀긔(猜忌)ᄒ고 사롬

만이 지물을 버려 수년지간의 수쳔빅금을 어더 가지고 이에 믈너가 영평으로 이샤ᄒᆞ야 문 닷고 글 닑어 힝신을 근신이 ᄒ니 (初居京華, 潛殖貨財, 數年之頃, 得數千百金, 乃退居永平, 杜門讀書, 謹勅持身.) <靑邱野談 奎章 5:36>

59) 【힝신】 圀 행신(行身). 처신(處身).¶ 持身 ∥ 처음의ᄂᆞᆫ 경셩의셔 사라 ᄀᆞ만이 지물을 버려 수년지간의 수쳔빅금을 어더 가지고 이예 믈너가 영평으로 이샤ᄒᆞ야 문 닷고 글 닑어 힝신을 근신이 ᄒ니 향듕이 다 ᄉ대부로 일ᄏᆞᆺᄂᆞᆫ지라 (初居京華, 潛殖貨財, 數年之頃, 得數千百金, 乃退居永平, 杜門讀書, 謹勅持身, 鄉里皆稱以士夫之行.) <靑邱野談 奎章 5:36>

60) 【회양】 圀 ((지리)) 회양(淮陽). 지금의 강원도 회양.¶ 淮陽 ∥ 이에 ᄒᆞᆫ 무변의 ᄯᆞᆯ을 빙녜ᄒᆞ야 지취ᄒᆞᆫ다 칭ᄒ고 유ᄌ성녀ᄒ니 혹 일이 발각ᄒᆞᆯ가 념녀ᄒ여 ᄯᅩ 회양으로 이거ᄒᆞ엿다가 ᄯᅩ 이 고을노 이샤ᄒᆞ니 (始乃聘一弁官女, 盖稱再娶也. 生子生女而或慮事覺, 又移居于淮陽, 少焉又轉移于此郡.) <靑邱野談 奎章 5:37>

61) 【홍녜원】 圀 ((관청)) 홍예원(弘藝院). 홍문관(弘文館)과 예문관(藝文館).¶ 大鴻臚 ∥ 쇼인이 강경으로 급졔ᄒ여 경언 지평을 다 지나고 도라 안자 홍녜원으로 가쟈 ᄒᆞ야 병소참시 ᄒ고 동부ᄂᆞᆼ시ᄭᅡ지 ᄒᆞ엿더니 (而小人以明經, 幸竊科第, 分躐槐院, 歷正言持平, 而旋以大鴻臚, 躍通政叅知騎星, 同副喉院.) <靑邱野談 奎章 5:37>

57) 【지국】 圀 재국(才局). 재주와 국량(局量).¶ 器局 ∥ 녕공이 어려셔부터 지국이 잇ᄂᆞᆫ 줄을 알기니의 엇지 필부로 이러ᄐᆞ시 긔가ᄒᆞ엿ᄂᆞ뇨 (令公自幼誠有器局, 豈陋匹夫, 何得起家至此?) <靑邱野談 奎章 5:32>

58) 【영평】 圀 ((지리)) 영평(永平). 지금의 경기도 포천시 영중면 영평리.¶ 永平 ∥ 처음의ᄂᆞᆫ 경셩의셔 사라 ᄀᆞ

이 노호야 젼경이 넘녀로온 고로 뜻을 결단호고 썰니 믈너와 다시 홍진을 밟지 아니호고 젼원의 우유(優遊)호여 셩은을 축슈호고 다삿 아들과 두 뚤을 다 스족으로 더브러 년혼(聯婚)호고62) 장확(庄獲) 젼후좌우 다 인친족당(姻親族黨)의 집이오 댱즈는 문과호야 시지 은눌(殷栗) 임쇼(任所)의 잇고 츳즈는 혹힝(學行)으로 도천(道薦)호야 참봉을 호디 블스(不仕)호고 쇼인은 나히 칠순이 넘고 즈손이 만당호고 튜슈는 만셕이 남고 쇼식(所食)은 미일 열 냥돈이 넘은지라 분슈롤 싱각호고 힘을 혜아리건디 엇지 과분치 아니리오마는 다만 샹뎐의 은혜롤 갑지 못호야 오미예 밋치이니 미양 흔번 문안이나 들이고져 호디 즁격이 탈노홀가 겻습고 또 쥬급이나 호고 시【39】 프오더 길이 업는지라 일노뼈 듀야의 한탄호는 배러니 하늘이 인편을 빌니샤 샹공이 니림호시니 쇼인이 죽스와도 눈을 감으리로쇼이다. 감히 샹공을 두어 둘 머믈너 져근 졍셩을 표호려 호오나 다만 심샹흔 힝긔으로뼈 흘연이 관후흔 디졉을 바든즉 방관(傍觀)의 ᄌ혹을 자아닐 거시니 황공호오디 낫에는 인쳑으로 칭호여 뼈 문벌을 빗내고 밤이어든 노쥬지녜(奴主之禮)로뼈 명분을 졍호미 엇더호니잇고?"

셩이 허락호니라. 날이 붉으미 즈뎨와 문셩이 초례로 와 문안호거늘 승션이 굴오디,

"쟉야의 긔이흔 일이 ᄌ시니 내가 잠 업스믈 인호여 송싱(宋生)으로 호여곰 족보롤 샹고호여 보니 경히 나의 지죵질(再從姪)이 되는지라 셰파(世派ㅣ) 쇼연(昭然)호니63) 진실노 거즛말이 아니라. 내 경셩의 이실 졔 그 얼운으로 더브러 뚤와 놀며 글을 비왓더니 이러 스오십년 간의 피 【40】 ᄎ 싱스

63) 【쇼연-ᄒ-】 圖 소연(昭然)하다. 일이나 이치 따위가 밝고 선명하다.¶ 昭然 ∥ 쟉야의 긔이흔 일이 ᄌ시니 내가 잠 업스믈 인호여 송싱으로 호여곰 죡보롤 샹고ᄒ여 보니 셩히 나의 지죵칠이 되는지라 셰파 쇼연ᄒ니 진실노 거즛말이 아니라 (昨夜有奇事, 偶因譜匣, 使宋生敍氏族, 正爲吳再從姪, 貫派昭然, 信非誣矣.) <靑邱野談 奎章 5:39>

62) 【년혼-ᄒ-】 圖 연혼(聯婚)하다. 척분(戚分)이 닿는 집끼리 혼인을 맺다.¶ 結姻 ∥ 뜻을 결단ᄒ고 썰니 믈너와 다시 홍진을 밟지 아니ᄒ고 젼원의 우유ᄒ여 셩은을 축슈ᄒ고 다삿 아들과 두 뚤을 다 스족으로 더브러 년혼ᄒ고 (故決意勇退, 更不踏紅塵一步, 優遊田園, 歌詠聖澤而五子二女, 皆與顯族結姻.) <靑邱野談 奎章 5:38>

롤 아지 못호고 겸호야 도뢰 요원호여 셩식이 묘연호더니 이제 다힝히 셔로 만나니 감창호미 비졀호도다."

즈뎨비 대희호여 호형호뎨(呼兄呼弟)호야 산졍슈각(山亭水閣)과 창송녹쥭(蒼松綠竹) 사이로 쯔을고 단니며 사쥭(絲竹)으로 일을 삼고 음영으로 일과(日過)호더니 머믄 지 월여의 셩이 도라가고져 호거늘 승션이 굴오디,

"삼가 만금으로뼈 졍표호니 뎐퇵을 널니 장만호샤 근족(近族)으로 더브러 난와 살게 호쇼셔."

셩이 대희호야 쪄날시 거마와 치즁(輜重)이 도로의 빗나더라.

셩이 스촌 아오 흔나히 이시니 별호는 혐피(險詖)라. 므움이 ᄀ장 음독호더니 셩의 잘 사는 연고롤 뭇거늘 답왈,

"아모 고을원이 쥬급호더라."

흔디 혐피 밋지 아니호더니 타일의 또 뭇거늘 셩이 굴오디,

"길의셔 은 흔 독을 어덧노라."

혐피 엇지 미드리오? 이예 술을 빗고 셩을 쳥호여 취토록 먹고 혐피 크게 【41】 울거늘 셩이 피이 너겨 무룬디 혐피 굴오디,

"내 일즉 부모롤 여의고 또 형뎨 업는지라 오직 죵형을 의지호더니 죵뎨 알기롤 노샹인ᄀ치 호니 엇지 슬프지 아니리오?"

셩이 굴오디,

"셩니예 너 죵뎨 박디흔 일이 업노라."

혐피 굴오디,

"진졍을 통치 아니호니 엇지 박디 아니랴? 지믈 어든 연유롤 죵시 바로 닐오지 아니호느뇨?"

셩이 굴오디,

"네 나의 지믈 어든 거술 알지 못호야 원한이 되니 내 실노 고호리라."

호고 인호여 그 실샹을 즈셰이 말흔디 혐피 대로호여 굴오디,

"형댱이 슈치롤 무릅쓰고 도망흔 죵놈의 후흔 뇌물을 밧고 호형호슉(呼兄呼叔)호야 그 강샹(綱常)을 어즈러이니 엇지 대단흔 슈욕(羞辱)이 아니리오? 니 맛당히 바로 고셩으로 가 이 죵의 픽악흔 죄샹을 드러니여 흔나흔 형댱의 슈치롤 씻고 흔나흔 픙속의 긔깅을 붓들니라."

호고 말을 맛츠며 신을 들메고 바로 동문 밧그로 나 【42】 가거늘 셩이 대경호여 급히 거름 잘

것는 쟈룰 삭 쥬어 최승션의게 이 사연으로 편지ᄒ고 ᄯ 실언ᄒᆫ 허믈을 ᄌ셰히 ᄒ다. 궐지 비도ᄒ여 고셩 니른즉 승션이 ᄇ야흐로 친구로 더부러 바독 두더니 밋 편지룰 드리미 펴 보고 쇼블동념(少不動念)ᄒ고 대쇼ᄒ여 니러나 ᄀᆞ오ᄃᆡ,

"믄득 쇼년 시졀의 져근 지조 비혼 거시 뉘웃도다."

모든 사롬이 그 말을 뭇거늘 승션이 ᄀᆞ오ᄃᆡ,

"향일의 지죵질 왓슬 졔 니 우연 침약 공부룰 ᄒ얏다 ᄌ랑ᄒ엿더니 질이 크게 깃거 말ᄒ디 졔 동셩 ᄒ나히 잇는ᄃᆡ 광질이 ᄌᆞ슴즉 맛당히 젼위ᄒ여 보닐 거시니 치료ᄒ여 보너라 ᄒ니 나는 회언으로 ᄒ엿거늘 져는 곳이 듯고 과연 보낸다 ᄒ니 금명간의 맛당히 니를지라. 졔공은 각귀가가(各貴家家)ᄒ야 믄을 닷고 광인으로 ᄒ여곰 횡ᄒᆡᆼ케 말나."

졔인이 크게 두려워 다 집으로 도라가 일동이 【43】 자최룰 피ᄒ여 ᄀᆞ오ᄃᆡ,

"승션 집의 광ᄇᆡ 온다."

ᄒ더라. 거무하의 혐피 분긔츙텬ᄒ여 크게 부르며 어즈러이 ᄯᅮ지져 ᄀᆞ오ᄃᆡ,

"아모도 우리 죵이오 아모도 우리 죵의 ᄌᆞ식이라."

일동이 대쇼 왈,

"진개 광ᄇᆡ 왓도다."

승션이 안좌부동(安坐不動)ᄒ고 건노(健奴) 수십인으로 ᄒ여곰 둘너ᄲᅡᆻ고 결박ᄒ여 즉시 집 뒤 고간 가온ᄃᆡ 구류ᄒ고 침과 바소로뼈[64] 다스리더니 이윽고 동니 사롬이 ᄯᅩ 모히거늘 승션이 눈셥을 ᄶᅵᆼ긔여 ᄀᆞ오ᄃᆡ,

"이 죡하가 병이 이러ᄐᆞ시 고질된 줄 ᄯᆞᆺ 아니ᄒ엿도다."

졔인이 ᄀᆞ오ᄃᆡ,

"앗갑다 쇼년이 ᄌᆞ런 병이 ᄌᆞ시랴? 우리 광인을 만히 보왓스ᄃᆡ 이러케 심ᄒᆞᆫ 자는 업다."

ᄒ더라. 밤이 깁흐미 다 허여지거늘 승션이 큰 침 ᄒ나흘 가지고 홀노 혐피 가두운 곳의 니르니 혐피 입을 버려 크게 욕ᄒ거늘 승션이 쳥이블문

(聽而不聞)ᄒ고 침으로 어즈러이 지르니 피육이 다 터진지라. 혐피 알프믈 【44】 견ᄃᆡ지 못ᄒ야 살거지라 빌거늘 승션이 일향 ᄲᅮ시니 혐피 만단이걸(萬端哀乞)ᄒ거늘 승션이 ᄌᆞ예 졍쇠ᄒ고 최ᄒ야 ᄀᆞ오ᄃᆡ,

"니 스스로 분의룰 직회여 몬져 너력을 베퍼시니 진실노 맛당히 됴ᄒᆞᆫ 말노 샹디홀 거시어늘 이졔 홀디예 혼구(釁咎)[65] 지버너니 남을 망케 ᄒᆞᆫ 후의 말냐ᄂᆞ냐? 니 격슈공권(赤手空拳)으로 긔가(起家)ᄒ여시니 엇지 디각(知覺)이 업셔 너 ᄯᅩᄒᆞᆫ 용우비(庸愚輩)의게[66] ᄑᆡ(敗)룰 보랴? 당쵸의 검긱을 보너여 듕노의셔 너룰 쳐치홀 일이로ᄃᆡ 특별이 션셰 은혜룰 싱각ᄒ야 아직 네 셩각을 보젼ᄒ노니 네 만일 허믈을 고쳐 어진 ᄆᆞ음을 먹은즉 맛당히 부쟈의 집 사롬이 되려니와 그러치 아니ᄒᆞᆫ즉 나는 블과 살인ᄒᆞᆫ 의원이 되리니 오직 네 ᄌᆞ량(自量)ᄒ여 ᄒ라."

혐피 그 츙후ᄒᆞᆷ믈 감동ᄒ야 그 니해룰 혜아리고 이예 ᄀᆞ오ᄃᆡ,

"만일 니 그 ᄒᆡᆼ실을 곳치지 아니ᄒᆞᆫ즉 개ᄌᆞ식이 되리라."

승션이 ᄀᆞ오ᄃᆡ,

【45】 "ᄌᆞ금으로 날을 슉부로 부르고 모든 사롬이 만일 뭇거든 여ᄎᆞᄎᆞ 디답ᄒ라."

혐피 ᄀᆞ오ᄃᆡ,

"오직 명ᄃᆡ로 ᄒ리이다."

승션이 ᄌᆞ예 ᄌᆞ뎨룰 블너ᄂᆡ여 일너 ᄀᆞ오ᄃᆡ,

"숑질의 병 빌뮈 다힝히 고황의 드지 아니ᄒ엿기로 침을 만히 쥬어시니 맛당히 신효(神效) 잇스리라. 모로미 죠흔 음식을 만히 쟝만ᄒ여 그 원긔룰 돕게 ᄒ라."

승션이 ᄌᆞ뎨와 비복을 거ᄂᆞ리고 드러가 혐피룰 본ᄃᆡ 혐피 깃거 졀ᄒ여 ᄀᆞ오ᄃᆡ,

"숙뷔 병을 고치신 후로 신긔 쳥명ᄒ고 병근이 쾌히 업스니 원컨디 고요ᄒᆞᆫ 집의 편히 누어 수

---

64) 【바소】 圖 ((기물)) 곪은 데룰 쌔는 침.¶ 승션이 안좌부동ᄒᆞ고 건노 수십인으로 ᄒᆞ여곰 둘너ᄲᅡᆻ고 결박ᄒᆞ여 즉시 집 뒤 고간 가온ᄃᆡ 구류ᄒᆞ고 침과 바소로뼈 다스리더니 이윽고 동니 사롬이 ᄯᅩ 모히거늘 (承宣安坐不動, 令健奴數十輩, 齊出圍而結縛, 卽拘囚於家後庫中, 以便針治, 已而鄕里諸人又會.) <靑邱野談 奎章 5:43>

65) 【혼구】 圖 혼구(釁咎). 남의 허믈.¶ 釁累 ‖ 니 스스로 분의룰 직회여 몬져 너력을 베퍼시니 진실노 맛당히 됴ᄒᆞᆫ 말노 샹디홀 거시어늘 이졔 홀디예 혼구(釁咎)룰 지버너니 남을 망케 ᄒᆞᆫ 후의 말냐ᄂᆞ냐 (我自守本分, 先陳來歷, 則固當好言相對而今忽摘發釁累, 計欲湛滅乃已乎?) <靑邱野談 奎章 5:44>

66) 【용우-ᄇᆡ】 圖 ((인류)) 용우배(庸愚輩). 용렬하고 어리석은 누리.¶ 庸愚輩 ‖ 니 격슈공권으로 긔가ᄒᆞ여시니 엇지 디각이 업셔 너 ᄯᅩᄒᆞᆫ 용우비의게 ᄑᆡ룰 보랴 (我白地拵開, 豈無智慮而被汝庸愚者所敗耶?) <靑邱野談 奎章 5:44>

일 조리ᄒᆞ여지이다."

승션이 울어 ᄀᆞᆯ오ᄃᆡ,

"하눌이 송시 향화ᄅᆞᆯ 끈치 아니ᄒᆞ시랴는가? 너 어제 참아 못ᄒᆞᆯ 일을 ᄒᆞ야 네 살의 난침(亂針)을 쥬니 가위(可謂) 골육상잔이라."

ᄒᆞ고 인ᄒᆞ여 새옷슬 닙펴 다리고 외당의 나와 극진히 무휼ᄒᆞ더라. 거무하의 향니 다 못거늘 승션이 험피로 ᄒᆞ 【46】 여곰 면ᄂᆞ이 결ᄒᆞ여 뵈라 ᄒᆞᆫ디 험피 공경ᄒᆞ야 녜롤 ᄒᆞ고 ᄯᅩ ᄀᆞᆯ오ᄃᆡ,

"쟉일의 병이 대쟉(大作)ᄒᆞ여 불셩인ᄉᆞ(不省人事)ᄒᆞ니 모든 얼운의게 능히 뫼만ᄒᆞ미 업더니잇가?"

일노부터 험피 녜뫼 심히 공순ᄒᆞ더라. 한가히 머믄지 오룩 삭 만의 삼쳔 금으로 보ᄂᆞ니 험피 종신토록 감은ᄒᆞ여 다시 이 일을 누셜치 못ᄒᆞ더라.

김싱호시슈후보
金生好施受後報

쳥쥬(淸州) ᄉᆞ인 김셰항(金世恒)이라 ᄒᆞᄂᆞᆫ 재 잇스니 격슈로 긔가ᄒᆞ여 몸쇼 쳔금을 일웟더니 일즉 쥬셩(州城) 북문 밧그로 나가다가 보니 셩 밋희 ᄒᆞᆫ 공셕이 잇고 공셕 겻희 ᄒᆞᆫ 걸인이 ᄂᆞᆨ셔 울며 ᄌᆞ조 거젹을 여러보며 ᄯᅩ 말ᄒᆞ고 ᄯᅩ 울거늘 김싱이 몰을 잡고 무르니 ᄃᆡ답ᄒᆞᄃᆡ,

"어미로 더브러 셩니 인가 협실(夾室)의 븟쳐 잇다가 어미 믄득 흉ᄒᆞᆫ 병을 어드니 쥬인의 집 【47】 의셔 ᄂᆡ여쏫ᄂᆞᆫ지라 믄득 예셔 죽으니 격슈로 감장(勘葬)ᄒᆞᆯ[67] 길이 업다."

ᄒᆞ고 인ᄒᆞ여 울며 ᄯᅱ노니 김싱이 듯고 측은이 너겨 망조(罔措)히 셩니의 들어가 돈 열 닷 냥을 ᄯᅡ 어 종으로 ᄒᆞ여곰 가져다가 쥬니라.

수일 후의 ᄒᆞᆫ 최복(衰服)ᄒᆞᆫ 재 골목 어귀예셔 절ᄒᆞ고 비러 ᄀᆞᆯ오ᄃᆡ,

"하나님이 됫으로 ᄒᆞ여곰 ᄌᆞ손이 만당ᄒᆞ고 영화부귀ᄒᆞ게 겸지ᄒᆞ여 쥬웁쇼셔."

ᄒᆞ니 김싱이 듯고 종으로 ᄒᆞ여곰 쏫츳더니 그 후에 걸인이 부니 아젼의 집의 드러가 고공 살아 지산이 부요(富饒)ᄒᆞ니라.

김싱이 죽은 후의 그 ᄌᆞ손이 쟝찻 비셕을 셰우려 ᄒᆞᆯ시 그 사ᄅᆞᆷ이 ᄌᆞ쳥ᄒᆞ여 그 셕물을 갈아 그 어미 엄신(掩身)ᄒᆞᆫ 은혜롤 표ᄒᆞᆫ다 ᄒᆞ더라.

김싱이 일ᄉᆞ은 한가히 안잣더니 ᄯᅢ마즘 겨울이라. ᄒᆞᆫ 샹인(喪人)이 박착(薄着)ᄒᆞ고 썰며 들어오거늘 김싱이 그 연고롤 무른디 샹인이 ᄀᆞᆯ오ᄃᆡ,

"본디 【48】 니쳔(利川) 고을 사ᄅᆞᆷ으로 문의(文義)[68] 고을의셔 부상(父喪)을 당ᄒᆞ니 긔디 형셰 넘습ᄒᆞ고 반쟝(返葬)ᄒᆞᆯ 도리 만무ᄒᆞ여 단니며 돈을 비ᄂᆞ이다."

김싱이 측연ᄒᆞ여 ᄀᆞᆯ오ᄃᆡ,

"이 엄동을 당ᄒᆞ여 단니다가 필경 동ᄉᆞᄒᆞᆯ 거시니 어든 거시 언마나 되ᄂᆞᆫ냐?"

ᄒᆞ고 인ᄒᆞ여 삼십 냥을 ᄂᆡ여쥬며 ᄀᆞᆯ오ᄃᆡ,

"어셔 가 치샹(治喪)ᄒᆞ라."

샹인이 당황경괴(惝怳驚怪)ᄒᆞ여 이윽이 보고 말이 업거늘 김싱이 ᄀᆞᆯ오ᄃᆡ,

"만일 밧부지 아니ᄒᆞ거든 여긔셔 쉬여가라."

샹인이 ᄀᆞᆯ오ᄃᆡ,

"친샹을 넘도 못ᄒᆞᆫ 사ᄅᆞᆷ이 엇지 밧부지 아니ᄒᆞ리오?"

ᄒᆞ고 인ᄒᆞ여 머리롤 조와 복ᄉᆞ칭샤(僕僕稱謝)ᄒᆞ고 가니 김싱이 당쵸에 이 말을 ᄌᆞ질의게도 아니ᄒᆞᆫ 고로 집안 사ᄅᆞᆷ이 ᄯᅩᄒᆞᆫ 알 재 업더라.

김싱이 죽은 후의 그 아들이 경시(庭試)롤[69] 보려 ᄒᆞ고 거벽(巨擘)을 싯고 경셩의 드러갓다가 셰

---

67) 【감장-ᄒᆞ-】 圖 감장(勘葬)하다. 장사지내다.¶ 歛埋 ‖ 어미로 더브러 셩니 인가 협실의 부쳐 이다가 어미 믄득 옴은 병을 어드니 슈인의 집의셔 ᄂᆡ여쏫ᄂᆞᆫ지라 믄득 예셔 죽으니 격슈로 감장ᄒᆞᆯ 길이 업다 (與母轉乞, 寄食於府內人家夾室, 母忽遘厲, 家主逐出, 奄忽於此, 赤尸無以歛埋.) <靑邱野談 奎章 5:47>

68) 【문의】 圖 ((지리)) 문의(文義). 지금의 충북 청원군 문의면.¶ 文義 ‖ 본디 니쳔 고을 사ᄅᆞᆷ으로 문의 고을의셔 부상을 당ᄒᆞ니 긔디 형셰 넘습ᄒᆞ고 반쟝ᄒᆞᆯ 도리 만무ᄒᆞ여 단니며 돈을 비ᄂᆞ이다 (本以利川之人, 遷父喪於文義客地, 形勢萬無殘屍返葬之道, 故行乞錢鏠矣.) <靑邱野談 奎章 5:48>

69) 【경시】 圖 정시(庭試). 조선시대에, 나라에 경사가 있을 때 대궐 안에서 보이던 과거.¶ 庭試 ‖ 김싱이 죽은 후의 ᄀᆞ 아들이 경시롤 보려 ᄒᆞ고 거벽을 싯고 경셩의 드러갓다가 셰가의 아인 배 되니 불승통분ᄒᆞ야 즉시 환향ᄒᆞᆯ시 (金死後, 其子欲觀庭試, 馱巨擘入城, 則巨擘爲勢家所駄, 金不勝憤痛, 因卽還鄕.) <靑邱野談 奎章 5:48>

가의 아인 배 되니 불승통분ㅎ야 즉시 환향홀시 겨
믈게야 죽산(竹山) 빅【49】 암(白岩)이 쥬겸의 니른
즉 흔 쵸췌흔 유성이 몬져 이 겸의 들엇는지라 보
고 무러 골오디,

"그디의 힝쇠을 보니 필시 과긱(科客)이로다.
과일이 머지 아니흐디 엇지 도로 나려오ㄴ뇨?"

김성이 골오디,

"향시예 가고져 ㅎ노라."

유성이 거쥬롤 무른디 김성 왈,

"쳥줘 잇노라."

골오디,

"쳥주 거ㅎ면 모촌 김성원 일홈은 아모롤 아
ㄴ다?"

김성이 골오디,

"이ㄴ 나의 션친이로라."

유성이 츠경츠희ㅎ여 골오디,

"어늬 히예 기셰ㅎ여계시뇨?"

성이 골오디,

"이믜 삼샹이 지낫다."

ㅎ디 유성이 현연하루(泫然下淚)ㅎ고 쏘 년젼
의 슈은흔 일올 베푸러 골오디,

"반쟝(返葬)흔 후의 길이 멀고 우괴(憂苦ㅣ)
연면ㅎ여 문하의 가지 못ㅎ엿스더 보은흔 므옴을
폐부의 삭인지라 금츄 대비[젼ㅅ 쵸시]지과(大比之科)
의 반드시 귀문 둥의 관광홀 사롬이 잇슬 듯ㅎ기예
그윽이 보은홀【50】 계교롤 성각ㅎ고 발힝ㅎ여 쳥
줘로 오다가 둥노의셔 병이 든지 여월에 이계 젹이
나혼 고로 부야흐로 가 연유롤 펴고져 ㅎ야 촌촌
젼진ㅎ여 이예 니르럿더니 다힝이 그디롤 맛나니
이ㄴ 하늘이 인편을 빌녓도다."

김성이 성각흔즉 졔 보은홀 뜻으로 원로의 와
차즈니 반드시 거유로다 ㅎ고 인ㅎ여 과ㅅ(科事)의
낭픽흔 곡졀을 ㅈ셰이 말흔디 유성이 그러이 녀겨
왈,

"일이 우연치 아니ㅎ다."

ㅎ고 망야(罔夜)ㅎ여 달녀가 미명에 시소(試
所)의 니른즉 거의 다 입쟝ㅎ고 문이 아직 닷치지
아닌지라 두 사롬이 쟝둥 꼿히 안쟈 냥일(兩日) 시
지(試紙)롤 지으며 뼈 밧쳐 쵸쟝의 쟝원ㅎ고 둥쟝의
쏘 거슈(居首)ㅎ니70) 그 유성은 곳 셔성(徐生)이라.

김성이 인ㅎ야 셔셩으로 집의 도라가 누일 뉴련ㅎ
고 의복 일습(一襲)을 지어준디 구지 ㅅ양ㅎ고 밧지
아니ㅎ거늘 강권ㅎ야 닙피고 집【51】의 도라갈 셕
예 힝담(行擔) 속의 빅 냥 돈을 너헛더니 집의 도라
간 후의 비로소 씨닷고 빅 냥과 밋 노슈의 쓰고 남
은 거슬 다 보니여 골오디,

"내 만일 쥬는 거슬 다 바드면 보은ㅎ는 뜻이
어디 잇스리오?"

ㅎ더라. 회시예 밋쳐 셔성이 흔가지로 쟝둥의
둘어가 김성으로 ㅎ여 년방(蓮榜)의71) 놉히 참예ㅎ
니라. 김성 형뎨 쏘흔 능히 가훈을 조차 쥬궁휼빈
(周窮恤貧)ㅎ니 ㅈ손이 창셩ㅎ고 연ㅎ여 과갑(科甲)
이 끈치지 아니ㅎ더라.

닉시신히슈샹은
匿屍身海倅償恩

호셔(湖西)의 ㅅ인 뉴셩재(柳姓者ㅣ) 잇스니
과거롤 당ㅎ야 샹경ㅎ엿다가 낙방ㅎ고 무료ㅎ야 송
도(松都)의 승경(勝景)과 고젹이 만흐믈 듯고 즉시
나려가 유람ㅎ더니 일ㅅ은 셩니의 드러가 구경ㅎ다
가 급흔 비롤 맛나 길가 집 대문의 셔ㅅ 피우(避雨)
ㅎ더니 비 죵시 개이지 아니ㅎ고 놀이 ㅅㅅ믜 져믄지
【52】라 경히 민망ㅎ더니 믄득 흔 츠환이 안으로
부터 나와 골오디,

"아지 못게라 어디 계시니잇고? 우셰(雨勢) 여
츠ㅎ니 쳥컨디 안의 들어가 쉬쇼셔."

셩이 골오디,

"이 집이 뉘집이완디 엇지 남졍이 업ㄴ뇨?"

골오디,

"쥬인이 쟝사ㅊ로 밧긔 나간 지 수 년이니이

그 유성은 곳 셔셩이라 (二人坐於場屋之末, 兩日之試,
作之讐之, 初場居魁, 終場亦崑捷. 其儒生卽徐生也.)
<青邱野談 奎章 5:50>

71) 【년방】圖 연방(蓮榜). 조선시대에, 소과(小科)인 생원
과, 진사과의 향시(鄕試), 회시(會試)에 합격한 사람의
명부.‖蓮榜‖회시에 밋쳐 셔셩이 흔가ㅅ로 쟝둥의
둘어가 김성으로 ㅎ여 년방의 놉히 참예ㅎ니라 (及其
會圍, 徐又偕入場中, 使金崑叅於蓮榜.) <靑邱野談 奎章
5:51>

70) 【거슈-ㅎ-】圖 거수(居首)하다. 으뜸 자리를 차지하
다.‖居魁‖두 사롬이 쟝둥 꼿히 안쟈 냥일 시지롤
지으며 뼈 밧쳐 쵸쟝의 쟝원ㅎ고 둥쟝의 쏘 거슈ㅎ니

다."

셩이 골오디,

"그러호면 외직이 엇지 안의 들니오?"

골오디,

"이믜 드러오란 말숨이 계시니 반드시 혐의롭지 아니리이다."

셩이 즉시 쑬와 안의 드러가니 훈 미인이 시디 나히 불과 이십여 셰라 주식이 졀묘호여 사롬으로 호여곰 졍신이 혼미케 호더라. 셩을 마자 방의 드러가 골오디,

"귀긱이 비롤 피호여 오러 셔 계시니 모음의 심히 블안호야 감히 쳥호엿노이다."

셩이 손샤(遜辭)호여 골오디,

"당쵸의 셔로 아지 못호거늘 이다지 관졉(款接)호믈 닙으니 감스무디(感謝無地)로다."

이옥고 셕반을 드리고 밥먹은 후의 인호야 쵹【53】을 붉히고 상디호야 담쇼롤 이옥히 홀시 엇개롤 겻고 무릅홀 디야 임의 희학호다가 셔로 더브러 취침호니 그 곡졀을 알지 못홀너라.

명일의 인호야 뉴홀시 호로 잇틀 호여 장근일슌(將近一旬)이러라. 샹인(商人)[샹고호는 사롬이래이 나갈 쩌예 그 니웃벗의게 그 집 일을 착실히 간검호여 달나 부탁훈 고로 그 벗이 미양 와 안부롤 뭇더니 셩이 이믜 오러 뉴호매 종젹이 주연 탈노훈지라. 그 사롬이 그 긔미롤 알고 젼인통긔(專人通奇)호야 호여곰 도라오라 호니 샹인이 그 긔별을 듯고 망야(罔夜)호야 송경의 니른즉 밤이 거의 삼경이라 바로 집으로 향호야 담을 넘어 드러가 창틈으로 여어보니 그 안해 훈 쇼년으로 더브러 쵹을 붉히고 디좌호야 희쇠 주약호거늘 샹인이 급히 창을 밀치고 불의예 드러가니 그 계집은 얼골이 지빗 궂고 셩은 황겁상혼호거늘 샹인【54】이 골오디,

"네 엇던 사롬이완디 감히 내집의 드러와 내 쳐로 더브러 디좌호엿는다?"

셩이 졍신을 진졍호여 대강 그 연유롤 고훈디 그 쳐는 머리롤 숙이고 함구홀 ᄯᆞ롬이어늘 샹인이 그 쳐드려 널너 골오디,

"네 져 긱으로 더부러 ᄉ죄롤 범호엿스니 맛당히 죽일 거시로디 내 이졔 멀니 와 구갈(口渴)이 ᄌᆞᆺ못 급호니 네 샐니 쥬육을 사오라."

혼디 그 쳐 능히 어긔지 못호야 나가 쥬육을 사 가져오거늘 샹인이 그 쳐로 호여곰 술을 부어 마시고 훈 잔으로뻐 셩을 쥬어 골오디,

"네 비록 죽을 사롬이나 아젹 술을 먹으라."

호고 인호야 찬 칼을 ᄲᅡ혀 고기롤 뻘어 먹고 ᄯᅩ 칼 긋히 고기 졈을 쎄여쥬거늘 셩이 술 훈 잔을 바다 마시고 입으로뻐 고기롤 바다먹더라. 술이 삼 비 지난 후의 샹인이 골오디,

"내 맛당히 이 칼노뻐 너롤 죽일 거시로디 네 잔명을 볼【55】 샹히 녀겨 특별이 요디(饒貸)호노니 네 샐니 나가고 이 근쳐의 머므지 말나."

셩이 빅빅치샤호고 머리롤 ᄲᅡ고 쥐 숨듯 호여 경셩으로 올나가니라.

샹인이 그 쳐드려 닐어 골오디,

"네 죄롤 네 아는다?"

그 쳬 ᄯᅡ의 업디여 만단으로 익걸호거늘 샹인이 골오디,

"내 맛당히 너롤 죽여 그 죄롤 경홀 거시로디 인명이 가궁키로 아젹 졍명을 보젼호노니 만일 다시 이런 일이 이시면 맛당히 만단의 너여 스치 아니리라."

그 쳬 머리롤 두드려 샤례호더라. 샹인이 인호야 쵹을 ᄭᅳ고 편히 쉬고 즉시 그 벗의 집의 가 그 젼인(專人)훈 연고롤 무른디 답왈,

"그디 집의 외인이 교통호는 ᄌᆞ최 잇는 고로 과연 통긔호엿노라."

골오디,

"그 사롬이 그져 잇느냐?"

골오디,

"반드시 가지 아니호엿스리라."

호고 즉시 그 벗으로 더브러 그 집의 니른즉 동방이 붉지 아니호고 문회 그져 닷쳣거늘 호여곰 문을【56】 열나 호고 내당의 드러간즉 다만 그 쳐만 잇고 다른 사롬은 업거늘 가둥을 두루 차즈디 형젹이 업는지라. 그 벗이 그릇 듯고 경히 말훈 거슬 도로혀 뉘웃쳐 모음의 심히 당황호고 무류호여 호거늘 샹인이 골오디,

"그디 듯기도 ᄯᅩ훈 예시라 우리 사이 졍밀훈 고로 뻐 이 통긔 잇스니 이시면 다스리고 업스면 그져 두미 ᄯᅩ훈 무방호니 엇지 반드시 돌탄(咄嘆)호리오? 성각건디 져믄 계집이 홀노 자니 넘녀 업지 아닐지라 일후의 그릇 드롬으로뻐 혐의 말고 내 젼히 간검호믈 바라노라."

그 빗이 그 날이 신성으로 나오늘 감격호여 도로혀 치샤호거늘 샹인이 즉시 그 벗을 보니고 붉기롤 기드려 도로 ᄯᅥ날시 그 쳐의게 신신히 부탁호

니 은위 병형ᄒᆞ지라 그 졔 감히 다시 작난치 못ᄒᆞ더라.

셩이 이듬히 봄의 급졔ᄒᆞ여 수 년 후의 히셔 (海西) 【57】 고을 원을 ᄒᆞ엿더니 ᄒᆞᆫ 쵼민(村民)이 ᄌᆞ셔 와 고ᄒᆞ되,

"그 아비 숑도 샹고 ᄃᆞ니는 아모 사ᄅᆞᆷ으로 더브러 샹힐(相詰)ᄒᆞ야 마쟈 죽엇다."

ᄒᆞ니 그 셩명을 드ᄅᆞᆫ즉 이예 ᄌᆞ가 살닌 사ᄅᆞᆷ이라 그 쵼이 고을에셔 샹게(相距]) 블과 십 니 혜러라. 쟝ᄎᆞᆺ 나가 검시코져 ᄒᆞ야 삼취(三吹)ᄅᆞᆯ 맛고 문득 ᄀᆞᆯ오되,

"내 ᄆᆞ춤 두통이 나 졍신이 어즐ᄒᆞ여 가히 나가지 못ᄒᆞᆯ ᄲᅮᆫ더러 일박셔산(日迫西山)ᄒᆞ여시니 명일 아ᄎᆞᆷ의 맛당히 나가리라."

ᄒᆞ고 인ᄒᆞ여 졍지ᄒᆞ다.

이날 밤의 심복 통인을 가만이 블너 닐너 ᄀᆞᆯ오되,

"내 너 ᄉᆞ랑ᄒᆞ기ᄅᆞᆯ 엇더케 ᄒᆞᆫ다? 네 능히 날을 위ᄒᆞ여 비록 지극히 어려온 일이라도 가히 뼈 힝ᄒᆞ랴?"

디ᄒᆞ여 ᄀᆞᆯ오되,

"관개 쇼인 보시기ᄅᆞᆯ 집사ᄅᆞᆷ ᄀᆞᆺ치 ᄒᆞ샤 은덕을 하히 ᄀᆞᆺ치 입엇사오니 비록 슈환ᄃᆞᆯ 피ᄒᆞ리잇가?"

ᄀᆞᆯ오되,

"네 오날 아모 쵼의 살인난 줄을 들엇는다?"

【58】 ᄀᆞᆯ오되,

"들엇ᄂᆞ이다."

"네 능히 이밤의 그 쵼의 가 다만 그 신체ᄅᆞᆯ 취ᄒᆞ여 돌을 안겨 쵼 뒤 방축 ᄀᆞᆺ온디 둘가 보냐?"

ᄀᆞᆯ오되,

"맛당히 분부디로 ᄒᆞ오리다."

ᄀᆞᆯ오되,

"네 나갈 ᄯᅢ의 읍듕의 큰 개 ᄒᆞ나흘 타살(打殺)ᄒᆞ야 지고 가 시상판(屍上板)의 올녀놋코 니블노뼈 덥혀 신체 모양ᄀᆞᆺ치 ᄒᆞ고 미명 젼의 회보ᄒᆞ되 이 말을 입밧긔 너지 말나."

통인이 쳥녕ᄒᆞ고 가다. 과연 동 틀 ᄯᅢ예 와 고ᄒᆞ되,

"분부디로 ᄒᆞ엿ᄂᆞ이다."

원이 즉시 좌긔ᄒᆞ고 셩화ᄀᆞᆺ치 ᄃᆞᆯ녀가 그 쵼의 니ᄅᆞ니 ᄲᅥᆫ고 원ᄉᆞᆯ 블너드리 힐문ᄒᆞᆫ 후의 형니ᄅᆞᆯ ᄒᆞ여 검시ᄒᆞ라 ᄒᆞᆫ즉 형니 드러갓다가 도로 나와 ᄀᆞᆯ오되,

"심히 고이ᄒᆞᆫ 일이 잇더이다. 신체는 부지거쳐ᄒᆞ고 죽은 개 ᄒᆞ나히 잇ᄂᆞᆫ디 니블노뼈 덥헛더이다."

원이 거즛 놀나 ᄀᆞᆯ오되,

"엇지 이런 일이 ᄀᆞ시리오?"

ᄒᆞ 【59】 고 친히 드러가 본즉 과약기언(果若其言)이라. 원고드려 무러 ᄀᆞᆯ오되,

"네 아비 신체는 어늬 곳에 두고 죽은 개로뼈 디신ᄒᆞᆫ믈 엇진 일이뇨?"

원괴 두 눈이 두렷ᄒᆞ고 심신이 혼미ᄒᆞ야 능히 말을 못ᄒᆞ다가 공쵸ᄒᆞ여 ᄀᆞᆯ오되,

"아비 죽을 시는 격실ᄒᆞᆫ지라 방듕의 오릭 두엇삽더니 관개 진작 검시 아니ᄒᆞ신 연고로뼈 다만 니블노뼈 덥고 단단히 직회지 아니ᄒᆞ고 다만 대쳥 밧긔셔 경야(經夜)ᄒᆞ더니 변괴 이 지경의 니ᄅᆞ니 그 연고ᄅᆞᆯ 아지 못ᄒᆞᄂᆞ이다."

관개 답왈,

"네 반ᄃᆞ시 네 아비ᄅᆞᆯ 다른 곳의 은닉ᄒᆞ고 무쇼셩옥(誣訴成獄)ᄒᆞ야[72] 너 진 빗슬 면ᄒᆞ려ᄒᆞ미라."

ᄒᆞ고 엄문ᄒᆞ려 ᄒᆞ니 호읍(號泣)ᄒᆞ며 원굴(寃屈)ᄒᆞ예라 ᄒᆞ거늘 관개 ᄀᆞᆯ오되,

"네 비록 원굴ᄒᆞ나 신체 업스니 엇지 뼈 검시ᄒᆞ여 셩옥(成獄)ᄒᆞ리오? 네 시체 찻기ᄅᆞᆯ 기ᄃᆞ려 가히 결단ᄒᆞ리라."

ᄒᆞ고 인ᄒᆞ야 【60】 그 연유로 영문(營門)에 보쟝(報狀)ᄒᆞ고 통인을 후샹ᄒᆞ고 ᄉᆞ랑ᄒᆞ기ᄅᆞᆯ ᄌᆞ식ᄀᆞᆺ치 ᄒᆞ더라. 그 사ᄅᆞᆷ이 시체 엇지 못ᄒᆞ므로뼈 감히 다시 고관치 못ᄒᆞ고 숑샹(松商)이 다힝히 면소ᄒᆞ야 옥에 버셔나나 그러나 그 곡졀을 아지 못ᄒᆞ야 스스로 의혹ᄒᆞᆯ ᄯᅡᄅᆞᆷ이오 관개 ᄯᅩᄒᆞᆫ 숑샹을 블너 보지 아니ᄒᆞ니 피ᄎᆞ 셩식(聲息)이 젼ᄀᆞᆺ치 조격(阻隔)ᄒᆞ더라.

뉵칠 년 후의 ᄯᅩ 아모 고을 원을 ᄒᆞ니 숑샹 잇는 ᄂᆞᆫ읍이라 도임ᄒᆞᆫ 후의 사ᄅᆞᆷ을 보닉여 방문ᄒᆞ야 가만이 숑샹을 블너 그 평셩을 말ᄒᆞ니 숑인이 쳐음의는 셔로 아지 못ᄒᆞ더니 모년모월의 인명 살닌 일에 밋쳐는 비로소 놀나 ᄭᅢ닷고 ᄯᅩ 시체ᄅᆞᆯ 감

---

72) 【무쇼셩옥ᄒᆞ-ᄒᆞ-】 圖 무소셩옥(誣訴成獄)ᄒᆞ다. 터무니없는 일을 있는 것처럼 꾸며 하옥하다.¶ 誣訴成獄 ‖ 네 반ᄃᆞ시 네 아비ᄅᆞᆯ 다른 곳의 은닉ᄒᆞ고 무쇼셩옥ᄒᆞ야 너 진 빗슬 면ᄒᆞ려 ᄒᆞ미라 ᄒᆞ고 엄문ᄒᆞ려 ᄒᆞ니 호읍ᄒᆞ며 원굴ᄒᆞ예라 ᄒᆞ거늘 (爾必隱匿爾父於他所, 稱以致死, 誣告成獄, 要免債徵也. 欲加嚴訊, 其人叫呼稱屈.) <靑邱野談 奎章 5:59>

쵸와 살옥 면ᄒᆞᆫ 일을 닐으니 상인이 크게 감격ᄒᆞ야 우러〻 ᄀᆞᆯ오ᄃᆡ,

“쇼인은 일즉 대인의 명을 살니옵고 향ᄂᆡᄉᆞᄂᆞᆫ 대인이 도로혀 【61】 쇼인의 명을 요ᄃᆡᄒᆞ엿ᄉᆞ오니 이 은혜와 이 덕은 몸이 갈니 되여도 닛기 어렵도쇼이다.”

ᄒᆞ고 일노부터 왕ᄂᆡ 셔신을 늘거 죽기ᄭᆞ지 ᄭᅳᆫ치 아니ᄒᆞ더라.

졈명혈디ᄉᆞ보덕
占名穴地師報德

니공(李公) 아뫼 아모 고을 원을 ᄒᆞ여실 ᄣᅢ예 읍뎌(邑底)의 니가(李哥) 냥반이 〻시니 가댱이 밧긔 나간 지 삼 년의 도라오지 아니ᄒᆞ고 다만 쳐ᄌᆞ만 잇더니 겸황(歉荒)ᄒᆞᆫ[73] ᄒᆡᄅᆞᆯ 당ᄒᆞ여 삼슌구식(三旬九食)을 ᄒᆞᄂᆞᆫ지라. 쟝ᄎᆞᆺ 아ᄉᆞ지경(餓死之境)의 니르럿더니 니공이 블상히 녀겨 자조 구급ᄒᆞ여 시러곰 사라낫더니 공이 갈고 도라온 후의 친상(親喪)을 만나 바야흐로 구산(求山)ᄒᆞ더니 일〻은 ᄒᆞᆫ 션비 잇셔 와 조상(弔喪)ᄒᆞ고 ᄀᆞᆯ오ᄃᆡ,

“나ᄂᆞᆫ 곳 아모 고을 아뫼라 밧긔 나가 지술(地術)을 ᄇᆡ화 오러 집으로 도라가지 못ᄒᆞ엿더니 【62】 공의 어진 졍ᄉᆞᄅᆞᆯ 힘닙어 가쇽이 시러곰 살아나니 은덕을 감격ᄒᆞ야 ᄆᆡ양 ᄒᆞᆫ번 갑고져 ᄒᆞ더니 이졔 공이 상사ᄅᆞᆯ 만나 밋쳐 쟝ᄉᆞ(葬事)ᄅᆞᆯ 지나지 못ᄒᆞ엿스니 산디ᄅᆞᆯ 만일 졍ᄒᆞᆫᄃᆡ 업거든 내 약간 디리ᄅᆞᆯ 아ᄂᆞ니 ᄒᆞᆫ 혈을 어드리라.”

ᄒᆞ고 잇튼날 쥬인으로 더브러 집 뒤 산의 올나가 ᄂᆡ룡(來龍)을 조차 산 ᄭᆞᆺ히 니르러 츔츄거ᄂᆞᆯ 니공이 괴이히 녀겨 무른ᄃᆡ 그 사ᄅᆞᆷ이 ᄀᆞᆯ오ᄃᆡ,

“이ᄂᆞᆫ 대디(大地)니 반ᄃᆞ시 멀니 구치 말고 여긔 ᄡᅳ면 두 아들이 맛당히 아경(亞卿)을 ᄒᆞ고 후숀이 ᄯᅩᄒᆞᆫ 챵셩ᄒᆞ리라.”

ᄒᆞ거ᄂᆞᆯ 쥬인이 그 말ᄃᆡ로 조차 쟝ᄉᆞᄅᆞᆯ 지ᄂᆡ엿더니 그 후에 두 아들이 다 참판 ᄒᆞ고 지금ᄭᆞ지 ᄌᆞ손이 번셩ᄒᆞ고 관면(冠冕)이 ᄭᅳᆫ치지 아니ᄒᆞ니 그 션ᄇᆡᄂᆞᆫ 곳 니의신(李懿信)이라 ᄒᆞ더라.

ᄯᅩ ᄒᆞᆫ 디관(地官)이 〻셔 디리예 졍 【63】 통ᄒᆞ더니 일즉 어ᄂᆡ 시골노 가다가 ᄒᆞᆫ 촌가의 드러가 자더니 쥬인은 이예 쵸샹 상졔러라. 쵸면의 관ᄃᆡᄒᆞ고 됴셕을 잘 공궤ᄒᆞ거ᄂᆞᆯ 디ᄉᆡ(地師ㅣ) 그 후의ᄅᆞᆯ 감격ᄒᆞ야 일반지덕(一飯之德)을 갑고져 ᄒᆞ여 무르ᄃᆡ,

“쟝ᄉᆞᄅᆞᆯ 지ᄂᆡᆺᄂᆞ냐?”

상인이 ᄀᆞᆯ오ᄃᆡ,

“방금 산디ᄅᆞᆯ 졍치 못ᄒᆞ엿노라.”

디ᄉᆡ ᄀᆞᆯ오ᄃᆡ,

“ᄂᆡ 풍슈 조박(糟粕)이나 아니 장디ᄅᆞᆯ 잡고져 ᄒᆞᄂᆞ냐?”

상인이 ᄀᆞᆯ오ᄃᆡ,

“블감쳥(不敢請)이언뎡 고쇼원(固所願)이로라. 우리집이 가산은 요죡ᄒᆞ여 구ᄒᆞᆯ 거시 업스되 다만 오십이 넘도록 ᄒᆞᆫ ᄌᆞ식도 업스니 만일 아들 어들 ᄯᅡᄒᆞᆯ 어더 졀ᄉᆞ(絶嗣)ᄒᆞᆯ 디경의 니ᄅᆞ지 아니ᄒᆞᆫ즉 ᄒᆡᆼ이로라.”

디ᄉᆡ 마을 뒤 ᄒᆞᆫ 곳에 니르러 졈혈(占穴)ᄒᆞ여 ᄀᆞᆯ오ᄃᆡ,

“이ᄂᆞᆫ 삼ᄌᆞᄅᆞᆯ 년ᄒᆞ여 나ᄒᆞᆯ ᄯᅡ이니 ᄡᅳ라.”

ᄒᆞᆫᄃᆡ 인ᄒᆞ여 광듕(壙中)을[74] 파더니 ᄒᆞᆫ 노승이 지나가다가 디ᄉᆞᄅᆞᆯ 【64】 고요ᄒᆞᆫ 곳의 블너 닐너 ᄀᆞᆯ오ᄃᆡ,

“엇지 삼우젼(三虞前) 죽엄 잇슬 ᄯᅡ의 ᄡᅳᄂᆞ냐?”

디ᄉᆡ ᄀᆞᆯ오ᄃᆡ,

“이ᄂᆞᆫ 너의 알 배 아니라.”

ᄒᆞ고 인ᄒᆞ여 쟝ᄉᆞ 지난 후의 쥬인으로 더브러 언약ᄒᆞ야 ᄀᆞᆯ오ᄃᆡ,

“십 년 후의 맛당히 다시 올 거시니 그 사이 반ᄃᆞ시 삼남을 나으리라.”

---

73) 【겸황-ᄒᆞ-】 형 겸황(歉荒)하다. 흉년이 들어 농작물 수확이 형편없다.¶ 歉荒 ‖ 가댱이 밧긔 나간 지 삼 년의 도라오지 아니ᄒᆞ고 다만 쳐ᄌᆞ만 잇더니 겸황ᄒᆞᆫ ᄒᆡᄅᆞᆯ 당ᄒᆞ여 삼슌구식을 ᄒᆞᄂᆞᆫ지라 (家長出外, 三年不還, 獨有妻孥, 而時値歉荒, 三旬九食.) <青邱野談 奎章 5:61>

74) 【광듕】 명 광중(壙中). 무덤의 구덩이 속.¶ 壙 ‖ 인ᄒᆞ여 광듕을 파더니 ᄒᆞᆫ 노승이 지나가다가 디ᄉᆞᄅᆞᆯ 고요ᄒᆞᆫ 곳의 블너 닐너 ᄀᆞᆯ오ᄃᆡ 엇지 삼우젼 죽엄 잇슬 ᄯᅡ의 ᄡᅳᄂᆞ냐 (因穿土作壙, 有一過去老僧, 招謂地師於靜處曰: “何乃葬人於三虞前有喪之地乎?”) <青邱野談 奎章 5:63>

ᄒᆞ고 드듸여 갓더니 반우(返虞)의 밋쳐 도라
온즉 쥬인의 안해 급ᄒᆞᆫ 병이 드러 죽거늘 삼상 후
의 년쇼ᄒᆞᆫ 부인을 지취ᄒᆞ야 년ᄒᆞ여 셰 아들을 나ᄒᆞ
니라.

십 년 후에 디시 과연 왓거늘 쥬인이 샹비(喪
配)ᄒᆞᆫ 일노뻐 귀구(歸咎)ᄒᆞ더 디시 우어 왈,

"군이 너와 희로ᄒᆞ면 잉틱ᄒᆞᆯ 길이 업스리니
만일 샹비 곳 아니ᄒᆞ엿스면 엇지 뼈 농장지경(弄璋
之慶)을 보리오? 그러므로 니 짜흘 갈희여 겸혈ᄒᆞᆫ
배라."

ᄒᆞ더라.

년궁유신인디궤은
憐窮儒神人貸櫃銀

【65】경셩(京城) 모화관(慕華館) 뒤예 ᄒᆞᆫ 빅
셩의 집 ᄋᆞ희 년근이십(年近二十)의 편모로 더브러
거셩(居生)ᄒᆞ되 집이 간난ᄒᆞ여 엿 팔기로뻐 위업ᄒᆞ
더니 마춤 호반(虎班) 과거 셜룰 당ᄒᆞ여 빅당(白糖)
을 궤 속의 ᄀᆞ득이 너허가지고 과장의 간즉 셔 오
히려 일은지라. 엿그릇슬 관현 뒤에 놋코 잠간 자더
니 몽듕의 ᄒᆞᆫ 노인이 와 일너 ᄀᆞᆯ오디,

"초례로 셋지 관현 뒤에 뭇친 은 삼쳔 냥 잇
스니 임즈는 곳 남산골 니셩 냥반이라. 그 집 문밧
긔 잉도못치 셩히 픠엿스니 그집을 ᄎᆞ져가 은을 준
슈히 드리고 은 쑤어 쁜 슈표룰 바다 그곳의 도로
무든즉 네게도 쏘ᄒᆞᆫ 발빈(拔貧)ᄒᆞᆯ75) 도리 이실 거시
니 쩌룰 넘구지 말고 즉시 파 가라."

그 아희 잠을 씬즉 꿈이라. 황홀난측(恍惚難
測)ᄒᆞᆫ 【66】야 장신장의(將信將疑)ᄒᆞ여 즈져ᄒᆞᆯ 즈음
의 쏘 혼ᄉᆞᄒᆞ여 잠을 든즉 노인이 쏘 와 지촉ᄒᆞ거
늘 ᄋᆞ희 놀나 쩨여 급히 집의 도라와 호믜룰 가지

고 그 관현 뒤흘 파니 블과 셰 치 허의 과연 은 담
은 궤 잇거늘 취ᄒᆞ여 본즉 은죠각이 가득 ᄲᆞᆺ혀 즁
이 가히 슈쳔 냥이 될너라. 즉시 그 은궤(銀櫃)룰
지고 바로 남산골노 가니 니셩 냥반이 잇ᄂᆞᆫ디 대문
밧긔 잉도못치 만발ᄒᆞ야 과연 신인의 말과 ᄀᆞᆺ더라.
드듸여 그집의 드러가니 넘어진 담과 문어진 벽이
풍우룰 갈이지 못ᄒᆞ더라. 니셩이 나오니 의복이 남
누ᄒᆞ고 형용이 쵸췌ᄒᆞ거늘 ᄋᆞ희 은궤룰 버셔놋코
몽ᄉᆞ룰 갓쵸 고ᄒᆞ고 쑤이는 슈표룰 바다지라 ᄒᆞ거
늘 니셩이 은을 달아보니 과연 삼쳔 냥이 되ᄂᆞᆫ지라.
그 연유룰 즈셰 【67】히 무른 후의 은 쑤인 슈표로
뻐 쥬며 왈,

"도라가 무든 후의 즉시 오라."

ᄒᆞ니 ᄋᆞ희 신인의 말과 ᄀᆞᆺ치 ᄒᆞ여 슈표룰 궤
속의 너허 은 파던 곳의 뭇고 쏘 니셩의 집으로 오
거늘 셩이 널너 ᄀᆞᆯ오디,

"내 맛당히 너룰 위ᄒᆞ여 살게 ᄒᆞᆯ 거시니 네
노모룰 다리고 이예 와 사는 거시 가ᄒᆞ니라."

셩이 은을 파라 장확(庄穫)을 장만ᄒᆞ고 쏘 집
ᄒᆞ나흘 사 그 ᄋᆞ희로 살게 ᄒᆞ고 일용범빅을 갓초와
주고 장가드려 틱평으로 지내더라.

미구(未久)의 니셩이 급졔ᄒᆞ여 쳥현직(淸顯職)
을 ᄎᆞ례로 지나고 여러 번 웅쥬거목(雄州巨牧)을76)
지나미 매양 그 ᄋᆞ희로 ᄒᆞᆫ가지 셰월을 지나더라.

몃 ᄒᆡ 후의 평안감ᄉᆞ룰 ᄒᆞ야 은 고간을 번고
(反庫)ᄒᆞᆫ즉 가장 깁흔 곳의 궤 ᄒᆞ나히 뷔고 아모 것
도 업스되 그 가온디 즈가의 은 쑤어 쁜 슈표 잇거
늘 취ᄒᆞ여 보고 대경탄식 【68】 왈,

"신인이 나의 빈궁ᄒᆞᆫ 연고로뻐 ᄋᆞ희로 ᄒᆞ여곰
지시ᄒᆞ여 몬져 이 은을 쑤엿스니 만일 신인곳 아니
면 내 엇시 이예 니르럿시리오?"

ᄒᆞ고 드듸여 즈가 월봉 은즈로뻐 쥰슈히 치와
넛코 그 ᄋᆞ희룰 후히 주어 쏘ᄒᆞᆫ 부가옹(富家翁)을
민들엇다 ᄒᆞ더라.

---

75) 【발빈 -ᄒᆞ-】圖 발빈(拔貧)ᄒᆞ다. 가난을 벗어나다.¶ 脫
貧∥ 그 집 문밧긔 잉도못치 셩히 픠엿스니 그집을
ᄎᆞ져가 은을 쥰슈히 드리고 은 쑤어 쁜 슈표룰 바다
그곳의 도로 무든즉 네게도 쏘ᄒᆞᆫ 발빈ᄒᆞᆯ 도리 이실
거시니 쩌룰 넘구지 말고 즉시 파 가라 (其家門外, 櫻
桃花盛開, 零往其家, 準納銀兩, 受其貸用手票, 還埋其
處, 則於汝亦有脫貧之道.) <靑邱野談 奎章 5:65>

76) 【웅쥬거목】圖 ((인류)) 웅주거목(雄州巨牧). 땅이 넓고
산물이 많은 고을의 원.¶ 州牧∥ 미구의 니셩이 급졔
ᄒᆞ여 쳥현식을 ᄎᆞ례로 시나고 ᄋᆡ터 빈 웅쥬기목을 지
나미 매양 그 ᄋᆞ희로 ᄒᆞᆫ가지 셰월을 지나더라 (未幾
李生登第, 歷敭華顯, 累典州牧, 每率其兒以往.) <靑邱
野談 奎章 5:63>

의유읍지샹샹구은
擬映邑宰相償舊恩

옛젹의 뉴진시(柳進士ㅣ)라 ᄒᆞᄂᆞᆫ 사ᄅᆞᆷ이 ᄌᆞ시니 집이 간난ᄒᆞ야 됴블녀셕(朝不慮夕)ᄒᆞ고 ᄯᅩ 겸셰(歉歲)롤77) 당ᄒᆞ야 ᄌᆞ셩ᄒᆞᆯ 길이 업더니 댱ᄒᆞ하일(夏日)을 당ᄒᆞ여 년 닷시롤 밥을 굼고 긔갈이 특심(特甚)ᄒᆞ여 외당의 누엇더니 ᄂᆡ당이 요젹(寥寂)ᄒᆞ야78) 오리 사ᄅᆞᆷ의 소리 업ᄂᆞᆫ지라. 진시 괴이 너겨 닐어나 들어가고져 ᄒᆞ디 능히 긔운을 찰히지 못ᄒᆞ여 겨오 긔여 ᄡᅥ 안ᄯᆞᆯ의 니르러 본즉 그 안ᄒᆡ 바야흐로 무어슬 닙의 【69】 너코 너흘다가 그 드러오믈 보고 황망히 숨기고 얼골의 붓그러온 빗츨 ᄯᅴ엿거ᄂᆞᆯ 진시 굴오디,

"군이 홀노 무어슬 먹다가 날을 보고 숨기ᄂᆞ뇨?"

쳬 굴오디,

"내 만일 먹을 거시 이시면 엇지 ᄎᆞᆷ아 홀노 먹으리잇가? 앗가 혼도ᄒᆞᆯ 즈음의 슈박ᄲᅵ가 벽샹의 말나부튼 거슬 보고 ᄎᆔᄒᆞ야 ᄶᅵ여 본즉 공각(空殼)이라 바야흐로 한탄ᄒᆞ더니 그디 드러오믈 보고 난연(赧然)ᄒᆞ믈 ᄯᅵ닷지 못ᄒᆞ다."

인ᄒᆞ여 셔과(西瓜) 공각을 너여 뵈고 셔로 더브러 탄식ᄒᆞ더니 이윽고 문밧긔 하님79) 블으ᄂᆞᆫ 소리 잇거ᄂᆞᆯ 그 안해 굴오디,

"엇던ᄒᆞᆫ 사ᄅᆞᆷ이 문의 와 죵을 블으ᄂᆞᆫ다? 나가

보라."

진시 긔여 나가 본즉 ᄒᆞᆫ 하인이 문압희셔 진시의 나오믈 보고 비알ᄒᆞᆫ 연후에 인ᄒᆞ여 무러 굴오(디),

"이 ᄃᆡᆨ이 뉴진ᄉᆞᄃᆡᆨ이니잇가?"

진시 굴오디,

"그러ᄒᆞ다."

굴오디,

"진 【70】 ᄉᆞ님 명ᄌᆞᄂᆞᆫ 아모시며 ᄌᆞᄂᆞᆫ 아모시니잇가?"

답왈,

"연ᄒᆞ다."

굴오디,

"진ᄉᆞ님계오셔 아모 릉 참봉 슈망(首望)을 들어 몽졈(蒙點)ᄒᆞ신80) 고로 망통(望筒)을81) 가지고 간신히 차자왓나이다."

ᄒᆞ고 즉시 ᄉᆞ미 속으로셔 망통을 너여 뵈니 과연 ᄌᆞ가 셩명이라. 그러나 니판(李判)이 누군 줄 아지 못ᄒᆞ거ᄂᆞᆯ 이졔 이예 의망ᄒᆞ니 실노 의외라. 여ᄎᆔ여광(如醉如狂)ᄒᆞ여 의괴ᄒᆞ기롤 냥구이 ᄒᆞ다가 굴오디,

"이 반ᄃᆞ시 날노 더브러 동셩동명(同姓同名)이로다. 네 그릇 차자왓스니 다른 곳의 가 ᄌᆞ셰이 방문ᄒᆞ라. 내 집이 지빈ᄒᆞ여 셰샹의 내 셩명 알니 업스니 엇지 의망ᄒᆞᆯ 니 잇스리오?"

ᄒᆞ고 인ᄒᆞ야 도로 드러간디 안ᄒᆡ 무러 굴오디,

"문밧긔 엇더ᄒᆞᆫ 사ᄅᆞᆷ이 차자왓더니잇가?"

진시 그 ᄉᆞ연을 ᄌᆞ셰이 말ᄒᆞ【71】디 쳬 놀나깃거 굴오디,

"만일 그러ᄒᆞᆫ즉 가히 살니로다."

진시 굴오디,

"내 빅가지로 성각ᄒᆞ여도 이러ᄒᆞᆯ 니 만무ᄒᆞᆫ지라 진ᄉᆞ로 쵸ᄉᆞ(初仕)ᄒᆞᄂᆞᆫ 재 반ᄃᆞ시 몬져 공송(公

---

77) 【겸셰】圖 겸셰(歉歲). 흉년.¶ 歉歲 ‖ 옛젹의 뉴진시라 ᄒᆞᄂᆞᆫ 사ᄅᆞᆷ이 ᄌᆞ시니 집이 간난ᄒᆞ야 됴블녀셕ᄒᆞ고 ᄯᅩ 겸셰롤 당ᄒᆞ야 ᄌᆞ셩ᄒᆞᆯ 길이 업더니 (古有柳生進士, 家貧朝不謀夕, 又値歉歲, 無以資生.) <靑邱野談 奎章 5:68>

78) 【요젹-ᄒᆞ】圖 요젹(寥寂)하다. 고요하고 적적하다.¶ 寥閴 ‖ 댱ᄒᆞ하일을 당ᄒᆞ여 년 닷시롤 밥을 굼고 긔갈이 특심(特甚)ᄒᆞ여 외당의 누엇더니 ᄂᆡ당이 요젹ᄒᆞ야 오리 사ᄅᆞᆷ의 소리 업ᄂᆞᆫ지라 (時當長夏, 連五日未炊, 飢困惑甚, 頹臥外舍矣. 內堂寥閴, 久無人聲.) <靑邱野談 奎章 5:68>

79) 【하님】圖 ((인류)) 여자 종을 대접하여 부르거나 또는 여자 종들이 서로 높여 부르는 말.¶ 인ᄒᆞ여 셔과 공각을 너니 뵈고 셔로 너브러 탄식ᄒᆞ더니 이윽고 문밧긔 하님 블으ᄂᆞᆫ 소리 잇거ᄂᆞᆯ (仍於手中出示西瓜空核, 相與歔歎. 少頃門外有呼婢聲.) <靑邱野談 奎章 5:69>

80) 【몽졈-ᄒᆞ】圖 몽졈(蒙點)하다. 벼슬자리에 임명되다.¶ 蒙点 ‖ 진ᄉᆞ님계오셔 아모 릉 참봉 슈망을 들어 몽졈ᄒᆞ신 고로 망통을 가지고 간신히 차자왓나이다 (進士主入於某陵參奉, 首望蒙点, 故望筒持來而艮辛零到矣.) <靑邱野談 奎章 5:70>

81) 【망통】圖 망통(望筒). 삼망(三望)을 벌여 거운 단지.¶ 望筒 ‖ 진ᄉᆞ님계오셔 아모 릉 참봉 슈망을 들어 몽졈ᄒᆞ신 고로 망통을 가지고 간신히 차자왓나이다 (進士主入於某陵參奉, 首望蒙点, 故望筒持來而艮辛零到矣.) <靑邱野談 奎章 5:70>

誦)을82) 어든 후의야 가히 망의 빗최느니 셰샹의
뉘 날을 위후여 말홀 쟤 이시리오?"

후고 반신반의후더니 그 하인이 쏘 와 종을
불으거늘 진시 쏘 나가 본즉 굴오디,

"쇼인이 니죠의 가 즈셰이 탐문후온즉 분명이
진스님이라 경녕 무의(無疑)후오니 아모 념녀도 마
읍쇼셔."

진시 비로쇼 밋어 굴오디,

"내 비록 벼술은 후여시나 방금의 졀식(絶食)
혼지 누일(累日)이라 능히 긔동(起動)치 못후니 엇
지 뻐 슉비(肅拜)홀 긔운이 잇스리오?"

그 하인이 즉시 져즈의 가 쇠량(柴糧)을 사
몬져 죽을 쓸혀 말은 챵즈롤 츅인 후의 니어 【72】
쌀과 여간 찬물(饌物)을 무역후여 오니 진시 년후여
죽을 마시미 눈이 비로쇼 쓰이고 긔운이 능히 힝보
홀지라. 이예 그 하인드려 닐너 굴오디,

"네 구급후믈 힘닙어 다힝이 싱도(生道)롤 어
더시나 그러나 머리예 쓸 거시 업고 발의 신을 거
시 업스니 엇지 뻐 슉비후리오?"

혼디 그 하인이 즉시 젼의 가 의관을 셰내여
왓거늘 인후여 그 하인으로 후여곰 친구의 집에 편
지후여 관복을 비러오니 치하후는 사롬이 겸〻 와
모히니 젼일의 비컨디 념냥(炎凉)이 판이후더라.

참봉이 슉비혼 후의 니판을 탐문혼즉 니공 아
뫼니 본디 지면이 업스되 맛춤 혼가지로 공부후던
벗이 잇셔 니판으로 더브러 친졀혼지라 그 빈궁후
여 죽게 되믈 듯고 힘뼈 니판의게 공송(公誦)후니83)
니판이 듯고 긍측히 【73】 너겨 슈망의 녀흐니라. 그
후 수년의 쏘 대과 급뎨후여 쳥현직을 다 지나고
드듸여 동젼(東銓)을84) 당후니 그쩍 맛춤 간셩(杆

---

82) 【공송】 圏 공송(公誦). 공론을 따라서 사람을 천거함.¶
公誦 ‖ 진스로 쵸스후는 쟤 반드시 몬져 공송을 어든
후의야 가히 망의 빗최느니 셰샹의 뉘 날을 위후여
말홀 쟤 이시리오 (進士之初仕者, 必有先容公誦, 然後
可得照望, 而世豈有爲我言者乎?) <靑邱野談 奎章
5:71>

83) 【공송-ᄒ-】 圏 공송(公誦)하다. 공론을 따라서 사람을
천거하다.¶ 誦 ‖ 그 빈궁후여 죽게 되믈 듯고 힘뼈 니
판의게 공송후니 니판이 듯고 긍측히 너겨 슈망의 녀
흐니라 (聞其窮餒濱死, 力誦銓家, 銓家聞, 甚矜惻, 排
置首擬云.) <靑邱野談 奎章 5:72>

84) 【동젼】 圏 동젼(東銓). 이조(吏曹)의 별칭.¶ 銓 ‖ 그 후
수년의 쏘 대과 급뎨후여 쳥현직을 다 지나고 드듸여
동젼을 당후니 그쩍 맛춤 간셩 과궐이 잇스니 ᄀ쟝
요부흔 고을이라 (伊後數年, 柳又大闡, 歷敭淸顯, 遂乘

城) 과궐이 잇스니 ᄀ쟝 요부(饒富)흔 고을이라. 우
흐로 경지(卿宰)로부터 하지친쳑(下至親戚)가지 쳥
ᄒ는 쟤 심히 만하 취샤(取捨)ᄒ기 어려온지라. 개
졍(開政)홀 날이 갓가오미 ᄆ음의 심히 민망ᄒ더니
부인이 그 안쇠을 보고 괴이 너겨 그 연고롤 뭇거
늘 그 쇼유롤 ᄀ쵸 말ᄒ더 부인이 굴오디,

"대감이 참봉홀 쩌예 뉘 덕으로 ᄒ엿느니잇
가?"

굴오디,

"그쩌 니판은 이믜 죽고 그 ᄋᆞ들 두어 사롬이
다 닙됴ᄒ엿스되 다 쳥한흔 벼술에 잇느니라."

부인이 굴오디,

"대감이 만일 이 사롬으로뻐 간셩을 시기지
아니ᄒ면 가위 비은망덕이라. 쳥쵹이 비록 만으나
삼가 쟈져치 말고 결단코 이 사롬으로뻐 슈망에 녀
은 후 【74】 에야 가히 녯놀 벼술 시긴 은혜롤 갑흘
거시니 대감이 엇지 슈박씨 녀으던 일을 싱각지 아
니시느니잇가?"

뉴공이 듯고 크게 씨드라 익일 졍(政)의 ᄂ모
로뻐 간셩 슈망의 너허 뭉졈ᄒ니라.

銓, 時適杆城有窠, 杆是饒邑.) <靑邱野談 奎章 5:73>

텽츅어지샹긔왕스
聽祝語宰相記往事

【1】 흔 지샹이 션비 되여실 졔 심히 간난ᄒ
더니 흘는 셩균관(成均館)의 과거 보로 갈ᄉᆡ 죵ᄋᆞ희
로 ᄒᆞ여곰 ᄎᆡᆨ보를 지고 힝ᄒᆞ여 니현(梨峴)의 니ᄅᆞ
럿더니 죵놈이 노샹의 무슨 봉지를 어더 드리거늘
보니 됴흔 죠희로 열 번이 긴봉(緊封)ᄒᆞ엿거늘 ᄶᅥ여
보니 흔 금봉채(金鳳釵)라.1) 졔되 긔교ᄒᆞ니 그 갑슨
이로 측냥치 못ᄒᆞ너라. 싱이 ᄀᆞᆯ오ᄃᆡ,

"이ᄂᆞᆫ 사ᄅᆞᆷ이 그릇 ᄶᅥ릇치고2) 간 거시니 반ᄃᆞ
시 다시 와 차즈리라."

ᄒᆞ고 드듸여 길가의 셔ᄉ 기ᄃᆞ리더니 이윽고
흔 계집이 긴 치마로ᄡᅥ 몸을 가리오고 급ᄉ히 거러
그 곁희 니ᄅᆞ러 좌우를 술펴보며 구ᄒᆞᄂᆞᆫ 거시 잇거
늘 ᄋᆞ희로 ᄒᆞ여곰 무러 ᄀᆞᆯ오ᄃᆡ,

"무슨 연고로 져리 황ᄉ(遑遑)이 구ᄂᆞ뇨?"

그 녀인이 답왈,

"ᄆᆞ춤 금채(金釵)를 【2】 일엇기로 이ᄌᆞᆺ치 ᄒᆞ노
라."

싱이 다시 아희로 ᄒᆞ여곰 그 졔도(制度)와 댱
단대쇼(長短大小)와 무어세 ᄣᅥᆺ든 거슬 무ᄅᆞ니 여합
부졀(如合符節)이어늘 싱이 ᄉᆞᄆᆡ 속으로 내여쥬니
녀인이 대경대희(大驚大喜)ᄒᆞ야 울며 싱의 거쥬 셩
명을 무ᄅᆞᆫ되 싱이 ᄃᆡ답지 아니코 가니라.

그 후의 싱이 급졔ᄒᆞ여 ᄂᆡ외 화직(華職)을 다
지나고 밋 니조판셔(吏曹判書)를 당ᄒᆞ여 죵묘 거동
의 슈가(隨駕)ᄒᆞᆯ식 흔 집의셔 잠간 쉬더니 집이 심
히 협착ᄒᆞ야 사랑과 안이 셔로 졉ᄒᆞᆫ지라 말소리 셔
로 들니더라. 니판이 안졋더니 믄득 드ᄅᆞ니 안집의
셔 긔도ᄒᆞᄂᆞᆫ 소리 잇거늘 잠간 드른즉 미ᄉ흔 부인
의 음셩이라 비러 ᄀᆞᆯ오ᄃᆡ,

"옛날 니현의셔 금봉챠 도로 쥬신 야ᄉᄂᆞᆫ 신
령이 도으샤 삼공뉵경(三公六卿)을 ᄒᆞ오시고 ᄌᆞ손이
만당ᄒᆞ고 슈부겸젼(壽富兼全)ᄒᆞᆸ쇼셔."

니뷔 믄득 션비ᄣᆡ ᄉᆞᆨ 일을 싱각고 좌우를 명ᄒᆞ야
그 집 【3】 쥬인을 부른ᄃᆡ 쥬인은 즉 셔리(胥吏)라
당하(堂下)의 부복ᄒᆞ거늘 니뷔 ᄀᆞᆯ오ᄃᆡ,

"앗가 안집의 비ᄂᆞᆫ 비 무슨 일이뇨?"

셔리 황공디왈,

"무지흔 필뷔 존위를 아옵지 못ᄒᆞ고 그릇 존
쳥(尊聽)을 범ᄒᆞ엿ᄉᆞ니 황숑ᄒᆞ여이다."

니뷔 ᄀᆞᆯ오ᄃᆡ,

"반ᄃᆞ시 곡졀이 잇ᄂᆞᆫ 일이니 만일 실샹으로
고치 아니면 죄를 맛당히 요ᄃᆡ(饒貸)치 아니리라."

셔리 쥬져ᄒᆞ다가 디왈,

"비록 비쇄(鄙瑣)흔 일이오나 감히 이실직고
(以實直告)티 아니리잇가? 삼십 년 젼의 쇼인의 쳬
흔 냥반의 덕에 친ᄒᆞ여 ᄃᆞᆫ니옵더니 그 덕 부인 낭
ᄉ이 즁가(重價)로ᄡᅥ 쇼인의 쳐를 쥬며 금챠를 사셔
혼슈의 ᄡᅳ련노라 ᄒᆞ옵기로 쇼인의 쳬 빈혀를 사가
지고 가옵다가 우연히 길의셔 ᄲᅢ져 일엇삽더니 집
의 와 ᄭᆡᄃᆞᆺ고 도로 가 보온즉 흔 션비 냥반이 ᄆᆞ춤
쥬엇다가 도로 주오니 쇼인의 집이 듕죄를 면ᄒᆞ여
무ᄉᆞ이 지나오니 막비(莫非) 그 은혜라. 오늘은 곳
빈혀 일튼 【4】 날이라 ᄆᆡ�양 금일을 당ᄒᆞ오면 쥬과
로ᄡᅥ 신령긔 비러 복을 구ᄒᆞ여 지금ᄭᅡ지 폐치 아니
ᄒᆞ니이다."

니뷔 ᄀᆞᆯ오ᄃᆡ,

"도로 준 사ᄅᆞᆷ은 곳 내라 그러나 그날을 긔록

---

1) 【금봉챠】 圈 ((복식)) 금봉차(金鳳釵). 금으로 봉황을 새
   겨서 만든 비녀.‖ 金龍釵 ‖ 죵놈이 노샹의 무슨 봉지
   를 어더 드리거늘 보니 됴흔 죠희로 열 번이 긴봉ᄒ
   엿거늘 ᄶᅥ여보니 흔 금봉채라 (僮於路上, 拾一物甚長,
   獻之, 以堅靭之紙, 十襲包裹. 開視之, 乃金龍釵.) <靑邱
   野談 奎章 6:1>
2) 【ᄶᅥ릇지-】 圐 널어�ᄃᆞ나.‖ 墮 ‖ 이ᄂᆞᆫ 사ᄅᆞᆷ이 그릇 ᄶᅥ
   릇치고 간 거시니 반ᄃᆞ시 다시 와 차즈리라 ᄒᆞ고 드
   듸여 길가의 셔ᄉ 기ᄃᆞ리더니 (此必有人誤墮, 當復來
   尋. 遂立途側以俟之.) <靑邱野談 奎章 6:1>

지 못ᄒ엿더니 이졔 네 말을 드르니 비로쇼 금일인 줄을 알니로다. 나의 부귀영달이 네 쳐의 졍셩쇼감 (精誠所感)인 줄을 엇지 알니오?"

셔리 대희ᄒ여 드러가 그 쳐의게 말ᄒ고 ᄒ여 곰 나가 뵈라 ᄒ더 그 쳬 급급히 나와 복복차샤ᄒ고 그 후로부터 니부뒤의 왕ᄂ녀ᄒ여 신의롤 ᄭ너치 아 니ᄒ더라.

치분묘졔셩쥬현몽
治墳墓諸星州現夢

셩쥬(星州) 문관의 명셕위(鄭錫儒 1) 급졔 못 ᄒ여실 ᄯ예 본관의 ᄋᄋ로 더브러 ᄆᄂ듁당[梅竹堂] 의셔 공부ᄒ더니 당 압히 지이헌(支頤軒)이란 집이 잇더라. 일일은 오경 ᄯ의 명성이 측간의 갓다가 도 라오니 둘빗치 심히 붉은지라 [5] 지이헌의 올나 비회음영ᄒ더니 홀연 일진 음풍이 얼골의 부니 슈발(鬚髮)이 다 거스러지ᄂ지라 급히 도라와 듬문의 밋지 못ᄒ여셔 흔 사ᄅᆷ이 블근 관디와 거믄 사모로 셔 쟝 아리 대슈플노조ᄎ 나오거늘 그 얼골을 보니 의긔등등ᄒ고 조혼 슈염이 삼ᄉ 쳑이나 ᄒ더라. 명 셩ᄃ려 닐너 ᄀᆯ오디,

"내 그디롤 보고져 흔지 오라니 잠간 머믈나."

셩이 그 귀신인 줄을 알고 손을 드러 읍ᄒ여 ᄀᆯ오디,

"블의심야(不意深夜)의 관인을 이예셔 만나니 그 거쥬롤 못노라."

그 사ᄅᆷ이 개연ᄒ여 ᄀᆯ오디,

"동셔남북의 스스로 졍흔 곳이 업ᄉ니 거쥬ᄂᆫ 알아 무엇ᄒ리오? 내 셩명을 알고져 흘진디 별호롤 지목싀(諸牧使 1)라 ᄒᄂ니 그디의게 토쥬관(土主 官)이3) 되ᄂᆫ지라 가히 션셩안(先生案)을 샹고ᄒ라."

셩이 ᄀᆯ오디,

"그러ᄒ면 날울 보고져 ᄒᆫ은 무숨 일이뇨?"

그 사ᄅᆷ이 ᄀᆯ오디,

"나ᄂᆫ 본디 고셩(固城) 사ᄅᆷ이라 임진난(壬辰 亂)의 긔병ᄒ여 [6] 왜젹을 치더니 됴명이 특별이 본쥬 목ᄉ롤 졔슈ᄒ니 미구의 몸이 죽은지라. 공명 을 크게 일우지 못ᄒ니 인듧도다. 그러나 바다흘 건 너 젹병을 쇠살ᄒ며 뎡진(鼎津)[더명]의셔 젹병을 파 ᄒ고 져근 거스로 만흔 거슬 당ᄒ엿스니 그 공녈을 죡히 후셰예 포양(褒揚)ᄒ염 죽ᄒ되 긋쩌 문젹(文 籍)이 민멸ᄒ여 나라 ᄉ긔예 젼치 아녀시니 후인이 다시 졔목ᄉ의 쟝빈 줄을 뉘 알니오? 죽은 쟈의 원 혼이 수빅 년이 지나도록 졍령이 화치 못ᄒ여 운음 졀[월]셕(雲陰月夕)의 츌몰ᄒ니 억울흔들 눌노 더브 러 말ᄒ리오? 그디로 더브러 샹면코져 ᄒᆫ은 이 일 이라. 하늘이 날을 수년 만 빌녓던들 왜젹으로 ᄒ여 곰 편갑이 도라가지 못홀지라 단창필마(單槍匹馬)로 빅만 진듕의 츙돌ᄒ여 쟝슈롤 버히며 긔롤 꺽글 쟈ᄂᆫ 오직 나 ᄲᆫ이니 뎡긔룡(鄭起龍)4) ᄀᆺᄐ 사ᄅᆷ들이 엇지 날을 디젹ᄒ리오? 내 긔 [7] 룡 보기롤 편비 (褊裨) ᄀᆺ치 ᄒ고 긔룡은 쏘흔 쟝슈로뻐 날을 셤기니 긔룡은 ᄆᆞ춤니 공훈을 셰워 벼슬이 통졔ᄉ롤 ᄒ여 사ᄅᆷ의 청예(稱譽)ᄒᄂᆫ 배 되고 나ᄂᆫ 능히 못ᄒ니 도시 명이라. 대쟝뷔 능히 도젹을 쇼멸ᄒ여 얼골을 긔린각(麒麟閣)의 그리지 못ᄒ고 일흠을 쳥ᄉ의 젼 ᄒ지 못ᄒ니 죽어 쳔만 년이 된들 원통흔 말을 엇지 다 ᄒ랴?"

이예 허리 사이예 칼을 ᄲᅢ혀 뼈 뵈여 ᄀᆯ오디,

"이ᄂᆫ 내 군듕의 잇슬 ᄯ예 쓰든 배라 일즉 왜쟝을 버혓노라."

ᄒ니 칼 길히 자히 남고 등날 우희 피빗치 모 호ᄒ여 월하의 셤셤ᄒ여 광치 됴요ᄒ더라. 드듸여 강개오열ᄒ니 피빗치 면샹의 올나 겸겸히 블근빗치 잇고 셩귄 슈염이 요동ᄒ여 졔비ᄭ오리쳐러5) 난회더

---

3) 【토쥬관】團 ((인류)) 토주관(土主官). 백성이 자기 고을 의 수렁을 이르ᄂᆫ 말.¶ 地主 ‖ 내 셩명을 알고져 흘진 디 별호롤 지목싀라 ᄒᄂ니 그디의게 토쥬관이 되ᄂᆫ 지라 가히 션셩안을 샹고ᄒ라 (欲知我姓名, 有官稱曰 諸牧使, 於子爲地主, 子可考先生案.) <靑邱野談 奎章 6:5>

4) 【뎡긔룡】團 ((인명)) 정기룡(鄭起龍 1562~1622). 조선 선 조 때의 무신. 초명은 무수(茂壽). 자는 경운(景雲). 호 는 매헌(梅軒). 곤양 정씨의 시조로, 임진왜란 때에 별 장(別將)이 되어서 왜군을 격파하여 통정대부에 오르 고, 정유재란 때에 큰 공을 세워 뒤에 삼도(三道) 수 군통제사가 되었다.¶ 鄭起龍 ‖ 단창필마로 빅만 진듕 의 츙돌ᄒ여 쟝슈롤 버히며 긔롤 꺽글 쟈ᄂᆫ 오직 나 ᄲᆫ이니 뎡긔룡 ᄀᆺᄐ 사ᄅᆷ들이 엇지 날을 디젹ᄒ리오 (單槍匹馬, 衝突百萬, 斬將搴旗, 惟我是能如鄭起龍諸 人, 豈敵我者哉?) <靑邱野談 奎章 6:6>

5) 【-쳐러】團 (체언 뒤에 붙어) 모양이 서로 비슷하거나

라. 坯 명셩드려 닐너 왈,

"우연이 글 흔 슈룰 지어스니 드르라."

ᄒ고 읇ᄒ니 굴와시되,

> 【8】 산댱운공거(山長雲共去)
> 텬형월동고(天逈月同孤)
> 격막셩산관(寂寞星山館)
> 유혼야유무(幽魂也有無)
> 산이 길어시니 구름이 흔가지로 가고
> 하늘이 머르시니 돌이 흔가지로 외롭도다
> 격막흔 셩산관의
> 그옥흔 혼이 잇ᄂ냐 업ᄂ냐

명셩이 굴오되,

"글 뜻이 坯흔 놉도다 감히 못ᄂ니 시 뜻은 무슴 뜻이뇨?"

답왈,

"원무망원무망(願無忘願無忘)[이 뜻은 원컨디 닛지 말고 원컨디 닛지 말눈 말이래]ᄒ라. 맛당히 알 재 잇스리라."

이윽고 굴오되,

"내 가노라."

ᄒ고 두어 거름의 坯 다시 굴오되,

"원무망원무망ᄒ라."

ᄒ고 믄득 뵈지 아니ᄒ니 명셩이 그옥히 괴이 너겨 명일에 셔셩안을 샹고ᄒ즉 계말(諸沫)이라 흔 셩명이 ~시니 계亽 졍월의 도임ᄒ엿다가 亽월에 파ᄒ여 도라갓다 ᄒ엿더라. 그ᄭ 명샹셔 익희(益河ㅣ) 경샹감亽룰 ᄒ엿더니 명셩이 계말 만난 일을 듯고 문에 불 【9】 너드려 그 실샹을 亽셰이 무룬디 명셩이 답왈,

"그 일은 졍녕ᄒ고 계말이 坯 닐오디 '내 무덤이 칠원(漆原)의 아모 마을에 잇스되 이졔 즈손이 업셔 향화가 ᄭᆫ이고 금양(禁養)ᄒ리가 업셔 고총(古

塚)이 되엿스니 엇지 슬프지 아니리오?' ᄒ더이다."

명샹셰 듯고 괴이 너겨 굴오되,

"내 만일 임쇼의 잇더면 쟝계(狀啓)ᄒ쟈 ᄒ엿더니 이졔 이믜 갈녀스니 가히 샹달(上達)치 못ᄒ리로다. 그러나 맛당히 슈츅(修築)ᄒ여 격막흔 혼빅을 위로ᄒ리라."

ᄒ고 드듸여 본읍에 분부ᄒ여 분묘룰 슈치ᄒ여 식목ᄒ고 坯 산직이 셰 집을 두어 슈호ᄒ라 ᄒ다.

젼긔(前期) 수일ᄒ여 칠원현감 어亽뎍(魚史迪)이 낫잠을 자다가 亽몽비몽간의 흔 사룸이 오사모(烏紗帽)와 됴복으로 와 고ᄒ여 굴오되,

"이졔 감亽 내 무덤을 슈치ᄒ려 ᄒ니 본관이 홀노 아지 못ᄒᄂ냐? 다힝이 날을 위ᄒ여 뉴의 【10】 ᄒ라."

ᄒ고 나갓더니 이윽고 슌영 관문(關文)이 니르거늘 명ᄒ여 계셩쥬(諸星州)의 분묘룰 슈개(修改)홀시 본관이 坯흔 긔이히 너겨 슈치룰 법디로 ᄒ니라.

부남셩댱셩표대양
赴南省張生漂大洋

졔쥬(濟州) 사룸 댱한쳘(張漢喆)이 감시(監試) 쵸시(初試)ᄒ여 진亽 회시룰 보려 샹경홀시 동졉 김셩(金生)과 밋 비사공 이십亽인으로 더브러 비에 오르니 ᄇ룸은 슌ᄒ고 믈결은 급ᄒ야 ᄲᆯ으기 살 ᄀᆺ더라. 홀연 바라보니 셔련의 블근 날이 잠간 터지며 연긔와 구름 긔운이 믈결 사이로부터 니러나 구름 그림즈와 흿빗치 붉으락쩌락 셔로 구을더니 이윽고 넝농흔 오치 반공의 놉히 쪄 긔운이 돌올(突兀)ᄒ야8) 완연히 공듕의 누각을 일우더니 이윽고 눌빗

같음을 나타내는 격조사. -처럼.¶ 如 ‖ 드듸여 강개오 열ᄒ니 피빗치 면샹의 올나 졈~히 블근빗치 잇고 셩 건 슈염이 요동ᄒ여 졔비ᄭ리쳐러 난회더라 (遂長吁 慷慨, 血上面顏頰間, 点点有大紅氣, 疎髯張動, 如燕尾 之分.) <靑邱野談 奎章 6:7>

6) 【칠원】 圀 ((지리)) 칠원(漆原). 지금의 경남 함안군 칠 월면¶ 漆原 ‖ 내 무덤이 칠원 아모 마을에 잇스되 이 졔 즈손이 업셔 향화가 ᄭᆫ이고 금양ᄒ리 업셔 고총이 되엿스니 엇지 슬프지 아니리오 (吾墓在漆原某村, 今無子孫, 無復香火之設, 荒薉不治, 豈不傷哉云?) <靑邱野談 奎章 6:9>

7) 【금양-ᄒ-】 圀 금양(禁養)ᄒ다. 나무나 풀 따위를 함부로 베지 못하도록 하여 가꾸다.¶ 내 무덤이 칠원 아모 ᄆᆞ을에 잇스되 이졔 즈손이 업셔 향화기 ᄭᆫ이고 금양 ᄒ리 업셔 고총이 되엿스니 엇지 슬프지 아니리오 (吾墓在漆原某村, 今無子孫, 無復香火之設, 荒薉不治, 豈不傷哉云) <靑邱野談 奎章 6:9>

8) 【돌올-ᄒ-】 圀 돌올(突兀)ᄒ다. 높이 솟아서 우뚝하다.¶

131

치 구룸 속의 들고 누각이 변 【11】 ᄒ여 만층 셩곽
이 되여 은빗 ᄯ혼 물결 우희 ᄲᅢᆺ첫다가 겨근덧 다
시 뵈ᄂᆞᆫ 비 업스니 이ᄂᆞᆫ 곳 신뉘(蜃樓)[9][조개 긔운이
공듕의 올나 누각이 되단 말이라]러라. 사공이 놀나 ᄀᆞᆯ오
ᄃᆡ,

"이ᄂᆞᆫ 풍위(風雨ㅣ) 대쟉(大作)홀 증죄니 방심
치 말나."

ᄒ더니 이윽고 급ᄒᆞᆫ 바름이 니러나며 큰 비
붓드시 오ᄂᆞᆫ지라 외로온 비 물 속의 츌몰ᄒᆞ니 쥬듕
사롬이 혹 혼도ᄒᆞ여 불셩인ᄉᆞ(不省人事)ᄒᆞᄂᆞᆫ 쟤도
잇스며 혹 누어 통곡ᄒᆞᄂᆞᆫ 쟤도 잇더라.

밤이 졈ᄌ 깁ᄒ매 지쳑을 분간치 못ᄒᆞᄂᆞᆫ 듕
비 밋히ᄂᆞᆫ 물이 살 ᄡᅩ드시 드러오고 비 우희ᄂᆞᆫ 비
가 쳐ᄋᆞ다ᄀᆞᆺ치 드리니 비속의 믈이 ᄌᄌ믜 반허리예 올
ᄂᆞᆫ지라. 쥬듕인이 다 죽을 줄노 알거늘 댱셩이 위로
ᄒᆞ여 ᄀᆞᆯ오ᄃᆡ,

"내 디도ᄅᆞᆯ 본즉 뉴구국(琉球國)이[10] 탐나국
(耽羅國)[11] 동편의 잇셔 슈로ᄂᆞᆫ 삼쳔 리라 오날ᄂᆞᆯ
동풍이 급ᄒᆞ니 념녀말고 뉴구국의 가 밤지어 먹으
리라."

突兀 ∥ 이윽고 넝농ᄒᆞᆫ 오쳐 반공의 놉히 ᄯᅥ 긔운이
돌올ᄒᆞ야 완연히 공듕의 누각을 일우더니 (俄而雲成
五彩, 半浮半空, 雲下若有物突兀, 而高起依俙, 若層樓
高閣.) <靑邱野談 奎章 6:10>

9) 【신누】 🈂 신루(蜃樓). 대기 속에서 빛의 굴절 현상에
의하여 공중이나 땅 위에 무엇이 있는 것처럼 보이는
현상. 또는 아무런 근거나 토대가 없는 사물이나 생각
을 비유적으로 이르는 말. 공중누각.¶ 蜃樓 ∥ 이윽고
놀빗치 구룸 속의 들고 누각이 변ᄒᆞ여 만층 셩곽이
되여 은빗 ᄯ혼 물결 우희 ᄲᅢᆺ첫다가 겨근덧 다시 뵈
ᄂᆞᆫ 비 업스니 이ᄂᆞᆫ 곳 신뉘[조개 긔운이 공듕의 올나 누각이
되단 말이라]러라 (良久日隱重雲, 樓閣之形, 變成萬堞, 層
城極目, 橫亘於銀波之上, 邈時而鄖開無所賭, 此乃蜃樓
也.) <靑邱野談 奎章 6:11>

10) 【뉴구-국】 🈂 ((지리)) 유구국(琉球國). 지금의 일본 오
키나와.¶ 琉球國 ∥ 내 디도ᄅᆞᆯ 본즉 뉴구국이 탐나국
동편의 잇셔 슈로ᄂᆞᆫ 삼쳔 리라 오날ᄂᆞᆯ 동풍이 급ᄒᆞ니
념녀말고 뉴구국의 가 밤지어 먹으리라 ᄒᆞᆫ대 (吾觀地
圖, 以知琉球國在耽羅之東, 海路三千里, 今夜必炊飯於
琉球國矣.) <靑邱野談 奎章 6:11>

11) 【탐나-국】 🈂 ((지리)) 탐라국(耽羅國). 제주도의 옛 이
름.¶ 耽羅 ∥ 내 디도ᄅᆞᆯ 본즉 뉴구국이 탐나국 동편의
잇셔 슈로ᄂᆞᆫ 삼쳔 리라 오날ᄂᆞᆯ 동풍이 급ᄒᆞ니 념녀말
고 뉴구국의 가 밤지어 먹으리라 ᄒᆞᆫ대 (吾觀地圖, 以
知琉球國在耽羅之東, 海路三千里, 今夜必炊飯於琉球國
矣.) <靑邱野談 奎章 6:11>

ᄒᆞᆫ대 즁인이 깃거ᄒᆞ더라. 삼 【12】 쥬야만의
풍위 잠간 진졍ᄒᆞ거늘 다만 보니 물과 하늘이 셔로
다하 ᄭᅳᆺᄒᆞᆯ 보지 못ᄒᆞᄂᆞᆫ지라 김셩과 밋 모든 사공들
이 다 댱셩을 원구(怨咎)ᄒᆞ여 ᄀᆞᆯ오ᄃᆡ,

"부졀업시 과욕(科慾)을 내여 우리 무죄ᄒᆞᆫ 사
롬으로 ᄒᆞ여곰 다 죽게 되여시니 우리 죽은 후의
맛당히 그ᄃᆡ의 혼을 ᄲᅡ혀 이 원슈ᄅᆞᆯ 씨스리라."

댱셩이 됴혼 말노ᄡ 위로ᄒᆞ고 강권ᄒᆞ여 밥을
지으되 밥이 잘 되고 못되기로ᄡᅥ 그 길흉을 졈복ᄒᆞ
라 ᄒᆞ니 밥이 과연 잘된지라 모든 사롬이 셔로 위
로ᄒᆞ더라. 이윽고 대뮈(大霧ㅣ) ᄉ방으로 막히고 비
ᄂᆞᆫ 오히려 ᄇᆞ롬을 ᄯᅡ라 스스로 가니 그 거쳐ᄅᆞᆯ 아
지 못ᄒᆞᆯ너라. 놀이 쟝ᄎᆞᆺ 셕양이 되ᄆᆡ 믄득 이샹ᄒᆞᆫ
새 나라 울며 비로 지나가거늘 사공이 ᄀᆞᆯ오ᄃᆡ,

"이ᄂᆞᆫ 물새라 낫예ᄂᆞᆫ 희샹의 ᄯᅥ 놀고 져녁의
ᄂᆞᆫ 반드시 물가의 와 【13】 자ᄂᆞ니 이졔 놀이 져믈
ᄆᆡ 새 비로쇼 도라가니 물가이 머지 아니ᄒᆞᆫ 줄을
가히 알니로다."

즁인이 다 환희용약(歡喜踴躍)ᄒᆞ더라. 밤이 깁
ᄒᆞ믹 안개 것고 하늘이 붉으며 ᄇᆞ롬이 자고 둘이
명낭ᄒᆞᆫ지라 듕텬의 큰 별이 ᄌᄌ셔 광치 바다히 ᄲᅵ이
고 셔긔 공듕의 ᄀᆞ득ᄒᆞ니 의심컨디 이 남극노인셩
(南極老人星)이러라.

익일 미명의 안개 ᄯᅩ 니러나 오시(午時)예 것
치거늘 멀니 보니 비 ᄒᆞ나히 겨근 셤 북편의 잇셔
ᄇᆞ롬을 조챠 졈ᄌ 셤의 갓가온지라 즁인이 깃거 비
의 ᄂᆞ려 언덕의 올나 멀니 ᄇᆞ라본즉 이 셤이 동셔
ᄂᆞᆫ 좁고 남북은 길어 쥬회(周回) ᄉᆞ오십 니ᄂᆞᆫ 되ᄃᆡ
거ᄂᆞᆫ 사롬은 업더라. ᄒᆞᆫ 줄기 묽은 시암이 ᄌᄌ시니
맛시 극히 돌고 셤의 ᄀᆞ득ᄒᆞᆫ 잡목이 무셩ᄒᆞ여 들죽
숑빅이 만코 바회 사이예 연목(楝木) ᄯᆞ혼디 만코
노루와 사슴이 놀며 오쟉(烏鵲)이 슈 【14】 풀 사이
의 둘넛더라. 셤듕의 셰 봉이 놉히 ᄲᅥᆨ혀나니 오륙십
쟝이 넘고 시암이 듕봉(中峰)으로부터 나 구븨쳐 시
너믈이 되여 동희로 드러가더라. 믄득 큰 귤 ᄒᆞ나히
샹뉴로부터 ᄯᅥ오거늘 시너ᄅᆞᆯ 인연ᄒᆞ여 일 니 허ᄅᆞᆯ
나가니 과연 ᄡᅡᆼ 귤남기[12] 이시되 록엽(綠葉)이 셩음

---

12) 【귤-남기】 🈂 ((식물)) 귤나무.¶ 橘樹 ∥ 믄득 큰 귤 ᄒᆞ
나히 샹뉴로부터 ᄯᅥ오거늘 시너ᄅᆞᆯ 인연ᄒᆞ여 일 니 허
ᄅᆞᆯ 나가니 과연 ᄡᅡᆼ 귤남기 이시되 록엽이 셩음ᄒᆞ고
불근 열미 셔로 빗최거늘 (忽有一大橘, 自上流浮來,
乃沿溪而上一里許, 果有雙橘樹. 綠葉成陰, 朱實交暎.)
<靑邱野談 奎章 6:14>

(成陰)ᄒ고13) 불근 열미 셔로 빗최거늘 모든 사ᄅᆷ이 어즈러이 ᄯᅡ 먹고 남은 거슬 ᄯᅡ 가지고 도라와 들쥐롤14) 잡으며 산약을 ᄏᆡ며 셥흘 버히고 믈을 길어 바다흘 ᄯᅳᆯ여 소금을 믠들고 ᄯᅩ 믈의 드러가 젼복15) 이ᄇᆡᆨ 여 개롤 ᄯᅡ 쵸막 아ᄅᆞ 두고 ᄒᆡᆼ쟝을 뒤여보니 다만 보리와 좁ᄡᆞᆯ과 ᄇᆡᆨ미 잇스ᄃᆡ 블과 이십구인의 수일 냥식이라. 이예 산약을 잘게 썰어 ᄡᆞᆯ을 조금 셕거 밥을 짓고 ᄯᅩ 셩복(生鰒)을 회치니 맛시 심히 아ᄅᆞᆷ답더라. ᄯᅩ 사공으로 ᄒᆞ여곰 【15】 긴 대롤 븨고 옷슬 ᄢᅥ져 긔발을 믠드라 놉흔 봉 우희 셰우고 ᄯᅩ 셥흘 봉머리예 ᄡᅡ하 연긔롤 픠우니 왕닉ᄒᆞᆫ 사ᄅᆷ으로 ᄒᆞ여곰 표류ᄒᆞᆫ 사ᄅᆷ이 잇ᄂᆞᆫ 줄을 알고 와 구코져 ᄒᆞ미러라.

ᄉᆞ오일을 지나더니 ᄒᆞᆫ 사공이 큰 젼복 ᄒᆞ나흘 ᄯᅡ 가지고 왓거늘 그 껍지롤 ᄭᅡ니 진쥬 ᄒᆞᆫ ᄡᅡᆼ이 잇스ᄃᆡ 크기 졔비 알만ᄒᆞ고 광치 눈이 ᄡᅩ이거늘 흔가지로 가는 쟝ᄉᆞ 글오ᄃᆡ,

"일노뼈 날을 쥬면 나라의 도라간 후의 맛당히 오십 냥을 주리라."

사공이 갑슬 닷토와 이예 빅금으로ᄡᅥ 샹약(相約)ᄒᆞ고 슈표(手標)롤 ᄒᆞ니라.

거무하(居無何)의 일쳑 대션이 동ᄒᆡ 밧그로븟터 오거늘 ᄇᆡ사ᄅᆷ들이 다 셥흘 만히 픠여 연긔롤 ᄂᆡ며 긔대롤 봉 우희 두루고 일졔히 소ᄅᆡᄒᆞ여 크게 블으더니 놀이 쟝ᄎᆞᆺ 셕양의 ᄇᆡ 졈ᄌᆞ 갓가오니 비우희 사ᄅᆷ이 머리예 쳥건을 ᄡᅳ【16】고 우희 거믄 옷슬 닙고 아ᄅᆡᄂᆞᆫ 닙은 거시 업스니 이예 왜인이라. 그 ᄇᆡ 셥을 지나가고 낙ᄂᆞᆨ(落落)히 구홀 ᄯᅳᆺ이 업거

늘 ᄇᆡ사ᄅᆷ이 부르지져 크게 우니 슬픈 소ᄅᆡ 희둥의 진동ᄒᆞ더니 그 ᄇᆡ예셔 홀연 겨군 ᄇᆡ롤 ᄂᆞ리여 셤에 다히고 왜인 십여 명 쟝졍군(壯丁軍)이 언덕의 올나 허리예 댱검을 ᄭᅵ고 긔식(氣色)이 포려(暴戾)ᄒᆞᆫ지라. 이십구인 춍둥(叢中)의 드러와 글노ᄡᅥ 무ᄅᆞᄃᆡ,

"너희ᄂᆞᆫ 어느 나라 사ᄅᆷ이뇨?"

댱셩이 답왈,

"됴션국(朝鮮國) 사ᄅᆷ으로 표류ᄒᆞ여 이예 니르러시니 빌건ᄃᆡ ᄌᆞ비지심을 드리워 우리 여러의 명을 살니라. 아지 못게라 상공은 어느 나라 사ᄅᆷ이며 이졔 어ᄃᆡ로 향ᄒᆞᄂᆞ뇨?"

답왈,

"우리ᄂᆞᆫ 남히 사ᄅᆷ으로 셔역으로 향ᄒᆞ더니 네 보믈노뼈 우리롤 쥬면 혹 가히 살니려니와 그러치 아니ᄒᆞ면 죽이리라."

댱셩이 답왈,

"이 셤의ᄂᆞᆫ 본ᄃᆡ 보믈이 나지 아니ᄒᆞ고 ᄯᅩ 표류롤 만 【17】 낫스니 만ᄉᆞ여ᄉᆡᆼ(萬死餘生)이라 ᄇᆡ의 믈건은 이믜 희둥의 더지고 몸만 남아시니 므어시 잇스리오?"

여놈들이 셔로 짓거리니 어음을 가히 아지 못ᄒᆞᆯ너라. 여놈들이 칼을 두르고 포함(咆喊)ᄒᆞ며 댱셩의 의복을 발가케 벗겨 남무 우희 것구로 달고 ᄯᅩ 모든 사ᄅᆷ을 결박ᄒᆞ야 옷슬 벗겨 것구르치고 그 쥬머니롤 두루 뒤여 진쥬와 셩복을 어더가지고 다만 냥미(糧米)와 의복만 남기고 셔로 지져괴며 겨군 ᄇᆡ롤 타고 가거늘 모든 사ᄅᆷ이 ᄂᆞ예 셔로 결박ᄒᆞᆫ 거슬 풀어노흐니 여득ᄌᆡᄉᆡᆼ(如得再生)이러라. 모다 봉 우희 긧대와 연긔롤 업시코져 ᄒᆞᄃᆡ 댱셩이 글오ᄃᆡ,

"왕닉ᄒᆞᆫ 션쳑이 반ᄃᆞ시 다 슈젹(水賊)이16) 아닐 거시오 ᄯᅩ 남국 사ᄅᆷ은 왜놈ᄀᆞᆺ치 잔포(殘暴)치17) 아니ᄒᆞ니 반ᄃᆞ시 구홀 재 잇슬지라 엇지 ᄒᆞᆫ 일을 인ᄒᆞ여 폐ᄒᆞ리오?"

---

13) 【셩음-ᄒᆡ】 圖 셩음(成陰)하다. 그늘을 이루다.¶ 成陰 ‖ 믄득 큰 귤 ᄒᆞ나히 샹뉴로부터 ᄯᅥ오거늘 시ᄂᆡ롤 인연ᄒᆞ여 일 니 허롤 나가니 과연 ᄡᅡᆼ 귤남기 이시되 록엽이 셩음ᄒᆞ고 불근 열미 셔로 빗최거늘 (忽有一大橘, 自上流浮來, 乃沿溪而上一里許, 果有雙橘樹, 綠葉成陰, 朱實交暎.) <靑邱野談 奎章 6:14>

14) 【들-쥐】 圖 ((동물)) 들쥐.¶ 野鼠 ‖ 모든 사ᄅᆷ이 어즈러이 ᄯᅡ 먹고 남은 거슬 ᄯᅡ 가지고 도라와 들쥐롤 잡으며 산약을 ᄏᆡ며 셥흘 버히고 믈을 길어 바다흘 ᄯᅳᆯ여 소금을 믠들고 (諸人亂摘噉之, 包其餘而歸, 掘野鼠採山藥, 採薪汲水, 煮海爲鹽.) <靑邱野談 奎章 6:14>

15) 【젼복】 圖 ((어패)) 젼복(全鰒).¶ 全鰒 ‖ ᄯᅩ 믈의 드러가 젼복 이ᄇᆡᆨ 여 개롤 ᄯᅡ 쵸막 아ᄅᆞ 두고 ᄒᆡᆼ쟝을 뒤여보니 다만 보리야 좁ᄡᆞᆯ과 ᄇᆡᆨ미 잇ᄂᆞᆫ 블과 이십구인의 수일 냥식이라 (又入水採全鰒二百餘箇, 積于草幕下, 搜檢行橐, 只有一斗稻米六斗粟米, 不過二十九人數日之粮.) <靑邱野談 奎章 6:14>

16) 【슈젹】 圖 ((인류)) 슈젹(水賊). 바다나 큰 강에서 남의 재물을 강제로 빼앗아 가는 도둑.¶ 水賊 ‖ 왕닉ᄒᆞᆫ 션쳑이 반ᄃᆞ시 다 슈젹이 아닐 거시오 ᄯᅩ 남국 사ᄅᆷ은 왜놈ᄀᆞᆺ치 잔포치 아니ᄒᆞ니 반ᄃᆞ시 구홀 재 잇슬지라 (往來舟楫, 未必盡是水賊, 南國之人, 不若倭奴之殘忍, 必有拯活者.) <靑邱野談 奎章 6:17>

17) 【잔포-ᄒᆞ】 圖 잔포(殘暴)ᄒᆞ다. 잔인하고 포악하나.¶ 殘暴 ‖ 왕닉ᄒᆞᆫ 션쳑이 반ᄃᆞ시 다 슈젹이 아닐 거시오 ᄯᅩ 남국 사ᄅᆷ은 왜놈ᄀᆞᆺ치 잔포치 아니ᄒᆞ니 반ᄃᆞ시 구홀 재 잇슬지라 (往來舟楫, 未必盡是水賊, 南國之人, 不若倭奴之殘忍, 必有拯活者.) <靑邱野談 奎章 6:17>

사공이 굴오디,

"뎌 남히 운무 사이예 창망히 뵈는 【18】 거시 반드시 뉴구국이라 그 멀기 불과 칠팔빅 리니 순풍을 만나면 밤 세 춧 짓기예 가히 갈 거시니 엇지 가히 여긔 안겨 굴머죽으리오?"

다 굴오디,

"ᄀ장 됴타."

ᄒ고 이예 산의 울나가 남글 버혀 ᄡᅥ 돗대와 노(櫓)롤 장만ᄒ고 비얼을18) 슈장(修粧)ᄒ더니19) 삼일이 못 되여 믄득 보니 셔남간 바다호로 삼쳑 대션이 바로 동북을 향ᄒ여 지나거늘 이예 긔롤 두루며 연긔롤 픠오고 크게 소리ᄒ여 호곡ᄒ며 살기롤 빌고 합장고두ᄒ니 그 비 속으로셔 오류인이 져근 비롤 타고 와 다히니 다 홍싴 화포(畵布)로뼈 그 머리롤 ᄡᅡ고 몸의 프른 비단 협슈(夾袖)롤20) 닙엇더라. ᄒᆫ 사롬이 수발(鬚髮)을21) 짝지 아니ᄒ고 머리예 원건(圓巾)을22) ᄡᅳ고 글노뼈 무러 굴오디,

"녀는 어닉 나라 사롬이뇨?"

답왈,

"됴션 사롬으로 표풍(漂風)ᄒ여 이예 니르러시니 빌건디 하ᄒᆡ지틱(河海之澤)을23) 【19】 넙어 고국의 도라가게 ᄒᆞ쇼셔."

홍건 쁜 쟤 즉시 무러 굴오디,

"네 나라의 듕국 사롬 뉴락ᄒᆞᆫ 쟤 잇스니 가히 혜어 ᄡᅥ 디답ᄒ랴?"

댱싱이 이예 대명 사롬인가 의심ᄒ여 글노뼈 답ᄒ여 굴오디,

"황됴유민(皇朝遺民)이 과연 도망ᄒ여 아국의 드러온 쟤 만커늘 아국이 다 후히 디졉ᄒ고 그 ᄌᆞ손을 죠용(調用)ᄒ니24) 가히 다 긔록지 못ᄒᆞᆯ다. 아지 못게라 샹공은 어늬 나라히 잇ᄂᆞ뇨?"

굴오디,

"나는 대명 사롬으로 안남국(安南國)의25) 가 살안지 오란지라 이졔 팟홀 무역ᄒ려 일본으로 가더니 네 본국을 가려 홀진디 모로미 날을 ᄯᅡ라 일본으로 가미 엇더ᄒᆞᆫ뇨?"

댱싱이 쳬읍ᄒ고 글노 디왈,

"우리도 쏘ᄒᆞᆫ 황명 신지라 임진년에 왜젹이 우리 됴션을 함몰ᄒ고 팔도롤 도탄의 너헛스니 엇지 능히 우리롤 슈화 듕의 건지랴? 우리 됴션을 보젼ᄒ기는 다 【20】 황명의 은혜니 통의통라. 갑신 삼월 텬붕지변(天崩之變)을 엇지 다 말노 ᄒᆞ리오?

---

18) 【비얼】 圖 선창(船艙).¶ 船板 ‖ 이예 산의 울나가 남글 버혀 ᄡᅥ 돗대와 노롤 장만ᄒ고 비얼을 슈장ᄒ더니 삼일이 못 되여 믄득 보니 셔남간 바다호로 삼쳑 대션이 바로 동북을 향ᄒ여 지나거늘 (乃登山斫木, 以備櫓棹, 修䤃船板, 未及三日, 忽見西南, 遠海有三隻大船, 直向東北過去.) <靑邱野談 奎章 6:18>

19) 【슈쟝-ᄒ-】 圖 수장(修粧)ᄒ다. 손보아 꾸미다.¶ 修䤃 ‖ 이예 산의 울나가 남글 버혀 ᄡᅥ 돗대와 노롤 장만ᄒ고 비얼을 슈장ᄒ더니 삼일이 못 되여 믄득 보니 셔남간 바다호로 삼쳑 대션이 바로 동북을 향ᄒ여 지나거늘 (乃登山斫木, 以備櫓棹, 修䤃船板, 未及三日, 忽見西南, 遠海有三隻大船, 直向東北過去.) <靑邱野談 奎章 6:18>

20) 【협슈】 圖 ((복식)) 협수(火袖). 검은 두루마기에 붉은 안을 받치고 붉은 소매를 달며 뒷솔기를 길게 터서 지은 군복.¶ 狹袖 ‖ 비 속으로셔 오류인이 져근 비롤 타고 와 다히니 다 홍싴 화포로뼈 그 머리롤 ᄡᅡ고 몸의 프른 비단 협슈롤 닙엇더라 (彼船中五人, 乘小艇來泊, 皆以絳色畵布裹其頭, 身著翠錦狹袖.) <靑邱野談 奎章 6:18>

21) 【수발】 圖 ((신체)) 수발(鬚髮). 수염과 머리털.¶ 鬚髮 ‖ ᄒᆫ 사롬이 수발을 짝지 아니ᄒ고 머리예 원건을 ᄡᅳ고 글노뼈 무러 굴오디 녀는 어닉 나라 사롬이뇨 (有一人, 鬚髮不剪, 頭戴圓巾, 以書問曰: "爾是何國人?") <靑邱野談 奎章 6:18>

22) 【원건】 圖 ((복식)) 원건(圓巾). 헝겊 따위로 만들어 머리에 쓰는 둥그런 여러 가지 물건을 통틀어 이르는 말.¶ 圓巾 ‖ ᄒᆫ 사롬이 수발을 짝지 아니ᄒ고 머리예 원건을 ᄡᅳ고 글노뼈 무러 굴오디 녀는 어닉 나라 사

롬이뇨 (有一人, 鬚髮不剪, 頭戴圓巾, 以書問曰: "爾是何國人?") <靑邱野談 奎章 6:18>

23) 【하ᄒᆡ지틱】 圖 하해지틱(河海之澤). 큰 강이나 넓은 바다와 같이 넓고 큰 은택.¶ 慈悲 ‖ 됴션 사롬으로 표풍ᄒ여 이예 니르러시니 빌건디 하ᄒᆡ지틱을 넙어 고국의 도라가게 ᄒᆞ쇼셔 (以朝鮮人漂海到此, 乞蒙慈悲, 得返故國.) <靑邱野談 奎章 6:18>

24) 【죠용-ᄒ-】 圖 조용(調用)ᄒ다. 벼슬아치로 등용하다.¶ 錄用 ‖ 황됴유민이 과연 도망ᄒ여 아국의 드러온 쟤 만커늘 아국이 다 후히 디졉ᄒ고 그 ᄌᆞ손을 죠용ᄒ니 가히 다 긔록지 못ᄒᆞᆯ다 (皇朝遺民果多逃入我國者, 我國莫不厚遇, 錄用其子孫, 不可殫記.) <靑邱野談 奎章 6:19>

25) 【안남-국】 圖 ((지리)) 안남국(安南國). 지금의 베트남.¶ 安南國 ‖ 나는 대명 사롬으로 안남국의 가 살안지 오란지라 이졔 팟홀 무역ᄒ려 일본으로 가더니 네 본국을 기려 홀진디 모로미 날을 ᄯᅡ라 일본으로 가미 엇더ᄒᆞᆫ뇨 (俺大明人, 遷居安南國久矣. 今因販豆, 將往日本, 爾欲環本國, 須隨俺抵日本.) <靑邱野談 奎章 6:19>

아 동방 튱신의시(忠臣義士ㅣ) 무음의 뉘 흔 하눌을 쎠이고 살기롤 뉘 원치 아니리오마는 부뫼 죽으미 효지 능히 죽어 좃지 못흐는 쟈는 텬명이 굿지 아니흐고 스성이 다르미 잇스므로뻬라. 이졔 만리 챵파의 다힝히 샹공을 만나니 흔갓 스히의 형뎨 쑨 아니라 동시 흔 집안 신지니라."

건 쁜 쟤 읽기롤 맛지 못흐여 강개오열흔 쯧이 스식의 드러나 붓슬 드러 비졈(批點)26) 쥬고 쏘 넒으매 비졈 치고 넑기롤 맛치미 인흐야 댱셩의 손을 잇글고 모든 사롬을 인도흐야 흔가지로 큰 비예 올나가 향긔로온 차와 아롬다온 술노뻐 먹인 후 미음과 국을 나아오고 댱셩 등 이십구인을 두 방의 분치흐거늘 댱셩이 건 쁜 쟈의 셩명을 무르니 셩은 님(林)이오 일홈【21】은 쥰(遵)이라. 이예 무러 굴오디,

"비 우희 머리 싹지 아니코 관 쁜 쟈도 잇고 머리 싹고 동인 쟈도 잇스니 엇지 굿지 아니흐뇨?"

님쥰이 굴오디,

"명인(明人)이 안남국의 도망흐여 드러간 쟤 심히 만흐니 삭발흔 이십일인은 다 명인이니라."

쏘 비 다힌 셤 일홈을 무르니 이예 뉴구국 디경 호산되(虎山島ㅣ)라 흐더라. 댱셩이 비 믿든 졔도롤 보니 비 안의 방이 무수흐고 난간과 교창(交窓)과27) 문회(門戶ㅣ) 즁즁쳡쳡(重重疊疊)흐고 긔명즙믈(器皿什物)이며 병댱셔화(屛帳書畵ㅣ) 극히 졍묘(精妙)흐더라. 님쥰이 댱셩을 인도흐여 비안의 드러가 층계로 말미암아 나려간즉 광이 빅여 보요 댱은 이빅여 뵈러라. 흔 편의는 쟝포(場圃)롤 쑤며 치소롤 만히 시므고 둙과 오리 사롬이 굿가와도 놀나지 아니흐고 흔 편의는 싀쵸(柴草)와 긔명을 만히 싸핫고 쏘 흔 그릇시 잇스니 크기 열 셤 들 항아리

만흔디 우흔 둥글고【22】아리는 모지고 겨히 흔 굼글 쑬어 븕근 칠흔 나무못시 크기 손가락 만흔 거스로뻐 그 굼글 막앗스니 그 못슬 쌘히 즉 믈이 스스로 나오더라. 님쥰이 굴오디,

"이는 믈그릇시라 그릇시 치온 믈을 뼈도 말으지 아니흐고 더흐여도 넘지 아니흐다."

흐더라. 쏘 흔 층계로 느려간즉 미곡과 비단과 빅믈을 만히 곰쵸왓고 흔 편을 막아 계견뉵츅(鷄犬六畜)이 서로 노닐고 쏘 흔 층계로 나려간즉 이는 비 밋치니 비 졔되 모도 스층이라. 사롬은 샹층의셔 방옥이 셔로 년흐엿고 그 아리 삼층은 각ᄀᆞ이 시렁을 미야 빅믈을 다 쌋핫고 밋히 겨근 비 둘을 곰쵸왓스니 그 흐나흔 곳 앗가 보든 비러라. 비 밋히 져슈흐여 겨근 비롤 쯰여두고 쏘 널문이 ᄀᆞ셔 바다홀 통흐니 반은 믈 속의 들고 반은 믈 우희 들어나 쯧디로 개폐흐고 겨근 비 흐나흐로 말미아【23】마 츌입흐니 널문을 개폐홀 ᄯᅦ예 바다믈이 비 밋히 통흐여 드러왓다가 도로 슈통(水桶) 가온디로조츠 쏘아 나가니 비 밧긔 폭포 소리 나더라.

대개 슈통이 댱은 두 길이 남고 둥글기 흔 아롬이 남으디 우은 크고 아리는 ᄀᆞ늘어 가온디는 통흐고 밧근 고드며 아리 두 골희 잇스니 그 쌍환(雙環)을 안고 좌우로 도라 노릭소리롤 흐즉 비 밋히 믈이 슈통 속으로 나오니 극히 긔교흐더라. 피인이 ᄌᆞ셰히 보지 못흐게 흔디 층계로 말미암아 두 층을 올나온즉 곳 샹층일너라.

익일의 셔남풍이 대작흐니 파되 산 굿흐디 피인들은 조곰도 두리는 빗치 업셔 흰 뵈 돗흘 놉히 드니 비 가기롤 나는ᄃᆞ시 흐는지라 달야흐여 힝흐더니 안남 사롬 방유립(方有立)이 댱셩ᄃᆞ려 무러 굴오디,

"너의 나라 향빙도(香傰島)의 뉴락흔 쟤 잇스니 아느냐?"

댱셩이 굴오디,

"아지 못흐노라."

유립이 굴【24】오디,

"젼의 내 표류흐여 이 셤의 드러오니 이 셤이 쳥녀국(靑藜國)의 잇는지라 도듕(島中)의 됴션촌(朝鮮村)이 잇고 촌듕의 김틱곤(金太坤)이란 쟤 잇스니 스스로 말흐디 뎌의 스디조(四代祖)가 됴션 사롬으로써 쳥(淸)ᄲ긔) 잡히여 가 흘니 남경(南京)의 드러가 대명 사롬을 쏠아 이 셤 듕의 피셰(避世)흐고 집을 지으며 안희롤 어더 ᄌᆞ손이 번셩흐니 거긔 사

---

26)【비졈】圍 비졈(批點). 시가나 문장 따위를 비평하여 아주 잘된 곳에 찍는 둥근 점.¶點∥건 쁜 쟤 읽기롤 맛지 못흐여 강개오열흔 쯧이 스식의 드러나 붓슬 드러 비졈 쥬고 쏘 넑으매 비졈 치고 (着巾者讀之, 悲咽之意, 溫於色辭, 援筆點之, 且讀且點.) <靑邱野談 奎章 6:20>

27)【교창】圍 ((주거)) 교창(交窓). 분합(分閤) 위에 가로로 길게 짜서 끼우는 채광창.¶交櫳∥댱셩이 비 믿든 졔도롤 보니 비 안의 방이 무수흐고 난간과 교창과 문회 즁쳡쳡흐고 긔명즙믈이며 병댱셔채 극히 졍묘흐더라 (張生周覽船制, 則船如巨屋, 房室無數, 聯軒交櫳, 疊戶重閤, 器玩什物, 屛帳書畵, 俱極精妙.) <靑邱野談 奎章 6:21>

룜이 닐오디 '틱곤의 한아비 의슐이 졍통ᄒ여 능히 인심을 어더 가셰 픙죡ᄒ디 ᄒᆫ 대룰 뇹혼 뫼쓸이예 빳코 멀니 고국을 바라보고 우는 고로 후 사룸이 일홈을 망향디(望鄕臺)라 ᄒ느니라.'"

님쥰이 아국 픙속과 의관 문믈과 산쳔디방을 무른디 댱셩이 답왈,

"아국이 긔ᄌᆞ(箕子) 유화(遺化)룰²⁸⁾ 닙어 유도(儒道)룰 숭샹ᄒ며 이혹(異學)을²⁹⁾ 믈니치고 녜악형졍(禮樂刑政)으로써 다스려 효뎨튱신으로써 힝실을 삼으니 이예 스빅 년 비양ᄒᆫ 은덕으로 문쟝 도혹의 션비는 블가승쉬(不可勝數 l) 【25】오 의관인즉 삼대 졔도룰 본밧고 황명의 문쟝을 효측ᄒ며 산은 일은 금강산이 일만이쳔 봉이오 믈은 삼포오강(三浦五江)이 둘녔스며 디방은 부지긔쳔리(不知幾千里)라. 아국은 그러ᄒ거니와 귀국 픙토와 의관 문믈은 엇더ᄒ뇨? 어더 듯기룰 원ᄒ노라."

피인들이 돌녀 보고 짓거리기룰 마지 아니ᄒ고 ᄆᆞ춤내 디답이 업더라. 일노부터 피인들이 필담ᄒᆞᆯ 졔 네나라이라 아니ᄒ고 반드시 귀국이라 ᄒᆞ며 녀라 아니ᄒ고 반드시 샹공이라 칭ᄒ더라.

익일의 본즉 태산이 동북으로 뵈이니 이는 ᄒᆞ라산(漢拏山)이라.³⁰⁾ 보미 머지 아니ᄒ거늘 모든 사룸이 너무 깃거 방셩통곡ᄒ여 ᄀᆞᆯ오디,

"슬프다 우리 부모쳐ᄌᆞ 뎌 뫼의 올나 우리룰 ᄇᆞ라보리로다."

님쥰이 글노뼈 그 연고룰 무른디 댱셩이 답왈,

"우리는 다 탐나국 사룸이라 집이 갓가와오기로 이ᄀᆞᆺ치 ᄒ미로라."

즉시 본즉 님쥰이 피 【26】인으로 더브러 슈

작ᄒ다가 서로 더브러 짓거리며 닷토는 형상이 잇더니 대명 사룸은 ᄒᆞᆫ 편의 돌나셔고 안남 사룸도 ᄒᆞᆫ 편의 돌나셔 고셩대매(高聲大罵)ᄒ며 눈을 부릅뗘 님쥰을 향ᄒ여 쟝춧 싸홀 듯ᄒ니 님쥰이 얼골을 눅혀 화희ᄒ는 빗치 잇셔 이럿툿 샹지ᄒ기룰 반일이 지낫더니 님쥰이 ᄀᆞᆯ오디,

"옛젹의 탐나왕이 안남국 틱ᄌᆞ룰 죽인 고로 안남 사룸이 샹공이 탐나국 사룸이란 말을 듯고 죽이고져 ᄒ거늘 우리 등이 만단기유(萬端改諭)ᄒ여³¹⁾ 겨오 그 뜻을 돌녀스나 오히려 가히 원슈의 사룸으로 더브러 비룰 ᄒᆞᆫ가(지)로 못ᄒᆞᆯ지라."

ᄒᆞ니 샹공이 일노조ᄎᆞᆫ 길을 난호라 ᄒᆞ니 대개 시쇽이 젼ᄒ기룰 계쥬 목ᄉᆞ가 뉴구국 틱ᄌᆞ룰 죽엿다 ᄒ더니 이 곳 안남이러라. 님쥰이 급히 우리 비룰 취ᄒ여 댱셩 등 이십구인을 난화 싯고 울며 보ᄂᆞ니 날이 져믈미 【27】 길이 희미ᄒ고 어린ᄋᆞ희 어미룰 일혼 듯ᄒ여 향ᄒᆞᆯ 바룰 아지 못ᄒ더니 오후의 쏘 대픙이 니러나며 비 살ᄀᆞᆺ치 블니여 흑산(黑山) 대양의 왓더니 이윽고 음운이 엉긔며 급ᄒᆫ 비 븟드시 오는지라 노어도(鱟魚島)의 니르니 당쵸의 ᄇᆞ룸 만나 표류ᄒ던 곳이러라. 밤이 깁흐미 큰 믈결이 하늘의 다핫ᄂᆞᆫ디 픠픙(颶風)이³²⁾ 바다홀 키질ᄒ니 비 사룸이 다 곡ᄒ여 ᄀᆞᆯ오디,

"이 바다히 길이 ᄀᆞ장 험ᄒ여 믈 우희 바회돌이 무수히 니밀고 파되(波濤 l) 극히 밍녈ᄒ니 비록 ᄇᆞ룸 업슨 날이라도 파션(破船)ᄒ기 쉽거든 허믈며 이졔 광픙이 바다홀 뒤집고 노되(怒濤 l) 하늘의 다하시니 이는 반드시 망홀 짜이로다."

ᄒ고 모든 사룸이 휘항(揮項)을³³⁾ 버셔 머리룰 빤고 큰 노으로 허리룰 감으니 대개 죽은 후의

---

28) 【유화】 圖 유화(遺化). 유픙(遺風).¶ 遺化 ∥ 아국이 긔ᄌᆞ 유화룰 닙어 유도룰 숭샹ᄒ며 이혹을 믈니치고 녜악형졍으로써 다스려 효뎨튱신으로써 힝실을 삼으니 (我國襲箕子遺化, 崇尙儒敎, 觝排異學, 國以禮樂刑政爲治, 人以孝悌忠信爲行.) <靑邱野談 奎章 6:24>

29) 【이혹】 圖 이학(異學). 이단의 학문.¶ 異學 ∥ 아국이 긔ᄌᆞ 유화룰 닙어 유도룰 숭샹ᄒ며 이혹을 믈니치고 녜악형졍으로써 다스려 효뎨튱신으로써 힝실을 삼으니 (我國襲箕子遺化, 崇尙儒敎, 觝排異學, 國以禮樂刑政爲治, 人以孝悌忠信爲行.) <靑邱野談 奎章 6:24>

30) 【ᄒᆞ라-산】 圖 ((지리)) 한라산(漢拏山). 제주도 중앙에 있는 산. 국립공원. 1996년에 유네스코 세계문화유산으로 지정되었다. 높이는 1,950m.¶ 漢拏山 ∥ 익일의 본즉 태산이 동북으로 뵈이니 이는 ᄒᆞ라산이라 (翌日見大山在東北, 乃漢拏山也.) <靑邱野談 奎章 6:24>

31) 【만단기유-ᄒ-】 圖 만단개유(萬端改諭)하다. 여러 가지로 타이르다.¶ 萬方勉諭 ∥ 우리 등이 만단기유ᄒ여 겨오 그 뜻을 돌녀스나 오히려 가히 원슈에 사룸으로 더브러 비룰 ᄒᆞᆫ가(지)로 못ᄒᆞᆯ지라 (俺等萬方勉諭, 僅回其意, 而猶以爲不可與響人同舟以濟.) <靑邱野談 奎章 6:26>

32) 픠픙: 구풍(颶風)의 오기. 구풍은 세기에 따라 나눈 여러 등급의 바람 가운데 가장 센 바람. 열대지방에서 발생하는 폭풍.

33) 【휘항】 圖 ((복식)) 휘양(揮項). 추울 때 머리에 쓰던 모자의 하나.¶ 揮項 ∥ 모든 사룸이 휘항을 버셔 머리룰 빤고 큰 노으로 허리룰 감으니 대개 죽은 후의 몸과 얼골을 파상치 아니케 ᄒ미라 (諸人皆以揮項包其頭, 巨繩繼其腰, 且繼且哭, 盖欲死後, 不使身面觸傷也.) <靑邱野談 奎章 6:27>

몸과 얼골을 파상치 아니케 ᄒᆞ미라. 댱셩이 ᄯᅩ 혼빅이 비월ᄒᆞ여 울고져 ᄒᆞ되 소리 나지 아니ᄒᆞᄂᆞᆫ지라 인 【28】 ᄒᆞ여 크게 부르고 피ᄅᆞᆯ 토ᄒᆞ고 혼졀ᄒᆞ엿더니 잠간 보니 계ᄌᆔ셔 젼일의 표류ᄒᆞ여 죽은 사ᄅᆞᆷ 김진뇽(金振龍)과 김만셕(金萬石)이 그 압회 잇고 그 다른 긔형(奇形) 괴귀(怪鬼) 쳔틱만샹이오 ᄯᅩ 일미인이 쇼복으로 음식을 드리거늘 이예 졍신을 ᄎᆞᆯ혀 눈을 ᄯᅳ니 다 ᄭᅮᆷ이러라. 사공들이 빅머리로 긔여가 댱 ᄎᆞᆺ 키ᄅᆞᆯ 구ᄒᆞ려 ᄒᆞ다가 바름의 놀닌 배 되여 믈의 ᄯᅥ러져 죽으니 이윽고 빗널이 터져 ᄶᅵ여지ᄂᆞᆫ 소리 벽녁 ᄀᆞᆺ혼지라. 모다 실셩통곡 왈,

"빅 이믜 ᄶᅵ여젓다."

ᄒᆞ고 셔로 더브러 형을 브르며 아ᄌᆞ비ᄅᆞᆯ 브르니 대개 비예 ᄒᆞᆫ 가(지)로 올은 사ᄅᆞᆷ이 형뎨슉질이 만혼 연괴러라. 김셩이 댱셩을 붓들고 울어 ᄀᆞ로되,

"ᄒᆡ듕의 고혼(孤魂)이 그디를 바리고 누를 의지ᄒᆞ리오?"

ᄒᆞ고 드듸여 긴 노ᄒᆞᆯ 인ᄒᆞ여 댱셩으로 더브러 두 몸을 혼듸 동이고 오릭 잇스디 빅 아조 ᄶᅵ여지돈 아니ᄒᆞᆫ지라 【29】 머리ᄅᆞᆯ 드러보니 태산이 압회 셧스며 빅 이믜 산의 갓가와 진퇴츌몰ᄒᆞ니 노혼 믈결은 언덕을 치ᄂᆞᆫ디 밤은 깁고 안개 ᄌᆞ옥ᄒᆞ여 지쳑을 분간치 못ᄒᆞᄂᆞᆫ디 의々(依依)히 보니 모든 사ᄅᆞᆷ이 다토와 ᄲᅱ여ᄂᆞ리니 대개 잠슈ᄒᆞᄂᆞᆫ 법을 밋엇더라. 댱셩은 이 법을 젼슈히 모로민 창황 듕의 ᄲᅱ여ᄂᆞ려 슈죡을 허위여 오십여 보ᄅᆞᆯ 긔여 힝ᄒᆞᆫ즉 이믜 언덕가의 나온지라. 언덕을 지고 안쟈 졍신을 졍치 못ᄒᆞ여 ᄉᆞ면을 ᄇᆞ라보디 사ᄅᆞᆷ이 업더니 다만 보니 모든 사ᄅᆞᆷ이 믈결 속으로 나와 언덕ᄀᆞᆺ 업더졋더니 이윽고 각々 ᄂᆞ러 안져 바다ᄒᆞᆯ 바라보며 울어 ᄀᆞ로되,

"가련ᄒᆞ다 댱셩이여 어디로 갓ᄂᆞᆫ요? 우리 무슨 면목으로 계ᄌᆔ로 도라가리오?"

ᄒᆞ니 대개 댱셩이 々믜 죽은 줄을 알고 그리ᄒᆞ미라. 댱셩이 대호 왈,

"내 여긔 잇노라."

모든 사ᄅᆞᆷ이 댱셩을 안고 통곡 왈,

"우리ᄂᆞᆫ 【30】 잠슈법(潛水法)을 알아 십ᄉᆡᆼ구ᄉᆞ(十生九死)ᄒᆞ엿거니와 댱공은 묘연ᄒᆞᆫ 약질노 잠슈도 모로며 엇지 살아 몬져 언덕의 오ᄅᆞᆫ요?"

댱셩이 지난 일을 다 말ᄒᆞ니 듕인이 다 신긔히 녀겨 차탄ᄒᆞ더라. 당쵸의 비에 오ᄅᆞᆫ 재 이십ᄉᆞᆫ인이니 々졔 ᄂᆞ르러 언덕의 오ᄅᆞᆫ 재 겨오 열 사ᄅᆞᆷ이 되니 믈의 ᄲᅡ져 죽은 재 열네히 줄을 알너라.

ᄯᆡ예 밤은 어둡고 바름은 녕악(獰惡)ᄒᆞ니 긔한이 심ᄒᆞ여 이예 인가ᄅᆞᆯ ᄎᆞ쟈 셕벽(石壁)을 더위잡으며 빙이ᄅᆞᆯ 인연ᄒᆞ여 나가다가 댱셩이 불이 밋그러져 쳔 길이나 ᄒᆞᆫ 굴형의 ᄯᅥ러지니 혼졀ᄒᆞ기ᄅᆞᆯ 이윽히 ᄒᆞ엿다가 겨오 졍신을 슈습ᄒᆞ야 촌々(寸寸)이 언덕의 올나가니 빅사ᄅᆞᆷ들이 々믜 멀니 간지라. 홀연이 보니 압희 ᄒᆞᆫ 자로 블이 々쳐 붉으락ᄭᅥ지락ᄒᆞ며 오락가락ᄒᆞᄂᆞᆫ지라 그 블을 ᄯᅩᆯ와 십여 리ᄅᆞᆯ 힝ᄒᆞ니 불빗치 붉으락프르락ᄒᆞ다가 홀연이 ᄭᅥ 【31】 지니 ᄉᆞ면으로 도라보믹 너른 들의 인젹이 업ᄂᆞᆫ지라. 비로소 귀홰(鬼火ㅣ) 줄 알니러라. 진퇴부득ᄒᆞ여 언덕을 의지ᄒᆞ야 안잣더니 홀연이 개 짓ᄂᆞᆫ 소리 들니거늘 소리ᄅᆞᆯ ᄎᆞ자 ᄒᆞᆫ 골어귀예 니르니 과연 ᄒᆞᆫ 사공이 도듕(島中) 사ᄅᆞᆷ을 거ᄂᆞ리고 홰블을 켜 들고 나오다가 댱셩을 만나니 대희ᄒᆞ여 인ᄒᆞ야 ᄃᆞ리고 촌가의 드러가 옷슬 말니며 죽을 나아오니 이예 니른 재 겨오 팔인이라. 이예 언덕에 ᄯᅥ러져 죽은 재 ᄯᅩ 둘인 줄 알니러라. 듕인이 다 혼도ᄒᆞ엿더니 잇튼날 아춤의 비로쇼 셤듕 사ᄅᆞᆷ의게 무러본즉 이 셤이 신지도(薪智島)의 민엿스니 셔남으로 계ᄌᆔ 가기 칠빅 니라. 도인이 됴셕을 공궤ᄒᆞ여 삼일을 지난 후의 겨오 ᄂᆞ리나 믈의 ᄲᅡ져죽은 쟈 십뉴인을 졔ᄒᆞ고 셩황당의 니ᄅᆞ러 잘 도라가기를 빌다.

익일의 사공이 고ᄒᆞ되,

"슌풍이 부니 가히 건너가리라."

ᄒᆞ거늘 【32】 댱셩이 々예 비의 올나 이일만의 강진(康津)의 니ᄅᆞ러 구을너 도하(都下)의 드러가 회시예 지고 고향으로 도라오니 거년 십이월의 비ᄅᆞᆯ 타 이듬ᄒᆡ 오월의 비로소 도라오니 표류ᄒᆞ엿다가 도로 살아온 재 칠인에셔 네 사ᄅᆞᆷ은 이믜 죽고 ᄒᆞᆫ 사ᄅᆞᆷ은 병드럿더라. 그 후의 댱셩이 등과ᄒᆞ여 고셩군슈(高城郡守)가지 ᄒᆞ니라.

슈형쟝됴대풍월
受刑杖措大風月

ᄒᆞᆫ 시골의 궁조대(窮措大)34) 잇스니 글은 단

---

34) 【궁-조대】圐 ((인류)) 궁조대(窮措大). 곤궁하고 쳥빈한 션비.¶ 措大‖ᄒᆞᆫ 시골의 궁조대 잇스니 글은 단문

문(短文)ᄒᆞ디 풍월을 조하ᄒᆞ더니 본읍 원이 한지(旱災)ᄅᆞᆯ 당ᄒᆞ여 비를 빌거늘 이예 글을 지어 굴오디,

"태슈친긔우(太守親祈雨)ᄒᆞ니 만민(萬民)이 개희열(皆喜悅)이라 반야(半夜)의 퇴창견(推窓見)ᄒᆞ니 명월(明月)이라."

ᄒᆞ엿더라. 이 글 뜻은 '태쉬 친히 비를 비니 만민이 다 깃거ᄒᆞᄂᆞᆫ도다 반야의 창을 밀치고 보니 붉은달이로다' ᄒᆞᆫ 뜻이라. 사름이 원의게 고 【33】 ᄒᆞᄂᆞᆫ 재 잇거늘 원이 대로ᄒᆞ여 조롱ᄒᆞᆫ다 ᄒᆞ야 잡아드려 곤장 십오도를 치니 나와 ᄯᅩ 글을 지어 굴오디,

"쟉시십칠ᄌᆞ(作詩十七字)ᄒᆞ고 타둔십오도(打臀十五度)ᄒᆞ니 약쟉만언쇼(若作萬言疏)ᄅᆞᆫ들 타살(打殺)이로고."

ᄒᆞ니 이 글 뜻은 '글 열일곱ᄌᆞ를 짓고 볼기 열다ᄉᆞᆺ슬 마쳐스니 만일 만언소를 지엇든들 박살홀 번ᄒᆞ엿다' ᄒᆞᆫ 뜻이라. 원이 듯고 ᄯᅩ 노ᄒᆞ여 감영의 논보(論報)ᄒᆞ디 토민으로 관댱(官長)을 능욕ᄒᆞᆫ다 ᄒᆞ여 북도로 멀니 귀향보니니 그 외삼촌이 와 니별홀 시 ᄯᅩ 글을 지어 굴오디,

"원별수쳔니(遠別數千里) 하일깅샹견(何日更相見)고 악수누산연(握手淚潸然)ᄒᆞ니 삼항(三行)이로다."

ᄒᆞ엿더라. 그 글 뜻은 '수쳔 리예 니별ᄒᆞ니 어ᄂᆡ날 다시 셔로 볼고 손을 잡고 눈물이 산연ᄒᆞ니 세 줄이로다' ᄒᆞᆫ 뜻이라. 대개 외삼촌의 ᄒᆞᆫ 눈이 머럿ᄂᆞᆫ 고로 두 사름의 눈물이 세 줄 ᄲᅮᆫ이라 ᄒᆞᆫ 뜻이 【34】 라. 외삼촌이 대로ᄒᆞ여 귀더기를 티고 가니 져러ᄒᆞᆫ 조디(措大)의 글은 가위 식ᄌᆞ우환(識字憂患)이로다. ᄒᆞᆫ번 글 지으미 관댱의게 죄를 닙고 두 번 글 지으미 영문 졍비를 당ᄒᆞ고 세 번 글 지으미 외숙의 노를 맛나니 문ᄧᅡ샹의 조심ᄒᆞᄂᆞᆫ 재 가히 경계를 삼을지어다.

창고가낭샹호걸
唱高歌樑上豪傑

뉴참판(柳參判) 심(諶) 샹이 녀혼(女婚)을 뎡ᄒᆞ고 혼슈를 만히 준비ᄒᆞ여 누 다락 ᄀᆞ온ᄃᆡ 두고 ᄯᅩ 큰 독의 조혼 술을 만히 져축ᄒᆞ엿더라.

일ᄌᆞ은 뉴공이 너실의셔 자더니 홀연이 노릭 부르ᄂᆞᆫ 소리 귀예 들니거늘 ᄌᆞ셰히 드른즉 누샹(樓上)의셔 나ᄂᆞᆫ지라 뉴공이 대경ᄒᆞ여 급히 겨집종을 니르혀 블켜라 ᄒᆞ고 모든 노복을 불너 누 우희 올나가 본즉 ᄒᆞᆫ 큰 놈이 머리ᄂᆞᆫ 헙슈룩ᄒᆞ고[35] 얼골은 벌 【35】 거흔 거시 옷보흘[36] 의지ᄒᆞ여 ᄒᆞᆫ 손의 표쟈박을[37] 가지고 ᄒᆞᆫ 손으로 다리를 치며 눈을 흘긔여 사름을 보며 노릭ᄒᆞ여 굴오디,

"평사(平沙)의 기러기 ᄶᅥ러지고 강촌의 ᄂᆞᆯ이 져므니 고기잡ᄂᆞᆫ 비 도라오ᄂᆞᆫ도다. 빅구(白鷗)ᄂᆞᆫ 어ᄃᆡ셔 조으ᄂᆞᆫ고? 일셩 댱젹(長笛)의 취ᄒᆞᆫ ᄭᅮᆷ을 ᄭᆡ엿도다."

ᄯᅩ 노릭ᄒᆞ디,

"반나마 늙어시니 다시 졈든 못ᄒᆞ리라. 빅발이 졔 짐작ᄒᆞ여 미양 댱쳔(長天) 그만ᄒᆞ야 댱취블셩(長醉不醒)ᄒᆞ고지고."

느러진 곡죄 뇨량(嘹喨)ᄒᆞ여 집 들보를 흔드ᄂᆞᆫ지라. 노릭ᄒᆞ고 ᄯᅩ 노릭ᄒᆞ여 조곰도 두리ᄂᆞᆫ 일이 업스니 샹해 막블경히(莫不驚駭)ᄒᆞ여 건쟝ᄒᆞᆫ 죵놈들노 ᄒᆞ여곰 결박ᄒᆞ여 누하로 ᄭᅳᆯ어너여 뜰 가온디 것구르치니 올연이 취ᄒᆞ여 무러도 디답지 아니커늘 명됴의 보니 머지 아니ᄒᆞ디 잇ᄂᆞᆫ 빅셩이오 힝실은

---

35) 【헙슈룩-ᄒᆞ-】 圈 헙슈룩하다. 머리털이나 수염이 자라서 텁수룩하다. 옷차림이 어지럽고 허름하다. ¶ 觥 ‖ ᄒᆞᆫ 큰 놈이 머리ᄂᆞᆫ 헙슈룩ᄒᆞ고 얼골은 벌거흔 거시 옷보흘 의지ᄒᆞ여 ᄒᆞᆫ 손의 표쟈박을 가지고 ᄒᆞᆫ 손으로 다리를 치며 눈을 흘긔여 사름을 보며 노릭ᄒᆞ여 굴오디 (一大漢, 鬖髮赤面, 醉倚衣椸. 一手持瓢, 一手鼓牌, 凝睇睨人而歌曰.) <靑邱野談 奎章 6:34>

36) 【옷-보ᄒᆞ】 圈 옷 보따리. ¶ 衣椸 ‖ ᄒᆞᆫ 큰 놈이 머리ᄂᆞᆫ 헙슈룩ᄒᆞ고 얼골은 벌거흔 거시 옷보흘 의지ᄒᆞ여 ᄒᆞᆫ 손의 표쟈박을 가지고 ᄒᆞᆫ 손으로 다리를 치며 눈을 흘긔여 사름을 보며 노릭ᄒᆞ여 굴오디 (一大漢, 鬖髮赤面, 醉倚衣椸. 一手持瓢, 一手鼓牌, 凝睇睨人而歌曰.) <靑邱野談 奎章 6:34>

37) 【표쟈-박】 圈 ((기물)) 표주박. ¶ 瓢 ‖ ᄒᆞᆫ 큰 놈이 머리ᄂᆞᆫ 헙슈룩ᄒᆞ고 얼골은 벌거흔 거시 옷보흘 의지ᄒᆞ여 ᄒᆞᆫ 손의 표쟈박을 가지고 ᄒᆞᆫ 손으로 다리를 치며 눈을 흘긔여 사름을 보며 노릭ᄒᆞ여 굴오디 (一大漢, 鬖髮赤面, 醉倚衣椸. 一手持瓢, 一手鼓牌, 凝睇睨人而歌曰.) <靑邱野談 奎章 6:34>

ᄒᆞ디 풍월을 조하ᄒᆞ더니 본읍 원이 한지를 당ᄒᆞ여 비를 빌거늘 (有一鄕曲措大, 短文詞而好風月, 邑倅遇旱禱雨.) <靑邱野談 奎章 6:32>

본러 조출치 아닌 쟤라. 뉴공이 우어 골오 **[36]** 디,
"이는 도적 듕 호걸이라."
ᄒᆞ고 드디여 프러 노으니라.

거강포규듕졍녈
拒强暴閨中貞烈

셔관(西關) 녕변(寧邊) 짜의 ᄒᆞᆫ 졍녜(貞女ㅣ) 잇스디 셩은 길(吉)이오 그 아비는 본부 향관(鄕官)이오 길녀ᄂᆞᆫ (셔)녜(庶女ㅣ)라. 부뫼 구몰ᄒᆞ니 그 죵부(從父)의게 의지ᄒᆞ여 나히 이십이 되엿스디 쇠집 가지 못ᄒᆞ고 ᄯᅩ 뵈ᄶᅡ기와 침션(針線)으로 ᄌᆞ성(資生)ᄒᆞ더라. 경긔(京畿) 인쳔(仁川) 짜의 신명희(申命熙)라 ᄒᆞᄂᆞᆫ 쟤 나히 져머실 제 ᄭᅮᆷ을 ᄭᅮ니 ᄒᆞᆫ 노옹이 겨집ᄋ.희 ᄒᆞ나흘 드리고 오니 나히 오륙 셰는 ᄒᆞ고 면샹의 입이 열 ᄒᆞ나히 잇스니 ᄀᆞ쟝 흉괴ᄒᆞᆫ지라. 노옹이 셔셩드려 닐너 골오디,
"이 아희는 타일 그디 비필이니 맛당히 희로ᄒᆞ리라."

ᄒᆞ거늘 놀나 ᄭᅢ드르니 침샹일몽(枕上一夢)이라. ᄆᆞ음의 ᄀᆞ쟝 의괴ᄒᆞ더라. 나히 ᄉᆞ십의 샹비(喪配)ᄒᆞ고 듕궤(中饋)롤38) 맛틀 쟤 업 **[37]** 스미 별실이나 엇고 시부디 미양 셔어(鉏鋙)ᄒᆞ더니39) ᄆᆞ즘40) 친긔 잇셔 녕변원(寧邊員)을 ᄒᆞᆫ지라. 조차가 놀더니

---

38) **【듕궤】** **圖** 듕궤(中饋). 부엌살림. 식사 시중.¶ 中饋 ‖ 나히 ᄉᆞ십의 샹비ᄒᆞ고 듕궤룰 맛틀 쟤 업스미 별실이나 엇고 시부디 미양 셔어ᄒᆞ더니 ᄆᆞ즘 친긔 잇셔 녕변원을 ᄒᆞᆫ지라 (年踰四十, 喪其室, 中饋無主, 意緖悽凉, 亦嘗約娉卜姓, 而每鉏鋙未諧. 適有知舊, 出宰寧邊.) <靑邱野談 奎章 6:36>

39) **【셔어-ᄒᆞ-】** **圖** 셔어(鉏鋙)하다. 틀어져서 어긋나다.¶ 鉏鋙 ‖ 나히 ᄉᆞ십의 샹비ᄒᆞ고 듕궤룰 맛틀 쟤 업스미 별실이나 엇고 시부디 미양 셔어ᄒᆞ더니 ᄆᆞ즘 친긔 잇셔 녕변원을 ᄒᆞᆫ지라 (年踰四十, 喪其室, 中饋無主, 意緖悽凉, 亦嘗約娉卜姓, 而每鉏鋙未諧. 適有知舊, 出宰寧邊.) <靑邱野談 奎章 6:36>

40) **【ᄆᆞ즘】** **囝** 마침.¶ 適 ‖ 나히 ᄉᆞ십의 샹비ᄒᆞ고 듕궤룰 맛틀 쟤 입스니 별실이나 엇고 시부디 미샹 셔이ᄒᆞ더니 ᄆᆞ즘 친긔 잇셔 녕변원을 ᄒᆞᆫ지라 (年踰四十, 喪其室, 中饋無主, 意緖悽凉, 亦嘗約娉卜姓, 而每鉏鋙未諧. 適有知舊, 出宰寧邊.) <靑邱野談 奎章 6:36>

일ᄌᆞ은 ᄯᅩ 몽ᄉᆞ(夢事)룰 어드니 젼의 뵈든 입 열 ᄒᆞ나 가진 겨집을 드리고 ᄯᅩ 왓ᄂᆞᆫ디 나히 이믜 댱셩ᄒᆞᆫ지라. 골오디 '이 아희 이제 쟝셩ᄒᆞ엿스니 그디의게 가리라.' ᄒᆞᆫ디 셩이 더옥 괴이히 너기더니 ᄆᆞ즘 니아(內衙)의셔 셰포(細布)룰 무역ᄒᆞ여 드리라 ᄒᆞᆫ디 니방(吏房)이 골오디,
"여긔 향인의 쳐녜 잇셔 셰포룰 잘 ᄯᅡ니 ᄀᆞ쟝 샹픔이라 경니의 유명ᄒᆞ니이다."

ᄒᆞ고 이윽고 그 뵈룰 드리거늘 모다 보니 과연 졍밀ᄒᆞ고 ᄀᆞ느라 셰샹의 드문지라. 신셩이 그 지조룰 보미 그 녀아의 위인을 가히 알지라. 쇽현(續絃)ᄒᆞᆯ 뜻을 두어 쳐녀의 집과 졀친ᄒᆞᆫ 쟈룰 후히 사괴여 ᄒᆞ여곰 거간(居間)ᄒᆞ게 ᄒᆞ니 쳐녀의 죵뷔 즐겨 듯거늘 즉시 폐빅을 보니 **[38]** 니 그 녀지 흐ᄌᆞ 지졀만 졍묘ᄒᆞᆯ 뿐이 아니라 안쇡이 심히 아롭답고 거지 한아ᄒᆞ여 경ᄉᆞ부(京士夫)의 틱되 잇거늘 셩이 대희ᄒᆞ야 비로소 열호닙이 길홀길(吉)ᄯᅡ 된 줄 알고 깁히 텬졍(天定)을 감동ᄒᆞ야 졍의 더옥 친밀ᄒᆞ더라.

뉴ᄒᆞᆫ 지 두어 ᄃᆞᆯ의 본관의게 하직ᄒᆞ고 고향의 도라갈시 그 녀즈의 집의 가 미구의 ᄃᆞ려가믈 샹약ᄒᆞ고 갓더니 이믜 도라오미 일이 다단ᄒᆞ여 거연히 삼년이 되디 그 말을 시ᄒᆡᆼ치 못ᄒᆞ니 경향이 쵸원(稍遠)ᄒᆞ고 음신이 돈졀(頓絶)ᄒᆞᆫ지라. 길녀(吉女)의 죡당들이 다 닐오디,
"신셩을 가히 다시 밋지 못ᄒᆞ리라."

ᄒᆞ여 ᄀᆞ만이 다른 곳으로 보니려ᄒᆞ더니 길녜 짐작ᄒᆞ고 졀ᄎᆡ 더옥 독실ᄒᆞ여 비록 호졍(戶庭) 출입이라도 반ᄃᆞ시 조심ᄒᆞ더라.

길녀의 거ᄒᆞᆫ 바 고을이 운산(雲山) 고을노 ᄒᆞᆫ 고개롤 격ᄒᆞ엿스니 **[39]** 길녀의 죵슉(從叔)이 그곳의 잇ᄂᆞᆫ지라. 이쩌예 운산원은 무변(武弁)이오 년쇼ᄒᆞᆫ 쟤러니 ᄯᅩᄒᆞᆫ 별방(別房)을 두고져 ᄒᆞ여 미양 읍듕 사롬의게 무르니 길녀의 죵슉이 길녀로쎠 응코져 ᄒᆞ여 관부의 출입ᄒᆞ야 모의룰 비밀히 ᄒᆞ며 일변을 길일을 틱ᄒᆞ고 ᄯᅩ 본슈(本倅)의게 쳥ᄒᆞ여 금슈치단으로 길녀의게 보니여 혼슈의복을 짓게 ᄒᆞ고 죵슉이 ᄎᆞ져와 은근이 존문(存問)ᄒᆞ고 인ᄒᆞ여 골오디,
"내 ᄋᆞ들이 쟝가룰 가ᄂᆞᆫ디 혼인놀이 멀지 아닌지라 신부의 옷슬 지을데 집의ᄂᆞᆫ 침션 잘ᄒᆞᄂᆞᆫ 쟤 업스니 원컨디 잠간 와셔 지어주미 엇더ᄒᆞ뇨?"

길녜 골오디,
"우리 군지 슌영의 와 머믈미 나의 거ᄎᆞᄂᆞᆫ 모로미 그 말을 기ᄃᆞ릴지니 슉부되이 비록 갓가오나

이믜 타읍인즉 결단코 임의로 왕니치 못ᄒ리이다."

숙이 ᄀᆞᆯ오디,

"그러면 【40】 신성의 허락을 어ᄃᆞᆫ즉 가히 허ᄒᆞᆯ다?"

길녜 ᄀᆞᆯ오디,

"연(然)ᄒᆞ이다."

숙이 집의 도라가 신성의 편지ᄅᆞᆯ 위조ᄒᆞ여 돈목지의(敦睦之誼)로ᄡᅥ41) 권ᄒᆞ고 ᄡᆞ니 가 보살피라 ᄒᆞ엿더라.

잇ᄯᅢ 됴샹셔(趙尙書) 관빈(觀彬)이 평안감ᄉᆞ(平安監司)ᄅᆞᆯ ᄒᆞ엿스니 신성이 년인지의(連姻之誼)42) 잇ᄂᆞᆫ지라 가 머믈더니 숙이 그 오러 다리라 오지 아니므로 이믜 ᄇᆞ렷다 ᄒᆞ고 이ᄀᆞᆺ치 계교ᄅᆞᆯ 베펏더니 길녜 그 위조ᄒᆞᆫ 줄 모로고 즉시 가셔 일을 보와쥬디 일만 부즈런이 ᄒᆞ고 일즉 그집 남ᄌᆞ로 더브러 졉어(接語)ᄒᆞ미 업더니 일ᄂᆞᆫ 죵숙이 그 원을 쳥ᄒᆞ여 ᄒᆞ여곰 엿보와 계 말을 실샹으로 알게 ᄒᆞ니 길녜 비록 원이 온 줄을 아나 엇지 그 유의ᄒᆞᄂᆞᆫ 줄이야 알앗스리오? 날이 져믈ᄆᆡ 블을 혀고 죵숙의 댱지 닐녀 ᄀᆞᆯ오디,

"누의ᄂᆞᆫ 샹히 벽을 향ᄒᆞ여 안즈니 이 무슴 ᄯᅳᆺ이뇨? 여러 날 슈고ᄒᆞ엿스니 【41】 잠간 쉬여 셔로 말이나 ᄒᆞ쟈."

ᄒᆞ디 길녜 ᄀᆞᆯ오디,

"내 피곤치 아니ᄒᆞ니 다만 안져 말ᄒᆞ라. 내 귀 잇스니 ᄌᆞ연 드르리라."

그놈이 희쇼ᄒᆞ고 길녀ᄅᆞᆯ 자바 두루켜 도라안치니 길녜 작식ᄒᆞ여 ᄀᆞᆯ오디,

"비록 지친이나 남녀 유별ᄒᆞ니 엇지 이럿툿 무례ᄒᆞ뇨?"

잇ᄯᆡ예 원이 창틈으로 눈을 ᄡᅩ와 ᄒᆞᆫ번 보고 대희ᄒᆞ디 길녀ᄂᆞᆫ 노긔등ᄂᆞᆷ(怒氣騰騰)ᄒᆞ여 창을 밀치고 대쳥의 나가 안져 불승분ᄂᆞᆷ(不勝忿憤)ᄒᆞ더니 믄득 드르니 창밧긔 남ᄌᆞ의 소리 잇셔 ᄀᆞᆯ오디,

"내 평성의 처음 보는 ᄇᆡ라 비록 경셩 가려지식(佳麗之色)이라도 밋지 못ᄒᆞ리로다."

ᄒᆞ거늘 길녜 비로소 원(員)인 줄 알고 심담이 ᄯᅥᆯ녀 혼도ᄒᆞ엿다가 냥구의 니러나 미명의 집으로 다라오려 ᄒᆞ거늘 숙이 비로소 실졍으로 고ᄒᆞ고 ᄯᅩ ᄀᆞᆯ오디,

"뎌 신성은 집이 간난ᄒᆞ고 나히 만ᄒᆞ니 불구의 황쳔ᄀᆡᆨ이 될 거시오 집이 ᄯᅩ 머니 【42】 ᄒᆞᆫ번 가면 다시 오지 아닐지라 네 묘연약질(妙年弱質)노ᄡᅥ 맛당히 부쟈의 갈 거시니 이졔 본관은 나히 졈고 명뮈(名武ㅣ)라 젼졍이 만 리 ᄀᆞᆺᄐᆞ니 네 엇지 신성을 밋어 평성을 그릇치리오?"

ᄒᆞ고 감언니셜(甘言利說)로 무수히 달이거늘 길녜 더욱 분ᄒᆞ여 젹셔(嫡庶)의 분의ᄅᆞᆯ 갈히지 아니ᄒᆞ고 무수히 ᄭᅮ지즈니 죵숙이 엇지ᄒᆞᆯ 길 업고 ᄯᅩ 본관의게 득죄ᄒᆞᆯ가 저허 모든 아ᄃᆞᆯ노 더브러 모의ᄒᆞ고 일졔히 달녀들어 길녜ᄅᆞᆯ 잡아ᄂᆡ여 압흐로 ᄭᅳᆯ고 뒤흐로 밀어 협실에 가도고 잠을쇠로 단ᄂᆞᆫ히 치고 음식만 통케 ᄒᆞ여 긔약ᄒᆞᆫ 날을 기ᄃᆞ려 원으로 ᄒᆞ여곰 위력으로 별실을 삼게 ᄒᆞ니 길녜 다만 협실의셔 호읍ᄒᆞ며 ᄭᅮ짓고 먹지 아니ᄒᆞ지 누일이라 안식이 쵸췌ᄒᆞ고 긔운이 쇠진(漸盡)ᄒᆞ여 졍신을 찰히지 못ᄒᆞ더라. 두루 보니 방듕의 싱삼이 만커늘 몸을 동ᄒᆞ되 가삼 【43】 부터 다리ᄭᆞ지 동혀 쟝촛 변을 막으려 ᄒᆞ더니 이윽고 ᄂᆞᆷ쳐 성각ᄒᆞ여 ᄀᆞᆯ오디,

"공연이 도젹의 손의 죽으므론43) 찰아리 ᄆᆞᆫ져 도젹을 죽이고 내 ᄯᅩ 죽어 원통ᄒᆞᆫ 한을 갑홀 거시니 아직 가히 잘 먹어 긔운을 ᄆᆞᆫ져 길흠만 ᄀᆞᆺ지 못ᄒᆞ다."

ᄒᆞ더라. 처음의 길녜 갓치여실 졔 ᄒᆞᆫ 져근 칼을 어더 허리 사이에 ᄀᆞᆷ쵸왓스니 사ᄅᆞᆷ이 알 니 업더라. 심듕의 계교ᄅᆞᆯ 이믜 졍ᄒᆞ고 숙ᄃᆞ려 닐녀 ᄀᆞᆯ오디,

"이졔 ᄉᆞ이지ᄎᆞᆺ(事已至此)ᄒᆞᆫ지라 명디로 조츨 거시니 먹을 거슬 후이 주어 ᄡᅥ ᄆᆞᆯ은 챵ᄌᆞᄅᆞᆯ 펴게 ᄒᆞ쇼셔."

숙이 반신반의ᄒᆞ나 ᄆᆞᄋᆞᆷ의 심히 깃거 조혼 음

<hr/>

41) 【돈목지의】 圖 돈목지의(敦睦之誼). 졍이 두텁고 화목ᄒᆞᆫ 졍의.¶ 敦族 ‖ 숙이 집의 도라가 신성의 편지ᄅᆞᆯ 위조ᄒᆞ여 돈목지의로ᄡᅥ 권ᄒᆞ고 ᄡᆞ니 가 보살피라 ᄒᆞ엿더라 (叔還家, 僞作申生之書, 勉以敦族, 促其往助.) <靑邱野談 奎章 6:40>

47) 【년인지의】 圖 연인지의(連姻之誼). 혼인으로 인하여 친쳑이 된 졍의.¶ 連姻之誼 ‖ 잇ᄯᅢ 됴샹셔 관빈이 평안감ᄉᆞᄅᆞᆯ ᄒᆞ엿스니 신성이 년인지의 잇ᄂᆞᆫ지라 (蓋其時趙尙書觀彬, 方按西關, 生有連姻之誼.) <靑邱野談 奎章 6:40>

43) 【-론】 圖 -보다(는).¶ 與 ‖ 공연이 도젹의 손의 죽으므론 찰아리 ᄆᆞᆫ져 도젹을 죽이고 내 ᄯᅩ 죽어 원통ᄒᆞᆫ 한을 갑홀 거시니 아직 가히 질 먹어 긔운을 ᄆᆞᆫ져 길흠만 ᄀᆞᆺ지 못ᄒᆞ다 (與其徒死凶賊之手, 曷若殺賊, 與之俱死, 以償吾寃, 且可强食, 先養吾氣耳.) <靑邱野談 奎章 6:43>

식을 년호여 드리니 잘 먹은 수일의 긔운이 졈々
츙실호니 이날은 곳 혼일(婚日)이라 원이 나와 외실
의셔 머무더라. 슉이 비로소 길녀룰 꾀어니려 호더
니 방문 여는 거술 보고 길녜 칼을 가지고 쮜여 니
드라 넙더 【44】치니 그 댱지 흔 소리룰 지르고 업
드려지거늘 길녜 이예 호령호며 쮜노라 블계남녀노
쇼(不計男女老少)호고 만난즉 지르니 뉘 능히 막으
리오? 머리도 씨여지며 면샹도 샹호여 뉴혈이 낭즈
호니 흔 사룸도 압히 셔는 재 업더라. 원이 보고 혼
빅이 비월호고 간담이 쩌러져 밋쳐 방문의 나지 못
호고 다만 방안의셔 문골희룰44) 단々히 잡고 막지
소위(莫知所爲)호더니45) 길녜 문지방을 츠며 창을
치니 창살이 씨여지는지라 크게 꾸지져 골오디,

"네 나라 후은을 바다 이곳의 왓스니 맛당히
힘을 다호여 국은을 갑홀 거시어늘 셩녕을 잔학호
며 녀식을 탐호고 본읍 흉민을 사괴여 亽대부의 쇼
실을 위겁호니 금슈만 ⽢지 못호고 텬디예 용납지
못홀 배라. 내 네 손의 죽을진디 몬져 너룰 죽이고
버거 내 죽으리라."

호고 샹쾌흔 말 【45】이 칼놀 ⽢고 밍녈흔 긔
운이 샹셜(霜雪) ⽢트여 꾸짓는 소리 스린의 진동호
니 보는 재 졉々이 둘너 칙々칭탄 아니리 업셔 혹
위호여 팔을 쑴니는 쟈도 잇스며 혹 위호여 우는
쟈도 잇더라. 종슉의 부즈는 쥐 숨돗 감히 나오지
못호며 원은 다만 방안의셔 굴복호여 돈슈지비호며
인걸 왈,

"별실의 졍녈이々 ⽢흔 줄 모로고 흉흔 놈의
게 속인 배 되여 이 지경의 니르러시니 맛당히 이
도적을 죽여 뻐 별실의게 샤례홀 거시니 안셔(安恕)

호기롤 쳔만 브라노라."

호고 즉시 亽령을 블너 그 아자비롤 결박호고
꾸지즈며 둥장호니 가족과 살이 다 허여져 뉴혈이
넙니호더라.

이쩌 니웃 사룸이 길녀의 집에 통긔(通奇)호
야 마져 도라간 후의 젼후 슈말을 신성의게 통긔흔
디 슌시 또 듯고 대경대로호여 즉시 운산군슈룰 장
파(狀罷)호여 죵신 금고호고 길 【46】녀의 죵슉 부
즈룰 착니엄형(捉來嚴刑)호여 졀도(絶島)의 경비호
고 위의룰 갓초와 길녀룰 마자 영문으로 다려오고
그 졍녈을 아룸다이 녀겨 금빅을 만히 상亽호다. 신
셩이 즉시 길졍녀(吉貞女)룰 드리고 샹경호여 니현
(梨峴)에 사다가 수년 후의 인쳔(仁川) 본가로 느려
가니 길녜 가亽에 브즈런호야 집이 부요호미 니르
더라.

칙형쳐쳥亽화린밍
責荊妻淸士化隣氓

옛젹 흔 촌의 빅셩이 잇셔 농亽호기룰 브즈런
이 호야 츄슈흔 후 곡식이 만흐디 그놈의 셩품이
조출치46) 못호야 남의 것 도적호기룰 잘호더니 그
니웃에 흔 냥반이 잇셔 글 닑기룰 조하호고 가셰
쳥빈호여 亽벽이 도립(徒立)호고 굼기룰 예亽로이
호더니 그쩌 듕츄 팔월을 당호여 더옥 먹을 거시
업셔 여간 가산 【47】을 다 프라 호구지쟈(糊口之
資)룰47) 호고 다만 조고마흔 식졍(食鼎)48) 일개만

---

44) 【문-골회】图 문고리.¶ 窓環 ‖ 원이 보고 혼빅이 비월
호고 간담이 쩌러져 밋쳐 방문의 나지 못호고 다만
방안의셔 문골회룰 단々히 잡고 막지소위호더니 길녜
문지방을 츠며 창을 치니 창살이 씨여지는지라 (倅見
之, 神魂飛越, 肝膽俱隕, 未暇出戶, 但於戶內, 牢薄窓
環, 莫知所爲. 女蹴踏戶閾, 手足俱蹠, 奮力擊窓, 窓戶盡
破.) <靑邱野談 奎章 6:44>

45) 【막지소위-ᄒ-】图 막지소위(莫知所爲)하다. 할 바룰
알지 못하다.¶ 莫知所爲 ‖ 원이 보고 혼빅이 비월호고
간담이 쩌러져 밋쳐 방문의 나지 못호고 다만 방안의
셔 문골희룰 단々히 잡고 막지소위호더니 길녜 문지
빙을 츠녀 창늑 치니 창살이 씨여지는지라 (倅見之,
神魂飛越, 肝膽俱隕, 未暇出戶, 但於戶內, 牢薄窓環, 莫
知所爲. 女蹴踏戶閾, 手足俱蹠, 奮力擊窓, 窓戶盡破.)
<靑邱野談 奎章 6:44>

---

46) 【조츨-ᄒ-】图 조츨하다. 깔끔하고 얌전하다.¶ 潔 ‖
옛젹 흔 촌의 빅셩이 잇셔 농亽호기룰 브즈런이 호야
츄슈흔 후 곡식이 만흐디 그놈의 셩품이 조츨치 못호
야 남의 것 도적호기룰 잘호더니 (古有一村漢以農爲
業, 秋多積穀而性甚不潔, 輒有手荒之病.) <靑邱野談 奎
章 6:46>

47) 【호구지쟈】图 호구지자(糊口之資). 겨우 먹고 살아갈
수 있는 돈.¶ 糊口之資 ‖ 그쩌 듕츄 팔월을 당호여 더
옥 머울 거시 업셔 여간 가산눌 다 프라 호구기쟈룰
호고 다만 조고마흔 식졍 일개만 나마 졀화흔 지 여
러 놀이러니 (時當仲秋, 艱食又倍, 所謂家産, 盤入於斥
賣糊口之資, 所餘只一食鼎, 而絶火亦盥月矣.) <靑邱野
談 奎章 6:47>

나마 절화(絶火)흔49) 지 여러 늘이러니 홀연 그 니웃놈이 식경을 도적홀 쯧이 잇셔 밤을 타 드러가ㄷㄷ만이 여어본즉 그 집 부인이 방장 불을 찌여 미쥭(糜粥)을 뿌어 몬져 큰 그릇셰 떠 담고 또 져근 사발의 반쯤 남은 거슬 홀터 담아 찌여진 박아지로 덥허 토화로 우희 언고 큰 스발에 쥭을 공슌이 밧들어 스인의게 드리니 이쩌 스인이 방장 비골프믈 참고 글을 닑다가 홀연 미쥭 가져오는 거슬 보고 놀나 미쥭 장만흔 곡졀을 무른디 드 안히 디답흐디,

"맛춤 오홉 쌀을 어더 미쥭을 뿌엇느이다."

스인이 굴오디,

"내집의 오홉 쌀이 귀흐기 금 ㄱ틋니 어디셔 낫느뇨?"

그 안히 붓그리는 빗치 늣히 ㄱ득흐여 감히 바로 셔지 못흐거늘 스인이 괴로이 무러 굴오디,

"쌀 출쳐를 알지 못흐면 [48] 반두시 먹지 아니흐리라."

그 안히 본디 그 가장의 고집된 셩경을 아는지라 부득이 디고흐여 굴오디,

"우리 문압 아모 사름의 논에 됴도(早稻50) 반이나 익엇기로 앗가 인졍(人定)51) 후의 나가 손

---

48) 【식경】 圈 ((기물)) 식졍(食鼎). 밥솥.¶食鼎∥그쩌 듕츄 팔월을 당흐여 더욱 먹을 거시 업셔 여간 가산을 다 프라 호구지쟈를 흐고 다만 조고마흔 식경 일개만 나마 졀화흔 지 여러 늘이러니 (時當仲秋, 饑食又倍, 所謂家産, 盡入於斥賣糊口之資, 所餘只一食鼎, 而絶火亦屢月矣.) <靑邱野談 奎章 6:47>

49) 【졀화-흐-】 圈 졀화(絶火)하다. 아궁이에 불이 끊어진다는 뜻으로, 몹시 가난하여 밥을 짓지 못함을 이르는 말.¶絶火∥그쩌 듕츄 팔월을 당흐여 더욱 먹을 거시 업셔 여간 가산을 다 프라 호구지쟈를 흐고 다만 조고마흔 식경 일개만 나마 졀화흔 지 여러 늘이러니 (時當仲秋, 饑食又倍, 所謂家産, 盡入於斥賣糊口之資, 所餘只一食鼎, 而絶火亦屢月矣.) <靑邱野談 奎章 6:47>

50) 【됴도】 圈 ((곡식)) 조도(早稻). 올벼. 제철보다 일찍 여무는 벼.¶早稻∥우리 문압 아모 사름의 논에 됴도가 반이나 익엇기로 앗가 인졍 후의 나가 손으로 그 이삭 두어 줌을 쓰더다가 불의 복가 쌀 오홉을 장만흐여 이 미쥭을 뿌어드리오나 스스로 싱각건디 참괴흐온 말슴 엇지 다흐오리잇가 (門前某漢之畓, 早稻向黃, 故俄者人定后, 手折其穗一握, 炒之得五合之米, 作粥以來, 而此出於万万不獲已, 慙愧何言?) <靑邱野談 奎章 6:48>

51) 【인졍】 圈 인졍(人定). 인경. 조선시대에, 밤에 통행을 금지하기 위하여 종을 치던 일.¶人定∥우리 문압 아모 사름의 논에 됴도가 반이나 익엇기로 앗가 인졍

으로 그 이삭 두어 줌을 쓰더다가 불의 복가 쌀 오홉을 장만흐여 이 미쥭을 뿌어드리오나 스스로 싱각건디 참괴흐온 말슴 엇지 다흐오리잇가? 이후 그 사름의 ㄷㄷ복이나 지어주고 갑슬 밧지 아니흐면 오날눌 불미흔 죄를 겨기 속홀 듯흐와이다. 다힝히 하져(下箸)흐쇼셔."

스인이 쟉셕흐여 크게 꾸지져 굴오디,

"하눌이 만민을 니시민 반두시 그 힘을 먹어 스롱공상(士農工商)이 각ㄷㄷ 계 직업이 잇거늘 뎌 사름의 근고흔 곡식이 엇지 글닑는 션비의 쥬리고 아니쥬리는디 관겨흐리오? 부인의 힝실이 조츨치 못흐여 이 지경의 니르니 엇지 한심티 아니리오? 【49】 가히 흔번 달쵸(撻楚)흐여 경계흐믈 면치 못흐리니 쌜니 미롤 흐여 오라."

흔디 그 안히 감히 위월(違越)치 못흐여 미롤 쩌거 오거늘 셰 개롤 밍타흐여 꾸지져 물니치고 가져온 미쥭을 니여버리라 흐니 그 부인이 이긔지 못흐여 화로 우희 노힌 미쥭가지 아오로 짜의 바리고 방듕으로 드러가 팔즈만 한탄흐고 목이 메여 울 ㅼ룸이러라. 그놈이 젼후 경상을 즈셰히 규시(窺視)흐고 즈연 감복흐믈 니긔지 못흐여 냥심이 즈연 발흐여 평싱 조츨치 못흐던 긔습이 돈연이 소멸흐여 즉시 계 집의 도라와 계 안히롤 블너 집의 잇는 쌀을 옥ㄱᆺ치 쓸허 미쥭 두어 사발을 뿌어 친히 가지고 그 스인의 집의 가 쌍슈로 밧드러 공슌이 드리니 스인이 놀나고 쏘흔 괴이히 녀겨 무러 굴오디,

[50] "이 심야의 궤쥭(饋粥)이 진실노 의외오 쏘흔 일홈 업는 미쥭을 엇지 가히 먹으리오?"

흐고 구지 믈니쳐 밧지 아니흐니 그 사름이 꾸러 고흐여 굴오디,

"쇼인이 앗가 담을 넘어 드러와 셩원쥬의 젼후 쳐분흐논 말슴이 이러틋시 광명졍대흐시믈 뵈옵고 쇼인이 즉시 감화흐여 젼의 글은 허믈을 크게 찌닷스와 이제 졍셩으로 미쥭을 가져왓스오니 다힝히 곡진흐온 졍으로 구버 술피샤 녯젹 쇼인으로 보시지 말으시믈 쳔만 바라느이다. 우황(又況) 가져온 미쥭은 실노 더러운 거시 아니오라 스스로 농스흐

후의 나가 손으로 그 이삭 두어 줌을 쓰더다가 불의 복가 쌀 오홉을 장만흐여 이 미쥭을 뿌어드리오나 스스로 싱각건디 참괴흐온 말슴 엇지 다흐오리잇가 (門前某漢之畓, 早稻向黃, 故俄者人定后, 手折其穗一握, 炒之得五合之米, 作粥以來, 而此出於万万不獲已, 慙愧何言?) <靑邱野談 奎章 6:48>

여 장만ᄒᆞ온 곡식이오 쇼인이 엇지 감히 불결ᄒᆞ온 음식으로 고쥭군(孤竹君) ᄀᆞᆺᄉᆞ온 딕의 드리리잇가?"

ᄒᆞ고 인ᄒᆞ여 업디여 빅빅고두ᄒᆞ여 지셩것 권ᄒᆞ거늘 스인이 인ᄒᆞ여 성각ᄒᆞ디,

'뎌 【51】 사ᄅᆞᆷ이 젼의는 비록 불냥ᄒᆞ나 이졔 그 거동을 보니 그 ᄆᆞᆷ 곳친 거시 극히 가상ᄒᆞ고 이믜 미쥭을 가져와 먹이는 거시 필시 개과(改過)ᄒᆞ는 션심(善心)이어늘 내 죵시 뇌거(牢拒)ᄒᆞ여 밧지 아니ᄒᆞ면 뎌의 쳔션(遷善)ᄒᆞ는 길을 막는 쟉시오 쏘 변시 오릉듕ᄌᆞ(於陵仲子)의 결과 ᄀᆞᆺ다.'

ᄒᆞ고 인ᄒᆞ여 가져온 미쥭을 먹으니 그 사ᄅᆞᆷ이 쏘 다시 ᄒᆞᆫ 그릇 쥭을 가져 너당의 드리고 이후로는 ᄆᆞᆷ이 열복ᄒᆞ여 필경 뎌의 집을 옮겨 그 스인의 집 낭하의 와 돌고 인ᄒᆞ여 문셔업는 노복이 되야 샹젼으로 부호ᄒᆞ여 밧갈기와 나무ᄒᆞ기를 뎌의 경셩ᄀᆞᆺ 곡진히 ᄒᆞ니 그 스인의 가셰 쏘ᄒᆞᆫ 졈〃 요부ᄒᆞ더라.

치우상빈승봉명부
治牛商貧僧逢明府

【52】산듕의 ᄒᆞᆫ 즁이 잇셔 신 삼아 ᄑᆞ라 성업ᄒᆞ더니 홀는 성마(生馬)를 사려 ᄒᆞ여 돈 두 냥을 차고 쳥쥬(淸州) 읍니 장의 가더니 노듕의셔 ᄒᆞᆫ 막탁이를[52] 어드니 그 망탁이[53] 속의 이십 냥 돈이 잇거늘 그 즁이 괴이 너겨 성각ᄒᆞ디,

'이거시 필시 장의 가는 사ᄅᆞᆷ이 일흔 거시라.'

ᄒᆞ고 성삼가 두 냥을 마쟈 그 망탁이예 너허 졔 등의 지고 익이 아는 졈의 맛기고 두루 단니며 돈 일흔 사ᄅᆞᆷ을 념탐ᄒᆞ여 쥬랴 ᄒᆞ더니 오라지 아니

---

52) 【막탁이】 图 ((기물)) 망태기.¶ 網橐 ‖ 노듕의셔 ᄒᆞᆫ 막탁이를 어드니 그 망탁이 속의 이십 냥 돈이 잇거늘 그 즁이 괴이 너겨 성각ᄒᆞ디 이거시 필시 장의 가는 사ᄅᆞᆷ이 일흔 거시라 ᄒᆞ고 (路中忽得一網橐, 橐中有二十兩錢, 僧以爲赴市者遺失.) <靑邱野談 奎章 6:52>

53) 【망탁이】 图 ((기물)) 망태기.¶ 橐 ‖ 노듕의셔 ᄒᆞᆫ 막탁이를 어드니 그 망탁이 속의 이십 냥 돈이 잇거늘 그 즁이 괴이 너겨 성각ᄒᆞ디 이거시 필시 장의 가는 사ᄅᆞᆷ이 일흔 거시라 ᄒᆞ고 (路中忽得一網橐, 橐中有二十兩錢, 僧以爲赴市者遺失.) <靑邱野談 奎章 6:52>

ᄒᆞ여 소장사ᄒᆞ는 사ᄅᆞᆷ이 뎌의 동뉴ᄃᆞ려 닐너 골오디,

"내 ᄉᆞ십 냥 본젼을 가지고 쇼 두 필을 사려 ᄒᆞ다가 ᄒᆞᆫ 필은 몬져 다른 장에 사고 ᄒᆞᆫ 필은 이 장의셔 사고져 ᄒᆞ야 이십 냥을 쇠등의[54] 싯고 오날 식벽의 아모 졈의셔 붉기 젼에 ᄯᅥ낫더니 즉금에 와 본즉 쇠등의 실넌 돈이 업스나 어디 가 ᄯᅥ【53】러진 줄 알며 만인 춍듕(叢中)의 눌ᄃᆞ려 무러나 보리오?"

ᄒᆞ며 니마를 뼁긔여 민망ᄒᆞ여 ᄒᆞ거늘 즁이 혜아리디 '이 사ᄅᆞᆷ이 반드시 돈 임즈라' ᄒᆞ고 인ᄒᆞ여 그 돈 수효를 무른디 그 사ᄅᆞᆷ이 답ᄒᆞ디,

"이십 냥이로라."

쏘 그 너흔 거슬 무른디 답ᄒᆞ디,

"노으로 믿든 망탁이라."

ᄒᆞ거늘 그 즁이 다 드른 후의 ᄒᆞᆫ가지로 돈 막긴 졈의 가 망탁이를 내여 소장ᄉᆞ를 줄시 두 냥 돈은 니여가지고 일오디,

"이거슨 본디 쇼승의 삼갑시기로 다만 원젼 이십 냥을 쥬노라."

ᄒᆞ니 그 소장ᄉᆡ 이십 냥을 ᄌᆞ셰히 밧고 홀디예 흉심(凶心)을 내여 ᄒᆞ는 말이

"그 돈 두 냥도 쏘ᄒᆞᆫ 내돈이로다 앗가는 다만 이십 냥 소갑만 말ᄒᆞ고 븨갑 두 냥은 잠간 잇고 말ᄒᆞ지 아니ᄒᆞ엿노라."

ᄒᆞ고 구지 붓들고 놋치 아니ᄒᆞ거늘 그 듕이 골오디,

"이 돈은 실노 쇼승의 삼갑시라 쇼승이 과연 돈 먹을 【54】 ᄆᆞᆷ이 잇스면 엇지 이십 냥을 다 먹지 아니ᄒᆞ고 다만 이 두 냥을 욕심닐 니 잇스랴? 초관(哨官)님이 앗가 명빅히 이십 냥을 일헛다 ᄒᆞ더니 지금 쇼승의 돈을 보고 홀연 말을 ᄭᅮ며 븨갑 두 냥을 더 너코 니겻다 ᄒᆞ는 거시 어블셩셜(語不成說)이라. 산듕의셔 사는 듕성은 본디 검은 ᄆᆞᆷ이 업기로 길의 ᄯᅥ러진 돈을 거두어 임즈를 차쟈쥬어 시니 은혜를 알지 아니ᄒᆞ고 도로혀 불냥ᄒᆞᆫ ᄆᆞᆷ을

---

54) 【쇠-등】 图 ((동물)) 소의 등.¶ 牛背 ‖ 내 ᄉᆞ십 냥 본젼을 가지고 쇼 두 필을 사려 ᄒᆞ다가 ᄒᆞᆫ 필은 몬져 다른 장에 사고 ᄒᆞᆫ 필은 이 쟝의셔 사고셔 ᄒᆞ야 이십 냥을 쇠등의 싯고 오날 식벽의 아모 졈의셔 붉기 젼에 ᄯᅥ낫더니 (我以四十金本錢, 將買二牛, 而一隻則先買於某市, 一隻則欲買於此市, 今曉自某店曚發.) <靑邱野談 奎章 6:52>

내여 남의 믈건을 횡늑(橫勒)ᄒ랴55) ᄒ니 이 만쟝 듕 여러 사ᄅᆷ의 소견의 능히 븟그럽지 아니ᄒ랴?"

소쟝ᄉᆡ ᄀᆞᆯ오ᄃᆡ,

"앗가 이십 냥만 말ᄒ기ᄂᆞᆫ 다만 소갑ᄉᆡ 듕대ᄒ기로 거대수(擧大數)ᄒ여 솔이(率爾)히 더답ᄒᆫ 말이오 뵈갑ᄉᆞᆫ 사쇼ᄒᆫ 믈건으로 젼연 망각ᄒ엿더니 이졔 그 돈을 본즉 ᄌᆞ연 ᄭᆡᄃ닷ᄂᆞᆫ지라 엇더ᄒᆫ 텬하의 밋친 도적놈이 셩블 ᄀᆞᆺᄐᆞᆫ 사 【55】 ᄅᆷ의게 이믜 소갑을 찻고 ᄯᅩ 가련ᄒᆫ 믈건을 ᄲᅢᅀᅡ셔 졔 믈건을 삼을 니 잇스랴? 황망 듕 이ᄅᆞᆯ 탓스로 경녕ᄒᆫ 내 믈건을 남의게 일ᄒ랴?"

ᄒ고 즁인쇼시(衆人所視)예 셔로 힐난ᄒᄃᆡ 다른 사ᄅᆷ이야 뉘 능히 가부ᄅᆞᆯ 말ᄒ리오? 이러투시 다토다가 ᄒᆞᆫ가지로 관졍(官廷)의 드러가 변졍(辨正)ᄒ니 그 ᄯᅢ ᄃᆡ부ᄂᆞᆫ 홍후(洪侯) 양믁(養默)이라. 본ᄃᆡ 명빅ᄒ기로 유명ᄒ더니 두 사ᄅᆷ이 각ᄌᆞ 쇼유ᄅᆞᆯ 말ᄒᄃᆡ 관개 두 사ᄅᆷ의 말을 ᄌᆞ셔히 드른 후의 몬져 소쟝ᄉᆡᄃ려 닐너 ᄀᆞᆯ오ᄃᆡ,

"네 일흔 돈은 경녕 이십이 냥이오 뎌 즁의 어든 바ᄂᆞᆫ 경녕 이십 냥 ᄲᅮᆫ이냐?"

답왈,

"그러ᄒ이다."

"연즉 네 일흔 돈 이십이 냥은 필시 다른 다른 사ᄅᆷ이 주어 가진 거시오 뎌 즁의 어든 거ᄂᆞᆫ 너의 돈이 아니ᄂᆞ 너ᄂᆞᆫ 나가 네 돈 어든 사ᄅᆷ을 차자 이십이 냥 수효ᄅᆞᆯ 됴 【56】 수(照數)ᄒ여 ᄎᆞᄌᆞ라."

ᄒ고 버거 즁다려 닐너 ᄀᆞᆯ오ᄃᆡ,

"네 어든 돈은 경녕 이십 냥 ᄲᅮᆫ이오 뎌 소쟝ᄉᆡ의 일흔 돈은 이십이 냥이라 ᄒ니 그러ᄒ냐?"

답왈,

"그러ᄒ이다."

"그런즉 네 어든 돈은 필시 다른 사ᄅᆷ의 것시오 뎌 쇼쟝수의 믈건은 아니ᄂᆞ 너와 샹관ᄒᆞᆯ 빈 아니라. 너도 ᄯᅩᄒᆫ 나가 이십 냥 일흔 사ᄅᆷ을 널니 차ᄌᆞ 착실히 됴수ᄒ여 주라."

관가의셔 이러투시 쳐결ᄒ니 냥쳑이 각ᄌᆞ 장ᄀᆞᆯ온ᄃᆡ 나와 소쟝수ᄂᆞᆫ 머리ᄅᆞᆯ 숙이고 혼빅 일흔 사

ᄅᆷᄀᆞᆺ치 실심ᄒ여 안졋고 즁인즉 크게 말ᄒ여 ᄀᆞᆯ오ᄃᆡ,

"관가 쳐결ᄒ시미 이러툿 명빅ᄒ시니 어든 바 이십 냥을 주지 아닐 거시로ᄃᆡ 내 쇼견의ᄂᆞᆫ 돈 임지 경녕코 뎌 사ᄅᆷ에 나지 아니ᄒ니 엇지 셕가불(釋迦佛) 뎨지 되여 부당ᄒᆫ 지믈을 가질 빈 잇스리오?"

ᄒ고 【57】 드듸여 소쟝ᄉᆡᄅᆞᆯ 주어 ᄀᆞᆯ오ᄃᆡ,

"이후ᄂᆞᆫ 이러ᄒᆫ 심ᄉᆞᄅᆞᆯ 너지 마르시고 가져가쇼셔."

ᄒ니 만쟝 듕 허다ᄒᆫ 사ᄅᆷ이 그 즁의 결빅ᄒᆷ믈 칭찬ᄒ며 ᄯᅩ 닐오ᄃᆡ,

"관가 쳐결도 명빅ᄒ다."

ᄒ더라.

겁구쥬반노슈형
劫舊主叛奴受刑

셔울 ᄒᆫ 냥반이 잇셔 하방(遐方)에 추로(推奴)ᄒᆞᆯᄉᆡ 그 본관으로 더브러 지긔지위(知己之友ㅣ)라. 아듬의 드러가 쟝젹(帳籍)을56) 샹고ᄒᆫ즉 노속비(奴屬軰) 심히 번셩ᄒ여 빅여 구(口)의 니르되 낫ᄂᆞ치 요죡ᄒᆞᆫ지라. 관위(官威)로ᄡᅥ 그 괴슈 십여 한(漢)을 잡아와 남녀의 일흠을 바다 쳔금으로ᄡᅥ 슈쇽(收贖)을57) 졍ᄒ고 열흘노ᄡᅥ 한을 졍ᄒ니 그 노속비 조곰도 원구(怨咎)ᄒᄂᆞᆫ 빗츨 두지 아니ᄒ여 실샹으로ᄡᅥ 그 샹젼ᄭᅴ 고ᄒ여 ᄀᆞᆯ오ᄃᆡ,

"노쥬지간(奴主之間)은 곳 부ᄌᆞ ᄀᆞᆺᄒᆞᆫ지라 쇼인의 션 【58】 셰 샹젼을 비반ᄒᆞᆷ이 아니오라 흉연의

---

55) 【횡늑-ᄒ-】圖 횡륵(橫勒)ᄒ다. 억지로 가로채다.¶ 橫勒 ‖ 산듕의셔 사ᄂᆞᆫ 듕싱은 본ᄃᆡ 검은 무음이 업기로 길의 ᄶᅥ러진 돈을 거두어 임ᄌᆞᄅᆞᆯ 차자쥬어시니 은혜ᄅᆞᆯ 알지 아니ᄒ고 도로혀 블냥ᄒᆫ 무음을 내여 남의 믈건을 횡늑ᄒ랴 ᄒ니 (以山僧廒價之一時借添, 謂之以自家布價之加入, 有此橫勒之擧.) <靑邱野談 奎章 6:54>

56) 【쟝젹】圖 쟝젹(帳籍). 호젹(戶籍).¶ 帳籍 ‖ 아듬의 드러가 쟝젹을 샹고ᄒᆫ즉 노속비 심히 번셩ᄒ여 빅여 구의 니르되 낫ᄂᆞ치 요죡ᄒᆞᆫ지라 (坐於衙中, 考閱帳籍, 奴甚繁盛, 至於百餘口, 而箇箇饒居.) <靑邱野談 奎章 6:57>

57) 【슈쇽】圖 수속(收贖). 죄인이 죄를 면하기 위해 바치는 돈을 거두어들임.¶ 贖 ‖ 관위로ᄡᅥ 그 괴슈 십여 한을 ᅵ샵ᅵᄢᅡ와 ᄂᆡ녀의 일홈을 바다 쳔금으로ᄡᅥ 슈쇽을 졍ᄒ고 열흘노ᄡᅥ 한을 졍ᄒ니 (以官威捉來其居首十餘漢, 沒捧男女花名定贖千金, 以一旬爲限.) <靑邱野談 奎章 6:57>

표박ᄒᆞ여 이예 니르러 유ᄌᆞ성녀(有子生女)ᄒᆞ여 이제 빅여 구의 니르러시니 특별이 샹젼쥬(上典主)의 어엿비 너기시는 덕틱을 닙ᄉᆞ와 농ᄉᆞ룰 잘ᄒᆞ여 드ᄃᆡ여 요민(饒民)이 되미 샹히 아비와 한아비 말솜을 ᄉᆡᆼ각ᄒᆞ온즉 모ᄃᆡ 교젼비(轎前婢)로셔[58] 타향의 뉴락ᄒᆞ여 닉외 ᄌᆞ손이 ᄀᆞ졔 허다ᄒᆞᄃᆡ 샹젼ᄃᆡ 문안 조격(阻隔)ᄒᆞ오미[59] 이졔 몃 히 되엿ᄂᆞ니라 닐으던 말이 어졔로온 ᄃᆞᆺᄒᆞ옵더니 이졔 샹젼쥐 의외 하림(下臨)ᄒᆞ시니 실노 부모룰 다시 ᄇᆡ옴과 ᄀᆞᆺ튼지라. 비록 관가 지공(支供)이 잇ᄉᆞ오나 쇼인의 졍니예 엇지 몸쇼 봉공(奉供)코져 아니ᄒᆞ오리잇가? 복걸 쇼인의 집의 힝ᄎᆞᄒᆞ샤 쇼인 등의 졍니룰 펴 쥬시믈 바라옵고 ᄯᅩᄒᆞᆫ 길이 머지 아니ᄒᆞ와 뉵족(六足)의 수고로오미 [59] 반일에 지나지 아니리이다.”

샹젼이 올히 너겨 ᄀᆞᆯ오ᄃᆡ,

“명일노 가리라.”

ᄒᆞ니 늘근 죵 수십 명이 듕노의 가 기ᄃᆞ려 마두(馬頭)의 납비(納拜)ᄒᆞ고[60] 젼후로 옹위ᄒᆞ여 죵의 집에 다ᄃᆞ르니 닉외 대문이 ᄀᆞ쟝 옹위ᄒᆞ고 동듕(洞中)의 다른 인개 업고 다만 노복 친척이 ᄌᆞ쟉일촌(自作一村)이라. 드ᄃᆡ여 마쟈 당의 올녀 큰 다담(茶啖)으로 나오고 남녀 노복이 일졔 현신(現身)ᄒᆞ니 그 쉬 삼ᄉᆞ빅 귀(口ㅣ)러라. 샹젼이 눌노 쥬육을 비

58) 【교젼-비】 圖 ((인류)) 교젼비(轎前婢). 예젼에, 혼례 때에 신부가 데리고 가던 계집종.¶ 轎前婢 ∥ 모ᄃᆡ 교 젼비로셔 타향의 뉴락ᄒᆞ여 닉외 ᄌᆞ손이 ᄀᆞ졔 허다ᄒᆞ ᄃᆡ 샹젼ᄃᆡ 문안 조격ᄒᆞ오미 이졔 몃 히 되엿ᄂᆞ니라 닐으던 말이 어졔로온 ᄃᆞᆺᄒᆞ옵더니 (以某宅轎前婢, 流 落他鄕, 內外諸孫, 今此許多. 而阻隔上典宅問安, 已爲 幾許年云者.) <靑邱野談 奎章 6:58>

59) 【조격-ᄒᆞ-】 圖 조격(阻隔)하다. 막혀서 서로 통하지 못하다.¶ 阻隔 ∥ 모ᄃᆡ 교젼비로셔 타향의 뉴락ᄒᆞ여 닉 외 ᄌᆞ손이 ᄀᆞ졔 허다ᄒᆞᄃᆡ 샹젼ᄃᆡ 문안 조격ᄒᆞ오미 이 졔 몃 히 되엿ᄂᆞ니라 닐으던 말이 어졔로온 ᄃᆞᆺᄒᆞ옵더 니 (以某宅轎前婢, 流落他鄕, 內外諸孫, 今此許多. 而 阻隔上典宅問安, 已爲幾許年云者, 歷歷如昨日之聞.) <靑邱野談 奎章 6:58>

60) 【납비-ᄒᆞ-】 圖 납배(納拜)하다. 윗사람에게 절하고 뵙 다.¶ 羅拜 ∥ 늘근 죵 수십 명이 듕노의 가 기ᄃᆞ려 마 두의 납비ᄒᆞ고 젼후로 옹위ᄒᆞ여 죵의 집에 다ᄃᆞ르니 닉외 대문이 ᄀᆞ쟝 옹위ᄒᆞ고 동듕의 다른 인개 업고 다만 노복 친척이 ᄌᆞ쟉일촌이라 (老奴散十輩等候於中 路, 馬頭羅拜, 前後擁護, 直抵奴家, 內外大門及家舍皆 雄偉, 洞中無他人家, 奴隸族戚, 自作一大村矣.) <靑邱 野談 奎章 6:59>

블니고 방심ᄒᆞ여 누엇더니 쟝ᄎᆞᆺ 한일(限日)이 갓가 와 명일은 곳 슈속(收贖)ᄒᆞᆯ 날이라 그 밤 ᄉᆞ경 냥의 수빅 명 건쟝ᄒᆞᆫ 노지 그 샹젼 잇는 방을 젼후로 수십 겹을 에우고 쟝뎡 수십 명이 방으로 드러와 샹젼을 잡아미고 칼을 ᄲᅢᆮ혀 ᄀᆞᆯ오ᄃᆡ,

“급ᄀᆞ히 관가의 편지룰 ᄒᆞᄃᆡ 집의 긴고(緊故) 잇셔 능히 몸쇼 가 하직지 못ᄒᆞ고 여긔셔 바로 도 [60] 라가는 뜻으로 조어(造語)ᄒᆞᄃᆡ 만일 아니ᄒᆞ면 네 명이 ᄀᆞ 칼의 둘녓다.”

ᄒᆞ고 글ᄌᆞ 아는 놈을 두어 쓰기룰 닙ᄒᆞ여 보게 ᄒᆞ니 실노 변통무뢰(變通無路ㅣ)라. 고셕지계(姑息之計)로뻐 부득이 그 말을 조ᄎᆞ 편지룰 쓰고 명ᄶᅩ 쓸 지경의 니르러는 뎌의 아지 못ᄒᆞ는 배라. 년월 아리 휘흠(徽欽)은 돈(頓)ᄒᆞ노라 뻐 즉시 봉ᄒᆞ여 그 무리룰 쥬니 그놈들이 그 당듕(黨中)의 ᄒᆞᆫ 놈을 보너여 나는ᄃᆞ시 관가의 가 드린ᄃᆡ 관개 봉ᄒᆞᆫ 거슬 ᄶᅥ여보다가 년월 아리 ‘휘흠돈’ 삼ᄌᆞ의 니르러는 크게 의아ᄒᆞ여 이윽히 ᄉᆡᆼ각ᄒᆞ다가 홀연 ᄶᆡᄃᆞ르니 대개 휘흠이란 말은 예젹 송나라 두 님군이 오랑키 짜희 잡히여 욕보단 말이니 이 냥반이 반ᄃᆞ시 그 죵의 무리예 슈욕ᄒᆞ는 밴 줄을 뜻ᄒᆞ고 즉시 온 놈을 착가엄슈(着枷嚴囚)ᄒᆞ고 크게 교졸(校卒)을 발ᄒᆞ여 [61] 급히 아모 동니예 가 일변 그 힝ᄎᆞ룰 뫼셔 오고 그 죵으로 위명(爲名)ᄒᆞ는 놈은 무론남녀노쇼 ᄒᆞ고 몰수(沒數)히 미여 오라 ᄒᆞ고 엄히 신칙(申飭)ᄒᆞ여 보너다.

교졸이 나는ᄃᆞ시 그놈의 집에 가니 그 힝ᄎᆞ 과연 슈로(首奴)의 집에 미엿고 일디 쟝졍이 문졍(門庭)을 여러 겹으로 에윗거늘 교졸이 급히 그 냥반 민 거슬 프러 관가의 보니고 그 노쇽비룰 일병 결박ᄒᆞ여 관뎡(官庭)의 잡아드려 죄범ᄒᆞᆫ 쟈를 낫ᄀᆞ치 영문의 보ᄒᆞ여 일뉼(一律)노뻐 결쳐(決處)ᄒᆞ고 그 남아는 경듕을 헤아려 엄치(嚴治)ᄒᆞ고 셩은 물을 주어 셔울노 보닐ᄉᆡ 그 노쇽비 가산을 몰수이 실녀 그 냥반 힝듕의 부쳐보너니 가위 지긔지위라 닐으 리로다.

봉환상궁유면ᄉᆞ
逢丸商窮儒免死

145

호남(湖南)의 흔 셔싱이 잇스니 일즉 부모룰 여위고 이믜 형뎨 친 【62】 쳑도 업더니 듕년의 쏘 샹비ᄒᆞ니 ᄯᅩ흔 ᄌᆞ녀간 ᄒᆞ나토 업고 집이 본디 간난ᄒᆞ여 숙슈(菽水)룰61) 잇기 어려온지라. 실노 셩셰지낙(生世之樂)이62) 업셔 믄득 ᄌᆞ쳐(自處)코겨63) ᄒᆞ디 ᄯᅩ흔 길이 업더니 마즘 그ᄯᅢ예 흔 악회(惡虎ㅣ) 속니산(俗離山)으로부터 ᄂᆞ려와 댱셩(長城) 갈지(葛峙)예 은복(隱伏)ᄒᆞ여 빅듀(白晝)의 횡ᄒᆡᆼᄒᆞ며 사름 먹기룰 외ᄀᆞᆺ치 ᄒᆞ니 ᄒᆡᆼ인이 ᄭᅳᆫ친지 둘이 나믄지라. 셔싱이 그 소식을 듯고 뼈 ᄒᆞ디,

"내 죽을 곳을 어덧다."

ᄒᆞ고 드듸여 ᄒᆡᆼᄒᆞ야 갈시 갈지 아리 니르러 놀이 어둡기룰 기ᄃᆞ려 그 듕 놉흔 곳의 올나가니 놉기 삼십 니라. 암셕이 위험ᄒᆞ고 슈목이 총잡ᄒᆞ니 가히 닐온 쵹도지난(蜀道之難)과64) 양댱지험(羊腸之險)이러라. ᄀᆞ장 놉흔 봉 우희 올나 다리룰 쎗고 안져 호랑이 와 믈기룰 기ᄃᆞ리더니 홀연 흔 댱뷔 등의 짐을 태산ᄀᆞᆺ치 지고 ᄒᆡᆼᄒᆞ여 놉흔 봉의 니 【63】 르러 졸연이 셔싱의 홀노 안져시믈 보고 짐을 버셔 길 좌편의 노코 혼연이 졀ᄒᆞ며 은근이 고ᄒᆞ여 ᄀᆞᆯ오디,

"쇼인의 진 바 믈건은 쳘환(鐵丸)이라 산즘성이 인명을 살히ᄒᆞ므로뼈 졔어코겨 ᄒᆞ여 니예 니름

은 그 범의 머리룰 ᄯᅵ치고 허리룰 불으질너65) ᄒᆡᆼ인을 위ᄒᆞ여 해룰 덜고겨 ᄒᆞ미러니 이졔 셩원쥬(生員主)의 홀노 안쟈겨시믈 뵈오니 그 ᄯᅳᆺ이 쇼인의 ᄆᆞ음을 몬겨 어드시미라. 쇼인의 혼자 힘으로도 ᄯᅩ흔 어렵지 아니ᄒᆞ거니와 허믈며 셩원쥬로 더브러 병녁(並力)ᄒᆞ온즉 뎌것 잡기예 무어시 어려오리잇가? 쇼인은 맛당히 여ᄎᆞᄎᆞᄒᆞ올 거시니 셩원쥬ᄂᆞᆫ ᄯᅩ 여ᄎᆞᄎᆞᄒᆞ옵쇼셔."

셩원이 당황ᄒᆞ여 밋쳐 디답지 못ᄒᆞ엿더니 그 환샹(丸商)이 손으로 셕각(石角) 우희 흔아름 되ᄂᆞᆫ 남글 ᄲᅡ혀 들고 나ᄂᆞᆫᄃᆞᆺ시 샹봉(上峰) 【64】 결경의 올나 두루 티며 돈니니 소리 텬디 진동ᄒᆞᄂᆞᆫ지라 셩원이 싱각ᄒᆞ디 뎨 비록 내 힘이 잇ᄂᆞᆫ 줄노 알아 동ᄉᆞ(同事)ᄒᆞ믈 닐오나 내 본디 힘이 업고 궁독흔 신셰로뼈 실노 호구(虎口)에 죽고겨 ᄒᆞᄂᆞᆫ 일이라 일노 뼈 조곰도 공겁(恐怯)ᄒᆞ미 업셔 타연이 안자 기ᄃᆞ리더니 이옥고 흔 표범이 나모 티ᄂᆞᆫ 소리예 놀나 발연이 ᄒᆞ러나 슈플과 남글 쒸여넘며 와 졀벽 간의 분치(奔馳)ᄒᆞ니 그 ᄲᆞᆯ니미 매와 ᄀᆞᆺ고 ᄲᆞᆯ으미 살 ᄀᆞᆺ흔지라. 잠간 사이예 샹망지디(相望之地)예 니르니 그 목 고든 즘성이 쥬판지셰(走坂之勢)룰66) 당ᄒᆞ엿ᄂᆞᆫ지라. 뎨 몸 샹홀 줄을 혜아리지 아니코 쒸여 니다랏다가 큰 나모 두 가지 사이예 ᄭᅵ이니 ᄯᅩ 겸ᄒᆞ여 삿기 빈 범이라. 비블너 능히 샌히지 못ᄒᆞ거늘 셩원의 본심이 호구의 먹히고져 ᄒᆞᄂᆞᆫ ᄯᅳᆺ이라 무슴 두려오미 잇스리오? 【65】 드듸여 쳔ᄉᆞ이 나아가 그 머리룰 만지고 수염도 만지며 몸도 만지기룰 샹해 ᄉᆞ랑ᄒᆞ던 즘성ᄀᆞᆺ치 ᄒᆞ디 그 호랑이 눈섭을 ᄂᆞ죽이 ᄒᆞ고 눈을 가ᄂᆞᆯ게 ᄯᅥ 조곰도 해홀 의식 업고 인걸ᄒᆞᄂᆞᆫ 형샹이 잇거늘 셩원이 빅단으로 만지며 혹 ᄲᅣᆷ도 다히고 머리도 듸미러67) 믈녀죽고져 ᄒᆞ믈 쳔방

---

61) 【숙슈】 圀 ((음식)) 숙수(菽水). 콩과 물이라는 뜻으로, 변변하지 못한 음식을 이르는 말.¶ 菽水 ‖ 호남의 흔 셔싱이 잇스니 일즉 부모룰 여위고 이믜 형뎨 친쳑도 업더니 듕년의 쏘 샹비ᄒᆞ니 ᄯᅩ흔 ᄌᆞ녀간 ᄒᆞ나토 업고 집이 본디 간난ᄒᆞ여 숙슈룰 잇기 어려온지라 (湖南有一生員, 早喪父母, 旣無兄弟族戚, 中年喪妻, 又無一子女, 家素貧窮, 菽水難繼.) <靑邱野談 奎章 6:62>

62) 【셩셰지낙】 圀 생세지락(生世之樂). 세상에 나서 살아가는 재미.¶ 生世之況 ‖ 실노 셩셰지낙이 업셔 믄득 ᄌᆞ쳐코겨 ᄒᆞ디 ᄯᅩ흔 길이 업더니 (實無生世之況, 輒欲自處, 而亦不得其路.) <靑邱野談 奎章 6:62>

63) 【ᄌᆞ쳐-ᄒᆞ-】 圀 자처(自處)하다. 자결(自決)하다.¶ 自處 ‖ 실노 셩셰지낙이 업셔 믄득 ᄌᆞ쳐코겨 ᄒᆞ디 ᄯᅩ흔 길이 업더니 (實無生世之況, 輒欲自處, 而亦不得其路.) <靑邱野談 奎章 6:62>

64) 【쵹도지난】 圀 촉도지난(蜀道之難). 촉(蜀)으로 통하는 험난한 길이라는 뜻으로, 인정과 세상의 어려움을 비유한 말.¶ 蜀道之難 ‖ 암셕이 위험ᄒᆞ고 슈식이 총잡ᄒᆞ니 가히 닐온 쵹도지난과 양댱지험이러라 (巖石危險, 樹木蒙密, 可謂蜀道之難, 羊腸之險矣.) <靑邱野談 奎章 6:62>

65) 【불으-질ㄴ-】 圀 부러뜨리다.¶ 折 ‖ 산즘성이 인명을 살히ᄒᆞ므로뼈 졔어코겨 ᄒᆞ여 니예 니름은 그 범의 머리룰 ᄯᅵ치고 허리룰 불으질너 ᄒᆡᆼ인을 위ᄒᆞ여 해룰 덜고겨 ᄒᆞ미러니 (以山物之殺害人命, 業欲除之, 今持鐵丸, 路適出此, 故邃卜其危, 以至於此, 計在碎其頭, 折其腰.) <靑邱野談 奎章 6:63>

66) 【쥬판지셰】 圀 주판지세(走坂之勢). 가파른 산비탈을 내리 달리는 형세라는 뜻으로, 어찌할 도리가 없어 되어 가는 대로 내버려 둘 수밖에 없는 형세를 비유적으로 이르는 말.¶ 走坂之勢 ‖ 잠간 사이예 샹망지디예 니르니 그 목 고든 즘성이 쥬판지셰룰 당ᄒᆞ엿ᄂᆞᆫ지라 (一瞥之間, 已至於相見之地, 以其直項之猷, 驅之於走坂之急.) <靑邱野談 奎章 6:64>

빅계로 ᄒᆞ여도 종시 해치 아니ᄒᆞᄂᆞᆫ지라. 이에 셩원 이 츩덩굴을 만히 끈허 동아쥴을 믄드러 굴네롤 ᄠᅥ 범의 머리예 쓰이고 ᄯᅩ 지갈을 믄드라 그 입에 먹 인 후의 드드여 범을 들어 두 나모 틈의 ᄭᅵ인 거슬 ᄭᅦ쳐너여 옴겨 다른 남긔 미니 범인즉 실혼(失魂)ᄒᆞ 여 졍신이 업고 셩원인즉 어히업셔 호구 아리 안졋 더니 며 환샹이 산샹으로부터 다만 셩원이 완완이 그 범을 믈고 ᄃᆞᆫ닌 것만 보왓고 그 나모 사이예 ᄭᅵ 엿던 일을 미쳐 【66】 보지 못ᄒᆞ엿ᄂᆞᆫ지라. 총망히 ᄂᆞ 려와 다시 졀ᄒᆞ고 닐오디,

"이왕 몬져 셩원쥬의 힘이 ᄒᆞᆫ 범을 만나도 긔 탄치 아니ᄒᆞ실 쥴은 알앗스나 산 범을 글네 쓰이며 지갈 먹이기에 니르려는 고금의 업ᄂᆞᆫ 일이라 쇼인 의 등에 진 철환이 스십 두(斗)로디 셩원쥬의게 비 컨디 삼쳑동ᄌᆞ ᄀᆞᆺ튼지라 가히 두렵지 아니리잇가?"

ᄒᆞ고 드디여 범을 죽여 가죽을 벗겨 철환 짐 우희 언겨 지고 셩원으로 더브러 ᄒᆞᆫ가지로 ᄂᆞ려와 졈막(店幕)의 안겨 그 고기를 팽(烹)ᄒᆞ고 술을 사 먹고 밤을 지난 후 술 부어 쟉별ᄒᆞᆯ시 호피(虎皮)로 ᄡᅥ 셩원을 쥰디 셩원이 밧지 아니ᄒᆞ거늘 환샹이 견 디 속의셔 돈 열 냥을 너여 셩원의게 드리니 셩원 이 마지 못ᄒᆞ여 그 반을 가지고 인ᄒᆞ여 쟉별ᄒᆞ니 환샹이 창연(悵然)이 너기더라. 셩원이 돈 닷 냥을 가지고 집의 도라 【67】 왓스나 신셰 갈소록 더욱 비창(悲愴)ᄒᆞ여 사는 거시 죽ᄂᆞᆫ이만 ᄀᆞᆺ지 못ᄒᆞᆫ지라. 갈지 악호의 일을 싱각ᄒᆞ니 심히 괴이ᄒᆞ도다. '궁박 ᄒᆞᆫ 명도는 죽기도 ᄯᅩ한 어렵도다.' ᄒᆞ고 한탄ᄒᆞ믈 마지 아니ᄒᆞ더니 홀는 샹즈롤 열어 ᄒᆞᆫ 문권을 어드 니 대개 션셰예 도망ᄒᆞᆫ 비지(婢子 1) 잇서 녕광(靈 光) 법셩(法聖)셤의 사디 가산이 풍죡ᄒᆞ고 싱산이 번연(蕃衍)ᄒᆞ여68) 수빅여 가의 니르러시되 부형(父 兄)격부터 비록 슈쇽(收贖)ᄒᆞᆯ 계교롤 두엇스나 녀모 강셩ᄒᆞ므로 감히 의ᄉᆞ롤 너지 못ᄒᆞ엿더니 내게 당

---

67) 【듸-밀-】 圖 디밀다. 들이밀다.¶ 納 ∥ 셩원이 빅단으 로 만지며 혹 ᄲᆢᆷ도 다히고 머리도 듸미러 들녀쥭고져 ᄒᆞ믈 쳔방빅계로 ᄒᆞ여도 죵시 해치 아니ᄒᆞᄂᆞᆫ지라 (然 生員遂百方摩撫, 或以頰接之, 或以頭納之, 欲其嚙之, 千方百岐, 而終不敢害之.) <靑邱野談 奎章 6:65>

68) 【번연-ᄒᆞ-】 圈 번연(蕃衍)하다. 번셩하다.¶ 繁衍 ∥ 홀 논 샹즈롤 열어 ᄒᆞᆫ 문권을 어드니 대개 션셰에 도망 ᄒᆞᆫ 비지 잇ᄂᆞᆫ 녕광 법셩셤의 사디 가산이 풍죡ᄒᆞ고 싱산이 번연ᄒᆞ여 수빅여 가의 니르러시되 (一日偶閱 家中得一文記, 盖有先代逃亡之婢, 盤居於靈光法聖島, 生産繁衍, 多至百餘家.) <靑邱野談 奎章 6:67>

ᄒᆞ여 쾌히 죽을 곳을 어덧다 ᄒᆞ고 잇튼날 아춤의 본 문긔롤 소매의 너코 단독일신으로 표연히 길을 ᄯᅥ나 여러 눌 만의 법셩셤에 드ᄅᆞ라 탐문ᄒᆞ니 그 노쇽비의 부셩ᄒᆞ미 과연 듯던 바와 ᄀᆞᆺ혼지라. 바로 그 괴슈쟈(魁首者)의 집에 【68】 가 곳 문권을 너여 뵈이고 크게 호령(號令)을 발ᄒᆞ야 오쳔 냥을 슈쇽ᄒᆞ 라 ᄒᆞ되 삼일 너로 봉납ᄒᆞ라 ᄒᆞ니 호령의 급홈과 황망ᄒᆞᆫ 거동이 믄득 광인 ᄀᆞᆺ튼지라. 뎌의 무리 거줏 응답ᄒᆞ믈 흐르ᄂᆞᆫ다시 ᄒᆞ나 듕심의 감촌 바롤 뉘 알 니오? 계 삼일 만의 셩원이 홀노 안잣더니 홀연 드 른즉 챵 밧긔 사롬의 소리 훤훤ᄒᆞ며 오륙십 쟝졍이 각각 막디롤 가지고 안존 방을 두루기롤 쳘통ᄀᆞᆺ치 ᄒᆞ니 그 ᄉᆞ셰 반형(反形)이 ᄌᆞᆷ의 ᄀᆞᆺ초왓스나 죽기롤 구ᄒᆞᄂᆞᆫ 싱각이 자나ᄭᅢ나 깁히 밋쳐엿ᄂᆞᆫ지라. 미양 조각을 엇고져 ᄒᆞ든 ᄎᆞ의 이 지경을 당ᄒᆞ니 가히 숙원을 이졔야 풀게 되엿스니 무삼 구겁(懼怯)ᄒᆞ미 잇스리오? 촉을 붉히고 안겨 기드리더니 이윽고 ᄒᆞᆫ 쟝뷔 문을 열고 쟝ᄎᆞᆺ 드러오려 ᄒᆞ다가 도로 믈너셔 혼연이 졀ᄒᆞ여 ᄀᆞᆯ오디,

【69】"셩원쥐 와 겨시니잇가?"

셩원이 놀나 무러 ᄀᆞᆯ오디,

"네 뉘뇨?"

그놈이 ᄀᆞᆯ오디,

"갈지 우희셔 ᄒᆞ로 동고(同苦)ᄒᆞᆫ 후 거연이 삼년이라 셩원쥬ᄂᆞᆫ 쇼인을 몰나보시거니와 쇼인이 야 엇지 셩원쥬의 안면을 몰나보리잇가?"

ᄒᆞ고 급히 에운 놈들을 크게 블너 닐너 ᄀᆞᆯ오 디,

"너의 등이 속속히 셩원쥬의게 딕명ᄒᆞ라 만일 날을 쳥치 아니ᄒᆞ엿든 너의 무리 반ᄃᆞ시 셩명을 보젼티 못ᄒᆞ리랏다."

ᄒᆞ고 인ᄒᆞ여 갈지예셔 악호 잡던 일을 자셰이 니르니 여러 놈들이 그 말을 듯고 다 썰며 업더지 거늘 궐한(厥漢)이 다시 셩원의게 고ᄒᆞ여 ᄀᆞᆯ오디,

"뎌의 무리 희도 등 화외지밍(化外之氓)으로 강상(綱常)의 등ᄒᆞ믈 모로고 감히 파측(叵測)ᄒᆞ69)

---

69) 【파측-ᄒᆞ-】 圈 파측(叵測)하다. 미리 해아리기 어렵다. 불측(不測)하다.¶ 叵測 ∥ 뎌의 무리 희도 등 화외지밍 으로 강샹의 듕ᄒᆞᆷ을 모르고 깁이 파측을 ᄡᅢ롤 너여 빅 니 밧긔 잇ᄂᆞᆫ 쇼인을 쳥ᄒᆞ옵기로 쇼인도 그룻 간 계예 ᄲᅡ졋ᄉᆞ오니 (彼輩以海島化外之物, 不識綱常之重, 敢有叵測之謀, 要小人於百里之外, 而小人亦誤入人事.) <靑邱野談 奎章 6:69>

147

쾌롤 너여 빅 니 밧고 잇눈 쇼인을 쳥ᄒᆞ옵기로 쇼
인도 그릇 간계예 ᄲᅥ졋ᄉᆞ오니 뎌의 비 죽엄즉ᄒᆞ온
【70】죄ᄂᆞᆫ 이무가론(已無可論)이어니와 쇼인의 죄
도 맛당히 죽엄즉ᄒᆞ오나 그러나 셩원쥬의 너르신
도량으로ᄡᅥ 엇지 죡히 금슈 ᄀᆞᆺᄒᆞᆫ 무리롤 혐의ᄒᆞ시
리잇가? 오쳔 냥은 실노 어려오니 뎌의 가산을 탕
진ᄒᆞ오면 이쳔 냥의 넘지 못ᄒᆞ올지라 쇼인이 몸쇼
거ᄂᆞ려 되가지 가져 바치리이다."

ᄒᆞ고 여러 죵을 독촉ᄒᆞ야 오일 만의 이쳔 냥
을 슈습ᄒᆞ여 몰 십여 필에 실니고 셩원은 조흔 몰
과 빗난 안장의 티와 올녀 보니고 환상은 봉물을
영거ᄒᆞ야 셩원되의 밧치니 셩원이 ᄌᆞ쳔 금으로ᄡᅥ
안히도 취ᄒᆞ고 집도 사고 젼토도 장만ᄒᆞ여 산업을
부즈런이 ᄒᆞ야 부가옹이 되고 팔ᄌᆞ삼녀(八子三女)롤
두어 디ᄃᆡ 번셩ᄒᆞ더라.

신복셜호유탐향
信卜說湖儒探香

【71】호람(湖南) ᄉᆞ인에 니긔경(李基敬)이라
ᄒᆞ눈 사롬이 잇스니 과유(科儒)[70] 듕 실ᄌᆡ(實才)
로[71] 여러 번 과거롤 보왓스디 ᄒᆞᆫ 번도 맛치지 못
ᄒᆞ여 평성 원한이 되야 여간 젼토롤 다 ᄑᆞ라 ᄒᆞᆫ 번
과거의 셩픽롤 결단코져 ᄒᆞ여 유명ᄒᆞᆫ 복쟈(卜者)의
게 가 졈복ᄒᆞ니 복지 골오디,

"이번 과힝(科行)의 쥭을 익이 잇스니 만일 쥭
지 아니ᄒᆞ면 반ᄃᆞ시 급졔ᄂᆞᆫ ᄒᆞ리라."

니셩이 구지 도익(度厄)ᄒᆞᆯ 도리롤 ᄀᆞᄅᆞ치라
ᄒᆞᆫ디 복재 골오디,

"길에셔 쇼복ᄒᆞᆫ 녀인을 만나거든 반ᄃᆞ시 그
녀인을 어더야 가히 쥭기롤 면ᄒᆞ고 과거롤 ᄒᆞ리라."

ᄒᆞ더라. 니셩이 발힝ᄒᆞ여 셔울노 올나갈ᄉᆡ 여
러 날 만의 ᄆᆞᄎᆞᆷ 큰 니 압홀 당ᄒᆞ니 니가 버들 밋
히 노괴(老姑ㅣ) ᄲᆞᆯ닉ᄂᆞᆫ 겻히 고은 부녜 쇼복으로
셧다가 압길노 몰타고 가는 사롬을 보고 드듸여 몸
을 피ᄒᆞ여 가거늘 니셩이【72】보고 ᄆᆞᄋᆞᆷ의 복쟈의
말을 성각ᄒᆞ고 몰을 셔ᄌᆞ히 모라 미조ᄎᆞ ᄯᅡ라가니
그 녀지 ᄒᆞᆫ 집 대문으로 들어가거늘 ᄯᅩ 조ᄎᆞ 들어
가 몰을 문의 믹고 바로 당의 올나 쥬인을 보고 졀
ᄒᆞᆫ디 쥬인은 빅발 노인이라 니셩이 골오디,

"ᄆᆞᄎᆞᆷ 과힝(科行)으로[72] 가옵더니 노비 핍졀
ᄒᆞ여 졈막(店幕)의셔[73] 잘 길이 업기로 귀되을 ᄎᆞ자
왓ᄉᆞ오니 하로밤 쉬믈 쳥ᄒᆞᄂᆞ이다."

노인이 혼연이 허락ᄒᆞ고 노ᄌᆞ(奴子)롤 불너
셕반을 ᄀᆞᆺ초와 드리라 ᄒᆞ고 몰은 마구의 믹여 먹이
라 ᄒᆞ니 셩이 감격ᄒᆞ믈 치하ᄒᆞ고 은근이 그 집을
둘너본즉 니외 장원이 극히 놉하 월쟝ᄒᆞ기 어려온
지라. 쳔ᄉᆞ만샹(千思萬想)ᄒᆞ노라니 밤새도록 졉목을
못ᄒᆞ고 동방이 ᄎᆞᄎᆞ 믹 붉앗ᄂᆞᆫ지라 다시 계교롤 너여
병들라 쳥탁ᄒᆞ고 누어 놀이 늣도록 닐지 아니【7
3】ᄒᆞ니 노옹이 쥭장을 집고 와 문병ᄒᆞ거늘 니셩이
거줏 알는 쳬ᄒᆞ여 소리롤 지어 ᄒᆞ니 노옹이 민망히
너겨 조흔 말노 셩을 위로ᄒᆞ야 골오디,

"병셰 이럿툿 ᄒᆞ시니 ᄯᅥ나기도 어렵고 ᄯᅩ 졈
막이 부졍(不淨)ᄒᆞ여 가히 됴셥지 못ᄒᆞᆯ 거시오 ᄯᅩ
내 집이 구챠티 아니ᄒᆞ니 넘녀 말고 수일을 머무러
됴셥이나 잘ᄒᆞ라."

니셩이 닉심의 먹은 일이 된 듯ᄒᆞ야 심독희
(心獨喜) ᄌᆞ부(自負)ᄒᆞ나 일편 졍신이 쇼녀의게 잇
ᄂᆞᆫ지라 날이 맛도록 궁니(窮理)ᄒᆞ디 빅계무칙(百計
無策)이러니 놀이 져물믹 안 듕문을 엄히 닷거늘
밤의 니러나 방황ᄒᆞ야 두루 단니며 담이 ᄂᆞᆺ즌 곳을
술피되 엇지 못ᄒᆞ고 외양간 판장 아리 ᄒᆞᆫ 굼기 잇

---

70) 【과유】圏 ((인류)) 과유(科儒). 과거 보는 선비.¶ 科儒
‖ 호람 ᄉᆞ인에 니긔경이라 ᄒᆞ눈 사롬이 잇스니 과유
듕 실지로 여러 번 과거롤 보왓스디 ᄒᆞᆫ 번도 맛치지
못ᄒᆞ여 평성 원한이 되야 (湖南士人李基敬, 科儒之實
才也. 屢擧不中, 而必欲得之) <靑邱野談 奎章 6:71>

71) 【실지】圏 ((인류)) 실재(實才). 글재주가 있는 사람.¶
實才 ‖ 호람 ᄉᆞ인에 니긔경이라 ᄒᆞᄂᆞ 사롬이 잇스니
과유 듕 실지로 여러 번 과거롤 보왓스디 ᄒᆞᆫ 번도 맛
치지 못ᄒᆞ여 평성 원한이 되야 (湖南士人李基敬, 科儒
之實才也. 屢擧不中, 而必欲得之.) <靑邱野談 奎章
6:71>

72) 【과힝】圏 과행(科行). 과거 보러 감. 또는 그런 길이
나 과정.¶ 科行 ‖ ᄆᆞᄎᆞᆷ 과힝으로 가옵더니 노비 핍졀
ᄒᆞ여 졈막의셔 잘 길이 업기로 귀되을 ᄎᆞ자왓ᄉᆞ오니
하로밤 쉬믈 쳥ᄒᆞᄂᆞ이다 (今此科行, 路費斷絶, 無以宿
旅店, 願就高庄, 借一宿焉.) <靑邱野談 奎章 6:72>

73) 【졈막】圏 ((주거)) 졈막(店幕). 주막(酒幕).¶ 旅店 ‖ ᄆᆞ
ᄎᆞᆷ 과힝으로 가옵더니 노비 핍졀ᄒᆞ여 졈막의셔 잘 길
이 업기로 귀되을 ᄎᆞ자왓ᄉᆞ오니 하로밤 쉬믈 쳥ᄒᆞᄂᆞ
이다 (今此科行, 路費斷絶, 無以宿旅店, 願就高庄, 借
一宿焉.) <靑邱野談 奎章 6:72>

스디 겨오 용신(容身)홀 듯ᄒ기로 업더여 목을 늘희여 몸을 드미니 좌위 ᄭ여 간신이 들어가 본즉 셔편 방의 쵹불이 휘황【74】ᄒ더 여인의 글닑는 소리 낭ᄉᄒ고 동편 방의는 비록 등화는 잇스나 사ᄅᆷ의 소리는 업ᄂᆞᆫ지라 가만이 창하의 나아가 손가락의 침 못쳐 궁글 뚤고 여허보니 상 우희 소금침(素衾枕)을74) 베플고 아모 사ᄅᆷ도 업거늘 뜻ᄒᆞ건디 필시 소복 녀ᄌᆡ의 침방(寢房)이로다 ᄒ고 몸을 가비야이 날녀 청샹의 올나 가만이 문을 열고 들어가 등화룰 ᄭᅳ고 방 흔 구셕의 다람이75)쳐로76) 업듸엿더니 오리지 아녀 글닑ᄂᆞᆫ 소리 긋치며 그 녀지 동편 방으로 향ᄒᆞ여 와 문을 열고 셔ᄉᆞᄒᆞᄂᆞᆫ 말이

"앗가 기롬을 만히 쳐시니 불이 오리 잇슬 거시어늘 무삼 연고로 ᄭᅥ졋ᄂᆞ뇨? 심히 괴이ᄒᆞ도다. 아희 죵년이 뎨 어미 계로다 ᄒᆞ기예 닉여보닌 거시 진실노 ᄉᆡᆼ각지 못ᄒᆞ미라."

ᄒ고 의심ᄒᆞᄂᆞᆫ 뜻을 두고 드러와 금침 우희 안졋더니 죠곰 잇다가 옷슬 벗고【75】니블을 열고 누으려 ᄒᆞ거늘 니셩이 ᄀᆞ만이 소리ᄒᆞ여 ᄀᆞᆯ오디,

"원컨디 부인은 날을 살니쇼셔."

ᄒᆞ니 그 부인이 방장 의구(疑懼)ᄒᆞ던 ᄎᆞ의 홀연 남ᄌᆡ 소리ᄅᆞᆯ 듯고 크게 놀나 니블을 말아 ᄭᅵ고 안져 ᄯᅩᄒᆞᆫ 소리ᄅᆞᆯ ᄂᆞ죽이 ᄒᆞ여 무러 ᄀᆞᆯ오디,

"네 엇더ᄒᆞᆫ 사ᄅᆷ인고?"

셩이 ᄀᆞᆯ오디,

"나는 사랑의셔 뉴슉(留宿)ᄒᆞᄂᆞᆫ 사ᄅᆷ이로라."

부인이 ᄀᆞᆯ오디,

"네 무슨 ᄆᆞ음으로 깁흔 밤의 가만이 드러오뇨?"

셩이 ᄀᆞᆯ오디,

"내 과거 보라 올 ᄯᅥ예 복쟈의 과수(科數)룰77) 겸복ᄒᆞᆫ즉 ᄒᆞ엿스디 이번 길이 소복ᄒᆞᆫ 부녀룰 만나 어드면 과거룰 홀 거시오 그럿치 아니ᄒᆞ면 반드시 죽을 익이 잇다 ᄒᆞ니 쳣지는 과거홀 욕심이오 둘지는 살아날 계괴라 오늘밤의 죽기룰 혜아리지 아니코 드러왓스니 셩ᄉᆞ는 부인의게 둘넛지라 원컨디 부인은 날을 살니쇼셔."

【76】 그 녀지 듯고 잠ᄉᆞᄒᆞ연지 낭구의 기리 ᄒᆞ숨지어 ᄀᆞᆯ오디,

"어졔날 울격ᄒᆞ믈 니긔지 못ᄒᆞ여 비ᄌᆞᆫ 샐니 ᄒᆞ물 보고져 ᄒᆞ여 잠간 쳔변(川邊)의 나갓더니 불의예 긱쥬(客主)룰 봉착ᄒᆞ여시니 이도 ᄯᅩᄒᆞᆫ 텬졍 연분이오 ᄯᅩ ᄉᆞᆼ셩이 텬명의 미이엿스니 엇지 시러곰 가비야이 죽으리오?"

드듸여 동침ᄒᆞ믈 허락ᄒᆞ고 ᄯᅩ ᄀᆞᆯ오디,

"내 간밤 ᄭᅮᆷ의 황뇽(黃龍)이 흉복 우희 셜이엿스니78) 금번 과거의 반드시 크게 쳔명(擅名)ᄒᆞ믈 어드실지라. ᄇᆞ라건디 도라가시ᄂᆞᆫ 길의 날을 ᄇᆞ리지 마르시고 다려가쇼셔."

니셩이 쾌히 허락ᄒᆞ고 운우지경을 맛치미 ᄀᆞ만이 사랑의 나가 누엇스미 하늘이 이믜 붉은지라. 노옹이 와 은근이 병을 뭇거늘 셩이 ᄀᆞᆯ오디,

"다ᄒᆡᆼ이 쥬옹의 은턱을 닙스와 두어 눌 죠리ᄒᆞ오미 병이 ᄎᆞ믜 나흐니 발ᄒᆡᆼᄒᆞ노라."

ᄒᆞ고 드듸여【77】 노옹의게 하직ᄒᆞ고 셔울노 오니 과일이 당ᄒᆞ여 과연 방목(榜目)의 일홈이 놉히 걸녓ᄂᆞᆫ지라. 삼일유과(三日遊街)79)ᄒᆞ고 장ᄎᆞᆺ 호람의

---

74)【소금침】⑤ ((복식)) 소금침(素衾枕). 깨끗한 이불과 요.¶ 素衾枕 ∥ 가만이 창하의 나아가 손가락의 침 못쳐 궁글 뚤고 여허보니 상 우희 소금침을 베플고 아모 사ᄅᆷ도 업거늘 (潛進窓下, 指頭點唾, 鑽穴而窺之, 則壁下設素衾枕, 果無人焉.) <靑邱野談 奎章 6:74>

75)【다람이】⑤ ((동물)) 다람쥐.¶ 뜻ᄒᆞ건디 필시 소복 녀ᄌᆡ의 침방이로다 ᄒᆞ고 몸을 가비야이 날녀 쳥샹의 올나 가만이 문을 열고 들어가 등화룰 ᄭᅳ고 방 흔 구셕의 다람이쳐로 업듸엿더니 (意此必是素服女之房, 輕身上廳, 暗暗開門而入, 吹滅燈火, 潛伏房之一隅.) <靑邱野談 奎章 6:74>

76)【-쳐로】⑤ -처럼.¶ 뜻ᄒᆞ건디 필시 소복 녀ᄌᆡ의 침방이로다 ᄒᆞ고 몸을 가비야이 날녀 쳥샹의 올나 가만이 문을 넘고 늘어가 등화룰 ᄭᅳ고 방 흔 구셕의 다ᄅᆷ이쳐로 업듸엿더니 (意此必是素服女之房, 輕身上廳, 暗暗開門而入, 吹滅燈火, 潛伏房之一隅.) <靑邱野談 奎章 6:74>

77)【과수】⑤ 과수(科數). 과거에 급졔할 운수.¶ 科數 ∥ 내 과거 보라 올 ᄯᅥ예 복쟈의 과수룰 겸복ᄒᆞᆫ즉 ᄒᆞ엿스디 이번 길이 소복ᄒᆞᆫ 부녀룰 만나 어드면 과거룰 홀 거시오 그럿치 아니ᄒᆞ면 반드시 죽을 익이 잇다 ᄒᆞ니 (赴擧之路, 問於卜者, 謂以今行, 如得素服女人, 則必當決科, 不然則必死.) <靑邱野談 奎章 6:75>

78)【셜이-】⑤ 서리다. 뱀 따위가 몸을 ᄯᅩᆯ아리처럼 둥그렇게 감다.¶ 屈盤 ∥ 내 간밤 ᄭᅮᆷ의 황뇽이 흉복 우희 셜이엿스니 금번 과거의 반드시 크게 쳔명ᄒᆞ믈 어드실지라 (吾夜間之夢, 黃龍屈盤於胸腹之上, 今番應擧, 必得大闊.) <靑邱野談 奎章 6:76>

79)【삼일유과】⑤ 삼일유ᄀᆡ(三日遊街). 과거에 ᄲᅮᆷᄉᆞᆯ한 사람이 사흘 동안 시험관과 선배 급제자와 친척을 방문하던 일.¶ 三日遊街 ∥ 삼일유과ᄒᆞ고 장ᄎᆞᆺ 호람의 도라올시 그녀지 ᄌᆞ조 그 시아비게 무러 ᄀᆞᆯ오디 금번 과거의 누구ᄉᆞᄉᆞ 참예ᄒᆞ엿ᄂᆞ니잇가 (三日遊街, 將還湖

도라올시 그 녀지 ᄌᆞᄌᆞ 그 시아비게 무러 골오디,

　　"금번 과거의 누구ᄭᆞ 참예ᄒᆞ엿ᄂᆞ니잇가?"

　　노옹이 녁ᄅᆞ히 일으니 싱의 일홈이 ᄯᅩ혼 그 ᄀᆞ온디 참예ᄒᆞ엿ᄂᆞᆫ지라. 녀인이 대희ᄒᆞ여 시로이 빗ᄂᆞᆫ 옷슬 짓고 크게 잔치홀 가음을 장만ᄒᆞ고 미일 사ᄅᆞᆷ을 가로상의 보니여 호람 신은(新恩) 나려오ᄂᆞᆫ 쇼식을 탐지ᄒᆞ더니 과연 그 힝치 온다 ᄒᆞ거늘 사ᄅᆞᆷ으로 ᄒᆞ여곰 쳥ᄒᆞ여 드렷더니 밋 드러오ᄆᆡ 쥬옹은 그 실상을 모로고 다만 일시 쥬긱지의(主客之誼)로 그 등과ᄒᆞᆷ을 치하ᄒᆞ더니 이윽고 부녜 소복을 벗고 화복을 기착ᄒᆞ고 안으로셔 나와 시아비게 두 번 졀ᄒᆞ여 뵈고 죄를 쳥ᄒᆞ여 골오디,

　　"식뷔(媳婦ㅣ) 【78】 존구(尊舅)룰 봉양ᄒᆞ야 빅년을 기ᄃᆞ리쟈 ᄒᆞ엿습더니 홀연 ᄆᆞᄋᆞᆷ과 일이 변ᄒᆞ여 이 지경에 니르럿ᄂᆞ이다."

　　ᄒᆞ고 인ᄒᆞ야 당쵸 니싱 만나 훼졀(毁節)홈과 샹약(相約)혼 일을 ᄌᆞ셰이 고ᄒᆞ고 잔을 ᄀᆞ득 부어 ᄭᅮ러 드려 골오디,

　　"존구ᄂᆞᆫ 이 혼 잔 술을 잡스신 후의 만슈무강ᄒᆞ쇼셔."

　　ᄒᆞ고 드ᄃᆡ여 하직고 믈녀와 교ᄌᆞ 타고 니싱으로 더브러 발힝ᄒᆞ여 집의 도라왓더니 그 후 니싱이 벼술이 이품ᄭᆞ지 니르럿더라.

　　南, 其女人, 頻問其舅曰: "今番之科, 誰某得參?") <靑邱
　　野談 奎章 6:77>

텽기어펴즈등과
聽妓語悖子登科

【1】 흔 지샹이 평안감스(平安監司) 항여실
계 흔 ㅇ들이 잇스니 나히 십삼 셰에 용뫼 아람답
고 지죄 만흐니 그 지샹이 편이항미 심항여 기성
등 나히 샹젹(相敵)항고 지조 잇고 ㅈ식 잇는 아희
롤 뼈 항여곰 ㅇ들 잇는 방의 두어 문묵(文墨)의 희
롱을 밧들게 항니 히 넘도록 셔로 더부러 교환(交
歡)항미80) 졍이 심히 탐탐항더니81) 그 지샹이
과만(瓜滿)항믈 당항여 참아 셔로 쩌나지 못항야 손
을 잡아 셔로 울고 니별항여 샹경항엿더니 그 지샹
이 가둑이 번요(煩擾)항미 ㅇ들의 공뷔 젼일(專一)
치 못항믈 민망이 너겨 셔칙을 뼈 졀간의 보닉여

80) 【교환-항】 圖 교환(交歡)하다. 서로 즐거움을 나누다
¶ 交合 ‖ 기성 등 나히 샹젹항고 지조 잇고 ㅈ식 잇
는 아희롤 뼈 항여곰 ㅇ들 잇는 방의 두어 문묵의 희
롱을 밧들게 항니 히 넘도록 셔로 더부러 교환항미
졍이 심히 탐탐항더니 (營妓中有與之同年者, 亦有才
色, 使入居子舍, 以供文墨之戲, 踰年相與交合, 情愛甚
密.) <靑邱野談 奎章 7:1>

81) 【탐탐-항】 圖 탐탐(耽耽)하다. 마음에 들어 매우 즐
겁다.¶ 密 ‖ 기성 등 나히 샹젹항고 지조 잇고 ㅈ식
잇는 아희롤 뼈 항여곰 ㅇ들 잇는 방의 두어 문묵의
희롱을 밧들게 항니 히 넘도록 셔로 더부러 교환항미
졍이 심히 탐탐항더니 (營妓中有與之同年者, 亦有才
色, 使入居子舍, 以供文墨之戲, 踰年相與交合, 情愛甚
密.) <靑邱野談 奎章 7:1>

공부롤 항라 항엿더니 산사의 잇션 지 두어 둘 만
의 그 기성 ㅊ각항몰 【2】 춤지 못항여 홀연 단신으
로 도망항여 관셔(關西)로 향항야 그 기성의 집을
차즈니 기성은 업고 그 어미만 잇스나 쳐음부터 셔
로 아지 못항는지라. 이예 스스로 내가 뉘라 닐으고
그 쌀이 엇더 갓느뇨 무른디 그 노긔 디답항여 골
오디,

"쌀이 바야흐로 스쏘의 슈쳥(守廳)이 되야 총
이항믈 닙어 잠시도 나오기롤 허치 아니항시니 이
제 비록 멀니 와 계시나 어더 볼 길은 업느니이다."

셩이 그 말을 듯고 낙담항여 골오디,

"내 쳔 리 발셥(跋涉)항여 흔 번도 보지 못항
고 무단히 도라가면 오지 아니항니만 굿지 못항니
쳥컨디 노고는 날을 위항여 계교롤 베프러 흔 번
샹면항게 항면 노고의 은혜 젹지 아니항고 쏘 너의
원을 풀니로다."

항니 쩌ㅁ즘82) 동졀(冬節)이라 노긔 골오디,

"만일 눈이 오면 셩닉 뵉셩이 영문(營門)의 드
러가 소셜(掃雪)항느니83) 그쩌나 혹 촌민 등 【3】 의
셕겨 드러가면 요항으로 흔번 어더볼가 항노라."

셩이 그러이 너겨 그날부터 눈 오기롤 기드리
더니 홀연 흐로밤의 대셜이 왓는지라 영하(營下) 뵉
셩이 드러가 쇼셜홀시 셩이 쏘흔 머리예 평양즈(平
涼子)롤84) 쓰고 허리예 삭기롤85) 쯰며 손에 븨롤86)

82) 【쩌-ㅁ즘】 圖 때마침.¶ 時當 ‖ 쩌ㅁ즘 동졀이라 노긔
골오디 만일 눈이 오면 셩닉 뵉셩이 영문의 드러가
소셜항느니 그쩌나 혹 촌민 등의 셕겨 드러가면 요항
으로 흔번 어더볼가 항노라 (時當冬序, 厥媼曰: "若營
中雨雪, 則城內諸民, 入去掃雪, 其時或可混村民蟹掃雪
之行, 儻倖見一面乎.") <靑邱野談 奎章 7:2>

83) 【소셜-항】 圖 소셜(掃雪)하다. 눈을 쓸다¶ 掃雪 ‖ 쩌
ㅁ즘 동졀이라 노긔 골오디 만일 눈이 오면 셩닉 뵉
셩이 영문의 드러가 소셜항느니 그쩌나 혹 촌민 등의
셕겨 드러가면 요항으로 흔번 어더볼가 항노라 (時當
冬序, 厥媼曰: "若營中雨雪, 則城內諸民, 入去掃雪, 其
時或可混村民蟹掃雪之行, 儻倖見一面乎.") <靑邱野談
奎章 7:2>

84) 【평양-즈】 圖 ((복식)) 평량자(平涼子). 패랭이.¶ 箬笠
‖ 셩이 쏘흔 머리예 평양즈롤 쓰고 허리예 삭기롤 쯰
며 손에 븨롤 들고 촌민의게 셕겨 영등의 드러가나
뜻이 쇼셜에 잇지 아니항고 나만 스쏘 벼냥ㅊ록 드러
당샹을 바라보니 (生頭戴箬笠, 腰束藁索, 手持一箒,
混入營中, 意不在掃雪, 而只頻頻擧箬笠而瞻望堂上.)
<靑邱野談 奎章 7:3>

85) 【삭기】 圖 새끼.¶ 藁索 ‖ 셩이 쏘흔 머리예 평양즈롤

들고 촌민의게 셕겨 영듕의 드러가나 뜻이 소셜에
잇지 아니ᄒᆞ고 다만 ᄌᆞ조 평냥ᄌᆞ롤87) 드러 당샹(堂
上)을 바라보니 그ᄭᅥ 슈쳥 기성들이 문의 비겨 관
광ᄒᆞ다가 그 셔성의 완만(緩慢)ᄒᆞᆷ믈 보고 셔로 더브
러 손가락질ᄒᆞ며 우으니 이ᄯᅥ 성이 머리 드러 ᄒᆞᆫ번
볼 지음의 그 기성이 ᄯᅩ 그 듕의 잇다가 ᄯᅩ한 보
고 몸을 도로혀 드러가고 다시 나오지 아니ᄒᆞ거늘
성이 기리 탄식ᄒᆞ고 나와 그 노고ᄃᆞ려 닐너 ᄀᆞᆯ오ᄃᆡ,

"나는 참아 닛지 못ᄒᆞ여 도보ᄒᆞ야 ᄂᆞ려왓거늘
뎌ᄂᆞᆫ 날을 ᄒᆞᆫ번 보고 도로 피ᄒᆞ여 다시 보 [4] 지
도 아니ᄒᆞ니 엇지 무졍ᄒᆞ미 이러틋ᄒᆞ뇨? 다만 탄식
ᄒᆞ고 젼면(輾轉)ᄒᆞ여 잠을 일우지 못ᄒᆞ더니 ᄯᅢ에 셜
월(雪月)이 됴요(照耀)ᄒᆞ고 북풍이 한녈(寒冽)ᄒᆞᆫ지
라88) 홀연 드르니 노ᄅᆡ소리 먼ᄃᆡ로부터 졈ᄌᆞ 갓가
이 오니 그 노ᄅᆡ예 갈와시ᄃᆡ '눈이 개이고 구름이
허여지고 북풍이 ᄎᆞ며 쵸슈(楚水)와 오산(吳山)의
도뢰 어렵도다.' ᄒᆞᄂᆞᆫ 소리 쳥졀ᄒᆞ여 졈ᄌᆞ 그 집을
향ᄒᆞ여 드러오며 그 어미롤 블너 ᄀᆞᆯ오ᄃᆡ,

"아모 셔방님이 와 어ᄃᆡ 계시니잇고?"

성이 듯고 문을 밀치고 ᄲᅱ여나와 보니 그 기
성이라 즉시 손을 잡고 집의 드러가 샹ᄉᆞ(相思)ᄒᆞ던
졍을 펴 ᄀᆞᆯ오ᄃᆡ,

"내 너롤 니별 후 화됴월셕(花朝月夕)의 어니

<hr/>

쓰고 허리에 삭기롤 ᄯᅴ며 손에 븨롤 들고 촌민의게
셕겨 영듕의 드러가나 뜻이 소셜에 잇지 아니ᄒᆞ고 다
만 ᄌᆞ조 평냥ᄌᆞ롤 드러 당샹을 바라보니 (生頭戴箬
笠, 腰束藁索, 手持一篲, 混入營中, 意不在掃雪, 而只
頻頻擧箬笠而瞻望堂上.) <靑邱野談 奎章 7:3>

86) 【븨】圈 비. 빗자루.¶ 篲∥ 성이 ᄯᅩ한 머리에 평양ᄌᆞ
롤 쓰고 허리에 삭기롤 ᄯᅴ며 손에 븨롤 들고 촌민의
게 셕겨 영듕의 드러가나 뜻이 소셜에 잇지 아니ᄒᆞ고
다만 ᄌᆞ조 평냥ᄌᆞ롤 드러 당샹을 바라보니 (生頭戴箬
笠, 腰束藁索, 手持一篲, 混入營中, 意不在掃雪, 而只
頻頻擧箬笠而瞻望堂上.) <靑邱野談 奎章 7:3>

87) 【평냥-ᄌᆞ】圈 ((복식)) 평량자(平涼子). 패랭이.¶ 箬笠
∥ 성이 ᄯᅩ한 머리예 평양ᄌᆞ롤 쓰고 허리예 삭기롤 ᄯᅴ
며 손에 븨롤 들고 촌민의게 셕겨 영듕의 드러가나
뜻이 소셜에 잇지 아니ᄒᆞ고 다만 ᄌᆞ조 평냥ᄌᆞ롤 드러
당샹울 바라보니 (生頭戴箬笠, 腰束藁索, 手持一篲,
混入營中, 意不在掃雪, 而只頻頻擧箬笠而瞻望堂上.)
<靑邱野談 奎章 7:3>

88) 【한녈ᄒᆞ】圈 한연(寒冽)ᄒᆞ다. 추위가 대단하여 살을
에는 듯하다.¶ 寒冽∥ ᄯᅢ예 셜ㅄ이 됴요ᄒᆞ고 북풍이
한녈ᄒᆞᆫ지라 홀연 드르니 노ᄅᆡ소리 먼ᄃᆡ로부터 졈ᄌᆞ
갓가이 오니 (時雪月照耀, 北風寒冽, 忽聞歌聲, 自遠而
近.) <靑邱野談 奎章 7:4>

<hr/>

ᄯᅥ 싱각이 업스리오? 쳔 리예 도보ᄒᆞ여 왓다가 ᄒᆞ
마89) 샹면치 못ᄒᆞ고 갈낫다."90)

그 기성이 ᄀᆞᆯ오ᄃᆡ,

"내 지금 ᄉᆞ쏘의 근ᄒᆡᆼ(近幸)ᄒᆞᆷ믈91) 닙어 경긱
간이라도 ᄯᅥ나지 못ᄒᆞᄃᆡ 셔방님 오신 줄 [5] 알고
엇지 샹면치 아니리잇가? 내 ᄉᆞ도롤 속여 망부(亡
夫)의 졔(祭)라 ᄒᆞ고 하로밤을 어덧스니 하늘이 붉
으면 맛당이 들어갈지라. 들히 셔로 모히미 이밤 ᄲᅮᆫ
이오 이후는 비록 다시 오나 샹면ᄒᆞᆯ 길이 업스리니
엇지 한심티 아니리오? 이ᄯᅢ롤 당ᄒᆞ야 남모로게 도
망ᄒᆞ여 기리 비익(比翼)의 낙을 일우미 ᄯᅩ한 즐겁지
아니리잇가?"

성이 ᄀᆞᆯ오ᄃᆡ,

"심히 조타 네 말이 진졍ᄒᆞᆫ 말이냐?"

기성이 드ᄃᆞ여 샹ᄌᆞ롤 열고 금은보픽와 능나
금슈의샹을 슈습ᄒᆞ여 ᄡᅡ 가지고 그 어믜게도 닐으
지 아니ᄒᆞ고 드ᄃᆞ여 성으로 더부러 야반의 도망ᄒᆞ
야 은산(殷山) ᄯᅡ의 니ᄅᆞ러 조고마ᄒᆞᆫ 집을 사고 가
져간 보물을 다 파라 ᄌᆞ성ᄒᆞ더니 일ᄌᆞ은 기성이 성
ᄃᆞ려 닐너 ᄀᆞᆯ오ᄃᆡ,

"우리 둘이 망명(亡命)ᄒᆞ야 이곳의 잇스니 비
록 소원을 일읏스나 길게 이모양으로 잇지 못ᄒᆞᆯ 거
시오 하믈며 셔방님은 [6] 지샹딕 ᄌᆞ뎨로셔 하쳔
(下賤)ᄒᆞᆫ 창기의게 닉익지졍(溺愛之情)을92) 니긔지
못ᄒᆞ여 부모롤 도라보지 아니ᄒᆞ고 도망ᄒᆞ여 이 ᄯᅡ

<hr/>

89) 【ᄒᆞ마】囿 하마터면.¶ 내 너롤 니별 후 화됴월셕의 어
니 ᄯᅥ 싱각이 업스리오 쳔 리예 도보ᄒᆞ여 왓다가 ᄒᆞ
마 샹면치 못ᄒᆞ고 갈낫다 <靑邱野談 奎章 7:4>

90) 【-ㄹ낫다】回 -편하다.¶ 내 너롤 니별 후 화됴월셕의
어니 ᄯᅥ 싱각이 업스리오 쳔 리예 도보ᄒᆞ여 왓다가
ᄒᆞ마 샹면치 못ᄒᆞ고 갈낫다 <靑邱野談 奎章 7:4>

91) 【근ᄒᆡᆼ-ᄒᆞ-】 圐 근행(近幸)하다. 가까이하여 귀여워하
다.¶ 近幸∥ 내 지금 ᄉᆞ쏘의 근ᄒᆡᆼᄒᆞᆷ믈 닙어 경긱간이
라도 ᄯᅥ나지 못ᄒᆞᄃᆡ 셔방님 오신 줄 알고 엇지 샹면
치 아니리잇가 (吾爲使道近幸之妓, 頃刻不得暫離而旣
知書房主之來, 安得不一番相見乎?) <靑邱野談 奎章
7:4>

92) 【닉익지졍】圐 익애지졍(溺愛之情). 흠뻑 빠져 지나치
게 귀여워하는 정.¶ 溺愛之情∥ 하믈며 셔방님은 지샹
딕 ᄌᆞ뎨로셔 하쳔ᄒᆞᆫ 창기의게 닉익지졍을 니긔지 못
ᄒᆞ여 부모롤 도라보지 아니ᄒᆞ고 도망ᄒᆞ여 이 ᄯᅡ의 은
거ᄒᆡ 눈기예 득젹ᄒᆞ미 이예셔 크미 업논지라 상갓
엇지 뼈 셰상의 셔리오 (況書房主, 以宰相宅貴重之子,
不勝一賤妓溺愛之情, 不顧父母, 亡匿此土, 其爲得罪於
倫紀者多矣. 將何以自立乎?) <靑邱野談 奎章 7:6>

의 은거호니 눈긔(倫紀)예 득죄호미 이예셔 크미 업
눈지라 장찻 엇지 뼈 셰상의 셔리오?"

셩이 그 말을 듯고 비로쇼 황연(晃然)이 찌듯
라 골오디,

"그러호즉 엇지호리오?"

기셩이 골오디,

"오직 급계롤 호여야 가히 뼈 속죄홀 거시니
셔방쥐 젼일의 닑지 못호 글이 무어시니잇가?"

호고 드디여 그 칙을 사 와 뼈 닑기롤 권호디
일시라도 게으르니 호미 잇스면 반드시 그 반찬을 감
호고 괴로이 권호니 이굿치 호 지 수 년이라.

일ᄌᄂ은 기셩이 셩드려 닐너 골오디,

"셔방쥐 스스로 성각건디 복등의 ㅽ은 글이
과문(科文)을 지으리잇가?"

셩이 골오디,

"짓고져 호여도 과문에 규식(規式)을 아지 못
호니 엇지호리오?"

기셩이 이예 젼의 글 잘호눈 사룸의 지은 글
과 근리 과장문법(科場文法)을 두루 구호여 【7】 주
며 왈,

"이 글을 의방(依倣)호여 지으라."

호니 셩이 본디 지죄 잇고 ㅼ 수년을 공부호
엿눈지라 일취월장호여 과문 뉵체(六體)에 무비가작
(無非佳作)93)이어늘 기셩이 ㅼ 셩으로 호여 등셔(謄
書)호라 호여 근쳐 글 잘호눈 사룸의게 고평(考評)
호니 창[칭]찬 아니리 업눈지라. 마춤 대비지과(大比
之科1) 잇거늘 기셩이 골오디,

"이계 가히 과거롤 보시리잇가?"

셩이 골오디,

"가호다."

이에 노슈(路需)롤 ㅼ초와 셩을 보니니 드디
여 셔울 가 녀사(旅舍)의 머무러 과거날 효두(曉頭)
의 계셩을 ㅼ라 장듕의 드러가 현졔(懸題)롤 보고
조희롤 잡아 일필휘지호니 문블가졈(文不加點)이라.
졔일텬(第一天) 션장(先場)호니라.

그 지샹이 마춤 명관으로 참예호엿다가 그 글
을 ㅽ혀 계일에 두거늘 샹이 보시고 ㅼ한 칭찬호시
믈 마지 아니호샤 어슈(御手)로 비봉(秘封)을 찌이

시니 그 일홈은 아지 못호시되 부명(父名)을 보신즉
곳 명관이라. 샹이 【8】 즉시 명관을 도라보샤 골ᄋ
샤디,

"경의 아들이 급계호엿다."

호시고 그 글장을 명관의 압희 더지시니 밧ᄌ
와 본즉 부명은 비록 ㅈ호나 직함이 젼평안감시라.
보기롤 맛치미 현연이 눈믈을 흘니거늘 샹이 괴이
히 너기샤 연고롤 무르신디 명관이 긔복호여 알외
되,

"신이 호 ᄌ식이 잇셔 죽은 지 이계 십 년이
오니 진실노 엇더호 사룸인 쥴 아지 못호리로소이
다."

샹이 즉시 호명호여 입시호라 호시니 셩이 즉
시 탑젼의 드러와 진복(進伏)호거늘 샹이 골ᄋ샤디,

"네 젼후 쇼죵닉(所從來)롤 갓쵸 알외라."

호신디 셩이 즉시 긔복호여 ᄌ쵸지죵을 낫ᄂ
치 딕고(直告)호니 명관이 ᄯ한 겻희 잇다가 듯기롤
다호미 비로쇼 ᄌ식이 죽지 아니호믈 알더라.

샹이 드르시고 크게 긔히 너기샤 특별이 ᄉ
악(賜樂)호시고94) 명관으로 호여곰 【9】 솔방(率榜)
호여95) 집의 도라가게 호시고 즉시 본도 본읍에 힝
회(行會)호여96) 그 기셩을 치송(治送)홀시 교ᄌ 티

─────────────────

93) 【무비가작】圖 무비가작(無非佳作), 비할 데 없이 무
두 깔딘 긔픔.¶ 無非佳作‖ 셩이 본디 셔죄 잇고 ㅼ
수년을 공부호엿눈지라 일취월장호여 과문 뉵체예 무
비가작이어늘 (生本有才華, 又數年勤讀, 文勢日進, 所
倣諸篇, 無非佳作) <靑邱野談 奎章 7:7>

94) 【ᄉ악-호-】圖 사악(賜樂)하다. 임금이 음악을 내려주
다.¶ 賜樂‖ 샹이 드르시고 크게 긔히 너기샤 특별
이 ᄉ악호시고 명관으로 호여곰 솔방호여 집의 도라
가게 호시고 즉시 본도 본읍에 힝회호여 그 기셩을
치송홀시 교ᄌ 틱와 올녀 기리 쇼실을 삼으니라 (上
大奇異之, 特命賜樂, 使命官前率歸家, 行會本道本邑,
治送厥妓, 乘轎上來, 永作小室焉.) <靑邱野談 奎章
7:8>

95) 【솔방-호-】圖 솔방(率榜)하다. 과거 합격의 방이 붙
은 다음 날, 급제한 사람이 임금을 뵙고 사은할 때 그
집안에서 먼저 급제한 이가 따라가서 지도하다.¶ 率‖
샹이 드르시고 크게 긔히 너기샤 특별이 ᄉ악호시
고 명관으로 호여곰 솔방호여 집의 도라가게 호시고
즉시 본도 본읍에 힝회호여 그 기셩을 치송홀시 교ᄌ
틱와 올녀 기리 쇼실을 삼으니라 (上大奇異之, 特命賜
樂, 使命官前率歸家, 行會本道本邑, 治送厥妓, 乘轎上
來, 永作小室焉.) <靑邱野談 奎章 7:8>

96) 【힝회-호-】圖 행회(行會)하다. 관아의 우두머리가 조
정의 지시와 명령을 부하들에게 알리고 그 실행 방법
을 이논호여 경히기 위하여 모이나.¶ 行會‖ 샹이 드
르시고 크게 긔히 너기샤 특별이 ᄉ악호시고 명관으
로 호여곰 솔방호여 집의 도라가게 호시고 즉시 본
도 본읍에 힝회호여 그 기셩을 치송홀시 교ᄌ 틱와
올녀 기리 쇼실을 삼으니라 (上大奇異之, 特命賜樂,

와 울녀 기리 쇼실을 삼으니라.

피실격노진지졀간
被室誚露眞齋折簡

광쥬(廣州) 따의 흔 사룸이 잇스디 글도 못흐
고 활도 못쏘고 지벌(地閥)이 낫고 가셰 쏘 빈한흐
여 능히 농업을 힘쓰지 못흐고 오직 안해의 도으므
로뼈 견디여 가더니 약간 셰의(世誼)와 쳑분(戚分)
잇는 사룸을 츳자 경향에 츌몰흔 지 삼십여 년의
인물과 지혜 흔낫도 가히 취홀 거시 업눈지라. 뉘
깁히 사괴리 잇스리오? 그 안해 꾸지져 골오디,

"션비 경셩의 노눈 쟤 티반이나 공부룰 챡실
히 흐여 공명을 취흐고 그러치 아니면 명문거죡에
스괴여 의탁을 삼을 거시어늘 가군의게 니르러눈
이믜 글뽀 업스니 과【10】거눈 이무가론(已無可論)
이오 삼십 년 경셩의 츌입흐엿스미 맛당이 졍친(情
親)흔 사룸이 잇슬 거시어늘 일즉 존문(存問)97) 흐
눈 쟝(張)도 흐눈 사룸이 업스니 쳡의 ᄆᆞ음에 의혹ᄒᆞ미
격지 아니흔지라. 혹 쥬식에 침닉흐며 잡기에 외입
(外入)ᄒᆞ미 잇느니잇가?"

그 안해의 말이 유리흐믈 붓그려 디답홀 말이
업더니 침음냥구(沈吟良久)의 골오디,

"내 픔병(風病) 들닌 사룸이 아니; 삼십 년
경스의 놀미 엇지 공연이 흐여시리오? 과연 아모셩
아모 사룸과 ᄌᆞ쇼(自少)로 사괴여 경이 친밀ᄒᆞ더니
내의 궁곤흔믈 가긍히 알아 흥샹 골오디 '내 평안
감사룰 흐거든 일가산(一家産)을 주마' ᄒᆞ더니 그
사룸이 작년의 등과 이제 응교(應敎)98) 벼슬을 흐엿

스니 내 셔울 울나가면 미양 그 사룸의 집의셔 뉴
슉ᄒᆞ니 조만의 반ᄃᆞ시 그 힘【11】을 닙으리라."

그 부인이 듯고 미양 초ᄒᆞ로 보롬의 반ᄃᆞ시
시루롤 쪄 눗코 하늘께 빌디 아모 사룸으로 평안감
사 ᄒᆞ기룰 츅원ᄒᆞ고 미양 아모 사룸의 승품(陞品)
여부룰 무른즉 그 가쟝이 아직 멀엇스므로 쳥탁ᄒᆞ
여 뉵칠 년을 지닛더니 그 후의 마즘 친쳑 오믈 인
ᄒᆞ여 아모 사룸이 평안감ᄉᆞ 흐엿단 말을 드럿더니
ᄆᆞ춤 뎌의 가쟝이 셔울 갓눈지라 그 도라오믈 기ᄃᆞ
려 급히 느려 마져 골오디,

"아모 사룸이 평안감ᄉᆞ룰 ᄒᆞ엿다 ᄒᆞ니 엇지
가 보지 아니ᄒᆞ느뇨?"

가쟝이 듯고 ᄆᆞ음의 민박(憫迫)ᄒᆞ여99) 이예
거즛 골오디,

"도임이 쉬워스니 잠간 후일을 기ᄃᆞ릴 거시라
엇지 조급히 구느뇨?"

안해 그 말을 밋엇더니 수삭(數朔) 후의 쏘
지쵹ᄒᆞ여 골오디,

"엇지 가지 아니ᄒᆞ느뇨?"

답ᄒᆞ여 골오디,

"ᄆᆞ리 업【12】<이 업>셔 못 가노라."

셰마(貰馬)룰 어더 준즉 쏘 쳥탈(稱頉)ᄒᆞ여100)
골오디,

"신병(身病)이 잇셔 못가노라."

그 안해 골오디,

"사룸을 보뉘미 엇더ᄒᆞ뇨?"

골오디,

"뉘 날을 위흐여 쳔 리 거름을 ᄒᆞ리오?"

안해 골오디,

使命官前率歸家, 行會本道本邑, 治送厥妓, 乘轎上來,
永作小室焉.) <靑邱野談 奎章 7:8>

97) 【존문】 圀 존문(存問). 고을의 수령이 그 지방의 형편
을 알아보려고 관할 지역의 유지를 방문하는 일.¶ 存
問 ∥ 삼십 년 경셩의 츌입흐엿스미 맛당이 졍친흔 사
룸이 잇슬 거시어늘 일즉 존문 흔 쟝도 흐눈 사룸이
업ᄂᆞ니 쳡의 ᄆᆞ음에 의혹ᄒᆞ미 격지 아니ᄒᆞ시라 (三十
年洛下, 宜有一箇情交, 未嘗有一張存問, 妾心疑怪.)
<靑邱野談 奎章 7:10>

98) 【응교】 圀 ((관직)) 응교(應敎). 조선시대에, 홍문관과
예문관에 딸린 정4품 벼슬. 학문 연구와 교명(敎命)

제찬(製撰)에 관한 일 등을 맏아보았다.¶ 應敎 ∥ 그 사
룸이 작년의 등과 이제 응교 벼슬을 흐엿스니 내 셔
울 울나가면 미양 그 사룸의 집의셔 뉴슉ᄒᆞ니 조만의
반ᄃᆞ시 그 힘을 닙으리라 (其人再昨年登科, 今爲應敎,
吾之上京, 必得是人之家, 早晩必得其力矣.) <靑邱野談
奎章 7:10>

99) 【민박-ᄒᆞ】 圀 민박(憫迫)하다. 애가 탈 정도로 걱정
스럽다.¶ 憫迫 ∥ 가쟝이 듯고 ᄆᆞ음의 민박ᄒᆞ여 이예
거즛 골오디 도임이 쉬워스니 잠간 후일을 기ᄃᆞ릴 거
시라 엇지 조급히 구느뇨 (措大聞之, 不勝憫迫, 乃佯
曰: "到任爾耳, 稍俟後日, 何用躁躁?") <靑邱野談 奎章
7:11>

100) 【쳥탈-ᄒᆞ】 圀 쳥탈(稱頉)하다. 사고가 잇다고 핑셰
하다.¶ 셰마룰 어더 준즉 쏘 쳥탈ᄒᆞ여 골오디 신병이
잇셔 못가노라 (已得貰馬, 則曰: "身病也.") <靑邱野談
奎章 7:12>

"이믜 동니 사ᄅᆞᆷ을 어더 노비(路費)ᄅᆞᆯ 쥰비ᄒᆞ엿스니 셔간(書簡)을 ᄡᅳ라."

ᄒᆞᆫᄃᆡ ᄯᅩ 조희 업다 ᄒᆞ거ᄂᆞᆯ 즉시 큰 간지(簡紙)로ᄡᅧ 쥰ᄃᆡ 가쟝이 ᄎᆞ탈피탈(此頉彼頉)ᄒᆞ여[101] ᄇᆡᆨ단모피(百端謀避)ᄒᆞᄃᆡ[102] 무가ᄂᆡ해(無可奈何ㅣ)라. 이예 밤이 맛도록 ᄉᆡᆼ각다가 못ᄒᆞ여 드ᄃᆡ여 편지 것봉의 ᄡᅧ ᄀᆞᆯ오ᄃᆡ,

"긔영졀하〻집ᄉᆞ(箕營節下下執事) 입납(入納)이라. 노진ᄌᆡ(露眞齋)[진정을 드러내든 말이라]상후셔(上候書)라."

ᄒᆞ고 안면의 ᄡᅧ ᄀᆞᆯ오ᄃᆡ,

"소ᄉᆡᆼ이 오괴(迂怪)ᄒᆞ온[103] 유ᄉᆡᆼ으로ᄡᅧ 명되(命途ㅣ) 긔구ᄒᆞ여 궁달의 현격ᄒᆞᆷ을 갈희지 아니ᄒᆞ고 쇼ᄆᆡ평ᄉᆡᆼ(素昧平生) 직샹 압희 헛편지ᄅᆞᆯ 올니ᄂᆞ니 아지 못게라 대감 쇼견이 엇 【13】 더ᄒᆞ실ᄂᆞᆫ지. 실상을 녹지(綠紙)예 ᄒᆞ엿스ᄃᆡ 소ᄉᆡᆼ이 본ᄃᆡ 오활(迂闊)ᄒᆞ와[104] ᄆᆞ옴 가지기ᄅᆞᆯ 방탕이 ᄒᆞ여 어려셔 글을 못ᄒᆞ고 자라ᄆᆡ 농업을 힘ᄡᅳ지 못ᄒᆞ고 경향에 츌몰ᄒᆞ여 쳐ᄌᆞ 보기ᄅᆞᆯ 쵸월(楚越)ᄀᆞᆺ치 ᄒᆞ고 산업을 다ᄉᆞ리지 아니ᄒᆞ니 향당이 쳔히 너기고 친쳑이 훼방ᄒᆞᄃᆡ 다만 안해 현쳘ᄒᆞ여 졔ᄉᆞᄅᆞᆯ 밧들고 ᄌᆞ녀ᄅᆞᆯ 길너 쵸셩모양(稍成貌樣)ᄒᆞ오니 쇼위 가당은 유블여뮈(有不如無ㅣ)라. 이ᄀᆞᆺ치 ᄒᆞ기ᄅᆞᆯ 삼십여 년을 ᄒᆞ엿더니 ᄒᆞᆯᄂᆞᆫ 실인(室人)이 쇼ᄉᆡᆼᄃᆞ려 ᄒᆞᄂᆞᆫ 말이 젹년 뉴경(留京)의 ᄒᆞᆫ 직샹도 사괴지 못ᄒᆞ엿다 ᄒᆞ여 ᄆᆡ양 질칙ᄒᆞ니 비록 부녀의 말이라도 실노 ᄃᆡ답ᄒᆞᆯ 말이 업ᄂᆞᆫ지라. 합해(閤下ㅣ) 션비 ᄯᆡ로부터 디벌(地閥)과 문망(門望)이 장춧 크게 되실 거시라 그러므로 합하의 명ᄆᆡᆨ를 거드러 말솜을 ᄉᆞ며 ᄡᅧ 안해ᄅᆞᆯ 위로ᄒᆞᄃᆡ 아모 사ᄅᆞᆷ이 날과 ᄀᆞ장 【14】 친졀ᄒᆞ고 ᄯᅩ 명녕이 언약ᄒᆞ여 ᄀᆞᆯ오ᄃᆡ '내 만일 평안감ᄉᆞᄅᆞᆯ ᄒᆞ면 ᄒᆞᆫ 장확(庄壑)을 주마.' ᄒᆞᆫ ᄯᅳᆺ을 안해ᄅᆞᆯ 소겨온 지 이믜 늑칠 년이라. 실은 일시 미봉ᄒᆞ온 계괴러니 노쳐ᄂᆞᆫ 실상으로 알고 일ᄌᆞ(日字) 이후로 시루ᄅᆞᆯ ᄡᅧ 빌고 목욕긔도(沐浴祈禱)ᄒᆞᄃᆡ 아모 사ᄅᆞᆷ이 평안감ᄉᆞ 하기ᄅᆞᆯ 축원ᄒᆞ더니 합해 등과 이후로 정셩을 더옥 브즈런이 ᄒᆞ야 ᄆᆡ양 아모 대인이 〻졔 무슴 벼술의 니ᄅᆞ럿ᄂᆞᆫ고 듀야 바라니 ᄉᆡᆼ이 합하로 더부러 비록 면분(面分)이 업스나 다만 젼(前) 말이 귀어허디(歸於虛地) 될가 져허 ᄡᅧ 닐오ᄃᆡ '거년의ᄂᆞᆫ 아모 벼술ᄒᆞ고 금년의ᄂᆞᆫ 아모 가쟈(加資)ᄅᆞᆯ ᄒᆞ시다.' 일〻히 ᄃᆡ답ᄒᆞ여 진개 친밀ᄒᆞᆷ ᄀᆞᆺ치 ᄒᆞ엿더니 향자의 노쳬(老妻ㅣ) 친족을 인ᄒᆞ여 대감이 셔ᄇᆡᆨ(西伯)으로 좌정ᄒᆞ시믈 듯고 소ᄉᆡᆼ으로 ᄒᆞ여곰 친히 가 걸틱(乞馱)ᄒᆞ라 ᄒᆞ오니 쇼ᄉᆡᆼ의 번 【15】 뇌ᄒᆞ오미 맛당히 엇더ᄒᆞ오리잇가? ᄆᆞᆯ이 업다 칭탁ᄒᆞ온즉 셰마ᄅᆞᆯ 어더 등ᄃᆡᄒᆞ고 신병 잇다 칭탁ᄒᆞ온즉 사ᄅᆞᆷ을 사 ᄃᆡ령ᄒᆞ고 심지어 조희 업다 칭탁ᄒᆞ온즉 대간(大簡)을 어더 주오니 졍디(情地) 가이 예 니ᄅᆞᄆᆡ 더옥 민망ᄒᆞ고 답〻ᄒᆞᆫ지라 진실노 듕지코져 ᄒᆞᆫ즉 젼 말이 허망ᄒᆞᆫ 거시 탄로ᄒᆞ고 편지ᄅᆞᆯ 닥고져 ᄒᆞᆫ즉 본ᄃᆡ 대감을 모로ᄆᆡ 엇지ᄒᆞ리잇가? 쇼ᄉᆡᆼ이 〻졔 박ᄋᆡᆨ(迫阨)ᄒᆞ고 번뇌ᄒᆞ온 ᄯᅳᆺ으로ᄡᅧ 부득이ᄒᆞ여 젼후 ᄉᆞ연을 다 펴오니 오직 합하ᄂᆞᆫ ᄋᆡ련이 너기샤 셔량(恕諒)ᄒᆞ옵쇼셔."[105]

ᄡᅳ기ᄅᆞᆯ 맛치ᄆᆡ 그 안해ᄅᆞᆯ 쥬니 안해 즉시 니웃 사ᄅᆞᆷ을 블너 반젼을 츌혀 즉시 보ᄂᆡ니라.

그 사ᄅᆞᆷ이 평양의 가 셔간을 올니〻 슌상(巡

101) 【ᄎᆞ탈피탈-ᄒᆞ-】 동 차탈피탈(此頉彼頉)하다. 이리저리 핑계하다.¶ 東推西托 ‖ ᄯᅩ 조희 업다 ᄒᆞ거ᄂᆞᆯ 즉시 큰 간지로ᄡᅧ 쥰ᄃᆡ 가쟝이 ᄎᆞ탈피탈ᄒᆞ여 ᄇᆡᆨ단모피ᄒᆞᄃᆡ 무가ᄂᆡ해라 (亦諉以無簡, 其妻乃以一大簡授之, 措大東推西托, 百般圖避, 而無可奈何.) <青邱野談 奎章 7:12>

102) 【ᄇᆡᆨ단모피-ᄒᆞ-】 동 백단모피(百端謀避)하다. 온갖 일을 꾀를 부려 피하다.¶ 百般圖避 ‖ ᄯᅩ 조희 업다 ᄒᆞ거ᄂᆞᆯ 즉시 큰 간지로ᄡᅧ 쥰ᄃᆡ 가쟝이 ᄎᆞ탈피탈ᄒᆞ여 ᄇᆡᆨ단모피ᄒᆞᄃᆡ 무가ᄂᆡ해라 (亦諉以無簡, 其妻乃以一大簡授之, 措大東推西托, 百般圖避, 而無可奈何.) <青邱野談 奎章 7:12>

103) 【오괴-ᄒᆞ-】 형 우괴(迂怪)하다. 성질이 오활하고 기괴하다.¶ 迂怪 ‖ 소ᄉᆡᆼ이 오괴ᄒᆞ온 유ᄉᆡᆼ으로ᄡᅧ 명되 긔구ᄒᆞ여 궁달의 현격ᄒᆞᆷ을 갈희지 아니ᄒᆞ고 쇼ᄆᆡ평ᄉᆡᆼ 직샹 압희 헛편지ᄅᆞᆯ 올니ᄂᆞ니 아지 못게라 대감 쇼견이 엇더ᄒᆞ실ᄂᆞᆫ지 (小生以迂怪儒生, 畸窮所迫, 不辨雲泥有隔, 敢此修候於素昧宰相, 未知台監訝惑如何.) <青邱野談 奎章 7:12>

104) 【오활-ᄒᆞ-】 형 우활(迂闊)하다. 사리에 어둡고 세상 물정을 잘 모르다.¶ 迂闊 ‖ 소ᄉᆡᆼ이 본ᄃᆡ 오활ᄒᆞ와 ᄆᆞ옴 가지기ᄅᆞᆯ 방탕이 ᄒᆞ여 어려셔 글을 못ᄒᆞ고 자라ᄆᆡ 농업을 힘ᄡᅳ지 못ᄒᆞ고 경향에 츌몰ᄒᆞ여 쳐ᄌᆞ 보기ᄅᆞᆯ 쵸월ᄀᆞᆺ치 ᄒᆞ고 산업을 다ᄉᆞ리지 아니ᄒᆞ니 (小生以迂闊身世, 散慢恃心, 少失文學, 世乏産業, 兼之不緊出入遨遊京洛, 殘盃冷飯不嫌, 苟且一年二年, 如此如彼, 零星妻子歸之於秦越之視.) <青邱野談 奎章 7:13>

105) 【셔량-ᄒᆞ-】 동 서량(恕諒)하다. 사정을 살펴 용서하다.¶ 諒恕 ‖ 쇼ᄉᆡᆼ이 〻졔 박ᄋᆡᆨᄒᆞ고 번뇌ᄒᆞ온 ᄯᅳᆺ으로ᄡᅧ 부득이ᄒᆞ여 젼후 ᄉᆞ연을 다 펴오니 오직 합하ᄂᆞᆫ ᄋᆡ련이 너기샤 셔량ᄒᆞ옵쇼셔 (小生今以迫阨悶惱之意, 不得已悉暴顚末, 惟執事哀憐之, 諒恕之.) <青邱野談 奎章 7:15>

相)이 편지롤 쩌여보고 두 셰 번 싱각ᄒᆞ디 '내 옥당
ᄒᆞᆫ 후로부터 미양 삭망(朔望)이면 쑴에 ᄒᆞᆫ 집의 니
른즉 그 【16】 집 부인이 경결이 목욕ᄒᆞ고 시루롤
쩌 하눌긔 축원ᄒᆞ디 아모로 ᄒᆞ여곰 평안감ᄉᆞ롤 시
겨달나 ᄒᆞ니 아모 사ᄅᆞᆷ인즉 곳 ᄌᆞ가 셩명이라 ᄆᆞ음
의 심히 괴이 녀기되 그 연고롤 아지 못ᄒᆞ엿더니
이졔 편지롤 보니 몽됴(夢兆)와 셔로 합ᄒᆞᆫ지라. 드
듸여 온 하인을 블너 압히 안치고 무로디,

"그딕 싱이 엇더ᄒᆞ며 질병이나 업스며 ᄋᆞ희들
도 잘 자라ᄂᆞᆫ가?"

낯낯치 하문ᄒᆞ니 둑마고우 ᄀᆞᆺ튼 모양이라 그
하인이 심듕의 혜여 굴오디 '아모 싱원쥬 과연 경
셩에 결친ᄒᆞᆫ 벗이 잇도다. 비록 향곡에 쳐ᄒᆞ엿스나
엇지 두렵지 아니오?' ᄒᆞ더라. 슌샹이 그 하인을
ᄉᆞ쳐의 머므르고 수일 후의 슌샹이 궐한(厥漢)을 블
너 굴오디,

"너의 딕 싱원쥬 과연 날과 둑마붕위(竹馬朋
友ㅣ)니 맛당히 지믈을 보닐 거시로디 네 복듕(卜
重)ᄒᆞ므로써 부쳐보너지 【17】 못ᄒᆞ니 맛당히 영문
으로 슈숑ᄒᆞᆯ 거시오 너의 싱원쥬 약과(藥果)롤 편기
(偏嗜)ᄒᆞ기로 ᄒᆞᆫ 궤롤 보너노라."

ᄒᆞ고 열어 뵈니 과연 유밀과 ᄯᅮᆫ이라 인ᄒᆞ야
유지(油紙)로 ᄡᆞ고 셰승(細繩)으로 얼거 답인(踏印)
ᄒᆞ고 ᄯᅩ 무르디,

"네 부뫼 잇다 ᄒᆞ니 대약과(大藥果) 이십오 개
롤 ᄯᅡ로 봉ᄒᆞᄂᆞ니 도라가 네 부모롤 주라."

ᄒᆞ고 반젼을 후히 쥬고 셔찰을 주어 급히 도
라가라 ᄒᆞ다.

그놈이 도라올 한이 갓가왓더니 부인은 도라
오기롤 날노 기드리더 싱원은 허무밍낭(虛無孟浪)ᄒᆞᆫ
일노써 만단 우환이 되여 병 업ᄂᆞᆫ 병으로 지너더라.

일일은 그 안해 밧비 고ᄒᆞ여 굴오디,

"평양 갓던 하인이 오ᄂᆞ이다."

이윽ᄒᆞ여 문밧긔 니르니 노쳐ᄂᆞᆫ 마루 압히 나
와 셔디 싱원은 감히 문을 열지 못ᄒᆞ고 문틈으로
여어보니 궐한이 과연 들어오ᄂᆞᆫ디 등의 봉믈을 졋
ᄂᆞᆫ지라. 장 【18】 신장의(將信將疑)ᄒᆞᆯ 즈음의 궐한이
니뎡의 드러와 결ᄒᆞ거ᄂᆞᆯ 부인이 몬져 무스이 왕
ᄒᆞ믈 뭇고 ᄯᅩ 진 거시 무어시뇨 ᄒᆞ고 답장을 밧비
츠쳐 싱원을 쥬니 것봉에 '노진ᄌᆡ집ᄉᆞ회답(露眞齋執
事ㅣ回答)'이라 ᄒᆞ고 ᄯᅩ '긔빅ᄉᆞ장(箕伯辭狀)'이니
고 안면의 굴왓스디 '멀니셔 편지 밧ᄌᆞ와 펴 보믹
얼골을 더ᄒᆞᆫ 듯ᄒᆞ도다. 뎨ᄂᆞᆫ 도임ᄒᆞᆫ 지 오러지 아니

ᄒᆞ야 공ᄉᆞ(公事ㅣ) 다단ᄒᆞ니 번뇌ᄒᆞ믈 엇지 다 말ᄒᆞ
리오? 관셔(關西) 쳔 리예 비록 왕님ᄒᆞ기 어려오나
일후 경ᄉᆞ로 만난 즉 오릭 못 본 회포롤 펴리로다.
여블비(餘不備).106) 잠샹이라. 약과 일궤 보너노라.'
ᄒᆞ엿더라. 싱원이 싱긔롤 크게 내여 쾌히 ᄉᆞ대부 긔
샹으로 ᄌᆞ쳐ᄒᆞ야 영창을 밀치고 니러 안쟈 궐한을
크게 블너 굴오디,

"무ᄉᆞ이 니왕ᄒᆞᆫ다?"

궐한이 굴오디,

"하념(下念) 닙ᄉᆞ와 무고이 【19】 왕환(往還)ᄒᆞ
옵고 ᄯᅩ 슌ᄉᆞᄯᅩ(巡使道)의107) 관후ᄒᆞ오신 은퇵을 닙
ᄉᆞ와 쇼인갓지 약과롤 주시니 막비싱원쥬덕퇵(莫非
生員主德澤)이로소이다."

ᄒᆞ고 별봉 약과롤 가져다가 뎌의 부모롤 먹이
니 ᄯᅩᄒᆞᆫ 냥반 싱식이 격지 아니타 ᄒᆞ더라. 싱원이
즉시 안의 드러가 궤롤 풀고 약과 ᄒᆞᆫ 닙흘 너여먹
으니 평싱 쳐음 먹ᄂᆞᆫ 맛시러라. 부뷔 셔로 보며 그
맛시 이샹ᄒᆞ믈 일ᄏᆞᆺ고 ᄎᆞᄎᆞ 프러보니 약과ᄂᆞᆫ 불과
두 겹이오 궤 속에 ᄯᅩ ᄀᆞ온디 층이 잇스디 가의 흔
손가락 드러갈 굼기 잇거늘 열어본즉 뎐은 ᄒᆞᆫ 말을
너허시니 그 갑슬 의논ᄒᆞ면 거의 만금이라. 싱원 부
뷔 대경대희ᄒᆞ여 몸이 세 길이나 솟ᄂᆞᆫ 줄 ᄭᆡᄃᆞᆺ지
못ᄒᆞ더라. 즉시 은ᄌᆞ롤 ᄯᆞᆯ아 젼답을 장만ᄒᆞ야 지금
광쥬 갑뷔 되니라.

송부(원)금셩녀격고
訟夫(寃)錦城女擊鼓

---

106) 【여블비】 圏 여블비(餘不備). 여블비례(餘不備禮). 예
를 다 갓추지 못하였다는 뜻으로, 편지의 끝에 쓰는
말.¶ 不備 ∥ 관셔 쳔 리예 비록 왕님ᄒᆞ기 어려오나 일
후 경ᄉᆞ로 만난 즉 오릭 못 본 회포롤 펴리로다 여블
비 잠샹이라 약과 일궤 보너노라 ᄒᆞ엿더라 (關河千里,
雖難枉臨, 第待日後, 卽臨京第, 則實쇼長話之可敍. 不
備. 藥果一樻伴呈.) <靑邱野談 奎章 7:18>

107) 【슌ᄉᆞᄯᅩ】 圏 ((인류)) 순사또(巡使道). 감사(監司)를
높여 부르는 말.¶ 使道 ∥ 하념 닙ᄉᆞ와 무고이 왕환ᄒᆞ
옵고 ᄯᅩ 슌ᄉᆞᄯᅩ의 관후ᄒᆞ오신 은퇵을 닙ᄉᆞ와 쇼인갓
지 약과롤 주시니 막비싱원쥬덕퇵이로소이다 (幸蒙下
念, 無事往還, 何敢言勞. 且蒙使道寬厚, 至有小人母藥
果之饋, 莫非生員主德澤.) <靑邱野談 奎章 7:19>

【20】나쥬(羅州)의 흔 션비 이시되 집이 간난ᄒᆞ고 비복이 업셔 스스로 농업을 힘쓰더니 안해 그 ᄯᆞᆯ노 더부러 문암 치젼(菜田) 두어 이랑을 기음 밀ᄉᆡ 그 ᄯᆞᆯ인즉 이믜 빈혀 ᄭᅩᆺ즐 나히 지낫ᄂᆞᆫ지라 본디 니웃 샹한빅(常漢輩)로108) 더브러 니외지별(內外之別)이 업시 지닌 고로 셔로 니웃ᄒᆞ야 밧츨 밀 즈음에 샹한이 지나가는 말노 그 쳐녀롤 침노ᄒᆞ여 업슈이 너긴디 쳐녜 노ᄒᆞ야 ᄭᅮᆯ오디,

"나는 ᄉᆞ족 녀지오 너는 샹한빅라 엇지 감히 날을 침모(侵侮)ᄒᆞᄂᆞᆫ다?"

그놈이 ᄭᅮᆯ오디,

"너 ᄀᆞᆺᄐᆞᆫ 냥반은 내집 마루 밋히 우물ᄌᆞᆺᄌᆞᆺ ᄒᆞ다."

ᄒᆞ니 그 쳐녜 분노ᄒᆞᆷ믈 니긔지 못ᄒᆞ야 즉시 집의 도라와 ᄀᆞᆫ슈롤109) 먹고 죽으니 그 아비 잇셔 샹놈이 그 ᄯᆞᆯ을 핍박ᄒᆞ야 죽엿다 ᄒᆞ므로 무고ᄒᆞ니 【21】관개 그놈을 착치(捉致)ᄒᆞ여 엄히 다스려 구지 가도고 억지로 다짐바다 흔 둘의 셰 번식 동츄(動椎)ᄒᆞ니 그놈이 죄업시 이리 되믈 지원극통(至冤極痛)ᄒᆞ여 옥듕의 잇셔 듀야 호곡(號哭)ᄒᆞ니 두 눈이 다 머럿ᄂᆞᆫ지라. 그놈의 쳬 동셔로 구걸ᄒᆞ여 ᄡᅥ 옥발아지롤110) ᄌᆞ뢰ᄒᆞ더니 오러 니어줄 길이 업ᄂᆞᆫ지라 가산을 다 ᄑᆞ라 겨오 돈 두어 관을 밋드라 그 지아비롤 쥬어 ᄭᅮᆯ오디,

"내 이졔 힘이 다ᄒᆞ야 셔로 ᄌᆞ뢰ᄒᆞᆯ 길이 업기

로 겨오 돈 두어 관을 어더왓고 나는 장ᄎᆞᆺ 샹경ᄒᆞ여 신문고(申聞鼓)롤 티고져 ᄒᆞ니 기간의 이 돈으로 ᄡᅥ 년명ᄒᆞ야 죽지 말고 내 도라오기롤 기드리라."

ᄒᆞ고 셔로 통곡ᄒᆞ여 니별ᄒᆞ고 젼ᄉᆡ 비러 먹어 경소의 올나오니 이ᄯᅢ는 경희궁(慶熙宮)이 시어쇠(時御所ㅣ)라111) 초쟈 궐문 압희 니르러 술 ᄑᆞᄂᆞᆫ 집 고공(雇工)이 되ᄂᆞ【22】사롭되오미 근실ᄒᆞ야 믹ᄉᆞ롤 쥬인의 ᄯᅳᆺ의 맛게 ᄒᆞ니 그 집 사롭이 다 깃거ᄒᆞ더라.

일ᄂᆞᆫ 쥬가(酒家) 노파의게 무러 ᄭᅮᆯ오디,

"드르니 신문괴 궐닉의 잇셔 원억흔 쟤 친다 ᄒᆞ니 엇지ᄒᆞ면 흔 번 티기롤 어드리잇가?"

노픠 ᄭᅮᆯ오디,

"네 무슴 원통흔 일이 잇셔 신문고롤 티고져 ᄒᆞᄂᆞ뇨?"

궐녜(厥女ㅣ) 그졔야 젼후 수말을 일ᄂᆞ히 니르고 인ᄒᆞ여 비읍ᄒᆞᆷ믈 마지 아니ᄒᆞ니 노픠 그 말을 가긍히 너겨 대궐안 군소의 무리 와 술먹ᄂᆞᆫ 쩌롤 인ᄒᆞ여 며 겨집의 원통ᄒᆞᆷ믈 ᄀᆞ초 닐으고 ᄒᆞ여곰 듀션ᄒᆞ야 ᄡᅥ 흔 번 티기롤 어든디 그 계집이 드듸여 드러가 흔번 티니 신문고 소릭예 궐닉 놀나 그 계집을 잡아 츄조(秋曹)로112) 보닉여 공쵸롤 바다드릴ᄉᆡ 형조 니빅(吏輩)들이 드르미 실노 익믜ᄒᆞ고 ᄯᅩ흔 그 계집의 졍셩을 가긍히 너겨 원졍(原情)을 ᄡᅥ 【23】잘 지어 알외니 샹이 감(鑑)ᄒᆞ시고 칭찬ᄒᆞᆷ믈 마지 아니ᄒᆞ샤 즉시 심니어ᄉᆞ(審理御史)롤113) 명ᄒᆞ여

---

108) 【샹한빅】 圈 ((인류)) 상한배(常漢輩). 상놈.¶ 본디 니웃 샹한빅로 더브러 니외지별이 업시 지닌 고로 셔로 니웃ᄒᆞ야 밧츨 밀 즈음에 샹한이 지나가는 말노 그 쳐녀롤 침노ᄒᆞ여 업슈이 너긴디 (與鄕人無內外之別, ……其隣又有常漢之田, 厥漢亦同時鋤菜, 以微言侵侮其處女.) <靑邱野談 奎章 7:20>

109) 【ᄀᆞᆫ슈】 圈 간수. 습기가 찬 소금에서 저절로 녹아 흐르는 짜고 쓴 물.¶ 滷水 ‖ 그 쳐녜 분노ᄒᆞᆷ믈 니긔지 못ᄒᆞ야 즉시 집의 도라와 ᄀᆞᆫ슈롤 먹고 죽으니 그 아비 잇셔 샹놈이 그 ᄯᆞᆯ을 핍박ᄒᆞ야 죽엿다 ᄒᆞ므로 무고ᄒᆞ니 (厥女忿怒, 卽還其家, 飮滷水而死. 其父發告以常漢逼殺其女之罪.) <靑邱野談 奎章 7:20>

110) 【옥-발아지】 圈 옥바라지. 감옥에 갇힌 죄수에게 옷과 음식 따위를 대어 주면서 뒷바라지를 하는 일.¶ 獄供 ‖ 그놈의 쳬 동셔로 구걸ᄒᆞ여 ᄡᅥ 옥발아지롤 ᄌᆞ뢰ᄒᆞ더니 오러 니어줄 길이 입ᄂᆞ시다 가산을 다 ᄑᆞ라 겨오 돈 두어 관을 밋드라 그 지아비롤 쥬어 ᄭᅮᆯ오디 (其妻東西求乞, 以資獄供, 更無以繼給之, 遂盡賣家産, 辦得數貫, 往給其夫曰.) <靑邱野談 奎章 7:21>

111) 【시-어소】 圈 ((주거)) 시어소(時御所). 그때 임금이 계신 대궐.¶ 時御所 ‖ 이ᄯᅢᄂᆞᆫ 경희궁이 시어쇠라 초쟈 궐문 압희 니르러 술 ᄑᆞᄂᆞᆫ 집 고공이 되ᄂᆞ 사롭되오미 근실ᄒᆞ야 믹ᄉᆞ롤 쥬인의 ᄯᅳᆺ의 맛게 ᄒᆞ니 그 집 사롭이 다 깃거ᄒᆞ더라 (時慶熙宮爲時御所. 尋路傍酒家之傭雇, 爲人誠愨勤實, 每事稱意, 其酒家甚喜之.) <靑邱野談 奎章 7:21>

112) 【츄조】 圈 추조(秋曹). 조선시대 때 형조(刑曹)를 달리 이르던 말.¶ 秋曹 ‖ 그 계집이 드듸여 드러가 흔번 티니 신문고 소릭예 궐닉 놀나 그 계집을 잡아 츄조로 보닉여 공쵸롤 바다드릴ᄉᆡ (厥處遂入擊之, 闕內騷撓, 捉送厥姬于秋曹, 使之捧供以入.) <靑邱野談 奎章 7:22>

113) 【심니-어ᄉᆞ】 圈 ((관직)) 심리어사(審理御史). 어사는 승지 속에서 암명으로 보내는 특사로, 여기서는 옥에 갇혀 있는 죄인을 임금의 명령으로 재심하는 어사.¶ 御史 ‖ 샹이 감ᄒᆞ시고 칭찬ᄒᆞᆷ믈 마지 아니ᄒᆞ샤 즉시 심니어ᄉᆞ롤 명ᄒᆞ여 보닉실ᄉᆡ 형조 관문이 몬져 감영에 니르러 션셩이 나쥬의 밋ᄎᆞ니 (上覽之, 大加歎賞,

보너실시 형조 관문이 몬져 감영에 니르러 선셩(先聲)이 나쥬의 밋츠니 옥졸이 듯고 급히 다라와 죄슈롤 불너 글오디,

"아모야 아모야 네 쳐 셔울 올나가 신문고롤 쳐 심니어시 금방 느려온다."

ᄒ니 궐한이 듯고 크게 블너 글오디,

"과연 그러ᄒ냐?"

ᄒ고 벌덕 니러날시 두 눈이 다 씌엿더라. 어시 나려와 문부룰 살펴 낫ᄎ치 젼 문안과 뒤집어시러곰 무ᄉ이 옥듕의 나오니라.

샤구습여웅투강듕
肆舊習與熊鬪江中

노귀찬(盧貴贊)이라 ᄒᄂᆞᆫ 놈은 지샹가 노즈로셔 죄롤 짓고 도망ᄒᆞ여 녀쥬(驪州)의 잇셔 비 부리기로 위업ᄒᆞ나 그러나 완만(頑慢)ᄒᆞ미 짝이 업셔 [24] 닐으기롤 악션인(惡船人)이라 ᄒᆞ더니 일ᄅᆞᆫ은 쟝샤의 물건을 싯고 셔울노 갈시 언덕 밋틀 지나더니 ᄒᆞᆫ 션비 강가의 셧스니 킈 격고 얼골이 슈쳑ᄒᆞ고 염발(歛髮)이[114] 반만 희여 갈옷슬 니긔지 못ᄒᆞᄂᆞᆫ 듯ᄒᆞ디 등의 프른 보썸[115] 지고 손의 ᄒᆞᆫ 막더롤 잡고 셔ᄉᆞ 블너 글오디,

"원컨디 날을 건너 져기 늘근이 다리롤 쉬게 ᄒᆞ라."

귀찬이 븬 줄 모르고 눈을 드러 보다가 아리

命差御史, 往審理之. 刑曹關文爲先到營, 先聲已及於羅州.) <靑邱野談 奎章 7:23>

114) 【염발】囲 ((신체)) 염발(歛髮). 쪽 찌거나 틀어 올린 머리.¶ 髮 ‖ 일ᄅᆞᆫ은 쟝샤의 물건을 싯고 셔울노 갈시 언덕 밋틀 지나더니 ᄒᆞᆫ 션비 강가의 셧스니 킈 격고 얼골이 슈쳑ᄒᆞ고 염발이 반만 희여 갈옷슬 니긔지 못ᄒᆞᄂᆞᆫ 듯ᄒᆞ디 (一日載商賈, 發船向京師, 掠岸而過, 有一揹大, 短小骨瘦, 髮半白, 衣褐若不勝者.) <靑邱野談 奎章 7:24>

115) 【보썸】囲 봇김.¶ 褓褒 ‖ 등의 프른 보썸 지고 손의 ᄒᆞᆫ 막더롤 잡고 셔ᄉᆞ 블너 글오디 원컨디 날울 건너 져기 늘근이 다리롤 쉬게 ᄒᆞ라 (背負青褓褒, 手持一筇, 立岸上呼曰: "願載我, 少歇老脚也.") <靑邱野談 奎章 7:24>

건너는 더롤 ᄀᆞᄅᆞ쳐 글오디,

"뎌 언덕의 가 기ᄃᆞ리라."

그 션비 그 말과 ᄀᆞᆺ치 ᄒᆞ야 언덕을 조차 ᄣᆡᆯ니 다라 그 비 지나믈 밋지 못ᄒᆞᆯ가 ᄒᆞ여 헐떡이며 그 곳의 가 기ᄃᆞ리더니 귀찬이 밋쳐 와 보지 아닌 체ᄒᆞ고 비롤 급히 져허 느려가거늘 션비 ᄯᅩ 부른디 귀찬이 ᄯᅩ 아래 포구롤 ᄀᆞᄅᆞ치거늘 션비 ᄯᅩ 언덕을 조차 갈시 숨이 턱의 ᄎ 죽도록 [25] 다라 ᄀᆞᄅᆞ친 곳의 니르러 막더롤 집고 셧더니 귀찬이 ᄯᅩ 보지 못ᄒᆞᆫ 체ᄒᆞ고 비롤 져허 느려가니 이ᄀᆞᆺ치 ᄒᆞ기롤 삼ᄉᆞ 번을 ᄒᆞ디 건너줄 뜻이 업거늘 션비 오히려 비롤 조차 힝ᄒᆞ다가 언덕의셔 비에 가기 십여 보는 되ᄂᆞᆫ지라. 션비 져긔 몸을 움쳐 ᄒᆞᆫ 소리예 발쳐 비예 ᄲᅱ여올으니 비 ᄀᆞ온디 사롬이 크게 놀나더라.

귀찬이 처음의ᄂᆞᆫ 업수이 너기다가 용쓰ᄂᆞᆫ 양을 보고 부복(俯伏)ᄒᆞ야 죄롤 쳥ᄒᆞᆫ디 션비 디답지 아니ᄒᆞ고 비 동편머리예 안져 보썸을 프러 자 남즛ᄒᆞᆫ 총을 니여 지약(載藥)ᄒᆞ여 블을 가지고 도로 안져 귀찬을 불너 글오디,

"네 뎌 셔편 머리예 가 안즈디 내 얼골을 향ᄒᆞ여 ᄭᅮᆯ나."

ᄒᆞ니 귀찬이 감히 ᄒᆞᆫ 말도 못ᄒᆞ고 믈너 셔편 머리예 안자 다만 쟈죠 션비 거동을 보니 션비 총을 드 [26] 러 경히 귀찬의 미간을 향ᄒᆞ야 놀홀 듯ᄒᆞ다가 놋치 아니ᄒᆞ기롤 여러 번 ᄒᆞ니 귀찬의 얼골이 흙빗치 되야 오직 손을 고죠와 비러 글오디,

"쇼인이 죽을 죄롤 지엇ᄂᆞ이다."

ᄒᆞ고 몸을 조곰도 요동치 못ᄒᆞ거늘 그 션비 두 눈을 두렷시 쓰고 이윽히 보다가 별안간의 총을 노으니 소리 빅일뇌경(白日雷霆) ᄀᆞᆺ튼지라. 귀찬이ᄅᆞᄆᆡ 것구러지니 비 가온디 사롬이 다 경황ᄒᆞ야 귀찬이ᄅᆞᄆᆡ 죽은 줄을 알디 ᄯᅩ흔 감히 말홀 쟤 업더라. 그 션비 쳔ᄉᆞ이 총을 힝장의 곱초고 귀찬의게 나아가 그 목을 취여들어 긔운을 진졍케 ᄒᆞ니 이윽ᄒᆞ야 다시 살아스나 혼신이 샹흔 곳이 업스디 오직 그 샹토 간 곳이 업더라. 그 션비 다시 귀찬을 블너 ᄒᆞ여곰 비롤 져허 가의 다이라 ᄒᆞ고 인ᄒᆞ여 [27] 비예 나려 놉흔 언덕의 올나 안자 귀찬ᄃᆞ려 비예 나리라 ᄒᆞ니 귀찬이 나리거늘 ᄯᅩ 귀찬ᄃᆞ려 바지 벗고 업듸라 ᄒᆞᆫ디 귀찬이 업듸거늘 그 션비 막더롤 ᄀᆞ리 세 개롤 치ᄂᆡ 그 미 가ᄂᆞᆫ 숨의 뭇치너 피 돌쳐 흐르니 귀찬이 죽엇다가 다시 ᄭᆡ여나ᄂᆞᆫ지라. 그 션비 이예 수염을 어루만지며 소리롤 ᄀᆞ다듬아 ᄭᅮ

지져 굴오디,

"내 불이 부르터 촌보룰 것기 어려온 고로 네 비 타기룰 청호엿거늘 네 낯을 틱우지 아니흔 일은 무숨 일이며 쏘 틱우지 아닐시는 올커니와 삼스춧 소리 도리는 엇지민고? 이후는 다시 이런 악습을 말나. 이계 다힝이 날을 만난 고로 네 셩명을 보전호엿거니와 뉘 길게 너룰 살니리오?"

귀찬이 머리룰 조와 은틱을 샤례홀 쩌예 마춤 나귀 타고 지나가 [28]는 쇼년이 보고 압희 나와 읍호고 굴오디,

"쾌지라 뎌놈이 일즉 날을 곤욕호던 놈이로소이다. 겨젹의 날을 비 틱왓다가 소겨 잠간 도로 나리라 호고 돗 달고 도망호니 내 도보호야 갈 계 거의 과거날을 못 밋츨 변호고 도라올 계 쏘 두미(斗尾)예셔 만나 동힝호야 갈 계 날을 잡아 믈ᄀ온디 밀치고 뎌는 능히 물에 즘의약질호야116) 물속의 출몰호기룰 오리ᄀ치 호야 그 두려움 업스믈 뵈고 믈ᄀ온디 셧 날을 욕호니 내 비록 분긔텅듕(憤氣撑中)호나 엇지홀 길이 업더니 이계 션싱이 쇼년의 젼일 붓그러오믈 겨기 쩌셧ᄂ이다."

그 션비 디답지 아니호고 표연이 농문산을 바라고 향호여 가니 그 거름이 나는 듯호더라. 귀찬이 업히여 계 집의 와 조리흔 지 셰여(歲餘)의 니러나 미마즌 [29] 흔젹이 검고 프르고 블거 셰 비얌이 가로 누은 듯호니 일노부터 귀찬이 비부리는 싱업을 바리고 스스로 울ᆺ블낙(鬱鬱不樂)호더니 그 후의 뎌의 샹면이 되망흔 죄룰 샤호야 다시 경스의 니왕호기룰 예ᄌ치 호더니 흔번은 밤에 죵노(鐘路)의 니러러 술집의 드러가 취토록 먹고 나오다가 순라군의게 붓들녀 순라군의 흥복통 차니 여러 군시 흥긔 니드라 결박호여 대장의 알왼디 대장이 귀찬을 잡아드려 크게 쑤지져 굴오디,

"범야(犯夜)흔 죄도 눗기 어렵거든 허믈며 순라룰 틱니 그 죄 반드시 죽엄죽 호다."

호고 장찻 중장(重杖)호려 홀시 볼기룰 보니 셰 곳 큰 흔젹이 잇스디 비얌 누은 것 ᄀ거늘 대장

의 셩품이 비얌을 슬희여호ᄂ지라 그 비얌 ᄀ튼 거술 [30] 보고져 아니호여 종ᄉ관(從事官)의게 밀워 드ᄉ리니 일노뻐 겨기 누이믈 어더 도망호여 다시 녀쥬로 도라가 삼 년을 감히 나지 못호더니 훌는 귀찬이 비룰 타고 샹뉴로 단니며 놀시 샹뉴의 놉흔 뫼 졀벽ᄀ치 강변의 님호엿스니 닐오디,

"빅암(白巖)이라."

쵸동이 귀찬ᄃ려 닐너 굴오디,

"이 바회 우희 큰 곰이 바야흐로 자는디 살마 뻬 빅 사룸이 가히 먹음즉호더라."

호거늘 귀찬이 둣고 급히 비룰 겨어 바회 아리 다히고 인호여 손의 상앗대룰 가지고 그 바회 우의 올나보니 곰이 바야흐로 잠이 깁헛ᄂ지라. 힘을 다호야 티니 그 곰이 크게 놀나 니러나 소리룰 흉악히 지르며 큰 돌을 샌여 ᄂ리티니 그 소리 큰 붑소리 ᄀ트여 귀찬을 향호여 다라드니 귀찬이 좃치여 [31] 다라난디 곰이 쏘흔 조차오ᄂ지라. 귀찬이 비룰 급히 겨어 샹뉴의 니르러 도라보니 그 곰이 ᆺ믜 비ᄭ오리예117) 다ᄃ랏ᄂ지라 귀찬이 돗대룰 드러 치니 그 곰이 도대룰 쎄아샤 꺽거바리거늘 귀찬이 쏘 다른 돗대룰 드러 치니 곰이 쏘 쎄아샤 바리ᄂ지라. 귀찬이 비ᄀ온디 다시 칠 긔계 업ᄂ지라 다만 번 손으로 엇지 곰을 당호리오? 그 곰이 비룰 잡아다리니 비 쟝찻 업더지ᄂ지라. 귀찬이 황급히 피코져 호여 스스로 즘의약질118) 잘호믈 미더 몸을 번드쳐 믈노 드러가니 곰이 쏘 조ᄎ가 믈노 드러간디 이날 강변의 구경호ᄂ 재 구룸ᄀ치 뫼엿더라.

사룸과 곰이 홈ᄭ 믈의 드러간 후의 젹연(寂然)히 자최 업더니 이윽고 파되 흉용(洶湧)호여 농이 ᄲ오ᄂ 듯호더니 귀찬이 쩌 [32] 올으니 이예 죽엄이오 곰은 엿흔 곳으로조ᄎ 나오디 사룸이 감히 갓가이 홀 재 업더라. 곰이 쳔ᄂ이 지평(抵平) ᄶᆞ으로 갓더니 그 후의 드른즉 츄읍산(趨揖山)으로

---

116) 【즘의약질-ᄒ-】國 자맥질하다. 물속에서 팔다리를 놀리며 떴다 잠겼다 하다.【泅∥쏘 두미예셔 만나 동힝호여 갈 계 날을 잡아 믈ᄀ온디 밀치고 뎌는 능히 물에 즘의약질호야 물속의 출몰호기룰 오리ᄀ치 호야 그 두려움 입스믈 뵈고 늘 ᄀ온디 셧 날을 욕호니 (又遇於斗尾, 謀於同行, 執之納倒水中, 厥漢能泅水出沒, 若輕鳧示其無畏, 立於水中, 以督辱我) <靑邱野談 奎章 7:28>

117) 【비ᄭ오리】國 배의 꼬리. 고물.【船尾∥귀찬이 비룰 급히 겨어 샹뉴의 니르러 도라보니 그 곰이 ᆺ믜 비ᄭ오리예 다ᄃ랏ᄂ지라 (黃贊棹船至中流, 回頭見之, 熊已在船尾.) <靑邱野談 奎章 7:31>

118) 【즘의약-질】國 자맥질. 무자맥질. 물속에서 팔다리를 놀리며 떴다 잠겼다 하는 것.【泅∥귀찬이 황급히 피고져 호여 스스로 뮈모 뮘의약셀 샬ᄒ믈 밋어 몸을 번드쳐 믈노 드러가니 곰이 쏘 조ᄎ가 믈노 드러간디 이날 강변의 구경호ᄂ 재 구룸ᄀ치 뫼엿더라. (黃贊惶急欲避匿, 自恃其善泅, 翻身入水, 熊亦入于水. 是日江左右, 觀者如雲.) <靑邱野談 奎章 7:31>

갓더라.

뎡명혈우와님간
定名穴牛臥林間

옛젹 호셔 짜의 흔 션비 잇셔 친산(親山) 면
례(緬禮)룰 위흐야 격년 경영흐더니 박상의(朴尙義)
라 흐는 사룸이 당시예 명풍(名風)이란[119] 말을 듯
고 나죽흔 말숨과 두터온 녜믈노뼈 마쟈 가듕의 니
르러 별당을 졍결히 슈쇼(修掃)흐고 공궤(供饋)흐믈
지셩것 흐니 슈륙진미룰 일〃히 녕듸로 진비(進排)
흐되 일언반스룰 일즉 거스르지 아니흐여 이ㄱ치
흐기룰 삼 년이 되도록 감히 게을니 아니흐더니 쩨
마즘 심동(深冬)이라 박상의 쥬인드려 닐 [33] 너
굴오되,

"이졔 가히 구산(求山) 길을 지으리라."

흔되 쥬인이 크게 깃거 안마룰 준비흐고 힝쟝
졔구룰 츌여 흔가지로 타고 힝흐여 노셩(魯城) 짜
경뎐(敬天) 술막 근쳐의 니르러 몰긔 느려 거러 산
으로 드러갈시 반 씀 가셔 박상의 홀연 복통증(腹
痛症)을 일ㅋ라 굴오되,

"이 병의는 성미나리[120] 나믈과 성물[121] 간을
먹어야 ㅂ야흐로 가히 나으리라."

흔되 쥬인이 굴오되,

"그러흐면 집으로 도라가셔야 가히 뼈 쥬션흐
리라."

박상의 굴오되,

"빅마간(白馬肝)이 더옥 조흔 약이라 이졔 쥬
인의 톤 물이 빅매니 엇지 퇴살(椎殺)흐여 간을 내
지 아니흐느뇨?"

쥬인이 듯기룰 다흐미 노긔대발흐여 드듸여
마부룰 블너 박상의룰 잡아 나려 수죄흐여 굴오되,

"내 친산 면례룰 위흐야 네 산안(山眼)이 심히
놉흐믈 드른 고로 마 [34] 쟈 가듕의 니르러 여러
히 공궤흐여 네의 흐는 말을 일호(一毫) 어긔미 업
셔 울티 아닌 일과 모음의 거슬니는 일을 만히 보
와스되 위친(爲親)흐는 큰 일에 셩의룰 다치 아니티
못홀 고로 뜻을 굽혀 참아 오미 이졔 삼 년의 니르
러슨즉 나의 졍셩이 가히 지극지 아니타 못홀 거시
어늘 이졔 구산의 힝에 졸디예 복통을 닐ㅋ르니 너
의 흐는 배 극히 흉악흐고 성마간(生馬肝)과[122] 성
미나리 구흐는 지경의 니르러는 더옥 극히 통한흐
되 내 오히려 거역지 못흐여 집으로 도라가쟈 흐엿
스니 내 뜻을 가히 볼 거시오 며 물을 잡으미 쏘흔
어렵지 아니흐되 집의 도라간 후의 가히 뼈 퇴살홀
거시어늘 네 고집흐여 여긔셔 잡고져 흐니 네 스스
로 잡고져 흐느냐 날노 흐여곰 잡고져 흐느냐? [3
5] 이 ㄱ흔 심술과 이 ㄱ흔 방쟈흔 놈을 가히 흔
번 통치(痛治)흐야 이러흔 긔습을 다시 닛지 못흐게
흐리라."

흐고 드듸여 의복을 벗기고 단〃이 결박흐여
소남긔 놉히 돌고 인흐여 그 노복을 거느리고 산의
느려갓더니 노셩 짜의 잇는 윤챵셰(尹昌世)라 흐는
사룸이 우연이 산에 단니다가 홀연 멀니셔 사룸의
소리 잇는 듯흐믈 듯고 드듸여 챠쟈 나아가니 겸〃
사룸 살니라 흐는 소리 나모 사이로 나거늘 급히
가 본즉 과연 흔 사룸이 젼신의 옷 업시 결박흐야
나모 끗헤 둘녓스되 젼체 다 어러 거의 죽을 지경
의 니르럿거늘 크게 놀나고 이긍이 녀겨 결박흔 거
슬 프러 나려 주가의 옷슬 버셔 닙히고 손을 븟들
고 나려와 집의 니르러 온돌의 누이고 요와 니블을
덥허 [36] 쥬고 더운 물 녀으며 미음을 먹이니 비

119) 【명풍】圖 ((인류)) 명풍(名風). 지술(地術)로 유명한
   사룸.¶ 名風水 ‖ 박상의라 흐는 사룸이 당시예 명풍이
   란 말을 듯고 나죽흔 말숨과 두터온 녜믈노뼈 마쟈
   가듕의 니르러 별당을 졍결히 슈쇼흐고 공궤흐믈 지
   셩것 흐니 (聞朴尙義之爲當世名風水, 卑辭厚幣, 迎置
   家中, 奉以別堂, 厚其供饋.) <靑邱野談 奎章 7:32>
120) 【성-미나리】圖 ((식물)) 생미나리.¶ 生芹 ‖ 이 병의
   는 성미나리 나믈과 성물 간을 먹어야 ㅂ야흐로 가히
   나으리라 흔되 (此病食生芹菜及生馬肝, 方可治療云.)
   <靑州野談 奎章 7:33>
121) 【성-물】圖 ((동물)) 생말.¶ 生馬 ‖ 이 병의는 성미나
   리 나믈과 성물 간을 먹어야 ㅂ야흐로 가히 나으리라
   흔되 (此病食生芹菜及生馬肝, 方可治療云.) <靑邱野談
   奎章 7:33>
122) 【성마-간】圖 ((음식)) 생마간(生馬肝). 생말의 간.¶
   生馬肝 ‖ 이졔 구산의 힝에 졸디예 복통을 닐ㅋ르니
   너의 흐는 배 극히 흉악흐고 성마간과 성미나리 구흐
   는 지경의 니르러는 더옥 극히 통한흐되 내 오히려
   거역지 못흐여 집으로 도라가쟈 흐엿스니 (今求山
   之行, 忽稱腹痛者, 汝之所爲, 極爲痛惡, 至於生馬肝生
   芹菜云云, 尤極駿痛, 而吾猶不敢違拒, 要與回家者.)
   <靑邱野談 奎章 7:34>

로소 회성ᄒᆞᆫ지라. 그 위절(委折)을 ᄌᆞ세히 무러 명픙 박상원 줄 알고 ᄯᅩ한 친산 면례ᄅᆞᆯ ᄒᆞ고져 ᄒᆞ여 바야흐로 구산ᄒᆞᄂᆞᆫ 추이라 박상의 지셩지은을 감격ᄒᆞ여 윤창셰ᄃᆞ려 닐너 ᄀᆞᆯ오ᄃᆡ,

"산디ᄅᆞᆯ 엇고져 ᄒᆞᄂᆞ냐?"

답ᄒᆞ여 ᄀᆞᆯ오ᄃᆡ,

"불감쳥(不敢請)이언뎡 고쇼원(固所願)이로다."

박상의 ᄀᆞᆯ오ᄃᆡ,

"다만 날을 ᄭᅩ라오라."

동ᄒᆡᆼᄒᆞ여 한 산등의 니르러 ᄀᆞᆯ오ᄃᆡ,

"이 ᄀᆞ온ᄃᆡ 명혈(名穴)이 잇스니 곳 아모 사ᄅᆞᆷ [욕ᄆᆡ이든 사ᄅᆞᆷ이라]을 쥬고져 ᄒᆞ든 싸히니 거긔 면례ᄅᆞᆯ 지나면 맛당히 크게 발복(發福)ᄒᆞ리라."

ᄒᆞ고 인ᄒᆞ여 혈을 ᄀᆞᄅᆞ치지 아니ᄒᆞ고 즉시 하 딕ᄒᆞ고 가거늘 윤창셰 비록 명묘대디(名墓大地)ᄅᆞᆯ 어덧스나 어늬 곳이 이 명혈인 줄 아지 못ᄒᆞᄂᆞᆫ지라 여러 번 디스ᄅᆞᆯ 쳥ᄒᆞ여 산 [37] 곡의 오로나리디 맛ᄎᆞᆷ내 졍혈을 엇지 못ᄒᆞ엿더니 일ᄌᆞᆨ은 여러 디스ᄅᆞᆯ 다리고 ᄯᅩ 갈ᄉᆡ 쥬인은 소ᄅᆞᆯ 타고 가셔 혈을 졍 코져 여러 사ᄅᆞᆷ의 ᄂᆞᆫ이 불일(不一)ᄒᆞ여 쥬져ᄒᆞᆯ 즈음의 타고 갓던 소가 간 곳이 업거늘 ᄉᆞ방으로 ᄎᆞ즌즉 슈목 ᄀᆞ온ᄃᆡ 그 소가 누어 ᄭᅳᆯ어도 니러나지 아니ᄒᆞ고 쳐도 움즉이지 아니ᄒᆞ야 발을 허위며 입으로 그윽히 ᄀᆞᄅᆞ쳐 뵈ᄂᆞᆫ ᄃᆞᆺᄒᆞ거늘 윤창셰 ᄶᆡ돌아 소 누은 압히 나아가 ᄀᆞᆯ오ᄃᆡ,

"네 누은 곳이 졍혈(正穴)이냐? 과연 졍혈이어 든 즉시 긔동(起動)ᄒᆞ라."

ᄒᆞ니 그 쇠 듯ᄂᆞᆫ ᄃᆞᆺᄒᆞ여 즉시 니러나거늘 윤 창셰 드듸여 여러 의논을 물니치고 소 누엇든 곳으로ᄡᅥ 지혈(裁穴)ᄒᆞ여[123] 친산을 면례ᄒᆞ니 이ᄂᆞᆫ 곳 노셩 유봉산(酉峯山)이라. 그 후에 윤창셰 오ᄌᆞᄅᆞᆯ 두엇스니 곳 팔송(八松) 형뎨라. ᄌᆞ손이 번셩ᄒᆞ여 관 [38] 면이 ᄭᅳᆫ치지 아니ᄒᆞ고 명공거경(名公巨卿) 이 ᄃᆡᄃᆡ로 끕결치 아니ᄒᆞ니 비단 노셩 갑족 ᄲᅮᆫ 아니라 국닉 거족이 되여 ᄯᅡᆨᄒᆞ리 업다 ᄒᆞ더라. 대뎌 윤창셰 샹히 하졀(夏節)을 당ᄒᆞ여 무론모쳐(無論某 處)ᄒᆞ고 만일 소가 폭양(曝陽)의 ᄆᆡ여시믈 보면 슈

음 등의 움겨 ᄆᆡᄂᆞᆫ 고로 맛ᄎᆞᆷᄂᆡ 소의 보은ᄒᆞᆷ믈 닙엇다 ᄒᆞ더라.

노흑구ᄎᆞᆺᄐᆡ셩남
老學究借胎生男

녯젹 셔울 한 션ᄇᆡ 이셔 일을 인ᄒᆞ여 녕남의 갈ᄉᆡ 태빅산등의 니르러 길을 몰나 졈막(店幕)을 지 나고 날이 어두운지라 드듸여 한 촌사의 드러가니 그 집이 안과 밧기 다 기와집이라 셔울집과 다르미 업더라. 쥬인을 보고 ᄒᆞ로밤 드시믈 쳥ᄒᆞᆯ시 그 쥬인 을 보니 의용(儀容)이 심히 웅위ᄒᆞ고 슈발(鬚髮)이 반빅이라 쾌히 [39] 허락ᄒᆞ고 셕반을 졍셔 ᄒᆞ여 디 졉ᄒᆞ고 무러 ᄀᆞᆯ오ᄃᆡ,

"나히 엇마나 ᄒᆞ며 ᄌᆞ녀간 몃치나 두엇ᄂᆞ뇨?"

ᄉᆞ인이 ᄀᆞᆯ오ᄃᆡ,

"나힌즉 삼십이 ᄎᆞ지 못ᄒᆞ엿스되 ᄋᆞ들인즉 열 에 갓가오니이다."

ᄒᆞ니 쥬인이 ᄀᆞᆯ오ᄃᆡ,

"나히 져믄 사ᄅᆞᆷ이 엇지ᄒᆞ여 ᄌᆞ식을 그리 만 히 두엇ᄂᆞ뇨?"

ᄉᆞ인이 디ᄒᆞ여 ᄀᆞᆯ오ᄃᆡ,

"대개 ᄒᆞᆫ번 범방(犯房)ᄒᆞ즉[124] 믄득 잉태ᄒᆞ오 나 집이 본디 빈한ᄒᆞ여 ᄌᆞ식이 만ᄒᆞ미 도로혀 우환 이라."

ᄒᆞᆫ디 쥬인이 견연이 홈션ᄒᆞᄂᆞᆫ 빗츨 두고 탄식 ᄒᆞ여 ᄀᆞᆯ오ᄃᆡ,

"엇더한 사ᄅᆞᆷ은 져러ᄐᆞᆺ한 복이 잇ᄂᆞᆫ고?"

ᄉᆞ인이 웃고 디답ᄒᆞ여 ᄀᆞᆯ오ᄃᆡ,

"우환 듕 큰 우환이어늘 엇지 복녁이라 일ᄏᆞ 르시ᄂᆞ니잇가?"

쥬인이 ᄀᆞᆯ오ᄃᆡ,

"나ᄂᆞᆫ 나히 뉵십이 지낫스디 ᄒᆞᆫ번도 성산치 못ᄒᆞ엿스니 비록 만셕군이나 무슴 셰상의 즐거오미

---

123) 【지혈 -ᄒᆞ-】 圖 재혈(裁穴)하다. 방향과 위치를 가늠
하여 알맞게 묘의 구덩이를 파다.¶ 裁穴 ∥ 윤창셰 드
틔여 ᄋᆞᆨ디 의논을 틀니치고 소 누엇든 곳으로ᄡᅥ 지혈
ᄒᆞ여 친산을 면례ᄒᆞ니 이ᄂᆞᆫ 곳 노셩 유봉산이라 (尹
士遂排衆議, 以牛臥處裁穴, 移葬親山, 此卽魯城酉峯山
也.) <靑邱野談 奎章 7:37>

124) 【범방 -ᄒᆞ-】 圖 범방(犯房)하나. 부부가 잠자리를 같
이 하다.¶ 經房事 ∥ 대개 ᄒᆞᆫ번 범방ᄒᆞ즉 믄득 잉태ᄒᆞ
오나 집이 본디 빈한ᄒᆞ여 ᄌᆞ식이 만ᄒᆞ미 도로혀 우환
이라 ᄒᆞ디 (盖一經房事, 則輒生子矣. 家素淸貧而子姓
滿室, 還爲憂患也.) <靑邱野談 奎章 7:39>

잇스리오? 【40】 날노 ᄒᆞ여곰 만일 ᄒᆞᆫ ᄌᆞ식이 잇스면 됴반셕독을 ᄒᆞ여도 한이 업스리로다. 이졔 그ᄃᆡ의 말을 드르니 엇지 흠션(欽羨)ᄒᆞᆫ 뜻이 업스리오?"

ᄒᆞ더니 그 잇튼날 스인이 하직ᄒᆞ고 가고져 ᄒᆞ거늘 쥬인이 만류ᄒᆞ여 돍을 삼고 개를 잡아 공궤(供饋)ᄒᆞᆷ을 풍죡히 ᄒᆞ고 밤의 니르러 좌우를 믈닉치고 스인을 인ᄒᆞ여 협실노 드러 죵용히 말ᄒᆞ여 ᄀᆞᆯ오ᄃᆡ,

"내 심듕의 말이 잇셔 고ᄒᆞ노니 내 부가의셔 셩댱(生長)ᄒᆞ여 이졔 뵉슈에 니르러시ᄃᆡ 간곤(艱困)ᄒᆞᆫ 형상을 아지 못ᄒᆞ니 무슴 원이 잇스리오마는 다만 ᄌᆞ궁(子宮)이 괴박ᄒᆞ야 ᄒᆞᆫ ᄌᆞ식도 낫치 못ᄒᆞᆷ므로 ᄌᆞ식 보기를 위ᄒᆞ여 부실측실(副室側室)이 쏘흔 만치 아니ᄒᆞᆷ이 아니오 쏘 긔도 의약을 다 ᄡᅥ지 아니ᄒᆞᆷ이 업고 평일에 ᄌᆞ식 나암즉ᄒᆞᆫ 녀ᄌᆞ를 보와도 쏘ᄒᆞᆫ 틱긔 【41】 업스니 나히 졈졈 늘거 궁독ᄒᆞᆷ믈 면치 못ᄒᆞ게 되고 이졔 잇ᄂᆞᆫ 쇼실이 셰히로ᄃᆡ 년미이십(年未二十)에 쏘ᄒᆞᆫ 희쇼식이 업스니 비록 다른 사름의 ᄋᆞ들이라도 ᄒᆞᆫ번 아비라 불으ᄂᆞᆫ 소리를 드르면 즉금 죽어도 가히 눈을 감을지라. 이졔 드르니 그ᄃᆡ ᄒᆞᆫ번 동침ᄒᆞ면 곳 잉틱ᄒᆞᆫ다 ᄒᆞ니 원컨ᄃᆡ 긔쥬의 복녁을 비러 잉틱ᄒᆞᄂᆞᆫ 법을 시험코져 ᄒᆞᄂᆞ니 아지 못게라 엇더ᄒᆞ뇨?"

스인이 놀나 ᄀᆞᆯ오ᄃᆡ,

"이 무슴 말슴이니잇고? 남녀유별ᄒᆞᆷ이 녜졀의 즁ᄒᆞ고 유부녀 통간의 법이 극히 엄ᄒᆞ니 비록 평성 쇼미(平生素昧) 사이라도 감히 ᄆᆞᄋᆞᆷ을 두지 못ᄒᆞ려든 하믈며 수일 쥬긱지의(主客之誼)예 엇지 ᄎᆞᆷ아 이런 말슴을 과긱드려 ᄒᆞ시ᄂᆞ니잇가? 샹한(常漢)의 계집도 오히려 그럿치 못ᄒᆞ려든 허믈며 ᄉᆞ부의 별실(別室)이릿가?"

쥬인 【42】 이 ᄀᆞᆯ오ᄃᆡ,

"쳡은 본ᄃᆡ 미쳔ᄒᆞᆫ 거시오 쏘 내 스스로 말ᄒᆞ엿스니 조곰도 혐의로오미 업슬 거시오 밤이 깁고 인젹이 고요ᄒᆞ니 일후 ᄌᆞ식이 나면 뉘 시러곰 알니오? 말이 심복으로 나고 호발(毫髮)도 식ᄉᆞ(飾辭)ᄒᆞᆷ이[125] 업스니 바라건ᄃᆡ 이놈의 신셰를 어엿비 녀겨

---

125) 【식샤-ᄒᆞ-】 図 식ᄉᆞ(飾辭)하다. 듣기 좋게 꾸미면서 말하다.¶ 飾詐 ‖ 말이 심복으로 나고 호발도 식샤ᄒᆞᆷ이 업스니 바라건ᄃᆡ 이놈의 신셰를 어엿비 너겨 즉시 허락ᄒᆞ야 ᄌᆞ식업ᄂᆞᆫ 늘근이로 ᄒᆞ여곰 ᄋᆞ들 나ᄒᆞᆫ 희보룰 듯게 ᄒᆞ면 셰셰셩셩의 엇지 이런 은혜 잇스리오 (言由心腹, 毫無飾詐, 幸憐此漢之身世, 即賜俯從, 使此無

즉시 허락ᄒᆞ야 ᄌᆞ식업ᄂᆞᆫ 늘근이로 ᄒᆞ여곰 ᄋᆞ들 나ᄒᆞᆫ 희보룰 듯게 ᄒᆞ면 셰셰셩셩(世世生生)의 엇지 이런 은혜 잇스리오? 그ᄃᆡ의게ᄂᆞᆫ 젹션이 될 거시오 내게ᄂᆞᆫ 무궁ᄒᆞᆫ 은혜 되리니 일이 냥편ᄒᆞᆷ이 이예[126] 더ᄒᆞᆷ이 업거늘 엇지 고샤ᄒᆞᄂᆞ뇨?"

스인이 ᄌᆞ옥이 성각다가 ᄆᆞᄋᆞᆷ에 혜오ᄃᆡ '주인이 ᄌᆞ긔 근쳥ᄒᆞᆷ이오 내 스스로 잠통(潜通)ᄒᆞᆷ과 다르니 다른 넘녀 업슬 듯ᄒᆞ고 비록 외면 인ᄉᆞ로ᄡᅥ 지삼 ᄉᆞ양ᄒᆞ엿스나 남녀간 대욕이야 뉘 업스리오?'

ᄒᆞ고 이에 ᄀᆞᆯ오 【43】 ᄃᆡ,

"도리로ᄡᅥ 말ᄒᆞᆫ즉 만만불가(萬萬不可)ᄒᆞ나 쥬인의 쳥ᄒᆞᆷ이 이ᄀᆞᆺ치 근졀ᄒᆞ시니 명ᄃᆡ로 ᄒᆞ려니와 내 ᄆᆞᄋᆞᆷ인즉 심히 불안ᄒᆞ와이다."

쥬인이 듯기를 다ᄒᆞᆷ이 크게 깃거 손을 곳츄와[127] ᄉᆞ례ᄒᆞ여 ᄀᆞᆯ오ᄃᆡ,

"이졔 긔쥬의 덕을 닙어 가히 아비 부르ᄂᆞᆫ 소리를 드르리로다."

ᄒᆞ고 급히 드러가 그 연유룰 모든 쳡의게 말ᄒᆞ고 긔울 드려보ᄂᆞ여 ᄒᆞ로밤식 지닉미 그 셰 쳡이 쏘ᄒᆞᆫ 반ᄃᆞ시 셩ᄌᆞ홀 줄 알고 스인의 거쥬 셩명을 무러 ᄀᆞ만이 심듕의 긔록ᄒᆞ더라.

삼일을 지난 후 긱이 인ᄒᆞ여 하직ᄒᆞᆫᄃᆡ 쥬인이 두터이 쥬ᄂᆞᆫ 배 잇거늘 다 복즁(卜重)ᄒᆞᆷ므로ᄡᅥ 샤양ᄒᆞ고 산의 나와 셔울노 도라왓스나 ᄌᆞ식이 만혼 연고로ᄡᅥ 조뒤(調度ㅣ) 극난ᄒᆞ고 ᄌᆞ여손(子女孫)이 삼십여 귀라 수간모옥의 용슬(容膝)ᄒᆞᆯ 길 【44】 이 업고 삼순구식(三旬九食)과 십년일관(十年一冠)을 쏘ᄒᆞᆫ 변통ᄒᆞᆯ 길이 업ᄂᆞᆫ지라 드ᄃᆞ여 모든 ᄌᆞ식을 분산ᄒᆞ여 쳐가살이 시기고 다만 부쳐와 밋 맛ᄋᆞ들노[128]

子之窮老得聞生了之喜報, 則生生世世, 此恩如何可報?) <靑邱野談 奎章 7:42>

126) 【-예셔】 図 -보다.¶ 於 ‖ 그ᄃᆡ의게ᄂᆞᆫ 젹션이 될 거시오 내게ᄂᆞᆫ 무궁ᄒᆞᆫ 은혜 되리니 일이 냥편ᄒᆞᆷ이 이예 더ᄒᆞᆷ이 업거늘 엇지 고샤ᄒᆞᄂᆞ뇨 (在身爲積善之事, 在我爲無窮之恩, 事之兩便, 莫過於此, 安用固辭爲也?) <靑邱野談 奎章 7:42>

127) 【곳츄오-】 図 곧추세우다.¶ 搢 ‖ 쥬인이 듯기를 다ᄒᆞᆷ이 크게 깃거 손을 곳츄와 ᄉᆞ례ᄒᆞ여 ᄀᆞᆯ오ᄃᆡ 이졔 긔쥬의 덕을 닙어 가히 아비 부르ᄂᆞᆫ 소리를 드르리로다 (主人聽龍大喜, 搢手稱謝曰: "今煩客主之德, 可聞呼爺之聲矣.") <靑邱野談 奎章 7:43>

128) 【맛-ᄋᆞ를】 𝄐 ((인류)) 맏아들.¶ 長子 ‖ 드ᄃᆞ여 ᄌᆞ식을 분산ᄒᆞ여 쳐가살이 시기고 다만 부쳐와 밋 맛ᄋᆞ들노 더브러 ᄒᆞᆫ가지로 살아 거연히 이십 년이 되엿더라 (遂分散諸子, 使之贅居, 只老夫妻及長子同居, 居

더브러 흔가지로 살아 거연(居然)히 이십 년이 되엿더라.

일ᄌ은 무료히 안졋더니 홀연 묘쇼년(妙少年)129) 셰 사롬이 쥰마롤 타고 ᄎᆞ례로 드러와 당의 올나 졀ᄒᆞ거늘 스인이 그 의복이 화려ᄒᆞ며 거지 단아ᄒᆞᆷ을 보고 황망히 답녜ᄒᆞ여 ᄀᆞᆯ오ᄃᆡ,

"손임이 어디로셔 오닛가?"

셰 쇼년이 ᄀᆞᆯ오ᄃᆡ,

"우리 등은 곳 셩원쥬의 ᄋᆞ들이로쇼이다. 셩원쥐 능히 아모 히 아모 ᄯᅡ의 어리ᄌᆞᄌᆞᄒᆞ신 일을 긔력지 못ᄒᆞ시ᄂᆞ닛가? 우리 등이 다 그ᄯᅢ 잉태ᄒᆞ여 흔둘의 낫스ᄃᆡ 날인즉 ᄎᆞᄎᆞ 션휘 잇셔 이졔 나히 십구셰니이다. 어려실 격의ᄂᆞᆫ 다만 노인의 ᄋᆞ들인 줄노만 알앗습더니 【45】 십여 셰예 니르러 모친이 ᄌᆞ셰히 그 곡졀을 닐으시기로 비로쇼 셩원쥬의 ᄋᆞ들인 줄 아오나 그러나 셩원쥬ᄂᆞᆫ 어듸 계신 줄 아지 못ᄒᆞ고 ᄯᅩ한 십여 년 양육ᄒᆞᆫ 은혜 극히 늉즁ᄒᆞᆫ지라 ᄎᆞᆷ아 일됴의 비반치 못ᄒᆞ고 노인이 별셰ᄒᆞ기를 기ᄃᆞ려 와 모시고져 ᄒᆞ엿더니 십오셰예 흔 날 취쳐ᄒᆞ여 신부례롤 ᄒᆡᆼᄒᆞ고 지쟉년 이월분의 그 노인이 별셰ᄒᆞ니 향년이 팔십일셰라. 쵸죵(初終)을 후히 ᄒᆞ고 길디롤 ᄀᆞᆯᄒᆡ여 장녜ᄒᆞ고 삼년상을 넘어 ᄡᅥ 그 은혜롤 갑ᄒᆞ 이졔 ᄃᆡ샹과 담졔롤 이믜 ᄆᆞᆺ친 고로 모친의 긔록ᄒᆞᆫ 바롤 의지ᄒᆞ여 형뎨 삼인이 몰머리롤 년ᄒᆞ여 이졔 와 뵈옵ᄂᆞ이다."

스인이 황연이 크게 ᄭᆡᄃᆞ라 모양을 ᄌᆞ셰히 살핀즉 과연 셔로 ᄀᆞᆺ흔지라 이 ᄉᆞ연을 쳐ᄌᆞ와 밋 【46】 ᄌᆞ부의게 ᄌᆞ셰이 말ᄒᆞ고 ᄒᆞ여곰 각ᄌᆞ 졀ᄒᆞ여 뵈라 ᄒᆞ고 ᄯᅩ 무러 ᄀᆞᆯ오ᄃᆡ,

"너의 노뫼 이졔 나히 언마나 되엿스며 다 무양ᄒᆞ냐?"

삼지 각ᄌᆞ ᄃᆡ답ᄒᆞ고 ᄯᅩ ᄀᆞᆯ오ᄃᆡ,

"셩원쥬의 가셰롤 슬펴보온즉 말이 못되ᄂᆞ이다."

ᄒᆞ고 ᄒᆡᆼ듕의 잇ᄂᆞᆫ 바롤 노ᄌᆞ로 ᄒᆞ여곰 푸러 돈을 내여 ᄡᅡᆯ을 팔고 남글 사 됴셕 먹을 거슬 ᄒᆞ고 그밤의 삼지 죵용이 말ᄒᆞ여 ᄀᆞᆯ오ᄃᆡ,

"셩원쥬 츈취 이믜 놉흐시고 셔방쥐 ᄯᅩ한 일즉 흑업을 일허계시니 과거와 벼술은 바롤 거시 업고 ᄯᅩ 닙츄지디(立錐之地) 업셔 가을ᄀᆞᆯ 당ᄒᆞ여도 담셕(儋石)이 업스니 젹슈공권(赤手空拳)으로 빅사지디(白沙之地)에 엇지 ᄡᅥ ᄌᆞ성ᄒᆞ시리잇가? 낙향ᄒᆞ여 ᄡᅥ 여년을 맛게 ᄒᆞ심만 ᄀᆞᆺ지 못ᄒᆞ니이다."

스인이 ᄀᆞᆯ오ᄃᆡ,

"내 ᄯᅩ한 이 ᄠᅳᆺ이 잇스ᄃᆡ 젼토와 가셔 업스니 엇지 【47】 ᄒᆞ리오?"

"우리 젼노인이 누거만금(累巨萬金) 부쟈로셔 쟉고ᄒᆞ시고 다른 친쳑이 업셔 그 허다 지산이 다 우리 무리의 둔 비 되여시니 혼실(渾室)이 그곳으로 힝ᄎᆞᄒᆞ신즉 가히 요죡(饒足)ᄒᆞ여 근심이 업스리이다."

스인이 듯기롤 다ᄒᆞ믹 크게 깃거 ᄀᆞᆯ오ᄃᆡ,

"그러면 무슴 격졍이 잇스리오?"

ᄒᆞ고 드듸여 물과 교ᄌᆞ롤 셰 ᄂᆡ여 ᄐᆡᆨ일ᄒᆞ여 길을 ᄯᅥ나 그 집의 니르러 셰 쳡과 셰 며ᄂᆞ리롤 다 본 후 스인은 큰집의 들고 삼ᄌᆞᄂᆞᆫ 각ᄌᆞ 그 모롤 밧드러 니웃집의 들게 ᄒᆞ고 수일을 지난 후의 스인이 졔물을 ᄀᆞ초와 노인의 무덤에 가 울어 졔ᄒᆞ고 그 쳐가살이 갓던 ᄋᆞ들을 ᄎᆞᄎᆞ 드려와 지산을 분비ᄒᆞ여 흔 동ᄂᆡ예 거ᄒᆞ니 젼후좌우의 수십여 개라. 그 스인이 두루 삼쳡의 집에 눈회ᄒᆞ여 쟈ᄡᅥ 옛 인연을 【48】 밋고 호의호식ᄒᆞ여 여년을 지날시 그 노인의 졔ᄂᆞᆫ 삼ᄌᆞ의 몸이 ᄆᆞᆺ도록 폐치 아니케 ᄒᆞ더라.

향션달쳬인숑명
鄕先達替人送命

판셔(判書) 신여쳘(申汝哲)이130) 긔ᄉᆞ년(己巳

然過二十春秋.) <靑邱野談 奎章 7:44>

129) 【묘-쇼년】 圖 ((인류)) 묘쇼년(妙少年). 예쁘게 생긴 썩 젊은 사내아이.¶ 妙少年 ‖ 익ᄌᆞᆫ 무료히 안졋더니 홀연 묘쇼년 세 사ᄂᆞ히 슌마롤 타고 ᄎᆞ례로 드러와 당의 올나 졀ᄒᆞ거늘 (一日無聊閑坐, 忽妙少年三人, 騎駿馬聯翩而來, 升階上堂, 納頭便拜.) <靑邱野談 奎章 7:44>

130) 【신여쳘】 圖 ((인명)) 신여철(申汝哲 1634~1701). 조선 후기의 무신. 경신대출척(庚申大黜陟) 때 총융사가 되어 서인편(西人便)에 서 활동하였으며, 형조판서, 공조판셔 등을 역임했다. 평생니 셕화뇌겼녔 시기에 병권의 요직을 거치면서 서인편에 서서 큰 정치적 역할을 하였다.¶ 汝哲 ‖ 판셔 신여쳘이 긔ᄉᆞ년 후의 남인이 용ᄉᆞᄒᆞᆷ롤 인ᄒᆞ여 장임을 밧치고 집의 잇더니 갑슐년에 니르러 곤뎐이 복위ᄒᆞ실 긔미롤 신판셔 수일 젼

年) 후의 남인(南人)이 용스(用事)ᄒᆞᄆᆞᆯ 인ᄒᆞ여 장임
(將任)을131) 밧치고 집의 잇더니 갑슐년(甲戌年)에
니르러 곤뎐(坤殿)이132) 복위ᄒᆞ실 긔미ᄅᆞᆯ 신판셔 수
일 젼 몬져 알고 쟝ᄎᆞᆺ 장임을 도로 ᄒᆞ여 ᄡᅥ 판셰
(版勢)ᄅᆞᆯ133) 밧골ᄉᆡ 모든 남인들이 ᄯᅩᆫ 기만이 그
긔틀을 살피고 여러 길노 무러 탐지ᄒᆞ야 미리 활
잘 ᄡᅩᄂᆞᆫ 쟈 수삼인을 언약ᄒᆞ야 살츅의 약을 발오
듕노의셔 기ᄃᆞ려 ᄡᅩ와 죽일 계교ᄅᆞᆯ ᄒᆞ더니 신판셔
ᄯᅩ 그 긔미ᄅᆞᆯ 알앗더라.

동니예 무변 ᄒᆞᆫ 사ᄅᆞᆷ이 시골노셔134) 와 집이
심히 【49】 간난ᄒᆞᆫ지라. 듀야블계(晝夜不計)ᄒᆞ고 미
양 와 ᄎᆞᄌᆞ니 신공(申公)이 비록 집의 먹을 거시 넉
ᄂᆞ지 못ᄒᆞ나 미양 쥬식으로ᄡᅥ 먹이고 혹 낭찬을 쥬

니 그 무변이 ᄯᅩᄒᆞᆫ 노론(老論)이라 그런 고로 여러
히 졀[격]굴(積屈)ᄒᆞ여 두록(斗祿)도135) 엇지 못ᄒᆞ엿
더니 일ᄌᆞᆫ 신판셔 그 무변을 블너 닐ᄋᆞ되,

"오늘 ᄆᆞᄎᆞᆷ 격뇨ᄒᆞ여 쇼일ᄒᆞ기 심히 어려오니
날노 더브러 장긔나 두고 놀미 엇더ᄒᆞ뇨? 쟝긔ᄂᆞᆫ
잡기라 나기ᄒᆞᆫ 비 업스면 무미ᄒᆞ니 내 지거든 맛당
히 쳔금을 줄 거시오 그ᄃᆡ 만일 지거든 반ᄃᆞ시 내
말ᄃᆡ로 조ᄎᆞ라."

그 무변이 허락ᄒᆞ고 ᄒᆞᆫ 판을 둘ᄉᆡ 신판셔 젓
ᄂᆞᆫ지라 그 계녁으로 쳔금을 보니니 무변이 ᄡᅥ ᄒᆞ되
일시 농담이라 이ᄀᆞᆺ치 시힝ᄒᆞ시ᄆᆞᆯ ᄯᅳᆺ하지 아니ᄒᆞ엿
다 ᄒᆞ고 크게 놀나고 괴【50】히 너기더니 그 잇
튼날 ᄯᅩ 무변을 쳥ᄒᆞ여 쟝긔판을 버려 ᄀᆞᆯ오ᄃᆡ,

"어졔 ᄒᆞᆫ 판 진 거시 분ᄒᆞᆫ지라 오날 ᄯᅩ 나기
ᄒᆞ여 셜치(雪恥)ᄒᆞ리라."

ᄒᆞ고 드듸여 판을 더ᄒᆞ니 그 무변이 졋ᄂᆞᆫ지
라. 무변이 인ᄒᆞ여 ᄀᆞᆯ오ᄃᆡ,

"금일은 쇼인이 졋스니 너기ᄅᆞᆯ 맛당히 시힝ᄒᆞᆯ
지라 ᄉᆞ쏘 분부ᄒᆞ시ᄂᆞᆫ디로 쇼인이 좃고져 ᄒᆞ노이
다."

신판셔 ᄀᆞᆯ오ᄃᆡ,

"죵당 ᄀᆞᄅᆞ칠 배 잇슬 거시니 아직 내 집의
머무러 셕반을 먹고 ᄒᆞᆫ가지로 쟈자."

ᄒᆞ되 그 무변이 감히 어긔지 못ᄒᆞ여 드듸여
뉴슉ᄒᆞ더니 그밤의 밀지로ᄡᅥ 신판셔를 대장을 비ᄒᆞ
여 계신지라. 새볘136) 맛당히 대궐의 나아가 병부ᄅᆞᆯ
바다오랴 ᄒᆞ고 드듸여 갑쥬(甲冑) 두 벌을 니여 ᄒᆞᆫ
벌은 그 무변을 닙으라 ᄒᆞ고 ᄒᆞᆫ 벌은 신판셔 닙고
ᄯᅩ 노복을 명ᄒᆞ여 ᄲᆞᆯ니 두 필 물을【51】안쟝 지워
기ᄃᆞ리라 ᄒᆞ니 그 무변이 신공의 명으로ᄡᅥ 부득이
면죵(勉從)ᄒᆞ엿스나 의괴(疑怪)ᄒᆞ미 만단이오 당황
ᄒᆞᄆᆞᆯ 측냥키 어려온지라. 인ᄒᆞ여 무러 ᄀᆞᆯ오ᄃᆡ,

"ᄉᆞ쏘 쇼인으로 더부러 심야의 갑옷 닙고 투

---

131) 【장임】 图 장임(將任). 대장(大將)의 직임.¶ 將任 ‖ 판
셔 신여철이 긔ᄉᆞ년 후의 남인이 용ᄉᆞᄒᆞᆯ 인ᄒᆞ여 장
임을 밧치고 집의 잇더니 갑슐년에 니르러 곤뎐이 복
위ᄒᆞ실 긔미ᄅᆞᆯ 신판셔 수일 젼 몬져 알고 쟝ᄎᆞᆺ 장임
을 도로 ᄒᆞ여 ᄡᅥ 판셰ᄅᆞᆯ 밧골ᄉᆡ (申判書汝哲,
己巳後, 因午人之用事, 解將任家居, 至甲戌, 天
心有悔悟之端, 坤殿有復位之機, 申公先數日, 預
先知之, 而申公將起廢拜將任, 仍以換局.) <靑邱
野談 奎章 7:48>

132) 【곤뎐】 图 ((주거))((인류)) 곤뎐(坤殿). 중궁뎐(中宮
殿). 왕비가 거쳐하는 궁젼. 또는 왕비를 높여 이르는
말.¶ 坤殿 ‖ 판셔 신여철이 긔ᄉᆞ년 후의 남인이 용ᄉᆞ
ᄒᆞᄆᆞᆯ 인ᄒᆞ여 장임을 밧치고 집의 잇더니 갑슐년에 니
르러 곤뎐이 복위ᄒᆞ실 긔미ᄅᆞᆯ 신판셔 수일 젼 몬져
알고 쟝ᄎᆞᆺ 장임을 도로 ᄒᆞ여 ᄡᅥ 판셰ᄅᆞᆯ 밧골ᄉᆡ (申判
書汝哲, 己巳後, 因午人之用事, 解將任家居, 至甲戌, 天
心有悔悟之端, 坤殿有復位之機, 申公先數日, 預先知之,
而申公將起廢拜將任, 仍以換局.) <靑邱野談 奎章 7:48>

133) 【판셰】 图 판셰(版勢). 국셰(局勢). 어떤 국면에 드러
난 형셰. 또는 어떤 판국으로 되어 가는 형세.¶ 局 ‖
판셔 신여철이 긔ᄉᆞ년 후의 남인이 용ᄉᆞᄒᆞᄆᆞᆯ 인ᄒᆞ여
장임을 밧치고 집의 잇더니 갑슐년에 니르러 곤뎐이
복위ᄒᆞ실 긔미ᄅᆞᆯ 신판셔 수일 젼 몬져 알고 쟝ᄎᆞᆺ 장
임을 도로 ᄒᆞ여 ᄡᅥ 판셰ᄅᆞᆯ 밧골ᄉᆡ (申判書汝哲, 己巳
後, 因午人之用事, 解將任家居, 至甲戌, 天心有悔悟之
端, 坤殿有復位之機, 申公先數日, 預先知之, 而申公將
起廢拜將任, 仍以換局.) <靑邱野談 奎章 7:48>

134) 【-노셔】 图 -에서.¶ 自 ‖ 동니예 무변 ᄒᆞᆫ 사ᄅᆞᆷ이 시
골노셔 와 집이 심히 간난ᄒᆞᆫ지라 (申公洞裏有武弁一
人, 自鄕上來, 家甚貧寠.) <靑邱野談 奎章 7:48>

135) 【두록】 图 두록(斗祿). 젹은 녹봉.¶ 斗祿 ‖ 그 무변이
ᄯᅩᄒᆞᆫ 노론이라 그런 고로 여러 히 졀[격]굴ᄒᆞ여 두록
도 엇지 못ᄒᆞ엿더니 (而其弁西人之類, 故多年積屈, 未
沾斗祿.) <靑邱野談 奎章 7:44>

136) 【새볘】 图 새벽.¶ 曉 ‖ 새볘 맛당히 대궐의 나아가
병부ᄅᆞᆯ 바다오랴 ᄒᆞ고 드듸여 갑쥬 두 벌을 니여 ᄒᆞᆫ
벌은 그 무변을 닙으라 ᄒᆞ고 ᄒᆞᆫ 벌은 신판셔 닙고 ᄯᅩ
노복을 명ᄒᆞ여 ᄲᆞᆯ니 두 필 물을 안쟝 지워 기ᄃᆞ리라
ᄒᆞ니 (曉當赴闕受符, 逐出甲冑二件, 使其弁穿之戴之,
申公亦全身披掛, 又命奴僕, 速騎二匹座馬以待之.) <靑
邱野談 奎章 7:50>

고 쓰시니 쟝찻 무엇ᄒᆞ려 ᄒᆞ시며 ᄯᅩ 물안장 지어 덕령ᄒᆞ라 ᄒᆞ시니 쟝찻 어드로 가지고져 ᄒᆞ시ᄂᆞ니잇가? 의아ᄒᆞ믈 니긔지 못ᄒᆞ여 감히 우러ᄅᆞ 뭇잡ᄂᆞ이다."

신공이 굴오ᄃᆡ,

"쟝찻 갈 곳이 잇스니 그ᄃᆡ 엇지 뼈 알니오? 다만 내 말만 조츠라."

ᄒᆞ고 드ᄃᆡ여 새벽 누워 진ᄒᆞ믈 밋쳐 조반을 비불니 먹고 ᄌᆞ가 평일의 타든 물을 물어닉여 그 무변을 틱오고 신공은 다른 물을 타고 그 무변으로 ᄒᆞ여곰 압ᄒᆡ 셰우고 신공은 뒤예 셔ᄅᆞ 궐하의 나아 갈ᄉᆡ 관상감(觀象監) 지를 지나가니 남 【52】 인들이 신공이 오날 새벽의 이 길노 말믜아마 올 줄을 탐지ᄒᆞ고 미리 활 잘 ᄡᅩ는 쟈를 믹복ᄒᆞ여 활을 달의여 기ᄃᆞ리더니 뎌 무변이 갑옷 닙고 투구 ᄡᅳ고 쥰마 타고 젼후로 옹위ᄒᆞ여 지나는 양을 보고 뼈 신공이라 ᄒᆞ야 활을 ᄡᅩ니 활시위를 응ᄒᆞ여 그 무변이 것구러지거늘 신공이 그 틈을 타 급히 물을 돌녀 지나가니 흉당(凶黨)이 진개 신공이 아닌 줄을 알고 비록 박낭사(博浪沙) 듕의 그릇 맛치믈 뉘웃츠나 마릉(馬陵) 도방의 만뢰구발(萬籟俱發)ᄒᆞ믈 밋지 못ᄒᆞ니 통분ᄒᆞ나 무가내해라. 신공이 드ᄃᆡ여 화를 면ᄒᆞ고 궐듕의 드러가 병부(兵符)를 바드니 군국의 큰 권셰 도시 신공의게 도라갓ᄂᆞ지라. 인ᄒᆞ야 남인의 무리를 다 ᄯᅩ츠며 셔인을 나오고 ᄯᅩ 관곽과 의금을 ᄀᆞ 【53】 초와 그 무변을 후히 쟝ᄉᆞᄒᆞ고 그 가쇽을 고휼(顧恤)ᄒᆞ며 그 ᄌᆞ식이 결복ᄒᆞ기를 기ᄃᆞ려 군문후료(軍門厚料)의 부치니라.

굴은옹노과셩가
掘銀瓮老寡成家

녯적 녀염의 ᄒᆞᆫ 과녜(寡女ㅣ) 잇스니 쳥년의 지아비를 일코 다만 유하(乳下)의 두 ᄌᆞ식을 두엇스나 집이 빈한ᄒᆞ야 됴블녀셕(朝不慮夕)이라. 그 집이 뉵각(六角)지 아래 잇스니 뒤예 동산이 가히 밧흐염즉 ᄒᆞᆫ지라.

일ᄅᆞ은 나믈 심거 ᄌᆞ성코져 ᄒᆞ여 밧갈고 호미로 밀 지음의 '졍연(錚然)' ᄒᆞ는 소리 나거늘 보니

ᄒᆞᆫ 돌이 방졍(方正)ᄒᆞ여 큰 합두에137) ᄀᆞᆺ혼지라. 삽흐로 그 겻흘 파고 돌을 드러본즉 그 아래 큰 독 ᄒᆞ나히 잇스ᄃᆡ 그 ᄀᆞ온데 은이 ᄀᆞ득ᄒᆞ엿거늘 드ᄃᆡ여 급히 ᄲᅮ에돌을138) 덥고 무더 발바 평ᄅᆞ이 ᄒᆞ고 집사ᄅᆞᆷᄃᆞ려 【54】 도 닐으지 아니ᄒᆞ니 아는 재 업더라. 집이 극히 간난ᄒᆞ나 두 ᄌᆞ식 교회(敎誨)ᄒᆞ기를 부즈런이 ᄒᆞ야 추례로 셩취(成娶)ᄒᆞ니 다 문필이 유여ᄒᆞ여 도리를 알고 스체를 알아 믄득 니셔비(吏胥輩)의 아름다온 ᄌᆞᆫ데 되엿ᄂᆞᆫ지라. 드ᄃᆡ여 각ᄉᆞ 지상가 겸종(傔從)이 되여 그 인ᄉᆞ 녕니ᄒᆞ고 문필이 능ᄒᆞ므로뼈 ᄆᆞ음을 졍빅(淨白)히 ᄒᆞ니 그 지상이 ᄯᅩᄒᆞᆫ 춍이ᄒᆞ여 오리지 아녀 맛은 혜쳥셔리(惠廳書吏)를 ᄒᆞ고 아오는 호조셔리(戶曹書吏)를 ᄒᆞ여 가셰 졈ᄌᆞ 요죡ᄒᆞ니 그 어미 비록 과거(寡居)ᄒᆞ나 늙도록 병이 업셔 기리 영양(榮養)을139) 누리고 손ᄌᆞ ᄯᅩᄒᆞᆫ 칠팔인이라 셩댱(成長)ᄒᆞᆫ 재 혹 겸종도 되며 혹 뎐인(廛人)도140) 되엿더니 그 어미 ᄌᆞ여손과 밋 며느리를 ᄃᆞ리고 후원 은 뭇친 곳의 가 ᄒᆞ여곰 흙을 헷치고 ᄲᅮ에를 들 【55】 어 모든 사ᄅᆞᆷᄃᆞ려 보라 ᄒᆞ니 모다 보고 크게 놀나 굴오ᄃᆡ,

"은이 이 ᄯᅡ의 뭇치믈 엇지 알아계시니잇가?"

137) 【합-두에】 图 ((기물)) 합뚜껑(盒-).¶ 盒蓋 ∥ 일ᄅᆞ은 나믈 심거 ᄌᆞ셩코져 ᄒᆞ여 밧갈고 호미로 밀 지음의 졍연 ᄒᆞᆫ는 소리 나거늘 보니 ᄒᆞᆫ 돌이 방졍ᄒᆞ여 큰 합두에 ᄀᆞᆺ혼지라 (一日爲種菜資生計, 方欲耕治揮鋤之際, 錚然有聲, 見一石方正, 大似盒盖様) <靑邱野談 奎章 7:53>

138) 【ᄲᅮ에-돌】 图 뚜껑돌.¶ 盖石 ∥ 드ᄃᆡ여 급히 ᄲᅮ에돌을 덥고 무더 발바 평ᄅᆞ이 ᄒᆞ고 집사ᄅᆞᆷᄃᆞ려도 닐으지 아니ᄒᆞ니 아는 재 업더라 (遂急掩其盖石, 復取土而埋之, 踏而平之, 又不向家人說道, 人無有知之者.) <靑邱野談 奎章 7:53>

139) 【영양】 图 영양(榮養). 지위가 높아지고 명망을 얻어 부모를 영화롭게 잘 모심.¶ 榮養 ∥ 그 어미 비록 과거 ᄒᆞ나 늙도록 병이 업셔 기리 영양을 누리고 손ᄌᆞ ᄯᅩ ᄒᆞᆫ 칠팔인이라 셩댱ᄒᆞᆫ 재 혹 겸종도 되며 혹 뎐인도 되엿더니 (其母寡女, 老而無恙, 備享榮養, 孫子亦七八人. 成長者, 或爲傔從, 或爲廛人.) <靑邱野談 奎章 7:54>

140) 【뎐인】 图 ((인류)) 전인(廛人). 장사꾼.¶ 廛人 ∥ 셩댱ᄒᆞᆫ 재 혹 겸종도 되며 혹 뎐인도 되엿더니 그 어미 ᄌᆞ여손과 밋 며느리ᄂᆞᆫ 누리고 후원 을 뭇친 곳이 가 ᄒᆞ여곰 흙을 헷치고 ᄲᅮ에를 들어 모든 사ᄅᆞᆷᄃᆞ려 보라 ᄒᆞ니 (成長者, 或爲傔從, 或爲廛人. 一日其母, 會其子孫及嬸女, 詣後園埋銀之所, 使之破土, 擧盖以示之.) <靑邱野談 奎章 7:54>

그 어미 굴오디,

"삼십 년 젼의 치포(治圃)코져[141] 호여 친히 다스릴시 호믜 두를 즈음의 이 돌이 들어나는 고로 흙을 헷치고 뿌에롤 들어본즉 은이 독의 マ득호엿스니 그쩌예 셩계 어려온 찌라 풀면 가히 부쟈 될 거시로디 다만 셩각건디 너의 무리 오히려 강보의 잇셔 지각이 좁고 듬심이 명치 못호고 그 부쟈의 모양만 넉이 보와 셰간의 간고(艱苦)흔 니롤 아지 못호고 호의호식(好衣好食)호여 그 사치예 욕심이 조차 나는 줄을 아지 못호고 그 교만흔 셩품을 길우면 엇지 즐겨 흑문 죵수호는 업을 알니오? 만일 쥬셕의 침닉호며 잡기예 외입(外入)호면 엇지호리오? 그러므로 [56] 시약불견(是若不見)호여 뭇어두고 너의로 호여곰 긔한(飢寒)의 가히 근심된 것과 지물의 가히 앗가오믈 알게 호야 셩각이 잡기예 밋고 쏘 쥬셕의 침닉호믈 결울치 못호게 호야 호여곰 문묵의 일을 ᄌᆞ히 호고 셩인의 업을 근ᄌᆞ케 호미러니 이졔는 너의 무리 다 셩쥐호여 나히 이믜 쟝셩호고 각ᄌᆞ 위업(爲業)호는 배 잇셔 가셰 졈ᄌᆞ 요부호고 뜻 셰우미 이믜 놉핫스니 비록 은을 파 쓰나 너모 남비(濫費)홀 니 업슬 거시오 쏘 외입홀 넘녜 업는 고로 너의 무리롤 지시호야 호여곰 파너여 일용을 보틱게 호노라."

이후로부터 츠ᄌᆞ 팔아 수만 젼을 어더 드듸여 거뷔 되니 그 어미 조혼 일 호기롤 힘뼈 호는 고로 쥬리는 쟈는 밥먹이고 치워호는 쟈는 옷슬 넙히고 친척이 궁 [57] 곤호여 능히 혼쟝(婚葬) 못호는 쟈는 다 후히 부조호고 쏘 겨울이면 반드시 보션 수십 벌을 지어 교조롤 타고 단니며 불 버슨 걸인을 만나면 반드시 쥬니 대개 엄동의 マ쟝 견디기 어려온 거슨 불 실인 연괘라. 쏘 비록 친흔 사롬 아니라도 궁곤호면 믹양 그 급흔을 구호고 쵸가집이 상호여도 덥지 못호는 쟤면 반드시 니워쥬고 기와집이 이즈러진 쟈는 호여곰 곳쳐쥬니 그 심덕(心德)으로 나히 팔십이 넘도록 병이 업고 그 ᄋᆞ들들이 나이 칠십이 넘어 퇴리(退吏)호여 동디(同知) 가자(加資) 쩌지 호고 삼대 츄영(追榮)호니 그 후 ᄌᆞ손이 번셩

호여 혹 무과도 호며 혹 쥬부(主簿) 찰방(察訪)도 지나며 혹 군문구근(軍門久勤)으로 쳠소(僉使) 만호(萬戶)도 호다 호더라.

[58]

챵의병현모욱ᄌᆞ
倡義兵賢母勗子

김병수(金兵使) 견신(見臣)은 의쥬(義州) 쟝괴라. 그 어미 쳐음의 동향 아모셩 사롬과 혼인을 졍호고 납치롤 보니지 아니호여 그 지아비 병들어 죽거늘 견신의 어미 뼈 호디,

"비록 쵸례는 아니호엿스나 이믜 그 폐빅을 바드시니 감히 다른디 가지 못호리라."

호고 인호여 문부(聞訃)호고 즉시 발상호여 납폐호엿던 집으로 가 구고(舅姑) 밧들기롤 경셩 ᄀᆞ이 호여 부즈런이 흐기롤 삼ᄉᆞ 년을 호더라.

일ᄌᆞ은 그 구고의 고호여 귀령(歸寧)홀믈[142] 쳥호고 갓더니 동니 부쟈 김모는 곳 수십만 거뷔라 쩌예 마즘 환거(鰥居)호더니 그 녀인의 졍녈현슉(貞烈賢淑)호믈 듯고 지취(再娶)롤 삼고져 호여 그 녀인의 부형을 보고 만금으로뼈 밧치고 사회 되기롤 [59] 쳥호니 녀인의 부형이 본디 간난흔지라 만금 쥬마 호믈 드르미 ᄆᆞ음의 비록 탐호나 그 뚤의 녈졀(烈節)흔 ᄆᆞ음을 혜아린즉 실노뼈 발셜치 못홀지라. 드듸여 샤례호여 굴오디,

"폐빅이 실노 두터우나 녀ᄋᆞ의 슈졀이 심히 구더 가히 그 뜻을 앗지 못호리라."

호디 김믜 누추 근쳥호나 죵시 허락지 아니호니 김믜 드듸여 샤례호고 갓더니 그집이 본디 안방과 사랑이 벽이 격흔지라 그 녀진 안의 잇셔 ᄀᆞ만이 듯고 손이 가기롤 기드려 그 아비드려 무러 굴오디,

---

141) 【치포-흐-】圖 치포(治圃)하다. 채소밭을 가꾸다.¶ 治圃 ‖ 삼십 년 젼의 치포코져 호여 친히 다스릴시 호믜 두를 즈음의 이 돌이 들어나는 고로 흙을 헷치고 뿌에롤 들어본즉 은이 독의 マ득호엿스니 (吾於三十年前, 意欲治圃, 親自修地, 揮鋤之際, 此石露出, 故去土而擧盖覩之, 則銀滿一瓮.) <靑邱野談 奎章 7:55>

142) 【귀령-흐-】圖 귀령(歸寧)하다. 근친(覲親)하다. 시집간 딸이 친정에 가서 부모를 뵈다.¶ 歸寧 ‖ 일ᄌᆞ은 그 구고씌 고호여 귀령홀믈 쳥호고 갓더니 동니 부가 김모는 곳 수십만 거뷔라 쩌예 마즘 환거호더니 (爲覲其父母, 作歸寧行, 洞里富人金某者, 卽數十萬巨富也, 時適鰥居.) <靑邱野談 奎章 7:58>

"앗가 온 손이 무슴 말슴을 ᄒ더니잇가?"

그 아비 ᄀᆞᆯ오ᄃᆡ,

"별노 말ᄒᆞᄂᆞᆫ 배 업더라."

그 녀ᄌᆡ 여러 번 뭇거늘 이예 ᄀᆞᆯ오ᄃᆡ,

"비록 ᄒᆞᄂᆞᆫ 말이 잇스나 가히 너ᄅᆞᆯ 더ᄒᆞ여 닐으지 못ᄒᆞ리로다."

그 ᄯᆞᆯ이 ᄯᅩ 근절이 뭇거늘 긔이지 못ᄒᆞᆯ 줄 알고 【60】 이예 ᄀᆞᆯ오ᄃᆡ,

"김뫼 만금으로ᄡᅥ 너ᄅᆞᆯ 취ᄒᆞ여 안해ᄅᆞᆯ 삼고져 ᄒᆞᄃᆡ 내 춤아 허락지 못ᄒᆞ엿노라."

그 ᄯᆞᆯ이 ᄀᆞᆯ오ᄃᆡ,

"부친의 빈궁ᄒᆞ미 쇼녀의 샹히 민박(憫迫)ᄒᆞ미 ᄯᅡᆨ이 업스나 밧드러 도올 계교 업셔ᄒᆞ더니 이제 만금이 진실노 큰 ᄌᆡᄆᆞᆯ이라 부친이 이ᄅᆞᆯ 어든즉 평성을 가히 조히 살으실 거시니 엇지 쇼녀의 지원(至願)이 아니리잇고? ᄯᅩ한 우리 무리ᄂᆞᆫ 천ᄒᆞᆫ 사ᄅᆞᆷ이라 엇지 슈졀ᄒᆞ미 잇다 닐으며 ᄯᅩ 허물며 그 납ᄎᆡ만 바다슬 ᄯᆞᆫ이오 일즉 더브러 근비(巹杯)ᄅᆞᆯ143) 합ᄒᆞᆫ 일도 업셔 죽어 지아비 면목도 아지 못ᄒᆞ거늘 이ᄅᆞᆯ 직희여 죵신ᄒᆞ미 ᄯᅩ한 의미업ᄂᆞᆫ지라 원컨디 부친계셔 밧비 그 사ᄅᆞᆷ을 쳥ᄒᆞ여 허혼ᄒᆞ쇼셔."

그 아비 이 말을 듯고 인ᄒᆞ여 밧그로 나와 급히 사ᄅᆞᆷ을 부려 김모ᄅᆞᆯ 【61】 쳥ᄒᆞ니 오거늘 녀ᄋᆡ의 말ᄃᆡ로 허락ᄒᆞ니 김뫼 크게 깃거 즉시 만금을 보니고 ᄐᆡᆨ일쵸례ᄒᆞ고 인ᄒᆞ여 부뷔 되니 김모ᄂᆞᆫ 곳 견신의 아비러라. 그 녀ᄌᆡ 김문(金門)에 드러가미 친척이 화목ᄒᆞ고 비복 거느리기ᄅᆞᆯ 은위로ᄡᅥ ᄒᆞ며 빈직을 디졉ᄒᆞ고 산업을 다스리미 법되 잇스니 가되 졈졈 흥ᄒᆞ더라. 오ᄅᆡ지 아녀 ᄋᆞᄃᆞᆯ을 나흐니 이ᄂᆞᆫ 곳 김견신이라. 견신이 졈졈 자라미 ᄀᆞᆯ ᄅᆞ치미 법되 잇셔 의쥬장교에 슈ᄒᆡᆼᄒᆞ엿더니 이ᄯᆡᄂᆞᆫ 신미년(辛未年) 겨울이라. 가산(嘉山) 도적 경ᄂᆡ(景來) 취당(聚黨)ᄒᆞ니 견신의 나히 삼십일셰라 마춤 쇼임이 업셔 가듕의 잇더니 그 어미 견신을 블너 닐너 ᄀᆞᆯ오ᄃᆡ,

"이제 국가의 난격이 잇셔 도뇌예 변이 니러 나거늘 네 쟝부의 몸으로ᄡᅥ 엇지 가히 슈슈방관(袖手傍觀)ᄒᆞ리오? 첫지ᄂᆞᆫ 가히 의로ᄡᅥ 군병을 모와 【62】 도적을 칠 거시오 둘지ᄂᆞᆫ 가히 ᄡᅥ 스스로 군문에 나아가 영문에 지휘ᄅᆞᆯ 드를 거시오 셋지ᄂᆞᆫ 가히 몸소 항오(行伍)에 참예ᄒᆞ여 힘을 다ᄒᆞ고 수고로오믈 혜아리지 아닐 거시어늘 엇지 다른 사ᄅᆞᆷ의 일 보ᄃᆞᆺ ᄒᆞ고 편안히 집의 잇ᄂᆞ뇨?"

견신이 ᄀᆞᆯ오ᄃᆡ,

"삼가 명을 바ᄃᆞ리이다."

ᄒᆞ고 드ᄃᆡ여 지산을 헷쳐 ᄇᆡᆨ셩을 자모(自募) 바드며 군복을 지으며 긔계ᄅᆞᆯ 민드라 의병 수쳔을 거느리고 슌무 듕영(中營)에 나아가 졍쥬셩(定州城) 밧гл 결진ᄒᆞ고 의ᄅᆞᆯ 집허 도적을 텨 버린 배 만ᄒᆞ니 적병이 감히 셔으로 오지 못ᄒᆞ고 움쳐 졍슈(州)셩으로 드러가믄 다 견신의 공이러라. 졍쥬셩 함몰ᄒᆞ기에 니ᄅᆞ러 바로 도적의 굴혈의 드러가 그 격췌(積聚)ᄅᆞᆯ 소멸ᄒᆞ니 도신(道臣)이144) 그 공을 울니거늘 국개 크게 아름다이 너기샤 인 【63】 ᄒᆞ여 닌금장(內禁將)145) 션젼관(宣傳官)을 시기시고 ᄯᅩ 츙쳥병ᄉᆞ(忠淸兵使)ᄅᆞᆯ 졔슈ᄒᆞ시고 ᄯᅩ 별군직(別軍職)을146) 시기신 후의 개쳔군슈(价川郡守)ᄅᆞᆯ ᄒᆞ이시니 대개 개쳔은 의쥬의 속ᄒᆞᆫ 골[고]을이라 금의로 환향ᄒᆞ야 그 어미ᄅᆞᆯ 밧들고 관늠(官廩)으로ᄡᅥ 봉양ᄒᆞ게 ᄒᆞ시니 도ᄂᆞᆫ 사ᄅᆞᆷ이 다 흠션(欽羨)치147) 아니리 업

---

144) 【도신】 圀 ((관직)) 도신(道臣). 관찰사(觀察使).¶ 道臣 ‖ 졍쥬셩 함몰ᄒᆞ기에 니ᄅᆞ러 바로 도적의 굴혈의 드러가 그 격췌ᄅᆞᆯ 소멸ᄒᆞ니 도신이 그 공을 울니거늘 (及其城陷之日, 直搗巢穴, 蕩其氛翳, 道臣上其功.) <靑邱野談 奎章 7:62>

145) 【닌금-쟝】 圀 ((관직)) 내금장(內禁將). 조선시대에 둔, 내금위의 으뜸 벼슬. 지금의 근위대장(近衛隊長).¶ 內禁將 ‖ 국개 크게 아름다이 너기샤 인ᄒᆞ여 닌금장 션젼관을 시기시고 ᄯᅩ 츙쳥병ᄉᆞᄅᆞᆯ 졔슈ᄒᆞ시고 ᄯᅩ 별군직을 시기신 후의 개쳔군슈ᄅᆞᆯ ᄒᆞ이시니 (國家大致嘉尙, 連拜內禁將宣傳官等職, 仍又直拜忠淸兵使, 又拜別軍職, 後又拜价川守.) <靑邱野談 奎章 7:63>

146) 【별-군직】 圀 ((관직)) 별군직(別軍職). 조선시대에, 별군직청에 속하여 임금을 호위하며 죄인을 잡아내는 일을 맡아보던 무관직.¶ 別軍職 ‖ 국개 크게 아름다이 너기샤 인ᄒᆞ여 닌금장 션젼관을 시기시고 ᄯᅩ 츙쳥병ᄉᆞᄅᆞᆯ 졔슈ᄒᆞ시고 ᄯᅩ 별군직을 시기신 후의 개쳔군슈ᄅᆞᆯ ᄒᆞ이시니 (國家大致嘉尙, 連拜內禁將宣傳官等職, 仍又直拜忠淸兵使, 又拜別軍職, 後又拜价川守.) <靑邱野談 奎章 7:63>

147) 【흠션-ᄒᆞ~】 圀 흠선(欽羨)하다. 공경하여 부러워하다.¶ 欽羨 ‖ 대개 개쳔은 의쥬의 속ᄒᆞᆫ 골[고]을이라 금의로 환향ᄒᆞ야 그 어미ᄅᆞᆯ 밧들고 관늠으로ᄡᅥ 봉양ᄒᆞ

---

143) 【근비】 圀 근배(巹拜). 전통 혼례에서, 신랑 신부가 잔을 주고받음.¶ 合巹 ‖ ᄯᅩ 허믈며 그 납ᄎᆡ만 바다슬 ᄯᆞᆫ이오 일즉 더브러 근비ᄅᆞᆯ 합ᄒᆞᆫ 일도 업셔 죽어 지아미 면목노 아시 못ᄒᆞ거늘 이ᄅᆞᆯ 쇠희여 죵신ᄒᆞ미 ᄯᅩ한 의미업ᄂᆞᆫ지라 (又況只受其采而已, 未嘗與之合巹, 而未識亡夫之面目, 守此終身, 亦無意味.) <靑邱野談 奎章 7:60>

167

더라.

치졍셩과효비블샹
致精誠課曉拜佛像

넷젹에 흔 션비 잇스니 셩은 니(李)라. 강경
(講經) 공부롤 힘뼈 식년(式年) 쵸시롤 ᄒᆞ미 회시강
(會試講)이 명츈에 잇ᄂᆞᆫ지라. 회시강을 위ᄒᆞ여 친구
수삼인으로 더브러 췩을 가지고 북한(北漢) 듕흥ᄉᆞ
(重興寺)의 가 유벽흔 방을 굴희여 졍쇼(淨掃)ᄒᆞ
고148) 드러 ᄯᅳᆺ을 젼일이 ᄒᆞ여 듀야 공부ᄒᆞ더니 니
ᄉᆞ인(李士人)이 믜양 사볘의149) 머리 빗고 목욕ᄒᆞ고
블당 【64】에 가 블샹을 향ᄒᆞ야 분향지비ᄒᆞ고 암축
(暗祝)ᄒᆞ니 모든 벗들이 믜일 긔롱ᄒᆞ며 우으ᄃᆡ 니ᄉᆞ
인이 드른체 아니ᄒᆞ고 졍셩을 부즈런이 ᄒᆞ여 비록
바롬이 차고 눈이 ᄲᆞ이여 하늘이 음음(陰陰)ᄒᆞ고 비
오는 밤이라도 빌기롤 흔 번도 폐치 아니ᄒᆞ니 그
듕의 흔 벗이 소긔고져 ᄒᆞ여 니ᄉᆞ인 몬져 블당의
가 몸을 부쳐의 뒤예 금쵸아 기ᄃᆞ리더니 오러지 아
냐 ᄉᆞ인이 과연 와 분향ᄒᆞ고 긔도ᄒᆞ니 그 비ᄂᆞᆫ 말
의 굴오ᄃᆡ,

"평싱 쇼원이 흔갓 과거의 잇기로 졍셩을 다
ᄒᆞ야 묵축(默祝)ᄒᆞ기롤 게을니 아니ᄒᆞ오니 복원 녕
ᄒᆞ신 부쳐ᄂᆞᆫ ᄌᆞ비지심을 드리오샤 보시(普施)의 덕

─────────────

게 ᄒᆞ시니 도니 사롬이 다 흠션치 아니리 업더라 (价
卽義州之道內邑也. 錦衣還鄕, 以板輿奉其母, 饟以官廩,
其道內諸人, 莫不欽羨云.) <靑邱野談 奎章 7:63>

148)【졍쇼-ᄒᆞ-】圖 졍소(淨掃)하다. 깨끗하게 소제하다.¶
淨掃 ‖ 회시강을 위ᄒᆞ여 친구 수삼인으로 더브러 췩
을 가지고 북한 듕흥ᄉᆞ의 가 유벽흔 방을 굴희여 졍
쇼ᄒᆞ고 드러 ᄯᅳᆺ을 젼일이 ᄒᆞ여 듀야 공부ᄒᆞ더니 (爲
習會講之工, 約親友數三人, 携冊往會於北漢之重興寺,
揀一靜僻之室, 淨掃而入處, 以爲專意誦讀之計.) <靑邱
野談 奎章 7:63>

149)【사볘】圖 새벽.¶ 曉頭 ‖ 니ᄉᆞ인이 믜양 사볘의 머리
빗고 목욕ᄒᆞ고 블당에 가 블샹을 향ᄒᆞ야 분향지비ᄒᆞ
고 암축ᄒᆞ니 모른 벗들이 믜일 긔롱ᄒᆞ며 우으ᄃᆡ 니ᄉᆞ
인이 드른체 아니ᄒᆞ고 (李每於曉頭梳頭浴身, 往佛堂,
向佛像, 焚香再拜, 暗暗祈祝, 諸親友, 每每譏笑, 而李也
聽之藐藐.) <靑邱野談 奎章 7:63>

을 베풀어 ᄒᆞ여곰 명츈 과거롤 맛치게 ᄒᆞᄃᆡ 닐곱
대문(大文)을 미리 ᄀᆞᄅᆞ치샤 ᄡᅥ 젼일히 강습게 ᄒᆞ쇼
셔."

그 벗이 거짓 부쳬 쳬ᄒᆞ여 말ᄒᆞ야 굴 【65】 오
ᄃᆡ,

"네 졍셩이 흔갈 ᄀᆞᆺᄒᆞ야 게으르지 아니ᄒᆞ니
극히 가샹흔지라 명츈 회시예 맛당이 날 강장(講章)
을 몬져 닐으노니 쥬역(周易)에 아모 괘와 셔젼(書
傳)의 아모 편과 시젼(詩傳)의 아모 쟝과 논어(論語)
에 아모 대문과 밍즈(孟子)의 아모 쟝과 듕용(中庸)
의 아모 쟝과 대혹(大學)의 아모 쟝이 날 거시니 네
모로미 젼심ᄒᆞ여 익이 숑독ᄒᆞ면 가히 ᄡᅥ 슌통ᄒᆞ리
라."

흔ᄃᆡ 니셩이 부복ᄒᆞ여 공슌이 듯기롤 맛치미
ᄯᅩ 지비ᄒᆞ고 치샤ᄒᆞ여 굴오ᄃᆡ,

"부쳬 신령을 나리오샤 이러툿 ᄀᆞᄅᆞ치시니 은
틱이 하놀 ᄀᆞᆺ다."

ᄒᆞ고 이후로부터 다른 쟝을 넑지 아니ᄒᆞ고 다
만 ᄀᆞᄅᆞ친 바 닐곱 대문을 넑어 듀야로 숑습(誦習)
ᄒᆞᄃᆡ 자기롤 닛고 먹기롤 폐ᄒᆞ여 쇼쥬(小註)ᄭᆞ지 다
돌숑(突誦)ᄒᆞ니 그 벗이 처음의ᄂᆞᆫ 비록 소기고 조롱
ᄒᆞ여 이 거죠(擧措)롤 흔 【66】 엿스나 그 진긔 부쳐
의 ᄀᆞᄅᆞ치므로 알고 혹ᄒᆞ여 미드미 이지경의 니롤
줄을 아지 못ᄒᆞ엿더니 도로혀 날노 말미암아 치픽
(致敗)ᄒᆞᆯ 넘녜 잇ᄂᆞᆫ지라. 뎌 사롬이 소김의 드ᄂᆞᆫ 형
샹과 우쥰(愚蠢)흔 거죄 가히 우엄즉ᄒᆞᄃᆡ 일변 민망
히 너겨 니셩ᄃᆞ려 닐너 굴오ᄃᆡ,

"부쳬 비록 닐곱 대문을 닐넛스나 부쳐의 녕
ᄒᆞ고 녕치 못ᄒᆞᄆᆞᆯ 가히 아지 못ᄒᆞᆯ 거시어늘 그ᄃᆡ
다만 그 말을 미더 칠대문만 넑으니 만일 명츈 회
시예 강쟝이 다 ᄲᅡᆺ고 나면 엇지 낭픽 아니랴? 그ᄃᆡ
엇지 고혹히 미드니 이럿틋 심ᄒᆞ뇨?"

니셩이 굴오ᄃᆡ,

"졍셩쇼됴(精誠所到)의 신명이 ᄯᅩ흔 감동ᄒᆞ여
이럿툿 미리 ᄀᆞᄅᆞ치미 잇스니 엇지 무령(無靈)ᄒᆞᆯ 니
잇스리오? 그ᄃᆡᄂᆞᆫ 다시 말 말고 다만 명츈의 과거
ᄒᆞᄂᆞᆫ 거슬 보라."

그 벗이 민박ᄒᆞᄆᆞᆯ 니긔지 못ᄒᆞ여 실 【67】 졍
을 토ᄒᆞ여 굴오ᄃᆡ,

"그ᄃᆡ의 긔도ᄒᆞ미 밋치고 어리셕은 고로 내
일시 희롱ᄒᆞ여 ᄒᆞ여 ᄡᅥ 봄은 부쳐의 뒤예 ᄀᆞ쵸아
부쳐의 말을 가탁ᄒᆞ여 닐곱 대문을 닐으미오 부쳐
의 말은 아니어늘 그ᄃᆡ 이ᄀᆞᆺ치 심히 밋고 ᄆᆞ음을

돌니지 아니하니 엇지 그 우준하며 엇지 그 미혹하 뇨? 내 진실노 뉘웃도다. 그디 즈못 칠셔룰 다 송독 하엿다가 강을 님하여 낭픽업게 하라."

니싱이 굴오디,

"그러치 아니하다. 내의 일편된 졍셩은 텬디 의 한가지로 감동하시는 배오 신명의 한가지로 살 피시는 배라. 텬디신명이 회시예 날 대문을 미리 ▢ ▢처 날노 하여 강습게 하시니 엇지 능히 순ㅅ히 녯겨하여 ▢르치시리오? 그런 고로 그디로 하여곰 대 신하여 닐넛스니 이는 시동(侍童)의 신어(神語) 젼 흠과 축관(祝官)의 【68】 뜻을 고흠과 ▢혼지라. 일 노 말믜암아 의논흔즉 그디 비록 희롱의 거조룰 하 엿스나 그디의 스스로 흔 배 아니오 하늘이 실노 부리시미며 신명의 실노 명하시미니 그디의 말은 곳 텬신의 말이라 비록 뭇긔롱과 모든 조롱이 스면 으로 니르나 만변 회심흘 니 업다."

하고 일노부터 문을 닷고 손을 보지 아니하고 홀노 안쟈 므음으로 외오며 입으로 닑기룰 다만 이 칠대문만 하더니 명츈 회시예 니싱이 강셕(講席)에 드러가 안즈니 이윽고 강지(講紙) 댱(帳) 안으로 나 오거늘 급히 보니 이는 곳 쟉동(昨冬)의 강습하던 칠대문이라. 대희하여 다시 싱각도 아니하고 즉시 고셩대독하여 음셕압쥬(音釋壓註)가지 일즈도 초착 (差錯)하미 업셔 그 형셰 경긔(輕騎)룰 큰 길에 몰 며 쥰매 쥰판(峻坂)의150) 다름 ▢트니 칠시 【69】 관 (七試官)이 크게 청찬하고 각ㅅ 사실을 내니 순통 (純通)으로151) 과연 급졔하니라.

숑은틱미반칭민야

150) 【쥰판】團 ((지리)) 쥰판(峻坂). 몹시 가파른 언덕.¶ 峻坂∥그 형셰 경긔룰 큰 길에 몰며 쥰매 쥰판의 다 름 ▢트니 칠시관이 크게 청찬하고 각ㅅ 사실을 내니 순통으로 과연 급졔하니라 (如輕車之驅, 熟路駿馬之走 峻坂. 七試官大加稱賞, 交相擊節. 至於扇題皆落, 遂各 出通桩, 以七純通登第.) <靑邱野談 奎章 7:68>
151) 【순통】團 순통(純通). 책을 외고 그 내용에 통달함. 과시(科試)에서 만점 맞는 것.¶ 純通∥그 형셰 경긔룰 큰 길에 몰며 쥰매 쥰판의 다름 ▢트니 칠시관이 크 게 칭찬하고 각ㅅ 사실을 내니 순통으로 과연 급졔하 니라 (如輕車之驅, 熟路駿馬之走峻坂. 七試官大加稱賞, 交相擊節. 至於扇題皆落, 遂各出通桩, 以七純通登第.) <靑邱野談 奎章 7:68>

誦恩澤每飯稱閔爺

어의(御醫)예 안효람(安孝男)이 일즉 공경 ㅅ 대부 사이예 놀미 일홈이 잇는지라 효묘됴(孝廟朝) 문안 계실 쩌예 여러 번 탕졔(湯劑)룰 드려 문득 효 험을 보신 고로 특별이 쳠지(僉知) 가쟈(加資)룰 졔 슈하여계더니 늘께예 히셔(海西) 지령(載寧) 따의 나려가 스다가 나히 구십에 죽으니라. 장ㅅ지낸 후 십년 신히(辛亥) 분에 히 크게 주리는지라 쩌예 녀 양(驪陽) 민상공(閔相公)이 황히감ㅅ(黃海監司)룰 하 여 왓더니 안효람은 본디 민상공의 집에 근로흔 사 롬이라 홀는 녀양공(驪陽公)이 꿈을 쑤니 효람이 와 찻거늘 이믜 죽은 줄을 쎄닷지 못하고 혼연이 회포 펴기룰 평일 【70】 ▢치 하다가 안효람이 굴오디,

"금년이 크게 쥬려 모든 일가 빅여 귀 장찻 구학(溝壑)의 몌이게 되엿스니 원컨디 대야(大爺)는 특별이 이련이 너기샤 구휼하여 쥬쇼셔."

민공이 그 말을 긍측(矜惻)이 너겨 허락하고 쏘 무르디,

"그디 가속이 ㅅ졔 어디 잇느뇨?"

굴오디,

"쳔흔 손즈의 일홈은 세원(世遠)이니 지령 뉴 동(柳洞)에 사느이다."

슈작을 맛지 못하여 흔번 기지게예 쎄니 남가 일몽이라. 크게 꾀이히 너겨 드디여 촉을 붉히고 니 러나 니블을 두루고 안져 즉시 지령 뉴동 안세원 일곱 짜룰 쎠 긔록하고 그 잇튼날 본읍에 발관(發 關)하여 굴오디,

"모인의 손즈 안세원이 뉴동에 잇다 하니 즉 시 초쟈 올니라."

본관이 관즈 보고 세원이 죄 잇는가 의심하야 즉시 초ㅅ로룰 발하야 셩화▢치 영문에 압송 【71】 하 니 녀양공이 보고 우으며 나아오라 하여 종용이 무 르니 낫ㅅ치 몽듕에 하든 말과 ▢트여 일호 차착이 업는지라. 드디여 효람의 꿈에 하던 말노쎠 닐으고 인하여 빅미 오십 셕을 쳬(帖)하여 쥬니 그쩌 각읍 슈령이 다 진휼ㅅ(賑恤使)로 영문에 왓다가 이 말을 듯고 이상히 너기며 그 의룰 흠탄하여 쏘흐 각ㅅ 끼미며 다른 물건을 쳐급(處給)하니 그 쉬 젹시 아 니흔지라. 민공이 다 슈운하여 졔집으로 보너여 쥬 니 세원의 일가 빅여귀(百餘口ㅣ) 다 시러곰 온젼하

169

믈 엇고 또 그 남아지로뻐 젼토(田土)를 쟝만ᄒᆞ여
한아비 졔ᄉᆞ를 밧드니 일노부터 안시의 집 노쇼 업
시 미양 밥먹을 젹이면 몬져 졔ᄒᆞ고 손을 곳초
와152) 비러 굴오ᄃᆡ,

　　"이 뉘 쥰 비뇨?"

　　다 굴오ᄃᆡ,

　　"민감ᄉᆞ 대야(大爺)라."

ᄒᆞ고 반ᄃᆞ시 먹으니 드ᄃᆡ 【72】여 가법(家法)
이 되야 ᄃᆡᄃᆡ로 또 그러ᄒᆞ니 사ᄅᆞᆷ이 혹 무로ᄃᆡ,

　　"무슴 일노 이곳치 ᄒᆞᄂᆞ냐?"

　　ᄃᆡ답ᄒᆞ여 굴오ᄃᆡ,

　　"조샹 쩍부터 이곳치 ᄒᆞᄂᆞᆫ 고로 우리도 이곳
치 ᄒᆞ나 실노 그 연고를 아지 못ᄒᆞ노라."

또 민감ᄉᆞ의 셩명을 무르ᄃᆡ 또 뉜 줄 모로노
라 ᄒᆞ니 대져 명ᄌᆞ지듕(冥冥之中)의 민공의 은덕을
가히 알니러라.

반동도당고쵸듕
班童倒撞薻草中

녯젹에 ᄒᆞᆫ 냥반 ᄋᆞ희 잇스니 가셰 녕쳬(零替)
ᄒᆞ고153) 부뫼 구몰ᄒᆞ여 외론 몸이 고ᄌᆞ(孤苦)ᄒᆞ
ᄃᆡ154) 져기 문ᄍᆞ를 아는 고로 미양 본고을 니방(吏

房)의 집에 가 그 문부의 수고로오믈 ᄃᆡ신ᄒᆞ여 호
구지계(糊口之計)를 ᄒᆞ더니 고을 안의 ᄒᆞᆫ 시너 잇고
시너ᄀᆡ 훈 민가의 녀ᄌᆡ 잇셔 나히 댱셩ᄒᆞ되 혼인
을 졍치 못ᄒᆞ엿더니 일ᄌᆞ은 그 【73】 부뫼 친쳑의
혼인 보기를 위ᄒᆞ여 일시예 흠픠 나가고 다만 그
녀ᄌᆡ 집의 잇셔 썰니ᄒᆞ거늘 그 냥반 ᄋᆞ희 젼부터
넉이 보와 ᄆᆞᄋᆞᆷ의 흠모ᄒᆞ여 지나더니 그 녀ᄌᆡ 홀노
잇는 줄 알고 ᄀᆞ만이 그 집의 가 뒤흐로 그 녀ᄌᆡ의
허리를 안은ᄃᆡ 그 녀ᄌᆡ 굴오ᄃᆡ,

　　"내 도령쥬의 뜻을 아ᄂᆞ니 내 본ᄃᆡ 샹한의 녀
ᄌᆞ로셔 냥반으로 더브러 혼인ᄒᆞ미 엇지 영화롭지
아니리오? 이졔 반ᄃᆞ시 이럿툿 무례히 홀 거시 아
니라 내 이믜 ᄆᆞᄋᆞᆷ의 허락ᄒᆞ엿스니 부모 오시기를
기ᄃᆞ려 맛당히 혼인을 의논ᄒᆞ고 날을 골ᄒᆡ여 셩녜
홀 거시니 아직 도라가 기ᄃᆞ리쇼셔."

그 ᄋᆞ희 그 말을 올히 녀겨 드듸여 허락ᄒᆞ고
갓더니 그 녀ᄌᆡ 부모 도라온 후의 그 위졀(委折)노
뼈 고ᄒᆞ여 쟝춧 퇵일ᄒᆞ려 홀 【74】 ᄉᆡ 그 녀ᄌᆡ의 외
쪽 원쵼(遠寸)의 ᄒᆞᆫ ᄋᆞ희놈이 잇셔 그 녀ᄌᆡ의 용모
를 흠모ᄒᆞ여 여러 번 구혼ᄒᆞ되 그 집의셔 ᄆᆞᄎᆞᆷᄂᆡ
허락지 아니ᄒᆞ엿더니 이졔 그 녀ᄌᆡ 반동으로 더부
러 혼인 언약ᄒᆞ믈 듯고 홀는 반동을 달이여 ᄃᆞ려다
가 그 슈족을 미고 보션으로 입을 막아 집동155) ᄡᅡ혼
ᄀᆞ온ᄃᆡ 거구루156) 박앗더니 그 녀ᄌᆡ 반동 업스
믈 알고 니방의 집에 가 무르ᄃᆡ 또ᄒᆞᆫ 업거늘 크게
의혹을 너여 바로 그 외쪽 ᄋᆞ희의 집에 가 널너 굴
오ᄃᆡ,

---

152) 【곳초오-】 圖 곧추세우다.¶ 上 ‖ 일노부터 안시의 집
　　노쇼 업시 미양 밥먹을 젹이면 몬져 졔ᄒᆞ고 손을 곳
　　초와 비러 굴오ᄃᆡ 이 뉘 쥰 비뇨 다 굴오ᄃᆡ 민감ᄉᆞ
　　대야라 (自是以後, 安家老幼, 每飯必先祭, 又上手祝曰:
　　"是誰賜也?" 齊云: "閔監司大爺.") <靑邱野談 奎章
　　7:71>

153) 【녕쳬-ᄒᆞ-】 圖 영쳬(零替)하다. 영락(零落)하다. 세력
　　이나 살림이 줄어들어 보잘것없이 되다.¶ 零替 ‖ 녯젹
　　에 ᄒᆞᆫ 냥반 ᄋᆞ희 잇스니 가셰 녕쳬ᄒᆞ고 부뫼 구몰ᄒᆞ
　　여 외론 몸이 고ᄌᆞᄒᆞ되 져기 문ᄍᆞ를 아는 고로 미양
　　본고을 니방의 집에 가 그 문부의 수고로오믈 ᄃᆡ신ᄒᆞ
　　여 호구지계를 ᄒᆞ더니 (某郡邑內, 有一班
　　童, 家勢零替, 父母俱沒, 零丁孤苦, 而粗知文字,
　　每往依於本郡吏房家, 贊其文簿之勞, 僅僅糊口.) <靑邱野談 奎章
　　7:72>

154) 【고고-ᄒᆞ-】 圕 고고(孤苦)하다. 외롭고 가난하다.¶ 孤
　　苦 ‖ 녯젹에 ᄒᆞᆫ 냥반 ᄋᆞ희 잇스니 가셰 녕쳬ᄒᆞ고 부
　　뫼 구몰ᄒᆞ여 외론 몸이 고ᄌᆞᄒᆞ되 져기 문ᄍᆞ를 아는
　　고로 미양 본고을 니방의 집에 가 그 문부의 수고로

　　오믈 ᄃᆡ신ᄒᆞ여 호구지계를 ᄒᆞ더니 (某郡邑內, 有一班
　　童, 家勢零替, 父母俱沒, 零丁孤苦, 而粗知文字, 每往依
　　於本郡吏房家, 贊其文簿之勞, 僅僅糊口.) <靑邱野談 奎
　　章 7:72>

155) 【집-동】 圖 짚동. 짚단을 모아 한 덩이로 만든 묶
　　음.¶ 薻艸 ‖ 홀는 반동을 달이여 ᄃᆞ려다가 그 슈족을
　　미고 보션으로 입을 막아 집동 ᄡᅡ혼 ᄀᆞ온ᄃᆡ 거구루
　　박앗더니 그 녀ᄌᆡ 반동 업스믈 알고 니방의 집에 가
　　무르ᄃᆡ 또ᄒᆞᆫ 업거늘 (一日, 誘致班童, 縶其手足, 以被
　　塞口, 倒撞於薻艸積堆之中. 一日, 其女不見班童, 往吏
　　房家問之, 亦不在焉.) <靑邱野談 奎章 7:74>

156) 【거구루】 圖 거꾸로.¶ 倒 ‖ 홀는 반동을 달이여 ᄃᆞ려
　　다가 그 슈족을 미고 보션으로 입을 막아 집동 ᄡᅡ혼
　　ᄀᆞ온ᄃᆡ 거구루 박앗더니 그 녀ᄌᆡ 반동 업스믈 알고
　　니방의 집에 가 무르ᄃᆡ 또ᄒᆞᆫ 업거늘 (一日, 誘致班童,
　　縶其手足, 以被塞口, 倒撞於薻艸積堆之中. 一日, 其女
　　不見班童, 往吏房家問之, 亦不在焉.) <靑邱野談 奎章
　　7:74>

"네 집의셔 아모 도령을 어디 감쵸앗ᄂ뇨? ᄉ속(斯速)히 너여보너라."

ᄒ니 그 집이 크게 발명ᄒ고 ᄯ또 ᄭ지ᄅᄃ 그 녀ᄌᆞ 드ᄅ른체 아니ᄒ고 그 집 너외룰 두로 뒤되 ᄆᆞ촘ᄂ 보지 못ᄒ지라. ᄎᆞᄎᆞ 후졍(後庭)으로 드러가 그 집동을 헷치고 보니 그 ᄋᆞ회 과연 그 ᄀ [75] 온디 것구려져 얼굴이 죽은 상 ᄀᆞᆺ고 숨이 ᄆᆞᆫ허지고 져 ᄒ거놀 급히 안아 니야 몬져 입 막은 보션을 ᄲᆞ이고 다음 ᄉ슈죡 결박ᄒᆫ 거슬 프러 등에 업고 도라와 계집의 누이고 어미로 ᄒᆞ여곰 조리식이라 ᄒ고 바로 관졍(官庭)의 드러가 졀ᄎᆞ히 그 ᄉ슈말을 고ᄒ니 관개 크게 칭찬ᄒ고 그 외죡 ᄋᆞ회놈을 잡아드려 엄형뎡ᄇᆡ(嚴刑定配)ᄒ고 혼ᄉ슈룰 우수(優數)히 쥬어 셩혼ᄒ니라.

[청구야담 권지팔 靑邱野談 卷之八]

향변ᄌ슈통졔ᄉ
鄕弁自隨統制使

【1】농인(龍仁) ᄯᅡ의 ᄒᆞᆫ 무변(武弁)이 잇스되 의긔 뇌락(磊落)ᄒᆞ고¹⁾ ᄯᅩ 권슐(權術)이 만터니 일ᄌᆞ은 신졔슈(新除授) 통졔시(統制使ㅣ) 장ᄎᆞᆺ 하ᄃᆞᆨᄒᆞᄆᆞᆯ 듯고 쥬립(朱笠)과 호슈(虎鬚)와 동긔와 도편(刀鞭) 등물을 ᄀᆞ쵸고 ᄯᅩ ᄆᆞᆯ ᄒᆞᆫ 필을 사 통졔ᄉ의 지나기ᄅᆞᆯ 기ᄃᆞ려 그 무변이 융복졔구(戎服諸具)ᄅᆞᆯ ᄀᆞ쵸고 길 겻ᄒᆡ 나아가 마즈니 통졔시 보고 무러 ᄀᆞᆯ오디,

"뎌 엇더ᄒᆞᆫ 사ᄅᆞᆷ고?"

그 무변이 국궁ᄒᆞ여 나아가 ᄀᆞᆯ오디,

"드르니 ᄉᆞ되(使道ㅣ) 장ᄎᆞᆺ 통영에 부임ᄒᆞ시ᄂᆞᆫ 고로 뫼시고 가기를 원ᄒᆞ여 감히 와 뵈ᄂᆞ이다."

통졔시 그 사ᄅᆞᆷ의 용모ᄅᆞᆯ 보니 얼골이 쥰위(俊偉)ᄒᆞ고 셩음이 웅장ᄒᆞ고 의복이며 ᄆᆞᆯ이 ᄯᅩᄒᆞᆫ 션명ᄒᆞᆫ지라. 웃고 허락ᄒᆞ니 후 【2】 빅 비장 수십인이 셔로 눈쥬어 웃지 아니리 업스디 조곰도 혐의치 아니ᄒᆞ고 날마다 슈힝ᄒᆞ여 모든 비장으로 더부러 문안ᄒᆞ더니 통졔시 도임ᄒᆞᆫ 잇튼날 됴ᄉᆞ(朝仕) 후의 영

니(營吏) 군관 좌목픠(座目牌)ᄅᆞᆯ²⁾ 올니거늘 통졔시 비쟝들을 도라보와 ᄀᆞᆯ오디,

"그디ᄂᆞᆫ 어늬 사ᄅᆞᆷ의 쳥으로 왓ᄂᆞ뇨?"

답ᄒᆞ여 ᄀᆞᆯ오디,

"쇼인은 아모 대감 쳥이로소이다."

ᄯᅩ 그 다음 비장ᄃᆞ려 무른디 디답ᄒᆞ여 ᄀᆞᆯ오디,

"쇼인은 아모되 사ᄅᆞᆷ이로소이다."

ᄎᆞᄎᆞ 뭇기ᄅᆞᆯ 다 못ᄒᆞ여셔 그 무변이 나아와 ᄀᆞᆯ오디,

"쇼인은 농인 듐노의셔 ᄌᆞ원ᄒᆞ여 왓ᄂᆞ이다."

통졔시 머리ᄅᆞᆯ ᄭᅳ덕이고 쳥ᄒᆞᆫ 바 긴헐(緊歇)을 혜아려 방임(房任)을³⁾ ᄎᆞ경(差定)ᄒᆞᆯ시 최말(最末)의 다만 ᄒᆞᆫ 박패(薄窠ㅣ)⁴⁾ 남앗거늘 아직 이 무변으로 ᄎᆞ경ᄒᆞ엿더니 오ᄅᆞ지 아녀 셔울노셔 【3】 온 비쟝들이 방임이 혹 박ᄒᆞ다 ᄒᆞ여 가기를 구ᄒᆞ며 혹 통(籠)을 닷토와 하딕ᄒᆞ고 가니 궐 잇ᄂᆞᆫ 과를 졈ᄌᆞ 그 무변의게 이획(移劃)ᄒᆞ여 여러 둘 신임ᄒᆞᄆᆡ ᄒᆞᄂᆞᆫ 바를 술펴본즉 아ᄂᆞᆫ 거시 만코 미시 근근(勤懇)ᄒᆞ야 인품과 직국(才局)이 다른 사ᄅᆞᆷ의게 지나ᄂᆞᆫ지라. 이예 더옥 신임ᄒᆞ여 조혼 과(窠)와 긴ᄒᆞᆫ 소임을 만히 환ᄎᆞ(換差)ᄒᆞ니⁵⁾ 졀친ᄒᆞᆫ 비쟝들이 셔로 알소(訐訴)도⁶⁾ ᄒᆞ며 참소도 ᄒᆞ디 ᄯᅩᄒᆞᆫ 의심치 아니ᄒᆞ고 더옥

---

1) 【뇌락-ᄒᆞ-】 圖 뇌락(磊落)하다. 마음이 너그럽고 작은 일에 얽매이지 않다.¶磊落∥농인짜의 ᄒᆞᆫ 무변이 잇스되 의긔 뇌락ᄒᆞ고 ᄯᅩ 권슐이 만터니 일ᄌᆞ은 신졔슈 통셰시 장ᄎᆞᆺ 하ᄃᆞᆨᄒᆞᄆᆞᆯ 듯고 쥬립과 호슈와 동긔와 됴편 동물을 ᄀᆞ쵸고 (龍仁有一武夫, 志氣磊落, 又多權術. 一日聞新除統帥, 不日將辭朝, 乃具駿笠虎鬚筒刀鞭之屬.) <靑邱野談 奎章 8:1>

2) 【좌목-픠】 圖 좌목패(座目牌). 차례를 적은 목록.¶座目板∥통졔시 도임ᄒᆞᆫ 잇튼날 됴ᄉᆞ 후의 영니 군관 좌목픠ᄅᆞᆯ 올니거늘 (統帥上營, 翌日朝仕後, 營吏以軍官座目板呈上.) <靑邱野談 奎章 8:2>

3) 【방임】 圖 방임(房任). 지방 관아의 육방(六房)의 임무.¶房任∥통졔시 머리ᄅᆞᆯ ᄭᅳ덕이고 쳥ᄒᆞᆫ 바 긴헐을 혜아려 방임을 ᄎᆞ경ᄒᆞᆯ시 최말의 다만 ᄒᆞᆫ 박패 남앗거늘 (統帥點頭, 隨所諸之緊歇, 劃房任之優劣, 最晚, 只餘一薄窠.) <靑邱野談 奎章 8:2>

4) 【박과】 圖 박과(薄窠). 하찮은 벼슬자리.¶薄窠∥통졔시 머리ᄅᆞᆯ ᄭᅳ덕이고 쳥ᄒᆞᆫ 바 긴헐을 혜아려 방임을 ᄎᆞ경ᄒᆞᆯ시 최말의 다만 ᄒᆞᆫ 박패 남앗거늘 (統帥點頭, 隨所諸之緊歇, 劃房任之優劣, 最晚, 只餘一薄窠.) <靑邱野談 奎章 8:2>

5) 【환ᄎᆞ-ᄒᆞ-】 圖 환차(換差)하다. 바꾸어 맡기다.¶換差∥이예 더옥 신임ᄒᆞ여 조혼 과와 긴ᄒᆞᆫ 소임을 만히 환ᄎᆞᄒᆞ니 졀친ᄒᆞᆫ 비쟝들이 셔로 알소도 ᄒᆞ며 참소도 ᄒᆞ디 ᄯᅩᄒᆞᆫ 의심치 아니ᄒᆞ고 더옥 친신ᄒᆞ야 영듕의 모든 일을 다 총참게 ᄒᆞ더니 (於是益信任之腹窕緊任, 多或換差, 所親裨將雖, 父謁更誅, 一不勤意, 益加䂓信, 營中諸務, 盡爲兜攬.) <靑邱野談 奎章 8:3>

6) 【알소】 圖 알소(訐訴). 남을 헐뜯기 위하여 사실을 날조하여 고해 바침.¶謁∥이예 더옥 신임ᄒᆞ여 조혼 과

친신(親信)ᄒ야 영듕의 모든 일을 다 춍찰(總察)케
ᄒ더니 과만(瓜滿) 긔약이 겸ᄉ 갓가오민 홀연 ᄒ로
밤의 고치 아니ᄒ고 다라낫거늘 이에 모든 비쟝들
이 일졔 드러와 굴오디,

　"ᄉ도쥐(使道主ㅣ) 쇼인비의 말을 밋지 아니ᄒ
시고 근착(根着)[7] 업시 듕노의셔 쏠아온 놈을 밋으
샤 영문 젼지를 다 그 [4] 손의 맛기시더니 이제
일야의 도쥬ᄒ오니 셰상의 엇지 이럿툿ᄒ 허망ᄒ
일이 잇스리잇가?"

　긔롱ᄒ여 웃는 소리 좌우로 니러나니 통졔시
모든 비쟝을 드리고 각고(各庫) 유진(留在)를 졈고
ᄒ즉 비지 아니ᄒ 거시 업는지라 통졔시 망연히 바
라믈 일코 현쟝만 보고 기리 탄식ᄒᆯ ᄯ름이러니 오
리지 아니ᄒ야 과만(瓜滿)이 차 쳬귀(遞歸)ᄒ니 이
ᄯᅥ 셰되 환국(換局)ᄒ야 남인이 다 쳑퇴(斥退)ᄒ니
통졔시 ᄯᅩ한 남인이라 침쳬ᄒ여 낙ᄉ(落仕)ᄒ 지 수
년의 가셰 녕쳬(零替)ᄒ지라. 셔울집을 방미ᄒ고 남
대문 밧 이문(里門)골에 샤되 옛날 비쟝이 ᄒ 사ᄅᆷ
도 와 보는 쟤 업고 묘셕을 여러 날 궐(闕)ᄒ니 근
심ᄒ고 울ᄉᄒ여 ᄂᆞᆯ마다 압 창을 열고 길만 보더니
홀는 엇더ᄒ 사ᄅᆷ [5] 이 쥰마 타고 뒤히 복마(卜
馬) 일필이오 츄죵(追從)이 오륙이라 남문을 향ᄒ여
가더니 이윽고 바로 니문골노 드러 즈가의 디문으
로 드러와 물긔 ᄂᆞ려 졀ᄒ거늘 통졔시 답예ᄒ고 좌
를 졍ᄒ민 그 무변이 몬져 무러 굴오디,

　"ᄉ되 쇼인을 긔록지 못ᄒ시ᄂᆞ니잇가?"

　통졔시 놀나 굴오디,

　"과연 아지 못ᄒ노라."

　그 사ᄅᆷ이 굴오디,

　"ᄉ되 년젼 통졔ᄉ 도임ᄒ여 계실 졔 듕노의
셔 ᄯᆞ라갓던 비쟝을 긔력지 못ᄒ시ᄂᆞ니잇가?"

　통졔시 비로쇼 크게 ᄭᆡ닷고 궁곤ᄒ ᄯᆡ예 차쟈
오믈 깃거 무러 굴오디,

　"그 ᄉᆞ이예 어디 갓스며 이졔 무슴 연고로 왓
ᄂᆞ뇨?"

　디답ᄒ여 굴오디,

　"쇼인이 팔면부지(八面不知)예[8] 사ᄅᆷ으로 ᄌᆞ
쳔(自薦)ᄒ야 ᄯ라가니 모든 우음과 모든 긔롱이 ᄉ
면으로 니르되 ᄉ되 ᄒ 번도 [6] 듯지 아니ᄒ시고
편이ᄒ샤 신임ᄒ시니 쇼인이 목셕이 아니라 엇지
감격ᄒ믈 모로리잇가? 그ᄯ ᄉᆞ셰를 보니 ᄉ되 오리
지 아니ᄒ야 이지경을 당ᄒ여 여간월늠(如干月廩)
남아지로 집의 도라가 몟 ᄒᆡ를 쓰시지 못ᄒ실지라
그런 고로 쇼인이 ᄉ도를 위ᄒ여 별노 ᄒ 계교를
내야 은덕을 갑홀 ᄆᆞ음이 잇스디 만일 그ᄯ 미리
고ᄒ즉 반드시 허락지 아니ᄒ실지라 그러므로 쇼인
이 과연 긔망ᄒ온 죄를 아오디 ᄯᅩ는 결울치 못ᄒ여
영문 직물을 가만이 슈운ᄒ야 모쳐의 가 ᄒ 쟝확
(臧獲)을[9] 엇어 가사와 젼디를 베플고 졔반 경영이
ᄉᄆᆡ 경돈ᄒ 고로 감히 와 ᄉ도를 쳥ᄒ오니 원컨디
그 집의 가 계셔 뼈 여년을 맛치쇼셔. ᄉ되 스스로
혜아리 [7] 시건디 이졔 이 셰상의 ᄉ환길이 막혀
엿스미 긔곤(飢困)ᄒ미 겸ᄉ 심ᄒ실지라. 엇지 능히
울ᄉ히 오리 이예 계시리잇고?"

　통졔시 듯고 황연히 ᄭᆡ드라 싱각ᄒ니 그 말이
유리ᄒ지라 드듸여 허락ᄒ니 무변이 ᄉᄉᆡ 다리고
온 츄죵을 분부ᄒ여 밥 두 상을 졍비히 찰여 ᄒ 상
은 ᄉ도긔 드리고 ᄒ 상은 니당의 드리고 삼일을
뉴ᄒ여 가산을 슈습ᄒ고 교마(轎馬)를 ᄀᆞ쵸와 드듸
여 가시믈 쳥ᄒᆫ디 통졔시 부인으로 더부러 일졔히
발힝ᄒ야 무변을 ᄯᆞ라 힝ᄒ 지 수일의 졈ᄉ 산곡

와 긴ᄒ 소임을 만히 환ᄎᆞ니 졀친ᄒ 비쟝들이 서로
알소도 ᄒ며 참소도 ᄒ디 ᄯᅩ호 의심치 아니ᄒ고 더욱
친신ᄒ야 영듕의 모든 일을 다 춍찰케 ᄒ더니 (於是
益信任之腹寔緊任, 多或換差, 所親裨將鞫, 交謁更諫,
一不動意, 益加親信, 營中諸務, 盡爲兜攪.) <靑邱野談
奎章 8:3>

7) 【근착】圈 근착(根着). 근본.¶ 根着‖ ᄉ도쥐 쇼인비의
　말을 밋지 아니ᄒ시고 근착 업시 듕노의셔 ᄯᆞ라온 놈
　을 밋으샤 영문 젼지를 다 그 손의 맛기시더니 (使道
　不信小人輩, 而偏信不知根着, 中路隨來者, 一營錢財,
　盡付渠手.) <靑邱野談 奎章 8:3>

8) 【팔면부지】圈 팔면부지(八面不知). 어느 면으로 보나
　젼혀 모름. 또는 그런 사람.¶ 八面不知‖ 쇼인이 팔면
　부지예 사ᄅᆷ으로 ᄌᆞ쳔ᄒ야 ᄯᆞ라가니 모든 우음과 모
　든 긔롱이 ᄉ면으로 니르되 ᄉ되 ᄒ 번도 듯지 아니
　ᄒ시고 편이ᄒ샤 신임ᄒ시니 쇼인이 목셕이 아니라
　엇지 감격ᄒ믈 모로리잇가 (小人以八面不知之人, 自薦
　而偏往, 羣譏衆笑, 四面沓至, 使道一不採聽, 偏愛信任,
　小人頑非豚魚, 豈不知感乎?) <靑邱野談 奎章 8:5>

9) 【쟝확】圈 ((인류)) 쟝확(臧獲). 종.¶ 別區‖ 그러므로
　쇼인이 과연 긔망ᄒ온 죄를 아오디 ᄯᅩ는 결울치 못ᄒ
　여 영문 직물을 가만이 슈운ᄒ야 모쳐의 가 ᄒ 쟝확
　을 엇어 가사와 젼디를 베플고 졔반 경영이 ᄉᄆᆡ 경
　돈ᄒ 고로 감히 와 ᄉ도를 쳥ᄒ오니 원컨디 그 집의
　가 계셔 뼈 녀년을 맛지쇼셔 (故小人果知欺罔之爲罪,
　而亦不暇恤焉. 潛輸營財往某處, 得一別區, 設置庄所,
　設般經紀. 今已整頓, 故敢來請, 使道住居其家, 以終餘
　年.) <靑邱野談 奎章 8:6>

173

ᄀ온디로 드러가 ᄒᆞᆫ 말늘 너므니 당젼ᄒᆞ여 태령(太嶺)이 하늘의 다핫ᄂᆞᆫ지라 통계시 비록 마음의 의심ᄒᆞ고 두리나 이지경의 니른러 ᄯᅩ한 엇지홀 길이 업더라. 무변이 몬져 지 우 [8] 회 올나 믈을 느리거늘 통계시 ᄯᅩ한 미조차 믈을 느려 보니 ᄉᆞ면의 뫼히 둘엇고 그 가온디 평ᄒᆞᆫ 들이 너르며 기와집이 즐비ᄒᆞ고 화곡(禾穀)이 들에 ᄀᆞ득ᄒᆞ엿ᄂᆞᆫ지라. 무변이 ᄀᆞᄅᆞ쳐 뵈여 ᄀᆞ오디,

"이ᄂᆞᆫ ᄉᆞ도 계실 집이오."

ᄯᅩ 그 겻흘 ᄀᆞᄅᆞ쳐 ᄀᆞ오디,

"이ᄂᆞᆫ 쇼인의 집이라. 들의 젼답은 아모디로 부쳐[티] 아모 곳의 니른러ᄂᆞᆫ ᄉᆞ도의 되의셔 거두실 배오 아모 곳으로부터 아모 곳의 니른러ᄂᆞᆫ 쇼인의 거둘 거시니이다."

통시 이를 보고 ᄆᆞ음과 눈이 황홀ᄒᆞ야 우슴을 비로소 열고 드디여 지예 느려 그 집에 드러가니 방벽이 경쇄ᄒᆞ고 졔되 긔묘ᄒᆞᆫ지라 드러가 안집을 보니 ᄯᅩ한 흔가지오 압회 각 고를 버려 다 봉쇄ᄒᆞ엿더라. 무변이 슈로(首奴)를 블너 분부ᄒᆞ여 ᄀᆞ오디,

"너의 샹젼 [9] 쥐 와 계시니 너의 등은 각ᄌᆞ 현신(見身)ᄒᆞ라."

이예 남죵 수십인이 일졔 현알(見謁)ᄒᆞ거늘 ᄯᅩ 녀죵을 블너 현신ᄒᆞ라 ᄒᆞ고 각고의 열쇠를 모와 드리여 통계ᄉᆞᄭᅴ 드리고 도라ᄃᆞᆫ니며 여러 뵈여 ᄀᆞ오디,

"이ᄂᆞᆫ 아모간이오 뎌ᄂᆞᆫ 아모간이라."

ᄒᆞ니 미곡과 젼지 고듕(庫中)의 치엿고 다시 니당의 드러가 본즉 가장즙믈과 일용계귀 다 ᄀᆞᆺ초 왓ᄂᆞᆫ지라 통계시 이예 크게 깃거ᄒᆞ더라. 무변이 ᄯᅩ 쳥ᄒᆞ여 뎌의 집에 가니 간수(間數)ᄂᆞᆫ 비록 져그나 졍쇄ᄒᆞᄀᆡᄂᆞᆫ 일반이라. 일노부터 됴셕 왕ᄂᆡᄒᆞ며 혹 셔로 더부러 쟝긔도 두며 혹 흔가지로 가 들도 보니 깃거ᄒᆞᄂᆞᆫ 졍이 무간(無間)ᄒᆞ더니 일ᄌᆞᆨ은 무변이 ᄀᆞ오디,

"ᄉᆞ되 이믜 여기 계시니 엇지 ᄉᆞ되며 쇼인이라 칭ᄒᆞ리잇고? 쳥컨더 서로 평교ᄒᆞᄆᆡ 죠홀 ᄃᆞᆺᄒᆞ니이다."

통계 [10] 시 ᄯᅩ한 깃거 죵신토록 평교로 우유(優遊)ᄒᆞ더라.

축관장지인타협

逐官長知印打頰

호람(湖南) ᄯᅡ의 ᄒᆞᆫ 원이 잇셔 졍녕(政令)이[10] 엄급(嚴急)ᄒᆞ고 형벌이 혹독ᄒᆞ니 사름이 다 황ᄌᆞ(惶惶)ᄒᆞ야 됴셕을 보젼치 못홀 ᄃᆞᆺᄒᆞ더니 일ᄌᆞᆨ은 슈리(首吏) 관쇽(官屬)을 모와 꾀ᄒᆞ여 ᄀᆞ오디,

"관가의 졍시 젼도(顚倒)ᄒᆞ고 형벌이 잔혹ᄒᆞ니 관가의 ᄒᆞ로 잇ᄉᆞ미 진실노 열흘 히 되ᄂᆞᆫ지라 만일 여러 히를 지ᄂᆞᆫ즉 비단 우리 무리 남아지 업슬 분 아니라 일읍이 다 홋터지리니 이러코 엇지 고을이 되리오?"

드디여 쫏기를 꾀홀시 그 듕의 ᄒᆞᆫ 아젼이 ᄀᆞ오디,

"여ᄎᆞᄎᆞᄎᆞᄒᆞ면 엇더ᄒᆞ뇨?"

모다 ᄀᆞ오디,

"이 계괴 ᄀᆞ장 묘ᄒᆞ다."

ᄒᆞ야 난만상확(爛漫相約)ᄒᆞ더니 흘ᄂᆞᆫ 그 원이 됴ᄉᆞ(朝仕)를 바든 후 [11] 의 ᄆᆞ춤 공시 업셔 흘노 안져 췩을 보더니 불의예 겨근 통인(通引)이 압회 나아와 손을 드러 ᄲᅣᆷ을 치니 그 원이 본디 셩이 조급ᄒᆞ여 분ᄒᆞ미 튕듕(撑中)ᄒᆞᆫ지라 영창을 밀치며 셔 안을 박차 크게 소리ᄒᆞ여 통인을 블너 잡아ᄂᆞ리라 ᄒᆞᆫ디 모든 통인이 면ᄌᆞ상고(面面相顧)ᄒᆞ고 ᄒᆞᆫ낫도 령 좃ᄂᆞᆫ 재 업거늘 급창(及唱)이와[11] ᄉᆞ령비(使令輩)를 부른디 다 디답지 아니ᄒᆞ고 입을 ᄀᆞ리고 우어 ᄀᆞ오디,

"엇지 통인이 안젼쥬(案前主)의[12] ᄲᅣᆷ을 치리

---

10) 【졍녕】圐 졍령(政令). 관아의 명령.¶ 政令 ∥ 호람 ᄯᅡ 의 ᄒᆞᆫ 원이 잇셔 졍녕이 엄급ᄒᆞ고 형벌이 혹독ᄒᆞ니 사름이 다 황ᄌᆞᄒᆞ야 됴셕을 보젼치 못홀 ᄃᆞᆺᄒᆞ더니 (湖南一守宰, 政令嚴急, 刑罰苛酷, 人皆惴惴, 不保朝 夕.) <靑邱野談 奎章 8:10>

11) 【급창-이】圐 ((인류)) 급창이(及唱-). 군아(郡衙)에서 부리던 사내종.¶ 吸唱 ∥ 모든 통인이 면ᄌᆞ상고ᄒᆞ고 ᄒᆞᆫ 낫도 령 좃ᄂᆞᆫ 재 업거늘 급창이와 ᄉᆞ령비를 부른디 다 디답지 아니ᄒᆞ고 입을 ᄀᆞ리고 우어 ᄀᆞ오디 엇지 통인이 안젼쥬의 ᄲᅣᆷ을 치리잇가 (諸通引面面相顧, 無 一從令者. 又呼吸唱使令輩, 擧皆不聽, 掩口笑曰: "案前 主失性乎? 豈有通引手打案前主頰之理乎?") <靑邱野談 奎章 8:11>

12) 【안젼쥬】圐 ((인류)) 안젼주(案前主). 하급관리가 상급 관리를 존대하여 쓰던 말.¶ 案前主 ∥ 모든 통인이 면 ᄌᆞ상고ᄒᆞ고 ᄒᆞᆫ낫도 령 좃ᄂᆞᆫ 재 업거늘 급창이와 ᄉᆞ령

잇가?"

원이 분ᄒ고 급ᄒ여 창을 치며 어즈러이 꾸지즈니 거죄 황잡(荒雜)ᄒ고 언에(言語ㅣ) 도착(倒錯)ᄒ여 밋쳐 말을 바로 못ᄒᄂᆫ지라. 통인비 칙실(冊室)에 고ᄒ여 ᄀᆞᆯ오디,

"안젼쥐 홀연 병환이 나셔 능히 안졍치 못ᄒ시고 광긔대발(狂氣大發)ᄒ엿다."

ᄒ거ᄂᆞᆯ 그 ᄌᆞ뎨와 칙방이 창황이 [12] 올나온 즉 그 원이 안즈락니러나락 ᄒ며 혹 손으로 셔안도 치며 혹 불노 창도 박차며 동지(動止) 만분 슈상ᄒ더니 칙방이 올나오믈 보고 그 통인의 ᄲᆞᆷ 치든 일과 곽[관]속(官屬)의 거역ᄒ든 일을 말홀 졔 분긔충텬ᄒ여 말이 ᄎᆞ례 업고 ᄯᅩ 심해 대발ᄒ여 안졍(眼睛)이 다 붉고 온몸의 ᄯᆞᆷ이 흐르며 닙에 거품이 흐르니 칙실이 이 모양을 보미 밋친 병 발ᄒ미 십분 의심이 업고 ᄯᅩ 통인의 일노 말ᄒ여도 이믜 목도ᄒᆞᆫ 배 업고 덧ᄉᆞᆫ ᄒᆞᆫ 니로뼈 말홀지라도 그럴 일이 업술 듯ᄒ여 드듸여 죵용이 고ᄒ여 ᄀᆞᆯ오디,

"대인은 평안이 안즈샤 셩경을 ᄂᆞ쵸쇼셔. 통인비 비록 물지각ᄒ여 인ᄉᆞ 업ᄉᆞ나 엇지 이러홀 니 잇ᄉᆞ리잇가? 병환이신 듯ᄒᆞ와이다."

그 원이 더욱 분노ᄒ여 크게 ᄭᅮ지져 [13] ᄀᆞᆯ오디,

"네 니 ᄌᆞ식이 아니로다. 네 통인비룰 위ᄒ여 원졍코져 ᄒᆞᄂᆞ냐? 급ᄌᆞ히 나가 다시 현형치 말나."

그 ᄋᆞ들이 ᄌᆞ예 읍듕 의원을 쳥ᄒ여 진믹ᄒ고 약 드리기룰 쳥ᄒᆞᆫ디 그 원이 막아 ᄀᆞᆯ오디,

"내 무ᄉᆞᆷ 병이 잇셔 약을 먹으리오?"

의관을 ᄭᅮ지져 물니치고 죵일토록 실셩한 사ᄅᆞᆷᄀᆞᆺ치 ᄒ니 칙방 이해 다 춤병환으로 아니 뉘 다시 그 말을 신쳥(信聽)ᄒ리오? 오날 이럿ᄐᆞᆺᄒ고 ᄯᅩ 명일 이럿ᄐᆞᆺᄒᆞ야 자기룰 닛고 먹기룰 폐ᄒ여 춤광증이 되니 관니 읍쵼이 모로ᄂᆞᆫ 재 업더라.

감ᄉᆞ 듯고 즉시 장파(狀罷)ᄒ니 부득이 치ᄒᆡᆼᄒ여 상경홀ᄉᆡ 지나다가 감ᄉᆞᆯ 본디 감ᄉᆞ 무러 ᄀᆞᆯ오디,

"드르니 신졀(愼節)이13) 잇다 ᄒ더니 지금은

─────────────

비록 부른디 다 디답지 아니ᄒ고 입을 ᄀᆞ리고 우어 ᄀᆞᆯ오디 엇지 통인이 안젼쥬의 ᄲᆞᆷ을 치리잇가 (諸通引面面相顧, 無一從令者. ᄯᅩ呼吸使令輩, 擧皆不聽, 掩口笑曰: "案前主失性乎? 豈有通引手打案前主頰之理乎?") <靑邱野談 奎章 8:11>

13) [신졀] 圀 신졀(愼節). '남의 병'의 존칭.¶ 愼節∥드르니 신졀이 잇다 ᄒ더니 지금은 엇더ᄒᆞ뇨 (聞有愼節,

엇더ᄒᆞ뇨?"

그 원이 ᄀᆞᆯ오디,

"춤병 들미 아니라."

ᄒ고 바야흐로 그 ᄉᆞ단을 내 [14] 려 ᄒ거ᄂᆞᆯ 감ᄉᆞ 믄득 손을 저어 ᄀᆞᆯ오디,

"그 증셰 다시 발ᄒᆞᆯ 듯ᄒ니 속ᄉᆞ히 나가라."

ᄒᆞᆫ디 감히 말을 다시 못ᄒ고 믈너 하직ᄒ고 그 집의 도라와 고요히 그ᄯᆡ 일을 싱각ᄒ고 분을 니긔지 못ᄒᆞ야 조곰 발셜코져 ᄒ면 믄득 구병이 복발ᄒᆞᄆᆞ로 돌녀 의관을 쳥ᄒ여 약을 무르니 ᄆᆞᆺᄎᆞᆷ내 구두의 올니지 못ᄒ더니 쇠로지경(衰老之頃)에 니르러 뼈 ᄒ더,

"이젼즉 히 오라고 나히 늙어 이믜 션텬ᄉᆞ(先天事ㅣ) 되엿ᄉᆞ니 비록 다시 발셜ᄒ나 엇지 구병의 돌니리오?"

ᄒ고 이예 모든 아들을 모와 말ᄒ여 ᄀᆞᆯ오디,

"내 아모ᄒ회 아모 고을 갓ᄉᆞᆯ 졔 통인이 ᄲᆞᆷ 친 일을 이졔가지 광증으로 아ᄂᆞᆫ다?"

모든 아들들이 악연히 셔로 도라보와 ᄀᆞᆯ오디,

"대인의 이 병환이 오리 발치 아니ᄒ시더니 이졔 홀연이 다시 발ᄒ [15] 시니 이룰 쟝ᄎᆞᆺ 엇지 ᄒ리오?"

ᄒ고 근심ᄒ고 민박히 너기ᄂᆞᆫ 형상을 두거ᄂᆞᆯ 그 사ᄅᆞᆷ이 감히 다시 말을 못ᄒ고 인ᄒ여 크게 웃고 긋쳐 몸이 ᄆᆞᆺ도록 분을 품엇다가 죵시 그 말을 붉히지 못ᄒ엿다 ᄒ더라.

감ᄌᆡ샹궁변거흉
憾宰相窮弁據胸

녯 ᄒᆞᆫ 무변이 잇셔 다른 친지 업고 다만 ᄒᆞᆫ 지샹의 집에 출입ᄒᆞᆫ 지 여러 ᄒᆡ예 근사(勤仕)룰 모왓더니 그 지샹이 니(吏)、병판(兵判)을 다 지나고 셰 ᄋᆞ들이 다 등과ᄒ여 맛은 승지(承旨)오 둘지ᄂᆞᆫ 옥당(玉堂)이오 셋지ᄂᆞᆫ 한님(翰林)이라. 무변이 명도 긔박ᄒᆞᄆᆞ로 ᄒᆞᆫ 번도 효험을 보지 못ᄒ고 비록 당ᄒᆞᆫ 파결(窠闕)이 잇ᄉᆞ나 혹 셰가의 쳥ᄒᆞᆫ 배 뙤며 혹 셰의(世誼)예 아인 비 되여 말망(末望)의도 일즉 참예

今則如何?) <靑邱野談 奎章 8:13>

치 못ᄒᆞ디 감히 원 【16】 구(怨咎)치 아니ᄒᆞ고 나아가 뫼웁기ᄅᆞᆯ 오직 부즈런이 ᄒᆞ야 스스로 ᄲᅧ ᄒᆞ디,

"밍샹군(孟嘗君)의 지긔라."

ᄒᆞ더니 홀연 그 ᄌᆡ샹이 풍병이 잇셔 여러 ᄃᆞᆯ 신고ᄒᆞ니 무변이 드듸여 그 집의 머무러 시탕(侍湯)ᄒᆞᆯᄉᆡ ᄃᆞᆯ이 지나디 ᄒᆞᆫ갈ᄀᆞᆺ치 게으르지 아니ᄒᆞ야 약 달임과 의복의 벗고 입으믈 다 친히 간검(看儉)ᄒᆞ니 비록 다른 문긱과 밋 겸죵이 잇스나 그 ᄌᆡ샹이 ᄲᅧ ᄒᆞ디,

"그 무변의 녕니홈과 민첩홈만 ᄀᆞᆺ지 못ᄒᆞ다."

ᄒᆞ야 잠간도 ᄯᅥ나지 못ᄒᆞ게 ᄒᆞ니 밤의도 옷슬 벗지 못ᄒᆞ고 안자셔 조을 ᄯᆞ름이라. 대쇼변 볼 졔와 좌와(坐臥)ᄒᆞᆯ 즈음의 ᄯᅩ한 반드시 친히 붓드러 호발도 슬희여ᄒᆞ며 괴로워ᄒᆞᄂᆞᆫ 빗치 업더니 그 ᄌᆡ샹이 병셰 졈졈 침듕ᄒᆞ여 말이 어룰(語訥)ᄒᆞ여14) 겻희 사ᄅᆞᆷ이 능히 아라듯지 못ᄒᆞ고 별증이 ᄯᅩ 【17】 나니 온 집안이 다 황황ᄒᆞ여 녕일 달야(達夜)ᄒᆞᆯ 즈음에 ᄒᆞ로밤은 셰 ᄋᆞ들이 피곤ᄒᆞ믈 견듸지 못ᄒᆞ여 각각 도라가 쉬고 겸죵과 노예 다 곤ᄒᆞ여 조을고 방듕의 무변 ᄒᆞ나만 잇셔 직희더니 ᄀᆞ만이 ᄌᆞ가 신셰ᄅᆞᆯ 성각ᄒᆞ니

'가련ᄒᆞ믈 측냥치 못ᄒᆞ리로다 내 이 ᄌᆡ샹의 친ᄌᆞ질이 아니오 ᄯᅩ 노복이 아니로디 문하의 출입ᄒᆞᆫ 지 십여 년의 ᄒᆞᆫ 번도 은혜ᄅᆞᆯ 입지 못ᄒᆞ고 시병(侍病)ᄒᆞᆫ 지 십여 삭의 ᄯᅩ ᄒᆞᆫ갓 슈고와 괴로옴만 ᄒᆞ도다. 비록 효ᄌᆞ효손이나 이에셔 더ᄒᆞ지 못ᄒᆞ리니 셰간의 엇지 이럿틋 가련ᄒᆞ고 가쇼로온 일이 잇스리오? ᄯᅩ 병셰ᄅᆞᆯ 성각건디 만분 위듕ᄒᆞ여 시긱의 념녜 잇고 다시 여망(餘望)이 업도다.'

ᄒᆞ고 인ᄒᆞ여 분한ᄒᆞᆫ ᄆᆞ음을 니여 기리 탄식ᄒᆞᄂᆞᆫ 두어 소리예 【18】 드듸여 ᄌᆡ샹의 ᄀᆞᄉᆞᆷ에 안자 칼을 ᄲᅢᅘᅧ 널너 ᄀᆞᆯ오디,

"내 네 집의 무슨 젼셩 업원(業冤)이 잇관디 여러 ᄒᆡ 근고ᄒᆞ여 분효(分效)도 보지 못ᄒᆞ고 이계 누삭(累朔) 병듕의 경셩으로 시약ᄒᆞ니 일은바 네 ᄋᆞ들 승지 옥당 한림이 엇지 날ᄀᆞᆺ치 지셩 ᄀᆞᆺ ᄒᆞ여 구호ᄒᆞᄂᆞ니 잇ᄂᆞ냐? 그러ᄒᆞ디 ᄒᆞ나토 감격ᄒᆞᄂᆞᆫ 뜻과

블안ᄒᆞᄂᆞᆫ 빗치 업스니 이 ᄀᆞᆺ흔 놈은 엇지 쌀니 죽지 아니ᄒᆞᄂᆞ뇨?"

ᄒᆞ고 인ᄒᆞ여 믈너나 ᄒᆞᆫ 모통이예 안졋스니 그 ᄌᆡ샹이 입으로는 비록 말을 못ᄒᆞ나 졍신은 여젼ᄒᆞ여 그 ᄒᆞᄂᆞᆫ 바ᄅᆞᆯ 보고 그 ᄒᆞᄂᆞᆫ 말을 드르미 분통ᄒᆞᆫ 믈 니긔지 못ᄒᆞ디 ᄯᅩ한 엇지ᄒᆞᆯ 길이 업더니 이윽고 모든 ᄋᆞ들이 와 문후ᄒᆞ거늘 그 ᄌᆡ샹이 앗가 그 광경을 지나고 병듕의 분노ᄒᆞ믈 더ᄒᆞ여 긔식이 엄엄ᄒᆞ니 【19】 승지 무변ᄃᆞ려 무러 ᄀᆞᆯ오디,

"병환이 앗가의셔 긔운이 쳔쵹(喘促)ᄒᆞ시니 아지 못게라 무슨 실셥(失攝)ᄒᆞ미 계시뇨?"

무변이 ᄀᆞᆯ오디,

"별노 실셥ᄒᆞ미 아니 계시더 앗가 쇼변 ᄒᆞᆫ 번 보신 후의 잠간 조으시더니 홀연 희쇼(咳嗽) 두어 소리예 ᄭᆡ시니 그 후로 긔식이 뎌러틋ᄒᆞ시더이다."

그 ᄌᆡ샹이 그 말을 드르미 무비빅지허언(無非白地虛言)이라 더욱 분긔를 니긔지 못ᄒᆞ야 비록 말ᄒᆞ고져 ᄒᆞ나 능히 소리를 너지 못ᄒᆞ니 진실노 ᄒᆞᆯ일 업ᄂᆞᆫ지라 인ᄒᆞ여 손으로ᄡᅥ ᄌᆞ가 ᄀᆞᄉᆞᆷ을 ᄀᆞᄅᆞ치고 ᄯᅩ 손으로ᄡᅥ 무변을 ᄀᆞᄅᆞ쳐 현연이 말ᄒᆞ고져 ᄒᆞᄂᆞᆫ 뜻이 잇스니 ᄌᆡ샹인즉 심듕의 앗가 무변의 ᄒᆞᆫ 일을 형용ᄒᆞ미나 방인(傍人)이 보건더 엇지 심듕의 먹은 바 일을 알니오? 더 무변의 젹공(積功)ᄒᆞ믈 잠시도 닛지 【20】 못ᄒᆞ여 일후 구쳐ᄒᆞᆯ 도리로ᄡᅥ 부탁ᄒᆞᆫ 줄 알고 다 디답ᄒᆞ여 ᄀᆞᆯ오디,

"비록 친히 ᄀᆞᄅᆞ치지 아니ᄒᆞ시나 이 무변의 은(德恩) 살을 버히고 털을 ᄯᅳᆺ흐나 무슴 앗가오미 잇스리잇가? 맛당히 극녁ᄒᆞ여 셩취ᄒᆞ미 잇게 ᄒᆞ리이다."

그 ᄌᆡ샹이 듯고 년ᄒᆞ여 손을 져으며 ᄯᅩ 흉당(胸膛)과 무변을 ᄀᆞᄅᆞ치니 비록 만 번 이러ᄒᆞ나 모든 ᄋᆞ들이 엇지 ᄡᅥ 그 본의를 알니오? 다만 병듕의 헛손질노 알앗더니 그 잇튼날 ᄌᆡ샹이 니지 못ᄒᆞ니 쟝ᄉᆞᆫ 후의 셰 ᄋᆞ들이 셔로 허희탄식(歔欷歎息)ᄒᆞ며 사ᄅᆞᆷ을 만난즉 문득 부탁ᄒᆞ여 그 겨을 도셩에 션젼관을 ᄒᆞ여 ᄎᆞᄎᆞ 승쳔(陞遷)ᄒᆞ야 여러 고을을 지나고 곤슈(閫帥)ᄭᆞ지 ᄒᆞ엿다 ᄒᆞ더라.

---

14) 【어룰-ᄒᆞ-】圈 어눌(語訥)하다. 말을 더듬어 유창하지 못하다.¶ 訥澁 ‖ 그 ᄌᆡ샹이 병셰 졈졈 침듕ᄒᆞ여 말이 이룰ᄒᆞᅌᅧ 겻희 사ᄅᆞᆷ이 능히 이ᄂᆞᆺ지 보ᄒᆞᆯᄭᅩ 별증이 ᄯᅩ 나니 온 집안이 다 황황ᄒᆞ여 녕일 달야ᄒᆞᆯ 즈음에 (其症漸漸沉苦, 言語訥澁, 傍人莫能諦聽, 別症層生, 擧家遑遑, 連日達夜之際.) <靑邱野談 奎章 8:16>

자휴슈기셔비화구
捉凶僧箕城伯話舊

176

【21】 황판셔(黃判書) 인검(仁儉)이 평안감ᄉᆞ(平安監司)롤 ᄒᆞ니 그ᄣᆡ 아모 고을의 살옥(殺獄)이 잇스나 졍범(正犯)ᄒᆞᆫ 놈을 잡지 못ᄒᆞᆫ 지 여러 ᄒᆡ라. 대뎌 그 고을의 냥반의 부녀로셔 셩혼ᄒᆞᆫ 지 오ᄅᆡ지 아니ᄒᆞ야 그 지아비 병드러 죽으ᄆᆡ 그 부녜 장ᄉᆞ 지난 후 무덤 겻ᄒᆡ 쵸막을 짓고 ᄒᆞᆯ노 가 분묘롤 직희여 됴셕곡(朝夕哭)에 ᄋᆡ졀ᄒᆞ믈 극히 ᄒᆞ며 됴셕 졔젼을 반ᄃᆞ시 졍셩ᄀᆞᆺ ᄒᆞ니 그 분묘에셔 집의 가기 머지 아니ᄒᆞᆫ지라 도로의셔 보ᄂᆞᆫ 재 위ᄒᆞ여 슬허 아니리 업더니 ᄒᆞᆯᄂᆞᆫ 부지하허인(不知何許人)의게 질녀 죽은 배 된지라. 본읍이 듯고 즉시 와 검시ᄒᆞᆫ즉 칼노 지른 흔젹이 분명ᄒᆞᆫᄃᆡ 그 졍범을 잡지 못ᄒᆞ여 엇던 놈인 줄을 모로더라. 황판셰 져머셔 산사의 가 공부ᄒᆞᆯ ᄣᅢ예 ᄒᆞᆫ 즁으로 더부러 친밀ᄒᆞ더니 산의 【22】 나려온 후의 그 즁이 ᄌᆞ조 드러와 뵐ᄉᆡ 본즉 반ᄃᆞ시 수일을 머믈너 더브러 담화ᄒᆞ더니 평안감ᄉᆞ ᄒᆞ여실 ᄣᅢ 밋쳐 그 즁이 ᄯᅩ 와 뵈거ᄂᆞᆯ 칙실(冊室)에 머무러 두고 ᄆᆡ양 공ᄉᆞ ᄒᆞᆫ 후에 무론쥬야ᄒᆞ고 반ᄃᆞ시 더부러 담쇼 ᄌᆞ약ᄒᆞᄃᆡ ᄆᆡ양 원통ᄒᆞᆫ 옥ᄉᆞ롤 시러곰 결단치 못ᄒᆞ므로 념녀ᄒᆞᄂᆞᆫ 듕 ᄆᆞ음의 혜오ᄃᆡ,

'뎌러ᄒᆞᆫ 즁은 널니 단니〻 반ᄃᆞ시 픙문ᄒᆞᆫ 일이 잇스리라.'

ᄒᆞ야 ᄒᆞᆯᄂᆞᆫ 죵용이 즁ᄃᆞ려 닐너 ᄀᆞᆯ오ᄃᆡ,

"아모 고을의 여ᄎᆞ〻〻ᄒᆞᆫ 의옥(疑獄)이 잇셔 다년 근포(跟捕)ᄒᆞᄃᆡ 졍범을 지우금(至于今) 잡지 못ᄒᆞ엿스니 너ᄂᆞᆫ 츌가ᄒᆞᆫ 사ᄅᆞᆷ이라 도로의 젼ᄒᆞᄂᆞᆫ 말을 혹 드ᄅᆞᄆᆡ 잇ᄂᆞ냐?"

그 즁이 비록 드른 배 업셰라 ᄃᆡ답ᄒᆞ나 ᄌᆞ셰히 긔ᄉᆡᆨ을 술핀즉 ᄌᆞ못 슈상ᄒᆞᆫ 빗치 뵈ᄂᆞᆫ지라. 밤이 깁 【23】 ᄒᆞᆫ 후 감ᄉᆡ 좌우롤 물니고 즁의 손을 잡고 무릅흘 다혀 닐너 ᄀᆞᆯ오ᄃᆡ,

"내 널노 더부러 사괴ᄆᆡ 져머셔부터 이졔 니ᄅᆞ히 여러 십년의 교분이 심히 두텁고 졍의 샹통ᄒᆞ여 간담이 서로 빗최니 네 내게 아모 일이 잇셔도 일호나 엇지 가히 숨기리오? 모로미 본 바와 드른 바로ᄡᅧ 낫〻치 말ᄒᆞ라. 밤이 깁고 사ᄅᆞᆷ이 고요ᄒᆞ여 겻ᄒᆡ 듯ᄂᆞᆫ 재 업ᄉᆞ니 말이 네 입의셔 나ᄆᆡ 바로 내 귀로 드러올 ᄯᆞᄅᆞᆷ이라 엇지 누셜ᄒᆞᆯ 니 잇스리오?"

수ᄎᆞ 조ᄒᆞᆫ 말노 달니여 무ᄅᆞ니 그 즁이 평일 졍의롤 ᄉᆡᆼ각ᄒᆞ며 오ᄂᆞᆯ밤 졍담을 드ᄅᆞᄆᆡ 말ᄒᆞ여도 방해로오미 업ᄉᆞᆯ 듯ᄒᆞᆫ지라 드ᄃᆡ여 그 실상을 토ᄒᆞ여 ᄀᆞᆯ오ᄃᆡ,

"쇼승이 과연 년젼 왕ᄂᆡᄒᆞ올 길에 그 계집을 ᄒᆞᆫ 번 보ᄆᆡ 욕심이 블 ᄀᆞᆺ 【24】 치 발ᄒᆞ여 고약(孤弱)ᄒᆞ믈 업수이 너겨 밤을 타 돌입ᄒᆞ야 강박히 갓가이 ᄒᆞ고져 ᄒᆞ니 그 부인이 죽기로 한ᄒᆞ여 힘ᄡᅧ 막거ᄂᆞᆯ 쇼승이 그 좃지 아니ᄒᆞ믈 분한ᄒᆞ여 칼을 ᄲᅡ혀 지르고 즉시 도망ᄒᆞ여 갓ᄂᆞ이다."

말을 맛치ᄆᆡ 황감ᄉᆡ 즉시 크게 소ᄅᆡᄒᆞ여 좌우롤 블너 이 즁을 자바나리라 ᄒᆞ야 그 죄롤 수죄ᄒᆞ고 박살(撲殺)ᄒᆞ여 그 녈녀의 여러 ᄒᆡ 원통ᄒᆞ믈 ᄡᅵ셔 쥬니 당시예 의논ᄒᆞᄂᆞᆫ 재 혹 어렵다 ᄒᆞ며 혹 박경(薄情)이라 ᄒᆞ더라.

셜신원완산윤검옥
雪神寃完山尹檢獄

녯적 아모 ᄌᆡ샹이 젼라감ᄉᆞ(全羅監司) ᄒᆞ여실 졔 ᄒᆞᆯᄂᆞᆫ 본관으로 더부러 션화당(宣化堂)의셔 말ᄒᆞ다가 밤이 깁흔 후의 본관이 믈 【25】 너오니 감ᄉᆡ 이믜 퇴령(退令)을 ᄂᆞ리오고 바야흐로 취침ᄒᆞᆯᄉᆡ 홀연 드ᄅᆞ니 녀ᄌᆞ의 곡셩이 심히 쳐량ᄒᆞ야 멀니 들니더니 ᄎᆞ〻 갓가와 삼문(三門) 안의 드러와ᄂᆞᆫ 곡셩이 드ᄃᆡ여 긋치고 인젹이 잇ᄂᆞᆫ 듯ᄒᆞ야 ᄎᆞ〻 셤을 지나 쳥에 올나 문을 열고 드러오거ᄂᆞᆯ 감ᄉᆡ 머리롤 드러 보니 ᄒᆞᆫ 쳐녜 누른 져고리예 블근 치마롤 닙엇스ᄃᆡ 얼골이 ᄯᅩᄒᆞᆫ 졀묘ᄒᆞᆫ지라 괴이 너겨 무러 ᄀᆞᆯ오ᄃᆡ,

"네 사ᄅᆞᆷ이냐 귀신이냐? 엇지ᄒᆞ여 왓ᄂᆞ뇨?"

그 녀ᄌᆡ ᄃᆡ답ᄒᆞ여 ᄀᆞᆯ오ᄃᆡ,

"쇼녀ᄂᆞᆫ 곳 본관 니방의 ᄯᆞᆯ이라 가셰 요부ᄒᆞ야 어미 죽은 후의 쇼녀의 아비 다시 후쳐롤 어더 ᄒᆞᆫ ᄌᆞ식을 낫코 계모의 동ᄉᆡᆼ이 잇셔 쇼녀의 집 ᄌᆡ물을 욕심내여 다 ᄲᆡ아술 ᄯᅳᆺ이 잇스ᄃᆡ 다만 쇼녜 집에 잇고 쇼녀의 아비 쇼녀롤 【26】 편ᄋᆡᄒᆞ옵ᄂᆞᆫ 고로 그 계교롤 발뵈지 못ᄒᆞ더니 월젼의 쇼녀의 아비 관가일노ᄡᅧ 다른데 나가오니 그 왕반을 혜아릴진ᄃᆡ 맛당히 오륙일이 될지라 쇼녀의 계뫼 그 동ᄉᆡᆼ으로 더무러 ᄒᆞᆫ가지로 모의ᄒᆞ고 쇼녀로 ᄒᆞ여곰 지게예 나가 다듬이ᄒᆞ라 ᄒᆞ고 ᄀᆞ만이 등 뒤흐로 목침을 드러 뇌후(腦後)롤 치니 즉ᄀᆡᆨ의 ᄯᅡ에 업더져 쇽뒤가 버러져 죽으니 이 의복으로 소렴(小殮)ᄒ여 관 속의 너허 십니 밧 대로 겻히 무드니 흙이 호히려 말으지 아니ᄒ엿ᄂ지라 쇼녀의 아비 일을 맛고 도라와 쇼녀 업스므로 차쟈 후쳐드려 무른즉 뼈 답답ᄒ디,

"그디 나간 지 수일 만의 홀연이 흉복통이 급히 발ᄒ여 블일 너예 죽엇다 ᄒ니 쇼녀의 아비ᄂ 【27】 그 위졀을 모로고 다만 통곡ᄒ 쓰롬이니 업디여 빌건디 스되쥐(使道主ㅣ) 쇼인을 위ᄒ여 이 원통ᄒ믈 꾀셔쥬시믈 감히 와 앙달ᄒ노이다."

감시 드디여 그 아비 셩명과 그 계모 동셩의 셩명을 뭇고 인ᄒ여 굴오디,

"내 맛당히 너롤 위ᄒ여 셜치(雪恥)ᄒ리라."

그 녀지 드디여 지비ᄒ고 믈너나미 곡셩과 종격이 들니지 아니ᄒ거ᄂ 즉시 쵹을 볼키고 니러 안져 통인(通引)을 보니여 본관을 급히 오라 ᄒ니 본관이 영문의 가 죵용이 담화ᄒ다가 야심 후의 취ᄒ여 도라와 ᄇ야흐로 옷슬 벗고 잠들어 신혼(神魂)이 몽롱ᄒ 가온디 홀연 드르니 샹영(上營) 통인이 스도 분부로뼈 급히 진리(進來)ᄒ라 ᄒ거ᄂ 이에 크게 놀나 니러나 굴오디,

"아지 못 【28】 게라 무슨 큰일이 잇셔 급히 부르ᄂ고?"

ᄒ고 드디여 의관을 전도(顚倒)ᄒ고 창황이 진리ᄒ니 감시 쵹을 붉히고 기드리거ᄂ 드디(여) 뵈옵고 무로디,

"무슴 큰일이 잇ᄂ니잇(가)?"

감시 굴오디,

"시급히 검시ᄒ 일이 잇스니 급히 관 십니 길가의 가 날이 붉기롤 기드려 검시ᄒ여 오라."

ᄒ고 인ᄒ여 쇼록(小錄)을 뼈 쥬니 본관이 본즉 이예 일홈 젹은 녹지(綠紙)라. 본관이 즉시 환관(還官)ᄒ야 건장ᄒ 쟝교와 쟝졍ᄒ 군스롤 발ᄒ야 록명(錄名) 조희롤 의지ᄒ여 급히 잡아와 큰칼을 엄히 쓰이고 모라 관 십니길 겻히 가 새무덤을 파 관을 ᄲ쳐고 신체롤 너여 검시ᄒ실시 츳츳로 ᄌ셰이 겸겸ᄒ즉 십오륙 세 녀지오 얼굴빗치 산 둣ᄒ고 ᄒ 곳 【29】 도 샹ᄒ 흔젹이 업거ᄂ 시체롤 뒤쳐본즉 꼭뒤 ᄶ져 뉴혈이 오히려 말으지 아니ᄒ고 그 쇼렴ᄒ 의샹이 어졔밤의 뵈던 바와 ᄀᆺ거ᄂ 드디여 후쳐의 동셩과 밋 니방을 잡아드려 낫ᄎ치 엄문ᄒ니 그 놈들이 힘히 발명지 못ᄒ고 발ᄂ히 샹복ᄒᄂ시ᄅ 드디여 아오로 다 타살ᄒ고 니방인즉 계가 잘못ᄒ 죄로 졍비ᄒ니 영읍 대쇼민이 그 신명ᄒ믈 칭찬치

아니리 업더라.

최곤륜등졔비(방)밍
崔崑崙登第背(芳)盟

최(崔) 부졔ᄒ(副提學) 챵대(昌大)ᄂ 다만 문쟝이 숙취(夙就)ᄒ고[15] 지명(才名)이 셰샹의 넘을 ᄲ 아니라 용뫼 출듕ᄒ고 풍치 사롬의게 동ᄒ나 과거롤 못ᄒ엿더니 이찌 모츈(暮春)에 알셩과(謁聖科)롤[16] 당ᄒ 【30】 여 나귀롤 타고 ᄒ 곳을 지날시 홀연 엇더ᄒ 사롬이 나귀 압히 와 졀ᄒ여 뵈거ᄂ 최싱이 무로디,

"네 엇던 사롬고? 내 긔력지 못ᄒ노라."

그 사롬이 굴오디,

"쇼인은 곳 지젼(紙廛) 시졍(市井) 아뫼로쇼이다. 일즉 일ᄎ 문안도 못ᄒ엿스디 그윽히 츙곡에 알외올 일이 잇스니 죵용치 못ᄒ즉 뼈 진졍을 고치 못ᄒ올지라 쇼인의 집이 곳 이젼이오니 비록 극히 황송ᄒ오나 감히 쳥ᄒ노니 힝ᄎᄂ 잠간 들어 쉬쇼셔."

최싱이 그 말을 이샹히 녀겨 드디여 나귀예 ᄂ려 그 밧사룸으로 드러가니 방벽이 졍쇄ᄒ고 셔화 벽샹의 ᄀᆞ득ᄒ엿ᄂ지라 좌롤 졍ᄒ미 그 젼인(廛人)이 몸을 굽혀 압히 나아와 굴오디,

"쇼인이 ᄒ ᄯᆯᄌᆞ식이 잇스니 나히 이팔이오 져기 ᄌᆞ석(姿色)이 【31】 잇셔 평싱 소원이 쇼년 명ᄉᆞ의 부실(副室)이 되고져 ᄒᄂ 고로 일즉 졍혼ᄒ

15) 【숙취 -ᄒ-】圖 숙취(夙就)ᄒ다. 일쪅 성취하다.¶ 夙就 ∥ 최부졔ᄒ 챵대ᄂ 다만 문쟝이 숙취ᄒ고 지명이 셰샹의 넘을 ᄲᆞ 아니라 용뫼 출듕ᄒ고 풍치 사롬의게 동ᄒ나 과거롤 못ᄒ엿더니 (崔副學昌大, 非但文華夙就, 才名溢世, 而容貌出衆, 風彩動人, 未第.) <靑邱野談 奎章 8:29>

16) 【알셩 -과】圖 알셩과(謁聖科). 조선시대에, 임금이 문묘에 참배한 뒤 실시하던 비정규적인 과거시험. 알성시(謁聖試).¶ 謁聖 ∥ 이찌 모츈에 알셩과롤 당ᄒ여 나귀롤 타고 ᄒ 곳ᄂ 지날시 홀연 엇더ᄒ 사롬이 나귀 압히 와 졀ᄒ여 뵈거ᄂ (時節屆暮春, 謁聖有命, 因事騎驢而出, 行過某坊, 忽有不知何許人, 趨詣驢前, 納頭便拜.) <靑邱野談 奎章 8:29>

곳이 업더니 어졔밤 꿈에 경초지(正草紙) 혼 장이 홀연 화호여 황농이 되여 공듕을 향호여 나라 올나가니 씨미 이상히 너겨 몽듕의 농 되든 조희롤 ᄎ쟈 여러 번 뽀셔 봉치호여 뼈 호디,

"금번 과거의 이 조희로 관광호는 쟈는 반드시 놉히 울을 거시니 뎨 스스로 굴히여쥬고 인호여 쇼실이 되리라 호옵고 쇼인의 집이 마참 대로가의 잇셔 아춤부터 힝낭 혼 간을 졍히 쓸고 발을 밧겻 창의 드리고 죵일토록 왕니호는 사롬을 보다가 맛춤 셔방쥬의 힝치 지나가시믈 보고 급히 쇼인을 블녀 힝츠롤 마자오라 호는 고로 당돌히 감히 쳥호엿ᄂ이다."

호고 이윽고 혼 대탁(大卓)을 나 【32】 아오니 음식이 다 졍결호고 ᄯᅩ흔 녀ᄌ롤 너여 뵈니 화용월티(花容月態) 진짓 경셩(傾城)의 식이오 미목이 쳥슈호고 거지 한아호여 녀염 녀ᄌ의 뉘 아니라. 그 뎐인이 ᄯᅩ 경쵸 혼 장을 뿌러 울녀 골오디,

"이는 쇼인의 쑬 꿈의 농 되여 울으든 조희라 과일(科日)이 ᄯᅩ흔 갓가오니 셔방님이 이 조희로뼈 경권(呈券)호신즉 반드시 급졔호시리니 창방(唱榜)호는 날의 비쳔호므로뼈 혐의치 마르시고 즉시 교ᄌ롤 ᄀᆞ쵸와 일 쑬을 다려다가 기리 긔취쳡(箕箒妾)을 삼으미 평싱 원이오니 천만 복츅(伏祝)호ᄂ이다."

최싱이 ᄀᆞ뫼 녀식의 츌즁호믈 흠모호며 ᄯᅩ흔 몽조의 비상호믈 깃거 드러여 뎡녕(叮嚀)이 허락호고 굿게 언약호여 갓더니 밋 과일(科日)을 당호여 최싱이 그 경 【33】 쵸지로 쟝듕의 드러가 일필휘지(一筆揮之)호여 즉시 경권호니 쟝원의 샌인라 어젼의 창명(唱名)호여 어ᄉ화(御賜花)롤[17] 꼿고 ᄉ악(賜樂)호시미 그 대인 최상공이 후비(後陪)로 나오니 션악(仙樂)이 하눌의 들네고 영광이 셰상의 빗나 집의 도라오니 헌최(軒軺ㅣ) 문에 머이고[18] 하긱이

당의 ᄀᆞ득호며 노릭호는 아희와 춤츄는 계집이 젼후의 버럿고 진슈셩찬이 좌우의 교착호엿ᄂ디 관현(管絃)은 즐기믈 돕고 챵우(倡優)는 지조롤 드리니 보는 재 쏠의 ᄀᆞ득호고 골에 머인지라. 어언지간(於焉之間)의 일식이 져믈고 빈긱이 흐터지니 최급졔(崔及第) 비록 향일 졍녕혼 언약을 닛지 아니호엿스나 ᄆᆞ춤니 이 쇼년인지라 싱각이 돌니지 못호야 감히 그 대인끠 연유롤 고치 못호고 ᄯᅩ흔 분총(粉偬) 【34】 호믈[19] 인호여 밋쳐 ᄌ하(自下)로 쥬션치 못호여 바야흐로 ᄌ져(趑趄)호더니 홀연 대문 밧그로부터 곡셩이 심히 이통참졀호거늘 다만 보니 혼 사롬이 ᄀᆞ삼을 두다리고 방셩대곡호며 바로 대문 안으로 드러오거늘 하예비(下隷輩) 빅단으로 모라니친디 그 사롬이 울며 닐오디,

"지원(至冤)혼 일이 잇셔 장챗 션다님끠 알외리라."

호고 죽기로뼈 드러오니 그 대인이 듯고 희괴호믈 니긔지 못호여 그 사롬으로 호여곰 울기롤 긋치라 호고 압히 안쳐 무르디,

"네 무슴 원통혼 일이 잇관디 딕의 셩하호는 날을 당호야 이러틋 희괴혼 거조롤 호ᄂ뇨?"

그 사롬이 ᄯᅩ 울며 ᄯᅩ 졀호고 목이 메여 골오디,

"쇼인은 곳 지젼 시졍 셩명은 아모개로쇼이다."

호고 인호야 【35】 그 쑬의 몽농지ᄉ(夢龍之事)와 밋 샹약호던 슈말을 ᄌ셰히 고호고 ᄯᅩ 골오디,

"쇼인의 쑬이 과일을 당호여 아춤부터 먹지 아니호고 오직 방 쇼식만 기드려 자조 셔방님 등과 여부롤 탐지호옵는 고로 쇼인이 년호여 탐지호온즉 딕 셔방쥬 장원급졔호시미 뎡녕호온 고로 인호여 회보롤 계게 젼호니 뎨 환텬희디(歡天喜地)호여 오직 교ᄌ롤 ᄀᆞ쵸와 다려갈 쇼식을 기드려 근졀히 바라더니 날이 장챗 져므디 동졍이 업스미 쇼인의 쑬이 잠간 누으며 잠간 니러 어린듯 밋친듯 호여 다시 다른 말이 업고 오직 당탄식 두어 소리 호니 쇼인이 참아 그 형상을 보지 못호야 만단으로 개유

---

17) 【어ᄉ·화】图 어사화(御賜花). 조선시대에, 문무과에 급졔한 사람에게 임금이 하사하던 종이꽃.¶ 花∥ 어젼의 창명호여 어ᄉ화롤 꼿고 ᄉ악호시미 그 대인 최샹공이 후비로 나오미 션악이 하눌의 들네고 영광이 셰샹의 빗나 (御前唱名, 挿花賜樂, 其大人議政公, 後拜出來, 仙樂喧天, 榮光耀世.) <靑邱野談 奎章 8:33>

18) 【머이-】图 메다, 가득차다.¶ 樞∥ 집의 도라오니 헌최 문에 머이고 하긱이 당의 ᄀᆞ득호며 노릭호는 아희와 춤츄는 계집이 젼후의 버럿고 진슈셩찬이 좌우의 교착호엿ᄂ디 (至其家, 軒軺塡門, 賓客盈堂, 歌童舞女, 羅列前後, 珍羞綺饌, 交錯左右.) <靑邱野談 奎章 8:33>

19) 【분총-호-】图 분총(紛偬)하다. 어수선하고 분망하다.¶ 紛忙悤臘∥ 싱각이 돌니지 못호야 감치 ᄀᆞ 대인끠 연유블 고치 못호고 ᄯᅩ흔 분총호믈 인호여 밋쳐 ᄌ하로 쥬션치 못호여 바야흐로 ᄌ져더니 (知慮未周嚴, 不敢告其由於大人, 且緣紛忙悤擾, 自下周旋, 亦未及焉, 方且趑趄.) <靑邱野談 奎章 8:33-34>

179

(開諭)ᄒᆞ여 ᄀᆞᆯ오ᄃᆡ '챵방ᄒᆞᄂᆞᆫ 날은 ᄌᆞ연 분요ᄒᆞᄆᆡ 만코 하긔이 문의 ㄱ 【36】 독ᄒᆞ고 슈응이 호번(浩繁)ᄒᆞ여 한만ᄒᆞᆫ 일의 념녜 밋쳐 결을치 못ᄒᆞ리니 그 셔방님의 잠간 망각ᄒᆞ심도 혹 괴이치 아니ᄒᆞ고 비록 혹 니지 아니ᄒᆞ엿스나 분충ᄒᆞᄆᆡ 인ᄒᆞ여 밋쳐 쥬션치 못ᄒᆞᆷ도 ᄯᅩ한 예시니 내 맛당히 그ᄃᆡ의 가 하례ᄒᆞ고 인ᄒᆞ여 동졍을 보고 와도 ᄯᅩ한 늣지 아니타.' ᄒᆞ니 ᄯᅩᆯ이 ᄀᆞᆯ오ᄃᆡ '만일 듕심에 ᄀᆞᆷ쵸왓스면 엇지 닛져슬 니 잇스며 만일 김혼 졍이 잇스면 비록 분요ᄒᆞ나 교ᄌᆞ 갓초와 드려가미 불과ᄒᆞᆫ 분부시(分付事ㅣ)니 엇지 그 틈이 업스랴? 그 셔방님 ᄆᆞ음 ᄀᆞ온ᄃᆡ 이믜 쇼녀의 싱각이 업ᄂᆞᆫ 고로 지금 쇼식이 업스니 사ᄅᆞᆷ이 ᄧᆞ믜 날을 닛고 드려갈 ᄯᅳᆺ이 업손즉 날노 몬져 탐지ᄒᆞ미 ᄯᅩ한 붓그럽지 아니며 내 가셔 탐지ᄒᆞᆯ【37】 인ᄒᆞ여 비록 강잉ᄒᆞ여 드려가나 ᄯᅩ한 무슴 ᄌᆞ미잇스리오? 빅년을 ᄒᆞᆫ가지로 즐기믄 졍의로 밋으미어늘 못다온 밍셰 ᄎᆞ져 아녀 이럿틋 변역(變易)ᄒᆞ미 잇스니 ᄯᅩ 무어슬 다른 날 바라리오? 내 ᄯᅳᆺ이 이믜 결단ᄒᆞ엿스니 다시 말ᄉᆞᆷ 마ᄉᆞ나.' ᄒᆞ고 인ᄒᆞ여 방안으로 드러가 ᄌᆞ결ᄒᆞ니 쇼인의 분한ᄒᆞ미 가슴의 밋치고 이원ᄒᆞ미 하늘의 ᄉᆞ못찬기로 감히 이예 와 고ᄒᆞᄂᆞ이다."

최졍승(崔政丞)이 듯고 경ᄒᆡ(驚駭)ᄒᆞ여 참혹ᄒᆞᆷ을 니긔지 못ᄒᆞ미 냥구히 말이 업다가 그 ᄋᆞ들을 불너 ᄭᅮ지져 ᄀᆞᆯ오ᄃᆡ,

"이 엇더ᄒᆞᆫ 대ᄉᆞ완ᄃᆡ 네 이믜 더로 더부러 이믜 샹약ᄒᆞ고 이럿틋 비약(背約)ᄒᆞ미 잇스니 셰샹의 엇지 이ᄀᆞᆺ치 몰풍치(沒風彩)ᄒᆞ고 신의 업스미 잇스랴? 박경이 심ᄒᆞ고 격원(積怨)이 극 【38】 ᄒᆞᆫ지라. 내 쳐음 ᄯᅳᆺᄂᆞᆫ 너를 큰 그릇스로 알앗더니 일노ᄡᅥ 보건ᄃᆡ 죡히 볼 거시 업ᄂᆞᆫ지라 무삼 일을 가히 판단ᄒᆞ며 무슨 벼슬을 가히 ᄒᆞ리오?"

차탄ᄒᆞ기를 마지 아니ᄒᆞ고 ᄯᅩ ᄀᆞᆯ오ᄃᆡ,

"즉시 뎐슈(奠需)를 잘 찰이고 졔문을 지으ᄃᆡ 갓초 죄 알믈 말ᄒᆞ고 츄회(追悔)ᄒᆞ여 밋지 못ᄒᆞᆷ을 샤례ᄒᆞ고 시쳬 압희 울며 그 빈념(殯殮)ᄒᆞᆯ 졔구를 ᄀᆞ쵸ᄃᆡ ᄯᅩ한 몸쇼 간검ᄒᆞ야 ᄒᆞ여곰 여감(餘憾)이 업게 ᄒᆞ여 져긔 언약 져버린 죄를 속ᄒᆞ야 ᄡᅥ 유명의 한을 위로ᄒᆞ미 가타ᄃᆞᆯᄉᆞ."

ᄒᆞ고 ᄯᅩ 관곽의금과 영장졔구를 넉ᄂᆞ히 쥬어 ᄒᆞ여곰 미강ᄒᆞ게 ᄒᆞ엿더니 그 후의 최희ᄅᆞᆷ(崔希呂)[급졔의 별회라]이 벼슬이 부졔ᄒᆞᆨ(副提學)의 니르고 조졸(早卒)ᄒᆞ니라.

【39】

차오산승흥졔화병
車五山乘興題畵屏

월사(月沙)[20] 니샹공(李相公)이 듕원(中原)에 ᄉᆞ신 ᄒᆡᆼ차ᄒᆞ엿슬 졔 유명ᄒᆞᆫ 지ᄉᆞ(才士)를 퇴츌(擇出)ᄒᆞ여 드려갈ᄉᆡ 차오산(車五山)[21] 텬뢰(天輅)ᄂᆞᆫ 문장으로 ᄲᅡᆸ고 한셕봉(韓石峯)[22] 호(濩)ᄂᆞᆫ 명필노 ᄲᅡᆸ여 가더니 심양(瀋陽)에 니르러 드른즉 ᄒᆞᆫ 부쟈 사ᄅᆞᆷ이 만금으로ᄡᅥ 치식 병풍 ᄒᆞᆫ 좌를 ᄭᅮ몃스니 황금빗과 비단치식이 극히 휘황찬란ᄒᆞᆫ지라 텬하의 명

---

20) 【월ᄉᆞ】 圊 ((인명)) 월사(月沙). 조선시대 문신이자 한 학자인 이졍귀(李廷龜 1564~1635)의 호. 자는 성정(聖徵). 호는 월사(月沙)·보만당(保晚堂). 벼슬은 우의정, 좌의정에 이르렀다. 한문학의 대가로 글씨에도 뛰어났으며, 조선중기 4대 문장가 가운데 한 사람이다.¶ 月沙 ‖ 월사 니샹공이 듕원에 ᄉᆞ신 ᄒᆡᆼ차ᄒᆞ엿슬 졔 유명ᄒᆞᆫ 지ᄉᆞ를 퇴츌ᄒᆞ여 드려갈ᄉᆡ 차오산 텬뢰ᄂᆞᆫ 문장으로 ᄲᅡᆸ고 한셕봉 호ᄂᆞᆫ 명필노 ᄲᅡᆸ여 가더니 (月沙李相公, 朝天時, 從事極一代之選, 車五山天輅, 以文章預焉, 韓石峯濩, 以名筆從焉.) <青邱野談 奎章 8:39>

21) 【차오산】 圊 ((인명)) 차오산(車五山). 차천로(車天輅 1556~1615). 조선 선조 때의 문신. 자는 복원(復元). 호는 오산(五山)·귤실(橘室)·청묘거사(淸妙居士). 제술관으로 이름이 높아 동방 문사로서 명나라에까지 알려졌다.¶ 車五山 ‖ 월사 니샹공이 듕원에 ᄉᆞ신 ᄒᆡᆼ차ᄒᆞ엿슬 졔 유명ᄒᆞᆫ 지ᄉᆞ를 퇴츌ᄒᆞ여 드려갈ᄉᆡ 차오산 텬뢰ᄂᆞᆫ 문장으로 ᄲᅡᆸ고 한셕봉 호ᄂᆞᆫ 명필노 ᄲᅡᆸ여 가더니 (月沙李相公, 朝天時, 從事極一代之選, 車五山天輅, 以文章預焉, 韓石峯濩, 以名筆從焉.) <青邱野談 奎章 8:39>

22) 【한셕봉】 圊 ((인명)) 한석봉(韓石峯). 한호(韓濩 1543~1605). 조선 선조 때의 명필가. 자는 경홍(景洪). 호는 석봉(石峯)·청사(淸沙). 왕희지와 안진경의 필법을 익혀 해서, 행서, 초서 따위의 각 체에 뛰어났다. 추사 김정희와 함께 조선 서예계의 쌍벽을 이룬다.¶ 韓石峯 ‖ 월사 니샹공이 듕원에 ᄉᆞ신 ᄒᆡᆼ차ᄒᆞ엿슬 졔 유명ᄒᆞᆫ 최ᄉᆞ를 퇴쵤ᄒᆞ여 ᄃᆞ려힐싀 차오산 텬뢰ᄂᆞᆫ 문ᄝᅵᆼ으로 ᄲᅡᆸ고 한셕봉 호ᄂᆞᆫ 명필노 ᄲᅡᆸ여 가더니 (月沙李相公, 朝天時, 從事極一代之選, 車五山天輅, 以文章預焉, 韓石峯濩, 以名筆從焉.) <青邱野談 奎章 8:39>

화롤 구ᄒᆞ여 홍도(紅桃) 벽도(碧桃) 두 나무 속에
잉무 ᄒᆞᆫ 쌍을 그리고 ᄯᅩ 다시 텬하의 문쟝 명필을
구ᄒᆞ여 화졔(畵題)롤 지어 쓰고져 ᄒᆞ더니 셔쵹 ᄯᅡ의
두 사ᄅᆞᆷ이 문쟝 명필노뼈 텬하의 쳔명ᄒᆞᆯ물 듯고 폐
빅을 후히 ᄯᅵ고 사ᄅᆞᆷ을 부려 가 쳥ᄒᆞ여 아직 도라
오지 못ᄒᆞ엿【40】고 그 병풍인즉 져의 집의 두어
아모 사ᄅᆞᆷ이라도 와 보쟈 ᄒᆞ즉 반ᄃᆞ시 내여뵈인다
ᄒᆞ더니 차ㆍ한(車韓) 두 사ᄅᆞᆷ이 듯고 ᄒᆞ나혼 시ᄉᆞ
(詩思ㅣ) 도ᄉᆞ(滔滔)ᄒᆞ며 ᄒᆞ나혼 필흥(筆興)이 발ᄉᆞ
(勃勃)ᄒᆞ야 가히 금치 못ᄒᆞᆯ지라 인ᄒᆞ여 가 본즉 그
그림과 장황ᄒᆞᆫ 졔되 진실노 처음 보는 배라 더욱
그 흥을 니긔지 못ᄒᆞ여 차오산이 한셕봉ᄃᆞ려 닐너
ᄀᆞᆯ오ᄃᆡ,

"니 화졔롤 지을 거시오 그ᄃᆡ는 모로미 붓슬
ᄃᆞ러 쓰라. 쇼위 셔쵹의 문필이 경녕이 우리 두 사
ᄅᆞᆷ에서 나올니 업스리라."

ᄒᆞ고 그 쥬인이 ᄆᆞ춤 업논 ᄯᆡ라 셕봉은 먹을
ᄀᆞ라 붓슬 ᄲᅢ여 들고 오산은 글 읇기롤 마지 아니
ᄒᆞ야 칠언졀귀 일슈롤 지어 그 우희 뼛스니 ᄀᆞᆯ왓스
ᄃᆡ,

【41】 일양도화쇠부동(一樣桃花色不同)
　　　난쟝ᄎᆞ의문동퓽(難將此意間東風)
　　　기간ᄒᆡᆼ유능언됴(其間幸有能言鳥)
　　　위보심홍영쳔홍(爲報深紅暎淺紅)
　　　ᄒᆞᆫ 모양 도홰빗치 ᄀᆞᆺ지 아니ᄒᆞ니
　　　이 ᄯᅳᆺ을 가져 동퓽에 뭇기 어렵도다
　　　그 ᄉᆞ이예 다ᄒᆡᆼ히 능히 말ᄒᆞ는 새 잇셔
　　　위ᄒᆞ여 보ᄒᆞ되 심홍이 쳔홍에 빗최엿도다

한셕봉이 붓슬 둘너 쓰기롤 다ᄒᆞ고 즉시 수레
롤 모라 연경(燕京)으로 향ᄒᆞ여 갓더니 그 병풍 쥬
인이 드러와 그 도말(塗抹)ᄒᆞᆫ23) 모양을 보고 크게
노ᄒᆞ여 ᄀᆞᆯ오ᄃᆡ,

"내 만금을 앗기지 아니ᄒᆞ고 이 병풍을 ᄭᅮ민
후 텬하의 문쟝 명필을 구ᄒᆞ여 화졔롤 뼈 젼가(傳
家)의 보비롤 삼고져 ᄒᆞ야 방쟝 셔쵹 션비롤 쳥ᄒᆞ

여 오기롤 기ᄃᆞ리더니 엇더ᄒᆞᆫ 됴션 사ᄅᆞᆷ이 뎨 감히
담 큰 쳬ᄒᆞ고 나 업논 사이롤 타 나의 지극ᄒᆞᆫ 보비
더러이【42】 기롤 이ᄀᆞᆺ치 ᄒᆞ뇨?"

ᄒᆞ고 통분ᄒᆞ고 돌탄ᄒᆞ기롤 마지 아니ᄒᆞ더니
이윽고 셔쵹 두 션비 드러와 본즉 이믜 다른 사ᄅᆞᆷ
이 몬져 챡슈ᄒᆞ엿논지라 보기롤 오리 ᄒᆞ다가 즉시
니러 당의 ᄂᆞ려 공슌이 지비ᄒᆞ는 녜롤 ᄒᆡᆼᄒᆞ고 인ᄒᆞ
야 탄식ᄒᆞ여 ᄀᆞᆯ오ᄃᆡ,

"이 진짓 텬하 문쟝이며 텬하 명필의 슈단이
로다. 우리 ᄀᆞᆺ혼 사ᄅᆞᆷ은 감히 당치 못ᄒᆞ리라."

ᄒᆞ고 인ᄒᆞ야 붓슬 더지고 믈너나니 그 쥬인이
그졔야 바야흐로 진긔 문쟝 명필인 줄 알고 크게
깃거ᄒᆞ여 윤필지지(潤筆之資ㅣ)롤24) 후히 출혀노코
스ᄒᆡᆼ 회환ᄒᆞ기롤 기ᄃᆞ려 차ㆍ한 냥인을 마ᄌᆞ드려
빅비 치샤ᄒᆞ고 후히 폐빅을 봉ᄒᆞ여 주어 보ᄂᆞ니 일
노부터 차오산 한셕봉의 일홈이 대국에 쳔ᄌᆞ(擅恣)
ᄒᆞ더라.

【43】

편향유박녕셩등과
騙鄕儒朴靈城登科

녕셩군(靈城君) 박문슈(朴文秀)의 형뎨 다 문
필은 부죡ᄒᆞ되 요ᄒᆡᆼ으로 감시(監試) 쵸시(初試)예
참예ᄒᆞ니 그 형이 근심ᄒᆞ여 ᄀᆞᆯ오ᄃᆡ,

"우리 형뎨 다 무문무필(無文無筆)ᄒᆞ고 ᄯᅩ 긔
구 업셔 가히 뼈 문필을 어더 사지 못ᄒᆞ고 회시 쟝
ᄎᆞᆺ 갓가오니 엇지 뼈 관광ᄒᆞ리오?"

녕셩이 ᄀᆞᆯ오ᄃᆡ,

"온 쟝듕 문필이 다 우리 형뎨의 문필이니 당
일 글쟝 밧치미 무슴 근심이 잇스리오?"

---

23) 【도말-ᄒᆞ】 圖 도말(塗抹)하다. 곁에 무엇을 발라서
본래의것을 없애거나 가리다.¶ 塗抹 ∥ 한셕봉이 붓슬
둘너 쓰기롤 다ᄒᆞ고 즉시 수레롤 모라 연경ᄋᆞ로 향ᄒᆞ
며 삿너니 그 병풍 슈인이 드러와 그 도말ᄒᆞᆫ 모양을
보고 크게 노ᄒᆞ여 ᄀᆞᆯ오ᄃᆡ (石峯一揮而盡, 仍卽驅車向
燕京, 少焉其主人來, 見其塗抹, 大怒曰.) <靑邱野談 奎
章 8:41>

24) 【윤필지ᄌᆞ】 圖 윤필지쟈(潤筆之資). 그림이나 글씨를
그린 대가.¶ 潤筆之資 ∥ 그 쥬인이 그졔야 바야흐로
진긔 문쟝 명필인 줄 알고 크게 깃거ᄒᆞ여 윤필지지롤
후히 출혀노코 ᄉᆞ힝 히환ᄒᆞ기롤 기ᄃᆞ려 쳐한 냥인을
마ᄌᆞ드려 빅비 치샤ᄒᆞ고 후히 폐빅을 봉ᄒᆞ여 주어 보
ᄂᆞ니 (其主人方認是眞箇名筆與文章, 大喜, 厚備潤筆之
資, 待使行回還, 邀請車韓兩人, 百拜致謝, 厚遺幣帛.)
<靑邱野談 奎章 8:42>

181

ᄒᆞ고 드ᄃᆡ여 날마다 셩ᄂᆡ예 출입ᄒᆞ야 아모 시골 아모가 거벽(巨擘)이며[25] 어ᄂᆡ 고을 어ᄂᆡ 션비 사쉰(寫手ㅣ)[26] 줄 탐지ᄒᆞ고 이예 ᄒᆞᆫ번 그 얼골을 샹면ᄒᆞ엿다가 입장날의 밋쳐 형뎨 각〻 시지(試紙) ᄒᆞᆫ 장식 ᄀᆞ지고 몬져 장듕의 드러가 길ᄀᆞ의 안쟈 【44】 모입(冒入)[쵸시ᄅᆞᆯ 사가지고 드러오단 말이라]ᄒᆞᄂᆞᆫ[27] 쟈ᄅᆞᆯ 본즉 믄득 니러 마져 말ᄒᆞ여 ᄀᆞᆯ오ᄃᆡ,

"법을 범ᄒᆞ고 모입ᄒᆞ미 미안치 아니ᄒᆞ냐?"

이럿ᄐᆞᆺ ᄒᆞ기ᄅᆞᆯ 삼ᄉᆞᄎᆞ ᄒᆞᄆᆡ 그 모입ᄒᆞᄂᆞᆫ 재 만면슈참(滿面羞慚)ᄒᆞ야 관무ᄉᆞ촌무ᄉᆞ(官無事村無事)ᄒᆞ기ᄅᆞᆯ ᄋᆡ걸ᄒᆞ거ᄂᆞᆯ 녕셩이 ᄀᆞᆯ오ᄃᆡ,

"우리 형뎨의 글을 지어 ᄲᅧ 쥬면 무ᄉᆞᄒᆞ리라."

ᄒᆞ고 인ᄒᆞ여 ᄀᆞᆯ오ᄃᆡ,

"이ᄂᆞᆫ 우리 형님의 거벽이오 이ᄂᆞᆫ 우리 형님 샤쉬라."

ᄒᆞ고 각〻 ᄉᆞᄉᆞ로 비경ᄒᆞ니 그 션비들이 감히 ᄒᆞᆫ 소ᄅᆡᄅᆞᆯ 내지 못ᄒᆞ고 각〻 시지ᄅᆞᆯ 펴고 ᄒᆞᆫ 사ᄅᆞᆷ은 부르며 ᄒᆞᆫ 사ᄅᆞᆷ은 ᄲᅧ 경긱의 지어ᄂᆡ니 문블가뎜(文不加點)이오 필법이 ᄯᅩᄒᆞᆫ 비등ᄒᆞᆫ지라. 드ᄃᆡ여 회시예 연벽(連璧)ᄒᆞ다.

그 후 증광(增廣)의 녕셩이 ᄯᅩ 쵸시ᄅᆞᆯ ᄒᆞ엿스나 회시ᄂᆞᆫ 더옥 관광ᄒᆞᆯ 길 업더 【45】 니 ᄆᆞᄎᆞᆷ 호셔의 ᄒᆞᆫ 션비 향시 쵸시ᄅᆞᆯ ᄒᆞ여 가지고 셔울 올나와 사관(舍館)을 경ᄒᆞ여 머무단 말을 듯고 짐짓 ᄎᆞ쟈가 은근ᄒᆞᆫ 졍을 펴고 닐오ᄃᆡ,

"우리 맛당히 회시ᄅᆞᆯ 볼지라 회시 젼의 약간 공부ᄅᆞᆯ 슈습ᄒᆞ미 조흘 ᄃᆞᆺᄒᆞᄃᆡ 고명ᄒᆞᆫ 졉댱(接長)이[28] 업셔ᄒᆞ더니 그ᄃᆡᄅᆞᆯ 만나니 명일부터 동졉ᄒᆞ여 니기미 엇더ᄒᆞ뇨?"

그 션비 ᄂᆡ심에 혜오ᄃᆡ '이 사ᄅᆞᆷ이 경화 ᄉᆞ족이오 인물과 모양이 져러ᄐᆞᆺ 픙후ᄒᆞ니 반ᄃᆞ시 동졉ᄒᆞ미 유익ᄒᆞ리라.' ᄒᆞ고 즉시 허락ᄒᆞ거ᄂᆞᆯ 셔로 긔약ᄒᆞ고 도라갓다가 그 잇튼날 ᄯᅩ ᄎᆞ자와 보고 ᄀᆞᆯ오ᄃᆡ,

"오늘부터 칙문(策文) 글제ᄅᆞᆯ 내여 셔로 지음이 조타."

ᄒᆞ니 그 션비 ᄀᆞᆯ오ᄃᆡ,

"내 비록 칙문 공부에 실ᄒᆞ미 【46】 잇스나 셔울 사ᄅᆞᆷ의 안목의 비ᄒᆞᆯ 배 아니〻 그ᄃᆡ 몬져 칙문 글제ᄅᆞᆯ ᄲᅧ 내라."

ᄒᆞ니 녕셩이 ᄀᆞ장 ᄉᆡᆼ각ᄒᆞᄂᆞᆫ 쳬ᄒᆞ야 침음ᄒᆞ기ᄅᆞᆯ 오ᄅᆡ ᄒᆞ다가 이예 글제ᄅᆞᆯ ᄲᅧ ᄂᆡ고 ᄀᆞᆯ오ᄃᆡ,

"나ᄂᆞᆫ 이믜 일셰 져므럿스니 ᄂᆡ일 ᄎᆞ즈리라."

ᄒᆞ고 하직ᄒᆞ고 도라가니 그 션비 ᄉᆡᆼ각ᄒᆞᄃᆡ '뎌 사ᄅᆞᆷ의 글제 ᄂᆡᄂᆞᆫ 양을 보니 과연 문필이 유여ᄒᆞ고 글제 ᄯᅳᆺ이 난렵ᄒᆞ다' ᄒᆞ야 ᄲᅧ 흠션이 너기더니 그 잇튼날 ᄯᅩ ᄎᆞᄌᆞ와 보고 방쟝 ᄯᅩ 글제ᄅᆞᆯ ᄂᆡ여 셔로 지으려 ᄒᆞᆯ 즈음의 ᄒᆞᆫ 하인이 모립(毛笠) ᄡᅳ고 숨을 헐덕이고 급히 드러와 무르ᄃᆡ,

"박진ᄉᆞ쥐 여긔 계시니잇가?"

ᄒᆞ거ᄂᆞᆯ 녕셩이 보니 이예 ᄌᆞ가의 노지라. 그 하인이 황망히 고ᄒᆞ여 ᄀᆞᆯ오ᄃᆡ,

"신ᄅᆡ 부인쥬(婦人主)계옵셔 졸연 흉복 【47】 통(胸腹痛)이 크게 발ᄒᆞ야 위틱ᄒᆞ미 경긱의 잇ᄉᆞ오니 진ᄉᆞ쥐 ᄲᆞᆯ니 힝ᄎᆞᄒᆞ사이다."

녕셩이 ᄀᆞᆯ오ᄃᆡ,

"실인(室人)의 이럿ᄐᆞᆺᄒᆞᆫ 병셰 죵〻 잇셔 ᄒᆞᆫ번 발ᄒᆞ면 반ᄃᆞ시 십여 일을 위돈(委頓)ᄒᆞ니[29] 블가 아

---

25) 【거벽】 명 ((인류)) 거벽(巨擘). 학식이나 어떤 전문적인 분야에서 뛰어난 사람.¶ 巨擘 ‖ 드ᄃᆡ여 날마다 셩ᄂᆡ예 출입ᄒᆞ야 아모 시골 아모가 거벽이며 어ᄂᆡ 고을 어ᄂᆡ 션비 사쉰 줄 탐지ᄒᆞ고 이예 ᄒᆞᆫ번 그 얼골을 샹면ᄒᆞ엿다가 (遂日日出入, 跡遍城內, 探得某鄕之某士巨擘, 某鄕之某儒書手.) <靑邱野談 奎章 8:43>

26) 【사슈】 명 ((인류)) 사수(寫手). 글씨를 대신 베껴 써 주는 사람.¶ 書手 ‖ 드ᄃᆡ여 날마다 셩ᄂᆡ예 출입ᄒᆞ야 아모 시골 아모가 거벽이며 어ᄂᆡ 고을 어ᄂᆡ 션비 사쉰 줄 탐지ᄒᆞ고 이예 ᄒᆞᆫ번 그 얼골을 샹면ᄒᆞ엿다가 (遂日日出入, 跡遍城內, 探得某鄕之某士巨擘, 某鄕之某儒書手.) <靑邱野談 奎章 8:43>

27) 【모입-ᄒᆞ-】 동 모입(冒入)하다. 과거장(科擧場) 따위에 입장할 자격이 없는 사람이 속이고 함부로 들어가다.¶ 冒入 ‖ 입장날의 밋쳐 형뎨 각〻 시지 ᄒᆞᆫ 장식 ᄀᆞ지고 몬져 장듕의 드러가 길ᄀᆞ의 안쟈 모입[쵸시ᄅᆞᆯ 사가지고 드러오단 말이라]ᄒᆞᄂᆞᆫ 쟈ᄅᆞᆯ 본즉 믄득 니러 마져 말ᄒᆞ여 ᄀᆞᆯ오ᄃᆡ (及當試日, 兄弟各持試券一張, 首先入場, 坐於路傍, 見冒入者入來, 則輒起迎而語曰.) <靑邱野談 奎章 8:44>

28) 【졉댱】 명 ((인류)) 접장(接長). 과거에 응하는 선비의 무리를 인솔하던 사람. 접주(接主).¶ 우리 맛당히 회시ᄅᆞᆯ 볼지라 회시 젼의 약간 공부ᄅᆞᆯ 슈습ᄒᆞ미 조흘 ᄃᆞᆺᄒᆞᄃᆡ 고명ᄒᆞᆫ 졉댱이 업셔ᄒᆞ더니 그ᄃᆡᄅᆞᆯ 만나니 명일부터 동졉ᄒᆞ여 니기미 엇더ᄒᆞ뇨 (語以當赴會圍, 會工不可不略爲收拾, 而苦無同接相長之益, 得聞高名, 嫺於長文, 願同做若干首, 以爲肄習之地.) <靑邱野談 奎章 8:45>

29) 【위돈-ᄒᆞ-】 동 위돈(委頓)하다. 피곤하다. 힘이 없다.¶ 委痛 ‖ 실인의 이럿ᄐᆞᆺᄒᆞᆫ 병셰 죵〻 잇셔 ᄒᆞᆫ번 발ᄒᆞ면 반ᄃᆞ시 십여 일을 위돈ᄒᆞ니 블가 아니가지 못ᄒᆞ리라 (室人此症, 係是本症, 一發必至十餘日, 委痛不可不急急

니가지 못하리라."

하고 인하야 갓다가 십여 일 지난 후의 비로
소 또 차자보고 굴오디,

"나의 실위(室憂ㅣ) 비록 조곰 나으나 오히려
념녀롤 눗치 못하고 또 회시날이 멀지 아니하엿스
니 다시 셔로 지을 길이 업눈지라 극히 한탄홉다."

하고 인하여 회시놀 장둥 뭇[門]밧긔 셔로 만
나 입장하야 동졉호믈 언약하니 그 션비 또흔 놉혼
슈단이 잇눈지라 동졉호미 조홀 듯하야 혼연이 허
락하니 원너 녕셩이 계술(製述) 지조눈 업스나 남의
글을 흔번 보고 흔번 【48】 드르면 긴이고 외오눈
지조눈 세상의 덥흐리 업눈지라 이런 고로 당쵸의
최문 글졔롤 싱각하눈 쳬하야 뼈 너고 글짓눈 쳬하
고 지어니든 글이 다 다른 사람의 지은 글이로디
그 션비눈 젼연이 아지 못하고 가장 녀의게 유익하
미 잇슬가 하여 깁히 허심하엿더니 회시날을 당하
야 녕셩이 공셕(空席) 흔 닙과 졍쵸(正草) 흔 장을
가지고 장둥 문밧긔 안자 그 향유(鄕儒)의 왕너하눈
모양을 보디 가장 못보눈 쳬하고 다른 사람으로 더
부러 슈작을 자약히 하거늘 그 션비 그 하눈 양을
보고 차탄하여 굴오디,

"셔울 사람은 진실노 밋지 못하리로다. 흔가
지로 입장호믈 명녕히 상약하고 이졔 니르러 이러
틋시 미몰흔30) 빗츨 뵈니 이눈 날노 더부 【49】 러
입쟝하미 녀의 과소(科事)에 무익호믈 혐의하미라."

하고 인하여 친히 나아가 몬져 졉어하여 굴오
디,

"내 오눈 양을 보고 외면하기눈 무슴 일고?
이믜 상약하고 이곳치 넝낙하미 심히 괴이타."

하니 녕셩이 너심에 그 션비 흔가지로 입장치
아니홀가 두려하나 외면의눈 가쟝 마지 못하여하눈
쳬하고 동졉호믈 허락하고 인하여 흔가지로 드러가
동졉하여 안졋더니 조곰 잇다가 현졔(懸題)하미 각
ㅅ 졍쵸롤 잡아 쓰기롤 반졈 하여 녕셩이 그 션비
드려 닐너 굴오디,

"언마나 지엇느뇨?"

그 션비 굴오디,

---

30) 【미몰-하-】 图 매몰하다. 인정이나 싹싹한 맛이 없고
쌀쌀맞다.¶ 馳馳 ‖ 흔가지로 입장하믄 뎡녕처 샹약하
고 이졔 니르러 이러틋시 미몰흔 빗츨 뵈니 이눈 날
노 더부러 입쟝하미 녀의 과소에 무익호믈 혐의하미
라 (旣丁寧相約, 而臨場顯有馳馳之色, 恐其有害於自家
之科事.) <靑邱野談 奎章 8:48>

"둥간가지 지엇노라."

하고 인하여 내여뵈야 굴오디,

"무슴 병통이 잇거든 자셰이 가르치라."

녕셩이 자가의 글쵸롤 하눈 쳬하디 글짜마다
먹 【50】 으로 흘이여 다른 사람으로 하여곰 알아보
지 못하게 하야 방셕 밋히 너허두고 그 션비의 글
쵸롤 가지고 니러나며 굴오디,

"내 쇼변이 심히 급하니 조곰 기드리라. 나의
쵸지눈 방셕 아릭 잇다."

하고 몸을 두루혀 쇼변 보눈 모양 하다가 믄
득 피하야 친흔 사람의 우산 아릭 휘장 속으로 드
러가 자가의 시지롤 펴노코 그 션비의 글을 쓰고
둥간 뼈 아리눈 다른 사람의 글을 어더 뼈 졍권(呈
券)하엿더니 과연 급졔예 참방(參榜)하야 무신년란
(戊申年亂)을 당하야 종소관(從事官)으로 양무훈록
(揚武勳祿)에 드러 녕셩군을 봉하고 벼술이 판셔의
니르니 평셩의 권술이 만코 회히(詼諧)롤 조히 너기
고 또 슈의(繡衣) 잘 단니기로 지금가지 유명하더
라. 【51】

무거빙사굴시관
武擧聘辭屈試官

흔 거지(擧子ㅣ) 잇셔 무과 강(講)을 응거(應
擧)홀시 마춤 빅이슉졔(伯夷叔齊) 치미가(採薇歌)31)
대문을 너엿눈지라 시관이 글 쯧을 무러 굴오디,

"대뎌 고사리 먹눈 법이 그 줄기롤 먹고 그
씰이눈 먹지 아니하거늘 빅이슉졔눈 홀노 그 씰이
롤 키여먹엇다 하니 이 무슴 쯧이뇨?"

그 거지 답답하여 굴오디,

"션셩이 진실노 이 쯧을 아지 못하고 무르시
느니잇가? 또흔 이믜 아르시고 시험하여 무르시느
니잇가? 고사리 줄기 먹기눈 고금의 덧ㅅ흔 일이어

---

31) 【치미-가】 图 채미가(採薇歌). 백이(伯夷)와 숙제(叔齊)
두 사람이 수양산(首陽山)에 들어가 고사리를 캐며디
가 죽을 때 지은 노래.¶ 採薇之歌 ‖ 흔 거지 잇셔 무
과 강을 응거홀시 마춤 빅이슉졔 치미가 대문을 너엿
눈지라 (一擧子應武講, 適拈夷齊採薇之歌.) <靑邱野談
奎章 8:51>

183

늘 엇지 빅이슉계 홀노 아지 못ᄒᆞ엿스리잇가마는 쥬나라 사ᄅᆞᆷ의 고사리 먹기는 맛당히 그 줄기롤 먹을 거시오 빅이슉계는 맛당히 그 쌜히롤 먹으미 ᄯᅩ 흔 맛【52】당치 아니리잇가? 쥬나라 하눌 우뢰(雨露1)이ᄆᆡ 그 고사리 줄기예 겨겻ᄂᆞᆫ지라 빅이슉계 쥬나라 곡식 먹지 아닌는 의로뼈 볼진던 엇지 그 줄기롤 먹으리오? 이러므로 그 쥬나라의 ᄌᆞ란 줄기는 먹지 아니하고 그 은나라에 잇던 쌜히롤 먹으미 진실노 은나라 션빈로 은나라 노린롤 ᄒᆞ야 뼈 은나라 졀올 맛츠미라. 만일 이졔로 ᄒᆞ여곰 고사리 줄기롤 먹엇스면 굴오디 올흔일이라 ᄒᆞ오리잇가?"

이러틋시 디답ᄒᆞ니 당쵸 시관의 무른 뜻은 고사리 키여 먹다 ᄒᆞᄂᆞᆫ 말노뼈 그 거즛롤 긔롱ᄒᆞ야 디답이 막히게 ᄒᆞ고져 ᄒᆞ미러니 이 거즛의 디답이 극히 궁통ᄒᆞ고 ᄯᅩ흔 유리ᄒᆞ여 ᄌᆞ가의 쇼견에셔 십비나 쮜여나ᄂᆞᆫ지라 크게 놀나 다시 무러【53】굴오디,

"그러ᄒᆞ면 빅이슉졔 쥬려 죽다 ᄒᆞ엿스니 간지(干支)로뼈 혜여보면 어늬날 죽엇ᄂᆞᆫ고?"

ᄯᅩ 디답ᄒᆞ여 굴오디,

"경오일(庚午日)이로소이다."

시관이 굴오디,

"엇지 아ᄂᆞᆫ고?"

거직 디답ᄒᆞ여 굴오디,

"법화경(法華經)에 널넛시디 무른 아모 사ᄅᆞᆷ이라도 쥬려죽는 졔 사나히는 칠일이오 녀즌는 구일이라 ᄒᆞ엿스니 은나라 망흔 날이 갑즈일이ᄆᆡ 빅이슉졔 밥 아니먹기로 맛당히 이날부터 ᄒᆞ엿슬 거시니 갑즈일노부터 혜여본즉 경오일이 졔 칠일이니 법화경의 널은바 남칠(男七)의 한(限)이 곳 이날이라 일노뼈 아노이다."

시관이 셰셰히 싱각ᄒᆞ니 개개(箇箇) 유리ᄒᆞᆫ지라 크게 긔특이 너겨 무기(武技)의 고하롤 의논치 아니ᄒᆞ고 갑과(甲科)의 쌔혀 장원ᄒᆞ니라.【54】

함ᄉᆞ명니샹셔징춘
卿使命李尙書爭春

니판셔(李判書) 익뵈(益輔1)[32] 본디 졍친(情

---

32) 【익보】圀 ((인명)) 익보(益輔). 즉 이익보(李益輔 1708~1767). 조선후기의 문신. 자는 사겸(士謙). 본관은 연안(延安). 참판 우신(雨臣)의 아들. 대제학 정보(鼎輔)의 아우. 1739년(영조 15) 문과에 급제, 한림(翰林)에 들어가 벼슬이 이조판서(吏曹判書)에 이르렀다. 1763년 좌참찬(左參贊)이 되고 앞서 민정중(閔鼎重)이 함경도 백성들의 편의를 위해 제정했던 상정제(詳定制)가 오랜 세월을 지나는 동안 폐단이 생기게 되자 왕명을 받고 홍계희(洪啓禧)와 함께 이를 개정했다.¶ 益輔‖ 니판셔 익뵈 본디 경친ᄒᆞᆫ 벗이 잇스니 나히 동갑이오 거쥬도 흔 동니오 어려셔부터 동문셩이오 (李判書益輔與某台, 生同庚, 居同巷, 幼同學.) <靑邱野談 奎章 8:54>

33) 【닉각】圀 내각(內閣). 규장각(奎章閣).¶ ᄯᅩ 자라ᄆᆡ 흑업을 흔가지 ᄒᆞ여 ᄉᆞ마진ᄉᆞ와 급졔ᄒᆞ기ᄭᆞ지 다 동방이오 닉각 옥당 디간 통천ᄒᆞ기예 ᄯᅩ흔 ᄌᆞ치 ᄲᅥ니고 (長同業, 以至上庠, 登第無不同年. 內翰瀛館, 亦皆同選.) <靑邱野談 奎章 8:54>

34) 【옥당】圀 옥당(玉堂). 홍문관(弘文館).¶ ᄯᅩ 자라ᄆᆡ 흑업을 흔가지 ᄒᆞ여 ᄉᆞ마진ᄉᆞ와 급졔ᄒᆞ기ᄭᆞ지 다 동방이오 닉각 옥당 디간 통천ᄒᆞ기예 ᄯᅩ흔 ᄌᆞ치 ᄲᅥ니고 (長同業, 以至上庠, 登第無不同年. 內翰瀛館, 亦皆同選.) <靑邱野談 奎章 8:54>

35) 【디간】圀 대간(臺諫). 조선시대에, 대관(臺官)과 간관(諫官)을 아울러 이르던 말.¶ ᄯᅩ 자라ᄆᆡ 흑업을 흔가지 ᄒᆞ여 ᄉᆞ마진ᄉᆞ와 급졔ᄒᆞ기ᄭᆞ지 다 동방이오 닉각 옥당 디간 통천ᄒᆞ기예 ᄯᅩ흔 ᄌᆞ치 ᄲᅥ니고 (長同業, 以至上庠, 登第無不同年. 內翰瀛館, 亦皆同選.) <靑邱野談 奎章 8:54>

36) 【문한】圀 문한(文翰). 문필에 관한 일.¶ 文翰‖ 디벌과 의표와 문한과 믈망이 셔로 우렬이 업셔 다른 사ᄅᆞᆷ이 능히 고하롤 의논치 못ᄒᆞ더라 (地閥儀表, 文翰物望, 人莫能甲乙.) <靑邱野談 奎章 8:54>

37) 【믈망】圀 물망(物望). 여러 사람이 우러러보는 명망(名望).¶ 物望‖ 니벌과 의표와 문한과 믈망이 셔로 우렬이 업셔 다른 사ᄅᆞᆷ이 능히 고하롤 의논치 못ᄒᆞ더라 (地閥儀表, 文翰物望, 人莫能甲乙.) <靑邱野談 奎章 8:54>

親)흔 벗이 잇스니 나히 동감이오 거쥬도 흔 동니(洞里)오 어려셔부터 동문셩(同門生)이오 ᄯᅩ 자라ᄆᆡ 흑업을 흔가지 ᄒᆞ여 ᄉᆞ마진ᄉᆞ(司馬進士)와 급졔ᄒᆞ기ᄭᆞ지 다 동방(同榜)이오 닉각(內閣)[33] 옥당(玉堂)[34] 디간(臺諫)[35] 통천ᄒᆞ기예 ᄯᅩ치 ᄲᅥ니고 디벌(地閥)과 의표(儀表)와 문한(文翰)과[36] 믈망(物望)이[37] 셔로 우렬이 업셔 다른 사ᄅᆞᆷ이 능히 고하롤 의논치 못ᄒᆞ더라. ᄆᆞ춤 그 벗으로 더부러 홍문관(弘文館)의 반딕(伴直)이 되여 셔로 지조와 의표의 승부롤 닷토

와 결우기롤 마지 아니ᄒᆞ더니 인ᄒᆞ여 셔로 언약ᄒᆞ여 굴오ᄃᆡ,

"우리 어려셔부터 지금가지 ᄒᆞᆫ가지 아닌 거시 업셔 우렬을 졍키 어려온지라 드르니 남원(南原) ᄯᅡ의 ᄒᆞᆫ 기셩이 잇셔 우리나라ᄒᆡ 일식(一色) 【55】이라 ᄒᆞ니 우리 두 사ᄅᆞᆷ 듕의 이 기셩을 몬져 엇ᄂᆞᆫ 사ᄅᆞᆷ으로 맛당히 계일을 삼을지라."

이럿ᄐᆞ시 말을 ᄒᆞ엿더니 오라지 아니ᄒᆞ야 그 벗이 젼라좌도(全羅左道) 경시관(京試官)으로38) 추졍(差定)ᄒᆞ여 가니 이 다른 사ᄅᆞᆷ의 유탈(有頉)ᄒᆞᆫ ᄃᆡ신이라. 과일이 박두ᄒᆞ여 ᄂᆡ일 쟝ᄎᆞᆺ 하직ᄒᆞ고 ᄯᅥ날ᄉᆡ 시소(試所) 고을은 곳 남원 고울이라 ᄂᆡ판셰 ᄆᆞᄎᆞᆷ 입딕ᄒᆞ엿다가 이 쇼문을 듯고 크게 놀나고 탄식ᄒᆞ여 바로 즉디예 나ᄅᆞ셔 몬져 가고져 시브ᄃᆡ 엇지ᄒᆞᆯ 길이 업ᄂᆞᆫ지라 통분ᄒᆞᆷ을 마지 아니ᄒᆞ야 밤이 새도록 잠을 일우지 못ᄒᆞ엿더니 잇튿날 그 벗이 하직ᄒᆞ고 나가다가 ᄂᆡ판셔의 딕쇼(直所)에39) 드러와 호긔양ᄌᆞ ᄒᆞ여 현져히 압두(壓頭)ᄒᆞᆯ ᄆᆞᄋᆞᆷ이 잇셔 크게 말ᄒᆞ여 굴오ᄃᆡ,

"이졔로부터는 내 맛당히 그ᄃᆡ 【56】 롤 니긔리라."

ᄒᆞ거늘 ᄂᆡ판셰 비록 강잉ᄒᆞ여 슈작ᄒᆞ고 젼송ᄒᆞ여 보닛스나 고개롤 숙이고 긔운이 막히여 지나더니 홀연 입딕옥당(入直玉堂) 나아모 입시ᄒᆞ라 ᄒᆞ시는 젼괴(傳敎ㅣ) 계시거늘 ᄂᆡ판셰 젼도히 탐젼의 입시ᄒᆞ니 봉셔 ᄒᆞᆫ 쟝과 마패(馬牌) 유쳑(鍮尺) 등믈을 ᄂᆡ여쥬시거늘 ᄂᆡ판셰 크게 깃거ᄒᆞ야 ᄂᆡ심에 혜오ᄃᆡ '이 반ᄃᆞ시 호람어시(湖南御史ㅣ)라'ᄒᆞ고 즉시 바로 남믄 밧긔 나가 봉셔롤 ᄯᅥ혀보니 과연 호람좌도어시(湖南左道御史ㅣ)라. 그 일즈롤 혜아려본

즉 '그 벗이 아모날은 맛당히 남원의 드러갈지라 내 반ᄃᆞ시 당일 발졍ᄒᆞ여 비도(倍道)ᄒᆞ야 ᄲᆞ리 가면 녁ᄌᆞ히 당ᄒᆞ리라.' ᄒᆞ고 죵인과 비장을 밋쳐 지휘치 못ᄒᆞ고 급ᄌᆞ히 본집의 사ᄅᆞᆷ을 브려 반당 ᄒᆞ나와 노ᄌᆞ ᄒᆞ나롤 거느려 약간 【57】 반젼으로 도보ᄒᆞ여 발힝ᄒᆞ고 죵인과 의복은 미조ᄎᆞ 남원으로 보닌라 ᄒᆞ고 바로 남원 ᄯᅡ의 드라다 경시관 힝지(行止)롤 탐쳥ᄒᆞᆫ즉 경시관이 오날 아춤 드러왓다 ᄒᆞ거늘 인ᄒᆞ여 급ᄌᆞ히 념탐ᄒᆞ야 두어 가지 조건을 어더가지고 바로 긱사의 츌도ᄒᆞ니 이ᄯᅥ 남원 관가와 밋 경시관이며 읍ᄂᆡ ᄂᆡ민이 다 어스의 션셩을 듯지 못ᄒᆞ엿다가 졸연이 츌도ᄒᆞᆫ 소리롤 듯고 사ᄅᆞᆷ마다 챵황실ᄉᆡᆨᄒᆞ야 일읍이 진동ᄒᆞᆫᄂᆞᆫ지라. ᄂᆡ방과 좌슈(座首)와 각 챵(倉)빗홀 잡아드려 낫ᄌᆞ치 티죄ᄒᆞᆫ 후 분부ᄒᆞ여 굴오ᄃᆡ,

"본읍으로 슈쳥기셩을 ᄎᆞ졍ᄒᆞ여드리라."

ᄒᆞ야 드린 후 그 좌목(座目)을 보니 그 기셩의 셩명이 업ᄂᆞᆫ지라 호댱을 잡아드려 무러 굴오ᄃᆡ,

"남원이 본ᄃᆡ 국ᄂᆡ예 식 【58】 향(色鄕)이오40) ᄯᅩ 어ᄉᆞᄒᆡᆼ치 졔일 놉흔 별셩(別星)이어늘41) 지금 슈쳥기셩이 젼불셩형(全不成形)ᄒᆞ니 이 무슴 도리뇨? 수속(斯速)히 다시 ᄎᆞ졍ᄒᆞ야드리라."

ᄒᆞ니 어스의 분부롤 뉘 감히 거역ᄒᆞ리오? 즉시 밧고와 드리거늘 그 좌목을 보니 ᄯᅩ 그 셩명이 업ᄂᆞᆫ지라 어시 크게 노ᄒᆞ야 호댱과 슈로(首奴)와 슈기(首妓)롤 일병(一竝) 나입ᄒᆞ여 ᄭᅮ지져 굴오ᄃᆡ,

"늬 본ᄃᆡ 네 고을의 아모 일홈 가진 기셩이 잇는 줄을 알앗거늘 두 번 환ᄎᆞ(換差)ᄒᆞᄃᆡ42) 죵시

---

38) 【경시-관】圓 ((관직)) 경시관(京試官). 조선후기에, 3년마다 각 도(道)에서 과거를 보일 때에 서울에서 파견하던 시험관.¶ 京試官 ‖ 이럿ᄐᆞ시 말을 ᄒᆞ엿더니 오라지 아니ᄒᆞ야 그 벗이 젼라좌도 경시관으로 ᄎᆞ졍ᄒᆞ여 가니 이 다른 사ᄅᆞᆷ의 유탈ᄒᆞᆫ ᄃᆡ신이라 (未幾某友, 爲全羅左道京試官, 而乃是他人有頉之代.) <靑邱野談 奎章 8:55>

39) 【딕쇼】圓 직소(直所). 번(番) 드는 곳.¶ 直所 ‖ 잇튿날 그 벗이 하직ᄒᆞ고 나가다가 ᄂᆡ판셔의 딕쇼에 드러와 호긔양ᄌᆞ ᄒᆞ여 현져히 압두ᄒᆞᆯ ᄆᆞᄋᆞᆷ이 잇셔 크게 말ᄒᆞ여 굴오ᄃᆡ 이졔도부텨는 내 맛당히 그ᄃᆡ롤 니긔리라 ᄒᆞ거늘 (其翌曉, 某友爲試官, 下直歷入直所, 意氣揚揚, 顯有壓倒之意, 大言夸張曰: "從今以後, 吾可以勝君矣".) <靑邱野談 奎章 8:55>

40) 【식향】圓 ((지리)) 색향(色鄕). 미인이 많이 나는 고을.¶ 色鄕 ‖ 남원이 본ᄃᆡ 국ᄂᆡ예 식향이오 ᄯᅩ 어ᄉᆞᄒᆡᆼ치 졔일 놉흔 별셩이어늘 지금 슈쳥기셩이 젼불셩형ᄒᆞ니 이 무슴 도리뇨 수속히 다시 ᄎᆞ졍ᄒᆞ야드리라 (南原乃國內色鄕, 御史是第一別星, 而今者隨廳妓, 全不成樣, 須速速換定以入也.) <靑邱野談 奎章 8:57-58>

41) 【별셩】圓 ((인류)) 별성(別星). 조정에서 파견되는 대소 관원.¶ 別星 ‖ 남원이 본ᄃᆡ 국ᄂᆡ예 식향이오 ᄯᅩ 어ᄉᆞᄒᆡᆼ치 졔일 놉흔 별셩이어늘 지금 슈쳥기셩이 젼불셩형ᄒᆞ니 이 무슴 도리뇨 수속히 다시 ᄎᆞ졍ᄒᆞ야드리라 (南原乃國內色鄕, 御史是第一別星, 而今者隨廳妓, 全不成樣, 須速速換定以入也.) <靑邱野談 奎章 8:58>

42) 【환ᄎᆞ-ᄒᆞ-】 환차(換差)하다. 바꾸어 선발하다.¶ 換 ‖ 늬 본ᄃᆡ 네 고을의 아모 일홈 가진 기셩이 잇는 줄을 알앗거늘 두 번 환ᄎᆞᄒᆞᄃᆡ 죵시 그 기셩의 셩명은 업스니 너의 거힝이 십분 만홀ᄒᆞᆫ지라 그 기셩으로 ᄲᆞ니 현신ᄒᆞ게 ᄒᆞ라 (吾知汝邑有妓名某者, 而再換隨廳,

185

그 기성의 성명은 업스니 너의 거힝이 십분 만홀(漫忽)흔지라 그 기성으로 썰니 현신(現身)흐게 흐라.

호댱 등이 꾸러 살와 골오디,

"그 기성은 이믜 경시관 힝츠의 슈쳥으로 츠경흐여 드려스믹 다시 곳치기 어렵스와이다."

어시 더옥 크게 노흐여 호령이 【59】 츄샹 곳 티여 별노이 삼모댱[三陵杖]을 드리라 흐여 호댱 등 삼인을 형틀에 올녀 믹고 소리를 마이 흐여 골오디,

"너의 무리 그 기성을 어늬 곳의 감쵸와두고 경시관을 가탁흐여 즁시 현형치 아니흐니 만만통히(萬萬痛駭)흔지라 만일 즉긱니로 디령치 아니흐면 너의 등이 맛당히 이 형댱 아래 물고(物故)흐리라."

흐고 집댱스령을 분부흐여 믹믹고찰(每每考察)흐니 호령이 셔리 곳고 일읍이 진동흔지라. 호댱 슈로 슈기의 가쇽과 밋 삼반(三班) 관쇽이 다 경시관 햐쳐(下處)의 드러가 울며 호쇼흐여 골오디,

"호댱과 좌슈와 슈기 셰 사롭의 성명이 지금 경긱에 둘녓사오니 업디여 빌건디 경시관 스도는 인긍흐시는 덕틱을 느리오샤 이 기성을 내여쥬시면 잠시간의 【60】 어스스도끠 현신흐옵고 셰 사롭의 죄를 면혼 후 아모조록 도로 드려와 스도 슈쳥을 드리올 거시니 댱하(杖下)의 죽어가는 목숨을 살와 쥬시믈 쳔만 바라느이다."

경시관이 닉심에 혜오디 '만일 이 기성을 내여쥬지 아니흐엿다가 뎌의 무리 무죄히 죽으면 도로혀 원망이 될 거시오 쏘 어시 뉜지 모로되 조고마흔 기성으로 말믹암아 서로 혐의를 지으미 역시 아름다온 일이 아니라.' 흐고 인흐여 너여쥬기를 허흐여 골오디,

"특별이 너의 잔병을 위흐여 너여쥬노니 잠간 현신만 시기고 드려오라."

흔디 관쇽들이 뵉뵉치샤흐여 골오디,

"스도의 샹덕이 이러틋흐시니 흔번 현신혼 후 즉시 드려오리이다."

흐고 인흐여 기성 드려다가 어스 【61】 의게 현신흔디 어시 크게 깃거 본즉 과연 졀디묘식(絶代妙色)이라 드디여 하리(下吏)를 다 물니고 그 기성을 잇그러 운우지희(雲雨之喜)를 난만(爛漫)히 맛친 후의 그 기성을 드리고 바로 경시관 햐쳐의 드러가 부지로 지면(遍面)흐고 대령익 읍니기 그 게의 죳흐
...

롤 불너 골오디,

"이졔야 내 쾌히 니긔엿노라."

흐니 경시관이 비록 어스출도흔 줄은 알앗스나 그 성명을 아지 못흐고 쏘 주가 하직흐고 나려올 찌예 니판셔롤 옥당 번소(番所)의셔 보왓는지라 흔번 보믹 크게 놀나온 듯 쏘 그 기성을 양두(讓頭)흐엿는지라 더옥 통분흐믈 니긔지 못흐여 거의 긔졀흘 듯흐더라. 대개 조샹(自上)으로 쏘 니판셰 그 벗으로 더부러 샹약흔 일을 알으신 고로 즘즛 경시관 하직흐는 날의 특별이 슈의 【62】 어스(繡衣御史)를 명흐샤 흐여곰 셔로 우등을 닷토게 흐시미러라.

념의스풍악봉신승
廉義士楓岳逢神僧

념시도(廉時道)는 니셔(吏胥)[43] 다니는 사롭이라 슈진방(壽進坊)꼴의 거흐야 텬성이 진실흐고 념개(廉介)흔지라.[44] 허젹(許積)의[45] 겸종(傔從)이 되야 심히 스랑흐고 신임흐더니 일ᄌᄌ은 허샹(許相)이 시도드려 닐으디,

"명일의 스환흘 곳이 잇스니 일즉 대령흐라."

---

43) 【니셔】圐 ((인류)) 이셔(吏胥). 각 관아에 딸린 구실아치를 통틀어 이르는 말.¶ 吏胥 ∥ 념시도는 니셔 다니는 사롭이라 슈진방꼴의 거흐야 텬성이 진실흐고 념개흔지라 (廉時道, 吏胥也. 居在漢師壽進坊, 性紫信實廉介). <靑邱野談 奎章 8:62>

44) 【념개-흐-】圐 염개(廉介)흐다. 청렴결백(淸廉潔白)흐다.¶ 廉介 ∥ 념시도는 니셔 다니는 사롭이라 슈진방꼴의 거흐야 텬성이 진실흐고 념개흔지라 (廉時道, 吏胥也. 居在漢師壽進坊, 性素信實廉介). <靑邱野談 奎章 8:62>

45) 【허젹】圐 ((인명)) 허적(許積 1610~1680). 조선 숙종 때의 문신. 자는 여차(汝車). 호는 묵재(默齋)·휴옹(休翁). 남인(南人)의 우두머리로 권력을 잡았으며, 1678년에 상평통보(常平通寶)를 만들어 사용하게 하였다. 뒤에 서자(庶子) 견(堅)의 역모 사건에 연루되어 살해되었다.¶ 許積 ∥ 허젹의 겸종이 되야 심히 스랑흐고 신임흐더니 일ᄌᄌ은 허샹에 시도드려 닐으되 명일의 스환흘 곳이 잇스니 일즉 대령흐라 흐엿더니 (爲許相積傔從, 甚見寵信, 一日許謂時道曰:"明曉有使喚處, 必早來.") <靑邱野談 奎章 8:62>

猶未來, 汝邑擧行, 萬萬漫忽, 某妓須斯速現身也.) <靑邱野談 奎章 8:58>

ᄒᆞᆯ엿더니 그날밤의 시되 벗 수삼인으로 더부러 야회(夜會)ᄒᆞ다가 잠을 깁히 드러 날이 이믜 새눈 줄을 몰낫더니 급히 니러 가쟝 분쥬히 갈ᄉᆡ 졔용감(濟用監) 안호로 지날 졔 길가 변터의 고목이 잇고 고목 아래 무셩ᄒᆞᆫ 플이 잇고 플 사이예 푸른 【63】 보ᄐᆞᆷ이 드러나믈 보고 나아가 본즉 봉ᄒᆞ고 ᄶᆞᆫ 거시 심히 쥬밀ᄒᆞ고 들미 심히 무거온지라 허리예 차고 샤직골 허샹공(許相公) 집의 니르러 늣게 대령ᄒᆞᄆᆞᆯ 쳥죄ᄒᆞᆫ디 허샹이 굴오디,

"이믜 다른 하인을 부럿스니 네 무슴 죄 잇스리오?"

시되 쳥하의 물너와 그 쳥보ᄅᆞᆯ 프러본즉 속에 ᄯᅩ ᄲᅩ고 그 안의 이ᄇᆡᆨ십삼 냥 즁은 잇거늘 혼쟈말노 굴오디,

'이는 즁ᄒᆞᆫ 지믈이라 무론아모ᄒᆞ고 일혼 사ᄅᆞᆷ의 ᄆᆞ옴이 엇더ᄒᆞᆯ고? 내 가히 엄치ᄒᆞ여 긔믈(己物)을 삼을 거시로되 쇼민의 횡지ᄒᆞ미 길죠(吉兆ㅣ) 아니라 의예 취치 아닐진디 출아리 샹공ᄭᅴ 드림만 ᄀᆞᆺ지 못ᄒᆞ다.'

ᄒᆞ고 은을 가지고 나아가 은 어든 연유ᄅᆞᆯ 샹공ᄭᅴ 고ᄒᆞ고 밧치기ᄅᆞᆯ 쳥ᄒᆞᆫ디 허샹이 굴오디,

"너의 어든 비 너의게 무어시 관계ᄒᆞ며 ᄯᅩ 네 취 【64】 치 아닌 거슬 ᄂᆡ 엇지 취ᄒᆞ리오?"

시되 침괴(慙愧)ᄒᆞ야 물너갓더니 이윽고 허샹이 시도ᄅᆞᆯ 블너 닐오디,

"수일 젼의 병판의 물갑시 은 이ᄇᆡᆨ 냥이라 광셩부원군(光城府院君)이 그 물을 산다 ᄒᆞ더니 그 은 인가 시브니 네 시험ᄒᆞ야 가 무르라."

ᄒᆞ니 병판은 쳥셩(淸城) 김공(金公)이라. 시되 그 말을 조차 잇틋날 김공ᄭᅴ 가 현알ᄒᆞ고 엿즈오디,

"딕의셔 혹 일혼 거시 잇ᄂᆞ니잇가?"

김공이 굴오디,

"업노라."

ᄒᆞ고 문득 창두(蒼頭)ᄅᆞᆯ 블너 굴오디,

"아모 노지 물을 닛글고 간지 이믜 수일이로디 오히려 회뵈(回報ㅣ) 업스니 엇진 일고? ᄲᆞᆯ니 잡아오라."

창뒤 ᄀᆞ로디,

"그 노지 죄 잇스므로 감히 나아와 뵈지 못ᄒᆞ다 ᄒᆞᄂᆞ이다."

긴공이 ᄭᅮ지져 굴오디,

"이 엇진 말고? ᄲᆞᆯ니 잡아드리라."

창뒤 그 노즈ᄅᆞᆯ 잡아들여 ᄯᅳᆯ에 ᄭᅮᆯ닌디 노지

엿즈오디,

"쇼인이 일만 번 죽ᄉᆞ 【65】 올 죄 잇스오니 감히 명을 밧치ᄂᆞ이다."

김공이 그 연고ᄅᆞᆯ 무른디 노지 굴오디,

"쇼인이 지동(齋洞) 광셩딕(光城宅)의 가와 물갑슬 바다가지고 오옵다가 듕노(中路)의셔 일엇ᄂᆞ이다."

김공이 크게 노ᄒᆞ야 굴오디,

"노즈의 간사ᄒᆞ미 이럿툿ᄒᆞ고녀[46] 네 농간(弄奸)ᄒᆞ여[47] 업시ᄒᆞ고 와 날을 소기ᄂᆞᆫ도다."

급히 형쟝을 베퍼 박살ᄒᆞ려 ᄒᆞ니 시되 겻히 잇다가 엿즈오디,

"잠간 형벌을 머무ᄅᆞ시고 은 일은 쇼유ᄅᆞᆯ 무르쇼셔."

김공이 ᄶᆡ드라 형벌을 머무ᄅᆞ고 다시 힐문ᄒᆞᆫ디 그 노지 알외디,

"쇼인이 쳐음의 물을 닛글고 광셩딕의 가온즉 샹공이 쇼인을 명ᄒᆞ여 물을 구경둘니라 ᄒᆞ시고 굴오디 '과연 신귀(神駒ㅣ)로다' 그 살ᄶᅵ고 윤퇴ᄒᆞᆷ믈 탄상ᄒᆞ시고 닐ᄋᆞ샤디 '이 물을 네가 먹엿ᄂᆞ냐?' 굴오디 '그러ᄒᆞ이다.' 샹공이 긔특이 녀기샤 굴오디 【66】 '인가의 노지 이ᄀᆞᆺ치 신실ᄒᆞᆫ 쟤 잇도다.' 인ᄒᆞ야 압흐로 나아오라 ᄒᆞ야 굴오디 '네 능히 술 마시ᄂᆞ냐?' 디ᄒᆞ여 굴오디 '능히 ᄒᆞ노이다.' 샹공이 감홍노(甘紅露)[48] ᄒᆞᆫ 샤발을 ᄀᆞ득 부어 세 번을 년ᄒᆞ야 쥬시고 은 이ᄇᆡᆨ 냥을 혬ᄒᆞ야 쥬시며 ᄯᅩ 십삼 냥

---

46) 【-고녀】回 (어간이나 어미 뒤에 붙어) —구나.¶ 김공이 크게 노ᄒᆞ야 굴오디 노즈의 간사ᄒᆞ미 이럿툿ᄒᆞ고녀 네 농간ᄒᆞ여 업시ᄒᆞ고 와 날을 소기ᄂᆞᆫ도다 (金公大怒曰: "奴之詐至此. 汝乃弄奸沈沒而來, 誑我也.") <靑邱野談 奎章 8:65>

47) 【농간-ᄒᆞ-】图 농간(弄奸)하다. 간사한 꾀로 남을 속이거나 남의 일을 그르치게 하다.¶ 弄奸 ‖ 김공이 크게 노ᄒᆞ야 굴오디 노즈의 간사ᄒᆞ미 이럿툿ᄒᆞ고녀 네 농간ᄒᆞ여 업시ᄒᆞ고 와 날을 소기ᄂᆞᆫ도다 (金公大怒曰: "奴之詐至此. 汝乃弄奸沈沒而來, 誑我也.") <靑邱野談 奎章 8:65>

48) 【감홍-노】图 ((음식)) 감홍로(甘紅露). 평양에서 나던, 지치 뿌리를 꽂고 꿀을 넣어서 받은 붉은 소주.¶ 紅露 ‖ 샹공이 감홍노 ᄒᆞᆫ 샤발을 ᄀᆞ득 부어 세 번을 년ᄒᆞ야 쥬시고 은 이ᄇᆡᆨ 냥을 혬ᄒᆞ야 쥬시며 ᄯᅩ 십삼 냥을 더ᄒᆞ야 굴오디 이는 네 물 살먹인 샹납이라 ᄒᆞ시니 (相公命一大梡, 酌紅露旨烈者, 連賜者三, 卽計給銀三百兩, 且加以十三兩曰: "此賞以善喂馬也.") <靑邱野談 奎章 8:66>

187

을 더호야 굴오디 '이는 네 몰 잘먹인 샹급이라.' 호시니 쇼인이 하직호고 나올시 눌이 져믄지라 침취(沈醉)호와 힝보홀 수 업소와 노방(路傍)의 것구러져 어늬 곳인 줄 아지 못호옵더니 밤이 깁허 션 선호오미 술이 겨기 찌여 풍편의 쇠붑소리 둘니거늘 계오 니러나 도라오옵고 은봉(銀封)은 어디 쩌러 졋는지 젼연이 아지 못호와 실샹이 이러호오미 죄범(罪犯)이 지즁(至重)호와 죽을 줄만 아옵기로 주겨(趑趄)호와 감히 진알(進謁)치 못호엿노이다."

시되 슈말을 다 드른 【67】 후의 즉시 은 어든 쇼유롤 알외고 급히 도라와 은을 가져 드리니 봉호 바와 밋 은 수회 과연 일흔 쟈의 말과 깃흔지라. 김공이 탄샹호야 굴오디,

"네 금셰샹 사름이 아니로다. 그러나 근본 일흔 거시라 그 반으로뻐 너롤 샹급호느니 네 스양치 말나."

시되 우어 굴오디,

"가령 쇼인이 탐지홀 무옴이 잇스와 숨기고 말 아니호면 그 뉘 알니오? 이믜 너의 두미 아니면 오직 더러일가 져허호거늘 엇지 샹급호시믈 밧즈오릿가?"

김공이 송연이 안식을 곳치고 다시 샹은(賞銀) 이쯔(二字)롤 계거치 아니호고 오러 차탄호다가 술을 주어 위로호고 노즈롤 쾌히 방셕(放釋)호니라. 시되 하직호고 문에 나오니 흔 쇼년 녀지 뒤흐로 쌀니 블너 굴오디,

"원컨디 승님은49) 조곰 머무르 【68】 쇼셔."

시되 도라보고 그 쇼유롤 무른디 그 녀지 굴오디,

"앗가 은 일흔 쟈는 나의 오라비라 내 의지호여 살더니 이제 승님을 힘닙어 오라비 다시 셰샹을 보니 이 은혜롤 엇지 갑흐리오? 내 안의 드러가 대부인긔 이 말솜을 알욀즉 극히 탄샹호시고 쥬찬을 쥬샤 디졉호여 보니라 호시기에 잠간 쳥호 비로라."

호고 낭하의 자리롤 펴고 도로 드러가 흔 대탁을 밧들고 나와 진슈미찬을 버려스니 시되 취포(醉飽)호고50) 도라오니라.

───

49) 【승님】 圖 ((인류)) 고을 아젼을 높여 부르는 말.¶ 丞 ∥ 흔 쇼년 녀지 뒤흐로 쌀니 블너 굴오디 원컨디 승님은 조곰 머무르쇼셔 (有一年少女, 從後疾呼曰: "願丞少留.") <靑邱野談 奎章 8:67>

50) 【취포-ᄒ-】 圖 취포(醉飽)하다. 배부르도록 먹고 마시다.¶ 醉飽 ∥ 낭하의 자리롤 펴고 도로 드러가 흔 대탁을 밧들고 나와 진슈미찬을 버려스니 시되 취포호고

───

경신년(庚申年)을 당호미 허샹이 죄로뻐 스스(賜死)호니 시되 돌연이 드러가 약긔(藥器)롤 붓들고 난와 마시고져 호거늘 도시(都事 ١)¹) ᄁ어 니치니라. 허샹이 ᄎ믜 죽으미 시되 듀야 호통(號慟)호여 다시 셰념(世念)이51) 업논지라 인호여 【69】 집을 바리고 방낭호야 산슈의 오유(遨遊)홀시 쪽형이 강능짜의 잇스믈 듯고 ᄎ즌즉 이믜 승이 되야 간 바롤 아지 못호논지라. 인호여 풍악(楓岳)에 유람홀시 표훈사(表訓寺)의52) 니르러 거호는 승드려 무러 굴오디,

"내 뇹혼 즁을 어더 내 스승을 삼아 의지코져 호노니 뉘 가흔 쟤뇨?"

다 굴오디,

"묘길샹(妙吉祥)53) 뒤 고암(孤庵) 슈좌승(首座僧)은 곳 셩불이니라."

시되 ᄎ져가니 과연 흔 승이 고요히 안졋거늘 시되 압희 업듸여 지셩으로 셤길 쯧을 뵈고 또 삭발하기롤 쳥흔디 그 승이 본 체 아니호거늘 시되 업듸여 니지 아니호니 날이 ᄎ믜 져믄지라 승이 믄득 굴오디,

"시렁 우희 발이 잇스니 엇지 셕반을 짓지 아니호논뇨?"

시되 니러나 보니 과연 발이 잇논지라 지 【70】 어 먹고 또 젼깃치 업듸여 아춤의 니르니 승이 또 밥호라 호거늘 이깃치 흔 지 오륙일이로디 승이 맛춤내 졉어호지 아니호논지라. 시되 경셩이 ᄎᄎ 풀녀 문외예 나가 두루 구경홀시 암즈 뒤예 수간모

───

도라오니라 (即設席廊下, 旋入擎出大一盤, 羅以珍羞美醞, 時道醉飽而歸.) <靑邱野談 奎章 8:68>

51) 【셰념】 圖 셰념(世念). 세상살이에 대한 온갖 생각.¶ 世念 ∥ 허샹이 ᄎ믜 죽으미 시되 듀야 호통호여 다시 셰념이 업논지라 인호여 집을 바리고 방낭호야 산슈의 오유홀시 (許旣死, 時道狂奔號慟, 無復世念, 仍棄家, 放浪遨遊山水.) <靑邱野談 奎章 8:68>

52) 【표훈-사】 圖 ((건축)) 표훈사(表訓寺). 금강산에 있는 절. 유점사의 말사(末寺). 신라 때에 표훈이 창건하였다고 한다.¶ 表訓寺 ∥ 인호여 풍악에 유람홀시 표훈사의 니르러 거호는 승드려 무러 굴오디 내 뇹혼 즁을 어더 내 스승을 삼아 의지코져 호노니 뉘 가흔 쟤뇨 (仍遊楓岳, 至表訓寺, 問居僧曰: "吾欲依歸, 必得高僧爲師, 誰可者?") <靑邱野談 奎章 8:69>

53) 【묘길상】 圖 ((건축)) 묘길샹(妙吉祥). 강원도 통천군(通川郡) 벽산(碧山)에 있는 암자.¶ 妙吉祥 ∥ 묘길샹 뒤 고암 슈좌승은 곳 셩불이니라 (妙吉祥後, 孤菴守座郎生佛也.) <靑邱野談 奎章 8:69>

옥이 잇거늘 그 안의 드러가니 흔 녀지 방년이 ᄌ
팔의 심히 ᄌ식이 잇눈지라 시되 흔번 보미 심혼이
비월ᄒ고 경욕을 금치 못ᄒ야 양뉴셰요(楊柳細腰)를
덤셕 안고 접박ᄒ고져 ᄒ니 녀지 품속으로 칼을 너
여 ᄌ결코져 ᄒ거늘 시되 경겁ᄒ여 믈너 안져 그
소죵너(所從來)룰 무른디 굴오되,

"나는 이 동구 밧긔 잇는 녜지러니 올아비 이
산의 출가ᄒ야 암승(庵僧)을 셤기미 모친이 암승을
신인이라 ᄒ여 나의 명수(命數)룰 무른즉【71】암승
이 닐오되 '귀녜 복녹이 무궁ᄒ나 ᄉ오년 외이 잇
ᄉ오니 만일 인간ᄉ룰 샤졀ᄒ고 이 암ᄌ 뒤방의 잇
슨즉 가히 지익을 소멸ᄒ 거시오 ᄯᅩ 아람다온 인연
이 잇ᄉ리라' ᄒ니 모친이 그 말을 밋어 이예 모옥
을 얼거 날노 더부러 수년 경영을 ᄒ더니 모친이
ᄆᆞ춤 촌가의 나간 사이의 믄득 그더의 핍박흔 비
되여 이 스경의 니르니 이 닐은바 대익이 아니냐?
이믜 모친의 명이 업스니 죽을지언졍 엇지 욕을 바
드리오? 그러나 이 일이 우연치 아니흔지라 신승의
가연(佳緣) 잇단 말이 반드시 금일ᄉ(今日事)룰 위
ᄒ미로다. 이믜 흔번 셔로 졉면(接面)ᄒ미 텬디 증
참(證參)이 되고 신명이 불기 알으시니 엇지 다른디
가리오? 밍셰코 그더룰 조ᄎ리니 다만 모【72】친
의 도라오시믈 기드려 셩친을 명빅히 ᄒ미 ᄯᅩ흔 가
치 아니ᄒ냐?"

시되 그 말을 긔이 녀겨 하딕ᄒ고 암듕의
도라오니 승이 ᄯᅩ 말ᄒ는 배 업는지라. 이밤의 시되
일심에 경ᄒ여 녀ᄌ의 염용(艷容)이 암ᄒᄒ미 도
룰 구ᄒ는 뜻이 젼혀 업고 명일 녀ᄌ의 모친 일언
을 고디ᄒ더니 밋 아츰의 잠을 ᄭᅵ미 승이 홀연 니
러셔 크게 ᄭᅮ지져 굴오되,

"엇더흔 괴믈이 나룰 요란케 ᄒ느뇨? 반드시
죽인 후 말니로다."

ᄒ고 뉵환쟝을 드러 쟝ᄎᆞᆺ 치려 ᄒ니 시되 황
겁ᄒ야 암ᄌ 밧그로 다라낫더니 이윽고 승이 블너
압히 갓가이 ᄒ여 조흔 말노 닐너 굴오되,

"네 샹모룰 보니 출가흔 사름이 아니오 후암
(後庵)의 녀ᄌ는 반드시 네게 도라갈 거시니【73】
다만 일노조ᄎ 가고 조곰도 지류(遲留)치 말나. 비
록 이 압히 조곰 놀나오미 잇스나 복녹이 일노부터
쟝원(長遠)ᄒ리라."

ᄒ고 여덟 글ᄶᆞ룰 뻐 쥬디 '이셩득젼 작교기
연(以姓得全 鵲橋佳緣)'이라 ᄒ니〔셩으로뻐 온젼ᄒ믈 엇
고 오작교의 아람다온 이연이라〕시되 눈믈을 ᄲᅮ려 하딕ᄒ

고 표훈사의 니르러는 안즌 자리 덥지 못ᄒ여 홀연
긔포군관(譏捕軍官)이 돌입ᄒ야 시도룰 긴ᄉ히 결박
ᄒ고 항쇄죡쇄(項鎖足鎖)ᄒ여 풍우 ᄀᆞᆺ치 모라 수일
이 못ᄒ야 경셩의 다ᄃᆞ라 큰칼 뾔여 하옥ᄒ니 대뎌
이ᄯᅥ 허격의 옥시 년좌(連坐ㅣ) 만흔지라 친근흔 겸
죵을 츄착(推捉)홀시 시되 ᄯᅩ흔 쵸사(招辭)의 든 연
괼녀라. 밋 금부 국쳥 좌긔날을 당ᄒ미 쳥셩 김공이
안옥(按獄)ᄒ고 모든 지상으로 버러 안잣더니 나즐
이 시도룰 잡아드릴 ᄯᅥ예 신문ᄒ는 재 만흐디 쳥셩
이【74】술피지 아니ᄒ면 그 시도룰 위ᄒ미라. 일ᄎᆞ
뎡문 후 하옥ᄒ라 ᄒ니 ᄆᆞ춤 쳥셩의 밥 가지고 온
비ᄌᆞ는 곳 닐혼 노ᄌᆞ의 누라. 시도의 착가ᄒ믈
보고 차악(嗟愕)히 녀겨 도라가 부인긔 고흔디 부인
이 ᄯᅩ흔 불샹히 녀겨 셔간을 쳥셩의게 보니여 시도
의 이미ᄒ믈 구계ᄒ쇼셔 ᄒ엿거늘 쳥셩이 즉시 시
도룰 잡아드려 약간 힐문ᄒ니 증험이 업는지라. 이
예 굴오되,

"츠인은 의시라 쳥텬빅일 ᄀᆞᆺ튼 심ᄉ룰 너 집
히 아는 비니 엇지 역모의 참예ᄒ리오?"

특별이 방셕ᄒ니 시되 겨오 금부 문밧긔 나오
미 은 일흔 노ᄌᆞ 일습 새옷슬 가지고 이믜 기드린
지라 드듸여 흔가지로 집의 도라와 졉디룰 극진히
ᄒ고 노슈(路需)와 밋 마필을 쥬어 ᄒ여곰 샹고의
일을 ᄒ게 ᄒ니라.

이ᄯᅥ【75】허격의 싱질(甥姪) 신후지(申厚載)
샹쥬목시(尙州牧使ㅣ) 된지라 시되 나려가 보려 홀
시 ᄯᅥᄆᆞ춤 칠월칠일이라 닐은바 견우직녜(牽牛織女)
셔로 만나미 오작(烏鵲)이 다리룰 일우는 날이라.
이믜 샹쥬 디경의 들미 날이 져믈고 믈이 샐니 둘
녀 산벽 소로로조차 흔 촌가로 드러가니 시되 연망
(連忙)히 쏠아간즉 믈이 ᄒ의 마구의 믜엿고 흔 녀
지 쓸의셔 뵈룰 ᄆᆞ다가 피ᄒ여 방듕으로 드러가거
늘 시되 믈 믠 거술 글으려 ᄒ더 노귀 안으로조차
나와 굴오되,

"그더 엇지 글으려 ᄒ느뇨? 믈은 도라올 바룰
아는도다."

시되 망연이 그 ᄯᅳᆺ을 아지 못ᄒ고 졀ᄒ고 ᄯᅩ
쳥ᄒ여 굴오되,

"흔 격도 뵈지 못흔지라 쥬모의 닐으시는 바
룰 살피지 못ᄒ리로쇼이다. 믈은 도라올 바룰 아다
ᄒ믄 잇지 닐오미뇨?"

노귀 자리의 마져 좌졍 후 굴오되,
【76】"닉 쟝ᄎᆞᆺ 말ᄒ리라."

ㅎ더니 홀연 창안의셔 목미쳐 우는 쇼리 나거
늘 노귀 굴오디,

"엇지 우느뇨? 깃부미 극ㅎ여 그러ㅎ냐?"

시되 더옥 의심ㅎ여 급히 그 쇼유롤 쳥ㅎ디,

"아모년 분의 흔 녀즈롤 금강산(金剛山) 암즈
뒤히셔 맛나미 업느냐?"

굴오디,

"그러ㅎ다."

노귀 굴오디,

"이는 니 녀식이라. 이계 방의셔 우는 재 곳
이 아희오 쏘 암승의 니력을 아느냐 이는 곳 그디
강능 쪽형이라. 본디 신승으로 묘법(妙法)이 잇셔
사롬의 장니亽(將來事)롤 알미 귀신 ㄱ튼지라 너 녀
식의 길흉을 닐너 굴오디 '이 녀이 니 쪽졔(族弟)
념아모로 인연이 잇스디 수년 직익이 잇스니 만일
집을 쩌나 산사의 거ㅎ면 익을 면홀 거시오 즈연
인연을 일우나 동실(同室)치 못ㅎ리니 동실흔 곳은
곳 녕남 샹쥐 짜의 잇스디 모년모월모일이라 ㅎ기
예 니 녀식을 드리【77】고 승의게 나아가 익을 지
나려 홀시 그쩌 므즘 그디 왓스디 니 춘가의 갓다
가 밋쳐 보지 못흔지라. 그 후 암승이 올마가미 향
흔 바롤 아지 못ㅎ고 나의 즈식이 쏘흔 이 짜 졀간
의 우거(寓居)ㅎ미 니 며롤 쏘라 여긔 잇는지라. 밋
오날의 니르러는 그디 반드시 올 줄 알앗노라."

ㅎ고 인ㅎ야 쏠을 블너 나오라 ㅎ니 녀진 눈
물을 거두며 아미(娥眉)롤 숙이고 나와 마즈니 과연
풍악 암후의셔 보든 녀진라. 안뫼 더옥 풍영(豊英)
ㅎ고 아룸답거늘 시되 쳐창ㅎ믈 니긔지 못ㅎ고 녀
진 쏘흔 비희교집(悲喜交集)ㅎ더라. 셕반을 나오미
진찬(珍饌)이 ㄱ득ㅎ니 다 미리 판비흔 거시라. 이
밤의 셩친ㅎ니 신승의 쥬던 바 여덟 글지 다 마즌
지라. 머믄 지 수일의 시되 본슈(本倅)롤 가 보고
듕간 지난 일은 쟈셰 고흔디 샹목(尙牧)이 쏘흔 이
샹히 너겨 후히 뇌물을 쥬니 【78】 라. 이쩍 시도의
견쳐는 죽은지 오라고 가스는 쪽인의게 부탁ㅎ여
간검ㅎ라 ㅎ엿더니 시되 드듸여 그 모녀롤 드리고
경셩의 드러와 다시 구퇵(舊宅)의 거ㅎ니 시도의 일
홈이 셰상의 진동ㅎ고 쳥셩의 고호(顧護)ㅎ미 쏘흔
지극ㅎ니 가계 요폭ㅎ고 사롬이 다 념의亽(廉義士
ㅣ)라 일캇더라. 부쳬 복녹을 누리고 시되 나히 팔
십여의 물ㅎ니 이제 그 ㅈ손이 인녀동(女閭洞)쎄 셔
ㅎ야 번셩ㅎ더라.

190

오안ᄉ영호봉셜싱
吳按使永湖逢薛生

[1] 광희됴(光海朝) 시졀의 셜싱(薛生)이라 ᄒᆞᄂᆞᆫ 재 쳥파(靑坡)의1) 거ᄒᆞ야 문ᄉᆞ(文辭ㅣ) 넉ᄉᆞᄒᆞ고 긔운을 숭샹ᄒᆞ야 과쟝에 여러 번 츌입ᄒᆞᄃᆡ 수긔(數奇)ᄒᆞ야2) ᄒᆞᆫ 번도 맛치지 못ᄒᆞ지라. 일즉 츄판[탄](秋灘) 오윤겸(吳允謙)으로3) 더부러 졍의 친밀ᄒᆞ

1) 【쳥파】圖 ((지리)) 쳥파(靑坡). 지금의 서울시 용산구 쳥파동.¶ 靑坡 ∥ 광희됴 시졀의 셜싱이라 ᄒᆞᄂᆞᆫ 재 쳥파의 거ᄒᆞ야 문ᄉᆞ 넉ᄉᆞᄒᆞ고 긔운을 숭샹ᄒᆞ야 과쟝에 여러 번 츌입ᄒᆞᄃᆡ 수긔ᄒᆞ야 ᄒᆞᆫ 번도 맛치지 못ᄒᆞ지라 (光海時, 有薛生者, 居靑坡, 富辭藻, 尙氣節, 業科而數奇不利.) 靑邱野談 奎章 9:1>

2) 【수긔-ᄒᆞ-】圖 수긔(數奇)하다. 운수가 사납다.¶ 數奇 ∥ 광희됴 시졀의 셜싱이라 ᄒᆞᄂᆞᆫ 재 쳥파의 거ᄒᆞ야 문ᄉᆞ 넉ᄉᆞᄒᆞ고 긔운을 숭샹ᄒᆞ야 과쟝에 여러 번 츌입ᄒᆞᄃᆡ 수긔ᄒᆞ야 ᄒᆞᆫ 번도 맛치지 못ᄒᆞ지라 (光海時, 有薛生者, 居靑坡, 富辭藻, 尙氣節, 業科而數奇不利.) <靑邱野談 奎章 9:1>

3) 【오윤겸】圖 ((인명)) 오윤겸(吳允謙 1559~1617). 조선 인조 때의 문신. 자는 여익(汝益). 호는 추탄(楸灘)·토당(土塘). 광해군 9년(1617)에 일본에 사신으로 가서 임진왜란 때 잡혀간 포로를 데리고 왔으며, 영의정을 지냈다.¶ 吳允謙 ∥ 일즉 츄판[탄] 오윤겸으로 더부러 졍의 친밀ᄒᆞ더니 계튝 폐모변을 냥ᄒᆞ니 싱이 개년이 츄판ᄃᆞ려 닐너 ᄀᆞᆯ오ᄃᆡ 눈긔 멸ᄒᆞ지라 엇지 뻐 벼술의 거ᄒᆞ리오 그디 능히 날노 더부러 ᄒᆞᆫ가지로 물외예 놀미 엇더ᄒᆞ뇨 (嘗與秋灘吳公允謙甚善, 癸丑廢母變作,

더니 계튝(癸丑) 폐모변(廢母變)을4) 당ᄒᆞᄆᆡ 싱이 개연이 츄판ᄃᆞ려 닐너 ᄀᆞᆯ오ᄃᆡ,

"눈긔(倫紀) 멸ᄒᆞ지라 엇지 뻐 벼술의 거ᄒᆞ리오? 그디 능히 날노 더부러 ᄒᆞᆫ가지로 물외(物外)예 놀미 엇더ᄒᆞ뇨?"

츄판이 냥친이 당에 계시니 가히 멀니 가지 못ᄒᆞᄆᆞ로 말ᄒᆞ고 수월 후 성을 ᄎᆞᆺ즌즉 부지거체(不知去處)라. 반졍(反正) 후 갑슐년의 오공이 관동의 안졀ᄉᆞ(按節使ㅣ)5) 되야 순력(巡歷) 나 간셩(杆城)의6) 니르러 비롤 【2】 영낭호(永郎湖)7) 물가의 ᄯᅴ웟더니 홀연 물가의 비롤 믈고 오는 재 잇거늘 겸ᄉᆞ 갓가이 오미 술펴본즉 곳 셜싱이라. 크게 놀나 쥬듕(舟中)의 마즈드리니 셔로 깃부믈 측냥치 못ᄒᆞ지라 그 거ᄒᆞᄂᆞᆫ 곳을 무른디 싱이 ᄀᆞᆯ오ᄃᆡ,

"너집은 양ᄉᆞ(襄陽) 읍니 동남으로 뉵칠 니 허(許)의 잇스니 동명은 회롱(回龍)골이라 디형이 유벽ᄒᆞ야 인젹이 드믈고 가만 여긔셔 머지 아니ᄒᆞ니 블과 반일의 가히 왕환(往還)ᄒᆞᆯ지라. 쳥컨ᄃᆡ 그디ᄂᆞᆫ 나의 잇ᄂᆞᆫ 곳을 ᄒᆞᆫ번 구경ᄒᆞ미 엇더ᄒᆞ뇨?"

공이 조차 쟝ᄎᆞᆺ 셕양의 견여(肩輿)롤 타고 동

生愾然謂楸灘曰: "倫紀滅矣, 焉用仕子, 能與我同遊乎?") <靑邱野談 奎章 9:1>

4) 【폐모변】圖 폐모변(廢母變). 1617년 폐모론으로, 인목대비(仁穆大妃)를 서궁(西宮)에 유폐시킨 사건.¶ 廢母變 ∥ 일즉 츄판[탄] 오윤겸으로 더부러 졍의 친밀ᄒᆞ더니 계튝 폐모변을 당ᄒᆞᄆᆡ 싱이 개연이 츄판ᄃᆞ려 닐너 ᄀᆞᆯ오ᄃᆡ 눈긔 멸ᄒᆞ지라 엇지 뻐 벼술의 거ᄒᆞ리오 그디 능히 날노 더부러 ᄒᆞᆫ가지로 물외예 놀미 엇더ᄒᆞ뇨 (嘗與秋灘吳公允謙甚善, 癸丑廢母變作, 生愾然謂楸灘曰: "倫紀滅矣, 焉用仕子, 能與我同遊乎?") <靑邱野談 奎章 9:1>

5) 【안졀ᄉᆞ】圖 ((관직)) 안졀사(安節使). 안찰사(按察使).¶ 按節 ∥ 반졍 후 갑슐년의 오공이 관동의 안졀시 되야 순력 나 간셩의 니르러 비롤 영낭호 물가의 ᄯᅴ웟더니 (逮反正後, 甲戌, 吳公按節關東, 巡到杆城, 泛舟永郎湖.) <靑邱野談 奎章 9:1>

6) 【간셩】圖 ((지리)) 간셩(杆城). 강원도 고성군 간성읍.¶ 杆城 ∥ 반졍 후 갑슐년의 오공이 관동의 안졀시 되야 순력 나 간셩의 니르러 비롤 영낭호 물가의 ᄯᅴ웟더니 (逮反正後, 甲戌, 吳公按節關東, 巡到杆城, 泛舟永郎湖.) <靑邱野談 奎章 9:1>

7) 【영낭-호】圖 ((지리)) 영랑호(永郎湖). 강원도 고성군에 있는 곳.¶ 永郎湖 ∥ 반졍 후 집슐년의 오공이 관동의 안졀시 되야 순력 나 간셩의 니르러 비롤 영낭호 물가의 ᄯᅴ웟더니 (逮反正後, 甲戌, 吳公按節關東, 巡到杆城, 泛舟永郎湖.) <靑邱野談 奎章 9:2>

구의 드러가니 산뢰(山路ㅣ) 긔구(崎嶇)ᄒᆞ야 수 리
룰 가더니 프른 뫼히 싹근드시 웃쑥ᄒᆞ셔 긔이ᄒᆞᆫ 형
샹이 눈의 현란ᄒᆞ고 둔간의 셕문이 열녀 물근 시너
셕문 겻호로 소사나니 이ᄂᆞᆫ 회룡동이라. 셕경이 돌
문 터진 ᄃᆡ로 조곰 【3】 꺽거 올나간즉 참암굴곡(巉
巖屈曲)ᄒᆞ야 츰을 잇글고 남글 밧드러 나아가미 비
로쇼 숙이 잇스니 몸을 굽흐려 드러가ᄂᆞᆫ지라. 이믜
드러간즉 ᄯᅡ히 심히 광평(廣平)ᄒᆞ고 면뢰 기름지며
인개 즐비(櫛比)ᄒᆞ니 뽕과 삼이 좌우의 둘넛고 비와
대쵸남기8) 전후의 총밀ᄒᆞ여 별유텬디비인간(別有天
地非人間)이라. 성의 잇ᄂᆞᆫ 바ᄂᆞᆫ 굴 안의 당듕(當中)
ᄒᆞ야 집을 지엇스ᄃᆡ 극히 졍쇄ᄒᆞ고 그윽ᄒᆞᆫ지라. 공
을 마ᄌᆞ 당의 올니고 산미(山味)로 디졉ᄒᆞ니 향긔로
온 나믈과 긔이ᄒᆞᆫ 실괘 버럿고 인삼경괘(人蔘正果
ㅣ)9) 살지고 크기 팔둑 ᄀᆞᆺ혼지라 요긔ᄒᆞᆫ 후 손을
잇그러 나가 놀ᄉᆡ 봉만과 암셕이 긔괴ᄒᆞ고 쟝녀ᄒᆞ
야 가히 형용치 못ᄒᆞᆯ지라. 공이 황연히 산의 니른ᄃᆞᆺ
ᄒᆞ여 스스로 부귀의 더러오믈 알지라 공이 ᄀᆞ로ᄃᆡ,

"여츠 승계(勝界)ᄂᆞᆫ 진실노 은 【4】 쟈의 잇슬
비나 그ᄃᆡ 가계 요족(饒足)지 못ᄒᆞ니 산듕의 엇지
이룰 판득ᄒᆞ뇨?"

셩이 우어 ᄀᆞ로ᄃᆡ,

"니 셰상을 피ᄒᆞ므로뼈 임의로 두루 놀며 널
니 볼ᄉᆡ ᄒᆞ로도 한가ᄒᆞ미 업셔 셔으로 속니산(俗離
山)과10) 븍으로 묘향산(妙香山)과11) 남으로 가야산

(伽倻山)12) 두류산(頭流山)13) 승경을 ᄎᆞ자 므릇 동
방 산천의 긔이ᄒᆞᆫ 곳을 드르면 죡젹이 아니 밋츤
곳이 업셔 뜻의 마즈면 믄득 풀을 븨여 집을 짓고
것친 ᄯᅡ흘 열어 밧흘 민ᄃᆞ라 거ᄒᆞᆫ 지 혹 일년이며
혹 이삼년의 흥이 진ᄒᆞ면 믄득 올마 다른ᄃᆡ로 가니
나의 거ᄒᆞᆫ 곳은 산의 긔이ᄒᆞᆷ과 믈의 졀승(絶勝)ᄒᆞᆷ과
모옥의 졍결ᄒᆞᆷ과 젼토의 셩곡(生穀)ᄒᆞᆫ 쟤 이예셔
심비나ᄂᆞᆫ 쟤 만ᄒᆞᄃᆡ 다만 셰인이 아지 못ᄒᆞᄂᆞ니

과 븍으로 묘향산과 남으로 가야산 두류산 승경을 ᄎᆞ
자 므릇 동방 산천의 긔이ᄒᆞᆫ 곳을 드르면 죡젹이 아
니 밋츤 곳이 업셔 (吾自避世以後, 恣意遊觀, 未嘗一
日閑. 西入俗離, 北窮妙香, 南搜伽倻頭流之勝, 凡東方
山川之以絶特, 聞者足殆遍焉.) <靑邱野談 奎章 9:4>

11) 【묘향~산】 圖 ((지리)) 묘향산(妙香山). 평안북도 영변
군 신현면과 백령면의 경계에 있는 산. 묘향산맥의 주
봉으로서, 단군이 내려왔다는 전설로 유명하다. 산속
에는 보현사와 서산(西山), 사명(四溟) 두 대사의 원당
(院堂)이 있다. 높이는 1,909m.¶ 妙香 ∥ 니 셰상을 피
ᄒᆞ므로뼈 임의로 두루 놀며 널니 볼ᄉᆡ ᄒᆞ로도 한가ᄒᆞ
미 업셔 셔으로 속니산과 북으로 묘향산과 남으로 가
야산 두류산 승경을 ᄎᆞ자 므릇 동방 산천의 긔이ᄒᆞᆫ
곳을 드르면 죡젹이 아니 밋츤 곳이 업셔 (吾自避世
以後, 恣意遊觀, 未嘗一日閑. 西入俗離, 北窮妙香, 南搜
伽倻頭流之勝, 凡東方山川之以絶特, 聞者足殆遍焉.)
<靑邱野談 奎章 9:4>

12) 【가야~산】 圖 ((지리)) 가야산(伽倻山). 경상북도 성주
군과 경상남도 합천군 사이에 있는 산. 국립공원의 하
나로, 해인사·황제폭포 따위의 명승지가 있다. 높이
는 1,430m.¶ 伽倻 ∥ 니 셰상을 피ᄒᆞ므로뼈 임의로 두
루 놀며 널니 볼ᄉᆡ ᄒᆞ로도 한가ᄒᆞ미 업셔 셔으로 속
니산과 북으로 묘향산과 남으로 가야산 두류산 승경
을 ᄎᆞ자 므릇 동방 산천의 긔이ᄒᆞᆫ 곳을 드르면 죡젹
이 아니 밋츤 곳이 업셔 (吾自避世以後, 恣意遊觀, 未
嘗一日閑. 西入俗離, 北窮妙香, 南搜伽倻頭流之勝, 凡
東方山川之以絶特, 聞者足殆遍焉.) <靑邱野談 奎章
9:4>

13) 【두류~산】 圖 ((지리)) 두류산(頭流山). 지리산(智異山)
의 다른 이름. 경상남도, 전라남도, 전라북도에 걸쳐
있는 산. 소백산맥 남쪽에 있는 산으로 청학동(靑鶴
洞), 칠불암(七佛菴) 따위가 유명하다. 국립공원의 하
나.¶ 頭流 ∥ 니 셰상을 피ᄒᆞ므로뼈 임의로 두루 놀며
널니 볼ᄉᆡ ᄒᆞ로도 한가ᄒᆞ미 업셔 셔으로 속니산과 북
으로 묘향산과 남으로 가야산 두류산 승경을 ᄎᆞ자 므
릇 동방 산친의 긔이ᄒᆞᆫ 곳을 드르닌 죡젹이 아니 잇
츤 곳이 업셔 (吾自避世以後, 恣意遊觀, 未嘗一日閑.
西入俗離, 北窮妙香, 南搜伽倻頭流之勝, 凡東方山川之
以絶特, 聞者足殆遍焉.) <靑邱野談 奎章 9:4>

---

8) 【대조-남ㄱ】 圖 ((식물)) 대추나무.¶ 棗 ∥ 이믜 드러간즉
ᄯᅡ히 심히 광평ᄒᆞ고 면뢰 기름지며 인개 즐비ᄒᆞ니 뽕
과 삼이 좌우의 둘넛고 비와 대쵸남기 전후의 총밀ᄒᆞ
여 별유텬디비인간이라 (旣入則別洞天也. 地甚寬平,
土田膏沃, 人居亦多, 桑麻翳荒, 梨棗成林.) <靑邱野談
奎章 9:3>

9) 【인삼-경과】 圖 ((음식)) 인삼정과(人蔘正果). 생삼의 겁
질을 벗기고 엇비슷하게 썰어서 꿀에 버무리고 약한
불에 졸인 음식.¶ 人蔘正果 ∥ 공을 마ᄌᆞ 당의 올니고
산미로 디졉ᄒᆞ니 향긔로온 나믈과 긔이ᄒᆞᆫ 실괘 버럿
고 인삼경괘 살지고 크기 팔둑 ᄀᆞᆺ혼지라 (引公上堂,
薦以山味珍蔬, 奇果香甘甚異, 人蔘正果, 肥大如臂.)
<靑邱野談 奎章 9:3>

10) 【속니-산】 圖 ((지리)) 속리산(俗離山). 충청북도 보은
군 내속리면과 경상북도 상주시 화북면 사이에 있는
산. 국립공원의 하나. 소백산맥 가운데 있으며 경치가
좋아 소금강(小金剛)이라고 한다. 호서 지방에서 세일
가는 도량(道場)인 법주사가 유명하다. 높이는
1,058m.¶ 俗離 ∥ 니 셰상을 피ᄒᆞ므로뼈 임의로 두루
놀며 널니 볼ᄉᆡ ᄒᆞ로도 한가ᄒᆞ미 업셔 셔으로 속니산

라."

공이 성의 죵복이 다 쥰미(俊美)호며 풍뉴의 능호믈 [5] 보고 무르니 다 쳡의 쇼싱이오 화월 ▽튼 쇼년졀염(少年絶艶)이 쳥가묘무(清歌妙舞)로 좌우의 버러 힝낙호눈 재 수십이어늘 공이 더옥 긔이호여 성의 평싱 뜻을 어드믈 보고 스스로 진셰예 욕되믈 도라보미 위호여 허희탄식(歔欷歎息)호고 시룰 지어 주어 머믄 지 이일에 비로소 쩌날시 싱의게 언약호야 ▽오디,

"후에 반드시 날을 경스의 츠즈라."

호엿더니 그 후 삼년에 과연 와 공을 차즈니 이찌 공이 니판(吏判)으로 잇눈지라 성을 천거호여 사로(仕路)의 나믈 쳥흔디 성이 참괴호여 하직지 아니코 바로 가니라. 그 후의 공이 한가흔 찌룰 타 녕을 넘어 회룡굴의 가 성을 ‘츠즌즉 성은 업고 번터만 남앗스되 사름이 알니 업눈지라. 공이 크게 탄식호고 긔이히 너겨 도라오니라. [6]

녀묘측효감쳔호
廬墓側孝感泉虎

셩묘됴(成廟朝) 시졀에 호남 흥덕(興德)골을 화룡니(化龍里)예 오쥰(吳浚)이라 호눈 재 잇스니 스쪽(士族)이라. 어버이 셤기믈 지극흔 효도로 호더니 어버이 몰호미 녕츅산(靈鷲山)의 장亽호고 무덤 겻히 막(幕) 미여 날마다 흰죽 흔 그릇술 마실 뿐이오 곡읍(哭泣)을 슬피 호미 듯눈 재 쏘 눈물을 흘니더라. 졔젼(祭奠)에 상히 현쥬(玄酒)룰 쓸시 새암이 산곡 등의 잇셔 맛시 극히 쳥녈호니 무덤에셔 가기 오리라. 오셩이 반드시 몸쇼 병을 가지고 믈을 길을시 풍우한셔(風雨寒暑)의도 조곰도 게을니 아니호더니 흐ᄅ 져녁의 무슨 소리 산듕으로부터 나미 뇌셩 ▽트여 왼 산이 흔들니눈 듯호더니 아춤의 니러나 본즉 난디업눈 싱암이 무덤 겻흐로 소 [7] 사나오니 감녈(甘冽)호미 젼의 깃던 새암 ▽거늘 그 새암을 가 보니 이믜 말낫더라. 이후로조차 멀니 깃눈 슈고룰 면호니 읍인이 일흠을 효감쳔(孝感泉)이라 호다.

거흔 바 녀막이 심산궁곡의 홀노 잇스미 호표(虎豹)의 닛웃시오 도적의 모드눈 배라 집 사름이 심히 근심호더니 이믜 쇼상을 지나미 일ᄌᆞ은 큰 범이 녀막 압히 쥰좌(蹲坐)호엿거늘[14] 오셩이 경계호야 ▽오디,

"네 날을 해코져 호눈냐 너 이믜 피치 못홀 터인즉 너 홀디로 호려니와 다만 니 죄 업노라."

그 범이 꼬리룰 혼들고 머리룰 수겨 공경호눈 뜻이 현연호거늘 오셩이 ▽오디,

"이믜 히치 아닐진디 엇지 가지 아니호눈뇨?"

그 범이 인호여 문밧긔 나가 업디고 가지 아니호야 이▽치 흔 지 여러날이 되미 무춤니 어루만지고 희 [8] 롱호믈 계견(鷄犬) ▽치 호야 지나니 이후로 미양 삭망(朔望)을 당호면 그 범이 산록(山鹿)과 산계(山猪)룰 무러와 녀막 압히 노와 졔슈룰 니바지호야 쥬년(週年)의 흔 번도 궐(闕)치 아니호니 밍슈와 도적이 감히 갓가이 못더라. 오군이 결복(闋服) 후 집의 도라오미 범이 비로소 나가니라.

그 다른 효감과 이젹(異蹟)이 만흐디 감쳔과 범의 일은 ▽장 나타난지라. 도신(道臣)이 오군의 효힝을 됴뎡의 올닌디 샹이 특별이 졍문호시고 금빅을 스급호시니라. 오군이 뉵십오의 졸호니 사복졍(司僕正)을 츄증호시고 읍인이 향현사(鄉賢祠)룰 지으니라.

연부명셩동쳔신
延父命誠動天神

니죵희(李宗禧)눈 젼의(全義) 사름이라. 구세예 합개 운긔(運氣)룰[15] 만나니 그 부모와 비복이 일시

---

14) 【쥰좌-ᄒᆞ-】圖 쥰좌(蹲坐)하다. 웅크리고 앉다.¶ 蹲坐 ‖ 일ᄌᆞ은 큰 범이 녀막 압히 쥰좌호엿거늘 오셩이 경계호야 ▽오디 네 날을 해코져 호눈냐 너 이믜 피치 못홀 터인즉 너 홀디로 호려니와 다만 니 죄 업노라 (一日忽見一大虎, 蹲坐于廬前, 吳君戒之曰: "汝欲害我耶? 旣不可避, 任汝所爲, 但我無罪.") <靑邱野談 奎章 9:7>

15) 【운긔】圀 ((질병)) 운기(運氣). 젼염병(傳染病).¶ 柄 ‖ 구세예 합개 운긔룰 만나니 그 부모와 비복이 일시의 누흐더 죵희 홀노 병이 업셔 구완홀시 (九歲値閭室遘病, 其父母婢僕, 一時病臥, 獨宗禧未痛.) <靑邱野談 奎

의 누흐디 종회 홀노 병이 업셔 구완홀시 기뷔
【9】병든 지 오리려 긔식흔 지 수일에 졍신이 출
몰흐고 젼신에 넝긔 ㄱ득흔지라. 종회 황ㅅ망조(遑
遑罔措)흐여 급히 미음을 둘히고 칼노 네 손가락을
뻑어 피롤 미음의 타 기부의 입을 어긔고 미음을
흘니ㅣ 반그릇슬 쓰미 코와 입으로 숨이 져기 통흐
거늘 종회 깃거 흔 그릇슬 다 쓰미 기뷔 이예 완연
이 소셩흐는지라.

  잇튼날 신시의 기뷔 쏘 젼ㄱ치 긔식흐거늘 종
회 호읍(號泣)흐여 하놀긔 빌고 남은 손가락을 도마
의 노코 어즈러이 뻑으니 피 흐르는지라. 즉시 미음
의 타 기부의 입에 흘니ㅣ 셩긔 도라오더라. 미음을
나아올 쩌예 믄득 드르니 공듕의셔 블너 닐오디,

  "종회야 네 졍셩을 샹텬이 감동흐시미 명부의
셔 너의 부친 셩도(生道)롤 허흐엿스니 방심흐고 비
통치 말【10】나."

  가듕 샹하의 병드러 누웟든 쟤 다 듯고 굴오
디,

  "쟝단(長湍) 셩원쥬의 어음(語音)이라."

흐니 쟝단 셩원은 곳 종회의 외조 윤겸(尹瑊)
이니[16] 죽은지 이믜 오란지라 기뷔 살아나믈 어더
졈ㅅ 소완(甦完)흐고[17] 기뫼 쏘 니어 나흐니 종회
효힝을 원근이 일ㄱ고 본읍이 단ㅈ롤 졍흔디 읍쉬
긔이히 녀겨 샹영(上營)의 보쟝(報狀)흐니 도빅 니

---

16) 【윤겸】圖 ((인명)) 윤겸(尹瑊 1601~1665). 조선후기의
문신. 자는 여옥(汝玉), 호는 오옹(梧翁). 어려서 영리
하여 신동이라 불렸으며, 20세 전에 이미 시(詩)·표
(表)에 능하여 붓을 들면 저절로 문장을 이루었다. 전
적(典籍)·병조정랑을 거쳐 사복시(司僕寺)·봉상시(奉
常寺)·장악원(掌樂院)·종부시(宗簿寺)의 정(正)을 지
낸 뒤 정언(正言)·헌납·지평·장령을 역임하였다.
대각(臺閣)에 있을 때는 직언을 잘 하였고, 지방관으
로서 군현을 다스림에 송사(訟事)를 공정하게 처리하
여 가는 곳마다 선정을 하였다.¶ 尹瑊 ∥ 쟝단 셩원은
곳 종회의 외조 윤겸이니 죽은지 이믜 오란지라 (長
湍生員, 卽宗禧之外祖尹瑊, 其死已久矣.) <靑邱野談 奎
章 9:10>

17) 【소완-흐-】圖 소완(甦完)하다. 되살아나다.¶ 甦完 ∥
기뷔 살아나믈 어더 졈ㅅ 소완흐고 기뫼 쏘 니어 나
흐니 종회 효힝을 원근이 일ㄱ고 본읍이 단ㅈ롤 졍흐
더 읍쉬 긔이히 녀겨 샹영의 보쟝흐니 (其父得生, 卽
向甦完, 而其母亦繼療, 宗禧事無不稱道, 里人遂狀報於
本邑, 邑倅大奇之, 列其孝行於監營.) <靑邱野談 奎章
9:10>

셩뇽(李聖龍)이 복호(復戶) 쥬고 됴졍의 들녀 졍문
흐니라.

득금항냥부인샹양
得金缸兩夫人相讓

  김진히(金載海) 혹힝(學行)이 놉하 셩문(聲聞)
이[18] 자ㅣ흐더니 일즉 가사(家舍)롤 미득(買得)흐미
갑시 오륙십 냥이니 본쥬는 과뷔(寡婦ㅣ)라. 김공이
ㅅ믜 올마들미 쟝원(牆垣)이 퇴비(頹圮)흐므로뼈[19]
쟝챳 다시 뽀으려 흐여 가릭질흐야 터롤 열시 믄득
흔 항아리롤 어드니 항아리 속의 은 이빅【11】냥
이 잇는지라 김공이 뼈 흐디,

  "젼의 든 과뷔 이 쥬인이라."

흐야 그 쳐로 흐여곰 편지롤 그 과부의게 통
흐야 은 어든 연고롤 자시 고흔디 과뷔 크게 감격
흐야 몸쇼 김공의 집에 가 굴오디,

  "이 은이 비록 내 녯집의셔 낫스나 실노 뒥의
셔 어든 거시니 엇지 너 긔물(己物)을 삼으리오? 이
믜 너게 보닌 거시니 반식 난우미 엇더흐뇨?"

  김공의 부인이 굴오디,

  "만일 분반(分半)홀 뜻이 잇스면 곳 취홀 거시
니 엇지 보닐 니 잇스리오? 내 쏘흔 부인의 긔물인
줄노 아지 아니흐디 나는 밧고 군지 잇스니 비록
이 은이 아니라도 쪽히 보젼흐려니와 부인은 문호
롤 부지흐리 업셔 가스롤 지나기 어려오니 다힝히
ㅅ양치 말나."

흐고 구지 밧지 아니흐니 과뷔 감히 다시 말

---

18) 【셩문】圖 셩문(聲聞). 명성(名聲).¶ 名 ∥ 김진히 혹힝
이 놉하 셩문이 자ㅣ흐더니 일즉 가사롤 미득흐미 갑
시 오륙십 냥이니 본쥬는 과뷔라 (金副率載海, 以學問
知名. 嘗買得一宅, 價可五六十兩, 本主寡婦也.) <靑邱
野談 奎章 9:10>

19) 【퇴비-흐-】圖 퇴비(頹圮)하다. 쇠퇴하여 무너지다. 퇴
패(頹敗)하다.¶ 頹圮 ∥ 김공이 ㅅ믜 올마들미 쟝원이
퇴비흐므로뼈 쟝챳 다시 뽀으려 흐여 가릭질흐야 터
롤 열시 믄득 흔 항아리롤 어드니 항아리 속의 슨 이
빅 냥이 잇는지라 (金旣移入, 以墻垣頹圮, 將築之, 命
揷開址, 忽得一缸, 中有金可二百兩.) <靑邱野談 奎章
9:10>

못ᄒ고 비록 가지고 도라오나 김공의 덕을 감동ᄒ야 몸이 맛【12】도록 닛지 못ᄒ더라.

채산삼이약샹병명
採山蔘二藥商並命

영평(永平) ᄯᅡ의 ᄒᆞᆫ 김가 빅셩이 잇셔 삼 키기로 업을 삼더니 일ᄂᆞᆫ 두 동뉴로 더부러 빅운산(白雲山) 깁흔 곳의 드러가 놉흔 봉의 올나 구버본즉 아리 큰 굴형이 잇스ᄃᆡ ᄉᆞ면으로 ᄭᅡᆨ가셰운 ᄃᆞᆺ 병풍ᄀᆞᆺ치 둘넛고 ᄀᆞ온ᄃᆡ 인삼이 총밀ᄒ야 심히 아람다온지라 삼인이 깃부믈 니긔지 못ᄒ야 키려 ᄒᆞ되 가히 반연(攀緣)[20]ᄒᆞᆯ 길이 업ᄂᆞᆫ지라. 드듸여 풀을 미져 농(籠)을 민들고 츩으로 동아줄을 민드라 김가로 농의 안치고 줄을 나리니 김이 ᄂᆞ려가 삼을 만히 키야 섭여 속을 묵거 농의 담아 올닌ᄃᆡ 두 사ᄅᆞᆷ이 우희셔 줄을 당긔여 노코 인ᄒ여 ᄯᅩ 농을 나리【13】워 여러ᄒ여 키여 올녀 삼이 거의 다ᄒᆞ미 냥인이 삼을 분반ᄒ고 농을 바리고 가니 김공이 낙심쳔만ᄒ여 ᄉᆞ면을 도라본즉 ᄭᆞᆨ근 벽이 빅 쟝이라 몸의 날이 업스니 엇지 가히 나오며 ᄯᅩ 먹을 거시 업ᄂᆞᆫ지라 남은 삼을 키여먹으니 뉵칠일 화식을 아니ᄒᆞ여도 긔운이 츙실ᄒ여 밤이면 바회 밋희셔 자고 낫이면 셕벽 ᄀᆞ온ᄃᆡ 도라ᄃᆞᆫ녀 아모리 ᄒᆞ여도 셰상의 나가미 무가ᄂᆡ해(無可奈何ㅣ)라. 죽기를 기ᄃᆞ릴 ᄯᅮᆫ이러니 일ᄂᆞᆫ 우리ᄂᆞᆫ 본즉 굴형 밧 바회 ᄀᆞ의 풀이 쁘러지며 소리 풍우 ᄀᆞᆺ더니 이윽고 ᄒᆞᆫ 대망(大蟒)이 머리ᄂᆞᆫ 물네 ᄀᆞᆺ고 두 눈은 홰쁠 ᄀᆞᆺ트여 바로 굴 속으로 나려오니 곳 김의 안즌ᄃᆡ라. 김이 혜오ᄃᆡ '이졔ᄂᆞᆫ 내 죽엇다.' ᄒᆞ고 안졋더니 그 대망이 김의 압흐로 지나가 농과 줄 드리우던【14】 셕벽을 향ᄒᆞ야 몸은 벽의 붓쳐 걸고 ᄭᅩ리ᄂᆞᆫ 김의 압히

두어 흔들거늘 김이 ᄉᆡᆼ각ᄒᆞ되 '이 대망이 사ᄅᆞᆷ을 보ᄃᆡ 히치 아니ᄒᆞ고 ᄭᅩ리롤 흔들미 이 ᄀᆞᆺ트니 필연 날을 구ᄒᆞ려 ᄒᆞ미라.' ᄒᆞ고 드듸여 허리ᄯᅴ롤 글너 ᄒᆞᆫ ᄭᅳᆺ흔 대망의 ᄭᅩ리예 ᄆᆡ고 ᄯᅩ ᄒᆞᆫ ᄭᅳᆺ흔 ᄌᆞ가 몸을 ᄆᆡ야 구지 잡으니 대망이 흔번 두루미 몸이 어늬덧 굴밧긔 나온지라. 김은 운쇼(雲霄)의 오른 ᄃᆞᆺ하고 대망은 수플노 드러가 간 곳을 아지 못ᄒᆞ녀라. 김이 드듸여 옛길을 츳져 산의 ᄂᆞ려온즉 두 사ᄅᆞᆷ이 나모 아래 쥰좌(蹲坐)ᄒᆞ엿거늘 김이 멀니셔 보고 닐너 골오ᄃᆡ,

"그ᄃᆡ 등이 오히려 날을 기ᄃᆞ리고 잇ᄂᆞ냐?"

ᄒᆞᆫᄃᆡ 답지 아니ᄒᆞ거늘 의아ᄒᆞ야 압희 나아가 본즉 이믜 죽은지 오란지라. 그 삼은 ᄒᆞ나토 유실ᄒᆞᆫ 배 업거늘 김【15】 그 연고롤 아지 못ᄒᆞ고 급히 도라와 두 집의 고ᄒ여 골오ᄃᆡ,

"내 냥인으로 더부러 ᄒᆞᆫ가지 삼을 키다 홀연 구토롤 어ᄃᆞ 나ᄂᆞᆫ 겨오 살고 두 사ᄅᆞᆷ은 구치 못ᄒᆞ니 독ᄒᆞᆫ 거슬 혹 먹엇ᄂᆞᆫ지 참혹ᄒᆞᆷ을 엇지 측냥ᄒᆞ며 시쳬ᄂᆞᆫ 아모 곳의 잇스니 밧비 상여의 몌여오라."

ᄒᆞ고 산삼을 두 집의 분반ᄒᆞ야 다 주니 냥개 본ᄃᆡ 이 사ᄅᆞᆷ을 깁히 밋ᄂᆞᆫ지라 급히 ᄒᆞᆫ가지로 그곳의 가 시쳬롤 거두니 샹ᄒᆞᆫ 곳이 ᄒᆞ낫도 업스미 더옥 의심이 업고 김은 삼을 ᄒᆞᆫ 쏼도 가지디 아니코 다 난와쥬믈 감격ᄒᆞ야 ᄒᆞ더라.

김의 나히 구십이 되도록 강건ᄒᆞ미 쇼년 ᄀᆞᆺ고 아들 오인을 나아 쟝셩ᄒᆞ미 셰간을 너여 다 부명(富名)이 잇스며 향듕의 쳔명(擅名)ᄒᆞ니 근본은 니담역의 집 죵으로 속냥(贖良)ᄒᆞ여 냥인(良人)이 되고 나히 빅셰 넘도록 병이 업고【16】 죽기를 님ᄒᆞ미 비로소 쳐삼(採蔘)ᄒ던 일을 모든 아돌ᄃᆞ려 닐너 골오ᄃᆡ,

"믈읏 사ᄅᆞᆷ의 ᄉᆞ싱화복(死生禍福)이 다 하늘의 잇스니 너의 일졀 악념(惡念)을 너여 두 사ᄅᆞᆷᄀᆞᆺ치 말나."

ᄒᆞ더라.

20)【반연-ᄒᆞ-】圖 반연(攀緣)하다. 휘어잡고 의지하거나 기어 올라가다.¶ 緣‖ 아러 큰 굴형이 잇스ᄃᆡ ᄉᆞ면으로 ᄭᅡᆨ가셰운 ᄃᆞᆺ 병풍ᄀᆞᆺ치 둘넛고 ᄀᆞ온ᄃᆡ 인삼이 총밀ᄒᆞ아 심히 아람다온시ᄇᆡ 삼인니 깃부를 니긔시 못ᄒᆞ야 키려 ᄒᆞ되 가히 반연ᄒᆞᆯ 길이 업ᄂᆞᆫ지라. (則下有岩壁, 四面削立如斗, 其中人參叢聚, 甚美. 三人不勝驚喜, 而須無逕路可緣.) <靑邱野談 奎章 9:12>

연천금홍상셔의긔
捐千金洪象胥義氣

역관(譯官)의 홍순언(洪純彦)이21) 만년(萬曆) 병술년의 졀亽(節使) 힝츠롤 쓰라 황셩(皇城)의 드러가니 그쩌 흔 쳥누(靑樓)롤 새로 니르혀고 현판의 흐엿스디 '은 쳔 냥이 아니면 쳥누의 드지 못흐리라.' 흐엿스니 탕즈비(蕩子輩) 그 갑시 즁흐물 혐의흐여 감히 셩의(生意)치 못흐더니 홍역관(洪譯官)이 듯고 뜻의 혜오디 '갑시 이갓치 즁흐면 누둔 녀亽논 필연 텬하 일식이라 은 쳔 냥을 엇지 앗기리오? 흔번 시험흐리라.' 흐고 즈셰히 무른즉 노류장화(路柳墻花 1) 아니오 곳 아모 샹랑의 녀즈로 [17] 그 부친이 공젼 누만금을 범용(犯用)흐미 옥듕의 엄슈(嚴囚)흐고 방장 일뉼(一律)을 쓰려 흘시 가산을 탕진흐고 인족(姻族)의게 족증(族徵)흐디 삼쳔금이 오히려 부족흐니 명을 기두릴 뿐이오 다른 변통이 업논지라. 이믜 즈식이 업고 다만 일개 녀이 잇스니 즈식이 일셰예 졔일이라. 녀지 비원(悲寃)흐믈 니긔지 못흐여 몸을 파라 금을 어더 여젼(餘錢)을 필납(畢納)흐야 그 부친의 명을 구코져 흐미 마지 못흐야 이 거조롤 흐엿다 흐거놀 홍역관이 드르미 그 졍셩을 가긍히 녀겨 감히 그 녀즈 보기롤 구치 아니흐고 힝듕 졔인의 은을 다 뒤여너니 그 슈 쳔의 찬지라. 인흐여 쳥누의 보니고 스힝을 짜라 나오니라.

그 녀지 몸을 더러이지 아니흐고 삼쳔 냥을 어더 공젼을 준납(準納)흔 후 그 부친을 구활흐미 홍역의 은 [18] 덕을 싱각흐니 산이 놉고 바다히 깁흔지라. 듕심(中心)의 삭여 몸이 맛도록 결쵸(結草)코져 흐더라. 이믜 쳥누롤 파흐고 본가의 도라왓더니 후의 셕샹셔(石尙書)의 후취(後娶) 되미 별노 이 비단을 짜되 필마다 보은 이짜롤 수노와 미양 스힝편의 신근(辛勤)히 붓쳐 보니어 죵시 폐치 아니흐더라.

밋 임진왜란을 당흐미 대개 농만(龍灣)의 파

천흐시고 亽신을 부려 구완을 대국에 쳥흐실 이쩌 홍역이 쓰라갓더니 셕샹셔논 시임 병부샹셔로 잇셔 홍역관의 놉흔 의롤 부인의게 닉이 드럿더니 그쩌 부인이 홍역의 오믈 듯고 샹셔의게 근쳥흐야 그 쥬션흐믈 극히 이결흔디 샹셰 우흐로 황뎨끠 고흐고 아릭로 됴졍에 부탁흐야 특별이 니졔독(李提督) 여송(如松)을 보니여 장슈 삼십여 원과 병마 수만 명을 거 [19] 노려 구완흐게 흐고 쪼 냥곡과 은즈롤 나려 졉졔(接濟)홀22) 방도롤 삼아 무춤니 왜젹을 소평(掃平)흐고 궁금을 숙쳥(肅淸)흐야 거개(車駕 1) 환궁흐시니 진실노 신종 황졔 쇼국을 즈휼(字恤)흐시고23) 번병(藩屛)을24) 진조(再造)흐신 은덕이 텬디 ᄀᆞᆺ고 쪼 셕샹셔 부인의 힘을 만히 닙으니라.

득이쳡권샹셔복연
得二妾權尙書福緣

안동 짜의 권진亽(權進士 1) 잇스니 쇼년의 진亽논 흐엿스나 가셰 지빈(至貧)흐고 삼십이 못흐여 쪼 상비(喪配)흐니 이믜 즈녀 업고 쪼 비복이 업논지라 신셰 궁곤흐고 경상(情狀)이 가긍(可矜)흐더니 니웃의 흔 과녜(寡女 1) 잇스디 즈식이 잇고 가계 요족흐미 쳥년의 상부(喪夫)흐고 실졀(失節)치

---

21) 【홍순언】圈 ((인명)) 홍순언(洪純彦 1530~1598). 조선 선조 때의 한어역관. 종계변무(宗系辨誣)와 임진왜란에 명나라가 원병(援兵)을 보내는데 큰 공을 세웠다. 이 공으로 광국공신(光國功臣) 2등 당성군(唐城君)에 봉해졌고, 그 후에 우림위장(羽林衛將)까지 승진했다.¶ 洪純彦 ‖ 역관의 홍순언이 만녁 병술년의 졀亽 힝츠롤 쓰라 황셩의 드러가니 그쩌 흔 쳥누롤 새로 니르혀고 현판의 흐엿스더 은 쳔 냥니 아니면 쳥누의 드지 못흐리라 흐엿스니 (譯官洪純彦, 當萬曆丙戌丁亥年間, 隨節使行入皇京. 時有新起一靑樓, 而文楣上, 懸一牌書, 以非銀千兩, 不許擅入.) <靑邱野談 奎章 9:16>

22) 【졉졔-흐-】圖 졉졔(接濟)하다. 살림살이에 필요한 물건을 차려서 살아갈 방도를 세우다.¶ 接濟 ‖ 쪼 냥곡과 은즈롤 나려 졉졔홀 방도롤 삼아 무춤니 왜젹을 소평하고 궁금을 숙쳥하야 거개 환궁하시니 (又降粮穀賞銀, 以爲接濟之地, 竟得掃平寇亂, 肅淸宮禁, 鑾輿返京.) <靑邱野談 奎章 9:19>

23) 【즈휼-흐-】圖 자휼(字恤)하다. 사랑하고 어여삐 여기며 구제하다.¶ 字恤 ‖ 진실노 신종 황졔 쇼국을 즈휼하시고 번병을 직조하신 은덕이 텬디 ᄀᆞᆺ고 쪼 셕샹셔 부인의 힘을 만히 닙으니라 (此固是神宗皇帝, 字恤小國, 再造藩屛之恩之德, 出等常萬萬, 而石尙書夫人, 亦多有力云云.) <靑邱野談 奎章 9:19>

24) 【번병】圈 ((지리)) 번병(藩屛). 변두리 나라. 즉 조선.¶ 藩屛 ‖ 진실노 신죵 황졔 쇼국을 즈휼하시고 번병을 직조하신 은덕이 텬디 ᄀᆞᆺ고 쪼 셕샹셔 부인의 힘을 만히 닙으니라 (此固是神宗皇帝, 字恤小國, 再造藩屛之恩之德, 出等常萬萬, 而石尙書夫人, 亦多有力云云.) <靑邱野談 奎章 9:19>

마즈 밍셰ㅎ야 몸가지기를 경결히 ㅎ니 촌리(村里)
의 악쇼비(惡少輩) 감히 셩의(生意)치 못ㅎ는지라.
권진ㅅ 그 일을 닉이 아나 요힝으로 미파(媒婆)를
여러 번 【20】 보니여 그 동경을 탐지ㅎ미 과녜 일
향 미ㅅ(藐藐)ㅎ니25) 막가너해(莫可奈何ㅣ)라.

　일ㅅ은 진신 뜰의셔 비회ㅎ더니 그 과녜 ᄆ춤
지나다가 보고 문득 무러 ᄀᆞᆯ오디,

　"진ㅅ쥬 근일 평안ㅎ시냐? 일동의 쇼년이 일
즉 왕너치 아니ㅎ고 금일이 심히 죵용흔지라 오날
셕반은 내집의셔 자시미 엇더ㅎ뇨?"

　진신 샹히 유의ㅎ는 빈나 말 붓치기 어렵더니
금일 과녀의 말이 실노 의외라 엇지 깃부지 아니리
오? 고쇼원(固所願)이언뎡 불감쳥(不敢請)이니 이만
다힝ㅎ미 업는지라 드듸여 허락ㅎ고 날이 기울믈
고디ㅎ여 밧비 그 집의 간디 과녜 혼연히 마자 셕
반을 셩히 ㅎ여 디졉ㅎ며 혼가(지)로 담쇼롤 ᄌᆞ약히
ㅎ다가 믄득 ᄀᆞᆯ오디,

　"진ㅅ쥬 샹토롤 프러 머리롤 ᄯᆞᆺ코 날노 더부
러 의복을 밧고와 닙고 일시 희롱을 삼으미 엇더ㅎ
【21】 니잇고?"

　진신 그 뜻을 아지 못ㅎ나 쳔만 다힝흔 즁의
능히 어긔지 못ㅎ야 뎌의 말디로 ㅎ니 과녜 손을
닛글고 방의 드러가 금침을 펴 누이고 ᄀᆞᆯ오디,

　"진ㅅ쥬는 몬져 취침ㅎ쇼셔 쳡은 대변을 보고
드러오리이다."

　ㅎ고 문을 열고 나간지 오라디 오지 아니ㅎ거
늘 진신 의괴ㅎ여 견ㅅㅎ고 잠을 일우지 못ㅎ더니
삼경이 못ㅎ여 창밧긔 들녜는 소리 나며 여러 쟝경
이 일졔히 돌입ㅎ야 불문곡직(不問曲直)ㅎ고 니불을
말아 긴ㅅ히 결박ㅎ여 지고 거리로 나가 수십 니롤
힝ㅎ미 흔 대문으로 드러가 일간 졍ㅅ(淨舍)를 ᄀᆞᆯ희
여 짐을 나려노코 그 결박흔 거슬 프러노ㅎ니 진신
그 악쇼비 과녀 탈취ㅎ는 일인 쥴 아나 아직 시죵
을 보려 ㅎ여 소리롤 너지 아니ㅎ고 동경을 살핀즉
본읍 니방(吏房)의 【22】 집이라. 이윽고 니방이 드
러와 마음을 권ㅎ여 놀나믈 진졍ㅎ라 ㅎ거늘 진신
점짓 니불을 무릅ᄡᅥ 얼골을 드러너지 아니ㅎ고 미

음을 믈니쳐 마시지 아니ㅎ더니 니방이 ᄀᆞᆯ오디,

　"오날반[밤]인즉 ᄌᆞ연 놀나 심시 산란흘 거시
니 아직 편히 쉬게 ㅎ리라."

　ㅎ고 녀으로 ㅎ여곰 흔가지 자게 ㅎ야 일변
놀난 ᄆᆞ음을 위로ㅎ고 일변 스리롤 프러 닐으게 ㅎ
라 ㅎ니 니방의 ᄯᆞᆯ은 나히 이팔이오 안싴이 졀묘흔
지라 부명(父命)을 어긔지 못ㅎ야 니블을 가지고 방
의 드러가 부드러온 말노 위로ㅎ고 드듸여 년침ㅎ
여 니블을 펴고 졋히 누으니 진신 격년 환거(鰥居)
로 심야 졍격흔 ᄶᅦ롤 당ㅎ야 쳐녀로 동침ㅎ미 엇지
헛도이 지나리오? 그러나 죵젹이 탈노흘가 져허 말
을 아니ㅎ고 다 【23】 만 가만이 쳐녀의 손을 잇그
러 니블 속의 너허 ᄲᅣᆷ을 다히며 졋슬 만지니 쳐녜
비록 의괴ㅎ나 의미 과녀 겁탈흔 쥴을 알앗는지라
엇지 다른 념녜 잇스리오? 그 즐기는 ᄆᆞ음을 엇고
져 ㅎ여 셔로 더부러 희학ㅎ더니 진신 그 녀의
셰요(細腰)롤 긴히 안고 ㅎ는 일이 극히 슈샹흔지라
쳐녜 당황ㅎ고 경겁ㅎ니 유약흔 녀지 엇지 강장흔
남즈롤 당ㅎ리오? 감히 흔 소리롤 못ㅎ고 부슈죵명
(俯首從命)ㅎ니 일쟝 운우(雲雨)롤 맛친지라. 날이
붉기롤 기드리지 못ㅎ고 즉시 나와 슈괴(羞愧)흔 ᄆᆞ
음이 죽고져 ㅎ나 아직 그 일을 부모의게 셜도(說
道)치 못ㅎ엿더니 진신 아춤의 니블을 두르고 니러
안쟈 창을 밀치고 니방을 블너 소리롤 크게 ㅎ여
ᄀᆞᆯ오디,

　"네 ᄯᆞᆯ노ᄡᅥ 냥반의게 드리고져 흘진디 죵용이
내게 품ㅎ야 그 【24】 가부롤 드른 후에 힝흘 거시
어늘 엇지 감히 깁흔 밤의 냥반을 위겁으로 결박ㅎ
야 모라와 네 ᄯᆞᆯ노 동침ㅎ게 ㅎ미 무슨 도리뇨? 니
이 일노ᄡᅥ 관가의 고흔즉 네 죄 쟝츳 어니 지경에
갈다?"

　니방이 쳐음부터 과녀롤 결박ㅎ여 온 줄만 알
앗거니 엇지 냥반을 그릇 동흔온 줄을 알니오? 분
부롤 드르미 황겁ㅎ믈 니긔지 못ㅎ다가 우러ㅅ 본
즉 평일 친흔 바 권진신라. 일이 불의예 나미 망지
쇼조(罔知所措)ㅎ여26) 업디여 떨며 알외디,

---

25)【미미-ㅎ-】圈 매매(藐藐)하다. 거절하는 태도가 야멸
치다.¶ 藐藐 ‖ 권진ㅅ 그 일을 닉이 아나 요힝으로 미
파롤 여러 빈 보너니 그 동졍을 탐시ㅎ미 과녜 일향
미ㅅㅎ니 막가너해라 (權飢隣居, 習知其狀, 屢送媒婆,
以探動靜, 厥寡聽之藐藐, 莫可奈何.) <靑邱野談 奎章
9:20>

26)【망지쇼조-ㅎ-】圖 망지소조(罔知所措)하다. 너무 당
황하거나 급하여 어찌할 줄을 모르고 갈팡질팡하다.¶
罔知所措 ‖ 일이 불의예 나미 망지쇼조ㅎ여 업디여
떨며 알외디 쇼인의 죽옥 ᄶᅦ 당ㅎㅇ미 맛ᄉᆞ지젹롤 벌
ᄒᆞᆼ넛ᄉᆞ오니 죽이거나 살니거나 진ㅅ쥬 쳐분만 바ᄅᆞᆫ
이다 (事出不虞, 罔知所措, 寡女之㥑縛, 兩班之誤捉,
兩罪俱發, 萬死戰輕, 伏地猶就, 告以死期將迫, 躬犯罔
赦之罪, 生之殺之, 恭竢處分云.) <靑邱野談 奎章 9:24>

"쇼인의 죽을 찌 당호오미 망스지죄(罔赦之罪)롤27) 범호엿스오니 죽이거나 살니거나 진스쥬(進士主) 쳐분만 바르누이다."

호고 만단익걸(萬端哀乞)호거늘28) 진싀 의관을 더령호라 호고 굴오디,

"네 죄상을 성각호면 죽기룰 면치 못홀 거시로디 네 쏠노 더부러 [25] 일야 연분이 잇스니 인졍이 업지 못홀지라 십분 짐쟉호여 아직 안셔(安徐)호거니와 너의 장확(臧獲)을 반분호여 네 쏠을 쥬고 네 쏠은 즉금으로 교마룰 출혀 본틱으로 치송호미 가호린겨?"

니방이 스듕득싱(死中得生)호미 만분 희힝(喜幸)호여29) 머리롤 조아 사례호여 굴오디,

"분부디로 흐리이다."

권진싀 조셕 후 완보호여 그 집의 도라오니 그 니웃 과녜 쏘흔 왓는지라 우음을 머금고 굴오디,

"내 상부흔 후로 개가치 마쟈 밍셰호야 일심이 ㄹㄹ미 구드미 만언이 도로혀기 어려온지라 일견의 젼호는 말을 드른즉 본읍 니방이 쟝찻 모야의 겁취호믈 힝혼다 호오미 심히 경송(驚悚)혼지라 몸이 ㄹㄹ미 유약호오니 만일 이 지경을 당호온즉 흔번 죽는 외예 다른 도리 [26] 업술지라 그러나 인명이 지듕호니 엇지 허탄이 죽으리오? 그 강포의게 봉욕

(逢辱)호므론 출아리 냥반의게 훼졀(毁節)호미 가호고 쏘 진스쥐 내게 유의호신지 오린 줄 아오며 슉숙호신 셩졍을 모음의 흐양 닐굿던 비라 진스쥬 셤기믈 이믜 허흔 고로 쟉야의 진스쥬룰 달너여 의상을 환착(換着)호여 녀인의 모양을 쑤며 당야의 욕을 피호고 진스쥬로 디신호야 일야 풍파는 조곰 당호오나 쳡이 착실흔 듕미 되여 가인을 어드시고 쏘 부가옹이 되사 복녹을 누릴 거시오 내 슈졀흔 녀즈로 무단히 니웃 냥반으로 더부러 손을 닛글고 방의 드러 의상을 밧고와 넘어 평성 졍졀이 ㄹㄹ미 문허겻스오니 이졔 쟝찻 진스쥬 [27] 롤 뫼시리니 일됴의 두 미쳡(美妾) 두시믈 하례호노이다."

이윽고 니방이 쏠을 치송호고 장확과 즙믈을 언약ㄱ치 드리니 진싀 깃부미 극호고 쏘 과녀의 가지롤 합호니 일향 갑뷔라. 일실이 화목호고 즈손이 션션호더라.

안빈궁십년독셔
安貧窮十年讀書

----

27) 【망스지죄】圖 망사지죄(罔赦之罪). 용서할 수 없을 정도의 큰 죄.¶ 罔赦之罪 ‖ 일이 불의예 나미 망지쇼조호여 업디여 쩰며 알외디 쇼인의 죽을 찌 당호오미 망스지죄롤 범호엿스오니 죽이거나 살니거나 진스쥬 쳐분만 바르누이다 호고 만단익걸호거늘 (事出不意, 罔知所措, 寡女之倒縛, 兩班之誤捉, 兩罪俱發, 萬死猶輕, 伏地戰兢. 告以死期將迫, 躬犯罔赦之罪, 生之殺之, 恭竢處分云. 哀乞不已.) <靑邱野談 奎章 9:24>

28) 【만단익걸-호-】圖 만단애걸(萬端哀乞)하다. 온갖 말로 사정하여 애걸하다.¶ 哀乞不已. ‖ 일이 불의예 나미 망지쇼조호여 업디여 쩰며 알외디 쇼인의 죽을 찌 당호오미 망스지죄롤 범호엿스오니 죽이거나 살니거나 진스쥬 쳐분만 바르누이다 호고 만단익걸호거늘 (事出不意, 罔知所措, 寡女之倒縛, 兩班之誤捉, 兩罪俱發, 萬死猶輕, 伏地戰兢, 告以死期將迫, 躬犯罔赦之罪, 生之殺之, 恭竢處分云. 哀乞不已.) <靑邱野談 奎章 9:24>

29) 【희힝-호-】圖 희행(喜幸)하다. 기뻐고 다행스럽다.¶ 喜幸. ‖ 니방이 스듕득싱호미 만분 희힝호여 머리롤 조아 사례호여 굴오디 분부디로 흐리이다 (吏房死中得生, 萬分喜幸, 稽首稱謝, "唯令是聽.") <靑邱野談 奎章 9:25>

30) 【싀량】圖 시량(柴糧). 땔나무와 식량.¶ 蔬攜 ‖ 내 십년 쥬역을 닑고겨 호니 그디 능히 싀량을 니울쇼냐 기체 굴오디 락다 (吾欲十年讀周易, 君能繼我蔬攜否? 妻諾之.) <靑邱野談 奎章 9:27>

31) 【창-굼】圖 창구멍(窓-).¶ 穴窓 ‖ 싱이 드디여 문을 닷고 방의 드러가 봉쇄호고 챵굼글 흔 그릇 겨오 용납호니 됴셕을 통케호게 호고 독서호기롤 쥬야블쳘호야 칠년의 니르럿더니 (李生遂閉戶入室, 封鎖甚固, 穴窓菫容一盃, 俾饋朝夕之飯. 讀易不撤, 晝夜無間斷, 至七年.) <靑邱野談 奎章 9:27>

니스인의 집이 남산 아릭 잇셔 심히 간난호디 글 닑기롤 조히 녀겨 그 쳐드려 닐너 굴오디,

"내 십년 쥬역(周易)을 닑고겨 호니 그디 능히 싀량(柴糧)을30) 니울쇼냐?"

기체 굴오디,

"락(諾)다."

싱이 드디여 문을 닷고 방의 드러가 봉쇄호고 챵굼글31) 흔 그릇 겨오 용납호여 됴셕을 공궤호게 호고 독셔호기롤 쥬야블쳘(晝夜不撤)호야 칠년의 니르럿더니 일ㄹ은 창틈으로 우연이 보니 흔 머리

【28】 편 승이 창밧긔 누엇거눌 경괴(驚怪)ᄒ여 문을 열고 보니 그 안해라. 셩이 굴오ᄃᆡ,

"이 무슨 모양이뇨?"

그 쳬 굴오ᄃᆡ,

"내 먹지 못ᄒᆞᆫ 지 이믜 오일이라 칠 년을 이 바지ᄒᆞ미 일발(一髮)이 남지 아니ᄒᆞ니 이졔 엇지ᄒᆞᆯ 길이 업도쇼이다."

셩이 탄식ᄒᆞ고 문의 나와 일국 부쟈 홍동지(洪同知) 집에 가 홍동지ᄃᆞ려 닐너 굴오ᄃᆡ,

"그ᄃᆡ 날노 더부러 비록 면분(面分)이 업스나 내 ᄡᅵᆯ 곳이 잇스니 그ᄃᆡ 삼만금을 능히 ᄭᅮ이랴?"

홍이 ᄌᆞ욱히 보다가 허ᄒᆞ여 굴오ᄃᆡ,

"빅여 ᄐᆡ(駄) 믈건을 어늬 곳으로 구쳐(區處)ᄒᆞ랴?"

셩이 굴오ᄃᆡ,

"금일 너로 내집의 실녀보ᄂᆞ라."

ᄒᆞ고 드ᄃᆡ여 도라왓더니 이윽고 수레예 싯고 ᄆᆞᆯ게 수운ᄒᆞ여 반일에 다 니르럿거눌 셩이 쳐ᄃᆞ려 닐으ᄃᆡ,

"이졔논 돈이 잇스니 내 다시 쥬역을 닑어 십 년 한을 치우랴 ᄒᆞ 【29】 니 그ᄃᆡ 능히 이 돈을 츄식ᄒᆞ야 됴셕을 니을쇼냐?"

쳬 굴오ᄃᆡ,

"무어시 어려우리오?"

셩이 ᄌᆞ예 도로 방안의 드러가 의구히 닑으니라. 기체 본ᄃᆡ 총혜ᄒᆞᆫ 지조로 돈을 놀녀 쳔ᄒᆞ면 무역ᄒᆞ고 귀ᄒᆞ면 쳑미(斥賣)ᄒᆞ며 겸ᄒᆞ야 산업을 다사리니 삼 년 ᄉᆞ이의 니 남은 거시 누만금이라. 셩이 닑기ᄅᆞᆯ 맛치미 ᄎᆡᆨ을 덥고 돈연이 나와 그 돈을 본니(本利)[32] 병(並)ᄒᆞ여 홍가의 집에 실넌ᄃᆡ 홍이 굴오ᄃᆡ,

"나의 돈이 삼만금이니 이 수 외예 엇지 바드리오?"

셩이 굴오ᄃᆡ,

"내 그ᄃᆡ 돈으로 식니(殖利)ᄒᆞᆫ 거시니 곳 그ᄃᆡ 돈이라 내 엇지 가지리오?"

홍이 굴오ᄃᆡ,

"이ᄂᆞᆫ 니 그ᄃᆡᄅᆞᆯ ᄭᅮ이미오 빗스로 주미 아니ᄂᆞ 엇지 니조(利條)ᄅᆞᆯ[33] 말ᄒᆞ리오?"

ᄒᆞ고 본젼만 밧으니 셩이 마지 못ᄒᆞ야 갑졔(甲第)ᄅᆞᆯ[34] 짓고 가산을 널니 ᄒᆞ며 관동(關東) 심협의 견토ᄅᆞᆯ 만히 【30】 쟝만ᄒᆞ고 인민을 ᄌᆞ모(自募)바다 드러와 살게 ᄒᆞ야 ᄌᆞ연 대쵼(大村)을 일우니 일 년 츄쉬(秋收ㅣ) 슈쳔 여셕이라 이ᄂᆞᆫ 다 그 부인의 식니ᄒᆞᆫ 돈과 홍셩의 밧지 아니ᄒᆞᆫ 니조로 말믜암아 뻐 금일에 니르미러라. 그 후 임진난(壬辰亂)의 팔도 셩민이 다 어육이 되ᄃᆡ 홀노 니셩의 일쵼은 병화ᄅᆞᆯ 격지 아니ᄒᆞ니 일홈을 산도원(山桃源)이라 ᄒᆞ니라.

션희학일시우거
善戱謔一時寓居

직쟝(直長)[35] 니죵슌(李鍾淳)과 도ᄉᆞ(都事) 한용뇽(韓用鏞)이 샹방(尙方) 딕쇼(直所)의 모도엿더니 그ᄯᅢ 직쟝 최홍대(崔弘岱) 입딕(入直)ᄒᆞ여 졔조 분부로 기싱을 볼기 스믈을 치라 ᄒᆞ엿거눌 니딕댱이 힘뼈 말넌디 최딕댱이 굴오ᄃᆡ,

"녯젹의 쳥쳔(晴泉) 유한(維翰)이 연일현감(迎日縣監)ᄒᆞ여실 졔 맛 【31】 춤 순영의 갓더니 순시(巡使ㅣ) 영긔 죄의 범ᄒᆞ므로 태ᄒᆞ려 ᄒᆞ거눌 쳥쳔이 구지 쳥ᄒᆞ여 티치 말나 ᄒᆞᆫ디 순ᄉᆞ 굴오ᄃᆡ '그 죄ᄅᆞᆯ

---

32) 【본니】圀 본리(本利). 원금과 이사.¶ 셩이 닑기ᄅᆞᆯ 맛치미 ᄎᆡᆨ을 덥고 돈연이 나와 그 돈을 본니 병ᄒᆞ여 홍가의 집에 실넌ᄃᆡ (生讀畢, 始掩卷而出, 駄其錢, 往洪家盡給之.) <靑邱野談 奎章 9:29>

33) 【니조】圀 이조(利條). 이자.¶ 利 ‖ 이ᄂᆞᆫ 니 그ᄃᆡᄅᆞᆯ ᄭᅮ이미오 빗스로 주미 아니ᄂᆞ 엇지 니조ᄅᆞᆯ 말ᄒᆞ리오 (此乃貸也, 非賃也. 何論餘利?) <靑邱野談 奎章 9:29>

34) 【갑졔】圀 ((건축)) 갑졔(甲第). 크고 너르게 아주 잘 지은 집.¶ 甲第 ‖ 셩이 마지 못ᄒᆞ야 갑졔ᄅᆞᆯ 짓고 가산을 널니 ᄒᆞ며 관동 심협의 견토ᄅᆞᆯ 만히 쟝만ᄒᆞ고 인민을 ᄌᆞ모바다 드러와 살게 ᄒᆞ야 ᄌᆞ연 대쵼을 일우니 일 년 츄쉬 슈쳔 여셕이라 (生不得已還持其剩錢而來, 與其妻, 撤家入關東深峽中, 大拓基址, 新搆甲第, 廣置閭舍, 募民入處, 居然成一大村落矣. ……歲收穀幾千石.) <靑邱野談 奎章 9:29>

35) 【직쟝】圀 ((관직)) 직쟝(直長). 조선시대, 상서원(尙瑞院)의 종7품 벼슬.¶ 直長 ‖ 직쟝 니죵슌과 도ᄉᆞ 한용뇽이 샹방 딕쇼의 모도엿더니 그ᄯᅢ 직쟝 최홍대 입딕ᄒᆞ여 졔조 분무로 기싱을 볼기 스믈을 치라 ᄒᆞ엿거눌 (尙院直長李鍾淳, 堂直都事韓用鏞, 來會于尙方直所, 時直長崔弘岱入直, 以提調分付, 將答妓二十臀.) <靑邱野談 奎章 9:30>

가히 용셔치 못ᄒᆞ리로다.' 쳥쳔이 ᄀᆞᆯ오ᄃᆡ '뎨 지극ᄒᆞᆫ 보ᄇᆡ 잇스니 ᄉᆡ되 엇지 티ᄒᆞ려 ᄒᆞ시ᄂᆞ니잇고? 녯말의 닐넛스ᄃᆡ 긔화가거(奇貨可居)라 ᄒᆞ엿스니 하관이 그 ᄀᆞ온ᄃᆡ 거ᄒᆞ려 ᄒᆞᄂᆞ이다.' 겻ᄒᆡ ᄒᆞᆫ 긔셩이 잇다가 우어 ᄀᆞᆯ오ᄃᆡ '나ᄅᆡ 여긔 거코져 ᄒᆞ실진ᄃᆡ 사당을 쟝ᄎᆞᆺ 어늬 곳의 경ᄒᆞ려 ᄒᆞ시ᄂᆞ니잇고?' 쳥쳔이 ᄀᆞᆯ오ᄃᆡ '괴이타 네 말이여 일시 우거ᄒᆞ미 엇지 사당을 ᄡᅳ리오?' ᄒᆞ니 그ᄃᆡ 뜻이 ᄯᅩᄒᆞᆫ 쳥쳔과 ᄀᆞᆮ투냐?'

니직쟝이 한도ᄉᆞ롤 도라보와 ᄀᆞᆯ오ᄃᆡ,

"그ᄃᆡ 모로미 말나라."

한도시 ᄀᆞᆯ오ᄃᆡ,

"그ᄃᆡ 엇지 말ᄂᆞ지 아니ᄒᆞ고 날ᄃᆞ려 말나라 ᄒᆞ냐?"

니직쟝이 ᄀᆞᆯ오ᄃᆡ,

"나ᄂᆞᆫ 원거인(原居人) 【32】 이오 그ᄃᆡᄂᆞᆫ 우거인이라."

ᄒᆞ니[한도ᄉᆞᄂᆞᆫ 원쥬 사ᄅᆞᆷ으로 경등의 녀환ᄒᆞᄂᆞᆫ 연괴라] 좌듕이 졀도ᄒᆞ더라.

문유치출가벽곡
文有采出家辟穀

문유치(文有采)ᄂᆞᆫ 샹쥬(尙州) 사ᄅᆞᆷ이라 일즉 부상(父喪)을37) 만나 삼 년 시묘(侍墓)ᄒᆞᄆᆡ 죡젹이 문의 니르지 아니ᄒᆞ엿더니 결복(闋服)38) 후의 비로

쇼 집의 도라온즉 기쳐 황시(黃氏) 실ᄒᆡᆼ(失行)ᄒᆞ여39) 일녀롤 나핫ᄂᆞᆫ지라 문성(文生)이 너친ᄃᆡ 황시 인ᄒᆞ여 피ᄒᆞ니 황시의 죡당이 셩이 쥭인가 의심ᄒᆞ야 관가의 고ᄒᆞᆫᄃᆡ 관리 잡아 힐문ᄒᆞᆫᄃᆡ 그 실샹을 엇지 못ᄒᆞ여 칠 년을 옥에 갓쳣더니 됴샹셔(趙尙書) 졍만(正萬)이 샹쥬목ᄉᆞ(尙州牧使) 되아실 ᄯᅦ예 그 원억ᄒᆞᆷ을 알고 황녀(黃女)롤 근포(跟捕)ᄒᆞ여40) 쟝문(杖問)ᄒᆞ고 쥭이니 문셩이 비로소 노이니라. 셩이 츌가ᄒᆞ여 산 【33】 사의 길드리고41) 벽곡법(辟穀法)을42) ᄒᆡᆼᄒᆞ야 십여 일을 먹지 아니ᄒᆞ더 ᄒᆞᆫ번 먹으면 믄득 오륙 승(升)을 나오고 ᄒᆡᆼ뵈 ᄂᆞᄂᆞᆫ ᄃᆞᆺᄒᆞ야 날노 ᄉᆞᄇᆡᆨ 니롤 ᄒᆡᆼᄒᆞ고 ᄒᆞᆫ 옷스로 여름과 겨을을 지나ᄃᆡ 더우며 차몰 아지 못ᄒᆞ고 샹히 나모신을 신고 ᄉᆞ방의 쥬류(周遊)ᄒᆞ나 옥 ᄀᆞᆺ튼 얼골이 일즉 변치 아니ᄒᆞ더라.

경슐년(庚戌年) 겨을의 ᄒᆡ쥬(海州) 신광ᄉᆞ(神光寺)의43) 니르러ᄂᆞᆫ 눈이 산ᄀᆞᆺ치 ᄡᅡ힌지라 셩이 단

---

36) 【긔화-가거】圖 긔화가거(奇貨可居). 진기한 물건은 잘 간직하여 나중에 이익을 남기고 판다는 뜻으로, 좋은 기회를 놓치지 말아야 함을 이르는 말.¶ 奇貨可居 ‖ 녯말의 닐넛스ᄃᆡ 긔화가거라 ᄒᆞ엿스니 하관이 그 ᄀᆞ온ᄃᆡ 거ᄒᆞ려 ᄒᆞᄂᆞ이다 (奇貨可居, 下官欲居其中.) <靑邱野談 奎章 9:31>

37) 【부상】圖 부상(父喪). 부친상.¶ 父喪 ‖ 일즉 부상을 만나 삼년 시묘ᄒᆞ미 죡젹이 문의 니르지 아니ᄒᆞ엿더니 결복 후의 비로쇼 집의 도라온즉 기쳐 황시 실ᄒᆡᆼᄒᆞ어 일녀롤 나핫ᄂᆞᆫ지라 (曾居父憂, 廬墓三年, 跡不到家, 服闋始歸, 則其妻黃氏, 失行産一女.) <靑邱野談 奎章 9:32>

38) 【결복】圖 결복(闋服). 삼년상(三年喪)을 마치고 상복을 벗다.¶ 服闋 ‖ 일즉 부상을 만나 삼년 시묘ᄒᆞ미 죡

격이 문의 니르지 아니ᄒᆞ엿더니 결복 후의 비로쇼 집의 도라온즉 기쳐 황시 실ᄒᆡᆼᄒᆞ여 일녀롤 나핫ᄂᆞᆫ지라 (曾居父憂, 廬墓三年, 跡不到家, 服闋始歸, 則其妻黃氏, 失行産一女.) <靑邱野談 奎章 9:32>

39) 【실ᄒᆡᆼ-ᄒᆞ-】圖 실행(失行)하다. 여자가 도의에 벗어나는 음탕한 행동을 하다.¶ 失行 ‖ 일즉 부상을 만나 삼년 시묘ᄒᆞ미 죡젹이 문의 니르지 아니ᄒᆞ엿더니 결복 후의 비로쇼 집의 도라온즉 기쳐 황시 실ᄒᆡᆼᄒᆞ여 일녀롤 나핫ᄂᆞᆫ지라 (曾居父憂, 廬墓三年, 跡不到家, 服闋始歸, 則其妻黃氏, 失行産一女.) <靑邱野談 奎章 9:32>

40) 【근포-ᄒᆞ-】圖 근포(跟捕)하다. 죄인을 찾아 쫓아가 잡다.¶ 捕得 ‖ 됴샹셔 졍만이 샹쥬목ᄉᆞ 되아실 ᄯᅦ예 그 원억ᄒᆞᆷ을 알고 황녀롤 근포ᄒᆞ여 쟝문ᄒᆞ고 쥭이니 문셩이 비로소 노이니라 (趙尙書正萬爲牧使, 時知其寃, 譏捕得黃女, 將穀之, 生遂放釋.) <靑邱野談 奎章 9:32>

41) 【길드리-】圖 깃들다. 머무르다.¶ 捿止 ‖ 셩이 츌가ᄒᆞ여 산사의 길드리고 벽곡법을 ᄒᆡᆼᄒᆞ야 십여 일을 먹지 아니ᄒᆞᄃᆡ ᄒᆞᆫ번 먹으면 믄득 오륙 승을 나오고 ᄒᆡᆼ뵈 ᄂᆞᄂᆞᆫ ᄃᆞᆺᄒᆞ야 (仍出家, 捿止山寺, 行辟穀法, 不食十餘日, 一食輒進五六升, 行步如飛.) <靑邱野談 奎章 9:33>

42) 【벽곡-법】圖 벽곡법(辟穀法). 곡식은 안 먹고 솔잎, 대추, 밤 따위만 날로 조금씩 먹고 사는 법.¶ 辟穀法 ‖ 셩이 츌가ᄒᆞ여 산사의 길드리고 벽곡법을 ᄒᆡᆼᄒᆞ야 십여 일을 먹지 아니ᄒᆞᄃᆡ ᄒᆞᆫ번 먹으면 믄득 오륙 승을 나오고 ᄒᆡᆼ뵈 ᄂᆞᄂᆞᆫ ᄃᆞᆺᄒᆞ야 (仍出家, 捿止山寺, 行辟穀法, 不食十餘日, 一食輒進五六升, 行步如飛.) <靑邱野談 奎章 9:33>

43) 【신광-ᄉᆞ】圖 ((건축)) 신광사(神光寺). 황해도 벽성군

과(單袴)룰44) 닙엇스디 조곰도 치워ᄒᆞᄂᆞᆫ 빗치 업고 셕반을 디졉ᄒᆞᄃᆡ 먹지 아니ᄒᆞ고 밤을 닝지(冷地)예셔45) 지나니 졔승이 다 긔이히 너기더라.

이쩍 우셜(雨雪)이 긋치지 아니ᄒᆞ여 삼일을 머므더 먹지 아니ᄒᆞ고 조으지 아니ᄒᆞ니 졔승이 다 이인이라 칭ᄒᆞ여 일졔히 나아와 ᄀᆞᆯ오디,

"이 졀이 비록 간난ᄒᆞ나 엇지 손님 일시 밧들 즈뢰(資賴) 업스리잇고? [34] 셩원쥐 삼일을 머무시더 자시지 아니ᄒᆞ시니 쇼승비 무슴 득죄ᄒᆞ미 잇ᄂᆞ니잇가? 듯기룰 원ᄒᆞ노라."

셩이 우어 ᄀᆞᆯ오디,

"내 ᄯᅩ한 식냥이 너르니 졔승이 날을 먹고져 ᄒᆞᆯ진더 각ᄉᆞ 흔 홉 ᄡᆞᆯ을 녀여 밥을 지어오라."

승도 수십이 이예 각ᄉᆞ ᄡᆞᆯ을 녀여 합ᄒᆞᆫ즉 일두(一斗)의 갓가온지라 밥을 지어 나오니 셩이 손을 ᄲᅵᆺ고 밥을 뭉쳐 입의 드리치고 큰 두구리예46) 쟝을 드리마셔 흔번의 다ᄒᆞ니 모다 놀나고 긔이히 너기

북숭산에 있는 절.¶ 神光寺 ∥ 경슐년 겨울의 ᄒᆡ쥬 신광ᄉᆞ의 니르러ᄂᆞᆫ 눈이 산ᄀᆞᆺ치 ᄡᅡ힌지라 셩이 단과룰 닙엇스디 조곰도 치워ᄒᆞᄂᆞᆫ 빗치 업고 셕반을 디졉ᄒᆞ더 먹지 아니ᄒᆞ고 밤을 닝지예셔 지나니 졔승이 다 긔이히 너기더라 (庚戌冬, 至海州神光寺, 時大雪, 生服單衣袴, 而略無寒色, 僧皆異之. 及設食, 辭而不食, 夕將寢, 僧引就煖處, 又辭而處冷地.) <靑邱野談 奎章 9:33>

44) 【단과】 囹 ((복식)) 단고(單袴). 남자의 홀바지.¶ 單衣袴 ∥ 경슐년 겨울의 ᄒᆡ쥬 신광ᄉᆞ의 니르러ᄂᆞᆫ 눈이 산ᄀᆞᆺ치 ᄡᅡ힌지라 셩이 단과룰 닙엇스디 조곰도 치워ᄒᆞᄂᆞᆫ 빗치 업고 셕반을 디졉ᄒᆞ더 먹지 아니ᄒᆞ고 밤을 닝지예셔 지나니 졔승이 다 긔이히 너기더라 (庚戌冬, 至海州神光寺, 時大雪, 生服單衣袴, 而略無寒色, 僧皆異之. 及設食, 辭而不食, 夕將寢, 僧引就煖處, 又辭而處冷地.) <靑邱野談 奎章 9:33>

45) 【닝지】 囹 ((지리)) 냉지(冷地). 기후와 토질이 찬 땅.¶ 冷地 ∥ 경슐년 겨울의 ᄒᆡ쥬 신광ᄉᆞ의 니르러ᄂᆞᆫ 눈이 산ᄀᆞᆺ치 ᄡᅡ힌지라 셩이 단과룰 닙엇스디 조곰도 치워ᄒᆞᄂᆞᆫ 빗치 업고 셕반을 디졉ᄒᆞ더 먹지 아니ᄒᆞ고 밤을 닝지예셔 지나니 졔승이 다 긔이히 너기더라 (庚戌冬, 至海州神光寺, 時大雪, 生服單衣袴, 而略無寒色, 僧皆異之. 及設食, 辭而不食, 夕將寢, 僧引就煖處, 又辭而處冷地.) <靑邱野談 奎章 9:33>

46) 【두구리】 囹 ((기물)) 자루가 달린 놋그릇.¶ 밥을 지어 나오니 셩이 손을 ᄲᅵᆺ고 밥을 뭉쳐 입의 드리치고 큰 두구리에 쟝을 드리마셔 흔번의 다ᄒᆞ니 모다 늘나고 긔이히 너기더라 (作飯以進, 生洗手, 就飯作塊, 擧而吞之, 旋啜煮醬, 須臾而盡, 諸僧莫不驚怪.) <靑邱野談 奎章 9:34>

더라. 셩이 먹기룰 맛치미 쟝춧 가려ᄒᆞ거늘 슈승(首僧)이 거름 잘 것ᄂᆞᆫ 쟈룰 ᄀᆞᆯ히여 그 뒤흘 발브니 셩이 셕담셔원(石潭書院)의47) 비알ᄒᆞ고 졔명(題名)ᄒᆞ니 비로쇼 문유ᄒᆞᆫ 줄을 알너라. 셩이 힝뵈 신속ᄒᆞ미 승이 능히 ᄯᅩ오지 못ᄒᆞ고 도라오니라.

셩이 평거(平居)의 평냥즈(平涼子)룰48) ᄡᅳ고 날근 뵈옷슬 닙으 [35] 며 셩품이 고요ᄒᆞᆷ을 조히 너기고 번요(煩擾)ᄒᆞᆷ믈 슬히 너겨 궁벽ᄒᆞᆫ 곳이 아니면 쳐ᄒᆞ지 아니ᄒᆞ더라. 츄동간의 졀졍 폐ᄉᆞ(廢寺)에 올나간 후 눈이 ᄡᅡ히고 길이 막혀, 셩식(聲息)이 돈졀(頓絶)ᄒᆞ니 졔승이 다 닐으디,

"문쳐시 동ᄉᆞᄒᆞ엿다."

밋 봄이 도라와 눈이 녹은 후의 올나가 ᄎᆞ즌즉 셩이 홋뵈 격삼으로 낙엽을 ᄲᅡᆺ코 쇼연히 ᄭᅮ러안자 안식이 풍후ᄒᆞ고 얼골에 주린 빗치 업셔 홀노 외로온 암즈의 념블ᄒᆞᄂᆞᆫ 소리 쳥아ᄒᆞᆫ지라 혹 듯ᄂᆞᆫ 쟤 잇스면 즉시 것고 불경의 닉은 션ᄉᆡ 더브러 의논코져 ᄒᆞ면 다만 닐오디,

"닑을 줄만 알고 불경 ᄯᅳᆺ은 모로노라."

ᄒᆞ니 그 쳔심을 아지 못ᄒᆞᆯ너라. 빅화암(白華庵)의 잇더니 미구에 마가암(摩訶庵)으로 올마 죽으니라. [36]

채ᄉᆞᄌᆞ발분녁ᄒᆞᆨ
蔡士子發憤力學

---

47) 【셕담-셔원】 囹 ((건축)) 석담서원(石潭書院). 이율곡(李栗谷)을 배향(配享)하는 해주(海州)에 있는 서원.¶ 石潭書院 ∥ 셩이 먹기룰 맛치미 쟝춧 가려ᄒᆞ거늘 슈승이 거름 잘 것ᄂᆞᆫ 쟈룰 ᄀᆞᆯ히여 그 뒤흘 발브니 셩이 셕담셔원의 비알ᄒᆞ고 졔명ᄒᆞ니 비로쇼 문유ᄒᆞᆫ 줄을 알너라 (生食畢, 將去, 首僧發一健步者, 踵其後, 生至石潭書院拜謁, 而題名尋院錄, 始知爲文有采.) <靑邱野談 奎章 9:34>

48) 【평냥-즈】 囹 ((복식)) 평량자(平涼子). 패랭이.¶ 蔽陽子 ∥ 셩이 평거의 평냥즈룰 ᄡᅳ고 날근 뵈옷슴 닙으며 셩품이 고요ᄒᆞᆯ믈 조히 너기고 번요ᄒᆞᆯ믈 슬히 너겨 궁벽ᄒᆞᆫ 곳이 아니면 쳐ᄒᆞ지 아니ᄒᆞ더라 (生居常戴蔽陽子, 衣舊布着木屐, 而行如飛. 性甚靜, 厭喧鬧, 非僻處空菴, 則不處焉.) <靑邱野談 奎章 9:34>

녕광(靈光) 짜의 흔 채셩(蔡姓) 스인이 잇셔 과공(科工)을 부즈런이 ᄒᆞ더 맛춤니 일운 비 업고 만년의 일ᄌᆞ룰 두엇스디 다시 글을 ᄀᆞ르치지 아니ᄒᆞ고 다만 셩쟝ᄒᆞ여 계ᄉᆞ(繼嗣)ᄒᆞ기만 바라더니 그 아들이 밋쳐 자라지 못ᄒᆞ야 스인이 졸ᄒᆞ나 그러나 가셰ᄂᆞᆫ 요족ᄒᆞ야 일ᄌᆞ무식ᄒᆞ더 능히 셰업을 직희더라.

일ᄉᆞᆫ은 동니 풍언(風憲)이[49]와 관가 젼령(傳令)을 뵈고 그 뜻을 무룬디 채셩이 바다보기룰 니 옥히 ᄒᆞ다가 짜에 더져 ᄀᆞᆯ오디,

"아지 못ᄒᆞ노라."

풍언이 ᄀᆞᆯ오디,

"스지(士子ㅣ)라 일홈ᄒᆞ고 일ᄌᆞ룰 아지 못ᄒᆞ니 더러ᄒᆞᆫ 스ᄌᆞᄂᆞᆫ 견양(犬羊)과 무어시 다르리오?"

ᄒᆞ니 채셩이 붓그럽고 통한ᄒᆞᄆᆞᆯ 니기지 못ᄒᆞ야 감히 흔 말도 못ᄒᆞ니 ᄯᆡ예 채셩의 나히 스[37]십이라. 니웃집의 훈쟝(訓長)ᄒᆞᄂᆞᆫ 션비 잇거늘 채셩이 즉시 ᄉᆞ략(史略) 초권을 ᄭᅵ고 나아가 비호기 룰 쳥ᄒᆞᆫ디 훈쟝이 ᄀᆞᆯ오디,

"그더 나히 엇지 쵸흑(初學)홀 ᄯᆡ냐?"

채셩이 ᄀᆞᆯ오디,

"나혼 비록 느졋스나 글ᄌᆞ나 알면 다힝ᄒᆞ오니 션셩은 다만 ᄀᆞᆯ쳐쥬쇼셔."

훈쟝이 ᄎᆡᆨ을 더ᄒᆞ여 텬황시(天皇氏)[50] 흔 줄을 글ᄌᆞ와 글 뜻을 즁언부언(重言復言) ᄀᆞᆯ치더 낫거늘 훈쟝이 ᄀᆞᆯ오디,

"과연 ᄀᆞᆯ치기 어렵다."

ᄒᆞ고 가라 ᄒᆞ니 셩이 나러 지비ᄒᆞ고 구지 쳥ᄒᆞᆫ디 훈쟝이 그 졍셩을 감동ᄒᆞ야 다시 ᄀᆞᆯ칠ᄉᆡ 니ᄌᆞᆫ즉 겻드려 닑히고 ᄯᅩ 니ᄌᆞᆫ즉 ᄯᅩ 여ᄎᆞ 닐켜 날이 못도록 홀ᄉᆞ(屹屹)ᄒᆞ다가[51] 겨오 ᄭᆡᄃᆞᆺ고 가더니 졔

삼일만의 비로소 ᄯᅩ 와 비호려ᄒᆞ거늘 훈쟝이 ᄀᆞᆯ오디,

"엇지 더더뇨?"

셩이 ᄀᆞᆯ오디,

"글뜻과 글ᄌᆞ음이 익지 못홀가 근심ᄒᆞ와 ᄌᆞ[38]연 삼일을 닐것ᄂᆞ이다."

훈쟝이 ᄀᆞᆯ오디,

"몟 번이나 닐것ᄂᆞ뇨?"

셩이 ᄀᆞᆯ오디,

"녹두 셔 되룰 혬노와 닐겻ᄂᆞ이다."

이믜 외오기룰 맛치미 ᄯᅩ 디황시(地皇氏) 인황시(人皇氏)룰 ᄀᆞᆯ치니 닑ᄂᆞᆫ 법이 곳 슌흔지라. 잇튼날 ᄯᅩ 와 비호니 그날은 녹두 쉬 반 되예 니르럿다 ᄒᆞ더라. 그 후로부터 일취월쟝(日就月將)ᄒᆞ니 대개 졍셩소발(精誠所發)노 글ᄶᆞ녕이[52] 졀노 열니미라 반권에 니르미 문리 대진ᄒᆞ야 칠권을 다 닑고 ᄯᅩ 통감(通鑑) 젼질(全帙)을 닑어 외오기룰 졍숙히 ᄒᆞ고 년ᄒᆞ여 스셔삼경(四書三經)을 널니 보와 과문(科文) 뉵쳬(六體)룰 능히 ᄒᆞ니 입흑ᄒᆞᆫ 지 칠 년의 문명이 일도 거벽(巨擘)이라. 진ᄉᆞ의 ᄶᅡ인지 오 년의 ᄯᅩ 명경과(明經科)의[53] ᄶᅡ이니 시년이 오십이라. 오라지 아녀 고을 태쉬 되미 젼일 풍언을 추즌즉 이믜 죽고 아들이 잇ᄂᆞᆫ지라 블너 ᄀᆞᆯ[39]오디,

"내 녀의 아비 욕 곳 아니면 엇지 이예 니르리오? 은혜 진실노 크다."

ᄒᆞ고 드듸여 다리고 임쇼의 가 누월(屢月)을

---

49) 【풍언】 圖 ((인류)) 풍헌(風憲). 조선시대에 유향소(留鄕所)에서 면(面)이나 이(里)의 일을 맡아보던 사람.¶ 里正 ∥ 일ᄉᆞᆫ은 동니 풍언이 와 관가 젼령을 뵈고 그 뜻을 무룬디 채셩이 바다보기룰 니옥히 ᄒᆞ다가 짜에 더져 ᄀᆞᆯ오디 아지 못ᄒᆞ노라 (一日里正, 來示都牒, 請問辭旨, 蔡取看久之, 遂擲, 辭以不知) <靑邱野談 奎章 9:36>

50) 【텬황-시】 圖 ((인명)) 천황씨(天皇氏). 중국 태고 시대의 전설적인 인물. 삼황(三皇)의 으뜸.¶ 天皇氏 ∥ 훈쟝이 ᄎᆡᆨ을 더ᄒᆞ여 텬황시 흔 줄을 글ᄌᆞ와 글 뜻을 즁언부언 ᄀᆞᆯ치더 낫거늘 (學長敎以天皇氏一行, 兼字與義, 生讀訖, 輒忘之) <靑邱野談 奎章 9:37>

51) 【흘흘-ᄒᆞ-】 圖 흘흘(屹屹)하다. 일정한 시간 간격을

두고 계속 반복하다.¶ 屹屹 ∥ 훈쟝이 그 졍셩을 감동ᄒᆞ야 다시 ᄀᆞᆯ칠ᄉᆡ 니ᄌᆞᆫ즉 겻드려 닑히고 ᄯᅩ 니ᄌᆞᆫ즉 ᄯᅩ 여ᄎᆞ 닐켜 날이 못도록 홀ᄉᆞᄒᆞ다가 겨오 ᄭᆡᄃᆞᆺ고 가더니 졔삼일만의 비로소 ᄯᅩ 와 비호려ᄒᆞ거늘 (乃復敎, 終日屹屹, 菫得曉, 去至三日始來) <靑邱野談 奎章 9:37>

52) 【글-ᄶᆞ녕】 圖 글구멍. 글이 들어가는 머리 구멍이라는 뜻으로, 글을 잘 이해하는 지혜를 이르는 말.¶ 文竅 ∥ 그 후로부터 일취월쟝ᄒᆞ니 대개 졍셩소발노 글ᄶᆞ녕이 졀노 열니미라 반권에 니르미 문리 대진ᄒᆞ야 칠권을 다 닑고 ᄯᅩ 통감 젼길을 닑어 외오기룰 졍숙히 ᄒᆞ고 (其後, 日漸就長, 蓋至誠所發, 文竅自開故也. 讀至半卷, 文理大達, 旣讀盡七卷, 又讀通鑑全帙, 誦之精熟) <靑邱野談 奎章 9:38>

53) 【명경-과】 圖 명경과(明經科). 조선시대에 식년(式年)문과 초시에서 사경(四經)을 중심으로 시험불 보이던 분과.¶ 明經 ∥ 진ᄉᆞ의 ᄶᅡ인지 오 년의 ᄯᅩ 명경의 ᄶᅡ이니 시년이 오십이라 (中進士, 又五年, 以明經登第, 時年五十二.) <靑邱野談 奎章 9:38>

머믄 후 돈과 지믈을 합ᄒ여 두어 바리롤 실녀 보
너니라.

퇴젼야뎡돈녕향복
退田野鄭敦寧享福

양파(陽坡) 뎡공(鄭公) 태화(太和)의[54] 젼군 지
돈령공(知敦寧公)이 슈원(水原) 상부촌(桑阜村)의 퇴
로(退老)ᄒ엿더니 양패 쟝ᄌ로써 벼슬이 샹샹(上相)
의 거ᄒ 지 수십 년이라. 양파의 쟝ᄌ 참의공(參議
公) 지디(載坅) 디신ᄒ야 좌우의 뫼셔 동경을 살펴
봉양을 극진이 ᄒ니 공의 텬셩이 검소ᄒ야 덥눈바
니블이 년구(年久)ᄒ야 더럽고 쩌러진지라 일즉 참
의공드려 닐너 골오디,

"너 신후 소렴(小殮)은 이 니블노 ᄒ라."

ᄒ고 안즌 뇨이 쩌러지면 혼편의 옴겨 안고
비즈로 ᄒ여곰 쩌러진 디롤 기우라 ᄒ고 ᄌ뎨롤 교
훈ᄒ 【40】 미 심히 엄ᄒ더라. 그 둘ᄌ 좌의졍(左議
政) 치화(致和ㅣ) 일즉 셔빅(西伯)이 되야 나려가 하
직ᄒ시 맛츰 츄슈 썰롤 당ᄒ지라 공이 닐너 골오디,

"네 형은 ᄌ식이 잇셔 디신ᄒ여 날을 셤기고
녀는 아직 ᄌ식이 업스니 맛당히 네가 츄슈롤 간검
ᄒ라."

의졍공(議政公)이 감히 ᄉ양치 못ᄒ고 밧두던
우희 일산을 밧고 죵일 안즈 술피믈 게올니 아니ᄒ
니 이졔 니르히 아람다온 일이라 일곳더라.

돈령공이 복녹이 구젼(俱全)ᄒ야 쟝ᄌ는 녕의
졍이오 ᄎᄌ는 평안감ᄉ오 졔삼ᄌ 참판 만화(萬和
ㅣ) 등졔(登第)ᄒ미 양패 그 아오 신은(新恩)을 다리
고 슈원 근친ᄒ실 샹공이 나간즉 도신(道臣)이 젼례
비힝ᄒ는지라 됴지(朝紙)예[55] 골오디,

54) 【태화】 園 ((인명)) 태화(太和). 졍태화(鄭太和 1602~
1673). 조선후기의 문신. 자는 유춘(囿春), 호는 양파(陽
坡).¶ 太和 ‖ 양파 뎡공 태화의 젼군 지돈령공이 슈원
상부촌의 퇴로ᄒ엿더니 양패 쟝ᄌ로써 벼슬이 샹샹의
거ᄒ 지 수십 년이라 (陽坡鄭公太和, 先君知敦寧公,
退老水原桑阜村. 陽坡以其長子, 身爲上相, 佩國家安危
數十年.) <靑邱野談 奎章 9:39>
55) 【됴디】 園 조지(朝紙). 승정원에서 재결 사항을 기록
하고 서사(書寫)하여 반포하던 관보 조칙, 장주(章奏),

"녕의졍 근친ᄉ로 슈원디(水原地) 출거(出去)
ᄒ니 형뎨 【41】 삼인이 일시예 ᄉ화(賜花)롤 머리예
ᄭ잣더라."

아국 풍쇽이 미양 경과(慶科)에[56] 비록 직품
이 놉혼 재라도 션진이 잇슨즉 믄득 블너 진퇴ᄒ는
지라 이찌 돈녕공어 비록 슬하의 경ᄉ롤 맛낫스나
엄연이 움작이지 아니ᄒ니 타인이 감히 블너내지
못ᄒ는지라. 이찌 샹상이 흔 측실이 잇스니 셩품이
총혜흔지라 골오디,

"금일은 비록 녕의졍이라도 엇지 신은을 진퇴
치 아니ᄒ리오? 사롬이 브르는 재 업스니 내 맛당
히 부르리라."

ᄒ고 소리롤 놉히 ᄒ디,

"녕의졍은 신은을 블너오라."

ᄒ니 양패 드듸여 머리롤 수기고 츄창(趨蹌)
ᄒ니 그 영화 셩만(盛滿)ᄒ미 이 ᄭ더라. 그 후 디
ᄅ로 경샹(卿相)이 년면ᄒ고 ᄌ손이 번셩ᄒ니 다 돈
령공의 가법이 근후공겸ᄒ믈 디ᄅ로 직원 효험이더
라. 【42】

식ᄉ긔신쥬촌지음
識死期申舟村知音

신만(申曼)의[57] ᄌ는 만쳔(曼倩)이니 의슐이

조정의 결정 사항, 관리 임면, 지방관의 장계(狀啓)를
비롯하여 사회의 돌발 사건까지 실었다.¶ 朝紙 ‖ 됴지
예 골오디 녕의졍 근친ᄉ로 슈원디 출거ᄒ니 형뎨 삼
인이 일시예 ᄉ화롤 머리예 ᄭ잣더라 (朝紙曰: 領議政
覲親事, 水原地出去, 京畿監司鄭某, 領議政陪行事出去,
兄弟三人, 一時簪花.) <靑邱野談 奎章 9:40>
56) 【경과】 園 경과(慶科). 조선시대에, 나라에 경사스러운
일이 있을 때, 이를 기념하고자 보이던 과거. 문무과
(文武科)에만 한정하였으며 별시, 정시, 증광시 따위가
있었다.¶ 慶科 ‖ 아국 풍쇽이 미양 경과에 비록 직품
이 놉혼 재라도 션진이 잇슨즉 믄득 블너 진퇴ᄒ는지
라 (我國風俗, 每於慶科, 雖官卑者, 有先進, 則輒呼而
進退之.) <靑邱野談 奎章 9:41>
57) 【신만】 園 ((인명)) 신만(申曼 1620~1669). 소선중기의
학자. 자는 만쳔(曼倩), 호는 주촌(舟村). 송시열의 문
하에서 배웠다. 송시열이 효종과 함께 북벌을 논의할
때 함께 조정에 들어가 이에 관한 의견을 내놓아 반

신명ᄒᆞ야 병인(病人)을 ᄒᆞᆫ번 보면 그 ᄉᆞ셩을 아더니 셰시(歲時)ᄅᆞᆯ 당ᄒᆞ여 그 고모의게 셰비ᄒᆞ니 고모ᄂᆞᆫ 니부졔ᄒᆞᆨ(李副提學) 지ᄒᆞᆼ(之恒)의 부인이라. 맛춤 죡 인의 셰비ᄒᆞᄂᆞᆫ 쟤 잇셔 부인은 문을 당ᄒᆞ야 안잣고 긱은 쳥상의 안잣더니 만쳔이 방안의셔 쇼리ᄅᆞᆯ 놉히 ᄒᆞ야 굴오ᄃᆡ,

"긱이 뉜 줄 아지 못ᄒᆞᄃᆡ 금년 ᄉᆞ월의 맛당히 죽으리로다."

그 고뫼 원료의 블길ᄒᆞᆫ 말을 민망히 너겨 ᄭᅮ지져 굴오ᄃᆡ,

"이 아ᄒᆡ 밋쳣ᄂᆞᄂᆤ?"

ᄒᆞ고 긱을 위로ᄒᆞ여 닐으니 긱이 그 셩명을 아ᄂᆞᆫ 고로 다만 강잉ᄒᆞ여 우어 굴오ᄃᆡ,

"이 신셩원이냐?"

드ᄃᆡ여 하직고 가니라. 부 【43】 혹의 손ᄌᆞ 니진(李震)이 그ᄢᅦ 나히 십셰라 무러 굴오ᄃᆡ,

"앗가 신슉의 말슴이 ᄀᆞ장ᄒᆞ니 엇지 약을 명ᄒᆞ여 살니지 아니ᄒᆞᄂᆞᆫ뇨?"

만쳔이 우어 굴오ᄃᆡ,

"이 아ᄒᆡ 긔특ᄒᆞ도다. 사ᄅᆞᆷ을 살니고져 ᄒᆞ미여."

드ᄃᆡ여 동의보감(東醫寶鑑)을 가져오라 ᄒᆞ니 ᄆᆞ춤 집의 업ᄂᆞᆫ지라 니공이 나히 어리므로 다른ᄃᆡ 비러오지 못ᄒᆞ고 콩총(倥傯)ᄒᆞ야[58] 다시 졔거치 아니ᄒᆞ엿더니 그히 ᄉᆞ월의 그 사ᄅᆞᆷ이 과연 죽으니라. 니공이 그 후의 신셩ᄃᆞ려 그 젼일 말ᄒᆞᆫ 바ᄅᆞᆯ 무른ᄃᆡ 답ᄒᆞᄃᆡ,

"긔인의 산증(疝症)이[59] ᄀᆞ믜 셩음에 낫타낫

<hr/>

영시켰다. 낙향한 후에는 기존의 처방을 추리고 약제의 적용을 간소화하여, 인체의 증상 위주로 처방을 제시한 의학서 《주촌신방》을 저술하여 보급하였다.¶ 申曼 ‖ 신만의 ᄌᆞᄂᆞᆫ 만쳔이니 의슐이 신명ᄒᆞ야 병인을 ᄒᆞᆫ번 보면 그 ᄉᆞ셩을 아더니 셰시ᄅᆞᆯ 당ᄒᆞ여 그 고모의게 셰비ᄒᆞ니 고모ᄂᆞᆫ 니부졔ᄒᆞᆨ 지ᄒᆞᆼ의 부인이라 (申曼字曼倩, 落拓不羈, 善醫人, 一見知其死生. 曾於歲首, 往拜其姑母, 李副學之恒夫人.) <靑邱野談 奎章 9:42>

58. 【콩총-ᄒᆞ-】 图 공총(倥傯)하다. 이것저것 일이 많아 바쁘다.¶ 니공이 나히 어리므로 다른ᄃᆡ 비러오지 못ᄒᆞ고 콩총ᄒᆞ야 다시 졔거치 아니ᄒᆞ엿더니 그히 ᄉᆞ월의 그 사ᄅᆞᆷ이 과연 죽으니라 (李公年幼, 未得借來, 遂因循, 更不提, 是年四月, 其人果死.) <靑邱野談 奎章 9:43>

59. 【산증】 图 ((질병)) 산증(疝症). 아랫배와 불알이 붓고 아프며 오줌이 잘 내리지 않는 병.¶ 疝症 ‖ 긔인의 산증이 ᄀᆞ믜 셩음에 낫타낫ᄂᆞᆫ 고로 그 일월을 혜아리니

<hr/>

ᄂᆞᆫ 고로 그 일월을 혜아리니 맛당히 ᄉᆞ월인즉 산증이 거슬녀 올나 머리예 니르면 반ᄃᆞ시 죽을지라. 그런 고로 우연이 말ᄒᆞ미로라."

니공이 일즉 말ᄒᆞᄃᆡ,

"긔인이 신의(神醫)ᄅᆞᆯ 만나 셩도ᄅᆞᆯ 못 【44】 지 아니ᄒᆞ엿스니 그 죽으미 맛당ᄒᆞ다."

ᄒᆞ더라.

훼음ᄉᆞ사귀걸명
毀淫祠邪鬼乞命

경샹도(慶尙道) 됴령(鳥嶺) 우희 ᄒᆞᆫ 총ᄉᆞ(叢祠)[60] 잇스니 자못 녕험ᄒᆞᆫ지라 젼후 관찰ᄉᆡ 이 녕을 넘ᄂᆞᆫ 쟤 반ᄃᆞ시 남여(藍輿)ᄅᆞᆯ ᄂᆞ려 결ᄒᆞ고 돈을 거두어 신당의 굿ᄒᆞ고 지나가ᄃᆡ 만일 그러치 아니ᄒᆞ면 반ᄃᆞ시 저앙이 잇더니 ᄒᆞᆫ 방빅(方伯)의 텬셩이 강건ᄒᆞ여 일즉 화복으로 ᄆᆞ음을 동치 아니ᄒᆞ더니 그 임쇼의 갈 졔 길이 총ᄉᆞ 아ᄅᆡ로 지나ᄂᆞᆫ지라 쟝교와 안젼이 일졔이 진알ᄒᆞ고 고ᄉᆞ(故事)로ᄡᅥ 알왼ᄃᆡ 그 방빅이 호령ᄒᆞ여 요란타 믈니치고 ᄲᅡᆼ교ᄅᆞᆯ 모라 일 니ᄅᆞᆯ 힝치 못ᄒᆞ야 과연 큰 바람과 급ᄒᆞᆫ 비 경긱 사이예 진동ᄒᆞ니 즁인이 크게 두리거늘 방빅이 분 【45】 노ᄒᆞ여 ᄎᆔ즁으로 ᄒᆞ여곰

"사우(祠宇)ᄅᆞᆯ 불지르ᄃᆡ 녕을 어기ᄂᆞᆫ 쟤면 죽기ᄅᆞᆯ 면치 못ᄒᆞ리라."

즁이 다 강잉ᄒᆞ여 좃ᄎᆞ니 아이오 아로삭인 기와며 단쳥ᄒᆞᆫ 기동이 일시예 지 ᄃᆡᆷ 다 한지라. 인ᄒᆞ야 명에ᄅᆞᆯ 지쵹ᄒᆞ야 문경 관ᄉᆞ의 ᄌᆞ더니 ᄭᅮᆷ의 ᄒᆞᆫ 빅발노인이 와 ᄭᅮ지져 굴오ᄃᆡ,

"나ᄂᆞᆫ 됴령신령(鳥嶺神靈)이라 공산향화(空山香火)로 빅셰ᄅᆞᆯ 포식ᄒᆞ더니 그ᄃᆡ 임의 녜ᄅᆞᆯ 아니ᄒ

<hr/>

맛당히 ᄉᆞ월인즉 산증이 거슬녀 올나 머리예 니르면 반ᄃᆞ시 죽을지라 (其人患疝症, 已形於聲音, 計其日月, 似當於四月間, 疝氣逆上, 至頭則必死) <靑邱野談 奎章 9:43>

60. 【총ᄉᆞ】 图 ((ᄌᆞᆼ기)) 총ᄉᆞ(叢祠). 잡신을 모신 사당.¶ 叢祠 ‖ 경샹도 됴령 우희 ᄒᆞᆫ 총ᄉᆞ 잇스니 자못 녕험ᄒᆞᆫ지라 (鳥嶺之巓叢祠在焉, 頗靈異.) <靑邱野談 奎章 9:44>

고 또 나의 소혈(巢穴)을 티우니 내 맛당이 그디 장
즈롤 죽여 이 원슈롤 갑흐리라."

흔디 방빅이 꾸지져 굴오디,

"우미(牛魅)와[61][쇠귀신][62] 사신(蛇神)이[63][비얌귀
신][64] 음사롤 웅거흐니 내 왕명을 바다 일도롤 순션
(巡省)흐미[65] 요믈을 업시흐고 민희(民害)롤 더러
직업을 닷거늘 감히 당돌히 혀룰 놀녀 날울 경동코
져 흐느냐?"

그 노귀 노흐여 가니라. 【46】 믄득 좌위 급히
혼드러 씨와 굴오디,

"큰 셔방쥐 노독(路毒)을 인흐여 병이 극중
타."

흐거늘 방빅이 병즁을 본즉 이믜 구치 못흐지

라 길가의 빈소흐고 본영의 도임흔즉 그 밤의 쏘
노인이 꿈의 와 굴오디,

"그디 만일 젼과(前過)룰 곳쳐 내 영졍(影幀)
을 평안케 아니흐즉 그디의 츠지(次子ㅣ) 쏘 무스치
못흐리라."

방빅이 안연부동(晏然不動)흐야 젼과 곳치 꾸
지져 믈니쳣더니 좀을 밋쳐 씨지 못흐여 가인이 급
히 고흐디,

"이랑이 쏘 폭스(暴死)흐엿다."[66]

흐니 방빅이 비통흐고 치상흐엿더니 거무하
(居無何)의 노인이 쏘 와 굴오디,

"흔 번 짜고 두 번 짜미 그디 지엽이 졈ㅣ 드
믄지라 삼낭을 당츠로 잡아갈 거시어니와 일이 녀
모 혹독흐기로 특별이 와 몬져 고흐노니 쏠니 내
사당을 영건(營建)흐여[67] 다힝히 이 【47】 화룰 면흐
라."

방빅이 조곰도 요동치 아니흐고 스긔(辭氣)
더욱 밍열흐니 노인이 만단으로 위협흐여 말울 현
황히 흐거늘 방빅이 크게 노흐여 칼노 지르려 흐디
노인이 믈너가 뜰에 업듸여 굴오디,

"복이 일노조차 기리 의지흘 곳이 업는지라
복이 능히 사룸을 화복지 못흐디 사룸의 화복을 미
리 아는지라 존가의 쌍옥(雙玉)은 명이 ㅣㅣ믜 요스
(夭死)흘 쉬(壽ㅣ)오 쏘 귀부(鬼府)의셔 녹지(綠紙)[68]
왓기로 복이 스스로 위엄을 뵈엿거니와 계 삼낭은

---

61) 【우미】 圖 우매(牛魅). 소귀신.¶ 牛鬼 ‖ 우미와[쇠귀신]
사신이[비얌귀신] 음사롤 웅거흐니 내 왕명을 바다 일도
롤 순션흐미 요믈을 업시흐고 민희롤 더러 직업을 닷
거늘 감히 당돌히 혀룰 놀녀 날울 경동코져 흐느냐
(牛鬼蛇神, 占據淫祠, 我奉命巡按, 除妖祛害, 以修其職,
爾敢唐突控訴, 簧鼓邪說, 冀欲驚惧.) <靑邱野談 奎章
9:45>

62) 【쇠-귀신】 圖 쇠귀신[牛鬼].¶ 牛鬼 ‖ 우미와[쇠귀신] 사
신이[비얌귀신] 음사롤 웅거흐니 내 왕명을 바다 일도롤
순션흐미 요믈을 업시흐고 민희롤 더러 직업을 닷거
늘 감히 당돌히 혀룰 놀녀 날울 경동코져 흐느냐 (牛
鬼蛇神, 占據淫祠, 我奉命巡按, 除妖祛害, 以修其職, 爾
敢唐突控訴, 簧鼓邪說, 冀欲驚惧.) <靑邱野談 奎章
9:45>

63) 【사신】 圖 사신(蛇神). 뱀귀신.¶ 蛇神 ‖ 우미와[쇠귀신]
사신이[비얌귀신] 음사롤 웅거흐니 내 왕명을 바다 일도
롤 순션흐미 요믈을 업시흐고 민희롤 더러 직업을 닷
거늘 감히 당돌히 혀룰 놀녀 날울 경동코져 흐느냐
(牛鬼蛇神, 占據淫祠, 我奉命巡按, 除妖祛害, 以修其職,
爾敢唐突控訴, 簧鼓邪說, 冀欲驚惧.) <靑邱野談 奎章
9:45>

64) 【비얌-귀신】 圖 뱀귀신.¶ 蛇神 ‖ 우미와[쇠귀신] 사신이
[비얌귀신] 음사롤 웅거흐니 내 왕명을 바다 일도롤 순
션흐미 요믈을 업시흐고 민희롤 더러 직업을 닷거늘
감히 당돌히 혀룰 놀녀 날울 경동코져 흐느냐 (牛鬼
蛇神, 占據淫祠, 我奉命巡按, 除妖祛害, 以修其職, 爾敢
唐突控訴, 簧鼓邪說, 冀欲驚惧.) <靑邱野談 奎章 9:45>

65) 【순션-흐-】 圖 순셩(巡省)하다. 돌아다니며 두루 살피
다.¶ 巡按 ‖ 우미와[쇠귀신] 사신이[비얌귀신] 음사롤 웅거
흐니 내 왕명을 바다 일도롤 순션흐미 요믈을 업시흐
고 민희롤 더러 직업을 닷거늘 감히 당돌히 혀룰 놀
녀 날울 경동코져 흐느냐 (牛鬼蛇神, 占據淫祠, 我奉
命巡按, 除妖祛害, 以修其職, 爾敢唐突控訴, 簧鼓邪說,
冀欲驚惧.) <靑邱野談 奎章 9:45>

66) 【폭스-흐-】 圖 폭사(暴死)하다. 갑자기 참혹하게 죽
다.¶ 暴逝 ‖ 방빅이 안연부동흐야 젼과 곳치 꾸지져
믈니쳣더니 좀을 밋쳐 씨지 못흐여 가인이 급히 고흐
디 이랑이 쏘 폭스흐엿다 흐니 (方伯晏然不動, 叱退如
前, 睡未覺, 而家人又告二郞君暴逝.) <靑邱野談 奎章
9:46>

67) 【영건-흐-】 圖 영건(營建)하다. 집 따위를 짓다.¶ 營 ‖
삼낭을 당츠로 잡아갈 거시니어니와 일이 녀모 혹독
흐기로 특별이 와 몬져 고흐노니 쏠니 내 사당을 영
건흐여 다힝히 이 화룰 면흐라 (第三郞, 又當次, 第被
禍而事旣酷烈, 特來先告, 須速營我廟, 用免此禍.) <靑
邱野談 奎章 9:46>

68) 【녹지】 圖 녹지(綠紙). 남에게 보이기 위하여 어떤 사
실의 대강만을 추려 적은 종이쪽지.¶ 符 ‖ 존가의 쌍
옥은 명이 ㅣㅣ믜 요스흘 쉬오 쏘 귀부의셔 녹지 왓기
로 복이 스스로 위엄을 비엿거이ㅣ게 삼낭은 쟈위
삼공의 니룰 거시오 복과 슌한이 무궁흐니 엇지 감히
범흐리오 (尊家雙玉, 命當夭札, 鬼符且至, 故僕貪天之
功, 自示威柄, 而至若第三郞, 君位當調, 勾十鐉鑄貨, 豈
敢有犯也?) <靑邱野談 奎章 9:47>

205

쟉위 삼공의 니를 거시오 복과 슈한이 무궁ᄒᆞ니 엇지 감히 범ᄒᆞ리오? 이졔 황셜(荒說)노 요동케 ᄒᆞ미 계괴 극히 쳔로ᄒᆞ디 대인이 졍도ᄅᆞᆯ 직희여 두루혀지 아니ᄒᆞ시미 죄로 소기기 어려오니 일노조ᄎᆞ 기리 헌하(軒下)ᄅᆞᆯ 하직ᄒᆞ노이다."

방빅이 【48】 ᄀᆞᆯ오디,

"네 황ᄉᆞ(荒祠)의 오러 길드려 쳔졉을 지닉니 네 엇지 일됴의 급히 헐니오마는 깁히 네게 노ᄒᆞᆫ 바는 그 요술노 사ᄅᆞᆷ 졔어ᄒᆞᆷ을 가증히 너겨 이 거조ᄅᆞᆯ ᄒᆞ미니 이졔 네 실샹을 고ᄒᆞ미 내 ᄆᆞ음의 도로혀 측달(惻怛)ᄒᆞ니 맛당히 네 집을 즁건ᄒᆞ여 곳을 일치 아니케 홀 거시니 만일 다시 ᄒᆡᆼ인을 침노ᄒᆞ여 젼습(前習)을 곳치지 아니ᄒᆞ면 즉시 훼파ᄒᆞ야 기리 요디(饒貸)치 아니ᄒᆞ리라."

노인이 감읍ᄒᆞ고 가거늘 방빅이 다시 묘ᄉᆞ(廟祠)ᄅᆞᆯ 셰우고 그 ᄭᅮᆷ의 현형ᄒᆞᆫ 형샹을 팅(幀)ᄒᆞ야 안치니 이후로 귀환(鬼患)이 업고 삼낭이 년슈와 관위 그 노인의 말과 ᄀᆞᆺ니라.

폐관뎡의구보쥬
吠官庭義狗報主

【49】 녕남 하동(河東) ᄯᅡ의 ᄒᆞᆫ 슈졀ᄒᆞᆫ 과뷔이셔 다만 어린 ᄯᆞᆯ과 아희 녀종으로 ᄒᆞᆫ가지 잇더니 일ᄅᆞᆫ 닛웃의 잇는 모갑(某甲)이[69] 담을 넘어 자는 방의 드러와 겁박ᄒᆞ려 ᄒᆞ거늘 과녜 죽기로 막으니 모갑이 칼을 ᄲᅢ혀 과녀와 밋 종을 다 죽이고 가니 그 집의 다른 사ᄅᆞᆷ이 업스미 뉘 알니오? 셰 죽엄이 방의 잇스디 지원(至冤)을 신셜(伸雪)ᄒᆞ리 업더니 관문 밧긔 홀연 ᄒᆞᆫ 개 오락가락ᄒᆞ며 ᄲᅱ놀거늘 문직흰 스령이 ᄶᅩᄎᆞᆫ즉 잠간 피ᄒᆞ엿다가 도로 와 이ᄀᆞ치 ᄒᆞᆫ 재 여러 번이라. 관개 듯고 그 형샹을 괴이히

너겨 ᄒᆞ여금 가는 바디로 두라 ᄒᆞ니 그 개 바로 관문 안의 드러와 경각(亭閣) 압희 니르러 머리ᄅᆞᆯ 우러ᄅᆞ 부르지져 하쇼ᄒᆞ고져 ᄒᆞᄂᆞᆫ 듯ᄒᆞ거늘 관개 쟝교ᄅᆞᆯ 명ᄒᆞ여 개ᄅᆞᆯ ᄯᆞ라가 보라 ᄒᆞ니 그 개 곳 【50】 관문으로 나와 ᄒᆞᆫ 쵸옥의 니르니 방문이 닷쳣고 사ᄅᆞᆷ의 소리 젹연(寂然)ᄒᆞᆫ지라 그 개 쟝교의 옷자락을 믈고 방문을 향ᄒᆞ거늘 쟝교 괴이 너겨 지게ᄅᆞᆯ 열고 본즉 방듕에 세 죽엄이 잇고 피 홀녀 방안의 ᄀᆞ득ᄒᆞ니 쟝교 코이 ᄉᆡᆨ고 ᄆᆞ옴이 쩔녀 급히 도라와 그 소유ᄅᆞᆯ 알왼디 관개 검시코져 ᄒᆞ여 ᄲᆞᆯ니 돌녀가 그 니웃에 의막(依幕)ᄒᆞ니[70] 곳 모갑의 집이라. 모갑이 관개 졔 집의 님ᄒᆞᆷ을 보고 ᄆᆞ옴의 ᄌᆞ연 졉ᄒᆞ여 창황이 피ᄒᆞ거늘 그 개 모갑의 압히 다라가 모갑을 믈고 너으는지라[71] 관개 괴이 너겨 개ᄃᆞ려 무로디,

"이 너의 슈인(讎人)이냐?"

그 개 머리ᄅᆞᆯ ᄭᅳ덕이거늘 관개 모갑을 잡아ᄂᆞ려 엄히 힐문ᄒᆞ니 불하일쟝(不下一杖)의 개ᄂᆞᆫ 승복ᄒᆞᄂᆞᆫ지라. 즉시 샹영(上營)의 보ᄒᆞ야 모갑을 죽 【51】 이고 그 가속을 엄형경비 후 그 삼개 시쳬ᄅᆞᆯ 후히 영장ᄒᆞ니 그 개 무덤 겻히 다라가 일쟝을 슬피 부르지ᄌᆞᆷ고 인ᄒᆞ여 죽으니 쵼인이 그 개ᄅᆞᆯ 무덤 압히 뭇고 비ᄅᆞᆯ 셰워 뼈 ᄀᆞᆯ오디 '의구춍(義狗冢)'이라 ᄒᆞ다.

그 후 션산(善山) ᄯᅡ의 ᄯᅩ 의귀(義狗ㅣ) 잇스니 그 쥬인을 ᄯᆞ라 밧히 갓다가 그 쥬인이 겨믈기 도라올ᄉᆡ 침취(沈醉)ᄒᆞ여 밧ᄀᆞ온디 너머졋더니 맛춤 블이 니러나 쟝ᄎᆞᆺ 누은 곳의부터 드러오거늘 그 개 즉시 냇ᄀᆞ의 가 ᄭᅩ리ᄅᆞᆯ 믈에 젹셔 그 겻히 ᄲᅮ려 시러곰 블을 ᄭᅳ고 힘이 다ᄒᆞ야 죽으니 그 쥬인이 ᄭᆡ야 알고 그 개ᄅᆞᆯ 염습ᄒᆞ야 므드니 이졔 니르히 의구춍이 잇ᄂᆞᆫ지라 슬프다 션산구ᄂᆞᆫ 쥬인을 구ᄒᆞ여 ᄌᆞᆺ폐ᄒᆞ고 하동구ᄂᆞᆫ 쳐음의 원억ᄒᆞᆷ을 관가의 고ᄒᆞ고 맛춤니 슈인을 너으러[72] 그 원슈ᄅᆞᆯ 갑ᄒᆞ니 【52】 뉘

---

69) 【모갑】圖 ((인류)) 모갑(某甲). 모가비. 막벌이꾼이나 광대 따위와 같은 패거리의 우두머리.¶ 某甲 ∥ 일ᄅᆞᆫ 닛우의 잇는 모갑이 담을 넘어 져는 방의 드러와 겁박ᄒᆞ려 ᄒᆞ거늘 과녜 죽기로 막으니 모갑이 칼을 ᄲᅢ혀 과녀와 밋 종을 다 죽이고 가니 (一日夜, 鄰居某甲, 蹴墻入寢內, 欲强劫之, 寡女抵死牢拒, 某甲一劒刺殺之, 並殺其女與婢而去.) <靑邱野談 奎章 9:49>

70) 【의막-ᄒᆞ-】圖 의막(依幕)하다. 임시로 거처하게 막을 마련하다.¶ 依幕 ∥ 관개 검시코져 ᄒᆞ여 ᄲᆞᆯ니 돌녀가 그 니웃에 의막ᄒᆞ니 곳 모갑의 집이라 (官欲爲檢尸, 火速馳往, 依幕於此隣, 適某甲之家也.) <靑邱野談 奎章 9:50>

71) 【너으-】圖 (깨)물다. 몸어뜯다. 씹다.¶ 咬嚙 ∥ 모갑이 관개 졔 집의 님ᄒᆞᆷ을 보고 ᄆᆞ옴의 ᄉᆞ년 졉ᄒᆞ녀 창황이 피ᄒᆞ거늘 그 개 모갑의 압히 다라가 모갑을 믈고 너으는지라 (某甲見官家臨其家, 蒼黃趨避, 狗直走某甲之前, 咬嚙某甲.) <靑邱野談 奎章 9:50>

금슈(禽獸ㅣ) 무지호다 니르리오? 션산구의 비컨디 진실노 낫도다.

관셔빅일긔치기
關西伯馹騎馳妓

양녕대군(讓寧大君)은[73] 셰종(世宗)의 형님이라 일즉 슈유(受由)호고 관셔(關西)의 유람홀시 셰종이 니별을 님호시미 신ᄂ(申)히[74] 녀싴(女色)을 경계호시니 대군이 공경호여 샤례호고 가니라. 샹이 관셔 도신(道臣)의게[75] 명호샤 대군이 만일 압근(狎近)호눈[76] 기싱이 잇거든 즉시 역마 틱와 올니라

---

72) 【너읗ㅡ】 圖 (깨)물다. 물어뜯다. 씹다.¶ 逞慣 ‖ 슬프다 션산구는 쥬인을 구호여 주폐호고 하동구는 쳐음의 원억호믈 관가의 고호고 맛춤니 슈인을 너으러 그 원슈를 갑흐니 뉘 금슈 무지호다 니르리오 (噫! 善山狗之救主死, 而不恤自死, 誠得報主之義, 而河東狗則初旣訴冤於官家, 末又逞憤於讐人, 賴以報其仇, 而償其命, 孰謂禽獸之無知?) <靑邱野談 奎章 9:51>

73) 【양녕대군】 圖 ((인명)) 양녕대군(讓寧大君 1394~1462). 조선 태종의 장남. 이름은 제(褆). 자는 후백(厚伯). 셰종의 맏형으로 태종 18년(1418)에 세자로서의 실덕(失德)이 많아 궁중에서 쫓겨나 전국을 유랑하며 풍류로 일생을 마쳤다.¶ 讓寧大君 ‖ 양녕대군은 셰종의 형님이라 일즉 슈유호고 관셔의 유람홀시 셰종이 니별을 님호시미 신ᄂ히 녀싴을 경계호시니 대군이 공경호여 샤례호고 가니라 (讓寧大君, 英廟之兄也. 嘗呈告遨遊於關西, 世宗臨別, 申戒女色, 大君祗謝而去.) <靑邱野談 奎章 9:52>

74) 【신신ㅡ히】 圖 신신(申申)히. 다른 사람에게 부탁이나 당부를 할 때 거듭해서 간곡하게 하는 모양.¶ 申 ‖ 양녕대군은 셰종의 형님이라 일즉 슈유호고 관셔의 유람홀시 셰종이 니별을 님호시미 신ᄂ히 녀싴을 경계호시니 대군이 공경호여 샤례호고 가니라 (讓寧大君, 英廟之兄也. 嘗呈告遨遊於關西, 世宗臨別, 申戒女色, 大君祗謝而去.) <靑邱野談 奎章 9:52>

75) 【도신】 圖 ((관직)) 도신(道臣). 관찰사(觀察使).¶ 道臣 ‖ 샹이 관셔 도신의게 명호샤 대군이 만일 압근호눈 기싱이 잇거든 즉시 역마 틱와 올니라 호시다 (上命關西道臣, 大君如有狎近之妓, 使之馳傳以上.) <靑邱野談 奎章 9:52>

76) 【압근ㅡ호ㅡ】 圖 압근(狎近)하다. 친압하여 가까이하다.¶

호시다.

대군이 셩교(聖敎)를 밧ᄌ오미 녈읍의 엄칙호여 기싱 슈쳥을 물니치니라. 방빅 슈령이 ᄂ의 명을 밧ᄌ오미 명기를 ᄌ모(自募)호야 빅반으로 고혹게 호더라. 대군이 뎡쥬(定州)의 니르르눈 쳥산녹슈(靑山綠水) 사이예 듁님이 잇고 듁님 ᄉ이예 수간 졍시(亭舍) 잇눈디 흔 미인이 소복으로 은영(隱映) 둥의 잇셔 슬퍼 우는 소리 멀【53】니 드르미 사롬의 간쟝이 녹아지고 반만 드러니눈 화용월틱(花容月態) 갓가이 보미 심신이 비월호지라 대군이 흔번 보미 졍을 니긔지 못호여 사롬으로 호여곰 가 부르니 스스로 혜오디,

'오날놀 이 일은 귀신도 능히 아지 못호리라.'
호야 그밤의 더부러 친압호고 흔 졀귀를 지어 쥬니 굴왓스디,

명월블슈규슈침(明月不須窺繡枕)[붉근 둘은 모로미 슈침을 엿보지 못호눈디] 야풍하ᄉ권나위(夜風何事捲羅幃)[밤바롬은 무슨 일노 나위를[77] 거드치눈괴]오

호니 그 은밀흔 ᄯ을 닐오미라. 잇튿날 도빅이 그 기녀를 역마 틱와 올닌디 샹이 그 기녀로 호여곰 일야로 그 시룰 닉여 노릭호더니 대군이 도라오미 샹이 마자 위로호시고 인호여 굴ᄋ샤디,

"님별홀 ᄯᅵ예 녀싴 경계호라 흔 말숨을 능히 긔력호느냐?"[78]

대군이 굴오디,

"셩교를 엇지 니즈리잇고? 감히 갓가이 흔 빅 업느이다."

샹이 굴ᄋ샤디,

【54】"우리 형쟝이 능히 금슈총듕(錦繡叢中)의[비단옷과 슈룰 노혼 총듕이라]의 경계룰 직희여 도라오

狎近 ‖ 샹이 관셔 도신의게 명호샤 대군이 만일 압근호눈 기싱이 잇거든 즉시 역마 틱와 올니라 호시다 (上命關西道臣, 大君如有狎近之妓, 使之馳傳以上.) <靑邱野談 奎章 9:52>

77) 【나위】 圖 ((복식)) 나위(羅幃). 얇은 비단으로 만든 장막.¶ 羅幃 ‖ 명월블슈규슈침[붉근 둘은 모로미 슈침을 엿보지 못호눈디] 야풍하ᄉ권나위[밤바롬은 무슨 일노 나위룰 거드치눈괴]오 (明月不須窺繡枕, 夜風何事捲羅幃) <靑邱野談 奎章 9:53>

78) 【긔력ㅡ호ㅡ】 圖 기억(記憶)하다.¶ 記憶 ‖ 님별홀 ᄯᅵ예 녀싴 경계호라 흔 말숨을 능히 긔력호느냐 (別時戒色之言, 頗記憶否?) <靑邱野談 奎章 9:53>

니 그 아름답고 깃부물 위ᄒᆞ여 ᄒᆞᆫ 가희를 ᄌᆞ모바다 뼈 기드렷다."

ᄒᆞ시고 인ᄒᆞ여 궁듕의 잔치를 비셜ᄒᆞ샤 기녀로 ᄒᆞ여곰 그 시ᄅᆞᆯ 노릭ᄒᆞ여 뼈 술을 권ᄒᆞ시니 대군이 밤의 잠깐 갓가이 흔지라 그 면목을 아지 못ᄒᆞ엿더니 그 시가를 드르미 셤의 ᄂᆞ려 ᄌᆞ의 업듸여 더펴흔디 샹이 친히 ᄯᆞᆯ ᄂᆞ리샤 그 손을 잡고 우으시고 드듸여 그 기녀를 대군의 궁으로 보내시니라. 밋 아돌을 나으미 그 기모(其母)의 셩향(姓鄕)을 아지 못ᄒᆞᄂᆞᆫ지라 명ᄒᆞ여 ᄀᆞᆯ오디,

"고뎡경(考定正)이라."

ᄒᆞ니 이졔 니령하(李令夏)ᄂᆞᆫ 그 ᄌᆞ손이라. 고뎡경이 밋친 죵실노뼈 어육을 무역ᄒᆞ야 조치 아니흔즉 비록 살문 거시라도 도로 무르ᄂᆞᆫ 고로 풍쇽이 젼ᄒᆞ여 억지로 무르ᄂᆞᆫ 거슬 고 [55] 뎡경이라 ᄒᆞ더라.

니참의 령해(令夏ㅣ) 일즉 그 부인으로 더부러 바독두다가 억지로 무르려 흔디 부인이 ᄀᆞᆯ오디,

"그디 이 고뎡명이냐 엇지 억지로 무르려 ᄒᆞᄂᆞ뇨?"

참의 노ᄒᆞ여 ᄀᆞᆯ오디,

"엇지 바독 연고로뼈 사ᄅᆞᆷ의 조샹을 희롱ᄒᆞᄂᆞ뇨?"

이런 고로 니등졔노쳐퇴평(李登第老妻推枰)[늘근 안히 바독판을 밀치미라]으로뼈 희졔를 삼으니라.

청쥬슈권슐포도
清州倅權術捕盜

니지광(李趾光)이 션치(善治) 슈령으로 일홈이 쟈ᄌᆞ흐야 송ᄉᆞ 결단ᄒᆞ미 귀신 ᄀᆞᆺ더니 쳥쥬 도임ᄒᆞ미 흔 즁이 드러와 하쇼흔디,

"쇼승이 조희를 파라 ᄌᆞ셩ᄒᆞ옵더니 오날 장시예 빅지 흔 뎅이를 지고 져자 겨히 쉴ᄉᆡ 잠간 짐을 버셔노코 쇼피ᄒᆞ옵고 즉시 도라보온즉 조희 짐이 부지거쳬라(不知去處ㅣ). ᄉᆞ면으로 ᄎᆞᄌᆞ디 맛춤니 엇서 못ᄒᆞ오 [36] 이 입ᄉᆞ미 빅건니 신명지하(神明之下)의 ᄎᆞ져쥬옵쇼셔."

관개 ᄀᆞᆯ오디,

"네 간슈치 못ᄒᆞ고 인히(人海) 듕의 일엇스니 비록 ᄎᆞᄌᆞ쥬고져 ᄒᆞ나 쟝ᄎᆞᆺ 어니 곳의 가 무르리오? 네 번거이 말고 믈너가라."

이윽고 다른 일을 인ᄒᆞ여 명에를 명ᄒᆞ야 십니 밧긔 갓다가 겨믈게 아즁(衙中)으로 도라올ᄉᆡ 길ᄀᆞ의 쟝승을 보고 ᄀᆞᆯ오디,

"이 엇더흔 것시완디 관힝(官行) 압희 감히 언연이 셧ᄂᆞ뇨?"

하예(下隷) ᄀᆞᆯ오디,

"이ᄂᆞᆫ 사ᄅᆞᆷ이 아니오 쟝승이로소이다."

관개 ᄀᆞᆯ오디,

"비록 쟝승이나 심히 거만ᄒᆞ니 나릭(拿來)ᄒᆞ야 밧긔 구류ᄒᆞ엿다가 명일 디령ᄒᆞ고 ᄯᅩ흔 밤의 도망흘 넘녜 잇스니 삼반 관쇽이 일병 슈직ᄒᆞ라."

관예(官隷) 비록 응낙ᄒᆞ나 면ᄌᆞ이 도라보와 그윽이 웃고 일인도 직희ᄂᆞᆫ 쟤 업ᄂᆞᆫ지라. 관개 짐짓 그러흘 줄을 알고 밤이 깁흔 후 녕니흔 [57] 통인(通引)을 분부ᄒᆞ여 쟝승을 다른 곳의 옴겨두고 잇튼날 평명의 나졸을 호령ᄒᆞ여 쟝승을 잡아드리라 ᄒᆞ니 나졸이 급히 그곳의 간즉 간 곳이 업ᄂᆞᆫ지라. 비로소 황겁ᄒᆞ여 근쳐의 두루 ᄎᆞ즐ᄉᆡ 관가 호령이 급흔지라 나졸비 흘일업셔 쟝승 일흔 소유를 알외고 더펴흔디 관개 거즛 노긔를 발ᄒᆞ여 ᄀᆞᆯ오디,

"네 관쇽이 되야 관녕을 좃지 아니ᄒᆞ고 슈직을 잘못ᄒᆞ여 므춤ᄂᆡ 견실(見失)ᄒᆞ엿시니 벌이 업지 못흘지라. 슈리(首吏) 이하로 벌지(罰紙) 일속식 즉긱 디령ᄒᆞ디 만일 어긔ᄂᆞᆫ 쟤면 태 이십 도로 다신ᄒᆞ리라."

삼반 하인이 일시예 빅지를 드려 관명의 ᄭᅥ하노커늘 즉시 작일 졍소(呈訴)ᄒᆞ던[79] 즁을 블너 ᄒᆞ여곰 일흔 조희를 이 ᄀᆞ온디 ᄎᆞ져가라 ᄒᆞ니 승의 조희ᄂᆞᆫ 본디 표흔 거시 잇ᄂᆞᆫ지라 그 표를 보아 [58] 손을 ᄯᆞ라 뒤져ᄂᆡ니 흔 뎅이의 찬지라. 관개 ᄀᆞᆯ오디,

"이믜 네 조희를 ᄎᆞ져시니 믈너가고 ᄎᆞ후ᄂᆞᆫ 조심ᄒᆞ여 간슈ᄒᆞ라."

승이 빅비 치샤ᄒᆞ고 나가니라. 관개 그 조희

---

79) 【졍소-ᄒᆞ-】 ▣ 정소(呈訴)하다. 소장(訴狀)을 관청에 내다.¶ 訴 ∥ 삼반 하인이 일시예 빅지를 드려 관명의 ᄭᅥ하노커늘 즉시 작일 졍ㅗㅗᆗᆫ 즁을 블너 ᄒᆞ여곰 일흔 조희를 이 ᄀᆞ온디 ᄎᆞ져가라 ᄒᆞ니 (於是三番下人, 盡皆納紙. 須臾積置官庭, 卽令招昨日入訴之僧, 使之卞別, 渠所失之紙於此中). <靑邱野談 奎章 9:57>

쇼종니(所從來)롤80) 사힉(査覈)ᄒ즉 쟝시(場市) 변(邊)ᄒᆞᆫ 무뢰비의 도격ᄒᆞᆫ 비라. 계집의 ᄲᅡ앗다가 관가의셔 벌지 독납ᄒᆞᆯ 쩌의 조희갑시 고등(高騰)ᄒᆞᆯ 줄 알고 너겨 팔미러라. 이예 궐한을 잡아드려 그 죄롤 다사리고 그 갑슬 믈녀 사온 관속을 난와쥬고 그 남은 조희ᄂᆞᆫ 드린 바 계인으로 ᄒᆞ여곰 각ᄌᆞ 츳져가게 ᄒᆞ니 이예 일읍이 그 신명ᄒᆞᆷᄋᆞᆯ 항복ᄒᆞ더라.

투냥졔병유년운
投良劑病有年運

동현(銅峴)의 큰 약국이 잇더니 일ᄌᆞᆫ 흔 늙은 션비 폐의초리(弊衣草履)로81) 돌연이 드러와 흔 모통이예 안쟈 일언을 아니ᄒᆞ고 날이 기우도록 【59】 가지 아니ᄒᆞ거ᄂᆞᆯ 쥬인이 괴이 너겨 무로디,

"어늬 곳 긱이완디 무슴 일노 왓ᄂᆞᄂᆈ?"

긱인이 ᄀᆞᆯ오디,

"내 긱으로 더부러 이곳의셔 모뒤기롤82) 언약ᄒᆞᆫ 고로 와 이졔 고디ᄒᆞ노니 귀ᄉᆞ의 오리 머믈미 블안ᄒᆞ여라."

쥬인이 ᄀᆞᆯ오디,

"무어시 블안ᄒᆞ리오?"

이윽고 쥬인이 셕반을 권흔즉 긱인이 응치 아니ᄒᆞ고 바로 문밧그로 나가 밥집의 가 밥을 사 먹고 다시 와 여견히 안쟈 수일이로디 기드리는 바

손을 보지 못ᄒᆞᄂᆞᆫ지라. 쥬인이 의괴ᄒᆞ나 쏘흔 박졀(迫切)히83) 믈니치지 못ᄒᆞ더니 믄득 일인이 와 ᄀᆞᆯ오디,

"쳐이 바야흐로 희산ᄒᆞ다가 졸연 일신이 쎗ᄌᆞᄒᆞ야 블셩인ᄉᆞ(不省人事)ᄒᆞ니84) 원컨디 냥졔(良劑)롤85) 어더 이 급ᄒᆞᆷ을 구ᄒᆞ려 ᄒᆞ노이다."

쥬인이 ᄀᆞᆯ오디,

"그디 무식ᄒᆞ도다. 약 파ᄂᆞᆫ 쟤 약간 의술을 안다 ᄒᆞ야 혹 병증 【60】 을 뭇ᄂᆞ니 잇스나 니 의원이 아니어니 엇지 이러흔 대증(大症)의86) 방문을 니 이리오? 만일 의가에 무러 화졔(和劑)롤87) 너여오면 즉시 지여쥬리라."

긱인이 ᄀᆞᆯ오디,

"본니 의가롤 모로오니 바라건디 약을 어더 사룸을 살니쇼셔."

그 션비 너ᄃᆞ라 ᄀᆞᆯ오디,

---

83) 【박졀-히】 閉 박졀(迫切)히. 인졍이 업고 쌀쌀하게.¶ 쥬인이 의괴ᄒᆞ나 쏘흔 박졀히 믈니치지 못ᄒᆞ더니 믄득 일인이 와 ᄀᆞᆯ오디 쳐이 바야흐로 희산ᄒᆞ다가 졸연 일신이 쎗ᄌᆞᄒᆞ야 블셩인ᄉᆞᄒᆞ니 원컨디 냥졔롤 어더 이 급ᄒᆞᆷ을 구ᄒᆞ려 ᄒᆞ노이다 (主人雖窃怪之, 而亦不敢辭却也. 忽有一庶人曰: "妻方臨産, 猝然僵臥, 不省人事, 願得良劑, 以救此急.") <靑邱野談 奎章 9:59>

84) 【블셩인ᄉᆞ-ᄒᆞ-】 동 블셩인ᄉᆞ(不省人事)하다. 졔 몸에 벌어지는 일을 모를 만큼 졍신을 잃다.¶ 不省人事 ‖ 믄득 일인이 와 ᄀᆞᆯ오디 쳐이 바야흐로 희산ᄒᆞ다가 졸연 일신이 쎗ᄌᆞᄒᆞ야 블셩인ᄉᆞᄒᆞ니 원컨디 냥졔롤 어더 이 급ᄒᆞᆷ을 구ᄒᆞ려 ᄒᆞ노이다 (忽有一庶人曰: "妻方臨産, 猝然僵臥, 不省人事, 願得良劑, 以救此急.") <靑邱野談 奎章 9:59>

85) 【냥졔】 閉 ((의약)) 양졔(良劑). 효험이 있는 좋은 약졔.¶ 良劑 ‖ 쥬인이 의괴ᄒᆞ나 쏘흔 박졀히 믈니치지 못ᄒᆞ더니 믄득 일인이 와 ᄀᆞᆯ오디 쳐이 바야흐로 희산ᄒᆞ다가 졸연 일신이 쎗ᄌᆞᄒᆞ야 블셩인ᄉᆞᄒᆞ니 원컨디 냥졔롤 어더 이 급ᄒᆞᆷ을 구ᄒᆞ려 ᄒᆞ노이다 (主人雖窃怪之, 而亦不敢辭却也. 忽有一庶人曰: "妻方臨産, 猝然僵臥, 不省人事, 願得良劑, 以救此急.") <靑邱野談 奎章 9:59>

86) 【대증】 閉 ((질병)) 대증(大症). 중한 병세.¶ 症 ‖ 약 파ᄂᆞᆫ 쟤 약간 의술을 안다 ᄒᆞ야 혹 병증을 뭇ᄂᆞ니 잇스나 니 의원이 아니어니 엇지 이러흔 대증의 방문을 니 이리오 (每謂販藥者, 能通醫述, 有此來問, 然我非醫也, 焉知對症投劑乎?) <靑邱野談 奎章 9:60>

87) 【화졔】 閉 ((의약)) 화졔(和劑). 약화제(藥和劑). 약방문(藥方文).¶ 方文 ‖ 만일 의가에 무러 화졔롤 너여오면 즉시 지여쥬리라 (若往問醫人, 出方文以來, 則當製給矣.) <靑邱野談 奎章 9:60>

---

80) 【쇼-죵ᄂᆡ】 閉 소종래(所從來). 지내온 근본 내력. 따라온 바.¶ 所從來 ‖ 판개 그 조희 쇼종ᄂᆡ롤 사힉흔즉 쟝시 변 흔 무뢰한의 도격흔 비라 (吏因覈其紙束所從來, 則卽市逃居一無賴漢所竊取者.) <靑邱野談 奎章 9:58>

81) 【폐의-초립】 閉 ((복식)) 폐의초리(弊衣草履). 낡은 옷과 짚신.¶ 弊衣草履 ‖ 동현의 큰 약국이 잇더니 일ᄌᆞᆫ 흔 늙은 션비 폐의초리로 돌연이 드러와 흔 모통이예 안쟈 일언을 아니ᄒᆞ고 날이 기우도록 가지 아니ᄒᆞ거ᄂᆞᆯ (銅峴有一藥舖, 一日有老學究, 弊衣草履, 皃似鄕愿, 突如而入, 坐於室隅, 口無一言, 移晷不去.) <靑邱野談 奎章 9:58>

82) 【모뒤-】 동 모이나.¶ 曾 ‖ 내 긱으로 더부러 이곳의셔 모뒤기롤 언약흔 고로 와 이졔 고디ᄒᆞ노니 귀ᄉᆞ의 오리 머믈미 블안ᄒᆞ여라 (某與客約會于此, 故今乃苦企, 淹留貴肆, 心切不安.) <靑邱野談 奎章 9:59>

209

"만일 곽향졍긔산(藿香正氣散)88) 삼쳡(三帖)은 쁜즉 ~시 나으리라."

쥬인이 우어 골오디,

"이 약은 막힌 거술 느리고 답~한 거술 트는 방문이니 희산병(解産病)의89) 쁜즉 빙탄(氷炭)이라.90) 그디 한갓 입에 익어 솔이(率爾)히 말한미로다."

그 션비 고집한거늘 쥬인이 골오디,

"일이 급한다 한니 아모리나 뻐보라."

한고 지어쥬니 기인이 창황이 가지고 가더라. 겨녁 쩌의 쏘 일인이 와 골오디,

"니 니웃의' 아모의 채 님산(臨産)한여 죽게 되엿더니 신약을 귀스의셔 어더 회싱한엿스니 여긔 반드시 명의 잇는 듯 【61】한기로 왓스오니 나의 치지(稚子ㅣ) 방금 셰살의 역환(疫患)이91) 극듕(極重)한니 냥졔롤 구한느이다."

그 션비 쏘 골오디,

"곽향졍긔산 삼쳡을 쏘 쓰라."

쥬인이 골오디,

"셔인비(庶人輩)는 일즉 약을 먹지 아니한 고로 그 강장한 쟈는 혹 이 약으로 효험을 보거니와 강보(襁褓)롤 면치 못한 아히는 결단코 이 약을 쓰지 못홀 거시오 허믈며 역환의는 만~부당(萬萬不當)한니라."

기인이 구지 쳥한거늘 쥬인이 마지 못한여 쏘 지어쥬엇더니 이윽고 기인이 와 치샤한디,

"그 약에 신효롤 보왓느이다."

일노부터 문풍(聞風)한 재 문의 ㄱ득한디 그 션비 밀쳐 곽향졍긔산으로 응한미 득효 아닌느니 업더라. 거한 지 수월이로디 가지 아니한고 기드린다 한는 손도 오는 비 업더라.

일~은 지샹의 ㅈ뎨 문외예 왓거늘 쥬인이 당의 느려 맛고 쇄쇼롤 【62】 경결히 한고 거개 분쥬한디 그 노위(老儒ㅣ) 목궤(木櫃) 우희 안쟈 일호 부동한더니 지샹지(宰相子ㅣ) 무러 골오디,

"친환(親患)이 침면(沈綿)한신 지 수월이로디 빅약이 무효한야 원긔 졈~ 쇠진(漸盡)한시는지라.92) 이졔 녕남 한 의원을 마쟈 보졔(補劑)롤 명약(命藥)한신 의원이 닐오디 묵은 약지는 득효한기 어려오니 친히 약국의 가 시로 나온 당지(當劑)롤93) 골희여 쵸구(初煦)롤 법졔(法劑)한면94) 가히 공효롤 바라리라 한는 고로 쥬인을 츠ㅈ왓스니 부디 샹픔을 극퇴한여 방문디로 졍히 지으면 은혜롤 갑흐리라."

한고 쏘 소리롤 느죽이 한야 무러 골오디,

"뎌 궤 우희 안즌 손이 뉘뇨?"

쥬인이 골오디,

"요스이 ~ 샹한 일이 잇다."

한고 드디여 슈말을 닐은디 지샹지 이예 졍금(整襟)한고 그 압히 나아가 친환 증셰롤 고한고 냥 【63】 졔롤 쳥한니 그 노위 얼골을 곳치지 아니한고 다만 골오디,

"곽향졍긔산이 가한니라."

---

88) 【곽향졍긔산】 图 ((의약)) 곽향졍긔산(藿香正氣散). 곽향을 주된 재료로 하여 달여 만드는 약. 여름 감기에 식체(食滯)를 겸한 증상에 쓴다.¶ 藿香正氣散 ‖ 그 션비 니드라 골오디 만일 곽향졍긔산 삼쳡은 쁜즉 ~시 나으리라 (學究勸說曰: "脫服藿香正氣散三帖, 則卽愈矣.") <靑邱野談 奎章 9:60>

89) 【희산-병】 图 ((질병)) 해산병(解産病). 아이를 낳는 과정에 생기는 병.¶ 産病 ‖ 이 약은 막힌 거술 느리고 답~한 거술 트는 방문이니 희산병의 쁜즉 빙탄이라 (此是消痞解鬱之方, 若投産病, 則便同氷炭.) <靑邱野談 奎章 9:60>

90) 【빙탄】 图 빙탄(氷炭). 얼음과 숯이라는 뜻으로, 서로 정반대가 되어 용납하지 못하는 관계.¶ 氷炭 ‖ 이 약은 막힌 거술 느리고 답~한 거술 트는 방문이니 희산병의 쁜즉 빙탄이라 (此是消痞解鬱之方, 若投産病, 則便同氷炭.) <靑邱野談 奎章 9:60>

91) 【역환】 图 ((질병)) 역환(疫患). 천연두(天然痘).¶ 痘瘡 ‖ 여긔 반드시 명의 잇는 듯한기로 왓스오니 나의 치지 방금 셰살의 역환이 극듕한니 냥졔롤 구한느이다 (此必有良醫, 故欲謁耳. 某之子, 方三歲, 患痘瘡, 方危劇, 望以珍劑救活.) <靑邱野談 奎章 9:61>

---

92) 【쇠진 -한-】 图 시진(漸盡)하다. 기운이 빠져 없어지다.¶ 下 ‖ 친환이 침면한신지 수월이로디 빅약이 무효한야 원긔 졈~ 쇠진한시는지라 (親癠沉綿, 已經數月, 百藥無效, 元氣漸下.) <靑邱野談 奎章 9:62>

93) 【화졔】 图 ((의약)) 당졔(當劑). 그 병에 맞는 약제.¶ 劑 ‖ 묵은 약지는 득효한기 어려오니 친히 약국의 가 시로 나온 당지롤 골희여 쵸구롤 법졔한면 가히 공효롤 바라리라 한는 고로 쥬인을 츠ㅈ왓스니 (陳根腐草, 難以得力, 須親造藥肆, 故擇新採之劑, 依法妙劑, 可望收效云, 故有此親訪.) <靑邱野談 奎章 9:62>

94) 【법졔 -한-】 图 법졔(法劑)하다. 약재를 약방문대로 만들다.¶ 法//劑 ‖ 묵은 약지는 득효한기 어려오니 친히 약국의 가 시로 나는 냥셔물 골희여 쵸구롤 법졔한난 가히 공효롤 바라리라 한는 고로 쥬인을 츠ㅈ왓스니 (陳根腐草, 難以得力, 須親造藥肆, 故擇新採之劑, 依法妙劑, 可望收效云, 故有此親訪.) <靑邱野談 奎章 9:62>

지샹지 암쇼(暗笑)ᄒᆞ고 젼약(煎藥)을 지어 가
지고 도라가 일변 약을 둘이며 기친을 향ᄒᆞ야 그
노유의 말을 ᄒᆞ고 ᄒᆞᆫ번 우은디 지샹이 골오디,

"이 약이 당졔 아닌 줄 모로니 ᄒᆞᆫ번 시험ᄒᆞ미
엇더ᄒᆞ뇨?"

ᄌᆞ뎨와 문긱이 다 골오디,

"원긔 젹픽(積敗)ᄒᆞ온디 엇지 소산(消散)ᄒᆞᆯ 약
을 쓰리잇고? 결단코 명을 밧드지 못ᄒᆞ리소이다."

지샹이 묵연ᄒᆞ더라. 이믜 약을 둘여왓거늘 지
샹이 골오디,

"먹은 거시 소화(消化)치 아니ᄒᆞ엿스니 아직
두라."

ᄒᆞ고 밤들게 약을 가만이 업치고 좌우로 ᄒᆞ여
곰 곽향졍긔산 삼쳡을 몰닉 지어 ᄒᆞᄃᆡ 셕거 큰 차
관(茶罐)의 합ᄒᆞ야 둘여 삼분ᄒᆞ야 마시고 이튼날 니
러 안즌즉 졍신이 샹연ᄒᆞ고 긔 【64】 운이 평안ᄒᆞ여
병근이 ᄌᆞ믜 노인지라 기긔 문후ᄒᆞᆫ디 지샹이 골오
디,

"슉증(宿症)이95) 돈연이 업노라."

기ᄌᆞ 골오디,

"녕남 모의ᄂᆞᆫ 가위 편작(扁鵲)이로쇼이다."

지샹이 골오디,

"아니라 약슈의 노유ᄂᆞᆫ 어닉 곳 사ᄅᆞᆷ인지 모
로디 진실노 신의로다."

ᄒᆞ고 인ᄒᆞ여 젼약을 업지른고 곽향졍긔산 둘
여먹은 일을 닐오고 ᄯᅩ 골오디,

"슈삭 위증(危症)이96) 일됴의 나핫스니 그 은
혜 큰지라 네 친히 가 마쟈오미 가ᄒᆞ니라."

기ᄌᆞ 명을 밧드러 급히 약슈의 가 감샤ᄒᆞᆫ 뜻
을 말ᄒᆞ고 홈ᄭᅴ 가믈 쳥ᄒᆞᆫ디 그 노위 옷슬 ᄯᅥᆯ치고
니러나 골오디,

"내 그릇 경셩의 드러와 이런 더러온 말을 둣
괘라 니 엇지 막듕빈(幕中賓)이 되리오?"

드ᄃᆡ여 표연히 가거늘 기ᄌᆞ 무류이 도라와 그
연유ᄅᆞᆯ 말ᄒᆞᆫ디 지샹이 골오디,

"개결ᄒᆞ다 풍쇽의 ᄲᅵ여난 사ᄅᆞᆷ이로다."

【65】ᄒᆞ고 차탄ᄒᆞ믈 마지 아니ᄒᆞ더라. 이윽

고 샹휘(上候) 미령(靡寧)ᄒᆞ샤 졈ᄌᆞ 침즁ᄒᆞ시니 됴
얘 다 쵸민(焦悶)ᄒᆞ고 황박(慌迫)ᄒᆞ더니 그 지샹이
그�예 약원졔됴(藥院提調)ᄅᆞᆯ 겸ᄒᆞᆫ지라 ᄆᆞ춤 젼일
ᄌᆞ가의 일을 감동ᄒᆞ야 드려가 진후ᄒᆞ고 탑젼의 구
달ᄒᆞᆫ디,

"곽향졍긔산이 유익ᄒᆞᆯ 줄은 모로오나 ᄯᅩ한 히
로온 빅 업ᄂᆞ이다."

ᄒᆞ고 인ᄒᆞ여 둘혀 둘여 진어ᄒᆞ신 지 익일의
옥휘(玉候ㅣ) 평복ᄒᆞ시니 샹이 더욱 챠탄ᄒᆞ샤 믈식
으로 츠즈디 맛춤닉 엇지 못ᄒᆞᆫ지라. 식쟤 골오디,

"이ᄂᆞᆫ 이인이라."

ᄒᆞ더라. 대개 의셔에 닐오디 년운(年運)이 슌
환ᄒᆞ미 잇스니 일시간의 빅병이 비록 다르나 그 병
근인즉 년운의 부린 빅라 진실노 그 년운을 어디
합당ᄒᆞᆫ 냥약을 쓴즉 비록 상당ᄒᆞᆫ 증이 아니라도 효
험이 잇거든 근셰 【66】 용의(庸醫)ᄂᆞᆫ 이 니치ᄅᆞᆯ 모
로고 다만 증셰ᄅᆞᆯ 쏠아 약을 쓰미 공연히 사ᄅᆞᆷ을
죽이ᄂᆞᆫ 빅라. 대져 이 사ᄅᆞᆷ은 미리 옥휘 계실 줄 알
아 이 약이 아니면 능히 평복지 못ᄒᆞ시기 어려운
고로 짐짓 약슈의셔 이 일을 ᄒᆡᆼᄒᆞᆷ이며.

실가인삭탄박명
失佳人數歎薄命

니업복(李業福)은 겸죵의 무리라. 아희젹부터
쇼셜쵝을 잘 닑으니 그 소릭 혹 노릭 ᄀᆞᆺᄐᆞ며 혹 우
ᄂᆞᆫ 둣ᄒᆞ며 혹 웃ᄂᆞᆫ 둣ᄒᆞ며 혹 호방ᄒᆞ여 널스의 형
샹을 ᄒᆞ며 혹 완미(婉媚)ᄒᆞ야 가인의 태도ᄅᆞᆯ 지으니
대개 그� 글 지은 시경(時境)을 ᄯᅡ라 각ᄌᆞ 그 능ᄒᆞ
믈 뵈미 당시 호부ᄒᆞᆫ 뉘 다 블너 둣더니 ᄒᆞᆫ 셔리의
부븨 그 지조ᄅᆞᆯ 탐혹(貪酷)ᄒᆞ야97) 업복을 먹이고 길
너 디졉ᄒᆞ미 친 【67】 당(親黨) ᄀᆞᆺ치 ᄒᆞ여 통가지의
(通家之誼)ᄅᆞᆯ 허ᄒᆞ더라. 셔리의 ᄒᆞᆫ ᄯᅡᆯ이 잇스니 셩
픔이 단졍유슌ᄒᆞ고 자식이 ᄲᅵ여나 쳔티만샹(千態萬

---

95) 【슉증】圖 ((질병)) 숙증(宿症). 오래 묵은 병환.¶ 宿疴
∥ 슉증이 돈연이 업노라 (宿疴已祛軆矣.) <靑邱野談
奎章 9:64>

96) 【위증】圖 ((질병)) 위증(危症). 위험한 병증.¶ 貞疾 ∥
슈삭 위증이 일됴의 나핫스니 그 은혜 큰지라 네 친
히 가 마쟈오미 가ᄒᆞ니라 (數朔貞疾, 一朝氷釋, 恩莫
大焉. 汝須親往, 迎之可也.) <靑邱野談 奎章 9:64>

97) 【탐혹-ᄒᆞ-】图 탐혹(貪酷)하다. 지나칠 정도로 좋아하
나.¶ 酷貪 ∥ ᄒᆞᆫ 셔리의 부븨 그 ᄌᆡ쇼ᄅᆞᆯ 탐혹ᄒᆞ야 업복
을 먹이고 길너 디졉ᄒᆞ미 친당ᄀᆞᆺ치 ᄒᆞ여 통가지의ᄅᆞᆯ
허ᄒᆞ더라 (有一吏胥夫婦, 酷貪此技, 哺養業福, 遇如親
黨, 許以通家.) <靑邱野談 奎章 9:66>

象) 쳔고졀염(千古絶艶)이라. 업복이 무음이 어릐고
졍신이 표탕ᄒᆞ야 능히 졍을 뎡치 못ᄒᆞ고 미양 눈으
로 맛치더 기녜 졍식ᄒᆞ고 응치 아니ᄒᆞ더니 일ᄅᆞ은
셔리 부뷔 졀일을 당ᄒᆞ야 합개 분묘의 가고 녀인
홀노 규듕에 잘ᄉᆡ 문을 엄히 잠갓더니 업복이 그만
이 담을 넘어 누은 안의 드러가니 기녜 바야흐로
잠이 깁헛거늘 업복이 그 겻히 누어 셰요롤 ᄯᅵ러안
은더 기녜 크게 놀나 니러나 ᄀᆞᆯ오더,

"네 엇던 사ᄅᆞᆷ이뇨?"

ᄀᆞᆯ오더,

"아뫼로라."

기녜 더욱 노ᄒᆞ야 ᄀᆞᆯ오더,

"네 우리 부모의 양육ᄒᆞᆫ 졍의 지극ᄒᆞᆷ을 싱각
지 아니ᄒᆞ고 도로혀 구체(狗彘)의⁹⁸ 힝실을 ᄒᆞᄂᆞ
냐?"

ᄒᆞ【68】고 유경(鍮檠)을⁹⁹ 드러 친더 업복이
바다 ᄀᆞᆯ오더,

"낭ᄌᆞ의 벌이 둘기 엿 ᄀᆞᆺ도다."

기녜 더욱 분노ᄒᆞ여 ᄯᅩ 후려치니 면상이 상ᄒᆞ
여 가죽이 쩌러졋스더 업복이 오히려 유슌ᄒᆞᆫ 말노
ᄉᆞ리롤 푸러 닐으니 녀ᄌᆞ의 셩픔이 본더 유약ᄒᆞ고
ᄯᅩ 불상히 너겨 드더여 몸을 허ᄒᆞᆫ더 업복이 비로소
깃거 일쟝 운우롤 맛친 후 기녜 념용(斂容)ᄒᆞ고 ᄀᆞᆯ
오더,

"이믜 네 원을 맛쳣스니 ᄲᆞᆯ니 믈너가라."

업복이 강잉ᄒᆞ여 나가니라.

익일의 셔리 부뷔 도라오거늘 업복이 문후ᄒᆞᆯ
ᄉᆡ 기녜 겻히 잇셔 옥용(玉容)이 참담ᄒᆞ고 향슈(香
愁ㅣ) 아미(蛾眉)롤 잠갓스니 일지 니홰(梨花ㅣ) 찬
비롤 씐 ᄃᆞᆺᄒᆞ야 용틱 가련ᄒᆞ지라. 업복이 믈녀오미
더욱 닛지 못ᄒᆞ야 일봉 셔신을 가만이 낭ᄌᆞ의게 보
ᄂᆡ니 대개 모일의 동원(東園)에 모히믈 긔약ᄒᆞᆷ이라.
기녜 과연 언약ᄀᆞᆺ치【69】 니르미 혼쟈말노 즁ᄌᆞᆼ거
리며 완연이 졍신 일흔 사ᄅᆞᆷ ᄀᆞᆺ거늘 업복이 ᄀᆞᆯ오더,

"낭ᄌᆞ의 거쥐 엇지 이리 슈샹ᄒᆞ뇨?"

기녜 ᄀᆞᆯ오더,

"마즘 드르니 요지(瑤池) 셔왕뫼(西王母ㅣ) 쳥
됴ᄉᆞ(靑鳥使)롤¹⁰⁰ 보닉여 말을 젼ᄒᆞ더 네 사ᄅᆞᆷ의
둘이고 협박ᄒᆞ믈 인ᄒᆞ여 더러온 욕을 바다 방질(芳
質)이¹⁰¹ 이믜 니즈러지고 업원이 진실노 갑힌지라
이제 션부(仙府)로 도라오고 기리 진연(塵緣)을 샤
졀ᄒᆞ라 ᄒᆞ고 ᄉᆞ쟈롤 보닉 고로 내 장ᄎᆞᆺ ᄯᅡ라가려
ᄒᆞ노라."

업복이 우어 ᄀᆞᆯ오더,

"ᄉᆞ쟈 어디 잇ᄂᆞ뇨?"

기녜 ᄀᆞᆯ오더,

"내 겻히 잇다."

ᄒᆞ고 공듕을 향ᄒᆞ여 언쇠(言笑ㅣ) 조약ᄒᆞ고
계 옥지환(玉指環)을¹⁰² 글녀 사ᄅᆞᆷ을 쥬는 형상도
ᄒᆞ며 사ᄅᆞᆷ의 신을 벗겨 계 발의 신는 모양도 ᄒᆞ야
희망ᄒᆞᆫ 거쥐 쳔틱만상이로더 사ᄅᆞᆷ은 보지 못ᄒᆞᆯ녀라.
업복이 ᄀᆞᆯ오더,

"낭ᄌᆞ 눌노 더부러【70】관흡(款洽)ᄒᆞᄂᆞ뇨
?"¹⁰³

기녜 ᄀᆞᆯ오더,

"ᄉᆞ쟈니라."

---

98) 【구체】圖 ((동물)) 구체(狗彘). 개와 돼지.¶ 狗彘∥네
우리 부모의 양육ᄒᆞᆫ 졍의 지극ᄒᆞᆷ을 싱각지 아니ᄒᆞ고
도로혀 구체의 힝실을 ᄒᆞᄂᆞ냐 ᄒᆞ고 유경을 드러 친더
(汝罔念我爺孃之情摯, 欲爲狗彘之行?) <靑邱野談 奎章
9:67>

99) 【유경】圖 ((기물)) 유경(鍮檠). 놋쇠로 만든 둥잔받침
내.¶ 네 우리 부모의 양육ᄒᆞᆫ 졍의 지극ᄒᆞᆷ을 싱각지 아
니ᄒᆞ고 도로혀 구체의 힝실을 ᄒᆞᄂᆞ냐 ᄒᆞ고 유경을 드
러 친더 (汝罔念我爺孃之情摯, 欲爲狗彘之行?) <靑邱
野談 奎章 9:68>

100) 【쳥됴ᄉᆞ】圖 청조사(靑鳥使). 반가운 사자(使者)나 편
지를 이르는 말. 푸른 새가 온 것을 보고 동방삭이 서
왕모의 사자라고 한 한무(漢武)의 고사에서 유래한
다.¶ 使∥마즘 드르니 요지 셔왕뫼 쳥됴ᄉᆞ롤 보닉여
말을 젼ᄒᆞ더 네 사ᄅᆞᆷ의 둘이고 협박ᄒᆞ믈 인ᄒᆞ여 더러
온 욕을 바다 방질이 이믜 니즈러지고 업원이 진실노
갑힌지라 (適聞西王母遣使傳語曰汝被人誘脅, 厚受汚
衊, 大質已虧, 怨債實多.) <靑邱野談 奎章 9:69>

101) 【방질】圖 방질(芳質). 아름다운 셩질.¶ 大質∥마즘
드르니 요지 셔왕뫼 쳥됴ᄉᆞ롤 보닉여 말을 젼ᄒᆞ더 네
사ᄅᆞᆷ의 둘이고 협박ᄒᆞ믈 인ᄒᆞ여 더러온 욕을 바다 방
질이 이믜 니즈러지고 업원이 진실노 갑힌지라 (適聞
西王母遣使傳語曰汝被人誘脅, 厚受汚衊, 大質已虧, 怨
債實多.) <靑邱野談 奎章 9:69>

102) 【옥지환】圖 ((복식)) 옥지환(玉指環). 옥으로 만든 가
락지.¶ 玉指環∥공듕을 향ᄒᆞ여 언쇠 조약ᄒᆞ고 계 옥
지환을 글녀 사ᄅᆞᆷ을 쥬는 형상도 ᄒᆞ며 사ᄅᆞᆷ의 신을
벗겨 계 발의 신는 모양도 ᄒᆞ야 희망ᄒᆞᆫ 거쥐 쳔틱만
상이로더 사ᄅᆞᆷ은 보지 못ᄒᆞᆯ녀라 (向空笑語, 娓娓不倦,
旋脫自己玉指環, 作授人狀, 又若脫人屩鞋, 試穿自己之
足, 情態千億, 而闐闐不見一人.) <靑邱野談 奎章 9:69>

103) 【관흡-ᄒᆞ-】圖 관흡(款洽)하다. 말이 친절하고 정성
스럽다.¶ 款洽∥낭ᄌᆞ 눌노 더부러 관흡ᄒᆞᄂᆞ뇨 (娘子
與誰款洽?) <靑邱野談 奎章 9:70>

업복이 크게 놀나고 두려 나오니 일노부터 홀
노 말ᄒᆞᄂᆞᆫ 거시 다 스쟈로 더부러 슈쟉ᄒᆞ미러라.

일ᄂᆞᆫ은 기녜 새벽의 나러 간 바롤 아지 못ᄒᆞ
미 그 부뫼 ᄯᅩ한 업복으로 말미암아 화근이 된 줄
을 아지 못ᄒᆞ고 두루 ᄎᆞ즈되 맛춤ᄂᆡ 엇지 못ᄒᆞ니라.
업복이 샹ᄒᆡ ᄌᆞ가의 신쉬(身數ㅣ) 박ᄒᆞ여 이러한 가
인으로 ᄒᆡ로치 못ᄒᆞᆷ믈 한탄ᄒᆞ더라.

탁죵신녀협연ᄉᆡᆼ
托終身女俠捐生

니참판(李參判)의   일홈은   광덕(匡德)이오104)
별호ᄂᆞᆫ 관양(冠陽)이라. 일즉 왕명을 밧ᄌᆞ와 북관에
암ᄒᆡᆼ홀ᄉᆡ 죵젹을 감초고 간난을 ᄀᆞ쵸 겪거 슈령의
쟝부(臧否)룰105) 넘탐ᄒᆞ며 빅셩의 폐막(弊瘼)을106)
치득(採得)【71】ᄒᆞ더니107) 쟝ᄎᆞᆺ 함흥(咸興)의 니르

---

104) 【광덕】圈 ((인명)) 광덕(匡德). 이광덕(李匡德 1690~
   1748). 조선후기의 문신. 자는 성뢰(聖賴), 호는 관양(冠
   陽). 본관은 전주(全州). 설서(說書)·전라도관찰사·대
   제학 등을 지냈다. 1741년 지평인 동생 광의(匡誼)가
   천거(薦擧)의 폐(弊)를 논하다가 의금부(義禁府)에 투
   옥되자 이에 연좌, 정주(定州)·해남(海南) 등지로 유
   배, 이듬해 풀려 나와 한성부 좌윤(漢城府左尹)에 임
   명되었으나 취임하지 않고 과천(果川)에 은거했다.¶
   匡德 ‖ 니참판의 일홈은 광덕이오 별호ᄂᆞᆫ 관양이라.
   (李參判匡德, 號冠陽.) <靑邱野談 奎章 9:70>
105) 【쟝부】圈 쟝부(臧否). 착함과 착하지 못함.¶ 臧否 ‖
   일즉 왕명을 밧ᄌᆞ와 북관에 암ᄒᆡᆼ홀ᄉᆡ 죵젹을 감초고
   간난을 ᄀᆞ쵸 겪거 슈령의 쟝부룰 넘탐ᄒᆞ며 빅셩의 폐
   막을 치득ᄒᆞ더니 (承命廉訪北關, 秘跡潛影, 備嘗艱難,
   盡採守宰之臧否, 風俗之頑柔.) <靑邱野談 奎章 9:70>
106) 【폐막】圈 폐막(弊瘼). 고치기 어려운 폐단.¶ 일즉 왕
   명을 밧ᄌᆞ와 북관에 암ᄒᆡᆼ홀ᄉᆡ 죵젹을 감초고 간난을
   ᄀᆞ쵸 겪거 슈령의 쟝부룰 넘탐ᄒᆞ며 빅셩의 폐막을 치
   득ᄒᆞ더니 (承命廉訪北關, 秘跡潛影, 備嘗艱難, 盡採守
   宰之臧否, 風俗之頑柔.) <靑邱野談 奎章 9:70>
107) 【치득-ᄒᆞ-】圈 채득(採得)하다. 수탐하여 사실을 찾
   아내다.¶ 採 ‖ 일즉 왕명을 밧ᄌᆞ와 북관에 암ᄒᆡᆼ홀ᄉᆡ
   죵젹을 감초고 간난을 ᄀᆞ쵸 겪거 슈령의 쟝부룰 넘탐
   ᄒᆞ며 빅셩의 폐막을 치득ᄒᆞ더니 (承命廉訪北關, 秘跡
   潛影, 備嘗艱難, 盡採守宰之臧否, 風俗之頑柔.) <靑邱
   野談 奎章 9:70-71>

러 자최롤 드러나고져 ᄒᆞ여 죵쟈 수인으로 더부러
겨믈게 셩ᄂᆡ예 드러가니 만셩 인민이 창황분쥬ᄒᆞ여
ᄀᆞᆯ오ᄃᆡ,

   "슈의 쟝ᄎᆞᆺ 나른다."

ᄒᆞ거늘 니공이 의아ᄒᆞ여 ᄀᆞᆯ오ᄃᆡ,

   "ᄂᆡ 일도의 두루 ᄒᆡᆼᄒᆞ되 날을 아ᄂᆞᆫ 쟤 업더니
이졔 이러툿 훤괄(諠聒)ᄒᆞ니108) 혹 죵인의 누셜ᄒᆞᆷ민
가?"

의심ᄒᆞ고 도로 셩밧긔 나와 모든 츄죵을 힐문
ᄒᆞ되 ᄯᅳᆺ치 업ᄂᆞᆫ지라. 수일 후 다시 셩ᄂᆡ예 드러가
비로소 츌도ᄒᆞ야 공무룰 판결ᄒᆞ고 ᄯᅩ 읍니(邑吏)ᄃᆞ
려 무러 ᄀᆞᆯ오ᄃᆡ,

   "녀의 무리 엇지 향일의 나의 올 줄 알앗ᄂᆞ
뇨?"

관리 엿ᄌᆞ오ᄃᆡ,

   "만셩이 훤젼(喧傳)ᄒᆞ니 어ᄂᆞ 사름의 입에셔
몬져 난 줄 아지 못ᄒᆞᄂᆡ이다."

니공이 명ᄒᆞ여 ᄀᆞᆯ오ᄃᆡ,

   "말 근원을 ᄎᆡ야드리라."

관리 믈너 궁탐ᄒᆞ즉 칠셰 가련(可憐)의 창
긔(唱起)【72】ᄒᆞ미라. 드러와 그 실상을 알왼ᄃᆡ 니
공이 가련을 블너 압희 안치고 무러 ᄀᆞᆯ오ᄃᆡ,

   "네 겨오 강보룰 쩌나 엇지 능히 ᄉᆞ셩(使星)
을109) 분변ᄒᆞ뇨?"

ᄃᆡᄒᆞ여 ᄀᆞᆯ오ᄃᆡ,

   "쳔인의 집이 길ᄀᆞ의 잇습더니 향일의 우연이
창을 밀치고 보온즉 두 걸인이 길ᄀᆞ의 병좌(竝坐)ᄒᆞ
미 한 걸인은 옷시 비록 쩌무드나 두 손이 심히 고
은 고로 스스로 놀나고 의심ᄒᆞ되 긔한(飢寒)에 골몰
ᄒᆞᄂᆞᆫ 쟈ᄂᆞᆫ 슈족이 츄ᄒᆞ고 검ᆫ 거시어늘 엇지 겨리
고ᄂᆞᆫ 십분 아혹(訝惑)홀 즈음의 그 걸인이 옷슬
뜰고 니롤 잡은 후 도로 닙ᄂᆞᆫ 졔 겻히 걸인이 밧드
러 닙히고 거동이 공슌ᄒᆞ야 겸죵이 귀인의게 홈과
ᄀᆞᆺ흔 고로 그 슈의(繡衣)신 줄을 분명이 알고 가인
의게 ᄀᆞ쵸 고ᄒᆞ엿더니 경긱의 ᄌᆞ연 훤젼ᄒᆞ야 일셩
이 분요ᄒᆞ기에 니르럿ᄂᆞ【73】이다."

---

108) 【훤괄-ᄒᆞ-】圈 훤괄(諠聒)하다. 떠들썩하다.¶ 喧聒 ‖
   ᄂᆡ 일도의 두루 ᄒᆡᆼᄒᆞ되 날을 아ᄂᆞᆫ 쟤 업더니 이졔 이
   러툿 훤괄ᄒᆞ니 혹 죵인의 누셜ᄒᆞᆷ민가 (遍行一道, 未有
   識破我者, 今此喧聒, 或緣於從者之靑泄耶?) <靑邱野談
   奎章 9:70>
109) 【ᄉᆞ셩】圈 ((인류)) 사성(使星). 임금의 사자.¶ 使星 ‖
   네 겨오 강보룰 쩌나 엇지 능히 ᄉᆞ셩을 분변ᄒᆞ뇨 (爾
   纔離襁褓, 何能辨得使星?) <靑邱野談 奎章 9:72>

213

니공이 그 녕오(穎悟)호믈 심히 긔이히 너겨 심히 스랑ᄒᆞ더니 밋 도라올 졔 일슈 시ᄅᆞᆯ 지어 쥬니 가련이 ᄯᅩ 공의 긔우(氣宇)와 문화(文華)ᄅᆞᆯ 탄복ᄒᆞ고 탁신홀 ᄯᅳᆺ을 두어 년광이 ᄎᆞ팔의 오히려 비홍을 직회여 공의 말을 기드리고 몸을 타인의게 허치 아니ᄒᆞ믈 밍셰ᄒᆞ니 공은 실상을 알지 못ᄒᆞ더라.

그 후 공이 일에 좌죄(坐罪)ᄒᆞ야 북관에 찬비(竄配)ᄒᆞ미 ᄒᆞᆫ 니비(吏輩)의 집에 쥬인ᄒᆞ니 가련이 ᄎᆞᄌᆞ와 뫼시미 됴셕으로 게을으지 아니ᄒᆞ니 공이 ᄯᅩ 그 지셩을 감동ᄒᆞ나 몸이 죄듕의 잇스미 녀식을 갓가이 못ᄒᆞ리라 ᄒᆞ야 더부러 잇슨지 ᄉᆞ오년이로디 일즉 압일(狎暱)ᄒᆞᆫ[110] 비 업스니 가련이 더옥 공의 위의와 도량을 흠탄ᄒᆞ더라. 공이 가련ᄃᆞ려 일즉 격인(適人)ᄒᆞᆯ믈 권ᄒᆞᆫ디 뎌ᄉᆞ(抵死)ᄒᆞ고 듯지 아니ᄒᆞ니라. 가련의 【74】 텬셩이 강개뇌락(慷慨牢落)ᄒᆞ야 졔갈공명(諸葛孔明)의 젼후 출ᄉᆞ표(出師表) 읇기ᄅᆞᆯ 조히 너기미 ᄆᆡ양 ᄇᆞᆰ은 밤과 ᄇᆞᆰ은 ᄃᆞᆯ의 공을 위ᄒᆞ야 ᄒᆞᆫ번식 외오니 셩음이 뇨량(嘹喨)ᄒᆞ여 빅학이 벽공(碧空)의 울고 황잉(黃鶯)이 녹뉴의 노리홈 ᄀᆞᆺᄐᆞ니 공이 위ᄒᆞ야 눈믈을 ᄂᆞ려 옷깃슬 젹시고 일졀을 읇허 ᄀᆞᆯ오디,

> 함관녀협만두ᄉᆞ(咸關女俠滿頭絲)
> 위아고가냥츌ᄉᆞ(爲我高歌兩出師)
> 챵도쵸려삼고디(唱到草廬三顧地)
> 튝신쳥누만항슈(逐臣淸淚萬行垂)
> 함관의 녀협에 머리예 가득ᄒᆞᆫ 실은
> 날을 위ᄒᆞ야 놉히 냥츌ᄉᆞᄅᆞᆯ 노리ᄒᆞ도다
> 읇프미 쵸려삼고 ᄌᆞ의 니르미
> 튝신의 말근 눈믈이 일만 줄기 드렷도다

일ᄌᆞ은 공이 샤(赦)ᄅᆞᆯ 닙어 쟝ᄎᆞᆺ 도라올ᄉᆡ 비로소 견권(繾綣)ᄒᆞ믈 어드니 공의 견확(堅確)홈과 가련의 졍녈을 가히 알녀라. 공이 효유ᄒᆞᆫ 【75】 야 ᄀᆞᆯ오디,

"너의 힝니 격일ᄒᆞ엿스니 비록 너와 ᄒᆞᆫ가지로 가고져 시브나 ᄉᆞ 나리신 은명이 오리지 아니ᄒᆞ미 기ᄋᆞ(妓兒)ᄅᆞᆯ 후거의 시르미 내 참아 ᄒᆞ지 못ᄒᆞᆯ 비

라 뎐리(田里)의 도라간 후 너ᄅᆞᆯ 드려올 거시니 조곰 더디믈 한치 말나."

가련이 깃부믈 미간의 ᄯᅴ여 개연이 웅낙ᄒᆞ니라. 공이 도라온 지 오리지 아녀 병을 인ᄒᆞ여 셰상을 바리니 가련이 흉음(凶音)을 듯고 계젼을 베프러 일장통곡ᄒᆞᆫ 후 ᄌᆞ결ᄒᆞ니 인ᄒᆞ야 길ᄀᆞ의 쟝ᄉᆞᄒᆞ니라.

그 후 녕셩군(靈城君) 박문슈(朴文秀) 북관을 안츌홀ᄉᆡ 가련의 무덤을 지너다가 그 비예 뼈 ᄀᆞᆯ오디 '함관녀협가련지피(咸關女俠可憐之墓ㅣ)'라 ᄒᆞ니라.

---

110) 【압일-ᄒᆞ-】圖 압닐(狎昵)하다. 친압하다.¶ 昵近 ‖ 몸이 죄듕의 잇스미 녀식을 갓가이 못ᄒᆞ리라 ᄒᆞ야 더부러 잇슨지 ᄉᆞ오년이로디 일즉 압일흔 비 업스니 가련이 더옥 공의 위의와 도량을 흠탄ᄒᆞ더라 (然自分身罹罪戾, 不可昵近女色, 與之周旋者, 四五年, 未嘗及亂, 妓益服公之偉度.) <靑邱野談 奎章 9:73>

퇵부셔혜비식인
擇夫婿慧婢識人

[1] 녯젹 흔 참졍(參政)이 훤당(萱堂)의¹⁾ 시양(侍養)홀 뜻이 근졀ㅎ더 공스의 다단홈과 사무의 총집ㅎ미 만하 샹히 뫼시믈 결을치 못ㅎ고 가듕의 흔 녀비지(女婢子ㅣ) 년광(年光)이 삼오의 용식(容色)이²⁾ 풍염(豊艶)ㅎ고 셩되 총혜ㅎ야 대부인의 뜻을 잘 봉승ㅎ여 긔포한난(飢飽寒暖)의 맛당홈믈 쓸아 밧들고 좌우 동작의 긔미롤 술펴 붓드니 대부인이 일노뻐 평안ㅎ고 참졍이 일노뻐 친심(親心)을 깃부게 ㅎ고 가인이 일노뻐 슈고를 더신ㅎ니 참졍이 스랑ㅎ미 심ㅎ야 샹쥬는 거시 쉬 업더라.

이 비지 헝낭 밧긔 별노이 흔 방을 두어 셔화즙믈을 극히 션명이 ㅎ야 조곰도 틈이 잇스면 [2]

한가이 나와 쉴 곳을 민드니 쟝안 부가 즈뎨 쳥누에 일삼는 재 닷토와 쳔금으로뻐 흔 번 보기롤 구ㅎ되 비지 일병 물니치고 일심에 스스로 밍셰ㅎ되 만일 ᄆ음을 텬하에 둣는 재 아니면 출아리 공방에 늙기롤 감심ㅎ더니 일ᄉ은 비지 부인의 명으로 친당에 견갈 맛타 갓다가 도라오는 길의 급흔 비롤 길에셔 만나 밧비 집의 도라온즉 흔 걸인이 봉두귀면(蓬頭垢面)으로³⁾ 대문 겻히 비롤 피ㅎ거늘 비지 흔번 술펴보미 골격이 잇는지라 믈고 계방으로 드러가 안친 후 부탁ㅎ야 굴오디,

"그디 잠간 여긔 머믈나."

ㅎ고 인ㅎ야 돌쳐 나가 그 문을 잠으고 창황이 안으로 드러가니 그 걸인이 이 쳔스만상(千思萬想)ㅎ여도 그 곡졀을 아지 못홀지라. 하회(下回)롤 보려 ㅎ더니 이윽고 [3] 비지 나와 문을 열고 드러가 다시 걸인을 술펴보고 깃분 빗치 미우(眉宇)의⁴⁾ ᄀ득ㅎ야 몬져 믈을 데워 걸인의 젼신을 셰쳑ㅎ고 일변 밥을 츌혀 먹일시 진슈미찬(珍羞美饌)은 쟝위(腸胃)롤 놀너고 화긔쥬반(畵器朱盤)은 안목을 현란케 ㅎ는지라. 이윽고 쇠복이 울고 등블이 몽농홀시 금뇨슈침(錦褥繡枕)의 츈몽이 완젼흔지라. 익일의 걸인으로 ㅎ여곰 샹토롤 올녀 셩관(成冠)ㅎ고 일습 의복을 니여 닙히니 과연 의용이 풍후ㅎ고 용뫼 헌앙(軒昂)ㅎ여 젼일의 츄루(醜陋)흔 모양이 일분 업는지라. 비지 닐으디,

"그디 가히 대감과 부인믜 현알홀 거시니 만일 무르시미 잇거든 디답을 여츳ᄎᄎㅎ라."

궐한이 유ᄉᄉㅎ고 참졍믜 현알ㅎ니 참졍이 굴오디,

---

1) 【훤당】 圖 ((인류)) 훤당(萱堂). 자기의 어머니를 겸손하게 이르는 말.¶ 萱閨 ‖ 녯젹 흔 참졍이 훤당의 시양홀 뜻이 근졀ㅎ되 공스의 다단홈과 사무의 총집ㅎ미 만하 샹히 뫼시믈 결을치 못ㅎ고 (古有一參政, 志養萱閨, 而公擾私務, 鎭日叢集, 未暇左右恒侍.) <靑邱野談 奎章 10:1>

2) 【용식】 圖 ((신체)) 용색(容色). 용모와 안색.¶ 容姿 ‖ 가듕의 흔 녀비지 년광이 삼오의 용식이 풍염ㅎ고 셩딘 춘혜ㅎ야 대부인의 뜻을 잘 봉승ㅎ여 긔포한난의 맛당홈믈 쓸아 밧들고 좌우 동작의 긔미롤 술펴 붓드니 (家畜一婢, 年纔及笄, 容姿豊艶, 性度聰慧, 善承萱閨之志, 飢飽寒援, 隨宜管領, 坐臥動息, 相機扶攝.) <靑邱野談 奎章 10:1>

3) 【봉두-귀면】 圖 ((신체)) 봉두구면(蓬頭垢面). 흐트러진 머리와 때 묻은 얼굴.¶ 蓬頭垢面 ‖ 일ᄉ은 비지 부인의 명으로 친당에 견갈 맛타 갓다가 도라오는 길의 급흔 비롤 길에셔 만나 밧비 집의 도라온즉 흔 걸인이 봉두귀면으로 대문 겻히 비롤 피ㅎ거늘 (一日婢令領ᄒ夫人之命, 修起居于親黨, 及其復路, 忽逢暴雨, 忙還其家, 則有一丐蓬頭垢面, 避雨于門首.) <靑邱野談 奎章 10:2>

4) 【미우】 圖 ((신체)) 미우(眉宇). 이마의 눈썹 근처. 전하여 사람의 표졍.¶ 이윽고 비지 나와 문을 열고 드러가 다시 걸인을 술펴보고 깃분 빗치 미우의 ᄀ득ㅎ야 몬져 믈을 데워 걸인의 젼신을 셰쳑ㅎ고 일변 밥을 츌혀 먹일시 (少焉, 出而入室, 詳看那丐, 喜容可掬, 先買束柴, 溫水設沐, 使丐全身洗滌, 且饋暮飯美羞珍饌.)<靑邱野談 奎章 10:3>

"비지 젼일의 녀의 빈필을 졔가 갈흔다 흐더니 이 【4】 졔 홀디예 셩친흐니 반드시 가의(加意)흔 사롬이로라."

흐고 인흐여 압희 갓가이 흐여 골오디,

"네 업흔 배 무엇시뇨?"

더흐여 골오디,

"약간 젼화(錢貨)룰 가지고 팔노(八路)의 쟝스흐와 귀쳔을 변환흐여 쩌룰 짜라 니룰 취흐느이다."

참졍이 깁히 밋더라. 일노부터 궐한이 빗난 의복과 조흔 음식에 잠기여 흔 일도 아니흐거늘 비즈 골오디,

"사롬이 셰상의 나미 각ː 업이 잇거늘 난의포식(暖衣飽食)흐고 흐는 일이 업스면 엇지 셩도룰 어드리오?"

궐한이 골오디,

"만일 뇨리흐야 자싱코져 홀진디 모로미 십두 은주룰 어더야 이예 가흐니라."

비지 골오디,

"내 그디룰 위흐야 쥬션흐리라."

흐고 인흐여 틈을 타 대부인끠 그 말숨을 고흐고 십두 은을 근쳥흐디 대부인이 참졍의게 누ː히 말흐니 참졍 【5】 이 훤당의 뜻을 승순흐여 응낙흐거늘 드듸여 은을 니녀다가 쥰디 궐한이 그 은을 팔아 돈을 가지고 댱안 댱와 의뎐(衣廛)에 가 잠간 닙엇다가 버슨 의복을 도고(都賈)흐야 죵누 거리예 빠아노코 평일 흔가지로 개걸흐든 동뉴룰 모도와 의복을 다 닙히고 쏘 강교(江郊)의 걸인을 무론남녀흐고 젼ː치 다 닙피며 쏘 근읍(近邑)과 원향(遠鄕)의 뉴리개걸(流離丐乞)흐는 뉴룰 차쟈 흐나 낙누(落漏)업시 다 닙핀 후의 그 남은 의복을 몰게 실니고 사롬의게 지여 팔도룰 도라단니며 분급(分給)흐니 다만 일필 마와 수습 의복이 남은지라. 이예 대련(袋連)5) 속의 너허 물등의6) 쌀고 힝흐니 써 마즘

<hr>

5) 【대련】 图 ((기물)) 대련(袋連). 포대.¶ 穿擔 ∥ 이예 대련 속의 너허 물등의 쌀고 힝흐니 써 마즘 듕취라 개인 돌이 산의 올으고 말근 안개 들에 빗겻는디 수십 니 평원광야의 힝인이 업는지라 (因作蘆擔, 藉於馬背而行, 時當中秋, 霽月如上, 淡烟橫野, 平郊通路, 四無行旅.) <靑邱野談 奎章 10:5>

6) 【물-등】 图 ((동물)) 말등¶ 馬背 ∥ 이예 대련 속의 너허 불능의 쌀고 힝흐니 써 마즘 듕취라 개인 돌이 산의 올으고 말근 안개 들에 빗겻는디 수십 니 평원광야의 힝인이 업는지라 (因作蘆擔, 藉於馬背而行, 時當中秋, 霽月如上, 淡烟橫野, 平郊通路, 四無行旅.) <靑邱野談 奎章 10:5>

<hr>

듕취(中秋])라 개인 돌이 산의 올으고 말근 안개 들에 빗겻는디 수십 니 평원광야의 힝인이 업는지라. 물을 모라 길을 직쵹 【6】 흐여 가더니 길의 큰 다리 잇고 다리 아리 샐니흐는 소리 잇거늘 깁흔 밤 너른 들의 인젹을 의심흐야 물긔 느려 다리 아래룰 구버본즉 흔 노옹과 흔 노괴 벌거벗고 그 닙은 옷슬 셰쳑흐다가 사롬의 규시흐믈 붓그려 손을 둘녀 젹신(赤身)을 갈이거늘 궐한이 그 형상을 가긍히 녀겨 그 노옹을 다리 우희 불너니야 대련 속의 두엇든 수습 의복을 다 니여쥰디 노옹 부뷔 복ː 치샤흐고 손을 드러 계변(溪邊) 촌가룰 ᄀ르치며 마자 들어가믈 근쳥흐거늘 흔가지로 집의 드러간즉 수간두옥(樹間斗屋)이 겨오 풍우(風雨)룰 가리엿더라. 물을 밧긔 매고 실듕(室中)의 들어가니 노옹 부뷔 분쥬히 날반고치(攊飯菰菜)룰7) 판비흐여 디졉흐거늘 포식흔 후 헐숙(歇宿)흘시 목침을 쳥흔디 노옹이 셕가리8) 사이의 【7】 둘닌 흔 표즈(瓢子)룰 나려쥬어 골오디,

"가히 이룰 벼개흐라."

궐한이 바다 베고 누엇더니 어두운 ᄀ온디 표즈룰 만진즉 금셕도 아니오 토목도 아니라 ᄀ셰히 어루만지디 알 길이 업더니 홀연 문밧긔 훤화흐는 소리 심히 위엄이 잇셔 귀쟤(貴子]) 문의 넘름 ᄀ더니 아이오 흔 군싀 녕을 응흐여 표즈룰 탈취코져 흐거늘 궐한이 골오디,

"이는 나의 벼개흔 비니 쥬지 못흐노라."

수졸(數卒)이 니어 들어와 공갈흐고 쏘 억탈(抑奪)코져9) 흐디 궐한이 일향 구지 막으니 거무하의 귀인이 홍포옥디(紅袍玉帶)로 몸소 들어와 쏙지

<hr>

野談 奎章 10:5>

7) 【날반-고치】 图 ((음식)) 날반고채(攊飯菰菜). 애벌 찧은 쌀로 지은 밥과 연한 줄기로 만든 나물.¶ 攊飯苦菜 ∥ 물을 밧긔 매고 실듕의 들어가니 노옹 부뷔 분쥬히 날반고치룰 판비흐여 디졉흐거늘 (丐繫馬于外, 入室而坐, 翁媼奔走, 幹辦以饋, 攊飯苦菜.) <靑邱野談 奎章 10:6>

8) 【셕가리】 图 ((건축)) 서까래.¶ 椽桶 ∥ 포식흔 후 헐숙흘시 목침을 쳥흔디 노옹이 셕가리 사이의 둘닌 흔 표즈룰 나려쥬어 골오디 가히 이룰 벼개흐라 (一飽而欲宿, 請借枕具則翁媼乃於椽桶之間, 搜出一匏瓠曰: "可以枕此.") <靑邱野談 奎章 10:6>

9) 【억탈-흐-】 图 억탈(抑奪)하다. 억지로 빼앗다.¶ 攖取 ∥ 수졸이 니어 들어와 공갈흐고 쏘 억탈코져 흐디 궐한이 일향 구지 막으니 (數卒繼以攖取, 丐一向拒之.) <靑邱野談 奎章 10:7>

져 골오디,

"네 엇지 이 표즈롤 어더 이곳치 지번 줄 안눈다?"

궐한이 골오디,

"이믜 너손의 들엇스니 이에 가비야이 허치 못 [8] 홀 거시나 실노 쓰는 법을 모로노라."

귀재(貴子ㅣ) 골오디,

"이눈 식화(殖貨)ᄒᆞ눈10) 보비라 만일 훗터진 금과 부셔진 은을 그 ᄀᆞ온디 너코 혼든즉 경긱의 은금이 표즈 안의 ᄎᆞᆫ니 네 반드시 삼 년 후의 동쟉진(銅雀津)에11) 더지고 타인으로 ᄒᆞ여곰 알게 말나."

궐한이 크게 깃거 흔번 소리ᄒᆞ니 이예 침상일몽(寢牀一夢)이라. 날이 새고져 ᄒᆞ거늘 옹의 부뷔 이믜 니러 조반을 출히니 궐한이 뎌의 몰노뼈 표즈롤 밧고쟈 ᄒᆞᆫ디 노옹이 미ᄉᆞ히 웃고 물니쳐 골오디,

"이거시 흔 푼도 밧지 아니ᄒᆞ거늘 엇지 쥬마와 밧고리오?"

궐한이 뎨 옷슬 벗셔 벽의 걸고 노옹의 버슨 헌옷슬 구ᄒᆞ야 닙고 몰을 문턱의 미고 표즈롤 집자리예12) 빠메고 노옹을 하직ᄒᆞ고 힝노의 걸식ᄒᆞ니 완연이 젼일 형상 [9] 이라.

쳔 리롤 간관(間關)ᄒᆞ야 여러 날 만에 경셩의 드러 참졍의 집을 바라고 나아올시 문득 싱각ᄒᆞ디

'젼일 문의 날 졔 찬ᄎᆞ 의복(燦燦衣服)이러니 금일 도라올 졔 현순빅결(懸鶉百結)이라.13) 견문에 의구ᄒᆞ미 잇스리니 아직 인졍 셕롤 기드려 인젹이 고요ᄒᆞᆯ믈 인ᄒᆞ야 ᄀᆞ만이 드러가미 무방ᄒᆞ다.' ᄒᆞ고 이예 몸을 쥬ᄉᆞ(酒肆)의 굡쵸와 야식이 혼혹(昏黑)ᄒᆞ기롤 기드려 별안간 그 집의 드러간즉 힝낭문(行廊門)이 반만 닷치이고 방문을 잠갓눈지라 궐한이 어득흔 구셕의셔 숨을 돌이쉬고 긔운을 숨겨 ᄀᆞ만이 셧더니 아이오 비지 안으로 나와 지게롤 밀치고 드러오며 혼쟈말노 닐으디 '금일도 졈[졈]졈이 발셔 나리고 낭군의 소식이 망연ᄒᆞ니 내 그릇 사롬을 보왓던가 지금의 뉘웃츠나 현마 그릇 보왓스 [10] 랴? 장찻 엇지ᄒᆞ리오?' 궐한이 미ᄉᆞ히 기침ᄒᆞᆫ디 비지 놀나 골오디,

"뉘뇨?"

골오디,

"내로라."

골오디,

"어디 갓다가 왓ᄂᆞ뇨?"

골오디,

"문 열고 블 혀라."

이예 그 집을 넛글고 방둥에 드러가 쵹하의 셔로 디흔즉 쵸쵀흔 용모와 남누흔 의복이 젼일에 비컨디 참ᄒᆞ미 비나 흔지라. 비지 목이 메여 울고 문의 나가 셕반을 나와 먹고 흔가지로 쉬더니 새볘 북이 울미 비지 궐한을 쎠와 (여)간경보(如干輕寶)롤 보에 빠고 흔가지로 도망ᄒᆞ야 은 일흔 죄롤 면코져 ᄒᆞᆫ디 궐한이 골오디,

"내 실상을 고ᄒᆞ고 출아리 죄롤 어들지언뎡 엇지 셔로 도망ᄒᆞ야 화롤 더으리오?"

비지 노ᄒᆞ야 골오디,

"그디 능히 일쳐롤 보젼치 못ᄒᆞ고 도로혀 큰 말을 ᄒᆞ나 엇지 날노 말미암아 그디롤 곤케 ᄒᆞ리오? 마지 못ᄒᆞ여 이 거 [11] 롤 ᄒᆞ미어늘 오히려 쟝부의 일을 ᄒᆞ려 ᄒᆞᄂᆞ냐?"

궐한이 골오디,

"낭지 만일 ᄎᆞ향 의옥ᄒᆞᆯ진디 내 참졍긔 알외

10) 【식화-ᄒᆞ-】 圖 식화(殖貨)하다. 재화를 늘리다.¶ 殖貨 ∥ 이눈 식화ᄒᆞ눈 보비라 만일 훗터진 금과 부셔진 은을 그 ᄀᆞ온디 너코 혼든즉 경긱의 은금이 표즈 안의 ᄎᆞᆫ니 네 반드시 삼 년 후의 동쟉진에 더지고 타인으로 ᄒᆞ여곰 알게 말나 (此殖貨之良寶. 若以散金碎銀, 納其中而搖之, 則頃刻滿器, 汝必待三年之期, 抛之于銅雀津.) <靑邱野談 奎章 10:8>

11) 【동쟉-진】 圖 ((지리)) 동쟉진(銅雀津). 지금의 동작동에 있던 나루터.¶ 銅雀津 ∥ 이눈 식화ᄒᆞ눈 보비라 만일 훗터진 금과 부셔진 은을 그 ᄀᆞ온디 너코 혼든즉 경긱의 은금이 표즈 안의 ᄎᆞᆫ니 네 반드시 삼 년 후의 동쟉진에 더지고 타인으로 ᄒᆞ여곰 알게 말나 (此殖貨之良寶. 若以散金碎銀, 納其中而搖之, 則頃刻滿器, 汝必待三年之期, 抛之于銅雀津.) <靑邱野談 奎章 10:8>

12) 【집-자리】 圖 짚자리.¶ 萬席 ∥ 궐한이 뎨 옷슬 벗셔 벽의 걸고 노옹의 버슨 헌옷슬 구ᄒᆞ야 닙고 몰을 문턱의 미고 표즈롤 집자리예 빠메고 노옹을 하직ᄒᆞ고 힝노의 걸식ᄒᆞ니 완연이 젼일 형상이라 (乃脫其衣而掛壁, 繫其馬於門楣, 反求主翁親衣, 掛于身上, 又以一萬席, 包其魄, 擔而出, 乞食於行路, 依然復爲乞兒樣子.) <靑邱野談 奎章 10:8>

13) 【현순-빅결】 圖 ((복식)) 현순백결(懸鶉百結). 옷이 해어져서 백 군데나 기웠다는 뜻으로, 누덕누덕 기워 짜깁진 옷을 이르는 말.¶ 弊弊衣裳 ∥ 젼일 문의 날 졔 찬ᄎᆞ 의복이러니 금일 도라올 졔 현순빅결이라 (當日出門, 萬萬銀貨, 今夜歸家, 弊弊衣裳.) <靑邱野談 奎章 10:9>

여 주연 무탈ᄒ게 ᄒ리라."

비지 홀일업셔 안으로 드러가거ᄂᆞᆯ 궐한이 ᄌᆞ예 표ᄌᆞ롤 ᄂᆡ야 손의 들고 ᄯᅩ 은뾰각을 낫ᄌᆞ 샹등(箱中)의셔 뒤여ᄂᆡ야 그 ᄀᆞ온ᄃᆡ 넛코 ᄀᆞ만이 축원ᄒ고 흔든 후 표ᄌᆞ롤 본즉 빅셜 ᄀᆞᆺ흔 은이 ᄀᆞ득ᄒ엿거ᄂᆞᆯ 방구셕의 ᄯᅩ다노코 흔들고 ᄯᅩ 흔들어 ᄯᅩᆮ든 우희 ᄯᅩ ᄯᅩ드니 조곰 사이의 집과 가즈런ᄒ거ᄂᆞᆯ 비로소 너론 보로 가리고 벼개롤 놉히 ᄒ고 조으더니 비지 ᄂᆡ구의 나와 홀연 무어서 방의 ᄀᆞ득ᄒᄆᆞᆯ 보고 의아ᄒ야 보롤 둘치고 본즉 편편 빅은이 ᄡᅡ이기롤 구산(丘山)ᄀᆞᆺ치 ᄒ엿스니 그 몃천 두롤 아지 못ᄒ녀라. 놀나고 깃분 【12】 ᄆᆞ음이 눈이 둥그럿고 입이 쌧쌧ᄒ여 겨오 졍신을 출여 ᄀᆞᆯ오ᄃᆡ,

"ᄎᆞ믈(此物)이 어ᄃᆡ로 조차 낫ᄂᆞ뇨?"

궐한이 ᄀᆞᆯ오ᄃᆡ,

"쇼쇼흔 아녀ᄌᆞ 엇지 쟝부의 쥬ᄉᆞ(做事)롤 알니오?"

인ᄒ여 우음을 ᄯᅴ여 셔로 희학ᄒ고 날 시기롤 기ᄃᆞ려 시옷슬 갈아입고 참졍긔 뵈오니 참졍이 쳐음에 가듕의 겨축흔 은을 다 궐한을 쥬엇더니 흔번 나간 후 형영(形影)이 업ᄉᆞᄆᆡ ᄆᆞ음의 심히 아옥ᄒ더니 믄득 쟉셕(昨夕)의 흔 겸인(傔人)이 궐한의 낭편ᄒ야 도라오믈 보고 참졍긔 갓초 고ᄒ니 참졍이 악연ᄒ야 밤의 ᄌᆞᆷ을 편안이 못ᄒ얏다가 궐한이 찬찬(燦燦)의 의복으로 진알ᄒ믈 보고 급히 무르ᄃᆡ,

"네 흥니(興利)롤 여의(如意)히 ᄒ엿ᄂᆞ냐?"

궐한이 ᄀᆞᆯ오ᄃᆡ,

"대감쥬 도으시믈 힘닙ᄉᆞ와 득니(得利)ᄒᄆᆡ 과연ᄒ오니 쳥컨ᄃᆡ 이십 두 은 【13】을 드려 ᄌᆞ모지니(子母之利)롤 츙수(充數)ᄒ여지이다."

참졍이 ᄀᆞᆯ오ᄃᆡ,

"내 엇지 니조(利條)롤 바드리오 다만 본은만 갑고 다시 번셜(煩說)치 말나."

궐한이 ᄀᆞᆯ오ᄃᆡ,

"쇼인이 죽을지언졍 니조는 가히 드리지 아니치 못ᄒ리로소이다."

인ᄒ여 은을 여수히 드리니 빗치 눈의 바이고 가히 삼ᄉᆞ십 뒤 되는지라 참졍이 본ᄃᆡ 탐긱(貪客)이라 쳐음은 ᄉᆞ양ᄒ다가 혼연이 바드니라. 비지 ᄯᅩ 십두롤 대부인긔 드려 졍을 표ᄒ고 ᄯᅩ 수십 두로써 모ᄂᆞᆫ 부인의 인회ᄂᆞ니고 ᄉᆡ녀 ᄂᆞᆸ몽씨 ᄉᆡ복ᄂᆡ롤 나우수이 난아쥬니 거ᄀᆡ 고마이 녀기고 칭샤ᄒ믈 마지 아니ᄒ더라.

참졍이 쟉셕에 겸인의 무소(誣訴)롤 씨드라 훤당의 고ᄒ여 ᄀᆞᆯ오ᄃᆡ,

"ᄎᆞ겸(此傔)이 비ᄌᆞ롤 싀긔ᄒ고 무소ᄒ여 금의 닙은 쟤를 남누ᄒ다 닐으고 흥니ᄒ고 온 쟈롤 【14】 낭픽ᄒ엿다 ᄒ니 그 심경이 부젹ᄒ다."

ᄒ고 이예 질척ᄒ니 겸인이 원굴(寃屈)ᄒᄆᆞᆯ 닐캇고 궐한이 ᄯᅩ 발명ᄒ야 무소ᄒ니라. 궐한이 댱안의 갑뷔 되여 기쳐롤 속냥ᄒ고 고대광실(高臺廣室)에 빅년히로(百年偕老)ᄒ고 삼 년 후 표ᄌᆞᄂᆞᆫ 동쟉진에 더지니 그 비ᄌᆞ의 식감(識鑑)과 궐한의 복녹이 셰샹의 드무더라.

니후종녁힝효의
李後種力行孝義

니후종(李後種)은 쳥쥐 슈군(水軍)이라. 신의(信義) 향니예 낫타낫더니 동니예 거ᄒᄂᆞᆫ ᄉᆞ인이 슈ᄉᆞ(水使)의게[14] 편지ᄒ야 후종의 쳔역(賤役)을 면ᄒ여쥬고져 ᄒ더니 후종이 ᄉᆞ인의게 뵈야 ᄀᆞᆯ오ᄃᆡ,

"듯ᄌᆞ오니 셩원쥐 슈ᄉᆞ긔 근쳥ᄒ야 쇼인의 쳔역을 면코져 ᄒ신다 ᄒ오니 과연 그러ᄒ시니잇가?"

ᄀᆞᆯ오ᄃᆡ,

"그러ᄒ다."

후종이 ᄀᆞᆯ오ᄃᆡ,

"가 【15】치 아니ᄒ이다. 국가 군역을 쇼인 ᄀᆞᆺ흔 년쇼녁강(年少力强)흔 쟤 만일 모면ᄒ오면 엇지 군익(軍額)을 츙수ᄒ오며 허믈며 뎌는 쇼민이라 역시 업지 못ᄒ리니 원컨대 그만두오쇼셔."

ᄒ고 뉵십이 넘도록 응역ᄒ믈 게을니 아니ᄒ더라. 그 아자비 나히 늙고 쳐ᄌᆞ 업거ᄂᆞᆯ 후종이 계집의 뫼셔 봉양ᄒ믈 지셩으로 ᄒ더니 아자비 오래 병드러 대쇼변을 금치 못ᄒ거ᄂᆞᆯ 후종이 그 듀의(中衣)롤 시내ᄀᆞ의 가 손조 ᄲᅡ더니 촌인이 마ᄎᆞᆷ 지나다가 보고 ᄀᆞᆯ오ᄃᆡ,

14) 【슈ᄉᆞ】 圈 ((관직)) 수사(水使). 수군절도사(水軍節度使).‖水使‖신의 향니에 낫타낫더니 뵹니에 서ᄒᄂᆞᆫ 스인이 슈ᄉᆞ의게 편지ᄒ야 후종의 쳔역을 면ᄒ여쥬고져 ᄒ더니 (信義著於鄕里, 有一士夫, 知其隸於賤役, 欲抵書水使而免之.) <靑邱野談 奎章 10:14>

"엇지 부녀로 ᄒ여곰 셰척지 아니ᄒ고 친히 셰탁ᄒ느뇨?"

후죵이 굴오디,

"부ᄂᆞᆫ 의로 모되인 거시라 골육지졍이 엇지 날만 ᄒ리오 만일 혹 ᄆᆞᄋᆞᆷ의 더러이 너긴즉 셩심으로 봉양ᄒᄂᆞᆫ 도리 아닌 고로 친히 샌노라."

그 아비 일즉 사ᄅᆞᆷ의게 십두(十斗) 믹(麥)을 ᄭᅮ이고 【16】 츄슈 찍예 갑프라 ᄒ엿더니 이 ᄒᆡ예 보리ᄂᆞᆫ 귀ᄒ고 벼ᄂᆞᆫ 쳔ᄒᆫ 고로 벼 이십오 두롤 달나 ᄒ디 그 사ᄅᆞᆷ이 간난ᄒ여 능히 다 갑지 못ᄒ고 몬져 이십 두롤 보니엿더니 후죵이 밧그로조츠 오다가 듯고 놀나 굴오디,

"보리ᄂᆞᆫ 츄ᄒ고 벼ᄂᆞᆫ 경ᄒᆫ지라 이졔 십두조롤 바다도 오히려 과ᄒ거든 엇지 십두 믹으로ᄡᅥ 이십두조롤 바드리오?"

ᄒ고 그 부친의게 ᄀᆞᆫ걸ᄒ야 다만 십두롤 바드니라. 후죵이 쇼시로부터 갓 짓기로 업ᄒ더니 기뷔 믄득 져자의 가 팔거늘 일ᄂᆞᆫ 홀연 일올 것고 아니ᄒᄂᆞᆫ지라 기뷔 민망히 녀겨 니웃 냥반의게 쳥ᄒ여 굴오디,

"쇼인의 ᄌᆞ식이 갓슬 짓다가 무단이 굿치오니 쳥컨디 다ᄉᆞ려쥬쇼셔."

ᄉᆞ인이 블너 무르니 답ᄒ디,

"쇼인이 갓슬 지으ᄆᆡ 쇼인의 아비 져즌의 미믈ᄒ【17】졔 쥰가(準價)롤 밧고져 ᄒᆞᆫ 인지샹졍이라 갑슬 닷토 지음의 혹 강포ᄒᆞᆫ 쟈의게 후욕ᄒᆞᆫ 비 된즉 이ᄂᆞᆫ 손으로ᄡᅥ 아비게 욕을 깃치미라 출ᄒᆞ리 농업을 힘뻐 봉양ᄒᆞᆷ이 올혼 고로 거덧ᄂᆞ이다."

ᄒ더라. 일즉 가믈을 맛나 도랑을 막고 믈을 뎌슈(貯水)ᄒ엿다15) 이앙(移秧)ᄒ려 ᄒ더니 이 밤의 촌인이 믈을 터 계논에 다히니 기뷔 노ᄒ야 크게 시비ᄒ고져 ᄒ거늘 후죵이 간ᄒ야 굴오디,

"한졀(旱節)을 당ᄒ야 계논에 믈을 다이고져 ᄒᆞᆷ은 사ᄅᆞᆷ마다 쇼욕(所慾)이라 그 논이 우리ᄂᆞᆫ 우희 잇스니 비록 트고져 ᄒ나 엇지 어드며 ᄒᆞᆯ믈며 이졔 튼 후의 가히 거슬너 올나가지 못ᄒᆞᆯ 거시니 사ᄅᆞᆷ을 욕ᄒ여 무엇ᄒ리오?"

ᄒ니 대개 후죵의 평셩이 ᄂᆞᆫ ᄀᆞᆺ더라.

덕원녕쳔명긔국
德源令擅名棋局

【18】 덕원(德源) 고을원이 바독을 잘 두워 국슈(國手)로16) 일홈이 쟈ᄂᆞᆫᄒ더니 일ᄂᆞᆫ ᄒᆞᆫ 사ᄅᆞᆷ이 ᄆᆞᆯ을 뜰에 믹고 문안ᄒ거늘 녕이 무르디,

"뉘뇨?"

대ᄒ야 굴오디,

"쇼인이 향군으로 샹번(上番)ᄒ와17) 평셩의 바독 두기롤 죠하ᄒᆞᆸ더니 대야의 국슈(國手)란 말ᄉᆞᆷ을 듯잡고 일국(一局)을 뎌ᄒ려 ᄒ노이다."

녕이 흔연이 허락ᄒ거늘 기인이 뎌ᄒ야 안쟈 믄득 굴오디,

"뎌국ᄒ오ᄆᆡ 너기롤 아니치 못ᄒᆞᆯ 거시오니 노얘 지신즉 셕 둘 냥식을 니우시고 쇼인이 지온즉 쇼인이 ᄆᆞᆯ 긔벽(嗜僻)이 잇스와 ᄆᆡ인 ᄆᆞᆯ이 쥰미오니 드리기롤 원ᄒ노이다."

녕이 굴오디,

"그리ᄒ라."

이믜 결판ᄒᆞᄆᆡ 기인이 ᄒᆞᆫ 집을 지고 ᄯᅩ ᄒᆞᆫ 판을 맛츠ᄆᆡ ᄯᅩ ᄒᆞᆫ 집을 졋ᄂᆞᆫ지라 드듸여 그 ᄆᆞᆯ을 드린디 녕이 굴오디,

"닉 희롱엣 말이니 엇지 네 ᄆᆞᆯ을 바드【19】리오?"

기인이 굴오디,

"노얘 쇼인으로ᄡᅥ 식언(食言)ᄒᄂᆞᆫ 사ᄅᆞᆷ이라 ᄒ

---

15) 【뎌슈-ᄒ-】 園 저수(貯水)하다. 둑을 만들어 물을 모으다.¶ 儲水 ‖ 일즉 가믈을 맛나 도랑을 막고 믈을 뎌슈ᄒ엿나 이앙ᄒ려 ᄒ더니 이밤의 촌인이 늘을 터 계논에 다히니 기뷔 노ᄒ야 크게 시비ᄒ고져 ᄒ거늘 (嘗遇暵莫董溝洫, 而儲水移秧, 是也村人決水, 灌其苗, 其父怒呼辱之.) <靑邱野談 奎章 10:17>

16) 【국슈】 園 ((인류)) 국수(國手). 장기, 바둑 따위에서 그 실력이 한 나라에서 으뜸가는 사람.¶ 國手 ‖ 덕원 고을원이 바독을 잘 두워 국슈로 일홈이 쟈ᄂᆞᆫᄒ더니 일ᄂᆞᆫ ᄒᆞᆫ 사ᄅᆞᆷ이 ᄆᆞᆯ을 뜰에 믹고 문안ᄒ거늘 (德源令, 善奕棋, 以國手名. 一日有一人, 縶馬於庭.) <靑邱野談 奎章 10:18>

17) 【샹번-ᄒ-】 園 상번(上番)하다. 외방의 군인이 서울로 벌을 들러 올러가다.¶ 上番 ‖ 쇼인이 향군으로 샹번ᄒ와 평셩의 바둑 누기롤 죠하ᄒ옵더니 대야의 국슈란 말슴을 듯잡고 일국을 뎌ᄒ려 ᄒ노이다 (某以鄕軍上番, 平生喜棋奕, 聞老爺稱國手, 顧對一局.) <靑邱野談 奎章 10:18>

시느니잇가?"

인ᄒ여 물을 두고 하직ᄒ거늘 녕이 마지 못ᄒ
야 머물너 먹이더니 두 둘이 지난 후 기인이 다시
와 하번(下番)ᄒ믈[18] 고ᄒ고 다시 ᄒ 판 두믈 근쳥
ᄒ야 ᄀᆞᆯ오ᄃᆡ,

"젼ᄎ치 나기 ᄒ와 노애 지시거든 그 물을 도
로 쥬시고 쇼인이 지면 ᄯᅩ 일필 쥰마를 드리ᄅᆞᆯ이
다."

ᄒ거늘 녕이 허락ᄒ고 두다가 두 판을 년ᄒ며
지미 돈연이 가히 밋지 못ᄒᆯ지라. 놀나 ᄀᆞᆯ오ᄃᆡ,

"네 나의 격쉬 아니라."

ᄒ고 그 물을 쥬어 ᄀᆞᆯ오ᄃᆡ,

"쳐음의 네 엇지 니게 지뇨?"

기인이 우어 ᄀᆞᆯ오ᄃᆡ,

"쇼인의 셩픔이 물을 사랑ᄒ와 상번ᄒᆞ야 경ᄉ
의 가 잇ᄉ오미 물을 잘 먹이지 못ᄒ면 반ᄃᆞ시 여
윌 거시오 ᄯᅩ 맛질 곳이 업ᄂᆞᆫ 고로 감히 겨근 지조
로ᄡᅥ 노야룰 [20] 소기미로쇼이다."

ᄒ더라. 그 후의 ᄒ 즁이 문을 두ᄃᆞ려 ᄀᆞᆯ오ᄃᆡ,

"쇼승이 바독 조박(糟粕)을 아옵기로 ᄒ 번 ᄃᆡ
국ᄒ려 왓노이다."

녕이 허락ᄒ고 긔국을 버려 두더니 그 승이
ᄒ 졈을 노ᄒ미 심히 어려워 능히 수룰 풀기 어려
온지라 녕이 잠심(潛心)ᄒ기룰 오릭 ᄒ거늘 승이 넘
슈(斂手)ᄒ고[19] 샤례ᄒ야 ᄀᆞᆯ오ᄃᆡ,

"쇼승이 갈 길이 밧바 가ᄂᆞ이다."

녕이 조혼 수룰 싱각ᄒ기예 취ᄒᆞᆫ 듯 어린 듯
ᄒ여 뭇는 말을 능히 ᄃᆡ답지 못ᄒ니 승이 하직ᄒ고
갓더니 녕이 오릭게야 황연이 수룰 ᄭᅢ듯고 격절(擊
節)ᄒ여 ᄀᆞᆯ오ᄃᆡ,

"어ᄂᆡ 곳 승이 이러틋시 능히 삼십팔수(三十
八手)룰 보왓ᄂᆞ뇨?"

판을 치고 눈을 들어보니 승이 ᄭᆡᆷ의 갓는지라
방인ᄃᆞ려 무러 ᄀᆞᆯ오ᄃᆡ,

"승이 어ᄃᆡ 잇ᄂᆞ뇨?"

답ᄒ더,

"승이 여러 번 가기룰 고ᄒᆞᄃᆡ 노애 답지 아니
ᄒ [21] 신 고로 문 우희 무어슬 쓰고 가더이다."

이윽고 본즉 ᄀᆞᆯ왓스ᄃᆡ '뎌러ᄒ 수로 바독 둔
다 닐으ᄂᆞ냐?' ᄒ엿더라.

병ᄌᆞ난(丙子亂)의 녕의 ᄌᆞ뎨 쳥노(淸虜)의게
살오잡힌 배 되엿더니 능원대군(綾原大君)이 ᄉ힝으
로 연경에 가거늘 됴뎡이 셔교(西郊)의 젼숑ᄒᆞᆯᄉᆡ 녕
이 ᄯᅩᄒᆞ 지좌(在坐)ᄒ엿더니 대군이 유찬홍(庾贊弘)
으로[20] ᄃᆡ국ᄒ기룰 쳥ᄒ니 찬홍은 바독슈 녕으로
더부러 ᄀᆞᆺ지 못ᄒᆞᆫ지라 샹희 치션(置先)을[21] 겹고 두
더니 대군이 ᄀᆞᆯ오ᄃᆡ,

"금일의 만일 찬홍이 지거든 지물을 닉여 녕
의 ᄌᆞ뎨룰 노와 돌녀보니고 녕이 만일 지거든 겹ᄂᆞᆫ
거슬 느려 격쉬 되미 가ᄒᆞ니라."

찬홍이 ᄯᅩᄒᆞ 허락ᄒ니 녕이 텬하 국슈로 나히
이믜 칠십이 넘고 찬홍은 년쇼예긔로 지쥐 난렵ᄒ
미 스스로 ᄡᅥ ᄒᆞᄃᆡ [22] '넉ᄂᆞ히 샹격ᄒ리라.' ᄒ야
도 녕이 못춤ᄂᆡ 즐겨 허치 아니ᄒ고 겹어 ᄃᆡ국ᄒ여
승부룰 결우미 찬홍이 미양 굴복지 아니ᄒ고 ᄯᅩ ᄌᆞ
긔 역관으로ᄡᅥ 지물이 넉ᄂᆞᆫ 즁 대군의 말이 ᄅᆞ
ᄀᆞᆺ고 찬홍도 ᄯᅩᄒᆞ 쥬원ᄒ는 배라 이놀의 녕이 드디
여 넝슈의 눈 ᄲᅵᆺ고 졍신을 슈습ᄒ여 평일의 치션만
겹다가 금일의 도로혀 ᄉ개룰 겹어쥬니 찬홍이 마

---

18) 【하번-ᄒ-】 图 하번(上番)하다. 즁앙으로 올라온 군사
  가 복무를 마치고 지방으로 내려가다.¶ 下番 ‖ 두 둘
  이 지난 후 기인이 다시 와 하번ᄒ믈 고ᄒ고 다시 ᄒ
  판 두믈 근쳥ᄒ야 ᄀᆞᆯ오ᄃᆡ 젼ᄎ치 나기 ᄒ와 노애 지
  시거든 그 물을 도로 쥬시고 쇼인이 지면 ᄯᅩ 일필 쥰
  마룰 드리ᄅᆞ이다 ᄒ거늘 (過二朔後, 其人復來言, 下番
  將歸, 乞更對一局, 仍請賭還其馬.) <靑邱野談 奎章
  10:19>

19) 【넘슈-ᄒ-】 图 넘수(斂手)하나. 하민 일에서 ᄂᆞᆫ을 ᄲᅢ
  다.¶ 斂手 ‖ 승이 넘슈ᄒ고 샤례ᄒ야 ᄀᆞᆯ오ᄃᆡ 쇼승이
  갈 길이 밧바 가ᄂᆞ이다 (僧斂手稱謝曰: "行色甚忙, 不
  可久住.") <靑邱野談 奎章 10:20>

20) 【유찬홍】 图 ((인명)) 유찬홍(庾纘弘 1628~1697). 조선
  즁기의 사인. 본관은 무송(茂松). 자는 술부(述夫), 호
  는 춘곡(春谷). 당시의 국수(國手). 즁인의 집안에서
  태어났으나 시문에 뛰어났다. 임준원(林俊元)을 주축
  으로 홍세태(洪世泰)·석희박(石希璞)·조수삼(趙秀
  三)·정희교(鄭希僑) 등 위항인(委巷人)들과 더불어 낙
  사시사(洛社詩社)를 조직하여 당대 위항문학을 이끌었
  다. 역관으로서 동지사(冬至使)를 수행했으며 벼슬은
  사역원판관(司譯院判官)에 이르렀다.¶ 庾贊弘 ‖ 능원대
  군이 ᄉ힝으로 연경에 가거늘 됴뎡이 셔교의 젼숑ᄒᆞᆯ
  ᄉᆡ 녕이 ᄯᅩᄒᆞ 지좌ᄒ엿더니 대군이 유찬홍으로 ᄃᆡ국
  ᄒ기룰 쳥ᄒ니 (綾原大君以使价赴燕, 飮餞西郊, 令在
  座, 大君令庾贊弘對局.) <靑邱野談 奎章 10:21>

21) 【치션】 图 치션(置先). 치즁선수(置中先手). 바독에서,
  배꼽짐에 먼저 치쥰한 사람이 먼져 둠.¶ 찬홍은 바독
  슈 녕으로 더부러 ᄀᆞᆺ지 못ᄒᆞᆫ지라 샹희 치션을 겹고
  두더니 (贊弘每以令之不與敵對爲慨恨.) <靑邱野談 奎
  章 10:21>

지 못ᄒᆞ야 두어 판을 더ᄒᆞᄆᆡ 년ᄒᆞ여 삼비ᄅᆞᆯ 진지라. 찬홍이 드ᄃᆡ여 녕의 ᄌᆞ뎨ᄅᆞᆯ 속환ᄒᆞ니 일노부터 녕이 안혼(眼昏)ᄒᆞ야 바독을 폐ᄒᆞ니라.

퇴당우승담역니
澤堂遇僧談易理

니퇴당(李澤堂)22) 식(植)이 쇼시로부터 병이 만하 과업(科業)을 폐ᄒᆞ고 젼혀 병 【23】 조리ᄒᆞᄆᆞᆯ 일삼더라. 집이 지평(砥平)23) 빅아곡(白鴉谷)에 잇스니 농문산(龍門山)이24) 갓가온지라 일즉 쥬역(周易)을 가지고 농문사(龍門寺)의 이졉(移接)ᄒᆞ여 역니(易理)ᄅᆞᆯ 침잠(沈潛)ᄒᆞ더니 일승이 부목한(負木漢)25)으로 셩이ᄒᆞᄆᆡ 하야진 쟝삼과 ᄒᆞᆫ 바리대라.26) 사듕(寺中)의 계승이 인수(人數)에 치지 아니ᄒᆞ더라. 공이 ᄆᆡ양 밤이 깁도록 등을 더ᄒᆞ여 글닑기를 부ᄌᆞ런이 ᄒᆞ니 계승은 다 자ᄃᆡ 부목승이 홀노 불빗츨 비러 집신을 삼고 자지 아니ᄒᆞ더라.

일ᅀᆞ은 공의 문의(文意) 구식(求索)ᄒᆞ기를 심히 고로ᄒᆞ여 날이 새기예 니르거늘 부목승이 입안의 말노 굴오ᄃᆡ,

"년쇼 셩셩이 밋지 못ᄒᆞᆯ 졍신으로뼈 억지로 현미(玄微)ᄒᆞᆫ 역니ᄅᆞᆯ 구식ᄒᆞ니 ᄒᆞᆽ 심녁만 허비ᄒᆞᆯ ᄯᆞᄅᆞᆷ이라. 엇지 과공을 옴기지 아니ᄒᆞᄂᆞ뇨?"

공이 희미히 듯고 익 【24】 일의 그 승을 닛그러 궁벽ᄒᆞᆫ 곳의 니르러 밤의 드른 말노뼈 힐문ᄒᆞ고 ᄯᅩ 굴오ᄃᆡ,

"션싀(禪師|) 반ᄃᆞ시 역니ᄅᆞᆯ 깁히 아는 거시니 비화지라."

ᄒᆞᆫᄃᆡ 그 승이 굴오ᄃᆡ,

"개걸(丐乞)ᄒᆞᄂᆞᆫ 용승(庸僧)이 무슴 지식이 잇스리오? 다만 뵈오니 셔방쥐 공부ᄅᆞᆯ ᄀᆞ곤히 ᄒᆞ시ᄆᆡ 귀체 손상ᄒᆞᄆᆡ 겨실가 념녀ᄒᆞᄋᆞᆫ 고로 우연이 ᄒᆞᄋᆞᆫ 말ᄉᆞᆷ이어니와 문ᄌᆞ의 니르러는 본ᄃᆡ 몽미ᄒᆞ오니 허믈며 쥬역이리잇가?"

공이 굴오ᄃᆡ,

"만일 모로면 엇지 현미타 닐넛ᄂᆞ뇨? 션ᄉᆞᄂᆞᆫ 못ᄎᆞᄂᆡ 숨기지 말고 다힝히 날을 ᄀᆞᄅᆞ치라."

지셩으로 ᄀᆞᆫ쳥ᄒᆞᆫᄃᆡ 그 승이 굴오ᄃᆡ,

"그ᄃᆡᄂᆞᆫ 모로미 문의(文意)예 의심된 곳의 ᄶᅵ지ᄅᆞᆯ27) 부쳐 내의 한가ᄒᆞᆫ ᄯᅢᄅᆞᆯ 기ᄃᆞ리라."

---

22) 【니퇴당】 囹 ((인명)) 이택당(李澤堂). 이식(李植 1584~1647). 조선 중기 때의 문신. 자는 여고(汝固), 호는 택당(澤堂). 1610년(광해군 2) 문과에 급제하여 7년 뒤 선전관이 되었으나 폐모론(廢母論)이 일어나자 벼슬을 버리고 낙향하여 택풍당(澤風堂)을 지어 학문에만 전념하였다. 대제학·예조판서 등을 역임하였다. 장유와 더불어 당대의 이름난 학자로서 한문4대가의 한 사람으로 꼽힌다.¶ 李澤堂 ∥ 니퇴당 식이 쇼시로부터 병이 만하 과업을 폐ᄒᆞ고 젼혀 병 조리ᄒᆞᄆᆞᆯ 일삼더라 (李澤堂, 少時多病, 廢學業, 專意調養.) <靑邱野談 奎章 10:22>

23) 【지평】 囹 ((지리)) 지평(砥平). 지금 경기도 양평군(楊平郡) 지평면(砥平面).¶ 砥平 ∥ 집이 지평 빅아곡에 잇스니 농문산이 갓가온지라 일즉 쥬역을 가지고 농문사의 이졉ᄒᆞ여 역니ᄅᆞᆯ 침잠ᄒᆞ더니 일승이 부목한으로 셩이ᄒᆞᄆᆡ 하야진 쟝삼과 ᄒᆞᆫ 바리대라 (家在砥平白鴉谷, 近龍門山, 嘗携周易, 接龍門, 乃邁寺, 沈潛硏究, 輒至夜分, 有一僧, 負木取食, 單鉢弊衲.) <靑邱野談 奎章 10:23>

24) 【농문산】 囹 ((지리)) 용문산(龍門山). 경기도 양평군(楊平郡) 용문면(龍門面)과 옥천면(玉泉面) 사이에 있는 산. 높이 1,157m.¶ 龍門山 ∥ 집이 지평 빅아곡에 잇스니 농문산이 갓가온지라 일즉 쥬역을 가지고 농문사의 이졉ᄒᆞ여 역니ᄅᆞᆯ 침잠ᄒᆞ더니 일승이 부목한으로 셩이ᄒᆞᄆᆡ 하야진 쟝삼과 ᄒᆞᆫ 바리대라 (家在砥平白鴉谷, 近龍門山, 嘗携周易, 接龍門, 乃邁寺, 沈潛硏究, 輒至夜分, 有一僧, 負木取食, 單鉢弊衲.) <靑邱野談 奎章 10:23>

25) 【부목한】 囹 ((인류)) 부목한(負木漢). 절에서 땔나무를 하는 사람.¶ 負木 ∥ 집이 지평 빅아곡에 잇스니 농문산이 갓가온지라 일즉 쥬역을 가지고 농문사의 이졉ᄒᆞ여 역니ᄅᆞᆯ 침잠ᄒᆞ더니 일승이 부목한으로 셩이ᄒᆞᄆᆡ 하야진 쟝삼과 ᄒᆞᆫ 바리대라 (家在砥平白鴉谷, 近龍門山, 嘗携周易, 接龍門, 乃邁寺, 沈潛硏究, 輒至夜分, 有一僧, 負木取食, 單鉢弊衲.) <靑邱野談 奎章 10:23>

26) 【바리대】 囹 ((기물)) 중의 밥그릇.¶ 鉢 ∥ 집이 지평 빅아곡에 잇스니 농문산이 갓가온지라 일즉 쥬역을 가지고 농문사의 이졉ᄒᆞ여 역니ᄅᆞᆯ 침잠ᄒᆞ더니 일승이 부목한으로 셩이ᄒᆞᄆᆡ 하야진 쟝삼과 ᄒᆞᆫ 바리대라 (家在砥平白鴉谷, 近龍門山, 嘗携周易, 接龍門, 乃邁寺, 沈潛硏究, 輒至夜分, 有一僧, 負木取食, 單鉢弊衲.) <靑邱野談 奎章 10:23>

27) 【ᄶᅵ지】 囹 ((기물)) 찌지. 표하거나 적어서 붙이는 작은 종이쪽지.¶ 籤 ∥ 그ᄃᆡᄂᆞᆫ 모로미 문의예 의심된 곳의 ᄶᅵ지ᄅᆞᆯ 부쳐 내의 한가ᄒᆞᆫ ᄯᅢᄅᆞᆯ 기ᄃᆞ리라 (措大須於易所疑處, 付籤俟我僻處.) <靑邱野談 奎章 10:24>

공이 크게 깃거 의심난 곳마다 표룰 붓쳐 수목 무밀흔 ᄀ온디 승을 언약ᄒ고 혹 계승이 【25】 잠든 쩌룰 타 죵용이 문난(問難)ᄒ니 그 승이 현묘흔 니룰 분셕ᄒ미 구름을 헷쳐 쳥텬을 봄 ᄀ더라. 공이 샹히 그 부목승을 엄스(嚴師)로 디졉ᄒ나 계승 잇는 디는 막연이 셔로 아지 못ᄒ는 듯ᄒ더니 밋 공이 하산ᄒᄆ 그 승이 산문의 나와 하직ᄒ고 명년 경월의 공을 경ᄉ에 ᄎᄌᄅᆯ 긔약ᄒ엿더니 과연 그 둘의 승이 니르거늘 공이 닉지(內齋)로 마자 삼일을 머믈게 ᄒ니 그 승이 공을 위ᄒ야 명수(命數)룰 츄졈(推占)ᄒ야 평싱을 논뎡ᄒ고 ᄯᅩ ᄀᆯ오디,

"병ᄌ년분(丙子年分)에 병홰(兵火ㅣ) 크게 날 거시니 반ᄃ시 연츈(永春) ᄯᅡᄒ로 피ᄒ면 가히 화룰 면ᄒ리라. ᄯᅩ 아모년분의 공을 셔관(西關)의셔 만날 거시니 다힝이 긔록ᄒ라."

ᄒ고 드듸여 손을 난호니라. 후의 병ᄌ란을 당ᄒ야 공이 모부인을 뫼시고 연츈으로 드러가 안과(安過)ᄒ고 맛 경ᄌ(卿宰) 【26】 의 ᄋᆯ나 셔관의 수힝으로 묘향산(妙香山)의 유람ᄒᆯ시 승되 남녀룰 메엿스니 그 압히 일인이 곳 그 승이라. 안쇠이 강장ᄒ야 농문사의 잇슬 게와 ᄀᆮ더라. 공이 심히 반겨 사둥의 드러가 별노 일실을 쇄소ᄒ고 손을 잡아 별 니룰 말ᄒ고 즐거오미 극흔지라. 소찬을 경비히 ᄒ여 디졉ᄒ고 삼일을 년침(聯寢)ᄒ여 경회룰 셔로 토ᄒᆯ시 우흐로 국ᄉ(國事)며 아리로 가ᄉ에 유루(遺漏)흔 배 업논지라 공이 ᄯᅩ흔 깁흔 도룰 듯고 셔로 니별흔 후 다시 맛나지 못ᄒ니라.

<h2>니샹ᄉ인병오도묘
李上舍因病悟道妙</h2>

진ᄉ 니광회(李光浩ㅣ) 젹년 고질이 잇셔 방셔(方書)룰[28] 널니 샹고ᄒ야 문득 묘술을 ᄭᅵᄃᆞ라 긔이흔 일이 만터라. 샹히 닝슈룰 마시고 【27】 흔 동

<hr>

28) 【방셔】⬚ 방셔(方書). 신션의 술법인 방슐(方術)을 젹은 글이나 책.¶ 方書 ∥ 진ᄉ 니광회 젹년 고질이 잇셔 방셔룰 널니 샹고ᄒ야 문득 묘술을 ᄭᅵᄃᆞ라 긔이흔 일이 만터라 (進士李光浩, 有積年痼疾, 欲爲醫治, 博考方書, 因悟妙道, 多異事.) <靑邱野談 奎章 10:26>

의룰 대쳥 우희 두고 누워 구르기룰 수ᄎᆞ ᄒ고 몸을 눕흔디 것으로 둘녀 물을 토ᄒ여 쟝위룰 셰쳑흔다 닐으고 ᄯᅩ 일즉 멀니 나가 놀ᄉᆡ 홀연 쎗ᄉᆞ시 죽엇다가 수일 후 도로 ᄭᅵᅄᅥ나더니 일ᄉᆞ은 가인ᄃᆞ려 닐너 ᄀᆯ오디,

"너 이졔 멀니 가 둘이 넘은 후 도라올 터인고로 흔 친흔 벗을 쳥ᄒ야 니 몸을 디신ᄒ여 직ᄒᆯ 거시니 반ᄃ시 잘 디졉ᄒ라."

말을 ᄆᆺ치ᄆ 긔졀ᄒ더니 식경(食頃)의 다시 살나 니러 안쟈 그 ᄋᆞ들ᄃᆞ려 닐너 ᄀᆯ오디,

"그디 반ᄃ시 날을 알지 못ᄒᆯ 거시니 너 그디 부친의 지긔지위(知己之友ㅣ)라 맛춤 원힝(遠行)ᄒᄆ 날을 쳥ᄒ여 몸을 디희라 ᄒ기로 왓노니 그디는 괴이히 너기지 말나. 나는 녕남(嶺南) 사롬이로라."

ᄒ니 그 몸은 니군(李君)이로디 언어와 거지는 판이흔지라. 니군의 쳐지 밧 【28】 돌기룰 심히 각근히 ᄒ나 감히 안의 드러가지 못ᄒ더라. 이ᄀᆺ치 흔 지 월여(月餘)의 일ᄉᆞ은 홀연 ᄯᅡ의 넘어지더니 이윽고 눈을 열고 니러 안즈니 그 언어 힝동이 곳 니군이라. 쳐지 심히 깃버ᄒ여 일년의 믄득 이삼츠 여ᄎᆞ 경광(驚光)이 잇더라. 그러나 위티흔 말과 과격흔 의논이 만키로 일의 좌죄(坐罪)ᄒ여 져ᄌᆞ의 버힐ᄉᆡ 목의 피 업고 흰 기름이 졋 ᄀᆮ더라.

니군의 벗 권뫼(權某ㅣ) 경강(京江)의 잇더니 이날 신시예 니군이 권가의 니르니 쥬인은 ᄆᆺ춤 나가고 다만 ᄋᆞ희들만 잇논지라. 필연을 취ᄒ여 쟝지 우희 ᄡᅥ ᄀᆯ오디

평싱쟝튱효(平生杖忠孝)
금일유ᄉᆞ앙(今日有斯殃)
ᄉᆞ후승졍빅(死後昇精魄)
신쇼일월댱(神霄日月長)
평싱의 튱효룰 집헛더니
오날눌 이 지앙이 잇도다
죽은 후의 졍빅이 올흐니
신쇼의 일월이 길엇도다

ᄡᅳ기룰 맛치ᄆ 홀연이 닐너 문의 나가 두어 거름의 다시 뵈지 아니ᄒ니 그집의 【29】 크게 놀나더니 이윽고 흉문(凶聞)이 니르더라.

션시예 니군이 쳔블도(千佛圖)[부쳐 쳔을 그린 거시매 흔 ᄯᅳᆨ에 잇스니 긔이흔 거늘 ᄆᆞ지 못ᄒ미니 흔 즁이 망긔(望氣)ᄒ고 니르러 니군의 셔화룰 쳥ᄒ야 볼ᄉᆡ 쳔블도의 니르러논 비궤(拜跪)ᄒ고 ᄯᅡᆼ슈로 밧

드러 ᄀᆞᆯ오ᄃᆡ,

"텬하의 졀뵈(絶寶ㅣ)라. 원컨ᄃᆡ 공은 일노 시쥬ᄒᆞ시면 맛당히 후이 갑흐리이다."

니군이 허락ᄒᆞ고 그 졀보 되ᄂᆞᆫ 줄을 무른ᄃᆡ 그 승이 넝슈로 화폭상(畵幅上)의 ᄲᅮᆷ고 일광을 ᄡᅬ인즉 쳔블이 개얌이 ᄀᆞᄐᆞᆫ 재 미목이 다 살아 움즉이더라. 승이 ᄂᆞᆼ듕(囊中)의 약 ᄒᆞᆫ 줌을 ᄂᆡ여주어 ᄀᆞᆯ오ᄃᆡ,

"이ᄂᆞᆫ 신약이라 ᄆᆡ양 아춤의 넝슈에 셰 환식 ᄀᆞᆯ아 마셔 먹기ᄅᆞᆯ 다ᄒᆞ면 눈이 ᄇᆞᆰ을 ᄲᅮᆫ 아니라 복녹이 ᄯᅩᄒᆞᆫ 늉셩ᄒᆞ려니와 만일 셰 환이 지난즉 반ᄃᆞ시 큰 해 잇슬 거시니 삼가라."

ᄒᆞ니 대뎌 그 【30】 약이 삼ᄈᆡ ᄀᆞᆺ고 빗치 검더라. 니군이 본ᄃᆡ 슉증(宿症)이 잇더니 그 말ᄃᆡ로 복약ᄒᆞᄆᆡ 고질이 다 플니고 안ᄉᆡᆨ이 홍윤(紅潤)ᄒᆞ며 긔력이 강건ᄒᆞᆫ지라 니군이 대락(大樂)ᄒᆞ야 먹기ᄅᆞᆯ 거의 다ᄒᆞ고 십여 환이 남앗더라. 믄득 즁의 경계ᄅᆞᆯ 닛고 다 가라 마셧더니 후의 그 승이 니르러 크게 탄식ᄒᆞ여 ᄀᆞᆯ오ᄃᆡ,

"나의 말을 ᄡᅳ지 아니ᄒᆞ니 그 화ᄅᆞᆯ 면치 못ᄒᆞ린뎌."

밋 죽으ᄆᆡ 그 벗이 남듕으로부터 오ᄂᆞᆫ 재 니군을 직산(稷山) 고을 노샹의셔 만나니 포의(布衣) 츄려ᄒᆞ고 용ᄉᆡᆨ이 쳐참ᄒᆞᆫ지라. 플을 펴고 안쟈 평셕ᄀᆞᆺ치 언쇠 ᄌᆞ약ᄒᆞᄃᆡ 그 벗이 가ᄂᆞᆫ 바ᄅᆞᆯ 무른즉 다른 일노ᄡᅧ ᄃᆡ답ᄒᆞ더라. 그 벗이 경ᄉᆞ의 니르러 드르니 니군의 죽은 날은 곳 직산에셔 만나든 날이러라.

차오산격병호ᄇᆡᆨ운
車五山隔屛呼百韻

【31】 차오산(車五山) 텬뇌(天輅ㅣ) 문댱시귀(文章詩句) 일셰의 유명ᄒᆞ여 비록 경ᄒᆞ고 츄ᄒᆞ미 셔로 셧기나 즉시 만언(萬言)을 일위여 도시 홍이 도〻(滔滔)ᄒᆞ여 궁진치 아니ᄒᆞ니 셰샹의 감히 ᄃᆡ젹ᄒᆞᆯ 재 업더라.

션묘 말년의 텬ᄉᆞ(大使) 쥬지번(朱之蕃)이[29] 됴션의 나오니 쥬공은 본ᄃᆡ 풍뉴 남ᄌᆞ로 강남 ᄌᆡᄌᆞ라 니르ᄂᆞᆫ 곳마다 시한(詩翰)이 빗나 텬하의 훤쟈(喧藉)ᄒᆞ니 됴가(朝家)의셔 빈ᄉᆞ(賓使)ᄅᆞᆯ 각별 ᄐᆡᆨᄎᆞ(擇差)ᄒᆞᆯ식 니월사(李月沙)로 졉반사(接伴使)ᄅᆞᆯ[30] 삼고 니동악(李東岳)으로 졉위관(接慰官)을[31] 삼고 그 남은 막좨(幕佐ㅣ) 다 명가 ᄌᆡᄌᆞ라 연로의 ᄂᆞ려갈식 경쳐(景處)ᄅᆞᆯ 음영ᄒᆞ더니 평양에 니르러 텬ᄉᆡ 졔녁을 당ᄒᆞ여 긔도회고(箕都懷古)[긔ᄌᆞ 도읍에 녜ᄅᆞᆯ ᄉᆡᆼ각ᄒᆞ미라] 오언뉼시 ᄇᆡᆨ운을 빈막(賓幕)의 ᄂᆞ려 새베 지어 드리라 ᄒᆞ니 월새 크게 두려 졔인을 모도와 의논ᄒᆞᆯ식 다 ᄀᆞᆯ오ᄃᆡ,

"밤이 경히 져른 ᄶᅡ라 ᄒᆞᆫ 사ᄅᆞᆷ의 능히 ᄒᆞᆯ 배 아니〻 만일 난와 지어 합 【32】 ᄒᆞ야 일편을 ᄆᆡᆫ들면 거의 가히 밋ᄎᆞ리이다."

월새 ᄀᆞᆯ오ᄃᆡ,

"사ᄅᆞᆷ이 각〻 ᄯᅳᆺ이 ᄀᆞᆺ지 아니ᄒᆞ니 오로지 ᄒᆞᆫ 사ᄅᆞᆷ의게 맛짐만 ᄀᆞᆺ지 못ᄒᆞᆫ지라 오직 차오산이 가히 쇼임을 당ᄒᆞ리라."

ᄒᆞ고 드ᄃᆡ여 맛지니 텬뇌 ᄀᆞᆯ오ᄃᆡ,

"조흔 술 ᄒᆞᆫ 동희와 대병풍(大屛風) ᄒᆞᆫ 좌와 한경홍(韓景洪)의[32] 집필(執筆) 곳 아니면 가치 아

---

29) 【쥬지번】 명 ((인명)) 주지번(朱之蕃 ?~?). 명나라 산동(山東) 사람. 자는 원개(元介), 호는 난우(蘭嵎). 벼슬은 이부시랑(吏部侍郎)에 올랐고, 서화(書畵)에 뛰어났다. 조선(朝鮮)에 사신을 왔을 때 일체의 뇌물이나 증여를 거절했다. 법서(法書)나 명화, 고기(古器) 등을 매매하는 것을 배척했고, 소장품이 남도(南都)에서 최고 수준을 자랑했다. 저서에 «봉사고(奉使稿)»가 있다.¶ 朱之蕃 ‖ 션묘 말년의 텬ᄉᆞ 쥬지번이 됴션의 나오니 쥬공은 본ᄃᆡ 풍뉴 남ᄌᆞ로 강남 ᄌᆡᄌᆞ라 니르ᄂᆞᆫ 곳마다 시한이 빗나 텬하의 훤쟈ᄒᆞ니 (宣廟末, 天使朱之蕃來, 朱是江南才子, 雅有風流, 所到之處, 詞翰輝耀, 膾炙人口.) <靑邱野談 奎章 10:31>

30) 【졉반-사】 명 ((인류)) 접반사(接伴使). 외국 사신을 접대하던 임시직 벼슬아치. 정삼품 이상에서 임명하였다.¶ 接伴 ‖ 니월사로 졉반사ᄅᆞᆯ 삼고 니동악으로 졉위관을 삼고 그 남은 막좨 다 명가 ᄌᆡᄌᆞ라 (李月沙爲接伴, 李東岳爲延慰, 而其幕佐, 亦皆名家大手.) <靑邱野談 奎章 10:31>

31) 【졉위-관】 명 ((인류)) 접위관(接慰官). 조선 시대에, 왜국 사신이 올 때 영접하던 임시직 벼슬아치.¶ 延慰 ‖ 니월사로 졉반사ᄅᆞᆯ 삼고 니동악으로 졉위관을 삼고 그 남은 막좨 다 명가 ᄌᆡᄌᆞ라 (李月沙爲接伴, 李東岳爲延慰, 而其幕佐, 亦皆名家大手.) <靑邱野談 奎章 10:31>

32) 【한경홍】 명 ((인명)) 한경홍(韓景洪). 한호(韓濩 1543~1505). 자는 경홍(景洪). 호는 석봉(石峯)·청사(淸沙). 왕희지와 안진경의 필법을 익혀 해서, 행서, 초서 따

니타."

ᄒ거ᄂᆞᆯ 월새 명ᄒ야 대병(大屛)을 대쳥 가온
디 베플고 지쥬(旨酒)를 디령ᄒ니 텬뇌 수십 두구리
를 통음(痛飮)ᄒ고 병풍 안의 드러가 한셕봉은 병풍
밧긔 안치고 십쟝년복(十張連幅)ᄒᆫ 큰 화젼을 펼치
고 붓슬 들고 기ᄃᆞ리더니 텬뇌 병풍 안의셔 셔안을
쳐 읆다가 조곰 ᄉᆞ이의 소리를 놉히 ᄒ야 굴오디,

"경홍아 글귀를 바다 쓰라."

ᄒ고 년쇽부졀(連續不絶)ᄒ야 답싸아 브르니
한회 부르ᄂᆞᆫ디로 바다 쓰더니 【33】 이윽고 부르지
즈ᄂᆞᆫ 소리 진동ᄒ며 머리를 프러 흣고 젼쳬를 드러
너여 병풍 우희 출믈ᄒ니 샌른 미와 놀난 잔나비라
도 죡히 비치 못ᄒᆞᆯ지라. 입 ᄀᆞ온디 부르ᄂᆞᆫ 글귀 믈
이 소스며 바람이 발홈 ᄀᆞᆺᄒᆞᆷ 한호(韓濩)의 신속ᄒᆫ
필법으로도 오히려 결을치 못ᄒᆞᄂᆞᆫ지라. 반밤이 못ᄒ
야 오률(五律) 빅운(百韻)이 일윗더니 텬뇌 대호일
셩의 취ᄒ여 것구러지니 퇴연(頹然)ᄒᆫ 젹신(赤身)이
라. 계공이 모되여 그 시를 취ᄒ야 일편을 보미 긔
이ᄒ고 쾌히 아니 너기리 업더라.

닭이 밋쳐 우지 아니ᄒ야 통소를 불녀 밧치라
ᄒᆞᆫ디 쥬공이 즉시 니러나 축을 붉히고 크게 넑을시
넑기를 반이 못ᄒ여셔 잡은 바 화션이 두드리ᄂᆞᆫ디
다 부셔지고 읆ᄂᆞᆫ 소리 낭연(朗然)히 밧ᄭᅵ 들니더니
명됴의 빈ᄉᆞ를 디ᄒᆞ여 【34】 칙ᄉᆞ 칭션ᄒ더라.

한셕봉승홍쇄일쟝
韓石峯乘興灑一障

한셕봉(韓石峯)이 일즉 됴텬ᄉᆞ(朝天使)를[33] ᄯᆞ

위의 각 쳬에 ᄯᅱ여낫다.ǁ 韓景洪 ‖ 조흔 술 ᄒᆞᆫ 동희와
대병풍 ᄒᆞᆫ 좌와 한경홍의 집필 곳 아니면 가치 아니
타 (此非旨酒一盆, 大屛風一坐, 兼得韓景洪執籏不可.)
<靑邱野談 奎章 10:32>

33) 【됴텬ᄉᆞ】 國 ((인류)) 조텬사(朝天使). 중국으로 가는
사신 행차.ǁ 朝天使 ‖ 한셕봉이 일즉 됴텬ᄉᆞ를 ᄯᆞ라
연경에 갓더니 그ᄯᅢ예 ᄒᆞᆫ 각뇌 오단으로ᄡᅥ ᄒᆞᆫ 쟝ᄌᆞ를
민ᄃᆞ라 셔낭 우희 걸고 텬하 녕별늘 보노와 샹쟈의
쓰ᄂᆞᆫ 재면 쟝ᄎᆞᆺ 샹을 후히 ᄒ려 ᄒᆞ더니 (韓濩嘗隨朝
天使, 往燕京, 時有一閣老, 以烏緞作一障子, 掛之筆堂
之上, 集天下名筆能書者, 將厚賞之.) <靑邱野談 奎章

라 연경에 갓더니 그ᄯᅢ예 ᄒᆞᆫ 각뇌(閣老丨)[34] 오단
(烏緞)[35]으로ᄡᅥ ᄒᆞᆫ 쟝ᄌᆞ(障子)를 민ᄃᆞ라 셔당 우희
걸고 텬하 명필을 모도와 쟈ᄌᆞ의 쓰ᄂᆞᆫ 재면 쟝ᄎᆞᆺ
샹을 후히 ᄒ려 ᄒᆞ더니 셕봉이 ᄯᅩᄒᆞᆫ 가니 ·쟝지 찬
란ᄒᆞ고 셔슈필(鼠鬚筆)을[36] 푸러 뉴리완딩금(琉璃椀
泥金) ᄀᆞ온디 잠갓스니 명필노 훤쟈ᄒᆞᆫ 재 수십인이
로디 셔로 도라보고 감히 셩의치 못ᄒᆞᄂᆞᆫ지라. 셕봉
이 필흥이 발ᄒᆞ미 능히 금치 못ᄒᆞ야 붓대를 잡아
믈 ᄀᆞ온디 둘녀 희롱ᄒᆞ다가 붓슬 날녀 ᄲᅳ려 쟝ᄌᆞ의
졈々히 ᄶᅥ러지니 방관(傍觀)이 큰[크]게 놀나고 쥬
인이 ᄯᅩᄒᆞᆫ 심히 노ᄒᆞ거ᄂᆞᆯ 셕봉이 굴오디,

【35】 "념녀 말나 나도 ᄯᅩᄒᆞᆫ 동방에 명필이
라."

ᄒ고 인ᄒᆞ여 붓슬 잡고 니러셔 쟝ᄌᆞ의 휘쇄
(揮灑)ᄒᆞᆯ식[37] 진쵸(眞草)를 셔괴여[38] 그 필치 극진

10:34>

34) 【각노】 國 ((인류)) 각로(閣老). 명나라 때의 재상.ǁ 閣
老 ‖ 한셕봉이 일즉 됴텬ᄉᆞ를 ᄯᆞ라 연경에 갓더니 그
ᄯᅢ예 ᄒᆞᆫ 각뇌 오단으로ᄡᅥ ᄒᆞᆫ 쟝ᄌᆞ를 민ᄃᆞ라 셔당 우
희 걸고 텬하 명필을 모도와 쟝쟈의 쓰ᄂᆞᆫ 재면 쟝ᄎᆞᆺ
샹을 후히 ᄒ려 ᄒᆞ더니 (韓濩嘗隨朝天使, 往燕京, 時
有一閣老, 以烏緞作一障子, 掛之筆堂之上, 集天下名筆
能書者, 將厚賞之.) <靑邱野談 奎章 10:34>

35) 【오단】 國 ((복식)) 오단(烏緞). 검은 비단.ǁ 烏緞 ‖ 한
셕봉이 일즉 됴텬ᄉᆞ를 ᄯᆞ라 연경에 갓더니 그ᄯᅢ예 ᄒᆞᆫ
각뇌 오단으로ᄡᅥ ᄒᆞᆫ 쟝ᄌᆞ를 민ᄃᆞ라 셔당 우희 걸고
텬하 명필을 모도와 쟝쟈의 쓰ᄂᆞᆫ 재면 쟝ᄎᆞᆺ 샹을 후
히 ᄒ려 ᄒᆞ더니 (韓濩嘗隨朝天使, 往燕京, 時有一閣老,
以烏緞作一障子, 掛之筆堂之上, 集天下名筆能書者, 將
厚賞之.) <靑邱野談 奎章 10:34>

36) 【셔슈필】 國 ((기물)) 서수필(鼠鬚筆). 쥐의 수염으로
만든 붓.ǁ 鼠鬚筆 ‖ 셕봉이 ᄯᅩᄒᆞᆫ 가니 쟝지 찬란ᄒᆞ고
셔슈필을 푸러 뉴리완딩금 ᄀᆞ온디 잠갓스니 명필노
훤쟈ᄒᆞᆫ 재 수십인이로디 셔로 도라보고 감히 셩의치
못ᄒᆞᄂᆞᆫ지라 (濩亦往焉, 障子煥爛動輝, 而解鼠鬚筆, 沉
於琉璃椀泥金之中, 以筆名者, 數十人, 相顧莫之敢進.)
<靑邱野談 奎章 10:34>

37) 【휘쇄-ᄒ-】 國 휘쇄(揮灑)하다. 물에 흔들어 씻어 깨
끗이 하다. 붓을 휘두르다.ǁ 揮灑 ‖ 인ᄒᆞ여 붓슬 잡고
니러셔 쟝자의 휘쇄ᄒᆞᆯ식 진쵸를 셔괴여 그 필치 극진
ᄒᆞ니 졈々히 ᄶᅥ러진 금졈이 다 획 가온디 드러 ᄒᆞ나
도 유루ᄒᆞ미 업셔 신묘긔이ᄒᆞᆷ을 가히 형상치 못ᄒᆞ녀
라 (乃把筆起立, 奮迅揮灑, 眞草相維, 極其意態, 灑落
金泥, 皆在點劃之中, 無一遺漏, 神妙奇逸, 不可名狀.)
<靑邱野談 奎章 10:35>

38) 【셔괴-】 國 섞다.ǁ 雜 ‖ 인ᄒᆞ여 붓슬 잡고 니러셔 쟝
자의 휘쇄ᄒᆞᆯ식 진쵸를 셔괴여 그 필치 극진ᄒᆞ니 졈々

한니 겸겸히 써러진 금겸(金點)이 다 획 가온더 드러 한나도 유루(遺漏)한미 업셔 신묘긔이(神妙奇異)한믈 가히 형상치 못홀너라. 만당(滿堂) 관광한는 재 다 칙칙청찬한고 쥬인이 쏘 깃거 잔치를 베프러 관더한고 윤필지자(潤筆之資)를 후히 한니 셕봉의 일홈이 일노부터 듕화(中華)의 쟈쟈한야 텬하의 독보로 닐갓더라. 국인(國人)이 평한여 굴오더,

"안평대군(安平大君)의39) 필법은 구포봉취(九苞鳳雛ㅣ)한고 상히 운쇼의 꿈을 둠 갓고 한호의 필법은 쳔년노회(千年老狐ㅣ) 능히 조화의 쟈최를 도적홈 갓다."

한더라. 션묘됴의셔 한호의 필법을 심히 수랑한샤 일즉 글시를 뼈 드리라 한샤 상수를 후히 한시[36]고 진슈(珍羞)를40) 여러 번 느리시니 드디여 동방 필가의 계일이 되니라.

협민오독타인축
峽民誤讀他人祝

한 지샹의 주뎨 부친 상고(喪故)를 당한여 삼상(三霜)을41) 맛고 일즉 일을 인한여 협듕(峽中)으로 가더니 날이 져믈고 쥬막이 먼지라 한 민가의 헐슉한믈 쳥한니 그 집의셔 바야흐로 개와 돗홀 더야 난만(爛漫)히 핑임(烹飪)한거늘 공지 그 수유를 힐문한즉 그날 밤이 쥬인의 계시라 밤이 깁도록 훤요한미 졉목을 못한엿더니 밋 둙이 울며 짓거리미 젼의셔 십비나 한고 계슈를 진셜한는 그릇 소리 귀를 요란케 한며 밋 독츅(讀祝)홀시 츅스의 굴오더, '유셰추 계유 오월 이십일일이라.' 한니 공지 누어 듯고 우어 굴오더,

"금일인즉 갑술 오월 십뉵일이어늘 엇지 쟉년 오월노 독 [37] 츅한는고?"

심히 아혹홀 즈음의 쏘 드르니 효즈 아뫼라 한니 공교히 즈가 일홈과 동명(同名)이라 쏘 드른즉 '감쇼고우 현고 대광보국 숭녹대부 의졍부 녕의졍 녕경연 츈츄관 홍문관 예문관 관상감스 셰즈스부 모공부군(敢昭告于 顯考 大匡輔國 崇祿大夫 議政府 領議政 領經筵 春秋館 弘文館 藝文館 觀象監事 世子師傅 某公 府君)'이라 한거늘 공지 놀나 혼쟈말노 '쥬인이 녯젹 녕합(領閤)의42) 아돌인가 엇지 뉴락한여 이예 잇느뇨? 그러나 직함과 시회 나의 션고로 갓트니 쏘한 이샹한 일이로다.' 쏘 드른즉 '현비 졍경부인 모관모시(顯妣 貞敬夫人 某貫某氏)라' 한니 쏘 즈가의 션비 관향과 셩시로 다름이 업는지라 비로소 크게 의심한야 그 쳘찬(撤饌)한기를43) 기드려 급히 쥬인을 불너 굴오더,

"너의 션셰 일즉 무삼 벼슬을 한엿느뇨?"

쥬인이 황공 디왈,

"엇지 벼슬한엿스리잇고? 미양 죵신 금위군(禁衛軍)을 면치 못 [38] 한믈 한한노이다."

히 써러진 금겸이 다 획 가온더 드러 한나도 유루한미 업셔 신묘긔이한믈 가히 형상치 못홀너라 (乃把筆起立, 舊迅揮灑, 眞草相雜, 極其意態, 灑落金泥, 皆在點劃之中, 無一遺漏, 神妙奇逸, 不可名狀.) <靑邱野談 奎章 10:35>

39) 【안평대군】圖 ((인명)) 안평대군(安平大君 1418~1453). 조선 세종의 셋째 아들. 이름은 용(瑢). 자는 청지(淸之). 호는 비해당(匪懈堂)·매죽헌(梅竹軒). 수양대군의 세력과 맞서다가 계유정난 때 사사(賜死)되었다. 시문과 글씨에 뛰어났다.¶ 安平 ∥ 안평대군의 필법은 구포봉취한고 상히 운쇼의 꿈을 둠 갓고 한호의 필법은 쳔년노회 능히 조화의 쟈최를 도적홈 갓다 한더라 (安平之筆, 如九苞鳳雛, 常有雲霄之夢, 韓濩之筆, 如千年老狐, 能傚造化之跡.) <靑邱野談 奎章 10:35>

40) 【진슈】圖 ((음식)) 진수(珍羞). 보기 드물게 진귀한 음식¶ 珍羞 ∥ 션묘됴의셔 한호의 필법은 심히 수랑한샤 일즉 글시를 뼈 드리라 한샤 상수를 후히 한시고 진슈를 여러 번 느리시니 드디여 동방 필가의 계일이 되니라 (宣廟甚愛濩筆, 嘗命書入, 賞賜甚多, 珍羞屢下, 遂爲東方筆家之第一.) <靑邱野談 奎章 10:36>

41) 【삼상】圖 삼상(三霜). 흰옷을 입고 상제(喪制)로 있는 삼 년 동안.¶ 한 지샹의 주뎨 부친 상고를 당한여 삼상을 맛고 일즉 일을 인한여 협듕으로 가더니 날이 져믈고 쥬막이 먼지라 한 민가의 헐슉한믈 쳥한니 (有一故相之子, 路出窮峽, 日暮站遠, 投宿于一農舍內.) <靑邱野談 奎章 10:36>

42) 【녕합】圖 ((관직)) 영합(領閤). 영의정의 별칭.¶ 首閤 ∥ 공지 놀나 혼쟈말노 쥬인이 녯젹 녕합의 아돌인가 엇지 뉴락한여 이예 잇느뇨 (驚起自語曰: "然則庄主, 故首閤之子耶? 何流落至此也?") <靑邱野談 奎章 10:37>

43) 【쳘찬-한-】圖 쳘찬(撤饌)하다. 제사가 끝난 뒤에 제사 음식을 거두어 치우다.¶ 撤饌 ∥ 비로소 크게 의심한야 그 쳘찬한기를 기드려 급히 쥬인을 불너 굴오더 너의 션셰 일즉 무삼 벼슬을 한엿느뇨 (始及大疑, 待其撤祭, 亟呼庄主曰: "汝之先世, 曾做何官?") <靑邱野談 奎章 10:37>

쏘 무르디,

"내 일홈이 무엇고?"

디ᄒᆞ여 굴오디,

"아모로소이다."

쏘 무르디,

"네 모의 셩이 무엇고?"

디ᄒᆞ여 굴오디,

"쇼인이 어려셔 부모를 여외여 셩ᄌᆞ(姓字)를 모로ᄂᆞ이다."

쏘 무로디,

"네 능히 글ᄌᆞ를 아는다?"

디ᄒᆞ디,

"다만 언문(諺文)만 아노이다."

쏘 무로디,

"너의 축문을 눌노 ᄒᆞ여곰 디셔(代書)ᄒᆞ뇨?"

디ᄒᆞ여 굴오디,

"쇼인이 평성의 축문 규셕을 아지 못ᄒᆞ옵더니 어계 공즈의 귀복(貴僕)이 쇼인의 졔ᄉᆞ 출히믈 보옵고 무로디 '축문이 잇ᄂᆞ냐?' ᄒᆞ옵기의 업다 ᄒᆞ온즉 우스며 일오디 '축문 업시 졔ᄒᆞ면 졔치 아닌즉ᄉᆞ라.' ᄒᆞ옵거늘 쇼인이 탁쥬를 만히 디졉ᄒᆞ고 축식 비ᄒᆞ기를 쳥ᄒᆞ온즉 귀복이 일장 빅지를 ᄎᆞᄌᆞ 언문으로 등셔(謄書)ᄒᆞ여 쇼인으로 숙독ᄒᆞ게 ᄒᆞ오미 쇼인이 여러 번 닑 [39]으미 심히 어렵지 아니ᄒᆞ온 고로 깃부믈 니긔지 못ᄒᆞ야 일동 계인으로 더브러 이 조희를 간슈ᄒᆞ야 일후 년ᄆ 긔일마다 집ᄆ이 돌며 독축ᄒᆞ려 ᄒᆞ오미 쇼인이 오날 새볘 몬져 시험ᄒᆞ얏ᄂᆞ이다."

공지 크게 경히ᄒᆞ여 소리로뼈 ᄭᅮ러 니르고 즉디(卽地)의 축문을 쇼화(燒火)ᄒᆞ고 기복(其僕)을 대칙ᄒᆞ디 기복이 굴오디,

"쇼인이 미양 샹젼딕 긔일에 축문을 닉이 듯줍고 습숑(習誦)ᄒᆞ와 ᄆᆞ음의 혜오디 '셰상 축식이 다 이 ᄀᆞᆺ다' ᄒᆞ온 고로 이 일이 잇노이다."

공지 ᄆᆞ음의 심히 미안ᄒᆞ디 이믜 홀일업는지라 다시 생각ᄒᆞ즉 앗가 독축ᄒᆞ든 년월간지는 곳 거년 즈가 친긔(親忌)날이라 쥬인의 셜졔독축(設祭讀祝)ᄒᆞᆯ 계 그릇 타인의 귀신을 쳥ᄒᆞ고 공즈로 닐너도 그 친졔(親祭)를 [40] 궁향 타인가의셔 지닉여 셜만(褻慢)ᄒᆞ미 심ᄒᆞ니 쥬긱의 치쇼(癡笑)와 낭픽 닐반이로다.

지샹희국미화죡
宰相戲掬梅花足

녯젹 흔 지샹의 부인이 셩품이 엄ᄒᆞ고 법되 잇스니 지샹이 심히 긔탄(忌憚)ᄒᆞ여 샹히 부인의 견모(見侮)ᄒᆞᆯ가[44] 두려ᄒᆞ더니 그 집의 흔 비지 잇스니 일홈은 미ᄒᆡ(梅花 |)라. 년광(年光)이 삼오의 양지 심히 고으니 지샹이 미양 ᄯᅳᆺ을 두디 비지 부인의 좌우에 잇스미 그 틈을 엇지 못ᄒᆞ고 오직 츄파로뼈 은근흔 ᄆᆞ음을 보닌즉 비지 넝낙ᄒᆞ미 심ᄒᆞ니 대개 부인의 강졍(剛正)ᄒᆞ믈 두리미러라.

일ᄂᆞ은 지샹이 닉방의 안챠실 계 부인이 대쳥의셔 일을 보살피더니 비지 부인의 명[41]으로 방안의 드러와 다락에 올나갈시 흔 발이 다락문 밧긔 드리왓더니 지샹이 그 발을 술펴본즉 희기 영권셔리 ᄀᆞᆺ튼지라 어엿비 너기믈 니긔지 못ᄒᆞ야 손으로 웅켜니 그 비지 크게 놀나 부르지ᄆ니 부인이 경셕ᄒᆞ고 굴오디,

"대감이 년로위고(年老位高)ᄒᆞ시거늘 엇지 ᄌᆞ중치 아니ᄒᆞ시ᄂᆞ니잇고?"

지샹이 굴오디,

"그릇 경ᄆ(卿卿)의 볼노 알고 짐짓 범ᄒᆞ엿노라."

시인이 위ᄒᆞ야 닐오디,

"샹사일야매화발(相思一夜梅花發)ᄒᆞ니[셔로 생각ᄒᆞ미 ᄒᆞ로밤의 매화 피엿스니] 홀도창젼의시군(忽到窓前疑是君)이라[홀연이 창 압희 니르미 의심컨디 이 군이라]."

ᄒᆞ엿더라.

득첨ᄉᆞ아시유약
得僉使兒時有約

---

44) 【견모-ᄒᆞ-】 圖 견모(見侮)하다. 업신여김을 당하다. ¶ 取侮 ‖ 녯젹 흔 지샹의 부인이 셩품이 엄ᄒᆞ고 법되 잇스니 지샹이 심히 긔탄ᄒᆞ여 샹히 부인의 견모홀가 두려ᄒᆞ더니 (古有一宰相, 夫人性嚴有法度, 宰相甚憚之, 常恐或取侮於夫人也.) <靑邱野談 奎章 10:40>

빅사(白沙) 니공(李公)이 일즉 한가히 안잣더니 밍인 함순명(咸順命)이 와 뵈거늘 공이 굴오디,

"무슴 일노 우둥의 왓느뇨?"

순명이 굴오디,

【42】"진실노 긴급한 일이 아니면 엇비 비룰 무릅쓰고 오리잇고?"

공이 굴오디,

"아직 너의 쳥ㅎ는 바룰 두고 몬져 너 쳥을 드르미 엇더ㅎ뇨?"

박판셔 연(筵)이 ㅇ시예 공의게 슈혹ㅎ야 바야흐로 지좌(在座)ㅎ지라 공이 박아(朴兒)의 스쥬룰 フ르쳐 무러 굴오디,

"이 ㅇ희 명쉬 엇더ㅎ뇨?"

순명이 이윽히 츄슈(推數)ㅎ여 굴오디,

"이 아히 가히 병판(兵判)의 니르리이다."

빅새 탄식ㅎ야 굴오디,

"너의 술쉬 경(精)ㅎ도다. 츳이 원니 가히 이 벼슬의 니룰 거시니라."

순명이 박아드려 굴오디,

"그디 갑오년 간의 가히 맛당이 대스마(大司馬)룰 ㅎ리라."

이쩌예 공의 셔즈 긔남(箕男)이 박ㅇ로 더부러 동혹(同學)ㅎ더니 긔남이 굴오디,

"그디 만일 병판에 거ㅎ거든 맛당히 날을 병스(兵使)룰 시기미 엇더ㅎ뇨?"

박인(朴兒 1) 【43】 우어 굴오디,

"그러ㅎ리라."

ㅎ엿더니 그 후 갑오년의 과연 즁권(重權)을 맛흔지라 긔남이 가 보와 다시 흔 말도 아니ㅎ느 하직고 나올 쩌예 박공의 측실 쇼이 압희 잇거늘 긔남이 그 아희룰 결박ㅎ야 끄을고 담 밧그로 나오니 병판이 놀나 그 연고룰 무른디 긔남이 굴오디,

"니 오셩부원군(鰲城府院君) 쳡즈로셔 병판으로 더부러 아시 슉약(宿約)이 잇셔도 셔로 고렴(顧念)치 아니ㅎ거든 하물며 녜스 병판의 쳡즈야 살아 무엇ㅎ리오 죽여 앗갑지 아니토다."

박공이 굴오디,

"니 비록 ㅇ시의 너룰 허락ㅎ엿스나 됴가 명격(政格)이 졀엄(絶嚴)ㅎ니 엇지 감히 셔열노뻐 병스룰 ㅎ리오?"

긔남이 굴오디,

"그러면 그디 맛당히 상소ㅎ야 그 ㅇ시의 언

약을 베퍼 둥권의 명을 응 【44】 치 아니ㅎ미 가ㅎ니라."

박공이 우어 굴오디,

"니 네 뜻을 아노라 빅녕쳠스(白翎僉使)룰 근리 쟉과(作窠)ㅎ엿스니45) 뜻이 네게 잇노라."

긔남이 개연이 굴오디,

"병스로뻐 쳠스룰 디신ㅎ미 실노 겸연(慊然)ㅎ나 쪼흔 엇지ㅎ리오?"

맛춤니 빅녕쳠스룰 ㅎ니라.

양쟝원미과필몽
養壯元每科必夢

낙졍(樂靜)46) 됴공(趙公)이 쟝원급졔ㅎ여실 계 방하(榜下) 동년(同年)이 젼례 챵방(唱榜) 젼에 쟝원의게 뵈논지라. 동년 듕의 슈발이 반빅된 쟤 와 뷜 시 좌졍의 긔인이 눈을 드러 익이 보다가 우어 굴오디,

"이샹ㅎ고 괴이ㅎ도다. 쟝원을 길너니여 흔가지 등과ㅎ니 엇지 늙지 아니리오?"

45) 【쟉과-ㅎ-】 圖 쟉과(作窠)하다. 다른 사람을 벼슬 자리에 쓰려고 그 자리에 있던 사람을 면직하다.¶ 作窠 ∥ 니 네 뜻을 아노라 빅녕쳠스룰 근리 쟉과ㅎ엿스니 뜻이 네게 잇노라 (我識汝意, 白翎僉使, 近作窠, 意必在此) <靑邱野談 奎章 10:44>

46) 【낙졍】 圖 ((인명)) 낙졍(樂靜). 조석윤(趙錫胤 1605~1654). 자는 윤지(胤之), 호는 낙졍재(樂靜齋). 시호 문효(文孝). 김상헌(金尙憲)·장유(張維)의 문인. 1626년(인조 4) 별시문과(別試文科)에 급제하였으나 파방(罷榜)되고, 1628년 다시 별시문과에 급제, 시강원사서(侍講院司書)를 거쳐 수찬(修撰)·이조정랑·승지를 지냈다. 진주목사(晉州牧使)로 재임 중 치적을 올려 뒤에 송덕비가 세워졌다. 1649년 대사간이 되고, 1650년(효종 1) 양관대제학(兩館大提學)으로 《인조실록(仁祖實錄)》 편찬에 참여했다. 금천(金川)의 도산서원(道山書院), 안변(安邊)의 옥동서원(玉同書院), 종성(鐘城)의 죵산서원(鐘山書院)에 제향되었다. 문집에 《낙졍집(樂靜集)》이 있나.¶ 樂靜 ∥ 낙졍 됴공이 쟝원급제ㅎ여실 계 방하 동년이 젼례 챵방 젼에 쟝원의게 뵈논지라 (樂靜趙公, 壯元及第, 榜下同年, 例於唱榜前, 來謁壯頭.) <靑邱野談 奎章 10:44>

공이 골오디,

"엇지 일음고?"

【45】기인이 골오디,

"나는 호남 사롬으로 과장의 늙은지라 ᄌ쇼(自少)로 경ᄉ(京師)의 드러와 과거 보미 그 수룰 아지 못ᄒᆯ지라. 힝ᄒᆞ여 미양 진위(振威) 갈원(葛院)의 니르러는 꿈의 ᄒᆞᆫ 아희룰 본즉 낙방ᄒᆞᄂᆞᆫ지라 이후로 힝ᄒᆞᆯ 제마다 믄득 몽듕에 만나니 그 ᄋᆞ희 졈ᄼ ᄌ라미 면목이 너거 희계희쇼(孩提戲笑)ᄒᆞᆯ 졔 셔로 혼연ᄒᆞᆫ지라 이믜 ᄢᆞ미 반ᄃᆞ시 그 낙방ᄒᆞᆯ 줄 알아 ᄆᆞᄋᆞᆷ의 심히 슬히 너겨 그 슉쇼룰 옴겨 비록 갈원의 자지 아니ᄒᆞ고 수십 니룰 믈너가 쟈디 견ᄯᅩᆺ치 꿈의 뵈고 ᄯᅩ 그 길을 곳쳐 안셩(安城)으로 말믜암아 셔울노 올ᄉᆡ 갈원 마조 뵈ᄂᆞᆫ 곳을 지나면 믄득 몽듕의 만나 맛ᄎᆞᆷ너 무가ᄂᆡ해(無可奈何ㅣ)라. 도로 젼길노 힝ᄒᆞ니 그 아희 【46】쟝셩ᄒᆞ여 이믜 가관(加冠)ᄒᆞ엿ᄉᆞ디 ᄯᅩᄒᆞᆫ 여러 번 뵈야 셔로 친ᄒᆞ더니 금힝에 ᄯᅩ 여젼히 꿈의 뵈ᄂᆞᆫ 고로 낙과(落科ㅣ)ᄒᆞᆯ룰 혜아려 ᄆᆞᄋᆞᆷ이 참연(慘然)ᄒᆞ나 이믜 온지라. 망즁입셩(忙中入城)ᄒᆞ야 관광이나 ᄒᆞ고 다시 과장에 단렴ᄒᆞ랴 ᄒᆞ엿더니 금번의 홀연 등과ᄒᆞ미 그 연고롤 아지 못ᄒᆞᆯ너니 이졔 와 졍히 쟝원을 뵈오니 완연이 몽듕 안면이라. 진실노 이상ᄒᆞᆫ 일이라. 과졔(科第)의 조만득실(早晩得失)이 다 텬졍(天定)이러라."

결방연이팔낭ᄌ
結芳緣二八娘子

영묘됴(英廟朝) 말년의 채셩(蔡姓) ᄉ인(士人)이 가셰 빈곤ᄒᆞ여 남문 밧 만리(萬里)지예 우거(寓居)ᄒᆞ니 와옥(瓦屋)이 다 믄허지고 단표(簞瓢ㅣ) 여러 번 비더라. 【47】셩의 부친이 개졔(愷悌)ᄒᆞ고[47]

졸직(拙直)ᄒᆞ야[48] 념졍(恬靜)[49]으로써 그 몸을 직희고 긔한(飢寒)으로써 그 ᄯᅳᆺ을 밧고지 아니ᄒᆞ야 오직 그 ᄌ뎨룰 엄히 ᄀᆞ르쳐 가셩(家聲)을 닛고져 ᄒᆞ야 ᄒᆞᆫ 올치 아니ᄒᆞᆫ 곳을 보면 일즉 용디(容貸)치[50] 아니ᄒᆞ야 반ᄃᆞ시 발가벗겨 노망티[51] 속의 너어 놉히 들보의 ᄃᆞᆯ고 큰 매로 쳐 골오디,

"너 문의 흥망셩쇠 네 일신의 미엿스니 모진 벌이 아니면 엇지 가히 허믈을 고치리오?"

셩의 시년이 십팔이라 위슈현(禹水峴) 목시(睦氏)의 집에 입쟝(入丈)ᄒᆞ니[52] 비록 결친(結親)ᄒᆞᄂᆞᆫ[53] 날이라도 ᄯᅩᄒᆞᆫ 일과룰 폐치 아니ᄒᆞ고 권귀(捲歸)ᄒᆞᆫ[54] 후의 임셕지ᄉ(袵席之事)룰[55] 다 날을 ᄀᆞ르쳐

47) 【개졔-ᄒᆞ-】휑 개졔(愷悌)하다. 용모와 기상이 화락하고 단아하다.¶愷悌∥셩의 부친이 개졔ᄒᆞ고 졸직ᄒᆞ야 념경으로써 그 몸을 직희고 긔한으로써 그 ᄯᅳᆺ을 밧고ᄉᆡ 아니ᄒᆞ매 교ᄉᆡ 그 ᄌ뎨룰 엄히 ᄀᆞ른쳐 가셩룰 닛고져 ᄒᆞ야 (而生之父, 愷悌謹拙, 恬靜自守, 不以飢寒而易其操, 惟嚴訓其子, 欲紹家緖.) <靑邱野談 奎章 10:47>

48) 【졸직-ᄒᆞ-】휑 졸직(拙直)하다. 고지식하고 변통성이 없다.¶謹拙∥셩의 부친이 개졔ᄒᆞ고 졸직ᄒᆞ야 념경으로써 그 몸을 직희고 긔한으로써 그 ᄯᅳᆺ을 밧고지 아니ᄒᆞ야 오직 그 ᄌ뎨룰 엄히 ᄀᆞ르쳐 가셩을 닛고져 ᄒᆞ야 (而生之父, 愷悌謹拙, 恬靜自守, 不以飢寒而易其操, 惟嚴訓其子, 欲紹家緖.) <靑邱野談 奎章 10:47>

49) 【념졍】휑 염졍(恬靜). 마음과 정신이 편안하고 고요함.¶恬靜∥셩의 부친이 개졔ᄒᆞ고 졸직ᄒᆞ야 념경으로써 그 몸을 직희고 긔한으로써 그 ᄯᅳᆺ을 밧고지 아니ᄒᆞ야 오직 그 ᄌ뎨룰 엄히 ᄀᆞ르쳐 가셩을 닛고져 ᄒᆞ야 (而生之父, 愷悌謹拙, 恬靜自守, 不以飢寒而易其操, 惟嚴訓其子, 欲紹家緖.) <靑邱野談 奎章 10:47>

50) 【용디-ᄒᆞ-】휑 용대(容貸)하다. 용서하다.¶包容∥ᄒᆞᆫ 올치 아니ᄒᆞᆫ 곳을 보면 일즉 용디치 아니ᄒᆞ야 반ᄃᆞ시 발가벗겨 노망티 속의 너어 놉히 들보의 ᄃᆞᆯ고 (見一不是處, 未嘗溺愛包容, 必裸入繩網之中, 高懸楗上.) <靑邱野談 奎章 10:47>

51) 【노망티】휑 노망태. 노로 만든 망태기.¶繩網∥ᄒᆞᆫ 올치 아니ᄒᆞᆫ 곳을 보면 일즉 용디치 아니ᄒᆞ야 반ᄃᆞ시 발가벗겨 노망티 속의 너어 놉히 들보의 ᄃᆞᆯ고 (見一不是處, 未嘗溺愛包容, 必裸入繩網之中, 高懸楗上.) <靑邱野談 奎章 10:47>

52) 【입쟝-ᄒᆞ-】휑 입장(入丈)하다. 장가들다.¶委禽∥위슈현 목시의 집에 입쟝ᄒᆞ니 비록 결친ᄒᆞᄂᆞᆫ 날이라도 ᄯᅩᄒᆞᆫ 일과룰 폐치 아니ᄒᆞ고 권귀ᄒᆞᆫ 후의 임셕지ᄉ룰 다 날을 ᄀᆞ르쳐 허ᄒᆞ더라 (委禽於禹水峴睦學究家, 雖結褵之日, 亦令課讀, 親迎之後, 袵席之事, 皆有指日所許.) <靑邱野談 奎章 10:47>

53) 【결친-ᄒᆞ-】휑 결친(結親)하다. 성혼(成婚)하다.¶結褵∥위슈현 목시의 집에 입쟝ᄒᆞ니 비록 결친ᄒᆞᄂᆞᆫ 날이라도 ᄯᅩᄒᆞᆫ 일과룰 폐치 아니ᄒᆞ고 권귀ᄒᆞᆫ 후의 임셕지ᄉ룰 다 닐룰 ᄀᆞ르쳐 허ᄒᆞ더라 (委禽於禹水峴睦學究家, 雖結褵之日, 亦令課讀, 親迎之後, 袵席之事, 皆有指日所許.) <靑邱野談 奎章 10:47>

54) 【권귀-ᄒᆞ-】휑 권귀(捲歸)하다. 신랑이 신부의 집에

228

허ᄒᆞ더라.

일ᄎᆞ은 셩을 블너 ᄀᆞᆯ오ᄃᆡ,

"한식날이 다만 ᄉᆞ일이 격ᄒᆞ【48】엿ᄂᆞ니 졀ᄉᆞ(節祀)롤56) 맛당히 몸소 힝홀지라 네 셩관(成冠)ᄒᆞᆫ 후의 오히려 셩묘롤 못ᄒᆞ엿ᄂᆞ니 졍니의 미안ᄒᆞᆫ지라 가히 닉일 새볘 길을 쩌나 삼일이면 빅여 리롤 득달ᄒᆞ야 긔약에 밋쳐 샹묘(上墓)홀57) 거시니 졔ᄉᆞ 밧들 졔 모로미 졍셩을 극진이 ᄒᆞ야 비궤진퇴(拜跪進退)롤 조곰도 범홀이 말고 힝노의 만일 녀식과 상여롤 만나거든 반ᄃᆞ시 회피ᄒᆞ여 무옴 지계(齋戒)롤 힘쓰라."

성이 복ᄎᆞ이 엄명을 바다 익일 쳣둙이 울ᄆᆡ 힝장을 출히고 하직ᄒᆞ니 기뷔 ᄯᅩ 문의 나와 부탁ᄒᆞ야 ᄀᆞᆯ오ᄃᆡ,

"먼길의 긴 날을 허랑(虛浪)이 지나지 말고 ᄀᆞ만이 일경(一經)을 외오고 쥬막의 드러 반ᄃᆞ시 음식을 존졀(撙節)이58) ᄒᆞ야 병이 나지【49】말게 ᄒᆞ라."

성이 일ᄎᆞ 승명(承命)ᄒᆞ고 남문 안 네거리롤 지날ᄉᆡ 포의마혜(布衣麻鞋)로 힝식이 쵸ᄎᆞ(草草)ᄒᆞ더니 홀연 호한(豪悍)ᄒᆞᆫ59) 오륙 노복이 일필 쥰춍(駿驄)을60) 닛글고 길ᄀᆞ의 비알ᄒᆞ니 금안슈쳔(金鞍繡韉)이61) 월하(月下)의 바인ᄂᆞᆫ지라 셩이 슈샹이 녀겨 샐니 거러 다르니 노ᄌᆞ비 단ᄎᆞ히 에워ᄲᅡ고 ᄀᆞᆯ오ᄃᆡ,

"쇼인의 딕의셔 공ᄌᆞ롤 마져오라 ᄒᆞ오니 원컨디 샐니 몰게 오르쇼셔."

셩이 졉ᄂᆞ여 ᄀᆞᆯ오ᄃᆡ,

"그디 뉘집 노복이뇨? 내 ᄉᆞ고무친ᄒᆞ거늘 뉘 날을 샐니 블으리 잇스리오?"

노비 다시 답지 아니ᄒᆞ고 일졔이 모다 셩을 몰긔 언고 ᄒᆞᆫ 번 치롤 치ᄆᆡ ᄲᅡ르미 비룡 ᄀᆞᆺᄒᆞᆫ지라. 셩이 눈이 당황ᄒᆞ고 졍신이 현난ᄒᆞ야 블너 ᄀᆞᆯ오ᄃᆡ,

"네 닌 말을 드르라 내의 훤당(萱堂)【50】이 늉노(隆老)62)ᄒᆞ시고 ᄯᅩ 형뎨 업스니 너의 ᄌᆞ비지심을 드리워 잔명을 구ᄒᆞ라."

노비 것초로 디답ᄒᆞᄂᆞᆫ 체ᄒᆞ고 다만 모라 가더

가셔 신부를 맞아 돌아오다.¶ 親迎 ∥ 위슈현 목시의 집에 입장ᄒᆞ니 비록 결친ᄒᆞᄂᆞᆫ 날이라도 ᄯᅩᄒᆞᆫ 일과롤 폐치 아니ᄒᆞ고 권귀ᄒᆞᆫ 후의 임셕지ᄉᆞ롤 다 날을 ᄀᆞ르쳐 허ᄒᆞ더라 (委禽於禹水峴睦學究家, 雖結襯之日, 亦令課讀, 親迎之後, 袵席之事, 皆有指日所許.) <靑邱野談 奎章 10:47>

55)【임셕지ᄉᆞ】圖 임셕지ᄉᆞ(袵席之事). 부부가 잠자리를 같이 하다.¶ 袵席之事 ∥ 위슈현 목시의 집에 입장ᄒᆞ니 비록 결친ᄒᆞᄂᆞᆫ 날이라도 ᄯᅩᄒᆞᆫ 일과롤 폐치 아니ᄒᆞ고 권귀ᄒᆞᆫ 후의 임셕지ᄉᆞ롤 다 날을 ᄀᆞ르쳐 허ᄒᆞ더라 (委禽於禹水峴睦學究家, 雖結襯之日, 亦令課讀, 親迎之後, 袵席之事, 皆有指日所許.) <靑邱野談 奎章 10:47>

56)【졀ᄉᆞ】圖 절사(節祀). 철이나 명절에 지내는 제사.¶ 墓祭 ∥ 한식날이 다만 ᄉᆞ일이 격ᄒᆞ엿ᄂᆞ니 졀ᄉᆞ롤 맛당히 몸소 힝홀지라 (冷節只餘四箇日, 墓祭固宜躬行.) <靑邱野談 奎章 10:48>

57)【샹묘-ᄒᆞ-】圖 상묘(上墓)하다. 성묘(省墓)하다.¶ 네 셩관ᄒᆞᆫ 후의 오히려 셩묘롤 못ᄒᆞ엿ᄂᆞ니 졍니의 미안ᄒᆞᆫ지라 가히 닉일 새볘 길을 쩌나 삼일이면 빅여 리롤 득달ᄒᆞ야 긔약에 밋쳐 샹묘홀 거시니 (但汝成冠之後, 猶曠省墓, 於情於理, 俱是未妥, 可於明曉, 趲程三日, 而走百有奇里, 則當赴期到塋下.) <靑邱野談 奎章 10:48>

58)【존졀-이】圖 존졀(撙節)히. 쏨쏨이룰 졀약하게.¶ 節 ∥ 먼길의 긴 날을 허랑이 지나지 말고 ᄀᆞ만이 일경을 외오고 쥬막의 드러 반ᄃᆞ시 음식을 존졀이 ᄒᆞ야 병이 나지 말게 ᄒᆞ라 (長程決勿浪度, 默誦一經, 逆旅必須節食, 用免二竪, 勉哉勖哉!) <靑邱野談 奎章 10:48>

59)【호한-ᄒᆞ-】圖 호한(豪悍)하다. 호기가 많고 사납다.¶ 豪悍 ∥ 셩이 일ᄎᆞ 승명ᄒᆞ고 남문 안 네거리롤 지날ᄉᆡ 포의마혜로 힝식이 쵸ᄎᆞᄒᆞ더니 홀연 호한ᄒᆞᆫ 오륙 노복이 일필 쥰춍을 닛글고 길ᄀᆞ의 비알ᄒᆞ니 (生滿口應承, 往于南門, 轉過十字街, 爲衣麻鞋, 行色零星, 忽有五六皂隷豪悍駔, 胖健携一駿驄骨.) <靑邱野談 奎章 10:49>

60)【쥰춍】圖 ((동물)) 준총(駿驄). 걸음이 몹시 빠른 말.¶ 駿驄骨 ∥ 셩이 일ᄎᆞ 승명ᄒᆞ고 남문 안 네거리롤 지날ᄉᆡ 포의마혜로 힝식이 쵸ᄎᆞᄒᆞ더니 홀연 호한ᄒᆞᆫ 오륙 노복이 일필 쥰춍을 닛글고 길ᄀᆞ의 비알ᄒᆞ니 (生滿口應承, 往于南門, 轉過十字街, 爲衣麻鞋, 行色零星, 忽有五六皂隷豪悍駔, 胖健携一駿驄骨.) <靑邱野談 奎章 10:49>

61)【금안-슈쳔】圖 ((기물)) 금안수천(金鞍繡韉). 황금으로 꾸민 안장과 비단안치마.¶ 金勒繡韉 ∥ 셩이 일ᄎᆞ 승명ᄒᆞ고 남문 안 네거리롤 지날ᄉᆡ 포의마혜로 힝식이 쵸ᄎᆞᄒᆞ더니 홀연 호한ᄒᆞᆫ 오륙 노복이 일필 쥰춍을 닛글고 길ᄀᆞ의 비알ᄒᆞ니 금안슈쳔이 월하의 바인ᄂᆞᆫ지라 (生滿口應承, 往于南門, 轉過十字街, 爲衣麻鞋, 行色零星, 忽有五六皂隷豪悍駔, 胖健携一駿驄骨, 金勒繡韉, 拜于路傍.) <靑邱野談 奎章 10:49>

62)【뉴노】圖 ((인류)) 유로(隆老). 칠팔십 세 이상 되ᄂᆞᆫ 노인.¶ 俱耄 ∥ 네 닌 말을 드르라 내의 훤당이 늉노ᄒᆞ시고 ᄯᅩ 형뎨 업스니 너의 ᄌᆞ비지심을 드리워 잔명을 구ᄒᆞ라 (我庭闈俱耄, 兄弟終解, 望君特垂慈悲, 救活縷喘.) <靑邱野談 奎章 10:50>

니 이윽고 흔 대문으로 드러가 무한이 둘너 져근 듕문의 든즉 큰 사당이 잇스니 제되 굉쟝ᄒ여 분쟝(粉牆)이 겹ᄉᆞ이오 화동(畵棟)이 층ᄉᆞ이라. 모든 노복이 셩을 협익(挾腋)ᄒ여 당의 올니ᄂᆞ 당샹의 홍안 빅발(紅顔白髮) 일노인이 머리의 오사졀풍건(烏紗折風巾)을 쓰고 명쥬편영(明紬編纓)으로 미엿스니 두 귀밋히 일ᄲᅡᆼ 금관지 빗치 황홀ᄒ고 몸의 대화쳥금창의(大花靑錦氅衣)롤 입엇스며 허리예 일조(一條) 진홍당스디(眞紅唐絲帶)롤 쯰고 놉히 침향교의(沉香交椅) 우히 안즈시니 남극션옹(南極仙翁)이 강님흔 둣ᄒ고 오류 츠환이 녹의홍상으로 버러 뫼셧더라. 셩이 쳐음 보미 황홀 【51】 ᄒ여 급히 졀ᄒ고 셕샹의 업더니 쥬옹이 붓드러 니르켜 한훤을 뭇차미 셩의 셩명과 문벌과 년긔롤 갓쵸 무른디 셩이 일ᄉᆞ히 디답ᄒ니 쥬옹이 미우의 깃분 빗츨 ᄯᅴ여 굴오디,

"그러흔즉 녀식이 박명치 아니ᄒ고 노셩이 헐복(歇福)지63) 아니토다."

셩이 죵시 우희(愚駭)ᄒ야64) 그 일을 히득지 못ᄒ고 그 말을 알아듯지 못ᄒ야 면식이 통홍(通紅)ᄒ야 기리 읍ᄒ고 겻히 안즌디 쥬옹이 굴오디,

"너집이 디ᄃᆞ 역관으로 가업을 ᄌᆞ뢰ᄒ야 쟉위(爵位) 금옥(金玉)의 모쳠(冒添)ᄒ고 가산이 요족ᄒ니 무어시 부족ᄒ리오만은 다만 슬하의 흔 녀식 ᄲᅮᆫ이라 사룸의 폐믈(幣物)을 바다 합근(合巹)을 밋쳐 못ᄒ여 부셰(夫壻ㅣ) 믄득 요ᄉᆞ(夭死)ᄒ니 쳥춘공규(靑春空閨)의65) 경ᄉᆡ 가련흔지라. 【52】 녜로 직히미 한이 잇고 쳥문의 거리끼미 잇셔 믄득 기가치 못ᄒ고 거연 삼 년이 된지라. 녀식이 홀연 젼쇼(前宵)의 이호(哀號)ᄒᆞ믈 마지 아니ᄒ니 소리마다 한이 밋치고 ᄆᆞ디마다 챵재 끈허지니 비록 힝노지인(行路之

人)이라도 ᄯᅩ흔 위ᄒ여 감챵(感愴)ᄒ려든66) 허믈며 일졈 혈육잇ᄯᆞ녀!67) 일ᄉᆞ을 더ᄒ미 믄득 일ᄉᆞ 근심이 잇고 빅년을 참아 지ᄂᆡ미 믄득 빅년 즐거오미 업슬지라. 됴로인셩(朝露人生)이 빅구광음(白駒光陰)이라 비록 스듁(絲竹)으로68) 귀롤 짓거리고 금슈로 눈을 현란ᄒ고 고량(膏粱)으로 입을 즐길지라도 오히려 여일(餘日)이 부다(不多)ᄒ거든 너 ᄯᅩ 무슨 연고로 눈믈노 일용을 삼고 익원으로 가계롤 삼으리오? 일이 궁박ᄒ고 계괴 막힌지라 이예 노복으로 ᄒ여 【53】 곰 새볘 가로의 나가 기드려 무론현우귀쳔ᄒ고 반드시 쳐음 만나는 쇼년 쟝부롤 마쟈 극녁ᄒ여 드려오라 ᄒ여 뼈 가연(佳緣)을 겸ᄒ려 ᄒ더니 ᄯᅳᆺ 아닌 낭군이 식녀(息女)로 더부러 월노ᄉᆞ(月老師)의69) 삼셩연(三生緣)을 미즈 우합(偶合)이 심히 공교ᄒ니 쳔만 바라건디 그 졍샹을 가긍히 너겨 ᄒ여곰 건즐을 밧들게 ᄒ라."

셩이 더욱 당황ᄒ야 감히 응치 못ᄒ거늘 쥬옹이 굴오디,

---

63) 【헐복-】 圈 헐복(歇福)ᄒ다. 어지간히 복이 업다.¶ 그러흔즉 녀식이 박명치 아니ᄒ고 노셩이 헐복지 아니토다 (吾不蒲命.) <靑邱野談 奎章 10:51>

64) 【우희 -ᄒ-】 圈 우해(愚駭)ᄒ다. 어리석고 어안이 벙벙하다.¶ 愚駭 ‖ 셩이 죵시 우희ᄒ야 그 일을 히득지 못ᄒ고 그 말을 알아듯지 못ᄒ야 면식이 통홍ᄒ야 기리 읍ᄒ고 겻히 안즌디 (生終是愚駭, 究解他不得, 動問他不得, 惟滿面通紅, 拱手侍坐而已.) <靑邱野談 奎章 10:51>

65) 【쳥춘 -공규】 圈 ((인류)) 쳥춘공규(靑春空閨). 졂은 과부.¶ 靑春空閨 ‖ 사룸의 폐믈을 바다 합근을 밋쳐 못ᄒ여 부셰 믄득 요ᄉᆞᄒ니 쳥춘공규의 경ᄉᆡ 가련흔지라 (受人儷皮, 未趁巹禮, 而夫壻遽夭, 靑春空閨, 情事極憐.) <靑邱野談 奎章 10:51>

66) 【감챵-ᄒ-】 圈 감챵(感愴)ᄒ다. 어떤 느낌이 가슴에 사무쳐 슬프다.¶ 傷感 ‖ 녀식이 홀연 젼쇼의 이호ᄒ믈 마지 아니ᄒ니 소리마다 한이 밋치고 ᄆᆞ디마다 챵재 끈허지니 비록 힝노지인이라도 ᄯᅩ 위ᄒ여 감챵ᄒ려든 허믈며 일졈 혈육잇ᄯᆞ녀 (女忽於前宵, 悲號哀鳴, 聲聲呑恨, 寸寸斷腸, 雖行路之人, 亦當爲之傷感, 矧余一點骨肉, 都寄此女.) <靑邱野談 奎章 10:52>

67) 【-ᄯᆞ녀】 回 (('이다'의 어간 뒤에 붙어)) -따녀. -랴. -겠느냐.¶ 녀식이 홀연 젼쇼의 이호ᄒ믈 마지 아니ᄒ니 소리마다 한이 밋치고 ᄆᆞ디마다 챵재 끈허지니 비록 힝노지인이라도 ᄯᅩ 위ᄒ여 감챵ᄒ려든 허믈며 일졈 혈육잇ᄯᆞ녀 (女忽於前宵, 悲號哀鳴, 聲聲呑恨, 寸寸斷腸, 雖行路之人, 亦當爲之傷感, 矧余一點骨肉, 都寄此女.) <靑邱野談 奎章 10:52>

68) 【스듁】 圈 ((음악)) 사듁(絲竹). 거문고, 가야금 따위. 악기로 연주하는 음악.¶ 絲肉 ‖ 됴로인셩이 빅구광음이라 비록 스듁으로 귀를 짓거리고 금슈로 눈을 현란ᄒ고 고량으로 입을 즐길지라도 오히려 여일이 부다ᄒ거든 (缺陷世界, 迅如流駛, 雖絲肉以醒耳, 錦繡以侈眼, 膏腴以悅口, 猶恨取樂無多.) <靑邱野談 奎章 10:52>

69) 【월노ᄉᆞ】 圈 ((인류)) 월로사(月老師). 월하노인(月下老人). 부부의 인연을 맺어 준다는 전설상의 늙은이.¶ ᄯᅳᆺ 아닌 낭군이 식녀로 더부러 월노ᄉᆞ의 삼셩연을 미즈 우합이 심히 공교ᄒ니 쳔만 바라ᄂᆞᆫ 그 졍샹을 가긍히 너겨 ᄒ여곰 건즐을 밧들게 ᄒ라 (不意郞君與微息, 宿緊赤繩, 湊合甚巧, 萬望憐其寡賞, 使奉巾櫛.) <靑邱野談 奎章 10:53>

"춘쇠(春宵ㅣ) 괴로이 져르고 닭이 거의 새벽을 보호지라 원컨디 그디는 붉지 아니믈 미쳐 화촉을 일위라."

호고 인호여 성을 껴 니르혀 닛글고 힝각(行閣)으로 드러가 구을너 일좌 화원의 니르니 쥬회 수빅 보의 분장이 스면으로 둘넛는디 분장 안의 년못 파고 져근 비롤 그 【54】 ㄱ의 미엿스니 겨오 냥삼인을 용납홀너라. 이예 혼가지로 타고 건너가니 년줄기 묵거 셰온 둧호여 천심을 가히 분변치 못홀너라. 거슬녀 향긔로온 ㄱ온디로 드러가니 셤 언덕이 웃쑥 셔고 문셕(文石)으로70) 층ㅈ이 뽀아 ㄱ온디 사다리롤 놋코 그 우희 오르게 호니 성이 비예 느려 셤돌의 올나 총계롤 다호미 십이층 난간의 인셕(茵席)이71) 찬란호고 쥬렴이 녕농혼지라 쥬용이 성을 인도호야 밧긔 머므르고 드러가거늘 성이 머믈너겨 눈을 흘녀 본즉 긔쵸명화(奇草名花)와 이셕진금(異石珍禽)이 좌우의 버러시니 창히신루(蒼海蜃樓)와 파사보시(婆娑普施) ㄱㅌ여 가히 형샹치 못홀너라.

거무하(居無何)의 두 쳥의(青衣) 성을 마쟈 인도호니 성이 쓰라 일좌 홍원(紅院)의 니른 【55】 즉 벽사챵(碧紗窓) 안의 은쵹이 휘황호고 향연이 요ㅈ(裊裊)혼디 이팔 낭지 월틱화용(月態花容)의 응장셩식(凝粧盛飾)으로 명월션(明月扇)을 반만 ㄱ리오고 지게 안의 아릿다이 셧스니 장강반희(莊姜班姬)의 식덕(色德)이72) 겸비호고 왕모상아(王母姮娥)의 연분이 격강혼지 축광이 은영호고 용치(容體) 현회(顯晦)혼지라. 성이 머뭇거려 나아가니 낭지 년보(蓮步)롤 잠간 옴겨 나아와 읍호고 성을 마쟈 드려 ㅅ비롤 못ㅊ미 성이 쏘혼 답비호고 화셕홍젼(花席紅氈)

우희 디호여 안젓더니 시비 일빵이 셤슈로 상을 나아오니 슈륙진미 압히 방장(方丈)이오 금은보긔(金銀寶器) 좌우에 착죵(錯綜)호니 성이 슈란(愁亂)호여 감히 햐져(下箸)치 못호거늘 쥬용이 굴오디,

"녀식이 비록 지덕이 겸비치 못호나 다만 그 디의게 밋는 밧쟈 【56】 는 만일 은졍이 무간(無間)호고73) 참쇠(讒訴ㅣ) 드지 아니흔즉 가히 빅년금슬(百年琴瑟)을 질길 거시니 그디는 도모호라."

성이 능히 답지 못호고 어린 드시 안잣더니 쥬용이 몸을 번드쳐 나가미 유피 냥개 금침을 칠보상 우희 펴고 성을 쳥호여 장의 드린디 성이 강잉호여 드러가미 유피 쏘 낭즈롤 인도호여 성으로 더부러 흔긔 안치고 인호여 뉴소장(流蘇帳)을 느리고 문셔(文犀)로뻐74) 누르니 성이 도ㅊ지두(到此地頭)호여 진퇴낭난이라 경신을 졍치 못호야 완낭(阮郎)이 텬틱산(天台山)의 들고 뉴의(柳毅) 동경호(洞庭湖)의 놀물 스스로 비겨 이예 쵹을 믈니고 벼개롤 셔피여 일장 운우의 하늘이 붉은지라 비로소 찌여본즉 닙엇든 의디 겻히 업거늘 성이 경ㅇ호믈 니긔지 못호야 낭즈 【57】 의게 무른디 낭지 굴오디,

"옷 견양(見樣)을 너여 짓고져 호여 가져갓느이다."

말을 뭇ㅊ미 유피 화듁(花竹) 상ㅈ롤 드려 굴오디,

"새옷슬 이믜 ㄱ쵸와스니 낭군은 닙으쇼셔."

성이 본즉 찬찬의복(燦燦衣服)이 몸의 온칭(穩稱)혼지라75) 닙고 보니 션풍도골이 옷스로조차 낫

---

70) 【문셕】 🈂 ((광물)) 문셕(文石). 셕영, 단백셕(蛋白石), 옥수(玉髓)의 혼합물. 마노(瑪瑙).¶ 文石 ‖ 거슬녀 향긔로온 ㄱ온디로 드러가니 셤 언덕이 웃쑥 셔고 문셕으로 층ㅈ이 뽀아 ㄱ온디 사다리롤 놋코 그 우희 오르게 호니 (溯沿異香中者, 差久塢巇斗立以文石築起, 中設階除以達其上.) <靑邱野談 奎章 10:54>

71) 【인셕】 🈂 ((기물)) 인셕(茵席). 왕골이나 부들로 만든 돗자리.¶ 茵席 ‖ 성이 비예 느려 셤돌의 올나 총계롤 다호미 십이층 난간의 인셕이 찬란호고 쥬렴이 녕농혼지라 (生下舟登堦, 堦盡而有十二闌干, 茵席炳爛, 簾箔蓁透.) <靑邱野談 奎章 10:54>

72) 【식덕】 🈂 색덕(色德). 녀사의 고운 얼골과 아금다운 덕행.¶ 장강반희의 식덕이 겸비호고 왕모상아의 연분이 격강혼지 축광이 은영호고 용치 현회혼지라 (隴暎顯晦, 只窺一斑.) <靑邱野談 奎章 10:55>

73) 【무간-호-】 🈂 무간(無間)하다. 아주 친하여 서로 막힘이 없이 사이가 가깝다.¶ 無間 ‖ 녀식이 비록 지덕이 겸비치 못호나 다만 그디의게 밋는 밧쟈는 만일 은졍이 무간호고 참쇠 드지 아니흔즉 가히 빅년 금슬을 질길 거시니 그디는 도모호라 (稚女富貴, 吾所固有, 但仰恃於君者, 若恩情無間, 讒嫉不行, 則可得百年鳧藻, 惟君圖之.) <靑邱野談 奎章 10:56>

74) 【문셔】 🈂 ((기물)) 문셔(文犀). 문진(文鎭). 책장이나 종이쪽이 바람에 날리지 아니하도록 눌러두는 물건.¶ 文犀 ‖ 유피 쏘 낭즈롤 인도호여 성으로 더부러 흔긔 안치고 인호여 뉴소장을 느리고 문셔로뻐 누르니 성이 도ㅊ지두호여 진퇴낭난이라 (嫗又扶娘子, 與生幷坐, 仍下流蘇, 鎮以文犀, 生罔腑矛盾.) <靑邱野談 奎章 10:56>

75) 【온칭-호-】 🈂 온칭(穩稱)하다. 꼭 맞다.¶ 穩稱 ‖ 성이 본즉 찬찬의복이 몸의 온칭혼지라 닙고 보니 션풍도골이 옷스로조차 낫트나더라 (生見綺紈燦燦, 穩稱身子, 大喜穿下.) <靑邱野談 奎章 10:57>

틱나더라. 조반을 맛치미 쥬옹이 드러와 긔거(起居)
롤 뭇거늘 싱이 골오디,

"대애(大爺ㅣ) 한미흔 종젹을 더러이 아니 녀
기샤 은이 지즁ㅎ시니 오릭 싱관(甥館)의 거ㅎ여 미
셩(微誠)을 표코져 아니미 아니로디 다만 졀일이 격
일ㅎ옵고 젼되 요원ㅎ오니 만일 일즉이 지체흔즉
긔약이 밋지 못홀 듯ㅎ오미 감히 일노조차 하직ㅎ
옵ᄂᆞ니 우러ᄅ 빌건디 하량ㅎ옵쇼셔."

쥬옹이 골오디,

"션롱(先壠)이76) 여긔셔 몃 【58】 니뇨?"

골오디,

"빅 니 남즛ㅎ이다."

쥬옹이 골오디,

"만일 간관(間關)이 곤보(困步)흔즉 가히 삼일
을 허비ㅎ려니와 만일 흔 번 쥰렵(駿鬣)을77) 둘닌즉
반일이 못ㅎ여 득달홀 거시니 아직 냥일을 머물나."

싱이 골오디,

"춘졍(春庭)78) 훈계 극히 엄ㅎ시니 만일 지체
ㅎ엿다가 조혼 물긔 빗난 의복으로뼈 도라간즉 일
이 발각ㅎ기 쉬우니 원컨디 대야ᄂᆞᆫ 셰 번 싱각ㅎ쇼
셔."

쥬옹이 골오디,

"내 이믜 닉이 혜아렷노라 일이 무스홀 거시
니 삼가 념녀치 말나."

싱이 실노 춤아 뇨을 ᄆᆞᄋᆞᆷ이 업더니 밋 이 말
을 드르미 도로혀 다힝히 너기더라.

쥬옹이 싱을 닛글고 산경에 니르니 녹듁쳥송
(綠竹靑松)이 눈을 깃겁게 ㅎ고 ᄆᆞᄋᆞᆷ을 상연케 ㅎ니
개ᄅ 그윽ㅎ고 졀승 【59】 흔지라 쥬옹이 골오디,

"내 셩은 김이오 벼슬은 지취(知樞)라. 세샹
사ᄅᆞᆷ이 서로 더부러 과장ᄒᆞ여 나의 지산이 일국의
갑뷔라 닐으는 고로 쳔흔 일홈이 원근의 훤쟈ᄒᆞ니
그디 혹 드럿ᄂᆞ냐?"

싱이 골오디,

"ᄋᆞ동쥬졸(兒童走卒)이라도 다 귀함(貴啣)을
알거든 허믈며 쇼싱이 닉이 듯ᄌᆞ와 우뢰 귀예 다임
ᄀᆞᆺᄉᆞ이다."

쥬옹이 골오디,

"내 ᄉᆞ속(嗣續)이 업ᄉᆞᆯ 인연ᄒᆞ여 원림(園林)
의 승경을 궁극히 ᄒᆞ야 뼈 여년을 ᄆᆞᆺᄎᆞ려 홀시 누
더와 화원이 실노 과분ᄒᆞ미 만으미 세샹 사ᄅᆞᆷ의게
견셜ᄒᆞ야 뼈 죄예 밋게 말나."

싱이 유ᄅ(唯唯) ᄒᆞ더라.

냥일이 지나미 싱이 새볘 니러 쩌나려 홀시
힝귀(行具ㅣ) 이믜 ᄀᆞᆺ초니 쥰마건복(駿馬健僕)이 젼
츠후옹(前遮後擁)ᄒᆞ여 묘하(墓下) 오리 디경의 니르
니 날이 겨오 신시(申時) 【60】 러라. 싱이 ᄒᆞ예 구
의(舊衣)롤 환착(換着)ᄒᆞ고 불을 ᄲᆞᆺ고 드러가 익됴
(翌朝)의 힝계ᄒᆞ고 도라올시 십니 못ᄒᆞ야 거매 이믜
길가의 디령흔지라 싱이 금의롤 기착(改着)ᄒᆞ고 둘
녀 김가의 도라와 셔ᄅ 말ᄒᆞ고 인ᄒᆞ여 집으로 도라
가고져 ᄒᆞ거늘 쥬옹이 골오디,

"존당(尊堂)이 그디 도보홈만 혜아리고 그디
긔마 잇는 줄은 혜아리지 못ᄒᆞ니 빅니 쟝졍을 일ᄅ
의 도라간즉 종젹이 탈노홀 거시오 미봉(彌縫)이 극
히 어려우리니 다시 냥일을 지나고 귀근(歸覲)ᄒᆞ
라."

싱이 그러이 너겨 향규의 온슉(穩宿)ᄒᆞ미 신
졍(新情)이 관흡흔지라 수일의 분슈홀시 눈물이 ᄂᆞᆺ
치 넙피ᄂᆞᆫ지라 낭즈 늣기며 아미롤 ᄂᆞ족이 ᄒᆞ야 후
회(後會)롤 무른디 싱이 골오디,

"친뢰 엄즁ᄒᆞ시니 놀매 반ᄃᆞ시 【61】 방셕(方
所ㅣ) 잇ᄂᆞᆫ지라 만일 춘츄 묘ᄉᆞ(墓祀)의 날노 쳬힝
(替行)흔즉 맛당히 금일ᄀᆞᆺ치 모되려니와 그렷치 아
니ᄒᆞ면 경셰경년(經世經年)의 낭즈ᄂᆞᆫ 믄득 이 일반
과뷔라."

ᄒᆞ고 말이 눈물노 더부러 흔가지로 쩌러지니
별봉니란(別鳳離鸞)의 경회 심히 초창흔지라 싱이
나히 ᄎᆞ지 못ᄒᆞ고 ᄆᆞ음이 오히려 어려 싱닉 쇼원이
조흔 무서아 빗난 금납(錦衲)이료디 지이 가난ᄒᆞ기
로 엇지 못ᄒᆞ엿더니 밋 김가의 표졍(表情)흔 바 슈
랑(繡囊)이79) 화려ᄒᆞ고 졔되 졍묘ᄒᆞ믈 보미 ᄀᆞ장 사

---

76) 【션롱】 圖 ((지리)) 션롱(先壠). 선산(先山).¶ 先壠ǁ 션
롱이 여긔셔 몃 니뇨 (先壠距此幾里?) <靑邱野談 奎章
10:57>

77) 【쥰렵】 圖 ((동물)) 쥰렵(駿鬣). 쥰마(駿馬).¶ 駿鬣ǁ 만
일 간관이 곤보흔즉 가히 삼일을 허비ᄒᆞ려니와 만일
흔 번 쥰렵을 둘닌즉 반일이 못ᄒᆞ여 득달홀 거시니
아직 냥일을 머물나 (若間關困步, 則可費三日, 若一馳
駿鬣, 則不過半日之程, 願姑留兩日.) <靑邱野談 奎章
10:58>

78) 【춘졍】 圖 ((인류)) 춘졍(春庭). 춘부쟝(春府丈). 남의
아버지를 높여 이르는 말.¶ 春庭ǁ 춘졍 훈계 극히 엄
ᄒᆞ시니 만일 지체ᄒᆞ엿다가 조혼 물긔 빗난 의복으로
뼈 도라긴즉 일이 빌릭ᄒᆞ기 쉬우니 쎈긴틱 대야ᄂᆞᆫ 셰
번 싱각ᄒᆞ쇼셔 (春庭訓戒甚嚴, 余欲奄帶于此, 末乃乘
肥衣驟, 揚揚馳驟, 則易致事覺, 願大爺三思.) <靑邱野
談 奎章 10:58>

랑ᄒᆞ고 귀히 너기거늘 낭ᄌᆡ ᄀᆞ로ᄃᆡ,

“이 금낭을 날근 즁치 속의 너흔즉 사ᄅᆞᆷ이 보지 못ᄒᆞ리니 네 옷슬 밧고와 닙고 이 즁치ᄅᆞᆯ 가지ᄆᆡ 무ᄉᆞᆷ 어긔미 잇스리오?”

ᄉᆡᆼ이 그 말ᄀᆞᆺ치 ᄒᆞ야 그 금낭을 포랑(包囊)의 녓코 집의 도라가 복명 【62】 ᄒᆞᆫᄃᆡ 기뷔 몬져 션영 안부ᄅᆞᆯ 뭇고 ᄯᅩ 지게의 경셩과 만홀ᄒᆞᆷ을 무른ᄃᆡ ᄉᆡᆼ이 ᄃᆡᄒᆞᆷ을 심히 ᄌᆞ셰히 ᄒᆞ거ᄂᆞᆯ 즉시 도라가 글 닑으라 ᄒᆞ니 ᄉᆡᆼ이 입으로 비록 닑으나 ᄆᆞᄋᆞᆷ은 김가의 견혀 잇ᄂᆞᆫ지라.

일〻은 기뷔 ᄉᆡᆼᄃᆞ려 너침(內寢)ᄒᆞ라 ᄒᆞ거ᄂᆞᆯ ᄉᆡᆼ이 밤의 드러가니 ᄯᅳ러진 창과 문허진 쳠하의 찬ᄇᆞ롬이 ᄲᅧᄅᆞᆯ 사못치고 부들자리와 뵈니블의[80] 조갈(燥渴)이[81] 살을 침노ᄒᆞᄂᆞᆫ 듕 ᄡᅥᆨ긴 얼골과 져른 치마로 몸을 니러 ᄉᆡᆼ을 맛거ᄂᆞᆯ ᄉᆡᆼ이 술펴보ᄆᆡ ᄒᆞᆫ낫토 칭의(稱意)ᄒᆞᆫ 거시 업ᄂᆞᆫ지라. ᄒᆞᆫ 말을 아니ᄒᆞ고 벽을 향ᄒᆞ야 누어 경〻 일념이 김가 홍규의 잇스니 향일 힝낙을 ᄉᆡᆼ각건ᄃᆡ 일쟝츈몽이오 후회 긔약이 쳔리 만리라 인ᄒᆞ여 ᄀᆞ만이 ᄒᆞᆫ 글을 외 【63】 오니 ᄒᆞ엿스ᄃᆡ,

증경창ᄒᆡ난위슈(曾經滄海難爲水)
졔각무산블시운(除却巫山不是雲)
일즉 창ᄒᆡᄅᆞᆯ 지나ᄆᆡ 믈 되기 어렵고
무산을 졔각ᄒᆞ면 이 구름이 아니라

이라 ᄒᆞ니 이ᄂᆞᆫ 원미지(元微之)의 지은바 글이러라. 읇기ᄅᆞᆯ ᄆᆞᆺ치ᄆᆡ ᄉᆞᄉᆞ로 신셰의 합ᄒᆞᆷ을 알고 쟝우단탄(長吁短歎)ᄒᆞ야 뎐젼히 자지 못ᄒᆞ더니 계명의 밋쳐 비로소 졉목ᄒᆞ여 놀이 새ᄂᆞᆫ 줄 ᄭᆡᄃᆞᆺ지 못ᄒᆞᆫ지라. 기졔 미명의 몬져 니러 안쟈 ᄉᆞᄉᆞ로 ᄉᆡᆼ각ᄒᆞᄃᆡ ‘낭군이 평일의 금슬이 심히 고로더니 ᄒᆞᆫ 번 츄힝(楸行)[82] 후로부터 일졀 은경이 넝낙ᄒᆞ니 반ᄃᆞ시 타인의게 머믄 졍이 잇ᄂᆞᆫ 연괴로다.’ ᄒᆞ고 인ᄒᆞ여 ᄉᆡᆼ의 용식과 의복을 두루 술피ᄃᆡ 현로ᄒᆞᆫ 배 업더니 우연이 ᄉᆡᆼ의 포랑(包囊)을 본즉 젼의ᄂᆞᆫ 뷔엿더니 이졔 홀연 부르ᄆᆞᆯ 보고 ᄆᆞᄋᆞᆷ의 심히 의아ᄒᆞ여 ᄀᆞ만이 ᄂᆞᆼ듕의 든 거ᄉᆞᆯ 더드머 너여 본즉 【64】 과연 일개 금ᄂᆞᆼ(錦囊)이[83] 잇고 ᄀᆞ온ᄃᆡ 붕어 부쇠와 젼복 ᄎᆞᆺ돌이 잇스며 겸ᄒᆞ여 바독은 삼ᄉᆞ 개 잇거ᄂᆞᆯ 기졔 크게 노ᄒᆞ야 상샹(床上)의 버려노코 ᄉᆡᆼ의 잠 ᄭᆡ기ᄅᆞᆯ 기ᄃᆞ려 그 곡졀을 뭇고져 ᄒᆞ더니 거무하의 기뷔 소ᄅᆡᄅᆞᆯ 미이 ᄒᆞ야 들어와 ᄀᆞ로ᄃᆡ,

“돈견(豚犬)이[84] 그져 자ᄂᆞ냐 어ᄂᆡ 결을에 글 ᄒᆞᆫᄌᆞᄅᆞᆯ 닐그리오?”

ᄒᆞ고 인ᄒᆞ여 지게ᄅᆞᆯ 열고 ᄭᅮ지즈니 ᄉᆡᆼ이 놀나 니러 문후ᄒᆞ거ᄂᆞᆯ 기뷔 눈을 두를 지음의 상샹의 쇼랑(小囊)을 보고 통히(痛駭)ᄒᆞᆷ을 니긔지 못ᄒᆞ여 ᄉᆡᆼ을 벗겨 망탁이의[85] 너어 들보의 ᄃᆞᆯ고 무수 난타ᄒᆞ

---

79) 【슈랑】 명 ((복식)) 수낭(繡囊). 수주머니. 수를 곱게 놓은 주머니.¶ 繡刺 ‖ 밋 김가의 표졍ᄒᆞᆫ 바 슈랑이 화려ᄒᆞ고 졔되 경묘ᄒᆞᆷ을 보ᄆᆡ ᄀᆞ쟝 사랑ᄒᆞ고 귀히 너기거늘 (及見金家所供繡刺華麗製裁精緻乃, 愛護, 珍奇不忍便捨.) <靑邱野談 奎章 10:61>

80) 【뵈-니블】 명 ((복식)) 베이불.¶ 麤衾 ‖ ᄉᆡᆼ이 밤의 드러가니 ᄯᅳ러진 창과 문허진 쳠하의 찬ᄇᆞ롬이 ᄲᅧᄅᆞᆯ 사못치고 부들자리와 뵈니블의 조갈이 살을 침노ᄒᆞᄂᆞᆫ 듕 ᄡᅥᆨ긴 얼골과 져른 치마로 몸을 니러 ᄉᆡᆼ을 맛거ᄂᆞᆯ (生夜入婦室, 破窓漏簷, 寒風透骨, 蒲薦麤衾, 蚤蝎甚熾. 妻荊釵短裙, 垢容瘦失, 起身而迎.) <靑邱野談 奎章 10:62>

81) 【조갈】 명 조갈(燥渴). 꺼칠꺼칠하고 가려움.¶ 蚤蝎 ‖ ᄉᆡᆼ이 밤의 드러가니 ᄯᅳ러진 창과 문허진 쳠하의 찬ᄇᆞ롬이 ᄲᅧᄅᆞᆯ 사못치고 부들자리와 뵈니블의 조갈이 살을 침노ᄒᆞᄂᆞᆫ 듕 ᄡᅥᆨ긴 얼골과 져른 치마로 몸을 니러 ᄉᆡᆼ을 맛거ᄂᆞᆯ (生夜入婦室, 破窓漏簷, 寒風透骨, 蒲薦麤衾, 蚤蝎甚熾. 妻荊釵短裙, 垢容瘦失, 起身而迎.) <靑邱野談 奎章 10:62>

82) 【츄힝】 명 추행(楸行). 셩묘(省墓).¶ 楸 ‖ 낭군이 평일의 금슬이 심히 고로더니 ᄒᆞᆫ 번 츄힝 후로부터 일졀 은경이 넝낙ᄒᆞ니 반ᄃᆞ시 타인의게 머믄 졍이 잇ᄂᆞᆫ 연괴로다 (尊章平日, 琴瑟甚調, 情眷恒篤, 忽自楸覲後, 一此冷落, 必有留情別人, 間我舊好也.) <靑邱野談 奎章 10:63>

83) 【금ᄂᆞᆼ】 명 ((복식)) 금낭(錦囊). 비단주머니.¶ 錦囊 ‖ ᄆᆞᄋᆞᆷ의 심히 의아ᄒᆞ여 ᄀᆞ만이 ᄂᆞᆼ듕의 든 거ᄉᆞᆯ 더드머 너여 본즉 과연 일개 금ᄂᆞᆼ이 잇고 ᄀᆞ온ᄃᆡ 붕어 부쇠와 젼복 ᄎᆞᆺ돌이 잇스며 겸ᄒᆞ여 바독은 삼ᄉᆞ 개 잇거ᄂᆞᆯ (疑雲漸遍, 乃偸驗裡面, 則果有一箇小錦囊, 中實火金火石, 兼有棋子様銀貨.) <靑邱野談 奎章 10:64>

84) 【돈견】 명 ((인류)) 돈견(豚犬). 자기 아들을 겸손하게 이르는 말.¶ 豚犬 ‖ 돈견이 그져 자ᄂᆞ냐 어ᄂᆡ 결을에 글 ᄒᆞᆫᄌᆞᄅᆞᆯ 닐그리오 ᄒᆞ고 인ᄒᆞ여 지게ᄅᆞᆯ 열고 ᄭᅮ지즈니 (“豚犬尙在睡裡? 何暇讀了一字?” 因開戶叱之.) <靑邱野談 奎章 10:64>

85) 【망탁이】 명 ((기물)) 망태기.¶ 網罟 ‖ 기뷔 눈을 두를 지음의 상샹의 쇼랑은 보고 통히ᄒᆞᆷ은 니긔지 못ᄒᆞ여 ᄉᆡᆼ을 벗겨 망탁이의 너어 들보의 ᄃᆞᆯ고 무수 난타ᄒᆞ니 ᄉᆡᆼ이 알프믈 견ᄃᆡ지 못ᄒᆞ야 일〻 토실ᄒᆞᆫᄃᆡ (父轉目之際, 已撞見床上小囊, 不勝駭痛, 裸生而納諸網罟之中, 掛于樑上, 用力打下, 生不敢苦楚, 一一吐實.) <靑邱野

니 셩이 알프믈 견디지 못ᄒᆞ야 일々 토실(吐實)ᄒᆞᆫᄃᆡ 기뷔 노ᄒᆞ미 가일층ᄒᆞ야 길々이 쮜놀며 니웃집의 노ᄌᆞ(奴子)롤 비러 ᄒᆞ여곰 김녕(金令)을 부르니 김녕은 즈리 호화흔지라 비【65】록 경지샹(卿宰相)이라도 임의로 안즈 블너 맛지 못ᄒᆞ거든 허물며 흔포의 셔ᄇᆡ의 흔낫 죵을 보ᄂᆡ여 엇지 블너오리오마ᄂᆞᆫ 흔갓 녀식의 귀쇽ᄒᆞ므로ᄡᅥ 능욕을 감슈ᄒᆞ고 즉시 돌녀와 본ᄃᆡ 셩 뷔 소리롤 마이 ᄒᆞ여 크게 ᄭᅮ지져 굴오ᄃᆡ,

"그ᄃᆡ 흔번 녜졀을 헐어 녀즈의 음분(淫奔)을 허ᄒᆞ니 이믜 그ᄃᆡ의 집에 아람다온 일이 아니어늘 ᄯᅩ ᄂᆡ ᄌᆞ식조츠 그릇되게 ᄒᆞᆫ 엇진고?"

김이 굴오ᄃᆡ,

"일이 심히 공교ᄒᆞ야 피츠 블힝이라 흘일업스미 이젠즉 힝운뉴슈(行雲流水) ᄀᆞᆺᄐᆞ여 셔로 간셥지 아닌즉 냥개 다 평안홀 거시어늘 엇지 고셩ᄒᆞ여 사룸의 혼구(昏咎)롤 말ᄒᆞᄂᆞ뇨?"

셩 뷔 다시 ᄃᆡ답이 업ᄂᆞᆫ지라 김이 곳 하직고 가 굴오ᄃᆡ,

"일노조츠 피츠 니즐 거시니 셔로 핍박지 말지어다."

ᄒᆞ【66】고 인ᄒᆞ여 표연이 가니라.

일년이 지나미 김이 비롤 무릅쓰고 채가(蔡家)의 오니 채뢰(蔡老ㅣ) 굴오ᄃᆡ,

"쥬셕(疇昔)의 피츠 닛즈 흔 언약이 잇거늘 이계 ᄯᅩ 오뇨?"

김이 굴오ᄃᆡ,

"ᄆᆞᆺ춤 교외예 갓다가 홀연 폭우롤 만나 다른 친ᄃᆡ 업ᄂᆞᆫ 고로 감히 귀뎨(貴第)의 니르러 조곰 비롤 피코져 ᄒᆞ미니 천만 셔량(恕諒)ᄒᆞ라."

채뢰 이연(怡然)이 굴오ᄃᆡ,

"우듕의 홀노 안자 심히 젹막ᄒᆞ더니 다힝이 그ᄃᆡ롤 만ᄂᆞ니 가히 한담ᄒᆞ리로다."

김이 집녜(執禮)ᄒᆞ믈 심히 공순히 ᄒᆞ고 담쇠 미々ᄒᆞᄃᆡ 젼일을 조금도 계교티 아니ᄒᆞ더라. 채뢰 평성 조츠 놀기롤 궁유한ᄉᆞ(窮儒寒士)로조츠 ᄒᆞ미 죵일 졉에(接語ㅣ) 오직 빈궁을 교계홀 ᄯᅮᆫ이러니 밋 김녕의 활달흔 언변을 드르미 가슴이 흿츨ᄒᆞ며 겸ᄒᆞ여 쳡쇼로ᄡᅥ 아당을 드리미【67】크게 깃거 ᄆᆞ음이 취흔 듯ᄒᆞ니 김녕이 이예 ᄀᆞ만이 그 ᄯᅳᆺ을 앗고ᄃᆡ 즉시 복ᄒᆞᆼ(僕從)을 블너 굴오ᄃᆡ,

"ᄂᆡ 시장ᄒᆞ미 심ᄒᆞ니 먹을 거슬 가져오라."

복죵이 즉시 가효진슈(佳肴珍羞)롤 나아오거늘 김녕이 흔 그릇 술을 ᄀᆞ득 부어 ᄭᅮ러 채로의게 드린ᄃᆡ 채뢰 비위 당긔고 입에 침이 흘너 흔번 드러 다 마시고져 ᄒᆞᄃᆡ 거즛 ᄉᆞ양ᄒᆞ거늘 김이 굴오ᄃᆡ,

"노쇠 일반이라. 쇼미평성(素昧平生)의도 셔로 슈쟉ᄒᆞ거든 허믈며 우리 탁계(托契)ᄒᆞ미 이믜 오라고 면분이 々믜 두터오니 엇지 참아 흔가지로 안쟈 홀노 마시리오?"

채뢰 말이 막히여 흔번 들어 통음ᄒᆞ니 아이오 취안(醉顏)이 몽농ᄒᆞ고 언쇠 단란ᄒᆞ더라. 김이 질기믈 다ᄒᆞ고 도라가믈 고흔ᄃᆡ 채뢰 굴오ᄃᆡ,

"그ᄃᆡᄂᆞᆫ 이 죠흔 일【68】개 쥬붕(酒朋)이라 ᄌᆞ조 왕고(往顧)ᄒᆞ믈 바라노라."

김이 굴오ᄃᆡ,

"ᄆᆞ즘 텬우(天雨)로 인연을 삼아 다힝이 금일 슈쟉ᄒᆞ믈 어드나 나의 공요(公徭)와 ᄉᆞ괴(私故ㅣ) 날노 다쳡(多疊)ᄒᆞ니 엇지 시러곰 츄신(抽身)ᄒᆞ야 다시 니르리오?"

채뢰 문외의 나와 보ᄂᆞ고 취ᄒᆞ믈 타 집의 도라와 김녕의 위인을 셩히 일큿고 인ᄒᆞ여 침취(沈醉)ᄒᆞ야 평명의 이예 ᄭᆡᄃᆞ라 쟉일의 소긴 배 되믈 뉘웃츠나 가히 밋지 못홀지라.

그 후 김이 ᄀᆞ만이 가인으로 ᄒᆞ여곰 채가의 동졍을 술피더니 일々은 가인이 도라와 고ᄒᆞᄃᆡ,

"채뢰이 오일을 졀화(絶火)ᄒᆞ여 뇌외 다 느러져 경식(景色)이 참혹ᄒᆞ다."

ᄒᆞ거늘 김이 々예 셩의게 편지ᄒᆞ고 수쳔 냥 돈을 보ᄂᆡ니 셩의 합개(閤家ㅣ) 흔약(欣躍)ᄒᆞ야 죽과 밥을 ᄎᆞᆽ초와 옹(翁)으【69】로 ᄒᆞ여곰 알니지 아니ᄒᆞ고 남의게 취ᄃᆡ(取貸)ᄒᆞ엿다 칭탁ᄒᆞ니 옹이 먹기의 급ᄒᆞ여 궁힐(窮詰)ᄒᆞ믈 겨를치 못ᄒᆞ엿스나 잇틀 삼ᄉᆞ일이 지나도 됴셕 근심이 업ᄂᆞᆫ지라 비로소 괴이 녀겨 무른ᄃᆡ 셩이 그 소유롤 가쵸 고ᄒᆞ니 채뢰 노ᄒᆞ여 굴오ᄃᆡ,

"출아리 구확(溝壑)의 업드러질지언졍 엇지 참아 일홈업슨 물건을 바드리오? 긔왕지ᄉᆞ라 흘일업고 ᄯᅩ 갑홀 길이 망연흔지라 이후는 삼가 밧지 말나."

셩이 유々이 퇴ᄒᆞ니라. 어언간의 돈이 진ᄒᆞ고 긔갈이 더욱 심ᄒᆞ나 채뢰 셩품이 근본 용졸ᄒᆞ여 셩도(生道ㅣ) 쇼여(掃如)ᄒᆞ니 신이 교쳔으로 다부긔 동(東)을 거더 셔(西)롤 깁고 아릭롤 쎄야 우흘 피야 ᄭᅮ으러 일년을 가미 형세 빅쳑간두(百尺竿頭)의

니르미 【70】 격쵝(積債) 산 ズ티여 스망(死亡)의 급
ㅎ미 호흡의 잇ᄂ지라 김이 ᄯᅩ 뎌런 모양을 탐지ᄒ
고 다시 열 셤 뿔과 빅 냥 돈으로ᄡᅥ 셩을 위ᄒ야
보ᄂ니 셩이 엇지 참아 부뫼 스경의 니르믈 보리
오? 모음이 타ᄂ 듯ᄒ야 이쩌룰 당ᄒ여ᄂ 비록 도
우탄(屠牛坦)의86) 일을 ᄒ라 ᄒ여도 스양치 아니려
든 ᄒ믈며 사룸이 조혼 뜻으로ᄡᅥ 보니믯ᄯᅡ녀! 이예
혼연이 바다 ᄲᅧ 감지(甘旨)룰 풍족히 ᄒ니 기뷔 병
아닌 병으로 바야흐로 혼ᄼᄒ다가 말은 창ᄌᆞ룰 격
시며 고량진미(膏粱珍味)룰 날노 먹으며 보졔(補劑)
로 약을 지어 쓰니 병이 츠복(差復)ᄒ고 긔력이 강
건ᄒ지라. 기뷔 ᄀᆞᆯ오ᄃᆡ,

　　"젼곡을 눌노조ᄎᆞ 판득ᄒ뇨?"

　셩이 ᄯᅩ 그 형상을 고ᄒᆫ디 기뷔 희미히 우어
ᄀᆞᆯ오ᄃᆡ,

　　"김녕이 엇지 ᄶᅵᄼ로 쥬 【71】 급ᄒᄂᆞ뇨? 이후
ᄂᆞᆫ 결연이 밧지 말나. 만일 다시 바드면 즁쟝ᄒ리
라."

　　셩이 유ᄼ(唯唯) ᄒ니라. 기뷔 일노조ᄎᆞ 와옥
의 놉히 누어 식음이 편안ᄒ고 만념(萬念)이 쇼연
(掃如)ᄒ니 이러틋ᄒᆫ 지 오록 삭의 뎌축ᄒᆫ 비 ᄯᅩ 다
ᄒ니 슈란(愁亂)ᄒ미 젼의셔 십비나 ᄒ여 허다 일월
을 이과(涯過)ᄒ고87) ᄯᅩ 긔일을 당ᄒ미 졔슈(祭需
1) 몰최(沒策)이라 경시 쳐결ᄒ미 부지 샹디ᄒ야
모음이 민망ᄒᆞᆯ ᄯᅮᆫ이러니 믄득 두 노지 이빅금 돈을
드리니 김녕의 보닌 배라. 셩이 이믜 부교(父敎)룰
바닷스미 믈니치고져 ᄒ거늘 기뷔 ᄀᆞᆯ오ᄃᆡ,

　　"뎨 이믜 급인(急人)ᄒᄂ 풍도(風度)로 나의
졔슈룰 도으니 경의 가히 뉘거(牢拒)치 못ᄒᆞᆯ 거시
라 반은 밧고 반은 도로 보니미 실노 득듕ᄒᆞᆯ 듯ᄒ
도다."

　　셩이 유ᄼ ᄒ니라. 익일의 김이 식탁을 ᄀᆞᆺ초
와 셩을 【72】 먹이니 셩이 믈니치고져 ᄒ거늘 기뷔

　　（우측 단）
ᄀᆞᆯ오ᄃᆡ,

　　"이믜 익은 음식을 그져 돌녀보니면 낭픠 젹
지 아닐 거시니 가히 아직 밧고 이후ᄂᆞᆫ 일졀 방식
(防塞)ᄒ라."

　　ᄒ고 인ᄒ여 혼실(渾室)이 일탁 진슈룰 실토
록 먹고 기리ᄂᆞᆫ 소리 우레 ᄀᆞᆺ더라.

　　일ᄼ은 김녕이 지쥬(旨酒)와 가효(佳肴)룰 ᄯᅩ
가지고 와 은근이 채로룰 권ᄒ니 채뢰 ᄯᅩ 스양치
아니ᄒ고 니취(泥醉)토록 먹은 후 인ᄒ야 문경지교
(刎頸之交)룰 믲고 ᄯᅩ 셩ᄃ려 니로ᄃᆡ,

　　"네 김가 규슈로 더부러 근본 쵸월(楚越)의 멀
므로ᄡᅥ 진진(秦晉)의 조흐믈 일위니 엇지 텬연(天
緣)이 아니랴? 네 가히 등기(等棄)ᄒ야88) 사룸의 평
셩을 그르게 아닐 거시라 금일이 심히 길ᄒ니 가ᄒ
ᄒᆫ 번 자고 도라오라."

　　셩이 크게 깃거 낙ᄼ(諾諾)ᄒ니 김이 지비ᄒ
야 샤례ᄒ 【73】 고 급히 혼 필 나귀로ᄡᅥ 셩을 틱와
집의 보닉고 ᄌᆞ가ᄂ 혹 채로의 모음이 변홀가 의심
ᄒ여 짐짓 천연ᄒ여 일모 후의 가ᄂ라. 셩이 익됴의
반면(反面)ᄒᆞᆫ디 채뢰 혼연(渾然)이 쟉일 셜화룰 닛
고 이예 괴히 녀겨 무러 ᄀᆞᆯ오ᄃᆡ,

　　"네 잇[엇]지 관뎌룰 일즉 경계ᄒ뇨?"

　　셩이 쟉일ᄉᆞ로ᄡᅥ 디ᄒᆞᆫ디 기뷔 뉘웃츠나 감히
칙지 못ᄒ고 일노조ᄎᆞ 셩의게 맛져 그 ᄒᄂ 바디로
두어 규각(圭角)을89) 닉지 아니ᄒ고 졔ᄉ 의식 등졀
을 다 김녕의게 ᄌᆞ뢰ᄒ니 김녕이 날마다 술을 싯고
와 듕졍(中情)을 토론ᄒ더라.

　　채뢰 쇼시로부터 간난의 샹ᄒᆞᆫ지라 노쳐로 더
부러 머리털이 희미토록 만고 풍샹을 지닛더니 이
계 니르러 유의유식(遊衣遊食)ᄒ고 날노 진취ᄒ미
젼일 슈쳑ᄒᆫ든 【74】 긔뷔(肌膚1) 완연이 윤틱ᄒ더
라.

---

86) 【도우탄】 固 ((인류)) 도우탄(屠牛坦). 소 잡는 백정.¶
　黃賃備∥모음이 타ᄂ 듯ᄒ야 이쩌룰 당ᄒ여ᄂ 비록
　도우탄의 일을 ᄒ라 ᄒ여도 스양치 아니려든 ᄒ믈며
　사룸이 조혼 뜻으로ᄡᅥ 보니믯ᄯᅡ녀 (心灼肺燃, 觟髂醫
　恥, 雖擔黃賫備, 何事可辭? 而况人好意送助乎!) <靑邱
　野談 奎章 10:70>
87) 【이과-ᄒ-】 固 애과(涯過)하다. 간신히 지내다.¶ 이러
　틋ᄒᆫ 시 오록 삭의 뎌축ᄒᆫ 비 ᄯᅩ 다ᄒ니 슈란ᄒ미 젼
　의셔 십비나 ᄒ여 허다 일월을 이과ᄒ고 (且五六箇月,
　及夫所儲又罄, 愁惱十倍於前, 荏苒苦楚者, 又許多日
　月.) <靑邱野談 奎章 10:71>
88) 【등기-ᄒ-】 固 동기(等棄)하다. 탐탁하지 않게 여겨서
　버리다.¶ 踈棄∥네 가히 등기ᄒ야 사룸의 평셩을 그
　르게 아닐 거시라 금일이 심히 길ᄒ니 가히 혼 번 자
　고 도라오라 (汝不可終爲踈棄, 斷人平生, 今宵甚吉, 可
　一宿而還.) <靑邱野談 奎章 10:72>
89) 【규각】 固 규각(圭角). 물건이 서로 들어맞지 아니함.
　말이나 뜻, 행동이 서로 맞지 아니함.¶ 圭陵∥일노조
　ᄎᆞ 셩의게 맛겨 그 ᄒᄂ 바디로 두어 규각을 닉지 아
　니ᄒ고 셰ᄉ 의식 등졀을 다 김닝의게 ᄌᆞ뢰ᄒ니 김닝
　이 날마다 술을 싯고 와 듕졍을 토론ᄒ더라 (從此一
　任於生, 聽其所爲, 不露些圭棱, 而衣食祭祀, 皆賴于金,
　金又日日載酒來造, 討論衷曲.) <靑邱野談 奎章 10:73>

일〻은 김녕이 종용이 말ᄒᆞᄃᆡ,

"공ᄌᆞ의 ᄂᆡ집의 왕ᄂᆡᄒᆞ미 사ᄅᆞᆷ의 견문에 거리ᄭᅵ니 일노조ᄎᆞ 기리 ᄭᅳᆫ노라."

채뢰 ᄀᆞᆯ오ᄃᆡ,

"이 엇진 말고? 그러ᄒᆞᆫ즉 내 ᄆᆞᆺᄎᆞᆷᄂᆡ 내 며ᄂᆞ리ᄅᆞᆯ ᄀᆞ만이 ᄃᆞ려와 종젹을 모로게 ᄒᆞ미 엇더ᄒᆞ뇨?"

김녕이 ᄀᆞᆯ오ᄃᆡ,

"공ᄌᆞᄂᆞᆫ 포의라 우호로 ᄡᅡᆼ친이 계시고 아ᄅᆡ로 뎡실이 잇스니 잉쳡(媵妾)을[90] 가히 집의 두지 못ᄒᆞᆯ 거시니라."

채뢰 ᄀᆞᆯ오ᄃᆡ,

"다만 묘칙을 ᄉᆡᆼ각ᄒᆞ야 ᄡᅧ 나의 우미ᄒᆞ믈 열나."

김녕이 ᄀᆞᆯ오ᄃᆡ,

"내 ᄯᅡ로 ᄒᆞᆫ 집을 귀ᄐᆡᆨ 겻희 여러 ᄡᅧ 됴셕 왕ᄂᆡᄅᆞᆯ 편케 ᄒᆞ리니 존의 엇더ᄒᆞ니잇고?"

채뢰 ᄀᆞᆯ오ᄃᆡ,

"그러ᄒᆞᆫ즉 가샤ᄅᆞᆯ 놉히 말고 비복을 간략히 ᄡᅧ 두고 창고ᄅᆞᆯ 풍후케 말아 내집의 한미ᄒᆞ믈 직【75】희게 ᄒᆞ라."

김녕이 ᄀᆞᆯ오ᄃᆡ,

"낙다."

이예 집의 도라가 ᄌᆡ믈 내여 와가(瓦家)ᄅᆞᆯ 창건ᄒᆞ야 일구(一區) 갑졔(甲第)ᄅᆞᆯ 일우니 실노 채로의 ᄒᆞ고져 ᄒᆞᄂᆞᆫ 배 아니나 엇지ᄒᆞᆯ 길이 업ᄂᆞᆫ지라. 그윽이 돌탄ᄒᆞ거ᄂᆞᆯ 김녕이 ᄀᆞᆯ오ᄃᆡ,

"졔ᄐᆡᆨ은 ᄡᅧ ᄌᆞ손의게 젼ᄒᆞᄂᆞᆫ 배라 그윽이 보건ᄃᆡ 그ᄃᆡ 옥을 품은 ᄌᆡ조로ᄡᅧ 셰상의 ᄡᅳ이지 못ᄒᆞ니 녕ᄌᆞ(令子)와 현뷔 맛당히 그 보응을 바들지라 엇지 문호ᄅᆞᆯ 고대(高大)케 아니리오?"

채뢰 크게 깃거 굿치니라. 집이 일우ᄆᆡ 낙셩연(落成宴)을 지나고 김녕이 모야(暮夜)에 녀식을 채가에 보ᄂᆡ여 구고(舅姑)의게 녜로 뵈고 녀군(女君)을 지셩으로 밧드러 인ᄒᆞ야 새집의 머믈너 삼일 쇼연(小宴)ᄒᆞ고 오일 대연ᄒᆞ야 ᄡᅧ 구고ᄅᆞᆯ 즐기게 ᄒᆞ고 비복을 은위로 부리니 일실이 화목ᄒᆞ고 넌리 일ᄏᆞᆺ더라.

【76】 ᄉᆡᆼ이 그 모친ᄭᅴ 고ᄒᆞ야 ᄀᆞᆯ오ᄃᆡ,

"존당 냥위 평ᄉᆡᆼ 고상을 ᄀᆞ쵸 지나고 츈취 놉흐시며 미식(迷息)의[91] 혹식이 용녈ᄒᆞ고 년긔 엿터 광영을 긔약ᄒᆞ기 어려온지라 이제 일분 공양ᄒᆞᆯ 도리ᄂᆞᆫ 다만 새집의 계셔 부귀ᄅᆞᆯ 안향코져 ᄒᆞᄋᆞᆸᄂᆞ이다."

기뫼 ᄀᆞᆯ오ᄃᆡ,

"내 만일 이졉(移接)ᄒᆞ면 김개 미안히 너길가 ᄒᆞ노라."

ᄉᆡᆼ이 ᄀᆞᆯ오ᄃᆡ,

"이ᄂᆞᆫ 김녕과 측실의 ᄠᅳᆺ이니 쇼ᄌᆞᄂᆞᆫ 명을 젼ᄒᆞᆯ ᄯᆞᄅᆞᆷ이니이다."

기뫼 조히 너겨 채로의게 고ᄒᆞᆫᄃᆡ 채뢰 ᄀᆞᆯ오ᄃᆡ,

"경〻(卿卿)은 망녕된 말 ᄒᆞᄂᆞᆫ도다."

기쳬 노ᄒᆞ야 ᄀᆞᆯ오ᄃᆡ,

"내 그ᄃᆡᄅᆞᆯ 조ᄎᆞ 오므로부터 일즉 하로도 편ᄒᆞᆯ 날이 업셔 만고풍상을 이ᄯᅢ거지 격더니 이제 다ᄒᆡᆼ이 의식을 어더 평안이 거ᄒᆞ믄 다 ᄎᆞ부(次婦)의 대은이라 이제 지셩으로 우리ᄅᆞᆯ 마쟈【77】ᄡᅧ 여년을 봉양ᄒᆞ려 ᄒᆞ니 무어시 ᄒᆡ로오미 잇관ᄃᆡ 좃지 아니ᄒᆞᄂᆞ뇨?"

채뢰 ᄀᆞᆯ오ᄃᆡ,

"경〻은 ᄒᆞᆯ노 가라 나는 맛당히 궁녀(窮廬)ᄅᆞᆯ 직희리라."

기쳬 이예 퇴일ᄒᆞ야 반이ᄒᆞ니 기뷔 ᄡᅵᆨ〻로 가본즉 수십 겸복이 문의 마쟈 좌우로 뫼셔 별당의 드러가니 별당의 ᄉᆡᆼ의 부친을 위ᄒᆞ야 창건ᄒᆞ여 ᄡᅧ ᄂᆡ왕을 편케 ᄒᆞ미러라. 당의 드러간즉 도셰(圖書ㅣ) 시렁의 ᄀᆞ득ᄒᆞ고 화최(花草ㅣ) 눈의 현란ᄒᆞ며 ᄉᆞ령이 압희 죡ᄒᆞ야 응ᄃᆡᄒᆞ미 믈 흐르ᄂᆞᆫ ᄃᆞ시 ᄒᆞ고 ᄂᆡ당의 드러가 노쳐ᄅᆞᆯ ᄃᆡᄒᆞᆫ즉 ᄯᅩᄒᆞᆫ 그러ᄒᆞ니 안쟈 말ᄒᆞ기ᄅᆞᆯ 이윽히 ᄒᆞᄆᆡ 춤아 노코 ᄯᅥ날 ᄠᅳᆺ이 업스나 강잉ᄒᆞ야 집의 도라간즉 파옥 수간이 의구히 소조ᄒᆞ니 스ᄉᆞ로 ᄉᆡᆼ각ᄒᆞᄃᆡ '내 여년이 머지 아니ᄒᆞ니 엇지 고초ᄒᆞ믈 이럿틋 ᄒᆞ리【78】오?' 급히 ᄉᆡᆼ을 블너 ᄀᆞᆯ오ᄃᆡ,

90) 【잉쳡】 명 ((인류)) 잉쳡(媵妾). 쳡.¶ 媵 ‖ 공ᄌᆞ는 포의라 우흐로 ᄡᅡᆼ친이 계시고 아ᄅᆡ로 뎡실이 잇스니 잉쳡을 가히 집의 두지 못ᄒᆞᆯ 거시니라 (公子年少布衣, 上有庭闈, 下有正室, 決不可畜媵于家.) <青邱野談 奎章 10:74>

91) 【미식】 명 ((인류)) 미식(迷息). 못난 자식. 자기의 아들이나 딸에 대한 겸칭.¶ 迷息 ‖ 존당 냥위 평ᄉᆡᆼ 고상을 ᄀᆞ쵸 지나고 츈취 놉흐시며 미식의 혹식이 용녈ᄒᆞ고 년긔 엿터 광영을 긔약ᄒᆞ기 어려온지라 (阿父阿母, 平生吃苦, 俱迫桑楡, 而迷息年淺學蔑, 難期奉檄.) <青邱野談 奎章 10:76>

"내 홀노 편집의 잇셔 네게 견식ᄒᆞ미 도로혀 폐 되고 ᄯᅩ 실가의 분거(分居)ᄒᆞ미 노경의 극난ᄒᆞ니 새집의 ᄒᆞᆫ가지로 잇셔 여년을 평안케 ᄒᆞ미 네 뜻의 엇더ᄒᆞ뇨?"

셩이 크게 깃거 즉일에 이겹ᄒᆞ니 일실이 화락 ᄒᆞ더라. 김녕이 ᄯᅩ 만금 뎐답(田畓) 문권을 셩의게 분급ᄒᆞ니 가산이 요족(饒足)ᄒᆞ고 미긔(未幾)예 셩이 등계ᄒᆞ여 공명이 일셰예 진동ᄒᆞ더라.

圖未造封論裘曲蔡老早傷於鄉題頃商白及未坐衣遊食又日與暢欽媿黨自通進念前日苦海蔟廝忽某一日金從容進言曰公子乏性来金家斷破人眼顧從此苦能蔡老驚曰然則吾當富赤迎吾婦于家裡藏踞誠殊全日公子年少布長上有庭闈下有正室決不可離媵于家蔡老曰我欲別尋一室于家之旁以便晨夕以詔趨迎金商見如何蔡老曰此則室宇無用高媒謀母用多慮廩無用屬以守晉家寒素壽金曰讓乃偉媳家材帳建尾舍便成一區甲第豈非蔡老志也蔡老無由令何

妻怒曰我自從尋章鈎水刀山未霽一日釋鷹少章浮衣食之天安居肆志次婦之恩固大笑令又康誠邀我以養餘年有何鸝傷而不需勉泛泛此也蔡老曰卿ゝ自去我則當守窗庐其母乃ゝ日搬撤其父晬ゝ杜先則數十僕僕迎拜門首左擁右擁真入別室ゝ即為其妻散搦以便或来住者也入壺則圖圖書兩张花卉妻砌使令滿而應對如沇入對光裹而ゝ正移暮坐卧不忍捨去本乃勉隨運家則破屋數間依旧蕭敬忽自念曰餘生無幾不過一彈指頃何厲雖如此也正指生曰吾將寓空合傳食於汝還成一樂

時或出舌練以讓金ゝ曰第宅既以長子孫也需視是下抱玉懷珠而未需於世令子賢媳當食其報豈無高大門閭那蔡老大喜而止宅成而落之金營夜送女于生家禮謁舅姑女君周住新舍三日小宴五日父何毋平生吃若俱迎幸榆而迷息年淺學淺難期大宴以娛舅姑內外僮僕尽侍敬心生告其毋曰何奉機硬今一分在移處新舍稳享富貴顧得採納倒室之意而我不過傳命之郵耳毋頗有肯金令及倒室之意而我不過傳命之郵耳毋頗有肯意偷告于蔡老ゝゝ曰卿ゝ志氣衰邁至有贅說其

且室家分張晚景尤難欲同慶新舍以便團聚於甚去何生大喜其父乃即日移止庭無閒言金以同歡十餘主奉姓生ゝ既無家業惟事珠子書未畿聖功名耀世云

語沮一飲亡輒尽危青州従事滌尽腸肺之硯磊枝腸蔬神却被珠閃之鞾破醉眼如潮樣剽散朗金尽歟而歸蔡老曰君好是一箇酒伴尔余公務私故頻枉顧金曰今日天雨一偕幸得對酌而乃辞私鎮日終暴安浮抽身更到也蔡老送至門首来醉入室調探小成言金公好處旋又暓寝平明乃覚頗悔昨日爲其所賺而不可及矢金密使家人調探生家動息一日家人囘告曰蔡家五日不鬮內外僵卧景色慘沮金乃移書于生送鑚数千扎方兄生閭家欣踊正悔體瓊而不令甬如道樞托粡貸進鑚于舍亡意於生

乃痊緬以甘肯調養之蔡老曰此物従誰辧于生又告其状父微笑曰全令安浮時之閑忌也此汝則決勿有度之當筈之生又頷令父高卧飲食不恭桂玉者且五与簡月及夫西備又螢悵十倍於前往再苦楚者又許多日月蔡老當衰筈餬頸藻得室情事催抑偶坐室偶有計重心忽見一傳齋衫銭二百來献于生乃金家所餉也生咋擬父数欲紓之父以急人之風助我祀需柞情犠不可全却半寃率受无合得中生如我里日金咸惰食卓來償生亡又欲却之蔡老曰既無遠餉不可狼擬囘送今可喽擼

自没則一切防塞因相與大曲青味雜錯一家咸飲口碑如雷金懇勸蔡老亡二一直不辞直到泥醉許紿別頴且諮生曰汝與金家閭季本自楚越之逺忽成蕃蔄之好堂無天縁邪汝不能爲珠亲八你平生今宵甚咤可一宿而還毋至留連生大喜博亡金乃拜鳴謝亞以班雖送生于家自已則或慝蔡老之有二三其心故橋遷延日暆乃去望朝逐囘蔡老暈不記昨日話頴乃姓閭日汝縁何早整冠峯生以寧對父悔慴報不能耶老妻遠近此一任於生糖焉而爲不露些圭稜而衣食蔡祀皆賴于全亡又曰一載

依亲厨父方病昏涕々惟貪飲食生遭供酒臟数日

即火鉄小井而家貧未浮及見金家所供繡刺華麗
製裁精緻乃愛護弥奇不忍便搶白山井蘆嶺大
井之中人難測見授著此物有甚違庚生
如言納諸布帛懷念父正問先塵安否且間修
齋誠慢生對之甚志即令贊喜生口呢呶唔心未壽
不到金家也一日父教生宿于内閨生夜入婦室破
窓滿舊寒風透骨蒲蒻麻衾蝎甚熾妻荆釵短裙
坫宏瘦夫起身而迎生苦無遺意不交一語惟念太
只在於金家蘭閨眼目行樂前遊如夢沒金難期因
黙誦元微之曾經滄海難為水除却巫山不是雲巳

于樑工用力打下生不堪苦楚一一以實父一膚激
怒三百曲蜻折簡隣家借了一力使招金念巳自是
豪華雜牢執學士不能坐而輒遊况一學士遺一呈
而任自招来邪徒以婿女帰甘受凌逼別下馳謁
父囑辭大責日君一環禮帝艷女巧丁阿我彼此不好又
誤吾兒何也金日擇婿之車巧丁阿戎則巳矣
不可既今則水渓雲空两家安逸奉既不自好
何用摘人繁累高聳軒顕予父並以鹿金即辭去回
亂兹以商魚陰相忘慎勿相迫因飄然而去過了一
藏金冒雨来造蓉老日疇昔牢約今胡往庭金日適

句自覺暗符身勢偃呼長歎輾展不寐及到晩鍾姑
浮交睫到日晏未覺妻蓉明先起自想道尊章平日
琴瑟甚調情眷恒篤忽自揪陵一此凄落如有留
情別人間我曰好也因歴事生之容色衰衫無所頻
霏困偶見生之两佩邪弗昔重宜乍今忽墜乍疑頸
斬遁乃偷驗裡而果有一簡小篩巾中寒火全大
石焉有棋子樣銀貨妻大怒列置床上要待生之睡
覺了一字困開戸此之生鷲掾衣父輾目之陳巳
讀見床工小井不勝賤痛禄生而納諸姫署三中掛

出郊惆忽位霤霤此間無他親知敢入貴第少避累
两萬壁見謠蓉老怕出日吾久两狰坐無以陶寫連
君可以開話矣金執禮甚恭談妮己正如牛毛辱
綵甚有綵理而幷不及葭莩之事蓉父生平延遊不
越于村学終日撰語相較貴窑如卬一撒及
見金鞊偉軒偉重以諂笑献媚乃大悦心醉金黙會
其意即叫懶従曰余走泙肚東飢須將庶食物未
儀従進佳香珠饌金滿酌大白號進于蓉老巳胃
開呂涎正欲畢飲而陽乍之金日一杯酒相屬素昧揖絲
況吾貴托契巳久顔面山厚堂忍弄此而狰酌蓉老

奇草異石名花彩禽如入海觀市恍惚不可名狀居
無何二青衣邀生而導之生踵至一座紅院只見碧
紗窓裡銀燈熌煌香烟裊裊二八娘子月態花貌靚
粧炫服翹立戶內隱映睒眄只窺一班生咨且而進
娘子蓮步乍動宛轉出來肅生而入拜了一拜生陞
頭答拜偶坐氍毹侍婢進饌珍味方丈寶器鱗錯生
着鼓不敢下箸主人曰稚女富貴吾所固有但仰恃
於君者若恩情無間繾綣不行則可濟百年庇蔭惟
君圖之生亦不能答主人轉身而出一媼鋪列兩箇
錦衲於七寶床上請生入帷生黽勉而入媼又扶娘

子與生并坐仍下流蘇鎮以文犀生挐肘手盾猶未
定精更以阮郎天台而自解之柳毅洞庭而自晲之
乃嘘烯交枕情思纏綿日高三竿始乃覺寢則衣衫
枕席無一存為不勝驚訝詰于娘娘曰欲依樣製衣
敢為竊去言訖媼以一紋箱入曰新衣已完然郎君
進看生見綺紈燦燦穩稱身子喜大穿下旋啜早饍
主人入候起居生噤嚅曰大爺不鄙寒踵恩摯鄭重
非不欲久叨蜴館用表微處而但墓祭在即前途脩
遠若一刻延挽則無以及期敢此告別仰乞心諒主
人曰先隴距此幾里曰百里有羨主人曰若間闊困

步則可費三日若一馳驍驚則不過半日之程頗姑
留而自無孤此望生曰春庭訓戒甚嚴余欲奄荒于
此末乃乘肥衣輕揚揚馳驟則高致李覺頗大爺三
思主人曰吾儕之已熟矣可有安帖慎勿深慮生宋
不忍捨及聆斯言也自為章主人携生而到山丹水
榭松臺竹田恍眼惕懷簡簡幽勝主人曰余姓金微
官知樞世人相與夸張以吾產業謂伊于國內敵微
名頗播遠近君或聞之否生曰街平田父皆知貴名
晲余能聞如雷灌耳乎主人曰緣吾無嗣欲窮極園
林勝事以陶寫餘景院落樓榭寔多僭分慎勿說與世

人以獲大戾生唯唯越二日生晨興登程輶蹄偹偹
僕從群擁日未晨已到楸下五里之地乃換着回衣
裹足而入翌朝行祭而後路未到幾十里武卑馬已
候路旁生改穿錦衣馳回金家因欲還家金曰貴爺
料君有步而不能料君有騎百里長程一日而還則
漏據已出補綴不得莫若更過信宿而歸覲生聽度
香閨新情款洽如期而別涕泗被面娘子進問後會
生曰親教嚴重遊必有方倘春秋墓祀更使余晉行
則謹當一做今日之覲不啻經歲經年娘子便是一
般衰也言與淚并鳳別鸞離生與妙心癡自來大願

明曉趙程三日而走百有奇里則當赴期到塋下將
事之際須用一簡識字拜跪出入去或少忽行路如
兄女俾及喪輒必避回不見以務心壽生儀心頷命
里日拂曙而行父又出門囑之曰長程求勿浪度默
姻一徑迅迓旅次頃食用先二塋匆我易就生滿口
應承杜于南門轉過十字街葛衣麻鞋行色零星忽
荷五六皂隸豪悍挈胖健趨一駿骨金勒繡韉料
于路旁出着振不敢當疾之便走兒隸圍之圍九曰君
小的家令公拜邀卻君頭速上為生訐藏囁嘴白君
是雖豪藏藪我也四顧無覩親辭有以速去也兒隸

動問他不得惟滿面通紅拱手侍坐而已主翁回吾
家世以來昏資業俱係金緋家饒銀貨誰不自足而
但身外慚有一女愛人儀皮未趨笔禮而夫婿遠夭
青春空閨事延悸而禮守有碍未便他
遭奄至三穩女忽於前宵懸弓衾衰哭畢心盡恨寸
斷腸雖行路之人心需為之傷處劃余一晛骨肉都
齊此女一日忍見瓶如尻馭雖肉猶恨寒無多余又
侈眼膚腿以悅口猶取樂無多余又何苦拌以膚
淚為日用來照為家計也我事到窮迫計出無奈力

更不打話奮力推攤勒使援鞍某打箠迅如飛龍
生目瞪口呿不能定精良守憨呼曰我庭閒老兒
弟終鮮望君恃蒸懸敝治綾喘兒隸俱若不應惟
事驅騁馳喝而馳入一門轉過無限小門中有廣廈
涤二判度宏敞栢枱欄縟眾僕翼立而扑臺々上有
老翁頎戴烏紗折風巾以明珠兒縷承之兩鬢斜
結金園身穿大花青錦毛衣腰橫條兒帶高坐於
一筊金園身穿大花青錦眼序列生怡拜膝席主
沈者橋上五六中繫臟甁尾眼序列生怡拜膝席主
翁扶起寒暄問生姓名閩閩年紀生一々便對主
翁喜勤眉建目吾不蕭命生終是愚駁兇辭他不得

使僮僕展伏天衢母論賢愚貴賤双以初達一少年
丈夫極力邀致以占佳緣不意即君與做恩宿鶯赤
純溢合甚巧萬望乾使奉中郴生歪覺腥然
不敢有應主翁曰春宵苦短鶯人已唱頸君造此未
明以戊花炉閏據生兩起攙入行閣轉到一廂花閣
廣閒數百步四圍以粉牆約之內滿鑿池壞小
艇艤其溪芳容中者久嫣手立以丈石罅短五尺尋
莫辦潮入異香中生生下舟鼇噎々尽而有十二闌干
敲階梯以達其上生下舟鼇噎々尽而有十二闌干
闌序炳爛簾箔瑩透主翁留生而入生停立偷覡則

而至順令曰苟非緊故病人那得衝雨而來乎公曰
姑舍汝病話先從吾請可于時朴判受學於
白沙方在座公指而問曰此兒之令如何順令曰唯
良久細推而喜此郎可到兵曹判書白沙歎曰汝之
衛精矣此兒來可到此官矣順令告朴曰甲午
年間部君似富為大司馬矢是時白沙庶子箕男興
朴同學箕男曰君若主本兵宜援我兵使朴笑而諾
之其後甲午年果入中權箕男往使兒不復一盂料出時
之側生小兒在荷手攜其兒將學捉曳於墻外時
兵判驚問其故荅曰我以鰲城妻子與兵判有小兒

謂也其人曰我湖南人老於墻屋自少入京處此事不
知幾許每行到振威地夢見一兒則如落科自
是以後每行輒夢其兒斷長逐夢已憶其面目提提
戴笑若相次然既憶已知甚如落心甚怪之移其
慶雅不病萬院數十里而宿輒夢之又改
其路由彼城抵京逐過萬院相對處無奈
何還由大路行兒及年長而既冠亦果見顏邈相親
今行以夢放已科其兒落矣此事如甚相
今日來謁壯元而此戴興事相年得
矣豈非天那

結芳緣二八娘子
英廟末蔡生者家勢貧寞僦居于崇禮門外萬里峴
蝸舍頹圮簞瓢屢空而生之父愷悌謹拙恬靜自守
不以飢寒而易其操惟嚴訓其子欲紹家緒見一不
是處未嘗溺愛包容必稞入純綱之中高懸稞上以
亂椎之一日吾家門戶剝復宣係汝一身未有跏罰
何笠怏過生時年十八委禽花萬水峴睦學寃家雅結
觀之日亦令課讀視迎之後祉庠之事省有指日畔
許一日招生曰冷鄉只餘四簞日墓祭固宜躬行而
但汝成冠之後猶騰瀆有墓於墳松理俱是未安可析

時宿約而亦不相念呪此循例兵判之妻子雖生何
為技之無惜朴曰我雖兒時許汝邪家政格戴嚴何
敢以廝孽為兵使箕男曰然則居區上統陳其兒時
之約不腐中權之命可矢朴笑曰我識汝意白鰲令
使近作寓意必在此箕男慨然曰以兵使亡約只得
念使誠可憐亦復奉何竟除白鰲令使

養壯元無科忿夢

樂群趙公壯元及茅榜下回年
頸有一回身髮須白者來兒坐定擧顏熟視而笑
曰異我亡兒育養出元而登科安得不死公問曰何

即甲戌五月十六日也何以往年五月作祝也正自
訝感之際又聽孝子某云巧是自家同名也又聽敬
昭告于顯考大連輔國崇祿大夫議政府領訣政爲
領經筵春秋館弘文館藝文館觀象監事
護其公府君云□故桐之子鷔趁自語曰自然則庄主
故首開之子邪何流落至此也然戩卿及謚吾輿我
先考相同亦一異事也又聽顯她貞敬夫人某窗菉
氏云又典自家先她賈鄉姓氏毫無羞愧始及大斑
衍其撤蔡正呼庄主回妝之先世曾做何官庄主
程曰詐能做官也每以終身不免萋衛軍爲恨耳又

祝文以至胥誦而意蹟世閒祝戩皆如此故果有此
事耳故相之子心甚未安而無如之何更思俄者菉
祝之年月乎攴則即去與自家覿忌日也或云庄主
之殤狗屑及其殷蔡讀祝歜謂他人之神兩以故
相子言之故觀相子親蔡於殊鄉他家而至於讀神王容
一般狼狽尤覺一曖也
寧相戩梅花足
古有一寧相夫人性嚴有法度寧相甚畏之帝恐戩
取後於夫人也其家有一婢名做梅花少而且甚寧
相毎欲挑之而婢在夫人左右未得甚便或以秋

問甫名爲誰對曰某也果非自家閒花也又問甫母
姓氏其母也對曰小的母初失父又未識姓字又問甫
能解字否對曰只晓諺文又問甫之祝辭從誰書
對曰小的生來不識祝法昨日貴星知小的家貧
問有祝乎曰無貴星挪揄誹笑曰無祝而琴岂不奈
問云故餒以數挽萬固諸學祝武貴星一張白楮
其一洞諸家孫藏此紙來及家之輪回讀之名
書下眹又令小的讀小的以蕡讀小的不甚離解故不勝
大喜的些一洞諸家孫藏此紙大駿之諭以事理郎地
而光試於今晚取故相之子大駿之諭以事理郎地
焚虎大責其鬯乙乙曰小人毎於上與宅辰曰慣臨

汝懇懇則姲甚泠落蓋長夫人剛正也一日寧相坐
內堂夫人在廳事治産姲承領夫人之使令入厉子
裡蜂工樓庫而一廷蚕在樓門之外寧相諴視其足
則卽如凝霜小如新月寧相將爱以手挶之大駿
且呼夫人正色曰前曰相公年老位高何不自重寧
相乃槯辭曰余誤認以卿乙之足有此故犯耳時人
爲之語曰相思一夜梅花發足俗名忽到窗前起
是君恩故兒時有約

白沙李公宰閒坐有人咸順令來謁公曰何事首兩
得今使兒時有約

人口朝家極選儐使李月沙為接伴李東皋為延慰
而其幕佐亦皆名家大手沿路唱酬至平壤朱使臨
夕下筆都懷古五言律詩百韻儐幕命趙晓末明
製進月沙大慨會諸人識之皆曰時方短夜非一人
所能若分韻製之合為一篇庶可及乎一人惟車後兄
命意不同滾合豈成文理不如專委一人各
可以當之遂委之天翰曰此非吉酒一盃大屏風乙
坐直將韓景洪執筆不可月沙命县之故大屏風
中天翰飲數十鍾入於屏內韓濩於屏外展十張
聯憺大華胺隔華臨之天翰於屏內以鐵書鎮連扣

韓濩當隨報天使往燕京時有一閒老以烏紙作一
障子掛之華堂之上眾天下名筆能書者將摩之
濩亦往高障子煥爛動輝而鮮靉筆阮於琉踰槐
泥金之中以筆名者數十人相顧莫之敢進連筆興
勃發不自揆而執筆攬弄於泥金之中忽揚筆畷
之灑落滿障觀者大驚主人大怒曰今廬為雲亦
稱為東方名筆也乃把筆迤運揮灑真草相雜
挺其意態灑落全泥皆在點畫之中坐一遺滿神妙
奇逸不可名狀滿堂觀者真不叫絕滾遂主人乃大
喜敲宴待之厚有贈遺由是濩名大著於中華國人

書篆鼓動吟颭而已高舉大唱曰景洪書送句後語
絡繹出護隨呼即書儀而叫震動珊瑚瑞霜
髮亦身出凌於屏風之上迅鷹驚猿突逵此之而口
中之唱水湧風發護之迷華猶未服及夜未半而五
律百韻已就笑天翰大呼一覧莫不等快鷄未鳴而
呼通使進呈朱公卽起東婍讀之讀未半而將把之
扇鼓之盡碎飄颭之舞朗出於外平朝對儐使歡賞
嘖〃

鐫石華未興澀一聲

峽昵誤讀他人祝
嘗命書入賞賜甚多琳琅屢下遂為東方筆家之冢
之筆如十年老狐非偷造化之跡 宣廟甚賞儓筆
題之曰妥乎之筆如九苞鳳雛常有靈霄之夢坤濩
有一故相之子路出藥峽日暮扺遠投宿于一農舍
內方杜狥屠猪爛熳烹飪故相之子詰其由則是歲
卽座主之喪餘也終夜喧吰不敢交睫扺至鷄鳴叫
噪呼應百倍於前設祭陳為哀聲暖耳及讀祝辟有
曰癸酉五月二十日云故相之子卦德增笑曰今日

洪公遇於西閩幸識之遂別去其後值丙子之亂奉
慈堂避入永春安過及位至卿宰奉使西閩遊妙者
山僧徒異藍與其居商一人即此僧也顏色康壯一
如在龍門時公甚喜及入寺別揖一室延僧坐于歡
甚命別具束餞饗之留三日極意欵討上白國事下
及家私細卷無遺公亦仍聞道既別更不復遇

李上舍周病悟道妙

進士李先浩有積年痼疾欲為醫治博考方書因悟
妙道多異事嘗飲水置一盆於厅上卧轉數次援高
慶倒身吐出餬之洗滌臟腑又寄徜達遊僅先數日

上曰平生秋志孝今日有斷峽死後昇精覩神肾日
月長書畢候起出門行數步復不見其家大晉伐而
因奇至玄先是李君有千佛圖一幅不肯甚萬為筆
有一僧望氣而至請見李君之書畫至佛圖拜巍双
覽西天下絕室也硯公以此施金富萬為李报李君所
與之且聞其意為純室者儒取水噴怖上炳以日光
則千佛筆如僂蟻者眉目皆活動僧拈筆中揮聚一
揖授之曰此神運也忽朝用冷水磨脈三丸服盡麻
但久視亦梢稼陰盛過三則必有大官博之甚藥如
麻子兩黑李君素有宿症依服之数三脈而積痼都

姑挺一日謂家人曰吾今遠出月餘當還諸一親友
代守吾身必善待之言訖氣絕食頃復生起坐謂其
子曰君石不知我也我共君父江及也君父通有速
行邀我守身勿誤為吾嶺南人也其言語舉此非
李君巴李君之妻子供奉甚謹此不敢入肉也如此
月餘一日忽卅地而已開眼超此李即李
君也妻兒雖歡欣習以為常亦不甚以為異
多危宏安訖孝庙朝业事受刑狷血有白膏如
乳李君之友婿椎某在南堂山村如是日胸時李
君至雄衣主人不在只有兒輩取筆書子壁上障子

祛鷺黃韶潤躰力輕健李君大擊之脈垂盡餘十數
九忽志儒戒并磨盡脈甚陵傷又至大歎曰不用吾
或其不免就及其友人自南中來者遇李君於稷
山路工布袍欵欵容色懷懔班荆而坐欵討如千苦
友人問其所徃徃則苍以他辭至京聞之李君衣日即

車五山陽麻守百韵

車天輅文辭浩汗而詩又雄奇雖精麗相雜而立就
萬言滔々不窮無敢敬者　宣庙未天使朱之蕃來
朱是江匍才子惟有弘宛所列之述詞翰輝耀膾炙

頓不可及今鷩曰汝非吾敵手也然其馬曰初局何
為見屈其人笑曰其性愛馬入場在東馬必瘦又無
可托慶故敢以小技欺公耳今恨其見賣有僧叩門
曰貧道赤梱解小技頗與對局令彼必許之對止跋
棋兩之如零散忽落一子令不能解潛心求索良久
僧欲手請辭曰行色甚忙不可久住令仍黙黙思如
醉如癡久未能茶僧群而謝去久乃恍然擧眼視之僧
去矣問旁人曰何在荅曰向者其僧屢告辭老爺不
荅故去已久矣去時以筆書於門楣而去爭見之書

眼昏廢棋云

澤風窒遇僧鐵卨理

李澤堂少時多病廢擧業寺意調養家在砥平白鵡
谷近龍門山嘗携周旅抵龍門乃遍寺阮晢研究輒
至夜分有一僧閉木取食革鉢弊衲僧而不遠逐夜
澤堂篝燈讀書衆僧盡睡而獨此僧借燈先織屨
不寐一日公思索其苦至於侵曉僧江內獨語曰何
少讀出以不建之精神欲求索去微僧徒費心力何不
移之科工公微聞之翌日引僧至僻處以夜時聞者
詰之且曰師必深知易齋諸學高僧曰貧乎備僧查

有識知但見生員工夫刻隳廬有傷換故云乙至於
文字素昧蒙昧沈冒乎公曰世則何以云玄微師終
不可以隱裁生數之是乎不已僧曰措大陋於舊時
甃處付簽俟哉俾處公大喜將兩款晚逐一付標約
僧插於樹林茂密之中或衆僧盡睡之際徒容質問僧
剖析微妙出人意表公肯中爽然如失霽觀天既罕
筆公以師禮待僧乙在衆中與乙若不相識及公下
山僧送至山門期以明年正月訪公於京師及期僧
果至公延之內鄭留三日僧為公推命論定平生且
曰丙子兵禍宿大起必壁地於永春可免某年又書

近根棋乃訪那云令之子見場於清慶綾原大
君以使价赴燕饒西郡令在座大君令庚貧弘對局
曰貧弘每以令之不與敵對為怳恨今日庚若見屈
則出財贖運德原之子令若見屈則降其模格與
歡對可也貧弘赤欣然許之蓋德原令以屢朝國手
年已蒼艾貧弘年少善與自以為俗慨而令於
不肯許誠悴稔每對輒翰貧弘每恨不帐且以護吾
曰貧弘每以令之不與敵對輒翰貧弘每恨不帐
則出財贖故大君之言如此赤貧弘赤所自顧者今遂懃
飽財故大君之言如此赤貧弘赤所自顧者令遂懃
水洗眼露地危坐平日六降一格是日令摄四子自比
以示送之削致弓建運三遭貧弘遂懷墨其子自比

248

令斤之丐自是日冒月贍贖娉從良百年偕樂子姓
繁延至有登朝籍而飽飫則果於三年之後舉而授
之于銅津云

李後種力行孝義

李後種清州水軍信義蕭於鄉里有一士夫知其隸
於戎伍欲抵害水使而免之後聞之一日來謁曰
聞公免我軍役謂曰此夫曰
吾為此來謁而欲止之酬公勿為也圖家軍役如我
年富力強之人若圖免則何以免軍況我小民有
可以無役仍力挽不免至於六十應役不怠其父

便之只受十斗後種少以造筆為業其父輒齎於市
一日忽盡撤業不造其父悶之訴於傍居士夫曰吾
子造筆無端斷手請治之士夫問其故曰小人造
小人之父輒齎作市賣買而欲受準任人之常情亨
價廷隆或為強暴者所訴府則欲受準人之常情亨
無他業可以養觀君則亦何敢廢今力農而廢之故
撤之身窮遇暵堇壅溝洫而儲水移秧是夜村人決
水灌其苗其父怒呼厲之後種力諫曰欲灌其苗人之
席情其苗在吾田之上輒欲決得于兒今既決之後
不可達止訴人何為

茅有為居士者老而無妻子後種舉置其家善養無
懶其人久病便痿不其後種晝害水使邊
村人之過者見曰何不令娘女阮之親自漼之後種
曰吾妻以別人戴合智無骨肉之情若或心移陰為
之則非誠心奉養之耳其父寄屬人
十斗麥秋來計其直是年麥貴而稻賤故為二十五
斗麥受二十五斗稻是何也因思其父吳以受十
斗而來者曰若除五斗穀則足矣笑後種力吉不已其父

德原令擅名棋局

德原令善奕棋以圍名於一日有一人縶馬於庭令
問為誰對曰其以鄉軍上番平生喜棋與聞老爺令
國手顧對一局令坐許之其人對坐輒曰對局不
可不決賭老輸則頭繡高粮小的見屢則平生有
馬癰繫在良馬顧納之令欣然許之既而輸一局一
家又受一府又輔一家其人遂納其馬與令笑曰吾歲
身筐受改馬曰老爺以小的為食言人那忤留
而辭去令乃得已留養過二朔後其人後來言下番
浮帚乞更對一局仍請賭盡其馬令許之連輸數局

反求主翁靚衣掛于身上又以一薦席乞其鋪擭而
出乞食於行路依然復為乞兒樣子間關千里屢日
入城直望本家而造焉忽地心口相語曰當日出
門萬二銀貨今夜敗家槩二衣裳恐有得於見聞姑
待烽後夜鍾前瞰其間寂而入無妨也乃藏身於園屏
少頃夜闌楚入其家則廊門半掩房戸牢鎖與園屏
氣息逆於香黑深陰俄而婦自內而出推扉而入曰
今日街鍾亦云晚矣吾一雙銀海不識人品致此嗟
臍余將何為乃微嗽一聲使知其來婦驚回誰也曰
吾也曰何遽何來曰開門婦燃灯乃挈其園而入室相

庭俄頃之間搆屋子群高姑以廣袱遮掩高枕而臥
婦良久而出怨見有物塞房隅不勝怯怯惟而
視別兒二白銀堆積如京不知其幾千十斗也姑驚鴛
如啞口吒目瞠俄緩定情曰此物從何而至又何其
影也與笑曰宵小兒女何為知丈夫之故事也固共薄
笑相戲此而待晨擭看新衣伏謁於夫於爲始奉政始
一家之儲以付于兒一出而久無形影必其計惑
怒於昨夕一憬撞見兒之狼貝而悌悌苦希幸
惕蒲缺懷硬未穩脲及見兒滿着燦二衣服遂驚於
前奉政已在挺慌之中亜問汝興販已完否兒曰多

對燭下則贏垢之容襤縷之眼此諸宿昔信為慈愴
婦態解出門俯晚食而一飽共歡是夜晨鍾纔動婦
蹴兒而起重襄輕室欲為竊負而逃以免亡銀之罪
丙瞬目屬婦曰我寧首宗獲矣豈可相携遠去重添
禍網也婦怒曰君縱不能庇一妻因由我固人日
逢營罵而獨作尤大語耶兒曰卿若一粒連兒我窩
先告于恭政而欲子之蹝恨食也兒自新婦挾恨而入
內屋兒乃奮然子且得兒銀於婦之篋裡納于其
中暗祝天地相力搖兒開口視之則自雪也似攸銀
光菊一晃向主像室屬中最四處搖之又搖注上添

荷貴宅僑助獲利甚優請納二十斗銀子俾完子母
之息奉政曰我豈受利息也只償本銀切勿更閪戸
曰小的可死不可不納因藏負輸置于庭除正
如脈前厚寧可為三四十斗奉政素是嗜利訣二頷
愛婦又以十斗獻于薏闇間中徵蔵又以數十斗納于
諸夫人其餘僑兼蔵蔟烽肝數鍰舉家歡羨噴二不
已奉政乃蕃闇昔之夜一僩之欺誎與襤縷之狀者
的是搆陷乎告薏闇曰此僩深猜此婦搆捏珠甚繽
衣紈核若勒謂鷘懸案昆黃金者勒謂敗遼穿其心
壯宗作主人乃萬費邸滝二一辭補益而不得伸亜
先寫一沈句上修室屬中最四處搖之又搖注上添

250

室辟著邸馬喜容可换光買来紫温水鼓冰使馬全
身洗漱且鎖暮飯美為珠镟瓴破楛膓之神尽皿朱
鹽脈若溢海之市日巳晾黑街鍾乱動返史頸於鋪
樸繩綢之中完轉春夢颠鸞欲倒鳳然明使馬椎磬成
疑又衣以鮮服穗箱其膀果然儀谷島变瓶字軒谷
非復昔日之慈戲也又嘴曰君可可入現於夫人及恭
政而如有動問必對以如此如此馬满口領諤諤寸
亦政春政曰此坤奇捧其柜今也忽地結楓必思寸
意人也乃使馬近前曰汝所業甚麼曰小的槁竺破
贯使人殖贯八路宴幻贯戴相時肘利奔政大喜矓

朝偦程聽其所止而欲止路遇大橋之下有浒滸之
舟雜人語響深宵曠野殘殺其木容因下馬援橋探視
橋下則有一翁一媪鮮衣密躲躲其兩楷彩之衣篤人
俯視媪其赤身揮手趑避無兩楷舟乃出橋上薹
其所儲之衣以衣之是翁是媪嗚謝僅之愿請邀入
止宿于其家則數樣蝸舍僅庇風雨乃繫馬于外入
室西坐翁媪令走幹辦以鎖鹿飯若菜一飽而欲宿
請借枕具則翁媪乃枕橡桶之間搜出一瓩舢可
以枕此与依言而卧於桶黑穿之地用手捫籠則既
非金石又異土木難細捫摩而認他不得忿有呼唱

信自是馬美衣豐食不事一事婢曰人生斯世各有
所幹而飽食無為將如謀生何我与馬曰若欲料理資
生源得十斗銀子乃可娳曰我常為君周旋因入内
堂乘間盡于夫人乙乙轉言於奔政乙乙慨然乙諾
馬懼此百金都貫路肆乍著不褺之衣穮於夫衞盡
拙平日同興乞馬之若男若女緫以其衣乙之且策以
江郡乞旬承如之且尋遠鄉近州流離飄蕩之類以
無誦大庇篤心馬以駄之雀以摅之徧八路之循而盡
只餘一匹馬及數鞍承因日作鶇塘蕃於馬背而行所
畜中秋霽月如上淡回横亍平郵通路四無行殘淳

一錢跂舊薆馬以脫其衣而掛墜縈其馬依明眉
趙馬曰大喜而吽乃尋常虎夢巳時天色向曙翁媪巳
虞馬大喜而吽以鄰鼠易此兢翁媪乙而却曰此物不直
待三年之期乃大喜而大抛之于銅雀津無使他人魂知慎勿沆
宝若大散義不輕許而宋昧適用之衔贯者曰此殖贯之良
我教義不輕許而宋昧適用此點而如是自宝那馬曰既入而
詰之日汝詐知適用此點而如是自宝那馬曰既入而
矢数牛紬以擺取馬一向拒之居人無何賢人躬入而
應令而入欲存此跪馬曰是我所枕不丁瓩与人明
之鮮哇雖外其有威猛如贯者之踵門俄有一卒

251

判決公務且問邑吏曰庸書最日何由知我來史
滿城喧傳未知先出於何人之口李公命探報言根
史退而窺探則寔七歲小妓可憐先唱也入悉其狀
李公命可憐近前曰甬緣辭緝得使豆對
曰賎人家在街頭向日推窓而窺則有二乞丐異业
始倒而這裡一丐衣優雖啓癸髮手甚是白軟故自
松曰凍餒執役之類固甯眽眽黑菲能如此也奇
感之執禮甚恭正若傲儒之狀賣者故姑乃宰儒其
長之執禮之類所旋邪邱欲着則其旁一丐摘兩
為結衣備告家人則嘖刻喧傳以至一城紛芸玉乙

一日公蒙曖隊之恩將還始游錢緒而公曉之曰吾
行有日雖欲將汝僭爲胥命屬丹戴妓凌車吾豈不
爲歸田凌死當力致改于家母恨荷逵妓喜勸肖睍
慨然領諾而逈病捐舘妓聞凶音設長
慟列決而逝家人葵于道側逵朴文秀出接此隶過
其下題其碑曰咸關女俠可憐之碑

　　　擇大婿慧婷識人
古有一杂政志養萱闈而公援松務鎮曰最集末暉
左右恒博家高一烊年紛及筹容姿豐艷性度恨慧
善承萱闈之志飢飽寒煖隨宜管領坐外動息相機

李公大異其穎悟極其愛憐及還彌以一詩妓亦服
公之文華兒字有托身之意年旣及笋猶自守紅惟
待公言誓不許人而公則寔未能知也逵夫公坐事
寬咸關寓任一史舍妓親起侍昕夕不捨公亦深
盛其誠然自分身罹罪庶不可眃近女色與之周旋
者四五年末睿及乱妓盖服公之偉度欵歎李威心
嘗令他適而抵死不聽妓慷慨磊落喜誦萬孔明
出師二表每清夜月朗為公一唱音吐清碈如白鶴
喉空為之江下露隨吟一絕曰咸關女俠滿頭絲為
我高歌可出師昌引卓盧三顧此逵臣淸淚萬行垂

扶携萱聞以是兩自適參政以是兩悅觀家人以是
兩代勞焚謼倚篤賞典燕笋婢於長廊之內別故一
房書畵竹物俱極楚以備少陳燕息之所長女妥
冨子孝從事靑樓者競欲以千金一娶希為姓寵若
承改婿四慶宰拒一心自矢日若非天下有心人寧
甘老空房怒達聚而忙遷其家則有一丐蓬頭垢面避
其復路怨一日婢領了大人之命知趙眚於親賓及
房子門首婢一看而知非常赘入于自己房樓隅曰
兩于門首婢一看而知非常赘入于自己房樓隅曰
舅妪啁此因轉出而鑠其扃趣匕入內閉那巧一刻
為想莫抖睍咒而右壬其狀欻德下兩少為出而入

症雨試藥治其末而拾其本所以麥浪後人也此輩
宄必預知工躬之當有營度而非此胸則無以能救
故假此以自達耳

失佳人數數薄倖

李業福傷輋也自童稈時善讀諺喜稗官其鮮或如
欲或如怨或如笑或如哀或豪逸而作傑士狀或娥
媚兩做美娥態盡隨境之有一史脣夫婦睄食此技喃養
富之沉皆指兩閱之有末耸一女端麗特
業福過如覌寶許以通家杳更
秀燁亭如花溫其如玉業福心廠神滿不能定情每

以秋波挑之女瓶正色不應一日昏吏過鄀日闔家
上塚獨寚閉程扃鑰其嚴業福踰牆潛入卧內女方
酣眠業福乃卧其側摟抱其腰女大驚驟起曰汝是
何人曰集也女怒而銥灯榘打之曰汝同念我爺孃
之情勢欲為狗苟之行于業福挺身受杖曰娘子之
罰其甘如飴女愈怒猛摯以致面門剺傷業福但以
柔媺色曲解之女此本弱且生態態之心投身
于床曰住汝决為之業福乃恣意採美極其醜狀女
容而赵曰既惘汝禍共去勿陷業福悒悒起居于女之
家人盡還業福悵起居于女之母女侍其傍玉顏嬌

快香愁鎖眉如一枝艷花朝帶寒態可憐業禍
退而愈不忘乃寫一緘芳倍東閫潛遷于女美匃會
東閫也女果如期而至帆憗獨語神不守合業禍曰
娘子舉止奈何異常女曰通閫西王母遣使傳語曰
汝被人誘脅厚度污孃大質已鄥愁憤寞多其令帆
隸仙府永謝塵緣云故将欲隨使者而去矣業禍曰
日使者安在女指其傍曰通閫向空其語孃
不倅旌脫自己玉指環作鞋人狀又若彀福履鞋
試穿自己之足情態千億而聞不見一人業福由孃
子興郤歡洽女笑曰瑤池使者也業福大悟既出基

拈終身女俠揹生

業福審言言渠數薄倖如是云二

曰是竟日獨語笞不出使者說也一日晨起忽不知
所之父母亦莫有業福為禍階殊跡之而終莫能浔
決事乃興數人暮入城內只見居氏奔走咮諜曰鑪
娘難揉揉守寧之臧否風俗之碩柔将到威與露珠
李林判道德善冠陽承命廉訪此關秘跡陰影猶帝
衣今日將到李公卻感不定曰通行一道未有鐵破
我者今此喧駣或緣枒從者之有洩那乃運出那外
窟洁渚半未有陷諸遇了故曰復入威內方始出遭

己料豐歉之向夕又有一庶人來謁曰某與某甲備
居某甲妻方産委絕幸得良藥于此鋪得以回甦此
必有良醫故欲謁丹某之子方三歲患瘄癧方危劇
望以珠刲救活學竈曰亦脈藥壽而正氣敗三貼至人
曰庶人筆未常脈藥故其强壯奇或以此筆收斂而
應之無不良已捷杖將\近數月學竈之寸也而
侯客亦不至一日有一軍相之子乘健驢入門主人

下壺迎之酒掃惟勤舉家奔走先淩而學竈猻坐木
櫃上不動一毫軍相子曰親瀋沉綿已經數月百藥
無效元氣斷下既邀嶺南一儒醫命補劑而醫言陳
根腐草難以得力須親造藥揀新拣之劑依法
妙劑可堅收斂云故有此親訪主人須極擇良品援
方製藥宰相子低舞問曰彼坐橫子工者誰也手人
日此間有異事逐述前狀宰相子乃整襟諧其前備

必不是甯刪試服之如何其子及門人傳筆元逕告
曰橫敗之餘何可脈消散之劑夫不敢奉命軍相黙
然既敗以劑藥以進宰相曰所食不下姑盥卧肉過夜
仍暗覆之使左右潜製藥者正氣敗三貼混以為一
以大鑪合而煎之分二脈之詰朝趇坐則神清氣逕
病根已釋其子倪趇居則曰宿府已祉牀矣其于曰
某醫真和尚也宰相曰咋也藥肆之學竈末如何方
人而真神醫也仍言癢藥而脈正氣敗之事又曰
數朝貞疾一朝水釋恩莫大焉汝須親往迎之可也
其子承命而彼极致威謝之意仍請偕往鄭家學竈拂

長而趇曰吾誤入城閒致此污穢之言吾堂忰惧中
之賓邪遂飄然而去軍相子憮然而退悵苦其由宰
相益嘆其耿介技俗之士矢乎而
沉爲良醫迷其所向崋朝莫不為邊其宰相府往㬰
院提調適威學竈事因入診口達上曰此劑東延有
蓋亦無所害仍命入進御肉望曰乃藏上匕嗟異
令之物色而訪之終不可得識者曰此美人必显醫
書有年運之循環一時之間百病雖瘳而其派別年
運之所使也苟知其平運而投入凞合之劑則雖不
周嗇之症焉不有效近世紫醫者全昧此理故且逢

254

頃之周事令駕於十里之地薄昏還街見踣旁長丞
以手指之曰此乃何物官行之前乃敢僵塞長立于
下隸曰此非人也即長丞李曰雖是長丞亦是婚
傲使之拿來拘留於外以待明朝而亦不無來夜逃
縣之廳三班官屬除官門待令外一并守直可也官
隸輩雖能齊鮮應答而皆面二窃笑無一人守直者李
固揣知其如此及至深夜使倫俐引暗地移置於
他處望日早起開衙号令羅卒命他羅卒命他
其處則朱舉將軍已化為烏有先生矣始生疑懼通
索近慶官家号令愆於里大羅卒舉不得已見失之

由入告待罪李乃佯作愈怒之色曰身為官屬不遵
官令不善守直竟為失之不可無罰自首史以下各
納罰紙一束即刻待令如有不納者當以管二十度
代之於是三番下人畫皆納紙須臾積置官庭即令
紙本有二標隨其標隨手擲出數滿一塊即索
汝紙須達出去淩小心謹守毋作如此敬后此其僧
百拜致謝而去李因戲其紙束所從來則即市遮店
一無賴漢所竊取者輸置渠家通當闘紙昔納之時
民正連翔羗室委貴矣乃促入歇羅台其罪仍數其

佪分給買來之官屬其臨斂束并令一町納諸人各自
取去於是一毫吏民皆伏其神矣

授良劑病有年運

銅峴有一葉舖一日有老學宪弊衣草履貌似鄉愿
突如兩入坐於室隅口無一言移晷不去主人惟問
曰何處客主以何事來臨宪宪曰某甚客於會于地
故今方若企庵留賣彗心切不妥主人曰何不安于
有至食時主人詩餘則不應之走出門外以弗戲宪

新于市舖而復來就坐如前如是數日而待之足終
不見至主人難窃忕之而亦不敢聲却也忽有一庶
人曰妻方臨産枰世僵卧不省人事顧得良劑以救
此急主人曰浦彗無識遂謂販藥者能通醫述可此
方丈以我非醫也而知對症投劑于若往問醫人出
來問吐來則當製給矣庶人曰若肤霍香正氣散三貼則
以一劑活人學宪勤說曰此是浦店解彗之方若投産病則
即愈矣主人笑曰此是浦店解彗之方若投産病人曰
便固氷炭君徒習於口而發也學宪固訊前言庶人曰
事已急矣雖此劑萬望製給固問傳投錢主人不諾
民正連翔羗匿委貴矣乃促入歇羅台其罪仍數其

家臨其家蒼黃趍避狗直走其甲之前咬嚙其甲官
家怡之問曰此是汝之警人于狗照官家遂挺下
其甲廏加盤問不下一狀簡亡首實即報營狀敎之
厚埋其屍狗走至墓旁一塲悲叫而斃村人埋其狗
於墓前題其碑曰義狗隨其主往于
田其主侵暮酔僵卧於田中適野火起將延燒於
卧廏狗以川水濡尾潰其旁得滅火力盡而斃其主
覺而知之此地至今有義狗塚噫善山狗之救主死
而不恤自死誠得報主之義而河東狗則初旣新寃
枕官家末又送憤於營人賴以報其仇而償其命乳

謂禽獸之無知而乃若是于此諸善山狗亦勝夫篇
南雖是士夫之糞北而亦何多義狗也

關西伯騎馳妓

謀寧大君 英廟之凡也甞呈遞遊於關西世
宗臨別申戒女色大君秖謝而去上命關西道臣大
君如有狎近之妓使之
馳傳以上大君奉聖敎廏勒
列邑屏去房妓方伯守令故奉上命募得美妓使
之百服鄉揄大君至定州有一妓素服芳芴大君見
而悅之使人潛偵揄一律有曰明月不傾窺繡枕夜
風何事捲

羅褌蓋道其隱匿出源之意也其望曰道伯遂以騎
驛馳送上命曰夜習歌其詩及大君敢上呪勞因
曰別時戒色之言頻記憶否大君曰小臣謹奉聖敎
何敢忘之不敢有所近耳上曰吾兄能於繡幕嚴中
深戒而遷爲是嘉悅贈得一佳姬以待耳仍設宴款葉
內令妓歌其詩以侑之大君旣夜而昵近不識其
面曰聞其詩下階伏地待罪上自下階挽手而笑遂
以妓歌之生于不識其母鄕賣魚肉而不好則雖烹
令夏其後也考定正以狂床買魚肉而不好則雖烹
熟還退故俗稱强昜爲考定 正交易李恭叔令夏曹

與其夫人圍碁强請還退其夫人曰君是考之正何
爲每亡還退于李怒曰何以圍棊之故而罵人之祖
于是故李登第以老臾推枰爲戲題云

清州倅權術捕盜

李趾光以善治名決訟如神莅淸州時有一衲入訴
曰某以某慶備賣紙資生今日橋市賈一疋白紙來
慈市旁暫爲釋負矢旋即回顧則紙兒已不知去處
四面搜索終莫能得失此資業萬無還故之望伏乞
推給活此殘命云乙李曰政不能善守而見失於人海
之中雖欲推給問於何處乎須勿頋眙即爲退去

256

方伯剛果堅確未嘗以禍福攖心其之任也過祠下將吏文謁吏進以故事白方伯斥其妖誕一駝而度行未到牛鳴地果有迅風急雨集于半下衆大堰方伯令鶍者斃其廟違者殺之衆皆怒強從之俄而薄井雕薨俱為一炬冷灰仍趣駕戒行宿于閩喜館方伯此曰牛鬼蛇神占擾滛祠我奉命巡按除妖

夢一老人來剌曰我烏嶺之神香大空山廟食百世居既不為禮又燬其巢吾當陰誅君之長子里報此宜怒又摘稀矣祛官以修其戎南敗唐寇擢新簧皷邪說冀欲驚懼才兒怒而去左右攬寢曰大郎君固路憊疫病忽至

若第三郎居位當調勾十鏈鑄貧䆒敢有犯也今此說說恐動許出孤汪而大人守正不回難欺其方龍茲以商永辭軒下笑方伯曰汝久褸荒祠閭盡千刧我嘗欲造次撒毀而深怒扵汝也以其欲妖術制人也今汝自述妖狀剌有慟悒當重撻汝宅不使一物泆泆無兒愿泛而去方伯之更建廟宇塑其像自失牙而若又侵毒行人不悛前惡當即毀破永不饒寬耳兒愿方伯之第三子年位俱隆一符兒言云

吠官庭裏狗報主

嶺南河東地有一守鄴寡婦女只與一幼女一童婢

同居笑一日夜隣居某甲踰墻入寢內欲強刧之寡女抵死牢拒其甲一鈎剌殺之并殺其女與婢而去其家無他人亡無知者三屍在房至竟其暴官門外忽有一狗來往蹦蹋關者逐之則乍去旋來終不避走如是者屢官家知之怪其狀使之任所之狗直入官門至東軒首卬首呼若有訴官家一校隨狗往見之狗即出官門行至一小屋房門隙閉寂無人舁狗摔校長向房門去校長之開戶視之則房中有三簣屍流血滿庫校大驚敢告其由官欲為檢尸火速馳往依幕扵此隣適某甲之家也幕甲見官

沉劇方伯往省者則巳不可救矣哭而殯之轉赴本營是夜兒又入夢曰君如不悔前失安我英靈則君之次子又當不祿方伯毅然不動叱退如前睡未覺而家人又告二郎君暴逝方伯又痛悼庇表居無何兒又來曰一摘乐摘君之子葉漸稀矣居又當次第被延而事就酷烈特兒萬殷殷勤盼幻其訊方伯無少掉蕉斷屬兒速營戎廟用免此禍方伯大怒欲于庭曰儉此從永無依故矢愀不能禍福撓知人而愿能揚知令當大札兒符且至故保會天之切自示威病乃至

月供饋甚厚及其歿也給以數駄

退田野鄭公知敦寧福

陽坡鄭公太和先君知敦寧公退老水原京阜村陽
坡以其長子身爲上相佩國家安危數十年陽坡長
子泰訥公載坐督侍左右動靜致養公性儉素而覆
木綿袞衣久弊甚寄語泰訥公曰吾身沒小歛當用
此衾那坐辭獎則移坐一遷令婢補綻敎子弟甚嚴
其仲子左叅政和曾爲關西伯住辭爲通富秋獲故
公語之曰汝兄有子督行汝無子宜性署秋獲敎政
公不敢聲張蓋堄上終日此撿不愈至今楠爲美事
也

昌冠冕延綿此皆敦寧公家法謹厚勤儉世守之敎
也

識允期申舟村知音
中曼字受情落拓不羈善醫人一見知其死生嘗於
歲首往拜其姑毋李副夫人適有李家族人
歲拜者夫人當門而坐客坐廳工申偃臥房中聞客
與其姑毋酬酢之音中徒房內厲聲曰廳中之客未
知爲誰卽四月將死矣其姑毋問其元朝作不自語
輒呵之曰此兒狂寺固安客愧客乐知其姓名故倔
强笑曰此申生貪手遂辭去副學之孫留寺手其

敦寧公福履俱全長子爲領訥政次子爲京畿監司
時第三子叅利萬和登第陽坡率其弟新恩及第致
覲水原上相出則道臣例陪行書於朝紙曰領訥
故覲親事永原地出去京折監司鄭某領訥政暗行
事出去凡弟三人一時簪花我國風俗每於慶科雖
宦尊者有先進則輒呼而進退之是時敦寧公雖過
膝下之慶儀然不動他人不敢呼出上相有一象側
宦當呼新恩訥政安可不進乎人無呼者
我當呼之高鮮領訥政呼新恩陽坡遂俛首起而
進具某耀盛而如此其凌近百歲世襲卿相子姓蕃

震壽年纔十歲問曰餓者申叔之言可異何不令藥而
活之申笑曰此兒奇哉欲活人于取醫鑑來適家無
是書李公年初未得借未遂困循更不提是年四月
其人果兄其沒問於申咎曰其人患疝症已形此辭
音許其日月閒病在四月閒疝氣連上至顙則如兒
故爲言云云李公嘗言其人適遇神醫而不問丁生之

歿溢祠邪兒乞命
烏嶺之巓展祠在高頻靈異萴凌嶺者逆于
心必下與膜拜磕戔賽神否者輙罹奇禍近古有一

謁而題名尋院録始知為文有來生行步迅颿倏速
僧不可追敵遂云生居常戴蔽陽子衣葛布着木屐
而其行如飛性甚靜厭喧閙非僻處空菴則不處焉
秋冬之交上一絶頂廢寺而雪積路塞使無得息諸
僧皆云處士必凍死及至回春雪融即往訪之則生
以單布衫厚積落葉蕭然危坐顏色敷腴無凍餒色
跏坐孤菴念誦之聲鏗如金石或有聞者即撤有經
師欲與論難答曰只能讀不知其旨終不與酬酌莫
能測其淺深自白華移處摩訶未幾而逝葛葵于拜
帖已多年而無返葬之人云金百鍊曰聞楓山僧語

文生一日佯死入房命衆僧勿近夜半忽聞屋壁震
坼若霹靂聲而室內通明如白晝光徹大房僧徒盡
驚就見則文生目已瞑蓋解化也其所謂大休歇處
果如其言而乙卯西關之行其亦去而即還也金仙
臺即韓無畏遇郭致虛之處也文生臺亦見傳道録
乎其所讀唐板可知為東華篇也余見彭祖經稱青
精先生得道者日過五百里能終歲不食亦能一日
九食明初張三丰日行千里辟穀數月亦能日噉數
斗陰冬臥雪中此皆服氣所致與內鍊金丹門路懸
別文生所修豈此道耶以此解化例有屋裂聲

蔡士子發憤力學

灵先有一蔡姓士人業文頗勤終無所成晩有一子
不復教書所望者成長繼嗣也子未及長而父死然
家頗饒不學而能守世業一日里正來示都牒請聞
辭旨蔡取看久之還擲聲以不知里正出曰名為士
子而乃不知一字耶如許士子何異犬羊蔡不勝慚
恨不敢出一聲時年四十隣有訓蒙學長蔡生即挾
史略初卷詣而請學〻長曰君年崖初學之時耶蔡
生曰年雖晩識字則幸矣子但教我學長教以天皇
氏一行兼字與義生讀訖輒忘之又教又忘學長曰

此不可教聲之蔡生起拜固請乃復教終日屹〻菫
得曉去至三日始來學長曰何遲也生曰患未能熟
曰讀幾遍生曰但以菽豆三升為計矣既皆誦訖又
教地皇氏人皇氏讀頗順理翌日即來而菽斗之數
減至半升其後日漸就長蓋至誠所發文竅自開故
也讀至半卷文理大達既讀盡七卷又讀通鑑全秩
誦之精熟既博通四書三經讀凡七年而以四書疑
中進士又五年以明經登第時年五十二也未久調
縣宰生訪里正已死而有子在矣召而謂之曰我非
汝父之辱可以至此恩寀大矣遂率赴其任[illegible]之要

産業三年之間剌錢為屢萬先生讀罷掩卷而出
駭其錢往洪家盡給之洪曰吾以居錢殖利至此外不
可受也生曰吾以居錢不過三萬此外不可取之洪固辭曰此乃己還將其剌錢而來與其妻
受三萬兩本錢生不得已還開東深炭中大拓荒址新搆甲第廣買問舍
蒸民入廢店然成一大村落矣開窑燒炭開荒萊問舍
膚胝之地歲収數千石衣食豐足一生安過至底
之亂生民魚肉而生之一村獨不經兵燹此是山桃
源云

倒
日吾則原居人居是寓居人鬟婢在原州故云在一座絶

文有來出家辥數

文有來尚州人也百至行賣居父憂盧墓三年姊不
到家眠姬敢則其妻黃氏失行賣居所不得其宗拘之
黃仍遠適黃之族疑生殺之豬宦斯不萬為牧使時知其寃
因七年趙尚書正萬為牧使時知其寃識捕得黃女
枕投之生遂放釋仍出家接止山寺行辥穀法不食
十餘日一食蚯蜓五六升行步如飛日行四百里冬
夏一平衣不知寒暑常為求雇流周四方然玉臬虹

善戲謔一時寓居

重院直長李鍾浮富直都事韓用鏞來會于尚万直
所時直長崔弘岱入直以提調分付將筓妓二十聲
矴刀挽之崔曰苜申晴泉維翰監延日縣時牲謁辥
營效適犯科技使方笞之晴泉囙請勿治按使道何忍笞之古語
罪不可恕也晴泉曰彼有至室使道何忍笞之賜如
日奇貨可居下官將其中房有一妓笑曰進賜我
欲居此祠堂將何慮營造于晴泉曰姓我甬言一時
寓居安用祠堂為地云二君之意亦如晴泉否李韻
謂韓曰君負兒之韓曰君可不免而使我院之責委

類儀度蘇兒者皆悅之庚戌冬至海州神光寺時
大雷生眼軍衣禱而略無寒色僧皆異之及設食齋
而不食夕將寢僧引就煖廬又辭而慶冷地獨坐齋
曉不寐時兩雪不止留三日而不食不眠僧輩皆知
為異人齋進言曰此寺雖貧無一時供賓之貲兩
生貧留三日不食何僧有何得羅聞之生笑曰我
亦多食諸僧必欲食我各以一掬米合炊以來數十
僧各出米若干斗可一斗作飯以進上洗手就飯依慥
煤而在之旋凝煮醬湯吏而盡諸僧莫不驚怪生食
盡凌生至石潭書院拜

容稟告聽其肯否而已何敢暗地深夜拷縛兩班與汝女使之同寢者此何道理此何人事吾若以此告官則汝罪將至於何境乎吏房始認以寡女之誤來誰料汝民之誤縛耶聞其分付已不勝惶怖而擡首見之即叩平日所親權進士宅事出不意罔知所措寡女之怖縛兩班之誤捉兩罪俱發萬死猶輕伏地戰戰告以免期將迫躬犯同赦之罪生之較之本塊處分云哀乞不已權仍索取衣冠語之曰究汝罪狀死不足贖而既與汝女有一夜之緣亦不無人情當十分綻的持為安怨然汝之庄復產業必折半以結

亦豈非幸歟然吾以守寡女之無端與兩班擕手而入換衣而著平生貞節敗敬無餘今則將與進士主同居以生云云少焉吏房治送其女權進士以龜纜身世一朝得二小里大喜過望平二妻而兩隣竊既不貧且吏房之分財甚饒是以此獲成富家翁安享平生子孫亦盛云云

安貧窮十年讀書

士人李某家在南山下安貧好讀書謂其妻曰吾欲十年讀周易君能紬我蔬糲吾妻諾之李生遂閉戶入室封鑰甚固穴窓董容一盂俾饋朝夕之飱曰

汝女之之亦須備輸與當日治送于本宅為之吏房兎中得生萬分喜幸稽首稱謝唯令是聽權待其朝食淩綾步敢家其隣寡女亦為來會言曰吾自長夫以淩誓不更嫁立心既固萬言難回矣前風傳本府吏房將於昨夜行盜劫之事云聞甚驚悚而人既寡弱若至此境則一光之外更無他道然而人命至重豈可浪先且念與其達辱於強暴無辜毀節於陞班又熟知士主之留意於吾故果誘致吾家嫁著衣裳假粧女人之貌即逃禍幸克當夜而進士主則班絰一將之橫尾固緣此會又得一處女

不撤晝夜無斷至間七年徒憖隱寬之有一光憎顏臥悠外驚性出戶視之則乃其妻也妻曰吾不食已五日矣七年中饋一奠不留今則數到弩末歎息出門直至國富洪同知家詢洪曰君與吾雖是素昧吾有用處君肯貸我三萬金否洪熱視良久許之曰此百餘駄之物匯慶於何處乎生曰今日內駄送于吾家也遂敢家俄而車輪馬載未蕃畢至生謂妻曰今既有錢矣吾欲更為讀易以滿十年之限君能取殖此錢以紬朝晡否妻曰此何難也於是生還入室中依舊吧唔妻貿賤賣貴殖治

难已於是生還入室中依舊吧唔妻貿賤賣貴殖治

261

遠李提督如松辛將軍三十餘貞兵馬幾萬名以救
之又師粮數賣銀以為接濟之地竟得掃平兵乱甫
清寃業 鑾駕返京此固是 神宋皇帝字忱小國
再造藩屛之恩之德出尋常萬二而石尚書夫人亦
多有力云亡

得二妻榻上合稱緣

安東古有權進士早年上庠家訃至貞又喪配耦既
無子女又之懀揹身乘奴謀窮不能自存隣有席溪
寡女姿色痟鹿家賞頒青年喪夫失亡不他適精嘗
持身村里忠少輩未不敢生意權既隣居留知其狀

仍為出去久而不囬來權滿心疑怪蹔輾不寐忽於三
更量窓外有喧嘩之聲羣犬一齊擁入蒙之以衾
緊亡結縳貞而出街行數十里許入一大門揮一閒
净室卻撓而解其縳權困料其惡少輩欲慘㤼厭寡
之計而要覘下囬不做一舞往其家所為而黙察勳靜
則乃本邑吏房家也少頃吏房入來勸以來術以為
厭驚權緊蒙衾被不露顏面所勸未粥亦牢框不飲
吏房曰今夜則必驚怖未定心緖散乱姑使之囬宿
就隖有一女息年及筓而未嫁者使之同宿一房以
為歷安驚懷愉以事理之地權自是父母之餘當死

裸夜靜寂之時得逢未筓慶女同處一房寧有無事
慮庭之理乎其慶女携衾入房聯枕同宿而以好
言慰撫之柔表接面操其身體權引手摻入共慶一
衾操乳合口軀其慶女難抂嬈嫭娷則以衾
女之耡欲其他厭務欲得其歡心相與戲謔不意
中緊抱兩脚狼藉撫會其慶女雖甚倚首從命一傷
柔弱之質忽當強壯无氣不敢發怒撓凍不能
雲雨巳畢不待天明即為出去著妮堆間前滕拒來
說道於其父母起坐堆間前滕拒來
吏房大年七囬責汝欲以汝女納為箕箒之婦則從

屢送婢妾以探動靜厭寐聽之蔽之誠莫可奈何一
日權散步庭中週欣寡過去而忽言曰進士主近日
平安否一囬居生未嘗往來今過足容今日夕許未
喫吾家為好云亡榻席所留意而諧為今厭寡可
而言定出埋外真卲朝寡求我寧不喜事遂滿口
許諾待日昃躬往其家厭寡欣然迎接延之上廳饋口
以夕飯換衣裳以為一時嬉娛如何權莫曉其意而不
與吾定意共呸誅笑厭寡忽曰進士主䓡鬃編髮
而能連抂依衣所言屬之厭寡逐携手入房臥來多而
曰進士主先為就寢吾則袒息散便陵書入來多而

末披靡有拜如風雨俄見一大蟒頭如巨缸兩目如
炬蜿蟺下來直赴金之卧處金自以謂丈夫已而大蟒
橫過其前直向與榮而下之墮其長可十餘丈而
尾松金之前掉而不已金自思曰此墮而
掉尾如此甚有意於救我那金持其端一揮不覺真身之已在嶺上而
蟒則入林不知去處金知其為神物遂尋四路下山
則兩人皆瞪坐大樹下金遽前曰君等留在那裏
不答而前視之死已久而其參則一一遺失金
尋故急惹已下山告于兩家曰善姑與兩人採參同往

皇京時有新起一青樓而門楣上懸一牌書以非眼
千兩不許擅入中華萬子華皆以價重之故不敢生
意洪譯聞之意謂舞價君是重大耶況女子乎是天
下一色如軍傾城而傾國則千兩倍也誠為入
門詳細訪問則此乍出遊治之娼家女那曹侍郎之女
子而其侍郎公錢累萬金方枷因枷錦獄据以一
律萬盡家產徹及姻族而所不足兩三千金償命之
外更無他道既無子姓只有一箇女子而姿色才華
超出等儕其女子不勝悲冤欲為賣身得金償納餘
錢救得父命之計不得已有此舉云、洪譯聞之矜

哩世省克堂誤食毒物而然那所採參雖均分而吾
不言此事兩家奉信此人皆不疑迎尸入枕口
何忍取之盡分給兩家以充莫需與一兩取心松
姓人年過九十強世如少年生子五人皆橫享寫亨
孫皆簪衔雄狴閻里本孝騁錫家償瞋為良人兒
近百全無病而充臨歿時姓嘉其事於東子曰汝
生富貴天神漠不能臨歿筆切勿生惡念以觸神怒
如兩人者也

拐千金洪象齊義氣
譯官洪純彥當 萬曆丙戌丁亥年間隨節使行入

惜其情景不敢求見女子直為出門搜羅其行中諸
人所備之銀廄數滿千輸送青樓波乃隨使行出來
矣其女子既不汚身空得千金充納公錢救活父死
之父命感頌恩德天高海深銘佩在心不能蹔忘仍
罷青樓敢不見女子之便申勤付送譯官價諸
匹靴輔報恩二字每於行人之使申勤付送謹藏不
歷至壬辰倭冦之東捻也
宣庙播遷龍灣專价請

接於大國伊時洪驛又為隨往石尚書之便申
書習聞洪驛之高義於夫人且夫人聞洪驛之入來
恩乞尚書要其周旋石尚書工告皇帝下扮朝廷特

閤於朝 成廟持命旌閭賜束帛吳君年六十五卒
騎司僕正邑人李之娜賢祠

延父命誠勤天神

李宗禧全義人也九歲值閭室遭病其父母娣僕一時病臥獨臥僮承僖承痛其父先國痛已久而未甦然空者二日全身歷泠而無省視者宗禧獨自遑○蹴趙病娣急煮末餅記將刀所破四掲血注桄中滿桄殷亦用箸啓父之齒掇和連灌用辛桄○有氣息微乞又空如前見呼泣禱天又亂祈東楷於几上血大

微出臾口兒驚喜遂盡用一桄乃甦其翌日向晡殷亦用箸啓父之齒掇和連灌用辛桄乃甦其翌日向晡趙病娣急煮末餅記將刀所破四掲血注桄中滿桄空者二日全身歷泠而無省視者宗禧獨自遑時病臥獨臥僮承僖承痛其父先國痛已久而未甦然李宗禧全義人也九歲值閭室遭病其父母娣僕一

延父命誠勤天神

騎司僕正邑人李之娜賢祠
閤於朝 成廟持命旌閭賜束帛吳君年六十五卒

兩本主寡婦也金既移入以墻埴頹圮將葺之仍插開址忽得一缸中有金可二百兩以寡婦是四主人令其妻你書告之其故而還之寡婦大感且要之好諸金室謂曰此金雖出吾之舊宅實久遠埋藏之物吾亦何可掩為己物請與貴宅分年如何金内曰吾若有分半之心可以直取何可歸之本主吾亦知娣夫心之物兩即外有君子足以理家雖無此物是儕家業夫人無他持門者雖病征紀家事竟勞辭為圓歸不受寡婦不欲復言雖持歸内臧金公之德至隕蹬身不志

金副率載海以學問知名嘗買得一宅價可五六十

得金缸兩夫人相議

監營道伯李喔龍命給復閭于朝旌其閭

稱道里人遂狀報於本邑○俾大奇之列其孝行於

微出即退熱日向藏究而甚母亦細瘰宗禧事無不

也長滿生負即宗禧之外祖尹謙其先已久歿其父

悲痛家中内外病臥者莫不聞之皆曰長滿生負娣

宗禧汝誠感天上寅府已許汝父之生汝其放心勿

衆和血於粥又進一桄方進粥時急聞空中有呼云

出一病娣見之驚呼扶擁兒亞揮之使去母驚動家

採山參二藥萬芹命

有民金姓人居在永平以採參為第一日與其地兩人入白雲山最深處登高俯臨則下有岩壁四面削立如斗其中人參最叢聚甚其三人不勝驚喜而須臾運路可緣遂結草作樊欍以葛索推金姓坐其中懸欍而下金恣意採取十餘束置樊中兩人濯上而引採盡兩人將參分取棄欍而去全不可復出回顧絕壁削立百丈降非挿翊無以出又無可食只悶採食餘參或有大如臂者不火食六七日氣甚充宗夜則宿於岩底百計量度起出從第一日望見岩上林

還請公同往公從之薄晚抵山異導後用僧肩輿入
谷崎嶇數里有蒼崖壁立如削奇形壯勢駭目而中
坼城門左右清流潏出石門之旁乃迴龍也石路自
崖坼廢右坼而上壓曲嶢岩援菩攀未而進始有窟
之中心極華邃到公上坐萬以山味蔬菓香廿
膏沃人居山多業麻薴荍秫丞成林生之底潺窟內
馬懸身偃僂兩入飢入則別調天也地甚寬甲土田
甚爽人蔘正果肥大如臂相勢出逬妹薦泉石奇姓
汪麤石可居狀公悅然入方臺目覺斬見之爲儀
地公謂生曰山水清流固隱者之所宜有家拱不鏡

生果未過公之通柄銓青欲薦而爵之生恥之不詳
而去公亲暇踰岑訪生於回龍窟別已爲墟先生則
不知所去人無知者公大歎異惆悵而迸去

廬墓側孝感虎
成廟朝時湖南興德縣化龍里有吳湀者土就也事
親至孝親沒葵於靈鷲山結廬墓側日哭白粥一酏
哭注之衷聽者憤涕奈真常設去酒而有泉在山谷
中極清甘距家五里吳居必觀自提壺汲之不以風
雨寒暑少輟一夕有鮮發自山中如電轉一山盡城
朝起視之則有泉湧出廬側清冽甘洌一如公泉矣

山中何以辦此生笑曰吾常遊處往來之地不狥此
也吾自逃世以來恣意遊觀未嘗一日闊西入俗雖
北窮妙香南投伽倻頭流之聯凡東方山川之以純
特聞者足殆通爲遇過處瓢莫莫而等爲闊虎而
耘爲居或一年或三年興盡輒移而他以此吾之
所居山之奇水之絕田廬之華嘣十倍於此此者亦多但
世人莫有知者公見生之徒儔眥僕於管絃
間之皆生之妾子美姬歌舞者十數皆妙慶公益寄
之見生浮意自傾塵累爲之歐欷出涕作詩贈之當
至二日始階行約生曰後必訪我於京師其後三年

視谷泉已渴矣遂取用庭泉免遠汲之勞舁人名
之孝感泉廬在陜山之中虎豹之所宅盜賊之所萃
家人甚憂之既過小祥一日忽見一大虎蹲坐于廬
前吳君誠之曰汝欲啣我那既不可避任汝所爲但
我與爾無罪虎便掉尾低頸俯伏而跪若致敬者然吳君
曰既不相害又何不去虎即出門伏而外不去日以
爲常至於攜杵廬前以供粢需周年而不一闋俶獸
盜賊仍以屛跡及吳君闋那還家而虎始去其他孝
大鹿或山猪於廬旁及吳君家畜犬豕而每當望虎必數一
感異跡甚衆而泉虎事特其最著者也其將道目上

遂與於道謀耶即命解裩時道總出門乞金奴將新
鮮衣服已俟之矣遂同故其家接待極其意給行資
及馬匹使之行商為業矣隨聞許之甥姪中厚載馱
尙州牧使往謁為適七月七日乃謂庚牛織女之相
而見一女理織絲於中庭避入室中時道欲解馬紲
則有一嫗自內出曰何山解紲馬則知所歸矣禮道諑
然莫曉其意拜且請曰未曾拜見其有主母之所諭
謂以馬知所歸者何也嫗邀之坐曰吾將言之忽聞

來在此以至此日固知君之心朱也固呼女出來果
是楓山所觀者也顔狀益墨美時道不覺感愴而女
悲喜交至揮涕而已勸進夕飯仍威列皆預備者之
也是夕遂成親僧哥吉八字之符皆驗矣時道留數
日往謁尙牧言其事顛末尙牧大異之厚贈遺之時
道與其女及母故京復居于旧宅時道之名播於搢
紳而淸城之所以顧護甚者至家頗富饒皆相以廉
義士與其妻俱享福壽時道年八十餘无今其子孫
尙在安國洞

艙裡有噢呵解嫗曰何泣也盂喜極而然耶時道盖
起之亞請願由嫗曰盂於集歲遇一女於金剛山
小菴之波耶曰然嫗曰此吾女也今泣者是也亦知
菴僧之野自來耶曰此則君之江陵兄也素以神僧微
視無隙知人將來毫釐无差嘗指吾女謂我曰此女
此吾族弟處有因緣而第從今以後有數年大厄
若來依於我可以度厄而君果來過吾適出未及見厥后僧菴
就僧欲度厄而君果來過吾適出未及見厥后僧菴
同室在於容南尙州地果年某月某日也吾故將女
菴移去不知所向吾之子亦來寓此地守守吾故隨

吳按使永湖逢薛生

光海時有薛生者居靑坡嘗辭漢南氣郡業科而數
奇不利嘗集楸灘吳公允謙甚善癸丑廢母愛化生
慨然朝楸灘曰偸紀滅矣為用仕子能與我同愾乎
楸灘辭以父母在不可遠去閔月復過生已去不知
所之遠反正後甲戌吳公按鄰關東巡到杅城地南
永郎湖忽於烟霧杳露之間有穿舟而來者及追視
之乃薛生也公大驚延入母中喜極若泄雷霹墮間
曰回龍窟深僻人跡罕到但距此不遠不半日可往

女曰誠者亡金者吾之兄也吾依而為生今頼盃得
生此恩當何以報吾入言于內夫人拯歡之命賜酒
餞呀以請由也即設席廊下旋入擎出大一盌羅以
彌著美醞時道醉飽以敢及庚申許以罷賜先時道
突入持藥咒欲分敲之都事戟出逐之許既死時道
往本号慟無復世念仍念家教浪遂遊山水有放兄
在江陵地徃訪則已為僧不知去處仍遊楓岳至表
訓寺問居僧曰吾欲依故必得萬僧為師離可者咸
曰妙吉祥後孤菴守座即止佛也時通徃見果有一
僧跃坐入室時道前伏俱陳誠心脈事之意且請剃

髪辭告愿切僧焉聞覞時道伏不起日已昏暮僧忽
日架上有米何不炊起視果有未炊食如命夜淩前
伏至朝僧又令之食如是者五六日僧終不言而時
道意術弛出菴遊見菴後有茅屋數間入其中只
見一幼女年可二八甚有後色時道不禁婩戀之情
遽前抱持欲処之女於懷袖間拔出小刀欲自裁時
道鷩懼遂止問其所從來女曰吾本洞口外村女也
男兄出嫁於此山師菴僧毌以菴僧神人此問女之
令以女有四五年大厄若絶親人間事未寫於此菴
之房則可以度厄且有佳緣毌倍其言縛茅於此獨

與女留住為數年許母今暫還洞居而處為人所迫
在此尢境是豈所謂大厄那既無父母之命死何
可愛污雖然此事非偶神僧佳緣之言亦必為此
女既一相接更何他敢當夫心相從但俟母之敢明
無所言是夜時道一心懷已只在此女無復聞道之
慈專望侯望朝母言之許及朝瞻起僧忽起立大詬
何物姓漢挽我至此必後乃已取六課杖俐儋擊之
時道恨貝而走伩立菴外久之僧招至前近言諭之
曰觀汝狀皃貞非出家之人凌菴之女紙亡為性之敢

但從此直去少勿踟蹰雖有小驚福祥自此始矣書
給八字以姓浮全鵲橋佳緣時道涕泣辭出全表訓
寺坐席未暖忽有譏捕軍突入緊縛裹頭戴號疾
不數日抵京具三不下檄蓋是時許獄多株連捉
親近儒從而時道緊入招辭故也及全金鞫坐清城
城不首其為時道也一次平問後下獄道入焉時就
與披檄諸宰列坐邏卒提時道清城傳簽
婢即之金奴婢也見時道兒形署椥火驚歸告夫人
夫人大㥘恫抵簡於清城以警告清城始覺即命把
入時道略詰無驗乃曰此本義士其心事吾所保志

魚義士楓岳逢神僧

廬時道吏胥也居在漢師壽進坊性素信崇廣介為
許相積之儔從甚見罷信一旦許問時道曰明曉有
使喚慶必早來其走時道與其徒飲博乾晩甚濃不
覺日已明矣急起走路過濟用監鷗峴見路旁空
坐立一古木二下茂草間有寄秋露出就見則封裳
甚家襄之甚重佩之腋下走列社洞許家以晚來詩
罷許曰已用他史先到者汝何罪為時道退於厅下
開觀封裏則有銀二百十三兩內秋重□□時道□

日比重貨也其主失之其心之憂運如何為我可掩
而有之乎且無端橫財在小民非吉祥也既不可獲
故於家不如納之相公遂將銀就許告之故而請納
許曰甫之所得何有於我我且甫之不取我何取之耶
時道慚卹而退俄而許召謂曰數日前吾聞兵判曰遣
其傔二百兩銀西許城府院君家將買云堂非此銀
耶汝試往問之兵判即青城金公也時道依其言遂
日往謁仍曰青宅或有所失物耶金公曰而尚無回報何
呼厅下蒼頭仍曰其奴持馬去曰而尚無回報何
也蒼頭曰其奴猶有罪不敢逭現耳金公嘖曰此何

言也遽捉入蒼頭押一奴跪於庭前且拜且言曰小
人有罪萬死難赦金公問其故奴曰小人往賣酒先
城宅受馬價而忽失之笑金公大怒曰奴之誅至此
汝乃弄奸况沒而來非我也亞呼大杖將撲校之時
道仍請整傳刑而俾陳失銀之由金公婿而吏馴奴
曰始持馬到先城宅相公命奴盤馬肥驟曰果奇駿
也且嘉其肥驅曰此馬甫之所喂耶對曰然相公歎
曰人家奴僕有如此忠篤者誠可嘉也仍呼之前曰
甫能飲乎曰能相公命一大杯而紅露青烈者連賜
者三即吩給銀二百兩且加以十三兩曰此當買善

喂馬也小人辭出日已夕矢醉甚不能成步行未幾
倒卧路旁不知為何處向夜徹忽聞鐘拜遂焦起
而故不知銀封再落罪犯如此自知當允所以咎且
不敢現時道始陳得銀來謁之由即故取銀以退封
誌及數果如所失者金公大嘆異之曰汝非今世人
然此本已失之物今以其丰賞汝之勿辭時道笑
曰使小人有貪財之心當自取之此不言其誰知之耶
其有惟恐或逭何有於賞金公悚然改容不復言賞
銀事簽差重複呼酒勞之奴罪得以快釋時道辭出
有一年少女淡淡疾呼曰儞亟必喝時道顧間其由

自本邑定入隨廳妓袋各而見其座目則無厭妓之

番送拿入户長問之日南原乃圍四色鄉御史是第

一則呈而今者隨廳妓全不成揉溷連揉定以入

也御史分付離越乃揉定以入而亦血痕妓名

字御史大怒彥長及首奴首妓一并拿入喝問日吾

知汝邑有妓名某而某者而某奴首妓循不未汝邑舉行

萬慢忽某妓溷連現身也尤長首奴妓某云

御史愈注愈怒令別造三陽枝尤長首奴妓縛

坐於刑機上屬聲日汝筆將此妓藏於何處做托京

不無由我之妓亦有埋怨之慮且所謂御史不知爲

離某而若因一妓之故邊戍平生之豫則亦是不美

之事逶出給廳妓日吾特念汝筆之將死暫此出給

現身後溷即率來也廳筆敢天喜地百拜致謝曰上給

德如天殘喘浮保一番現身之後何敢不率來乎逶

將此妓現身于御史大喜見之則果是絕代妙

色也逶下吏奴筆屏退左右圍繞大屏風於大廳之

中勢顧妓八于其爛嬈作戲雲雨既畢命入肩輿而

使某妓隨淺直向京試官下廳而以扇遮面直至廳

上下興字呼其友曰今果何如吾果快勝矣京試官

試官隨廳終不現身手萬萬骇痛萬萬無嚴若不即

劇待令汝筆將死於刑枝之下逶令送善枚者限以

十度內打殺威風凜凜繡令如霜衆色戰慄彥首

奴首妓家眷族及三班官屬董詰京試官下廳漸注

辭新曰三人性命今在頃刻伏乞京試官使道特現

身於御史道以免罪責火待御史道威令之精定趁

哀懇之念大施活人之德暫許出給完完三人

之間集条還爲率未使之隨廳瓢許出給完完三人

將死又念若不出給某妓而御史果打殺某漢則

罪將死又念若不出給某妓而御史果打殺某漢則

雖聞御史之出道實不知御史之爲何人而李台則

自家下來時入直王堂也今日之行尤是不意今者

料外邂逅嘆了一驚且念其妓之先着己讓一頭尤

不勝憤痛而色如土幾乎氣絕云蓋自上亦聞李台

與某友相約之事故於京試官下直之日特遣繡衣

俾得以爭春云

不知也固人之食薇而夷齊之食薇獨不
宜其雅而宜于根也固天兩露滿涯其雅不
食固粟之義豈食其雅也是以棄其周雅揉其穀不
根遂以殷士歌歌終殷郡未知先生以伯夷之郡
折薇而食雅則可乎不可乎考官之問則以揉之一
字不過歡弄武夫以見其語塞而已不曾有別戲可
難之端矣考通有理之誉忽出於自家可料之外大
驚遂更問曰伯夷餓死之日以干支計之在於何于
何支曰庚午日也考官曰何所撩也奉子曰法華經
云凡人之不食而斃者男則七日女九日商對之七

權為魁甲

御使命李尚書春

在於甲子日宜夷齊之自甲子日癈食而甲乙兩丁
戊巳庚則庚午之日即法舉經所謂男七之限是以
知之試官大異之不計武技之高下以講義之第一

李判書益輔與某台生同庚居同卷幼同學長同業
以至上庠登第無不同年內翰瀛館亦皆同選地閣
儀表文翰物望人莫能甲乙李台與某友伴直於玉
署互相自勝莫肯相下乃相約曰吾華自幼及長無
一不同無以定其優劣聞南原有妓名某者為國中

一色云以此妓先着鞭者為第一云。未幾某友為
全羅左道京試官而乃是他人看頥之代試日迫近
明將辭朝試邑即南原也李台適在直中聞之大驚
嘆直欲即地飛去而無可奈何深致惋笑以為令則
執將遊某友一頭此將奈何此。憤痛達宵不寐其
豎曉某友為試官下直歷入直所意氣揚。頗有壓
倒之意大言夸張曰送今以淺吾可以勝君矣李台
有入直王堂李某入侍之命乃頗倒赴名則自上授
封書一度及鍮尺馬牌等物李台大喜意必湖南縇

即刻直出南門外坼見封書則果是湖南左道暗
行御史計其日子則某友當於某日入南原必於當
邑採京試官行止則今朝繞入來云。庾攉浮
日內起程倍道疾馳方可以先某友入考矣送不祥
子一徒失發行送人禪將及豎經衣服則涇淺貪送
將未暇知妻急報家中先持若干盤纏幸停一奴

衣即剝直出南門外坼見封書則果是湖南左道暗
於南原地車報于家中蓋程趨進某日午時抵南原
歡三件事直為出惑於客舍伊時上自官家及試官
下至邑村吏民未聞御史先聲捽地出道哔蒼忙
急一邑震蕩遠拿入吏房座首各倉色畧。治罪後

270

之如何再三推諉靈城始遍閱諸冊若搆思樣況吟
半晌始乃呼寫、畢乃曰今已日晚自明始做如何
遂辭去又要兩親人情中頭已上點記于中其翌又
注與之會做器費思索鄭寫出如是四五日鄉儒
初則以京華少年藐視之及見其出題及所作文華
富贍詞未爛熳便一雄文巨筆自不覺望洋之嘆一
日則方且出題搆思之際有一毛笠下人氣喘、走
來問朴書房何在朴視之則乃自家奴子也喘、鐵
慌忙告曰內上典急患腹痛實有須刻難係之慮
請書房主火速行次為朴乃謂鄉儒曰室人此症係

是本症一發必至十餘日委痛不可不急、注見問
醫用藥筭注觀動靜更當來做云、遂辭去此蓋托辭
也過了十餘日始乃又訪曰室憂今雖少差猶未可
釋慮且會期無餘無以更做極為悵嘆須於會日相
期於場外以為同坐之地如何鄉儒亦仰以高手意
以為若浮同坐必有利益欣然諾之及當會日靈城
䝸一空石一正草坐於場中門外目見其鄉儒之注
來而視若不見或四面與他人語不為接談其儒見
如此樣模田京華士大夫誠無足恃矣既丁寧相
約而臨場顯有䰟、之色恐其有窘於自家之科事為

然否遂躬注其傍先自接語曰見人之來而外面何
也同場周旋既有宿約而如是冷落顯有外之之意
何也靈城心中則唯恐其人之不同入而外面假示
迄勉許之之意遂入場同坐一席未築題出各自起
草未丰靈城謂鄉儒曰做得幾許曰中頭矣仍
出示之曰如有疵病須詳教之朴將自己所草擺置
於方席之下而每字以墨塗抹使他人莫能詳視畧
觀鄉儒之草未丰券持而起曰小便甚急諸出床之
吾之所看者在於方席之下頃出而見之也遽起身若
故遊樣避坐於所親人雨傘之下揮帳之中親自展

壽寫之蓋增廣正草歷書之故雖怪拙荒雜無所拘
焉遂條以下則又騰他人所作仍為呈壽又浮高中
至戌申亂以從事官錄揚武勳封靈城君官平判書
而平生多權術善誂諧以善行繡衣至今浮名云

武舉騈麗解屈試官

一舉子應武講讀拈夷齊採薇之歌考官問薇之為
物只食其體食薇者就不折取其體而夷齊則獨採
其根其義何居舉子曰先生其真不知而問之耶抑
亦知而試問也居薇之食古亦今也豈有夷齊獨

271

曰我詠畫題君須揮灑也而謂蜀中文筆未必勝杵
吾與君也遠瞰其無人石峯磨墨滿毫五山鳴吻鼓
候題七絶一首于其上曰一樣桃花色不同難將此
意問東風其間幸有能言鳥爲報深紅映淺紅石峯
一揮而畫仍即驅車向燕京火爲其主人韓兩人
抹大怒曰吾不惜萬金粧此屛方求天下第一詩文
與筆畫以爲傳家之寶則章得而詩與筆政待蜀
士之來何物朝鮮人渠敢大膽偸戎不在浮我主賢
如此武方吐。而噫憤。
他人已先着熱視良久即起下堂恭行再拜之禮嘆

日此眞是天下文章與名筆也吾筆則風斯下矣不
散當也仍閣筆而退其主人方說是眞簡名筆與文
章大喜厚儲潤筆之資待使行四還邀請車韓兩人
百拜致謝享遺幣帛自是五山石峯之名擅於大圖
無敵於天下云

駢鄉儒朴靈城登科

靈城君朴文秀兄弟皆不足於文筆而儒偉聯泰於
監試解額其兄憂之曰吾兄弟皆無文無筆又無器

具可以買文買筆會圍將近何以觀光武靈城曰一
塲文筆皆吾兄文筆也當日呈券何憂之有逐
日已出入跡遍城內探得某鄉之某士巨擘某鄉之
某儒書手而皆無初試冒入者拼辮曲迂求見巨擘
書手一識其面及當試日兄弟各持試卷一張首入
入塲坐於路傍見冒入者人來則輒起近而語曰扤
禁冒入無乃未安于如是者凡四次其主人及冒入
者滿塲而通紅畏首畏尾恳乞其官村無事矣仍曰此則吾兄
弟試券作之書之則可章無事矣仍曰此則吾兄
等此則吾兄之寫手各自排定其擘及筆不敢出

一聲各展試券一人呼之一人書之頃刻寫出文不
加點筆亦無欠逐得聯璧於會榜托會榜其後增廣靈城又
浮初試而會試則无無以觀光隙間湖西一儒爲策
文接長浮鄉解而上京留旅舍訪之語以當赴會
圍會工不可不略爲收拾而苦無同接相長之人得
聞高名婧於長文頗同做若干首以爲肄習元地其
人許之靈城雖短於製述自有記誦之才寓月軸誦
乃送相親人倩策一道黙記于心中翌日又性曰吾
會日漸近可自今日始工試出一策題也鄉儒曰吾
雖略解策工而至於策題則京華眼目似勝尊須出

272

階以汝有何許寃痛之事而當此毛中慶賀之日作
此駭怪抹摋之舉乎其人且沒且拜吞聲而對曰小
人即低煙帝人姓名誰某也用將娛女夢龍之事
及與崔相約之事細述始末且曰小人女及當科日
自朝不食唯榜聲是待頻探其書房探書房主登
小人連為探之道路則筆書房主果為壯元及第的
實無疑仍傳喜報於娛乃歡天喜地唯待備轎車
去之報之日將幕而無消息則小人女乍臥乍起
如癲如狂更無他語唯長嘆數聲小人不忍見其狀
多般曉之曰唱名之日倒多紛擾賀客盈門酬應浩

敢此奔告云々崔相聞之大致驚駭不勝惓惻良久
無言乃栝其子責之曰此是何等大事而汝既與彼
相約有此背渝世豈有如此沒風流無信義之人乎
薄情甚矣積極矣吾初意則期汝以遠到以此事
見之無足可觀何事之可辦何官之可做乎吐不
已又曰郭為戚僑賁需為文一通備述知罪催謝進
悔莫及之意注哭於屍前璩瑜之節亦為群撻伴得
無感火贖貰約之罪用慰之恨至可至可又為
優給棺槨衣衾蒡埋之需使之厚埋其後崔官至副
學而早卒

繁無暇念及於托閒漫之事書房主暫為忘却因示
不是異事雖或不忘而緣忙未及周旋亦無怪焉吾
當注賀某宅仍探動靜亦為未晚矣其女曰如或中
心藏之則寧有閨撓忘却之理如有深情則雖甚忽
去之報看不亦著乎緣我注播或起赴辜去
意則自我先探不亦著乎緣我注播或起赴辜去
主心中已無小女故尚無消息人既忘我無辜之
此備轎車去不過一分付間事宣無其暇乎其書房
心藏之則寧有閨撓忘却之理如有深情則雖甚忽
自心藏之則寧有閨撓忘却

未實有此渝變更又何望於他日乎吾意已次勿復
更言仍入房內自結而死小人悲恨填胸袁寃徹天

車五山乘興題畫屏

月沙李相公朝天時逢事桂一代之選車五山大略
以文章預焉韓石峯渡以名筆逡為行至潘陽開一富
人以萬金粧彩屏一坐錦緣燦爛金碧輝煌乃邀天
下名畫々紅碧兩桃々間畫鸚鵡一隻方求天下文
章與名筆欲寫畫題而來浮注請姑未還而其屏則在
名筆擅名天下芳資厚幣注請姑未還而其屏則在
其家人有求見者必出示云車及韓聞之詩甚溢
々筆興勃々不可過往仍請求觀畫本及粧緣曾何
未見之繪畫亦逼真覓此又不勝其興五山謂石峯

273

衣裳如非夜而見遂捉吏房及其後妻之同生者簡
簡巖訊其女娚妹無敢藏明一々承服遂幷打殺之
吏房則責其不能齊家之罪而流配之營毛大十民
人莫不稱其神明焉

崔兢春登第芳盟

崔副學昌大非但文華就才名澄世而袞頭出泉
風彩動人來第時節屆暮春謁聖有令因事時驪而
出行通東坊恕有不知何許人趁詣驪前納頭便拜
崔問汝是何人曾未記浮也其人曰小人即紙廛帝
人姓名某也未嘗一次問安而竊有衷曲可自之事

非從容則無以盡情小人之家即此家也極知惶悚
而敢請行次暫入休憩為崔異其言遂下驅人其外
舍房室清瀟畵壁定其厚人翔彩前進曰小
人有一女思年纔二八簿其姿色暴其才識而平生
所願欲為夫人之副室故尚未有定婚實矣咋
夜渠夢見正草一張忽地飛揚而化作黃龍向空飛騰
而去覺而其之搜得夢中化龍之紙十襲封置自以
為今番科榜以此紙觀光者必占高第將自擇而授
之仍作小空云而小人家通在大路傍日早朝爭擇
行廊一間垂簾于外窓終日出坐規注未之人適見

書房主行次過去忽招小人頍邀行次故所以唐突
敢請也小人為進一大卓飲食併肴麗又出現其女子
花容月態真是傾城之色而眉目清朗樂止閑雅類
非閭閻間賤物其廛人又琉進一張正草曰此是小
人之女夢龍之紙也行且近矣書房主以此呈
恭則必當覺頓拍唱名之日匆以早微為燋即儲
轎軍亊去此女永作箕箒之奉遊平生之願千萬至
祝崔既慕女色之出群且喜夢此之非常遂滿口許
之丁寧牢約而去及當科日崔攦其正草入塲思
揮毫頃刻寫呈遂占魁元御前唱名揮花賜樂其太

人議政公後拜出來仙樂喧轟天榮光耀世至其渼軒
軺填門賀客區堂歌童女羅列前後珍着綺饌交
錯左右管結助歡優倡呈技觀者如堵盈庭滿衢
之約而終是歲年人事知處未周嚴不敢晋其由枏
大人且緣紛忙怒援自下周旋赤未及焉方且趙趣
恨嘆之餘自犬門外忽有哭聲其人左且哭且
秋聲直轟入大門內下隸百般驅逐而其人左右限身入
語謂有至寬之事將白活扵先達主云而限系鎖入
其大人議政公閧之不勝駭怪使其人止哭而進前

僧無聽者言出汝口即入吾耳寧有漏泄之理乎般
遊說厥僧思平日之情誼聞今夜之情談言之似無
審遠盡吐其實曰小僧果於年前注來之路一晝
撞見慾火慾熾欲其孤弱秉夜突入欲強汚之其婦
人抵死力拒小僧慾其不遂抽戒刀而刺殺之仍
即七去矢言託黃判書即夫聲呼左在曳出此僧數
其罪而撲殺之以雪其到婦多年之寃當時議者或
以為難或以為薄情云

雪神寃完山尹橡撤

昔年某台為全羅監司一日約本官夜話于宣化堂

生戶搖柑時送背後拳木枕而擊腦即剖什地腦裂
而死於是欲以此衣入于棺中埋之於十里官路之
傍土尚未乾小女之父聞事歸來尋小女不見問于
後妻則吞以一塲痛哭而已伏乞使道為
小女之父不知妻折只一塲痛哭而已伏乞使道為
小女得洗此寃枚此師連監司遂問其父之姓名又
問其繼母同生之姓名仍曰吾當為改伸寃其女遂
拜辭而退不聞足琲遂呼燭起坐達通
到于本官慇速進來本官遶自營門送客話至於
夜深又醉飽而歸方解衣入睡神魂曖曖之中忽聞

夜深後本官辭退監司竟下退令方繞筵愁悶有
女子哭聲甚懷絕自遠而近入于三門之內哭聲遂
止而似有人踪次；陛階上廳間門而入舉頭視之
乃未笄女子黃衣紅裳姿色赤珠惟問之曰汝是人
耶鬼耶何為而來其女對曰小人即本官吏房之女
也家勢稍饒母死而小人之父又娶後妻生一子又
有繼母之同生利其小人家之財物有傾奪之意乃
與小女在官家分付出注他而計其注返當為
前小女之父以官家分付出注他而計其注返當為
五六日矢小人繼母與其同生共為謀議詐令小人

上堂通引以使道分付使之速進來大驚起來曰
不知俄間有何許大事而有此急名遽顛倒瓜裳養
黃進來則監司明燭坐待入現問有何急事監司曰
有時急問檢之事須即地發注官十里路傍得天明
行檢以來仍以小綠投示之本官視之乃錄各小紙
此本官即為還衙發校杜卒依小徒錄名出不喜
而掩捕之嚴鎖長枷賑注十里路傍新塚發掘其墳
土破棺開檢出屍體於平地次之間檢則乃是十五
六歲女子而面色如生伤而無一傷庾翻尾而見合面
則頭腦裂破血髓尚未乾遂其屍帳乃告見甚小欲

生宰相之臨堂拔佩刀擬其頸而數之曰吾作汝家
有何前生業緣而屢年勤苦未見分効今者屢朔病
患專城待疾而謂汝子承旨翰林華堂有如我之至
誠扶護者手然而一無感德之意不安之色如此之
漢胡不遷死仍匪刀而退坐於一隅其宰相曰雖未
書精神則自如覩其而為聽其言語不勝憤痛亦無
奈何必焉諸子華上來問候其宰繞俄者光景病
中添以怒怒氣息端、承旨問于武弁曰病患此俄
者有氣端之意未知有何失攝而然欤武弁曰別無
失攝俄者故小使一吹涼似有人睡之意忽喷嗽數

聲而覺、後氣息如是矢宰相聞此無非自地傲譏
尤不堪忿、雖欲有言而不能成聲誠無奈何仍以
手指自家腦腔又以手指武弁顯有欲言之意宰相
心中則形容戚者武弁之所為而傍人之觀之者堂
能知心中之事乎只認以彼弁積勞不能弊志日後
善慶之道預為付托而然齊聲對曰雖非親教此弁
恩德雖割身剖肉有何可惜當拯力揉濟伊有所成
乾矣其宰聽之連以手揮之又拍腦腔及武弁難萬
者如是諸子華何以知其本意乎只溺護以病中虛
揶之手矢其望其宰仍不起過萊淩三子交相吹噓

逢人輒托其冬都政科宣傳官仍為序陞屢典州郡
官至闡帥云

挺言僧箕城伯話舊
黃判書仁偬為平安監司時道內某郡有殺獄而不
浮正犯者有年蓋其邑班族婦女成婚未幾其夫病
死其婦女竟槩之後搆草廬於墓側獨往守墓農多
哭泣必畫其哀朝暮饋奠必致其誠其墓距其家不
遠而道路觀者莫不哀之一日為不知何許人所剌
殺而亡聞即來檢用刀之臉今明而正身不浮托不
知何人所為黃判書火時讀青山寺與一僧相親密

下山淩頻、入城未現來則必留數日與之談諧及
為西伯其僧又往科為留置冊室每於公餘無暇晝
宵必與之談笑而每以寬獄之不浮為念意韶
雲進之僧必有風聞之事一日送容韶僧曰某邑有
如此如此之疑獄而正托在逃多年跟捕尚未雉摸
汝是出家之人道路流傳之言或有浮聞者否其僧
雖以無所入聞仰對而細案氣色頗有可疑夜深之
後屏退左右執手促膝謂之曰吾與汝沒交自火及今
屢十年餘契分甚篤情義相關肝膽相照況於吾宣
可一毫相隱須從所見所聞一、詳言之夜深人靜

似無是事遂淡淡容近前告曰大人且安坐靜養遁引革
雖沒知覺無人事寧有打類之理似淡淡患矣其父
倅又不勝憤怒大罵曰汝非吾子也汝亦為通引革
少疎手速。出去更加現形也其子乃邀邑中醫人
請診脈眠藥其倅拒之曰吾有何病而欲使之眠藥
乎罵卻藥終日跳踉自冊房以下皆認以病患雖
復聽信其言平今日如是明日如是忘寢廢食今則成
往病邑村官民無不知之監司方欲引出其事之顛末
已治行上京歷見監司問曰間有慎節不得
何其倅曰某非真病也

憾宰相窮弁擾腦

昔有一弁無他親知只淂出入於一宰相家且有年
矣逐日勤仕專主一席其倅其家相送掌而銓三丁登
第長為水吉次為玉堂季為翰林而命連奇窮一未
見效難有當寧或為執家之請所歷或用廈世親誼
而奪低望亦未見擬而厭弁不敢怒先進鴟惟謹自
以為盂蒼君知已其宰相忽惠風證屢朝沈篤不起其
弁遂來留其家專意侍疾閲月跨朔一直不懈華餌
及儓濯其宰相以為他人皆不如此弁之伶俐敏捷
煎熬衣服之脫著親自着檢供俸雖有許多門客

遠揮手卻之曰願症更發矣須速。起程也未敢卒
說而薜退還歸其家靜思其時之事不勝怨恨而繞
欲發藥說輒歸之以舊病復發便欲邀醫問藥終不敢
發諸口頭及室裏簟之境以為今則年深歲久已屬
先天雖復發說寧或歸之於舊病乎乃會諸子語之
曰某年荏苒時通引革打類之事波革今亦以狂
症知之乎諸子革懼然相顧曰大人此聲許久不發
今怨復肆此將奈何頭有憂悶焦迫之狀其人遂不
敢復言仍為大笑而止終其身盒怨而不能明其心
云

須臾不使離側夜亦和衣輒睡而已便尿之欹坐臥
之隆亦躬自扶持毫無倦厭之意苦悶之色其症
漸漸沈若言語訥澁傍人莫能諦聽別症層生奉家
遑遑連日達夜之際一夜則三子不勝疲困皆歸休
息儓送奴隸嬰甘困眠房中只有武弁一人相守而
坐喫念奴隸勞苦自家身世不勝悲涼於此宰相親非子侄
賤非僕隸且出入門下戴近十年一未蒙恩而一病
十朔徒效勞若孝子慈孫不能過此世間寧有如許
哀憐可笑之事乎又念病勢萬分危重實有須刻之
慮更無餘望於他日仍生怨恨之心長嘆數聲遠擾

言辭思辛响儀覺其言有味遂許之於是武人命車
來諸僕精其飯飡二床一則進於使道一則進於內
間留三日叔拾家藏備其轎子遂與夫人一辭起行
隨武人義行袋日轉入山谷中途越山脊前當太廟
統帥心雖乾懼而到此地頭亦無如之何矣武人先
登廟上下馬統帥亦進到下馬見四山周遶平野廣
潤尾庄柳此未稼滿野武人措示曰此使道前廳之
家又指其儂曰此小人所居之家一坪田畓自某至
某是使道宅可當奴者自某至某是小人所當收者
統帥見此心目悅憶笑頗䀋開遂下廟入其家孝室

遂官長知印打頬

湖南一守宰改令嚴惷刑罰等酷人守惴之不侍朝
多累賜而遂重至一日首吏聚官屬而謀之曰
官家政事顚倒刑罰殘酷一日莅官誠有一日之窘
若過袋年則非但吾筭將無遺類村里擧皆敗敗如
是而何以爲邑乎大喜曰此計大好遂爛慢相約而
如此則何如衆皆大喜曰此計大好遂爛慢相約而
徹一日其倖朝起受仕官龍座無公事獨坐着書不
意年少通引近前擧掌打其頬其倖大拻呼他通引
使之撑下諸通引而己相顧無一涎令者又嘻嘻唱

精瀁制度奇巧入見內舍亦然前列各庫盡爲封鎖
武人指首奴分付曰汝之上典主令此未臨浹筭等
各入現身於是豪奴十數人一森現謁又各女婢亦
如之命納各庫鑰遂與統帥輪行開示曰此則某
庫此則某封來穀莩州充積庫中復入內舍則夫自
織籠釜鼎等物細至日用雜物無不畢具於是統帥
大歡樂之武人又請往見東家間架雖小而精瀁則
無異矣自此日多洼東或相與博戱或其唯覩稼穡
情無間一日武人曰使道旣在此中今更用使道小
人爲武請相與爲平交何如統帥亦喜之優遊終老

使令舉皆不應掩口笑曰業前主失性乎堂有通
引手打栗前主頬之理乎其倖本以燥急之性重以
憤怒撑中推窓攦案大呼亂喚擧止駭妄言語胡亂
通引舉奔告冊室曰業生病憇不能安靜大
發狂囍見方大毁云其子弟及他冊室蒼黃上來則
其倖乍起乍坐或手打几棠或攦窓戶動止狂嚷
萬分珠常見冊房人之語言無倫森且以心火大動
令之事而憤氣所使語話無倫森且以心火大動眼睛
皆赤遍身流汗滿口流沫冊室羣見此頻撑狂病之
發十分無疑且以通引事言之旣非目覩撗以常理

覩其人容貌俊偉聲音洪暢衣馬赤輝煌笑而許之
後隅禪將無應數十人無不目笑之武人小不為嫌
日已隨行與諸禪革朝夕問安統帥上營翌日朝仕
後啓吏以軍官應目板呈上統帥環顧諸禪革曰君
則以何人之請而來也對曰小人某大豎之請逃又
問其次對曰小人某也次弟啓問未及武
人曰君也則何為而未也統帥怒頸隨所請之緊歟劃
而隨來者也對曰小人即龍仁中路自現
者最晚只餘一薄竄以武人差之未竟自京來者
武以任薄而求去而聞之稟稍
籠而辭去所聞之稟稍

赤南人如盡失攀援住官無路落乃數年家計剝落
斥賣京第出居南門外里門洞首日親禪無一尺未
見者朝夕屢空憂愁慘怛日閒前窓俯瞰大道一日
見有人來駿馬卜馬一駄送者五六人向南門而上
者俄而直入里門洞口直入曰家大門內漾鞍下馬
棄馬上廳入房而拜見之統帥蒼拜坐定其人米閒
曰使道不記年有統制使到任之行中道近謁而隨去
者于小人即其人也統帥娇然曰果不知也其人曰
使道不記年有統制使到任之行中道近謁而隨去
營啣不告逃走之罪當此歸遠書其未訪進閒曰君

穆劃於武人屢月任事詳察所為見識通達做事
勤幹人品才局俱非自京隨來者類於是益信任走
脾寮緊任多或換差而親禪將革交謁吏諫一不動
意益加親信營中諸務盡為覷攬所期漸迫忽於一
花不苦而走於是諸禪將一齊入現曰使道一營錢
財付諸手今乃一夜潛逃世間寧有如許虛浪之事乎
謀之聲左右逃發主帥使諸禪點各庫留在則無
笑之聲然主帥茫然失圖只仰屋長歎而已未竟瓜
遞歸時當廣申之際朝著換局午人盡為斥退此帥
不蕩然

於其閒注何廈今何故來訪耶其人曰小人以八面
不知之人自薦而隨注屢泉笑四省至使道一
不採聽偏愛住信小人頑非豚魚豈不知感乎竊觀
時執使道別愛任信小人頑界以如千廉俸之餘家
戢年之用乎故小人為使道並辦一計為報德之地
而若為告於使道則使道必不許之故小人果知欺
同之為罪而亦不暇恤使道潛輸營財注某廈溥一別
區設置庄所諸般經紀今已慈頓故故來請使道握杆
居其家以統餘年使道自當今居此世仕官路阻飢
用料甚妥能辦乎大居此于頗使道熟計之統帥聞

來卽斂差使星火押送于營驍陽見而笑之使之
送容問之一. 與夢中語相符不爽毫釐遂語以安
君夢菩事仍帖給五十斛米其他雜物亦稱是各邑
守令之以賑事來營下者聞之皆異其事而歆其義
來各有所鎭遺其數不些驍陽遂命悉輸于其家
世遠百日得以全活且以先祭又上手祝曰是誰賜
是以後安家老幼每飯正先祭上手祝曰自祖
池齊曰閭監司大爺閤監如是而餕散食遠
成家法至孫曾赤然人或問其何故如此則曰自祖
先以來如是故不敢廢而實不知何故問閭監司姓

各則亦不知爲誰某云
班童倒撞藁州中

某郡毛內有一班童家勢零替父母俱沒丁孤苦
而粗知文字每注依於本郡吏房家贊其支簿之勞
僅僅糊口毛內有一民家有女
長成而姑未定婚一日其父母視其親戚娘素一
峙供去只其女在家中漂游班童自前習見而心慕
忘徹其女之獨在潛注其家自後抱其女腰其女曰
我知道令之意矣吾其與常漢作配得配於兩班則
豈不榮華歟今不必如是無禮我已心許之待父母

先卽藏差使星火…（下略）

遠當議婚擇日俟禮成婚歸而姑待之班童然其言
遠諾而歸其父母以其委折告父母將消息
行禮其女外族遠寸有某漢悅其女之容額屢屢來
婚而女家終不聽今聞其女與班童約婚一日誘致
班童縶其手足以禮塞口倒撞於藁州積堆之中一
日其女不見班童注吏房家問之赤不在爲大生趕
感卽走其外族某漢之家韻之赤以家大言發明又加詬
於何廣斯速此送其家大言發明又加詬罵女略
不揀聽通搜其家內外皆不見轉入後庭欲其藁堆
則班童某然倒在其中面如死狀候卽欲絶急爲抱

出先發塞口之橑待頃歸來安置其
家使其母調息之渠則直入官庭節節辭告其肯尾
官家大加稱嘆顧漢發差捉來嚴刑遠配優給婚需
俾待班童之甦醒而成婚焉

鄉弁自隨統帥凌
龍仁有一武夫志氣豪落又多權術一日聞新除統
帥不日將辭朝乃具媛茞虎髯簡刀鞭之屬又買
駿馬一匹及統帥行過前路武人乃其眼疊驪此
近路左統帥顧問曰彼何人斯武人鞠躬前進曰聞
使道將赴任統菅故小人願爲隨注敢此來現統帥

自是以後不讀他章只讀七大文盡花誦習志倦廢
食至於小註并守突誦其友始雖以欺嘲之喜有此
懺托之舉而不意其認以真簡佛教酷信至此誠有
由我致敗之嘆其見欺之此愚驗之舉一則可笑一
則可阿其友人謂之曰佛雖指教七大文而佛之靈居
閏來可知但信佛語只誦七大文如明春會講之講
章或出於外則豈非無限狼狽耶君何酷信不往
之事至此甚乎李曰誠意所積神明亦感有此預告
之異豈有無靈之理哉君勿笑言第觀明春事也友
人不勝悶迫此實告之曰君之祈禱非狂則癡故吾

至萬無四聽之理矣自是閉戶謝客獨坐一室心誦
口讀只是七大文翌春會講時李入坐講席必為講
紙自帳裏出來急。開視講章則書出七大文而即
非冬所講之章也李不勝大喜不復運思即為高聲
大讀并香釋前註不差一字一吐一口氣盡誦之如
軽車之駒駿馬之走峻坂七試官大加稱賞交
相擊節歪於扇隆皆落遂各出通桂以七純通登第
自說明經科以後初有之云

誦恩德每飯稱閔爺
太醫安孝男早遊公卿士大夫間有名　李廟連孫

釐進藥輒有效特除僉知歸老于海西之載寧年九
十而浚仍葵伊後十年歲辛亥大饑時驪陽閔相
公按海西節安崇有勞於驪陽怒者一夜驪陽怒
夢安君未訪不知其已死欣然叙阻如平日安曰歲
大浸閭蒾百口將填壑頼大爺特垂衷憐而救活之
驪陽發惻而諾之又問若家屬今在何處曰欠伸而覺乃一
世遠居在戴寧之逵呼燭而起擁衾即書寧孫柳洞
夢也大異之逵呼燭而起擁衾即書寧孫柳洞
安世遠七字以識之其翌日發開本郡曰某之孫某
此猶尸傳神語而既不能譯。然面命故使君使
居某村者即為起送本郡俾見關文意世遠有罹提

以一時戲弄之心藏身于佛軀之後假托佛語而拈
七大文告之此非佛告也即吾之所為也君篤
儀如是萬言難問何其愚蠢之極而迷惑之甚耶吾
誠悔之無及君須通讀七壽無至臨誦之地至
可至可李曰不然吾之一尼精誠天地之所共鑑神
明之所共燭天地神明欲預告吾會講時而出之章
之前期講習而既不能譯然面命致告之意也由是論之君則
此猶尸傳神語而非君之所自為也天實使之神
雖出於戲弄之舉而非君之所為也雖譏語嘲笑四面皆
實命之君之語即天神之語也

父親平生可以好〻生活豈非小女之至願乎且吾
草賊僅有所謂守節又況吕受其朱而已未嘗與
之合老而未識亡夫之面目守此終身亦無意味顧
父親速請其人回來仍為許之此其父聞此言仍出
外舍急使人追之請金某擇日醮禮仍作夫婦金某即見臣
喜隨即輸送萬金之門御親戚亭捍僕恩威并行
之父也其女入金某之門
接賓客治產業并〻有法家道益興財產漸饒未武
生子即金見臣也見臣年稍長教之有道隨行於淳
府將校時當辛未冬嘉山賊景來之亂見臣年三十

使又拜別軍職後又拜价川守价即義州之道內邑
也錦衣還鄉以权輿奉其母養以官廩其道內諸人
莫不欽羡云

致精誠課曉拜佛像

昔有一士姓李人做明經業發解或年初試會試在
於翌春為習會講之工約親友數三人勢冊往會於
北漢之中興寺揀一靜僻之室净掃而入虚以為專
意誦讀之計李每於曉頭梳頭浴身詣佛堂向佛像
焚香再拜晴〻祈祝親友女〻誠笑而李也聽之
藝〻專誠致勤雖風饕雪虐天陰雨濕之夜未或一廢

一時遭無任閑住家中其母招見臣謂之曰今國家
多亂賊麦起於道內而汝以丈夫身寧可以袖手傍
觀乎上可以招聚軍兵起義討賊中可以自詣軍門
聽營門之指揮下可以編於軍伍効力効勞可視
同他人之事而安坐於家也見臣曰謹聞命矣遂發其
家財呼召民眾制軍服作器械率義兵幾千人仍注
黠巡撫中營結陣於定州城外使義兵討賊多所斬獲
賊兵之不敢西下雙入定州者此人之切居多及其
城陷之日直擣賊穴蕩其氛驕道佳上其切國家大
致嘉尚建降内禁將宣傳官李職仍又直拜忠清兵

其中一友意欲誑之先李也而往佛堂藏身於佛龕
之後以待之必焉李也果未梵香祈禱其祝辭曰
平生所願惟在一科誠嘿〻祝不敢少懈伏願靈佛
俯垂應〻之沁陰施之力俾捷明春科而七大
夫預為指示以為專一講習之地云〻其友詐作佛
話曰觀汝精誠一直不懈極為嘉尚明春會試當
出之講章吾當先告易之某科之某章某篇對之某章
論之某章吾之某章學之也俯伏恭聽〻已汝
須專刀誦此可以無應純通矣李也俯伏恭聽〻已
又再拜致謝曰佛降神靈有此指教恩澤如天云〻

毋會其子孫及婦女詣陵圍埋銀之所使之破土奉
蓋以示之諸人皆大驚曰銀之埋此何以識浮手其
老毋曰吾於三十年前意欲治圍親自修地揮鋤之
際此石露出故去土而舉蓋視之則銀滿一窖其時
生計艱篤非不知掘出賣之則可作富家而節念汝
革尚在襁褓知覺未長趨向靡定習見其家富之樣
不知世間有艱難之事好衣好食飢寒之習其長大修
習養其驕惰性其肯屈首於問學從師之業手沈溺於
酒色外入於雜技即是倚來視若不見仍為修
埋置使汝革知飢寒之可憂財物之可惜無暇念及

持雜技不敢生意於酒色俾浮跌之於文墨之事動
勤於契潤之業令則汝革幸已成就年既長大各有
所業家業補饒立志既固雖掘銀而用之似無修汰
浪費之虞又無外馳走作之虞故指示汝革使之散
賣日用矣而發賣浮數萬錢遂為巨富
而其老好作善事飢者食之寒者衣之親戚之窮困
不能婚葬者必與之又於冬日必作襮數十乘輔
而出行見乞人無穢者追與之蓋以寒苦之最難堪
者是凍故也又周行於所親知家貧窮者每周其急
草屋之末蓋者使之乘屋屋尾家之頹頹者使之修改

計傾而給之其老寡年過八十無病而逝其二子各
年過七十老退更業官至同知建榮其三代其陵代
代子孫繁盛或登武科歷主簿察訪或以軍門父勤
經念使萬戶云
倡義兵賢母勸子
金兵使見且龍潭將校也其每年未筭許婚於同鄉
某姓人受來未斃其夫病死金母以為雖未醮既
受其幣不可他適仍聞卦發表而赴仍奉舅姑經
其誠敬過三四年為觀其父母作歸寧行洞里富人
金某者即數十萬巨富也時適耀居間其女人之夫

烈賢淑欲為继娶汪見其女之父請以萬金為壽願
為之婿其女之父是負窮閭萬金之況雖是沉疵
想其女之烈說遂謝之曰幣誠孚矣女
兒之守節甚篤不可奪志矣金某屢次請而終不
之諾金某遠謝去其家素是貧窮內外不甚遠其女
子在內竊聽乃待客之去呼其父而問之曰俄荒客
素所言云何其言曰不可向汝傳說矣其女又懇問乃曰
乃曰雖有汝為妻矣其女曰父親貧窮小女之心
欲以萬金娶汝為妻矣
尋帝問迫而無計奉助矣今萬金誠大財也瀰此則

申公邀致此弁曰今日適家寥消遣甚難與我博戲
何如博者雜技也無所賭則無味吾輪則當致千金
君輪則必還吾許言而為之也其許之試一局吾
公輪之其夕即送千金于其家其弁意以為一時弄
談不意其如是快施大驚異之其翌又邀以此弁又設
博局曰昨輪一局不勝憤嘆今日又賭一局以雪前
耻也遂對局其弁輪焉乃曰今日則小人輪焉為賭當
施行未知何使道教小人泛何言乎願指教
吾泛當有指教茅姑留吾家食夕飯同宿吾舍也其
弁不敢違命遂留焉夜丰申公以家言拜大將曉當

騎駿馬前後擁衛而過去謂以為申公遂發矢弓響
動屬其弁應弦而倒申公乗其隙急馳馬而過之
遠黨始認以真簡申公雖博浪之誤中而未及馬
陵之奔發無可奈何遂浮免禍入關受符軍國大權
遠都歸於申公仍盡逐午憲進用西人又借權御衣
衾厚養其弁其家屬又頻顧恤其子待關脈付之
軍門厚料以終其身云

挺銀笕老寨成家

昔有間閻一寨女青年表夫只有乳下二子家計食
貧朝不謀夕其家在六角峴下後有園可以治圃者

赴闕受符遂出甲冑二件使其弁穿之戴之申公亦
全身披掛又命奴僕連鞴二匹座馬以待之其弁以
申公之命雖不得不惡勉從之趂埃萬端惝怳莫測
仍問曰使道與小人深夜披掛將欲何為又使輣馬
將注何慮于不勝疑惑敢此仰叩申公曰將有注處
君何以知之小草菅吾言泛當知之遂趂曉海饒輿
朝飯牽出自家平日所害在前申公在沒聯翩馳進
則換他馬騎之使其弁在前由此路而進
下過觀象峴午堂偵知申公今晓當由此路而進
須為埋伏善射諸弁子以待之見彼弁之全身披掛

一日為種菜資生計方欲耕治揮鋤之際鏗然有聲
見一石方正大似盒蓋始用鏨錘之屬除其傍土
擧石而視之則下有大瓮一座銀貨滿其中遂盡掘
其蓋石復取土而埋之踏而平之又不向家人說道
人無有知之者家雖至貧而教誨二子極其誠勤次
弟成就為文筆優餘知道理識事體春秋為吏香筆佳子
弟遠各為宰相家儒泛以其人事伶倒有丈有筆精
白一心其宰相家寵愛之未衰其奴寨女走而無惹
慶支書史家藝精饒其奴寨女走而無惹享養
隣子亦七八人成長者或為儒泛或為隊人一日其

284

秋一日無聊閒坐忽少年三人騎駿馬聯翩而來
升階上堂納頭便拜士人見其衣服華整止端雅
乃慌忙答拜問曰客自何而來前日似無一面之
雅矣三少年曰我即生貞之子也生貞主不記某
年某地如是如是之事乎吾輩俱是伊夜明之子
慶且十餘年養育之恩極為隆重不忍一朝背義敢
待老人之下世為歸待之計十五歲同日娶婦行親

磷石赤手自地何以資生不如落鄉以度餘年如何
士人曰某亦有意落鄉而其於無田土庄舍何哉三
子曰某村老人是處人身投而無他族咸其
財產盡為吾輩之有所賣家舍盡室行次則可以裕
年某地如是則何妨遷貴馬貴輛
其三子各奉其母居于隣舍過數日後士人入廬夫家
卜日起程至其家見三妾及三婦等士人周廻輪宿三妾之
物注哭子富翁之墓其士人周廻輪宿三
同居前後左右捴數十家其士人周廻輪宿三妾之
家以續舊緣好衣好食以度餘年其富翁之榮緣三

婦禮於其家再昨年二月其老人年八十一無病而
化季其殯歛擇書地依禮營窆眼表三年以報其恩
今則祥禫已訖故蒞母親之所記先弟三人無難
上京今纏來謁矣主人怡然大悟細察顏色則果皆
酷肖逐將此事告于妻子及子婦等使之各々拜現
且曰汝之身今年為幾何而浮無恙居五三子各々
對之又曰客寮生貞主家計為不成說行中通有擕
來者使奴子解行橐出錢幾兩使之賢以為
朝夕之需其夜三子淺容語曰生貞主春秋既高壽
房主亦早年失學科宦似無其望又地無主錐秋窆

子之身不廢云
鄉先達貧人送命
申判書汝拯己巳後因午人之用事解將任家居至
甲戌天心有悔悟之端坤殿有復位之機申公
先數日預先知之而申公將起廢拜將任仍以換局
而屋南亦暗察其機多政僨採預約善財者數三人
傳藥于矢要於中路以為射殺之計申公洞裏有武
弁一人自鄉上來家甚貧窶百口領頰無論晝夜每
來相訪申公雖家食不數而每饋以酒食或助以粮
隙而其行亦西人之顆故多年纘屈未活乎派一日

老學究借胎生男

古有京居一士人因事注嶺南地轉入太白山中迷
路越店日色向昏遂投宿於一村舍其家內外俱是
庄屋無異京第求見主人請寄宿其主人儀容甚偉
鬚髮半白快許之饋之夕飯主人問曰年歲幾何而
有子女否士人曰年未三十而子則殆近十盖一經
房事輒生子矣家素清貧而子姓滿室還為憂悶
矣其主人頗有欽艷之色仍嘆曰何許人有如許福
力耶士人笑曰憂患中大憂患何足以福力稱之耶
主人曰年過六十尚未産育雖積穀萬石有何世況

方未知如何士人驚訝曰是何吉輿男女之別耶仍
至重有夫通奸法意莫嚴昧之間不敢萌
心況數日逆旅常漢之誼何忍發口逆旅常漢之婦猶不
可況士夫之別室雖賤物且自我發
說則必無可娛夜深人靜日後生子誰得知之喜由
心腹豈無餙詐幸惰此漢之身世即賜俯送使此無
子之窮老聞生子之喜報則生世此恩如何
可報在尊為無窮之恩事在我為無窮之樂
莫過於此安用固辭為也士人尋思久以為樂既
懇請異於自己潛通且既出渠之真情似無他應雖

予使我若有一子則朝飯夕粥亦無恨矣今聞尊言
甚無欽羨之意乎其望士人欲為辭去主人挽之懇
鰥鰥狗豈其供饋至夜屏退左右別士人入俠室從
容語之曰吾生長於富家今至
老白首不識艱窘之狀復何所願而顧為茅子宮窘乎
生不育一子為其廣嗣偏房副室亦非不多矣祈禱
醫藥靡不用極雖平日宜子之女亦未有娠來輸漸
迫奄成窮獨今至素蓄三妾年皆二十內外而非無
喜消息雖他人之子一聞呼爺之聲死可瞑目矣今
聞尊產一交即原云顧藉客主之餘力歐施陪胎之

以外面人事再辭拒男女大態人孰無之乃曰揆
諸道理萬萬不可而主人之請如是懇懇惟命是從
而吾心則極不安矣主人聽罷大喜攢手稱謝曰今
類客主之德可測呼爺之聲矣遂語其由於諸妾三
妾三妾輪回侍寢其三妾亦意必生子問士人之姓有
客居住暗記于心中三宿之後仍為告別主人尋有
贈遺調度艱有婦食口恰遇三十數間茅屋
之故調度艱難有婦食口恰遇三十數間茅屋
無以容膝三旬九食十年一冠亦難麥通遂少散諸
子更之贊居只老夫妻及長子同居已然過二十春

286

敬天之下擒馬而走入山未半朴也忽稱腹痛不可
作行仍曰此病食生芹菜及生馬肝方可治癢云主
人曰然則四至家中可以周旋云朴也曰白馬肝有
是良藥今主人所騎之馬是白馬也豈椎殺而出
肝也其主人聽罷業火大燃不可盡耐遂呼馬夫及
僕從提下朴也數其罪曰吾為親山緬禮開汝山眼
甚高故迎致家中多年供奉厄汝有書〱下即泜不
敬火逢多見不是之處盡任之事而為親山大事不
可不務積誠意故屈意盡任今至三年則吾之誠意不
可謂不至也今折求山之行忽稱腹痛者汝之所為

之衣〱之勢手下未至于其家温藝房堦厚鋪炎褥
灌以温水饋以來飲始得四生問知其為朴尚義主
士求欲親山緬禮方在廣求之中朴也固所頗如
恩謂尹曰欲得親山緬禮當至某山中指示曰此中有居穴
朴曰第連我來同行至緬禮則尹士指示曰此中有居穴
即欲擇給於某人者行緬禮則當大發福仍不為盖穴
穴即為墓大地穴慶不知的在何
地師騎牛而泜又欲定穴而人各異言是非終孳終
慶屢得地師上下山谷而終不得正穴一曰事欲終
其能質定如是之際兩騎之牛不知去處四散奔搜

則牛卧在樹木之中毫之不起打之不動足攪口爭
似有指示之意尹士始悟告于牛曰汝之卧慶是此
山之正穴手果是正穴則吾當以以慶裁此汝酒即
起動牛似若微聽仍即起未尹士遂排眾議以牛卧
慶裁穴移葬親山此即魯城西峯山也其後尹士連
舉五子即八松兄弟伊後子孫昌盛組喧赫峮公
巨鄉代不乏今尹昌世當於夏日無論山野之行見牛之
鮮與匹云尹昌世為國內大族人
在暑炎中喘〱者必移繫於樹陰之中故終亦飽牛
乙能如此云

極為痛惡至於生馬肝生芹菜云〱无極駿痛而吾猶
不敢遺拒要與回家者吾意雖可見也彼馬之屠亦
非難事而此示回家然後可以屠殺者汝必欲在此
椎殺汝欲屠平我親自屠殘手如此悖術驕潛之漢
不可不一番痛懲悍如此氣習遂刺下衣
眼繫〱結傳赤條〱地掛於松樹下仍李其奴僕下
山去了魯城居士尹昌世偶作山行忽聞遠〱地
似有人聲遠〱進漸聞諸人之聲出於樹木間
急泜觀之則果有一人渾身無承掛在樹端全體皆
東裁至尤虎尹士大驚哀憐解下結傳涕自己所服

惡如是今幸逢吾故餓汝性命詣岸隴秀貴資以
頭稱恩德不已時適有騎驢而過者額若秀士而年
火見獵大之治貴資揖而前曰快哉我而以詐困我
于卿者既載我而以詐還下而張慌逃去我徒步笑
行幾不及扵試期及還于半尾謀扵同行軋之
紗倒水中厭漢能泅水出沒若軽悬示其無畏立扵
水中以臂扽我雖忿怒扽中石而無可奈何今先生
治之小子噴昔之耻少雲矢措大不谷驪然向龍門
山而去其步如飛貴資異歸家調治衆歲指乃起
動頭髮赤鬆然漸長然臂上枕痕色青赤如三距模

撑船抵巖下固以手高直上其巖崇乘熊之睡熱盡力
擊之熊大驚起拔巨石滾下因大鼓吻吜哮直向貴
資貴資走熊追之貴資棹船至中流田頭見之熊已
在邶尾貴資又棹手鼻擊之熊迎奪其鼻撒舟中之
械無以纓之貴資乃篤擊之能又拿之貴資晝撒舟中之
之貴資又以他篤擊之熊乃將覆貴資
惺急欲避匿自恃其善泅翻身八水熊赤八于水之
日江左右親者如雲人與熊八于水寂然無踪俄而
去船處二里許波濤沸湧貴熊若龍戰頭貴資浮出
乃刀也熊則出于淺處而人亾其跡近者熊徐々

斜自是貴資棄船恑遊求自斷々不樂其後宰相
家教叛罷徒朱淮京師如舊嘗夜行至鍾街上八屠
肆醉飽而出為羅卒所獲貴資躑躅卒傷嘔衆遺卒
耋出傳之間于大將拿貴資八盛怒曰冒夜禁
行巳是難教之罪而況躑踏傷羅卒何等大罪必可殺
也將重杖見歷有三大痕大將性恶蹍猶不欲見其
似者付泛事官而治之以是浮火緩貴資躲焉復歸
驪州三年不敢出一日貴資遍泣上流上流有絶嶮
壁立穹然而臨于江者心白巖有桓章走謂貴資曰
此巖絶頂有大熊方睡甚肥其問可能百人貴資急

向砥平縣去後聞趄樣山中有熊為搖砣扵中死郎
是熊云

定名穴牛卧林間

昔有潮西一生人爲親山緬禮積年経營闗朴尚義
之為當世名風水早辭疉逆以别歲厚
其供饋水陸之珍山海之錯惟令追排稀異之物難
得之種槪意亲求索以副其請一言一事未嘗火辞其
意路同燕丹之奉荊軻務積誠意三年如一日末敢
小懈時唁深冬朴如謂主人曰今可作末山之行矣
主人大喜準待鞍馬威儀倍行其并騎而陸行至某城

之

上覽之大加歎賞命差御史往審理之刑曹問
受為先到啓先聲已及扵羅州撤平閘之意走來呼
微因曰某阿某阿汝妻上京擊申間鼓審理御史今
方下來云矣厥漢聞之大呼曰然乎不覺蹶然起坐
兩目俱闊御史下來細閱文簿一反前來得以無事
坐微

隸廳習與熊聞江中

盧貴贊者以宰相家奴得罪叛走逃在驪州以利船
為業慇素悍慢無頼以惡船人間扵沿江一日載貴
贊發船向京師掠盡而過有一措大短小骨羸髮半

白衣蒼若不勝者持賀青祿裘手持一節丟崖上呼
曰顧戴我少歇老脚也貴贊衆而視頤指下渡曰
待彼兒措大如其言循兒疾走哪也扵哪也
氣喘〃至下渡立而渡又渡又不見也放船而
而下措大又循兒之貴贊又指下渡措大又循兒走氣
喘〃欲死依枕而立下渡貴贊又如不見也放船而
下如是者三而貴贊卒無意載措大猶逐船而
行睨視船去崖暴二十步措大火縮身一聲發割候
身已在船中舟中人大驚貴贊初以一聲大怒之及
見其勇僨伏踣死措大不荅坐船之東頭解祇裘出

小碪僅凡餘炸是飯裝取火而還坐東頭喝貴贊曰
汝往坐彼西頭下向吾面而跪坐貴贊不敢出一聲退
去西頭下跪坐不敢仰視惟〃睎視措大措大拏
砲正向貴贊額將敢不放故為持重貴贊面如土
色惟合手向上叩不絕死罪身在白日貴贊已倒舟
中人皆驚惶知貴贊已死亦無敢言者措大徐俛其
小砲而還東之然後就貴贊抴衆其項候氣息久而
乃甦彈身無傷惟其頭髮不知去處措大呼貴贊
使泊船措大乃下船登崖之高處而坐使貴贊下船

貴贊下船又使伏又使解祇露髻貴贊露髻
而伏聽令惟諶措大奉中枕三打貴贊之臂乞
其臂敦沒于罔不見焱出然後血指迸流貴贊
復絕而甦措大乃將髻屬聲貴贊曰汝不聞公州
錦江李沙工之墓也乎一日七渡此渡此無倦
色其人指江上山而謂之曰甫死正葵此沙工
其慶子孫大繁至今往東錦江者輒指而語曰以
沙工之墓也今吾兩足蒲沙水沱〃起而痛甚千步
甚艱敦来載于汝而汝不我載夫不欲載則已矣二措
下渡又阿其因我而歎我若是甚乎此陵則多復作

而楷大則不敢開戶穴隙窺之顧漢半爲人必多皆
上有封物所願方在疑信之際顧漢納拜內庭夫人
先慰行役之無事次問所願何物帳索答札與之措
大皮封曰露眞齋執事四納其佰謝狀裏面曰遠承
徽者披閱如對刻審勤止一尊佳騰弟暇任僑耳公
務多端惱何音闊河千里雖雖枉晤莫待日後即
晤京茅則寶多長話之可不偺藥果一檔伴呈措
大〃茲生氣黷〃以土大夫氣像自廋揮窓起坐呼
來奴曰遠涉千里其勞良苦願漢曰幸蒙下念無事
洼還何敢言勞且蒙使道寬厚至有小人母藥果之

赤尋常與鄉人無內外之別門前有菜田數畝甽其女
子年則過筓而手自鋤菜其隣又有常漢之田歐漢
赤同時鋤菜以微音侵侮其處女〃怒曰我則兩
班汝則常漢何敢侵侮我手歐漢曰如汝兩班吾家
顧底井〃多矣處女忿怒即還其家飮鹵水而死其
父發告以常漢逼殺其女之罪誣訴官家自官提致
歐漢巖治牢囚勒捧僑書而月三同推歐漢痛其非
幸因在獄中日夜涕泣兩目俱盲其妻東西求乞以
資徵供更無以繼給之遠盡家產辦得數貫准給
其夫曰吾今力盡無以相資聚得二貫以未方將上

<中下右列>
饋莫非生貝主德澤遠以使道分付之如是搢待矣
此一塲仰的以別裝藥果出饋其父母兩班之生矣
大朶糖大遠入內解其其味異常次〃捲之則藥果不
之物也夫婦相顧稱其味異常次〃捲之則藥果不
過二重而橫中又有中層遠有一指可容之穴開之
則寶以天銀子一手計其直過萬金有餘措大夫婦
大驚喜不覺譬身三尺大遠賣銀買土至爲廣州
甲富云

松夫錦城女軒豁
羅州有一主人家貧無伴僕年抪農業而其妻與女

<下左列>
京欲擊申閩皷其門潰以此錢繼命慎無也此此待
吾還也遠相持痛哭而別轉〃乞食達于京師慶
熙宮爲時御所尋至闕下爲路傍酒家之偏產寓人
誠慇勤寶每事稱意其酒家甚喜之一日請酒家老
媼曰吾闐申閩皷在闕中有冤者擊之郎其媼乃曰
擊此主媼曰汝有何冤而欲擊之耶其云何由述顚
末仍悲訴不自勝憐之固禁中辛縶之來歐酒
者偺述此媼寬苦之周旋浑以一擊歐姬遠
入擊之闕內驚撓拈送歐媼于秋曹使之捧供以入
川自走革則乙赤寃其事而哀其情善走原情品奏

遠遊京洛殘盃冷飯不嫌而且一年二年如此如彼零
星妻子歸之於秦越之於笘籬之奉子
邊鄉黨賤棄親戚排擯只賴室人賢哲奈祀之奉子
女之青猶以戒撡所謂家長有若無矣如是者三十
年于茲矣一日室人以小生之積年遊京不得一長
者交遊每致憤言雖以婦人之言亦有可春問下之各歸辭以
慰妻曰某人實與戒膝添而且有丁寧之約以
儒時地閾文空必將大傲故遠鄉辠閣下之名歸辭以
西伯則惠以一庄整云々以此瞞之此蓋六七年前
事也實出於一時彌縫之計而老妻則認為真詼

末惟執事哀憐之諒恕之書畢授之內君君即招
隣漢計給鹽纏即地起送漢到平壤營門洞開納
上書簡巡相坼見再三循環蓋西伯自王堂之後每
以朔望夢至一家見一班家夫人精潔沐浴清水罐
餠合手祝天曰使某人為平安監司某人郎自家
姓名也必大覺一是情地可憐一是精誠可感遂指來
奴近前其宅生涯之如何疾病之有無見之長養
條々下問一々詳探真若竹馬故舊樣其奴之心亦
曰某生貞主果有京洛好親友矣雖寓居鄉曲堂不

之無疑一自其後糲飯之祝沐髮之禱皆顯某人之
為西伯自執事登科以後精誠愈勤企待愈切每問
某大人今至何官生之於執事實無羊面之雅而惟
恐前言之歸虛以去年某官今年某資一々若之有
若真簡親窓勢焂頃者因其親族遊閒台監之出按
西伯要使小生親徃乞駭當如何哉托
以無馬則備以無簡則出一大簡與之到此情地一俉悶懣
至托以無簡則出一大簡與之到此情地一俉悶懣
誠欲中止則前言之虛妄綻露且欲修書則台監之
素昧何哉小生今以迫隘罔惜之意不得已忘暴顯

可畏武巡相使其奴留之下憂饋以盛饌過二日巡
相招顧漢曰汝宅生貞主果是慈竹之交宜有財物
之惠而以汝卜重不得付送當自營賑送而汝之生
貞主偏嗜藥果故今以一樻送之汝其視之使之開
蓋果油蜜果也遂掩裹以二十五大藥果別裹以
印且間束奴之有父母以書札出付使之促還其
奴歸期漸近夫人懸望甚切而措大則以其所為慮
無盂浪慶惠成不病之病一日妻忙告之曰
某奴歸憂吳斯湏之頃近至榮門之外老妻出立軒外

住於旅舍科日曉頭隨諸生入場望見懸題操紙筆
立書而呈即一天也其父適以命官擢其文為第一
上覽之赤加稱讚御手坼秘封乃是名不知而觀其
父名則即是命官也 上顧命官曰卿之子登第矣
投未其奉命官取而視之則父名雖同而職啣嘯則
云是前平安監司也見訛法然流涕 上怪問之命
官起伏對曰臣誠不知此年何
人也遂命呼名召上進伏榻前而親問之生自初至
終詳細一二直奏命官亦在傍聽始知其子之不死
矣 上大奇異之特命賜樂使命官前奉歸家行會

被室隨露真審折簡
本道本邑治送厰收票轎上來永作小室焉

廣州一措大不交不武也早家貧不能力農以內助
支過而以若干世誼戚誼之在京三十年出沒洛下
而以大堅才華之一無可取不浮結交於一簡官人
其妻訛之曰士子之遊京者居半以着資工夫賭取
科官之地則無文字科官非 可論三十年洛下
至若夫子則既無文字科官以為依托之地而
宜有一簡情交未嘗有一張存問妄心魁怪無或酒
色之沈惑耶雜技之外入耶措大實耻其言之有理

而無鄰可奪況吟良久乃瞘蓉曰吾非病風之人三
十年遊洛豈徒然哉果有某姓某人自少親密而闊
我窮困恒曰若西伯則給我一家人產云其人晚必
年登科今為應教吾之上京必留是人之家早晚必
浮其力矣其夫人聞之每朝望用齜祝天以尚遠
之為西伯而每問某人之陞品與否其夫人問之
諛之過六七年後適上京矣西伯浮聞某人之
西伯而措大時適上京矣待其還況足出迎曰某官
令為西伯云何不往見須以明日發行措大聞之不
勝悶迫乃佯曰到任廚其精俟後曰何用踪之妻倍

之過三朝後其妻促之曰何不往也曰無馬也
賃馬則曰身病也其妻曰然則須送人也曰誰某我
作千里之行手妻曰已約某隣之某漢盪經赤已借
置矣措大悶甚赤諱以無間其妻乃以一大簡授之
措大東推西托百般圖避而無可奈何乃終夜籌思
遂冒沒裁一簡皮封曰其啓節下 納露真
喬工候書裏面曰云 小生以迂怪儒生時簞將迫
不輝霍泥有滿腔此修候於素昧宰相末知台監許
感何如實狀載賄銘下諒伏望別紙云小生以迂闊
身查敦是恃心少失文學世乏產業羞之不肖出入

女也方為使道隨廳使道偏寵之弊時不許出今難
遠來無以得見矣生聞之殊甚落瞻妓母曰今既遠
來姑留數日不如還歸去也生曰千里跋涉不得一
面無端空歸不如不來請媪為我設計俾得一見面
則吾之願畢矣時當冬序頗擾曰若啻中雨雪則城
內諸民八去掃雪之可混村民革掃雪之行倘
俾見一面乎然之姑送其言待之矣忽一夜大雪營
底民盡入掃雪生頭戴箬笠腰束葉素手持一帚
混入營中意不在掃雪而思之舉箬笠兩瞻堂堂
生時隨廳妓革出而觀玩見其舉止緩慢相與指笑

之生舉頭一瞻瞥見廳妓亦在其中廳妓亦一見而
族即回身入去更不出來生長嘆而歸語妓母曰我
則不能忘情徒步下來而渠則一見四避不得更見
何其無情之若是相與嘆嘆轉輾不寐時雪月照耀
北風寒冽忽聞歌聲自遠而近日雪晴雲散吐風
寒楚水吳山道路難音清絕娜娜轉向其家而來
入門而呼其母曰某書房來矣在何處生聞之推
戶躍出乃顧妓也遂牽手入室叙其相思之情慰其
遠來之意且曰吾為使道近幸之妓頃刻不得暫離
而既知書房主之來安得不一番相見乎吾詐稱已

父之祭墓乞一夕之暇天明則復當入去矣而情相
會只今夜而已此後雖或復來更無相面之路豈非
可恨不如從此潛逃永遠于飛之願不亦樂于生
曰好矣汝言誠是矣廳妓遂遍搜箱篋持其銀金寶
貝髻珥之屬綾錦緞衣裳之類暴作輕任不啻其
母遂與生夜半逃出遠向殷山地買小屋而居之賣
輕裝而資生為一日妓謂生曰吾革逃命在此雖幸
遠頗不可永作此狀況書房主以筆相宅貴重之子
屈勝一賤妓溺愛之情不顧父母七匿此土其為得
罪於倫紀者多矣將何以自立乎生聞其言始乃瞿

然大悟曰然則為之奈何曰惟有科舉一路可以
贖罪書房主前日來讀者何書耶遠謀其書以來勸
使讀之若火情則必減其膽而苦歒之畫辰不斷息
又遍求他書如是書房主自量腹中妓謂生曰書房主自
年科揚之文使之膽出數年妓謂生本有才華又數年勤讀
科文程式奈何令始做篇做之生本有才華又數年勤讀
之勢日進所做諸篇無非佳作又使之膽出數未試
考於善文者莫不稱讚妓曰今則庶可觀科乎生曰
可矣適有大比之科妓乃優備資裝以送生遂上京

吹滅燈大潜伏房之一隅良久讀書之聲詑其婦人
轉向東房而來開門卻立曰此火何故自滅也多添
燈油可以久存者何故無端自滅連聲怪我似有趙
押某也爲県母祭出送矣送之誠不思矣似有趙惧
之喜旋即入來坐於鋪枕之上女頃即解衣而袋
欲就睡李也乃於口中微~作聲夫人頃夫人活我夫
人方疑惧之次忽聞男子之聲乃大驚攄衾西坐求
也女人曰汝以何心深夜間於卜者謂以今行如
低聲問之曰汝是何人李也曰我即外舍留宿之客
也始述赴東之路問於卜者謂以今行如得黃腋女

人則必當決科不然則必死我以決科之慾且爲圖
生之計今夜冒死入來其生其死惟在夫人之一言惟
夫人活我其女黙然無語良久長吁一聲乃曰
吾於昨日心懷慘寂視押女草之浒漸出川遲
不意逢着容王此亦天生緣今也人之生死亲繫天
命何得輕死遠近同枕且吾夜間之夢黃龍屈蟠
於胸腹之上今番庭彙必浮大闡榮歸之路幸勿棄
我必革栽而去李生辭諧雲雨既畢潛身出去睡一塲
天已曙矣老翁又扶枕而來辛勤問病李生曰幸蒙
圭翁之恩兩日調治病氣已瘳今可發行矣遂辭老

生其後官至二品

聽妓語悖子登第

昔一宰相爲平安監司有小子年十三美容願身才
藝其父偁愛之營妓中有與之同年者亦有才色使
入居子舍以供文墨之戲踰年相與交合情愛甚篤
及其父瓜歸不忍相離相與握手滿泣而別上京後
其父以家中多撓難以專工晨書秋送山寺讀書留
數月思想顧妓不能忍住一日忽單身逃出向關西
而走到平壤尋訪顧妓之家顧妓則不在只有其母
初不相識乃自言其誰某而問其女何在則其母曰

誰也厥漢曰葛嶺上一夜同若遠過三年之久生貞
主或者不識小人而小人則宣忘生貞主顧而耶怎
招其圍匝者大言曰汝葦連々待命也苟不要我泛
葦必無子遺仍以葛嶺把庶事細述看尾犀奴一時
戰棄厥漢遠詳告生負曰彼葦以海島化外之物不
識綱常之重彼有匠側之謀要小人托百里之外而
小人亦誤入人事有此今行彼葦刃斬之罪已無可
輪而小人之罪无極當斬然而生負主以恢廓大度
何足有介於禽獸無異之物耶彼五千金實無麦通而
傾渠之者則二千兩無難小人當親自收集領納於

免死之道卜者曰道中如逢素服女人必得此必可
以免死矣李也數日行上京行幾日大川當前川邊垂楊豈
之下青女浮辭傍有為少婦女素服而立望見前璘
有人騎馬而走李也見之心異之縱驅馳
而追踵之素服者人于一家大門中又趨入馬繫馬
於門升堂而拜主人主人白髮老也事日今此科
行路費斯絕無以宿旅店頗就高庄借一審馬老人
欣然許之喚奴子其夕飯馬繫于槽而喂之事生事
宿馬環視其家内外墻垣極其高峻除非身具羽翼
難以踰越計不知而出達夜不得靠窗已曙矣心里一

宅矣即其地董筋犀奴五日後收浮二千金縣之於
十餘區健馬一時沽畿兩班則騎之以別般好鞍馬
厥漢為駿李之領袖乾鞭護後而來納於生負主宅
明日奉科惜別而去生負遠以二千金物裝裹妻定家
堂賈土浮産擇為一富家兩八子三女世々繫行
至今族居於盧風洞云
    借卜說湖儒探香
湖南士人李墼敏科儒之實才也屢拳不中而必欲
浮之盡賣田土決得失於一拳趣各卜而卯之卜者
日今行有死之厄若不死則可以次科李也周問其

託詞病而臥日己高而不發主翁扶杖而來見李也
詐作呻吟之聲主翁問之以好言慰之曰病狀如此
難以荀進逢旅荒跡不可謂病家不負加留數日
蓮加調揆小勿為獵李也雖幸加留一日竟整長思
不浮其業日繞幕内中門已嚴鎖矣夜起彷徨周視
墻底則内廐板墻下有小寶旁可容身遂甸甸延頸
納頭左右擾郍艱辛而入則西廂之内燈光明晃得
人讀書之聲之慶火尚無人聲潜進窓
下指頭點唾鎖穴而覷之則壁下設素衾枕果無八
為意此必是素服女之房挺身上廚暗々開門而八

木飛上於上峯之巓頂揮打而下聲震天地生負心
語曰彼雖謂我有力與之同事而我則本無力以窮
獨身垂實欲唉死於席口者也是以小無恐劫泰然
坐待矣必頃果有一豹於席大驚揮木之聲勤然而起跳
趙林木奔馳絶壁鷹騰猊疾一瞥之間已至於相見
之地以其直項之獸馳而走坂之急觸之於大未
連理之間以持之下尾之上牢碎飛而木之間進不
浮退不得無以孕雛腸滿又不得自拔生負之本意
實欲唯之於席口何畏之有遂徐徐前進梅其頭探
其間視若愛玩之物其席低眉細目不敢於逢有若

席剝皮加之於九據之上與兩班同為下來坐於店
幕烹席釀酒終夜酬酢至朝醺酒作別以席皮獻與
生負生負牢拒之九商自悔中出十金銅納之生負
遂强取其牢乃作別九商大悵之幾為落淚生負以
並百銅歸來破屋去蓋不如死而築
萬廬惡席之事思之甚怪無福者可謂鶉卵有骨而
命所關死求挺難一日偶閱家中得一支記盖有先
代逃亡之押盤居於靈光法聖島坐虜繫軒多至百
餘家而自生負數世之前雖有推贖之計以彼偏盛
畏不敢發生負以為快得死所望朝紳塔本文記以

悴者然生負遂百方摩撫或以類接之或以頸納之
欲其噬之千方百歧而終不敢害之於是生負多折
萬莖作一索大如棟結之為勒加之於首以一股之
大鉗之繫之於木遠棲其席扱之於而木之間移繫
柲他木而席則失視喪魄圍已若半死採生負則坐
柆怖口下矣彼九商俄自山上只見生負緩緩牽虎
之行而兩木之間事未及見之怳怳下來更為納拜曰
固已知生負主無處一席而至於勒生席之背鉗生
虎之口可謂古文無今文三天之童可不懼哉遂殺
手而比之於生負主不賣

單獨一身飄然發程弟幾日訪之法聖之島則歐奴
富盛果如所聞直到其居首者家即以文弄出示大
費咤喝督之以五千兩收贖急於星火期於三日內
捧納道忙之奉辭令之急便一任人彼革赤佯應如
流而中心所藏人孰知之第三日生負獨坐忽聞扑
間人譁溢々有五六十壯丁各持一棒圍亞行居廬
鐵桶相似觀其事機反形已其然而來死一念寒慄
恒結而坐恨未待其愛矣今當此境可酬宿願有何懼
劫明燭而坐若待其愛矣必頃一丈夫開戶將入急
然退偏欣然納拜曰生負主未數生負驚問曰海是

拜前後擁護直抵奴家內外大門及家舍皆推偉洞中無他人家奴革族戚自作一天村矣逕迎坐作堂上進以大茶噴男女奴僕一齊現身其麗無應三四百口而其中貧不應贖頗泛為奴者亦近數千家廠田慧乁作簡於官家而以家有緊校未能彷彿自此十匪又壯丁數十名健奴圍其上典兩在房前後也是衰四更量數百名名建奴開卧將近一旬即即奴贖定日上典日飽酒肉放心開卧將近一旬即即奴贖定日解文字者臨書見之實無疑通之路以姑息之計不徑歸之意措語可也不然則命懸此剛其中又有略不班行中

舉報營新以一拜其餘眾漢涘輕重一、巖治廠班則給馬還家廠奴革家產沒數記上并為駄送於廠班行中

蓮死商窮僱免死

湖南有一生貧早喪父母既無兄族戚中年喪妻又無一子女素貧窮薇水難徧實無生世之況輙欲自盡而亦不得其路適其時一惡雄虎自俗離山出來藏伏於長城邊時白晝橫行噬人如瓜行人之斷絕已有月矣生聞之以為得其死所遂妻行嶺下待虎上嶺峭嶺之高蓋三十里長矣巖石危傞傞

木蒙窊可謂蜀道之難羊腸之險矣至于最上峭伸腳而坐以待虎狼之來攝忽有一丈夫背負以山之擔行至上峭锌見生貧之獨坐卸擔於路左欣然納拜歷勤喜之曰小人所負之物即鐵凢也以山物之殺害人命意欲除之今持鐵凢適出此故遂卜其夜以至於此此計在碎其頭折其腰以為、行人陳害之地而即見生貧主深衾獨坐於此其意亦未小人之心也以小人獨力實未無難而況與生貧王并力則彼物無異枯鼠腐雛小人當如此如此生貧亦如此、生貧虞荒未即對廠商手掭石角上一圍

得不從其言裁書而至名字則彼兩不知年月之下書以徽欽頓即為對絨傳授廠革漢送其黨中一人飛奔呈官、開封見之至年月下徽欽頓三字大生疑訝尋思良久忽然覺得蓋徽欽即趙宋二帝而被拘於虜中者也慧其班見辱於廠漢革遂枷囚來漢大兊校卒急往某里一遍奉其行次遣一遍以奴為名者無論老少漤敷得來者嚴飭出送枝卒革飛到其家其行次果然見縛於奴之家而一隊壯丁圍西門庭矣校卒急解廠班之縛騎馬送官且以奴革一并结縛驅入於官庭廠革中遂讞首犯者校

却云者其可成說乎山僧則本無黑心攫拾在道之
物而還給於不覓之地哨官以不良之許發之為不
成之說以山僧麻價之一時借添謂之以自家布價
之加入有此橫勒之衆滿塲而視能不愧顏牛商曰
俄以二十兩發言者只為牛價之重大擧大數平甫
之羹而至於布價以此少延入之物全然志却於道
怨及見加數拈乃覺之寧官有天下賤漢既索牛價於
生佛之人而又棄可憎之物將作已有耶豈以志却
於進怵之故仍為見失其丁寧之物耶衆人所見却
商兩言俱為成就人不能可否遂同八十官之是洪

言曰官決如是所得二十兩宜乎不給然以山僧所
見錢主要不出彼宣有釋伽弟子取人不當之物哉
遂許與牛商曰此後則革慇心法勿以山僧之孤弱
施之以違格政事也一而人乾不讚襄山僧之澟白
我可謂有是僧有是官

劃舊主叛奴受刑

京居一班框奴托遠方而與其本宮為平生親戚坐
於衙中考閱帳籍奴甚繁盛至於百餘口而箇箇饒
居以官威提來其居首十餘漢沒捧男女老君定贖
才金以一句為限而願奴革小無慇恐之色以實情

侯養黙也兩造對卞各陳其由官聽罷先諭牛商曰
汝矣所失明是二十二兩而僧之所得不過二十兩旣
則汝矣所失二十二兩銅必為他人之拾而僧之所
得非汝之物是如汝推取其廣求汝錢者詳檢其數之
為二十二兩然後推取是造次諭山僧曰汝矣所得
旣明是二十兩銅必是他人之失彼僧為二十二兩云則汝
矣所得二十兩而彼之所失段明是二十二兩則汝
之間是如汝亦廣問其真蘭錢主詳檢其數之為二
十兩旣然後出給之意今付退出挟訟之後兩僧俱
出市中牛商則垂頭無言有若喪魂之人而僧則大

昔其上典曰奴主卽父子也小人先世非敢靖丟去
年漂泊轉到于此生子女有孫及曾今至為百餘
口而特蒙上典垂恤之澤利於販得於作農遂
為饒民而常念父祖遺來之言則以某宅轎前炉流
落他鄉肉外諸孫今此許多而阻蒲上典宅問妾己
為幾許年云雖有官供在小人情理宜不欲別自
若父母之復見乎伏乞行次於小人草情怳惶
奉供尋甚且相距不過一舍六足之勞以叙小人草情怳惶
恐章甚伏乞行次於小人草情怳惶
典然之明日往為老奴歇十革等候於中路馬頭羅

辛苦何閒於讀書士卻不飢而夫人不潔之行一至
於此不勝寒心不可不一撻誠之斯速折楚未也其
妻不敢遽越束鐓挺之三楚此退粥梳使之
明注下蓋其即來此簏棄作屏廢八房肉硬
棄地夫人不敢遽越並鐓上梳棄作屏廢肉硬
備見首末不勝感眠然歲牟生不廉之習
全然清磨即還其家即使其妻出所收農穀中王來
歡升爛二糊糊手奉徃進之於士人王人驚怪曰
餘夜饋粥慧是賣外而無名之粥豈可食之固退不
受顧漢遂曉吾曰小人俄以穿窬之行竊見生自王

廉矣若是光明正大小人即地感化大覺前非今以
清明秉義之心持粥以來幸俯察情由勿以疇小
人視之千萬幸甚觀此梳可需實非積物出自農穀
小人豈敢以不潔乗物燒於孤竹君宅乎因扣扃叩
頭至誠勸進士人以為彼雖不良之人今見彼善
革心可實彼拒不受則沮其為善之路便同於邊陵之
之善心而宰拒不受則沮其為善之路
節朶遠取飲之顧漢遂以一笑進入於內堂自此以
後顧漢心悅誠服畢竟徙家於顧班宅廊下遂作無
文者奴子扶護上典耕田劉柴曲盡其誠其班家勢

赤箭~饒勝云
沿牛商賈僧逢明府
山僧之鐵生健業生者以買麻欵帶二兩銅粒清川市
路中忽得一綱凜中有二十兩錢僧以為赴市者
遺失持貢性市而渠麻價二兩赤添八兩錢付
於知而飲食厘周行市中將為鷹撢其失錢者以給
矣誠而牛商一人語其同類曰我以四十金本錢將
買二牛而一隻先買於某市一隻則欲買於此市
今晚自某店眼甍而二十金餘錢則付於牛背失今
到市門始覺見失未知落於何處而歸市者不止未

知得之者何人其將問於何人仍然感頗僧知其
為錢主也遂問錢數則曰二十兩也問其貯藏則曰
繩綱橐也僧遂與之僧遂與之僧出
付於牛商兩出其二兩曰此則小僧之麻價也只以
无錢二十兩曰牛商辭計二十之數而忽為賣辭
曰顧銅二兩赤吾物也因執只以牛價二十兩為言
而布價二兩則忽末及之固勸不捨僧曰此小僧之麻
價也小僧若有食錢之心則不何食二十兩只以二
兩銅生態耶哨官主俄者明白言二十兩見失而今
見小僧麻價銅二兩忽然愛辭以布價錢加入如忘

長幼過則所之東西墮突夫復能禦蹲頓破面壞流血
遍地無一人敢之於前著倅見之神魂飛越肝膽俱
陞末眼出戶但於戶內申縛窓環莫知所為女躑躅
戶闃手足俱顫踚踚會力擊窓當堨力拊民舃民齒口大罵曰汝
殘虐生靈漁邑是忌急締結本邑之玉民威脅士大夫
之小室是禽獸之所不為天地之所不容我將死汝
手必投汝與之俱死雯言如鋒刃烈氣如霜雪呌罵
之聲震動四隣觀者皆至續屋百匝莫不嘖嘖嘆嘆
有為之扼腕者有為之泣下若是時叔之父子匿不

敢出倅但於室中屈伏顔屛拜辰乞稱以宗不知
別室之貞烈如此而為此賊民所誑以至此境當報
賊以謝別室萬堂有懚即喝其婢搜索其叔既至俗
罵重杖至血肉披離出戶時隣人已
通于其家即來迎去遂其事顚末走告申生巡使
闔之大驚且怒而尋遣府使時武人也徇窓山之噂
以女拔刀斫人教當請重沼巡使行闔嚴責即答羅窓
山倅於舟莾綱捉致其叔父子嚴施刑訊流絶島
盡其僕從迎女至螢溪加賞激厚贈留二申生即與
其妾上京居於阿峴歷年故仁川田居女勤於治家

遣至冨饒

靑荊妻清士化隣紙

古有一村漢以裏為業秋多積穀而性甚不懶頗有
手荒之病殆四隣之所其知隣居一兩班以韻書清
貧之士四壁徒立尋常厪空而時當仲秋香又僑
所謂家虛盡入於斥賣糊口二資訴餘旦一食鼎而
絶火赤虛月矣一日厥漢欲覓其食鼎而來夜竈之
則其宅夫人方爇火於厨烹煮作粥矢而後源用大
小二椀先盛於大椀小椀則盛以餘作作末半而置爇
土銼之上以破瓢覆之奉大硫出進於主人方

耐飢讀書之時忽見貧妻進粥驚悶作粥之香出於
何處妻春日適得五合米作粥矢主人曰吾家五合
米不曾如主出於何處其妻淡不能即對主
人苦問曰不知何處則吾必不食其妻熟知其主
人之固執不得已直告曰門前其漢之指早稻向黃
鄰以來而此出於方不穫已慚愧何言日後當繼
給我者漢之衣遂言其由不取其償則今夜不美之罪
武可火贖辜下筋之干萬祈祝主人作句大此曰天生
萬民必食其力壬農工賈各有其職矣彼漢之糶以

時潛謀賣送他人女擄持蒲萬雖戶庭出入亦必審焉時女所居之鄉與雲山地界開一間而女之從居邑人從雲山俸武官年少惡山西欲置別房安詢於邑人從著欲以此女應之出入官府諸鋪鍾且已消者矣又請於俸以歸楠等物傅披於女使作婚日衣裳從父遂束筋憑憖存閒仍曰吾子嬰娜頗柔日不遠亦欲載新婦之夜而家無裁縫著顧有竪来相助家雖延既是他邑則決不可畱苗此醬我之去迴得待其吉敀家雖延既是他邑則決不可畱苗此醬我之去迴得申生之謀則可許吾女曰然叔迋厺偽作申生之

已推窗而出坐後應憤念殊甚怨聞窗外有男子群曰此吾所拘雖京中佳麗未易敵也女始知為俸也心揮氣結昏倒良久而起及明將撥棄奉命故叔姐以宗告且曰彼申生著歲下之人家且絕遠一去不来其見棄明矣以汝妙齡處賀曰富於抅富歳令本邑俸年少名武前途萬里汝何用待故絕之人以誤平生甘言誑辭且誘且挽萬里骨女情愈切不復諭嫡庶之分叔計無所用其加氣愈厲罵愈怒於是俸與諸子謀摔退捉女前挽後推因之於夾得罪於俸錮陸通歐食以待期日令俸拘納女但於室嚴其扃鑰陸通歐食以待期日令俸拘納女但於

書弛以歌抶促其性助其時趙尚著觀瀙方撥西關生有意及暮翠火叔以寶其久而不来謂已棄之說計如此女既得偽書不獲已往為只人斜綫之勞已親日而女未審與其宷男子接話唯勤於昨事一日從叔邀其俸將使偷窺以費其言女鍾閒其来安知其有意及暮翠火叔之長子謂女曰我就燈此何意也為勞多日可暫休相對話詬女曰我不知疲但坐我有舁自魁其子嬻笑而前挪女鞋之使囬坐女作色怒曰女有別何無礼乎此郢是時俸屬目窗傑幸一覽而大驚喜女則懟不

室中縛泣呼罵不復食著黑日形悴氣漸不能作氣而旁見室中多生麻瓶而纏身自縊至腳游以防疫也而已欧還曰與其徒死為賊之手屬若殺賊之俱死以償辱寃且可強食先養吾氣斗始女見囬時得一食刀藏在腰間人未知也計既定謂叔曰今力已屈矣唯冀傅以大飯著饋我以療久飢故半信半疑憖怂甚喜但用是從辛厚饋從陰連進昕以慰誘之者甚至女食而日氣已充壯而其日即婚日也俸未留之使囬坐女作色怒曰女有別何無礼乎外室叔娘啟户引出女方帖户關持刀躍出迎擊其長子一拝趺仆女刀踵稱跳踢不詐男女

役刑杖揖大風月

有一鄉曲猾大短文詞而好風月皂隸過早衙雨乃
作詩曰太守親祈雨萬民皆喜悅申庭雅憲見明月
人有告之者邑倅以為嘲戲官家捉來杖臀又作詩
曰作詩十七字打臀十五度若作萬言若作詩獄樸殺
聞之大怒論報當門勘以出民凌辱官長遠配北
道其謂陽來別作詩曰遠別數千里何時更相見
握手淚潸然三行蓋其真聏謂識字愛惠始也一作詩而
怒而去彼猾大若真聏謂識字愛惠始也一作詩而
受官杖再作詩而被當配三作詩而逢舅怒人之不
慎於文字上者可不戒哉

唱高歌探工豪傑

柳恭判諳寺迚文憲盡備諸其實置於內㙒棧上而棧
中又有人甕蓊儲有酒一日柳擾於囮室忽有敲斜
如在月邊諦聽之發自棧上柳公大驚慧赵婦于
熄斯熄火呼予衆埋工棧者之則有一大漢蘼髮未
平沙落雁江村日暮漁舟欲白歸眠何處一拜長雷
醉醉令慢調饗亮尾棟棟眠人而歌曰
面醉倚永秋一手持瓢一手敲睥概眠人而歌曰
如在月邊諦聽之發自棧上柳公大驚慧赵婦于
柳公笑曰此是逃軍中豪傑遂解而逐之
絜者赵柳公笑曰此是逃軍中豪傑遂解而逐之
之而不對黎明規之是居在不遠之地常氏之義不

拒强暴閨中負烈

吉頁女西關棗過人也其父本府鄉官文女即共庶
女也父母俱沒依其從父二十而未嫁以纖織針
線自資養焉光時京圻仁川地有申生命妻年少
時得一異女年可十五天啊之配也此當與終
光乃睛甚異之年踰四十喪其室中饋無主意與終
凉亦薄約婿卜姓而每晤違有知曰出寧奉
遊生往從進為一日又爺見老翁卒其女十一口
者棗而已長咸矣曰此女已長今故之若矣生愈怍

字也深感天也有真情義盖萬謎數月辭故卿納
有京洛冠見其家儀度生大喜過望始露十一口為吉
其禮遺其家親切者使之居閭女之從父樂閭之生
而買納其細幹加纖線精緻世而字有見者莫不
細布為極品名於四隣織妨新手云姑俊此已
之目內衡衙兩史賈細細布史曰此有鄉官廬文纖
女家親切者使之居閭女之從父樂閭之生
以非久迚故遇事多爭制產革三年末得踐言閨
河迚音信沛斷女之群從旋囊結謂申生不可復

而然矣張生大呼曰吾乃在此眾人把張生而哭曰
吾等潛泳四五里出入萬死獲一生相公游然躬賀
且昧此術安得先我登崖守張生備述所經眾皆唑
異初登艇者二十四人到今登崖者纔十人可知落
水死者為十四人此時夜黑風擋孤寒轉甚乃尋覓
人村断壁綠崖蒼實而登張生跌是倒憊於千仞深
壑昏絕移時收拾精神步步登張生已去遠矣笑怨
有野火一把明滅熒煌若未遠隨行十餘里火
光赤而青隱然而滅四顧荒野閴無人跡拾知為鬼
火而引此進退不得係卽而坐忽聞犬吠拜隨拜而

行至一巷口果然一篙師章島中人燃炬而出逐張
生大喜乃與偕故村庶燎永進粥到此者只八人乃
知落崖死者又二人於是眾皆倒望朝始有省識
諸于島人則本島隸新官島鎮北距本國為百餘里
西南距涂州為七百里島之幅負為三十里島人供
其朝夕餐疴三數日盆丁同舟涂死者十夫人轉到
蘇祠析于蕃波中貪倒善進粥到此者八人乃
進食怳然若風波中貪倒時庭食之誠也張生甚餓
異聞手居停主人則是趙次公之誠也張生甚餓
二十餘居已有年云張生告以令中之異主人曰吾

有一婢名曰梅月而年前見賣於趙家若使此婢居
間則事可諧矣又數日主人偕梅月來謂曰我聞梅
月丽佛趙女聞令中之事若有情感而別無顧拒是
許之此況其毋令夜修露山寺客之偷香政在今宵
笑遂教梅月以如此、、是庭張生至其家見窓下
有一樹梅花山月已斜花影婆娑何立花不夜色將
深勤巳息唯有短短吠客梅月開犬吠群呼然群而
出引張生入室澗月在窓室攏晃熟而見趙女擁衾
在床驚起而坐嚴辭疎拒若將不容反開懸魆詞緒秋
波乍轉語頤乾低至含羞露態或伴怒罵口梅月

賣我可枚刻及其同衾昵桃神魂蕩漾而怨罵之拜
巳脫樓綠之情難掩雲雨已畢女攬衣而起手整鬟
鬟笑着張生而語曰可勝梅月在小牀甚何不拙入
即張生呼梅月入室而笑謂女曰初何貪其可殺後
何構其別哽咽不能語矣翌日而水村鷄鳴東天向曉
沙張生乃登舟趙程二日到康洋輔入都不戰艱南
省敬墨後還鄉以昨年仲冬柬艇於翌年五月始还
漂流得還著七人四人已化一人病卧云伊後數年
張生登科至高城郡守云

與文章道德之士史不勝書衣冠則損益殷周之旧
制俱成里明之文章山有萬二千峯之金剛水有三
浦五江之棋帶地方不知幾千里可得聞貴國之風
土衣冠文物乎彼人輪省之喧喋不已竟無所答自
此彼翌日見大山不曰甫國必稱貴國不曰甫門必稱相
公笑翌日見大山在東北乃漢拏山也見若不遠諸
人喜柳放拜号哭曰哀我父母妻子陕彼彼齒笑林遵
書問其故張生答曰吾屬暬聽羅人此家山在逃故
如是笑即見林遵與彼人酬酢而相與喧喋有爭閱
此狀明人環立一邊安南人環立一邊高拜肆是怒

怒目吆喝向林遵輩若將鬪閱林遵則有緩頰和
解之色如是相持日已過午林遵曰昔暬聽羅五叔安
南太守故安南人知相公為暬羅人皆欲手刃俺等
萬方勉諭僅四其意而猶以為不可与譽人同舟以
濟相公當目此分路笑蓋世傳濟州牧使贽瑫琉太
子云者乃安南丹林遵忩發我人殷分載張生等二
十九人泣送潮頭分路去了殆日暮途路與嬰兒失
毋莫知所向也千後風怠艇行如飛漂向黑山大洋
而已陰雲凝合急雨大作黃昏到驚魚島之西北乃
當初過風漂流處也夜漂洪濤舂天颭風箴海舟人

哭曰此地海路最險乱與危巖尖出波上波濤枷猛
雖無風之日舟載破沒今狂風捲海怒濤接天此乃
必亡之地也諸人皆以揮頭包其頭巨纜纏其腰且
哭蓋欲死後不使身首鬺傷也張生而驚觀飛越欲
哭而拜而出仍大呼嗚咽血斉倒不為即見濟州前日
漂死人金振龍金萬斤在前其他奇形怪兒千百其
態皆接于眼又有一笑娥俄脈退食乃勵精開眼則
眾父之二舟子竹帛搖頭欲故喫為風颭飄沒水則
而死戍而船板破坏之拜動海諸人失拜哀呼回舵
已破笑相掉呼見呼叔蓋同舟人多兄弟叔姪故

尾金生把張生而哭曰海天孤魂捨君誰依遂引繩
與張生令纏兩身父待而艇不破舉頭視之有大山
斗立于前戍而舟已近山進退出沒而見怒濤噴茂
銀屋翻空疲疲黑霧合不見恐人依俙見人手乃跳
下盖自恃潛泅之術而張生則全昧此法即蒼黃跳
不自曉以不胥掛於石與之蹢手足亂攫間固而行
五十餘則已出危際依怙而坐視未足四顧無人
只見諸人淡間潛泳出來皆賴潛泅可憐張生付之
坐望海而哭曰吾輩之生皆賴潛泅邊良久各趄圖
無可奈何之境何而日故見濟州至蓋知張生山死

毋之亡孝子不能殉徒者以其天命不同存亡有其
也今於萬里萍水幸逢相公非徒四海之兄弟是
一家之臣子着巾着讀之懇咽之意溢於色辭撥筆
照之且讀且熙讀畢即歡~然勞張生之士手並引諸
人共登小艇泛彼中流轉上大艇以香茶白燒酒饋
之又進饌粥分置張生芽二十九人於二房張生問
着巾者姓名乃林遵也問遵曰明人逃入安南國
者有剃髮者何不同也遵曰明心也問所泊小島名
者甚多不剪髮二十一人答明人葦無難也高張曰
乃琉球國地方鹿山島也張生周覽艇制則艇如屋

屋房窗氣毅膁軒交牕昏戶重圍咒玩什物屏幛書
血俱極精妙林遵引張生入艇腹田層梯而降則艇
廣百餘步其長倍焉一過多怱惚蔍圓鍋鴨自近人
不驚飛一過多積柴薪或雜究用之屬又有一物其
大如指著其寡其扎杖其剝則水出如涌林遵曰此水
大如十石缸而上圓不方房通一扎以朱恭木釘之
咒此豆咒之水用之不竭添之不遙云又由層梯而
下則束教綃繡百貨藏焉兩限其一過達而剝之多
作羊押共國狗亮之屬或友或群又由層梯而下則
刀船之底此盖艇制共為四層人在上醫房室相連

其下三層間架井~百物並畜百用俱通艇底藏二
小艇其一即俄者昕棄者也艇底儲水容泛小艇而
又有板門通于海半沒水中半露波上惟意開閉小
艇由是出入板門開外如懸瀑焉蓋水桶長二丈餘圓
自水桶中潟出艇外如曬叭而中通外直下有莢
經一拱餘而上巨不細如曜叭彼人不許辭者由梯而上
環把其邊環左族右輪作短歌之音則艇底此水
目水桶中潟出極其奇巧彼人不許辭者由梯而上
蹲二層則已在艇之上層一上一下其路不同焉置
日西南風大作波濤如山彼人葦無難也高張曰布

帆船往來如飛達處而行安南人方有五問張生曰甫
國人有流落于香俘島者知否張生曰未知有五曰
昔余漂入此島~在青藜國島中有朝鮮村~中有
金太坤者自言渠四世祖朝鮮人作俘于清流入南
京隨明人避世于此篝室娶婦子孫繁衍且居人稱
道太坤之祖精通醫技能得人情家計豊殖而錯珸
高岡達望故國而悲泣故後人名之曰望鄉培林遵
問我國俗人物衣冠山川地方張生答曰我國譽篢
子遺化棠高儒教艦排異孝國以礼樂刑政為治人
以孝悌忠信為行於是于四百年培養之餘人材蔚

甕癤又膾生飈味甚遠口又使舟子伐竹爲字刻木
爲挨五手兩拳之上又積柴擧頭而燃此使徒來舟
楫知有漂人而來歡也遇了四五日一舟子撑得一
大鯢割其甲有玟珠明彩射日大如燕卵俯行商人
曰以此驗我則還國後當以丘十歸酬之舟子爭自負
至乂乃以百金爲的賖居無何一点帆彩來自員
湛之外有人密增薪火以赵烟光揮竹竿於拳上
瞵衆拜而大呼曰將夕畏漸此兩舟上人顗戴有衣
上穿黑衣下無所着乃倭人也彼舟過島而去落〦
無相救之意丹人吽呼大哭拜動搖天忽目彼舟發

送小姫泊於本島姫上人十餘丁登島庇膓帶長鉤
氣毛景灰攔入人最中書問甫何方人張生荅曰朝鮮
人漂流到此乞憂憑活我衆命不知相公何國人
今向何嶽彼荅曰俺南海佛州向西城有以室帖環
我或有可生死張生荅曰本島素不產宝且逐
漂流萬死一注舡上物件皆已投海身外安有隻物
彼人革相燊喉啼兩語音侏離不可曉良久彼人揮
鉤咆哮赤脫張生衣脫倒懸于樹上又取諸人脫相
搏倒通探其束中發破珠及生鈿乃永瓶相
與休味來小舡而去於是諸人自相脫縛如得再生

諸人敢去峯上揮竿見烟火張生曰往來舟楫未必
盡是水賊南國之人不若倭奴之殘忍必有拯活者
何可回噎癡食舟子曰彼南海雲烟閃蒼茫而見者
必是琉珠國也其遠似不過七八百里若得北風之
送帆王張州可往此徹死衆皆日甚好乃登
山斫木以備檣檝脩戰舡板未及三日隱見西南遠
海有工叒大橇直向東北過去乃揮樹越烟吽呼不
他馬哭乞憐令手叩顗俊舡中五人乘小舡來如密
以綸色血布裘其顗身着翠錦狹袖有一人黳髮不
熐頭戴圓布以書問曰甫是何國人對曰以朝鮮人

漂海到此乞蒙憂憑得返故國着冊者復問曰甫明
有中山人沉落耆可毅以對吞張生疑是大明遺民
書荅曰皇朝遺民果多逃入我回耆我國莫不摩過
鍊用其子孫不可殫記未知相公在何國荅曰俺大
明人遠居俺安南國久矣今国販且游往日本甫
明赤子起子辰倭乱始我朝鮮魚閱我奎戾其能
李國須隨俺抵日本笑令围贩吞是宣
遲之畧手嘻嘻痛哭甲申三月崩天之變兩傷吾等秋
以我束恵區義士之心輒欲戴一天而生也然而父

赴南省張生漂大洋

濟州人張漢哲以鄉貢赴禮部會圍與友人金生及
母子二十四人艤舟風順海闊其疾如飛忽看西天
赤日午透一抹烟雲之氣起目渡間雲影日彩明滅
相邊歔而雲成五秒半浮革空雲下若有物突兀兩
高起依彿若層樓高圍而遠不可辨笑良久日隱童

雲樓閣之形度咸萬堞層城極目横亘於銀波之上
遍時而廓開無所睹此乃篤師鷟曰是為風
雨之徵慎勿放心故已而海風怒號急而滂沱孤舟
出沒漂汨無涯舟中人或有眥倒不省者或有堅卧
痛哭若夜色晝其隱尺莫不昏倒不省者或有堅卧
則兩如翻盆姙中水深已沒半腰舟中人自分必死
張生乃權辭曰東風甚急孤蓬如馹一日千里吾觀
地止以知琉球國在眈羅之東海路三千里今庭必
炊飯於琉球國矢眾乃大喜踴然而起頃刻卸水度
丁三晝夜風雨稍定但見水天相接不見涯汜金生

及諸篙師皆發嘆張生曰以君浪生科欲使我蒙罪之
人乳將剔肴我死之後當困君之現以雲毗嘗張生
用好言慰之眾令坎飯以飯之善君正其吉定飯果
吾篙諸人稍慰少頃大霧四盤舟猶隨風日去不知
其所届日㬠又忽有異衡飛鴉鳴過舟子曰吜水島
此盡而浮漸海上暮亞飲届洲諸今日暮而翁始破
可知洲渚之不遠報晉欣踴喜笑見至夜深露開天
晴風息月明中天有大星光芒射海瑞彩雲燦疑是
南極老人星也望日天未明霧廓文作平午踴下舟
在小島之北而隨風漸近於島矣蒿旌喜踴下舟登

荒登高望之則此島東西狹而南北長晒圍可四五
十里而無居人有一道清泉味極甘麥滴島雜末籍
蔚多杜冲松柏茗石之間多如稣之竹障盛成則島
鸛鶵林島中有三峯競秀高可五六十丈泉源出自
中峰曲々為長漢東入于海忍有一大橋自上流浮
來乃沿漢而上一里許果有玟橘樹綠葉威鹿東案
交映諸人亂摘噉之乞其餘摘野鼠樹山藥樣
薪波水盖海為盟又入水株金坂二百餘筒精于草
幕下搜掐行康只有一斗稻米寨米不過二十
凡人覬日之振乃細到山藥樣之以來廑少辭炊作

治墳墓諸星州現夢

星州文官鄭錫儒未為之時與本倅之第方治壙工
於楸竹堂之前又有支頤軒一日史致五下鄭錫儒
趁如厠還月色甚明上支頤軒徘徊吟諷忽一俾伜
風吹而髮竪怠田未及中門見一官人綠袍烏帽從
西墻薔竹間出視其面生氣騰之而笑驚可三四尺
謂鄭曰欲見吾子久笑其少留鄭心知其為見舉手稱
曰不意馮虛過官人於此戴雨閣居住欲知我姓名有官稱
西南北自無空處何必問居住其人慨然曰東
日諸牧使於子為地主可考先生案鄭曰然則欲

見我者何事其人曰我本固城縣帶民乜當壬辰之
亂起兵討倭朝廷特除本州收使未久身死功名不
大挽其歷海硏瞢濾津迎賊衆斬削強其所斬
艨艟破者亦足以暴於後世然其時文徹派沒國史
不傳後人不復知諸牧使大畧長逝著瑰魂艮無
窮歷數百載精美不化出沒於實陰月又押盍而與
誰語幾與才相見若此也天若假我戬年可使倭亢
則可以状闊而今已罷戌不可上聞然當修植以慰
觀逝舍李邑政治清瑩封植樹木又置守墓三戶前
期穀日今著監司將修吾墓邑宰獨不知乎辛為我留
心已而巡營關文奏到俞治諸星州墳墓邑宰亦異

鄭起龍諸人宣敵我者教不唯我視起龍如福禪起
甲不返卓槍匹馬衝突百萬餘斬將摹旗惟我是能如
龍爾以將帥事我起龍則卒立勳名致位統制使為

人哥捕艷我則未能処是俞処大丈夫不能戲盡
賊双畬傚麟閣名不傳於青史志不暴於後世姐死
而歷百千萬年寬其可既乎仍披腰間刼以示曰此
吾在軍時所使也嘗斬倭編將耳鉤長尺餘兩游上
腥血糢糊月下閃爍動光远長吁懷慨血上面賴煩
間点卜有大紅氣陳聲張動如燕尾之分且謂鄭曰
偶有詩子孟聰乃吟曰山長雲共去天迎月同孤寂
實星山館幽魂此有無又曰坐字則遲深之坐字也
鄭曰詩亦為笑致請詩意何志荅曰顧無忘
當有知著已而曰我去笑行穀步復曰顧無忘

ヽ忽不見鄭君極異心明日取著先生案則有曰諸
沫癸巳正月到任四月罷故云時鄭尚書益河揆麟
南閫鄭君遇賊諸沫事邀致瑩中細問得其瑝鄭君且
言諸沫又言吾墓在添原共村今無子孫無後奇火
則可以状闊鄭又言諸墓之設荒穢不治不傷教云
之設荒穢不治不傷教云

龍爾以將帥事我起龍則卒立勳名致位統制使為

忘義笑于嚅囁多慎勿咨且決以此人首概然後可
以報昔日筮仕之恩大監何不思疇仳核之事耶卿
聞之大悟曰然笑翌日政以李某首擬杆城而蒙點
云

後生釋褐登科數十年歷敭內外華贐不少銓滯及
判史卻此從章廟官暫歇一吏齊欣甚楯呢外
舍與內屋相揆語音相通史卻士闇坐忍聞內屋有
祈禱齋潛聽之則乃昳昳祝曰昔日梨呢
延金釱之希之神其扶佐使之為公為卿子孫兩堂
壽福篤全云史卻田憶章甫時事衙左右招其衆
主史齊之俛伏壹下史卻曰邊才內屋祈禱若何
事吏膺帽恐對曰燕知匹婦不識尊威致勤俯禮惶
愡之吏卻曰不必如是事必有以若不詊宗以吾
刖罪當加竸吏隂喁而言曰雖溙鄉瑣故不直傳三

龍祝語宰相記往事

吉有一宰相為書生時甚窶一日赴洋試使小僮買
自筴前行至梨唄僮於路上拾一物甚長歡之以堅
勅之籨干襲開視之乃金飛致此制度奇巧其
直不費生日此必有人誤墮當後來尋逐立逵個以
俟之俄有一女以長裙蒙其身汲汲促步而至其傅
左右綽視若有所求生疑之使僮問之曰何故綽邊
女曰遠失全釱歔如是乎生後使僮詳問共制度樣
短巨細及所是何物女惹對無不符合生出諸懷
袖與此女驚喜泣下叩生姓賣居佳生不答而去其

十年前小人之妻親押於一威曉宅矣其婦人懨之
以重價給給小人之妻實金釱以為婚需歔小人妻方
市致而往偶失墮於坐晚始覓之還視之則有一車
甫邊拾而汲之小人之家獲兒重慶得有今日其非
果祈禱神祈福乎今開角吾怛知為今日也吾之富
其昙是日夫致之辰也毎年遇今日必以餠酒
然渾未記為何日於次妻之精誠呀厰此吏齊大喜
貴榮邃安知非由於次妻慇之出來僕乙致謝驚喜
入語其妻使之出謁其妻慇乙致謝驚喜
而泣自後往來於吏部家如故舊云

時當長夏連五日未炊飢困忒甚頹臥外舍矣內堂寥闃久無人聲柳性之起而欲入不能作氣俯窗而望于內則妻方以物口嚼見其入慌忙掩匿面帶羞色柳曰君何獨喫某物見我掩匿乎妻曰吾若有物何喫豈忍獨嚼乎餓於昏倒之際見西瓜稜枯付壁上取而刮嚼則乃空殼方為服歠見君入來不覺赧然仍於手中出示西瓜空稜相與歔欷少頃門外有呼婢聲其妻曰彼何人斯踵門呼婢可即出見柳俯窗出見則有一隷立於門前見柳出來拜謁後仍問曰此是柳進士宅乎曰然曰進士主名字其字ㆍㆍ

乎曰然曰進士主入於恭陵參奉首望蒙點故望筒持來而良久尋到矣即自袖中出示望筒果是自家姓名然素不知銓家之為誰某今此檢擬實是意外知女知真疑眩良久曰此必與我同姓名人矣汝誤尋到此也須往他處詳細訪問也吾家至貧與世相絕跡頗城中無一知我名者豈有自銓曹照望之理乎仍還入妻問何人尋來耶柳語其來由妻贊喜曰若然則庶可延活矣柳曰百爾思量萬無是理進士之初仕者必有先容公論然後可得照望而世豈有為我言者乎相與酬酢疑信相半其隷又來呼婢柳

又出見則曰小人往吏曹詳探則分明是進士主也先代職名登庠年條歷歷可驗萬無一慮矣柳始乃信之曰吾雖除官方今絕食者屢日不能起動將何以肅謝乎其隷即往于市貿米斛束柴而使之先炊粥飲潤其枯腸繼貿斗米馱柴如干醬物而來柳連喫粥飲目始有[illegible]氣能行步謂其隷曰賴汝救飢幸得生道然自頭至足無一所着將何以出肅乎其隷即往衣廛所着衣冠皆得貰來又使其隷寄書于親知家借冠服以來數賀之人稍ㆍ來見伴賀者亦踵門比諸前日炎涼判異柳肅謝後出直即以錢來計

給京需債所納之數以十斗米一馱柴入送家中探問吏判則乃李公某也非但他色素無拜恩適有柳同解友與吏判切親聞其窮狀瀕死力誦銓家ㆍㆍ聞其矜惻排衆首擬云伊後數年柳又大闡歷敭清顯遂秉銓時適杆城有窠杆是饒邑上自卿宰下至親戚求之者甚衆難以取舍明將開政心甚悶然夫人見其顏色怪而問之柳具言其由夫人曰大監為參奉時吏判家今果何如曰其時吏判已卒遂其子數人皆登朝籍亦有蔭仕可合郡守者而家甚清寒云夫人曰大監若不以此人為杆城則可謂背恩

感其厚意欲報之德問其過頗與余在難處曰我
求山本此地郎曰其粗醉風水欲占葬地而難人曰
不敢請固師願此吾家許銷餓無他願求而年過五
十尚無一子若臣得之願之顧此地毋至純杞之境則君
也地師至村後一廟古尺曰此是連生三子之地君
其用之因穿上作還有一過去老僧抬杞地師於靜
處曰知固為過癸人於三溪前有志之境則君
汝兩知固為過癸後與主人約日十年當復来其間
此生三男逸去足其返賓而故主人之妻患瘧而
死過三霜後結娶年少之婦延聋丈夫于三人十年

道遇勿過時即連擭去其兒睜覺則令此悅睞難間
將信將疑詫咨且之際又為窩保則老人又来催促兒
乃驚愕慧回家持鋤来掘其第錢貫草後不過三尺
即貫其銀櫃子取視則銀尾蒲野重可為親千兩
許果有越銀櫃直往南山洞則赤有李姓人家門則櫻
桃花方盛開果如神言遂入其家敗垣頹壁不藏風
兩亭主立来衣脈繼綏容嗚悴兒郎下銀櫃櫃不藏風
其由然德盡給貸銀手標李生秤銀果為三千兩辭開
交中拿錯久貸銀手標李生秤銀之还埋後即来兒体神
言置手標於櫃中埋於掘銀處又来李生家空髓曰

後地師果復来主人以表配敢咎地師笑曰君内外
京城慕華館後一良辰兒年二十與偶女居生眾貧
以賣糖為業適值武試蒲則白糖花糕冤持往武場
楷老帳孕無路若不斷經何以寄璋此吾所以擇地
而占之者此

情窮偶神人貸櫃銀

吾富為沙營產奉汝母兼此同住可此生以銀買
舍置庄又買一家使兒居之日用凡百亦皆備拾娶
婦成家穩慶歲月来發事生登萬歷敷華顯県與州
收每庫其兒以往同享官康夭歿年後住開西伯反
閱銀庫則最深處一櫃空々無物而中藏目家宿用
手標取而見之大驚歎曰神人以吾貧窮之故使兒
指示先貸此銀若非神人吾何以至此乎遂以白家
時時尚早取糖冤卧而慨寐中有老人
来謂曰汝欲賣糖質草後有埋銀三千兩而銀主即南山
洞李姓内班其家門外櫻桃花盛開桑徑其反準納
限句定其貸用手標达埋兹庵則於汝亦有脫貧之

拟腹兒庫相價旧慇
古有柳住進士家貧則不淋又值歉歲無以賀生

家人恳德出常雖水火安可避也曰汝聞今日某村
有殺人事否曰聞之矣曰汝歸於今夜潛往某村取
其屍花石投之於村後潺湲中在曰當如教矣曰汝
出去時打稅邑中一大狗買之而去置芯屍床以投
覆之如屍軆樣而未明前家告勿出口可也通引
領命而退果於昧爽時來告以如教置使之退待
仍卽赴坐發火速馳延及到某村捉入元告无及
該問後使刑吏開檢則刑吏脫入稅出白甚是怪事
尸軆不知去處有一死狗覆此以稅云官大驚曰事
有是理親入審視則果如刑吏之言推問元告曰汝

七年後又住某邑偶與松商而在邑偶境為徙間後
遣人訪問潛指松商微其平生商人初不相識及言
其某年賃人命之事然後始乃驚惟又言其威尸兄
檢之事高人大感泣曰小人曾法大人之命而內來
事大人還賃小人之命此是此德甚務難忘曰是往
來書信至老不絕云

店名穴地師報德

李公某為某邑停時毛底有李姓兩班家長出外三
年不還獨有妻等而時值歉荒手勾九食辦至職死
之境李停睛此類如困㨾得以延活及通故之後連

親喪方欲來山潛空一日有一壬人來吊曰某卽某
邑某也外治雜術又未還家賴公仁政家屬得此全
愚威長患一報令公遭艱未及過空山地如瓜耶
占則某粗解地理占得一穴而献之翌日遂與主人
登家俊光敕山麓逐龍走至山端手舞翻翻李公姓
兩間之士人曰此是大地不必遠求用此則二子當
為上卿俊孫於當昌歷笑其貌兮狼二
子陽為恭判至今實仍勢行蹙纏不能其士人即李
藝信云又有一地師精於堪輿潘作鄉行投宿於
村舍共主人乃綵人也一見欣待這善饋朝夕地師

父尸軆戴於何處以死狗代置柳何故也元告兩目
瞠然心神迷亂不能出語良久供曰父的尸的在室中
以官家未檢之故只以稅覆之而不爲防守但於外
厲經夜失處啾至此不知其故矣官答曰宵必隱匿
爾父於他所稱以致死官已查得尸軆不在何以
檢驗感獄待罪尋得尸軆仍以其由輸報如
嚴訊其人呌呼笑其人以不得尸軆更不
軆門序質通引愛之如牙笑獄然莫知其由訟愆
敢吉官松南章而免死出於心自討怨
而已官否不恠見松南使此拜息如前阻隣犬過大

神魂迷蕩延生入室曰貴客避雨久立心甚不安敢
此請邀生遜謝曰初不相知荷此款遇感謝何極已
而進夕飯、後仍明燭相對談笑移時情實互開偎
宿偎膝姿意戲謔相與晩桃合歡甚明日仍留一日
二日將至一旬矣商人出去時囑其隣居一友著察
有踰其家事故其人常常來問其安否生既久留形
迹自露其人察其幾微專人通奇使之還家商人聞
此奇罔夜疾馳及抵松京夜已三鼓矣直向其家踰
墻而入穴窓而窺其妻與一少年明燭對坐戲笑自
若商人遽推窓而入出其不意其女則面無人色生

則慌惘喪魂商人曰汝是何人敢突入人家與吾妻
對坐乎生逆神良久畧陳其由其妻低頭含口而已
商人謂其妻曰汝與彼俱犯死罪當即殺之而吾既
遠來喉渴頻甚亟買酒肉來即探囊中出錢給之其
妻不能違持錢出去市酒肉而來商人使其妻斟酒
自飲以一盃賜生曰汝雖瀕死之人第飲此酒仍拔
所佩刀切肉啗之又以刀尖揷給肉尼生受飲一盃
啣口延啗過三盃後商人曰吾當以此刀斫汝而憐
汝殘命特爲容貸汝即出去勿留近處生百拜致謝
已頭鼠竄而走直向松京商人謂其妻曰汝今知罪

否其妻伏地流涕萬端乞命商人曰吾當殺汝以正
其罪而人命可矜姑許貸頭汝若更有此事當斬
不赦矣其妻叩頭拜謝商人使之滅燭安寢即往其
友家問其專人之故答曰君家似有外人交通之迹
故果爲通奇矣曰其人尚在否曰必不去矣即歸其
友至其家則東方未明門戶尚扃入於門外使之開
門而入于內堂則只有其妻而無人在若遭辱取中
寂無形迹其友反悔其誤聞而輕言心甚忸怩無聊
商人曰君或誤聽亦非異事以君我情密之故有此
通奇有則治之無則置之亦自不妨何必咄嘆萬步

婦裨宿處無不到日後勿以誤聞爲慮如前照管是
所望也其友感其言出來曲還爲致謝商人即送其
友待曙還發申囑其妻恩威並至其妻更不敢作奸
矣生於翌年春間登第數年後得海西一邑宰忽有
村氓來告以其父與松商某人相詰被打致死云尺
聞松商姓名則乃自家活命人也其村距邑治不過
十里許將欲出往檢屍三吹訖忽曰吾遽頭痛神眩
不可作行日且迫暮明朝當出往仍爲停行是夜密
招通引中心腹人謂曰吾之遇汝果何如汝能爲我
出力雖至難之事可以辦得乎對曰官家視小人如

諸磨其石以表秋君之意云金甞在家冬日極寒有
一辣着時寒而入金問其來由辣人曰本以利
川之人遭父喪作文義塟地形勢篤無驗屍送塟之
道故行乞錢之父金惻然曰當此嚴泥行必凍死呀
氣何仍出錢多于繪塟人悅惚驚
惟熱視無言不悅急經宿以去如何辣人曰
親表未欲之人豈不時急乎因稻菴僕之而去金初
不以此事言于其子姪欲放成人亦無知着金死溪其子
欲觀庭戟駄巨擘入械則巨擘爲勢承听寧金不勝
橫痛因即还鄉暮抵竹山曰岩店金則有一憔悴儒

兩思之則彼以报恩之意遠路委話則必是臣儒仍
許言其科事狼頹也由儒生曰然則事不偶然即爲
貰馬同応馳延末明抵戟幾盡入塲而門始不
開矣二人坐於墻屋之東兩日之戟作之竹之初塲
居待於揚徬亦竟捷新衣一襲徐固辞不受而强使
還家屢旬即連製給新衣一襲錢作行儀中矣徐儒生
着此裝送其家此時潜惡百緡錢盡送之曰吾若
家後始免竟即以百緡及路儒即餘盡送之曰吾若
此饌則報谷之意果安在哉又其實固徐又偕入塲
中使金竟恭於連榜金生兄弟亦充遠家别周勤恂

生先入此店見兩間之曰觀君行裝必是科行而科
日不遠何為不棄此金生曰欲赴鄉試丹儒生問居
住金曰居庄清州儒生曰居清州則毛山村金生曰
名其或知之否金曰是吾先親也儒生且驚且喜曰
何年不世乎金生曰已過三霜笑儒生法然下淚具
陳年前受恩此事曰自其返長以後程道稍遠慶故
連綿未得更造門屏而念報之心銘在肝肺今秋大
此意必有貴門中規光之人宿爲隨從往陳其由强
向清州中路病淹月餘今才少療方欲往焉
莢衞進良幸到此幸連桃第此亦天備共使池金關

(하단 왼쪽)
資斗孫昌遊科甲連疊云
匪厥身海倅債恩
湖中有士人柳姓若甞赴舉上京下第無聊開松京
名勝景留躇即爲下去處之遊覽一日閒步於城內
通衢兩勢如注生過立於路修家門兩終不上日己向
夕兩客茫閒忍有一小子羔自內出曰未知何方客
子兩朞男子乩曰行商在外着毅年矢曰然
而何羔男丁乩曰既有請入之敎不必爲嬡笑
則外客何以入內乎曰主人則有請入之敎
戶即隨入內有一美人年可二十餘姿色絕艷金人

今果送之今明間富抵此諸君須各致屏息閉門
毋使狂若自横也諸人大恨而散各自故屍一洞為
之歔踟曰承宣家有狂夫來居無何潑皮性如烈火
胡呼亂噴而至曰某也吾之奴也某也吾之奴也一
洞大笑曰真箇狂夫來矣即結縛即抱四於廄後庫中以便奴治數
十筆齊出圍而結縛即抱四於廄後庫中以便奴治數
己西鄉裏諸人又會承宣頓眉曰不交此心忘委實
疾羸成負痛諸人曰可惜名少年有此心忘若是嬰
見狂者多矣未有若此之甚者云卜庭源席散承宣置
持一大卧獨造潑皮見因處潑皮張口肆辱承宣今

甘心矣承宣乃出呼子弟語曰東經病棠辛不深在
齊肓盡意施針富秦神效須厚備臟味以補康耗望
朝承宣車子而諸模入見潑皮喜且拜曰自叔
父療治以後神氣清明病根快去更顧安卧靜室調
養數日承宣復曰天將不殺余此思耶昨日忍耶昨日昭
不忍亂刺汝膚所謂骨肉相殘固永以新衣勞勞出丹
金盡意撫贖居無何鄉里聚集承宣使潑皮而一拜
調潑皮舊折送犬守自廷潑皮乳吃甚恭閉住五天月以
嶂慢於諸犬守自廷潑皮乳吃甚恭閉住五天月以
緝鐵三千送之潑皮終身感戴不敢以此事有洩云

不採聽以針亂刺皮肉盡續潑皮不堪痛楚願活錢
衙承宣一向深刺潑皮萬端哀乞承宣乃正色屬曹
曰我自守本分先陳來歷則固富好言相對兩令忍
攝殺纍纍訐欲湛滅乃已乎我自地和開宣無智慮
而被汝庸愚者所敗耶初欲以釣客邀擊汝于中路
而特念先世之恩姑存性命汝若單心改悔則當成
一富兒若迷執前失則我不過為賤人之庸醫唯汝
自裁潑皮感其恩厚量其利害如此如不悛改便為
狗子承宣曰自今昧灸必呼我以寂諸人如有所問
則汝必答以如此潑皮曰敢不惟命雖呼爺亦

金生好施受後報
清州士人金世恒者赤手起家身致千金嘗出行過
州城北門外見城底有一流丏傍藁苦而哭頻開
視且語且突金駐馬問之則對曰與母轉乞寄食於
府內人家失室母忽遺厲家主遂出奄忽於此嘉尸
無以欲埋同猜因以躊躇金開而惻之入城內
貸錢十五緡使奴敏笑敗家主有一夜脈若
拜祝于巷口曰天使役完子孫滿堂榮華奕世仍
金開之使奴逃此伊府乞兒入崔於府內史存畜
辰財產因致富曉金之死後其子孫將立石其人自

為甲闥而小人以明經辛窃科第分窺悅慶正言
持平而旅以大鴻臚通政表知騎著同副喉院一
日忿念難節著人慈亂易鍬著圓滿此若又冀井不
已則神怒人猜憤誤可慮故決意易延更不踏紅塵
一步優游田園歌詠聖澤而五子二女皆與顯親焉
姻黨任昢次子以文行登道刻授襄卿而不仕次登
國庠小人年踰七十子孫滿堂歲收萬斛日食千錢
量分度力詎不自足而但念主恩未報寤寐如結每
欲趨揭恐或發露又欲圖賫眼無門路此昕以潜自

謝茂林脩竹之間以縣竹為日用驪詠為日程暦月
餘生欲辭故承宣曰謹以萬金寄之須盧諜田宅與
迸族分貽生大喜而車馬輻重照耀長程及故求
田問舍群戚素封知生若莫不興之生有一從父弟
自是潑皮最尤偌麥若問生潤屋之由生曰某知縣
周恤云潑皮不信他日又問生曰路傍偶得銀甕潑
皮邪裡肯信乃釀酒邀生共飲醉倒如泥潑皮卽大
思生怪詰之潑皮曰我早失帖時終鮮兄弟唯依彼
兄、過我如路人寧不慈乎生曰我有善薄待生
皮曰不通情曲豈非薄待生財之由終不肯直言何

此生曰汝不知我生財之由至成怨恨我當案告仍
細述其詳沒皮大怒曰兄長已盖患肚反受叛似心
厚路呀兄時取乱其綱常宣非大段善肚于我當直
走高城悉暴此奴悖狀一以宠兄長汙蠈一以林袁
世綱紀言曰納履而走直向東門外生大懼急摳善
至則承宣書手承宣故辭憊又引失言之咎無悵而
笑而赴曰却悔少日爭得小技諸人間之承宣曰日
者宋娃之來語到醫人之術我偶說束工盛治之技
怪大喜言渠有一劑狂易當專送治療云余謂戲言

戚以獨門閥夜以逞主僕以正名分未知肯納否生
許之言詑天已曙矣小了弟門生迸迎問侯承宣曰昨
夜有奇事偶因揭使宋生昬時與吾徒同
宿泝昭然信非誣矣君昔在京華時與其父迸之感
以道路信復鮮音其慈未聞六尺之孤安在今者相
逢窘阽隔戚子稱大喜稱兄時愁相攜於山停水

情丹仍盡散而故即白鑿郡曰我有一回恩故人白
首然成鎬肪舐行頂待將作監有鉄必汪概支如其
言曉行自一命轉俸金吾即至今壯洞之金多言此
事以公為風流宰相云

宋班窮途遇舊僕

古有官族宋氏久替篝縷宗支諸人殺盡淪長只有
媚娼孤兒棗丁孤子有一小偅其同幹理家務以替
外庭一日忽逃去閇門噎惜莫捆其迹過三四十年
後其孤兒長成貧窮轉甚不自他將欲往投于關東
一昆伴親知著路出高城郡日暮店處逢尋人烟喻

隈古稱仕三罪也身既孫貴不續音信四罪也相公
厚臨待如敵已五罪也負此以自立於去乎
客擭承宣曰主償之義與孑君匪不等一聞个此
思情俱備貌禦得即欲無生以償此恨生曰設如
公言顯今時殺事往水流雲空何必提起使爱玉俱
囤頫安坐開話承宣即問家宗之大小族廣無恙與
否道故厰新相與唁生曰今公自如識有况劬時
耐匹夫何得起承宣曰正是更僕難盡如
童幼執役後親主家俞遷居替興復無期自知一生

不免飢寒日詐累有経蓰倉卒逃出而志離瞻離琴
不老於興僅之職乃假冒作崔門之有顯関而無后
若初居京華潜殖賞財數年之頃得數千百金乃退
居永平杜門讀書謹劒持身鄉里己稱以士夫之行
又散財而買貧民之心厚費而箱寓豪之口絡使洛
城遊俠之徒華其鞍馬詐冒顕者之姓名聯絡来訪
皂人益信之父四五年後移居鐵原修已如昔鐵人又
待以一鄉之士族妬乃聘一并官女蓋稱丹嬖此生
子女而或慮事覚又移居于淮傷少焉又轉扰于
此郡崔人間諸識人高人間諸淮人奔走相傳惟我

一崗、下于家同井碧民欲流溪山艶冶厚榭叅差
乃就而問之則洞之豪者崔承宣此生瞳門請謁有
一少年秀才甫生而入舘于一舍未定一青辰傳
承宣言曰靜閇無以陶寫邀客位入座請欽生随救
随至有一老人豊顱廬顏兩眼煒、有光見生致礼
容儀端整拜餙姊誅話及三更承宣屏左右繄閇門
仍免冠拜伏于生之前殊泣請罪生莫知端倪倪呪了
一驚曰全公何故作此賤姓之舉乎承宣曰小人即
貴奴莫同也厚蒙主恩暗地逃竄一邪也娘、寺寮
待如手足而莫體盈壹来世恩鉄二罪也冒姓詆世

317

汝既巡廉址方必有眄歷盡言之公俪伏對曰鄙
瑣不敢數陳 上曰君臣之間如父子何眄不
吉公即以端川事條對至陶穴進食 上仍擧
竹角小扇連擊御床次至備馬送行一欬擎頭數
復呈因收以奬和其爲御史扇最後至乗夜
見太守諭以泊故及對妓撑以後約 上乃亟宣召
承旨書傳旨諭關北伯瑞川府掌酒妓其不曰治送
于儞住金宇杭家即爲柱問云~北伯果依
厚賜盛帛送妓于公衆事及夫人如嚴君使婢
價一以愿信治産業無遺乏公之立朝布置多妓眄

助云~
趙豊原崇門訪旧友

豊原府院君趙相國顯命之爲童幼也家居影義洞
近隣有金時愼者安東望閥也與公年紀相甲乙晨
夕追随而又有一小兒或随時来戲自言時愼之
族薰未義公家三遠于紫閤峯南湮北角展星落~
而時愼則時或来造以至成冠登第不替旧好及公
生文許公配時慎之子親事未完時慎處天公待炗
常以成介爲柱葦免陰公髮星~位階調旬一日玉
潤隆奏其文翠輪紅于洛洒公出郊迓奠操夫盡晨

因念旧進峯星彬彬相吊懷愴斛涙點檢商車始悅
腮記得時慎之狀寭小兒而稲在效旺詳問于止閭
~良久況岭忽大駭曰斯人也名做晩行見尓翁
不能爲家結廬於曰岳山下賣果業公大喜即曰
商導使玉潤船指共衆田延身专訪晩行方閤坐屌
舍忽開發蘇呵导鞘入栄扉仍驚問慎曰狂此荞是
何相位樣日趙判府大爺日汝誤舂到此必須回去
隷曰生負主非姓金諱某耶曰是別是笑然戚尓
與汝大爺素昧且貴賤懸殊詎有委遠此言末此可
茸班列翱従摩擁一轎到門晩行不揩趨之公千車

執于曰汝能記我否曰未也乃撺入堂上且曰回憶
五十年前我與若吹惣騎竹汗漫同遊伊来滄桑累
易明儔貽盡見鯀獨我两翁元然相對可謂千古奇
會也晩行柏攀放其由相叙平生閤歷永屛交遊腾
恭後合公曰此會不可無酒得一壼来晩行几使
一婢赤脚稱貫活酒倬長若車轍不靳輒貰仍
相飲一盃見堂楢有垂白之扁珊工黄菜止嫩乃實
筆題壁曰垂白堂前黄菊開柴門尊故人来江千
哭送士衡宰時慎今日逢君酒一盃壽麗康紙列寫
十斛窒于百金靑狄爲帖內翰之曰聊賣汝杖頭之

318

飢餒應是何以療朕我方接夕飯纔吃一匙何共之
乃引公與之同桌而食～已妓史以新衣一領衣之
曰我為公製此欲付信使者人而雁飛魚沈而束忽
送笑不意今日少逢後緘公脫不樂承束忽上妓
舉兩拋於外公急下塵取之如恐不及妓又攘而投
之公隨即捨取如是者三妓注視公羞又勃然作色
曰妾唯以誠虔仰接夫子～反以假意輕撲何也
公赧然曰何謂也妓曰公既著新衣而若心如孤不
棄敝衣著將以有用此豈非綺衣耶仍絕袂而起公

公暗入東閣太守方坐見公大驚蓋已知公釋褐也
仍起戰慄曰貴駕余何至此公曰吾奉命北上乃到
貴府潛來伏謁未審別來無恙太守惶膜拜于脚下不
得彼此公曰自到貴境調撫政績則懇謝戴感掩身不
吾嘴曰願聽小官罪類公以昕錄遺于太守曰明證如
斯存辨回不得願使星特念同根之義俾兑大睚如
何公曰我豈剌口論列陷公於療錮之科武然世既
恭按廉此重不可使一邑之民殄私罪一受苦楚
堂頓於明日內三星辭單即～解敢不然則封庫並

聞太守謝曰公之～包各德量使廚草續春枯骨復肉
敢不維府公乃出迓朝太守果補病故田公將行謂
妓曰吾暫欲將汝以敝重續金壼之緣而奈玉簪一
卿其淸如水首藹關千藪苊不克使汝有締航之
嘆則是金之責此補待官孫肌事力稍某當有會
合之日妓曰妾豈可仰累柝相公也當一聽尊音公
竣事而还每庭憲召蔡直諸臣怡然開話甫庸春秋晚晚以
眼眚不徵及間巷蕪俚之語以為酒道之策諸僚各以所見
且及間巷菲俚之語～對以無可仰徹者上強七日
開仰蔡畢次及公～對以無可仰徹者上強七日

則邑中宰酒妓也太守每以麥酒及海澨與人供唱
妾膚惶疾其客財而輕人然愛此饌若甘受輒飲
妾以為此皆戒之為丈夫也故無甚奇偉之氣也今
者相公雄在飢困祜涸之際能起而蹴之可知其非
凡馬也以兽高義何意不當貴耶公再三遜謝復有
一丫鬟戴篆盒而至妓即致于公前則飯羹戴盤
極精潔公下著脆食頃別而盡無非可口者公極口
稱頌鈺感至骨妓曰既許陪話請歡展慮以伸情
曲公從之至其舍條窓末戶掀壁粉墻對貼唐律蒲
堆古董以銅炉藝龍乳芬澤襲人燈妁煒煌文繍璀

璨妓令坐亟抽情吐令仍問曰千里投人所幹何
事公為道其狀妓嚬眉蹙額似有矜憫之色夜將就
闌妓捫公與之同衾而寢彌向實彼稍桃席黎明
妓先起從緗箱中出綵衣一襲授公不能卻乃穿
就穩稱于身公曰意不能釋淹端發近穀柵妓譬之
曰相公卑久於此亭公曰非不知妻子凍餒柵懂懷之
瘦待我不來髾眼欲冷而我亦思之熟矣徒空手
而故無而西見家小方此行牽拙然寒無青妖何能致
身於千里之外可謂欲罷不得此吾所以委決不下
踟蹰度日者此妓曰大丈夫當用力於當世豈可况

膚剝髓汝其乘駟接廣潛行邑里臚列藏在無懷乎
命公承命感惶即以懸鶉衣移徽行入閭氾食村庐
調察政績一日將暮至端川感妓舊思欲就訪之又
欲騙之以觀其志乃赴其門首呼曰請乎一飯如無
有興我一錢如是者再妓備之不覺驚喜雲囊
不整況ヽ下堂而出妓鞋既見公提携而入曰
何故如此公長呼曰言心不盡自失敬以後年路過
偷兒挨奪盤費及焉迮羞見妻子不得還家颫陽道
路云食延嘀無可依賴於此世唯可依望者絕如
汝者復來撓擾不敢軱入故為時喋妓曰今淩陂濯

年俱及笄一未嫁達有一措大爲其子與公女議婚
已有成言而公自念身外寒無長物且無親戚無處
控訴願何以資送衣匣字每中夜自嘆殘食始療者
幾旬朝忽憶其疎親一武官現住端川太守於已稍
算欲牲授之沽夸錢財庶可有滑極知恨恕亦無余
何於是遠于人艱得資息以備資斧一歇段
使一蒼頭控之露召風餐千有除里及至端之毛治
歎門猪見則反爲關變捫以柴人撞入已有官
今故不敢飄納公屢如詞此而然不聽受相持有頃
日巳薄贈四至傳舍就爲明朝又往叩之亦不得入

坐定公告曰吾終日不食神恩意畢願以飲饌饋之
以撐稿腸使君曰誠以海饈少馬掌酒官以
鐵口一小壺進後以海饈一厄爲壓酒之需公竟曰
飢餒初謂必以羨酒肥肉餉之準擬大嚼以塞飢口
及見此怒氣騰之急趣瓈之路於地仍謂使君曰待
人不當若此使君亦怒曰我是汝尊行我之所餉何
歎若是亞全公隸驅出門外又呼支喬曰甫須申命
一境有如許此怪思寄食者則當板酷副公舍慣而
回至旧店則主人拒門不納馬亦被搶公無如此何
獨與蒼頭又此他舍亦如府之爲凡百餘所無水醫

公不勝憤慨欲待自回而已發之矢不可中報只得
夜宿旅店晝詣官門請入者恰過一湘獨不得盤
纏已竭多假貸於居停主人一以公所乘馬爲質
公憂悶問如擲進退不得主人知其狀蓋之明日知
府當詣社倉親檢糶未路出店簡何不候于路左一
見其面乎公然之望朝試如其言使君東以便與出
公條志其由余已使君曰方布公事余暇與語弟
見卒呵擁謂一僳曰汝可引入東閣待我之回公即隨
候心願謂一僳曰汝可引入東閣待我之回公即隨
至公堂坐到日是未嘗供飯飢渴難支又使君乃還

然日已昏黑雨又如注逘到是里將竊處要覓歌於
林莽之間其旁有閣尺中有席門乃皮鞋近附居毘
公謂近日日暮道遠願借宿一宵庇亦不拒蓋窰穴
異於廬舍故孥令不能足此公少坐兩不霽將近二
鼓密消月青晶光財人入於席門之隙滾遂可瞰公
腸肚飢甚心神欸落且肯恨怨聞足音
漸通至帝門外而言曰此窰中有洛客吞公疑
珠衆明謂動目叩門而止公引顧而肯有一女子顧色
其爲太守所使呼正全秘之女曰何瞞我直非門而
入六然所經女符公曰是笑無恐公問其故女曰妾

萬城財宗性虛還何雨目復見家人乎寧葬於虎豹
之腹夜半獨入山中拼崖緣磴轉到深處忽見萬樹
叢中燈光烱々奔其家叩門請宿有老嫗開門而出
語曰如此深夜如此絶峽客何以到遂延入饋敢接
待慇懃其乃以所將裝裹給之嫗大喜即地解着百
拜致謝具見饋中所進之菜乃人蔘也問曰此菜從
何處得來乎嫗曰此近有古更田故每採來作菜其
曰又有採置者乎嫗出示數十斤皆是人蔘而小若
如指大者如胜其俄兩門外有釋負拜謁者曰吾來
矣兒生之初腋下兩傍俱有小翅住々飛付壁上其

日即大監主曰甲生辰也蒲朝公卿當來會子婿泰
拜於諸公則廣緣微官何難之有望朝擇出稀人著
五今入獻于大監四安夫行南次出去遠得此物故
茶獻手大監揆下宰相大喜拓吳入現揮已備置紗
笠帖裡令具着之而入宰相曰此何眼孔吳曰小人
平前為刊科而高賈貧生放罹置紅牌朱來及唐于大
監吳宰相曰舟手亦趙々諸公次第而亞見
人蔘曰如此稀賣之物大監不可獨當何不入戱一
蓋乎宰相曰昕得只此何以為勝乃罷
小人故廣又有餘蔘當今獻之暴長微誠感吳家備

父嫗膝案之起猶後生及長勇力絶倫在平時則易
及於禍故勢入深峽行獵資洛而其父已死吾獨在
世矣仍曰尊客通至拜丸此客與我寰袴得
以掩體誠恩全丸其人即入拜望朝謂嫗曰言更田
可得一見乎嫗從其偕行隅一處猶示之人
茶皿一山矣遂盡日掘之大小雖不同而其中亦多
童子蔘恰為丘六馱吳曰山中無馬將何以輸去
嫗之小子曰吾當搭至圓山々々以後子頂點去吳如
其言買馬輸來故其家備道顧末柑其妻々喜曰子
之積善多故天以室物與此今日还家亦不獨憑明

以王堂拜獻手諸公々々亦大喜問曰彼何人斷寧
相曰此吾後婿也夫而地處則鄕模丸又為武科出
身笑諸公皆曰大監宅之貴耶宰相曰其人之為武科
初仕一霎置非大監之貢那宰相曰其人之為武科
吾亦令妫和之父曰晩景諸公盡醉而散吳斥賣其
蔘得錢累十萬諸公立相汲引未幾得徐我息豐傳
宦節次推遷宦至水使贖妻為良偕老而終云々

金延相躬至相窮庭題裳效
甫南朝金相國宇沆年至四十八猶守布衣家道塞
之積茖多故天以室物與此今日还家亦不獨憑明

何如吳諾之遂負嚴而隨至一處第宅宏麗門閭高
大婢引入其所居之廟坐吏吳束廂俄婢出曰明朝當
出姑留一宿仍進美酒佳肴俄而又進夕飯兜皿精
潔饌品珍妙過鄉菜脆乎生利見覷匙而盡之及暮
婢曰客既來此令夜與吾同榻如何吳惶懼曰言則
佳矣何敢芟手婢遂手衣雲雨一場而罷兜皿主
吾是此家使喚婢也子既為吾天當現調于大監主
而起開籠出新衣漱浴而衣之相貌亦矢矢婢曰
慎勿拜下此吳曰諾婢即入告曰小婢夜得一夫當
現身矢宰相曰然乎斯速入現吳直入升廳而拜侍

寒士往來結交或助朝夕之供或資筆墨之費八皆
曰吳其誠非今世人也婢使往學史略三畧孫武子
等書粗解其大旨於焉婢勸勵萬錢夫婢曰子須
學射以立成名之道吳本是健夫又與諸閣良善爭
教射法鐵箭細箭俱能遠射武經之書亦能通曉及
赴試登第曰把一紅婢潛藏紅婢不過十萬而吳曰
謂吳曰吾見財儲置之錢不過十萬而子之前後之因
物之可貿乎婢曰見今棗農大歡惟湖西某邑有樹
貽近七八萬今餘三萬吳子須行商也吳曰吾何知何
結棗子須盡貿而來矣吳依其言行至某邑秋事大

者將吳下吳植立不動曰吾是鄉族也雖作婢夫決
不可下庭拜也宰相笑曰宜為其婢之所揀也遂出
留廊底一日婢曰子甚不慧若用錢則眼目自大腦
次必關刀給一緡曰持此而去用盡而故至暮吳還
曰吾此不飢酒餅不必買喫終日周行無他用錢處
不費一文而衆笑婢曰路上多乞人何不給之吳曰
此則未及思笑望日又佩一緡而出聚會衆丐散擲
地上丐皆爭持其狀可觀逐日以為常暴恩之訝多
青蚨空給乞丐無義莫其刀往交射塲閣良買酒
買肉日日分饋便成莫逆結而與達辈讀書之窮儒

歐野無掛輾人多顧連吳生見而憐之隨手而盡敷
故吳婢曰積者則固大矢但吾戰將罄將何以聊生
又給一萬緡曰綿農八道皆歡獨海西加湖西如千
須往這處貿綿以來此吳又至海西加湖西時事空
手而還婢曰錢只餘萬緡今富傾儲以給須以此
盡貿歡永等物入此道撥柿寒皮物而來勿優如前
浪費也吳往市上貿得豐衣載穀十馱入咸鏡界北
道木棉本加宜土其貴如全人不得被衣冬暖必積
呼寒吳曾用錢如水手眼甚濶目安邊至六鎮盡給
無衣之人所餘若只蒙梆各一件乃嘆曰吾費八十

復來其間雖有千百衛士嬰之愼勿遽動仍別去至

八月某日安之兄弟俱在家果於午間有一人背負

一襆自洞內轉入到安家門問曰是安秀才家耶曰

然其人曰兄弟相依而安名某也名某此乃未得

配卽某秀才曰相笑何以處見兄弟之文曰年方二十

貴之媒向安曰吾今見兄弟之文也年方二十

而父母皆歿婚於傍洞某姓人將行禮於明日笑自六

月某日夢中有神人來謂曰我卽白雲山神靈也汝

之天緣在於白雲山不安來今方兄弟同居而

未有配偶汝若往安家與作夫婦則百年身世安富

符契云

兄大是不可也兄不得已妻之下日行禮其喜可知

過三日郭氏乃辭出所帶輕寶次第出賣恰爲數千

金衆詳富是其弟之猶不求自至兄弟俱要多生子

女隣里之人莫不稱賀十年後居士果至其家安生

兄弟頤倒出迎待以神明居士曰君輩旣愛且富子

女俱發福則大笑但人雖占一穴於前擴之左右角

遠定俾出文章遂占一穴於前擴之左右角

妻居士曰此山之子孫世々為本鄉之甲族雄文巨

筆代不乏純科甲連出簪纓相繼矣其後應驗如令

復重寶慧婦擇夫

其某梁山人也為人庸蠢捆撼資生而屢採甚 洛

下年少見其厭戲謂曰此在京則價直百金吳

認以為真捆出之竹員入京中解置路傍人或問之

則曰價是一兩皆笑而去數日坐市不得賣一隻不

有一富相家婢子容貌嬋娟性度敏慧年方二八不

肯許婚嘗出自擇可人以作配一日偶過是列廛

見其呼價其直一直如此於是謂吳曰吾當盡買價為

之廛見其呼價其直一直如此於是謂吳曰吾當盡買價為

連往見之則一直如此於是謂吳曰吾當盡買價為

神人也乃與郭處子欲成婚禮兄謀於弟曰我已年

紀晚晚汝其作配兄弟曰兄年未滿四十且先弟後

數可吳曰已竹廛七十兩廛曰與吾偕往持價而去

就星心窈眼歎遊內嘉山行至平山所著繩鞋盡獎
而足大一尺髁路倖皆賣者皆不走之、
、前建並行數里許至一村有一氣人見其無鞋內
足傷乃以一臣鞋遺之居士心甚處問曰主人應不
有親喪黑巳安葬耶合曰山地尚未定往葬半載不
得兄空矢居士曰余粗解風水主人如信吾言當占
一尺以報賜侯之厚意喪人聞而大喜即延入中堂
接待甚厚居士乃與喪人偕行不過十許里且發逄一
穴謂主人曰此尺真是名尺也百子千孫且發逄一
速主人雖貧不愉年當爲巨富服關之後又爲稱甲

與吾同去未知如何居士曰兩中漂峽席胡橫行夜
若露宿其死必矢幸逢賢秀才許以同留可謂活人
佛也安乃引至其野瀧掃延坐呼其弟曰吾兄弟夕
飯持來于此弟弟安即往主人家持二床而來一床
進于居士一床兄弟共食之至望日而下如一居士
不得行如是三四日兩終不霽安持秀才之接待一如
前日終殆不懈畧無差色至第五日兩始止居士將
行問曰秀才之親山在於何處願得一見安曰居士
能通堪輿與予居士曰畧知糟粕矢安即與居士先見
其先瑩居士先上主山規其龍勢與水口次登穴廳

矢遂相別而去其喪人即平山李氏祖先此下襲後
應驗一如居士之言居士之到嘉山葛山之下搆毀間
草屋、後山壁有一小孔每朝念真言以手援孔中
則二升米自出以此朝夕炊飯云甫川白雲山有安
觀兄弟俱爲人家庸矢居士行過白雲山下持晝
進人兄弟著早孤無親年過三十未有室家資生甚
六月道逄急而此投村家乃安秀才入備之家此居
士久立門前以待雨霽而山日巳暮兩勢不止居
諸借一宿於主人、、此屏不卸安秀才方敗半出
見居士謂曰此敵後小屋即臥歇此如不嫌其薄隘

審其入首與明堂乃曰局勢則甚美可謂吉地此但
矢尺如此安得兄貧賤子大抵此尺甚廣濶乃是掃
第土體此如此之尺不可當中而空當中則四矢土
空則陷理之常此此上者用其角一者用其頭此坐
火生土乎乃史占一角之頭丝坐向擇吉日而富閩
井時居士曰秀才耶願何著爲先安曰吾爲人子將
至慶偷絶祠不孝大矢得配最急矢安居士遂以相生
法裁矢安葬後謂安曰八月其日富有美人持千金
自來作配可以發貧不出十年子孫滿堂矢安曰發
祿若是速耶居士曰龍氣不遠故此吾當於十年後

從此或大怒曰有違者此先學之衆姑從之是夜三
更圍共第斬門而入李氏在腰窟欲逃之李氏知不
免怡然笑曰吾意已決矣好事有可何徐徐何如是
迫脅耶此大喜出而時曰事已妥怖無用喧攬仍
即欲入則李氏不在烬市滅矣舉火烟之則李氏在
而帛橫於頸矣逃慌特越重籬而逃走其舅姑睹歸
門而告之太守亦驚而怖之藥已無及矣逡捉
臥見李氏婦有縊大驚慟意必是韓哥之所為失憶
致韓並或及間諜者韓則報怒而打殺之其屍則分
輕重敢配之聞于朝而旋廥之

得美妻居士占穴

星居士嘉山人也俗姓張僧名就星早失怙時十五
出家剃髮於江陵五臺山月靜寺為法僧雲大師之
弟子聰明頴悟卓出衆閱雜大師秘愛之常曰衣鉢
當傳就星三歲經支無不教授而惟有三卷書深藏
篋中不使者見此一日大師將赴金剛山榆岾寺袈裟
會謂就星曰余之故此不出一年汝須著心工夫內篋
中所藏三卷書慎勿出見此送飛錫而去師與衆
弟子拜送于山門而故心甚疑訝曰師父所藏三卷
書是何等奇文而不使弟子一覧乎乗閒搜出披閱

之則非佛經乃地理書也上自河洛下至星曆五行陰
陽之數九宮八卦之法玄妙悉備靡不古
不傳之秘訣就星看來轉加沉感全廢佛經專讀此
喜不過晝夜精通其妙鎮日山行龍脈之赴伏風水
之聚散瞭如指掌森然在目自以為吾已得不世之
神術人間富貴嘆乎可得遂有退俗之心一日忽自
悟曰釋教弃慈釋家之法教泥塑想兒童
念矣邪心卒致不遵師教弃慈釋家之法教泥塑想兒童
興之方術宣不有妨於修行乎且師父知之難免見責
遂逃自焚禮香趺坐蒲團手轉項珠口念佛偈兀兀

欸大師還時就星曰汝知汝罪乎就星下踏跪對
曰小子眼事師父已十閱春秋而宗無毫髮不順之
事誠愚昧不知其作何罪乎大師大責曰修行之工
其目有三月也心此此背馳教眈有難方厭
佛家之寂滅甚世俗之富貴十年工夫一朝壞丁其
罪固不可一刻置汝遂火速下山遂童杖逐出此
就星自度不容於沙門乃向故鄉而退自江陵批京
城所往山川名欠大地指不勝搜乃細錄其龍脈坐
向與消砂納水藏之囊中直入鄲門欲賣其所占慶
逍行城市逢人輒說開者皆故心虛誑無一顧者

言某大監見之指諸人怠乙來待逐與歌琴客諸妓往
為即向日李宅來過之大監也大監說席場坐問安
訖使之陛廳頃無賜顏之意直曰唱歌雖無與致第
唱之初章二章曲未終大監家色可觀今則依微知
下曰汝輩向日李宅之宴終欷亮刻偶甫低微
而緩細頭有厭色一無興趣以吾之不解音律而然
歟秋月慧點已晚其意謝曰初延之人座直發明
罪乙若吏試之吏唱之妓客相與瞬之入座直發明
特賜寬恕使之唱大醉高唱胡叫乱嚷全無曲調
調雜調大辭高唱胡叫乱嚷全無曲調大醉之

靚觀者如堵一鄉人衣服不華、形容悴怺有花流
丐行色遽在綠戎盡下注目視之其人又
以手報之莘徙田見之則田吾乃昌原工納吏也仳聞
者名今章避逅名不虞得也仍探腰後出一練戎戟
之秋月心笑曰天下愚男子汝也和顏而辭曰無名
土物何可遂也特給之意感謝、視不受如此其
人固與之不受掩口而歸寧相送風致隆厚之無
意越鄉吏之太愚痴是余平生未忘云

節婦富難辦高潔
節婦李氏夷城良廳女也年十六嫁同里黃一清十

以扇拍樂曰善哉、歌不意若是耶歌辨少歌數
為休息出酒有以饋之薄酒乾脯而已療飢訖直曰
退去遽辭歸一則一皂隸來告曰吾宅進賜使之指
來矣咃唱無數遂與琴敲唇嘔往來門外燕尾洞
有甲屋入紫門則單間房無外軒只有士隔、之
工設草席一立使坐其工而終歌之主人則與祀腑
設西目可憎者啓巾蛶卿敷人對坐房中陰唐
也歌數闋主人揮手止之曰無足聽也隨以濁酒一
盃飲訖曰逖辭歸一則暮月洗袿鈿厚宴會才
子名士雲擁攢集敧盂盤於清流白石之間歌舞之

才而寡居舅姑憐其火無子欲嫁之而盆自誓十
年守節隣里咸稱歎之夷城之風婦女不尚名郎又
多傑黠惡少閭有才貌早寡者則此譬徒掠之而其
女亦以為無妨往、以其節擦於李氏則此節蘩
之高尚不敢生意郎有鰥夫韓君素慕李氏之
才色每睥睨於門外彷徨不能去者屢矣一日乗或
與無賴數十人夜飲㵎舍閧酣或起曰今夜取黃
家婦何如眾皆搖手掉頭曰此黃婦也徒取辱此無
咸关此或曰不肰今日黃影盡出外只有老弱守之不
以吾輩劫之如猛虎之攬彼兒安所用其節哉不

宴可知有一総角秀才拔刀剖皮連咲數顆又取十
餘顆納之袖中曰梨則好矣吾今無価後日更來彦
主視其狀貌氣槩大不凡常不勝其喜問秀才曰是
誰氏之宅答曰此李平山宅而李平山即我之家親
也彦主乃往名宦宅告主君曰西小門外李平山家
郎材極佳因緣紹介而請婚甚好名宦曰李平山即
吾所親其子已長成而放逸不學人皆憎之以此而
尚未定婚爲用此子乎彦主因請之名宦乃通于李
平山且言其家頗實閨秀甚賢李方患婚處之未定
聞此大喜即爲消吉於是彦主定一家舍於京中仍又

下鄉告主母以定婚消吉之由又請盡眷上京主母
依其言上京過行女婚爲延陽少年豪爲行多跅弛
人多不取彦主稱奇之稱謝不離口及昏朝癸亥延
平與金昇平諸人方議反正聞彦主雖賤大是奇才
乃使延陽延之深室要與同事且問事之可否成敗彦
主曰以匡代君勸之因難而彛倫已斁國家將亡不
勸亦爲難但未知同事諸公之爲人如何耳延陽乃
留彦主於家會集同事諸人彦主得以遍看諸公曰
此皆將相之材事庶乎濟而奴則不願入矣即辭去
去後月餘不知去處延陽莫之測深慮之一日來謁

曰小人此去猶慮其萬一之危走入海中求得一島
可避兵處土地魚鹽饒足可以避兵事如不諧可保
上典閨室入處具一船於江上事若有危顧公物小
人上典同爲出臨若何李公許之及反正改紀延平
王父子一時號封富貴隆赫彦主告歸曰小人於上
典宅已盡了債今則年老將永歸矣唯望大監報聘
宅如親遊上典宅無他奉能以外孫奉能例無使香
火有闕幸甚幸甚延陽驚問曰汝今安歸乎曰小人
雖卑賤自有小人安身之所不可久留於此矣然而
小人有一塊血肉唯望大監養視之女以爲奚宅[illegible]

下婢之任如何小人所願如是而已仍即辭退不
知所終

秋妓臨老說故事

秋月公山妓也以歌舞姿色選入尚方群儕最高風
流華奢侈之極在繁華之場數十年久矣及其老也
每自言平生有三可笑事一時在李尚書郞邸歌喧
讌之時唱雜詞絃韓而辯正繁適有一宰相入來風
儀端正目不邪視可知其爲正人君子也與主人大
監敍寒暄畢仍使唱歌盡歡而罷時琴瑟金盤屈戰
妓李世春妓桂蟾梅月等皆爲後數日有一邑妓來

由酬報今君限籌滿自實府送差挺來即吾舍珠
結草時也戰者府中已有憂通今此還這人間居海慎
童出云世即招閣者分付按送其人則似是實府官
人也今吾還生莫非其也祖父之德矣仍為出汗而
無事出埠此沒於中童尤加意厚待為

成家業朴奴盡忠
朴僉知彥立者延陽李公聘家奴也狀兒彭悍膂力
絕倫一食一斗常患不足姓自遠鄉來雖備使役每
備飢之慨不事亡若一善飯別出而取榮扳木全株
擔負如山主家貧乏無以充其膓且畏其獰狀乃放

彥立不肯曰上典宅使喚不足何可去乎未久其
外上典染病不起痛有孤媚稚女號擗而已彥立
之懃詫告于內上典曰厮下雖同班既無至親之可
恃者初終大事凭急窒但哭泣那凡家間忙物
有可斥賣者幸付此奴可以經紀治喪薦可及神矣
主世萬畫出衣服卷四付之彥立即揀取其可貿錢
者走市得錢盡貿襲殮之具又買板材精好者并為
擔貝住名棺槨正二人見其負四大板大懼即隨而
至盡心准棺又倩諸淨婦女一時裁縫送終之具一
人肪牌即入棺成服又訪問地師之有名者告以喪

彌儻手可於主扶進以一大具且請占山稅收地
師許之彥立進一馬自鞭之地師至一處占兵福趨
彥立措其鞍瑟臺對砂水之此謂以不合言甚州白
地師大驚慚又見形地極悍慮甚急乃往一處告
其事所秘占之地彥立周視良久曰此地可用也
歸告主母擇月行窆其葬需山役渠皆主張伴與少
賦為主母自此氏鹿蓽巨佃一聽彥立之言多英事
又告主母曰主彭喪敗貧困更雖京居請往鄉曲治
嘗數年待其稍饒可以復還主母壯之乃撤移下鄉
彥立明於費理仍又延壯勤敬甚盡田之方化此之

洁非此階粟土之所出比比十儻且鄉隣共不起而
慶之助役趨事如恐不及土六年間彭訴餞彥立
乃昔曰河以此年方友等庸來婚康而鄉中則無可
余康勢將木之京中葦洞其宅是宅之戚叔市小人
小人處即往傳納矣主母作書付之且厚致
饋遺彥立之上京鵑其宅先之故而未歸乃隨
朝名居必藏其贈遺之處許以盡心來之而顧步可
至盡心准棺材行至西小門外一廊門傍頹圮貪
余廬彥立乃買得香秤一撅有行掣商邊行什內外
士夫處陰廖郎材行至西小門外一廊門傍頹圮貪

為分廳來穀布帛釜鼎用亾日用件物無不備具
代是始知皮婿向日遷錢為排置此座之許也兩家
為耕秋穫男耘女織不聞世外之消息坐享山中之
渦味然東皐子二人率是京華宰相家子弟也一朝
霖雨出門無通逢有懷土之念顧示嗟恨之狀皮婿
瑙而上高峰手指一處曰富房主不見彼如蟻者手
皆是倭酋也世外方出亂離今年四月倭虜大入哉
國生灵盡為魚肉至犯京都　大駕今駐輿龍灣如
是之除宅在京城則其能保存乎小人本不欲出世
矢偶兩一出適逢大監親自叙婚小人逃遁不得竟

村積累且子孫繁昌科宦連聯求為貧居勿為此移
也仍為辭告後不知其所終之
南菜之長子某為御營軍庫積年勤仕坐監鳳山也
田打稻場有一德角雖勤勞役能飛行止乃是此楮
心甚怜之即世来歷則本是琲縣鄉泥散之四方邐之一身今住此
年前以歡荒畢意甚亮甚怜惻之三年作監則為斗穀助
婚而娶子雖殘又擇給工、田畓使之業作威勢
便作家業申童內是柄武班樣念伊後申童每狀以

南某之長子某為御營軍庫積年勤仕坐監鳳山世
田打稻場有一德角雖勤勞役能飛行止乃是此楮

至婚髮大監又親臨鄉而愛以國運託以家眷故小
人自年前積年經營排置此一區亢源矢東皐子與
皮婿開之始悅然大覺益知大監之有神眼遠識矣
居然為八九年皮婿謂東皐子曰書房主欲永居此
土矣曰顧居此中以送歲月也曰不然書房主若永
居此中子孫居此中以送歲月也曰不然書房主若
咸莖非傷痛哉今則倭奴畫遁國內乾淨不如還出
世上矢皮婿則以為吾無他子女只有居肉外則吾今
老矢願終於此中婚日此則然矣遂率東皐家辛直
為出山到志州邑內南山底曰此基地甚好後世必

細木一匹傳傳數行持来則南京厚報而送之一曰
南忽得遲氣方其出汗之除以少年執症甚危重
舉務方縈東廂之算甚絕半晌南忽長歎而翻身回
憂執一室以為神奇送擧門日朝為而謂嫂也卿庸
當一好庖府則様城之庖應使令之衆多村非人立
土門則當府則様城之庖應使令之衆多村非人立
未飲し數呷南翻趨坐翻之曰舟為二思率所駐急
咸莖非傷痛哉今則倭奴畫遁國內乾淨不如還出
其人曰我則鳳山束村申童甚之祖父也遺、之中
老矢願終於此中婚日子非京居之南某手曰此矣
威辰之祗恩於孫兒以至要婦民威而趙州難殊乎

汝之妻眷伊時吾之族眷而出同為救濟皮婿曰且看來頭事勢之如何不可質言矣數朕後大監即去自是之後一室之人無不畏之以為大監如是待之出非凡人也其後接待稍優於前一夕皮僕自大監宅歸方入門其婿急呼曰岳丈勿脫衣即去大監宅以救大監殞命皮僕曰吾今盡歸寢枕而來大監建夕進丈後吸南草而坐與客談話是何言也婿曰勿多言急去〻〻少遲則不及矣皮僕不勝疑惟即為還去入大監寢房則大監痰響出矣大監見皮僕入未聞眼相之後出對曰汝何以知之而既去復來也曰

小人之婿言之故不信而來矣大監之病患未知何故耶酒之間如是猝劇乎大監頷之又曰汝婿異人也凡有所言汝皆曲從而無違也仍即下去自是皮僕始知其婿為物外韜晦之類其尊信倍於前矣皮舉死後十餘年其婿忽請其岳丈曰吾自入于尊門無所事為當望丈人以數十金備給則將欲販賣之皮僕曰好矣得給數千金皮僕持去過六七朔空手而來曰事不順成今行狼狽若又備給五六千數則當為長販矣皮又備給過一年後又為空來曰今又狼狽無面見岳丈然岳丈家舍田土什物盡賣以給予則

當圖大興販以補前失皮僕雖甚虛浪既有大監臨終之托不顧家人笑譏及他人嗤笑一從渠言盡賣家產鄉庄以給之借人屋子而居焉過一年許其婿又空來曰岳家所給錢盡為狼狽見失事望使我見大監宅書房主欲為得錢更為興販矣皮僕從與偕往大監宅見書房主又請五六千兩錢東阜子聞言即諾備給則又如前空來又請其家庄鄉庄盡數斥賣以資為言李生亦念其大人之遺托無一言於色而諾之盡賣以給之伊後七八朔而來自初進錢計其年數則幾為七八年矣一日會皮僕與東阜子語

曰兩家財產盡為蕩敗於吾手到今無辭可白然事已至此幸望兩家〻眷與吾同去鄉中以為資生如何皆答曰諾遂卜日兩家〻屬一齊起程備牛馬駄之騎之由東門出去累日作行〻到峽中岩石崎嶇樹木蔚密路盡山窮高峰當前削立千仞無著足攀緣處一行到此解送所騎牛馬兩家〻眷下坐山下只得相顧淨注而已少焉自右壁上下匹練數百條從婿於是勸使兩家〻眷盡把那掛匹練而上〻則其山之下平原廣野一望無際有民家數處又有茅屋後有鷄犬之聲相聞遂成一小郡邑二所民屋各

八九年一向守節矣書房主向日往來之事果已言
及吾亦喜其逆頤一見之者其父兄令日相逢亦甚
晚矣自是之後權生無碍往來一日權生喪妻其初
繐物件以外工得用於各廛人而末及報父後備錢
而往親各廛許給則各廛人等日日前熟熟同知
於戲而未宅之外工盡報價而去云々其後過三
載甚同知病死其慇懃等節權生親自繼能埋於邱
外穡寮哭厥女日吾既死於世間不識陰陽之理而嫂父
開厥女日吾既死於世間不識陰陽之理則即日
當勸之故向逆唐房主者此也既知陰陽之理則即日

終無指教之說一日自闕歸家即時皮僜同令朝娘
得婿材益速抍來即呼下人日汝令去六曹衙前兆
府前有一結角撤座而些者必須抍來也下人即
去以李政丞付欲為抍來厥童日政丞大監
抍此綠由田告大監日吾知其必如是也遵視手數
抍之東皋分付日汝欲娶妻于厥童日小人無意
於娶妻山東皋并三勸厥童始應諾皮僜送僜見
之藍綾龍鍾即一乞人也不勝厭歧々大監蒈分
付不得已即也遵去府底洗滌其身衣以新衣大監令

滅此萬々童眼而竊令嫂父無他子女只依吾一介
女子若吾一尨則嫂父身柱為矜憐隱忍至此今
則嫂父以天年下世其葬埋已畢吾復何所逞而父往
於立于從此鄕書房主永訣矣權生不勝驚愕萬段
論釋終不回心竟於權生不在之間自縊而死云

李東皋為僩擇使卽
東皋李相之僩有皮姓者多年使役謹慎無他
亦親愛之皮僜無他子姓而只有一介女息每東皋
回小人只有一女將得贅婚以為晚年依托之計郎
村尃達大監之皮女年方二八

付皮僜曰不卜日以明日過婚若遲數月必將失之
皮僜專信大監一從其言以擇日行離禮成婚樂願
莫不捧口笑之梅之梗地厥童少不編俚
一自娶妻凌不中不褪不出房外一步畫宵以眠為度
課人皆以懶漢身無用之如是三年一日皮僜忽起
與洗着綢正衣庭而坐渾室皆驚異日今日大監若來臨
椸洗此日今日大監必當來臨訪身矣樂室無不笑
之少頃門外忽有辟除聲大監果入門問曰沁婿安
在直入越房投手語日將何以為之特何以為之事
特汝矣皮僜日尺運也奈何大監日此則汝必敗海

332

完空凌一如李師之言家計漸饒大起屋宇居洁山五
石等鄉有非鄉班樣矣過十年凌有一過客入来寒
睡畢先問越溪竹山兩果是主家新山寺主人曰然
矢客曰此山乃是名穴而今到十年運己畫矣何不
緘禮若逢則必有禍矢主人聽羅忽想向来李師之
言詔其客家中其子即為上京直向西學峴訪之則
李師果在笑其人告其由李師先問曰吾周已知矢
同来與其過客上山李師問曰何故緘禮寺客曰此
伏雄形也雖不得久久若過十年則兢將飛去故如
是言之矣李師笑曰君之所見亦非凡矣然徒知其

章頃吸草為權生後兩継草火頃又腹內婦人言四
兩勢若此不止不少久立於陰濕之地身為姐姊聊
入坐此權生方甚悲乱甚自不妨推門而入見其婦
今年可二十四之歲憑服精譬粉飾端正言辭舉止
塔靜破幽至言少無著濯之色为兩睛權遊越身
厭女今往塲中当日暮門関矣以避屍歸鏃歷入仰
何棋生曰諸徃傷後仍入厭影則果其夕雙以待
立仍喫止諸横甚不少美女且卷傳人風
情所動豈非廢庆仍幽交嬝厭婦別妾褭色但為獻
勤婁賊內已權問其故厭婦終不从懷枷甚徃来悄里

一未知其二仍指前峰曰此狗峴指凌峰曰此鷹師
峰又指前川曰此猫川地形如是相應雄雌欲飛其
可得寺客因無語而退曰所之高眼果非所及云乙
其波松山李氏大為昌威

權斯文避兩達奇縁

南門外桃渚洞權斯丈遊於升库一日以升補之行
晓頭入洋中路遇驟兩乾鞋無帽上沾下温避兩於
路遇草家橋下兩久不止進退為難自言曰有火則
南草可以俄頃頭上有推完舞見之則有一年少婦
人占一條火曰何許兩班憂此旬草火于今出逆火

數月一日欲入其家則有一老人金閣數衣踞坐門
關權意頗殼姓咎且不敢入其老人見之鞠躬致禮
曰行次非桃洞權書房主于何為彷徨不入寺遂與
之入曰吾知書房主之徃来吾家以塵人間没
生涯不得在家今始問安所失多矣權曰吾之子婦
花君為何如親于老人曰吾之子婦也吾子十五娶
此婦未及合禮而先此婦今年為二十四雖許咸婚
尚未知陰陽之理尋常然惻恻不忘于心止此天地之
間雖微物貽知其理而渠猶不知故每勸其改嫁則
男言集若他適老漢身世岂所依歸終不肯従介到

少解精神稍生林公下來揖夫乃腰挾林公飛上閣
中乙有鬒髮如雲嬋娟美娥娥者戲笑今為凄悵進
夫罵之曰以汝么麼之女言此世上大用之材簽汝
赤知之乎又謂林公曰君以器干胆勇不立出現於
世吾今許君以如彼之色如是之屋山中閣將之地
謝絕功名以送餘年如何林公曰主人今夜之事都
未可知碩得詳聞而後惟君言是從丹揪又曰吾非
寧人乃是綠林豪客也屢年刼掠多得財產如此金
帛金整排置者遁二有之家必置一簡美女而周遊
八道到處行樂不意彼女來陳滑妍抹娥者兩兇男

學奶可顯頃一從吾言而摘此金整以度平生也林
公一向揮頭枕甚挑夫曰已死也君若不肯則陷
此妖娃安用我即從釣一揮斬斷彼珠之頭許其身投
于池中即下開以單席裏餙中師死男子尸吾既找
池中其翌日又謂林公曰君旣有意抹名不可撓
從世男子出世釗術不可不知湏西此幾日賴學槍
棒兩去此林公遁留六日賴得使釗之法而其神也
變化之衛未得盡透之

孝措大學頭訪地師
鳳水醫者蟾俊持尋山脉
閣延龍以至楊州枕

山山脉止於此所斷伍隅揄為名氏大地李終月山
什脆甚山下有茅屋叩門時飢則有一新喪人出門
鐥以白粥一椀戟意可感李曰主人何時遭鄭而亡
過裏禮否主人曰成服僅過裏禮住肯未及窘意共
食不能如意永山脉今指一處後主其能
良相惼慨李怒生拾間之江閣曰然則喪主堂
用之手喪人曰辛美大矣敢不依教李仍幽喪主於
俄者所恩處占此及坐何以給曰用山後喪主亦於
百林健若至十年則如有細禮之謹伊時光湏訪我
於俄中西學峴李書房即我也其後喪人果依其言

易哉說其志亦可觀遂答書狀許之夫人受錢藏置
於樓中家長見已駭然姑且任之而觀其動靜矣夫
人見家無足童夫婢可使者乃招致學童革饋以餅
餌之屬給使之買錦緞出於是庫錢使學童
各佩之摩童皆感服凡有使喚無異僮僕於是各給
錢兩分往城內外藥肆及諸誇官家買取甘草而來
如是數三月甘草垂之而價踊五倍矣即又散賣之
收錢三四千金買屋于儲釜主婢蓋一年之限尚未
裁書於堂叔還價千金其家大駕一朝
滿半載矣向之譏議之人咸稱賢婦堂叔大奇之來

見新舍欲運送千金以為致富之資新婦辭曰人生
斯世衣食絕足鄉里親戚稱善人足矣安用富為且
富者眾之所忌吾固不願也固辭不受敏於紡績勤
於治家大婦偕老子孫榮顯未嘗窘乏云
林將軍山中遇綠林
林將軍慶業少時居於猿川以馳獵為事一日逐鹿
於月岳山側手持一釰行之至於太白山中日將夕
兩路且蓁叢薈蔚家岩壁側反政甫慈問忽達一椎
夫問路椎夫指越嵗下人家林公從其言越嵗而視
川畢有一大毛家而傍無一也村落於是林公直入大

門則日已啣氓花夫人響乃一座舍也林公佇立曰山
行氣甚憊乞一間房以為柿卧解長僵卧忽於
慮外有火光心甚怵以為不是魍魎世是不妖誠
有人開門而問曰農上痛於此房手果得饒佩于林
公此下見之則乃俄者推夫也推夫入入房
閉壁橫出溜肉以給之曰且喫山林公腹甚庭乏
喫盡仍與推夫歃語未乞推夫忽起開壁橫出一長
釰林公曰是何物也欲試於吾頸面出之今
夜未半推夫博釰與林公何裡邊书門户童童樓開

沈沈遠逶迤去忽燈影沈沈中有一高閣燈影乃
闉中燈影也其樓上笑語爛燭暎眬所晀乃二八對
坐也推夫指沈邊厚之樹曰君姑上此樹頂以
帶及睞帶照之健身於樹枝章多出拜出林公乃上
樹如教健身而坐矣推夫踊身一躍入閘中二人
閘坐或飲或說少頃推夫謂何許男子曰今日見有
豹死以為決雌雄如何彼曰諾同起開門而出趨躍
沱上而已不見其人空中促見閃煤刀擺群如是者
良久林公在樹上且瞠與氣遍骨毛髮俱違不能搖
住忽有何物隆地群閒其熱即推夫群也伊時庚慄

聽良妻惠吏保令名

宰相家一傔人積勤數十年始得惠廳吏厚料布窠也吏之妻與夫相約曰多年飢寒之苦政爲此日得力若不涎儉以致蕩産則吏無餘望衣服飮食日用之節惟尙撙節以饒産業可乎夫曰諾所捧皆付于其妻如是七八年惡衣惡食而産業終不數爲其吏見他吏之甘其食美其服財妓女於華屋之中日事行樂而家計日富反責其妻之殊於治家妻不答之家計日敗去益甚一日大患之峻責其妻曰吾以厚窠之任長事苟艱不敢遊蕩致富尙矣反困於債是誰之咎也妻問債錢幾何曰數千金可以盡償矣曰休慮吾將盡賣瓷皿簪珥之屬以報之今日自退吏任也夫曰自退後將何以料生乎妻曰休慮吾將有妙計也夫如其言自退一日使其夫募人以來出坐廳前指示廳底有錢數萬皆葉葉散錢也妻曰此吾七八年積苦所聚也乃作貫積貯之乃使其夫求買郊居於東郭之外良田美畓青山臨流果園樹後場圃築前宛一棄吉論排置皆其妻之指使也夫從傍稍爰從紛債樂莫樂焉使其夫更不投延於東市數年後惠吏十餘人以欠逋公錢坐上爐奏之並施刑戮之典籍沒家産皆向日行樂於華屋者也噫惠吏之妻一女子也智以成業儉以尙德使其夫保厥令名若使生爲士夫男子則急流勇退不延多讓也其視仕宦之人不思節用殘民之道專尙侈奢貪黷之風鐘鳴漏盡終至於滅身禍家而不知止其智愚相懸奚啻三十里也

得賢婦貧士成家業

一士人家甚貧聚學童十餘人教之日後乃糊粒於巡鄉其婦人入其家則環堵蕭然無擔石之資其家長忍飢讀書而已不治産業其夫堂叔有武將者夫人勸其家長貸出千金以爲治産之道家長微哂曰豈肯爲貸乎且吾平生不向人說道此等事也其婦親自裁書於夫堂叔願貸千金限以一年還償堂叔家子侄婦女皆曰新婦入夫家不過幾日請貸千金於至親識是從知覺無人事衆詣譏堂叔曰不然吾向見此新婦則非碌碌女子也且一書千金容

而已今彈莖以無人照檢相挂而去只有老嫗相伴
而亦多不常〻狂家情事酸苦如此人生熟何而承
此妻柘不相干之人酷夢暉夜夏之日冬之夜
獨泛空閨之中如許情事與被賊敗穿而求死不得
者何間爲自舍戚身異於士抹不可徒然枯死正欲
別發而忍有此奇遂分明天意矜憐我兩人我衆願
從公亦何過慮郎李聞其宮妇也惻然欷然徐
曰汝言亦善笑然顧無可奈唯有一死丹婦曰非丈
夫此然此會非偶豈無使順之道願自愛無狂平坐
因超入室捧出酒肴親酌以勸妻既晚其色且威其

忽輔駿馬腕懸利刀疾馳入來將欲一卸并曾蹴開
大門衝突直入大呼曰何物賊漢入我室偷我妻逡
出謀卸忍有一人推密當户庭眠熄若神仙披
開衣襟慮示其脇搪搪而笑曰吾今日得死矣笑
汝刺我腦意氣閒略不動客譯官縱擧顏不見懷
然刺我腦意氣閒略不動客譯官縱擧顏不見懷
出一語嘴咄毅拜忍口呫卿立瘇杲不能
自高胭然出去不復回顧時藏在壁閒窺見其狀
出謂李曰庸奴何能爲乎然可速去丹速上樓捭出
一欄中有天關三百兩曰吾父亦冨室吾嫁時父以

此財資送而吾深藏秘之夫夫寧知而父死已久無
可與排生著今宰有主此可爲資本且挈出一龕閒
示其中金玉珠貝首飾雜佩及錦繡衣服曰此亦數
百金苟善運籌何患不富遂俘僕馬載之明晚夜遷
以兩奴兩馬載之瀆馳山後駞故風
山譯官莫敢晚之而其妻率去唯恐毀狀如欲推
還但柳寢之柔以其資复暝裔且轉運屛積
穀年歲富室稷工京求仕深懲昔日務秘同詳類後
出六次〻序陞果陞雄鎮至節度度厥女與〻間居

言隨勸歙醉酒與頻逸斃女入室盡屏錦衾龍茵備
椒蜍貪媒恋梱其錐春枯蕈汪兩兇厭燃彼此喜
可知矣目是以後因常溜住其生其死一住天公婦
亦欲絕夫衆不復畏忌但沿珍衣美食以養孚奇瘦
顏日漸豐麗夜則來爲盡則出逃奄過一月死忿漸
消生樂嶄甚而女之風閒亦自難掩巳而譯官族故
書信先到高陽店其駅屬治其出迎譯官問其妻
而譯官已到高陽店何爲也曰次室自有別人何關於君譯
曰次室之不來何爲也曰次室自有別人何關於君譯
官驚問其故妻細傳所閒譯官怒氣如山推獅盃盞

俱享福祿甚盛

又謂兵判此奴此小人以此信其為兵判家奴乎宗
則吾安知之李曰汝既親熟知其家乎曰不知也進
賜既與親熟豈未嘗知其家耶李曰偶未致意耳自
後欣漢絶跡不來李自念蕩敗家産盡輸於一賊漢
果代宗祀許多家眷將舉委卿娶窩鄉隣妻子
僮僕忿憖竊貪其何辭而解且念平生㐱驁之性遂
決意拚命望日早起直走漢江舡去衣冠大叫毀拜
肯寒乞兒苟活耶百甫思之雖有一死乃快於心
本入水中水沒背腰已不勝凜慄不覺縮身退步行
立靜思曰凜難自死莫如為人所打死翌日朝大飲

內廳只有一少婦年可二十餘歲花容月態手梳雲髻
視之略不驚動問曰何人入人內室子豈狂者耶
李不答直上廳把女手擦頭接口女不甚畏拒而亦
無一人在傍呵之者李極怪之間曰汝夫何在女曰
間夫何為世豈有如許事醉狂雖不足較自有法司
其速去李曰吾言汝夫豈非真耶醉曰吾今汝夫宣
不得已作此等事何事而終無下手者李曰汝夫
傳官也為賊人所欺盡失家産決意就死而不能自
死妾人打殺故果作此等事而汝夫今在女
又不在死亦至難將奈何咄咄不已婦人大笑曰信

酒爛醉錦衣烏靴金飾橫帶八尺長身昂然大步直
至鐘街人:大驚視以為神人而衆中偉
幹揮鞚似有勇力者直前搏之跳脚大踢其人一拜
欣仆急起疾走追之不及李甚慷恨又環視衆中有
夜卧無噤欲死之仲立雖咛狀若狂者目之而斷莫
可勝已者將赴之衢中空無一人所打死而
不潰然進走衢中空無一人所打死而
人方畏為李所打死了可得乎已簞笑夫脹取之故
家押戯其妻妾則打死必灾望朝又歆酒脹着進歷
大街見一屋新饍直入至中門而無但擽着迷突至

予狂笑世豈有求死如此者乎公果武班淸崔則以
此鳳骨豈虚死耶我亦有情事不得已苟欲甚他速
而忽與公遇宣天耶李譯婦曰妾夫秦譯
官也有正妻在室而間妾ｽ又娶為次妻已四年
笑始牽置一屋之內妻悍妬而夫已衰老不堪其
勃磎買得此屋使妾居夫姐往来宿食非他遑
遠之意晨妻居昨年夫以首譯隨行赴燕遠以䆠滯留然
無異賽居昨年夫以首譯隨行赴燕遠以䆠滯留然
京今已周年未歆音信杳然春空房然
影相吊嗅着無闕而世念索然春風秋月懷傷自悼

338

金之用專為此吏何問即出囊計畿而付之僕輩疑之曰退賜不親往徒付此漢安知非詐耶李曰其為兵判宅奴則明笑何可不信人如此翌日厥漢來曰內主得金甚喜即送吉于大監恩以敢政有當畜必省撤毋還大監諾之然必有言重者傳助然後事益牢固笑其洞有其官兼為大監親重勸言必從又以五十金後之則必喜可大得力李為然金色之厥漢來有喜色曰果樂閞笑李又付五十金厥漢又遠欲厚設其而無私儲甚憂之若又進五十金則事

問安而已無賜顏欲接之意閞有政目則必銀車冤見兩渠之名字少無跛似若此甚焉蹟而務悅厥漢之心來則出其憂錢買肥肉大酒住其醉飽解得存者五十金義盡消瀝李頻問之問厥漢曰汝言久無驗何以曰大監何日必遲賜而奈有聊納若加於遲賜則先為緊退賜何以得參然此軰得意者已多閞後日歓政大監將搬進賜其職此極腴官誠李力鋪於大監日出又無閞厥漢來見曰其官足內主力鋪於大監可必得忽有大庄託以某人不容不施為其畊奪當奈何然六月都政不遠其司之職財用甚饒小人已

可十分兒金笑又以五十金出給厥漢持去即還曰姬果大喜言當竭力同族進賜官非朝即夕當坐俟之然武官供仕冠眼不可不精備且以五十貿辦則可矣李曰此新不可已仍以金托厥漢貿辦儲非久毛笠帽裡廣蒂島既甚金帶腳一時致之而皆梃光厥李大喜自以為得一諸為虎娙僕輩之始疑者即懷剌詣兵判家登謁僑其履歷情勢吾訴哀服著即懷剌詣兵判家登謁僑其履歷情勢吾訴哀乞兵判領之而已非李判家首奴遷賜明知之此不過兵判之常事其後復往亦不免同諸武逐儀

白於內主其官及小室合請於大監已得快諾此則決不失笑且俟之李半疑而不敢不重待財力已罄出笑及至大政奴主早起待報望眼欲穿而日高至午過午至晡笑兵批巳畢而李之姓名恨然閞厥漢亦無拜影李大帳失心僕軰之訛議眼數不勝其職身李不能出拜捱登此漢之復至而前之日又來者今過三日不至李始大斑之拙主人曰兵判宅本奴近日不來何以汝既情熱何不拜來主人曰此本素昧之人业其為兵判家首奴遷賜明知之即小人宗不知之弟以渠自稱兵判家奴子而遷賜

玉署僚友數人来會做話東屹欲起避之李公挽袖
止之東屹乃拜現之衆應李公謂諸僚曰此是吾所知
已之友也智慮材力放出儕流非今世之人物日後
國家必藉其力將大用之人也見輦必無以尋常武
弁視之深爲結納爲諸僚見之狀貌李公乃通姓名拜
皆相顧奬翊使此尋訪東屹乃通姓名拜之俊偉
論今人驚動諸人競相吹噓延及庙堂拜之俊偉
、、、、職田宣傳官多踐方鎮治民勤幹取观諸練拜
班正職田宣傳官目兵水使至統制使年過耋耈于西
名赫翁舉朝稱賞目兵水使至統制使年過耋耈于西
孫衆多而其子其孫結登虎榜遂爲東方武班之顯

仁祖朝海西鳳山地有一武官姓李著饒於財而性
甚鄙吝蓄喜施與信人不疑有告急者皆以荣達
此家計耗敗至不可支然風骨偉麗見者皆以荣達
期之仕至宣傳官妻曰武弁鄉居累年輕曹久不徐
擬一日李謂其妻曰武弁鄉居累年輕曹久不徐
此家恐一朝填壑寧不可歎野餘庄土賣可得四百
餘金以此入京求官得則生不得則死我意已決矣
妻亦許之遂盡賣田土果得四百金留百金付妻謀

閔云甫

李節度窮途遇佳人

生以三百金上京健僕駿騎頓動人目至碧蹄店止
宿僕方治馬食忽有一漢著氈笠衣服新鮮姐則窺
視俄而入来與僕輩語意頗懇欵僕輩悅之一問而徙
来曰兵曹判書宅使嗅蒼頭此李判書宅首奴上此家
之對如前李大喜曰吾方求仕上京那得者兵鈴亞且
果是兵判宅信任奴僕則其能爲我居間周旋
汝心来此何幹其人曰小人爲兵判宅奴於上此家
庄毅多在西關今方受命收貢膳故今日發去可耶
日此不難請與之同入京中小人受命辭出已歟日

而擇吉發行故今姐出来上典未必知之今復還爲
進賜周旋後發行亦未晚也但未知行中那搏省幾
何曰三百四旦可用之遂隨而歸爲李空一舘合傍
近兵判宅囑主人善待之李以爲主人素知此漢益
信之其漢故家毅曰不来李謂以見欺大爲疑慮已
而来見李喜極如漢王之得亡何問毅曰何爲不来
日爲進賜畜官室可倉卒耶有一廛賷送甚緊而當
而爲進賜慈問之廐漢曰兵判宅有姊氏寡居在其洞
大監擬念此所言必從小人以進賜事告于廐足則
用百金亦慈問之所言必從小人以進賜事告于廐
内主要得百金芙官可立致進賜能無吝才李曰此

行之遠歸取五斗米䭾子數圓投李公曰以此釀酒
酒熟則即通于戎李公如其言釀既熟告于東屹東
屹乃通名傭人告之曰李措大今雖貧寒乃後日宰
相也原奉偏觀朝久屢空無以為生今欲從事田時
經紀生理而暫寓者柳檋木雞也甫蒞頃歆此酒每
人但取柳檋木雞長一尺半五十个以助心為可諸
人莫曉其意然素信東屹又重李公齊聲應諾東
屹乃出其酒飲二百餘人飲日後皆取柳檋雞如其
數可為數萬解介東屹出牛馬盡斃之與李公同往
乾莲山下柴場之之乃東屹也列草净盡東

根之處去草根遠則草不能分其土力故結束碩大
此當然之理也東屹可謂深曉農理者也李公喜
家計之稍膽而眷親之無憂矣忽一日火生竈坑延
及空字邊又大風起火烈風撲滅不得積野之粟
并入灰燼之中無一留者李公目歎窮每天不見助
無食粟之福矣于相扶一場慟哭而已東屹曰人道
吞茫姑末可料米此何故也豈吾有眼而無
今者天災孔酷不遺一粒東屹乃謂李公曰
珠郎心窮歎時遽有慶科定試東屹乃謂李公曰
公盍入京觀光僕馬資粮吾當辦備頃勿為慮焉李

公乃以其資上京時李公之戚叔有名宦者李公往
見之戚叔待之甚厚微其功令文字見之喜曰體裁
精潔句作清新尚未得一番和試亦云晚矣全科則
須努力觀之遂助給試具及入場屋自作自售早:
呈卷果一筆兔捷戚叔為辦應榜之具遂延告於朝
中即入清選歷翰林玉堂聲望甚萬辭乃奪安入京
始成家道其時東屹亦已登武科笑李公乃拈致柬
屹置之外舍與東屹曰君與我神交也雖在
門地班閥初非可論文武閫閣札又何必用也雖在
衆入廣坐之中無為做恭待以平交無間彼此慨而

公曰明春可以禮束也乃望翌年春凍解之後東屹
乃取早栗種數斗罜李公住乾建山下搬其雖每穴
下種之八粒又取新土略下穴中以覆之及夏栗苗
之出穴中若甚碩焱乃拔去其細者只留三四莖尊
生則列净之及結宗穗大如雞打之出五十餘后李
公大喜㷫然成富家翁此皆柳檋之汁素之入地
尺許則土氣全而又新矣經冬雪之汁且流入穴
中與雞之汁沆融合而深漬則栗可茂種之入地
也深則常帶潤氣故既不畏風又不畏寒且種入草

341

習聞主以當世書之員傳代以先生一日一處酒進
排羹金曰以矣角明日食前快冊送之也厭女使其
夫貰迺催茶幾卷帖櫻其中聞曰羅快冊佳金正
言宅請教時先生必欲自得帖櫻之君則亦以此
張請教母送其言也其夫偉言翌朝快冊佳帙
正言曰十字寺類念寸曰通鑑茉四卷矣金曰是不
臨於汝須持千字文以來厭者曰既已持來頗學此
金曰此言文也亦何妨手自初張教之則厭者以手
開帖櫻廬曰顧厭此帖櫻藏金正言曰女以初張教
之厭者終不聽以櫻張圓就金正言不勝憤以卷打

訊莫不愈同詢其夫之名無有知之者昇平曰吾聞厭
者已丑生也以六甲名之則太不雉以起字等字依
名何如愈曰諾錄於三等勳卽陳漢城左尹終爲兵
曹參判云己

擲田天下不出漢也都聽其妻之言也厭者大怨而
歸然其妻曰此後勿給金正言也權且不給而勸卆
破矣帰蕘甫而諉曰農之人物若善出則豈有比寺
少爲金正言曰女手曰汝人物若善出則女曰如吾
者類得時爲兩班亦不可于金曰且僕之仍呼酌
涵蓋其所帖櫻廬乃霍光逄昌邑王事而謂金正
言卽昇平府陵君也李佐陽也厭女懷得其
及正諛將戌敗小將通艦茉四卷先試其意而昇平
言已知厭婦之已料自己所諛之事也數日後昇平
東屹告昇公曰公之形貌終當富貴而時運未到資
田如此上本不率無以濟拔吾有一許公但依

田統使微時識寧相
田統使東屹全州邑內人也風骨秀傑智略沈深亦
有鹽識時卆相國尚眞居在邑備獨奉偏毋憚然塊
廉室如懸罄秋無飄石窮貧之極蔽水難徒而言論
風儀緜有可觀又勤々儆工窮晝夜砚々不報東屹
年雖少常奇卆公之爲人傾身納交亟爲刎頸之友
常分其財穀以周其慈卆公亦深感之忽於初亦未
東屹告寺公曰公之形貌終當富貴而時運未到資
田如此上本不率無以濟拔吾有一許公但依

對價是矣其舅卿信素卿華與大小一從專擅答曰
吾今老矣家事一職托於汝若一一好道便住為之
新婦代是盡賣郎庭與州于薄庄李渾將奴畜杉栖
於其親鄰洞里則四日居處已得來矣新婦來
此以後經紀產業勤力斷釁計興登山入外有彭駒之群
舅行有懷土之意新婦詩曰世有于戈倦賊猶
其舅如鷺鬧曰此何辭也新婦曰吾邑故有此群之群
滿八路今戰于其邑故有此群之群
何四吾之所居彭已為犬燃一洞人或迯或死迯後入
何臺海魚肉矣其舅曰迯則汝先知其有亂歟我來入

此中郎新婦曰雖微物皆知天機避風雨可以人
不如守其舅乎曰是邪郎婦芳奇邪婦芳伊後則更熟
德歸之心入山八九年後年菴出來新婦沈產業繁
又為咸家生男娶婦其子孫至今繁盛於嶺南云

策竅名良妻明鑑

光海帝甲辰有一妓女年十六七貞潔持身賣俏市
之態窮輸之行以為妓雖賤物庸守一夫以終身營

百年之客吾自擇之此言一搖遠近聞風而來者真
非美男子好風身豪富之類日夕盈門而厭女一矸
不許之一日厥妓坐大同門樓見門外有貢莱老給
角呼其父某之曰必邀致吾家也其父見之不覺寒
心賣之曰故之心情異常矣汝必為戶婢母客之隨廳
可以為案別室中可以為戶婢母客之隨廳
下不失其家郎某家郎而一并不願欲得天下凶辱
寒乞兒者是何心膓然既知其女之性情雖以其父
之威亦無可奈何乃邀厥童而作夫伊於厥女謂其
夫曰吾輩不可驅於此顧與君上京作產業也遂

一來償其酒徒或言以無廬則女曰後日多償則
好矣何厄乃甬其酒徒即墨洞金正言李佐郎輩也
厥女從容言於金正言曰此洞自多生球者將移南
村而居惟望遯賜主作主人也金曰好矣吾輩必善作主人也
来飲酒亦為良苦甫若近来則吾輩必善作主人也
厥女仍移于墨洞一日見金正言曰吾之尤目不
戴丁亦不解諺又至作酒債之記錄念多貨軍筆

與之上京鼓酒店於西門外以色酒家為長其第一
域內居惟望遯賜無不輻湊其時有酒徒五六人往
未飲之厥女不計價之有無如今進排酒債彩然

343

轉行大事又屬妻使可解根想非細矣以何面目又此
來訪手舉笑曰向之綢繆專爲生子不有向日叩盈
之哀豈有他時耳癬之廛宇仍躬毁日誰主人曰甚
夜內腰安生男子臨發泔期曰其月生男伊時長復
來見尖主人聽其言黑博生男坐兒四枝曰此兒少長
壽而譏笑其俗慶未吾自居慎矣主人認以慰藉之
言不之信也其兒枚長至十四五歲其襃被年不來
忽自來到日子爺義養否主人卽出見之養四皇婚
否主人曰尙未有生身臨發卽請枚箅曰年前居慎

之約尙能記得復主人以喪言多有所中遂書徐桂
當不久喪又傳問算主人既信其喪之惟終誠少
老趁慮不問門閥之如何道惟婚其與
病問行一日漸入深谷中主人顧彖曰最僻之
甚也彖曰異君有何嫌怨而欲之于意至一歲則山
回路轉高擧上數間茅屋中之其月卽成婚日所謂
中畢有舖席有一個龙人出來棒待乃所謂奇
世主人心甚不快悔其來而喪則見新婦之權容飛
愕之色主人不得已納軆雖後見新婦之權容飛
恒之色主人心甚不得已納軆雖順其老人及養言於新

即之父曰大事幸而順成女息旣已有家則不必在
花親庭且吾家貧實無遠路治送之望尊須於今日
卽去也新婦卽之父無計防遮以客兩姑馬載其新婦
而來渾家上下見其新婦之樣無不駭嘆皆有戚覯
然而其親家信息咋而知之舅姑以是爲異一舅
薄待之意新婦少不變色只居一房不敢干與家事
姑相訊曰吾堂今則老矣未幾之出入田畓之卅作
無以管捻專付花兒子內外吾之內外亦以事之以
終餘年不亦可乎於是伯家凡節專付花子之內外
新婦少不嬀讓身不下堂而奴耕婢織指揮使侯井

井有規陰晴風雨無不預知升未足布不筱欺隱數
三年間家產漸興於是一室與隣里莫不驚異之始
知爲賢婦舅姑亦愛重之始知其過客亦非凡人也一
日新婦語其舅曰春秋今已七旬矣不必塊居無聊
日與同中親知相會讌樂則當日盃盤之供子婦富
偹待矢舅曰諾里諸老優暢交錯盞笑爛熳杯盤狼藉
以後日會隣里諸老優暢交錯盞笑爛熳杯盤狼藉
飲食若沉一日於馬爲四年之久家產無片地產
業滿盡新婦語其舅始曰今家產蕩敗已無片地
此憂則不可久居幸至賅陟弃吾之觀家同內則自

報進中錦南甚驚異之取到營下則巡使鈴左右
曰今天使田路逶迤此城討自銀為兩若不聽拖則
梟首道伯云事繫閫措物亦難辦百甬恩豈非君則
無以應憂故將來矣於是錦南出坐練先厚報營校
之伶側者附耳諭良久旋即選營校藝艷者四五人
使之随廳或歌或棋盃酒狼藉又把營校附耳諭曰
今不出銀巡相被死滿城害肉夫等死耳汝出往城
內脈丶揷大業練先再火之營校奉
金命退已而入告曰盡揷矢砲三鮮銜火之營校奉
傍嘶聽之大恐佯託小避耤丶出去各傳其影酒吏

砲手天使把錦南腋卞千乞萬乞哀恐随之不得已遂
許之使之促與急發天使一行無限感謝一齊上馬
風馳電過果於三日內渡江巡使大喜歡宴以謝之
由是錦南名振一世錦南韓隸本鎮每事輒閔作小
室持以神師為

避禍亂賢婦異識
嶺南某郡有一士人年至四十餘有侔子遺惻心現
遍裳如痕如狂便一喪性人也一日業於堂上有過
客入來與之言客見主人氣色慘嘅擧止殊帛問其
故為主人曰吾月前遣獨兒之惻慅懅之極不如為

大諸僕皆給七合料米此僕則特給一升料米諸僕
皆有怨言金公自羨州往所達城金吾庶主辰倭亂
特命曰衣從事特功贖罪以迯邊事申柱從事東
裝持發拮諸僕立庭下曰諸從吾出戰一升僕自請
從行曰小人平居食一升料米臨亂安可在人後于
餘僕皆願從進士主避亂之行時界平小成故也遂
策馬前驅如赴樂地及彈琴拈下背水陣倭兵如蟻
屯如潮湧皆持一短杖青烟乍起人無不立兔者官
軍始知其勇銳迯過使首在此關討尾渉介以鐵騎
職踏之如摧枯拉朽今恣見篤銳一出英雄無用武

有若此僕之忠且勇武士爲知已者死女爲悅已者
容僕之視先如平地豈爲一升米哉激於義氣則也夫
御僕之道義以結之恩以感之平日得其死力然後
緩意可恃金公得甚道者也夫朝廷養士百年當其
权蕩之時無僉忠獻慷之心者能不有愧於金公之
僕哉

練光亭錦南應變

鄭錦南忠信初第寘沙浦僉使歷辭諸宰一宰慇
慇致欵曰吾知君大冤也其進不可量且知君尚無
室家吾側室有女與君爲小室使奉巾櫛何如錦南

之地遂敗峒馬時金公著軍脈左臂掛决拾角弓佩
釖貢刻石手書狀啓不起草主寫之鳴鳴颯工詞理
俱美卽地封發又書寄其胤哭平書曰三道僟兵無
一人王者吾輩准有死耳男兒死國固其所耳但國
恩未報壯心成灰尺有仰天噓氣而已家事惟汝在
吾不復言言畢馳馬奮拾下飛兎如兩嘆曰吾愛之
震退走鍵川逬四頭彈琴拍非夫也持煙拾披陣而入酹倭肟逐三
兎而負公恩非夫也持煙拾披陣而入
於山嶼麥畢竟逬奕於先陸憶奴主之義何限兩宣

感其意許之老宰曰迯則不必煩人丹目發行之日
侍於弘濟橋頭治行啓發至橋頭見一輛馬行其群
明韶三而來間宣行次錦南逬迎見其婦人驅殼
甚大言語無妹錦南自欵然亦難排卽品
勉間行到顧主館已兩頓垂顧念之意一夕驚門杠
關未到圻見之曰有軍務相謀事里大馳進云、遂
促飯而喫入別小窒、四令監知今行有何事耶曰
不知小室曰丈夫當此亂世吉就之際不能相料事
機何以濟事女于錦南奇其言擇問之小窒曰有
心行事應變之節如是、仍出紅鶴級天豐香之品

乃言吾之不死於閭訃之日者不忍閭氏之絶嗣且
念父母之無依今則吾責盡矣托付得人矣堂可一
刹苟延縷命耶將見吾家君於地下矣其子治喪相
葬於先君之墓遵遺教克修家道遠近進士林發文相
告士徹旌閭嗚孝烈女之節死亡從古何限而其盡婦
道喜父母繼絶存亡未有若此之烈、此且匡康家
事從容就死真節婦哉真節婦哉

朴南海慷慨樹切

朴南海廬恭良城人也自在編髮善騎射膂力過人
喜任俠不拘小節見人窘困必周之不義則必毆辱

之鄉里以朱家郭解月之及長狼雄奇好飲酒善
談論讀書通大義以忠貞自負聚邑中炮手而請之
曰若知夫夫尺手曰知之曰尺之賜于吁非天何以生
于曰人君者代天而天者也非君何以為生人之所
以異於禽獸者知忠與孝也人不知此何以為人今
業閭外忘兵草之苦內無賦枕之繁食父兄耕耘食
水儆皆君之賜昆今虜蹈一帶水若有一朝不虞
之愛若等能為國效忠而死才眾皆激於公義踊躍
曰唯今是從乃陰署百人為隊不虞高一西之詐盖
尺生止此筥武科為阿吾此為戶將行人貨橋辭衣

還朝時值戊申送愛清州賊報至道路喧播焦南閭
西又起北上下峯窟庵驚莫適所向朴公行到楊州
聞報直馳還京城謁於軍門皆不納之適巡按得
伊恒出師助大呼躍入馬前請解遣將顧居先辟得
當一隊涙隨言下仍曲踊距踊將士隨而視者莫不
奮府逃掩使忙而許之給一哨兵使為前軍繼
城與賊對陣公策馬進賊軍未整而撼學之
之賊大潰走竹遂棄甲破之公前後斬數百
人血賊長佗馬不能前而氣益壯撫佐勢靡所不
之方押赴京城而難其人軍中念日非公莫可擒稱

萬夫不當之勇頒偉到京 上引見于仁政門教日
爾以止勸武弁能知向止之誠忠勇可尚命中貴人
饋酒饌黑數也亂起府原從一等勳歷官處城滝閣
長瑬南海其居官清慎愛民禮儒修武廉忠
內甫脏瓜歸鄉閭尚其蜜日不顧以表其志遂斷髮
風應儉厭有江湖之想蒼若將終身後緝衣廩脂
加嘉善追榮三代年八十一而逝子孫皆繼其業燃
姚馬為關業大禍焉

彈琴廬忠僕奴屍

金公汝忱并于金相鎏之大人也家有一僕食量頗

347

皆如雲皆咄咄曰今公受命於危疑之際將赴於不測之地而櫊與破落戶一人偕去何其迂闊也李公笑不聽竟為辭去赴統營械送舊使時營中洶洶人心自懼若不保朝夕而傳書匿委佛於旁午朴君入替密計出治廳事又勸舊使之潛搬之得四五萬金入告主將曰此物何以區處乎李公曰唯君便宜朴君唯唯而退即夜設大宴於洗兵館搥牛饗士盡散其金且詢各廳各里宿逋舊債盡為匡革償之曰此是使家指教也軍民齊悅歡聲如雷人心即日妥帖入告之李公頷之而已遂轉危為安威振三道滿瓜而歸朴君以名著聞於世蓋李公之知鑑朴君之蘊抱可謂兩美匹合矣

李節婦從容取義

李節婦忠武公後裔也嫁為閔兵使孫婦纔過醮禮新郎還家不淑時節婦年纔勝笄依其祖母在溫陽而夫家在淸州訃來哭之水漿不入口父母憐而慰之左右防守甚嚴節婦一日請曰吾為人婦而遭此崩城之痛生不如死以死自誓更思之媤家有祖父母舅姑無他奉養之人而余未新禮矣且家夫不幸早死而送終祭奠無要人主喪吾徒死則非為人婦之道也吾將奔哭治喪後乞螟蛉於族人家使總家無絕嗣之歎吾之責顧不在此乎願速治行父母聞其言年雖幼少辭正理順將從之猶慮其自經猶豫父之鄰婦曰無疑也吾已一定於心矣且泣且訴父母嘉其誠意遂治行往淸州以年少藐然之婦女入其家事舅姑以孝奉祭奠以誠治產業御婢僕綽有條理隣里親戚咸稱賢婦而過三年而後乞嗣於族人家躬行席藁哀懇始得來置即傳勤教之娶婦入門其後十餘年其祖父母舅姑皆以天年終以禮葬之哀毀踰制治三代墳山於家後園備置石物一日製新衣服之與其子及婦同上墳山省掃回至家中謁家廟洒掃室宇回坐房中招其子內外區處家內事傳之曰汝內外年既長成足以奉祭祀接賓客吾且衰矣汝其無辭節浮費尚儉素勉之勉之夜深子及婦各退去婦人乃出奔哭時持來一小瓶毒藥飲數器頃更氣絕急報于子及婦蒼黃入見則傍有一小瓶盛藥藥汁淋漓鋪衾褥正衣裳而卧已無及矣其子內外擗踊之際見一大紙軸在於褥前展視之乃遺言也先叙其早罹凶毒之痛次叙家法古蹟次及治家之規次條戒及田畓文券所在纖悉無漏末

詔曰將入一大眾得底吾身徃見閔相公百祥於安
國潤算自言身世之窮獨倚托馬閔公見母形骸
珚怩將言詰頗訐態惏而許之大甲不避厨從揮灑
惟謹時從閔公家子徃肆書立闇聽之覧瓶記誦又
習翰墨故妙浯閔公奇其才擧見之錯愕勤閔國威
童稇愷風咸哀通不宜後有一虜擧見之錯愕勤國威
父將有不吉之此富及主家閔公曰彼窮而依我安
恐逐之後其人變末力勤之公終不聽其人曰彼
公使之出送公曰何謂此其人心中盡惡非
厚德足以弭災兩沽人菫識吾術備嘗煙三十發句

逸金遂訪居泉故宅蓮萬滿月拓而起㑹樓柵鑿池
賣良田數千頃於野前治陶朱術謀已滿于
伺而後止人以十居翁稱之乃嘖勝歡回吾以孤老
之躇毀禍綯以至居家致十居是誰之賜吾乎西入
長安閔公巳悉晉矣於之憾凡閔公家婚虎之際
邊誦之費大小營辦無不繼給年至八十五而里死
不智蓋閔公之知鐚金老之幹才可謂有是公乎走
客矣

朴同如爲帳帥敀財

朴同如敀行早猶參依托於銅峴犇馬奔走徃給時

吾所以來此者販商也今萬金已盡張空拳而已吾
將去矢能無舂戀乎娘心熱蒂落花謝稀何戀
之有許生曰吾之財盡入於鎖金巷矣今將永別故
以何物贈行乎娘曰唯君所欲生指座上烏銅炉曰
此吾所欲也娘笑曰何惜之有生遂於席上尼二碑
之納于經帶中物白君頷之許生跨經帶驕名駒馳
至松京見白君曰事成
矢出示經帶中物白君頷之坐有賣胡一人閱銅碎噴之曰
至會寧開市列肆而坐有賣胡一人閱銅碎噴之曰
是也二二請論價曰是無佃寶也十萬金雖少願請
交易許生晚視良久諾之遂交易而歸以十

何其小覷我乎吾豈如賭貸讀書樂志今此之行特
一小試耳遂去白君驚異其跡其踪乃瞷闊
擧下一單屋也屋中琅、有讀書聲而已白君知其
人每月加吉旦晨以米包錢綿置之其門內惟繼一
月之用許生笑而受之李相公浣為元戎受記將之
重圍伐燕之計訪人材闐許生之暨一夕微服徙見
之諭天下事顧安承教許生曰固知公之來也公欲擧
大事依我三策吾否李公曰敢問其説許生曰今朝廷
黨人用事萬事掣肘公能歸券九重破黨論用人材
乎李公曰不能又曰燃罕收布爲一國生民之㷍善

萬金還之白君大驚問其所黙以許生曰向者碎銅
非銅也乃烏金也昔秦始皇使徐市採藥東海上出
內帑中金烏爐以賍之煎藥於此爐則百病譽效後
徐市失於海中倭人得之以爲國寶士辰之亂倭酋
平行長持來行中墮平壤方其情遁也矢之亂兵中
此物遺在名妓莊雲家故吾墜雲而得之以爲萬金
之賣胡乃西域人也其無價之諭乃確論也以白君曰
取一爐雖非萬金亦且窯易何其勤勞乎三子許生
曰此天下至寶此有神物助焉非重價則莫可取也
白君曰君神人也如是以十萬金還付之許生大笑曰

公能行戶布雌卿相子弟不使謀避于李公曰此
事亦難矣我又曰我國東濱于海雖有魚鹽之利萬
積不敷轂不支一年地不過三千里而拘於禮法專
事外飾能使一國之人盡爲胡服于李公曰此難矣
我許生屬能群曰汝不知時匡矣張大計何事可微
速退去李公汗出沾背告以更來無聊而退望朝視
之蕭然一座宅而已

金衛將惛焉主盡誠
金衛將大甲驪山人也年十戴父母俱没歲有盡螯
閭門湖從大甲避禍走京城伶仃無依行乞於市心

350

之心容或無恠願城主誓入內室受拜恐未知如何

且城主之花老妻德如天地恩猶父母何嫗之有金

公不得已入內軒上設席近些老婦人出拜恭感枉而悲淚淚沉瀾又見兩少婦窺牀盛飭隨陵而出

拜其子婦也三婦人皆默然侍坐其愛戴之意遂於顏色遂進滿盤珍饈榼公又請城主於夾房前見年

可六七歲稚兒鬢漆黑鬟鬆手執寒閨而立方瞳瑩然賢曰視人精神若存若無榷公之慈親也今年九十五歲而其口

人乎此是犯慈人乎慈親乎即金宇中有拜城主試細聽之金聽之則非他拜也

杭拜政丞金宇杭拜政丞之之語也二十五年祝願如一日尚今口不絕拜至誠安得不感天于金公聽之鞟然而笑遂辭諸人還衙其陵金公拜相
蕭廟朝英
延礽君惠候延礽自上偶
廟潛邸時封号也說其平生崔績語及權某奉事敢
以藥院都提擧承命往視
其頰末 英廟閒甚奇之及登栊陵武年唱榜日中安東進士權某乃是權公之揑也
見榜目中安東進士權某乃是權公之揑也
特敎曰故相任金宇杭語權某之事甚俙賣事也今特除廕部使之維武其祖
其孫又擢司馬二零應有以致此巴
頻人言之益離金氼二零應有以致此巴

彌寶氣許生取銅爐

許生者方外人也家貧落魄好讀書不事家人產業床頭只有周芴一部難箪屢空不以為意其妻紡績織維以奉之一日入內妻斷髮裹頸而此以供朝夕之具許生喟然嘆曰吾十年讀書將以有為如今

忍見斷髮之妻于遂約其妻曰吾出外一年而歸茍延縷命且長其髮遽辭而出往見兄松京甲富卞白姓者

請貸千金白君一見知其為非常人許之許生蕭畫金西遊筆城訪名妓楚雲家日辦酒因興豪客

專事遊蕩金盡復往見白生曰吾有大販復貸二千

金于白君又許之又往雲娘家乃治茅綠窓朱樓珠簾錦席日置酒筵歌自娛金盡家又往見白君畫賣燕市名珠寶

三千金于白君許之又往雲娘家佩奇錦異緞以媚雲娘金盡又往見白君曰今有三

千金可以成吾事而悲君不信也白君曰惡是何忘也雖史賣萬金置之椅上造大會諸妓楚雲居一名駒置之椅上造大會諸妓楚雲居一

遊付散金於纏頭之費以適雲娘之意金盡許生又作寂莫婆娑之態以試娘二水性也己生厭白興少年遂付以去許生倚等其意一日謂娘曰

路今則舉顏無地權公又生惻隱之心縮眉良久不
盡舊治金公在傍微哂曰鶚毎來不能感化等有
好樣道理果依我言否權公領聞其說金公曰老人
喪配而無子綜角之妹娶為繼室何如權公將其自
隨曰吾雖老矢筋力尚可為也金公揣其意遂拈絃
角近前曰汝權谷摩忠厚君子也家計饒是喪配而
無子汝之妹氏過年未嫁未知氏郎之如何而典之
作配則汝氏家有老母則老母之如何而典之
不敢擅許當往議為去而陵逐曰往告老母則老母
吾家世二閱閱今至襄昔之極卸前世未行之事

飲哎如常權公曰民之得拜城主於今日天也匹賴
城主勸婚晚得良媾連生二子至今偕老而二子柏
學詩文戰藝於南省縣權司馬明日即到門曰也城
主通往此府宣丁血下賜之樂耶民之意巳請謁者
公撨妓樂備酒饌早往之見其店溪山秀麗花竹麗
良以此也金公驚賀不巳快許之權公謝去明日金
公撨妓樂備酒饌早往之見其店溪山秀麗花竹麗
如樓樹隱暎真山林好家居也主人下階近之遠近
風動賓客雲集而兩新恩來到悚覿鷩裇風衫動
人前沒難立白脾渡笛寥觀者如堵感咨嘆
福力金公聯呼新來問其年則伯二十四歲季二十三

不有愈於廢倫耶汪而許之金公喜之遂力勸之洎
吉雖需助力於兩家急二成禮果是名家後商女中
賢媛也一日權公來見金公曰賴君之力勸得此良
配吾年巳六十史何而求永歸故來別矣金問
夫人既半歸則其家春何以匹慶于蒼曰弄辛去矣
公曰大善哉仍酌酒相別波二十五年金公始得緋
玉出宰安東到官望日有一民納剌請謁乃前參奉
權築也金公良久始記得徽陵俸傻事而計其年
紀則八十五歲也金公惠為遼見童顏白髪不杖不扶亂
然入莊室之若仲山中人歷手反且懷洩因侯欸待

歲權公之繪絵翌年又翌年連得雙玉也與之州郿容
臭則鸞鵠也文章則琬琰也可謂難兄難弟全公歆
美不巳老主人之喜丁胡座間權公指在老傍一老
人曰城主知此人乎此是昔年徽陵犯推人也許
其年則五十五也遂設樂以娛之主人仍請留宿曰
民之今日之慶皆城主之賜也城主之通臨蓽天
與之非人力也遂止宿穩話望朝權公送酒饌竹坐
口欲言而唔嗎不敢羨端金公問曰有所欲言手權
乃言曰老妻平日為城主有結草之願而峯臨陋地
一拜尊顏則死領瞑矣女子之不思謹句只有感恩

352

京中有吳姓人善古談名扵世遍謁鄉相家性慳吝熟菜故人以吳物音呼之蓋物音者熱物之方言也吳者瓜之俗名音相似也時有宗室年老而有四子積財致富而性各秋毫不以與人亦不分賢扵諸子親友勸之則咎曰吾且有離量遲延歲月忍不能與心性雖子任兄爭無一箇物賜與及其臨也先世間萬事都是怎乚只有一財字眷戀不能捨去病中思

之無可奈何乃呼諸子遺言曰吾積苦聚財雖至甲富今將蓋黃泉之行而百許思之無一箇持去之道莆日吝財之事悔之莫及丹旐一發親婆涼室山落木夜雨荒阡難欲用一葉持扵吾死後欲也不握手扵兩傍冬穿一穴出其左右手以示路上人使知吾有財如山空手而歸乃庵然而逝兌陵諸子不敢違教如其戎小人俄遇其割行扵路上見其兩手之出棺外怪而問之乃李同知之遠以言乚隹手人之將死其言也善宰室老人聽其誅隱然起扵已而有朝羑之意然其言則達理四即庫陳

悟厚賞吳望朝遂分財扵諸子盡散其宝貨扵宗族故曰入慶山亭琴酒自娛終身不言財利蓋老人之一言頓悟也自不易而吳乃滑稽之類也使出扵淳于髡優孟之世則何渠不若邪

惲樵童金生作月姥

安東權某以經學行誼登道判室仕　徽陵郡時年六十家富饒新表配內無應門之童外無暮功之親時金相宇杭為本陵使與之合五軰府一日陵軍捉犯進人以納權公援理者之將笞罰之梃人老總角也湥泟連乚無辭可白權公審其甄色

決非常漢也問汝何許人也總角曰言之慙乚小生瞽嫛湥商早孤老毋今年七十有一妹年至三十五尚未嫁小生年三十未有室娚姝汲以奉養家近火巣而今當挺寒不能速進故有此犯進知罪知罪仍又湥泟權公見其湥泟忽生惻隱之心領頷全公曰可矜武其情特放之何如全公笑曰無妨權公開放惰理可矜故生犯罪罷賜一斗一硬鷄曰以此歸養老親總角威射而去數日見提扵犯進權公大責之然角大畔痛哭曰幸頁威德圖知兩覆滇犯而不忍老慈之呼寒陵害之中且無進殊之

予汝若從賊闖門被誅昌若迷我設捕為大功勞之
人予曉諭順逆其人唯二聽命又曰今放送汝二若
渦洩此機則當先捕汝又唯二特放送之聖日與卞
校林童藏擊鈹到金剛山自橋以京中倡優具名唱乙
花於寺僧及遊山人由是名動山中聞具名唱乙
下時鎮擊鈹到慶唱靈山調華其衣散其珍寶之物
調人皆雲集統邏察之終不見景來之兩盡因別監
群探蕣來之容貝疤記故遍踏內外山於車中陰察
之終不得而登眺廬峰祝天仍痛哭而下宿長安寺
夜探月色入忩臥己不窹步出神仙樓見山底草幕

燈火徹明心忽動遂徃見之一僧咿唲統之入來
急蔵一物於膝底然入坐與僧酬酢僧曰何其名唱
也統欲觀其勝底物以手推僧曰僧何以知名唱乎
僧翻臥時見一大草鞋半造者統遂結縛其僧曰此
是李景來之鞋也汝知景來所在慶從實直告盡因
別監聞景來則賞賜大矢諱之則為釼頸之混於斯而
捕景來則僧曰吾乃奉命而來何以則
何擇而捕此賊也僧曰今夜進小僧乃无已當告以捕賊之
附景來事欲聽名昌之鮮約以手明日來此草幕又

請造草鞋故小僧造此鞋未及成矢景來若來則小
僧請來唱調且景來是平生嗜酒者也連勸酒待
其沉醉後捕之無不濟矣遂解其結縛為心腹即夜
送林童於襄陽使之同夜蔟送猛悍之校平四五十
人再明日各自變服把守長安寺各慶宮之地而景
來果來喜其舞一盃一盃復一盃即照然而醉眼已懷
景來妻其舞一盃一盃復一盃即照然而醉眼已懷
進酒林童一邊唱一邊勸酒歡將
醺連勸之不解而飲戎而景來醉欲睡統蔵鈹椎

奮擊之景來本是絕倫之勇也醉中跳出草幕外來
奔西走時各慶把守呼相應景來精神恍惚莫適
所向統急变服雜於觀光人中眼向景來金走也慶
以鐵椎潛身狙擊之折其脚景來被縛呼把守俄卒
一齊來縛之條縛索屢絕又以鐵椎擊其兩臂然後始
就縛多發官軍橵串送至京城歐之實及
別監復命之日即除壹上宣傳官善於傳命故長帶
承傳之任屢歷州郡　上將大用之庚申　正祖昇
遐統盡夜号慟哀毀成病而死
風容容吳怕音吾諧

354

驚怖問之答曰全羅道某邑金生家內行云叫其雄
日家兒以主人宅德澤幸得回甦願為托身於宅以
為同居故如是幸來云李生曰何以明知其如是乎
對曰其兒無事經送神後忽然氣塞而充草殯矣
過數日後自草殯有氣如烟往而掘之則欽來畫解
兒忽起坐詳說痘神歷入瑞山銅岩李生負家酬祚之
事及以馬替兒之事歷口言之其母與祖母深感李
公之德銘骨難忘幸其兒全家搬移以為依託之所
云云李生主管其家安接于陝川一家甚兒仍以李
字為姓其後商繁盛全為大族是以銅岩李氏有川

左川右二族云

捕獷賊具名唱權術

其南陽純少時號男過人有胆略善唱歌好飲酒風
神俊秀男子也登武科為尚衣主簿忏時寧落仕途
倒十餘年壽乜不得志　　正廟朝襄陽獷賊事景
來大有膂力亦有胆智嘯聚徒黨束西閃忽官軍不
能捕捉有若海西林居正之庶自　上聞具純之勇力
即除宣傳官授密旨使之往捕臨行戒之曰以汝盡
帶金吾郎暗行繡衣捕賊之際便宜從事治行盤經
客諭軍門不計多少肋給之若失捕而來則當施軍

律純本命而退家有八十老母情事茫然而心嘆曰
男兒生世豈能長事淪落哉今年得此賊取金叩如
斗大遂往見捕校下時鎮與之同行下是善識備者
也又得宗中破落戶總角林完石此則日行三四百
迎芳稱神行太保者也暗乜治行皆是倡優服包華
麗乞衣珍室之物蔵之素中使完石負之步行里襄
陽境時純之叔父世續為襄陽俾逆下來將吉乜與
純與其叔父密議蔵跋躁自稱毌容入處山庠日與
史鄉犖射帳酒肉淋漓用錢如水盡得史鄉官屬之
心塞其動靜其中別監一人好風儀善談論頗冇方

略權鄉乜純締結此人作為心腹之交一日相與飲
酒夜深酒酣純忽左手把其袖右手拔鋼欲揕其腦
別監驚惶罔措面如土色曰是何事乜純
曰吾無他奉谷蔵蹤而來將識捕景來賊矣始知汝
是景來乜汝勿多言受我鋼別監曰吾果非景來
真景安在於近處當措示矢純之令純曰然
則賊安在於蒼曰日前來住境內開新官家下來兒幾
而去隱身於金崗山中的知其去向矣曰何以的知
汝非同謀者乎答曰同謀則誠至寬而親熱故知
知其蹤跡矣純曰汝試德之果難有膂力豈不見捕

七竅盡爲一竅呼吸不通束手而侍盡章遂過去僧
用柿蔕湯後七竅盡通今至夫藉昨日送神矢梛駐
馬駝之柿蔕湯云二昨夜山中所見書亦有之於是
入侍珍候則與俄者姬所員兒痘同證也逐出柿蔕
湯時當四月柿蔕雖內局難得是時南村有一搉大
作一閒房捣昂以無業堂天下無用之物雖衆篝破
勅倮收开離柿蔕一斗亦浮來於無業堂中進一貼
茲效亞候平復梛瑞瑞遂以名醫擅名由是觀之一
第一姫哱是某人之類而騾子之起逸神人之慮夢
莫非天使之然也哭乎二二

勸瘟神李生種德

瑞山銅岩李氏武弁大家其幾代祖有厚德君子一
人秋日坐廳上着檢打稻有一張盖好官貞空門而
來兒之則乃是平日友人作故者也入症神寒嘘嘘李
問曰兄某年已作泉下人今以何事彼官曰吾已謝人間欠
兄尙在於人間亨彼官曰吾已謝人間而來然則
仕於冥府今以西神遂使將向湖南路通出花內浦
憂過兄弟念平日情誼不可遽度歷此似不爲煙程
君旣爲瘟疫之官以君平時寬厚之性似不爲煙程
之事而亡化於人家貴重子孤寡子頃吾子有長遠慇

兒雖有難救之獘由怒高生以爲種德之地至可心
數語畢慨甭而去語歷入矢滿場打
稻之人俱不得見而侔李辝見而相語矢及常仲冬
痘神果爲入來其卜馱粗重頻多李事與姬亡兒有
隨侯人年可十二三歲男子骨格容皂頗有貴家兒
樣子亦有長逸之相而背負重卜顚有苦楚之色李
問曰彼兒誰家子而如故丰苦乎痘神曰彼乃卽胸
南某邑金姓家兒其情境雖甚矜憐事勢實涉無奈
得已捉去矢李曰顧閒其由痘神曰彼兒無他兄事
已一簡身又是三世寡婦之子其家不貲吾亦欲之

施以順頮而始痛至落痳別無雜頃而善得出傷矢
及其送神賂物壹多地府之例不可不盡數翰去而
行中無他空囊又無可負者故不得己彼兒以臭卜
軍捉去矢李曰惜救兒何爲如是不忍於彼旣感神
之無事出塲欲報之心里其賂遺旣受其賂而又挺
此兒何其不仁之甚耶吾家有馬一匹今將奉綴丁
以管兒是寧一厥馬而来少頃馬以矢痘神將彼兒
公於是牽一厥馬而遂送其兒仍爲辝去愀然不見過
之物移歇于馬而遂送其兒一內行綿子入于其門亨公
敢翶凌李生遘闢坐怨一內行綿子入于其門亨公

諸人而與其子同行有家有妻有子有食優逰以終
身云

聽街語郴醫得名

郴知事端少時以醫術名於世顧有才而未得其妙
竟過隨嶺南伯以丹室下去屢朝留連無所事為甚
無聊請於巡相而告歸廣伯許之即以所騎騾子并
廝給之郴渡琴湖江未及牛岩倉卒奴以放屎為言
投鞭於柳曰此騾其鷙突也柳坐也柳偶然衆觀
一打厥騾累大鷙奮命馳騰山起溪勢不可遏郴則牟
着精神堅執鞍子幸不墮地厥騾少不得足終日
馳

哉遂起立披帳則盈箱滿架盡是醫書郴亂抽之繙
閱之際即顧主人
入門田顧郴曰少年太無禮長者書籍惟意取見子
郴曰知罪已仍問其持釗出入之事主人曰過有
友於江陵要我酬答故暫而來也出仍與郴就
寢鷄初鳴主人呼其子曰騾子喂之于郴亦起坐頃
史飯至噢了主人曰顷速發勿為遲遲也郴起身騎
騾則主人之子亦一鞭打了如昨起远驰突當于至
廣州极橋振隶十餘連驺次呼舞曰郴書房來手
郴是時連日馬上橫驰且去夜不得接目精神昏迷

如醉如茱騾子背上一簡促望八也一红衣童驛前
問曰行次非郴驛郴書房主子郴曰縁何問巴答曰
上候捷重方招郴書房主入診即令小人等渡江而
俟之矣盖堊候中有一神人現夢曰郴醫名楓若
方自嶺南駒驛工來湏急送人于江邊而招來則
聖候萬無一應故云巴郴曰吾是郴驛也一大驚以麈
喜相率扶護郴杖馬上細問曰大發以麈惠方在黑
陪云巴郴逩家脈公脈入閣之路過過鋼覩有一姬排
員新経壓見而立於街上在傍一人見而問曰此兒
之庭所聞逩重云何以無與出海姬曰此兒以黑临

尖哎向盡走山溪崎嶇之路日將暮忽逾一嶺立於
一家堂前堂中老人呼其子曰有客騎騾來矣牽入
善喂且備客子夕飯郴終日奔督之餘章此騾子之
駐足奴拾精神下騾扑堂與主人叙寒喧仍言騾子
李馳之狀少頃飯出療飢後仍閒憊卧眠主人坐於
閣内柳則並於閣一灯炯ヒ黑然哦有
柔音於柳外主人拓憲曰夫來辛曰來矣主人挥長釦而
出曰無以主人之無也長者書冊勿為者之倏南而
善郴心甚慙惟郴史商下房近壁帳近風自閒隱
巳若有奸可覦主人之言雖壁垣謹厳可不一次沙機

璋

357

江不食每完其言根吾迫不得已詳說昔年之事矣
渠自開其語落髮為僧出訪所生父云今為得遇豈
非天倫之莫逃而誠意之所感武又曰書房主向未
剪爪時事能記之否生曰知之矣吾於伊時拭血于
葵薇插于墻間矣今在乎仍起送簷索之尤無疑
而遂偕歸養成俗以至成就由是觀之術家之說
亦不可不信生之男子而有子僧之無父而得父已
有天之⋯於其間矣

聽驟雨高得子

壯同藥僧老而鰥居無子無家輪迴藥肆而宿食時

兩故偶甫思之矣俄而自擔外有一平頭兒直上斬
問俄者吉焉烏嶺雨者是誰座也傍人指之厥童即釺
曰今始得父天幸也許多傍觀熟不駭怪惟倫亦異
之曰是何說也厥童即聞父親身上有標誓請試脫
衣乃視厥童欣為無疑曰真是吾父
也座中曰顧其由兒曰吾之母親兒時守幕一經
兩中行人後因有胎以生吾二斷長至學語障兒則
有父乎之吾則無父可乎故詳問于吾母親吾母觀
聰言一如俄者父親之言且聞其時普見左臂有一黑
痣云矣吾一聞其言自十二歲離家尋父周迴八路

三入京城今為六年而辛丙滲父天之所使豈非萬
幸仍謂其父曰父王不必久在於京顧與偕往吾富
力積奉養且母親方在守部而以其親家之不貧似
無朝夕之憂矣一時親者無不噴口稱奇藥肆主人
方在內聞而出來曰甚也得子云世間豈有如此稀
貴慶之事子其在親知之心猶尚算喜呪當者之心
尤如何哉亦勸與子同去藥債喜副喜矣久留草中
梓地堆去中如干錢矣衆人皆力勸隨去皆收囊中所
自有行中如干錢矣主人亦給十餘兩兩晴後乃別
有助給之為五六兩

英廟方辛氣祥官時當四月驟雨注下溝渠漲流觀
光背人避雨於藥肆房室舊廡彌滿簇立藥倫時在
房中忽言曰今日之雨若吾少時踰嶺時雨也傍
人曰兩矣有古今武曰其時有可笑事故尚今不忘
傍人曰可得聞乎曰某年夏倭黃連之絶吾以急步
將賈於莱府日午越烏嶺紇過山崖有一草幕直向
意汪恐足難分彷徨萬避之際鎮店無人之境驟雨
入去有老慶女在為先脫衣亦無難意為雨止故之
不問其女之居住而即來矣今日之雨故如其時之
有助給之

壯同藥僧老而鰥居無子無家輪迴藥肆而宿食時

言而行計其前後所生之子合為八十三人至二十

餘年後或有成者而其成長者亦未嘗

有頼於厥父太丰而其毋所成就或渠自準備而

娶婦及當甲乙之歛金也依舊破落年且裏暮一日

盡招集其兒子則或未或不來所會者為七十餘

人矣盡數會合後率往于金堤萬頃二邑之間大坪

作舍為長行廊採百餘間而每間隔間盡畫七十

餘子各以長技呻且為業有織席者有捅屨者以至

陶冶工匠無不必具厥父夫妻安坐而食其坪乃御

營廳屯田年久陳廢者也及其閒春也金率其塟子

大雨暴注仍避入路傍間舍獨立門側雨下不止日

又暮彷徨囘措忽自內有言曰何許行次當門外

雨勢若此雖是無男丁之家一夜暫宿亦自不妨勿

以為嫌入來云云生勢既囝追遂入其內只有一年

少女人仍與之同宿問之則乃都監砲手之婦也其

夫入直未歸云朝起前瓜為刀而割末其洗血之資

厥女以一獎穰子給之生拭血後揷其襪門而

歸矣伊後十五六年與友數三人做花柳之行至東

郊歸路過年前所宿之家其年前避逅

探花之事相與喧笑而來暫憩有一少殊隨來聞之

動力開墾先極蕎麥當夏收六七百石翌年或麥或

立太秋糧近千石又其翌年乃作當種稻當秋所收

尤倍於前如是三年家産断饒金也乃親詣御營廳

以陳田開墾墾事告于大將以歇數作賭永為舍音立

立成出至今耕食後十有餘年生子生孫人口斷咸

其金村為數百戶大村末頭之繁又不知其幾許云

過東郊白衲認父

浴下有一書生推命于街家至於子宮題之曰暮

東門山僧随後云生辭問其解街者曰於訣若此

吾亦不解其意也止有事於東郊歸路未至興仁門

即未急料日行次願暫止當遂軌裾引入同行賭客

莫知其由遂皆先歸止為厥僧所挽囘入其家則下

堂近之之女乃昔日所眄者也父雖之餘雖是依俙

相逢不覺欲倒厥女迎出上堂謂僧曰遇此兩班之

非天武就竟兩感竟得天倫也止生姓之問曰主人之

言是何說乎女曰書房主之子而渠則認以砲手之子笑

吾則心知為書房主之子而渠則

至十歲時吾為渠梳頭時偶然撫頂曰吾非吾父之子而為

他自別云則其兒四頭問之曰吾非吾父之子而為

兩班之子于于頋楷所生之父為吾漫憊說之則彼沄

則一也敗亦何妨一齊上軒先刺其兩目厥者大散而起揮手欲捉而渠既失明東走西避無以捉得吾等盡散入凌庭則一柵有羊豚五六十頭矢吾等盡逐羊豚遍散一家厥者下庭揮手於一塲厥者兩不得捉一為盡其時羊豚與吾等渾於一塲厥者兩托非羊豚則厥也於是厥者向大門開之出送羊豚革皆員一箇羊豚而出則厥者之立于岸五又出送故盡得出來急乙工艇少頃手著艇頭吾等五上忽作大呼大漢自一隅來一䲔足幾五六間整時未立艇頭手著艇闊吾等以容盡力斫其

措急乙搖櫓而來中流竟又遇惡風艤觸一岩盡為破碎舟中之人皆淪沒惟吾一人幸得艇尾而來游泳時又為惡所噉竟失兩脚幸至魚本家伊時光景至今思之餘悸尚存齒令而骨顫都是八字之凶惡仍長吁歎嘆云

鄭北窓壓氣消災厄

鄭北窓礦與其弟古玉磋過一處至一家坐氣曰惜就役家也古玉曰兄主何其平泊也嘿而經過可也而今既發言則豈忍虛過就北窓曰君言是矣遂與其弟入其家經宿北窓語其主人曰後吾輩之入來

者有所除厄於主人主人能從吾言否主人曰惟令是從北窓曰白炭五十石今日內收來也主人依教北窓使之積于庭燃火其中置一大木橫其時陳家與同人咸聚而主人之子年方十餘歲亦在眾中觀光為北窓即挺其兒投擲木橫中盖之伊時主人舉家皆驚惶獅光景慘絕北窓少不動色大叱奴子急乙燒蕩主人周知所措已無及矣慘惜而已盡燒後北窓使開橫視之乃一大蟒燒存性也北窓親覩燒蟒得一鍾示寸鐵子人曰能知此物乎主人曰知之吾十年前鑿池養魚乙萬漸消故怪而視之則

有一大蟒吞噬吾為之憤鑄大鍾排之欲除厥蛇矣忽鯛蛇折其瑞而蛇亦斃矣此鐵得非其鐵乎仍呼奴子自庫中持鍾而來合之則無差為此窓曰主人之子乃厥蛇之種毒欲為報離若過數月則主人之家讀同測之矣而其惡氣先現故吾輩不忍虛過有此舉措此後更無慮矣仍為作別而去云

金貢生聚子授工業

臨陂邑場市年頗妙少又多風流到處犯色犯則必遊近邑場市年頗妙少又多風流到處犯色犯則必娠生則必男以是之故雜一時所犯之女必呈懇立

360

住訪李進士家留宿觀其讌體與否當其目李進士
家寂無動靜食前主客盡酌酌之忽者女婢急出通
于李進士之子曰高彥主惠入來李進士曰縣何故
也婢曰小阿只內戰坐紡績忽仆倒不有矣李進
士父子大驚急起身入內金生自外探之則其內間
動靜挺為進亡少頃李進士出來曰金顧士或知篤
慶之症才金曰年少未經歷不敢知之而急用清心
丸則似好矣李進士卞入曰或入見病則已無及矣詳閱窟殖之如何似即
有可囘甦之方否今當死境男女之別何足言寺金
生所為入見病則已無及矣詳閱窟殖之如何似即

常時褻衣袋改歙盧羹云
大人曷商客逃殘命
靖州商人以賢蔭事入松游州有一人著地盤拋西
來當艇則以手躍投船頭而跳入白髮韶顔興脚男
子也商人悶曰翁胡跣而血兩股乎曰吾少日糶風
時兩脚為魚所食故也曰請問其詳曰漂泊於一歲
則崖上有高門大屋故船中二十餘人屢日漂流之
餘腹空喉渴一齊下船入去厥家中有一人最
過數十丈腰大十餘圍蕙黑其面淺澤其目其言輪
似驢子聲不可辨脆吾等指口所請飲厥者與一言

而主眾悲邊不可將留即為四來其暮厭父果
入來其子拜開曰今日孤雲先生竇會平安行次才
曰果鉴寶飽食而歸矣其子曰其新婦如何云眇曰
孤雲滿面喜色對客誇張曰吾之孫婦善著棋可可
以消遣云、其子曰或見其面目寺曰賴廬儀
卑搭入門之時瞥見則面有瘢痕眉間有黑癟臾其
子聞之果與李女恰、符合矣其妻疑異之其外
金生顧多盧浪之事鄉中每以狂聱待之及其病死
便例入棺裹體時運棺則輕、如小兒棺眾人甚疑
應啟棺視之則只歙衣衾而已身體不知去處遂以

而直向大門牢閉之入後庭持柴木一負堆積傷中
熱火之勢方熾忽突入吾等叢中挺其最長一箇總
角直投火中炙奧之吾等見之不勝篤心觀飛鯤散
毛髮寒怀只得面、相顧而待兒厥者盡與後又上
軒間寵痛飲必是酒也飲後為胡亂之教少頃黑面
盡赤仍醉卧軒上鼻息如雷吾等為逃出計欲開大
門則一隻之大戲為三開而高且重厚盡力開之不
可動搖墙垣高可三十丈亦越伊時身世難如釜
中魚逃上囚相與痛咒忽一人出計曰吾中行有刀子
乘其爛醉刺其兩目從後刺喉如何吾等曰然矣先

新婦同衾翌曉睡覺則別人之座也非膀牀也公問新婦此是誰屬吾何以到此新婦難之反詰之相與錯愕蓋其欣新行禮之三日也其新郎亦聽鍾夜遊仍為不來東岳誤入此歟而婢華亦認其聽新即而扶入者也公問新婦曰何以廢事則好也新婦之吾辦一死矣然吾以歷世譯戶家無男懵女也吾死父母老無依托之所不忍於此不獲已從權君補為小室且奉養老親以終天年何如公曰吾非故化必君非亂奔也從權應妙而但衆有老親庭訓甚嚴吾年未弱冠且未當第以草笠喜生意小室宣不難我新婦曰無難也君之姨姑或有寘我之所于曰有之曰然則今忽起斧與我偕行置我於其使兩家莫知之君不久斧未卒前誓不相面登茅區處賓告于兩家老親以為團欒之地如何公曰新徽賓告于其寡居姨母寅助其斜線相依如母女為言區處於其寡居姨母不知去處大驚怪徨探新郎辰姻知與假卿階遁遮柩其事假補以新婦暴疾不起假歡度莫矣東岳一自區處之後更不接面盡夜勤工文章大進不幾年登南科越告老親寧來

小室又欲通小室家則小室家曰必不信也出給新婚時紅緞衾頷曰以此為信此錦在昔遠祖入滿時置席所賜也天下既無之興歸吾家以為新婚時衾頷見此則女信遂依其言老父母來見女悲喜交至且見李公辜相檢也詳問其始終歡曰天也音老夫妻後事有托矣與他子女以共家質奴婢田宅廿餘付之長安甲第必其小室賢而有智治產業奉廿餘皆有閨範李公歲至今以居稱其笠洞茅宅乃騎入之室此小室子孫亦善於

伽倻山孤隱聘孫婿

高靈有金生者平生不治家人產業居鄉未嘗與人交遊好出入浮遊四方無處不到歸家後輒與家人子第誄昨日與南趙老人相會於智異山今日與狐雲先生稽叙于伽倻山云雖子第皆以為虛誕不可知信之矣一日忽曰再明日別孤雲即父日孤雲騎娶不可不徃會矣其子曰忿其新婦家即賢弟未知有何孫娶婦於誰家新婦家年今十六歲州李進士某孫女年今十六歲兒兒此其子心中忐以為起訝所禪李進士以知識牌行有在於道內之人渠亦親熟聞此不勝駭慌欲驗其真否其翌補有所幹

362

時令監偶過酒室有贈香於小媳之事守楊公沉思
良久日果有是事某人曰小媳一自其後不欲通他
願訪令監完於老作箕箒之役自言女子之行役人
贈物何可過云故不遠十里而來母楊公笑曰吾
白頭失室有意於小娘而然特愛其妍秀敏於且不
受烟債故無物可贈者而贈之假使監貽香豈若
朝暮逃則小娘之芳年豈不惜乎汝辭歸愉吾意樽
墳而娘之更多起安念其人辭歸又復來現曰百般
解諭而以死自誓故不得不率來胜全監居之楊
公周辭之不得笑而受之楊公君子人此豈居歟十

年不近女色葉書自娛遨遊山水小室入未後一次
魅勞其遠東之意而已少愈繼戀之色一日晨臨家
廟入內室見戶庭房闥灑掃精懽飲食器皿井~有
條理閒其子婦曰前日吾家朝夕屢空凡百皆無機
不治近日則凡百頓改前觀且吾甘吉之洪煩不之
馬何以致此此子婦執衣非凡人鵝鳴乃起終曰教
猶是餘事治欽幹辦決非凡且其性行淳謹有女士
近日處梭之精饒良以此也楊公感其言萬夕招
之風讚不容口楊公感共明致之識無愧古
但軸閒貞粹之態過出席品賢伏明致之識無愧古

人自此甚殷重之連生二子形貌端正頗怜凤成二
子年至八九歲時小室忽請藥室备居且顧治弟子
窗震洞路傍高大門間一日咸廟幸帶霞洞賓花
歸路過暴雨~脚如麻遊入一欣庭宇蕭洒花方馨
香上閒雜家從庭以慌對戟而有兩小兒衣怕鮮
明容雖妍秀非於前自上問之則楊某小堅子
也上一見榴公風道滑卽共學業則與娘於占之
神童筆翰如流皆有標格呼詣脚詩應口輒對上
大喜之已而從官避兩廡無下相顧嗚嗚上閒
何為而賦此對曰主家欲進饌而不能云母上逐

命進之餘著妙饌秘其精備而並與從官而接待之
上甚訝其猝辦賓賜頒優仍率兩兒遺官言謂東
官曰吾令行得之神盖為汝輔鄉之臣也因除春坊
假御使之長在關中盖典東官年相者此寵遇無此
其後小室撤庭選入大學以於老為其長兒楊士彥
獅東萊府至安遠府使其次兒楊士儁也

李尚書元肅結芳緣

東岳李公安納新娶後上元使聽鐘於雲街醉過
笠洞前路卧睡路傍而婢輩來譚曰新卽醉倒
於此仍扶入其家新房而公渾不省矣洞房花燭與

相曰汝犯死罪吾何以活之然而汝旣死矣吾
欲把手而訣可乎縛捕校以大將令爲難趙相
怒氣曰斯速解之捕校不得乙承命而解縛趙
相執其手而仍上置其鞍軒踏板上仍分付御
聽執事曰如有迤來之捕廳卽縛一僧結縛軍
宰唱諾而回車疾馳而還留之家中而不使出
門趙相相此曰汝何知而敢如是乎云云必亡
諫之則趙相此曰汝何知而敢如是乎云云必亡
不宜入祠堂呼大監而哭曰大監六
門趙相死後傅其子趙相載浩常見有小星事
小人從此辭退云云仍更不住其家到壬午年

酒禁之令至嚴六不以酒爲粮粃欲已久仍以
庶病有朝夕難保之慮莫大於釀一小缸夜懷
後勸之則驚曰此炳何處得來曰爲君之病潛
釀矣仍呼莫大而出外以手握張之醫而拿入
曰莫六不挺入矢張自作分付曰汝何爲而犯
禁釀酒乎又自對曰小人爲君乃甫小人無端
之妻爲小人病而釀之笑容又分付曰汝可斬仍
作斬頭樣曰如此則何如吾以小民何敢不犯
國禁乎大是不可仍破瓮而不飮曰其病不起
云

楊永宣业闕連奇禍
楊永宣某有遊覽之癖一馬一僮逵逵业闕登白頭
山田路歷安邊向午將依林馬松店倉卒、壺鬳門
廟彷徨回顧路邊袋十步許溪岩勤跎中有一小庄
鷄犬相聞遂至庄前有一小娘年可十五六應門而
問客從何來答曰遠行之人見店門壺鬳故將欲喂
馬而去汝家主人何處去手娘曰卽店人盡徃徃洞
報會失仍入厨下出馬粥一筒鬳之梻公自坐天氣陶
處解衣樹下娘歸箪席於樹下饋而請飯

而來山菜野蔬杜其精建梻公見其應對敏舉止
溫淑心甚異之且拜辦客留有條理問娘曰吾但
睇喂馬而业興人饋之何也娘曰馬旣徃矣人何不
飢芻可睇人而責鳥于仍問其年則十六問其父母
則村人也跛跛沙齡烟價則鬮辦不受曰接賓者人
感應行之李若是僧別非但風俗不羌將未兌以母
之嚴責矣不敢受之曰此則長者所賜宣敢辭也
而受之曰此則梻公未爲遑歡
曰嘘士村嶔何物老娘生此字孌兒于仍逞逍歎年
後有人來拜於梻下曰小人安邊某村人业其州某

之上問幾日可瘥對曰一日痛止三日权灸
西巳一如其言　上書諭藥院曰傳藥火頃脱
然忌前日之痛不意今世有此陰技秘笈醫可
謂名醫藥可謂神方其議呼以酬勞者院臣啟
請先差曰謝醫賜下品服授正職　上可之即
除羅州鹽牧官一院諸醫守驚脱飲手讓其能

揆是戴吉之名聞閭申能胆膏遊為于金方傳
于世

降房星文守殉國

長城人文紀房江澗君蓋嚴之後也父炯夢房屋
上泊大星雁下光濁地傍人言是為房星也驚
覺評活當是夜生子名以紀房為兒賦咛馬
頭從為旗自稱為將羣兒無不從令十五讀史
玉張迎許連傳慷慨舉鄉施卷流淳普力絕人
善騎射與源逃第明會同管辛卯武科選為守
門將壬辰島庚大學八寇紀房與明會倡義起
鄉兵擬全羅天轉到南原土卒盡散只餘禪五
兵彼自順天轉到南原土辛盡散只餘禪五
十餘人賊鋒薄城下紀房與明會張日哇手曰
今日當决死以報國鼓行由南門入賊圍數重

弯弓亂射殺賊無數右手指盡落更以左手射
賊左手又脱紀房口呼一句曰平生殉國志感
下玉龍知明會繼之曰力盡鼓辭東雖狀社稷
危血書于衣神遂與兵使傳戰而死奴甘命將
血移依儡屍中脱身逃家僮殉鄭狀以血衫
歸於高山並錄宣武原洽二等後東道歹上二
百餘人上言諸褒贈事下本道久不報云

進忠言入祠筮舞

貪色趙家婢莫大者其祖妣輔嶄妣也人頤妍
為立不者趙相顯命佀述也人甚賢宜西嗜語
美六不乃作妾西大戲每出入廊下一日在趙
相家彩綵割使下宜未請古啟則給二兩六不
受西遷擲于前日歸佀大大人主衣資統割使
含慈熟視而去笑後佀為恼將而上來仍出令
日捕校中如有挺的寫不者吾施重賞過數
日果見真歡施乱校之刑人怱告于趙相趙
相時帶御將東軒過捕廳門外住軒而傳喝曰
此是吾之儕人必藥雖有死罪歡一面西歉頃
鞋出送捕將不得已出送以紅絲結縛徐郎十
餘人隨而來六不見趙相泣曰顧大監活我趙

365

皓俱被執時辛巳十一月九日也厚健就捕時
家人哭厚健慨然曰人皆有死得其所難耳今
我為家國報讐西機事先洩功未就為可恨无
無愧矣聞者莫不流涕

李清華守鄭卒世

李陽昭字張建麗末人與我　太宗同年生
洪武壬戌又同中進士火相善及革命隱于漣
川陶唐谷　太宗物色之甞親玉其第置酒道
故舊與之聯句　上先飄曰秋雨半晴人半醉
陽昭即對曰暮雲初塔月初生蓋月初生即

上必時卿辛妓名也　上下床搤手曰子真吾
故人命戴後車偈昭因辭不就士人名其居曰
玉臨里玉今補御幕御水井始偈昭與　上
其業於谷山書龍寺嚴其山水甞言他日顧為
此郡守玉還　上記其言特除谷山郡歙因
此起之陽昭又采願命　上嘉其志賜名野居
山曰清華蓋取白居之清風希夷之華山也
其後陽昭亦不肯復為莊撰草屋於深峽名曰
安分堂庭楷文書鍾葉讀書以終老自號曰樂

隱臨卒自書銘旌曰高麗進士李某上聞之嘆
歎曰生不能屈其志死不可污以官特贈讖號
華公連圖師無學占辭地得於鍬原陽昭之子
言其父遺命奪我命等我勿離漣川命之割地
原十里屬之漣川守臣以聞命割地
之置守塚召其子官之其時又有元天錫南乙
珍給甄與陽昭俱逝世不屈時人謂之高麗四
隱士

楊士
進神方皮瘤擅名
次載吉者醫家子也其父業治瘇善合藥眩烺

戴吉年尚幼未及傳父術其母以聞見教諸方
戴吉未甞讀醫書但知藥材煎膏己一切瘡瘍
賣以資給行于閭閻不敢離醫到士大夫家聞
西招致之試其藥頗有驗且廟思頓
療離諸針藥久未奏效及狀面領諸御時當
感暑無寢渴久不能對左右諸醫皆窘笑之
問起居有以戴吉者名曰者命召八閭戴吉賊人
也戴汗不能對左右盡窘技戴吉自有一方可
前診視曰毋畏也　上使迎
試命退西劑進乃以熊胆和料諸藥熬成膏傳

張義士名厚健龍灣人也兄弟五人皆有膽勇丁卯虜亂兄厚巡與三弟俱聞死厚健時年八

力疾復伏閩疸瘁大籤曰己不省時為囈語曰吾父活耶及救人旁人呼告之次奇驚覺曰信耶豈寬我耶刀讀示判辟次奇開眼祝舉手祝天者三既然起西舞曰父活矣父活遂仆不能言是夜次奇竟死且年十四且父入獄之年既於父出獄之日遠近聞之者莫不為之流涕

張義士為國捐生

歲與老母伏積屍中得免及長撻淚誓曰異兒生不能報丁卯之讐目不瞑定胃騎射讀岳書西子弒林將軍慶葉邀歸悼賊將偉被擄男女皆雀孝一亦慷慨士也志相得與之謀曰以弟之智勇若入中間必以為將挾天兵之到瀋陽則彼必求救於我國我圍不得不助必蹙清業兵我與同志北士從中起則彼腹背受兵吾事濟矣孝一計定臨結收為許諾豪傑應者數百人郭翰以軍粮府尸黃一皓微聞之召孝一等與語大奇之謂曰崔孝一入中朝車禮亮

八瀋陽厚健則在此應之我當慨助密贈唐而五十段白金百兩孝一將柬舟西行與其謀者餞于江頭酒狎孝一賦詩曰萬古為長夜後擊楫而日月明男兒一掬淚不獨為今行厚健和之曰壯志馳承漠母憂向日明嶺州千載復君行車禮亮和之曰此幕雲揹黑南天日尚明神州欠事業都付一舟行崔仁一和之曰淚洒大洋耻心懸日月明男兒無限計滿載此舟行於是孝一渡海直抵吳三桂大喜署造其人到義州自補崔孝一義子告之曰崔公方在吳將軍幕下將與南將張某顔某師東下厚健信之作諺書八幅藏衣袖送之其暑曰朝迁把摠金人聞之起我圍暑漢人之降者連謀之聞勇四八恐貽本國惠因家族又曰世年龍骨太之來執三公六卿圍索金尚憲諸公西去矣國脾臉又恐有東搭之舉顔暑與天將亞領彗西來車禮亮入瀋中尚無聞矣又曰若圍黃河尸可通中朝同志士果某聞好音莫不歡喜六謀者持書入瀋金主召被擄人解讀之大怒即連便來怒惜名在厚健書者十一人與黃一

醫寧相以道濟民鵬以術活人窮達則懸殊功
則等耳然寧相得其時行其道有幸有不幸食
人食西任其肯一有不沒咎罰隨之則不然
以其術行其志無不遂焉不可治則舍而去
之不吾尤為吾故樂居是術非要其
若貧西無勢者武非以疾殘也吾溪世也
其術以驕老人門外騎相屬家談酒肉以待寧
三四諸燃後冒從又耶從非貴勢家則富家也
利行吾志西己故不擇資殘也吾溪世也
一不起是豈在人之情武吾耶以專遊民間而
不于於貴勢者懲此業心被賣顯省寧必吾業
者武野哀悄掬問里窘民耳且吾操斜西遊花
十餘年矣武日療數人武月活十數人許耶全
活不下數百千人吾今年四十餘後數十年可
活萬人至萬吾棄矣云嗟呼趙生瀕離
西不于名說博西不墮救起人忿西必先宇窮
無勢者其賢於人遠矣

校父命洪童毆

忠州童子洪次奇方在腹其父寅輔生殺人係
微及孔數月每崔氏弘究葑京次奇養於仲父

父呼仲父西不知為寅輔子也甫數歲興羣兒
戲每驚嗁不食姆陰其故西不應良久乃止如
是者月三家人恠之後從邑中人證其日已州官
訊因日已聞者莫不異之恐備其心愈諱其命
父事至十歲父念年老無出獄期一朝命
奇把父大哭西乃使家人告以宗嶪至獄門次
居數年催氏累上言不報客殷於京既遊葬次
奇笑辭父日母試父竟未遂飲恨西殄又無長
成子兒雖幼非兒誰沒脫父死者父恃其弱不

戍子兒雖幼非兒誰沒脫父死者父恃其弱不
奇不得見父大哭西乃使家人告以宗嶪至獄門次
許次奇脫身潛行徒步入京擊申聞鼓事 下
按使又不報次奇即留京不敷翌年夏會
大早 上諭中外理重囚次奇伏闕下過公
赴朝者輒泣訴父冤凡十餘日覩者無不感動
從從將餉饋之武柢其頭以夫風刑判因議因
八侍白其狀 止為之惻然勅按臣詳聞奏累
抵使以獄老事昧泰置可否間 上特命資死
眾簡南始命按使也次奇冒威熱走三百里詣
使司輝泣馬父命及訣上次奇又疾行先擇木
振怨百里庭作從者齱火留次奇不可担到邱
微及孔數月每崔氏弘究葑京次奇養於仲父

宣廟庚子白氵體察湖南上使譏察部公馳
啟曰速賊非如烏歐奧藻廣生產之兩難以
譏察人瞻謂之以奇談固法削職者雖大臣以

及霧稽漢陰以領相削職稱及弟吾何時及弟居敬
被將議曰吾周接己為及弟白氵以左相
居東郊有一眠束謁曰小人以身後不堪聊生
曰吾亦以戶役不堪聊生時公被議速之勤
與戶役同音故云云議大臣如是是時國家多
事每事諉可輙以議事在座公不勝其煩燒
一日禮部侍即以攸議事在座公方搆思以對
遇小婢自內出告曰馬豆已端何以繼之公此
曰馬豆繼用亦讓大臣耶開者捧腹笑丑速獄
有慈山人李春福為人野峁引金吾部到慈山
跟捕則境功無李春福而有李元福金吾部聞
于朝鞫癰歊拿問之時以安官在座見牽試
己定年不可破歎不言則恐無故橫羅乃曰吾
名亦與役相近頃上章自辯然彼可免矣左右
相笑事遂寢時速寵大起收同之一律甚巖公不
動而能以一語而解之人莫不偉之一日見人
情迹不明而誣服者公歎曰吾崇聞儂松皮西

成餅炙今見攝人而成賊炙其氣偽吹廊離
以談諧戲事頓以平反者甚多

活人病趙醫行針

湖右趙生名光一嘗寫居洪州合湖之西足未
嘗蹈朱門門亦無顯者迹其人踈坦易質與燈
無忤惟自喜為醫其術不治古方用湯藥常以
一小莩囊自隨中有銅鐵鍼數十餘長短闊狹
異制以是次癰疽去瘀痛通痺偏踈風氣起皮
癰無不立效自謔曰我偏其術其鮮
莒也嘗清晨早起有老嫗濫樓間留而扣其門
曰某也某村百姓某之母也某之子病某痛殊
尤赦丐其命出即應曰諾弟吾當趁徙矣
且起硬其後徒行無難色如是著蓋無虛曰矣
一日矣而路班生頂籥著木侵此忙而行或
有問之者曰何之生曰將再從針之或曰何利
莒也嘗清晨早起有老嫗濫樓間留而扣其門
吾一針而來致期是曰將再從針不應而去其為人
於子而躬勞苦浩是亦先笑不應而去其為人
大暑如此武間曰醫者賤技也問巷早賤也以
於子之能何不交貴頭取功名乃從問巷小民遊
子何其求自童也生笑曰丈夫不為宰相寧為
平何其求自童也生笑曰丈夫不為宰相寧為

火民生利病咸係田吏之得人與否而如胥虛
過守令之過也今欲除胥卹弊之職而未經由
吏云姑置也又問胥於戶長帖矣上日有人才如此幾計越當
受正朝戶長帖矣上日有人才如此幾計越當
次特陞通德郎可也因命自外宣醞因命退出
慶番與諸戶長行曲拜之禮趨出至門司謁設
席其酒盃招尚州戶長以御命賜之逐趍伏
盡酌又行四拜謝恩諸戶長皆攢觀如堵莫不
歎羨云云

閩韶人三代孝行

甚于朴義喊人也事親至孝家勢貧寠朝夕
難繼而為人傭賃得其錢米每日歸以養親及
親喪身負塊土以完襄事逐於墓下以終三
年鄉人稱待墓廬祖生未嘗遭祖父喪及
長每以不識天卽不服父喪為母在不忍痛平生
未嘗與人嬉笑違逆罪人為母喪不以壁而寒
西難庵遂終農箕未嘗武廢不以壁而寒
暑西或廢甘旨供養終始不衰又違母喪哀
逐禮葬祭盡誠俾無餘憾及其沒田甲素取嗜
擘掊一如初襲仍殺殮廬墓軸韻南百一素取嗜

次行由中不欲見知於世也其子某父忠腐痕
事邑宰感其孝將申請旌澟西歸泣乞停蓋其
好西絕未近口吹菜吸粥以終三年鄉人卜其

臨危境盒露現夢

李白沙相公生未周歲乳母抱持近井故諸地
坐睡相國囷囷義入井乳母夢見白髮丈人憤怒西
而長以杖叩其脛曰何不顧兒痛甚驚覺趨前
救之痛其脛廬日大異之後家中饗祀桝其夢
祖盒露之影于于堂中乳母見之大驚曰前日
叩吾脛者卽此影樣也英靈
不泯於三四百載之後殺兒孫於貼能危之際
笠徒其神靈亦知曰白沙之一異於兒見能致神明
之佑也

善諧謔白沙寫諷

醫言蔘可以得效時當大寒躬往背異山覓源
寺求之忽有老僧指一枯莖令採之得人蔘第五
根甚大西僧無共蓿持西歸則寺中無賴輩
六名來知之有虎在旁吃絮不已衆皆逃散仍
西持末煎進父病乃差母病再所指得延數日
後閱于朝三代俱蒙旌間

370

變十五聞 毅宗皇帝殉社伊後光陰倏忽為
四十七年而不得恭天朝甲子生朝奄屆回
瞻宸宇足可歎泣安可置酒以忝俛仰之懷哉
詩云哀哀父母生我劬勞且程子曰人無父母
生日當倍悲痛常年此日猶尚如此况甲年耶
孩輩體吾此意勿使速客也云後贈參議根
生之子時發肅廟庚午以王朝户長肅謁時
仁顯王后避處私第拜闕禮訖謂諸户長曰今
我聖母還居別宮為臣子者當一體肅謁可
也衆皆不從時發歎曰古人有獨拜西宮者因
瞻望獻拜又當丁丑下城回甲追念興懷以為
天下之興亡有類博戲為作博戲傳其忠憤所
發蓋寓哉 皇明之恥也從從讀之者有之此
發單于塞痛飲黃龍府之意云時發之子三億
景廟辛丑[illegible][illegible]趙公正萬莅本州重修南城樓
使三億董役畢請額弘治舊樓仍作記曰 聖
上元年辛丑秋敢承侯命董役南樓陽月望告
訖將扁額列書朱雀門鎮南門撫南樓等號欲
定其意尚念此樓始成於 皇朝 孝廟其後
二百有餘年更修於今日而檻外乾坤盡為陸

沉惟茲樑題遺蹟宛然一如昨追古興懷足可歎
泣若使朱先生見之必興詠歎之思而抑有豈
此樓而起文山不下之心者哉遂以此白侯曰
可因以弘治舊樓揭之 英廟戊申之亂為首
吏忠憤感慨西指書于旗曰滿腔丹忱殲賊乃
已嚴東椽吏撫安府氓人無不以死為心有賊
謀曹姓者稱以避亂至椽房盛言賊勢騷動人
心三億即命結縛送付鎮營遂不敢入本州云
云三億之子慶蕃於 英廟己巳以正朝户長
上京詣 闕門肅謁 上命某某邑户長入侍
慶蕃亦參其中隨司謁閤重門到階下俯伏
上問尚州户長安在慶蕃稍進而伏 上命使
引拜於郎品之階因問曰州民皆無疾苦耶起
伏對曰私霑 聖化比屋皆安矣又問曰鄉邑
小吏侵漁小民云然否起伏對曰臣有所懷袖
來者而咫尺 天威難以口達請以紙筆 上
命賜周紙筆硯慶蕃遂退階下畧畧點綴於本
草繕寫以進 上下覽後謂左右曰不意遐鄉
户長之博識如是因命近前舉顏又問曾經由
吏乎對曰未也 上曰嘗見御史別單官以得

年策勳茲原君即吾府之知印西與吾為族黨

氣毅當吾府也有禍褌聞其書言于巡相巡相

即朴靈城文秀此招三邑知印詳問委折送言

于三邑俾日此有三邑大訊當會衆決慶竟右

聰泉兩邑知印各相補克云

甚愛之以錦綺髱駒蒙賞之即付劉把捻後

時掌簿書敏給如流且論兵事忠憤感激天將

俠吉甚見獎詡癸巳秋天將呈惟忠駐軍本州

商山吏李景南當主辰亂倡義作戰死隊附雄

果世忠鄕

西逝世以大明處士補之崋卜州西之墨西山

因命藏衣履自述壙銘曰皇朝之一統先治

百年芳菅余俟于 嘉靖之間緬余世西無野

容芳聊以藏乎墨胎之西山誌者以為生誰曾

連海死埋齊岑云景南之子枝元臨

廟子胡亂以時广長自顧從道伯沈公懷勤

王之師行到韂川間講戌痛哭南歸有詠懷詩

甲申三月 崇禎五聞必上東海寺皇帝日月

庵設明西哭每當 明 太祖 神宗 毅宗仁

三皇 諱辰以明永六盞焚香拜獻于此名以

大名驛鄕之廣士蔡得近崇訪城西卓廬要

與偕隱于東江別墅枝元戲曰東海萬濶西山

選民其趣一也何必結鄰西彼可乎蔡歡曰西

山選民可可有當西東海萬濶我實逃避用題

世忠孝特枝元已之子根生年十九為戶長盖以家

軍資正枝元之子枝元四字以楓之可見其

門必捉手趕行運居于嶺間官唱導敏必下堂

庸之世胄多必之當其田甲日以調病在東海寺

貼書猪子日吾以 崇禎三年生八歲當丁丑

王師此定中原日家祭無忌告于翁之詩怡然

有天朝錦故也臨命精神爽然誦佳嶼南

樽遂曰欲忘此世甲子醉盃裡乾坤盖其冤疢

有蹈海八詠以見其志常崇酒于 天將聊賜

下城著周衣戴巖陽子走隱於州東之東海寺

庶孝子吾欲敎王陵賢母十四字熲之及丁丑

城圍中其子枝元縱道伯勤王手書莫作徐

南歸 仁廟朝丙子膚擄狼行朝在南漢山

上京秋閱七日不得呈撤火賊崇禮門外痛哭

以軍功陞閒樞光海丁巳廢母議起栽疏竦沫

於濟生洞一族親泉公下馬入見主人具告以
所見請同入見既入歐炳果蹲坐於婦人枕邊
公不言直視之歐炳即出去文在庭中公隨出
直視歐物又騰上屋脊公仰視不已便騰空而
去婦人精神頓蘇如未嘗痛者公去婦人又痛
即剪紙百餘片署以手狀滿室糊貼此妖遂絕
文之寃本驛子孫因為本驛吏當道伯之巡行

西婦人之痛良已

兩驛吏各陳世間

巳以掌馬奔走行塵受此類于牢子輩因厚非
常某吏不膝憤恨詰其族吏曰吾輩以鹽司之
孫一變為郵吏每於春秋受此大辱或者先祖
當年巡行時哥督吏子孫度此映報耶因揮
淚不已時長水郵阿吏通在旁笑曰君之先祖
即海伯巴君住海西說此寃問可也吾之悶尤
有大於君輩吾先祖即本道伯河敬齋相公也
身其曾孫運亭迎士公之寃也且尊先祖海伯
境子若揮淚則吾輩當慟哭也且尊先祖海伯
公之政尚嚴苛今不可詳此吾先祖敦寧公之

厚德仁政朝野被其澤連亭公以佐畢門人
株連罪籍矣尚蒙天休則吾輩當大鳴於世而
查查匹於此倫經困厄天耶人耶因大笑尸
吏遂盧首為謝

三知印競誇張鄉

英廟乙百嶺伯巡到順興玩浮石寺時本邑及
安東醴泉知印陪其官齊會有安東知印誇其
叔陪行營吏茶啖炳誇耀順興知印曰吾邑以
無此饌久矣汝可火嘗味也安東知印曰吾以
吾邑之無營吏有此羨視煞宿之先祖末斛洗

是於吾邑之鄉吏寸孫也吾東知印勃然變色
曰是何言也寧有是理順興知印曰昔不聞前
朝安文武公以別星過甬府也使知印洗延之
文戴於麗史乎問于甬叔則可知也如此之際
醴泉知印通在旁謂順興知印曰吾邑別前朝
勲業有林大匡 本朝知印尸別洞先生登第
為大司成藝文提學以博士受禮 元孫又有
黃公登武科藻勳振武海陰昌原大都護府使
此則安東順興之鄉不及也安東知印曰吾鄉
則 本朝雖無文科生進與武科磊落相望昨

白正直 一日三人欵聚一權貴相與謀議母知
之乘夜屏左右招諸子從容誨之曰吾輩不識
根源生賣肆氣欲禍人之家吾不欲子孫有此
行也諸子動聞根源之說母曰咄嗟涌母坤也
必而股事郭某家如此如此得以至汝汝當諫
柳之不眼而乃反楊楊自居與恒人比論武諸
子羔卿而退伊時適有樣上君子潛聽此說要
即佐金第使女婢通信于毋毋聞即大喜曰吾
得厚貨抵告郭家方窮困無哪歸喜聞此事
之族男來夬即為壁入致欵閒人之氣熟奴主

當結草以曰子何不語儒友庄中出言必侯吾
獨居而來耶其人曰衆人情神寡難以告語
君自有過人者故欵傺閒來語耳公曰試圖之其
人謝而去翌朝公召問主人曰汝造此屋時武
有耶觀者乎主人曰西屋下起是古塚西俗相
日置屋古塚上心神鎮安故不複移即築
主人告以無財力公便給十五緡即日撤移求
遊屋夬公曰吾消與夢涓茗不連移必有大禍
他虜其淩官人乘夕來謝於公宅欵感甚切仍
喜公必大賣五福氣儒但至正卿必列延乃爲
完福不然則禍亦可俱公常潔志之故卒循其

禮甚恭郭亦無如之何以姻戚出入金第厚受
顧且得諸子周章護靈陰禄果至郭守云
愿崔夢古塚得全

崔奉朝賀夲瑞火時在龍仁一民家喪藉友夬
糧科業一日席散公獨居忽見一官人儀貌秀
偉從數人入來徑詣坐公視其冠服非今世常
製深怪之問其耶從來其人曰我非陽界人即
前朝之士也衣窆居此民家西室之下常暁
夕興彎我室難望有一孫在房一脚盍爛灼夬
君蓋為我封移此屋室以全我宅幽明雖殊感

言年末衷西退麝龍仁
遂邪思婦人獲生

李相國德在玉堂時一日過宗廟墙外巡邏屈
時徽西忽見一人農委薬衣兩目如炬燭脚踔
而來止及從夬見甚悸駁此人忽問吏曰前辟
遇一臚者步史曰不見此人走去如風公來時退
果一臚者齊生洞口公即田馬尾此人之淩宜
到藷生洞一家乃公之衆姓三從家避野也
盍其子婦得怪疾閒果月在死境其日方避窩

而室之不戒憤形女又語其母曰吾輩在此終
難免蜂蝶阿不相牽遠去母素愛
此女一住其言暮夜遁去藏蹤秘跡乎
課產甚勤又天佑神助凡野營為無不順氏乃
買舍占田儼然富屋鄉里爭耕火乃
富家子弟欲聘之女皆拒之曰彼曹難積粟
千斛本地微賤非吾儕食也里中有金姓者以簪
紳遺香早孤家貧為人傭奴年逾三紀未占配
身未嫁庶幾一鄉唯之女曰若非此人吾母難之而
終焉如何竟成花燭女使其夫斷絕農業巡師
黨學夫本庸碌逾年次苦不識一字但性直隨
女朝教一導女乃有還喬之想願一茅屋
於語裡通與甫瞻家相鄰女使其夫終日慈衣
迨死坐閉卷窮業泳姿言路夫二依其言一洞
軒俗瞰其亞廉已心憚炙女又潛買一牘炊牛家
歲月終始靡德奢奴僕又從以而聞野見嘖
噴於前甫瞻已心憚炙女又潛買一牘炊牛家
中不飼菊草依以荏菽牛甚肥澤甫瞻通過重

病脾敗口華山珍海錯莫不下嚥家內舅退冀
耆師為女傾知其事殺牛作脯致饋于甫瞻之
內屋甫瞻一嘗病頓開盡嚥之又吃之如是
者數月甫瞻一牛而病隨差矣甫瞻大悅持占驚
一往叩其野學婢童聆其言走告于女女囑夫
曰彼李尚書之來但當爐謀掃遊慎勿開嗦露
出本色夫諾之不數日甫瞻果簡驕驕來訪金
歆翰垣而走甫瞻挽止寒暄接待一直遠巡集
上有周焉甫瞻問其奧旨金輒辭曰如我學拳
宣識易理屢叩而終不應甫瞻退而愈服其樣

巫落擦地至管蕭劉際諸縷至堅卧不出女又
移居郭坰西己生三子玉樹芳蘭才識出眾聘
得高門文辭大進一日女使其子攜出一疏廬
列貢瞻殆無餘地子曰母何出此亡家引巖君
人權傾內外若有侵犯奇禍隨至且薦引巖君
得至于此今皆之不祥母大焉曰若曹有禍見
識如不導教誓不見汝子乃勉強撰文母使
馬呈果獲譴罰天道循環聖主改玉賊臣黨撥
莫不翻治夫以向年一瓯見推於世高官大爵
以終天年其子三人次第登科各占清要帝消

次仰見而食曰佳哉臭之尾也是猶愈扵徒食
也其稚子不解父之意一啜而再仰見扵此又
曰可得無醋乎何以再為家衆莫敢復仰此之
有入壽遺扇一柄措大呼諸子而示之曰此誠無
佳品可得壽袋年乎措大長子惟有暑肯餘無
類者仲子先對之曰一扇之將一年足矣後問
其次亦如仲子之言措大不悅曰敗吾家者
必若曹也顧其長子曰汝第言之長子進跪
曰諸萬年初曶不省節用之道一扇可支二十
年措大暑降辭色少加賛賞曰其可也何如長子

日一開圖之間未免致損飄若盡展其扇執柄
不動以頭搖之則宣特至二十年乎滿座咽大
笑云嘻頑秋富家子弟崇奢侈溺扵酒色之
瑞破其祖先之業此寧不愈扵彼耶然而奢與
嗇其失一也思得中行而與之則廢乎其可也

占名宍童坤慧識

闗東有郭生者闊闊高華而老家餞曰與一
僧博相為盾弄戲誰毀弄如平交樣子其子三
辣不聽家人痛憎山僧無如之何矣反郭生沒
庇喪畢僧始來言主京責之僧不容分辨但

曰小僧受先老爺眷挺之恩待賤品如敝己豁
草殯首今無奸施顧納一告地得葬修之耶則
可救萬一之報耳郭不之諜信而自己亦辭風
水方廣踏名山未有佳處恊寧姑從僧言試覩
其好屍而進違之乃乃與僧登一山逐龍尋穴
僧指一巖曰此寅葬卯發累世公卿之地觀山
矢郭挓向諦視曰堪輿之書不去乎皇長在將
九重將不出扵軍帝盡貴其山回水抱巖風向
陽之地此穴來龍卽似峻莘而薄帶卻敍重紫
雖似矣宄元而反覽曉邀得水得破皆不合格顧史

觀他處僧乃指一岡曰此則何如郭就見大喜
曰俺倂地多矣未嘗見如此盡善盡美者也仍
僕懷楷謝僧曰此地不過出卿守一人耳公之
捨大取小抑何故也郭曰吾之道眼不讓老師
萃親之封又借他人則君無多言仍相携而歸
蒲吉克葬于郭守之地始郭生之論山也使一
章頭蒼食隨之坪恨極慧伶得開一場品評暗
歎火主人之抛棄福地歸語其母曰某穴將為
他人占擄莫若移埋死父之骸扵此以徵日波
之兒賤乎然之束夜潜抵旧塚兩窗女子彼土

得受青囊不傳之秘術若有目眇者則手到病

袪釺官大喜使之鮮縛延堂賜座曰舊官真非

人武有此大恩未報西反欲親之乜金亦眇一

目眇能醫之居更熟視曰此疣最是易墜者相

公乘夜潛出山的之家則當以神方試之釺新

官大喜苦恨此日之遲遲迎入後堂籌錯水陸俱備

己候于門外矢延入後堂籌錯水陵俱備

飲至半醉新官問曰疣出矢刀圭可試之乎吏

雖雅西己火為縛一萬此北續置席上釺官驚曰

此物美為而至武對曰此是神方也若行一場

雲西則目自癢矣釺官不信欲起大笑曰舊

官相公之欲欶小的者正以此也新官半信半

疑不宜直前吏聲從再三新官怒於療目且多

酒力鮮下欄帶被朧竟把邢話朧朧進去邢

斗兇吼嘟睥翼辛罪事更送去門首曰小的

明朝當進謁作賀勿以三盃薄酒相待也新官

入坐縣堂秉燭待朝攬鏡自照則一夜不睡右

目又欲眇矣且怒且愁使收隸果火把右

以綵繩繫斗尊被以綵繒衣徐行大呼曰速開

大門知縣相公室內媽媽竹次矢一府賑笑魂

獻狼藉新官那入內軒不敢出頭歎曰凌晨夜

去往上京云

假封蒼山神護吉地

昔有全義李氏祖先遺其親卷欲營藏修之邢

先壇之側有一山極其明麗將卜之堪輿者曰

此穴之卿以尚無主者以其破土之際便有

雷西之愛政己李乍以要延卜日營竟轍轍己

到西九然一壇己先占於當慮矣容曰何等慈

人一夜之頃己先占人地奈何李沈岭良久曰此

非謀第當破視眾曾說止李固執不聽亞興封

不欲被攬故至重淇戰吾宜見端也仍無憤過

眾皆賀之且問其故李曰吾聞山神偏護大地

斧研之則樞內滿窠砍巻見曰西消頃刺便盡

申公之樞李曰果不出吾料乃擔置于外以大

陸則有一㙯漆光可鑑朱喜銘雄曰學生高壁

關玄

惜一扇揹大客癬

避鄉嘉揹大居家以吾嘗名於鄉曲晉於夏衫

胥得塩石臭一尾懸之標上每餉令家人尺一

得還急無計躲於甕間矣火把照處皆云賊在
酒庫中打鎖開門揪住綑縛如甕中捉鼈手
到拈來納諸皮俗掛於門首柳枝上明日將告
官懲治矣吏潛入其家祠堂放起一把火因呼
一聲曰火起家人都奔救火只餘座首之父九
十九歲老人半鬼半人癡坐後堂吏潛入曳出
至柳樹下皮俗以老人代置之扶起知縣急急
逃脫知縣恨爺孃少生兩隻脚飛跑縣堂氣喘
聲嘶心頭燕明燃火挑柳不住瞋目大叱曰甫
殺我甫殺我世豈有為宰而作賊作賊而喫酒
放歌者乎吏笑曰小的奴許令始得成笑相公
既脫之後以座首之九十老父代將皮俗而無
人知覺使做公輩趂即拿來囚置獄中早衙招
座首入來當前發解以不孝論罪着枷嚴囚後
如此如此則數千金可坐而得也知縣果依其
言後晨招座首入謁使升廳賜座因問曰君家
夜來捉賊云懈來牢因今當對嚴治使做公門
拕來解出則一老漢自皮俗中欠伸而出座首
見是其父驚惶戰懼下階伏罪此是民之老父
而家人誤捉罪合萬死知縣拍案大怒曰吾夙

聞爾之不孝著聞一縣今乃無故把此綱常難
可容恕仍呼邑隷翻倒在地猛打二十杖威怖
皮綻血出着二十斤死囚枷下獄座首百爾思
度實負名教大罪圖生無路聞某吏最緊於縣
爺乃潛招衣告曰君若脫此重罪則數千金猶
為輕報先以白金二百兩放在卓上吏佯為樹
難久乃慨然應諾二千金乘夜輸家後入告知
縣官鬆放出分文不留盡送知縣家矣居無何
新官下來以堂欠印之際知縣自思若留此吏
則其事必洩仍密囑新官曰縣吏某奸猾弄權
不可容置者我去後君必殺之庶幾一邑賴安
再三申囑而去新官以舊官之付托必有所見
且難違其意明日衙開捉入某吏不問曲直即
欲打殺吏暗揣吾無得罪於新官者此必是舊
官恐事之發欲殺我而滅口者也一不做二不
休當思所以自全計乃伸視新官則左目眇矣
乃大放哀告曰小的於新官交遞之際無甚罪
過但以舊官策前瞽目之故致此殺身之殃豈
不哀哉新官驚問爾有何術能療目眇試言之
當赦汝吏曰小的少日飄蕩江湖上遇一異人

購大索窮搜至園雍者三而終不覺也一日馬
忽振鬣躑躅舉項長鳴俄而反正之報至矣全
昌蒙放行到聽邑馬忽自入山辟小路僕靡問
大路則馬不受制壁向小路以馬多異視之此
去至一林叢間有一人伏在其中全昌遂往其
乃柳氏平生讐人正欲報仇之際忽然相值使
從荊縛取挺來遂至伏事人莫不異之仁廟聞
之命馬加資及全昌卒返視後馬不食而死埋
于賊東門外

善歐騙擄吏羌癡碎

某人嘗為峽邑知縣為政清介一毫不妄取而
性柔迂拙作事庸懦住滿將歸行橐蕭然無由
治裝心以某急縣吏某素所親任而為人
百餘兩倒且戲其被舉指使一欬效忠矣見知
縣必居窮途進退兩難心甚憐之屏人密告
日相公以廉潔自守爪期徒治行無
慮柳將潤屋有餘笑知縣曰言若有理昌不聽
難辦小的歇竭誠圖報恩得一計非
從支日某庫首冊甲一縣官主之今
夜襲小人儜伴試行偷兒乎端則千金可立致

也知縣大怒曰法以此等不法之事敢干戒宜
有作宰西為盜者乎毋妄言罪當吏曰相公
若如是執拗則公債數百金將之路豈
五六十繦將何以辦出乎且遲宅後年豐而妻
啼飢寒嗷嗷兒呼寒窒如懸磬盆中生塵仰時
當思小的之言矣且暮夜行事神君莫測此呼
何貌樣而出對曰只此君中發真輕服足矣行
商話漸談投機乃戲眉而言曰第試之當作
趫遂取而頓受者也顧加三思為知縣黙坐細
與某更攜手同出于時街鍾已歇人跡漸稀月

落霧合夜色如漆梯坦潛入至一庫門穿寶西
八吏愕然曰諭入酒庫矢然小的酒户素寬對
此佳釀口角涎流試行畢吏卻故事因脫知縣
簔莫一隻飛入大白灌于奉歟知縣到此地顏
言曰小的平生酒後耳熱長歡一閭自是使倆
令清興勃勃捱住不得頓相公性卿一報知縣
不敢支吾強飲西盡吏連頓四五簑莫伴醉大
大驚揮手急此吏不由分說大放一報搖欣于
門人驚揮手急寶數三條大漢在睡夢中驚覺大呼
有賊西出吏東勢脫身以此窒實知縣欲出不

特賃生之婦蒭薄寵吾地生感飾車服親迎其婦偕到欽賜甲第極其侈藻婦之母亦寄于生家以終餘年

乞父命忠婢完三節

京中士人沈姓者有奴婢漏在善山得推覈直出厥數甚夥士人見一奴富饒者有女名香丹年十九有姿貌納之甚寵忘其歸奴輩欲謀害已定期女盤旋其夜與士人倍加昵愛嬉戱無所不至旣士人袍袴自着取其襦裳換着士人謂偕久之女忽却坐而泣士人惟而問之女俯首低叙語曰主有大禍迫在今夜門外密網難可透出柰何士人大驚罔知攸措女曰此皆婢之族黨所謂吾父莫之禁亦與知之然父非首謀者猶可恕也今吾換着主服將以身代主主但聞有呼女者卽以此服披髮蒙面疾走而出幸以得脫并免吾父之死言訖流涕縱橫士人大感偽夜將半門外衆炬齊明凶徒擁入果呼女出士人以女服披髮蒙面躍出疾走此村距官門不遠士人直抵官門大呼叩閽邑倅聞之大驚開門呼入則乃披髮一女子也問之得其由折倅卽多發捕校率以馳赴賊徒猶未散一一縛結無漏失入見其女則已亂斫血盈房中蓋旣殺女徐知其誤方欲散走之際官捕已迫無得脫者邑倅卽報上司盡戮之獨女之父以士懇乞幸免噫此女爲其主遂其忠爲其夫成其烈爲其父盡其孝一擧三綱具矣本邑立碑旌閭

訪舊主名馬走千里

昔在光海時有一倅彩上官决果年究獄其光媼欲報恩福戚彩生子駒納官曰妾父生時收馬四百匹每歎無馬一日指一牝馬謂妾曰當生彩駒今此駒其所產也守鮮佚到京猶小駒也金昌尉柳廷亮時補伯樂用百金買之及長大果彩駿也名之曰豹童光海聞而奪之後金昌坐其祖永慶獄謫古阜鼓蔘棘一日光海將此馬騁後園馬忽騰起數丈撒墜光海適徙躪手護得生馬越垣逃走一日達古阜金昌於黑夜園中忽聞有物入叡把火視之卽是馬也起入房門徐藏於壁間夾室跪伏不起金昌大驚異之仍置壁室中飼養者一年光海大怒懸

大理寺提下落則大鑑與小令公并受酷刑骨
隨畫碎不日當用肢解之律云可憐犬小姐
留入官籍小的亦不知何歲淪落夫火一
艱難絕于地老少咸聚哭遍一蒼頭忽牧倒而起
連叫夫人曰俄用惶遽竟遍一語夫人曰弟言
此蒼頭曰小的從門隙偷觀虎頭閂上有一座
夫人曰世間發樣相似者自來無限此斷焉能
辛得金緋貼金酷似金生我此斷因緣得此耶
少年承緋貼金酷似金生之婦曰天下萬事不可預度試
再往覘之夫人曰汝一信此斷軏起妄想俺腔

于在覺煩惱老蒼頭曰小的碩更往若不是則
己矣因跼踰牆而去飛到金吾門屏則有兩間邑
隸復穿王衣辟徐大道繼之以十簡旗手兩行
唱導一座高軒坐著一位妙年宰相衣袍甚華
遂從如雲蒼頭空睜背了宛是金生也乃躡後
而去前導宜入闕內邢宰相亦隨而入稍久西
出轉入一直房蒼頭間于皂隸曰蓮位是誰爸
曰金判書某曰鄉貫何處曰某鄉邢曰現居何職
曰吏曹判書知義禁御營大將同春秋同戊均
錦司憲掌樂司譯內醫四司提調蒼頭大喜悵

告其事且問生之名字鄉貫年紀于生之婦則又
與皂隸那對一一相符夫人乃以和顏顧謂生
之婦曰我不知貴人一此冷待欲穿了一雙凹
眼以謝此罪然在燒眉莫有故者可憐汝父
汝兄弁受一味汝猶念生育之恩姑怒汝之
彼則枯骨可以再阿寒菱可以渡春其金我
生之婦曰的知金生我貴顯而不能救汝九之禍
則當伏釻而死萬望貴婦因索一飯父
礼曰妾之所以尚此忍死苟偷食息者誠以一
沒之後君子益當蹞蹀無聊愿懷故念念不于

開天道福善顯秋葉身昔之淒游今為熱赫妻
從此燕景於君子夹妻命連事舛家禍轉酷非
一死無以償此懷將與父无之樓命終始覘
在緣莱已庇浮雲逝水猶維摩有知誡於來此
少子此債萬壁陰重廣廈曲遷西母忘舉違東
輪高牙而無忘因狭錦襪紈袴之壁喜罷使蒼
辜熊掌于金生生坐生衛治事忍見此書感泣
頭飛傳而毋忘炎葵廢副泉始顧納匡勳名得保
張膺是朝朝罷免冠狀蒼曰
糟糠上宣問其由生一一陳對 上爲之動容

日汝衣食當仰於父母迎送只承於金生朝暮
殷勤情好洽彼金生者年過四旬徒耗我穀
斷汝平生眠着且甚每一念到此髮豎齒酸汝
反善事此廝十倍父母汝欲一用前慮可隨此
厥西出好自飽暖而今日日影已移尊章想已還故
入倿速親責而今日日影已移尊章饒生日聘母那
故權托遺逃至此萬望寬饒生日聘母那
緊驅其婢日慎勿謂倿在此婢應諾而出生大
喫飯餉卓上有一鷄脚婦曰尊章决勿進此生

曰何謂也婦曰俄者烹一鷄有貓偷去盡食
軆膚有一脚落在洞側婢道其事如何生曰
此可爲金生梁間必置餚卓使這厥靈時況口
云故果有此餚織慕殊甚不合近口生曰聘母
之伤餉一因事係特恩敢不染指言訖畢餉
已生起身欲出婦曰暝鹽鳳閣之外則當有
之侈三更卿須登園東速墻鳳閣之外則當有
關閣之報若差久撕殺則必引次而死又或霎有
時鎮靜則孫重偷生也婦滿口應諾跟蹌而出
婦是夜不眠數已三鼓下聞人之喵湷登園東

脊望墻天衢闐闐無人敎意謂生妄誕將欲下閣
忽見火炬燭天人喊馬嘶飛到關門勢如風雨
敎刻喧囂一擁西入只見官城之內枫展之外
間間有火光西不甚諠譟時宰相父子俱倚築
宜其家行無一個男子未由識破其由只得敢
室疑訝翌曉赤脚帶丁寧相早曆向關西入則
卿儞之上千騎札鞭打棒擊四下辟人赤脚
自恃主勢欲衝過陣內隊官策之赤脚大鬧曰
我甚某洞某大賣宅家人云廝小㭾安得相迫
銀辛夹笑曰汝主是凶逆之罪火間當忍敢賣

勢也因乱蹈䠐出赤脚僮避危亡滿身血染怕
告其家其家大驚半信半疑夫人曰吾家豈敎
上罷且無陰謀謀憲有一朝落藉之理必是無賴
金生謙遜事覺當其鞠問誣引我家必遂寮懨
角之夫子好矢好笑起眠倨首無答居
焦何數簡郎官恥到門屏武檢搭文簿或搜默
庫藏一家大笑向郎官問其由則郎官秘不應
即使老蒼頭潛出訶探消息良久蒼頭回告曰
昨夜新王即位奮主廐窺蒭朝父輔以歯廢大
妃論以遂徉亡故山的恐大藍不免此禍延往

一家安穩鬼曰吾家在嶺南開慶縣大擬還鄉
而俱乏盤上之資幸以十貫糴葉賒我沈生曰我
資不能有食眉即飽知也多數可從何慮導
來鬼曰若以此意性乞于鄭度使家指沈生姻
易如反手何不辦此而欲但我也沈生曰我家
一翻一禍畢賴鄭度使周急思同胃西來效
謂以辦此則魔去云則其在救惠之衷情
胃沈生意祖語塞不可睢過即造李鄭度使備
詣候之報恒有覷然心甚不安今又何而更
求千錢也鬼曰既慈我作闠君家若以衷惰

告其由鄭度黑瓶然然諾沈生腰錢還家渠職
櫃子裡因閒坐未久鬼又來喜笑曰多謝厚摯
得惠貿爺從此長裡可以無甚沈生給曰我從
誰得辦錢汝蟹經鬼笑曰我曾謂先生老宗今何
戲謔而已鬼又曰我已取君酒一醉也因辭去
二緡五分用仲微誠君可齡酒了十貫以
沈生家老火蹈舞相慶度丁彌旬又校空中有
鬼寒喧沈當知感而今文昔約辛息來作煩惱我
送汝則汝當知感而今文昔約辛息來作煩惱我
當訴于閻廟俾汝誅鬼曰我非文慶寬何謂

昔恩沈生曰然則汝是誰也鬼曰我是慶覺之
妻也開君家善待鬼故不憚遠程有此委詣則
君當次然迎之而反為詬罵何也且君女相敬
笑鬼曰不來去其下吝無聞知可欠伊時好
士子之行君讀書萬卷師學何事沈生氣烟絕
事者爭造沈生駭鬼問答沈之門車馬喧鬧而
李學士義肇至於一座對話呼亦妣矣

戚勳業不忘糟糠

光海朝大業中一宰相葉貲氣比其子又厥魂
丕承宣第宅宏麗金穀堆積而其壙金生

孤奇貲寫于婦家婦家內外主僕帶厭薄之雖
斷後小童旨呼金生而未有尊牽者然其婦獨
絙縫繡生日日晨出而朝入朝出而暮入八則
未敢技凝於宇相及夫人承宣之傳報由小門
逞入婦密婦每倚戶佇待下堂扶上親鮮衣花
躬進飾卓寧相之傳隸婢僕飲酒肉眄睞
金生者只苦菜數鬼婦時時憤怨對生泫然而
生則一笑曰寄食於他人此惱適分柰何怒懷
一日生睨歸入宅食不見其婦獨坐久婦曰朝
後潛身西入生詰其故婦曰朝者慈每戚貲余

行之數沈生以烟竹仰擊蓋逐鼠活法也自板
中有拜曰我非鼠也人也高見君蹳跛至此勿
以此相薄也沈生驚訝意謂魍魅而爲有白晝
動見之理正在眩惑間又於板子上有聲曰我
遠來飢甚幸以一飧見饋沈生不應直入內閉
道其狀家人莫有信者言訖空中有聲曰君輩
毋得相聚道我長短也婦人驚甚走出所見
家人則何用睞覬爲也婦人連呌我將久雷賣第便回
隨婦人連呌道我長短也不必販走我將久雷賣第便回
上連呌索飧無如之何弊備一卓飧候置于堂

前程吉凶居何曷曰君能壽六十九歲坎軻終
身君之子亦壽幾何曰君之孫始有科業而亦不
能顯沈生聽言愕眙又問家中某夫人壽幾何
生男幾何曰一一盡對因曰我有廛君以
二百錢眼俺惠沈生曰汝謂吾家貧乎富乎
曰君家某櫃子裡有俺者稱貸而野者二緡則
何不以此相道沈生曰我無夕炊奈何曰君家有來
此錢今若給汝我曹了多般悲辭得償
幾何便辯暮嬰何用蹇言補綴維吾當取此
而去愼勿怒嚇因飄然而去沈生聞櫃視之則

中有吃食飮水之數頃刻便盡非若他君之歆
止也主人大駭問之曰汝是何君緣何入吾家
君曰我是文廢寬周行之際偶八貴第今得一
飽從此可往別而去曰君又來如昨日索
飧物食訖便去從此日日來往武畓一夜閑談
一家內外習熟己久亦不悖怖曰一日主人書
赤符于壁上其他辟邪之物盡設於前君又來
言我非妖邪豈怕方術耶怒批去以示不拒來
者之意也主人無如之何撤去符術因問曰君
能知未顯禍福耶君曰知之甚悉沈生曰我家

而去愼勿怒嚇因飄然而去沈生聞櫃視之則
封鑰如舊錢無有矣沈生問阮轉甚心焦脣惱
因送婦人輩于親黨家自己又往觀家旁宿
君又尋來怒曰何事避我遠羈于此君雖奔宿
于里吾豈何悖爲因向其家索飧主人不與
君詬罵且甚碎撞器皿竟夜作鬧主人理屈于
君又往婦人寓處喧攘如石婦人亦不得已還家
沈生且其索破卷之直沈生亦不自安待曉還家
君又往婦人寓處如昔婦人亦可以潤別頗休
家君來往沈生如昔一日君曰從此可以潤別頗休
重自係沈生如昔一日君曰甫向何慮去了萬望速去偵我

李相浣判刑曹咸鏡道嚴性人與掌令李曾訟
田民者嚴直而李屈李相既決之後嚴哥當受
次訟之業而屢日杳無群息李公已料其遁方
賊民與曹貴下天訟孤立無據必有遁殺掩跡
之意乃募得機警者窺覘李曾家誘捕其兇奴
反應窩藏兒遂略出端緒而猶未詳告之而使
如刑杖兒云始以酒食誘之終乃殺之西使人
捫其屍翰南城沉之於漢江云公入白於上
曰國之所以為國者刑政紀綱也今者朝紳恣

意博奕訟使西只以貴勢之故不得正法則國
安得不亡乎此必得屍然後可正其罪臣方探
之若得則臣必手殺曾時令見帶訓將遂發軍
卒反防民盡聚江艇多連鐵鉤如蜘蛛網藏江
搜得立旗幟馳而來公起而拍案曰曾今死矣
驗之果是嚴尸於是多藂刑史軍卒圍曾家捕
曾卒斃於獄中朝廷震懷

築土窑捕校獲賊漢

李相浣為捕盜大將行過生群衝上見有吏常
賊人擇伶俐捕校令付日二十日詳探捉來過

限則當死將校應令而出泣然如捕風日往其
近處以金錢酒食交結酒徒坐市肆博奕終日
杳不得每年博奕罷太息往往心不在博奕而
無所言過十餘日益無踪跡一日博奕忽欲去
市人皆親狎者問曰君飲酒博奕豪俠自任今
淚必有異心顧之將校其已告曰吾既承將
命不得則死固不惜但有老母在是以悲耳
市人曰此果有形跡非常之人有時往來市肆
觀君貌佳往往獻款似不在博奕而使之又
間己數年終日無所為能善承衣善食其常供米
人曰此君可往而迹之將校如其言傾伺寺近
洞中君可往而迹之將校如其言傾伺寺近
坊探知築土窑於窮廬夜而已將校遂縛而來告其
無他但有朝紙數頁而已將校遂縛而來告其
人塞口無所言但日速殺我李公使以藁束縛
一身以涯主塗以殺之蓋外國人來探國事者
也

饋飯卓見困鬼魅

南門外有沈生兩班單門立實易易而出與李
兵使石來為姻婭武頻是而作體猗狖昨年冬
白日開居即當守而于也忽聞外堂板上有鼠

用心於此者只爲今日公何爲此言即起拜辭
顧謂美人曰汝將此物善事他人若事他人而
有妄費吾雖在千里之外有當知之必了汝命
言訖翻然去李生呼之不顧亦無如之何遂將
女又貨欵擇壻嫁之而女誓死不顧遂爲生圖
室

給其半後爲方伯盡帖給之問曰汝其時何以
知之妓曰其時籠櫻滿座公以布衣與焉儀度
顧然秀發特出於座中衆妓諸帖爭寧競題而
公晩然無所見是必知其速到云

朴尚書錯認傳呼藏

尹判書以濟平生善詼浪邯悖之言不絕於口
以此爲能事朴公信圭與尹公極善每相對酬
以醲慈之言相酬酢鄭瑬判鑰朴之父執必常
時朴每下堂迎之一日後晨詣朴鄭云時爲兵
曹參判下堂傳呼某令公方在刑曹參

完山妓獨受布衣帖

朴尚書信圭末第時行過完山方伯適故大宴朴
公以過去儒生泰於末席道內聞帥守令畢
會宴罷諸妓紛然受帖於衆皇諸客冨宰雄歡
競相題給來布有一妓獨不請於守令獨請於
朴公之前朴公笑曰汝之物寒士適倉遽去
得泰咸宴堂有給汝之物妓曰小的非不知也
相以貴人前近甚亨通預許優給朴公笑而優
題其後爲完荊妓納帖公笑曰小官不能盡給

判朴睡裡謟聞兵爲刑卧不起到窓外亦寂然
鄭甚怪之俄西朴從卧內大唱醲談一遍鄭心
駭之從戶外還歸朴以爲尹來必以醲言相酬
寂寞無聞文以醲言爲戲從仕謝鄭正色曰恕
去矣朴聞西知之大驚促駕往謝鄭乃以醲愁
家不知君輩之不肯置之郷寧之列乃以醲愁
之言喜相酬眤言非耶以發我者而聞來不
之室不知君之眤言非耶以發我者而聞來不
膝驚愕相見之意素見品歸耳朴但僕僕謝非
自此其習火戢

386

世久矣遠莫之得主慟在此日事蹄泣今遇吾
子汝非凡人茲敢發開口公能拾劍留意否生
聞之大感勤把主人之手曰嗟乎孝子也吾
豈惜一拳手之膺而不庇主人之志顧隨君去
主人躍然起拜而致謝生問曰持劍刺之君何
不為主人曰此是年久老物也吾亦持劍威砲
則必隱避不現若不持琵械則必出西搏之以
此難獲而吾亦慶虎不鼓數把矣生曰阮許之
當養氣數日然後可以進行何當庄曰以酒可
相待恣食可十餘日一日天朗氣清主人曰可

頭目立極大異常庄使人驚倒不可正視虎方
人立而主人獨將其頭搶入庄胳膛間緊抱
庄腰庄頭直不能屈而以前脚爬主人之脊背
有生皮甲堅硬如鐵此無所施人則以脚
經庄脚只要踏之虎則失利此無所施人則以脚
推一卻互相進退兩蚌見之大吼一聲岩石可
始自林間雙劍直趁庄見之無可奈何李生
裂雖數抽出而被人緊抱慌亂之極眼光霅霅
生不為動直前以劍刺其腰出納數次庄憤震
吼倒西頹然委地流血泉湧主人取其劍劃膝

雄骨泥戊肉醬取心肝納口齟嚼盡失秤大
慟向夕將生歸家叩頭泣拜無限生亦感愴不
女非吾耶此也曾以厚償得之而乃良女曰此
勝其权涌翌日主人出去辟采大牛五隻及二
駿馬啖其徒者載之以皮物人參等物各滿馱
又攜出小瑤櫃數箇啟之以皮物人參等物各滿馱
積年鳩聚此乬只侯仇為報仇者酬恩耳幸收取
勿辭吾自有定土在於他鄉亦足資洽今可去
笑又泣拜生曰阮以義氣相濟豈有愛貨之利曰
吾雖武弁豈受此物耶願勿後言主人曰積年

物一躍羅來如逃鳥主人相抱乃一大黑庸也
黑帛西複光燭在其間主人見之揚眉大呼阿
生逆林同歸視之則有一物機在巖間如一條
洞日光晦暝俄見巖顚有光如燈炸明滅閃爍
嚴附立黙黑峻絕壁之西陰炎主人請李坐隱
山谷中輸數塊漸覺山重水複樹木深密忽見
洞開有平田清溪灣回白沙皎然溪上頂有高
淸亮非常忽見塵沙自巖上揚起數次漲滿一
拾深林間獨身寧攀行至溪過長嘯久之其載
行笑援生一利鋼與之共發向東行十餘里入

門外衆皆知李裨將之無恙而薄暮無形影衆
方駭怪初瘖時其始仗劍而下監司問之某謝
曰李季蒙爺之德食肉補元黃紫服色眩眩其
眼故得以斬僧否則休矣監司曰僧頭滋已久
矣君則來何遲也某曰小人阮柔鋤氣囧憩故
國畦隴西省先婆一場痛哭而來云

李武弁窮峽格猛獸

仁廟朝京師李武弁李修己者風骨俊偉且饒力
嘗有事閒東路出襄陽會日已昳迷失道由山
谷間崎嶇數十里不得村落忽見遠燈出於林

間策蹇赴之則只有一家廢巖間板屋木瓦
頗寬敞有老女子開門延之入則只見一火婦
年可二十餘妝美素服淡潔獨與此老婦居焉
一屋上下間隔壁有戶而置客於下間精飾美
饌侑以芳醪接待之意極殷勤李生大異之問
汝夫夫何去火婦曰適出今當歸耳夜向深果
有一大夫入來身長八尺形貌魁健截如巨雷
問婦曰如此深夜何人來投於婦女獨處之室
乎極可駭也此不可無搁置之耳李生大懼此
應曰遠客隙夜失路艱辛到此主人何不矜念

而反有責言耶丈夫乃喟然而笑曰客言是矣
吾特戲之勿慮也庭中大明松炬羅列野獲之
胸鹿獐山猪委積如阜李太大師然主人見生
甚有喜色宰割猪鹿按釜爛烹夜向半携燈入
室請生起坐美酒盈盆大鼓盤連舉大椀屬
生意甚殷勤生酒量寬而意遠主人是俠流亦斫
閒懷不復辭焉已而酒酣氣遠彼此談說爛熳
剔異托他心矣生有至懇必與計事若非得義
主人忽前抱生手曰觀子氣骨非凡常想必勇
氣敢勇可以同死生者不足與計事子能速將

許之乎生曰第言其衆事主人抆淚曰宣恐言
武吾家世居此洞以饒貲補而十年前忽有一
慈虎來據近地潛山距此十餘里日暗村民不
知其數以此難截無一雷者而吾之祖父母及
父母兄弟三世骨為哳嘗死事當即為棄去母
倉卒之際未得可避之地十日內相繼被害身
餘吾一身獨生何為吾亦署有膂力必殺此師
然後可以去歔故數從此獸輿之相角者亦屢
年盱然而卒與獸力歃勢均勝負終未次若得
一極士助以一臂之力則可以殺之而吾永

388

當自放之陪人如其言崔遂開放其席席嚙崔
衣不忍捨良久乃去

關釼術李禪將斬僧

李提督到錦江有一內行問舟西濟至中流有
僧到江崖招梢工曰斯速運泊梢工欣回棹其
營幕行到錦江之後孫某有膂力善釼術嘗赴完
叱之使不得住僧聳身飛空躍入舟中見有婦
人輙開簾視之曰安色頗佳肆簇戲言某欲一
拳打殺而未知其勇力之如何姑恐之俄而下
舟登陸乃大叱曰汝雜種僧僧俯首異男女自

僧當復來渠雖高飛遠走不可得兄慎加避逃
之意言于李禪將爲即辭去監司招李某言之
致羞辱僧乎某曰小人家貧食肉
常寧氣力未使若一日食一大牛限三十日食
三十大牛則何是爭後監司曰此不過千金之
費何難之有分付掌內吏使日供一牛手于李禪
將某又請製黃錦狹袖紫錦戰袍監司許之其
又使釼工造復釼百錬西成其利釼斷金至十
食十牛則體甚肥大二十日食二十牛則體還瘦
籍一朔食三十牛則肥不肥不瘦如平人

矢方蕃藪蒼勇以待之僧如期又來謁監司曰
李禪將來乎曰緣己還來矣謫在旁此曰吾
方在此汝爲敢唐突乃肩僧曰吾必多言今日
與我次死生遂下庭拔出鈊囊中卷藏之釼以
手伸之乃如霜長勵心其亦下庭身衣黃紫色
狹袖戰服手持一雙百錬釼足着一對雛靴
相對欽舞俊此前卻依兩釼光閃閃遊成銀暈
兩人氣空而上高入雲宵香不可見滿庭視者
莫不噴噴生待其勝敗正日晷後斬血點點落
地繼而僧臊墜乎宣化堂下僧頭落于市卽

守貞郡崔孝婦感虎

陜川地有崔氏女頗有姿色十八喪夫只有病
舅之舅崔氏矢死不改適井臼備償備盡奉養
或出他則可食之物列置左右曰某物在斯使
舅手探取喫隣里稱其孝其父母憐其早寡無
子欲奪情嫁他委伻邀之曰母病方重崔叮嚀
隣里炊餉侍舅蒼黃佳見母則無恙女心甚訝
之父母曰汝年未二十守寡無餘虛送青春人
生可憐廣擇佳郞明日欲成婚須勿牢拒也女

伴曰諾父母甚喜之扶到夜深脫身潛出徒步
獨行走向舅家距此爲八十里矣行僅二十里
兩足已繭寸步難移至一嶺有大虎當路而蹲
不可以行崔謂虎曰汝是靈物須聽吾言仍宗
言其由又曰吾方求死求不得汝欲噬我須即噉
地崔遂宜至虎前虎乃退却如是者屢虎乃項
我遂宜至虎前虎乃點頭掉尾崔騎其背而抱其項席
騎之乎虎乃點頭掉尾崔騎其背而抱其項席
行疾如飛火頃已到舅家門外矣崔乃下謂虎
曰汝必餒矣食我一狗入其家驅狗而出賂虎提

狗西去過數日隣人傳道有一大虎入於階庭
兩廳牙鼓吻大肆咆哮人莫敢近勢將待其餒
斃崔聞之疑其爲是庸佳見之毛色若相彷彿
而夜中野見不能分明無以詳卜乃謂席曰汝
是向夜負我而來者乎又點頭垂淚若念
著崔始語其本末於隣人仍曰彼雖搖虎花我
則仁義也如蒙爲我放出則吾雖貧無貲當以
身此之價奉納里中隣人莫不嘖嘖曰孝婦所
言何可不施也此虎政窕人必多其將奈何
崔曰當敎我以開寃之方而隣人皆遠避則我

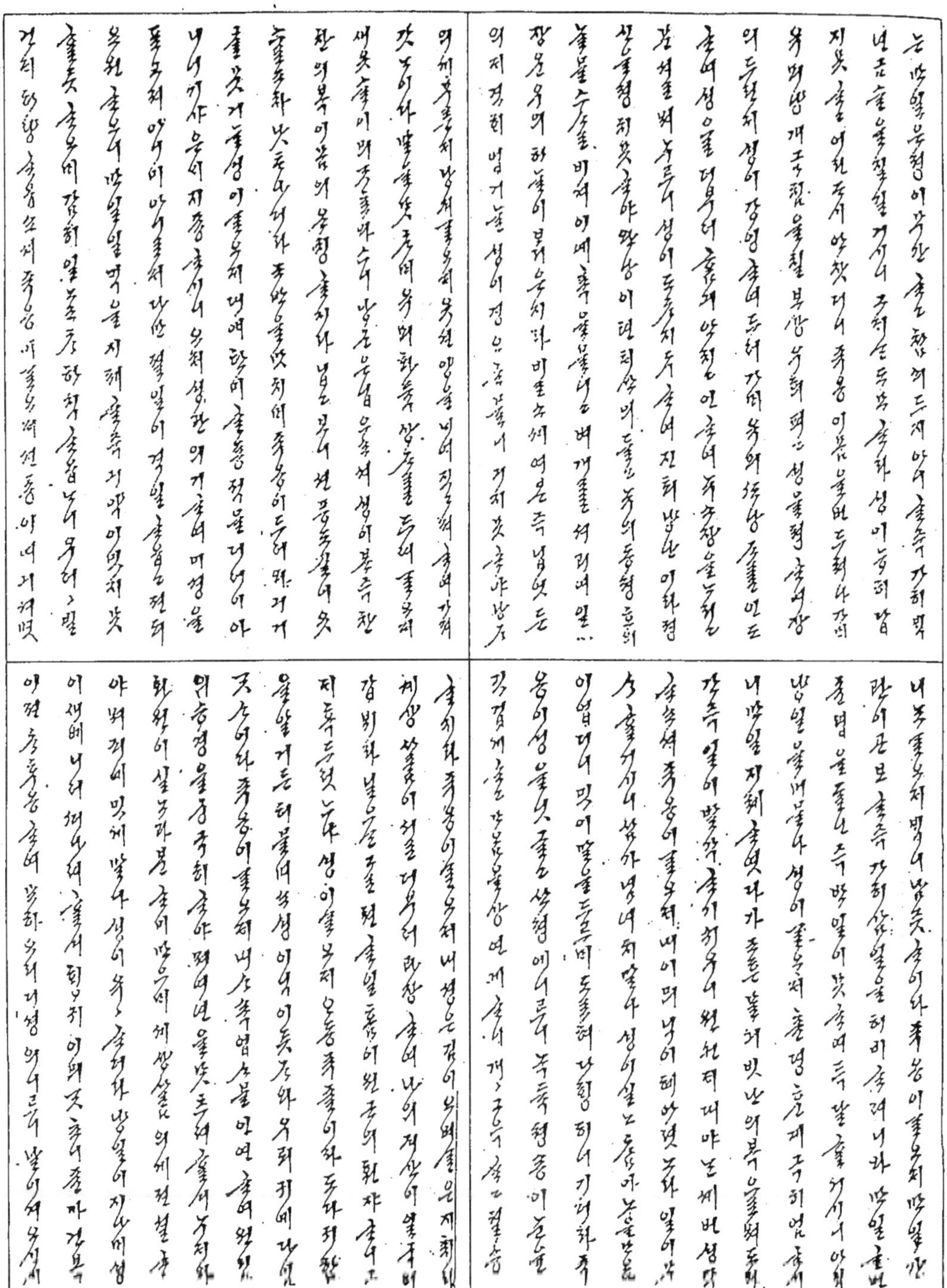

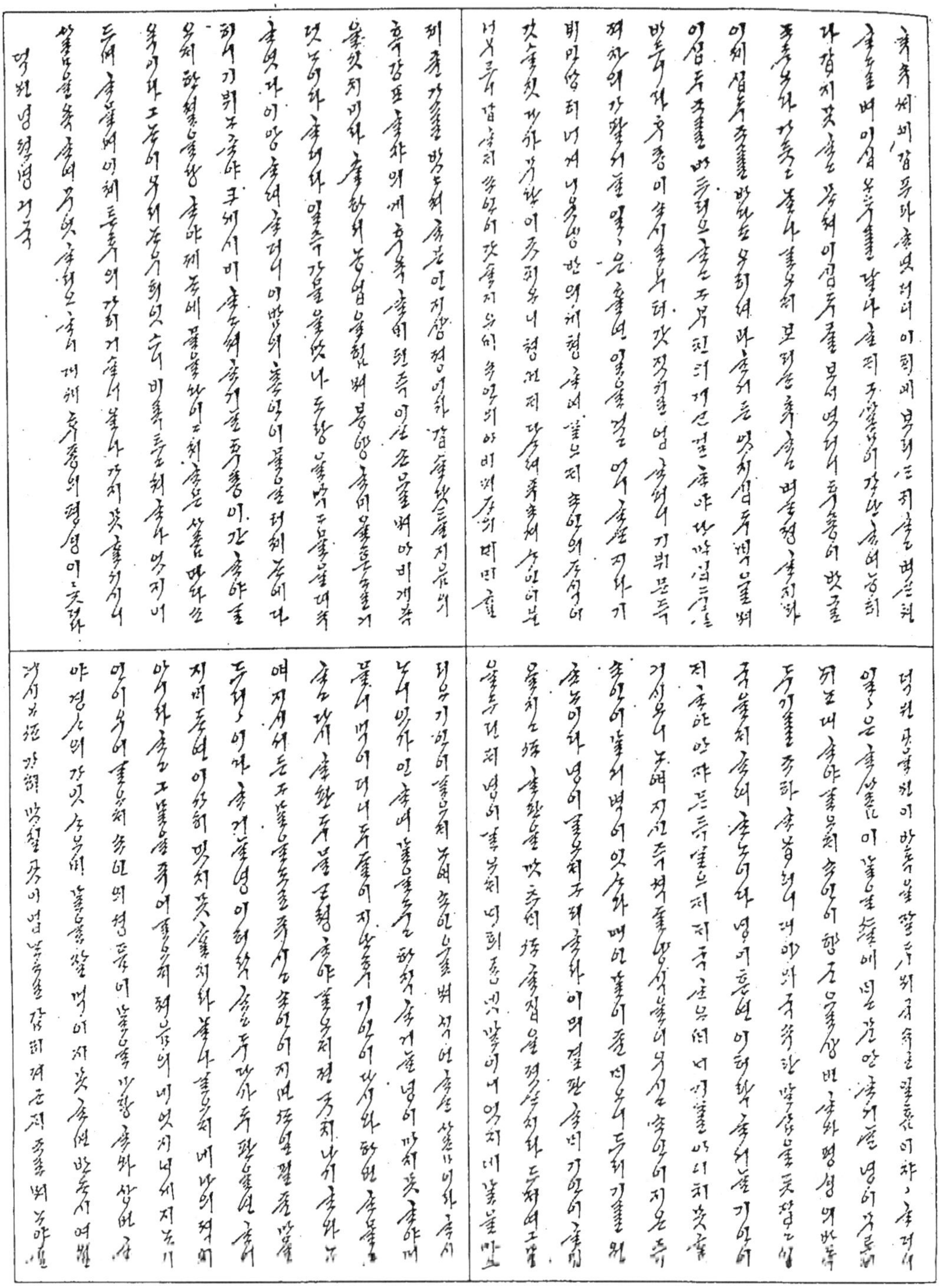

青邱野談

고쳐 셩은ᄒᆞ여 잡지 엄복이 마다 ᄒᆞ오되 낭ᄌᆞ의 벼ᄉᆞᆯ이 ᄒᆞᆯ기
엿ᄌᆞ오ᄃᆡ 기에 더옥 보ᄂᆞᆫ ᄌᆞ즐ᄒᆞ여 지니 면상이 상ᄒᆞ여
가족이 ᄒᆞ엿ᄉᆞ되 엄복이 ᄋᆞ리셔 ᄯᅩᄒᆞᆫ ᄒᆞᆯ 보ᄉᆞ 리ᄂᆞᆫ 구더 ᄂᆞᆯ그
나여ᄒᆞ의 형용이 봉치 ᄋᆞᆫ ᄒᆞᆫ 중 ᄒᆞ고 ᄒᆞ되 거두며 분ᄒᆞ되
ᄒᆞ시 엄복이 비ᄒᆞᄉᆞᆺ서 일장 ᄒᆞᆯ ᄆᆞᆺ친 후 기에 녕봉ᄒᆞᆯ
ᄒᆞ치 이의에 ᄒᆞᆯ ᄆᆞᆺ쳣ᄂᆞ니 ᄒᆞᆫ 가라 엄복이 강영ᄒᆞ
여ᄂᆞᆫ가 ᄒᆞ라 악을의 ᄒᆞ리 보ᄅᆡ 도라ᄒᆞ거ᄂᆞᆯ 엄복이 분노ᄒᆞᆯ
ᄉᆞ가에 ᄒᆞ엿되 ᄆᆞᆺ치 ᄒᆞ봉이 잠깐 ᄒᆞᄂᆞᆫ 동쉬 마미ᄒᆞᆯ ᄉᆞᆼ엿ᄉᆞᄂᆞ
일치 나희 ᄎᆞ비ᄅᆞᆯ ᄒᆞᆫᄎᆞᄒᆞ야 ᄒᆞ히 가며 ᄒᆞ지라 엄복이 몰ᄂᆡ
오미 어ᄃᆡ ᄂᆞ서 ᄀᆞᆺᄒᆞ야 일용 ᄒᆞᄀᆞᆯ 가ᄆᆞ니 낭ᄌᆞ 어게 보니
넉개 ᄒᆞ일의 ᄒᆞᆫ 에 ᄆᆞᄒᆡ 묻지 ᄋᆡᆨᄒᆞ니라 기에 라여 이 ᄋᆡᆨ ᄀᆞᆺ치

나ᄒᆞᆫ데 ᄒᆞᆫ지 말ᄂᆞ ᄒᆞᆫ 거시여 와여이 정ᄒᆞᆫ 일ᄒᆞᆫ ᄉᆞᆯ을 ᄀᆞᆺ거ᄂᆞᆯ
엄복이 ᄒᆞ오되 낭ᄌᆞ의 거ᄌᆔ엿지 아니ᄒᆞᆫ ᄉᆡᆼ ᄒᆞᆯ 기에 ᄒᆞ오되
말ᄉᆞᆷ 드ᄅᆞᄂᆞ 오치 처ᄒᆞᆼ과 청 ᄃᆞᄉᆞᆯ 보ᄋᆞ며 말ᄒᆞᆫ쳔 ᄒᆞ되 네
ᄉᆞᆯ을의 ᄒᆞ미ᄂᆞᆫ 협 박 ᄒᆞ믈이 ᄒᆞ여 더러온 ᄆᆞᆷ을 ᄇᆞ라 ᄇᆞᆯ칠이
이ᄯᅢ나 ᄃᆞ니시ᄂᆞᆫ 엄원이 ᄌᆞᆨ실노 감히 지라 이 ᄎᆡ 셔ᄇᆞᆯ 도라
보기ᄒᆡ지 변ᄒᆞ作 졀ᄒᆞ라 ᄒᆞᄂᆞᆫ ᄉᆞ셰ᄅᆞᆯ 보ᄂᆞᆫ 고로 내 장ᄎᆞᆺ
타ᄒᆞ여 ᄒᆞ노라 엄복이 오ᄂᆡᄒᆞᄂᆞᆫ되 ᄉᆞ지어 ᄯᅴ 잇ᄂᆞ 일ᄇᆡ 내ᄂᆞᆯ
오희 ᄉᆞ 재 내엿되 잇다 ᄒᆞᆫ 공ᄉᆞᆼᄋᆞᆯ 향 ᄒᆞ여 연ᄒᆡ 소ᄆᆡᆨ ᄒᆞᆫ
제복치 환을 ᄒᆞ여 ᄉᆞᆯᄒᆞᆷ을 ᄒᆞ야 뎡향 도ᄒᆞ며 ᄉᆞᆯᄒᆞᆷ의 신ᄋᆞᆫ
벗져ᄒᆡ 말ᄒᆞᆫ 노ᄒᆞ양 도ᄒᆞ야 ᄒᆡᆼᄒᆞᆫ ᄒᆞ거 ᄌᆡ변 ᄌᆡ앙ᄉᆞᆼ이ᄅᆞᆯ
지 알ᄂᆞᆫ 보ᄒᆡ ᄒᆞᆫ ᄒᆞᆯ 가라 엄복이 ᄉᆞᆯᄒᆞ되 ᄀᆞᆺ쳐ᄒᆞᆯ ᄒᆞ되 ᄒᆞᄃᆡ

관층ᄒᆞᄂᆞᆫ 산 기에 ᄒᆞ오되 ᄉᆞ셰ᄒᆞᆫ 엄복이 크게 ᄭᆡ다ᄅᆞ
되 나오니 일ᄂᆞ오ᄃᆡ 더 ᄒᆞᄂᆞᆫ 말 ᄒᆞ여시 다ᄉᆞ ᄌᆡ조 다ᄒᆞ여 ᄒᆞ여
작ᄒᆞ미 더라 일ᄌᆞ은 기에 새벽의 나ᄂᆞ 간ᄆᆞᄅᆞᆯ 아지 못ᄒᆞ게
ᄒᆞ오매 ᄯᅩᄒᆞᆫ 엄복을 말며 안아 ᄐᆞᆫ 곤 ᄒᆞ엿ᄂᆞᆫ 엇지 못ᄒᆞᆯ
ᄒᆞ도ᄒᆞ 조ᄎᆞ되 ᄆᆞᆺᄎᆞᆫ 너엇지 ᄆᆞᆺ ᄒᆞ나라 엄복이 상되 ᄎᆞ와
의신ᄒᆡ 박ᄒᆞ여 이러ᄒᆞᆫ ᄉᆞ연ᄋᆞᆯ 뵈ᄒᆞ되 ᄆᆞᆺ ᄒᆞᄂᆞᆫ ᄒᆞᆫ
ᄒᆞ니라

탁증서 녀협 연셩

내 ᄌᆞᆼ관의 일홈ᄋᆞᆫ 강덕이오 별호ᄂᆞᆫ 관 ᄒᆞ야라 일ᄌᆞᆨ 알
명ᄒᆞᆯ ᄋᆞ엿ᄉᆞ나 북관에 ᄋᆞᆫ힝 ᄒᆞ여서 ᄒᆞᆼ역ᄋᆞᆯ 찬ᄒᆞᆫ 가ᄉᆞᆷ
ᄒᆞ엿고 가ᄒᆞ졍의 장ᄉᆞᄅᆞᆯ 년 함ᄒᆞ여 빙셩의 ᄯᅢ 마ᄋᆞᆯ 지은

ᄒᆞ니 장ᄎᆞᆺ 함ᄒᆞᆼ의 나ᄂᆞᆫ지 잔ᄎᆡᄅᆞᆯ 드러 너ᄒᆞ게 ᄒᆞ여 ᄌᆞᆺ
ᄒᆞᆫᄋᆞᆯ 더ᄂᆞᆫ 저 ᄆᆞᆯ게 청ᄒᆞ며 드ᄅᆞ시니 마ᄒᆞᆼ인데 이 ᄌᆞᆼ향
보ᄒᆞ ᄒᆞ여 ᄒᆞ오ᄃᆡ ᄒᆞ의 장ᄎᆞᆺ 나ᄂᆞᆫ라 ᄒᆞ거ᄂᆞᆯ 나 ᄌᆞᆼ이 외ᄆᆞᄋᆞᆯ
여ᄒᆞ오ᄃᆡ 일ᄂᆞᆫ의 ᄉᆞ도ᄒᆞᆼ ᄒᆞ되 별ᄒᆞ여ᄒᆞᄂᆞᆫ지 엄 더니 이ᄯᅢ 이
더ᄃᆞᆺ 된 ᄯᅡᆯ ᄒᆞ니 ᄒᆞᆫ ᄒᆞ야 ᄒᆞ여 ᄂᆞ셜 ᄒᆞ며 가희신 ᄒᆞᆯ 도ᄅᆞᆯ 형 밧
려 나와 ᄑᆞᆫ ᄒᆞᆫ 흉ᄒᆞᆯ 꿀 ᄒᆞ되 ᄭᅳᆺ치 엄ᄒᆞᄂᆞᆫ라 ᄒᆞ일ᄒᆞᆫ다시
청 ᄯᅥ메 드러야 이별ᄉᆞ ᄒᆞᆯ 도ᄒᆞ야 공ᄉᆞᄅᆞᆯ 관 별 ᄒᆞᆫ 뎡ᄒᆞ니
ᄃᆞ여 ᄭᅮ러 ᄒᆞ오되 너의 ᄭᅮᆷ에 엇지 향 일ᄒᆞᆯ의 나의 ᄂᆞᆷ을 ᄆᆞᆺ 나
ᄂᆞᆫ ᄆᆞᆯᄒᆞ되 엿ᄌᆞ오ᄃᆡ ᄆᆞᆫ 청ᄒᆞᆫ이 환셩 ᄒᆞ며 어ᄂᆞ ᄉᆞᆷ의 입에 져ᄂᆞᆫ
져ᄉᆞᆫ을 엇지 ᄀᆞᆺᄒᆞ니라 나 ᄌᆞᆼ이 개 ᄒᆞ여 ᄒᆞ오ᄃᆡ 말 ᄀᆞᆫ쳔ᄋᆞᆯ
ᄭᅴ ᄒᆞᆫ 동리라 관ᄃᆡ 물너와 ᄒᆞᆫ 잠 ᄒᆞᆫ 잠ᄉᆡ 가ᄃᆡ의 ᄌᆞᆷ기

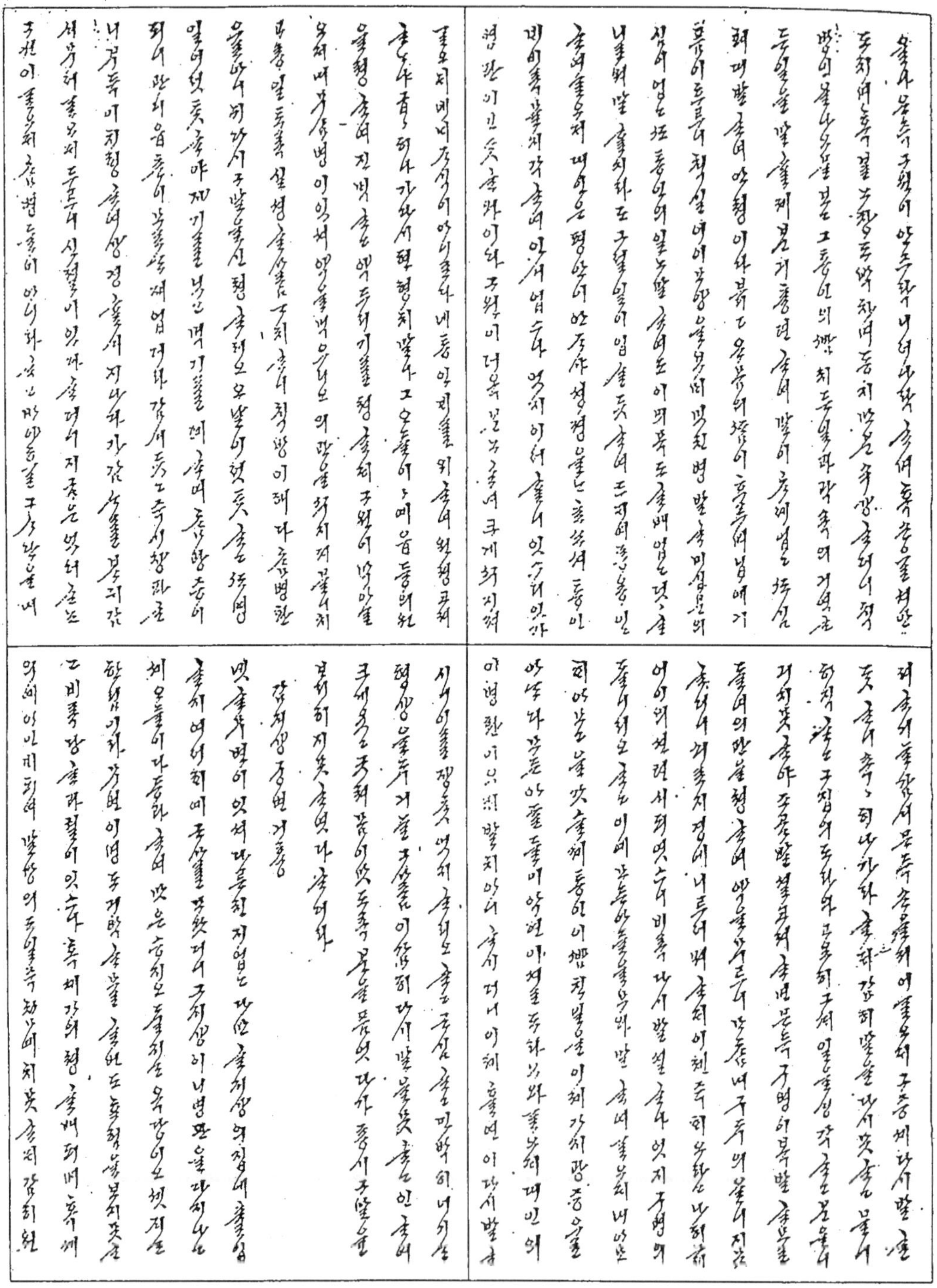

靑邱野談 六

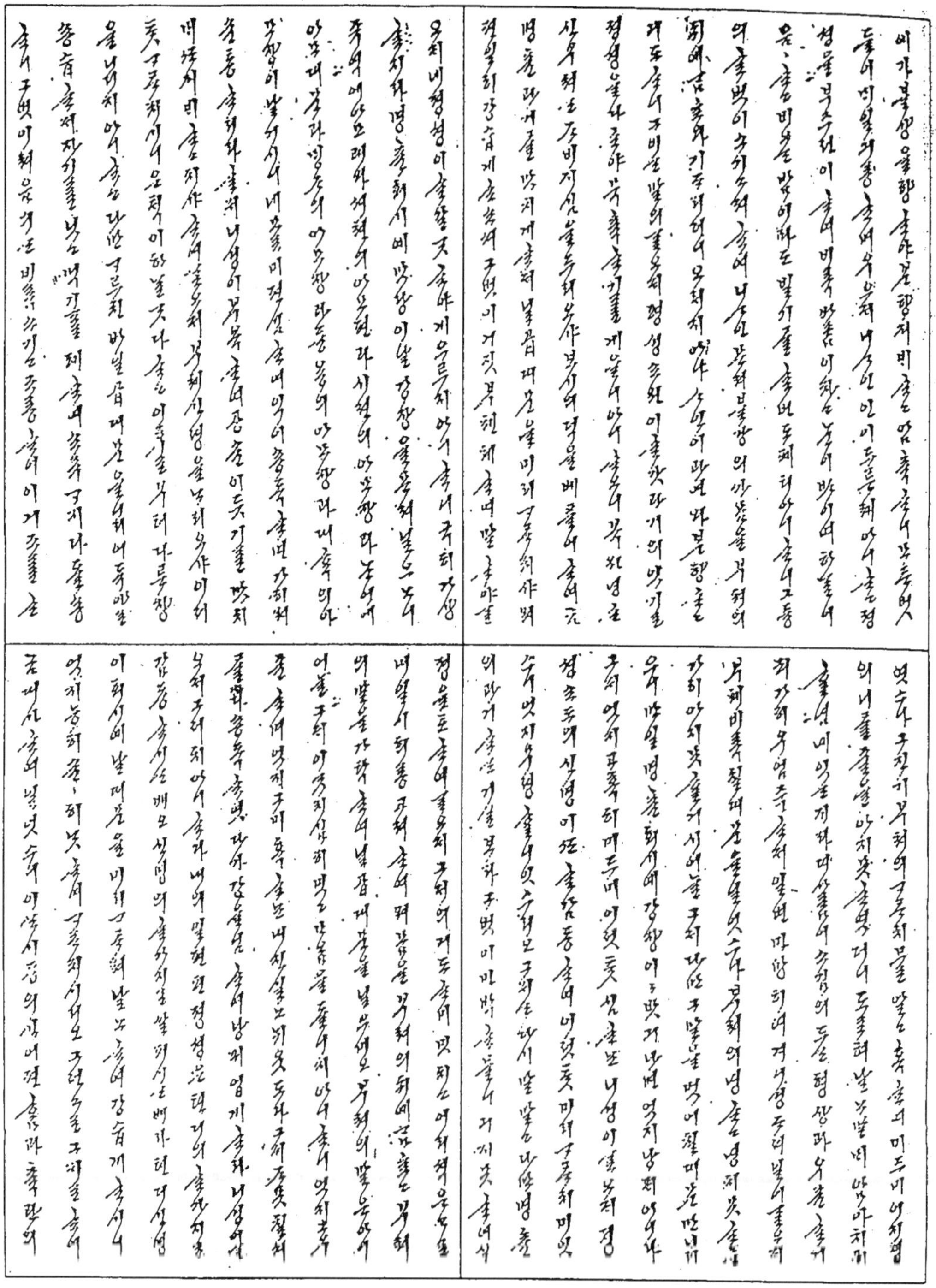

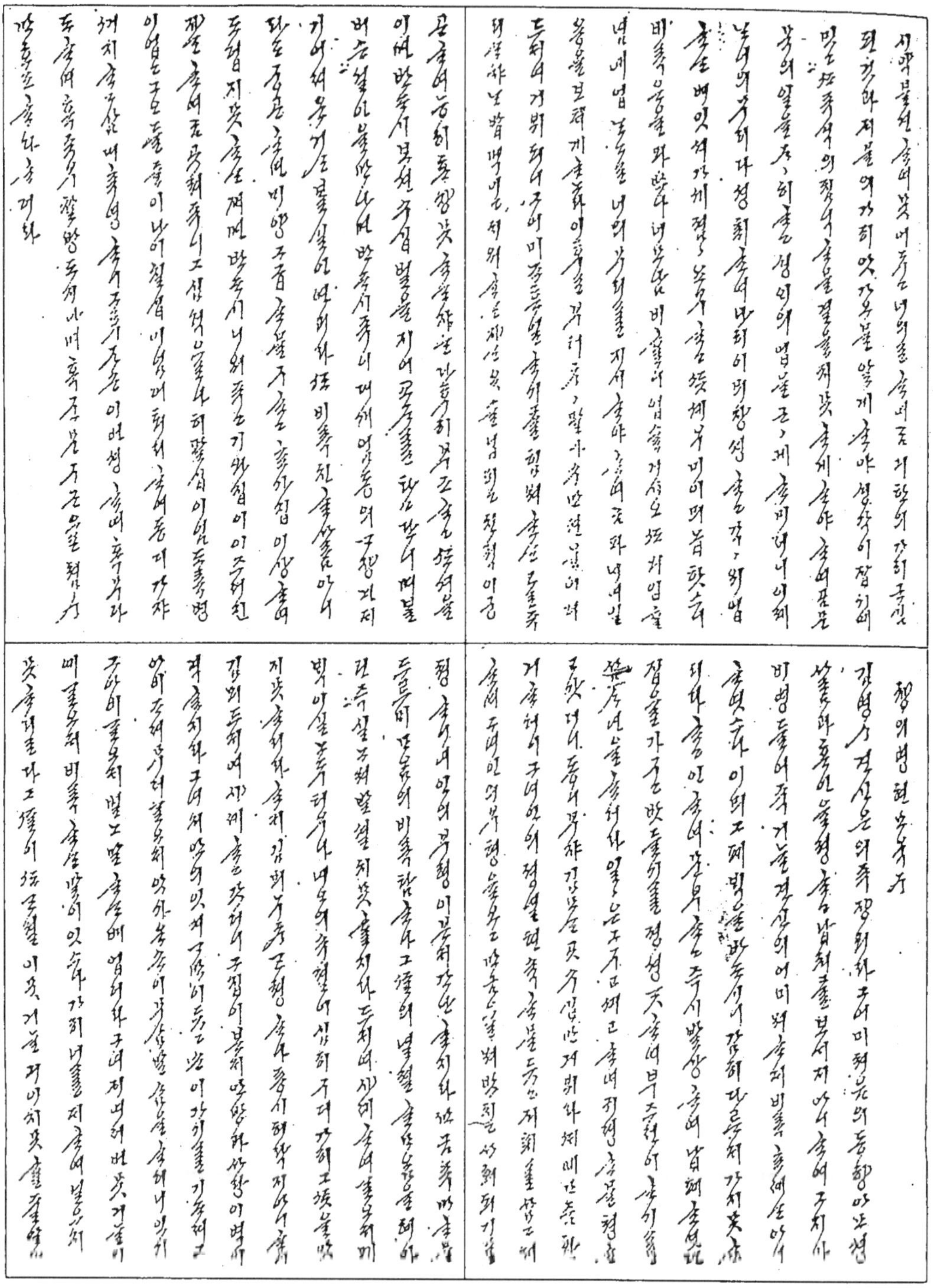

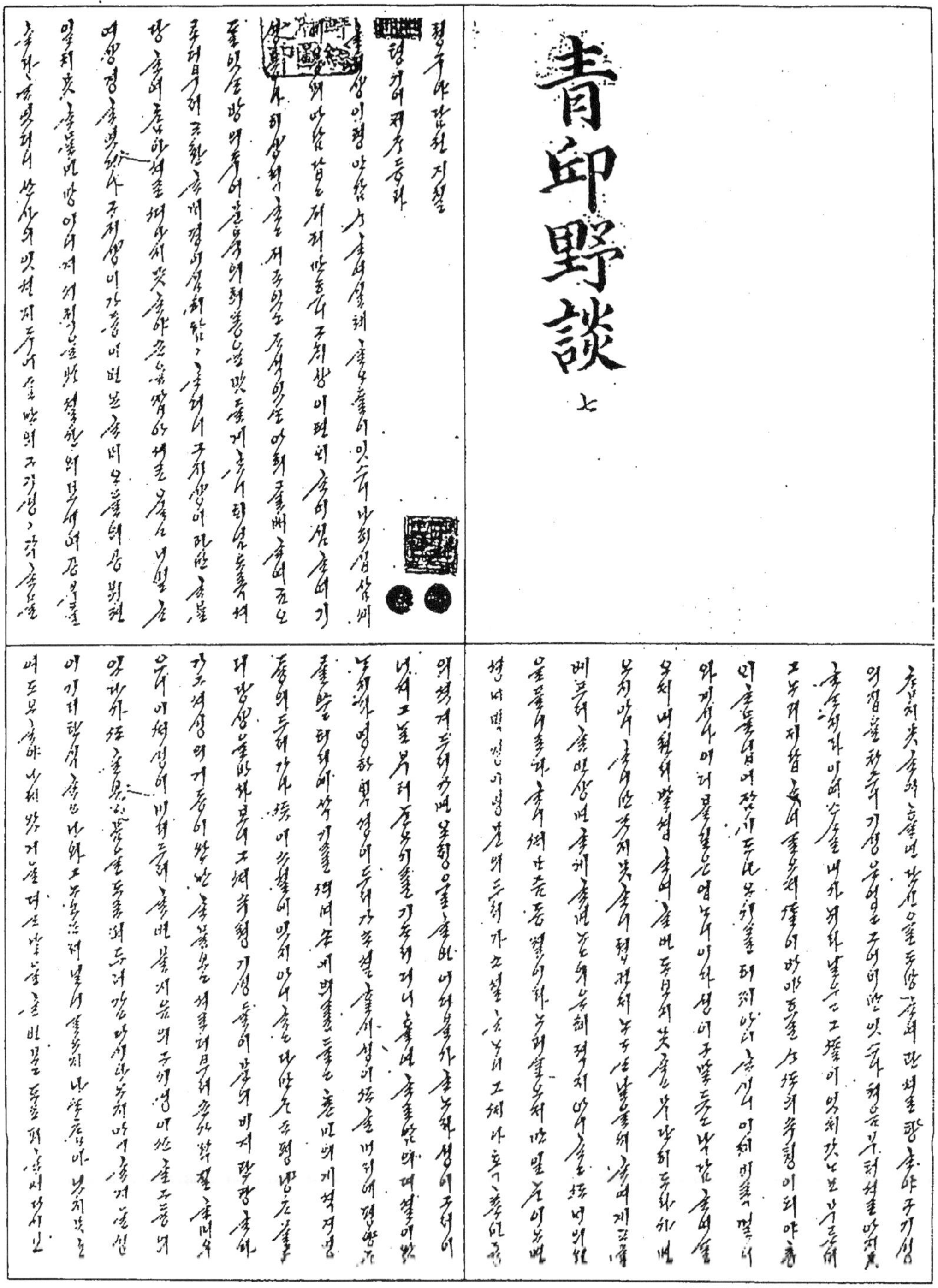

靑邱野談
七
청구야담권지칠

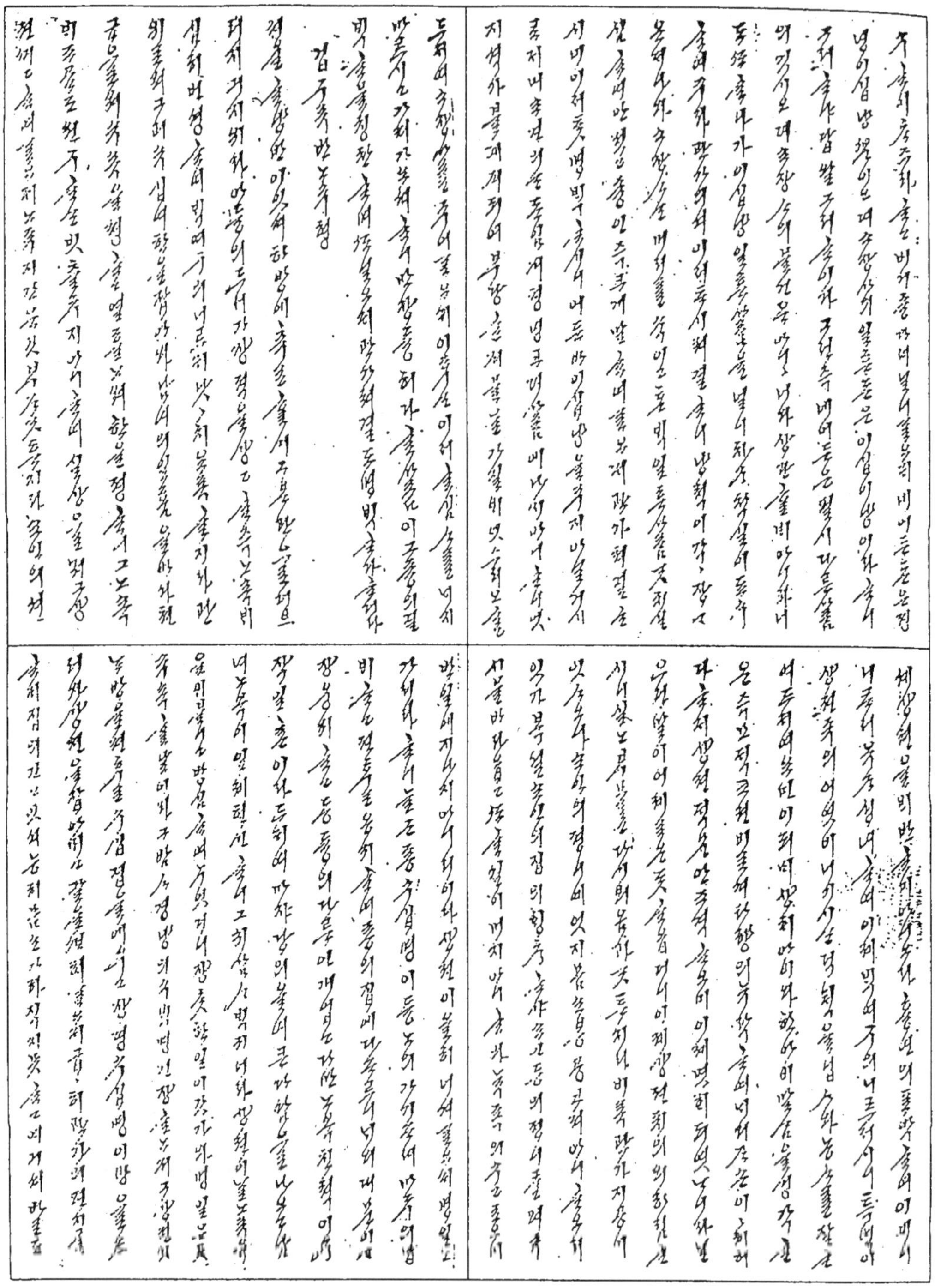

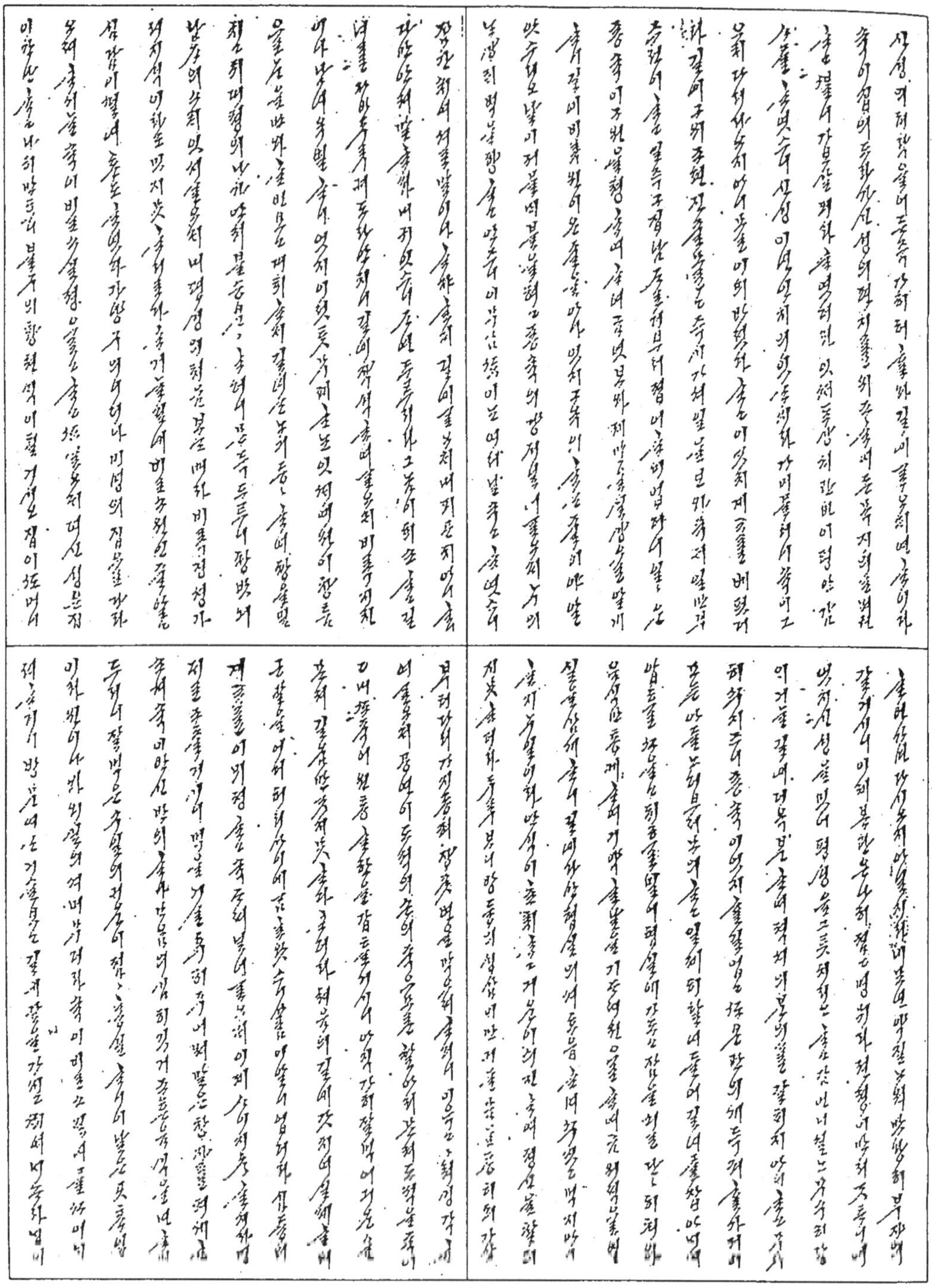

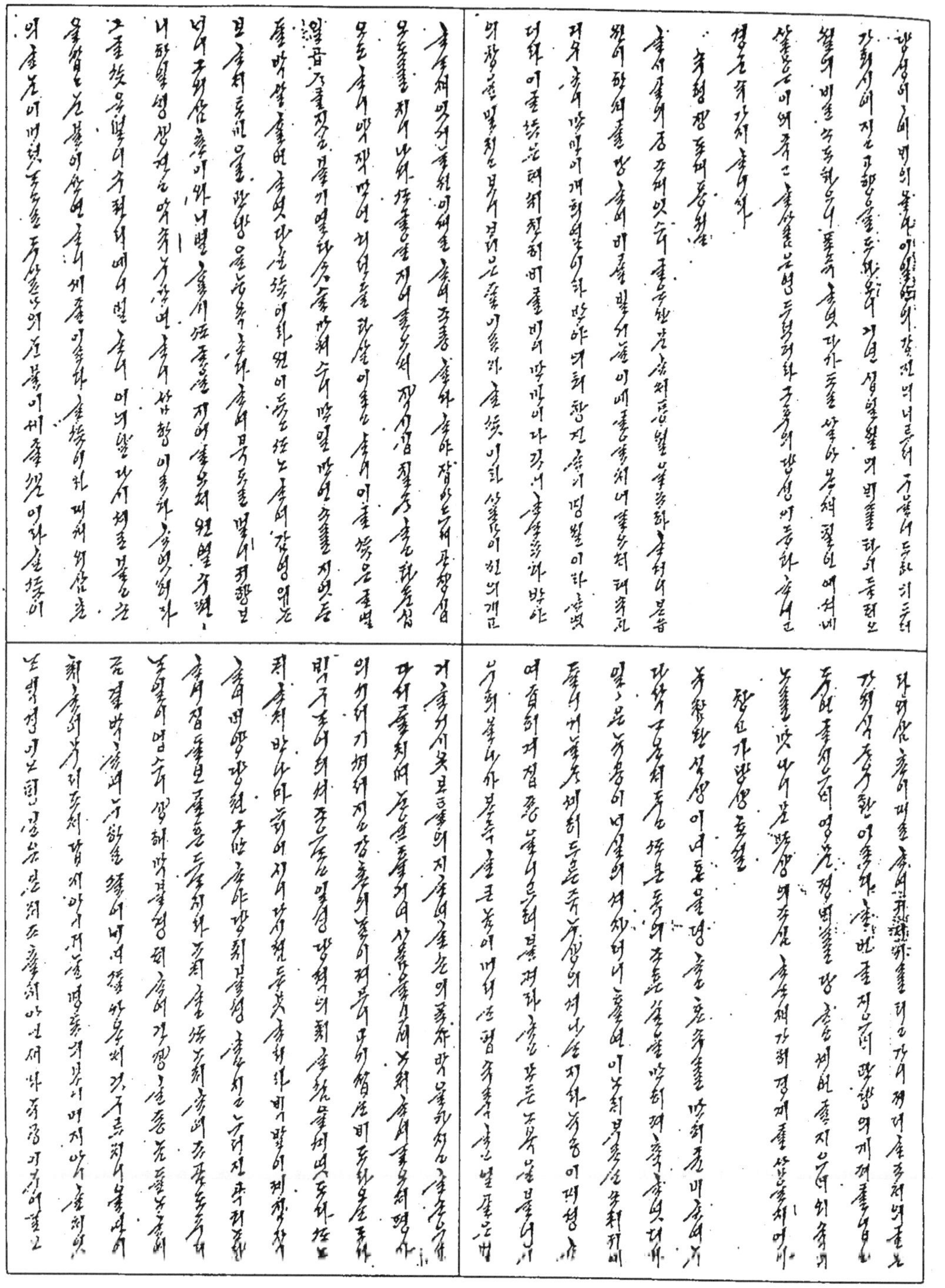

487

青邱野談

六

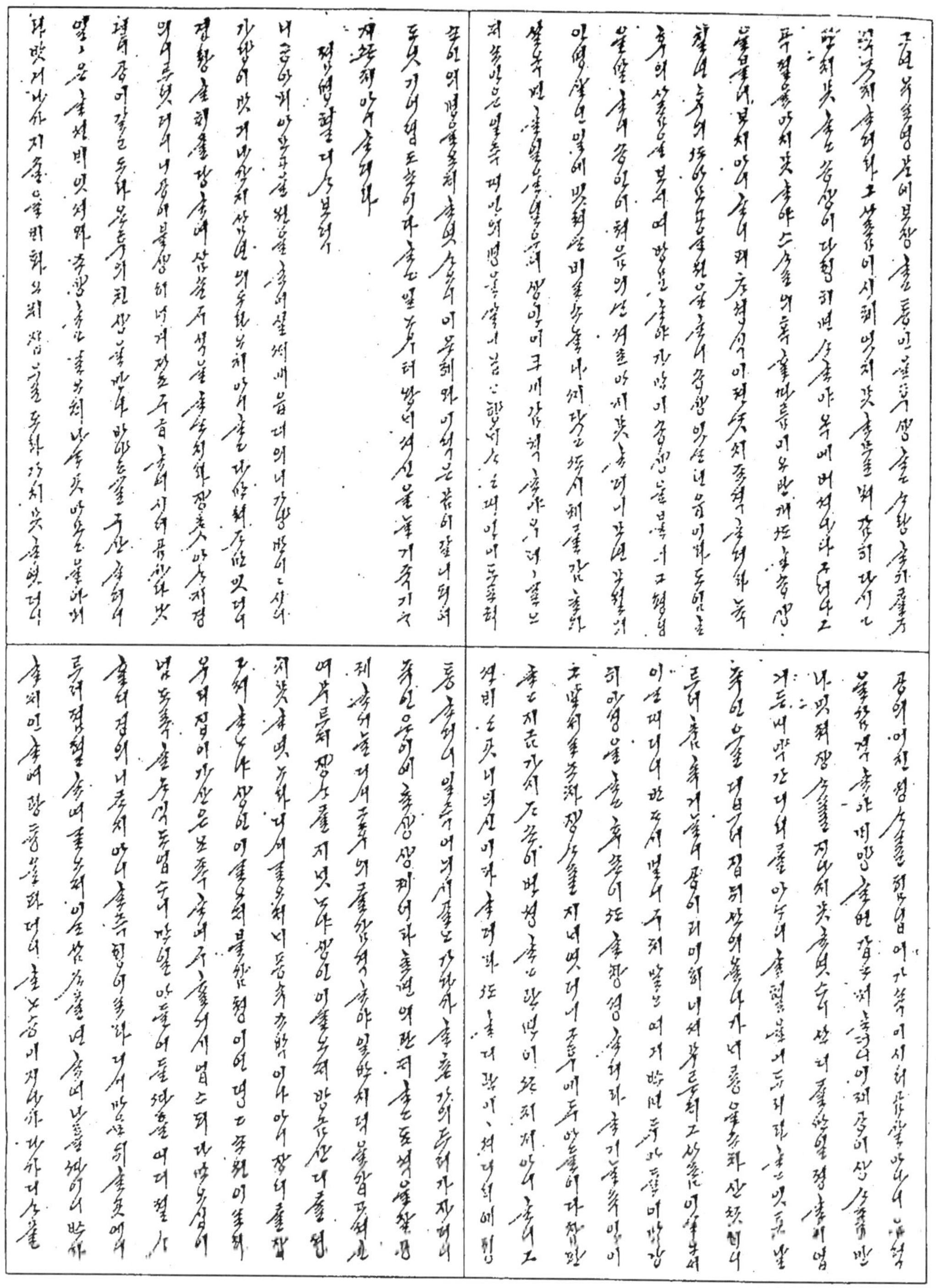

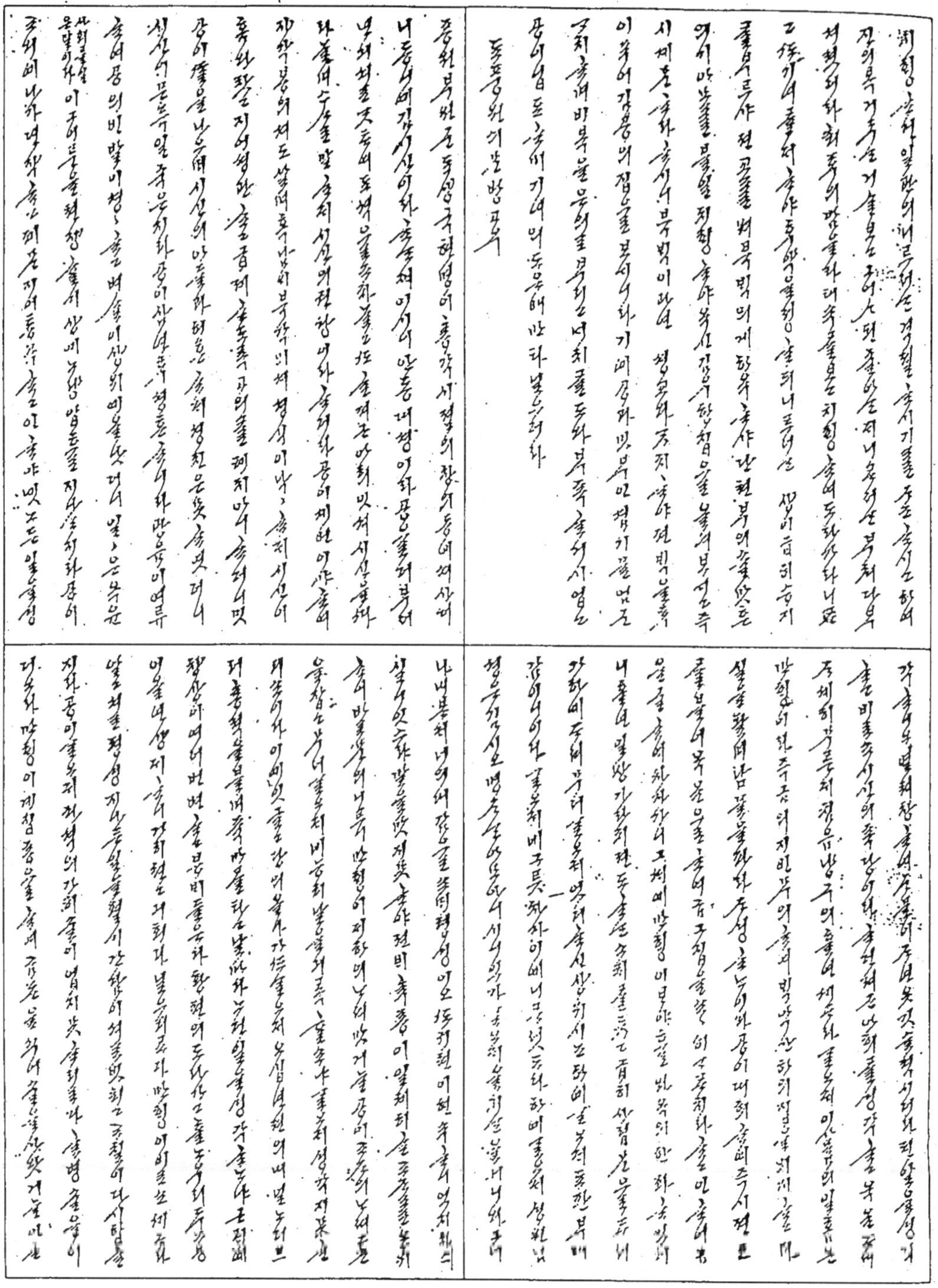

靑邱野談 五

507

죵이 죽을 지단 가졔 보죽 슈겨라 와쏘 겨 죽은 분구 긔 안져슬
여 듕졀노 되니 형 뎌다 쳥회 슈여 주의 짱양 슉여니 심역 홀
여라 연 경거여 왓 건을 젼 도 죵아 나가 바쳐 신경 올슬 뎌졍 죵
니 거셔 죵오 취 그 쳥형 뎌졍 회 죵 셩욕 쟈 된 주의 슐홍여나
뎔 죵 잇 부 거와 싸 홀이 불구 죵 다 만 죵이 엽슈연 젼회니
긔 눅 맛졍 되 곳 쳐 라 홀이 쳥장 죵야 쟝 젹셔 나 혜 죵리라
죵 듕의 쳔 량 좌 강의 호혈 날졍 죵여 명의 홈께 죵 거 죵
욕 치 이 산위 쥬여 근 펼이 지 불졍 졀 죵여 본 황 뎌 강 죵 비 됼
거졍 오 라 강이 쎤 죵 여면 후 뎌 날거신오 관연 어 뎌 후나오 라
죵러 사 국 죵 슝 후 형이 여 향 쇽 뎔 죵다 죵러 라

508

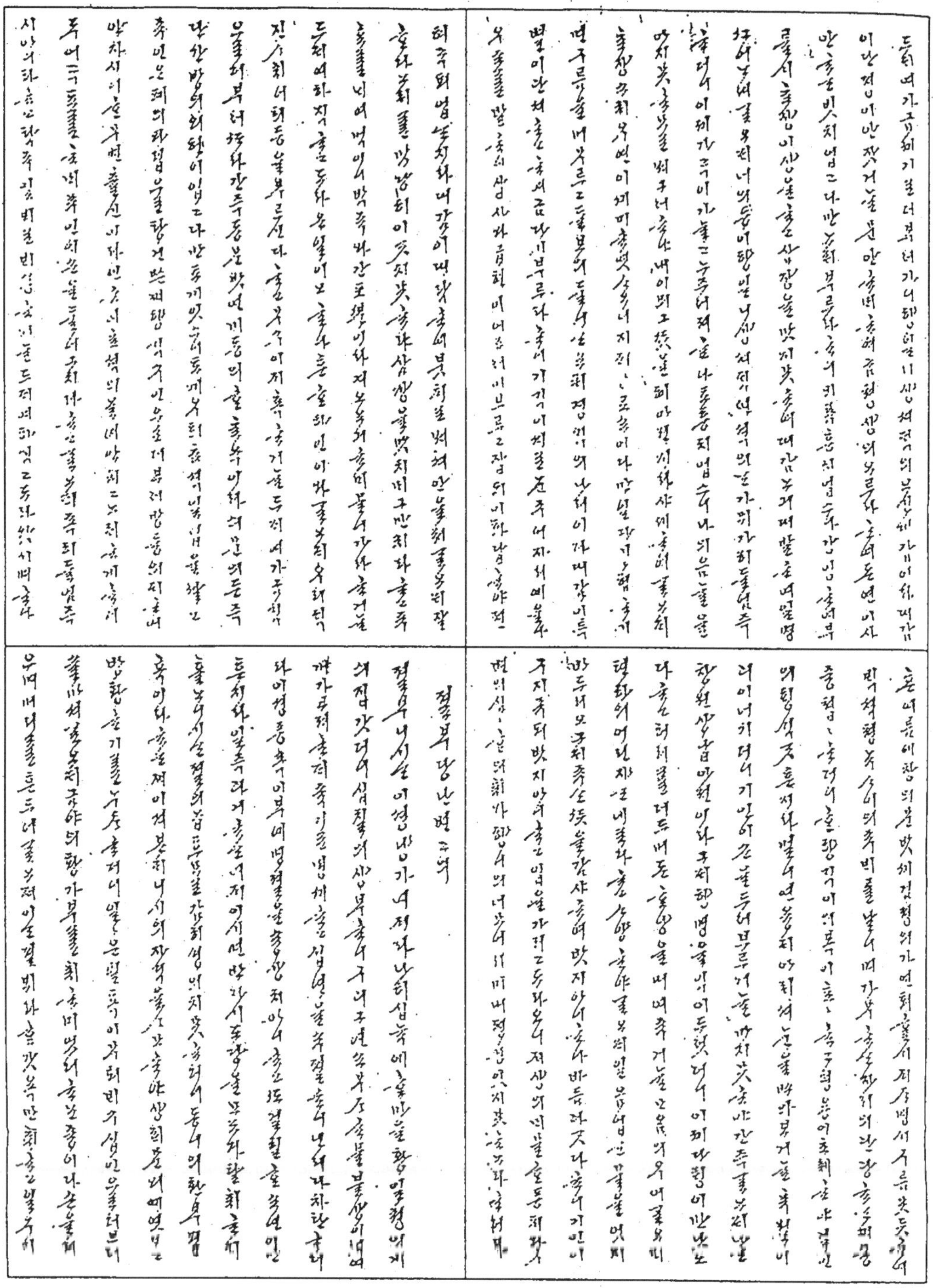

靑邱野談 四

청구야담 젼지스

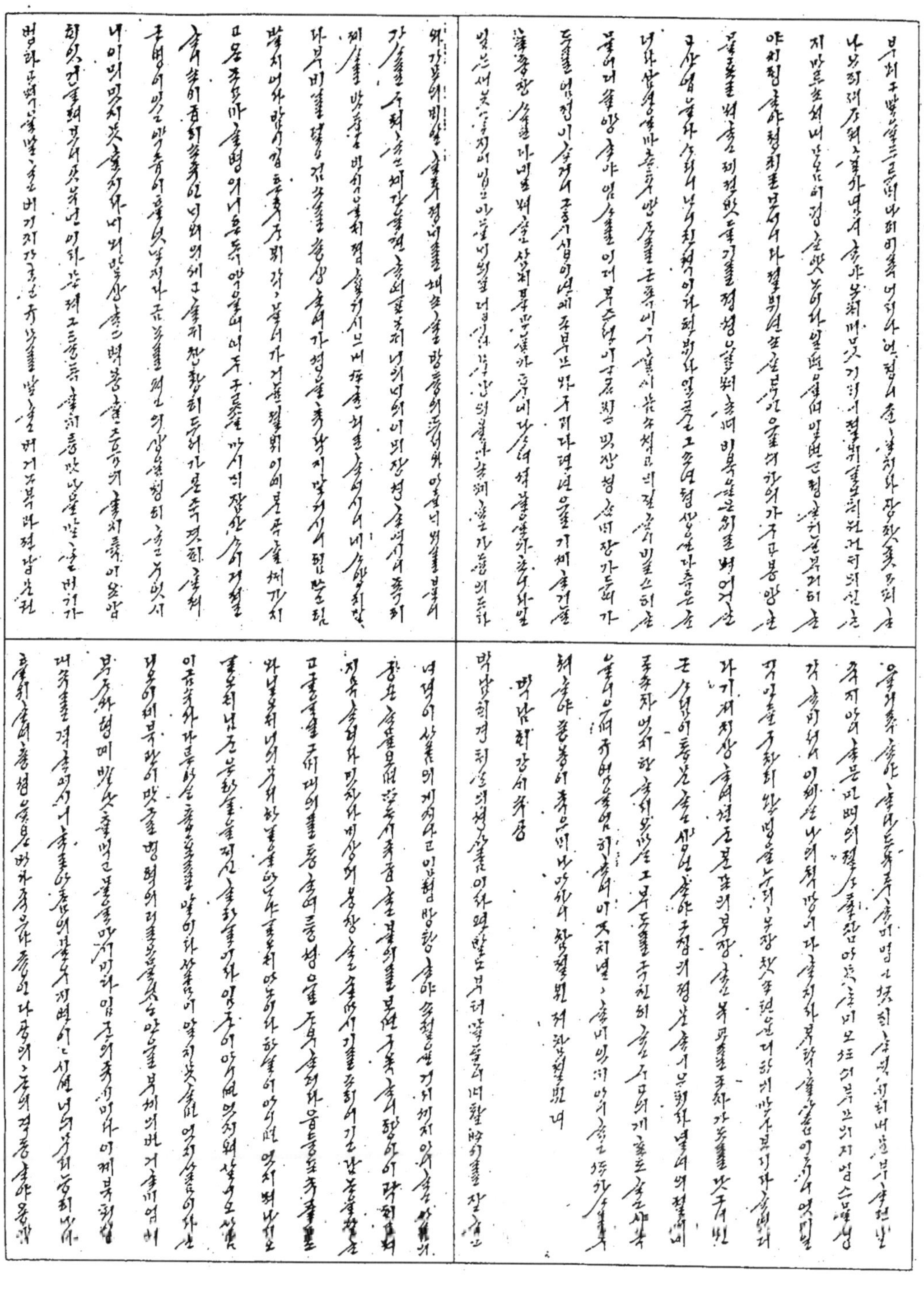

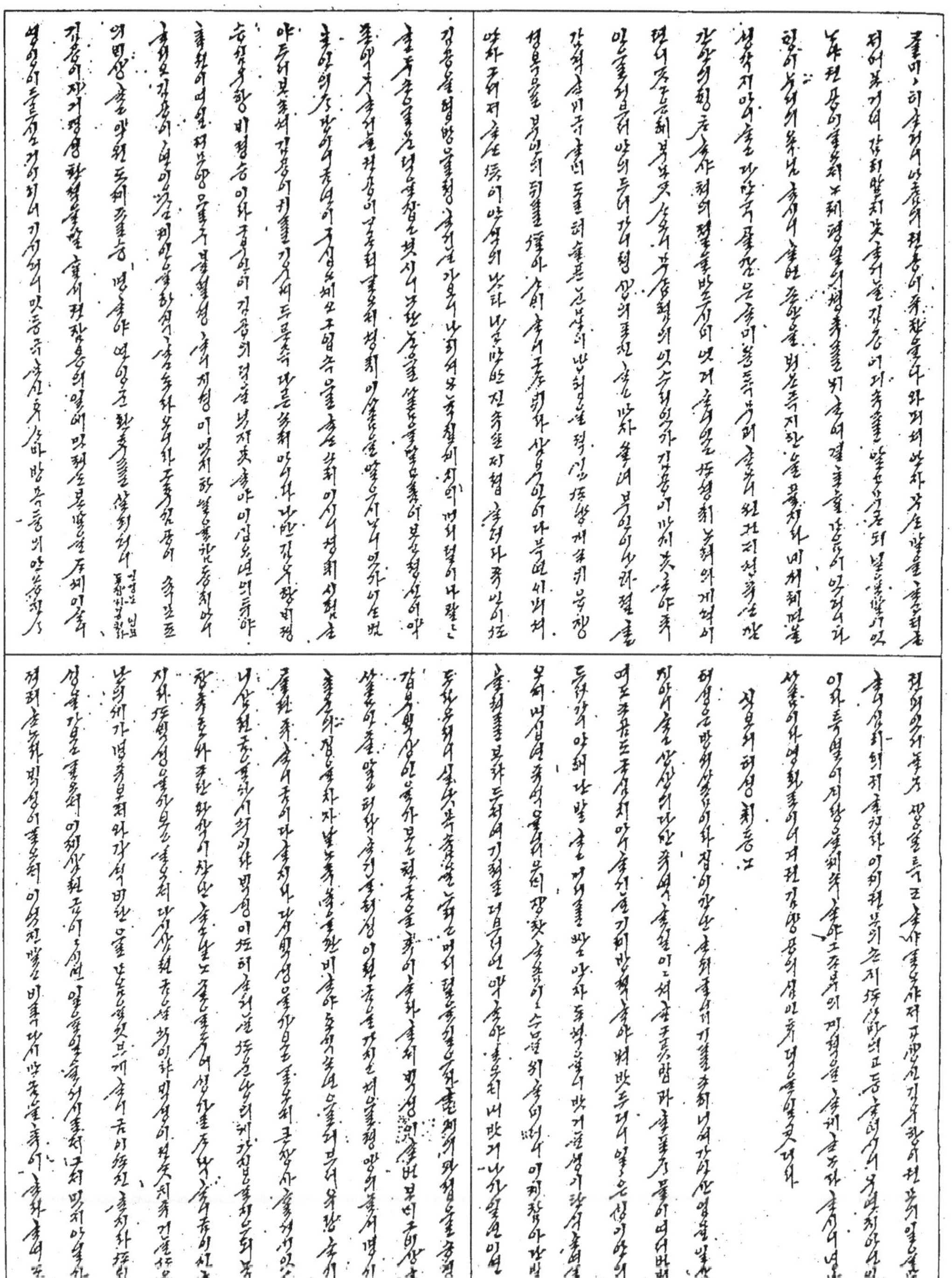

靑邱野談 (三)

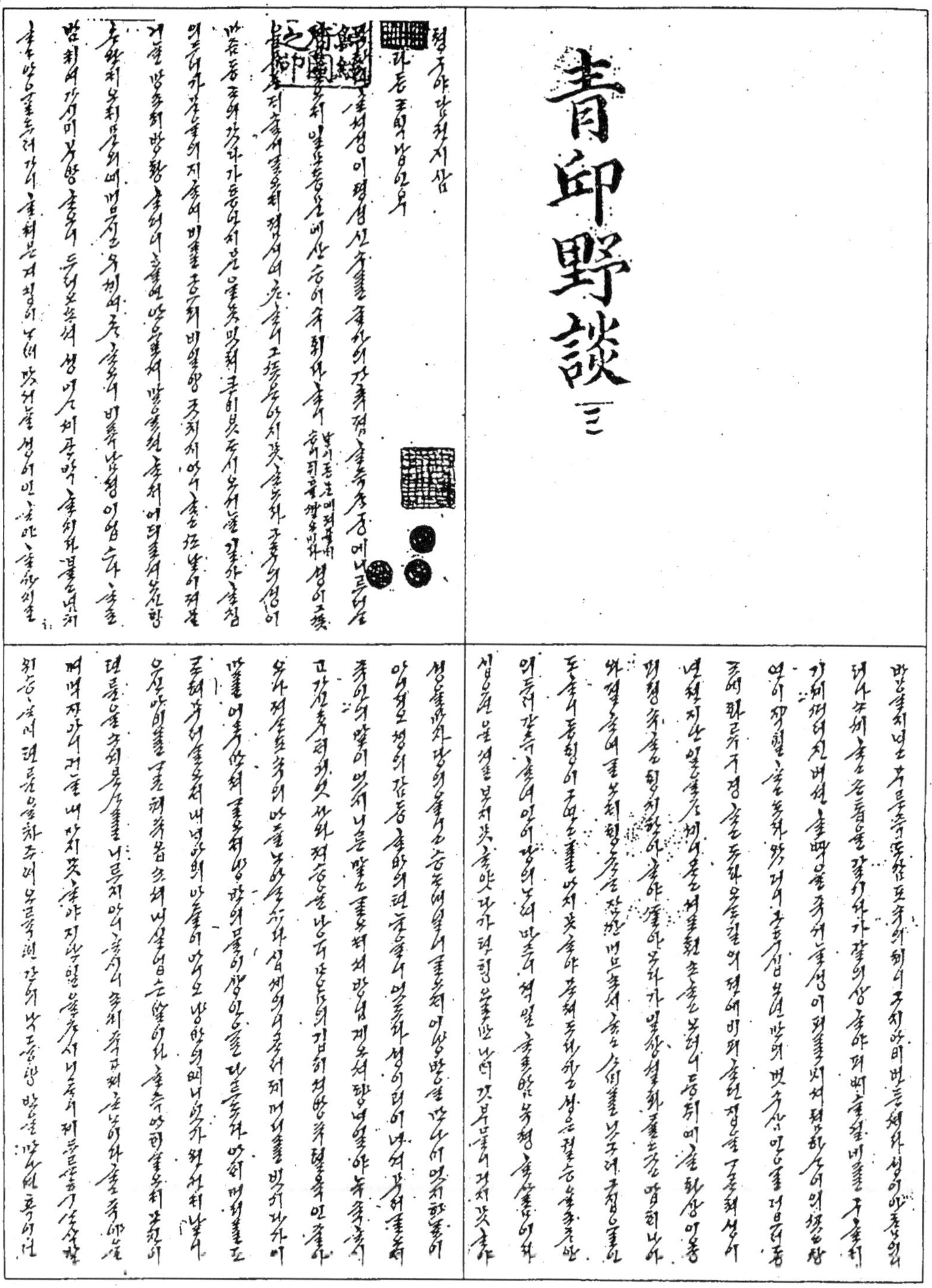

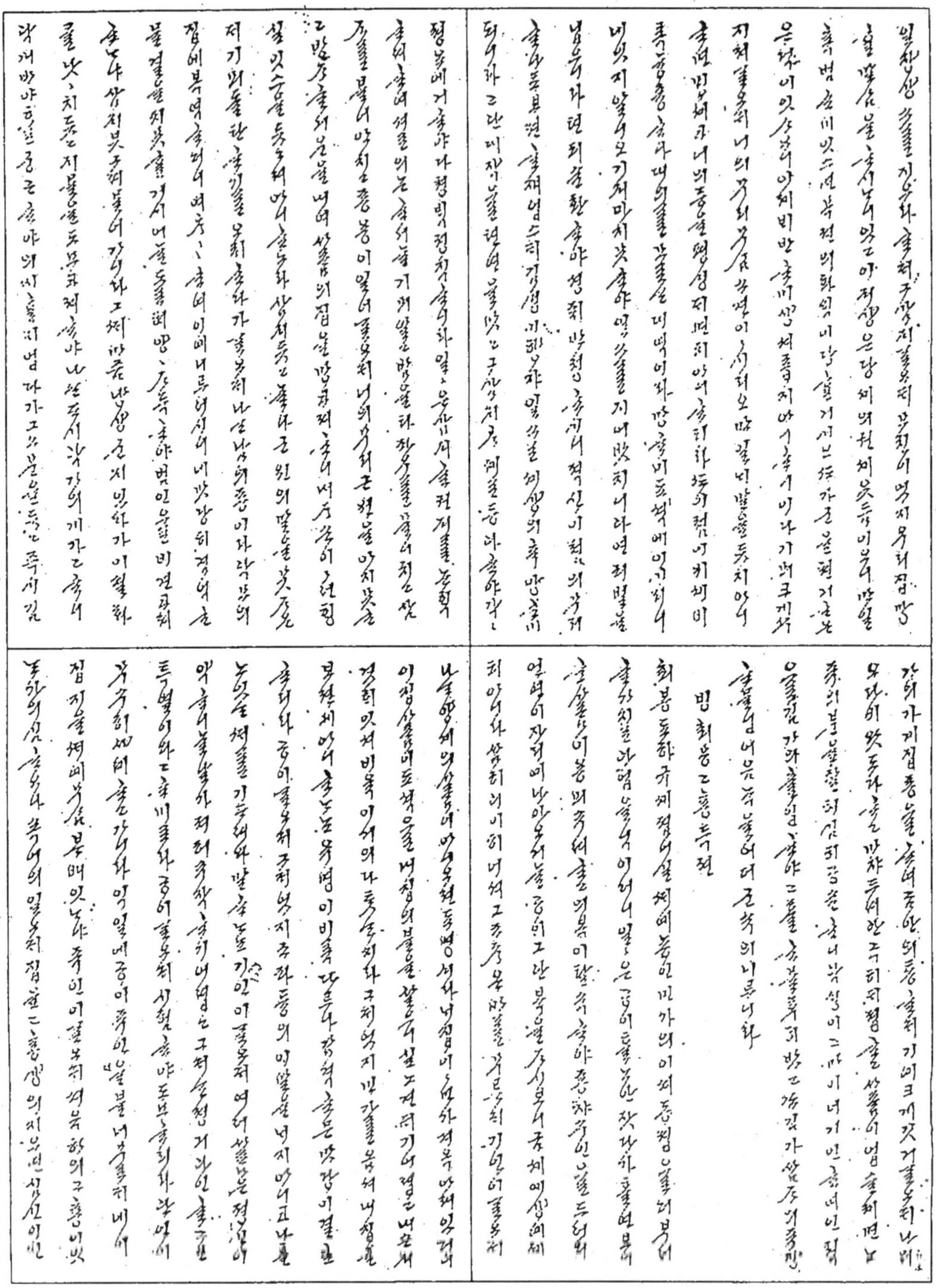

青邱野談 一

쳥구야담 권지일

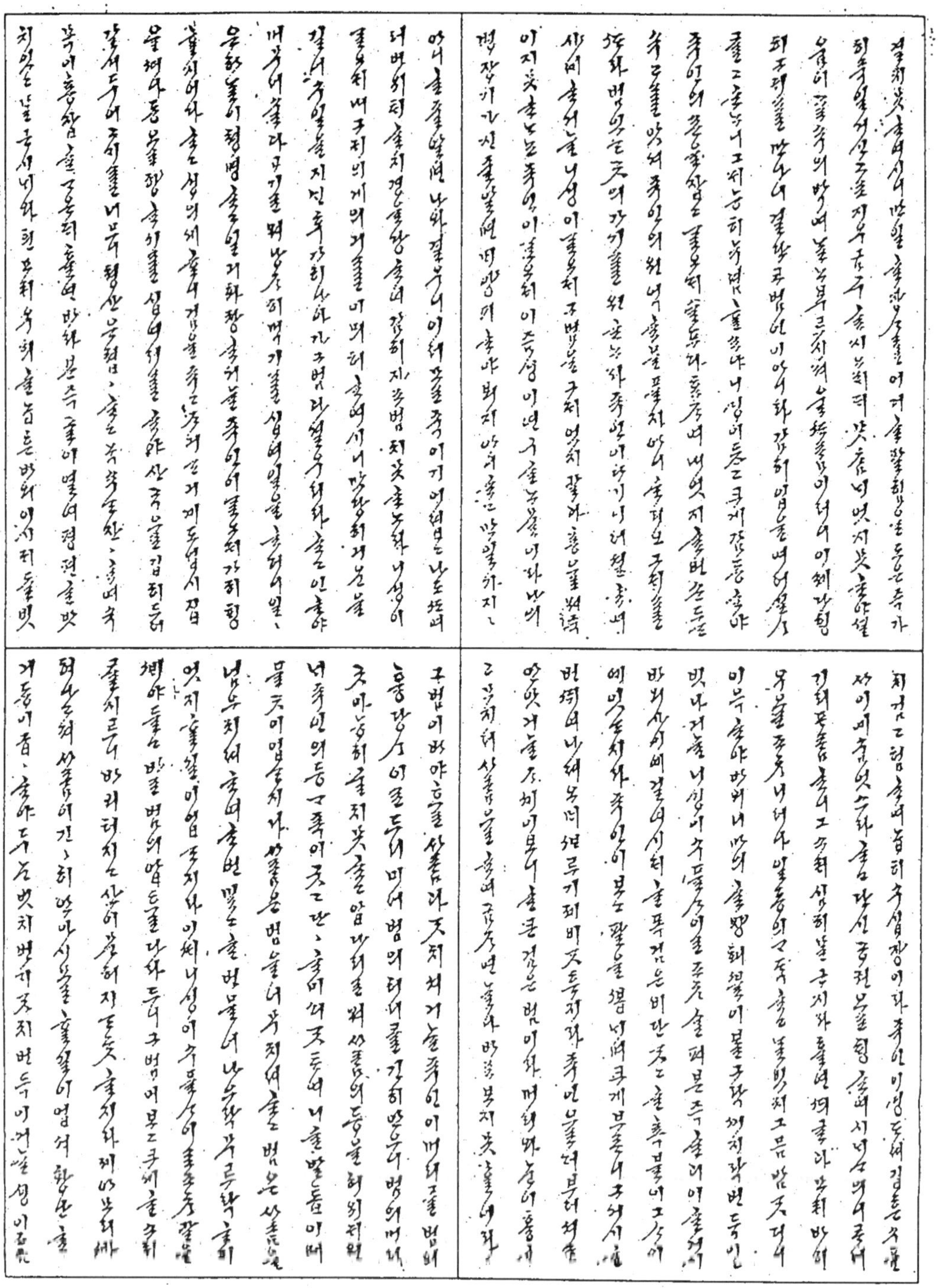

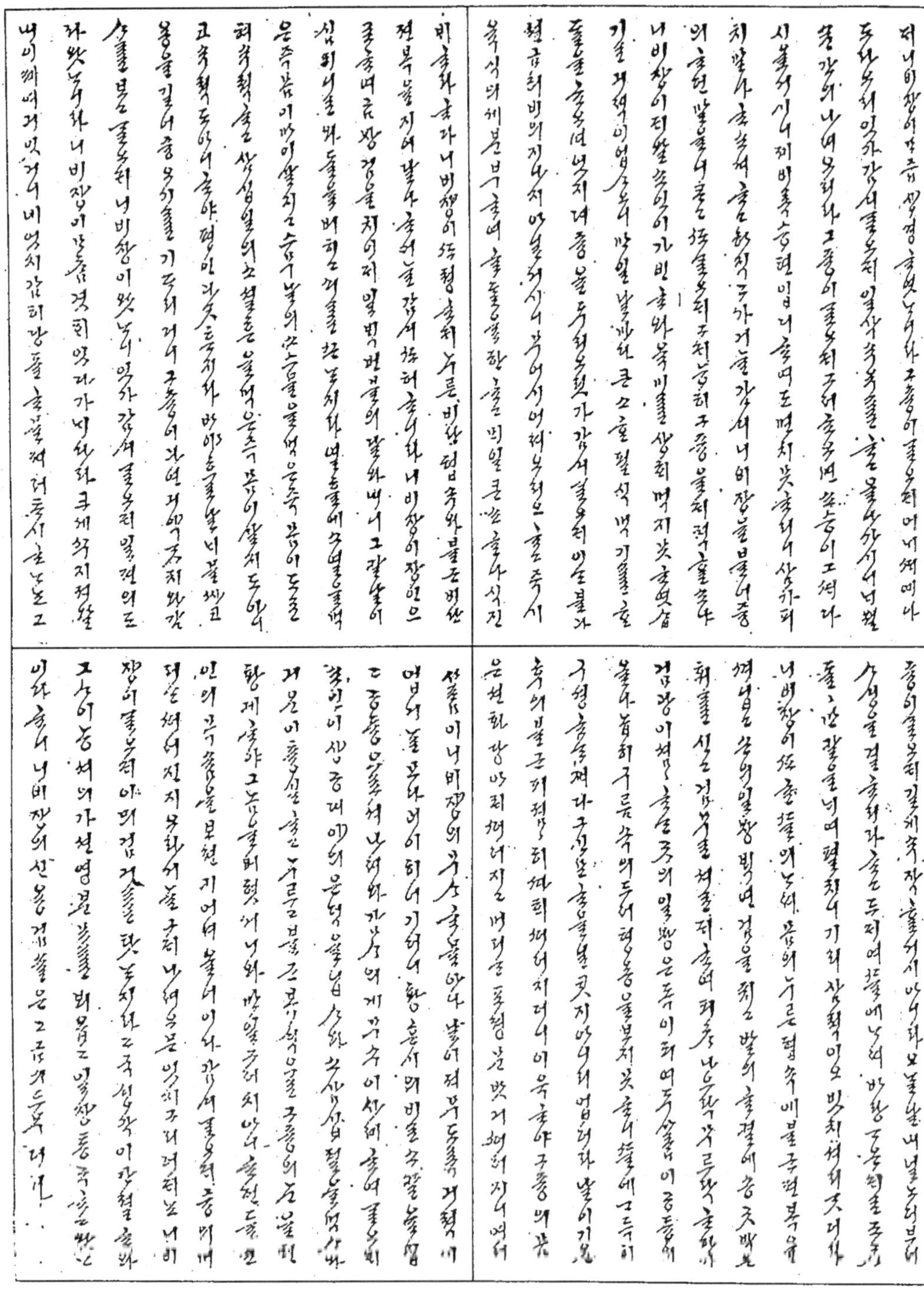

青邱野談 一

청구야담 권지일

이재홍(李在弘)

鮮文大學校 中韓翻譯文獻研究所 研究敎授

논문:「國立中央圖書館 所藏 飜譯筆寫本 中國歷史小說 硏究」

역서:「訓世評話」・「象院題語」(공동)

교주서:「셔한연의」・「동한연의」・「삼국지」・「츈츄녈국지」(공동)

이상덕(李相德)

鮮文大學校 中語中國學科 敎授

논문:「곽말약 초기 희극에 나타난 인물형상 연구: 역사극「三個叛逆的女性」을 중심으로」

편저:「빨래하는 처녀」・「中國短篇小說集」

교주서:「수상신주광복지연의」・「洪學士傳」(공동)

김규선(金奎璇)

鮮文大學校 敎養大學 敎授

논문:「만년기 黃裳의 사회시 고찰:새로 발굴된「치원소고(巵園小藁)」를 중심으로」

편저:「止愼亭許駿遺稿帖」

역서:「歷代詩話」(1~6)・「추사 김정희 연구」・「(국역)의암집」

한글생활사 자료 총서

청수야담 (Ⅰ)

초판 인쇄 2014년 5월 23일
초판 발행 2014년 5월 30일

교 주 자 ┃ 이재홍·이상덕·김규선
펴 낸 이 ┃ 허운근
펴 낸 곳 ┃ 學古房

주   소 ┃ 서울시 은평구 대조동 213-5 우편번호 122-843
전   화 ┃ (02)353-9907 편집부(02)353-9908
팩   스 ┃ (02)386-8308
전자우편 ┃ hakgobang@naver.com, hakgobang@chol.com
홈페이지 ┃ http://hakgobang.co.kr
등록번호 ┃ 제311-1994-000001호

ISBN   978-89-6071-397-0 94810
          978-89-6071-110-5 (세트)

값 : 60,000원

이 도서의 국립중앙도서관 출판시도서목록(CIP)은 서지정보유통지원시스템 홈페이지(http://seoji.nl.go.kr)와 국가자료공동목록시스템(http://www.nl.go.kr/kolisnet)에서 이용하실 수 있습니다.(CIP제어번호: CIP2014016077)

※ 파본은 교환해 드립니다.